BASTEI
LÜBBE

Konsalik

BASTEI LÜBBE

BASTEI-LÜBBE-TASCHENBUCH
Band 25 025

Lizenzausgabe: Gustav Lübbe Verlag GmbH, Bergisch Gladbach
Printed in West Germany, Oktober 1988
Einbandgestaltung: Manfred Peters
Titelfoto: ZEFA
Satz: Fotosatz Froitzheim, Bonn
Druck und Bindung: Ebner Ulm
ISBN 3-404-25025-7

Konsalik

Die Fahrt nach Feuerland

Er gehörte nicht zu denen, die an der Grenze menschlicher Kraft resignieren und alles Weitere dem Schicksal überlassen. Auch jetzt nicht, wo es fast aussichtslos schien, dieser Hölle von Wasser und Wind zu entrinnen. Allerdings blieb ihm doch eine Gewißheit in all der Todesangst: Bei jedem schweren Brecher, der ihn in ein gurgelndes Wassertal drückte, um ihn sofort wieder emporzuschleudern und auszuspeien, vermochte er noch dies eine zu denken: Mein Boot ist unsinkbar! Also kann auch ich nicht untergehen! Ich habe einen Bootskörper aus bestem Kunststoff unter mir, mit ausgeschäumten Kammern im Rumpf, sich selbst aufrichtend, wie man so schön sagt, ein wahres Wunderding von Boot, mit dem das Meer spielen kann, wie es will – hinaus aus den brüllenden Wassermassen, hoch in den heulenden Sturmhimmel und wieder hinab in die kochende See: es kommt wieder hoch, das Boot, richtet sich immer wieder auf, ein Stehaufmännchen, die Luftkammern balancieren es aus, solange nur der Rumpf hält, solange das Meer ihn nicht einschlägt und Boot und Mensch zunichte macht.

Er hatte sich mit starken Haken, mit Bauch- und Schultergurten, an den Ruderblock gekettet. Jedesmal, wenn ein Wellengebirge sich vor ihm auftürmte, um dann mit merkwürdig jaulendem Schrei auf ihn niederzubrechen, zog er den Kopf tief in die Schultern, schloß die Augen, hielt den Atem an, umklammerte die Achse des längst weggerissenen Ruders und nahm den ungeheuren Schlag des Wassers ergeben hin. Das kleine weiße Boot drehte und überschlug sich, richtete sich wieder auf und tanzte weiter auf dem wütenden Meer. Dann atmete er wieder durch, starrte über diese tobende Hölle, blickte auch einmal hinauf in den grauen, leblosen Himmel und duckte sich wieder vor der nächsten schäumenden Wand.

Das Unwetter war nicht überraschend gekommen. Als er vor

ungefähr sieben Stunden aus dem Nordosthafen von Helgoland aufgebrochen war, hatte der Leiter der Wetterwarte ihm von der Mole nachgerufen:

»Man müßte Sie mit Gewalt festhalten! Peter, kommen Sie zurück! Das hat mit Forschung nichts mehr zu tun!«

Er hatte gelacht, mit beiden Händen zurückgewinkt, Großsegel und Spinnaker in den heftig pfeifenden Wind gedreht. Dann schoß er in die Nordsee hinaus wie katapultiert. Seit Tagen schon herrschte eine steife Brise, aber erst vor einer Stunde war man sich klargeworden, daß von Island her ein massiver Orkan herannahte. Die gesamte Nordseeküste erhielt Sturmwarnung, kleinere Schiffe drehten ab und versuchten noch rechtzeitig sichere Häfen zu erreichen. Auf den Satellitenfotos war der Kern des Unwetters deutlich auszumachen.

Das war die Stunde, auf die Peter von Losskow gewartet hatte. Er machte sein kleines 7-m-Boot startklar, trank noch drei starke Grogs und zog den doppelwandigen, orangefarbenen, mit Luftkammern versehenen Nylonanzug an. Eine Schwimmweste war eingebaut, die mit einer kleinen Preßluftflasche gefüllt werden konnte.

Dr. Faller, der seit zwei Jahren auf Helgoland als Meteorologe wirkte, tippte sich an die Stirn, als Peter von Losskow in die Wetterstation kam, um sich zu verabschieden.

»Ist das Ihre umwälzende Erfindung?« fragte er nach kurzem Blick auf Boot und Ausrüstung. »Mein Gott, Sie sind doch mit dem Meer verheiratet, Sie müßten doch wissen, wie so etwas enden wird, Peter. Mit einem solchen Spielzeug von Boot!«

»Unsinkbar, Doktor! Richtet sich selber auf. Dazu mein Anzug.«

»So etwas erprobt man im Simulator!«

»Die beste Windmaschine im Becken kann das Meer nicht ersetzen. Ich brauche einen echten Beweis, um weiter an mich selbst zu glauben.«

»Und wenn die Nordsee Sie behält?«

»Das kann sie nicht!«

»Muß ich Ihnen sagen, was das Meer alles kann?! In einer einzigen Welle verschwinden Schiffe von zweihundert Meter Länge!«

»Genau das macht sie verwundbar. Sieben Meter aber tanzen

einfach davon! Setzen Sie in eine Badewanne eine Seifenschale und die halbe Schale einer Haselnuß. Und dann wühlen Sie mit den Händen das Wasser auf. Was wird geschehen? Die Seifenschale schlägt voll und sinkt, aber die kleine Haselnußschale bleibt immer oben, Sie ist unsinkbar!«

»Das ist doch ein blöder Vergleich, Peter!« Dr. Faller zeigte auf die neueste Wetterkarte, die gerade vervollständigt wurde. »Da zieht etwas heran, das auch Haselnüssen gefährlich wird. Außerdem sind Sie ein Mensch und keine Schale! Das Meer wird Sie einfach erschlagen, ertränken, zerreißen, zertrümmern! Sie wissen doch genau, wieviel Tonnen eine Riesenwelle wiegt!«

»Und ich weiß, wie leicht mein Boot und ich sind. Wir werden immer oben schaukeln, während die Tonnen über uns wegdonnern.«

Es war unmöglich, Losskow sein Experiment auszureden. Vor drei Wochen war er von Hamburg nach Helgoland gekommen, eben in diesem kleinen, weißen, angeblich unsinkbaren Boot, hatte sich bei Jan Breuners im Nordostgelände der Insel eingemietet und hatte schon nach wenigen Tagen seinen Spitznamen weg: der Spinner vom Festland. In seinem Spezialanzug trieb er wie eine Orange vor der Insel herum, erschreckte nicht vorgewarnte Fischer, die mit voller Kraft herbeituckerten, um einen Schiffbrüchigen zu bergen, um dann mit offenem Mund zu erleben, wie der Kerl höchst vergnügt in der See trieb und alle Hilfe ablehnte. Man sprach darüber in allen Kneipen des Unter- und Oberlands, und endlich schämte sich Jan Breuners gar, einen solchen Gast im Haus zu haben.

Dr. Faller erfuhr allerdings mehr als die Helgoländer. Er lud den ›Spinner‹ zu einem Drink ein und war überrascht, daß sich Peter von Losskow als Nautik-Ingenieur entpuppte, als ehemaliger Leutnant der Marine, vertraut mit dem Meer wie kaum einer der Insulaner, die nur ihre Düne, die Lange Anna und allenfalls die See zwischen Helgoland und Cuxhaven kannten. Wer von ihnen war schon mit einem Segelschulschiff rund um die Welt gefahren, hatte vor Singapur geankert oder war bei Freetown in eine Schlägerei um eine wunderschöne Mulattenhure geraten? Losskow konnte eine Menge erzählen – am liebsten aber sprach er von der Idee, die jetzt sein Leben beherrschte: Vor den großen Entdeckern und Seefahrern, wie Magellan, Cook, Vasco da Gama, Columbus oder Vespucci, mußten noch andere, unbekannte Seefahrer die fremden Meere befahren und nie gekannte Küsten betreten haben. So hatte Thor Heyerdahl mit einem primitiven Floß aus Papyrus so gut wie bewiesen, daß bereits die Ägypter Amerika erreicht und in Mexiko Pyramiden gebaut hatten.

»Was wollen Sie also noch?« fragte Dr. Faller nüchtern. »Da gibt's nichts mehr zu erforschen!«

»Man hält uns heutige Menschen für zu satt, zu verweichlicht und träge, um – sagen wir – wie Magellan Feuerland zu umfahren und dort eine neue Seestraße zu entdecken.«

»Stimmt! Wir steigen ins Flugzeug und sehen uns alles von oben an. Das ist auch einfacher und gefahrloser. Wozu im Atomzeitalter das Mittelalter beschwören?« Dr. Faller zündete sich eine Zigarre an und goß Losskow das Glas mit Grog wieder voll. »Sie haben mir erzählt, daß Sie mit einem kleinen Boot und höchstens vier Mann Besatzung ohne große technische Hilfsmittel von Hamburg aus um die Südspitze Südamerikas herum in die Pazifische Inselwelt segeln wollen und von dort weiter nach Japan und China.«

»So ist es.«

»Und das nur, um zu beweisen, daß dergleichen zum Beispiel auch die alten Wikinger getan haben könnten. Mein Lieber, was hat die Welt davon, wenn sie das weiß?!«

»Was hat die Welt davon, wenn jemand einen achttausend Meter hohen Berg besteigt?«

»Den Nervenkitzel eines Bildberichtes und die Gewißheit, daß es ab und zu doch noch Menschen gibt, die durch solche kleinen Abenteuer unsterblich werden. Nichts gegen Forschung, mein Lieber. Wenn Piccard in die Tiefsee tauchte, hatte das einen Grund: Wir entdecken unbekannte Welten. Oder der Flug zum Mond! Ein alter Menschheitstraum ist erfüllt, wir wissen nun, daß es keine Frau Luna gibt und der Mond sich auch nicht zum neuen Paradies eignet. Aber was Sie da machen wollen, Losskow, das ist doch für die Forschung unbedeutend!«

»Ich sehe es anders«, sagte Losskow versonnen. »Solange es Menschen gibt, werden sie vom Ungewöhnlichen fasziniert, lockt sie das scheinbar Unerreichbare, ist das große Abenteuer ihr heimlicher Wunsch. Außerdem will ich meinen unsinkbaren Anzug auf die Probe stellen.« Er sah Dr. Faller fragend an, wie ein großer Junge, der auf ein Lob wartet. »Damit leiste ich doch auch einen Beitrag zum Fortschritt! Ertrinken wird bald unmöglich sein.«

Davon war er jetzt nicht mehr so fest überzeugt. Die brüllenden Brecher, die über ihn hereinschlugen und ihn gegen den Ruderblock preßten, die Wucht der Wellen, die ihm den Atem nahm, machte ihn klein und demütig. Nein, ertrinken würde er nicht, er war wirklich wie ein unsinkbares Stückchen Nußschale – aber ob er diesen gewaltigen Anprall der Wellen überleben, ob er von ihnen nicht zermalmt werden würde?

Längst war der Mast des Bootes wie ein dünnes Hölzchen gebrochen und weggerissen worden. Als wollte das Meer ihn verhöhnen, so hatte es die vertäuten und gerefften Segel wieder aufgebläht. Wie ein Riesenvogel war der Mast im Sturm dahingeflogen, weiß und leuchtend, wie schwerelos, wie in Ekstase tanzend und über die schäumenden Wellen taumelnd, bis er in einem Wassertal verschwand. Mit weiten Augen hatte Losskow diesem Schauspiel zugesehen. Nun fühlte er sich mit seinem unsinkbaren Kunststoffboot nicht mehr als Herr der See. Jetzt wartete er nur noch darauf, daß eine dieser Riesenwellen ihn erdrückte. Nach zwei, drei Tagen würde man den treibenden weißen Bootsrumpf sichten und einen zerquetschten toten Mann aus den Gurten lösen, in einem Spezialanzug aus orangefarbenem Nylon, der ihn nie hätte ertrinken lassen. Aber er war ja auch nicht ertrunken, er war erschlagen worden von der wütenden See.

Wieder zog Losskow den Kopf tief in die Schultern. Eine Wasserwand stieg vor ihm auf, verdeckte den Himmel. Das ist es, dachte er, das ist das Ende. Diesmal wird mir der Druck die Lungen zerreißen.

Ein Sog riß ihn empor, trug ihn der Wand entgegen, ließ ihn den Wasserberg hinaufklettern, hoch oben auf dem Kamm der Riesenwelle schwebte er, sah unter sich das Meer und einen von wilden Zacken zerrissenen Horizont. Er schien zu fliegen, vom Sturm davongetragen wie der Mast mit den Segeln, und während er mit letzter Kraft die Haltestange vor sich umklammerte, nahm er noch einmal dieses Bild in seiner ganzen erschreckenden Schönheit auf und stürzte hinunter in den tosenden Schlund, während das Boot sich mit ihm drehte wie ein Kreisel. Aber noch beim Eintauchen in das kochende Meer dachte er: Ich bin unsinkbar... Das Boot richtet sich von selbst auf... Dann war das Meer über ihm, und die Welt ging unter.

Zwei Tage nach dem Sturm sichtete ein Hubschrauber der Bundesmarine das kleine weiße Boot in der noch immer aufgewühlten See, 37 Meilen nördlich von Helgoland treibend. Der Seenot-Rettungskreuzer holte es ein und hakte einen besinnungslosen Mann vom Ruderblock. Er gab noch schwache Lebenszeichen von sich, war äußerlich unverletzt, aber die Unterkühlung war so stark, daß auch die sofortige Überführung mit dem Hubschrauber ins Krankenhaus von Wilhelmshaven kaum noch eine Chance zum Überleben bot.

Dr. Faller, der abends an seinem Stammtisch in einem Lokal auf dem Oberland von der Rettung erfuhr, sagte nur: »Ein Gutes hat dieser selbstmörderische Unsinn: Wenn von Losskow durchkommt, wird er seinen Plan von der Weltumseglung in die Mülltonne werfen!«

Peter von Losskow überlebte.

Man wendete, um ihn zu retten, die Methode der raschen Erwärmung an, hob ihn in ein heißes Bad und schloß, um den Wiedererwärmungskollaps auszuschalten, gleichzeitig eine langsame Infusion von 500 ml Rheomakrodex an. Als, wie erwartet, Herzflimmern auftrat, injizierte man 40 mg Dipyridamol und konnte dann nur noch warten, ob Losskow stark genug war, diese Belastung zu überstehen. Als man ihn aus der Nordsee fischte, war er um 12 Grad unterkühlt gewesen – mehr hält der menschliche Organismus nicht aus.

Es dauerte dreißig Stunden, bis Losskow voll ansprechbar war und seine Körpertemperatur sich normalisiert hatte. Er lag in einem Einzelzimmer, trank heißen Tee mit Rum, knabberte an einem Butterkeks und hörte sich an, was Professor Dehner, der Chefarzt, ihm sagte. Es klang, wie erwartet, nicht allzu liebenswürdig, ganz so, als habe Dr. Faller dem Professor seine Worte in den Mund gelegt.

»Ich weiß«, sagte Losskow, als der Arzt seine Philippika beendet hatte, »ich bin ein Spinner! Aber ich habe bewiesen, daß ich unsinkbar bin!«

»Ob einer ersäuft oder als Eisblock in den Wellen treibt – wo ist da der Unterschied, abgesehen vom äußeren Erscheinungsbild?« polterte Dehner. »Dabei ist das Meer noch gnädig. Wenn Sie in der Südsee über Bord gehen, ist das Wasser zwar relativ warm, aber das ist keine Lebensversicherung. Ihr Spielanzug schützt Sie nicht vor Haien! Aber wem erzähle ich das! Sie kennen doch alle Meere.«

»So ziemlich.«

»Und das rettet Sie nicht vor solchen Dummheiten?«

»Darf ich Sie etwas fragen, Herr Professor?«

»Aber sicher.«

»Wieviel Patienten sind Ihnen unter den Händen gestorben?«

»Was soll das?« fragte der Professor indigniert.

»Und trotzdem berühren Sie mit diesen Händen weiterhin Kranke und geben nicht auf, gegen die Krankheiten zu kämpfen. Mal sind die Viren, Bazillen oder was weiß ich stärker als Sie, mal sind Sie der Sieger. Hundertmal gelingt Ihrem Kollegen von der Chirurgie die Verkürzung eines Magens oder die Herausnahme einer Niere, und einmal oder zweimal geht es schief. Wirft er deswegen sein Besteck an die Wand und verkriecht sich?! Sagen Sie bitte nicht, Herr Professor, das sei etwas ganz anderes! Was ist Ihr Spezialgebiet, Herr Professor?«

»Die Pankreopathie. Also alles, was mit dem Pankreas zusammenhängt«, sagte Dehner säuerlich.

»Und mich hat das Meer eingefangen. Hat es einen Sinn, darüber zu diskutieren?«

»Mit Ihnen nicht! Mich interessiert nur, wie es weitergehen soll.«

»Mich auch!« Losskow lachte jungenhaft. »Wie lange werde ich im Bett bleiben müssen?«

»Bis Ihr gesamter Organismus sich wieder normalisiert hat. Fast möchte ich – zu ihrem Schutz! – wünschen, daß irgendein kleiner Defekt zurückbleibt!«

»Sie sind ein geradezu gefährlicher Arzt, Professor! Nächsten Samstag flüchte ich aus Ihrer Fürsorge. Einverstanden?«

»Nur auf eigene Verantwortung!« Professor Dehner setzte sich auf die Bettkante und drückte auf die Sprechtaste des kleinen Senders, den er in der Brusttasche trug. »M-Wagen auf 18!« sagte er. Und zu Losskow, mit einem schiefen Lächeln: »Ich gebe Ihnen eine Injektion, die Ihr Herz kräftigt und Ihnen gleichzeitig einen guten Schlaf verschafft. Und noch eins: Sie haben eine Roßnatur! Die wenigsten hätten dieses Helgoland-Abenteuer überlebt! Aber darauf brauchen Sie nicht stolz zu sein! Auch Ihre unanständige Gesundheit hält nicht ewig.«

Ein guter Journalist kann sogar das Liebesleben einer 80jährigen Urgroßmutter verkaufen, und wenn er ein Star in seinem Beruf ist, liefert er auch noch die Fotos dazu. Man kann nicht sagen, daß Dieter Randler ein solcher Topmann war, aber er besaß immerhin etwas, was zu seinem Beruf gehörte wie zu einem Tabakmischer oder einem Parfümeur: Er besaß den richtigen Riecher. In seinem Fall: den Riecher für Sensationen oder für Situationen, aus denen man eine Sensation machen konnte.

Als man ihm erzählte, ganz beiläufig am Stammtisch, daß man Peter von Losskow bei Helgoland aus der Nordsee gefischt hatte, nachdem er frischen Mutes und voll sanfter Idiotie mitten in einen Orkan hineingesegelt war, blickte Randler einen Moment still vor sich hin und sagte sich dann: Daraus kann man etwas machen! ›Der einsame Kampf Mann gegen Meer‹.

Mit seinem kleinen Sportwagen brauchte er nur knapp anderthalb Stunden bis Wilhelmshaven. Dort stieß er im Krankenhaus zunächst auf den Widerstand des Professors.

»Der Patient braucht Ruhe!« sagte Dehner barsch. »Außerdem – was soll die Presse hier? Ist es so selten, daß jemand ins Wasser fällt und wieder 'rausgefischt wird?! Mein Krankenhaus ist nicht dazu da, Ihnen die Sauregurkenzeit zu versüßen!«

»Ich komme als Peters Freund, nicht als Journalist. Übrigens – wäre das nicht eine gute Schlagzeile: ›Professor Dehner besiegt Unterkühlungstod‹?«

Professor Dehner hielt es für klüger, sich mit dem Journalisten nicht in eine Diskussion über wirksame Schlagzeilen einzulassen. Herrisch winkte er ab.

»Sie können sich mit ihrem Freund unterhalten, wenn er das

Krankenhaus wieder verläßt. So lange – das verspreche ich Ihnen – bleibt er unbelästigt in seinem Bett! – Habe die Ehre!«

»Ah! Sie sind Wiener?« fragte Dieter Randler fröhlich.

Der Professor stutzte, sagte: »Raten Sie mal!« und entfernte sich schnell. Ein Krankenpfleger mit kantigem Kinn und breiten Schultern grinste Randler an. Er hob seine imponierenden Hände und zeigte sie, als seien sie zur Versteigerung freigegebene Kunstwerke.

»Gehen wir?« fragte er nett, wenngleich mit grollendem Unterton.

Randler sah ein: gegen so viel Pressefeindlichkeit war nichts zu machen, auch nicht mit dem obligatorischen Geldschein. Er nickte devot und verließ die Klinik. Aber unten, in der Aufnahme, blieb er stehen und zog ein enttäuschtes Gesicht.

»Ich bin doch ausgesprochen dämlich!« sagte er zu der verblüfften Schwester, die vor ihrer kleinen Säulen-Kartei mit den Namen der Patienten saß. »Ich komme eben von Herrn von Losskow. Peter von Losskow. Mein Schulfreund. Und merke mir die Zimmernummer nicht! Zu dämlich. Fängt so die Verkalkung an, Schwester? Wie ist die Nummer noch mal?«

Die Schwester drehte die Kartei, fand den Namen und antwortete: »Zimmer 139. Privatstation Professor Dehner. Erster Stock.«

»Stimmt!« Randler schlug sich mit der linken Hand klatschend gegen die Stirn. »Das liegt nach hinten, zum Garten hinaus!«

Die Schwester nickte zustimmend, und Randler verließ das Krankenhaus. Draußen blickte er an der Fassade empor, war mit dem Ergebnis der Musterung zufrieden und fuhr in die Innenstadt, zum Ratskeller, wo er einen Sauerbraten aß.

Peter von Losskow wachte in der Nacht davon auf, daß er auf dem kleinen Balkon vor seinem Zimmer einen patschenden Laut hörte, während ein Schatten sich gegen den lichten Nachthimmel abhob. Dann bewegte sich die Glastür, und eine Stimme flüsterte: »Halt die Schnauze, Peter, und mach nicht vor Angst ins Bett! Ich bin's! Dieter. Mein Arzt hat mir Bewegung in frischer Luft verordnet.«

Er kam ins Zimmer, schloß die Balkontür und holte sich einen Stuhl ans Bett. Losskow knipste die Notbeleuchtung an. Es war Randler, dies Grinsen war unverkennbar.

»Du mußt ja wieder grenzenlos besoffen sein!« sagte Losskow. »Gibt es hier keine andere Tür?«

»Die ist bewacht wie das Paradies! Junge, was mußt du angestellt haben! Bist du Neptun begegnet? Hast du eine Meerjungfrau geschwängert?!«

»Ich habe mich entschlossen, ein Buch zu schreiben.«

»Das ist ja furchtbar! Und dazu brauchst du einen Orkan bei Helgoland?«

»Ich will beweisen, daß der heutige Mensch, den man immer verweichlicht nennt, genauso zäh und mutig sein kann wie die berühmten Seefahrer vergangener Jahrhunderte. Mit einem kleinen Segelboot, nicht mehr als Herr der Technik, sondern angewiesen allein auf die eigenen Hände und den Willen, das Meer zu besiegen, will ich die großen Entdeckerfahrten eines Cook oder Vasco da Gama nachvollziehen.«

»Wie du das aufsagst – so aus dem Schlaf gerissen! Man merkt, daß die Geisterstunde nahe ist. Also um Kap Horn willst du fahren mit deiner Nußschale, um Feuerland herum?«

»Unter anderem – ja!«

»Und dafür segelst du erst mal ins Auge eines Orkans?«

»Das war nur Training.«

»Das war so blöd, daß man's der Nachwelt erhalten sollte! Und für wann haben wir den historischen Augenblick deines Ablegens von Europens Küste zu erwarten?«

»Sobald ich das Geld dazu habe! Ich brauche nur ein Schiff nach meinen Plänen.«

»Mehr nicht?« Randler strich Losskow beruhigend über den Scheitel. »Na, ja, irgendwo wird es schon ein Onkelchen geben, das sein Portemonnaie dafür öffnet. Mensch, hätte ich die Story vorher gekannt, ich wäre nicht die Wand hochgeklettert!«

Aber auch ein ausgebuffter Reporter wie Randler kann sich irren! Beiläufig erzählte er in der Redaktionskonferenz vom Hirnverfall seines Freundes Peter und mußte erleben, daß der stellvertretende Chefredakteur wie elektrisiert auffuhr: »Dieter, das ist ja ein Thriller! Daraus machen wir einen Riemen! Ich stelle sechzig Zeilen frei. An die Tasten! Die hauen wir für morgen ins Blatt!«

Dieter Randler gab sein Bestes, dichtete eine Story voll Dramatik und Seeluft, ein Hohelied auf modernes Heldentum, und übertitelte die ganze Geschichte:

›Junger Forscher will mit Nußschale die Weltmeere erobern.‹

Professor Dehner erschien um zehn Uhr mit verschlossener Miene, legte die Zeitung auf Losskows Bett und sagte: »Ich halte Sie nicht mehr fest. Segeln Sie nach Feuerland mit Ihrer Nußschale. Wer fest daran glaubt, daß 2×2 = 5 ist, den kann man nicht vom Gegenteil überzeugen.«

Losskow nahm die Zeitung, überflog den Bericht und schüttelte den Kopf.

»Von dem Artikel habe ich keine Ahnung. Die Hauptsache stimmt auch gar nicht.«

»Aber Sie kennen den Autor?«

»Ja. Dieter Randler.«

»Den kenne ich auch. Ich habe ihn aus der Klinik geworfen.«

»Das war ein Fehler, Herr Professor. In der Nacht kam er als Fassadenkletterer zu Besuch.«

Professor Dehner seufzte. »Fälle wie Sie verlege ich nächstens in die obere Etage.«

»Dann kommen die Kerle mit der Feuerleiter.«

Losskow las den Artikel langsam. Was Randler geschrieben hatte, war im Prinzip richtig, aber zur Sensation aufgebauscht. Der Professor wartete, bis Losskow zu Ende gelesen hatte.

»Bevor Sie aus meinem Schutz entlassen werden«, sagte er dann, »möchte ich gern noch eins wissen: Sie suchen also eine Crew – so heißt es doch wohl bei den Seeleuten? –, die mit Ihnen kreuz und quer über die Ozeane segelt und beweisen soll, welch ein toller Kerl Sie sind! Das Ganze nennt sich dann ein psychologisch-soziologisches Experiment. Frage: Sind wir Heutigen Weichlinge, oder können wir Columbus doch noch das Wasser reichen?«

»Nicht ganz so extrem, Herr Professor. Es geht mir darum, zu beweisen, daß zum Beispiel die Wikinger recht gut in der Lage waren, mit ihren Drachenbooten nicht nur Nordamerika zu erreichen – was ja mittlerweile bewiesen ist –, sondern auch in südliche Meere vorzustoßen. Es gibt in Schwarzafrika holzgeschnitzte Tanzmasken, die fast genau einem Wikingerhelm gleichen! Warum – so frage ich – sollten Wikingerschiffe nicht an der Küste Afrikas entlanggesegelt sein und von dort über den Ozean an die südamerikanische Küste und weiter um Feuerland herum in den Pazifik? Gewiß, es gibt keine Überlieferung, die darauf eine Antwort geben könnte. Man weiß nur, daß die Normannen vor dem unendlichen Wasser keine Angst hatten. Aber diese Frage interessiert mich, ihr möchte ich nachgehen, ich möchte diesen Weltentdeckungstraum nachvollziehen. Ich weiß, Herr Professor, daß Ihr wissenschaftliches Interesse der Lymphogranulomatose gilt, der Hodgkinschen Krankheit, obwohl es gerade in diesem Forschungsbereich einen Rückschlag nach dem anderen gibt! Aber Sie lassen nicht locker. Ich auch nicht.« Losskow tippte auf die Zeitung. »Im übrigen stimmt es nicht: Ich suche keine Partner. Ich will allein segeln. Ohne Motor, ohne Kompaß, mit nichts als ein paar Fetzen Stoff am Mast! Die Wikinger hatten auch keinen Diesel, auch keinen Kreiselkompaß.« Er faltete die Zeitung zusammen und legte sie auf den Nachttisch. »Wann brauchen Sie mein Bett?«

»Wenn ich Ihnen so zuhöre... Bleiben Sie drin! Eine Intensivbehandlung der Nerven täte gut.« Professor Dehner hob resignierend die Schultern. »Sie können gehen, wann Sie wollen.«

»In zwei Stunden?«

»Von mir aus!«

»Ich will sofort zur Redaktion und mich mit meinem Freund Randler unterhalten. Halten Sie mal vorsichtshalber ein Bett in der Unfallstation für ihn frei!«

Als Losskow bald darauf in der Redaktion erschien, um Randler an einen Nagel in der Wand zu hängen, empfing ihn sein Freund mit ausgebreiteten Armen. So einen freundlichen, vor Freude leuchtenden Menschen konnte man nicht mißhandeln.

»Ein Volltreffer, Peter!« rief Randler enthusiastisch. »Wer hätte das gedacht! Wir sind baff. Die Großindustrie spielt mit! Es liegen Angebote von drei Lebensmittelkonzernen vor. Du bist mit eingedostem Fleisch, Nudeln in Büchsen und Dauerwurst versorgt! Dazu gibt es vitaminreiches Preßobst, Fruchtstangen, Hallo-Wach-Schokoladen, Nervennahrung und Muskelstraffer! Falls du dich am Südpol verirren solltest – keine Angst! Angebot Nummer sechs: Schlafsäcke mit einer neuen Füllung und Batterieheizung, mit denen du auf einem Eisberg übernachten kannst. Dazu Stiefel mit neuartiger Gummisohle. Die haftet überall wie ein Magnet. Du kannst praktisch nie umfallen! Herz, was willst du mehr?! Sogar dein Boot hast du in der Tasche beziehungsweise auf dem Wasser.«

»Dieter!« Losskow mußte sich setzen. »Das ist ja kaum glaubhaft.«

»Du kannst die Angebote selbst lesen. Sie werden im Augenblick noch für einen neuen Artikel ausgewertet. Wenn der morgen erscheint, werden auch die anderen munter. Es ist doch undenkbar, daß die Schokoladenfabrik ›Süßer Feierabend‹ dir die Bordverpflegung stiftet, und die Konkurrenz ›Alpenglühen‹ läßt sich den Werbegag entgehen. Peter, das gibt in den nächsten Tagen einen warmen Regen von Spenden! Ach ja, das Boot, ein Waschmittelkonzern will es übernehmen. Einzige Bedingung: Du mußt es mit dem Namen des neuen Alltemperatur-Waschmittels verzieren. Links und rechts an der Bordwand, gut lesbar: ›Sternenklar‹.«

»Nie!« sagte Losskow laut.

»Der Name ist Gold wert! ›Sternenklar‹ als Bootsname – das prägt sich ein! Die gesamte Takelage übernimmt eine Tochterfirma des Konzerns, die Scheuermittel herstellt. Auf den Segeln braucht nur zu stehen: ›Rund um die Welt – mit Blitz im Haus!‹«

»Und dafür soll ich dir um den Hals fallen?« knirschte Losskow. »Ihr habt aus meiner Idee einen Jahrmarktsrummel gemacht! Nichts gibt es! Ich brauche nichts zu überstürzen. Ich verschiebe die Expedition auf unbestimmte Zeit.«

»Das ist nicht mehr möglich!« Randler zog sich aus der Reichweite seines Freundes zurück. »Das Ding ist bereits so angekurbelt, daß du's nicht mehr bremsen kannst! Wir haben klar geschrieben: Es fehlen zu der Realisierung dieser großen Tat, wahrhaft einem Jahrhundert-Unternehmen –«

»Schon das ist völliger Blödsinn!«

»Aber der Leser geht mit, Peter! Der Leser ist jetzt voll auf deiner Seite. Er leidet mit dir, er segelt mit dir, er hungert mit dir, er hängt mit dir seinen Hintern über die Bordwand und läßt ihn von den Wellen abwischen. Junge, du weißt ja gar nicht, was so viel Popularität bedeutet! Sie verpflichtet! Sie nagelt dich fest! Du gehörst nicht mehr dir allein, du bist Allgemeingut! Da gibt es kein Kneifen mehr, das wäre dein Ruin. Nichts wird weniger verziehen, als wenn ein Idiot plötzlich wieder normal wird! Du kannst jetzt nicht mehr aussteigen, Peter! Ab morgen heizen wir das Thema Feuerland an, daß jeder sich daran die Hände wärmt.«

»Feuerland ist doch nur *ein* Punkt des ganzen Projektes, und nicht einmal ein markanter!«

»Aber er macht sich gut! Er verkauft sich wie Honigbrot! Feuerland... Da spielt die Phantasie doch gleich auf allen Tasten! Das klingt nach Abenteuer, nach neuer Welt, nach Gefahr, nach Heldentum. Feuerland! Welch ein Wort! ›Der Mann, der Feuerland besiegte!‹ Junge, das klingt hundertmal besser als: ›Der Mann, der einen Krieg gewann!‹« Randler war nicht mehr zu bremsen. Mit fassungslosem Staunen sah Losskow, wie seine Idee, sein ganz persönliches Eigentum, nun weltweit vermarktet wurde. Randler hatte recht: Es gab, wollte man keinen Skandal riskieren, kein Zurück mehr. Wenn Losskow jetzt ablehnen würde, was man ihm anbot, würden alle sagen: Er kneift. Er ist ein Feigling! Welcher Mann will das von sich sagen lassen?

»Ich möchte die Angebote sehen!« sagte er. »Im übrigen könnte ich euch verklagen. Dann müßtet ihr öffentlich zugeben, daß alles falsch war, was ihr geschrieben habt.«

»Na und? Das bringen wir auf der letzten Seite links unten in der Ecke und darüber eine rot unterstrichene Doppelzeile: ›Der Superbusen von Los Angeles. 127 cm Umfang und freischwebend!‹... Wer kümmert sich dann noch um deine Berichtigung? Peter, Junge, sei kein Moralist! Alles, was du brauchst für deine große Idee, wird dir vor die Tür gelegt! Was willst du mehr?! Einfacher geht's doch nicht! Mit eigener Kraft schaffst du es nie! Himmel noch mal, nenn dein Boot ›Sternenklar‹ und papp auf die Segel die Schrift von ›Blitz im Haus‹. Die Hauptsache ist doch, daß du dich deinen Forschungen widmen kannst. Alle großen Männer haben ihre Mäzene gehabt: Wagner seinen Bayernkönig, Haydn seinen Esterhazy, Goya seinen Alba, Michelangelo seinen Medici. Und Peter von Losskow segelt mit einem Vollwaschmittel, was soll's? Der *Erfolg* ist maßgebend. Und das Fundament liefern wir!«

Losskow sah ein, daß es sinnlos war, anderer Meinung zu sein. Er stand auf, kippte den Whisky herunter, den ihm Randler eingeschüttet hatte, und sagte: »Wenn was ist, ich bin zu Hause. Du weißt ja, wo ich wohne.«

Dann ging er, in der leisen Hoffnung, daß sich die Dinge nicht so vehement entwickeln würden, wie es Randler in seinem Enthusiasmus prophezeit hatte. Das alles ist nur eine Tagessensation, dachte Losskow. Übermorgen spricht keiner mehr davon. Wen interessiert dann noch das Fernweh der Wikinger? Und Feuerland? Das liegt viel zu weit weg, unten an der Südspitze Südamerikas, das Ende eines Kontinents. Wer kümmert sich um Feuerland? Kein Mensch! Er irrte sich.

Eine ganze Woche lang lebte die vielgelesene Seite 3 der Zeitung von der ›Peter-von-Losskow-Story‹. Dieter Randler übertraf sich selbst. Was er im Zusammenhang mit Feuerland erfand, nahm sich zwar zunächst wie eine grandiose journalistische Leistung aus, war aber in Wahrheit eine kaum noch zu überbietende Frechheit dem Leser gegenüber. Nach Randlers Feuerland-Bericht mußte diese einsame Felsengegend am Südzipfel Südamerikas das gefährlichste aller immer noch nicht restlos erforschten Gebiete dieser Erde sein. Er schämte sich nicht einmal zu behaupten, Seefahrer hätten vom Meer aus beobachtet, daß in riesigen Felshöhlen noch Tiere lebten, die man nur aus Rekonstruktionen der vorzeitlichen Fauna kannte. »Gibt es noch Drachen?« fragte Randler kühn und antwortete ebenso keck: »Auch dieses Rätsel will Peter von Losskow lösen!« In den Text war ein Bild eingeschlossen, eine Fotomontage: Im Hintergrund Feuerland, im Vordergrund das wild bewegte Meer. Darüber die Illustration zu einer alten

Sage: ein riesiger fliegender Drache. Es wirkte ungemein überzeugend.

Nach einer Woche kam Randler zu Besuch. Er schleppte einen Koffer mit, schüttete den Inhalt aufs Sofa und setzte sich zufrieden in einen der tiefen Ledersessel.

»Nun lob mich mal, Junge!« sagte er fröhlich. »Alles Briefe! Leserpost. Angebote. Kommentare. Zusagen. Anfragen.«

»Auch von einer Nervenheilanstalt?« fragte Losskow sauer.

»Noch nicht. Die kommt später, wenn wir schreiben müßten: Losskow kneift!« Randler zeigte auf den Haufen Briefe.

»Was da liegt, reicht für hundert Romane! Das hat sogar mich in strammer Haltung vom Stuhl gehauen. Wühl dich durch die Briefe, Peter! Sogar der Entwurf eines neuen Schlagers ist dabei« ›In Feuerland, in Feuerland, wo Liebe heiß wie Feuer brannt'...‹«

»'raus!« sagte Losskow dumpf. »Sofort 'raus! Mitsamt deinem Koffer! Weißt du, daß ich freigesprochen werde, wenn ich dich jetzt erwürge?«

»Begnüge dich damit, mir einen Wodka zu bringen! Mit Bitter Lemon.«

»Ich mische Rattengift darunter.«

»O Freund, das hab' ich nicht um dich verdient! Ich habe für deine Popularität geschuftet wie ein orientalischer Brunnenochse. Du brauchst jetzt nur noch zuzusagen, und das Abenteuer Feuerland kann beginnen! Übrigens ist auch ein Brief von einem 92jährigen Mann dabei, der einen solchen Drachen wie auf unserem Feuerlandbild vor vierunddreißig Jahren in den Anden gesehen haben will. Toll, was? Das bringen wir natürlich. ›Augenzeuge warnt Peter von Losskow: Die Feuerland-Drachen haben einen schwefeligen Atem.‹ – Ich bin ganz happy.«

»Ich finde schon noch jemand, der dich erschlägt!« Losskow brachte den Wodka und die Lemon-Flasche. »Übrigens hat mich der Waschmittelkonzern angerufen. Ich bekomme mein Boot!«

»Halleluja!«

»Und zwar ohne die Verpflichtung, es ›Sternenklar‹ zu nennen!«

»Gratuliere. Und wie soll es nun heißen?« fragte Randler ahnungsvoll.

»Völlig neutral! ›Seelord‹!«

»Hab' ich mir's doch gedacht. Die Jungs von der Werbung sind Genies! Da kommt in vier Wochen ein neuer Artikel auf den Markt: ›Seelord – die Wäschestärke, die selbst dem Ozean trotzt!‹ Gratuliere, Peter!«

Das war Grund genug für Losskow, sich an der Leerung der Wodkaflasche zu beteiligen.

Fast zwei Tage brauchte Losskow, um die Post zu lesen und so zu sortieren, daß er einen Überblick bekam. Er hatte die Briefe in vier Gruppen eingeteilt: Nummer eins: Die Neutralen. Sie schrieben lediglich, um ihre Meinung zu dem Vorhaben kundzutun, Ratschläge zu geben und zu kommentieren. Nummer zwei: Das waren die Werbeempfehlungen, vom dauerelastischen Hosenträger bis zur Zahnbürste mit Sonnenenergie-Batterie, vom wasserdichten UKW-Radio bis zur wasserabweisenden Unterwäsche. Nummer drei: Die kleine, aber feine Gruppe der Industrie-Unternehmen, die das Vorhaben durch Spenden unterstützen wollten und detaillierte Angebote unterbreiteten, und schließlich die Gruppe vier: Die Bewerber, die sich anheischig machten, mit Peter von Losskow die Meere zu erobern.

Als Dieter Randler diese Briefe las, schnaufte er vor Begeisterung. Neunundsechzig Frauen und Männer hatten geschrieben, die nach eigenen Aussagen nichts auf dieser Welt fürchteten.

Ein ehemaliger Fremdenlegionär, zur Zeit Fremdenführer in einer mittelalterlichen deutschen Kleinstadt, wo er dreimal wöchentlich auch den Schloßgeist spielen mußte, legte als ›Referenzen‹ drei Fotos bei, die ihn in einem Jeep zeigten, dessen Kühler mit einem echten Totenkopf und zwei gekreuzten, gebleichten Oberarmknochen verziert waren (Unterschrift: Die schöne Zeit im Kongo), und einen vergilbten Zeitungsausschnitt mit der Schlagzeile: ›Wer ist der geheimnisvolle Söldner-Hauptmann im Süden?‹ »Ich!« schrieb der Bewerber. »Auf mich können Sie sich verlassen in jeder Situation. Ich bin ein Kumpel von der alten, aussterbenden Sorte. Ich haue Sie 'raus, wo immer Sie sind. Angst kenne ich nicht. Wo andere in die Hosen machen, werde ich erst munter! Ich kann sofort zu Ihnen kommen. Mein Vertrag als Schloßgespenst ist täglich kündbar.«

Ein Finanzmakler schrieb nüchtern, klar, prägnant, wie es

sich für einen Mann gehört, der mit Geld jongliert. ›Mein Vorschlag: Wir werden eine unbewohnte Insel in Besitz nehmen, dort einen eigenen Staat gründen, eine Verfassung ausarbeiten, Steuerfreiheit garantieren und damit große Kapitalien in unser Land locken. Allein von den Verwaltungsgebühren für dieses Kapital können wir für uns enorme Beträge abzweigen.‹

Es folgten lange Berechnungen, imponierende Zahlenkolonnen, der Vorschlag zur Gründung einer Radiostation mit Werbefunk, der Entwurf eigener Briefmarken sowie einer Landesflagge. Es war imponierend.

Ein Fleischermeister schrieb: ›Ganz davon abgesehen, daß ich ein guter Koch bin und auch aus einem Dosengericht noch eine abwechslungsreiche Mahlzeit mache, bin ich ein Kerl von 1,90 m Größe, habe Muskeln wie ein Stier, kann mit einem Faustschlag einer Kuh die Hirnschale zertrümmern und bin garantiert seefest. War einmal Fleischer auf einem Ferienkreuzer. Trotzdem betrügt mich meine Frau mit einem winzigen, mickrigen Italiener, der ins Straucheln kommt, wenn ich nur einatme. Verstehen Sie das? Ich nicht! Wie kann man eine Mücke lieben, wenn man einen Adler hat?! Das alles deprimiert mich. Ich möchte mit Ihnen nach Feuerland und Drachen jagen! Vielleicht sind sie eßbar, und wir können eine Fleischexportfirma gründen. Warum nicht? Wenn man Schnecken, Froschschenkel, geröstete Ameisen und was weiß ich noch alles ißt, warum nicht auch ein feuerländisches Drachensteak?! Herr von Losskow, ich bin Ihr Mann! Wenn Sie JA zu mir sagen, komme ich sofort!‹

Aber dann waren da noch die ernsten Anfragen, und sie las Losskow mit besonderem Interesse. Er hatte nie vorgehabt, andere Menschen in dieses Abenteuer hineinzuziehen, aber je mehr er darüber nachdachte, um so weniger abwegig erschien es ihm, mit einer kleinen, aber ausgewählten Mannschaft das Experiment zu wagen. Vor allem war dann eine Gefahr gebannt, die der Seefahrer am meisten fürchtet: Die Einsamkeit, das Gefühl grenzenloser Verlassenheit, die Macht der Stille.

Nach zwei Tagen hatte Losskow drei Briefe aussortiert, ohne sich bereits zu einer Antwort durchgerungen zu haben. Es handelte sich um junge Wissenschaftler, die wirklich nur wegen der möglichen Forschungsergebnisse, soweit sie sich aus der Zeitung davon ein Bild machen konnten, an ihn geschrieben hatten. Kritische Briefe, die eine ernsthafte Antwort verdienten.

Die Schwedin Helena Sydgriff stellte sich als Medizinstudentin vor. Sie interessierte ein eher psychologisches Thema: Wie verhalten sich Menschen, die monatelang auf engstem Raum, auf Gedeih und Verderb verbunden, auch in den kritischsten Situationen miteinander auskommen müssen?

Darüber lohnte es sich wirklich nachzudenken.

Der Tscheche Jan Trosky, dreißig Jahre alt, Assistent im Institut für Klimatologie, stellte die Frage, ob bestimmte Meeresströmungen sich verändern und damit auch einen großen Einfluß auf das Wetter gewinnen könnten, das ja in den letzten Jahren aus den Fugen geraten sei. Das Meer als großes Klimabecken: das war klar. Aber nach wie vor blieb das Meer noch eine längst nicht hinlänglich erforschte Unbekannte. Trosky führte das Bermuda-Dreieck an.

Peter von Losskow entschloß sich, auch ihm zu antworten.

Und da war die Italienerin Lucrezia Panarotti, Studentin der Meeresbiologie, die ein Bild beigelegt hatte. Ein zierliches, bildhübsches Persönchen in einem Bikini. Ihr langes schwarzes Haar wehte im Wind. Ihre Frage: Was wissen wir über die meeresbiologischen Probleme von Feuerland? Nichts! Warum? Weil es offenbar bisher keinen interessiert hat. Dabei kann – theoretisch – gerade vor Feuerland das Meer Aufschlüsse darüber geben, wie ein Meer in biologischer Hinsicht sein sollte – und was wir aus den anderen Meeren gemacht haben …

»Wenn das deine Mannschaft wird, mein Junge«, sagte Randler, als Losskow die drei Briefe aussortiert hatte, »nimmst du sicher ausgezeichnete Fachleute an Bord. Und was mich als Journalist betrifft: zwei schöne Frauen, zwei kräftige Männer für Monate auf einem Segelboot – natürlich gibt das eine tolle Story! Aber dir ist doch wohl klar, daß du mit Helena und Lucrezia zwei Superbomben auf die Reise nimmst?«

»Ich will sie erst sehen und sprechen«, sagte Losskow nachdenklich. »Noch sind sie nicht an Bord! Ich hab' ja noch nicht mal ein Schiff! Noch ist alles nur Wunschdenken. Aber *wenn* ich mit einer Crew segele, dann drück' ich mich auch um die Frage von Helena Sydgriff nicht herum: Wie benimmt sich ein Mensch unter anderen Menschen, wenn er in einer Nußschale lebt, wenn um ihn herum nur Wasser ist, wenn er die anderen wochenlang ertragen muß? Wie gesagt, es ist nur eine Vor-Auswahl.«

Am nächsten Tag schrieb Losskow drei Briefe und schlug ein Treffen in Hamburg vor.

Ohne es zu ahnen, hatte er damit Schicksal gespielt und sein Leben verändert.

Sie wollten sich in der Halle des Hotels ›Vier Jahreszeiten‹ treffen und dann das Gespräch in der Bar beginnen. Von Helena Sydgriff war Peter von Losskow angerufen worden, nachdem sie seinen Brief erhalten hatte. Ihre Stimme war angenehm, warm und weich, und ihr Deutsch hatte den lustigen Akzent der Nordländer. Trosky und Lucrezia Panarotti schrieben sofort per Einschreiben und Eilboten zurück, freuten sich riesig auf das Kennenlernen und legten beide noch einmal ein Foto neuesten Datums bei. Dieter Randler schnalzte mit der Zunge, als er Lucrezia betrachtete, bis Losskow ihm wütend das Foto abnahm.

»Dieser Jan Trosky hat's in sich!« sagte Randler. »Augen, die Löcher brennen können. Und Muskeln wie ein Ringer! Dem klaut keiner die Wurst vom Brot!«

»Genau das brauche ich!« Losskow steckte die Briefe wieder ein. »Auf dieser Fahrt wird uns nichts erspart bleiben!«

»Und die süße Maus Lucrezia? Ob die auch das gewünschte Durchstehvermögen hat?« Randler blickte an die Decke. Dort hing ein Modell der ›Santa Maria‹, des Flaggschiffs von Columbus, auf dem er den Seeweg nach Indien erzwingen wollte. »Zäh wird sie sein, das sieht man ihr an. Die strampelt noch im Bett, wenn du längst keinen Muckser mehr tust.«

Mit Randler war ernsthaft kaum zu reden. Losskow warf ihn aus der Wohnung und machte sich darauf gefaßt, daß morgen ein neuer Artikel in der Zeitung stehen würde: ›Die Yacht der tollen Frauen‹. Aber Randler blieb erstaunlicherweise friedlich: er berichtete lediglich, daß immer noch von vielen Firmen Unterstützungsangebote bei der Redaktion einliefen.

Kurz nach sechzehn Uhr betrat Losskow das Hotel ›Vier Jahreszeiten‹. Als Erkennungszeichen hatte er ausgemacht: Hellbraune Hose, Blazer aus dunklem Kamelhaar. Auf dem linken Revers ein geblähtes Segel aus blau-weißer Emaille.

Er hatte kaum die Halle betreten, als drei Gäste – ein Mann und zwei Frauen – aus ihren Sesseln aufsprangen und ihm entgegenkamen. Erstaunt sahen sie sich an, als sie merkten, daß sie dasselbe Ziel hatten. Losskow lächelte und breitete die Arme zur Begrüßung aus.

»Jawohl, ich bin's! Ich freue mich, daß Sie gekommen sind. Sie sehen genauso aus, wie ich's mir vorgestellt habe.«

Helena Sydgriff war groß, schlank, blond, mit kritischen Augen, ein sportlicher Typ, vielleicht eine ausgezeichnete Tennisspielerin. Sie reichte Losskow die Hand, ihr Händedruck war fest, gleichsam kompromißlos.

Sie hatte sich entschieden – das läßt sich auch mit einem Händedruck sagen.

Ganz anders Lucrezia Panarotti. Sie schwebte heran auf den steilsten Absätzen, die Losskow je gesehen hatte. Sie hatte aufregende lange schlanke Beine, schmale Hüften, einen biegsamen Körper mit unübersehbaren Brüsten, um die sich das Kleid aufreizend spannte. Eine Mähne aus schwarzen Haaren umwehte sie so raffiniert unbändig, wie es nur ein teurer Friseur zustande bringt. Keinen Augenblick zögerte sie, Losskow zu umarmen, ihn aus nächster Nähe mit ihrem exotischen Parfüm bekannt zu machen und ihn in ihre schwarzen, leuchtenden Augen blicken zu lassen. Ihr Mund öffnete sich wie eine Blüte, aber sie küßte ihn nicht, sie sagte nur, ganz nahe an seinen Gesicht:

»Sie sind enttäuscht von mir, nicht wahr? Aber Sie irren sich – ich kann zwar keine rohe Kartoffel in der Faust zerquetschen wie Ihr Kollege im ›Totenschiff‹ von Traven – aber dafür kann ich in Rekordzeit den Spinnaker einholen. Und in der Pflicht stehe ich meinen Mann!«

»Wir werden sehen, Lucrezia«, sagte Losskow. »Heute beschnuppern wir uns bloß. Bis wir eine Mannschaft sind, vergeht noch viel Zeit. Da gibt's noch manche harte Prüfung zu bestehen.«

»Sie ahnen nicht, wie zäh ich bin!« lachte sie, und Losskow mußte an Randler denken.

Jan Trosky, breitschultrig, auf säulenstarken Beinen, hatte ein wenig zu lange Arme. Die Haare fielen ihm fast schulterlang herab und waren an den Enden sogar gelockt. Losskow hatte ihn sich größer vorgestellt, aber die außerordentliche Stärke dieses Mannes war unverkennbar. Seine Augen musterten Losskow kritisch und abwartend; es war ihnen anzusehen, daß er Lucrezias bühnenreifen Überfall mißbilligte.

»Ich bin gern gekommen«, sagte er mit dunkler Stimme. »Was Sie da vorhaben, kann ein großer Wurf werden. Mit den richtigen Leuten.«

Das war auf Lucrezia gezielt. Sie schien es nicht zu merken oder überhörte es auch. Doch Helena zog die Brauen hoch und schob die Unterlippe vor.

Losskow gab sich alle Mühe, die ersten Minuten zu überbrücken.

»Ehe wir an die Bar gehen, um uns ein wenig besser kennenzulernen, sollten wir uns über eine Grunderkenntnis einig sein: Wir alle sind Leute, die sich einen großen Traum erfüllen wollen!«

»Bravo!« Jan Trosky klopfte Losskow auf die Schulter.

»Ich bin Jan Trosky!«

»Ich heiße Helena Sydgriff.«

»Ich bin Lucrezia Panarotti.« Die schwarze Mähne wirbelte um ihren schmalen Römerkopf. »Papa nannte mich Luzi. Er starb vor zwei Jahren.«

»Vergiftet?« fragte Trosky. Die Panarotti starrte ihn entgeistert an.

»Er stürzte bei einer Klettertour in den Abruzzen ab. Wieso vergiftet...?«

»Ich dachte nur. Der Name Lucrezia verpflichtet. Lucrezia Borgia war da nicht zimperlich.«

»Sehr witzig!«

»Ist es wichtig, daß wir unsere Kosenamen nennen?« fragte Helena Sydgriff deutlich aggressiv. »Sie heißen also Luzi. Mein Vater nannte mich Blondie. Und Sie, Trosky?«

»Stinker. – Pardon, ich kann mit süßeren Namen nicht aufwarten. Mein Vater war ein humorloser Mann. Was blieb ihm anderes übrig – er war der I. Wärter des Städtischen Klärbekkens.«

Losskow blinzelte ihm zu, aber Trosky erwiderte es nicht. Erst jetzt merkte Losskow, daß Trosky keinen dummen Witz gemacht hatte.

»Blondie, Luzi und Stinker«, sagte Lucrezia und bog sich in den Hüften. »Nur unser künftiger Herr und Meister schweigt.«

»Statt Peter wurde ich Peer gerufen.« Losskow hob wie bedauernd die Schultern. »Mein Vater hatte einen Nordlandtick! Die Losskows – so hatte er nachgeforscht – waren mit einem normannischen König verwandt. Losokau... oder so ähnlich. In grauer Vorzeit.«

»Daher auch Ihr Wikingertraum von der Weltumseglung!« Trosky lachte. »Ich sehe schon jetzt: Wir passen zusammen.«

»Abwarten!« Helena Sygriff strich sich eine Locke aus der Stirn. »Bis jetzt wissen wir nur soviel von uns, daß wir zu einem Abenteuer bereit sind. Aber ob wir dazu auch zu gebrauchen sind –«

Sie gingen von der Halle in die Bar, setzten sich in eine Ecke an den reservierten Tisch und überließen es Losskow, den Begrüßungstrunk auszuwählen.

»Champagner?« fragte er.

»Am Nachmittag?« Trosky dehnte seine Muskeln. »Für mich lieber einen Whisky. Ist's erlaubt? Bei uns, hinterm sogenannten Eisernen Vorhang, ist Whisky eine Seltenheit.«

Losskow bestellte. Er ist ein Individualist, dieser Trosky, dachte er. Genau das Gegenteil von einem Mitläufer. Er hat einen harten Schädel. Das kann nie schaden, wenn wir dem Feind gegenüberstehen – dem Ozean!

»Ich möchte von Anfang an nichts mit schönen Worten zudecken«, sagte Losskow. »Denn was wir vorhaben, ist alles andere als ›schön‹. Es wird eine einzige Quälerei werden, ein nie endender Kampf gegen Wasser und Sturm, Sonne und Kälte, Einsamkeit und Aggressionsstau, zerreißende Nerven und lähmende Angst! Ob wir das durchstehen – ich weiß es nicht.«

»Um das zu prüfen, machen wir doch die Sache«, sagte

Helena Sydgriff nüchtern. »Wie stark kann der Mensch physisch und psychisch belastet werden?«

»Und wenn wir uns irgendwann einmal gegenseitig auffressen?« fragte Trosky. Lucrezia lachte hell, aber Losskow wußte, daß es kein Witz war.

»Auch das ist nicht allzu abwegig.« Helena legte ihre schmalen und doch kräftigen Hände um das hohe Champagnerglas. »Dann wüßten wir, daß wir verloren haben. Experimente mit Menschen stecken voll unbekannter Gefahrenquellen. Das macht sie ja so interessant...«

Losskow sah Helena mit einem langen Blick an. Er hatte ein gutes Gefühl dabei, und auf sein Gefühl konnte er sich verlassen. Sie wird mitkommen, dachte er zufrieden. Ein Platz auf meinem Boot ist ihr sicher.

Am Abend tauchte Dieter Randler auf, obwohl Losskow ihn gewarnt hatte. »Ich schlage dir ein Veilchen!« hatte er gesagt. »Du lernst die drei kennen, wenn ich es für richtig halte!« Aber ein guter Journalist läßt sich von solchen Reden nicht beeindrucken. So erschien also Randler punktgenau nach dem Abendessen am Tisch des Restaurants der ›Vier Jahreszeiten‹. Die Herrschaften hatten ihr Dessert gerade beendet. Mousse von frischen Himbeeren.

Randler verblüffte durch genaue Kenntnisse. Er begrüßte Helena, Lucrezia und Jan mit Vornamen, erklärte, er sei Peters bester Freund und Vermittler lukrativer Spenden, machte alberne Witze, wie: Woran erkennt man einen Seemann? Wenn man ihm einen Flug schenkt, will er damit das Meer durchpflügen! – und als man nur höflich darüber grinste, setzte er sich unaufgefordert.

Der Abend ging bald zu Ende. Jan, Helena und Lucrezia erklärten, sie seien müde, und fuhren mit dem Lift zu ihren Zimmern. Losskow machte mit ihnen aus, daß man sich am anderen Vormittag um 11 Uhr wieder in der Hotelhalle treffen wolle. Dann wartete er am Lift, bis sich die Tür geschlossen hatte. Bevor sie einrastete, warf Luzi ihm noch einen koketten Handkuß zu.

»Die ist eine Wucht!« sagte Randler begeistert. »Nimm für die Deckplanken bloß kein Holz! Nimm Edelstahl! Holz brennt die glatt durch mit ihrem Hintern!«

»Ich bin viel zu müde, um dir eine zu kleben!« sagte Losskow gelassen.

Sie verließen zusammen die ›Vier Jahreszeiten‹. Losskow stieg in seinen kleinen Wagen, Randler winkte einem Taxi. Aber während Losskow nach Hause fuhr, ließ sich Randler einmal um den Häuserblock schaukeln und kehrte zum Hotel zurück. Dort rief er von einer Telefonkabine Jan Trosky an.

»Hier ist Randler. Liegen Sie schon im Bett, Jan?«

»Nein. Was ist los?«

»Sind Sie ausgezogen?«

»Nur die Schuhe. Sie brennen an den Füßen, sind neu.«

»Kommen Sie 'runter! Ich lade Sie ein, Sie werden es nicht bereuen. Wissen Sie, was ein Triangel ist? Ich führe Sie durch St. Pauli, da werden Sie's sehen. Live auf der Bühne!«

»Ich bin in fünf Minuten unten!« sagte Trosky ohne Zögern. »Ich muß nur wieder in diese verdammten Schuhe hinein.«

Was in dieser Nacht auf St. Pauli geschah, war nur unklar in einem Protokoll der berühmten Davidswache nachzulesen. Weltbewegend war es nicht. Vielleicht abgesehen von diesem Satz, den der Polizist nicht ohne Hochachtung in die Maschine getippt hatte: »Der Anzeigende gibt an, von drei Zuhältern tätlich angegriffen worden zu sein. Die drei Zuhälter wurden mit einem Krankenwagen ins Hafenkrankenhaus gebracht. Der Überfallene blieb unverletzt.«

Nach einer Stunde durfte Jan Trosky die Davidswache verlassen. Er wunderte sich, daß man ihm sogar die Hand schüttelte.

Doch damit war die Angelegenheit nicht erledigt. Am nächsten Morgen rief die Polizei bei Peter von Losskow an. Nur informativ. Sie wollte wissen, ob ein Jan Trosky, Staatsangehörigkeit Tschechoslowakei, an einem Forschungsunternehmen unter Leitung des Herrn von Losskow arbeitete.

»Es stimmt«, antwortete Losskow. »Wir haben uns gestern persönlich kennengelernt und planen eine Weltumseglung. Ist etwas passiert?«

»Nichts von Bedeutung, Herr von Losskow.« Der Beamte war sehr diskret. St.-Pauli-Abenteuer betreffen immer die Intimsphäre. »Wir wollten nur eine Bestätigung von Ihnen.«

»Weshalb? Ist Herr Trosky etwa bei Ihnen? Stimmen seine Papiere nicht? Wieso interessieren Sie sich für ihn? Bitte, verstehen Sie mich nicht falsch, aber es ist für unsere Zusammenarbeit von Bedeutung.«

»Herr Trosky kann Ihnen das bestimmt selbst am besten erklären!« sagte der Beamte zugeknöpft. »Sie wissen, daß wir von der Davidswache –«

Bei Losskow schlug eine Alarmglocke an. Er bedankte sich höflich, legte auf und wählte sofort die Nummer der Redaktion. Dieter Randler mußte erst gesucht werden, aber dann hörte Losskow seine etwas müde Stimme.

»Was ist in der Nacht passiert?« fragte er laut. »Los spuck es aus!«

»Du weißt es schon?«

»Die Polizei hat mich gerade angerufen. Davidswache! Du bist gestern zu Trosky zurückgekehrt und hast ihn mit nach St. Pauli genommen!«

»Hat das die Polizei auch gesagt?«

»Rede nicht drum herum! Was ist los?«

»Dieser Jan ist ein Pfundsbursche, Peter! Junge, hat der einen Punch in der rechten Faust! Kommen wir aus so 'nem Sex-Schuppen auf der Großen Freiheit, Hinterhof, toller Laden, Publikum kann mitmachen... also wir kommen 'raus, Jan mit so 'ner Kleinen am Henkel, da rempelt uns auf dem Hof einer an, so 'n richtiger Loddel mit Lippenbärtchen, gibt Jan eine Ohrfeige und verlangt Schmerzensgeld, er sei von Jan in die Rippen gestoßen worden. Und wie wir noch dumm gucken, kommen zwei andere dazu, genauso Typen, grinsend wie Nürnberger Zwetschgenmännle. Umringen uns und sagen: ›Wir sind Zeuge! Der Kerl hat Bruno angegriffen!‹

Ich will was entgegnen, will sagen: Kinder, haltet die Luft an. Ich bin von der Presse! Wir haben doch miteinander ein Friedensabkommen, aber da klebt der Bruno unserem Jan noch eine und brüllt: ›He, du hast mich getreten!‹ Das war nun ganz unmöglich, denn die Biene hing ja noch an Jan und tat so, als ob sie zittere und wahnsinnige Angst habe. Ja, und dann lief Jan Trosky zu großer Form an. Ich kann dir sagen, das war ein Genuß! Er stellt das Püppchen an die Wand, hämmert dem Bruno blitzschnell die Faust auf die Nuß, Bruno glotzt über Kreuz und geht still zu Boden. Die beiden anderen 'ran an Jan, aber der greift zu, duckt sich, wirft den einen mit herrlichem

Judoschwung über die Schulter aufs Pflaster und rammt dem anderen den Kopf in den Magen: Dann rummrumm zwei Haken an den Nischel. Bruno, der sich aufgerappelt hat, bekommt noch eine Ladung mit, zwei Breitseiten mit beiden Fäusten, er dreht sich wie ein Kreisel und fällt mit der Stirn gegen die Mauer. Platzwunde. Die drei kommen ins Krankenhaus, und Jan meldet als guter Staatsbürger den Vorfall bei der Davidswache. Das war alles! Fabelhafter Kerl, dieser Trosky! Peter, das ist genau der Mann, den du brauchst!«

»Und du bist ab sofort genau der Mann, der sich nicht mehr bei mir blicken lassen soll! Ich werfe dich aus dem Fenster! Garantiert!«

»Undankbarkeit ist der Lohn der besten Freunde!« Randler gähnte. Er hatte kaum zwei Stunden geschlafen. »Du siehst Jan nachher um 11 Uhr?«

»Ja.«

»Mach ihn nicht zur Sau! Er konnte es nicht ändern. War'n mieser Abend für ihn. Er ist nicht mal mit 'nem Wälzerchen auf die Matratze gekommen!«

Im Gegensatz zu Randler, der sich in der Redaktion auf eine Couch gelegt und drei Stunden lang geschnarcht hatte, schien Trosky frisch und erholt zu ein, als er um 11 Uhr in der Hotelhalle Helena Sydgriff begrüßte, die gerade aus dem anderen Lift kam. Lucrezia war unpünktlich, aber das überraschte Losskow nicht. Als er auf ihr Zimmer telefonierte, daß er unten warte, sagte sie: »Ein paar Minütchen noch, Peer! Ich föne mir gerade die Haare.«

Losskow sah Trosky kurz an, stellte keinerlei Ermüdungserscheinungen fest und beschloß, ihn nicht mehr nach seinen nächtlichen Erlebnissen auszufragen. Das war auch nicht nötig. Als Helena im Hotelkiosk die neueste Zeitung kaufte, benutzte Jan die Gelegenheit, um Losskow zuzuflüstern:

»Ich bin in der Nacht verrollt, Peer! St. Pauli. Als ›Ostler‹ muß man ja den dekadenten Westen dort studieren, wo er am typischsten ist! So was kennt man ja bei uns gar nicht. Was die da so selbstverständlich auf der Bühne produzieren... na, Sie wissen ja! Und da hat es Krach gegeben.«

»Ich weiß. Die Polizei hat bei mir angerufen.«

»Nun sind Sie enttäuscht von mir, was? Ich schwöre Ihnen: es war Notwehr!«

»Ich glaub's Ihnen. Vergessen wir es!«

»Danke!« Trosky lächelte zufrieden. »Auch wenn wir ein Team werden sollten, Peer – jeder ist für jeden da, natürlich, die Aufgabe geht immer vor –, so sollte doch jeder seine Individualität behalten! Bisher ist nicht die Rede davon gewesen, daß wir ein Klosterschiff ausstatten und rund um die Welt meditieren.«

»Was Sie an Land tun, Jan, ist mir völlig schnurz«, sagte Losskow. »Aber an Bord bestimme ich!«

»Ganz klar.« Trosky gab Losskow die Hand. »Ich habe das schöne Gefühl, daß wir uns blendend verstehen werden.«

Aus dem Lift trat Lucrezia Panarotti. Ihr Auftritt war filmreif. Sie trug ein enges, gelbes Kleid, über das ihre schwarzen Haare wie ein weiter Schleier fielen. Sie war nicht zu übersehen, und wer sie ansah, mußte stehenbleiben und ihr nachblicken.

»Wo fangen wir also an?« fragte Trosky, als Helena mit ihrer Zeitung zurückgekommen war. »Fragen Sie uns ruhig Löcher in den Bauch, Peer! Wir sind uns ja alle noch völlig fremd. Passen wir überhaupt zueinander? Wenn Sie der Ansicht sind, daß Sie nach unseren Briefen etwas anderes erwartet haben – sagen Sie es ruhig! Später, auf dem Ozean ist's zu spät. Da hilft dann nur noch eins: über die Reling werfen!«

»Wir haben Zeit genug, uns kennenzulernen.« Losskow holte aus seiner Aktentasche einige bunte Schnellhefter heraus. »Die Vorbereitungen werden bis zum Jahresende dauern. Ich rechne damit, daß wir im Februar ablegen. Da ergibt sich schon die erste Frage: Können Sie über Ihre Zeit verfügen? Wir müssen hier zusammenbleiben, wir müssen trainieren...« Er sah die beiden Mädchen an. »Ich wiederhole es, auch wenn Sie es alle wissen: Es wird kein Ausflug. Es kann um Leben oder Tod gehen!«

»Ich bin frei!« sagte Helena Sydgriff, nüchtern wie es ihre Art zu sein schien. »Mein Vater hält mich zwar für ziemlich verrückt, aber er will in das Unternehmen 20000 Mark investieren. Er hat eine Fabrik für Schlösser und Baubeschläge.«

»Ich habe kein Geld.« Lucrezia zog eine kindliche Schnute.

»Aber ich kann jederzeit mein Studium unterbrechen. Ich kann gleich hierbleiben. Ich habe alles, was ich brauche, schon mitgebracht. Sieben Koffer.«

»Davon können Sie sechseinhalb wegwerfen, Luzi! Bei Kap Horn gibt es keine Cocktail-Party!« Trosky lehnte sich zurück und balancierte sein Whiskyglas auf der flachen Hand. Während die anderen Orangensaft tranken, war Jan konsequent bei seinem Schottischen geblieben. »Ja, und ich? Ich kann mich auf unbestimmte Zeit beurlauben lassen. Natürlich habe ich mit meinem Institutsdirektor gesprochen, bevor ich Ihnen schrieb, Peer. Ich bin Staatsangestellter, der Staat hat mein Studium bezahlt – woher sollte mein Vater als Kläranlagenwärter das Geld nehmen?! Über mich bestimmt also der Staat! Aber ich habe in Professor Karel Nowracky einen Gönner. Er gibt mich frei. Ich könnte in vierzehn Tagen wieder in Hamburg sein – wenn Sie mich wollen, Peer!«

»Wir wollen es miteinander versuchen!« Losskow blickte auf Helena Sydgriff. Sie sah ihn an, interessiert, forschend, wie zu einer Diganose bereit. »Bis zum Jahresende kann jeder noch sagen: Danke! Ohne mich! – Gut, fangen wir also mit dem Wichtigen an: Wir werden eine Wohnung suchen, wo Sie, Luzi, Blondie und – Stinker, wohnen können.«

»Warum zögern Sie bei Stinker?« fragte Jan grinsend.

»Diesen Kosenamen gedenke ich in Zukunft zu vermeiden.« Losskow schlug den ersten Schnellhefter auf. Er enthielt die Liste der bisher eingegangenen Spenden. »Die Miete und der Lebensunterhalt sind durch Geldspenden von Zeitungslesern gesichert. Wie ich Randler kenne, wird er weiter trommeln. Aber das sage ich gleich: Champagner und Whisky müßt ihr euch vom eigenen Geld kaufen! Auch Parfüm, Luzi! Der Spendenfonds bestreitet nur die Kosten für einen normalen Haushalt. Morgen fahren wir zu einer Fleischfabrik, die mir Trockenfleisch nach einem besonderen Verfahren angeboten hat.« Er blickte hoch und sah in gespannte Gesichter. Jeder spürte, daß das große Abenteuer bereits begonnen hatte. »Von euch brauche ich eine Aufstellung, was ihr an eigenen Forschungsinstrumenten mitbringt.«

»Eine große Tasche mit Medikamenten und einem chirurgischen Notbesteck«, sagte Helena Sydgriff. »Das ist alles. Mehr brauche ich nicht. Meine Forschungsobjekte seid ihr.«

Trosky lachte. »Da haben Sie sich etwas vorgenommen!«

Nach zwei Wochen trafen sie in Hamburg wieder zusammen. Jetzt, um endgültig dazubleiben. Losskow hatte eine Wohnung gefunden und gemietet: Vier Zimmer, Küche, Diele, Bad und ein Balkon mit Elbeblick. Es war eine vornehme Gegend; hier lagen die in Parks eingebetteten Villen der Superreichen, Oasen der Stille jenseits der lärmenden Großstadt. Aber Losskow hatte – wieder mit Randlers Hilfe, so ein Journalist hat das Ohr überall und steckt seine Finger in alles rein – die Wohnung in einem Altbau gefunden, der im nächsten Jahr abgerissen werden sollte. Man wollte dann zwei ganz exklusive Apartmenthäuser bauen, nur zwei Etagen hoch, mit vier Wohnungen, die unter der Hand verkauft wurden. Bis dahin stand der Altbau leer. Er war zwar noch funktionstüchtig, aber Tapeten und Anstriche bewiesen, daß jahrelang nichts in das Haus hineingesteckt worden war.

Luzi betrachtete die Wohnung mit kritischem Blick. »Wie lange sollen wir hier wohnen? Bis Februar nächsten Jahres? Ihr werdet euch wundern!«

Und man wunderte sich. Lucrezia kaufte Tapeten und Leim, lieh sich einen Tapeziertisch, Quast und Schneide, schleppte Farbtöpfe heran, mischte und mixte. Und dann stand sie auf der Leiter, weichte die alten Tapeten ab, besserte den Putz mit Spachtelmasse aus, strich Makulatur und sottete die neuen Tapeten ein.

Jan Trosky mußte helfen. Zum erstenmal reichte er Tapeten an und klopfte sie mit einer flachen Bürste, zog mit einer Gummirolle die Nähte nach und drückte die Bahnen auf Stoß zusammen. Ein paarmal ging das schief, die Tapeten warfen Falten, und Luzi sagte dann sanft:

»Was bist du doch für ein Trottel, Jan! Die klimatischen Veränderungen am Südpol siehst du voraus, aber eine Tapete kriegst du nicht gerade hin!«

Nach einer Woche war die Wohnung ein Schmuckkasten.

Jan, Luzi und Blondie gaben eine Party. Da die Möblierung sich auf das allernotwendigste beschränkte, saß man auf dem Fußboden, trank einen Cocktail, den Helena gebraut hatte, und aß Schaschlik, für den Trosky verantwortlich war. Lucrezia war sehr stolz. Losskow hatte sie gelobt, hatte ihr einen Kuß gegeben und gesagt: »Ehrlich, das hätte ich nicht erwartet!«

Hinter der verführerischen Fassade Lucrezias verbarg sich ein wahres Energiebündel. Randler, der für alles einen Kommentar hatte, meinte: »Das sind die Gefährlichen, Peter! Du glaubst ein ganz zerbrechliches Püppchen vor dir zu haben – und plötzlich erweist die sich als so knallhart, daß einem die Lider flattern!«

Die Vorbereitungen liefen nun auf vollen Touren. Jede Woche einmal brachte Randler ›Neue Nachrichten aus Feuerland‹, eine Rubrik, die schon fast zur festen Einrichtung geworden war. Sie hatte nur einen Fehler: Da Randler natürlich auch Fotos brachte – von Peter beim Rudertraining, von Trosky, wie er aus Seewasser Trinkwasser filterte, von Lucrezia und Helena, wie sie die Segel refften, war die Anteilnahme der Leser sehr groß. Bei Helena und Lucrezia gingen vierundvierzig ernsthaft gemeinte Heiratsanträge ein: allein drei steinreiche Witwer bewarben sich um ihre Gunst. Sogar Trosky bekam neun Angebote. ›Haben Sie Muskeln!‹ schrieb eine Frau aus Neumünster. ›Und wie kraftvoll Ihre Schenkel sind! Wir sollten uns unbedingt kennenlernen. Ich habe eine Eisengroßhandlung geerbt, die eine Goldgrube ist. Wir könnten zusammen leben, wo Sie wollen! Von mir aus auch in Feuerland ...‹

In wenigen Wochen gewöhnte man sich so aneinander, daß man meinte, die anderen schon seit vielen Jahren zu kennen. Längst war man per du, nahm kein Blatt vor den Mund und sagte einander auch unangenehme Dinge. Zu einer echten Freundschaft gehört Aufrichtigkeit.

Jan Trosky hatte sich ein Mädchen angelacht, eine schmale großäugige Verkäuferin in einer Curry-Wurst-Bude auf der Reeperbahn. Er hatte sich nach einem Kinobesuch eine Wurst gekauft, und das Mädchen hatte sein Grinsen erwidert. Sie lächelte zurück, das war alles. Morgens um 4 Uhr, als das Mädchen Feierabend hatte und die Rolläden der nach heißem Fett stinkenden Bude heruntergelassen wurden, stand Trosky zwei Häuser weiter in einer Türnische und wartete. Sie sah ihn sofort, als sie vorbeiging, blieb stehen und blickte ihn mit seltsam leeren Augen an.

»Du wirst nicht abgeholt?« fragte Trosky.

»Nein«, sagte sie. Ihre Stimme war kindlich.

»Dich erwartet keiner?«

»Nein.«

»Deine Eltern?«

»Sind in Apensen.«

»Wo ist denn das?«

»Westlich von Buxtehude.«

»Aha! Ich heiße Jan.«

»Ich bin Anita.«

»Du wohnst hier allein?«

»Möbliert.«

Er faßte sie unter. Sie schauderte zusammen, aber sie lief nicht weg.

»Hast du Angst?« fragte er.

»Nein! Aber ich bin todmüde. Stehe da über zehn Stunden.«

»Sauerei!«

»Aber ehrlich. Ich will keine Nutte werden! Da könnt' ich Geld machen! Aber ich will nicht. Und du?«

»Ich kümmere mich ums Wetter.«

»Red keinen Quatsch!«

»Ich schwöre es dir, Anita.«

Sie starrte ihn wieder mit dem leeren Blick an und lächelte dann schwach. »Sag bloß, du bist einer von denen, die immer die falschen Wettervorhersagen machen.«

»So ähnlich.«

»Das ist ja zum Piepen!« Sie drückte seinen Arm. »Wie wird das Wetter morgen?«

»Sonnig. Strahlend wie im Paradies! Muß ja sein; wir haben uns doch kennengelernt.«

Als wäre es immer so gewesen – sie arbeitet, er holt sie ab –, gingen sie durch die stille, atemholende Stadt, dem Morgendämmern entgegen. Sie hatte ein kleines, sauberes Zimmer, diese Anita aus Apensen, ein gutes Bett und war voll samtener Zärtlichkeit.

»Sie nimmt Rauschgift«, verriet Trosky später, als er Losskow von Anita berichtete. »Mittelhart! Tabletten, Pillen, Dragées. An die Heroin-Nadel ist sie zum Glück noch nicht gekommen. Aber auch die Tabletten gewöhne ich ihr noch ab.«

»Wir können sie nicht mitnehmen«, sagte Losskow hart. »Damit das von Anfang an klar ist. Sag ihr jetzt schon, daß im Februar alles zu Ende ist.«

»Das kann ich nicht. Das würde sie umhauen.«

»Und im Februar, Jan? Was du da machst, ist eine Riesendummheit! Wir haben uns alle von persönlichen Bindungen gelöst, und du gehst eine neue ein!«

»Ich bin kein Asket. Ich muß eine Frau haben.«

»Es gibt in Hamburg tausendfach Gelegenheiten für eine lose Verbindung!«

»Ich brauche das, wie andere sich rasieren. Es ist für mich geradezu eine kosmetische Angelegenheit.«

»Und später auf dem Boot?«

»Da tobe ich mich am Meer aus!« Trosky lachte. »Der Ozean! Für mich ist das Meer weiblich: die See!«

Während es Helena kaltließ, was Trosky in seiner Freizeit unternahm, zog bei Lucrezia Gewitterstimmung auf. »Wer ist eigentlich diese Anita?« fragte sie Losskow. »Mit der liegt er in jeder freien Minute im Bett, nicht wahr? Ist sie so hübsch?«

»Ich kenne sie nicht.«

»Und mich fragt keiner?«

Losskow sah Luzi verblüfft an. »Was soll das heißen?«

»Bin ich aus bemalter Pappe? Oder habe ich Blut in den Adern? Denk mal darüber nach, Peer!«

Am Abend sprach Losskow mit Helena Sydgriff darüber. Jan war wieder bei Anita, Lucrezia ließ sich in einem Schönheitssalon eine Gesichtspackung machen.

»Ich habe das erwartet«, sagte Helena nachdenklich. »Mein Berichtsbuch habe ich längst angefangen. Seit Tagen gärt es unter der Oberfläche. Luzi ist innerlich gespannt, als wolle sie etwas abschießen. Sie hat mir erzählt, daß sie in Rom bis zu ihrer Abreise einen festen Freund hatte. Angelino hieß er. Sie sprach ganz offen darüber. Mindestens dreimal in der Woche trafen sie sich. Plötzlich liegt sie auf dem Trockenen. Ein Glutkegel wie Lucrezia! Vom Medizinischen her gesehen ist das ein echtes Problem. ›Verdammt, ich könnte jetzt jeden

Mann anfallen‹, sagte sie einmal zu mir. ›Ob dick oder dünn, klein oder groß, gerade oder krumm, nur ein Mann muß es sein!‹ – Ich kann sie verstehen. Sie ist ein Hormontyp, für den ein Orgasmus geradezu Medizin ist!«

Losskow schwieg. Er sah Helena Sydgriff ratlos an, aber er freute sich, daß sie so offen und ohne Scheu über diese Dinge mit ihm reden konnte.

»Kann sie für unser Unternehmen eine Gefahrenquelle werden?« fragte er.

»Ich hoffe, das viele Wasser wird sie beruhigen.«

»Soll ich sie nach Rom zurückschicken?«

»Das ist deine Entscheidung. Du bist der Chef.« Ihre hellen Augen blickten ihn beruhigend an. »Jeder von uns ist ein Problem, Peer. Wie wir später in der unendlichen Weite reagieren werden, weiß keiner von uns. Da kann Jan wie ein Fels sein und du wie ein nasses Handtuch. Denk daran, wie Luzi die Wohnung umfunktioniert hat. Wir müssen uns darauf einstellen, daß wir zu ungeahnten Wandlungen fähig sind.«

»Ich bin froh, daß du zu uns gehörst«, sagte Losskow, nahm ihre Hand und küßte sie. »Ich bewundere dein klares Denken.«

»Wenn du dich da nicht täuschst«, erwiderte sie. Ihre Hand zog sie nicht zurück. »Man kann sich auch am Eis verbrennen.«

Da lag nun das Boot.

Es war nicht das Boot, das Losskow bekommen wollte, es war ein Schwesterschiff, das gerade fertiggestellt worden war und nächste Woche zu seinem Eigner in den Hafen von Cannes gebracht werden sollte. Der Werbechef der Waschmittelfabrik hatte angerufen und Losskow mit seiner Crew eingeladen, das Boot, das man ihnen schenken wollte, in Augenschein zu nehmen. Eine holländische Werft baute es, nach den neuesten Erkenntnissen. Der Konstrukteur wollte es erklären und Losskow Gelegenheit geben, mit einem noch nicht ausgebauten Rumpf dieses Modells seine Versuche anzustellen.

Von allem, was Losskow vor der Abreise nach Holland

seinen Freunden erzählte, begeisterte Jan eins besonders: Das Boot war ›unkenterbar und selbstaufrichtend‹.

»Das heißt, wir können nie untergehen?« fragte er. »Das glaubst du?!«

»Wir werden es genau testen.«

»Auch bei Windstärke zwölf passiert gar nichts?«

»Doch. Wir ersaufen.«

»Aber das Boot spielt Stehaufmännchen?«

»So ist es! Theoretisch kann man mit ihm nie untergehen – wenn die Seitenwände und der Boden halten. Die ganze Schale besteht aus ausgeschäumtem Polyester in Sandwichbauweise. Oben bleibt immer oben.«

Nun lag das Boot in dem kleinen Hafen der holländischen Werft, schneeweiß, mit einem roten Streifen rund um die Schale, mit einem blitzenden stählernen Mast und einem flachen, rundum verglasten Kajütenaufbau. Ein wunderschönes Schiff. Fast andächtig trat Losskow an den Steg heran. Nur Lucrezia sagte mit deutlicher Enttäuschung:

»Du lieber Himmel, ist das ein kleines Ding!«

Die erste Besichtigung des ›Schiffes‹ nahm wenig Zeit in Anspruch. Nacheinander betraten sie es, krochen durch die enge Tür in den Kajütenraum und betrachteten die ›sechs Schlafplätze‹ – zwei im Bug, zwei im Heck, und zwei ergaben sich, indem man die gegenüber liegenden harten Polsterbänke und den Tisch wegklappte und zusammenschob. Sie blieben in dem Mittelraum stehen, den der erklärende Konstrukteur, ein Herr Willem van Fleterword, schlicht und ergreifend ›Salon‹ nannte, und malten sich aus, welcher artistischen Fähigkeiten es bedürfte, wenn man sich in der kleinen Bordküche das Essen zubereiten wollte. Es gab sogar eine Sitzbadewanne und einen Lokus, aber alles war so eng, daß die betroffenen Körperteile ein bestimmtes Volumen nicht überschreiten durften.

Losskow fand das Boot hervorragend. Er klopfte es ab, ließ sich den wirklich großen Stauraum zeigen, die Lenzpumpe im Cockpit, die Mastverankerung, die neue Mastklappvorrichtung, die Schnellreff-Einrichtung – alles wichtige Dinge, wenn man in ein schweres Wetter kommen würde, wo es auf Minuten ankam, wenn es galt, das Boot sturmfest zu machen.

Die Besichtigung wurde mit einem hervorragenden Mittagessen abgeschlossen, mit einigen guten holländischen Aquavits, mit Glückwünschen und einer Dankesrede Losskows an den Waschmittelkonzern, der den Kauf dieses schönen Bootes möglich gemacht hatte. Ein Direktor aus der Vorstandsetage, der auch mitgekommen war, überreichte unter den Blitzlichtern der Reporter noch einen Extra-Scheck zur weiteren Ausgestaltung des Bootes, wobei er sich so plazierte, daß er auf allen Fotos das Plakat seines neuesten Allwaschmittels im Rücken hatte.

Am Abend hatte die Crew endlich Zeit, sich mit dem Geschenk zu beschäftigen. Losskow, Randler und die drei waren noch einmal zum Westhafen hinausgefahren und saßen nun auf dem Steg, ließen die Beine über dem Wasser baumeln und blickten auf das Boot.

»Mir war klar«, sagte Trosky, »daß wir mit einem kleinen Boot losziehen. Aber von einem Liliputanerschiff war nie die Rede.«

»Das Boot ist eine ›Friendship 28‹.« Losskow hatte die Daten auswendig gelernt. Es war genau das, was er sich vorgestellt hatte. »Es ist fast 8,70 m lang, 2,85 m breit, hat einen Tiefgang von 1,60 m und eine Verdrängung von 3,5 t.«

»Wer die Zahlen hört, lüftet den Hut!« gab Randler zu. »Aber wer das Ding dann betritt... Peter! Damit kann man doch nicht über die Meere segeln!«

»Was hindert dich daran? So ein Boot kann sicherer sein als ein Riese von 350 m Länge. Ich habe noch nie gehört, daß die ›Queen Elizabeth‹ unkenterbar und selbstaufrichtend ist. Natürlich gibt das einen tollen Tanz auf den Wellen, aber wir bieten auch keine Angriffsfläche! Das Ganze ist eine Frage der Kondition.«

»Es fehlt der Hilfsmotor«, sagte Trosky plötzlich. Losskow sah ihn erstaunt an.

»Was fehlt?«

»Das Zwergenschiff hat keinen Hilfsmotor. Und wenn's ein kleiner Zweitakter ist! Es beruhigt mich ungemein, wenn es unter meinem Hintern tuckert.«

»Die Wikinger hatten auch keinen Hilfsmotor«, sagte Losskow ruhig.

»Die hatten auch kein selbstlenkendes Cockpit, keine ausziehbare Propangas-Kombüse, keinen antistatischen Kompaß! Die hielten den Daumen in die Luft und fuhren los.«

»Genau *das* will ich! Wir wollen segeln, nicht knattern! Was wir an Sicherheit mitschleppen, ist – da hast du recht – sowieso schon unfair gegenüber den Normannen.«

»Du bist der Boß!« sagte Trosky. »Also gut, kein Motor! Aber wenn wir ihn einmal brauchen werden, wenn wir verrecken sollten, weil er uns fehlt? Dann...«

Er sprach nicht weiter. Nur Lucrezia fragte mit wachen Augen: »Was dann?«

»Dann schlägt er mir vorher den Schädel ein!« sagte Losskow unbeeindruckt. »Aber überlegt mal: Für das Gewicht von Motor und Benzin können wir Frischwasser an Bord nehmen. Das werden wir nötiger brauchen, wenn wir bei einr Flaute auf dem Ozean stehen.«

»Mit einem Hilfsmotor gibt's keine Flaute«, hakte Trosky ein. »Da kann man weg! Aber bitte, bitte, ich will nicht jetzt schon meckern. Wir vier auf diesem Miniatursegler – das wird sowieso eine ganz besondere Arche Noah!«

Am nächsten Tag konnten sie eine Rohschale des Bootes übernehmen, mit einem kleinen Mast und einem Großsegel von knapp 10 qm. Es war Wind aufgekommen, eine ziemlich steife Brise, genau das, was Losskow brauchte, um die Schale zu überprüfen. Ein Werftingenieur, der Konstrukteur Willem van Fleterword, natürlich Dieter Randler und die Crew standen in gelbem Ölzeug auf dem Steg. Die Ausbauschale tanzte wie schwerelos auf den Wellen und zerrte an der Vertäuung. Jeder trug seine Schwimmweste unter dem Arm.

»Wer geht mit?« fragte Losskow.

»Ich fahre mit dem Motorboot nebenher!« sagte Randler schnell. »Ich muß ja Fotos machen!«

»Ich bin dabei«, sage Trosky.

»Und wir?« fragte Helena Sydgriff.

»Ihr seht vom Motorboot aus zu, wie alles funktioniert. Wenn etwas schiefgeht, habt ihr Gelegenheit, uns zu retten! Also ran, meine Lieben!«

Losskow schulterte seine Schwimmweste und ging über den

Steg zum Boot. Er kam an Helena vorbei. Sie sah ihn mit ihren hellblauen Augen sorgenvoll an und sagte leise:

»Sei nicht leichtsinnig, Peer! Paß auf dich auf!«

»Angst, Blondie?«

»Ja.«

Er zögerte, hob die Hand und winkte unbeholfen. »Danke«, sagte er. »Das war nett von dir.«

Ein unbeschreibliches Glücksgefühl war in ihm, als er in die Plicht sprang und die Hand nach Trosky ausstreckte, um ihm an Bord zu helfen. Sie hat Angst um mich, dachte er. Sie ist wirklich nicht die kühle Intellektuelle, als die sie sich gibt. Danke, Helena, unsere Welt ist um einiges schöner geworden. Trosky ging unter Deck in die kleine Kajüte und kam sofort wieder heraus. »Ohne Einrichtung ist das ja alles noch trostloser! Mir kommen die Wände verdammt dünn vor. Früher spuckten die Seeleute ihren Priem aus, und hier gäbe das sofort ein Loch in der Wand.«

»Polyester ist leicht, aber eisenfest.« Losskow lachte. Er band sich die Schwimmweste und und ließ sie von Druckpatronen aufblasen. »Außerdem ist der Rumpf in der Laminat-Bauweise gebaut. Diese Schichtug knackt so leicht keiner durch.«

»Die Wände klingen hohl.«

»Das sind die Luftkammern und die Aufschäumung. Die richten uns immer wieder auf! Das proben wir jetzt durch. Schiß in der Hose?«

»Wäre ich dann hier?« Trosky grinste. »Wir werden um Feuerland und Kap Horn rauschen, daß uns der liebe Gott in seinem Lehnstuhl applaudieren wird!« Er band sich nun auch die Schwimmweste um und zog an den Luftpatronen. Dann markierte er ein Strammstehen und legte die Hand an die Stirn. »Zum Auslaufen bereit, Sir. Soll ich Signal ›Anker-Klüse frei‹ geben?«

Sie warfen lachend die Leine los und warteten, bis das Nylonseil, das sie mit dem Motorboot verband, sich straffte. Dann setzten sie sich in die Plicht, Losskow nahm den Ruderbalken, und die Schale tanzte auf den Wellen davon.

Schon das Wegschleppen wäre für einen Laien Anlaß gewesen, sich mit Grausen abzuwenden. Die Schale war wie ein Stück Papier, mit dem das Meer spielte. Als sie ins freie Wasser kamen, hakten sich Losskow und Trosky an den gespannten Laufleinen ein, da sie jetzt ihre Hände nicht mehr zum Festhalten, sondern zur Arbeit benutzten. Vom Motorboot wurde das Schlepptau gelöst, Trosky hakte es aus. Dann setzte Losskow das Großsegel voll in den Wind und ließ das Boot davonschießen, als sei es katapultiert worden. Sie kamen mit dem Motorboot gleich, das in den hohen Wellen stampfte und voll mit dem Bug eintauchte, sahen auf der Flybridge neben dem Werftingenieur auch Dieter Randler stehen, bleich, mit verkniffenem Gesicht, aber noch tapfer genug, um seinen Fotoapparat mit einem gelben Plastiksack vor Nässe zu schützen. Jetzt hörten sie, wie ihnen der Konstrukteur van Fleterword mit einem Megaphon etwas zuschrie. Er klebte an der Reling, von den Wellen ab und zu überschüttet, ein Mensch, der im Meer wie zu Hause war.

»Nicht voll in den Wind!« brüllte Fleterword. »Der Mast ist nur provisorisch gesteckt! Holen Sie ein! Mit Segeln können Sie nicht rollen!«

»Das weiß ich von allein!« knurrte Losskow. Er ließ die Schale an dem Motorboot vorbeiziehen und winkte fröhlich. Hinter der Scheibe des Kajütsalons erkannte er die Gesichter von Lucrezia und Helena. Seht euch das an, dachte er. Ja, das erwartet euch! Dabei ist das hier noch ein Spielchen gegen das, was uns ein richtiger Sturm bescheren wird. Da werdet auch ihr an Haken hängen, und die Wogen werden sich haushoch vor euch auftürmen und auf euch herunterstürzen. Ein Gebirge aus Wasser. Da kann einem das Herz stehenbleiben, ich kenne das! Und nach dem Gebirge kommt das Tal, und man fällt hinein und weiß: Dieser gurgelnde, brüllende Schlund spuckt dich niemals wieder aus. Niemals! Das ist das Ende! Über dir wird sich das Meer schließen. Du bist verschluckt worden. Es gibt dich nicht mehr. Und dann tauchst du wieder auf, reitest auf schäumenden Wellenkämmen und begreifst nicht mehr, daß es noch einen Himmel gibt, einen Horizont, jagende Wolken, tobende Wasser und daß du das alles siehst und hörst und weiterlebst ... bis zum nächsten Gebirge aus Wasser, bis zum nächsten brüllenden Tal ...

»Segel ein!« schrie Losskow. Sie waren jetzt einige Meilen von der Küste entfernt, das Meer rollte gewaltig an und schlug mit Wellenfäusten auf die Polyesterschale. Das Schott zur Kajüte war sturmdicht gemacht worden, da kam nichts mehr 'rein, aber die automatische Lenzpumpe konnte das Cockpit nicht mehr freimachen. Es schlug mehr hinein, als sie herausdrücken konnte. Trosky und Losskow standen bereits bis über die Knöchel im Wasser. Ein Brecher, der voll ins Boot geschlagen war, hatte sie zu triefenden, gelbleuchtenden Spukgestalten gemacht.

Das Motorboot holte auf. Herr van Fleterword hing noch immer an der Reling, das Megaphon vor dem Mund, und brüllte hinüber: »Das ist ja Blödsinn! Was machen Sie denn? So benimmt sich doch keiner!«

»Du wirst dich wundern, Junge!« sagte Losskow rauh. »Paß mal auf, was ich jetzt mache! Bei Kap Horn gibt es keine Gesetze. Da mußt du verrückter sein können als das Meer!« Er stapfte an die Seite von Trosky, der sich am Kajütendeck festhielt, nachdem er das Segel gerefft hatte. Er hakte gerade das letzte Tau ein. »Können wir?« brüllte er ihm zu.

Trosky sah ihn fragend an. »Was können wir?« brüllte er zurück.

»Den Rollermann machen!«

»Von mir aus!« Trosky kontrollierte seinen Leibgurt, die Haken und die Schwimmweste. »Und wenn wir unten bleiben?«

»Sofort 'raus und nach oben!« Losskow packte mit beiden Händen den Ruderbalken. »Fertig?«

»Fertig, Peer!«

Losskow riß das Ruder herum. Die Schale, bisher mit dem Kiel die anrollenden Wellen zerschneidend, drehte sich quer zum Wind. So erbärmlich klein auch die Seite war, mit ungeheurer Gewalt schlug das Meer zu! Herr van Fleterword drückte entsetzt das Megaphon gegen die Brust und riß den Mund auf. Randler, auf der Flybridge des Motorbootes, von Übelkeit zerrissen und nur von dem Wunsch beseelt, möglichst schnell zu sterben, stöhnte qualvoll auf und hob die Kamera ans Auge. Der Kameramotor klickte – vier Bilder pro Sekunde. Was auf dem brüllenden Meer geschah, wurde in allen Phasen festgehalten.

Die weiße Nußschale wurde hochgeschleudert, die Wogen

drückten sie um, schräg hing sie an einer riesigen Wellenwand, man sah, daß Losskow ud Trosky nur noch von ihren Haken gehalten wurden. Wie gliederlose Puppen schwenkten sie an den Nylontauen hin und her, aber das winzige Boot kenterte nicht, es schlug nicht um, der Kiel drehte sich nicht nach oben. Wie durch Zauberhand richtete es sich auf, tanzte auf den Kämmen, rutschte in die Wellentäler, drehte sich steuerlos, legte sich auf die Seite, kam wieder hoch und wurde wie ein Ball herumgeschleudert. Beim sechsten Seitwärtsgehen knickte der Mast ab, als sei er ein dünnes Hölzchen, eine Welle fegte ihn über das Brückendeck zur Plicht, das Segel riß aus der Vertäuung, blähte sich auf, zerfetzte und fiel mit dem Mast über Jan Trosky.

Der zog den Kopf tief zwischen die Schulter, aber der Schlag traf ihn voll. Scheiße, dachte er noch. Damit muß man rechnen. Jetzt hat mir der Mast den Schädel eingeschlagen. Dann wurde er ohnmächtig und fiel, nur von den Haken des Leibgurts am Seil gehalten, nach vorn. Das rettete ihn. Das Tauwerk des Segels peitschte durch die Luft, durch den Winddruck scharf wie ein Messer geworden, zischte über ihn weg und riß erst dann voll aus dem Mast.

Losskow hatte keine Möglichkeit mehr, die Schale unter Kontrolle zu bringen. Er griff nach Trosky, hielt seinen Kopf mit beiden Händen hoch und sah die Platzwunde. Wie alle Kopfverletzungen blutete sie sehr stark, das Blut überschwemmte den ganzen Kopf, es sah aus, als habe Trosky ein Riesenloch im Schädel, aus dem all sein Blut ungehindert herausstömte.

Man brauchte viel Kraft und auch Glück, um die tanzende Schale wieder einzufangen und an das Motorboot zu seilen. Als Losskow endlich das Tau auffing und einhakte, sank in der Kajüte Lucrezia auf die Polsterbank und weinte in kindlich hohen Tönen. Helena Sydgriff lehnte sich zurück und vergrub beide Hände in ihre Haare.

»Hör auf!« sagte sie rauh. »Hör sofort auf mit der Heulerei! Ich explodiere sonst!«

»Dann heul doch auch!« schrie Lucrezia. »Das macht frei! Aber lieber zerplatzt du!« Sie preßte das Gesicht ins Polster und weinte weiter. Helena stand auf, schwankte bis zur Treppe der Flybridge und sah, wie Randler über der Wand hing und kotzte. Losskow hielt immer noch Troskys Kopf umklammert. Es war unmöglich, ihn jetzt heranzuziehen und an Bord zu nehmen.

Sie brauchten zwei Stunden, bis sie an die Mole des Werfthafens kamen und damit in ruhigeres Wasser. Dort holte man Losskow und Trosky über, und Helena verband die Platzwunde. Lucrezia gebärdete sich, als seien gleich zwei Geliebte aus dem Krieg zurückgekommen, küßte Peter und Jan ab und heulte wieder, mit einem Anflug von Hysterie.

Losskow trank einen großen Aquavit. Bis zur Selbstauflösung erschöpft, lag er auf der Polsterbank in der Kajüte und freute sich dennoch über Randler, der völlig apathisch in einem Sessel hing, fahlbleich, fast gelblich im Gesicht, und noch immer seine rotumränderten Augen nicht unter Kontrolle bringen konnte. Herr van Fleterword war sichtbar beleidigt. Obwohl es sich doch erwiesen hatte, daß sein Schiff unsinkbar war. Aber so idiotisch benahm sich kein Schipper, wie Losskow es simuliert hatte!

»Wie immer«, sagte Losskow schwach, noch ehe sie am Steg anlegten. »Die Schwachstellen sind die Maste und das Tauwerk! Im Notfall kann man sie nicht so schnell kappen, wie sie ein Boot zerstören können.«

»Deshalb haben wir bei Ihrem Boot auch eine Mastkappvorrichtung eingebaut. Sie knicken sekundenschnell den Mast, wenn er zu brechen droht.« Herr van Fleterword wedelte mit beiden Händen. »Aber dazu wird es nie kommen! Ich nehme an, Sie wollen wie ein vernünftiger Mensch segeln. Aber Sie haben immerhin gesehen: Sie sind unsinkbar!«

»Auch mit vollem Ballast?«

»Auch damit. Was Sie eben da draußen gemacht haben, haben wir alles in unserem Windbecken durchgetestet. Da das Boot keinen Widerstand leistet, hält es jedem Wellenschlag stand. Glauben Sie es nun?«

»Es ist noch viel zu tun«, sagte Losskow. Auf der anderen Polsterbank hob Trosky den Kopf und fluchte auf tschechisch. Er betastete sich, sah Helena und Lucrezia mit flatternden Augenlidern an und setzte sich dann aufrecht.

»Wieso lebe ich noch!« Trosky sprach mühsam, mit schwerer Zunge. Er zwinkerte mit den Augen. Für ihn war Losskow zweimal vorhanden, er sah ihn doppelt. Auch das Licht blendete ihn –. die typischen Anzeichen einer schweren Gehirnerschütterung. »Der Kopf ist noch dran. Erstaunlich.«

»Peer hat ihn fast eine Stunde lang festgehalten«, sagte Helena. »Vielleicht wäre er sonst abgerissen worden.«

»Ist das wahr?« Trosky sah Losskow an. »Du hast mir ein neues Leben geschenkt? Muß ich jetzt Papa zu dir sagen?«

Lucrezia lachte schrill. »Dämliches Luder!« zischte Helena. Die Stimmung war miserabel; die Anspannung der Nerven löste sich; es bildeten sich Aggressionsschübe. In solchen Momenten kann man sich bis aufs Blut hassen – und kann es später nie erklären. Die Nerven laufen einem davon, man ist nicht mehr verantwortlich zu machen.

»Wir müssen noch viel tun«, wiederholte Losskow. »Nicht am Boot. An uns! So wie wir heute sind, reicht es gerade aus, um von Mallorca nach Ibiza zu segeln, bei strahlendem Sonnenschein!«

»Danke für das Kompliment!« grunzte Trosky. »Wir werden uns bemühen, wie ein Fels im Boot zu stehen und gegen die Wellen zu pinkeln.«

Lucrezia lachte wieder hysterisch, dann fiel sie ins Schluchzen zurück und schlug nach Helena, als diese sie »Dumme Ziege« nannte. Von der Werft fuhr man wortlos ins Hotel zurück, ging auf sein Zimmer und schloß sich ein.

Später rief Losskow bei Helena an. »Was willst du?« fragte sie grob.

»Ich nehme es dir nicht übel, wenn du aussteigst«, sagte er.

»Aber ich nehme dir übel, daß du solch einen Unsinn redest!« erwiderte sie und legte auf.

Eine Woche später – Jan Trosky hatte seinen Unfall blendend überstanden, er hatte einen Eisenschädel, was jeder bestätigte – begann eine neue Übungsphase: das Zusammenleben in einer Rettungsinsel.

Randlers Fotos von der Unsinkbarkeit des Bootes waren unbrauchbar. Er hatte das geahnt. Die Bilder waren total verwackelt, grau und verschwommen und zeigten nur Wasser oder Himmel. Das Boot hatte er nur zweimal drauf und dann nur am Rande. Außerdem waren die Bilder wie überzogen von einem Netz aus seltsamen Schlieren.

»Da habe ich voll über die Kamera gekotzt!« erklärte Randler unbefangen. »Nicht für eine Million wäre ich bereit, diese Reise mitzumachen! Und die machen das freiwillig!«

Er schrieb einen unerhört dramatischen Situationsbericht und ließ zwei Szenen sogar zeichnen, so daß man glauben konnte, vor Hollands Küste habe ein riesiges Seebeben das Meer aus dem Bett gehoben.

Für diesen zweiten Versuch hatte man eine seetüchtige Motoryacht gechartert und fuhr wieder hinaus in das Gebiet nördlich von Helgoland. Dort ließ man die runde gelbe Rettungsinsel zu Wasser, diese kleine, aufgeblasene Wanne mit dem spitzen Zeltdach, dem zuckenden Notsignal, den Proviantsäckchen und Frischwasserkanistern und der kleinen Batterieheizung.

Die Aufgabe hatten sie vorher genau durchgesprochen: Eine Woche lang leben unter extremen Bedingungen. Daß draußen eine Motoryacht sie überwachte, mußte man vergessen. »Um uns ist nur Wasser!« sagte Losskow. »Sonst nichts! Die nächste Küste ist irgendwo. Hundert Meilen entfernt. Das ist die Situation.«

»Wer gläubig ist, sollte ein Gesangbuch mitnehmen!« sagte Trosky. »So wie Peer das schildert, heißt das doch nichts anderes als: Jetzt geht's uns an den Kragen! Ob man das simulieren kann? Dieses Gefühl, diese Gewißheit: Hier bleibst du und hier verreckst du langsam – das kann man doch nicht spielen!«

»Zugegeben! Aber es wird sich immerhin herausstellen, wie wir uns benehmen, wenn wir auf engstem Raum miteinander leben müssen.«

Es begann damit, daß Losskow nicht einfach in die Rettungsinsel übersteigen ließ, sondern als erster ins Wasser sprang und – mit Schwimmweste angetan – zu ihr hinschwamm, sich an dem Rundseil hochzog und sich ins Innere wälzte. Dann blickte er aus dem Reißverschlußeingang hinaus und winkte den anderen zu.

»Na warte! Du hast mein Bettchen naßgemacht!« rief Trosky.

Dann ließ er sich in das kaum bewegte Wasser fallen und schwamm mit langen, kräftigen Zügen zur Gummiinsel. Losskow zog ihn hinein. »Nun die Damen!« rief Trosky. »Oh, ist das ein geiles Bett! Alles schwabbelt! Gleicht sich der Körperform an! Herbei, ihr Süßen!«

Helena Sydgriff sprang ins Meer. Sie war eine gute Schwimmerin, kam schnell zur Rettungsinsel und wurde von Losskow und Trosky hochgezogen. Kaum war sie geborgen, hechtete Lucrezia ins Wasser. Ihr schwarzes Haar wehte wie eine Fahne, ehe sie eintauchte – man hatte den Eindruck, ein Segel halte sie für einen Moment in der Luft.

»Das ist Klasse!« sagte Trosky voll Anerkennung. »Wenn so etwas ins Wasser springt, verliert Gott Neptun vor Begeisterung seinen Dreizack!«

Lucrezia schwamm wie ein schlanker Fisch. Pfeilschnell zog sie heran, bei jedem Stoß etwas unter Wasser kommend, dann wegtauchend, keinen Widerstand gebend, das Meer einfach durchschneidend. An der Insel tauchte sie auf, lachte hell und streckte die Arme aus. Trosky hob sie hinein und ließ seine Hand auf ihren Hintern klatschen.

»Ich weiß jetzt, wie Aphrodite ausgesehen hat, die Schaumgeborene! Davon hatten die alten Maler keine Ahnung!« sagte er. »Ja, und nun sind wir alle naß.«

»Und wir befinden uns zwischen der Bucht von Bahia Grande von Argentinien und den Falkland-Inseln, 350 Seemeilen vom Land entfernt, allein im Meer. Das Boot ist gesunken!«

»Kann es ja gar nicht!« lachte Trosky. »Ist doch ein Stehaufmännchen!«

»Die Wand ist zerschlagen worden!« Losskow zog seine Schwimmweste aus. »Verdammt, das ist kein Wochenendtrip, das ist ernst! Euch wird das Lachen noch vergehen! Wollt ihr so naß bleiben! Wo sind die Frottierhandtücher, die Bademäntel? Luzi, pack den Fön aus! Wer rubbelt mich ab?«

»Jetzt dreht er durch!« sagte Trosky.

»Es dauert lange, bis das Zeug am Körper trocknet!« Losskow zog sein Hemd aus. Um den Hals trug er an einem goldenen Kettchen ein geschlossenes Medaillon. Es war eine alte Arbeit, ziseliert mit Blüten und Ranken. »Außerdem ist zu erwarten, daß ihr alle eine gesalzene Erkältung bekommt.«

»Er hat recht!« Helena warf ihre Schwimmweste ab. Sie zeigte nach links und rechts. »Da ist Argentinien, dort sind die Falkland-Inseln. Und ich bin naß und muß weiterleben.«

»Haha! Jetzt machen wir einen nackerten Ringelreihen!« rief Trosky.

»Die nächste Küste ist 350 Meilen entfernt.« Losskow zuckte mit den Schultern. »Du mußt selber wissen, ob du in nassen Klamotten leben kannst.«

»Ich nicht!« sagte Helena. »Und husten tu ich auch nicht gern! Ich prophezeie euch allen eine saftige Grippe! Ich für meinen Teil kann das verhindern.«

Sie zog ihre nasse Bluse aus, löste den BH, streifte die Jeans und den Slip herunter und rutschte, völlig unbefangen in ihrer Nacktheit, auf den Knien zum Eingang. Sie hatte eine sehr weiße Haut, kräftige, runde Brüste, glatte, muskulöse Schenkel und schöne Beine. Ein hellblonder, fast weißlicher Haarflaum überzog an manchen Stellen ihre Haut.

Trosky starrte sie mit Kuhaugen an, schluckte zweimal, sagte: »Na, da kann Feuerland nicht weit sein!« und löste die Schnalle seiner Hose. Auch Lucrezia streifte alles ab, die Wirkung ihres Körpers war bekannt, man hatte sich daran gewöhnt, man fand nur noch einmal bestätigt, zu welchen Meisterwerken die Natur imstande ist.

Als sie nackt waren, verloren sie alle Scheu. Eine Schranke war übersprungen worden, und es war ihnen leichtgefallen, wie sie jetzt merkten. Ihre Gemeinschaft war anders geworden, geschwisterlicher, fern jeder Erotik oder gar Sexualität. Troskys kräftige Muskeln, Peters sportlich trainierter Körper, Helenas feste runde Brüste, Lucrezias schlanke Taille – sie wurden zur Kenntnis genommen und nichts weiter. Blondie kletterte draußen an der Rettungsinsel herum, spannte eine Leine und hängte die nasse Wäsche zum Trocknen auf.

Dieter Randler allerdings fiel drüben auf der Motoryacht fast aus dem Deckstuhl, als er Helena Sydgriff in leuchtender Nacktheit in der Sonne herumturnen sah. Er stürzte an die Reling, formte aus den Händen eine Röhre und schrie hinüber:

»Ist noch ein Platz frei? Ich komme!«

Helena schrie zurück: »Seien Sie still! Es gibt Sie nicht! Sie sind nicht vorhanden! Wir schwimmen vor Bahia Grande!«

Randler warf sich herum, rannte in den Steuerstand und störte den Kapitän der Yacht beim Fotografieren dieses schönen Bildes.

»Sie sind doch ein alter Seemann!« sagte Randler. »Helfen Sie mir. Klären Sie mich auf! Kann der Genuß von Meerwasser verblöden?«

Im Innern der Rettungsinsel rieben sie sich gegenseitig mit einem kleinen Tuch ab. Der körperliche Kontakt irritierte sie nicht, selbst Trosky blieb ruhig. Er massierte Lucrezias Rücken und ihre Hüften, ohne daß durch seine Fingerkuppen ein elektrischer Strom in sein Nervensystem floß.

Helena saß an dem umgeklappten Einstieg und genoß die Sonne. Die Wäsche an den Leinen flatterte im Wind, träge schaukelte die Gummiinsel auf dem ruhigen Meer. Losskow, der seitlich von Helena auf dem dicken, versteiften Gummiboden hockte und die Notverpflegung musterte, blickte ein paarmal zu ihr hin und bewunderte ihre blonde kühle Schönheit.

Wie im Notfall begann er Wasser und Essen einzuteilen. Es war eine große Gummiinsel, für acht Mann berechnet, und dementsprechend hatte man auch die doppelte Ration zur Verfügung.

Aus einem wasserdichten Plastikbeutel holte Losskow einen kleinen Radioapparat mit einer durch Sonnenenergie aufladbaren Batterie. Er warf ihn Trosky zu, der seine Massage beendet hatte und nun seinerseits von Lucrezia abfrottiert wurde. Er grinste dabei wohlig und schrie mit bewußter Übertreibung »Huch!«, wenn sie mit der Hand an seinen Bauch kam oder ihm übermütig in den Nacken blies. Es war ein harmloses Spiel, sie hatten kindliche Freude daran, und später saßen sie alle im Kreis beisammen, das Radio in ihrer Mitte, und hörten die Übertragung einer Operette. ›Eine Nacht in Venedig‹.

Losskow unterrichtete sie über die Notverpflegung: »Pro Kopf und Tag zwei Becher Wasser. Hier haben wir Vitaminfruchtstangen.«

»O Gott!« sagte Trosky. »Diese klebrigen amerikanischen Dinger? Ich habe mir von meinem Vater erzählen lassen, daß die Amis damit den Krieg gewonnen haben! Jeder soll die mit sich herumgeschleppt haben. Fruchtstangen, Colaschokolade, Nescafé, Kekse.«

»Haben wir auch alles hier!«

»Dann kann uns ja eigentlich kaum etwas passieren!« Trosky hämmerte sich wie ein Gorilla mit beiden Fäusten an die breite Brust. »Daran ist Hitler-Deutschland zerbrochen, und wir werden den Ozean besiegen! Stellt euch bloß vor, wie weit die Wikinger gekommen wären, hätten sie amerikanische Notverpflegung an Bord gehabt!«

Es war ein lustiger Tag, dieser erste.

Drei Stunden später war die Kleidung durch Wind und Sonne so getrocknet, daß Lucrezia hinausklettern und die Wäsche hereinholen konnte. Randler, drüben auf der Motoryacht, stürzte an die Reling und fuchtelte mit beiden Armen.

»Das ist unfair!« schrie er. »Bei Ringelpietz mit Anfassen die Presse ausschließen! Holt mich rüber!«

Lucrezia winkte ihm zu, turnte in ihrer Nacktheit auf dem Außenwulst der Gummiinsel herum, warf die Kleidung ins Innere und verschwand dann wieder.

Der Abend und die Nacht gingen mit Erzählungen und Plänemachen vorüber. Es war schwer, sich immer wieder vorzustellen: Wir sind 350 Meilen von der Küste entfernt! Wir sind allein! Sie mußten vergessen, daß ein paar Meter neben ihnen eine Motoryacht auf sie aufpaßte. Als es dunkel wurde, beugte sich Trosky zu Losskow und flüsterte ihm ins Ohr. »Bis jetzt konnte ich es aushalten«, sagte er. »Man kneift eben alles zusammen. Aber jetzt geht's nicht mehr! Auch Wasser und Trockenkeks wollen mal, chemisch verwandelt, heraus!«

»Wir sind allein auf dem Ozean.«

»Aber ich muß...«

»Wir müssen alle, früher oder später. Auch die Mädchen.«

»Das ist eine ganz neue Situation, in die ich erst hineinwachsen muß.«

»Wir sind Schiffbrüchige und haben nichs mehr zu verlieren als unser Leben! Das Schamgefühl ist das erste, was über Bord geht.«

»Wenn das so ist...«, sagte Trosky laut. »Also gut, ich geh' jetzt mal pissen!«

Er rutschte auf den Knien zum Eingang, zog den Reißverschluß auf, schob sich auf den Gummiwulst und pinkelte. Lucrezia klapperte mit den Lidern, aber als Trosky wieder zurückkroch, rutschte sie ins Freie und klammerte sich an eins der Halteseile.

»Bei euch wird's schwieriger!« sagte Trosky gemütlich zu Helena. »Das ist schon Artistik! Wir Männer sind eben die Krone der Schöpfung. Da ist alles praktisch durchgedacht. Dafür bekommt ihr gratis vom Meer den Hintern gewaschen.«

»Du wärst erträglicher, wenn du weniger reden würdest«, sagte Helena. »Wir wissen mittlerweile alle, daß du ein Schwein bist.«

Sie schob sich hinaus und hockte sich neben Lucrezia, die mit starren Augen in die Nacht und über das grauschwarze Meer starrte. Die Motoryacht lag schon fast hundert Meter entfernt; die Gummiinsel trieb davon.

»Sehr nervös, die Lady!« sagte Trosky, nicht im geringsten beleidigt. »Auch nackt noch mit einem stählernen Panzer!«

Der zweite Tag ging vorüber, die Stimmung war immer noch verhältnismäßig gut. Man hörte Radio, verfolgte zwei Fußballspiele, klopfte Karten; im Notsack waren außer einem Kartenspiel auch noch zwei Brettspiele, Halma und Mensch-ärgere-dich-nicht. Trosky erzählte von seinen Reisen ans Rote Meer und zu den Malediven, wo es – das schwor er – üblich sei, daß die Mädchen den Männern Blütenketten nicht nur um den Hals hängten.

Dann schlief man wieder und wärmte sich gegenseitig.

Am dritten Tag bauten sich die Aggressionen auf. Unmerklich, aber stetig und gefährlich. Helena notierte es in ihrem Berichtsbuch: ›Troskys Augen bekommen einen fatalen Glanz. Luzi ist wie eine heiße Katze. Peter wird knurrig, fällt in einen Befehlston und will immer allein recht haben. Und ich? Ich ertappe mich dabei, daß ich mir wünsche, Peter möge in der Nacht seine Hand auf meine Brust legen. Manchmal möchte ich mich eng an ihn schmiegen. Aber das ist ja alles Dummheit! Immerhin ist es interessant, wie sich schon nach zwei Tagen ein Mensch decouvriert.‹

Der vierte Tag wurde schon zur Qual. Am schlimmsten war die Langeweile. Den ganzen Tag dudelte das Radio; Trosky gab ihm einmal einen Tritt. Außerdem zeigte sich der Mangel an Süßwasser; es reichte zum Trinken, aber nicht zum Waschen. Schon am dritten Tag wurde die Haut von kleinen, feinen

Salzkristallen überzogen, die einen ständigen Juckreiz erzeugten. Zwar schwamm man jeden Tag um die Rettungsinsel herum, spülte die Kristalle ab, frottierte sich, aber ein paar Stunden später waren sie wieder auf der Haut: in der Sonne getrocknete Gischt, feinste Partikelchen, Wasserstaub.

Sie hockten jetzt alle, nur mit Unterhose oder Slip bekleidet, bei offenem Eingang auf dem Gummiboden und ödeten sich an. Der Erzählstoff war verbraucht. Man wußte, was Helena als Medizinerin erlebt hatte, man kannte Lucrezias italienische Heimat, Losskows Leben war ohne bemerkenswerte Höhepunkte, und Trosky brüstete sich mit seinen erotischen Abenteuern.

Am fünften Tag rebellierte Trosky gegen das Essen. »Der Fraß kotzt mich an!« schrie er.

»Wir treiben nach Süden!« sagte Losskow stur. »Bis zur Küste sind es noch rund 200 Meilen!«

An diesem Tag – sie hatten geschwommen und lagen wieder nackt in der Insel – deckte Lucrezia ein Tuch über ihren Unterleib. Ihre Augen flimmerten. »Paß bloß auf!« sagte sie. »Ich habe ein Messer! Der Kerl« – sie zeigte auf Trosky – »starrt mich an, als wollte er mich anspringen!«

»Sie hätte es gern!« schrie Trosky. »Werft sie ins Wasser, das fängt an zu kochen, so heiß ist sie!«

Verschlimmert wurde die Lage noch durch Dieter Randler. Da er wußte, mit was sie sich drüben auf der Rettungsinsel bescheiden mußten, wollte er sie erst recht hungrig machen. Mittags und abends, wenn die Motoryacht dem Gummiboot nahe kam, saß er an der Reling und zeigte, was er auf dem Teller hatte: dicke Knackwürste. Oder Schinken mit Ei. Gebratene Leber. Ein Riesenkotelett. Als er am fünften Tag die Gabel hob und ein dickes, rundes, triefendes Eisbein vorzeigte, drehte Trosky durch. »Den Kerl bring' ich um!« brüllte er. »Dem reiß' ich die Därme aus!«

Er hechtete ins Wasser und wollte hinüberschwimmen. Aber die Yacht machte sofort Fahrt und lief davon. Trosky kehrte zur Rettungsinsel zurück und versank in dumpfes Brüten.

»Das ist alles Scheiße, das ganze Experiment!« knurrte er Losskow an. »Ein Meer, so glatt wie ein Tisch! Das macht mich verrückt! Im Ernstfall sieht das doch anders aus. Da ist dann ringsherum die Hölle los. Aber jetzt? Das ist doch nur sinnloses Theater. Ihr kotzt mich alle an!«

Nach sieben Tagen nahm man die Insel wieder an Bord. Trosky suchte sofort Dieter Randler auf. Der hatte sich vorsichtshalber in seiner Kabine eingeschlossen und bot Waffenstillstand an, mit Hilfe einer großen Flasche Whisky.

Die ›Manöverkritik‹, wie Losskow die Zusammenfassung aller Beobachtungen und Ergebnisse nannte, war vernichtend. Sie saßen im Salon der Yacht um den Tisch, ließen die Köpfe hängen, wußten genau, daß sie versagt hatten, und hörten geduldig zu, wie Losskow die rhetorische Frage stellte: »Und *wir* wollen mit einem 8,70-m-Boot rund um die Welt? Wir armseligen Würstchen!«

»Immerhin haben wir das Schamgefühl über Bord geworfen!« sagte Trosky bissig. »Diesen Ballast sind wir los! Wir werden uns auch noch von anderen Belastungen befreien. Eins haben wir jedenfalls gezeigt, Sir!« Er sprang auf und legte die Hand an die Stirn. »Wir sind zu allem bereit!«

Losskow lächelte schwach.

Es war ein Versprechen mit zweideutigem Sinn.

Nach dieser Krise auf der Rettungsinsel blieb Jan Trosky zwei Tage in Hamburg verschollen. »Laß ihn«, sagte Helena Sydgriff, als Losskow die Überlegung anstellte, ob man Trosky aus der Crew streichen und einen anderen suchen solle. »Frag ihn auch nicht, wo er gewesen ist. Besser so, als wenn er uns auf die Nerven fällt mit seiner hormonellen Hysterie. Jeder von uns hat eine Macke – du auch! Wenn es drauf ankommt, kannst du dich auf Jan verlassen, das weißt du. Er hat Fäuste, die vor nichts Angst haben. Mehr Sorge macht mir Luzi. Jan kann verschwinden; die Männer haben es gut mit ihrer Sondermoral. Wenn eine Frau das gleiche Recht verlangt, ist sie eine Nutte.«

»Ach so! Das ist es?!« Losskow blickte unsicher an Helena vorbei. »Hat sie mit dir darüber gesprochen?«

»Noch nicht. Aber gestern abend hat sie sich betrunken. Fast eine ganze Flasche Grappa hat sie in sich hineingekippt. Wie gelähmt lag sie auf ihrem Bett, sprach mit einem imaginären Angelino und liebte ihn offenbar in ihrer Phantasie. Sie war so in Schweiß gebadet, daß ich sie waschen mußte. Aber sie hat das gar nicht wahrgenommen, sie war vollkommen weggetreten. Sie schläft noch immer.«

»Das ist wirklich ein Problem.« Losskow sah Helena forschend an. »Und du?«

»Was ich?« fragte sie ausweichend.

»Wir hatten uns vorgenommen, uns alles zu sagen und ehrlich zu sein. Gerade, was unsere kritischen Punkte betrifft. Die müssen wir beherrschen. Der Ozean wirft noch genug Probleme auf. Wir können später nicht verrückt spielen, nur weil wir unbedingt einen Mann oder eine Frau brauchen!«

»Um mich mach dir keine Sorgen«, sagte Helena Sydgriff verschlossen. »Ich habe mich unter Kontrolle.«

»Gibt es dafür Tabletten?«

»Du bist wirklich ein liebes Rindvieh, Peer.«

Ich habe dir allerhand zu sagen, dachte Losskow. Nein, ich könnte dir viel, sehr viel sagen über das, was ich fühle, was ich träume, was ich an Wünschen mit mir herumschleppe. Vor drei Tagen lagen wir noch in paradiesischer Unbefangenheit auf engstem Raum nebeneinander, wärmten unsere Körper gegenseitig. Aber dann, als wir ins normale Leben zurückgekehrt waren, blieb dein Bild in mir haften, und es veränderte sich rasend schnell. Ich sah dich plötzlich anders: der Linienschwung deines Körpers, von den Schultern über die vollen Brüste zu dem flachen Bauch bis zu den Rundungen von Hüften und Schenkeln. Dein blondes Haar, den weißlichen Flaum auf deiner Haut, der sich wie Samt anfühlt, wenn man die Hand darüberschweben läßt. Und mich überfiel eine Sehnsucht, die sich nur noch mit der eiskalten Dusche beherrschen ließ. Eine halbe Stunde habe ich unter dem Wasserstrahl gestanden, hab' mich, bis auf die Knochen durchgefroren, in mein Bett gerollt, aber kaum lag ich, dachte ich nichts anderes als: Jetzt müßte sie neben mir liegen!

Soll ich dir das sagen? Jetzt? Laß uns über unsere Probleme frei sprechen!? – Es ist ungeheuerlich, ist traumhaft schön – aber ich darf nicht darüber sprechen.

»Soll ich mal zu Luzi gehen und nach ihr sehen?« fragte er und kam sich als grandioser Feigling vor.

»Wenn du's aushältst. Das Zimmer stinkt nach Destille. Die Poren atmen den Alkohol aus. Doch, das stimmt! Ich habe das einmal erlebt. Nach dem zweiten Semester war ich sechs Wochen in Afrika, in Tansania. Unsere Uni unterhielt dort ein Tropenforschungsinstitut. Auf einer Safari kamen wir in ein Dorf, wo die Männer einen Elefanten erlegt hatten. Das war vor einer Woche gewesen. Nachdem sich alle im Dorf zwei Tage lang vollgestopft hatten, zerteilte man den Elefanten und ließ das Fleisch trocknen. Das heißt: halb vertrocknete und halb verweste es. So ein Mittelding. Die ganze Gegend stank. Für unsere Safari nahmen wir nun aus dem Dorf noch zehn Männer mit. Sie aßen sich vor der Abfahrt noch einmal richtig satt – aßen von dem verwesenden Fleisch. Was dann kam, war furchtbar. Der Leichengeruch blieb bei uns, tagelang! Er kam aus den Poren der Männer. Medizinisch habe ich das nie begriffen. Es hätte doch eine tödliche Fleischvergiftung geben müssen! Aber nichts passierte. Die zehn Männer blieben quicklebendig. Und noch nach drei Tagen haben wir – also die Europäer – diesen eklig süßlichen Duft in der Nase gehabt!« Sie nickte zur Tür, die in Lucrezias Zimmer führte. »Geh nur hinein; ich habe dich gewarnt!«

Ein paar Tage darauf stand Jan Trosky morgens in Losskows Wohnung, mit hängenden Armen und verkniffenen Lippen. »Hier bin ich!« sagte er. »Ich war bei Anita. Sie hat zwei Tage keine Tabletten nehmen können, weil sie gar nicht aus dem Bett rausgekommen ist! Kann sein, daß man es ihr damit abgewöhnen kann. Sie ist ein goldiges Mädchen! Und nun tritt mir in den Arsch!«

»Wir fahren morgen wieder nach Holland!« sagte Losskow gleichgültig. Du hast es gut, dachte er mit einem Anflug von Neid. Du hast eine Anita und kommst zwei Tage und zwei Nächte nicht von ihr los. So unkompliziert ist das bei dir. Ich habe nur meine Träume von Helena. »Die Werft hat angerufen. Sie haben die Schale so weit fertig, daß wir jetzt im Detail an die Inneneinrichtung gehen können.«

»Mit Hilfsmotor!«

»Ohne!«

»Du bist ein sturer Hund! Wenn wir später in der Not

einen brauchen, spieße ich dich auf und drehe dich als Propeller durchs Wasser!«

»Einverstanden. Morgen um sieben fahren wir los.«

»Mit den Mädchen?«

»Allein.«

»Das ist gut.«

»Warum?«

»Ich habe den Eindruck, daß die beiden sich mal von uns erholen wollen. Wie lange bleiben wir in Holland?«

»Vielleicht drei Tage.«

»Das reicht, um sich auszutoben.«

Am nächsten Morgen fuhren sie mit Losskows kleinem Wagen nach Holland. Während sie bereits auf der Autobahn waren, saß Lucrezia an ihrem Bett und sah durch die offenstehende Tür hinüber zu Helena. Blondie deckte den Frühstückstisch. Das tat sie immer, seit sie zusammen wohnten. Dafür kochte Luzi einen fabelhaften Kaffee, während Trosky von einer Bäckerei, zweihundert Meter weiter, frische Brötchen, Wecken ud Croissants holte. Das Frühstück war ihr einziger Luxus – mittags und abends war ihr Essen eher dürftig. Man mußte mit dem Geld ökonomisch umgehen.

»Jetzt sind sie unterwegs«, sagte Lucrezia. Sie dehnte sich wie eine Katze und warf die Steppdecke ab. Wie immer lag sie nackt im Bett, über ihren Brüsten die Strähnen ihrer langen schwarzen Haare. »Ich werde nachher wegfahren und vielleicht nicht wiederkommen.« Lucrezia schob die Hände unter ihren Nacken. »Zumindest heute nicht. Kommt darauf an, was ich finde. Kann auch sein, daß ich ihn mitbringe. Hättest du was dagegen? Du kannst ja in Jans Zimmer gehen, wenn du's nicht hören kannst.«

»Am besten bleibst du weg«, sagte Helena und drückte Butter in eine Butterdose. »Los, steh auf! Koch deinen Giftkaffee à la Romana.«

»Mehr sagst du nicht dazu?«

»Nein. Warum?«

»Ich brauche das. Hörst du?! Ich fresse mich sonst selbst auf! Verstehst du das?«

»Natürlich. Darum ist es besser, du kommst erst zurück, wenn du genug hast. Es gibt in Hamburg genug billige Hotels.«

»Ist es nicht furchtbar, Blondie? Aber ich kann nicht anders. Oder gibt es Spritzen dagegen?«

»Nur zur Beruhigung. Und männliche Hormone. Aber dann bekommst du eine tiefe Stimme, und auf der Brust wachsen dir Haare.«

»Ich bin krank, nicht wahr? Das ist doch krankhaft?!« Sie sprang aus dem Bett und lief nackt herum. »Verdammt, bist du ein Eisklotz, Blondie! Du kennst so etwas nicht, nicht wahr? Dich regt kein Mann auf. Aber eine Lesbe bist du auch nicht. Was bist du eigentlich? Hast du keine Gefühle? Kein Prickeln unter der Haut? Oder hast du noch nie mit einem Mann geschlafen?«

»Doch, doch. Koch Kaffee, Nymphchen!«

»Und? Wie war das denn? Hat's vielleicht nicht geklappt?« Sie blieb vor Helena stehen.

Ich werde ihr gleich eine kleben müssen, dachte Helena, damit sie wieder zu sich kommt. »Zieh dich an, mach endlich den Kaffee, und dann such dir einen Hormonspezialisten!« sagte sie grob. »Du stellst zu dämliche Fragen!«

»Nur noch eine! Bitte!« Lucrezia tauchte den Zeigefinger in das Marmeladenglas und leckte ihn ab. »Liebst du Peer?«

Helena ließ den Löffel sinken. Nachdenklich sah sie, an Lucrezia vorbei, durchs Fenster. Das grüne Geäst eines Baumes, der im Vorgarten stand, schwankte im Morgenwind. Sonnenglanz lag auf den Blättern, wie gelackt sahen sie aus.

»Ja«, sagte sie mit fester Stimme. »Ich liebe ihn. Aber das geht nur mich etwas an!«

»Und der Trottel merkt es nicht!«

»Vielleicht ist es gut so, für uns alle. Verdammt, wasch dich und koch Kaffee! Ich hole die Brötchen.«

Mit der ›Fahrt nach Feuerland‹, wie Randler völlig unzutreffend das Forschungsunternehmen getauft hatte, wollte es nicht so recht vorangehen. Das war weder Schuld der Sponsoren, noch lag es an Versäumnissen des Initiators; im Gegenteil, Losskow bereitete alles bis ins kleinste vor. Lucrezia richtete auf dem

Boot ein kleines meeresbiologisches Labor ein; sie bestellte Planktonnetze, Tiefseeflaschen aus druckfestem Metall, die sich in verschiedenen Tiefen automatisch öffneten und Wasserproben aufnahmen. Trosky hatte seine Instrumente aus Prag bekommen und montierte auf dem Kajütendeck eine Windmeßmaschine, eine hochempfindliche Klimakammer mit Autoschreiber und noch ein weiteres geheimnisvolles Gerät. »Peer, um das zu erklären, braucht man Zeit«, sagte er, »und dann verstehst du's immer noch nicht! Es ist ein Kleincomputer, gespeichert mit exakten Klimadaten nach Ort, Tag, Stunde, Minute. Jede Verschiebung des Klimas wird hier registriert und zum Vergleich gebracht. Daraus kann man entnehmen, ob und wie sich das Klima unserer Erde verändert. Und das tut es! Wir leben in einer Phase der Umstellung.« Auch Helena Sydgriff hatte Wort gehalten. Ihre Ausrüstung bestand aus einem einzigen Koffer, der vollgepackt war mit Medikamenten, Spritzen, Infusionen, Verbandsrollen, Pflastern, Zellstoffpaketen und Plastikflaschen. Helena führte ihn vor, diesen Berg von Pinzetten, Zangen, Klemmen, Haken: blitzendes, verchromtes Metall, für den Laien total verwirrend. Ein kleinerer Koffer in dem großen enthielt ein komplettes chirurgisches Besteck.

»Was ist das?« fragte Trosky. Er zeigte auf eine lange Klinge. »Ein Amputationsmesser! Damit kann ich alles abschneiden, was uns etwa lästig werden sollte.«

»O Gott!« Trosky machte einen Satz nach rückwärts und hielt die Hände wie einen Schild vor sich. »Ich steige aus! Die Lady macht Eunuchen aus uns! Und wie ist es, wenn einen das Gehirn stört?«

»Auch dafür ist vorgesorgt.« Helena klappte den Koffer zu. »Ich habe eine Kugelfräse, eine Giglisäge und eine Trepanationszange bei mir. Das Hirn kann man dann mit Löffeln herausholen.«

»Das beruhigt ungemein!« Trosky sah Losskow vorwurfsvoll an. »Und mit so einem Monster von Frau läßt du uns in die weite Welt segeln?«

Um das Unternehmen nicht in Vergessenheit geraten zu lassen, brachte Randler jede Woche einmal einen Bericht über die Vorbereitungen. Das Boot war fertig und nach Losskows Plänen ausgerüstet, es mußte jetzt nur noch die Verpflegung an

Bord genommen werden. Es war ein schönes Schiff, mit ausgezeichneter Takelage: Das Großsegel maß 14,5 Quadratmeter, die Fock 9,9, Genua I 27,5, Genua II 19,3, die Sturmfock 3 Meter im Quadrat. Glanzstück war der Spinnaker. Er brachte volle 59 Quadratmeter in den Wind; unter vollen Segeln mußte das Boot bei normalem Wellengang wie ein Pfeil dahinjagen. Auch rauhe See warf keine Probleme auf; die Schnellreffeinrichtung und der klappbare Mast ließen keine Überraschung durch einen jähen Wetterumschlag zu. Man war für alles gewappnet.

Losskow und seine drei ließen sich auf der Werft vor dem Boot fotografieren. Es war der Tag der Abnahme, der 14. Dezember, zehn Tage vor Weihnachten. Ein sonniger Wintertag, kalt und klar. Zwei Herren vom Vorstand der Waschmittelfabrik überreichten Losskow symbolisch den Mastspitzwimpel und eine weiße Kapitänsmütze. Es ließ sich nicht vermeiden, daß auf dem Mützenband, in Gold gestickt, deutlich zu lesen stand: *Seelord.* Die Veröffentlichung dieses Fotos fiel zufällig mit dem Beginn der Werbung für das neue Vollwaschmittel zusammen, das *Seelord* hieß.

Das war aber auch der einzige Kompromiß, den Losskow eingegangen war. Nach hartem Ringen hatte er es erreicht, daß sein Boot kein Werbeträger wurde. Es genügte, wenn die Zeitung eine Liste der Spender abdruckte und das Boot als Hintergrund für die *Seelord*-Reklame herhalten mußte.

»Wir werden im Februar auslaufen!« sagte Losskow. »Bis dahin habt ihr frei! Wir treffen uns am 25. Januar bei mir wieder. Mal sehen, wer von euch nun wirklich kommt!«

»Du zweifelst an uns? Das beleidigt mich!« Trosky hieb Losskow auf die Schulter. »Und wenn du mich heimlich zum Teufel wünschst – ich bin pünktlich zur Stelle!«

»Du wirst dich wundern!« versprach auch Lucrezia.

Zwei Tage später fuhren Trosky und Lucrezia nach Hause.

Helena Sydgriff fuhr nicht, sie blieb in Hamburg. Sie sagte zu Losskow: »Ich möchte nicht, daß du Weihnachten ganz allein bist. Wenn du mich ertragen kannst, back' ich dir einen richtigen schwedischen Jul-Kuchen.«

»Und dein Vater?«

»Ich habe mit ihm telefoniert. Halb versteht er es, halb nicht, wie eben Väter so sind. Er hat dich sogar eingeladen, zu uns zu kommen. Ich habe abgelehnt.«

»Warum?«

»Irgendwie verpflichtet es, nicht wahr? Und ich will nicht, daß du dich gebunden fühlst. Habe ich recht?«

Das war eine Frage, auf die man viele Antworten geben konnte. Die einfachste war, auf Worte zu verzichten, das Mädchen an sich zu ziehen und zu küssen.

Aber er zögerte. Ihre Stimme war kühl, ihr Blick unbefangen, in den blauen Augen verriet sich kein Schimmer, der auf versteckte Wünsche schließen ließ. Bei Helena wußte man nie, ob sie das, was sie sagte, wirklich im Sinne des Wortes meinte oder ob sie nur darauf wartete, daß man ihr das Gegenteil beweise. So gut kannte Losskow sie noch nicht, daß er jeweils hätte wissen können, was und wie sie's meinte.

»Tut mir leid, Blondie, du hast nicht recht«, sagte er lässig. »Ich hätte deinen Vater gern kennengelernt. Schließlich nehme ich ihm die Tochter weg.«

Ihr Gesicht veränderte sich nicht, auch nicht ihre Haltung; sie saß burschikos, mit angezogenen Beinen, in einem tiefen Sessel.

»Wieso nimmst du mich weg?«

»Unser Unternehmen kann ein böses Ende nehmen. Darüber sind wir uns schon bei den ziemlich leichten Übungen klargeworden. Die volle Wahrheit kann man eben nicht simulieren. Und ich glaube, dein Vater weiß sehr gut, in welche Gefahr du dich begibst.« Er zögerte, und sagte dann mutig: »Übrigens sehen es Väter gern, wenn ihre Töchter sich klar entscheiden, zu welchem Mann sie gehören wollen. Was hältst du davon?«

Sie lächelte, und ihr herbschönes Gesicht wurde weich. »Soll das eine Liebeserklärung sein, Peer?«

»Verdammt – ja!«

»Dann mach es, wie es sich gehört und gib mir einen Kuß! Aber nicht auf die Stirn oder auf den Handrücken.«

Sieh an, dachte Losskow später: Wenn ein Eisberg schmilzt, kann darunter ein Vulkan zum Vorschein kommen. Er war unendlich glücklich. Sie lagen auf dem Bett, rauchten eine Zigarette, blickten zum Fenster und beobachteten stumm den wogenden Flockenvorhang. Seit zwei Stunden schneite es.

Hamburg verzauberte sich zu einer kristallenen Märchenlandschaft. Ein paar Stunden später würde das wieder vorbei sein, dann war der Schnee dreckig, lag in Wällen am Straßenrand, Salz löste die Verharschung auf, und die Autos spritzten den Matsch auf die Fußgänger.

»Ich liebe dich!« sagte Helena in die Stille.

Er tastete zur Seite und legte seine Hand auf ihre volle Brust. Es war ein gutes Gefühl, sie zu spüren. Er hatte schon einige Frauen im Bett gehabt, darunter Mädchen von bezwingender Schönheit. Immer aber war es ein Problem gewesen, sich von ihnen zu lösen; stets hatte es Szenen und tränenreiche Auftritte gegeben und leider auch Moralpredigten. Ihm war es nie gelungen, sich, wie andere Männer das so gut verstanden, mit Bravour aus der Affäre zu ziehen, ohne daß seine Partnerinnen ihm lange grollten. Bei ihm hatte es immer mit einer kleinen Tragödie geendet. Dieter Randler erklärte das so: ›Du bist ein Mann, den die Mädchen heiraten wollen. Du bist der Typ, von dem man Beharrungsvermögen erwartet. Du siehst so treu aus, daß ihnen die Welt zusammenbricht, wenn du sie verlassen willst. Dagegen kannst du gar nichts machen, Peter. Du bist ein wandelndes Heiratsversprechen.‹

»Man kann miteinander schlafen, ohne sich zu lieben«, sagte Helena und blies ihm den Rauch ihrer Zigarette übers Gesicht. »Beispiel Lucrezia. – Aber ich liebe dich!«

»Ich dich auch«, erwiderte er, nicht sehr einfallsreich.

»Ob wir das auch noch sagen, wenn wir das Unternehmen hinter uns haben?«

»Warum nicht?« Er stützte sich auf die Ellbogen und sah sie an. Ihr weißhäutiger Körper mit dem weichen Haarflaum besaß eine einzigartige Faszination; er erregte und beruhigte zugleich. Er verlockte zum Besitz und schenkte im gleichen Augenblick das Gefühl der Geborgenheit. »Sollen wir vor der Abfahrt noch heiraten?«

»Auf keinen Fall! Es kann sein, daß wir uns am Ende der Fahrt hassen und glücklich wären, wenn wir den Mut besäßen, den anderen umzubringen.«

»Himmel, was redest du da, Helena!«

»Wir lieben uns als normale Menschen, Peer!« Sie drehte sich auf die Seite und legte den Arm um seine Hüfte. »Wenn ich morgen wieder in eine Praxis als Ärztin gehen könnte und du eine Stelle als Nautikingenieur hättest, würde ich sagen: Warum nicht? Laß uns sofort heiraten! Jeder Tag ohne dich ist verloren! – Aber bei uns ist ja alles ganz anders. Im Februar segeln wir hinaus, und dann beginnt ein Abenteuer, das jeden von uns verwandeln wird. Schüttle nicht den Kopf, es wird so sein! Wir werden unvorstellbare Abgründe in uns entdecken. Wir werden seelisch so nackt sein, daß uns auch die Vernunft erfrieren wird. Es ist gut, wenn man sich vorher darauf einstellt. Gut, wenn man weiß, was kommen *kann* – nicht *muß*!« Sie küßte seinen Bauch und streichelte die Innenseiten seiner Schenkel. Losskow schloß die Augen, legte sich zurück und genoß das heiße Prickeln, das bis hinunter in die Fußspitzen zog. »Wissen wir, was von uns noch übrigbleibt? Ob du noch du sein wirst – ob ich noch ich? Ich bin nicht so vermessen, zu sagen: Ich bleibe, was ich bin! Stell dir vor, es gibt die große Verwandlung, und du bist verheiratet mit mir und mußt dich nach der Heimkehr von der großen Reise fragen: Wie soll ich nun mit diesem Miststück leben? Hätt' ich sie nur den Haien zum Fraß vorgeworfen!«

»Sei still und komm her!« sagte er und griff in ihre Haare. »Du redest einen verdammten Unsinn! Ich werde dich immer lieben – und wenn wir zurück sind, heiraten wir! Das ist endgültig! Einverstanden?«

»Einverstanden.« Sie legte sich eng an ihn und schob ein Bein über seinen Leib. »Es kann ja auch sein, daß ich dich vor Feuerland zum Teufel wünsche!«

»Hier ist nicht Feuerland, hier ist mein Bett!« sagte Losskow und zog sie über sich.

Zwei Tage vor Weihnachten trat Mister Plump in ihr Leben.

Helena hatte für den Jul-Kuchen alles eingekauft und parkte gerade Losskows kleinen Wagen vor der Tür, als sie Mr. Plump in die Augen sah. Es war eine schicksalhafte Begegnung. Sein Blick faszinierte sie, seine äußere Erscheinung war umwerfend, sie mußte stehenbleiben, ihn ansehen, ihr Herz begann zu klopfen, und als er, Schnee im Haar, mit seinen dunklen Augen bettelte, konnte sie nicht anders, sie seufzte und sagte:

»Da kann man nichts machen. Komm mit!«

Und Mr. Plump folgte ihr, stieg die Treppen hinter ihr herauf und blieb an ihrer Seite, als sie Losskows Klingel drückte.

»Nun können wir backen!« sagte sie, als Losskow öffnete. »Ich mache uns auch noch eine Platte Spritzgebäck und Spekulatius! Und Zimtsterne. Magst du Zimtsterne, Liebster?«

»Ich kann mich daran überfressen!« Losskow zeigte auf Mr. Plump. »Aber wer ist denn das?«

»Er wollte mit.«

»Und da sagst du einfach ja?«

Mr. Plump schien keine Debatten um seine Person zu lieben, Er trottete an Losskow vorbei in die Wohnung, sah sich kritisch um und setzte sich mit Schwung auf die Couch.

»Na bitte!« sagte Helena und schloß die Tür. »Nun mach ihm einmal klar, daß er am falschen Platz ist!«

»Sofort! Ich lasse mich doch nicht überrumpeln!« Losskow trat ins Wohnzimmer, setzte sich Mr. Plump gegenüber in einen Sessel und sah ihn böse an. Mr. Plump ignorierte solche unartigen Blicke, dehnte sich wohlig auf der Couch und harrte der Dinge, die da kommen mußten. Sein Blick wanderte durch das Zimmer und verhielt an der Küchentür. Dann hob er ein wenig den Kopf und blähte die Nase. Am Küchentisch packte Helena ein Wurstpaket aus.

»Was soll das?« fragte Losskow weniger scharf, als er es eigentlich wollte. »Man kann doch nicht einfach in eine fremde Wohnung kommen und sich auf die Couch lümmeln! Wir stehen jetzt auf und gehen wieder vor die Tür!«

Mr. Plump war es lästig, so etwas anhören zu müssen. Er warf Losskow einen verächtlichen Blick zu, verließ die Couch und stolzierte gemessen zur Küche. Dort blieb er auf der Türschwelle stehen und gab einen singenden Laut von sich. Helena strahlte ihn verliebt an und schnitt ein Stückchen Schinken ab.

»Er ist der häßlichste Hund, den ich je gesehen habe!« sagte Losskow.

»Jeder Hund ist schön!« behauptete Helena. »Man braucht ihm nur in die Augen zu sehen.«

»Zugegeben! Sein Blick kann Steine erweichen.«

»Dich auch?«

»Er soll doch nicht etwa bei uns bleiben?«

»Willst du ihn bei Eis und Frost auf die Straße zurückjagen?«

»Irgendwo muß er doch herkommen!«

»Das ist unwichtig. Er ist bei uns gelandet und fühlt sich wohl.« Mr. Plump fiepste auf und kaute schmatzend. »Er will nicht gefragt werden, wo er herkommt; er will wissen, wo er bleiben kann.«

»Das ist eine verdammt krumme Logik! Mein Gott, was für eine Mischung ist das bloß?«

»Ich erkenne deutlich Dackel, Spitz und Terrier. Wo er die platte Nase herhat, ist mir noch rätselhaft.«

»Schauderhaft!« Losskow sah zu, wie Mr. Plump sich setzte, manierlich Männchen machte und damit für alle Zeiten bei Helena gesiegt hatte. »Er stinkt mächtig aus dem Fell!«

»Alle nassen Hunde stinken aus dem Fell.«

»Aber der besonders!«

»Das darf er! Mr. Plump ist kein Gentleman, er ist ein Clochard! – Wenn er erst gebadet ist, wird er auch deiner Nase zusagen.«

»Das ist eine Idee!« Losskow blinzelte Mr. Plump zu, aber der war mit dem Geruch von Wurst und Fleisch vollauf beschäftigt. »Baden wir ihn! Ist er wirklich ein Clochard, wird er das als Körperverletzung ansehen und entfliehen.«

Mr. Plump war ein zwiespältiger Charakter. Wie Losskow erwartet hatte, mißfiel ihm das Bad gründlich. Er knurrte tief, versteinerte und stand unbeweglich, wie ein Denkmal, in der Wanne, ließ sich einseifen und abduschen, trocknen und massieren, bekam traurige Augen und zog sich in die Couchecke zurück, wo er zusammengerollt seinen Groll ausschlief. Aber er machte keine Anstalten zu flüchten. Mit sauberem Fell schnarchte er so melodisch, daß Helena sich über ihn beugte und ihn auf die platte Nase küßte.

»Was machen wir ab Februar mit ihm?« fragte Losskow am Abend, als sie im Bett lagen und im transportablen Fernseher das Programm verfolgten, während sich Mr. Plump schnaufend zu ihren Füßen rekelte.

»Er fährt mit!«

»Über alle Ozeane?«

»Wir werden testen, ob Mr. Plump seekrank wird. Wenn nicht, ist er die Nummer fünf in unserer Crew.«

»Und wenn er seekrank wird?«

»Dann gebe ich ihm Tabletten!«

Losskow seufzte, küßte Helena in die Halsbeuge und sah weiter dem Fernsehspiel zu. Es fängt schon gut an, dachte er. Ich kann ihr nichts abschlagen.

Dennoch war er glücklich.

Ich liebe sie, dachte er. Ich liebe, liebe, liebe sie.

Am 24. Januar trafen sie wieder ein. Jan Trosky, braun gebrannt von einem Schneeurlaub. Lucrezia Panarotti, quirlig und aufgedreht wie nie, in einem neuen Leopardenmantel.

»Ein Weihnachtsgeschenk von Angelino«, sagte sie und drehte sich um sich selbst. »Damit wollte er mich festhalten! Stellt euch das vor! Sagt zu mir: ›Das ist erst der Anfang! Wenn du das dumme Abenteuer nicht mitmachst, wenn du absagst, kaufe ich dir auf der Via Appia eine Villa! Du kannst dir bei Cartier Schmuck aussuchen – nur bleib hier!«

»Und warum bist du trotzdem gekommen?« fragte Helena. Es klang nicht höflich. Lucrezia schien es nicht zu merken.

»Ich habe ein Versprechen gegeben, also halte ich es auch! Oder glaubt ihr, ich kneife, weil mich ein Mann verwöhnen will? Meint ihr, ich sei käuflich? Traut ihr mir das zu?« Sie zog den Leopardenmantel aus, warf ihn auf einen Stuhl und nickte zu ihm hin. »Verkauft ihn! Der bringt seine 25 000 Mark! Das Geld können wir gut gebrauchen.«

»Sie ist doch ein verteufeltes Mädchen!« sagte Trosky anerkennend. »Ich will ehrlich sein: Ich hätte nicht gedacht, daß wir uns vollzählig wiedersehen!«

»Ihr täuscht euch alle in mir!« Lucrezia zog einen Schmollmund. »Ich weiß nicht, was das ist, alle sehen ein Weibchen in mir! Ihr werdet euch noch wundern!«

»Das erwarte ich!« Trosky lachte. »so, und jetzt suche ich meine Anita. Sie weiß nicht, daß ich heute komme. Das wird ein Wiedersehen geben!«

Am Abend kreuzte er bei Losskow auf, setzte sich verkrampft in einen Sessel und sagte:

»Zigarette und Whisky. Eine ganze Flasche.«

»Ist was mit Anita los?« fragte Losskow ahnungsvoll.

»Scheiße!«

»Ein anderer im angewärmten Bett?«

»Den hätte ich durchs Fenster geworfen. Aber so...« Er rutschte im Sessel tiefer und wirkte völlig erschlafft. Losskow stellte ihm ein Glas Whisky hin; er goß es hinunter, man sah ihn gar nicht schlucken. »Ich komme aus dem Krankenhaus. Habe bis jetzt an ihrem Bett gesessen. Seit Weihnachten liegt sie fest. Apathisch, blaß, fertig. Der Arzt sagte, es sei keine Hoffnung mehr. Der Körper ist von den Tabletten verseucht, die Leber ist kaputt, die Hirnzellen sind zerstört. Sie ist stumpf geworden. Und dabei hat sie mir geschworen, nie mehr Tabletten zu nehmen! Nie mehr! Und kaum war ich weg, hat sie das Zeug gleich kartonweise geschluckt!« Er rauchte hastig. Losskow schwieg. Es war erschütternd anzusehen, wie Trosky, dieser Mordskerl, sich durch solch ein Erlebnis aus der Bahn stoßen ließ. »Sie hat mich erkannt«, sagte er mit schwerer Zunge. »Stell dir vor, sie hat mich erkannt und gelächelt. Und was habe ich getan? Ich habe gesagt: ›Gut siehst du aus, Kleines! Der Arzt meint, in zwei Wochen hast du es überstanden!‹ – Und dabei habe ich nicht gelogen. Vielleicht zwei Wochen noch, hat der Arzt gesagt. Sie wird verdämmern. Und dann habe ich ihr von Prag erzählt, von den Hirschen in der Hohen Tatra. Ich habe ihr die Märchen der Goldmacher erzählt und von den Holzschnitzern im Erzgebirge. Sie war glücklich wie ein kleines Kind. ›Das möchte ich mal sehen‹, hat sie gesagt. Und ich habe geantwortet: ›Aber ja doch, Kleines. Ich nehme dich mit!‹ Dabei wird sie schon tot sein, wenn wir ablegen. Steh nicht herum, Peer! Gib mir was zu saufen!«

In dieser Nacht blieb er bei Losskow, fuhr nicht weiter an die Unterelbe in die gemeinsame Wohnung, sondern lag auf der Couch, mit dem Kopf da, wo sonst Mr. Plump sich zu betten pflegte.

Mr. Plump war mit Helena in die Gemeinschaftswohnung gezogen. Er war in einen Gewissenskonflikt geraten, denn er wollte weder Peter noch Helena allein lassen. Unruhig war er herumgelaufen, bis Losskow gesagt hatte: »Nun geh' mit

Helena, Plump! Du bist ein Mann! Du mußt sie beschützen! Ich kann auf mich allein aufpassen!«

Das schien Mr. Plump einzuleuchten. Aber als er mit Helena wegging, waren seine Glotzaugen so voller Trauer, daß Losskow sich immer wieder sagen mußte: Er ist nicht aus der Welt, ich sehe ihn ja heute abend wieder!

Und in zwanzig Tagen segeln wir hinaus in die Ferne! Das große Abenteuer beginnt.

Die Bootstaufe fand unter großer Beteiligung statt. Nicht nur die Spender-Firmen hatten ihre Repräsentanten geschickt, auch Funk und Fernsehen hielten das Ereignis fest, und das Team einer Industriefilm-Produktion drehte einen Werbefilm für die Waschmittelfirma. Zwar hieß das Boot nicht *Seelord*, aber es wehten doch am Steg vor hohen Masten die Fahnen des Konzern. Es war eindeutig, daß das neue Waschmittel *Seelord* etwas mit der Weltumsegelung zu tun hatte. Eine Keksfabrik ließ eine ganze Schulklasse an ihren Waffeln knabbern und die Kekspakete wie bunte Wimpel schwenken. Sogar ein Vertreter der Stadt Bremerhaven war gekommen, hielt eine kurze Rede und wünschte viel Glück. Das wunderte Losskow am meisten. Während durch Randlers Rührigkeit die Bevölkerung auf dem laufenden gehalten und das *Unternehmen Feuerland* bereits jetzt als sportliche Großtat gefeiert wurde, nahmen die Städte Hamburg – wo das Unternehmen vorbereitet wurde – und Bremerhaven – von wo die große Fahrt starten sollte – kaum Notiz davon. Das lag daran, daß man vom Behördenstandpunkt aus die Sache nicht einzuordnen wußte. Es war kein ›kulturelles Ereignis‹, es war auch kein sportlicher Wettkampf, und ein offizieller Forschungsauftrag steckte auch nicht dahinter. Es war die mit großer Publizität bedachte Wahnidee eines einzelnen. Für dergleichen ist aber kein Stadtrat oder Dezernent zuständig. Daß dennoch ein Vertreter der Stadt Bremerhaven anwesend war, erklärte sich daraus, daß seine Partei bei der bevorstehenden Wahl einiges zu verlieren hatte, weshalb es geboten schien, sich volkstümlich zu geben.

Drei Tage lang hatten Losskow und Trosky gebraucht, um das Boot startklar zu machen. Sie hatten alles Material untergebracht, den Stauraum bis zum letzten Winkel ausgenutzt, die Gewichte ausbalanciert, die Takelung nebst allen Seilen und Haken kontrolliert und vor allem die Rettungsinsel noch einmal überprüft. Die Notverpflegung war neu zusammengestellt worden: weniger vitaminisierte Fruchtstangen, dafür mehr Trockengemüse und Trockenfleisch, das leicht war, wenig Stauraum wegnahm und vor dem Verzehr aufgeweicht werden konnte.

Bisher nicht einkalkuliert war der Lebensraum von Mr. Plump. »Muß das Vieh denn unbedingt mit?« fragte Trosky. »Blick mich nicht so scheel an, Blondie, ich liebe Tiere, ich habe sie zum Fressen gern. Auf einer Malediven-Insel habe ich sogar einen wilden Hund am Spieß als Leckerbissen gegessen – ich war dazu eingeladen worden! Aber ich weiß wirklich nicht, was dieser Glotzköter an Bord soll!«

»Mr. Plump ist unser Talisman!« sagte Helena Sydgriff energisch. »Kann sein, daß er bald das einzige Lebewesen sein wird, an dem wir Freude haben!«

»Er nimmt uns mindestens einen Quadratmeter Raum weg!«

»Dann verzichte ich auf diesen einen Quadratmeter! Er schläft in meinem Kojenteil!«

»Und sein Fressen?«

»Er bekommt seinen Anteil von mir! Zufrieden?«

»Noch nicht!« Es schien Trosky Spaß zu bereiten, in Opposition zu gehen. »Ein normaler Hund muß pinkeln und scheißen! Wohin denn? Der kann sich nicht auf den Bootsrand setzen wie wir.«

»Ich habe mit ihm geübt!« sagte Helena kühl. »Mr. Plump ist an eine kleine Sandkiste gewöhnt worden.«

»Braucht also noch mehr Platz! Und woher nimmst du den Sand, wenn wir wochenlang auf See sind? Oder sollen wir wegen Mr. Plump von einer Sandband zu anderen segeln?! Das gibt eine neue Seekarte: Plumpsklostationen.«

Alles das war nun vergessen. Mr. Plump saß brav neben Helena Sydgriff, während die Reden gehalten wurden, und nahm es gelassen hin, daß man ihn filmte und fotografierte. Der Name des Bootes war verhängt worden. An einer Schnur hing eine Flasche Champagner. Unter den Klängen der Band, die Randler besorgt hatte und die nun verjazzte Seemanslieder spielte, traten Helena und Lucrezia nahe an das Schiff und griffen nach der Flasche. Losskow hatte es so gewünscht. »Ihr tauft es gemeinsam«, hatte er gesagt. »Warum – das werdet ihr dann schon sehen.«

»Ich danke Ihnen allen für Ihre Hilfe!« rief Losskow, nachdem ein Tusch auf den feierlichen Augenblick vorbereitet hatte. »Wann wir uns wiedersehen, wann wir wieder hier festmachen – das weiß niemand! Auch was an Abenteuern und Gefahren vor uns liegt, weiß keiner. Sicher wissen wir nur eins: Wir haben den festen Willen, unser Ziel zu erreichen. Das Glück muß in all diesen Tagen und Wochen mit uns sein, und deshalb wollen wir das Boot taufen auf die Namen unserer beiden schönen Frauen, die uns Glück bringen sollen: Helena und Lucrezia! Das Boot soll *Helu* heißen!«

Helena und Lucrezia warfen die Champagnerflasche an den Rumpf, sie zerschellte tatsächlich, die Leine zog das Tuch herunter. In Goldbuchstaben leuchtete *Helu* in der Morgensonne. Lucrezia klatschte in die Hände und drehte sich fotogen nach allen Seiten. Helena gab Losskow einen freundschaftlichen Kuß auf die Wange. Trosky grinste breit in die Kameras und sagte leise zu Losskow:

»Helu – ein selten dämlicher Name! Du hättest mich hinzunehmen sollen: Troluhe! Das klingt nach Wagner, Fliegender Holländer! Wann hast du das Schild denn anbringen lassen?«

»Gestern nacht.« Losskow gab ihm einen Rippenstoß. »Los, und jetzt an Bord! Das Theater hat lange genug gedauert!« Er trat zwei Schritte vor und legte die Arme um Helena und Lucrezia. »Ihr geht zuerst. Losmarschiert!«

Die Jazzgruppe spielte frei improvisierend. »Wir lagen vor Madagaskar und hatten die Pest an Bord...«, was vielleicht nicht ganz passend war. Aber bevor Helena und Lucrezia Arm in Arm über die Gangway an Bord gingen, trabte Mr. Plump los. Würdevoll, die platte Nase erhoben, seine abgrundtiefe Häßlichkeit voll zur Geltung bringend, spazierte er über die Planken, hüpfte auf das Kabinendach, beschnupperte den Mastbaum und glotzte zurück zu den Menschen an Land. »Jetzt hat er sein Bäumchen gefunden!« rief Trosky begeistert. Mr. Plump bestätigte die Feststellung, indem er ein Hinterbein hob.

Losskow wartete, bis Helena, Lucrezia und Trosky das Boot

betreten hatten, ehe auch er an Bord ging. Dieter Randler hatte es übernommen, die Leinen zu lösen. Trosky fing sie auf, Losskow ging ans Ruder, Losskow hißte das Focksegel, Helena ließ das Großsegel hoch. Sie trugen weiße Trainingsanzüge mit leuchtendroten Längsstreifen an Ärmeln und Hosenbeinen: eine Stiftung der Sportartikelfirma, die mit einem eigenen Filmteam gekommen war, das vor allem das Medaillon auf der Brust – das Markenzeichen – ins Bild zu setzen wußte.

Am Ufer klatschten die Zuschauer, winkten ihnen zu, und die Band spielte ›Muß i denn...‹ Mit langsamer Fahrt, die Segel nur halb im schwachen Wind, glitt die *Helu* in die Wesermündung hinaus, Richtung freies Meer. Ein Fernseh-Kameramann, der die Kamera mit Schulterstativ herumschleppte, sah Randler nachdenklich an.

»Mit dieser Nußschale wollen die über alle Meere?«

»Das ist ja der Knüller!« sagte Randler zufrieden.

»So kann man's auch nennen!« Der Fernsehmann schwenkte die Kamera von der Schulter. »Den Film muß man gut aufheben; den könnten wir noch für den Nachruf gebrauchen.«

Es erwies sich bereits beim Hinaussegeln, daß Mr. Plump der geborene Bordhund war. Er vermied klug jede Stelle, wo man abrutschen konnte, setzte sich entweder neben Losskow in die Plicht oder hockte unten in der Kajüte, Salon genannt, auf der brettharten Polsterbank. Trosky ging er möglichst aus dem Wege, mit sicherem Instinkt für Gefahr. Wenn er ihm begegnete, schielte er ihn kritisch an und zog die Lefzen hoch.

»Er weiß, was er von mir zu halten hat!« sagte Trosky zufrieden. »Wir zwei mögen uns auf unsere Art! Und jetzt wollen wir mal in die Hand spucken und vor dem Wind fliegen!«

Er setzte volle Segel, die *Helu* schien sich aus dem Wasser zu heben und schoß wie schwerelos dahin.

»Ein prächtiges Boot!« schrie Trosky zu Losskow hinüber. »Gefällt mir immer besser! Wenn ein Orkan kommt, machen wir's wie die fliegenden Fische und überhüpfen die Wellen!«

Sie brauchten einen ganzen Tag, um aus dem Weserwasser und der Straße der Schiffahrtslinien herauszukommen und parallel zur Küste in Richtung Ärmelkanal zu segeln. Die Ostfriesischen Inseln tauchten auf, danach die Kette der Westfriesischen Inseln. Ein niederländisches Minensuchschiff kam ihnen entgegen und blinkte ihnen Grüße zu, die Losskow mit einem Handscheinwerfer und einer Kunststoffklappe erwiderte. Dann wurde es, auf der Höhe der Terschellinger Bank, dunkel. Helena warf den Treibanker aus. Durch den Abgang zur Kajüte zog Bratenduft an Deck. Lucrezia hatte heute Küchendienst. Sie brachte Spaghetti mit Kalbsschnitzeln auf den Tisch. Die Zeit der Büchsen- und Trockenmahlzeiten würde erst auf dem Weg nach Südamerika beginnen, nach dem Verlassen der Kapverdischen Inseln, bis sie das nächste Land erreichen würden, die Insel São Paulo, eine Erhebung des Nordatlantischen Rückens. Wenn man sie erreichte...

»Ich fühle mich sauwohl!« sagte Trosky zufrieden. Er warf sogar Mr. Plump einen Bissen Schnitzel zu, worauf der Hund heftig zu husten begann, denn Trosky hatte Pfeffer daraufgestreut. Er lachte grölend, bis Helena, die Mr. Plump mit Wasser wieder zum Atmen brachte, mit spürbarer Kälte sagte: »Das nächstemal blase ich dir Pfeffer in die Augen!«

Schon der erste Abend klang böse aus. Trosky zog sich brummend in seine Schlafkoje im Heck zurück, nahm eine Flasche Whisky mit und sah Losskow schief an. »Das kann lustig werden, bei so viel Humorlosigkeit!«

Es war eine kalte Nacht, Losskow stellte den kleinen Gasofen an und zeichnete auf der Seekarte noch die Route für morgen ein. Außerdem begann er mit der Führung des Bordbuches und schrieb den Tagesbericht:

›Erster Tag. Segelten vor dem Wind, der genau richtig stand, und machten hervorragende Fahrt. An Bord alles in Ordnung. Keine besonderen Vorkommnisse.«

Mr. Plump saß neben ihm und leckte ihm den linken Arm. Dann verkroch er sich in der Vorderkoje.

Später kam Lucrezia von ihrem Lager im Bug und setzte sich ihm gegenüber. Sie trug einen Fummel von Nachthemdchen, durchsichtiges Oberteil und enges, kurzes Höschen. Sie zog die Beine an und verstand nicht, daß Helena noch voll angezogen im Salon saß und las.

»Ich kann nicht schlafen«, maulte sie. »Mr. Plump ist daran

schuld. Ich kann Schnarchen nicht ausstehen, da gehe ich die Wände hoch! Und Mr. Plump schnarcht so fürchterlich, daß ich das Schütteln bekomme.«

»Es ist gut«, sagte Helena. »Ich ziehe mit Mr. Plump aus! Wir schlafen hier im Salon. Du kannst die Bugkoje ganz für dich haben!«

»Danke! Dann hol das Mistvieh heraus!«

Sie gähnte, dehnte sich, reckte Losskow ihre spitzen Brüste entgegen und ging wie eine Schlafwandlerin wieder hinaus.

Das Boot schaukelte einschläfernd in einer schwachen Dünung. Auch Helena verbarg nur mühsam ein Gähnen.

»Ich gehe schon«, sagte Losskow und klappte seine Bücher zu. »Um sechs Uhr ist Wecken!«

»Da ist es ja noch dunkel.«

»Aber wir müssen unter die Segel! Ich will so schnell wie möglich in südlichere Gewässer. Vor der Biskaya habe ich Bammel, da ist im Februar immer was los. Dann wird es ruhiger, nach Madeira und Teneriffa zu. Wenn wir Glück haben!« Er küßte sie und half ihr, den Tisch wegzuklappen und die beiden Bänke zu einer Liege zusammenzuschieben. Trosky war wach, als Losskow in den Heckraum kroch. Die niedrige Koje stank nach Whisky. Trosky hatte die kleine Batterielampe angeknipst und stierte Losskow entgegen. Dann rülpste er laut und machte Platz, damit Losskow neben ihn kriechen konnte.

»Das ist der letzte Whisky, den du nachts säufst!« sagte Losskow. »Ich will nicht im Schlaf von deinem Gestank vergiftet werden!«

»Dann leg dich gefälligst zu Blondie!« brummte Trosky. »Da ist noch Platz. Und dankbar wird sie dir auch sein!«

»Wir wollen gleich eins von Anfang an feststellen«, sagte Losskow hart. »Der Boß bin ich! Ich habe euch aus freien Stücken mitgenommen, und ebenso einfach kann ich euch wieder an Land setzen!«

»Theoretisch!« knurrte Trosky. »In der Praxis sieht es so aus, daß sich wohl keiner von uns freiwillig rausschmeißen läßt! Mir gefällt dieser Törn rund um die Welt!«

Losskow schwieg. Aber er dachte: Er ist unberechenbar. Was nützen mir seine Drahtseilmuskeln, wenn er mir an Bord Terror macht!

Sie waren im Iberischen Becken, zwischen der Küste Portugals und den Azoren, in eine Flaute gekommen. Die gefürchtete Biskaya hatte sie mit ihrem Februarwetter empfangen: drehende Winde, Wellen von allen Seiten, ein von Wolkenfetzen zerrissener Himmel, Kälte und Regen. Ein Sauwetter.

Zum erstenmal mußten Helena und Lucrezia zeigen, daß sie sicher auf Deck stehen konnten. Im gelben Ölzeug turnten sie herum, rafften die Segel, ließen nur das Sturmfock stehen. Und dann hockten sie neben Losskow, der am Ruder von Brechern überschüttet wurde und alle Kraft aufwandte, um das Boot richtig im Wind zu halten.

Trosky löste ihn später ab und schrie gegen das Meer an: »Geht runter! Ich mach' das allein! Zieht euch um! Ich habe noch nie nasse Katzen leiden mögen!« Er lachte, schluckte Wasser, als ein neuer Brecher über ihn niederbrach, hustete, fluchte und prustete, aber nicht eine Sekunde ließ er das Steuer los.

»Bei so einer See ist er Gold wert!« sagte Lucrezia. Sie zog sich aus, frottierte sich ab und setzte sich nackt an den Tisch. Das Boot wurde hin und her geworfen, man mußte sich am Tisch festklammern, um nicht wegzurutschen. »Ich werde aus Trosky nicht klug.«

Man war nun schon zwei Wochen unterwegs, hatte den Ärmelkanal durchfahren, war um die Normandie gesegelt, wo nur wenig Wind sie vorantrieb, und in der Biskaya hatten sie den ersten Sturm zu bestehen. An der langen spanischen Küste bis zum Ende von Galicien war das Meer noch bewegt, aber es wurde spürbar wärmer. Dann kam man in den weiten Atlantik hinein, der Himmel wurde blau, das Meer sah aus wie auf einer bunten Reklamepostkarte. Losskow hatte mit seinem Kurzwellensender den Seewetterbericht gehört und die Stirn in Falten gezogen.

»Von den Azoren kommt etwas herauf!« hatte er gesagt. »Hätte mich auch gewundert, wenn das alles so glattginge! Wenn wir Teneriffa erreicht haben, spendiere ich eine Champagner-Party, die haben wir dann nötig! Denn dann habt ihr eure Gesellenprüfung bestanden.« Aber daraus wurde nichts.

Das Azorenwetter zog weiter nördlich ab, an seiner südlichen Flanke entstand dadurch naturgemäß eine Art Vakuum, also eine Flaute. Der Wind war nicht einmal spürbar, kaum daß er Lucrezias feine Haarspitzen bewegte. Die *Helu* lag träge im sattblauen Meer, man hatte alle Segel gesetzt, die man überhaupt hochziehen konnte, sogar den riesigen Spinnaker mit seinen 50 Quadratmetern. Die Wäsche – wie Trosky die Segel nannte – hing schlaff in den Seilen, das Boot dümpelte dahin.

Lucrezia lag auf dem Brückendeck und sonnte sich. Natürlich trug sie nichts am Körper, und wer am Ruder stand und in Fahrtrichtung blickte, mußte gewissermaßen als Ziellinie über ihre Beine, ihren Leib, ihre Brüste und ihren Kopf hinweg den Horizont anpeilen.

»Muß das sein?« knurrte Trosky, als er Losskow am Ruder ablöste. »Stört dich das nicht?«

»Nein. Es hätte auch keinen Zweck, es ihr zu verbieten.«

»Vielleicht kann man das ändern, indem man der freundlichen Aufforderung Folge leistet?«

»Jan!«

»Ich weiß, ich weiß: nicht an Bord! Aber eines Tages wird sich's nicht mehr verhindern lassen, Peer! Dieser verfluchte Angelino, der mit dem Leopardenmantel, hat sie in Schwung gebracht – und nun will sie eben weiterschwingen. Verdammt! Sieh dir das an! Wie sie das Bein in die Luft reckt!« Er zog den Schirm seiner weißen Sonnenkappe tiefer in die Stirn und suchte in seiner Hosentasche nach Zigaretten. »Wieso regt dich so etwas nicht auf? Bist du vor lauter Verantwortung impotent geworden?«

Losskow antwortete nicht. Nach einer Weile fragte er: »Was ist eigentlich aus Anita geworden?«

Troskys Miene versteinerte. »Sie ist gestorben.«

»Wann?«

»Einen Tag vor unserer Abfahrt!«

»Warum hast du nichts gesagt?«

»Hättest du den Start verschoben?«

»Das wäre nicht möglich gewesen.«

»Also, was soll's! Warum darüber reden?«

»Bist du noch einmal bei ihr gewesen?«

»Drei Tage vorher. Ja. Da sagte mir der Arzt, daß es unwiderruflich zu Ende geht. Sie war bei vollem Bewußtsein. Lächelte mich an. Ein Engel aus der Gosse! Ich werde das nie vergessen. ›Ich habe gestern von deiner Moldau geträumt‹, sagte sie. Es fiel ihr schwer, sie war so ausgelaugt, so schwach, daß sie kaum sprechen konnte. ›Sie ist wunderbar. Ich habe alles gesehen, wovon du mir erzählt hast. Ich freue mich, daß wir bald hinfahren...‹ Es war zum Heulen, Peer!« Trosky preßte die Kiefer fest zusammen. »Das Begräbnis habe ich bezahlt«, sagte er nach einer Weile. »Ich habe dem Stationsarzt das Geld gegeben, damit er dafür sorgt. Sie soll 1. Klasse begraben werden, in einem schönen Eichensarg mit Bronzekreuz und vielen Blumen und Kränzen, auch wenn keiner hinter diesem Sarg hergehen wird. Vielleicht der Wurstbuden-Pächter und seine Frau. Aber dann müßten sie einen halben Tag zumachen, und das kostet Geld. Ich glaube nicht, daß außer dem Pfarrer jemand erschienen ist. Aber der Pfarrer, der mußte. Den habe ich auch vorher bezahlt, dafür mußten sie von einem Tonband den ersten Satz der ›Moldau‹ von Dvořák spielen, den ganzen ersten Satz! Im Leben hat sie nichts gehabt als ihre verfluchten Tabletten. Aber im Tode ist sie behandelt worden wie eine geachtete Frau. Dafür habe ich gesorgt!« Er steckte sich die Zigarette an, warf die leere Packung über Bord und nickte zu der nackten Lucrezia hinüber. »Dieses herrliche Miststück regt mich auf, Peer! Sie kann sich nicht darauf berufen, daß wir schon in der Rettungsinsel nackt und Haut an Haut gelebt haben. Das war eine andere Situation! Da habe ich sie nicht gesehen – verstehst du? Da war sie ein Neutrum! Aber jetzt liegt sie seit drei Tagen vor mir, und es juckt mir unter der Kopfhaut, und nicht nur da! Jetzt *sehe* ich sie! Und das Luder spürt das genau! Wo gehen wir das nächstemal an Land?«

»In Santa Cruz auf Teneriffa.«

»Wirf sie dann 'raus und bezahl ihr den Rückflug nach Rom!«

»Das käme einer Kapitulation gleich. Besser ist es, wir lernen, uns selbst zu bezwingen.«

»In Ewigkeit, Amen!«

Auf dem Brückendeck wälzte sich Lucrezia auf den Bauch und sah zu ihnen herüber. Ihr langes schwarzes Haar lag über ihr wie ein zerfledderter Mantel. Bis zu den Rundungen des Gesäßes reichte es.

»Redet lauter!« rief sie. »Ich will mithören! Muß ja schrecklich interessant sein, was ihr da besprecht.«

»Ist es auch!« sagte Trosky mit seiner dunklen Stimme.

»Kann ich mich beteiligen?«

»Kaum! Es geht um eine Dressur. Es muß etwas gebändigt werden...«

Beim Abendessen saß Lucrezia mit entblößtem Oberkörper am Tisch und schlürfte aus einem Plastikhalm Orangensaft. Trosky starrte sie mit verfinsterter Miene an und sagte dann: »Morgen komm' ich mit nacktem Hintern zum Essen. Das scheint hier den Tischsitten zu entsprechen!«

»Mir ist heiß!« Lucrezia hatte die Begabung, ein Gesicht wie ein erschrockenes Schulmädchen zu machen. Große Augen voller Unschuld. »Ich bin mit Sonne aufgeladen.«

»Ich werde mich daran erinnern, wenn ich friere!« knurrte Trosky. »Dann zapfe ich dich an.«

»Es wird Streit geben!« sagte Helena später, als sie im Salon saßen. Mr. Plump lag noch oben in der Plicht im lauen Abendwind, der mit der Dunkelheit gekommen war. Am Treibanker lief die *Helu* mit Fock und Genua II gemächlich nach Süden. Die Lampen schimmerten im violetten Meer: rot Backbord, grün Steuerbord, am Mast noch ein weißer Scheinwerfer, wie ein winziger Leuchtturm. Hier fühlte sich Mr. Plump wohl. Er war zu einem richtigen Seemann geworden, nachdem er im Biskayasturm gelernt hatte, wie er auf seinen vier Beinen mittels Gewichtsverlagerung im Rhythmus des Wellenganges ungehindert herumspazieren konnte.

»Er hat einen hohen Intelligenz-Quotienten!« sagte Helena stolz. »Das findet man bei Bastarden oft.«

»Dann gehöre ich zu den klügsten Köpfen der Menschheit!« brummte Trosky.

»Es widerspricht dir keiner!« sagte Helena. Man lachte darüber, auch Trosky. Nur sein Blick auf Helena verriet kein Fünkchen Humor.

»Trosky beginnt, Lucrezia in Gedanken aufzufressen!« sagte Losskow. »Und das schon nach zwei Wochen! Er schlägt vor, Luzi in Teneriffa von Bord zu schicken.«

»Dann wäre ich die einzige Frau unter euch.«

»Hättest du Angst?«

»Du solltest Trosky nach Hause schicken, Peer.«

»Dann wäre ich der einzige Mann unter zwei Frauen.«

»Ich glaube, das gäbe weniger Komplikationen als umgekehrt. Mit Luzi werde ich fertig – mit Trosky nicht!«

»Ich überlege es mir«, sagte Losskow. »Ich befürchte nur, wir müßten Trosky dann mit Polizeigewalt von Bord holen. Freiwillig, das hat er ja verkündet, geht er nie!«

Nach diesem Gespräch ging Losskow wieder an Deck, während sich Helena schlafen legte. Mr. Plump wedelte mit dem Schwanz, als Losskow sich ans Ruder setzte und hinaus in die helle, warme Nacht blickte. Der Wind hatte aufgefrischt. Wenn man jetzt mit vollen Segeln hineinhielt, konnte man eine schnelle Fahrt machen.

Losskow holte den Treibanker ein, ließ das Großsegel und die Fock voll in den Wind und freute sich, daß das Boot durch das Meer glitt, als laufe es auf geschmierten Schienen. Wenig später kam Trosky auf Deck und hockte sich neben Losskow. Er trug eine kurze Hose und ein ärmelloses Unterhemd. »Gerade will ich einschlafen, da höre ich, wie der Anker hochgeht! Was ist los?«

»Wir haben eine herrliche Brise.«

»Du willst die Nacht über segeln?«

»Es wäre schade, den Wind nicht auszunutzen. Wenn er am Morgen wieder einschläft, haben wir eine gute Strecke hinter uns.«

»Und warum rufst du mich nicht? Willst du die ganze Nacht allein am Ruder sitzen?«

»Ich fühle mich munter und frisch.«

»Wir haben Arbeitsteilung ausgemacht. Ich soll in der Koje einen wegratzen,und du hängst am Ruder! Der große Held, der wacht und arbeitet, während die anderen die Schäfchen zählen.« Trosky tippte Losskow mit dem Zeigefinger an die Rippen. »Du hast den Tag über genug gearbeitet. Jetzt übernehme ich! Hau ab! Nach vier Stunden weck' ich dich.«

Losskow gab nach. »Du hast weiter nichts zu tun, als streng Kurs Südwest zu halten. Am Morgen berechne ich den Kurs neu. Und wenn du mehr in den Wind willst, dann –«

»Bin ich ein Hohlkopf?« rief Trosky. »Ich habe gar nicht gewußt, daß du Oberlehrer bist!«

»Warum nimmst du alles immer so persönlich?« fragte Losskow. »Keiner will dir etwas!«

»Ich bin ein Bastard – hat Blondie gesagt!«

»Du hast sie herausgefordert.«

»Aber sie meint es ernst! Oh, ich vergesse so etwas nicht! Ich habe eine empfindliche Seele, Peer! Ich bin verwundbar – auch wenn's nicht so aussieht!«

»Du bist ein merkwürdiger Mensch«, sagte Losskow. »Ein gespaltenes Wesen. Eine schizophrene Natur.«

»Danke! Hast du noch mehr Komplimente auf Lager?«

»Der eine Mensch schenkt einer kleinen Anita ein Begräbnis 1. Klasse – und der andere Mensch kann zersetzend wirken wie Säure. Der eine kann weinen, wenn er von der Moldau erzählt – der andere brächte es fertig, Mr. Plump ins Meer zu werfen, nur um zu sehen, wie die Haie ihn zerfleischen.«

»Die Idee ist nicht übel!« Trosky grinste breit und sah hinunter zu Mr. Plump. Der Hund glotzte ihn feindselig an. Zwischen ihm und dem großen finsteren Menschen gab es keinen Kontakt. »Ich werde mich daran erinnern, wenn wir in Haigebiete kommen.«

»Wer ist der richtige Trosky?« fragte Losskow.

»Sucht euch einen aus! Ihr habt die Wahl – was wollt ihr mehr? Für jede Gelegenheit habt ihr an mir einen Buhmann! Ich müßte euch unentbehrlich sein! Was auch passiert, ich stehe als Sündenbock zur Verfügung!«

Er drängte Losskow vom Steuer weg und setzte sich breitbeinig hin. »Hau ab, sag' ich! Schlaf dich aus! – Ist eine Frage erlaubt?«

»Bitte.«

»Ist Helena, die Kühle, eigentlich zugenäht?«

»Dafür müßte ich dir jetzt in die Fresse schlagen!«

»Aber du tust es nicht, weil es eine Frage ist, die auch dich beschäftigt. Es muß ein perverses Vergnügen sein, den Heiligen zu spielen!«

Wütend ging Losskow unter Deck, fest entschlossen, Trosky in Teneriffa von Bord zu weisen. Helena schlief und merkte nicht, wie Mr. Plump zu ihr hüpfte und sich an ihren Füßen zusammenrollte. Eine Weile lauschte Losskow in seiner schmalen Koje noch, wie das Boot mit flotter Fahrt vor dem Wind durch das Meer rauschte, dann schläferte ihn das Plätschern und Wiegen ein.

Gegen zwei Uhr kam Lucrezia an Deck. Auf das Spitzenfähnchen hätte sie auch verzichten können, es verbarg nichts. Trosky starrte ihr mit blinzelnden Augen entgegen.

»Meeresbiologisch ist nichts los!« sagte er. »Es gibt keine Glühwürmchen im Wasser, auch das Plankton schläft, und die Einzeller bemühen sich, Zweizeller zu werden. Also nichts Neues im Ozean.«

»Wir segeln ja voll im Wind!« sagte Lucrezia. Sie setzte sich Trosky gegenüber auf die Kante des Brückendecks und ließ die langen Beine baumeln. Trosky starrte sie unruhig an.

»Das haben Segelboote so an sich!«

»Weiß das Peer?«

»Aber nein! Ich will ihn morgen überraschen, wenn wir in Casablanca sind.«

»Deine Witze sind blöd!« sagte Lucrezia. »Warum kann ich eigentlich nicht schlafen?«

»Das macht der Überdruck. Jeder Dampfkessel hat ein Ventil, das er zischen läßt. Nur der Mensch muß auf andere Weise damit fertig werden. Ich finde das unfair von der Natur. Zum Beispiel die Delphine. Da waren vorhin zwei an Backbord. Ein Pärchen. War das eine Freude! Da sprang einer über den anderen – ich bin ganz neidisch geworden.« Er ließ das Ruder los, hakte es mit einem Lederriemen ein und kam auf Lucrezia zu. Ihre Augen begannen zu flimmern. Vor ihren pendelnden Beinen blieb er stehen und legte seine Hände auf ihre schlanken Oberschenkel. Sie fühlten sich angenehm kühl an, glatt und fest. »Um es im voraus zu sagen: Ich bin ein armer wissenschaftlicher Assistent. Ich verschenke keine Leopardenmäntel. Ich bin der Ansicht, ich brauche das nicht. Ich habe andere Vorzüge.«

»Nimm die Hände da weg«, sagte sie ruhig, mit halber Stimme.

»Liegen sie falsch? Höher, wenn's beliebt?«

»Nimm sie sofort weg!«

Er hob die Schultern, als wollte er sagen, na bitte, es hat jeder so seine Mucken. Er nahm seine Hände von ihren Schenkeln und legte sie wie Schalen um ihre Brüste. Sie bedeckten sie völlig, so groß waren seine Hände.

»Schlaflosigkeit aus bestimmten Gründen ist etwas Übles«,

sagte er. »Blondie könnte dir darüber einen medizinischen Vortrag halten. Wo aber bleibt die Therapie?« Er schluckte und kam mit seinem Kopf näher. »Weißt du, daß du das verdammteste Luder bist, das mir je über den Weg gelaufen ist?«

Er versuchte, sie nach hinten zu drücken, aber da waren plötzlich ihre Beine da, sie trat ihm vor die Brust, er taumelte zur Seite, konnte sich im letzten Moment noch an einem Seil festhalten, sonst wäre er über Bord gefallen. Dann kam ihre Hand und schlug zu, mit einem so festen Schlag, daß ihm einen Moment die Luft wegblieb, und als er losbrüllte, flitzte sie die Treppe hinunter in die Kajüte. Er meinte sogar, sie kichern zu hören, aber das konnte eine Täuschung sein. Sein Blut rauschte.

»Du Hurenaas!« brüllte er. »Mit mir nicht! Mit mir nicht!« Er ging zum Ruder, umklammerte es mit beiden Fäusten und riß das Boot wieder voll in den Wind. »Das nächstemal habe ich dich! Und wenn ich dich aufs Deck nageln muß! Du gottverdammts Luder!«

Er riß sich das Hemd vom Leib, die Hose von den Hüften und stellte sich nackt in den Wind. Mit ausgebreiteten Armen ließ er sich durchblasen. Es tat ihm gut und kühlte seinen Zorn.

Im Morgengrauen kam Losskow wieder an Deck.

Ein starker Schlag gegen den Bootsrumpf hatte ihn geweckt. Erst dachte er, sie seien auf eine Sandbank aufgelaufen, aber dann hörte er wieder das beruhigende Plätschern und spürte die schaukelnden Bewegungen. Sie waren weiterhin im freien Wasser.

Trosky saß in der Plicht, hatte das Ruder festgebunden und starrte über das Meer. Der Wind war mäßig und ungewöhnlich warm für diese Jahreszeit. Das Boot fuhr mit Großsegel und Fock und machte gute Fahrt. Gleichmäßig tauchte es ein, durchschnitt die Wellenkämme und lag, soweit Losskow das an der aufgehenden Sonne erkennen konnte, genau im Kurs auf Madeira. Diese Inselgruppe wollte man aber nicht anlaufen, sondern weiter nach Süden abschwenken, um auf den Kanarischen Inseln den nächsten Landgang einzulegen und Wasser zu tanken. Losskow hatte dafür Teneriffa bestimmt.

Trosky schien ihn nicht zu bemerken. Mit bloßem Oberkörper, nur einen Schal um den Hals, auf dem Kopf eine Wollmütze mit einer Troddel, hockte er auf der Sitzbank, unbeweglich, als sei er eine geschnitzte Figur. Losskow blickte sich auf dem Boot um. Alles war in Ordnung.

»Was war denn das für ein Bums?« fragte er.

Jeder andere Mensch wäre bei der unerwarteten Anrede zusammengeschreckt. Trosky veränderte seine Haltung nicht, starrte weiter in die Wellen und antwortete mit seiner tiefen Stimme: »Wir haben einen Delphin gerammt. Das heißt, er hat uns gerammt!«

»Unmöglich!«

»Wieso ist das unmöglich?«

»Der Delphin ist das klügste Tier, fast so intelligent wie ein Mensch! Ein Delphin schwimmt neben einem Boot her, aber er rammt es nicht! Warum auch?«

»Vielleicht war es ein Weibchen, und ich war ihr Typ?«

Losskow kam näher. Und da sah er, daß neben Trosky eine Holzstange mit einem geschärften Eisenhaken lag. Das Holz war naß – es mußte gerade aus dem Wasser gezogen worden sein.

»Aha! So ist das!« sagte Losskow wütend.

»Was ist?«

»Du hast mit diesem Mistding nach den harmlosen Delphinen geschlagen! Mit einem geschliffenen Stahlhaken! Das ist doch eine Riesensauerei!«

»Ich habe das Werkzeug nicht an Bord gebracht!«

»Du weißt genau, daß wir so etwas zur Abwehr von Haien brauchen!«

»Mein Gott, ich habe mich geirrt!« Trosky schob seine Wollmütze tiefer in die Stirn. »Taucht da aus dem Meer neben mir etwas auf. Ich sehe nur Flosse, etwas Glänzendes, es hebt sich backbord aus der See... Da habe ich eben zugestochen! Konnte ja ein Hai sein! Hinterher war's aber nur ein Delphin! Sorry, Sir.«

»Hältst du mich eigentlich für so dämlich, daß ich dich für so dämlich halte?« fragte Losskow wütend.

»Das ist eine Frage, auf die ich nicht ehrlich antworten kann!« Trosky rieb sich mit beiden Händen die nackte Brust und dehnte sich. Seine Muskeln traten prall hervor. »Ich mußte etwas tun, großer Boß! Irgend etwas Zerstörerisches! Ich mußte ganz einfach vernichten! Das Boot zusammenschlagen, kann ich ja nicht gut. Da kam mir der Delphin genau im richtigen Augenblick. Du verstehst das nicht, was?«

»Nein!«

»Wie auch?! Was würdest du tun, wenn ein Weib sich so vor dir hinflegelt, daß du nur draufzuspringen brauchst? Und wenn du's versuchst, lacht sie dich aus! Du würdest zerknirscht sein und einen Choral singen, nicht wahr? Ich nicht! Ich muß dann etwas zerstören! Ich muß etwas zum Austoben haben! Ich muß vernichten! – Ist dir das jetzt klar?!«

»Vielleicht!« sagte Losskow zögernd. »Mir wird noch einiges klarwerden müssen.«

»Welch ein Theater um einen dusseligen Delphin!«

Losskow ging unter Deck. Helena war wach, lag aber noch auf der Bank. Zu ihren Füßen wedelte Mr. Plump müde mit dem Schwanz und glotzte Losskow vorwurfsvoll an.

»Was war das für ein Lärm da oben?« fragte sie. »Sucht Trosky wieder Streit?!«

»Wo ist Luzi?«

»In ihrer Koje.«

»Du hast nicht gehört, daß sie nachts an Deck war?«

»Nein. Ich habe geschlafen wie ein Sack!« Sie richtete sich auf. Losskow sah ihre Brüste, sie schlief unter der Decke nackt, wie immer; die Wärme in der Kajüte ließ nichts anderes zu. Wäre ich jetzt Trossky und hätte seine Mentalität, würde ich über sie herfallen, dachte er. Und es wäre mir völlig egal, ob die anderen zuschauen!

»Was war da oben los, Peer?«

»Ich weiß es nicht. Trosky redet wie ein Halbirrer! Nach seinen Reden zu schließen, muß Luzi in der Nacht bei ihm gewesen sein und ihn bis aufs Blut gereizt haben. Dann ist sie weggerannt und hat Trosky in einer völlig konfusen Verfassung zurückgelassen. Aus Rache hat er dann versucht, einen harmlosen Delphin abzustechen.«

»Und das regt dich nun wieder auf?« Ihre Stimme war kühl wie immer. Die Klarheit ihres Denkens überraschte ihn stets aufs neue. Nur wenn sie bei ihm war, wenn sie ganz Frau wurde, büßte sie ihre Nüchternheit ein. Dann war sie ein Vulkan. Losskow setzte sich. Auf dem Tisch stand noch eine

Tasse mit kaltem Tee. Er trank sie mit kleinen hastigen Schlucken.

»Mich macht nachdenklich, was Trosky als Begründung anführte: Ich muß vernichten! Das ist ein ungeheuerlicher Satz! Vernichten! Was geht in diesem Mann vor? Eine Frau entzieht sich ihm – und er *muß* darauf zerstören! Irgendwas! Wenn man das weiterdenkt, Blondie – was kommt dabei heraus? Er wird immer an Vernichtung denken, wenn ihm was nicht paßt! Und so etwas haben wir an Bord!«

»Auf Teneriffa kannst du ihn loswerden.« Sie setzte sich, angelte nach einem T-Shirt auf dem Wandbrett und zog ihn über ihre herrlichen Brüste. Mr. Plump seufzte tief. Er wollte doch schlafen. »Glaubst du nicht, daß wir es auch zu dritt schaffen?«

»Nein! In diesen Breiten wär' es kein Problem. Aber wir kommen in andere Meere! Um Feuerland herum, in den Pazifik hinein. Das übersteigt eure Kräfte!«

»Weil wir Frauen sind?« fragte sie tadelnd.

»Ja. Aber das soll keine Abwertung sein.«

»Sie ist es aber! Euer verdammter Männerstolz! Eure idiotische Kraftmeierei! Zu großen Leistungen sind nur Männer fähig; Frauen haben sich gefälligst hinzulegen und zu warten, bis sie benutzt werden!«

»Helena!«

»Ich werde dir zeigen, wie man Kap Horn umsegelt! Ich werde unter den Segeln stehen! Wir brauchen Trosky nicht!«

»Madame, ich applaudiere! Das ist die Feuerrede einer Emanze!« Trosky stand im Treppenaufgang. Sie hatten ihn nicht gehört, er mußte herangeschlichen sein. Wie lange er schon an der Treppe stand, war nicht nachprüfbar. Auch nicht, was er von der Unterhaltung mitbekommen hatte. Mr. Plump reagierte erst jetzt. Er knurrte leise. Ihre gegenseitige Abneigung war unüberbrückbar. »Ich bin fest davon überzeugt, daß ihr mich braucht!« sagte Trosky.

Er kam in die Kajüte und lehnte sich gegen die Tür des Einbauschrankes. Nach einem langen Blick auf Helena schob er die Unterlippe vor. Sie trug zwar einen T-Shirt, aber ab Mitte des Bauches war sie noch frei.

»Ich wußte gar nicht, wie lautlos du dich anschleichen kannst«, sagte Helena.

»Zieh dir 'ne Hose an!« Troskys Knurren signalisierte Gefahr. »Mir liegt noch das andere Frauenzimmer im Zentralhirn. Das wollte ich übrigens als meine Meinung beisteuern: Es ist nie etwas Gutes dabei herausgekommen, wenn ein Mann mit zwei Weibern losgezogen ist! Das geht eine Zeitlang gut. Man fühlt sich wie ein Platzhirsch ohne Konkurrenz. Aber dann drehen die werten Damen durch! Peer, du verhinderter Heiliger, unsere zwei schaffst du nie über Monate hinweg! Nie! Die knabbern dich von oben und von unten an!«

»Du bist ein Schwein!« sagte Helena kalt. Sie zog einen Schlüpfer an und legte dann ihre Hand beruhigend auf Mr. Plumps dicken Kopf. »Andere Gedanken hast du wohl nicht mehr?«

»Ich spreche sie aus, ich rede darüber! Ihr Heuchler tragt sie heimlich mit euch herum und verschluckt euch daran. Verdammt, seien wir doch mal ehrlich! Hier sind zwei Männer, da sind zwei schöne Frauen, und alle vier sind allein auf einem kleinen Boot mitten auf dem Ozean! Und dort wollen sie auch bleiben, monatelang! Jetzt frage ich: Was ist die normale Entwicklung in einer solchen Situation? Etwa kalte Ganzkörperwaschungen, Soda ins Essen und Vorlesen aus der Bibel? Oder ist es nicht doch besser, man betrachtet sich als ein Gebilde aus biologischen Funktionen und handelt dementsprechend? Ihr seht, ich kann mich auch vornehm ausdrücken!«

»Ich bin nicht bloß Körper«, sagte Helena ruhig, »ich habe auch ein logisch denkendes Hirn!«

»Da haben wir's!« Trosky zeigte mit ausgestrecktem Arm auf Helena. »Darum solltest du dich kümmern, Peer! Wenn hier jemand fehl am Platze ist, scheint es mir unsere Blondie zu sein! Man sollte sie auswechseln! Zwei Männer und eine Frau an Bord – das geht auf jeden Fall schief, noch sicherer als ein Mann mit zwei Frauen! Das will ich dir gestehen, Peer: Ich würde dir keine Pore von Lucrezia abgeben, wenn wir drei allein wären! Nicht ein Härchen! Ich würde dir bei der nächsten Gelegenheit den Schädel einschlagen oder dich zwischen die Haie kippen!« »Ehrlich ist er wirklich!« sagte Helena anerkennend. »Und Angst hat er auch nicht.«

»Vor wem auch!« lachte Trosky.

»Vor dir selbst!«

»Da sprichst du ein Problem an.« Er stieß sich von der Schranktür ab, setzte sich neben Losskow an den Tisch und blickte auf das Schott, das zu Lucrezias Koje führte. »Was passiert, wenn ich jetzt da hineingehe und die Katze bändige?«

»Du wirst es erleben!« sagt Losskow ruhig.

»Aha! Wenn sie abgeschlossen hat, werde ich die Tür eintreten müssen. Das ist einfach, es ist eine dünne Tür.«

»Irrtum. Polyester mit Glasfasern. Druckfest! Das weißt du genau.«

»Ich kriege sie auf!«

Jan erhob sich schwerfällig.

»Bleib sitzen!« sagte Losskow, ohne die Stimme zu heben.

»Was passiert denn wohl?« schrie Trosky. »Wenn ich laut huste, klebt ihr an der Wand! Blondie hat festgestellt: Der hat keine Angst! Ich hab' sie wirklich nicht! Vor niemand, vor nichts! Auch nicht vor diesem verfluchten Feuerland mit seinem Kap Horn! Das ist doch etwas wert, nicht wahr? Das ist doch Kapital für euch! Mit mir bezwingt ihr die Meere – nur mit mir! Das wißt ihr genau! Ihr solltet mit mir wenigstens genauso zärtlich umgehen wie mit diesem Mistvieh von Köter!«

Er blieb stehen und ging nicht weiter, unsicher, was Losskow unternehmen würde, wenn er sich an Lucrezias Tür zu schaffen machte. Losskow blickte ihn nicht an. Er überlegte sich, wie er Trosky beweisen könnte, daß er stark genug war, Disziplin an Bord durchzusetzen. Er weiß nicht, dachte Losskow, daß ich einen Judokurs hinter mir habe. Ich war der Drittbeste des Lehrgangs. Das reichte zwar nicht für einen Gürtel, aber ich beherrsche immerhin alle Kniffe, die nötig sind. Wir haben nie darüber gesprochen, er ist völlig ahnungslos. Wenn er noch einen Schritt tut, könnte ich ihm die Beine wegziehen und ihn gleichzeitig mit einem Schulterschwung in die Ecke fegen. Aber dann? Bis Teneriffa ist noch ein langer Weg; ich rechne noch mit vier Tagen bei diesem milden Wind. Vier Tage auf diesem engen Boot zusammen mit diesem Mann, der nur noch auf Rache sinnt? Rache, für die es auf einem Schiff hundert Möglichkeiten gibt. Trosky schien ähnliches zu denken und scheute davor zurück, den Bogen zu überspannen. Er kam auch gar nicht mehr zu einer Entscheidung, denn die Tür öffnete sich, und Lucrezia kam in den Salon. Sie trug einen winzigen Bikini, hatte die schwarzen langen Haare zu einem Knoten hochgesteckt und warf erstaunte Jungmädchenblicke um sich. Ihre Begabung, unschuldig zu wirken, war phänomenal.

»Gibt's Diskussionen?« fragte sie. »Worüber?«

»Wir streiten uns darüber, ob Delphine bei der Kopulation normal schwimmen oder auf dem Rücken liegen.« Trosky starrte Lucrezia aus flackernden Augen an.

»Ferkel!« sagte sie fröhlich.

»Immerhin ist der Delphin ein Säugetier wie der Mensch!«

»Und der liegt immer auf dem Rücken?« Sie lachte Trosky an, wippte an ihm vorbei und trippelte zur Treppe. »Ich schwimme eine Runde!« sagte sie lässig. »Wer hat heute Kaffeedienst?«

»Ich!« brüllte Trosky. »Ich mixe ihn dir mit Rattengift!«

Ihr Lachen hörten sie noch, als sie schon an Deck war. Dann klatschte es draußen. Lucrezia, eine vorzügliche Schwimmerin, war über Bord gesprungen, mit einem eleganten Hechtsprung. Übermütig hämmerte sie mit der Faust an die Bordwand.

»Und die wollt ihr mir verbieten?« knurrte Trosky. »Das ist wider die Natur! Wenn ihr nur halbwegs ehrlich seid, müßt ihr zugeben, daß das unmenschlich ist!«

»Ich muß ans Ruder«, sagte Losskow. Mein Gott, so unrecht hat er nicht, dachte er. Aber man darf es ihm nicht sagen. Es wäre ja alles ganz anders, wenn das hier eine Vergnügungsfahrt wäre. »Wir müssen jetzt auf den genauen Kurs gehen! Wann ist der Kaffee fertig?«

»In einer halben Stunde wird serviert!« brummte Trosky. »Sir, wünschen Sie ein Spiegelei mit Speck?«

»Gerne. Aber nicht für dich! Das fehlte dir gerade noch!« Losskow ging hinauf, setzt sich in die Pflicht und begann, mit dem Sextanten seinen genauen Standort zu berechnen. Das Boot lief schwach vor dem Wind. Trosky hatte nur die Fock stehenlassen. Mit kräftigen Kraulschlägen schwamm Lucrezia neben dem Boot her, hielt sich dann an einer Fenderleine fest und ließ sich mitziehen. Sie lachte zu Losskow hinauf und war von einer bezwingenden Lebenslust.

»Das Wasser ist herrlich!« rief sie. »Herrlich! Ich denke oft, ich muß früher mal ein Fisch gewesen sein!«

Würdest du doch einer werden, dachte Losskow und schämte sich sofort seines häßlichen Gedankens.

»Komm an Bord!« sagte er rauh. »Wir machen gleich volle Fahrt.«

Sie lachte mit einer perlenden Koloratur, zog sich an dem Seil über die Bordwand und nahm Losskows hingestreckte Hand an. Mit einem Schwung war sie im Boot. Dabei prallte sie voll gegen ihn, ihr Körper war naß und schlangengleich, Hüften und Brüste rieben sich an ihm.

»Danke, Peer«, sagte sie unschuldig, trat einen Schritt zurück, riß das Bikini-Oberteil ab und schwenkte es wie eine Fahne durch die Luft. »Du hast einen unwahrscheinlich festen Griff.«

Mit gekrauster Stirn blickte Losskow ihr nach.

Sie brauchten noch genau vier Tage, bis sie an die Nähe der Kanarischen Inseln kamen. Der Wind hatte es gut mit ihnen gemeint; er trieb sie vor sich her durch ein mäßig bewegtes Meer, das ihr Boot mit seinem schlanken Kiel gut durchschnitt. Es erwies sich als hervorragender Renner, lag gut ausbalanciert im Wasser und kehrte immer wieder in die normale Lage zurück, wenn eine größere Welle es seitlich wegdrückte.

Trosky hatte sich beruhigt, obgleich Lucrezia ihn immer wieder provozierte. Sie lag auf dem Kajütendach oder hockte an der Bugreling und angelte. Einmal – es war zwischen Madeira und den winzigen Ilhas Selvagens – hatte sie einen größeren Fisch an der Schnur, den sie nicht aus dem Meer ziehen konnte. Der Fisch kämpfte verzweifelt gegen den Haken in seinem Maul, schnellte herum, tauchte weg, blieb stehen und raste dann los, bis Lucrezia schrie: »Hilft mir denn keiner? Ich bekomme ihn nicht heraus! Er zerreißt mir noch die Leine! Kommt her!«

Trosky turnte nach vorn zu Lucrezia, gab ihr einen Klaps auf den aufreizenden Hintern und nahm ihr die Angel ab. Er gab noch etwas Schnur nach, zog dann wieder heran und sah den Fisch aus dem Wasser schnellen.

»Ein Prachtexemplar!« rief Trosky. »Ein junger Hai! Noch ein Kindchen!«

»Hier gibt es keine Haie!« sagte Helena. »Wir sind im Atlantik.«

»Es ist ein Katzenhai! Harmlos! Seht ihr die Punkte auf dem Leib? Ich wette, es ist einer! Na, dann wollen wir mal, Baby! Luzi, halt den Kescher bereit! Den holen wir 'raus und legen ihn in die Pfanne!« Es war ein Kampf, der fast eine halbe Stunde dauerte. Dann hatte Trosky den kleinen harmlosen Katzenhai so müde gemacht, daß man ihn mit dem Kescher einfangen und an Bord heben konnte. Er schlug noch um sich, versuchte, sich wegzuschnellen, aber Trosky lachte nur, nahm aus dem Gürtel ein scharfes Messer und stieß es dem Fisch in den Nacken. Dann riß er es wieder heraus und schlitzte ihm den Leib auf. Helena wandt sich ab und ging zur Plicht.

»Der Lady wird kotzübel!« jubelte Trosky. Er warf die Eingeweide des Katzenhais über Bord und hob den Fisch an der Schwanzflosse hoch. Obgleich er ausgeweidet war, zuckte der schimmernd glänzende schlanke Körper noch immer, der Kopf ruckte vor, als könne er noch zubeißen. »Nerven muß man haben!« schrie Trosky. »Nerven wie ein Fisch! Der macht es uns vor!« Er packte den Katzenhai an der Schwanzflosse und schlug den Kopf ein paarmal auf die verchromte Reling. Nach dem fünften Schlag erlosch jede nervliche Reaktion.

»Das Abendessen bereite ich!« sagte Trosky. »Haisteak mit Sahnesoße! Mild gewürzt. Himmel noch mal, das gibt einen Eiweißstoß! Luzi, paß auf dich auf!«

»Ich krieg' keinen Bissen herunter!« sagte Helena, als Trosky unter Deck verschwunden war. »Hast du das gesehen, Peer? Er hat den Fisch nicht getötet, er hat ihn ermordet! Bestialisch ermordet! Er lebte noch, als er ihn aufschlitzte.«

»Dann dürftest du nie mehr Fisch essen«, sagte Losskow. »Glaubst du, auf den Trawlern stellen sie den Tod eines Fisches mit dem Stethoskop fest? Aber du hast recht, was Trosky da gemacht hat, das war nicht nötig.«

»Genauso wird er mit anderen umgehen – auch mit Menschen!« sagte sie leise. »Manchmal glaube ich, er ist ein Ungeheuer mit menschlichen Zügen. Plötzlich wirft er die Hülle ab, und wir haben ein Monster vor uns!«

»Auf Teneriffa wird alles anders werden.« Losskow las die Windgeschwindigkeit ab; der kleine Metallpropeller auf dem Meßinstrument drehte sich lustig im Wind. »Morgen gegen Mittag sind wir da. In Santa Cruz werfe ich Jan von Bord! Es geht wirklich nicht mehr! Ich blase das Unternehmen ab.«

»Das darfst du nicht, Peer!« Sie sah ihn betroffen an. »Wir sind durch Spenden finanziert. Die Firmen werden ihr Geld zurückfordern. Und dann die Presse! Dieses Hohngelächter! Weltumsegelung scheitert an einem sextollen Mann! Wie halfen sich da Ihre Wikinger, Herr Losskow?! – Du bist erledigt, wenn du aufgibst!«

»Wir sind alle erledigt, wenn wir weitermachen! Ich habe einen schrecklichen Verdacht, Helena.«

»Trosky ist nicht normal. Das habe ich auch schon gedacht.«

»Er ist ein Psychopath! Ein Manisch-Depressiver! Er gehört eigentlich unter Aufsicht.«

»Oder er ist ein Sadist und spielt uns diese Rolle vor, um uns außer Atem zu bringen. Er weidet sich an unseren Reaktionen, die er vorausberechnet hat. Er lauert geradezu darauf, daß wir aus der Haut fahren, und dann hat er seinen Spaß. – Ich weiß wirklich nicht, wie ich ihn einordnen soll.«

»Wir sollten uns keine Gedanken mehr darüber machen«, sagte Losskow. »In Santa Cruz ist für Trosky das Ende der Fahrt.«

Bald segelten sie, nur mit Fock und Genua II, gemächlich in den Hafen von Santa Cruz auf Teneriffa hinein und wunderten sich, daß ihnen ein Schnellboot der Hafenmeisterei entgegenbrauste und sie umrundete. Freundliche Spanier winkten ihnen zu und zogen ihnen zu Ehren sogar die deutsche Fahne hoch. Ein eleganter Offizier, in weißer Uniform und weißer Mütze, stand auf der Brücke und grüßte sie so militärisch stramm, als kämen sie von einem erfolgreichen Kommandounternehmen zurück.

»Da stimmt etwas nicht!« sagte Losskow ahnungsvoll zu Trosky. Sie standen beide am Ruder. Die Mädchen, in weißen Trainingsanzügen, saßen unter den Segeln und winkten den Spaniern zurück. Gegen den Himmel hob sich breit und mächtig, mit schneebedeckter Kuppe, der Teide ab, der höchste Berg Spaniens, der kurioserweise auf einer Insel liegt. Die Form dieses erloschenen Vulkans war unverkennbar, und Trosky sagte es auch sofort:

»Das ist der größte Busen, den ich kenne! Haben wir genug Zeit? Es wäre mir ein Vergnügen, ihn zu besteigen.«

»Du wirst Zeit genug haben«, antwortete Losskow. »Du brauchst dich nicht zu drängeln. Ich frage mich nur, woher dieser freundliche Empfang kommt?! Die tun fast so, als hätten sie uns erwartet.«

»Ich ahne etwas!« sagte Trosky und spuckte über Bord. »Von wegen: Die einsamen Ozeanbezwinger! – Die haben uns knackfest unter Kontrolle!«

Die Ahnung trog nicht.

Am Pier, zu dem sie von dem Hafenmeistereiboot gelotst wurden, standen neben den Pollern nicht nur zwei Matrosen in weißer Uniform bereit, um die zugeworfenen Seile aufzufangen, sondern da stand auch eine Blaskapelle in kanarischer Tracht, Fernsehkamaras richteten sich auf das kleine weiße Boot, und Reporter sprachen aufgeregt ins Mikrofon. Den Anzügen nach zu urteilen, waren sogar einige Stadträte erschienen, und hinter gespannten Seilen und Absperrgittern staute sich eine große Menschenmenge. Ein Spruchband flatterte im Wind. ›Ahoi auf Teneriffa!‹ stand darauf.

Als die *Helu* an die Mole glitt, begann die Kapelle zu spielen. Es war der ›Alte-Dessauer-Marsch‹.

»Das gibt's doch nicht!« sagte Losskow entgeistert. »Die müssen uns verwechseln!«

»Wir sind laufend überwacht worden.« Trosky grinste breit. »Erinnere dich an die Propellermaschinen, die uns südlich von Madeira und erst gestern wieder überflogen. Wir haben nicht darauf geachtet, aber das war das Auge, das uns nie verläßt! Als wir an Madeira vorbeizogen, war denen klar, daß nur die Kanaren fürs Wasserfassen in Frage kamen.«

»Wem war das klar?!«

Die Frage wurde schnell beantwortet. In der vorderen Reihe, noch vor den Offiziellen von Santa Cruz, stand ein Mann und schwenkte seine Arme wie Windmühlenflügel.

Dieter Randler.

»Das darf doch nicht wahr sein!« sagte Losskow erschüttert. »Das ist ja wie im Märchen vom Hasen und dem Igel: Ich bin schon da!« Er sah Trosky forschend an: »Hast du das gewußt?«

»Keine Ahnung! Aber als ich von weitem den Aufmarsch sah, hab' ich mir was zusammengereimt. Gehen wir an Land wie Columbus! Der war übrigens auch hier. Drüben, auf der Nebeninsel La Gomera. Wollte auch Wasser aufnehmen und blieb zwei Jahre hängen in den Armen der schönen Beatrice, der ehemaligen, dorthin verbannten Favoritin des spanischen Königs! So einfach ist die Weltgeschichte. Amerika wäre schon zwei Jahre eher entdeckt worden, wenn Columbus sich im Bett dieser heißblütigen Frau nicht so wohl gefühlt hätte!« Er lachte sein dröhnendes Lachen. »Du kannst ihm nicht entfliehen, mein Lieber! Überall ist es dasselbe! Ich bin gespannt, wo wir einmal auf diese angenehme Weise hängenbleiben.«

Den Plan, Jan Trosky auf Teneriffa zurückzulassen, mußte Losskow aufgeben. Es war unmöglich, vor aller Öffentlichkeit die Querelen an Bord auszubreiten und dann sagen zu müssen: Das große Unternehmen scheiterte an Problemen unter der Gürtellinie. Es wäre eine jämmerliche Kapitulation gewesen.

Randler war stolz auf seine Überraschung und erklärte sie später, als man das Festbankett in einem der Luxushotels Teneriffas hinter sich hatte. Reden waren gehalten worden, Hände wurden geschüttelt, Fotos geblitzt, und hübsche Mädchen in Landestracht überreichten Blumensträuße. Endlich saß man in der Bar in einer Ecke, befreit vom offiziellen Programm.

»Ich könnte dich umbringen!« sagte Losskow zu Randler. »So ein Theater!«

»Diese Investition mußte sein! Deine Reise muß uns mindestens dreißig- bis vierzigtausend Leser mehr bringen!«

»Nach Teneriffa zu segeln ist keine Kunst!«

»Es kommt darauf an, was wir daraus machen! Immerhin konnten wir ja schon einiges berichten! Sturmböen von 160 km in der Biskaya! Kampf ums Überleben im Azorenbekken! Ein Tanker rammte fast das kleine Boot! – Ihr seid Helden geworden – jetzt schon!«

»Mein Gott! Und das ist gelogen!«

»Das ist im Journalismus ein hartes Wort, Peer!«

»Aber nichts stimmt! Wenn das herauskommt!«

Randler nippte an seinem Cocktail, einem Pims No. 2, und rümpfte mißbilligend die Nase.

»War in der Biskaya schlechtes Wetter? Ja oder nein?«

»Es war erträglich.«

»Aber es saute vom Himmel. Also!« Randler grinste siegessicher. »Seid ihr Tankern begegnet?«

»Ja. Zweimal.«

»Na also! Was willst du eigentlich?«

»Es lagen mindestens drei Seemeilen zwischen den Tankern und uns!«

»Wen interessieren schon Zahlen?! Das ist ein winziges Boot, und dort schwimmt ein Riesending von Tanker. Was, wenn der Tanker die Nußschale rammt? Was, wenn es in den Sog dieses Monstrums gerät? Ist doch alles denkbar und möglich! Außerdem habe ich geschrieben: *Fast* gerammt! Man muß Deutsch können, mein Lieber!«

Es war genauso, wie Trosky es geahnt hatte. Man hatte die *Helu* laufend aus der Luft verfolgt und beobachtet. Als feststand, daß sie in Santa Cruz Wasser nehmen würde, bereitete Randler das Empfangsfest vor. Eine Weltumseglung mit einem so kleinen Boot wurde auch auf dem an allerlei Verrücktheiten gewöhnten Teneriffa als etwas Besonderes angesehen. Hinzu kam, daß zwei schöne Frauen an Bord waren. Welcher Spanier läßt sich so etwas entgehen?! Mut und Schönheit – das waren seit Jahrhunderten Attribute, die man ehren mußte. Bei Schönheit, gepaart mit Mut, schmelzen die Herzen aller Spanier. Es war sicher, daß die spanische Presse begeistert von diesem Abenteuer berichten würde. Der Korrespondent von *El Dia* hatte eine halbe Seite Fotos versprochen, mindestens.

»Es ist zum Kotzen«, sagte Losskow später, als Trosky mit Lucrezia auf der Tanzfläche einen engen Tango tanzte und Randler nach Hamburg telefonierte. »Ich kann Trosky jetzt nicht rausschmeißen!«

»Das sehe ich ein. Das gäbe einen Skandal.« Helena legte ihre Hand auf Losskows Arm. »Was ist die nächste Station?«

»Die Kapverdischen Inseln vor Mauretanien und Senegal.«

»Dann geht er dort von Bord!«

»Und wenn Randler auch da am Pier steht mit einer Kapelle und spielt einen preußischen Marsch?«

»Warten wir es ab«, sagte sie begütigend. »Vielleicht arbeitet die Zeit für uns. Es kann ja sein, daß Trosky von sich aus das Handtuch wirft.«

»Wer das glaubt...«, sagte Losskow dumpf.

Sie blieben zwei Tage auf Teneriffa, und zwei Tage lang blieb Trosky verschollen.

Helena, Lucrezia und Losskow machten eine Inselrundfahrt, besichtigten den zweitausend Jahre alten Drachenbaum in Icod, fuhren in die Cañadas, diese einmalige, bizarre, lautlose Kraterlandschaft um den Teide, besuchten den Süden der Insel mit seinen kahlgebrannten Felsen und die Nordküste, die ein einziger blühender Garten war, standen an dem Fleck über dem Orotava-Tal, wo Humboldt sich niedergekniet und ausgerufen haben soll: ›Gott, ich danke dir, daß ich so etwas Herrliches schauen darf!‹, und sie saßen an der Brandung von Puerto de la Cruz, aßen Eis und ließen sich für achthundert Peseten von einem Straßenmaler porträtieren. Es war ein herrliches Stück Erde; die Insel der Seligen, wie man sie schon im Altertum nannte.

Nach zwei Tagen tauchte Trosky wieder auf. Laut, kraftvoll, ungebrochen wie immer.

»Zum Teufel, was haben die einen herrlichen Puff in Santa Cruz!« donnerte er begeistert. »Und wißt ihr, wie die den nennen? Casa de Pudre! Lacht nicht so dämlich! Das ist wahr! Ich habe einen Taxifahrer gefragt, die wissen ja alles. Er verstand mich sofort. ›Ah, señor –‹, sagte er zu mir. ›Casa de Pudre? Komm mit!‹ – Ich fühle mich wohl wie tausend Säue! Ist das nicht von Goethe? So ähnlich jedenfalls. – Wann geht es weiter?«

Es wäre vergeblich gewesen, ihm jetzt zu sagen: morgen oder übermorgen – aber nicht für dich! Du bleibst auf Teneriffa, du kannst machen, was du willst: in der Sonne liegen, den Teide besteigen, den hübschen Frauen in Puerto de la Cruz nachlaufen, davon gibt es massenweise, erlebnishungrig, dankbar, von der jodhaltigen Salzluft des Meeres angeregt, oder du kannst auch bei deinen Huren bleiben, in deiner berühmten Casa de Pudre, du kannst überhaupt alles tun, was dir Spaß macht. Nur an Bord kommst du nicht mehr!

Er hätte es nicht begriffen, er hätte es als Witz aufgefaßt, er wäre auf das Boot gegangen, hätte sich in die Plicht gesetzt und gebrüllt: »Ihr Arschlöcher, ich bin hier festgepflockt. Nun reißt mich mal raus!«

Und das alles unter den Augen der Öffentlichkeit, die endlich wieder einen einsamen Helden hatte!

Losskow sah Helena verzweifelt an, zuckte mit den Schultern und ging davon. Trosky blickte ihm verwundert nach. »Was hat er denn? Mißfällt ihm unsere Arbeitsteilung? Er läßt sich feiern, ich arbeite! Dagegen kann er doch nichts haben! Das entspricht doch seinem Ideal. Der standhafte Wikinger!«

»Wir legen morgen ab«, sagte Helena, kühl wie immer. »Es sind noch ein paar Konserven zu kaufen. Außerdem kommt noch etwas an Bord!«

»Nein!« Trosky hob theatralisch beide Arme. »Bitte nicht noch so eine Mißgeburt wie Mr. Plump! Das halte ich nicht aus!«

»Ich habe mir einen Plattenspieler gekauft«, sagte Helena. »Batteriebetrieb. Und dreißig Langspielplatten.«

»Glänzende Idee! Ein paar Tänzchen an Bord lockern die Atmosphäre. Rechtsherum und linksherum und durch die Mitte...«

»Ich habe Beethoven, Wagner, Tschaikowskij, Schubert und Grieg gekauft.«

»Nein!« schrie Trosky auf. »Tu mir das nicht an, Blondie! Klassik vor Feuerland! Das ist pervers!«

Helena ließ ihn stehen und ging über die lange Mole in Richtung Stadt. Trosky setzte sich auf einen hohen Betonpoller, blickte hinüber zu einem sowjetischen Handelsschiff, das eher wie ein mit Elektronik vollgestopfter Beobachtungs- und Nachrichtenkreuzer aussah. Die russischen Matrosen, die Landgang hatten, fielen durch ihre makellose Korrektheit auf. Schneeweiße Uniformen, unauffälliges Benehmen, Höflichkeit, Zurückhaltung. Nie ging einer allein. Sie besuchten Santa Cruz nur in kleinen Gruppen. Man konnte sicher sein, daß es bei ihnen keine nächtlichen Schlägereien in den Hafengassen gab, wie etwa bei den amerikanischen oder kanadischen Matrosen, von den Öltankerbesatzungen ganz zu schweigen.

Aus dem Boot kletterte Lucrezia. Sie trug ein enges, kurzes Frottierkleidchen. Auch so war sie eine Gefahr für die öffentliche Sittlichkeit.

»Was hockst du hier herum?« fragte Trosky. »Wo warst du überhaupt die ganze Zeit?«

»Wenn ich dir das erzähle, mein Mäuschen, wirst du rot wie eine Tomate! Oder unruhig wie ein Huhn vorm Eierlegen.«

»Kein Kommentar!« Sie winkte ab. »Du weißt, daß wir morgen früh ablegen?«

»Ja. Wo gehst du hin?«

»Er heißt Francisco Hernandez Marques. Toll, was?«

»Wenn er so lange durchhält, wie sein Name lang ist – gratuliere!«

»Ekel!«

Sie wollte gehen, aber Trosky hielt sie am Saum ihres kurzen Kleides fest. »Noch einen Moment, Süße! Nur eine Frage: Zwischen Peer und Blondie, tut sich da was?«

»Warum?«

»Mir wird ihre Moral unheimlich. Helena hat doch kein Eiswasser in den Adern!«

»Was geht das mich an?«

»Wo haben sie die zwei Nächte geschlafen?«

»Der Boß an Bord. Helena im Hotel Mencey.«

»Allein?«

»Sicherlich!«

»Das ist geradezu gespenstisch! Ich habe erwartet: Jetzt, auf Teneriffa, da fallen sie endlich übereinander her!« Er drehte Lucrezia den Rücken zu und knurrte: »Ist gut, Süße. Hau ab! Mach's gut, aber nicht zu oft.«

Lucrezia verbiß sich eine Bemerkung und ging über die Mole zur Stadt. Dabei geriet sie in den Strom der sowjetischen Matrosen und wunderte sich, daß keiner sie ansprach oder wenigstens durch die Zähne pfiff. Die Rote Marine war darauf gedrillt, in jeder Situation Vorbild zu sein.

Am nächsten Morgen schrubbte Trosky das Deck, als Losskow heraufkam. Das Kratzen des Schrubbers hatte ihn geweckt.

Trosky hatte brav an Bord geschlafen, genau wie Losskow. Die Mädchen waren noch in Santa Cruz. Helena im Hotel Mencey. Lucrezia irgendwo bei ihrem Francisco Hernandez Marques. Es war noch früh, fahle Dämmerung lag über Meer und Insel. Die Kuppe des Teide segelte unwirklich durch zerfetzte Wolken. Es war der Übergang von Nacht auf Tag, in dem die Natur wie zu Beginn der Schöpfung aussieht.

»Was treibt dich denn, mitten in der Nacht das Deck zu kratzen?« fragte Losskow.

»Ich nehme an, beim Ablegen gibt's noch einmal eine kleine Schau! Gestern habe ich Randler getroffen. Er hat schon die neue Schlagzeile: ›Der Start ins große Unbekannte!‹ Ich habe ihm gesagt, daß er ein Idiot ist! War das richtig?«

»Exakt!« Losskow lachte. Manchmal war Trosky ihm direkt sympathisch. »Wir sollten in aller Heimlichkeit auslaufen.«

»Wenn die Mädchen rechtzeitig da sind.«

»Sie haben Anweisung, um sieben Uhr an Bord zu sein! Dann können wir sofort die Segel setzen – und ab geht's!«

»Randler wollte wissen, wo unsere nächste Station ist. Da er mich fragte, habe ich angenommen, daß du ihm keine Auskunft gegeben hast.«

»Und was hast du gesagt?«

»Barbados!«

»Das hat er dir geglaubt?«

»Nein! Aber er hörte wenigstens auf zu fragen.«

»Jetzt könnte ich dir wieder auf die Schulter klopfen.«

»Bitte keine abartigen Regungen, Boß!« Trosky stützte sich auf den Schrubberstiel und sah Losskow forschend an. »Du gehst doch immer noch schwanger mit dem Gedanken, mich hierzulassen?«

Losskow zeigte keine Wirkung, aber er wurde vorsichtig. »Wer sagt das?« fragte er.

»Ich habe das gelesen.«

»Wo?«

»In deinem privaten Bordbuch! Es lag gestern auf der Klapplade. So etwas reizt mich natürlich.«

»Das ist gelogen!« sagte Losskow ernst. »Das Tagebuch liegt

immer im Kasten, und der Deckel ist verschlossen. Nur ich habe den Schlüssel! Hast du das Schloß aufgebrochen?«

»Es lag obendrauf!« sagte Trosky laut. »Ich kann nicht dafür, daß du's vergessen hast! Aber ich habe mir gemerkt, was da steht. Seite Teneriffa: ›1. Tag. Dieser Staatsempfang macht es mir nun unmöglich, Trosky auf Teneriffa zurückzulassen!‹ Jawohl, so steht es da! Mich zurückzulassen! Du bist ein hinterhältiger Hund, Peer!«

»Wir hätten natürlich vorher eingehend darüber gesprochen und diskutiert.«

»Natürlich! Und demokratisch abgestimmt: Flosse hoch, wer dafür ist! Gegenprobe! Keine Gegenstimme, Antrag einstimmig angenommen. Jan Trosky, verschwinde!« Er lachte, es klang gefährlich. »Das könnte euch so passen! Ich bleibe bis zum Ende bei euch. Ich habe einen wissenschaftlichen Auftrag übernommen. Wir haben darüber sogar einen Vertrag gemacht. Da kommst du nicht mehr 'raus! Mich auf Teneriffa zurücklassen! Kennt ihr mich noch immer nicht?!«

»Diese Frage hättest du nicht stellen dürfen!« sagte Losskow gepreßt. »Meine Antwort kann nur heißen: Hätten wir dich doch nie kennengelernt!«

»Das sagte auch der Opa zur Oma am 50. Hochzeitstag, aber da war's zu spät! Wir vier sind eine Ehe eingegangen – hoffentlich nicht, bis daß der Tod uns scheidet ...«

Pünktlich um sieben kam Helena mit einem Taxi und ging an Bord. Der Chauffeur trug einen Karton, der den Plattenspieler und die Schallplatten enthielt. Helena begrüßte Losskow und Trosky mit einem Kuß, zog sich sofort um und erschien wenig später in ihrem Trainingsanzug an Deck.

Lucrezia wurde zwanzig Minuten später gebracht. Ein weißer Oldsmobil hielt an der Mole. Luzi stieß aus, küßte zum Abschied einen unsichtbaren Mann durch das Autofenster und winkte ihm nach, als der schwere Wagen sich schnell wieder entfernte. Das war alles so unkompliziert, daß Trosky beifällig sagte: »Bravo! Man weint ja auch nicht, wenn man eine Flasche leergetrunken hat!«

Auch Lucrezia zog sich sofort um und kam an Deck. Man sah ihr die vermutlich schlaflose Nacht nicht an. Sie lachte und war voller Tatendrang. Trosky stieß Losskow in die Seite und murmelte beeindruckt: »Donnerwetter!«

Noch bei fahlem Himmel, den nur im Osten ein rotvioletter Streifen aufhellte, während ein weißer Wolkenkranz sich in der Mitte des Teide wie ein Kragen rund um den mächtigen Bergkegel spannte, legten sie mit Fock, Genua II und Spinnaker ab und segelten zügig hinaus in das Meer. Die Mädchen standen an den Segeln, Losskow saß am Ruder, und Trosky rollte die losgeworfenen Leinen zusammen.

»Werden die staunen!« sagte er. »Wenn die mit ihrer Musik ankommen, und wir sind schon weg! Welchen Kurs nehmen wir?«

»Direkt! An der Südküste entlang und dann ab in die Weite zu den Kapverdischen Inseln. Nächste Station: Die Insel São Tiago. Wir werden die Kapverdenschwelle überqueren. Da kann es noch einmal verdammt blasen!«

Die *Helu* machte gute Fahrt. Als die Sonne voll aus dem Meer stieg und die Schneekuppe des Teide wie mit Kristallen überzogen glitzern ließ, war das nur noch ein ferner Gruß von einer Insel, auf der sich die letzte Chance geboten hatte, die Weltumseglung mit Anstand abzubrechen.

Was ihnen jetzt bevorstand, konnte nach allen Erfahrungswerten die Belastbarkeit des Menschen überfordern.

Sieht man davon ab, daß sie innerhalb von sieben Tagen zweimal in einen mäßigen Sturm gerieten, verlief die Fahrt ohne Zwischenfälle oder Höhepunkte. Die beiden Stürme brachten es allerdings mit sich, daß sie vom Kurs abkamen und sich in einem weiten Bogen den Kapverdischen Inseln näherten.

Das hatte etwas Gutes: Dieter Randler verlor sie aus den Augen.

Doch am Nachmittag, nach ihrem heimlichen Absegeln von Teneriffa, kreiste eine Sportmaschine über ihnen und begleitete sie ein Stück in den Atlantik hinaus. »Da hat er uns wieder!« sagte Trosky wütend. »Will der uns rund um die Welt begleiten? Was das kostet – das Geld möchte ich haben!«

»Wenn wir zur Atlantiküberquerung ansetzen, hört das auf«,

sagte Losskow. »Dann suchen sie uns nur, wenn wir drüben in Brasilien nicht ankommen.«

»Wo wollen sie uns da suchen? Gibst du jeden Tag Positionen durch?«

»Nicht eine!«

»Wir sind also verschwunden?«

»So ähnlich. Es liegt an uns, wann wir wieder auftauchen. Eine Funkmeldung – und schon gehören wir wieder zu den Lebenden.« Losskow blickte hinauf zu dem kleinen Flugzeug, das jetzt zurückkam und mit den Flügeln wackelte. Das war ein Fliegergruß. Im Krieg, das hatte sich Losskow erzählen lassen, wackelten die vom Feindflug zurückkehrenden Jäger mit den Flügeln, wenn sie einen Gegner abgeschossen hatten. »Aber ich habe vor, mich nur im äußersten Notfall über Funk zu melden.«

»Und was ist ein Notfall?«

»Zum Beispiel: wenn du verrückt wirst ...«

»Dann rettet euch nichts mehr!« sagte Trosky düster. »Wenn ich durchdrehe, schraube ich eure Gesichter nach hinten!«

Nun hatte Dieter Randler die kleine Yacht wieder aus den Augen verloren. Er war mit dem Flugzeug gehüpft: Von Teneriffa nach Marokko, von dort in die spanische Sahara, dann nach Mauretanien und schließlich nach Senegal, wo er von Dakar aus zu den Kapverdischen Inseln fliegen wollte. Dort – das wußte er – war die letzte Gelegenheit, Losskow und seine Crew noch einmal zu sehen, ehe sie in der Weite des Ozeans untertauchten.

Er rief in Hamburg an und meldete: ›Sie sind weg! Das ist völlig rätselhaft. In ihrem Gebiet gab es zwar zwei kleine Unwetter, aber das haut ein Boot wie die *Helu* nicht um! Wir haben ja durchgetestet, was sie aushalten kann. Auf jeden Fall müssen sie die Insel Sal anlaufen. Ich warte auf dem Flugplatz von Pedra Lume auf sie!‹

Aber Losskow segelte nicht nach Sal. Er kam nicht von der Küste, sondern vom offenen Atlantik an die Kapverdischen Inseln heran und warf den Anker bei dem kleinen Fischerort Tarrafal auf der Insel São Tiago. Das war drei Tage später, als er errechnet hatte, und das Meer war nicht schuld daran. Trosky hatte mal wieder alles aus der Bahn geworfen.

Es begann damit, daß er bei der Ablösung am Ruder zu Losskow sagte: »Gib mir eine klare Antwort: Warum haßt du mich?«

Losskow starrte ihn betroffen an. Sie fuhren gerade wie durch ein Meer voller Blut; der Tag starb in einem Farbenrausch, wie ihn Losskow selten gesehen hatte. Bevor am Horizont Meer und Himmel zusammenschmolzen, ließ die zu einem roten Ball gewordene Sonne noch einmal Firmament und Ozean aufleuchten wie in tausend Facetten geschliffene Gläser. Nur ein paar Minuten würde diese Verzauberung der Natur anhalten, dann würden, wie das Licht, auch alle Farben verblassen.

»Sei still!« sagte Losskow. »Sieh dir diesen Sonnenuntergang an.«

»Ich scheiß' was drauf!« Trosky zog die Mütze tiefer in die Stirn. »Du haßt mich!«

»Fängt das schon wieder an?«

»Es hat nie aufgehört.« Losskow winkte ab, aber Trosky ließ nicht locker. »Du haßt mich, weil du ein Deutscher bist – und ich ein Tscheche!«

»Etwas Idiotischeres habe ich selten gehört!«

»Ich weiß, daß es wahr ist. Bevor du mich in die Crew genommen hast, wurden über mich Erkundigungen eingeholt.«

»Natürlich!«

»Aha! Du gibst es also zu?!«

»Das ist doch selbstverständlich. Da schreibt ein Mann, daß er die Weltumseglung mitmachen will, und er schreibt so vernünftig, daß ich mir sage: Der könnte ein guter Kumpel sein! Aber reicht das? Wer ist dieser Jan Trosky? Jeder, der eine Vertrauensposition zu besetzen hat, wird sich erkundigen. Man muß sich doch ein Bild machen können.«

»Und das Bild war so, daß du dir sagtest: Den nehme ich mit! Den mache ich auf hoher See, wo es keiner sieht, fertig! Dem zahle ich alles heim.«

Losskow sah Trosky fassungslos an. »Was soll ich dir heimzahlen?«

»Den Mai 1945!«

»Da warst du noch gar nicht geboren!«

»Du weißt genau, wann ich geboren bin. Am 23. Juni! Und du weißt auch, du hast dich danach erkundigt, daß mein Vater damals, im Mai 1945, zu der Volksmiliz, gehörte, die in Prag gegen die Besatzungsmacht aufstand und die Deutschen vernichtete, wo man sie traf. Du weißt genau, daß mein Vater zu den Patrioten gehörte, die deutsche Soldaten jagten wie tollwütige Hasen!«

»Jetzt weiß ich es!« sagte Losskow rauh. »Und nun halte die Schnauze!«

»Im Gegenteil, ich fange erst an!«

»Du lieber Himmel, willst du hier auf dem Atlantik diesen ganzen verfluchten Mist wieder aufrühren?! Das ist dreißig Jahre her! Wir waren damals beide noch nicht geboren! Wir gehören der Generation an, die diese Zeit überhaupt nicht mehr verstehen kann! Was soll also der Quatsch!«

»Mein Vater wohnte damals etwas außerhalb von Prag«, fuhr Trosky unbeirrt fort. »In einer der Vorstädte. Meine Mutter war hochschwanger, mit mir. Seit Monaten versteckte er sie vor den deutschen Soldaten. Meine Mutter war eine sehr schöne Frau. Viermal drangen die Deutschen beim Rückzug in unser Haus ein. Mein Vater bediente sie mit Brot und Bier und erschoß sie dann auf den Stühlen. Dabei half ihm sein Nachbar. Der war vierundachtzig Jahre alt, humpelte am Stock, aber einen Revolver konnte er noch abdrücken. Meine Mutter hockte in einem Verschlag unter dem Dach, von Todesangst geschüttelt, und immer, wenn sie die Schüsse hörte, betete sie, die Hände über dem dicken Bauch gefaltet. Nach einer Woche lagen bei uns im Keller vierzehn tote Deutsche.« Trosky sah Losskow mit flimmernden Augen an. »Das hast du alles gewußt, als du mich in die Crew nahmst! Das hast du alles in Prag erfahren. Und du hast dir gesagt: Warte nur ab, Jan Trosky! Das zahle ich dir heim! Sippenhaft ist ja eine gute deutsche Einrichtung! Laß uns erst allein sein! – Hast du geglaubt, ich merke das nicht?«

»Leg dich schlafen!« sagte Losskow gepreßt. »Über so viel Idiotie diskutiere ich nicht. Unsere Väter! Weiß ich, was mein Vater damals getan hat?«

»Er war Offizier?«

»Ja.«

»Du hast ihn nie gefragt?«

»Manchmal. Dann sagte er immer: Schwamm drüber!«

»Ein einfaches Verfahren, die Vergangenheit zu vergessen. Mein Vater hat die vierzehn toten Deutschen nie vergessen! Er wurde als Held gefeiert, bekam einen Orden. Aber er konnte nie mehr richtig lachen. ›Ich habe es wegen deiner Mutter getan‹, sagte er zu mir. ›Ich hatte Angst um sie. Nur deshalb! Angst! Weißt du, was richtige Angst ist? Eure Generation wird diese Angst nie lernen und deshalb auch nie begreifen!‹ – Ich habe später lange darüber nachgedacht, vor allem in diesen Wochen, als ich merkte, daß du mich haßt! Aber vor dir habe ich keine Angst!«

»Du redest völlig irr!« sagte Losskow. Er setzte sich hinter das Ruder, blickte auf den Kreiselkompaß und sah, daß sie den Kurs hielten. Das Glutmeer verblaßte, die Sonne war versunken, das Wasser schimmerte violett, der Himmel wurde in orangene Streifen zerschnitten. Aus dem Salon zog Bratenduft an Deck. Helena hatte eine Schweinelende spendiert. Daran erkannte man, daß heute Sonntag war. »Freu dich auf den Braten und halt endlich die Klappe!«

Trosky knurrte etwas Unverständliches, ging an Losskow vorbei und verschwand nach unten. Wenig später kam Helena an Deck und strich sich die verschwitzten Haare aus der Stirn.

»Was ist los mit ihm?« fragt sie. »Kommt an den Herd, guckt in den Backofen, schnuppert und bellt mich an: ›Freßt euren Dreck alleine!‹ Und geht in seine Koje!«

»Er hat wieder seinen Durchdrehtag. Diesmal politisch eingefärbt.«

»Auch das noch!«

»Jetzt bin ich der häßlichste Deutsche mit der unbewältigten Vergangenheit.«

»Ihm fällt immer was Neues ein. Wann bist du Frankensteins Sohn?«

»Schon vorbei!« Er beugte sich vor, gab Helena einen Kuß und hörte erst jetzt Musik aus der Kajüte nach oben dringen. »Was ist das?«

»Beethoven, die Pastorale. Zweiter Satz.«

Unter ihren Füßen rumorte es plötzlich. Da lag die Eigner-

Koje, und Trosky hämmerte mit einem Gegenstand gegen die Decke.

»Das gilt Beethoven«, sagte Helena ruhig. »Die nächste Platte ist dann für ihn. Böhmische Polka.«

Aber dazu kam es nicht mehr. Trosky rannte die Treppe empor an Deck, nur mit einer kleinen Dreiecksbadehose bekleidet. Über seinem muskulösen Körper lag eine dünne, glänzende Schweißschicht. Der Blick seiner Augen hatte etwas Irres, unstet, flackernd, hervorquellend.

»Wißt ihr, was ein Lustmord ist?!« schrie er, noch ehe Helena ein Wort sagen konnte. »Ich wußte es bis heute nicht! Aber jetzt begreife ich, daß einem der Speichel vor Wonne aus den Mundwinkeln tropft, wenn man vernichtet! Ich werde jetzt morden! Ich werde dieses plärrende, widerwärtige Ding umbringen! Ich werde Beethoven, Chopin, Tschaikowskij, Wagner und Schubert killen! Alle auf einmal! Und wenn dann Ruhe ist, endlich Ruhe, werde ich vor Wonne heulen!« Er ballte die Fäuste und streckte sie Helena entgegen. »Jetzt morde ich das Mistding! Ich nehm' es bis auf die letzte Schraube auseinander!«

Er warf sich herum und rannte wieder nach unten.

»Lauf ihm nach!« sagte Losskow. »Er tut es wirkich!«

»Dann zertrümmere ich seine kleine klimatologische Meßstation!« Sie sagte es völlig gleichgültig. Losskow starrte sie entsetzt an.

»Seid ihr verrückt geworden?! Wann bringt ihr euch alle gegenseitig um?«

Von unten erscholl Lärm und Fluchen, dann ein dumpfes Brüllen. Dazwischen das helle, wütende Gekläff von Mr. Plump. Dann polterte Trosky wieder an Deck und streckte Helena seine gespreizte linke Hand entgegen.

»Er hat mich gebissen!« brüllte er. »Das Mistvieh hat mich gebissen!«

»Um Gottes willen!« sagte Helena und schlug die Hände zusammen. »Ich muß sofort nachsehen. Der Kleine kann ja an Blutvergiftung sterben!«

»Dem Kleinen schlitze ich bei nächster Gelegenheit den Bauch auf! Er hat mich gebissen!«

»Er hat meinen Plattenspieler verteidigt.«

»Das Vieh haßt mich!«

»Ein äußerst kluger, einfühlsamer Hund.«

»Ihr alle haßt mich!« Er stierte zu Losskow hinüber. »Da hast du den Beweis! Nur, weil ich ausspreche, was ich denke, weil ich tue, was ich fühle, weil ich kein so ekelhafter Heuchler bin wie ihr, könnt ihr's gar nicht erwarten, daß mich ein Hai erwischt!«

»Hier sind Haie selten«, sagte Helena in ihrer aufregend kühlen Art. »Es müßte schon ein großer Zufall sein, daß dich ein Hai riecht!« Sie fragte Losskow: »Wie ist das eigentlich, Peer? Ich bin darüber nicht informiert. Sind Haie denn Aasfresser?«

»Blondie!« sagte Losskow warnend. Er schluckte. Es war unsinnig, Trosky bis zur Weißglut zu reizen.

»Wir hätten uns nie begegnen dürfen!« knurrte Trosky und betrachtete seine linke Hand. Mr. Plump hatte nicht fest zugebissen, wohl mehr zugeschnappt; man sah keine Bißwunde, und es blutete auch nicht. Trotzdem tat Trosky so, als hinge die Hand nur noch an einer Sehne. »Welcher Teufel hat dich damals eigentlich geritten, ausgerechnet uns zusammenzubringen?! Dieses arrogante nordische Frauenzimmer und diese potenzierte Geilheit aus Italien...«

»...und diesen an seinem Jähzorn nächstens erstickenden Nepomuk von der Moldau«, ergänzte Helena ohne eine Spur von Ironie. Trosky zog die Schultern hoch, drehte sich um und ging unter Deck.

Eine halbe Stunde später war er wie ausgewechselt. Er kroch aus seiner Koje, setzte sich an den Tisch, grinste verlegen in die Runde und duldete sogar den Plattenspieler, auf dem sich eine Scheibe mit Wiener Walzern drehte. Mr. Plump, der an der Seite von Helena hockte, glotzte ihn böse und mit hochgezogenen Lefzen an.

»Habt ihr für einen armen Irren noch ein Süppchen übrig?« fragte Trosky.

Da man nie wußte, wie er reagieren würde, verzichtete man auf eine Antwort und schob ihm einen Teller mit Braten und in heißer Soße warmgehaltenen Kartoffeln zu. Er aß stumm, mit zusammengezogenen Brauen, trank eine Büchse Bier und sagte am Schluß:

»Ich bedanke mich untertänigst für das Gnadenbrot!«

Losskow ignorierte das. Er stieg wieder an Deck und übernahm das Ruder. Lucrezia, die bisher mit angezogenen nackten Beinen auf der Polsterbank gesessen hatte, nahm Deckung hinter einem amerikanischen Magazin, das sie in Santa Cruz gekauft hatte. Es enthielt erotische Geschichten, illustriert mit sehr freizügigen Zeichnungen. Helena ließ Wasser in das Spülbecken laufen.

»In São Tiago mustere ich ab!« sagte Trosky. »Ihr könnt allein um Feuerland segeln. Das Ganze war ein Irrtum! Wir halten das nicht durch. Was nutzt ein unsinkbares Schiff, wenn sich die Mannschaft haßt.«

Er wartete, sah Helena und Lucrezia herausfordernd an, aber die Mädchen reagierten nicht.

»Wir gehen uns auf die Nerven!« sagte Trosky lauter. »Schon nach so kurzer Zeit! Und Monate liegen noch vor uns! Unmöglich! Undenkbar! Noch sind wir zu retten!«

Er wartete wieder, aber weder Lucrezia noch Helena zeigten Lust, mit ihm ins Gespräch zu kommen. Trosky wölbte die Unterlippe vor, stülpte die Mütze auf seinen Kopf und verließ den Salon. »Dumme Kühe!« knurrte er, aber auch davon ließ Helena sich nicht aus der Reserve locken.

In der Plicht saß Losskow auf der halbrunden Kunststoffbank, hatte das Steuerrad auf Kurs eingehakt und alle Segel bis auf das Fock gerefft. Mit sanfter Fahrt glitt die *Helu* durch das kaum bewegte Meer. Die Nacht war hell und mäßig warm; die Sichel des abnehmenen Mondes lag auf dem Rücken, was jeden Fremden in südlichen Breiten zunächst fasziniert. Trosky setzte sich Losskow gegenüber, breitete die Arme über der Reling aus und blickte mit zurückgelegtem Kopf in den fahlschwarzen Himmel.

»Ich habe mich immer gefragt«, sagte er nach einer Zeit des Schweigens, »warum die großen Seefahrer nebenberuflich fast immer auch Seeräuber waren. Zum Beispiel Francis Drake, den die englische Königin sogar geadelt hat. Und auch die großen Helden, deine Vorbilder – Vasco da Gama, Magellan, Cook, John Cabot, Pedro Albares Cabral, Almeida, Da Cunha, Quiros oder wie sie alle heißen. – Auch die erforschten die Meere durchaus nicht zimperlich. Wer hat zuerst die australische

Küste erreicht? Der englische Seeräuber William Dampier. Und wie war das mit dem berühmten Captain Bligh und seiner ›Bounty‹? Idealisieren wir doch nichts! Wo die großen Herren auftauchten, knallten die Büchsen, bluteten die Eingeborenen, schleppte man die fremden Weiber in die Betten, sammelte man Gold und Edelsteine ein und hinterließ als Gegengabe die Bibel und das Kreuz! Und wer das nicht tat, wer seinen Leuten eine solche Abwechslung nicht gönnte, den wollte man an den Mast hängen! Warum wurde auf diesen Expeditionen gemeutert? Warum mußte Columbus zu dem Trick mit dem stehenden Ei greifen? Um seine Leute in Ruhe zu halten, weil sie sonst durchgedreht hätten. Wochenlang nur Meer, Wind oder Flaute, schimmeliges Wasser, steinharter Keks, Salzfleisch, Fisch oder madiges Mehl. Und kein Weib an Bord! Das war schlimmer als alle echten oder eingebildeten Meerungeheuer! Der Mensch zerbricht in der Eintönigkeit!«

»Aber sie hielten durch!« sagte Losskow ruhig. »Sie entdeckten alle afrikanischen Küsten, sie kamen nach Westindien, nach Australien, in die Südsee, sie umsegelten Südamerika, sie landeten in Indien und Ceylon, sie drangen bis in die Eismeere vor. Trotzdem! *Das* machte sie so groß! Sie hielten durch!«

»Weil sie zwischendurch anderen Menschen die Schädel einschlugen und deren Frauen vergewaltigten?« fragte Trosky.

Und Losskow spottete: »Was willst du eigentlich? Sollen wir Tanker und Frachtschiffe überfallen, damit du für Feuerland richtig in Stimmung kommst?«

»Ich will dir nur anhand der Historie beweisen, daß ich kein Ungeheuer bin! Damals war es ganz natürlich, wenn aufgestaute Aggressionen sich entluden. Nur du verlangst von uns allen, daß wir wie Engel um die Erde schweben!«

»Ist das deine Entschuldigung?«

»Ich brauche mich nicht zu entschuldigen!« Trosky atmete tief durch. »Ich suche bei dir nur Verständnis.«

»Das wirst du kaum finden. Du siehst ja in allen nur den Gegner.« Losskow streckte den Arm weit aus und zeigte über das Wasser. »Dabei haben wir nur einen einzigen Gegner. Das Meer!«

»Mit dem werde ich fertig!« sagte Trosky laut.

»Aber nicht mit dir!«

»Wir sollten in São Tiago etwas an Bord nehmen, was man zerstören kann«, sagte Trosky dumpf.

Losskow sah in forschend an. »Auch das noch! Aber bitte! Was darf es sein?!«

»Ich weiß es nicht! Wie kann ich das jetzt sagen?! Aber ich werde schon etwas finden. Ich habe gelesen, daß sie damals auf den Schiffen mit Stroh gefüllte Säcke mitnahmen, an denen sie Messerwerfen übten. Und was macht man heute auf den schwimmenden Städten, den Flugzeugträgern? Allein auf der amerikanischen ›Nimitz‹ leben fünftausend Mann! Was ist die Hauptsache an Bord aller Schiffe, wo man monatelang auf engstem Raum miteinander leben muß? Sport! Sich austoben im Sport! Warum die Festessen auf den Luxuslinern, die Bordbälle, das Maskenfest, die Spieldecks, Kino, Theater, Vorträge, Tanz? Man würde schon nach einer Woche nur noch Verrückte ausladen, wenn man nichts weiter zu bieten hätte als nur Natur! Himmel und Meer, Sonne und Wind... Dichter mögen das besingen. Einen normalen Menschen bringt das um! Und wir sollen nach Monaten auf dem Wasser so engelrein aus dem Boot steigen, wie wir abgesegelt sind?! Da hätte ich Rom vorher benachrichtigt: Paß auf! Irgendwo, vielleicht in Huwa Siwa, kommen vier Heilige an Land!«

»Was soll das alles, Jan?« fragte Losskow. »Willst du in São Tiago aussteigen?«

»Das wäre ein Triumph für dich, was?«

»Es wäre besser für uns alle.«

»Und du fährst mit den beiden Mädchen allein weiter?«

»Ja.«

»Du bist um Grade verrückter als ich!«

»Ich würde auch mit Helena allein die Umsegelung wagen.«

»Ein Selbstmord auf Raten.«

»Das ist mein Problem.«

»Ich glaube wirklich«, sagte Trosky und erhob sich, »Helden der Sinnlosigkeit wie dich muß man opfern! Ich weiß, was du denkst. Du willst auf dieser Fahrt ausprobieren, wie weit die Belastbarkeit des Menschen geht! Die Antwort kannst du schon jetzt haben: Bis man dir den Schädel eingeschlagen hat!«

Er ging unter Deck, legte sich in seine Koje und stopfte sich Watte in die Ohren, weil Helenas Plattenspieler noch immer dudelte. Aber als er hinter sich die Tür zuwarf, stellte sie ihn ab, doch das nahm Trosky mit seinen Wattepfropfen schon nicht mehr wahr.

Vier Stunden später, pünktlich wie immer, stand er wieder in der Plicht, um Losskow abzulösen. Obwohl sie abseits des viel befahrenen Seeweges fuhren, hatten sie beschlossen, nachts das Boot nicht einfach treiben zu lassen.

»Ich glaube, Blondie hat geweint!« sagte Trosky rauh.

»Wieso?« Losskow blickte auf das ruhige Meer. »Helena und weinen? Warum?«

»Sie schläft, den widerlichen Köter am Rücken. Aber ihr Gesicht ist naß.«

»Deinetwegen!« sagte Losskow kurz.

»Aha! Warum spreche ich Idiot überhaupt darüber? Ich hätte es mir denken können. Immer dieser Trosky!«

»Sie hätte sonst keinen Grund zu weinen.«

»Vielleicht hat sie Angst? Helena ist ein kluges Mädchen. São Tiago ist die letzte Station vor der großen Einsamkeit. Bis Brasilien muß sie in der Hölle leben.«

»Ihr könnt alle von Bord gehen!« sagte Losskow leise. »Alle! Ich schaffe es auch allein! Vielleicht sogar am besten und sichersten. Küßt die Erde, wenn ihr sie unter den Füßen habt, und verlaßt sie nicht mehr!«

Trosky wartete, bis Losskow unter Deck war, dann setzte er das Genua II zusätzlich zum Fock, drehte den Kurs etwas nach Südost und machte es sich auf der Bank bequem.

Ich werde mir auf São Tiago ein Schachspiel kaufen, dachte er. Oder – noch besser – Bogen und Pfeile und eine Rundscheibe. Natürlich bleibe ich an Bord. Man kann Peer doch nicht allein lassen. Soll man von mir sagen, ich sei ein Feigling?!

Das würde ich nicht ertragen.

Während Dieter Randler, von Senegal kommend, mit der kleinen Sportmaschine auf dem Flugplatz von Sal wartete und täglich mehrmals über dem Meer kreiste und nach Losskow Ausschau hielt, fuhr die *Helu* an einem strahlenden Morgen langsam in den Hafen von Tarrafal im Norden der Insel São Tiago ein.

Sie standen alle an Deck, hatten die Segel voll gesetzt, denn der Wind war äußerst leicht, und blickten hinüber auf das letzte Stückchen Land vor der großen Wasserweite, die sie bezwingen wollten. Es war kein erfreulicher Anblick. die Insel war karg, braungelb verbrannt, hügelig, vom Wetter ausgelaugt. Ein Erdenfleck im weiten Meer, einstmals reich an Bodenfrüchten, jetzt ausgetrocknet, verarmt, ein Inselstaat, zu elend, um ohne Hilfe zu existieren, und doch zu wichtig als Horchposten zwischen Afrika und Amerika, um ihn aufzugeben. Die Anwesenheit amerikanischer und sowjetischer Schiffe im Hafen von Praia bewies das jeden Tag. Sie kreuzten hier als Fangmutterschiffe herum und waren in Wahrheit mit Elektronik vollgestopft, um den Äther nach neuen und unbekannten Funkimpulsen abzuhören. Vor allem die Bewegungen der U-Boote im Atlantik wurden von ihnen überwacht; die feinsten Sonargeräte tasteten den Meeresboden nach dem unsichtbaren Gegner ab.

In Tarrafal war von alldem nichts zu spüren. Das kleine Städtchen lag wie verlassen unter der Sonne, ein paar alte Kähne tuckerten herum, die Hafenmeisterei nahm von dem Segelboot keine Notiz, die Häuser sahen aus, als habe man vergessen, sie fertigzubauen, die Hafenmole zerbröckelte an manchen Stellen. Ein trostloser Anblick.

»Wer hier lebt, begreift vielleicht den Sinn seines Lebens!« sagte Trosky sarkastisch. »Aber trotz aller guten Absichten: Hier laß ich mich nicht an Land setzen!«

»Ein paar Kilometer weiter liegt Pràia, die Hauptstadt. Und die Nebeninsel Sal hat sogar einen internationalen Flughafen.« Losskow ließ das Boot in den kleinen Hafen laufen und steuerte einen Steg an, dessen verfaulte Stützen und Planken bewiesen, daß er nicht mehr benutzt wurde. Die Fischerboote lagen nebeneinander hinter der Mole an einem schmalen Kai. Buntbemalte Rümpfe. Lackfarben, die das Alter gnädig überdeckten.

Im Hafen lungerten ein paar Männer herum und starrten die Unbekannten neugierig an. An niedrigen Stangen hingen Netze zum Trocknen. Vier alte Frauen hockten vor einem verfallenen Schuppen und flickten an anderen die Löcher aus. Kinder spielten zwischen an Land gezogenen Kähnen und umgestülpten Flechtkörben. Aus einer Garage erklang lautes Knattern, ein halbnackter, schwitzender Mann reparierte sein Motorrad.

Plötzlich, als sei er herbeigezaubert, stand ein Polizist vor ihnen. Er war einer der kapverdischen Kreolen, die siebzig Prozent der Bevölkerung ausmachen. Er trug eine saubere Uniform und sogar zwei Ordensbändchen an der linken Brust. Ausgerechnet Trosky hielt er am Arm fest und fragte ihn etwas.

»Loslassen!« sagte Trosky milde. »Sonst spucke ich dir aufs schwarze Auge!«

Da keiner den anderen verstand, grinsten sie sich an. Der Polizist sprach weiter, in einem afrikanischen Portugiesisch, das man Crioulo nennt.

»Zeigen Sie Ihren Paß!« sagte der Polizist. »Auch wenn Sie mit einem Boot kommen, reisen Sie ein. Haben Sie ein Visum? Wo ist Ihr Impfzeugnis? Ihre Flagge ist deutsch. Kommen Sie aus Deutschland?«

›Alemanha‹ – das war das einzige, was auch Losskow verstand. Er nickte, holte seine Schiffspapiere aus der Umhängetasche und reichte sie dem Polizisten. »Sprechen Sie englisch?« fragte er. »Oder französisch?«

Der Polizist schüttelte den Kopf und blickte in die Papiere. Es war offensichtlich, daß er damit nichts anzufangen wußte. Er wußte nur eins: Das war kein Paß. Das war kein Visum. Deutsche waren an Land gekommen und wollten einfach herumbummeln. Als wenn man ein Urwaldstaat wäre! Der Nationalstolz der neuen Kapverdischen Republik regte sich. Der Polizist steckte die Papiere ein und winkte. Das war ein internationales Zeichen und hieß: Mitkommen!

»Wie sich die Menschen in aller Welt doch gleichen, wenn sie ein bißchen Macht ausüben dürfen!« sagte Trosky fröhlich. »Paßt mal auf, was gleich passiert! Da wird an irgendeinem Schreibtisch ein Dicker mit Nickelbrille sitzen und uns aufklären, daß wir ganz armselige Würstchen sind.«

»Was sollen die Frauen dabei? Die können doch schon immer einkaufen!« sagte Losskow und blieb stehen.

»Mach ihm das mal klar!« sagte Trosky. »Für den ist das Widerstand gegen die Staatsgewalt!«

»Das ist ganz einfach!« Lucrezia schob sich an die Seite des Polizisten, wölbte ihren Brustkorb heraus und lachte ihn an. Der Polizist grinste, blickte ungeniert auf Lucrezias Brust und nickte.

»So ein Ferkel!« sagte Trosky. »Ich weiß genau, was er jetzt denkt!«

»Wir wollen etwas zu essen holen!« sagte Lucrezia in einem grauenhaften Spanisch. Und dann zählte sie auf, was sie kaufen wollte: Wasser, Wein, Fleisch, Mais, Maniok, Kartoffeln, Kaffee, Bohnen, Erbsen, Käse und Konserven. Dabei unterstrich sie gestenreich jedes Wort; es war fast unmöglich, sie nicht zu verstehen.

Der Polizist nickte, blickte noch einmal auf Lucrezias Busen und zögerte. »Nun entschließe dich, Knabe!« sagte Trosky drohend. »Du hast schon mehr gesehen, als du an Gegenleistung erbringen kannst!«

Der Polizist hob die Hand. Trosky zog das Kinn an.

»Wenn er sie jetzt angrapscht, kleb' ich ihm eine! Auch wenn das diplomatische Verwicklungen zwischen Prag und Praia zur Folge hat!«

»Sie können gehen!« sagte der Polizist großzügig. »Kaufen Sie ein!«

Er machte eine Handbewegung, die wohl bedeuten sollte: Bitte sehr, Tarrafal steht zu Ihrer Verfügung.

»O danke!« sagte Lucrezia mit betörendem Augenaufschlag. Dann beugte sie sich schnell vor und gab dem Polizisten einen Kuß auf die Backe.

»Eins zu Null für dich!« knurrte Trosky. »Ihr Lieben, vergeßt nicht, auch Schnaps einzukaufen! Wir haben nur noch drei Flaschen an Bord!«

Während die Männer mit dem Polizisten weitergingen, bummelten Helena und Lucrezia die Hafenstraße hinunter. Trosky stieß Losskow mit dem Ellenbogen an.

»Womit bezahlen wir eigentlich? Haben wir Escudos!«

»Nein. Dollars.«

»Und die nehmen Dollars an?«

»Aber sicher.«

»Auch die Polizei?«

»Wieso die Polizei?«

»Ich nehme an, daß wir gleich einen langen Fragebogen ausfüllen müssen. Und je nachdem, was unter dem Fragebogen liegt, wenn wir ihn zurückschieben, wird er sofort oder erst nach zwei Tagen bearbeitet. Deshalb meine Frage.«

»Wir werden sehen. Noch wissen wir überhaupt nicht, weshalb wir abgeführt werden. Die Schiffspapiere sind in Ordnung.«

»Aber es lag keine Banknote dabei! Also fehlte etwas.«

Das Gebäude der Polizei war daran zu erkennen, daß vor der Tür eine Landesfahne schlaff an einem weißgestrichenen Mast hing. Im Inneren, in einem großen Büro, in dem zwei Ventilatoren die heiße Luft auseinanderwirbelten, saß ein schmales Männchen hinter einem viel zu breiten Schreibtisch und blickte den Eintretenden mit einem herrischen Blick entgegen. Der Polizist salutierte an der Tür und stand stramm.

»Fehlanzeige!« sagte Losskow fröhlich. »Kein Dicker mit Nickelbrille.«

»Dafür ein gallenkranker Napoleon. Viel schlimmer!«

Der Polizist rattert seine Meldung herunter. Wieder einmal verstand Losskow nur das Wort ›Alemanha‹. Das Männchen blickte Trosky und Losskow interessiert an, zeigte auf zwei Stühle vor dem Schreibtisch und wartete, bis sie saßen. Der Polizist blieb an der Tür stehen, gewissermaßen als Bewachung des einzigen Ausgangs.

»Alemanha!« sagte der Polizeichef und lächelte. »Särr schönn! Nationalhymne: Heut blau un morrgen blau... Särr schönn!«

»O Gott!« Losskow faltete die Hände im Schoß. Er schwitzte plötzlich besonders stark. »Wer ihm das nur beigebracht hat! Wenn der Kleine eines Tages entdeckt, wie man ihn verschaukelt hat, haben Deutsche hier nichts mehr zu lachen!«

Es wurde eine mühsame, aber fruchtbare Unterhaltung. Sie dauerte drei Stunden. Der Polizist servierte Ananassaft mit einem starken, weißen Schnaps gemischt, den man aus Zuckerrohr brannte. Man redete mit Händen und Füßen, füllte natürlich auch den Fragebogen aus, der zum Glück zweisprachig – portugiesisch/englisch – war, er bekam zwei Stempel, eine schwungvolle Unterschrift und wanderte in einen Karton zu anderen Schriftstücken.

»Alemanha schönn«, sagte der Polizeichef stolz. »Drecknest!« Er sah Losskow beifallheischend an. Man mußte ihm gesagt haben, dieses Wort drücke höchste Anerkennung aus.

»Bravo!« rief Losskow. Er stieß den Kleinen an; zeigte dann

nach draußen, formte mit den Händen ein Schiff und machte ein Segel nach. »Wir müssen wieder zu unserem Boot. Weitersegeln. Fort! Grande mare!«

Der Kleine verstand. Er sprang auf, kam um den gewaltigen Tisch herum, umarmte Losskow und Trosky und schnauzte dann den Polizisten an. Der riß die Tür auf und stand stramm. Es war selbstverständlich, daß er die Deutschen zurück zum Hafen brachte.

»Wir sollten jetzt erst mal die Mädchen suchen!« sagte Trosky. »Die können doch nicht alles schleppen, was sie eingekauft haben!«

Sie traten auf den Hafenkai und blickten hinüber zu dem alten Steg. Trosky stieß einen dumpfen Laut aus und riß sich das Hemd vor der Brust auf. Losskow blieb so abrupt stehen, als habe man ihn mit der Faust zurückgestoßen.

Der Steg war leer. Die *Helu* war weg. Nichts deutete an, daß dort jemals ein weißes Segelboot geankert hatte.

»Die Helden der Weltumseglung lassen sich ihr Schiff klauen!« sagte Trosky bitter. »Ein Glück nur, daß wir die Mädchen noch haben!«

Es war ein kurzes Glück. Nach einer halben Stunde wußte man, daß Helena und Lucrezia, schwer mit Tüten beladen, an Bord gegangen waren. Dann waren plötzlich die Segel gesetzt worden, und das Schiff war aus dem Hafen geglitten.

Die beiden Kaufleute, die mit Karren von Konserven, Wein, Bier und zwei Säcken mit Mehl und Reis zum Hafen gekommen waren, hatten umgedreht, als sie das Boot wegfahren sahen. Sie hatten wüste Flüche ausgestoßen, obwohl die Ware bezahlt worden war.

Einer von ihnen sprach ein miserables Englisch, aber es reichte, um sich verständlich zu machen.

»Sie hatten es verdammt eilig!« sagte er. »Sie setzten volle Segel!«

»Die zwei muß doch wohl ein tollwütiger Hund gebissen haben! Mr. Plump vermutlich, ich habe es kommen sehen!« sagte Trosky wütend. »Hast *du* eine Erklärung dafür, Peer?«

»Mit dem Schiff ist irgend etwas geschehen!«

»Natürlich. Es ist weg!«

»Helena und Luzi sind nicht allein gefahren.«

»Dann war ein Klabautermann an Bord!«

»So ähnlich! Unser Boot ist gekapert worden! Jetzt hast du deine Abwechslung! Seeräuberei!«

»Am hellichten Tag? Im Hafen?«

Die Polizei von Tarrafal gab Großalarm nach Praia. Zwei Motorboote liefen zur Suche aus. Ein Hubschrauber wurde nach Tarrafal beordert.

»Wir werden sie finden!« ließ der kleine Polizeichef übersetzen. »Aber das kann etwas dauern. Die Felsenküste ist voller Buchten und großer Höhlen! Vulkangestein. Da kann man sich hervorragend verstecken. Wir müssen Meter um Meter absuchen. Aber wir finden sie, señores... Nur Geduld! So ein Schiff kann nicht verschwinden!«

»Das Schiff ist jetzt nicht so wichtig!« sagte Losskow. »Es geht vor allem um die Frauen.«

»Das Schiff kann ich Ihnen fast garantieren!« Der kleine Polizeichef sah Losskow und Trosky aus traurigen Augen an. »Aber ob wir die Frauen wiedersehen werden? Das weiß Gott allein!«

»Und der gibt keine Antwort!« sagte Trosky dumpf.

Sie kamen nach zwei Stunden, schwer bepackt, zum Boot zurück.

So trostlos dieser Fischerort Tarrafal inmitten der vulkanischen Landschaft auch war, er besaß drei markante Punkte: eine Kirche aus der portugiesischen Kolonialzeit, eine Bar und einen Supermarkt. Er gehörte einem Mann, der sogar leidlich französisch sprechen konnte. Er empfing Helena und Lucrezia wie zwei Königinnen, die einen Staatsbesuch absolvieren: »Mein Geschäft gehört Ihnen, mesdames!« Das war weniger ein Angebot als die Hoffnung, nun mehr Escudos einzunehmen als sonst in einem ganzen Monat. Er täuschte sich nicht. Helena und Lucrezia kauften alles von ihrer Liste herunter: vom Frischwasser in vakuumverschraubten Plastikflaschen bis zu Instantsuppen aus Erbsmehl und Linsenmus. Für Trosky ließen sie einen Karton mit zwölf Flaschen Whisky einpacken, und Helena, praktisch wie immer denkend, kaufte sogar zwei Tönnchen Waschmittel.

»Wenn Trosky das sieht, fliegt es über Bord!« sagte Luzi ahnungsvoll. »Waschpulver! Der rechnet aus, daß man für dieses Gewicht noch weitere sechs Flaschen Whisky hätte einpacken können! Wir haben sowieso zuviel eingekauft!«

»Ich kann nicht in stinkender Wäsche herumlaufen!« sagte Helena stur. »Aber auf Alkohol kann ich verzichten!«

»Großer Waschtag auf dem Atlantik, wie? Wäscheflattern vor Feuerland.«

»Warum nicht?«

»Wir werden andere Sorgen haben als einen verschmutzten Hemdkragen.« Lucrezia hob resigierend die Schultern. »Aber bitte! Du bist die Chefin...«

Helena, die gerade die Inschrift einer Konservenbüchse entzifferte, drehte sich schnell herum. Sie sah noch, wie Luzis Augen funkelten. Aber sie veränderten sich sofort, wurden wieder groß und rund, erfüllt von kindlichem Staunen. Lucrezias Spezialität, mit der sie bei allen Männern den Beschützerinstink weckte.

»Was soll das heißen?« fragte Helena hart. Luzi hob die schmalen Schultern und lächelte kindhaft.

»Das wissen wir doch alle.«

»Was wißt ihr?«

»Wir sind doch nicht blind!«

»Aber selten dämlich.«

»Mag sein.« Jetzt grinste Lucrezia frech. »Aber nicht dämlich genug, um nicht zu sehen, daß ihr euch liebt.«

»Blödsinn!«

»Ihr seht euch an wie Verhungerte, die vor einer Sahnetorte stehen.«

»Barer Unsinn!«

»Unsinn ist es, daß ihr noch getrennt in den Kojen liegt. Ich würde schon lange bei Peer schlafen wollen, schon seit der ersten Nacht an Bord! Aber er will mich nicht, er will dich! Du lieber Himmel, ist das eine Schande? Wenn ihr so tut, als sei die Welt ein Kloster – ihr macht euch doch nur lächerlich! Tut endlich das, wovon ihr jede Nacht träumt!«

»Damit du mit gutem Gewissen zu Jan kriechen kannst.«

»Der?? Der ist nicht mein Typ! Ich liebe zärtliche Männer, nicht solche, die nur ihre Muskeln zeigen wollen.« Ihre kindlichen Kulleraugen wurden verträumt. Es war erstaunlich, was sie mit ihrem Gesicht anstellte, es konnte die Stimmung wechseln wie ein Chamäleon seine Farben. »Nur – wenn ich darüber nachdenke, daß jetzt über viele Wochen nirgendwo ein zärtlicher Bär aufzutreiben ist...?«

»Wenn das deine ganze Sorge ist!«

»Sie ist jedenfalls ernster zu nehmen als deine Waschprobleme.« Lucrezia ging mit wiegenden Hüften an den Regalen entlang, blieb vor einer ›Kosmetikabteilung‹ stehen, die billigste Parfüms und Make-ups enthielt, und kaufte eine große Flasche Maiglöckchenparfüm, dazu drei grellrote Lippenstifte, Wangenrouge und Wimperntusche. »Jedem das Seine«, sagte sie und lachte. »Du schrubbst die Wäsche, ich male mich an! O Gott, wird das eine verrückte Fahrt werden! Ein menschenhassender Säufer, ein Wikinger mit Mönchsmoral, eine unbefleckte Hausfrau mit Reinlichkeitswahn und ein männertolles Flittchen. Das bin ich doch in deinen Augen, nicht wahr?«

Der Supermarktbesitzer bekam rote Ohren vor Begeisterung, als er Kasse machte. Da Helena mit Dollars zahlte, schlug er auf den Umwechselkurs noch eine schöne Summe drauf und schenkte den beiden je ein Seidentuch, auf dem die Kapverdischen Inseln in einem schrecklich bunten Schmierdruck verewigt waren. Die Tücher stammten noch aus der portugiesischen Zeit, als der Fremdenverkehr noch eine Einnahmequelle war. Seit die Inseln selbständig geworden waren, also seit 1975, kam kaum noch jemand nach Tarrafal, und das Reiseandenkengeschäft setzte dicken Staub an.

»Ich gebe Ihnen meinen Lehrling mit, mesdames«, sagte der Kaufmann. »Er wird mit einer Karre alles zum Hafen bringen. Gute Fahrt! Viel Glück! Wollen Sie hinüber nach Guinea Bissau?«

»Nein, nach Feuerland«, sagte Luzi fröhlich.

»Wohin bitte?« Der Kaufmann starrte die beiden Mädchen entgeistert an.

»Rund um Kap Horn.«

»Mit einem kleinen Segelboot?«

»Ja.«

»Das ist doch ein Witz!«

»Uns macht es auch Spaß!«

Als sie die Straße hinuntergingen, hinter ihnen der kleine schmächtige Lehrjunge, der nicht älter als zehn sein konnte, blickte ihnen der Kaufmann nach. Es gibt viele Verrückte auf der Welt, dachte er und betrachtete fast traurig Lucrezias schwingende Hüften. Aber gleich nach Feuerland segeln, mit einer Nußschale? Wir werden die appetitlichen Mädchen nie wiedersehen. Schade drum. Er seufzte, betrachtete die Dollarschecks in seiner Hand und beschloß, noch heute in die Hauptstadt Praia zu fahren und sie bei der Bank einzulösen.

Der Rückweg führte die Ahnungslosen bei der Polizei vorbei, wo Trosky und Losskow ihre wortreichen Verhandlungen mit dem Polizeichef zu einem guten Ende führten.

Die *Helu* dümpelte verlassen an ihren Nylonseilen am Kai. Die wenigen Fischerboote waren an Land gezogen worden, zwei größere Kutter schienen verlassen zu sein, kein Mensch war zu sehen, die Hitze war bestialisch, staubtrocken, durchsetzt von feinstem Sand, den der Wind, der gefürchtete Nordostpassat, aus der Sahara herübertrieb. Dieser Sand war rötlich, wie Mehl so fein, fast schon Staub, und setzte sich überall fest. Er überzog Häuser und Felder, Straßen und Dächer, die Boote und die Bäume, er knirschte zwischen den Zähnen, setzte sich in die Nasenlöcher und verdichtet sich dort zu Pfropfen.

Als Helena und Lucrezia ihr Boot erreichten, fiel ihnen nichts auf. Aber der kleine Junge mit seiner vollbeladenen Karre blieb ruckartig stehen, starrte auf das Schiffchen, kippte dann mit einer schnellen Bewegung der Arme die Karre herum, ließ die Kartons auf den Kai poltern, riß die Karre weg und lief wortlos davon. Entgeistert starrte Helena auf den Haufen und auf den davonrennenden Jungen.

»Mit dieser Höflichkeit wird er nie Filialleiter!« sagte Luzi trocken. »Erst die Polizei, jetzt der! Wir sind hier nicht willkommen, ich weiß nicht, warum. Also gut, schleppen wir das Zeug selber an Bord!«

Sie nahm den Whisky-Karton, wuchtete ihn auf ihre Schulter und rückte ihn zurecht. Helena griff in die Kunststoffhenkel ihrer beiden Waschpulvertonnen. Auch jetzt war sie wieder erstaunt über die Kraft und Zähigkeit, die in Lucrezias schönem, so zerbrechlich wirkendem Körper verborgen lag.

Zwölf Flaschen Whisky wiegen einiges, aber sie schritt über die Gangway, als trage sie einen leeren Karton. Ein zähes Luder, dachte Helena. Wenn wir in die verdammten Stürme kommen, kann man mit ihr rechnen – im Gegensatz zu mir. Ich habe Angst, wenn ich an Kap Horn denke und an die Drehwinde von Feuerland.

Sie betraten das Deck, setzten ihre Kisten ab und blickten zurück zu dem Haufen Lebensmittel, der noch auf dem Kai lag.

»Unser Stauraum ist nicht aus Gummi«, sagte Lucrezia. »Ich ahne einen Riesenkrach mit Peer! Wir sind überladen.«

»In vierzehn Tagen hat Trosky die Hälfte weggefressen.«

»Mach du das mit Peer, deinem Liebling, aus!«

Sie ging zum Abgang und blieb erstaunt stehen. Die Tür zum Salon stand offen. Sie konnte sich aber erinnern, daß Peer sie zugeschlossen hatte. Einen zweiten Schlüssel besaß Helena.

»Die sind schon da!« sagte Luzi.

»Wieso?« Helena, die gerade wieder an Land wollte, um die nächsten Kartons zu holen, blieb stehen.

»Die Tür ist offen!«

»Und sie hören uns nicht?«

»Das haben wir gleich.« Lucrezia hieb mit der Faust auf das Salondach und beugte sich vorn zur Treppe. »Kommt rauf, ihr faulen Hunde?« schrie sie. »Laßt uns nicht alles allein schleppen!«

Nichts rührte sich unter Deck. Lucrezia sah zu Helena hinüber, hob die Schultern und schüttelte den Kopf. »Die mache ich jetzt flott!« rief sie.

Sie stieg die Treppe hinab, trat in den Salon und wurde von zwei Händen gepackt, die ihr die Augen zuhielten. Zwei andere Hände rissen ihr die Arme nach hinten. Gleichzeitig fiel die Tür zu. Einen Moment war Lucrezia wie gelähmt, dann spannten sich ihre Muskeln wie die einer Raubkatze. Aber sie wehrte sich nicht. Es war unmöglich, sich aus den Griffen zu befreien. So blieb sie wie erstarrt stehen und wartete ab. Ekel überfiel sie. Die Hände, die ihr die Augen zuhielten, stanken nach Fisch oder Tran.

Eine leise Stimme sprach auf sie ein. Die Worte verstand sie nicht; es war Crioulo, das afrikanisierte Portugiesich, das siebzig Prozent der Kapverden sprechen.

»Sprechen Sie französisch?« fragte eine dunkle Stimme hinter ihr. Lucrezia atmete auf.

»Ja!« sagte sie böse. »Ihr seid Idioten!«

»Das wird sich zeigen. Rufen Sie Ihre Kollegin!«

»Und wenn ich es nicht tue?«

»Drücken wir Ihnen den Hals zu und holen sie uns mit einem Trick. Es wäre schade, ich will keinen Mord! Ich verabscheue Gewalttaten.«

»Ein schöner Zug von Ihnen. Man spürt's!«

»Ein Überfall ist keine Gewalttat.«

»Das muß man erst einmal wissen! Es gibt da feine Unterschiede, was?«

»Rufen Sie nun – oder nicht?« fragte die dunkle Stimme hinter ihr.

»Um weiterzuleben, tue ich alles!«

»Aber ohne Unterton!«

»Ich werde mir Mühe geben.« Man drehte Luzi herum zur Treppe, sie hörte, wie die Tür wieder aufschwang und gegen die Wand schlug.

»Rufen Sie!«

Lucrezia holte tief Luft. »Blondie!« schrie sie. »Komm mal her! Hier ist was los!« In diesem Moment erst fiel ihr ein, daß die Männer, die sie festhielten, vermutlich kein Deutsch verstanden; sie hätte schreien können, was sie wollte. Aber zu einem neuen Ruf kam sie nicht. Eine Hand legte sich schwer auf ihren Mund. Ich könnte reinbeißen, dachte sie. Er wird aufschreien, die Hand zurückziehen, ganz aus dem Reflex heraus, und dann kann ich schreien: Lauf! Lauf! Überfall! – Aber was bringt es ein? Sie werden mich umbringen. Heldentum ist in den seltensten Fällen sinnvoll.

»Sie kommt!« sagte die dunkle Stimme hinter ihrem Ohr. »Jetzt keine Bewegung!«

Sie wurde zur Seite gezerrt, an die Salonwand gedrückt, die Tür klappte wieder zu. Auch für Helena mußte die Überraschung vollkommen sein, wenn sie beim Betreten der Kajüte gepackt wurde.

Es geschah alles mit einer unheimlichen Präzision. Helena kam die Treppe herunter, ziemlich eilig und voll Sorge, denn wenn Luzi rief: »Hier ist was los!«, dann konnte das nur bedeuten, daß es zwischen Peer und Trosky wieder eine Explosion gegeben hatte – und wer weiß, mit welchen Folgen?

In Sekundenschnelle war auch Helena überwältigt. Man hielt ihr nicht die Augen zu, sie wurde von der untersten Treppenstufe in den Salon gerissen und gegen die Wand geworfen. Noch beim Fallen sah sie, wie Lucrezia von einem kleinen dicklichen Mann mit Glatze festgehalten wurde. Und sie sah auch ihren Gegner, einen großen, schlanken Burschen mit schmalem Schnurrbart und schwarzem Lockenhaar. Dann fiel sie hin, blieb auf den Knien liegen und wartete ab. Die Arme hatte sie schützend über ihren Kopf gelegt.

»Ich nehme an, Sie sprechen auch französisch?« sagte die dunkle Stimme.

»Ja«, antwortete Helena. Sie drehte sich um. Die Tür zum Deck war wieder geschlossen, Lucrezia stand allein ihr gegenüber an der Wand. Die beiden Männer, der Schwarzgelockte und der Glatzkopf, lehnten nebeneinander an der Kochecke. Lucrezia hob bedauernd die Hände.

»Ich mußte rufen!« sagte sie auf französisch. »Sie hätten mich sonst erwürgt.«

Es war der große Gelockte, der jetzt sprach. Seine Stimme war angenehm, aber kalt. »Wir haben ein Problem«, sagte er. »Und wir sind der Ansicht, daß Ihr Boot genau das ist, was uns dieses Problem lösen hilft. Sie können segeln?«

»Nein!« warf Luzi schnell ein.

»Lügen Sie nicht! Es hat keinen Zweck. Ich will Ihnen eine kleine Geschichte erzählen. Haben Sie schon mal etwas vom Tschad gehört? Ein entsetzlich armes Land mitten in Zentralafrika. Wer kennt es schon! Man weiß allenfalls, daß dort Tausende verhungern, daß es Revolutionen gibt, daß sich die Stämme langsam, aber gründlich abschlachten und daß Frankreich die Hand darüber hält, allein aus strategischen Gründen. Ich war Fremdenlegionär. Sie wissen, was das ist? Man hat mich mit zweihundert anderen sogenannten Freiwilligen in den Tschad geflogen, um dort Ordnung zu schaffen. Es war ein Auftrag, den man auch nennen könnte: Nun verdorrt mal schön, zum Wohle Frankreichs! – Da bin ich desertiert. Ich brauche nicht zu sagen, was man mit desertierten Fremdenlegionären macht, wenn man sie wieder eingefangen hat! Ich habe mich durchgeschlagen, vom Tschad quer durch Afrika bis hier auf die Insel. Ist das eine Leistung? Sie können sich das später mal auf der Karte ansehen. Und jetzt habe ich den Coup gestartet, der mir ein neues Leben garantiert. Ausgerechnet in Tarrafal gelingt mir das! Verrückt, was?! Aber nun muß ich weg, nicht weit, nur nach Maio. Aber das geht nicht mit einem amtlichen Motorboot! Deshalb werden Sie uns hinübersegeln.«

»Total verrückt!« sagte Lucrezia und setzte sich auf einen Hocker. »Da ist selbst Schwimmen für Sie sicherer! Was glauben Sie, welchen Rummel es hier geben wird, wenn unser Boot verschwunden ist. Wir sind ja nicht allein.«

»Ich weiß.« Der Gelockte winkte ab. »Wir werden jetzt an Bord holen, was Sie eingekauft haben, und dann sofort ablegen. Die Felsenküste ist voller Buchten und Bimshöhlen. So eine Lavalandschaft bietet großartige Verstecke. Dort warten wir ab, bis es Nacht ist, und segeln dann voll hinüber nach Maio. Wo sehen Sie da Schwierigkeiten?«

»Sie kennen unsere Männer nicht!« sagte Helena laut.

»Ich unterschätze keinen. Aber mich auch nicht.« Der Gelockte riß die Tür auf. Der kleine, dickliche Glatzkopf, der bisher kein Wort gesprochen hatte, rannte die Treppe hinauf. »Hoffen Sie nicht auf die Zeit!« sagte der Große. »Die Herren kommen so schnell nicht zurück. Der Polizeichef ist ein Schwätzer und immer glücklich, wenn er jemanden verhören kann. Je unschuldiger der Delinquent, um so besser; um so länger kann man fragen! Das ersetzt dem guten Mann das Fernsehen und den gesellschaftlichen Kontakt, den es hier praktisch nicht gibt. Es kann noch lange dauern, bis Ihre Männer kommen, meine Damen!«

»Man wird uns beobachten!«

»Nicht um diese Zeit.« Der Gelockte lächelte behaglich.

»Der Kaufmannslehrling! Er wird alles erzählen! Er ist weggelaufen. Er muß Sie gesehen haben!«

»Nichts wird er sagen! Ich habe ihm durch das Fenster meine Pistole gezeigt. Solche Zeichen versteht hier jeder.«

Der Glatzkopf kam zurück, schwer beladen, und warf die Kartons in die Kabine. »Das ist übrigens Jorge Silva«, sagte der Große. »Ich heiße Maurice Depallier – was nicht heißen soll, daß die Namen richtig sind. Aber wir hören darauf.« Silva rannte wieder nach oben. Ohne Murren verrichtete er die Schwerarbeit, offenbar erkannte er Maurice als Chef an und schien glücklich zu sein, in seinem Schatten leben zu dürfen. »Wie wäre es, wenn wir die Segel hißten?«

Helena und Lucrezia wechselten einen schnellen Blick. Depallier sah ihn und grinste.

»Wie macht man das?« fragte Helena ruhig.

»Genauso habe ich mir das gedacht, meine Damen. Darf ich Ihnen helfen?« Er machte zwei Schritte nach vorn, riß Helena an der Bluse hoch und bog ihr den linken Arm nach hinten, bis sie aufstöhnte. Noch hielt sie den Schmerz aus, aber er durfte den Arm keinen Millimeter weiter ziehen. »Frauen sind gegen Schreie empfindlich. Stimmt das?«

»Ich bin es nicht.« Lucrezia schlug die langen Beine übereinander.

Silva kam wieder zurück, schwitzend, keuchend und warf die Kiste mit dem Frischwasser in eine Ecke. Aber er gönnte sich keine Verschnaufpause, er hetzte sofort wieder an Deck. Die Zeit begann nun doch, knapp zu werden. »Ich bin mit Schreien aufgewachsen. Wir wohnten neben einer Großschlächterei. Als Kind schlich ich mich oft in die Hallen, wenn die Tiere getötet wurden. Schweine in Todesnot können schrecklich schreien, sie wittern das Blut, sie ahnen ihr Ende, sie sind nicht so dumm, wie man sagt. Schreien – das trifft mich nicht. Darauf bin ich trainiert.«

Maurice starrte sie entgeistert an, lockerte den Griff bei Helena und fuhr sich mit der freien Hand durch die Locken. »Warum wollen Sie Komplikationen, meine Damen? Sie segeln uns nach Maio, und ich verspreche Ihnen, daß Sie dann frei sind und ungehindert zurückfahren können. Es sind 60 Kilometer hin, 60 Kilometer zurück, dazwischen die Wartezeiten.«

»Was heißt Wartezeit?« fragte Helena.

»Wir werden uns ein paar Tage verstecken müssen, bis die Suche nach Ihnen langweilig wird. Wenn wir Glück haben, kommt ein Sturm auf. Dann wird man sagen: Da ist nichts mehr zu machen; das Schiff ist verloren. Unter uns sind 4000 Meter Meerestiefe... Meine Damen, warum wollen Sie Schmerzen erleiden und müssen dann doch segeln, weil

Ihnen nichts anderes übrigbleibt? Ist es nicht besser, gleich vernünftig zu sein und freiwillig die Segel zu setzen?«

Jorge Silva kam zurück, lud ab und holte schnaufend Atem. »Noch eine Partie«, sagte er auf Crioulo. »Dann ist alles an Bord. Wollen sie?« Er blickte zu den Mädchen hinüber.

»Natürlich wollen sie.« Maurice ließ Helena los. »Er fragt, der gute Jorge«, sagte er, nun wieder auf französisch, »ob er einer von Ihnen mit dem Messer die Backe aufschlitzen soll. Jorge sieht so gütig aus, so freundlich mit seiner Glatze, so väterlich, aber er ist ein Satan. Ein gefühlloses Tier. Und ein Künstler mit dem Messer.« Er machte vor Helena eine höfliche Verbeugung und zeigte zur Treppe. »Wir können ablegen, Madame. Ich werde von hier aus alles beobachten. Wenn Sie Zeichen geben oder sonst etwas sabotieren, schieße ich sofort. Bedenken Sie eins: Wir haben nichts mehr zu verlieren, wir sind es gewöhnt, va banque zu spielen. Aber ich nehme an, daß Sie viel zu gern leben, als daß Sie dieses schöne Leben durch Leichtsinn aufs Spiel setzen wollten.«

»Also gut, fahren wir!« sagte Lucrezia. »Für mein Gesicht tue ich alles. Aber Sie werden Pech haben, Maurice. Zwei Karren mit Mehl und Reis, Kartoffeln und Nudeln, Bier und Konserven sind noch unterwegs.«

»Sie bluffen schlecht. Sie haben nicht mehr gekauft als das, was draußen lag.«

»Irrtum! Der Supermarktbesitzer will mit seinem Teilhaber selbst kommen, um das Schiff anzusehen. Sie haben *keine* Zeit mehr!«

Silva kam zurück, sehr schnell, mit dem letzten Sack.

»Wir müssen weg!« keuchte er und wischte sich den Schweiß von der Glatze. »Der Hafen wird wieder lebendig.«

»An Deck!« Maurices Stimme war hart und schloß jede weitere Diskussion aus. »Volle Segel! Und denken Sie daran: Ich schieße sofort!«

An dem schwer atmenden Silva vorbei rannten Helena und Lucrezia an Deck. Sie warfen die Leinen los, nachdem sie die schmale Gangway eingezogen hatten, und nahmen die Plätze ein, die sie beim Training und zeitweilig auch auf der Fahrt besetzt hatten. Der Hafen belebte sich tatsächlich wieder, der Wind war gut und würde die *Helu* unter vollen Segeln pfeilschnell ins offene Meer tragen. Und dort, weit hinten, sahen sie auch schon den Supermarktbesitzer mit seinem Kompagnon und zwei Karren.

»Uns fehlen fünfzehn Minuten!« schrie Lucrezia vom Mast. Sie machte das Großsegel klar. »Sollen wir es darauf ankommen lassen?«

»Und wenn er wirklich schießt?«

»Das ist unser Risiko!«

»Wenn wir gehorchen, kommen wir heil zurück.«

»Das glaubst du?«

»Na gut!« Das Großsegel rauschte in den Leinen hoch und entfaltete sich. Die *Helu* drehte sich mit einem Ruck vom Kai weg und legte mit einem abenteuerlichen Satz ab. Lucrezia hastete nach vorn, löste die Seile und zog den Spinnaker hoch. Durch das Boot lief ein Zittern, es schoß mit rauschendem Kiel aus dem kleinen Hafen, schwankte bedrohlich, weil Helena genug gepackt hatte. Aber dann hatte sie das Boot voll im Wind und starrte hinüber zum Treppenabgang. Dort lag Maurice Depallier auf der obersten Stufe, die Pistole im Anschlag. Das Gesicht war verzerrt und hatte seine Schönheit verloren.

Der Supermarktbesitzer hatte mit seinem Kompagnon inzwischen das Hafenbecken erreicht und blickte ungläubig auf das davonfliegende Boot. Er hieb mit der Faust auf einen Sack Mehl und verstand die Welt nicht mehr.

»So eine Scheiße!« schrie er. »Sie fahren ab, und die Ware lassen sie zurück!«

»Immerhin haben sie bezahlt«, sagte der Kompagnon gelassen. »Das war doch ein gutes Geschäft für uns! Die kommen bestimmt nicht zurück. Von Feuerland! Darauf können wir gleich einen trinken.«

»Da stimmt etwas nicht!« schrie der Supermarktbesitzer.

»Geht es dich an? Alle Fremden sind verrückt.«

»Die Mädchen sahen nicht wie Irre aus! Da ist etwas faul!«

»Willst du zur Polizei?«

»Ja!«

»Und das Geschäft ist hin!« Der Kompagnon stellte sich vor seinen Karren und hob die Griffe. »Los, zurück! Was gehen uns die Probleme von Fremden an! Wir haben selber genug.« Er legte die Hand über die Augen, blickte hinüber zu der davonfliegenden *Helu* und schüttelte den Kopf. »Aber was Alvaro hingebracht hat, haben sie mitgenommen. Hat Alvaro nichts gesagt?«

»Nein. Er ist sofort ins Lager und stapelt Konserven. Er scheint keinen Escudo Trinkgeld bekommen zu haben. ›Na, wie gefällt dir das Boot?‹ habe ich ihn noch gefragt. Und was tut er? Er spuckt wortlos aus! Beweis: Kein Escudo!«

Sie blieben an ihrem Karren stehen und sahen dem Schiff nach, bis es nur noch ein weißer Punkt vor dem Horizont war. Dann schoben sie ihre Karren wieder zurück zum Geschäft und wurden erst munter, als der Sergeant der Polizei bei ihnen erschien und durch den Supermarkt brüllte: »Wo sind die Halunken? Mitkommen zum Chef! Sofort!«

»Ich ahnte es!« seufzte der Supermarktbesitzer und setzte seinen großen Strohhut auf. »So einfach kann man hier keine Dollars verdienen.«

Sie fuhren nur unter vollen Segeln, solange sie in Sichtweite der Küste waren. In einem Bogen kehrten sie dann zur Ostküste zurück, refften die Segel bis auf die Fock und glitten nahe der Lavaküste durch das tiefblaue Wasser, immer im Schatten der wild zerklüfteten Vulkanfelsen und um die bizarren Halbinseln herum, die erstarrte Lavaströme im Wasser gebildet hatten. Hier war das Land unbewohnt, feindlich, unbebaubar, vom Feuer ausgelaugt vor Jahrtausenden, von Stürmen zerhackt, vom Meer angefressen: Bimsgestein, porös wie ein Schwamm, leblose Schlacke aus dem tiefen Inneren der Erde. An der Steilküste boten Hunderte großer, vom Ozean ausgewaschener Höhlen Unterschlupf für das kleine Boot. Es konnte sich dort verstecken hinter überhängenden Felsen und engen, in den Berg hineingefrästen Wassergassen.

»Jetzt müssen sie längst Alarm gegeben haben«, sagte Helena, die noch immer am Ruder saß und die *Helu* sicher durch die Lavaklippen steuerte. Das Wasser war glasklar, man sah jede Untiefe. Es hätte auch keinen Sinn gehabt, bewußt aufzufahren. Es wäre das Ende der ganzen Expedition gewesen.

Der Spezialrumpf mit den aufgeschäumten Kammern, die das Boot unkenterbar machten, vertrug keine Reparatur. Ging er zu Bruch, konnte man das Boot wegwerfen. Maurice Depallier hockte neben Helena auf der Bank und benahm sich, als sei er auf einem Vergnügungsdampfer. Silva saß auf dem Kajütendach und beobachtete mit gierigen Augen Lucrezia, die nach dem Reffen aller Segel unter der Fock lag und mit den schlanken Beinen durch die Luft strampelte.

»Ein großes Bravo, Madame«, sagte Maurice Depallier, als sie in einer weiten Höhle aus dem Wind kamen. Lautlos glitt die *Helu* tiefer in die Schlucht hinein und wurde so von See aus unsichtbar. Auch aus der Luft war es unmöglich, sie auszumachen; das Bimsgestein bildete ein kunstvolles Dach. »Hier werden wir abwarten. Zwei, drei Tage oder auch länger. Jetzt haben wir Zeit.«

»Ich nehme an, die Einheimischen kennen hier jede Höhle.«

»Es gibt an der Küste Tausende. Und gesucht wird hier nur am Tag! Wir haben eine reelle Chance.«

Vom Bug kam Lucrezia hinüber und lehnte sich an die Reling. »Dieser Glatzkopf frißt mich mit den Augen auf«, sagte sie und blinzelte Maurice an. »Ist es erlaubt, unter Deck zu gehen?«

»Sie können jetzt alles machen, was Sie wollen.«

»Danke.« Sie drehte sich ab, stieg die Treppe zur Kajüte hinunter und pfiff dabei ein Lied. Depallier schob die Unterlippe vor.

»Ein Luder, was?«

»Machen Sie sich keine Illusionen!« sagte Helena.

»Ich würde ihr nicht nachlaufen, keiner Frau. Nicht mehr.«

»Und warum nicht?«

»Wollen Sie meine Geschichte hören, Madame? Wie heißen Sie überhaupt?«

»Helena Sydgriff.«

»Klingt nach Germanen.«

»Schweden.«

»Na also.« Depallier lachte. Jetzt sah er wieder aus, als habe er sich von St.-Tropez verirrt und sei hier in der Einsamkeit gelandet. Ein schöner Mann – bis auf die Augen, die eiskalt blicken konnten. Braune Bärenaugen ohne einen Funken Gefühl.

»Und das Luder?«

»Wollen Sie sie bitte Lucrezia Panarotti nennen! Sie kommt aus Italien.«

»Sie ist schön.« Er lehnte sich zurück, breitete die Arme auf der Lehne aus und sah Helena forschend an. »Auch Sie sind schön. Sie würden mir unter normalen Umständen besser gefallen als diese Lucrezia.«

»Danke.«

»Ihr blondes Haar, Ihr Busen, Ihre Hüften, Ihre kräftigen Beine – da steckt Energie drin. Auch Energie in der Liebe. Wir Franzosen haben dafür einen Blick, Helena.«

»Sie sollten aufhören, meine Vorzüge zu analysieren. Es führt zu nichts, Maurice.«

»Ich weiß. Ihr Mann...«

»Er ist nicht mein Mann.«

»Oh lala, Helena!« Depallier lachte wieder. »Wiederholt sich auf diesem Boot die Weltgeschichte? Die schöne Helena, von Paris geraubt, und die gefährliche, giftige Lucrezia aus Italien? Welch ein Abenteuer am Rande...«

Er beugte sich vor und schüttelte den Kopf.

»Keine Sorge. Sie bleiben unberührt. Ich habe andere Probleme. Wollen Sie meine Geschichte nun hören?«

»Warum? Ändert sie etwas daran, daß Sie uns gekapert haben?«

»Sie würden die Motive kennenlernen.« Depallier klatschte in die Hände. »Voilà, da ist sie. Wie ich's mir gedacht habe: Atemberaubend!«

Lucrezia war die Treppe heraufgekommen. Sie trug einen goldfarbenen Bikini, der so knapp war, daß man sich wunderte, weshalb er nicht bei der geringsten Bewegung zerriß.

Sie stolzierte an Helena und Maurice vorbei, legte sich dekorativ auf die Planken und zog die Knie an. Der Glatzkopf Silva glotzte fassungslos, bis ein Wink von Depallier ihn zum Bug scheuchte.

»Ich schlage vor«, sagte Maurice, »wir gehen an Ihren Weinvorrat und suchen uns eine gute Flasche aus. Sie haben einen vorzüglichen Bordeaux an Bord.«

»Ihre Nerven möchte ich haben!« Helena fuhr sich mit beiden Händen durch das zerzauste Haar. »Wissen Sie, was jetzt auf der Insel los ist?«

»Hören oder sehen Sie etwas?«

»Es wird nicht lange dauern!«

»Und es wird sich wieder entfernen. Ob Boote oder Flugzeuge – gefährlich wird es erst, wenn wir uns wieder herauswagen, um nach Maio zu segeln.«

»Was wollen Sie in Maio?«

»Dort kann ich mich besser verstecken und komme ungehindert mit einer kleinen Maschine der Transportes Aéreos de Cabo Verde zum internationalen Flughafen von Sal. Das klingt komisch, ist aber so. In Maio habe ich viele Freunde. Aber nach dem, was ich hinter mir habe – und dazu rechne ich auch die Tage mit Ihnen – kann ich Freunde nicht gebrauchen. *So* gute Freunde gibt es hier nicht. Überhaupt Freundschaft! Gibt es die noch? Wirkliche Freundschaft habe ich nur in der Legion kennengelernt. Freundschaft bis in den Tod. Aber gerade von da bin ich desertiert.«

»Mein Gott, werden Sie jetzt nicht sentimental. Bloß das nicht!«

»Wir sollten etwas trinken, Helena.«

»Bringt mir einen mit!« sagte Lucrezia. Sie hatte vorzügliche Ohren. »Und bleibt nicht unter Deck. Der Glatzkopf steht schon auf dem Sprung.«

»Ich hole eine Flasche.« Helena stand auf. Fast im selben Aubenblick ertönte von fern Motorengebrumm, das in ein Knattern überging. Depallier zeigte mit dem Daumen nach oben und nickte lächelnd.

»Ein Hubschrauber. Alle Achtung! Sie lassen sich die Suche was kosten. Hätte ich nicht gedacht. Meine Damen, es tut mir leid, aber wir werden wohl einige Tage zusammenbleiben müssen. Bis sich die große Aufregung in Tarrafal gelegt hat.«

Sie lauschten nach oben, der Hubschrauber mußte sehr niedrig fliegen, denn man hörte deutlich das Schnattern der Rotorflügel, aber dann entfernte er sich wieder, nachdem er anscheinend einige Kreise gezogen hatte.

»Dieses Planquadrat ist für ihn abgehakt«, sagte Maurice

zufrieden. »Nach aller Logik sind wir jetzt sicher. Mein Plan geht voll auf.«

»Es gibt immer Überraschungen, Maurice!« Lucrezia rekelte sich. Aus dem Blickwinkel von Depallier mußte sie unwiderstehlich einladend aussehen. »Wenn ich nun nachts durch die Felsen klettere?«

»So dumm werden Sie nicht sein!«

»Sie sind sehr gutgläubig, Maurice. Für Ihren Beruf ist das nachteilig, finden Sie nicht auch?«

»Ihre Reden könnten mich zwingen, Sie die Nacht über mit Jorge Silva einzuschließen.«

Lucrezia hob den Kopf und blitzte ihn an. »Dazu wären Sie fähig?«

»Ja. Von mir aus können Sie sich wieder anziehen. Ihren Körper kenne ich jetzt.«

»Und so etwas nennt sich Franzose?«

Helena kam zurück. Auf einem Tablett brachte sie vier Plastikgläser und eine Flasche Bordeauxwein, bereits entkorkt. Sie setzte das Tablett auf einen Klapptisch und winkte ab, als Depallier etwas sagen wollte.

»Nun protestieren Sie nicht gleich, Maurice! Ich weiß, daß einem Franzosen ein Schauer über den Rücken läuft, wenn er Bordeaux aus Plastikbechern trinken soll. Aber als wir absegelten, konnten wir nicht ahnen, daß wir einen Gourmet an Bord bekommen.« Sie goß den glutroten Wein ein und reichte Lucrezia zwei Becher. »Einen für Silva.«

»Der wird unter seinem heißen Blick verdunsten!«

»Das liegt an dir.«

Sie wartete, bis Lucrezia zum Bug gegangen war. Dann setzte sie sich neben Depallier. Er nahm seinen Becher, stieß mit Helena an und trank einen langen Schluck. »Köstlich!« sagte er beim Absetzen. »Trotz Plastik! Wissen Sie, wann ich meinen letzten Bordeaux getrunken habe? Vor sieben Monaten in einer Bar in Lagos. Ich kam gerade als Deserteur aus dem Tschad und sah verwegen aus. Eine amerikanische Touristin gabelte mich auf der Straße auf, nahm mich mit ins Hotel und in ihr Bett und hielt mich zehn Tage lang als Liebesmaschine. Dafür konnte ich fressen und saufen, was ich wollte. Und nach zehn Tagen gab sie mir auch noch tausend Dollar! Tausend Dollar! Begreifen

Sie, was das damals für mich, den gehetzten, hundearmen Deserteur, bedeutete? Überleben, Helena! Die wirkliche Freiheit! Denn das hatte ich begriffen: Wirklich frei ist nicht der Arme, sondern der, der in die volle Tasche greifen kann.«

Depallier nahm einen neuen langen Schluck Wein. »So war ich damals, meine Dame. Ein streunender Schakal. Erst langsam wurde ich wieder ein Mensch und erinnerte mich daran, daß mein Vater Jérôme Depallier hieß. Die Herrenanzüge von Depallier: das sind wir. Die renommierte Anzugfabrik. Einen Depallier-Anzug erkennt man sofort am Schnitt, am Stoff, an der zeitlosen Eleganz.«

»Und der Sohn ist Legionär.«

»War! Jetzt ist er Einbrecher und Dieb. Aber auch das ist vorbei. Dank Ihrer Hilfe, Helena, werde ich nach diesen vielen Intermezzi als reicher und guter Mensch in die Zivilisation zurückkehren. Nicht in den Schoß der Familie Depallier; für die bin ich tot! Ich werde mich auch anders nennen. Wie? Das geht Sie nichts an! Ich will meine Ruhe haben in diesem neuen Leben. Ich bin durch Höllen gegangen, nun will ich ein kleines Eckchen im Paradies bewohnen.« Er beugte sich vor. »Wollen Sie nun meine Geschichte hören?«

»Ja!« sagte Helena und nickte. »Nach diesem Vorspiel, ja.«

»Bitte, Madame!« Depallier hielt den Becher hoch. »Noch einmal vollgießen!« Dann lehnte er sich zurück, betrachtete Lucrezia, die zurückgekehrt war und jetzt zu seinen Füßen lag, und winkte ihr mit dem Becher zu.

»Es begann mit einer Frau«, sagte er. »Womit sonst? Mit einer Frau, die so schön war wie unsere Lucrezia. Ich liebte sie und wurde, wie man so sagt – ich wurde wahnsinnig vor Liebe.«

Die Lebensbeichte eines Mannes soll man nicht unterbrechen. Es ist wie bei einem Nervenkranken, auch hier gilt als oberstes medizinisches Gebot: Reden lassen. Zuhören. Geduld haben. Nur ab und zu nicken und nicht mit Worten eingreifen. Sagt man aber doch ein Wort, dann soll es aufmuntern, weitertreiben, seelische Schleusen öffnen, das Gefühl vermitteln, hier hört einer wirklich zu und fühlt mit. Nur eines sollte man nicht:

Nach dem Warum fragen, nach einem Sinn suchen. Oder gar eine Barriere der Abwehr aufbauen durch Neugier oder Kritik. Ein Mensch, der seine Seele aufreißt, ist wie ein Verblutender, nur mit dem allerdings gewichtigen Unterschied, daß er nicht an diesem Ausbluten stirbt, sondern sich befreit und erleichtert fühlt, am Ende glücklich erschöpft, in einer seligen Leere. Denn das wollte er ja: Das Gift der Vergangenheit ausspucken, sich reinigen für einen neuen Anfang.

Maurice Depallier trank mit zurückgeworfenem Kopf seinen Plastikbecher Bordeaux leer und schwieg. Er machte den Eindruck, als sei er plötzlich im Schlaf erstarrt, nur das Sichheben und -senken der Brust bewies, daß er noch atmete. Lucrezia wollte etwas sagen, aber Helena winkte energisch ab. Sie starrte Maurice an, als sei dieses Stadium der Erstarrung die Vorstufe zu einer Explosion.

»Sie hieß Lilliane...«, sagte er plötzlich. Es kam so unvermittelt, daß Helena zusammenzuckte. »Ich sehe sie vor mir: Groß, schlank, mit hüftlangen hellblonden Haaren – nein, Haare wie gesponnenes Gold. Das klingt verdammt kitschig, aber sie waren so, man kann es nicht anders beschreiben. Es waren die schönsten Haare, die ich je gesehen habe; es war auch der schönste Körper, den man sich denken kann. Wo dieses Mädchen erschien, leuchtete die Sonne heller, funkelten die Sterne geheimnisvoller, wurde das Meer blauer, blühten Blumen unter ihren Füßen auf. Lilliane – sie war damals neunzehn Jahre jung. Ihr Vater arbeitete im Schlachthaus und karrte die Abfälle weg, die Eingeweide, die blutigen Felle, die abgehackten Hufe und Hörner. Er stank immer nach Blut. Ihre Mutter begann mit dreiundzwanzig Jahren zu trinken – warum, das weiß keiner. Vielleicht, weil ihr Mann immer nach Blut roch? Als Lilliane in mein Leben trat, war ihre Mutter bereits eine unheilbare Säuferin mit zerstörter Leber und angeknacksten Sehnerven.« Depallier rutschte noch weiter nach vorn auf der Sitzbank, so daß sein Kopf noch mehr nach hinten sank. Seine Mundwinkel zogen sich nach unten – war es ein dumpfes Lächeln oder der Ausdruck von Ekel?

Er schwieg, aber Helena hütete sich, etwas zu sagen. Stumm füllte sie den Becher mit Wein. Maurice mußte das leise Gluckern hören, aber er rührte sich nicht. Mit geschlossenen

Augen spulte er gleichsam noch einmal den Film seines Lebens ab.

»Man muß die Familie Depallier kennen, um zu verstehen, was noch alles kommt. Die Depalliers waren und sind eine reiche Familie, aber irgendwo, in einer geheimen Ecke ihres Ichs, sind sie irre. Die Umwelt erkennt es nicht, und wenn sich die Leute gelegentlich wundern, dann sagen sie nachsichtig: Na ja, so sind eben die da oben! Können sich's ja leisten. Die Reichen sind alle verrückt. Wovon soll schließlich die Boulevardpresse leben? Aber in Wirklichkeit spielen sich da Tragödien ab, glauben Sie mir, Helena. Auch mit Lilliane kam es zur Tragödie. Meine Mutter leistete sich einen Geliebten, einen Grafen, dessen Leistung darin bestand, daß er seinen Hut aus drei Meter Entfernung an die Garderobe warf und immer den Haken traf. Das machte er immer wieder und bei allen Leuten, man nannte ihn deshalb auch Comte de Chapeau. Seine zweite Qualität mußte sich wohl auf der Matratze erweisen; ich habe meine Mutter nie danach gefragt. Meine ältere Schwester züchtete Schlangen. Sie hören richtig! An unsere Villa wurde extra ein Schlangenhaus angebaut. Dort saß Tag und Nacht meine Schwester vor den gläsernen Becken und beobachtete diese Viecher mit verzückten Augen. Mein Bruder Raymond fuhr Rallyes, aber nur mit einem rosa lackierten Wagen und einem Schwulen als Beifahrer. Seine Siegesfeiern waren berüchtigt, ich möchte jetzt nicht davon erzählen. Heute ist er durch einen Unfall gelähmt, lebt in Marokko in einem kleinen maurischen Palast und hält sich ein Nacktballett, natürlich nur Jünglinge! Meine jüngere Schwester ist mit einem Rockmusiker durchgebrannt. Seitdem ist sie verschollen. Und Papa Jérôme Depallier, der große Patriarch? Der hat natürlich auch seine Geliebte, obwohl er zur Stütze schon einen Stock braucht. In diesem Irrenhaus meiner Familie lernte ich durch Zufall Lilliane kennen. Sie war die Geliebte meines Vaters! – Cheerio!«

Depallier beugte sich vor und trank den Becher wiederum in einem Zug aus. Dabei sah er Helena und Lucrezia an, wie ein Schauspieler, der den Applaus erwartet. »Langweilt's euch?«

»Jetzt wird's interessant«, sagte Lucrezia und rekelte sich wohlig. »Papa klopft mit dem Stock dem Söhnchen auf den Kopf.«

»Ich war nach der ersten Begegnung mit Lilliane wie betrunken...«

»Auch ich sehe sie vor mir...«, sagte Helena leise. »Ein Teufel mit sonnengoldenen Haaren.« Maurice lehnte sich wieder weit zurück. »Ein Teufel? Sie übertreiben! Lilliane wurde von dem Reichtum geblendet, in den sie plötzlich hineingeriet. Erst kleine Näherin in der Hosenabteilung von Depallier, zu Hause den nach Blut stinkenden Vater, die immer besoffene Mutter, und dann, buchstäblich über Nacht der Glanz einer Traumwelt. So mußte unser Leben in den Augen dieses Mädchens ja erscheinen. Eine herrliche Wohnung auf dem Boulevard Hausmann, ein Sportwagen aus Italien, Schmuck, Pelze, Modellkleider, handgemachte Schuhe – mein Papa hatte offene Taschen bei so schönen offenen Schenkeln! Voilà, das war nun Lilliane. Ich lernte sie bei einem Rennen in Longchamps kennen, wirklich zufällig, ohne zu wissen, daß mein Patriarch derjenige war, der diese Schönheit mit Gold überpuderte. Drei Tage später, genau um die Mittagszeit, wurde Lilliane meine Geliebte. Auch ich hatte offene Taschen, ich war ja zu einem Wahnsinnigen in ihren Armen geworden, und der blonde Engel kassierte doppelt. Die Hälfte der Familie Depallier gehörte jetzt ihr. Aber ich wußte das nicht! Sie teilte ihre Zeit immer so ökonomisch ein, daß Vater und Sohn nie in Bedrängnis kamen. Bis zu jenem 23. September! Ich hatte mir einen neuen Wagen gekauft und wollte ihn Lilliane stolz vorführen, ohne Verabredung, zu ungewohnter Zeit. Wen treffe ich in der Wohnung? Mit hellblauen Unterhosen, sonst nackt, auf seinen Stock gestützt, eine fürchterliche Karikatur von Mann, zum Weinen komisch? Meinen Vater. ›Ich habe es geahnt, daß hier noch ein anderer Kerl ist!‹ schrie er sofort. ›Mein eigener Sohn! Das übertrifft alles! Du erbärmlicher Scheißkerl!‹ – Er wollte mich mit seinem Stock schlagen, aber ich verließ sofort die Wohnung. Lilliane hörte ich schreien: ›Bleib, Maurice, bleib!‹ – Aber ich rannte fort, raste durch die Straßen, nun wirklich irre geworden. Mein Engel und mein Vater – allein der Gedanke, die Vorstellung, sie zusammen im Bett zu sehen, vielleicht am gleichen Tag – erst der Papa, dann der Sohn oder umgekehrt... Das war eine Vision, die geradewegs in die Hölle führte!« – Depallier atmete tief auf und ballte die Fäuste. Helena hielt den Atem an.

»Am Abend«, sagte er langsam, aber betont, »kam ich doch zu Lilliane zurück. Ich *mußte* einfach kommen und sie sehen. Ich habe sie mit einem Jagdmesser erstochen. – Die ganze Nacht fuhr ich dann durch, bis Marseille. Morgens um sieben saß ich in der Annahmestelle der Fremdenlegion und unterschrieb den Verpflichtungsschein. Jetzt war ich sicher, ich war ungreifbar, ich lebte weiter. Und war doch tot!«

Er streckte die Beine von sich, griff nach der Flasche, setzte sie an die Lippen, trank sie aus und warf sie dann über Bord. »Das ist meine Geschichte! Nun wissen Sie, mit wem Sie es zu tun haben, meine Damen! Um hier wegzukommen, kenne ich keine Rücksichten! Ihr Glück ist, daß Sie Frauen sind. Ich kann keine Frau mehr töten. Wären Ihre Männer zuerst gekommen, dann hätten eben *sie* uns wegbringen müssen – nur: sie wären nicht wieder zurückgekehrt. Männer zu töten, habe ich gelernt. Das ist mein Beruf geworden. Verstehen wir uns jetzt?«

»Nein.« Lucrezia setzte sich auf die Planken und sah Maurice mit einem sonnigen Lächeln an.

»Natürlich. Alles ist klar!« sagte Helena.

»Und wenn ich mich weigere, Ihnen zu helfen, Maurice?« Lucrezia schlang die Arme um die angezogenen Beine und blickte zu Depallier empor mit jener kindlichen Verworfenheit, die Männer ratlos macht. »Was wollen Sie tun? Sie haben selbst zugegeben, daß Sie uns nicht töten können …«

»Man braucht nicht zu töten«, sagte Depallier dumpf und sah Lucrezia mit gesenktem Kopf an. »Wir haben in Afrika gelernt, wie man seinen Willen durchsetzen kann. Sie würden nie die Kraft haben, das zu überstehen. Ihre Phantasie reicht nicht aus, sich vorzustellen –«

»Dann sind Sie doch ein Satan!«

»Vielleicht. Oder ganz sicher! Ist das von Bedeutung? Sie bringen uns von hier weg. Alles andere können Sie vergessen.«

Er sprang auf, ging zum Kabinenabgang und stieg die Treppe hinunter. Dort begegnete er Mr. Plump, der an Deck wollte, um sich faul auf die Planken zu legen. Entgegen aller Erwartung regte sich Mr. Plump nicht auf, fuhr Depallier nicht an die Hosenbeine oder fletschte die Zähne. Im Gegenteil, er wedelte stumm mit dem Schwanz, sah zu ihm hoch mit seinen treuen Augen und machte sogar auf der Treppe Platz, indem er sich an die Wand stellte. Ungläubig verfolgte Helena diese harmonische Begegnung.

»Du Verräter!« sagte sie, als Mr. Plump vor ihr stand und gekrault werden wollte. »An dich habe ich wirklich nicht gedacht in dieser Situation! Natürlich – du hättest ja das Boot verteidigen müssen! Und was hast du getan? Geschwänzelt! Hast die Herren Einbrecher wahrscheinlich schon freudig begrüßt, als sie an Bord kamen! Benimmt sich so ein richtiger Bordhund? Geh weg, du Feigling! Du Judas! Pfui!«

Mr. Plump glotzte erst Helena und dann Lucrezia an und schien nicht das geringste Verständnis für die Schelte zu haben. Denn für ihn war nur der Geruch maßgebend, und für seine Nase roch Maurice Depallier gut, das Pfui war also unberechtigt und entehrend. Beleidigt wandte er sich ab und legte sich auf das Kabinendach neben den Rettungsring.

»Wenn wir in einer der nächsten Nächte lossegeln«, sagte Lucrezia leise, »werde ich rote Farbe auslaufen lassen. Ölfarbe, die schwimmt lange auf der Oberfläche. Der Hubschrauber oder die Suchboote können sie nicht übersehen. Dann haben sie eine Spur!«

»*Wenn* man uns noch sucht, Luzi!«

»Peer und Jan werden nicht lockerlassen. Das ist doch klar!«

»Es kommt immer darauf an, wie die Behörden entscheiden«, sagte Helena ahnungsvoll. »Vielleicht sind Peter und Jan in ein paar Tagen nur noch Rufer in der Wüste.«

Die Polizeistation von Tarrafal war zum Hauptquartier geworden. Aus Praia, der Hauptstadt, war eine Kommission mit dem Hubschrauber gekommen: ein Kommissar, zwei Unterkommissare und ein Hauptmann der Armee, der sich an Ort und Stelle überzeugen wollte, ob es ratsam sei, auch Armee-Einheiten zur Suche einzusetzen. Das war nur in Sonderfällen und nur auf höchsten Befehl möglich.

Trosky konnte die Dringlichkeit bezeugen. Er holte aus der Tasche ein Farbfoto, von dessen Existenz Losskow bisher keine Ahnung gehabt hatte. Zum erstenmal, und sicherlich aus seiner Not heraus, gab Trosky sein Geheimnis preis.

Es war ein Foto, das er beim Training mit der Rettungsinsel

gemacht hatte. Es zeigte Lucrezia in bezaubernder Nacktheit, auf dem Wulst der Gummiinsel sitzend und winkend.

»Ich werde sofort zum Hauptquartier berichten!« sagte der Hauptmann, nachdem er das Foto eingehend betrachtet hatte. »Das ist wirklich ein äußerst dringender und wichtiger Fall!«

Der Polizeichef von Tarrafal entfaltete eine für diese Stadt ungewöhnliche, ja noch niemals praktizierte Aktivität. Er war sichtlich stolz, endlich außer alltäglichen Gaunereien, Schlägereien in den Wirtschaften und Betrug beim Wiegen der Waren einen richtigen großen Fall in den Händen zu haben. So gebärdete er sich denn auch wie ein Kriminalkommissar im Film, verhörte alles, was in Hafennähe wohnte oder am Hafen arbeitete, und ließ alle Leute, mit denen die beiden Frauen beim Einkaufen in Berührung gekommen sein konnten, im Polizeigebäude aufmarschieren. So erfuhr man von den Supermarktbesitzern, daß sie die Yacht hatten wegsegeln sehen. Ein Arbeiter hatte von weitem beobachtet, daß tatsächlich zwei Frauen allein die Segel gesetzt hatten. Die einzigen, die alles mitbekommen haben mußten, waren drei halb verwilderte Hunde, die am Kai herumstrolchten, aber die konnte man nicht befragen. Den Lehrjungen des Supermarktes verhörte man nicht; an ihn dachte in der Aufregung keiner.

»Es bleibt ein Rätsel«, sagte Trosky, als man alle verhört hatte.

»Was will man mit dem Boot? Wohin damit? Es ist so auffällig, daß es in jedem Hafen sofort erkannt wird. Man klaut doch kein Segelboot, um es zu verstecken und verrotten zu lassen.«

»Eins ist sicher«, sagte der Hauptmann selbstbewußt. »Jetzt, wo Alarm gegeben worden ist, können sie von den Kapverdischen Inseln nicht wieder weg! Man wird sie sehen!«

»Und wie lange werden Sie suchen?« fragte Losskow besorgt.

»Bis wir sie haben!« sagte der Hauptmann stolz.

»Die Banditen werden genauso denken und auf Zeit spielen. Denn in längstens einer Woche überlaßt ihr die Suche wahrscheinlich dem Zufall.« Trosky sah Peter kurz an und wandte sich ab. Losskows Verzweiflung griff selbst ihm ans Herz. »Willst du nach Hamburg melden, daß alles vorbei ist?«

»Nein. Noch nicht. Ich gebe die Hoffnung nicht auf.«

Am Abend wußten sie mit Sicherheit, daß der erste Tag verloren war. Die planmäßige Suche rund um Santiago mit Polizeibooten aus Praia und zwei Hubschraubern des Militärs wurde bei Dunkelheit abgebrochen. Nur zwei Polizeiboote kreuzten zwischen Santiago und Fogo und Santiago und Maio, den unmittelbar benachbarten Inseln, um jedes Schiff, das nachts auf See angetroffen wurde, zu kontrollieren. Aber das war eher ein Beweis des guten Willens als eine wirksame Kontrolle. Denn mit nur zwei Booten das ganze Inselgebiet zu überwachen war nahezu unmöglich.

Im Polizeigebäude von Tarrafal hielt der Polizeichef eine Art Generalstabsbesprechung ab. Attraktiv hatte er eine große Karte an die Wand geheftet und mit Buntstiften die Gebiete umrandet, die man zu Wasser und aus der Luft bereits kontrolliert hatte. Trosky betrachtete die Karte mit schiefem Mund. Losskow rauchte nervös eine Zigarette nach der anderen und trank den höllischen Zuckerschnaps, den man ihm hinstellte. Es war abzusehen, wann er vom Stuhl fallen würde.

»Diese Küste ist felsig und voller Höhlen!« sagte der Polizeichef mit Pathos. Er war in seine große Aufgabe hineingewachsen und zeigte Anzeichen von Feldherrnwürde. »Aber für ein Versteck eignet sie sich nicht. Die Brandung ist groß, die Unterströmungen sind unberechenbar, bei Flut haut das Meer gewaltig in die Höhlen. Da kann sich nur einer verstecken, der ein Künstler im Bootfahren ist. Sind die Damen so perfekte Kapitäne?«

Der Hauptmann aus der Hauptstadt dolmetschte. Peter von Losskow schüttelte den Kopf.

»Nein!«

»Aha!«

»Sie verstehen etwas vom Segeln, natürlich. Wir haben lange trainiert, aber vor allem für den Ernstfall. Für eine Havarie. Aber so extreme Küstenverhältnisse – durch schmale Durchlässe in Höhlen segeln –, das würde selbst mir Schwierigkeiten machen.«

»Also sind sie irgendwo in einer Bucht!« rief der Polizeichef triumphierend.

»Vorausgesetzt, daß die Banditen, die das Boot gekapert haben, nicht selbst vorzügliche Seeleute sind.«

»Wie kommen Sie darauf?«

»Wer klaut solch ein Boot, wenn er keine Ahnung hat?«

»Aha! Ich weiß, worauf Sie anspielen!« schrie der Polizeichef. »Einer unserer Fischer soll der Dieb sein!«

»Es können auch zwei oder drei sein.«

»Hier leben nur ehrliche, freundliche, friedliche Menschen! Was soll einer von uns mit solch einem Schiff anfangen?!«

»Verkaufen!!«

»Wo denn?« bellte der Polizeichef. »Auf dem Markt in Praia? So ein Boot ist unverkäuflich! Es wurde ja schon gesagt: Damit fällt jeder auf!«

»Man könnte es drüben in Gambia oder Senegal verkaufen.«

»Da muß man erst hinkommen!« Der Hauptmann der Armee winkte ab. »Glauben Sie, daß man hier solch ein auffälliges Schiff stiehlt und das Risiko auf sich nimmt, heil mit ihm zum Festland zu kommen, um es dort zu verkaufen?«

»Für zwei oder drei arme Fischer wäre der Erlös ein Riesenvermögen.«

»Es ist alles sinnlos!« sagte Losskow und umklammerte das Schnapsglas. »Wir reden, reden und reden. Und keiner denkt daran, was die Mädchen jetzt machen oder – was aus ihnen geworden ist.«

»Gut, daß Sie darauf kommen.« Der Polizeichef, tief beleidigt, weil man, wenn auch indirekt, einen Kapverden der Piraterie bezichtigt hatte, hob demonstrativ den Zeigefinger. »Wir haben Zeugen, die aussagen, daß die beiden Damen selbst die Segel hißten!«

»Unter Zwang!« rief Losskow.

»Das nehmen wir an. Aber wer kann das beweisen? Keiner hat Männer an Bord gesehen.«

»Sie wollen uns doch nicht einreden, daß die Mädchen von sich aus ...?« schrie Trosky.

»Ich zähle nur die verschiedenen Möglichkeiten auf!« schrie der Polizeichef zurück. »Vielleicht ist dieser angebliche Bootsdiebstahl nur ein schlechter Witz!?«

»Wer uns das einreden will, den schlage ich nieder!« sagte Losskow und ballte die Faust.

Dann verlor er das Gleichgewicht, worauf Trosky schon lange gewartet hatte, und rutschte vom Stuhl. Man ließ ihn auf der Erde sitzen, mit dem Rücken an die Wand gelehnt. Man zeigte Verständnis für seine Trunkenheit. Nicht jeder hat die Nerven, den Verlust eines Segelbootes und einer schönen Frau standhaft zu ertragen.

Sie blieben vier Tage und vier Nächte in ihrer Höhle. Das Boot schaukelte ruhig auf dem fast unbewegten Wasser. Wenn die Flut kam, stieg es in der Höhle an, die See drückte in den Raum, aber die großen, schäumenden, weißstäubenden Brecher brachen sich draußen vor den Klippen und vor den Lavasäulen am Eingang der Wasserrinne. Ein paarmal noch hörten sie, wie Hubschrauber das Gebiet überflogen und kreisten. Von den Suchbooten sahen sie natürlich nichts, aber sie nahmen an, daß sie die Küste entlangfuhren und mit Ferngläsern abtasteten.

Einmal fragte Lucrezia: »Was machen Sie, wenn jetzt ein Polizeiboot in die Höhle läuft?«

Und Maurice antwortete ehrlich: »Ich weiß es nicht. Diese Möglichkeit habe ich verdrängt. Geschieht es, muß ich aus der Situation heraus handeln. Auf jeden Fall wird es heiß hergehen.«

Die langen Tage verbrachten sie mit Dösen, Schwimmen, Kartenspielen, Angeln und Kochen. Maurice erzählte aus der Fremdenlegion, Silva schwieg notgedrungen, denn er konnte ja nur Crioulo sprechen, aber er spielte gut Halma, und das spielte er mit Lucrezia bis zum Müdewerden. Wenn er gewann, freute er sich wie ein Kind, verlor er, fluchte er in seiner Sprache und biß einmal sogar vor Wut in seine Mütze.

Depallier und Helena spielten Schach miteinander, aber für Maurice war es das schönste, wenn er unter Deck im Salon in einem der schmalen Sessel saß und sich von Helena ihre Schallplatten vorspielen ließ: das Klavierkonzert Nr. 1 von Tschaikowskij, Intermezzi aus italienischen Opern, Querschnitte aus Tannhäuser oder Lohengrin, Sinfonien von Beethoven oder Brahms, Nocturnes von Chopin oder Porträts großer Sänger mit den schönsten Opernarien. Dann hatte Maurice die Augen geschlossen, und seine Hände dirigierten verhalten mit. Er war in seine Wunschwelt eingetaucht.

»Die Callas«, sagte er einmal nach einer Arie aus Norma, »die war Privatgast in unserem Haus und sang für unsere Gäste, weil sie Vater gut leiden mochte und Onassis zehn gut sitzende Depallieranzüge besaß. Das war beachtlich – wer hat Onassis jemals in einem gutsitzenden Anzug gesehen?! Selbst seine Smokings waren jammervoll. Und ich werde nie vergessen, wie Mario del Monaco mit mir ein Duett sang, weil ich darum bettelte. Ich habe einen sehr guten Bariton, und Mario sagte damals zu mir: ›Mein Junge, wenn du fleißig Unterricht nimmst, begegnen wir uns vielleicht einmal in den Kulissen. Aber warum will ein Depallier singen? Ich kann mich nicht besinnen, daß Millionärssöhne große Sänger geworden sind. Große Sänger wurden immer nur die hungrigen Sänger. Schade, denn du bist begabt!‹ – Dafür nahm meine Mutter Gesangsunterricht, weil ihr der Lehrer so gut gefiel.« Immer wieder kam Depallier auf sein Elternhaus zurück. Er schien es abgrundtief zu hassen, weil es seine Jugend mit Gold erstickt hatte.

Mr. Plump wurde ein Fall für den Hundepsychiater. Er saß bei Depallier auf dem Schoß, schlief zu seinen Füßen, leckte ihm die Hände und sah Helena so glotzäugig an, daß sie sagte: »Maurice, dieser Hund muß pervers sein. Es heißt immer, Tiere erkennen gute Menschen. Aber wie sich Mr. Plump benimmt, das ist skandalös. Sie sind ein Mörder und Hasardeur!«

»Ich bin das lebenslange Opfer einer Frau.«

»Das ist keine Entschuldigung für das, was Sie auf dem Gewissen haben.«

»Mag sein.« Depallier baute die Schachfiguren auf. »Aber irgendeine Entschuldigung muß auch ein Typ wie ich haben, wenn er weiterleben will. – Helena, was spielen Sie heute?«

»Weiß!«

»Sie haben den ersten Zug. Ich werde den letzten haben – wie es sich gehört.« Er lachte verhalten. »Gewöhnen Sie sich daran, Helena, daß ich letztlich immer gewinne.«

Die nächsten zwei Tage war es dann still. Die Suche schien sich auf einen anderen Teil der Insel verlegt zu haben. Kein Hubschraubergeräusch erweckte Hoffnung, nichts mehr deutete darauf hin, daß die Suche fortgesetzt wurde. Am vierten Tag kam starker Wind auf, die Wellen rollten nun auch in die Höhle, in den zerrissenen Lavafelsen pfiff und heulte der Sturm, meterhohe Brecher donnerten gegen den Eingang, die *Helu* begann gefährlich zu rollen und kam den zerklüfteten Bimswänden bedenklich nahe. Helena warf noch einen Anker, legte alle Fender aus, um einen möglichen Aufprall abzufangen, und hob dann hilflos beide Arme.

»Mehr kann ich nicht tun, Maurice!«

»Dieser Sturm ist Gold wert!« sagte Depallier zufrieden.

»Auch wenn er uns gegen die Felswand schleudert?«

»Das wird er nicht. Silva und ich werden die Nachtwache halten.« Er grinste breit. »Können Sie sich vorstellen, was mit uns passiert, wenn wir jetzt draußen wären? Auf See?«

»Und ob ich das kann!«

»Genauso denken jetzt auch unsere Jäger: Diesen Sturm haben sie nicht überlebt! Die *Helu* ist abgesoffen! Schluß mit der Suche! Etwas Besseres als dieses Unwetter konnte uns gar nicht passieren. Man wird uns abschreiben.«

»So ist es!« sagte Helena ruhig. Er weiß nicht, daß die *Helu* unsinkbar ist, dachte sie zufrieden. Ein Orkan wirft uns nicht um, da muß schon der ganze Rumpf zerbersten! Alles, was er jetzt tut, wird von der Überzeugung bestimmt sein, daß man uns aufgegeben hat. Und deshalb wird alles falsch sein, was er tut. Er wiegt sich in Sicherheit, man sollte ihn darin bestärken. »Vielleicht kann man uns wirklich abschreiben, wenn der Sturm noch toller wird«, sagte sie.

Die Nacht war dramatisch. Keiner schlief. Sie standen alle an Deck, an den Fendern, Stangen in den Händen, um die gegen die Felswand treibende *Helu* immer wieder abzustoßen. Die Anker nutzten wenig, das Wasser kreiselte in dem Höhlenbecken, mal trieb das Boot nach links, dann nach rechts, dann über die Anker hinaus. Über ihnen, in den zerklüfteten Lavafelsen, in dem durchlöcherten Bimsgestein, das einst, in unvorstellbarer Vulkanhitze ausgeglüht, aus dem Erdinneren geschleudert worden und dann im Meer zu bizarren Gebilden erstarrt war, raste und kreischte der Wind. Die Höhle wirkte wie ein Trichter, der die Töne noch verstärkte wie ein Megaphon und sie gleichsam durch den Eingang hinausstieß, wo sie auf die donnernden Wellen trafen, auf einen Ozean, der seine Wassermassen gegen das Land schleuderte, das ihm im Wege war.

Es war eine höllische Nacht, aus der es kein Entrinnen gab, keinen Schutz, nur die Hoffnung, daß es gelingen würde, das Boot vor dem Zerschellen zu bewahren und damit vielleicht sogar das eigene Leben zu retten.

Gegen Morgen ließ der Sturm nach. Erschöpft lagen Lucrezia und Mr. Plump auf ihrem Kojenbett, Helena kochte einen großen Kessel voll Tee, Jorge Silva hockte am Bug und sprach ein Gebet, was bei einem solchen Gauner einigermaßen verwunderlich war; er bekreuzigte sich und hielt sein kleines, goldenes Halskreuz dem sich beruhigenden Meer entgegen. Maurice Depallier kontrollierte noch einmal die Anker und die Fender, tappte dann unter Deck, warf sich auf die Polsterbank und beobachtete Helena, wie sie den Tee aufgoß und aus einem Wandschrank eine Flasche Rum holte. Wie Depallier war sie völlig durchnäßt, trotz des Ölzeugs, das sie seit fast vierzig Stunden trugen. Aus ihren blonden Haaren tropfte das Salzwasser.

»Sie sind eine wunderbare Frau, Helena«, sagte Maurice, während er sich die Stiefel auszog; sie waren vollgelaufen. »Ziehen Sie sich erst um. Der Tee rettet uns doch nicht mehr vor einem Schnupfen. Es ist schade, daß ich Ihnen als Gangster begegnen mußte. Ich hätte mich ernsthaft um Sie bemüht.«

»Ich liebe Peter«, sagte Helena ruhig. »Nur ihn.«

»Beneidenswert.« Depallier zog seinen nassen Pullover aus und saß nun mit nacktem Oberkörper da. »Soll ich Ihnen etwas verraten? Wollen Sie nicht erfahren, warum das hier alles geschieht? Sind Sie nicht neugierig?«

»Nein.«

»Es geht um zwei Ledersäcke. Zwei mittelgroße lederne Packsäcke. Darin liegt das ganze künftige Leben des Maurice Depallier.«

Von Deck kam nun auch Jorge Silva zurück. Er troff vor Nässe, zog sich ungeniert völlig aus und wickelte sich in ein großes Handtuch, das Helena ihm zuwarf. Dabei knurrte er wie ein Hund, dessen Freßnapf man zu nahe tritt. Lucrezia, die auf dem Bett lag und ihm zuschaute, schüttelte den Kopf. O Gott, dachte sie, wie hungrig muß eine Frau sein, wenn sie sich mit solch einem Kerl einläßt.

Der Tee mit viel Rum schmeckte köstlich nach diesen harten, meerumtobten Stunden. Silva schlürfte ihn wie ein Ferkel die Milch, Depallier trank ihn in schnellen kleinen Zügen, sogar Mr. Plump kam aus dem Bett und stellte sich schwanzwedeln an.

»Verräter!« sagte Helena verächtlich. »Aber warte, du sollst deinen Willen haben.«

Sie goß Rumtee in Mr. Plumps Schüssel und goß etwas kaltes Wasser dazu, bis der Tee trinkbar war. Dann tat sie noch einen Schuß Rum extra hinein. Depallier starrte sie verwundert an.

»Ist der Hund Alkoholiker?«

»Nein! Aber ihm soll aus Strafe kotzübel werden!«

»Vielleicht gefällt es ihm? Ein besoffener Hund zeigt menschliche Züge, ich habe das einmal auf Korsika erlebt. Bei der Legion. Da hatten wir eine Bar, und der Patron besaß einen Hund, eine schwarzweiß gefleckte Riesendogge, ein herrliches Tier. Nur – es war ein typischer Alkoholiker. Die Dogge soff mehr als zwei Mann. Und dann tanzte sie, pinkelte, hüpfte auf drei Beinen im Kreis herum und krachte gegen alle Stuhlbeine. Sogar rülpsen konnte sie! Wir liebten sie wie einen Bruder. Sie müßte heute noch leben, wenn sie sich nicht totgesoffen hat.«

Mr. Plump schlürfte den Rumtee mit Wonne, bekam dann einen knackenden Schluckauf, sein wolliger Körper wurde von jedem Hick erschüttert und fast von den Beinen geholt, aber dann rettete er sich ins Bett, rollte sich zusammen und begann umgehend laut zu schnarchen.

»Das mache ich auch gleich«, sagte Depallier und trank die dritte Tasse Tee. »Wir alle sind am Ende unserer Kräfte. Heute gibt es keine Nachtwache mehr. Deshalb muß ich um Vergebung bitten, wenn ich die Damen für diese eine Nacht festbinde.«

»Das versuche mal!« sagte Lucrezia laut.

»Lucrezia, wir haben uns all die Tage so gut verstanden. Warum jetzt so widerspenstig?«

»Ich lasse mich nicht fesseln!«

»Und ich lasse mir die Freiheit, die jetzt so greifbar vor mir liegt, nicht vernichten! Ich gehe auf Sicherheit!«

»Dann müssen Sie mich überwältigen«, schrie Lucrezia und sprang auf. Wie ein in die Ecke getriebenes Raubtier stand sie da.

»Ich werde das Jorge Silva überlassen.«

»Sie Schuft, Sie elender!«

Depallier drehte sich zu Helena um. Sie stand in der kleinen Kombüse und hatte ein Handtuch um ihre nassen Haare gewikkelt.

»Wehren Sie sich auch, Helena?«

»Nein. Es hat ja doch keinen Zweck.«

»Könnten Sie das nicht auch Ihrer Freundin erklären?«

»Ich schwimme nicht weg!« schrie Lucrezia böse. »Ehrenwort!«

»Anbinden ist sicherer.« Depallier lächelte schief. »Haben Sie bitte Verständnis dafür, daß ich für mein neues Leben alles tue! Auch wenn ich in Ihren Augen erneute Mißachtung riskiere.«

Er trank noch eine letzte Tasse Tee mit Rum, holte aus einem Materialkasten vier dünne Stricke und knüpfte Schlaufen. Er wartete, bis Helena in ihrer Kajüte trockene Jeans und einen Pullover angezogen hatte, und fesselte sie dann als erste. Er band ihr die Hände hinter dem Rücken zusammen und ließ ihre Beine frei. Lucrezia dagegen, die ihn wie eine Katze anfauchte und mit unschönen Namen belegte, band er auch die Beine zusammen.

»Bei Ihnen, Helena, verzichte ich auf die Beinfesseln«, sagte er. »Sie sind vernünftig genug, um das nicht auszunützen. Gute Nacht.«

Er brachte Lucrezia und Helena in die Doppelkabine und schloß die Tür. Mit einem Hüpfer warf sich Lucrezia auf das schmale Bett.

»Er ist *doch* ein Schwein!« schrie sie wütend. »Und wenn er noch so charmant ist! Wo ist Mr. Plump?«

»Bei ihm!«

»Männer!« Lucrezia verzog angeekelt die Lippen. »Mr. Plump hat bei mir ausgewedelt! Was ist denn das?«

Vor der Tür hörte man ein Schaben und Rücken. Helena klopfte mit den Schuhspitzen gegen die Tür.

»Was ist denn los?« rief sie.

»Jorge Silva wird sich vor Ihre Tür legen, Helena. Wenn Sie sie öffnen, müssen Sie ihn erst beiseite drücken. Davon wacht er bestimmt auf.«

»Ich sage es ja, ein Riesenschwein!« Lucrezia streckte sich aus. Ein paar Minuten später hatte der Rum sie eingeschläftert.

In Tarrafal hatte das Unwetter die Lage gründlich verändert, genau, wie es Depallier vermutet hatte. Die Suchhubschrauber konnten nicht starten, die Polizeiboote suchten Schutz im Hafen; es war bei diesem Seegang unmöglich, draußen auf dem Ozean zu bleiben. Die Brecher stäubten hoch über die Kaimauern und rissen sogar Löcher in den Steinwall. Was an Fischerbooten noch schwamm, war schnell an Land gezurrt worden, zwei kleine Frachtschiffe, die im Hafenbecken lagen, tanzten gefährlich auf den wildgewordenen Wassern und drohten von den Trossen zu reißen. Ihnen galt die ganze Sorge der Hafenarbeiter: wurden sie gegen die Mauern oder an Land geworfen, bedeutete das totalen Bruch. Den Vorschlag, gegen den Wind auszulaufen und auf offener See zu warten, lehnten die Kapitäne rundweg ab. Sie wurden nicht bezahlt, um Helden zu sein.

»Damit ist unsere Hoffnung gleich Null«, sagte der Polizeichef ehrlich. Während der Orkan an den Dächern riß und durch die Gassen heulte und das Brüllen des Meeres jeden anderen Laut übertönte und auch die Menschen sich nicht mehr ins Freie wagten, saßen Peter und Trosky, der Hauptmann aus Praia und der Polizeichef, der Kommandant eines Polizeibootes und zwei Hubschrauberpiloten im Polizeihaus zusammen und tranken schweren Portwein. »Diesen Sturm überleben sie nicht auf freier See«, sagte der Polizeichef. »Und wenn sie an der Küste in einem Versteck liegen, auch nicht. Sie werden an die Felsen geschleudert, und dann bleiben nur noch Splitter übrig.«

»Das Boot ist unsinkbar«, sagte Peter von Losskow. »Auf offener See kann es allenfalls zu einem Mastbruch kommen. Sinken kann das Boot nie!«

»Das gibt es nicht!« Der Polizeichef lächelte mokant. »Jedes Schiff sinkt!«

»Es ist eine Spezialkonstruktion.«

»Der Ozean haut es zusammen.«

»Nicht dieses Kunststoffmaterial. Wir haben das durchgetestet.«

»Aber wenn es gegen die Felsen geschleudert wird –«

»Dann ja«, sagte Peter gedehnt. »Das wollen wir nicht hoffen.«

»Aber damit rechnen müssen wir. So einen Sturm haben wir lange nicht mehr gehabt! So plötzlich! Fällt einfach über uns her! Hören Sie sich das an. Das Meer zerschlägt unsere Hafenmauern! Und da reden Sie von einem unsinkbaren Boot! Ich fürchte, wir können nach dem Sturm die Suche einstellen.«

»Gegen diese bequeme Lösung des Problems protestiere ich!« sagte Trosky scharf. »Es wird weitergesucht. Ein Boot wie die *Helu* kann doch nicht verschwinden! Irgendwo *kommt es an*!« Er ging an das Fenster und blickte hinaus zum Hafen. Haushoch gischteten die Wellen über die Kaimauern. Der Himmel war fahlgelb und mit Wüstensand durchsetzt.

Mein Gott, dachte Trosky. Wenn sie wirklich auf See sind, gibt es nur noch eins für sie: sich festbinden und abwarten. Das Boot kann nicht sinken, aber wer wird in dieser Wasserhölle daran noch glauben?

Er stieß sich vom Fenster ab und ging in den Raum zurück. »Was passiert, wenn wir die Piraten erwischen?« fragte er.

»Sie kommen ins Gefängnis.«

»Das kann man sich sparen.« Trosky hieb die geballten Fäuste gegeneinander. »Laßt mich fünf Minuten mit ihnen allein!« Als die anderen schwiegen, sagte er dumpf: »Wie einfach funktionierte früher das Seemannsgesetz, wenn man einen Piraten erwischt hatte. Da gab es am Großmast, an der Groß-Royalrah, extra ein paar Haken, an die man ihn aufhängte! Und trotzdem war's eine christliche Seefahrt.«

In der fünften Nacht war es endlich soweit. Das Meer hatte sich weitgehend beruhigt. Lange, hohe Wellen rollten gegen die Küste, der Wind lag bei Stärke vier, der Himmel war klar, übersät mit Sternen, und zeigte einen auf dem Rücken liegenden, zunehmenden Mond.

»Das beste Reisewetter«, sagte Maurice Depallier erfreut. »Mit der Ebbe laufen wir aus.«

Das war auch die einzige Möglichkeit, aus der Höhle wegzukommen. Der Wind, der durch das zerklüftete Dach hineinwehte, war zu schwach, um ihn mit Segeln aufzufangen. Einen Hilfsmotor hatte man nicht, und es zeigte sich jetzt wieder, daß Troskys Protest nicht unüberlegt gewesen war.

»Wir werden auch die langen Stechpaddel nehmen«, sagte Depallier. »In der Fahrrinne haben wir dann mehr Wind und können vorsichtig ins Freie.« Er sah Lucrezia mit einem charmanten Lächeln an. »In spätestens vierundzwanzig Stunden sind Sie von mir befreit.«

»Sie wollten mir die beiden Ledersäcke zeigen, Maurice.« Helena zog ihr Ölzeug wieder an. Bei Windstärke 4 und diesen Wellen kamen bestimmt Brecher über Bord.

»Stimmt!« Depallier nickte. »Das habe ich Ihnen versprochen. Mein neues Leben – zusammengeraubt!« Er stellte die Klappe des linken Stauraums hoch und holte einen abgeschabten Ledersack heraus. Er war mit breiten Lederriemen und dicken Schnallen verschlossen. Als er den Sack auf den Tisch hob, klirrte es metallisch.

»Hier ist der neue Depallier!« sagte er etwas theatralisch. »Ich hoffe wenigstens, daß es ein neuer und besserer wird...«

Plötzlich war es still in dem kleinen Salon. Lucrezia, die gerade ihre hohen Gummistiefel anzog, unterbrach das Ankleiden und blieb an die Wand gelehnt stehen, ein Bein noch bloß, das andere schon im Stiefel. Nur Jorge Silva sagte etwas in seiner Crioulo-Sprache. Depallier antwortete hart: »Halt's Maul!«

»Was meint er?« fragte Helena.

»Ich sei ein Idiot, daß ich Ihnen das zeige.«

»Vielleicht hat er recht.«

»Sie werden mich verraten? Warum? Ich habe Sie untadelig behandelt, ich habe Sie leben lassen – was gar nicht so selbstverständlich ist! –, und ich werde Sie wieder freilassen. Das wäre doch eine Gegenleistung wert, nicht wahr?« Er setzte sich an den Tisch hinter den Ledersack, klopfte mit der Faust dagegen und nickte Helena zu. »Schnüren Sie ihn auf.«

»Ich? Warum?«

»Haben Sie Angst, sich mitschuldig zu machen?«

»Das wäre eine dumme Angst.« Sie löste die Knoten des Lederriemens, öffnete die Schnalle und zog den Sack auseinander. Nach einem kurzen Blick ließ sie den Lederbeutel los und lehnte sich an die Tischkante.

»Na, was sehen Sie?« fragte Depallier.

»Goldmünzen.«

»Goldmünzen. Sie sagen so lapidar: Goldmünzen! Meine Liebe, so etwas haben Sie noch nicht gesehen! Museumsdirektoren bekämen beim Anblick dieser Münzen einen Herzanfall! Da haben Sie Goldprägungen römischer Kaiser, Privatprägungen unseres Sonnenkönigs Ludwig XIV., byzantinische Goldmünzen, Prägungen aus purem Gold, die von den Konquistadoren stammen, Gold, das den Azteken, Inkas und Mayas gehörte und an denen das Blut dieser vernichteten Völker klebt. Das sind Münzen, von deren Existenz heute kaum noch einer weiß und die der Mann, dem ich sie weggenommen habe, auch nur aus dunklen Kanälen bekommen haben kann. Und Sie sagen: Münzen! – Das ist ein Schatz, der gar nicht abschätzbar ist!«

»Gratuliere, Maurice!« sagte Helena steif.

»Danke, Madame.« Er beugte sich vor, griff mit beiden Händen in den Ledersack, füllte sie mit Münzen, hob sie empor und ließ die Goldstücke klirrend in den Sack fallen. Immer und immer wieder – Kaskaden aus Gold. Seine Augen leuchteten. »Ich kann verstehen«, sagte er mit belegter Stimme, »daß es Menschen gab, die in Gold baden wollten. Es ist ein unheimliches Gefühl, das rieseln zu sehen, das klingeln zu hören.«

»Aber es wird nicht leicht für Sie sein, damit ein neues Leben zu beginnen, Maurice. Wer soll Ihnen das abkaufen? Sobald bekannt wird, daß diese Münzen aufgetaucht sind, wird man wissen wollen, woher sie kommen. Dann jagt man Sie!«

»Es gibt genug Sammler, die schweigend dafür Millionen zahlen und die Münzen im Tresor verschwinden lassen. Vor allem in Amerika. Fanatische Sammler stehen oft jenseits der Gesetze. Ich möchte nicht wissen, wieviel aus Museen verschwundene Kunstwerke in privaten Räumen stehen, in privaten unterirdischen Galerien, gesichert wie Banktresore.« Depallier klopfte abschätzend gegen den Ledersack. »Raten Sie mal, wieviel Millionen da drinstecken?«

»Keine Ahnung. Zwei?«

»Purer Goldwert, mag sein. Aber ich rechne den Sammlerwert!« Depallier stand auf, verschnürte den Sack wieder und stützte sich auf seinen Schatz. »Im anderen Sack ist mindestens genausoviel. Begreifen Sie nun, daß ich Sie und Ihr Boot brauche? Von Maio komme ich schnell weg. Und dann werde ich eines Tages ganz still und zufrieden irgendwo auf dieser schönen weiten Welt leben und keinen Anlaß geben, irgend jemandem aufzufallen. Nur das will ich noch: In Ruhe leben dürfen.« Er trug den Sack weg, warf ihn wieder in den Stauraum und ließ die Klappe hochschnellen. »So, und jetzt geht's los! Alle Mann an Deck! Silva und ich nehmen die Stechpaddel. Helena, Sie navigieren. Lucrezia, Sie halten sich bereit, sofort ein Segel zu setzen, wenn wir in den kleinsten Wind kommen. Ich nehme an, das wird bereits im Eingangskanal der Fall sein. Und dann: volle Segel über die See!«

»Aye aye, Sir!« Lucrezia ging an ihm vorbei und blieb an der Treppe stehen. »Aber Sie sind ein Geizkragen, Maurice! Sie hätten Helena und mir eine Inkamünze geben können, das gäbe einen schönen Anhänger. So eine Art Talisman, der uns künftig vor solchen Typen wie Sie bewahrt.«

Eine halbe Stunde später lagen sie auf dem Ozean vor dem Wind und hatten das Genua I und den Spinnaker gesetzt. Das Meer war noch bewegt, aber nicht mehr feindlich. Die *Helu* jagte auf den Wellen dahin, fort von der Felsenküste Praias nach Nordwesten. Es schien so, als würde Maurice Depallier vor Tagesanbruch sein Ziel erreichen und das verrückte Abenteuer damit zu Ende gehen.

Mit der Dämmerung liefen sie genau auf Maio zu, sahen im Morgendunst die großen Salinen und segelten dann an der Küste entlang, bis Depallier eine einsame Bucht sah, die von niedrigen eingeschnittenen Felsen gebildet wurde.

»Hier hinein!« sagte er. »Helena, Sie sind eine wunderbare

Frau! Ich wiederhole es zum ungezählten Male! Ihr Mann, Ihr Bräutigam oder wie man es nennen soll, ist zu beneiden. Fast gönne ich Sie ihm nicht! Dort drüben gehen wir an Land, und dann sind Sie schnell von mir befreit!«

Sie glitten in die Bucht ein, immer lotend, denn der Meeresboden stieg schnell an und war durch erkaltete Lava zu Klippen geworden, deren Spitzen wie riesige Messer wirkten und einen Schiffsrumpf ohne Mühe aufschlitzen konnten. Dann hatten sie die Küste erreicht, eine Art Plateau, die ins Meer hinausragte und an dem sie die *Helu* vertäuten. Jorge Silva war an Land gesprungen, fing die Taue auf, die Lucrezia ihm zuwarf, und schlang sie mit sicheren Knoten um Felszacken.

Depallier ging unter Deck, kam sehr bald mit seinen Ledersäcken zurück und stellte sie zu seinen Füßen. Um die Schulter trug er eine leinene Reisetasche mit Kleidung, Rasierzeug und einem Paar Ersatzschuhe.

»Die Stunde des Abschieds!« sagte er.

»Machen Sie's nicht so feierlich.« Helena lehnte am Mast. »Gehen Sie!«

»Sie wünschen mir kein Glück?«

»Erwarten Sie das etwa, Maurice?«

»Ich hatte geglaubt, Ihnen menschlich etwas nähergekommen zu sein. Ich war Ihnen gegenüber ehrlicher, als es mir eigentlich guttun könnte.« Depallier trat an die Reling. Jorge Silva stand auf der Felsplattform und hielt ihm eine Holzstange entgegen, an der er sich hochziehen lassen konnte. »Jetzt werde ich nachdenklich.«

»Und es wird immer heller.«

»Sie haben recht! Ich vergaß ein paar Tage lang, daß Sie ein Sicherheitsrisiko sind.« Depallier stieg an Land, stellte die schweren Ledersäcke ab und sprang dann unvermittelt auf das Boot zurück. Wortlos rannte er unter Deck, kam mit einem großen Kappmesser wieder und zerhieb mit schnellen Schlägen das gesamte Tauwerk der Takelage. Jetzt war es für eine längere Zeit unmöglich, noch ein Segel zu setzen. Lucrezia ballte die Fäuste, bückte sich dann und schleuderte einen kleinen, harten Fender auf Depallier. Der wich geschickt aus, zertrennte die letzten Taue und warf dann das Kappmesser über Bord.

»Er ist doch ein Saukerl!« schrie Lucrezia. »Ich habe es ja gesagt, er ist ein Riesenschwein!«

Wortlos ließ sich Depallier wieder auf die Plattform ziehen, Silva warf die Leinen los und gab dann mit der langen Stange dem Boot einen kräftigen Stoß. Die *Helu* schaukelte vom Ufer weg und trieb auf den Wellen, nicht steuerlos, aber ohne Segel völlig unbeweglich. Nun rächte es sich wirklich, daß Peter von Losskow sich geweigert hatte, einen Hilfsmotor einzubauen. Helena rannte zum Ruder, setzte das Boot gut zu den Wellen, und Lucrezia warf den Anker aus. Er faßte sofort, der Lavaboden des Meeres war knapp unter ihnen.

An Land winkte Maurice Depallier noch einmal zu dem Boot herüber, ehe er mit Silva zwischen den zerklüfteten Felsen verschwand. Die Ledersäcke schleppte er auf der Schulter.

»Geh zur Hölle!« schrie Lucrezia hinterher. Dann setzte sie sich auf das Kabinendach und starrte über den Ozean. »Was nun?«

»Wir müssen ein paar Taue flicken und wenigstens ein Segel hissen. Ich schlage vor, wir nehmen das Genua I. Das bringt uns die meiste Fläche und hält uns am besten im Wind.«

»Ich könnte den Kerl erwürgen!« knirschte Lucrezia. »Ehe wir hier wieder wegkommen... Mit diesem Vorsprung gelingt ihm die Flucht!« »Erwürge nicht, sondern spar deine Kräfte fürs Spleißen. Die Taue zu knoten hat keinen Sinn, wir müssen eine dauerhafte Verbindung haben! Wir können es uns nicht leisten, daß uns das Segel plötzlich wegfliegt!«

Den ganzen Tag über saßen sie im Schatten einer Plane und spleißten die Taue. Worüber sie bei der monatelangen Ausbildung immer geschimpft hatten und was vor allem Trosky als himmelhohen Unsinn bezeichnet hatte, nämlich das alte Handwerk des Tau- und Segelflickens wieder zu lernen, wurde jetzt zur einzig möglichen Rettung. Das Boot schaukelte in der Dünung, trieb am Anker herum, aber Stunde um Stunde verrann, und an Land zeigte sich kein Mensch. Es mußte eine völlig einsame Gegend sein. Auch Fischerboote tauchten nicht auf. Dreimal opferte Helena eine Notrakete und schoß aus der Signalpistole eine rote Leuchtkugel in den wolkenlosen Himmel. Ohne Erfolg. Niemand reagierte auf dem Land oder von See aus.

Die Arbeit des Spleißens war mühsam, riß Schrammen in die Hände, ließ die Haut aufplatzen, vor allem Lucrezias Fingerkuppen bluteten, trotz des Spleißhakens, den sie benutzte.

Gegen Mittag drehte sie durch. Helena hatte seit zwei Stunden darauf gewartet, hatte das Zucken in ihrem Gesicht beobachtet, die flackernden Augen, das nervöse Scharren der bloßen Füße über Deck, das Beben in dem fast nackten, schönen Körper. Jetzt entlud sich der Stau. Lucrezia warf ihr Tau hin, hieb mit den Fäusten auf die Deckplanen und begann hysterisch zu schreien. Es waren keine Worte oder Sätze, nur sich überschlagende, kreischende Laute, begleitet von einem wilden Zucken des Leibes und einem Pendeln des Kopfes. So kreischte sie ein paar Minuten, bis Helena aufstand, an einer Leine einen Eimer ins Meer ließ und ihn über ihr auskippte.

Der kalte Guß ernüchterte Lucrezia. Ihr Schreien brach sofort ab, der Kopf fiel auf die Brust, das Wasser rann an ihr hinunter, wie knochenlos sank sie in sich zusammen. Helena ging wortlos zu ihrem Tau zurück, setzte sich und nahm das Spleißen wieder auf.

Nach einer Weile Schweigen hob Lucrezia den Kopf.

»Ich habe mich verdammt zickig benommen, nicht wahr?« Ihre Stimme war rauh und hatte den erotischen Reiz verloren.

»Vergessen.« Helena zeigte auf das Tau. »Mach weiter, Luzi!«

»Die Sonne. Diese schwere feuchte Wärme. Die Stille. Ich konnte einfach nicht mehr.«

»Ich weiß.«

»Ich mußte schreien.«

»Ist doch gut, wenn dir jetzt leichter ist.«

»Jetzt fühl' ich mich leer. Mir war, als müßte ich platzen. Kennst du das Gefühl?«

»Ja.«

»Aber du hast nie geschrien, Blondie.«

»Weißt du das so genau?«

»Wann denn?«

»Man kann auch in die Kissen schreien. In ein Hundefell. In einen Segelhaufen, in eine Taurolle. Manchmal habt ihr alle unter Deck geschlafen, wenn ich schrie: bei der Nachtwache.«

»Und ich habe immer gedacht, dich könnte nichts erschüttern. Du wärst ein Eisberg. Ich habe gedacht: Die hat da drinnen kein Herz, sondern einen gutgeölten Motor.«

»Auch den braucht man in bestimmten Situationen, Luzi.«

»Ich werde mich nie so beherrschen können.«

»Das verlangt auch keiner von dir.«

»Aber von dir!«

»Wie kämen wir sonst hier weg?«

Lucrezia beugte sich über ihr Tau und fuhr fort zu spleißen. Ihre Finger zitterten und hatten noch keine Kraft. »Erzähl den anderen nicht, wie ich mich benommen habe«, sagte sie kläglich. »Bitte, Blondie!«

»Es geht keinen etwas an, es bleibt unter uns.« Helena blickte hinauf in den unbarmherzig glutenden Himmel. Kaum vorstellbar, daß er noch vor zwei Tagen grau und geradezu unsichtbar gewesen war, während der Sturm mit unbegreifbarer Wucht über Meer und Land tobte. »Wir werden am Abend das Genua I setzen können und gute Fahrt haben.«

»Bestimmt!« Lucrezia ballte die Hände um ihr halbgespleißtes Tau. »Und wenn ich wieder durchdrehe, wirf mich ins Meer.«

»Bestimmt nicht«, sagte Helena ruhig. »Das nächste Mal haue ich dir rechts und links eine 'runter. Das wirst du eine Woche lang spüren.«

»Der Eisberg!« Lucrezia grinste. »Du lieber Himmel, muß das ein Mann sein, der dich mal zahm kriegt!«

In der Nacht segelten sie los. An den geflickten Tauen hatten sie das Genua I gesetzt, lagen gut im Wind und durchpflügten die ziemlich ruhige See. Der Wind reichte gerade aus, die *Helu* zu treiben; mehr Segel wären jetzt besser gewesen, um schnellere Fahrt zu machen, aber sie waren glücklich, als endlich ihr einziges Segel im Wind sich blähte, sie klatschten in die Hände, fielen sich um den Hals und küßten sich überschwenglich.

Helenas einziges Mittel, den Kurs zu bestimmen, war der Kompaß. Sie fuhr die *Helu* ganz konsequent nach Südost und korrigierte immer wieder, wenn das Boot abdriftete. Gegen 3 Uhr morgens erschien Lucrezia an Deck und setzte sich neben Helena ins Cockpit. Sie hatte drei Stunden im bleiernen Tiefschlaf gelegen und wollte Helena nun ablösen.

»Bist du sicher, daß wir auch ankommen?« fragte sie.

»Wir sind nach Westen hingefahren, also müssen wir nach Osten zurück.«

»Das ist deine ganze Weisheit?«

»Ja.«

»Na, dann Prost! Und wenn wir tiefer, aber genau Kurs Südost, an São Tiago vorbeirauschen?«

»Dann haben wir den weiten Ozean vor uns bis Amerika.« Helena blickte in Lucrezias entsetzte Augen und lachte laut. »Keine Sorge. Mit jeder Meile kommen wir in belebtere Gegenden, und damit auch in das Suchgebiet.«

»Du glaubst wirklich, die suchen uns noch?«

»Ja.«

»Nach sechs Tagen? Die haben längst ein Kreuz hinter unsere Namen gemacht. Sie werden sagen: Wer bezahlt den Einsatz? Das Gebot der Menschlichkeit? Das ist keine Währung! Davon kann man kein Benzin kaufen! So ein Rummel um zwei Menschen!«

»Du kennst anscheinend Peter schlecht. Und Trosky wird toben, so lange toben, bis man uns gefunden hat.«

»Oder bis man ihn eingesperrt hat.« Sie nahm das Ruder und starrte über das ruhige Meer. Der Wind war zahm, die *Helu* schaukelte mit ihrem kaum gefüllten Segel träge dahin. »Leg dich hin, Blondie. Schlaf etwas.«

»Ich bleibe hier. Ich bin nicht müde.«

»Nach menschlichem Ermessen müßtest du umfallen.«

»Ich lege den Kopf zurück und mach' die Augen zu. Einverstanden?« Helena rutschte auf der Bank tiefer, legte den Kopf auf die Lehne und schloß die Augen. »Weck mich sofort, wenn du irgend etwas siehst.«

Sie faltete die Hände über dem Bauch und holte ein paarmal tief Luft. Ich bin zerschlagen von den Haarspitzen bis zu den Fußsohlen, dachte sie. Ich spüre mich überhaupt nicht mehr. Aber ich kann es nicht laut sagen. Mein Gott, was soll aus uns werden, wenn ich jetzt schlappmache? Lucrezia schafft es nie allein. Nie!

Das träge Schaukeln des Bootes verursachte in ihr das Gefühl einer lähmenden Schwere. Sie wehrte sich dagegen, aber dazu reichte ihre Kraft nicht mehr aus. Wider Willen schlief sie ein und wachte erst auf, als Helligkeit durch ihre Lider in die Augen drang.

Es war ein sonniger Morgen. Die *Helu* trieb steuerlos in einer fast glatten See. Neben dem Ruder lag Lucrezia auf den Planken und schlief fest. Mit einem Satz sprang Helena zum Kompaß.

Kurs genau auf Nord. Wie lange schon?

Sie korrigierte den Kurs, rieb mit beiden Händen über ihr Gesicht, um den Schlaf auszutreiben, und setzte sich dann ins Cockpit. Es hatte keinen Sinn, hinunter zum Kartentisch zu gehen und sich die Seekarten anzusehen. Navigieren war Peters Aufgabe gewesen: die Winkel und Kreise, die er in die Karten gezeichnet hatte, sagten ihr gar nichts. Sie hätte jetzt mit einem Sextanten ihre Position berechnen können, aber sie hatte sich um diese Berechnungen nie gekümmert. Jetzt, wo es darum ging, wieder genau nach Südost zu segeln, konnte nur ihr Gefühl helfen und die Hoffnung, daß man sie von einem Schiff aus, das ihren Kurs kreuzte, entdecken würde. Dann brauchte sie nur noch rote Leuchtkugeln abzuschießen.

Eine halbe Stunde später wachte Lucrezia auf. Sie schnellte hoch wie ein Raubtier, das überrascht worden ist, und blickte entsetzt in die ruhigen Augen von Helena.

»Wo sind wir denn jetzt?«

»Ich weiß es nicht. Irgendwo. Wir hatten Nordkurs, als ich aufwachte.«

»Das ist meine Schuld.«

»Ja.«

»Soll ich ›entschuldige‹ sagen – oder über Bord springen?«

»Beides hilft uns nichts. Wir sind wieder auf dem richtigen Kurs. Nur – wo wir hinkommen, das weiß ich nicht.« Helena blickte über den Ozean. »Irgendwo kommen wir bestimmt an, es fragt sich nur, wann.«

Sie segelten den ganzen Tag, der Himmel glutete, der Wind flaute so weit ab, daß sie über vier Stunden fast nicht von der Stelle kamen. Erst am Nachmittag füllte sich das Segel mit Luft und trieb die *Helu* weiter.

Gegen Abend sahen sie am Horizont Land, Felsen, die sich aus dem Meer hoben. Lucrezia begann wie eine Irre zu tanzen fiel Helena um den Hals, weinte vor Erleichterung und Freude und faltete sogar die Hände, als sie näher kamen und zu erkennen glaubten, daß es die Nordwestküste von São Tiago war.

»Wir sind wirklich da!« sagte Helena, als sie nahe der Küste nach Norden segelten und das Kap umrundeten, hinter dem das Städtchen Tarrafal liegen mußte. »So viel unverschämtes Glück glaubt uns keiner. Das widerspricht allen Seemannsregeln! Wir haben keine Ahnung von Navigation und kommen trotzdem hin. Luzi, wir müssen einen Schutzengel haben.«

»Zu dem bete ich ja schon«, sagte Lucrezia mit stockender Stimme. »Ich beginne wieder an Wunder zu glauben.«

Mit einem Sonnenuntergang, der Land und Meer und Himmel in einen Feuerschein tauchte, wie ihn Helena noch nie erlebt hatte, glitten sie in den kleinen Hafen von Tarrafal. Sie legten an der gleichen Stelle am Kai an, wo sie vorher vertäut gewesen waren, und schoben die Gangway an Land. Der Polizist, der gerade um die Ecke der Hafenstraße bog, blieb wie von einem Faustschlag getroffen stehen, starrte auf das Segelboot, warf sich mit einem geradezu artistischen Körperschwung herum und rannte zum Polizeigebäude.

»Sie sind da!« brüllte er. »Sie sind wieder da! Kommen da einfach an, als sei nichts geschehen!«

Das Verhör mußte sein, das war der Polizeichef seiner Position und den Behörden in der Hauptstadt Praia schuldig, denn schließlich hatte man vier Tage lang intensiv gesucht und genug Geld dafür ausgegeben. Der Hauptmann war auch noch da, begrüßte die Damen galant mit Handkuß, nachdem man Peter und Trosky in einem Nebenraum Gelegenheit gegeben hatte, mit ihnen das Wiedersehen zu feiern.

Helena fiel Peter um den Hals und küßte ihn. Zum erstenmal verbarg sie ihre Gefühle nicht und hing an seinem Hals wie ein kleines Mädchen. Trosky und Lucrezia standen einander gegenüber, Trosky wie immer mit verschlossener, finsterer Miene, einen Zug von Menschenverachtung in den Mundwinkeln.

»Wenn ich dir jetzt auch um den Hals falle, ist das keine Aufforderung, mich ins Bett zu tragen!« sagte Lucrezia mit rauher Stimme. Trosky zog bei diesem fremden Ton die Brauen hoch.

»Ich bin bereit!«

»Blöder Hund!« Sie umarmte ihn, küßte ihn, Trosky benahm sich sehr ungelenk, ließ die Küsse über sich ergehen und legte dann den Arm um Helena, als diese bei Peter den Platz für Lucrezia frei machte.

»Nachdem wir uns weidlich abgeleckt haben«, sagte Trosky schließlich, »wäre es interessant, zu erfahren, wo ihr herkommt.«

»Von Maio!« rief Lucrezia.

»Entzückend! Kleiner Ausflug, wie?«

»So ähnlich.« Helena schob die Haare aus dem Gesicht. »Man hat uns gekapert und gezwungen, nach Maio zu segeln.«

»Also doch! Keiner wollte das glauben!« Peter stieß die Fäuste zusammen.

»Und den Orkan haben sie auch überlebt!« Trosky packte Lucrezia an den langen Haaren, riß ihren Kopf zu sich und küßte sie mit einer wehrlos machenden Brutalität. Erst, als sie keine Luft mehr bekam, trat sie ihm gegen das Schienbein. Trosky grunzte und ließ sie los. »So etwas muß doch anerkannt werden!« sagte er grob.

Nach zwei Flaschen Wein, die der Polizeichef spendierte, um damit das Verhör etwas aufzulockern, wußte man, daß Helena und Lucrezia unwahrscheinliches Glück gehabt hatten.

»Mir ist völlig rätselhaft, wieso dieser Depallier so redselig war«, sagte der Hauptmann erstaunt. »Das Geständnis haben wir. Jetzt brauchen wir nur noch ihn selbst!«

»Sein Vorsprung ist zu groß. Sie werden ihn nie bekommen.« Helena lehnte den Kopf an Peters Schulter. »Er hat längst die Kapverdischen Inseln verlassen.«

»Es gibt Funk, Madame.« Der Hauptmann lächelte nachsichtig. »Wir werden sehr bald wissen, mit welcher Maschine zwei unbekannte Männer von Sal abgeflogen sind. Dann haben wir ihre Spur.«

»Viel wichtiger ist«, rief der kleine Polizeichef aufgeregt, »wem er die wertvollen Goldmünzen geklaut hat! Hier! Bei uns! Auf São Tiago! Wer besitzt hier einen solchen Schatz?« Er wischte sich den Schweiß ab, sein rot angelaufenes Gesicht glänzte. »Da lebt hier unter uns ein Kerl, der Millionen im Keller hat, und keiner ahnt etwas davon! Millionen, die ihm gar nicht zustehen! Und läßt sie sich auch noch klauen! Und erstattet nicht einmal Anzeige! Schluckt das einfach 'runter, daß man ihm einen Riesenschatz davonträgt! Wenn das nicht verdächtig ist! Das muß man nachprüfen!«

»Wo und bei wem?« fragte Peter Losskow. »Das jetzt aufzurollen ist unmöglich. Der Bestohlene dürfte in totale Deckung gegangen sein.«

»Weil er selbst ein Gauner ist!«

»Wahrscheinlich.«

»Auf meiner Insel!« Der Polizeichef sagte ›meine‹ Insel, und man ließ ihm den Stolz, der geheime Herrscher zu sein, obgleich sein Einfluß nicht weit über Tarrafal hinausreichte. »Das wird mich bis ans Ende meines Lebens belasten!«

Noch an diesem Abend erfuhr man vom Flugplatz Sal, daß mit einer Maschine nach Lissabon vierundfünfzig Passagiere geflogen seien, darunter dreiunddreißig Ausländer, alles Geschäftsreisende. Die Passagierliste wurde durchgegeben, natürlich stand weder ein Maurice Depallier noch ein Jorge Silva darauf. Die Maschine war bereits vor zehn Stunden in Lissabon gelandet. Eine Spur war nicht mehr aufzunehmen.

»Man könnte die Wände hochgehen!« schrie der kleine Polizeichef.

»Genau das werden wir tun.« Trosky stand auf. »Aber am Mast! Wir ziehen sofort neue Taue und verschwinden von hier, ehe noch mehr Überraschungen auftauchen.«

»Sie können sich nicht beklagen! Wir haben Sie vorbildlich behandelt.«

»Bis auf Ihre Bankrotterklärung nach dem Orkan! Sie sehen: Das Schiff und die Mädchen leben!«

»Wer konnte das noch annehmen?« Der Polizeichef hob wie um Verzeihung bittend beide Hände. »So etwas ist doch wirklich ungewöhnlich.«

Es war schon Nacht geworden. Trotzdem schellten sie den Händler für Schiffsausrüstungen aus dem Bett, kauften neue Perlontaue und wechselten sie gegen die zerschnittenen aus. Am Morgen erprobten sie die Segel, es klappte alles vorzüglich. Die *Helu* war wieder seeklar.

Der Abschied war kurz. Der Hauptmann, der Polizeichef, der Polizist und ein Offizier vom Polizeiboot standen am Kai und winkten. Verblüfft machten sie einem Handwagen Platz, den ein junger Bursche in großer Eile herankarrte. Trosky, der am noch nicht eingezogenen Steg wartete, atmete auf. »Endlich!« sagte er. »Nun sind wir komplett.«

Auf dem Handkarren lag nichts als ein großer gepreßter Strohballen.

Vom Cockpit kam Losskow herüber. Helena und Lucrezia, die an den Leinen standen, beugten sich vor.

»Hast du das bestellt?« fragte Losskow entgeistert.

»Ja!« antwortete Trosky trotzig. »Was dagegen?«

»Stroh?«

»Ich brauche es dringend.«

»Willst du dir an Bord eine Ziege halten?«

»Warum? Wir haben doch schon zwei...«

»Ich knall' ihm nachher eine!« sagte Lucrezia laut. »Blondie, erinnere mich daran!«

Losskow trat zur Seite, als Trosky und der junge Bursche den Strohballen an Bord schleppten und achtern auf Deck niederlegten. Dann zog Trosky die Gangway ein und fing die Leinen auf, die man ihm zuwarf. Die *Helu* war frei. Peter lehnte sich neben ihn an die Reling und wartete. Trosky schielte zu ihm hinüber.

»Ist was, Käpt'n?!«

»Ich weiß nicht. Vielleicht kommt auch noch ein Kamel an Bord?«

»Das ist schon da!« Trosky tappte zum Ruder und setzte sich ins Cockpit. »Ich will basteln. Darum geht's.«

»Mit Stroh?«

»Ja!« Er stemmte die Beine gegen die Planken und hob die Hand. »Die Fock in den Wind!« brüllte er. »Verdammt, ich will hier weg!« Das Boot drehte ab und glitt vor dem Wind zügig aus dem Hafen. Die Männer am Ufer winkten, Losskow und die Mädchen winkten zurück, bis die Gestalten zu klein wurden, um sie noch zu erkennen. Die *Helu* lief nun unter vollen Segeln, sehr schnell, hinein in die unfaßbare Weite des Atlantiks, hinüber nach Südamerika, scharf nach Südost, dem großen Ziel entgegen: Feuerland und Kap Horn.

Als nur noch Meer und Horizont zu sehen waren, setzte sich Losskow neben Trosky auf die Bank. Die Mädchen waren unter Deck. Lucrezia hatte Küchendienst, Helena trug im Bordbuch die Abfahrt ein und kümmerte sich um Mr. Plump.

Mr. Plump war nun wirklich ein Fall für den Psychiater geworden. Seit Maurice Depallier sie verlassen hatte, fraß er nichts mehr, lag mit großen, traurigen Augen auf dem Bett, reagierte nicht auf Lockungen und gute Worte und schluckte sogar, daß Trosky zu ihm sagte:

»Oha! Das Mistvieh hat ja auch überlebt! Warum ist nicht wenigstens der Köter über Bord gegangen?!«

Jetzt, nach dem Ablegen, zeigte sich Mr. Plump immerhin geneigt, an einem Fleischstück zu schnuppern, aber er fraß es nicht. Er legte den Kopf auf die Pfoten, seufzte herzerweichend und trauerte weiter um seinen verschwundenen Freund.

Wie kann man einem Hund klarmachen, daß der Kerl ein Gangster gewesen ist? dachte Losskow. Dann sagte er: »Wir müssen uns über eins im klaren sein: Vor uns liegen vier Wochen Einsamkeit. Wenn es Flauten gibt, können es auch sechs oder acht Wochen werden, bis wir wieder Land sehen. Ich will an St. Paul und Fernando Noronha vorbei in möglichst gerader Richtung ins Argentinische Becken hinein.« Er sah Trosky prüfend an und schwieg.

»Von mir aus«, sagte Trosky brummend. »Du bist der Boß!«

»Wir können auch springen, Jan. Von Fernando nach Recife und dann in Küstennähe weiter bis zu den Falkland-Inseln. Dort überholen wir die *Helu* und machen uns bereit für Feuerland und Kap Horn.«

»Warum nicht den direkten Weg?«

»Dein Strohballen gefällt mir nicht.«

»Er soll ja auch keinen Schönheitspreis gewinnen.«

»Acht oder mehr Wochen Einsamkeit, Jan! Ich will Ruhe an Bord haben!«

»Fängst du schon wieder an? Angst, daß ich durchdrehe, was?!«

»Ganz ehrlich: Ja!«

»Dafür ist das Stroh da!« Trosky grinste. »Laß dich überraschen.«

»Ich mag keine Überraschungen an Bord. Jan, alles, was

hinter uns liegt, war ein Spielchen gegen das, was noch auf uns zukommt.«

»Ich weiß es, großer Meister! Und ich scheiß' auf deine Belehrungen. Ich tue, was nötig ist. Und nötig ist jetzt Essen. Ich habe einen Mordshunger.«

Mr. Plump kam an Deck, schielte Trosky an und zog die Lefzen hoch. Das war schon ein großer Fortschritt: Er nahm seinen Feind wieder wahr.

»Den brate ich auch noch mal!« brummte Trosky und zog die Mütze tiefer in die Stirn. »Aber gut, daß es ihn gibt! Wo keine Reibung ist, gibt's auch keinen Funken.«

Nach acht Tagen ruhiger Fahrt, in der sie gut vorankamen, begann Trosky, sich um seinen Strohballen zu kümmern. Er bog aus mitgenommenen Ruten einen großen Reifen, um dann aus Bindfäden ein Geflecht zu spannen, in das er kunstvoll das Stroh verflocht.

Nach drei Tagen wußte Peter, was es werden sollte.

»Er bastelt eine große Schießscheibe«, sagte er unter Deck zu Helena und Lucrezia. »Ich nehme an, er will Bogenschießen. Soll er! Das ist mir lieber, als wenn er hier herumsitzt und uns tyrannisiert.«

Das Leben an Bord hatte sich eingespielt; alle wußten, daß sie jetzt wirklich auf Gedeih und Verderb voneinander abhängig waren. Es gab in den nächsten Wochen keine Möglichkeit mehr vor einander zu flüchten oder – wenn das Zusammenleben zur unerträglichen Qual werden sollte – irgendwo auszusteigen. Um sie herum war nur noch der Ozean, war der Himmel, auf dessen Gnade sie jetzt angewiesen waren. Was auch kam, sie mußten es hinnehmen, es ertragen, sich beugen: Sonne und Nebel, Windstille oder Sturm, glutende Hitze oder Regen, ruhig schimmernde See oder tobende, haushohe Wellen. Es gab nur ein Ziel: Hindurch! Hinunter nach Feuerland. Ans Ende der Welt.

Am 14. Tag – es war ein Sonntag, wie Peter von Losskow auf seinem Kalender feststellte – hatte Trosky seine große Schießscheibe endlich fertig. Er spannte sie mit Seilen vor die Bugreling und pinnte dann auf das Strohgeflecht ein großes Blatt Papier, das er in der Nacht bemalt hatte.

Helena, die gerade an Deck kam, um Peter und Trosky eine

Kanne Tee mit Zitrone zu bringen, verschwand sofort wieder im Niedergang und winkte Lucrezia zu sich, die seit drei Tagen an einem Mikroskop saß und ihre wissenschaftliche Arbeit aufgenommen hatte. Sie untersuchte die Mikroben in Tiefsee-Wasserproben.

»Er hat die Scheibe mit einem Gemälde verziert«, sagte Helena. »Das mußt du dir ansehen. Ich frage mich, was in dem Kopf dieses Menschen vorgeht.«

Als sie an Deck stiegen, saß Trosky mit Pfeil und Bogen am Heck und schien voller Freude zu sein. Lucrezia warf einen Blick auf das ›Gemälde‹ und schob die Unterlippe vor. Vom hellen Sonnenlicht noch in den Konturen verstärkt, leuchteten ihr zwei pralle, sehr naturalistisch gemalte Brüste entgegen. Ohne Zweifel, Trosky stellte sich als eine zeichnerische Naturbegabung vor.

»Na, wie gefällt es dir?« schrie Trosky vom Heck.

»Ich habe immer geahnt, daß du ein perverser Hund bist!« sagte Lucrezia.

»Gib dir keine Mühe und stell dich vor den Spiegel – *du* bist es nicht! Nicht allein. Auch Helena ist drin. Aus euch beiden habe ich die Idealbrust gemacht!« Er zupfte an der Sehne des Bogens. Dann legte er einen Pfeil an, zielte und ließ die Sehne schnellen. Der Pfeil driftete durch den Wind etwas ab und blieb am oberen Rand der Scheibe stecken. Trosky stützte den Bogen auf seine Knie und sah sich nach Peter um.

»Setzen wir Preise aus, Peer! Jeder Treffer in die Brustwarze ist eine Zwölf! Und bei jeder Zwölf ist eine Flasche fällig! Bei sechsmal Zwölf hintereinander ist der Preis Luzi!«

»Es gibt kein Wettschießen!« Losskow kam vom Cockpit und nahm Trosky den Bogen ab, bevor dieser ihn mit beiden Händen umklammern konnte. Ein paar Sekunden lag unheilvolle Stille zwischen ihnen. Dann sagte Trosky leise: »Gib den Bogen her, Peer.«

»Nimm das Bild ab!«

»Nein! Meine Ziele bestimme ich! Morgen hefte ich *deinen* Kopf an!« Trosky streckte die Hand aus. »Den Bogen! – Ich warne dich, Peer! Ich habe mir hier etwas gebaut, was mich befriedigt, und ich lasse mir das nicht wegnehmen, solange mein Kopf noch oben sitzt! Ist das klar?«

»Vollkommen!«

Losskow nahm einen Pfeil, legte ihn auf die Sehne und spannte den Bogen. Er zielte kurz und ließ los. Der Pfeil schnellte weg und stak zitternd in der linken Brustwarze. Keiner klatschte. Keiner sagte ein Wort. Alle starrten sie auf den Pfeil, als habe er wirklich eine weibliche Brust durchbohrt. Helena spürte, wie sich ihre Nackenhaare sträubten.

»Eine Zwölf, Trosky!« sagte Peter laut. »Ich bekomme eine Flasche Bordeaux von dir. Einverstanden! Wir legen ein Schußbuch an. An Land rechnen wir dann später ab.«

Er warf den Bogen Trosky zu, der ihn auffing und dann fallen ließ. »Spielverderber!« sagte er dumpf. »Aber ich werde üben, üben, üben, bis du mir nichts mehr vormachen kannst!«

Am Abend sagte Helena, während sie mit Peter die Segel für die Nachtfahrt reffte: »Mußte das sein mit dem Pfeil, Peer?«

»Ja. Er braucht einen Gegner, sonst kann er nicht leben. Das begreife ich jetzt.«

»Er wird dich jetzt noch mehr hassen.«

»Er haßt nicht mich, er haßt nur sich allein. Ich weiß nicht, warum.«

Am nächsten Morgen übte Trosky wieder mit Pfeil und Bogen. Er hatte seine Drohung wahr gemacht: Auf die Scheibe hatte er Peters gezeichneten Kopf gespannt und traf im Laufe des Tages viermal seine Augen oder die Nasenwurzel.

Sonne und Meer, unendliche Weite, Stille bis auf das Klatschen der Wogen, das Knirschen der Segel, das Rollen des Bootes, das immerwährende monotone Rauschen des Windes. Töne, die schon bald keine Töne mehr waren, die man nicht mehr wahrnahm, die zum Leben gehörten und deren Aussetzen eine Katastrophe signalisiert hätte. Endlos dehnten sich die Stunden, trotz der Arbeit an Bord und den nunmehr aufgenommenen wissenschaftlichen Untersuchungen. Peter von Losskow hatte auch das geplante Buch begonnen, aber sein Bericht verriet schon auf den ersten Seiten immer wieder die Erkenntnis: Wir gehen uns alle gewaltig auf die Nerven.

Es hatte sich längst erwiesen: Das Boot war zu klein für vier Erwachsene. Es gab nicht genug Plätze, wohin einer sich zurückziehen konnte, wenn er sich der Versuchung erwehren wollte, dem anderen ins Gesicht zu schlagen. Immer hockte man zusammen, immer sah man sich, immer stieß man sich, fühlte sich, roch sich, hörte sich.

Am schlimmsten waren die Abende. Da legte Helena ihre Schallplatten auf. Tschaikowskij und Beethoven, Wagner und Bruckner, ab und zu mal eine Operette! Und wenn Trosky bellte: »Ich will einen Rock hören!« bellte sie zurück: »Musik ist Kultur! Verstehst du überhaupt was davon?!«

Dann verkroch sich Trosky in seine Koje oder saß mit verbissener Miene an Deck, trat nach Mr. Plump, wenn dieser ganz zahm über die Planken spazierte, oder er sagte zu Peter: »Eines Tages, das schwöre ich dir, benutze ich diesen Beethoven als Zielscheibe! Wer hält das aus? Immer bumdadabum... bumdadabum...« Himmel und Meer, Sonne und ab und zu ein Regenschauer, Windflauten, in denen sie tagelang fast auf der Stelle blieben, was Trosky Anlaß gab, Peter immer wieder als Idiot zu bezeichnen, weil er keinen Hilfsmotor eingebaut hatte.

Einsamkeit, Hitze. Drückende Schwüle. Ein Ozean wie Blei. Lucrezia lag nackt auf dem Brückendeck unter einem aufgespannten Sonnensegel und döste. Peter schrieb an seinem Buch, Helena las Romane oder hörte ihre Schallplatten. Trosky schoß mit Pfeil und Bogen und wechselte jeden zweiten Tag die Scheiben: Peters Kopf, ein Haimaul, neue Frauenbrüste, das amerikanische Sternenbanner, das besonders viel hergab, weil Trosky jeden Stern einzeln ausschoß.

Dreiundvierzig Tage lang nur vier Menschen und ein paar Segel, nackte Körper und Beethovenmusik. Dreiundvierzig Tage Aufladen mit Haß.

Eines Nachts zog Trosky um. Er richtete sich im Cockpit ein.

»Ich schlafe jetzt hier!« schrie er Losskow an. »Mir kommt der Ekel hoch, wenn ich euch sehe! Außerdem ist es mir unmöglich, noch ruhig zu liegen, wenn es durch die dünne Trennwand nach Weibern riecht! Aber das begreifst du nicht! Bist du eigentlich kastriert? Laß mich allein! Dein blauer Blick ist zum Kotzen!«

Doch trotz der gefährlichen Stimmung an Bord, die wie das Warten auf eine Explosion war, hielt die *Helu* zuverlässig ihren Kurs. Zielstrebig glitt sie in das riesige brasilianische Seebekken hinein, westlich von Fernando Noranha. Jetzt lagen über 5000 Meter Wassertiefe unter ihnen. Peters Navigation war trotz vieler Windflauten und dadurch bedingter Abdriften mit der Strömung ein Meisterwerk, das sogar Trosky anerkannte.

Der monotone Alltag beseitigte auch die letzten Hemmungen. Auch Losskow stellte das an sich selber fest – mit Entsetzen, aber ohne die Kraft, sich dagegen zu stemmen. Er knurrte Helena an, weil die Kartoffeln nicht gar seien, er kippte Gemüse über Bord, weil es ihm zu salzig war, und ließ Trosky triumphieren: »Jetzt sieht er es endlich ein, welch ein Luderpack diese Weiber sind! Sie wollen uns fertigmachen! Versalzenes Fressen, damit wir uns totsaufen!«

»Was hätten wir davon, du Idiot?« schrie Helena zurück. »Wir brauchen euch doch!«

»Das ist mir neu! Peer, rein in die Betten! Aber das wollen sie nicht!«

Am nächsten Tag ließ Losskow den Tee stehen, er war ihm zu stark und zu bitter.

»Er ist wie immer«, sagte Helena.

»Er ist zu bitter! Wenn er immer so war, war er immer zu bitter!«

»Gieß ihm den Tee über die Birne!« schrie Lucrezia von der Bank.

Und Helena sagte laut: »Ab heute weigere ich mich, weiter zu kochen! Jeder kann für sich selbst sorgen.«

»Das ist ja wunderbar!« dröhnte Trosky. »Jetzt wird sogar noch gestreikt!«

Später kam Losskow in die Kajüte und sagte: »Vergiß es, Helena. Ich habe auch nur Nerven. Es tut mir leid. Der Tee war natürlich gut.«

»Er war zu bitter.«

»Fang nicht wieder davon an, bitte.«

»Ich habe ihn probiert. Er war wirklich zu bitter. Heute Mittag könnt ihr aus Dosen essen.«

»Du willst also nicht mehr kochen?«

»Kochen? Ist Dosenöffnen kochen? Das könnt ihr auch allein.«

»Aber deine Spaghetti sind einsame Klasse.«

»Frag Luzi, ob sie dir welche macht! Als Italienerin kann sie bestimmt Spaghetti kochen.«

»Du willst also nicht mehr für uns sorgen?«

»Nein!«

»Und was willst du tun?«

»Zusehen, wie ihr euch gegenseitig umbringt!«

Am nächsten Tag aber stand Helena doch wieder in der Kombüse und wärmte grüne Bohnen mit Speck auf und kochte dazu Schokoladenpudding mit Vanillecreme. Als sie um den Tisch saßen, stocherte Trosky in dem Essen herum und sagte laut: »Nun ist gar kein Salz mehr drin! Sollen wir Entzugserscheinungen bekommen?«

»Noch ein Wort, und ich schlage um mich.« Losskow ballte die Fäuste. »Jan, das Essen ist vorzüglich!«

»Für die Fische bestimmt.«

Wie zwei stählerne Greifer fuhren Losskows Hände über den Tisch, packten Trosky am Hemd und rissen ihn zu sich herüber. Betroffen starrte Trosky in Losskows kalte Augen. »Wiederhole!« sagte Losskow leise und gefährlich. »Das Essen ist gut!«

»Wenn deine Seligkeit davon abhängt... Das Essen ist grandios!« Trosky riß sich aus Peters Griff. »Zufrieden? Du lieber Himmel, ihr stinkt mir aus allen Poren!«

Er warf seinen Hocker um und ging hinauf an Deck. Dort spannte er über seine Strohscheibe die Zeichnung des amerikanischen Sternenbanners und begann wieder, alle Sterne auszuschießen. Aber jedem Stern rief er seinen Namen zu.

»Das warst du, Potisky!« schrie er. »Erledigt! Und das warst du, Pslelcek! Fahr zur Hölle! Und jetzt du, du Kretin Lombaczy! Mitten ins Auge! Der Satan soll dich braten!«

Als Losskow später an Deck kam, hatte Trosky neunzehn Sterne ausgelöscht. Trosky winkte mit dem Bogen und zeigte auf die Scheibe.

»Ich liquidiere gerade meine Kollegen in Prag!« rief er. »Ist das ein Vergnügen! Jetzt kommt der fette Hadeck dran! Der Abteilungsleiter. Ein widerlicher Mensch! Ein Arschkriecher! Hadeck, jetzt bist du dran!«

Losskow setzte sich ans Ruder und blickte hinauf in den hitzefahlen Himmel.

Der neunzehnte Tag ohne Wind. Er hatte nie geglaubt, daß es so etwas geben könne.

Du machst uns fertig, Himmel, dachte er. Du verbrennst uns das Hirn, Sonne. Du schaukelst uns in den Wahnsinn, Ozean!

Gott da droben, schick uns einen Wind. Einen ganz kleinen Wind.

Wir sind gerettet, wenn wir einen Hauch in unseren Segeln spüren.

In einer Nacht machte Losskow eine alarmierende Entdeckung.

Die heiße Schwüle der Kajüte trieb ihn an Deck. Im Cockpit, wo er jetzt sein Lager aufgeschlagen hatte, saß Trosky, mit dem Rücken zum Niedergang, und hörte nicht, daß Losskow an ihn herantrat.

Er war beschäftigt. Aus einer flachen Silberdose hatte er sich eine Prise von einem weißen Pulver auf den linken Handrükken geschüttet, betrachtete sie verzückt und schnupfte sie dann in beide Nasenlöcher. Darauf holte er tief Atem, saß ein paar Sekunden wie erstarrt und schien nach innen zu horchen.

»Das war ein kräftiger Zug!« sagte Losskow voll Bitterkeit.

Trosky wirbelte herum, als habe man ihn in den Nacken geschlagen. Seine dunklen Augen glühten. »Du verdammter Schnüffler!« zischte er. »Du verfluchter Leisetreter! Was schleichst du hier herum?«

»Seit wann schnupfst du?«

»Schon immer! Ist das etwa auch verboten?« Trosky zog die Strickjacke enger um sich. Nachts wurde es sehr kühl auf dem Ozean, aber die Luft war herrlich klar, man konnte durchatmen, anders als an den heißen, windstillen Tagen. »Keine Weiber, Alkohol nur dosiert, nun auch kein Tabak mehr?«

»Das war kein Tabak, Jan!«

»Was denn sonst, du Klugscheißer?!«

»Es gibt keinen weißen Tabak.«

»Er ist in der Sonne gebleicht.« Troskys Gesicht war finster und voll Abwehr.

»Und hört auf den schönen chemischen Namen Methylbenzoylecgonin. Oder einfacher: Kokain. Wo hast du das Teufelszeug her?«

»Teufelszeug? Über diese Definition kann man streiten. Es gibt nichts Besseres, um die Gehirntätigkeit zu steigern. Wenn man richtig schnupft, jubiliert das Zentralnervensystem. Und das haben wir verdammt nötig. Sonst jubiliert hier ja nichts mehr.«

»Du bist also ein Kokser!« sagte Losskow.

»So kann man das nicht nennen. Ich möbele mich nur auf.«

»Mit Rauschgift!« schrie Losskow.

»Das so alt ist wie die Menschheit! Die Mayas und Inkas sprachen dem Colastrauch göttliche Eigenschaften zu. Wenn die Aztekenpriester ihre Menschenopfer darbrachten und besonders schönen Jünglingen das Herz aus der Brust schnitten, um es dem Sonnengott zu weihen, dann kauten sie vorher Colablätter, bis der Saft des Breis ihre Hirne in den Himmel hob. Also gut« – Trosky zog eine Wolldecke über sich und rollte sich im Cockpit zusammen – »ich schnupfe Koks. Und nun schleich dich wieder weg zu den Weibern und schlag Alarm!«

»Im nächsten Hafen verläßt du das Boot!« sagte Losskow hart. Trosky hob den Kopf und blinzelte ihm zu.

»Wo wird das sein, Sir?«

»Ich ändere den Kurs und laufe Brasilien an. Sobald ich Land sehe, fliegst du von Bord! Ganz gleich, wo! Ist das klar?«

»Überleg es dir, Peer!« sagte Trosky ruhig.

»Da gibt es nichts mehr zu überlegen.«

»Überleg es dir genau, Käpt'n!«

»Kannst du überhaupt noch ohne das verfluchte weiße Pulver leben?«

»Ich kann, mein Bester. Ich war schon davon. Als wir uns kennenlernten, war ich sauber wie ein gebrühtes Ferkelchen. Aber dann hatte ich eine so dumpfe Ahnung von dem, was kommen würde und was ja auch eingetroffen ist! Da habe ich mir einen Vorrat mitgenommen, und als ich sah, wie wir anfingen, uns alle anzukotzen, hab' ich wieder geschnupft. Ich fühle mich prächtig.«

»Jetzt wird mir vieles klar, was ich vorher nicht verstanden habe. Es gibt zwei Troskys: Einen, den ich in Hamburg kennenlernte und dem ich vertraute, und den, der jetzt an Bord ist!« Losskow sah auf Trosky hinunter. Er lag auf der Matratze und grinste breit. In seinen Augen flimmerte der Glanz des Giftes, die Pupillen waren geweitet, der Blick war seltsam starr. »Die wievielte Prise war das heute?«

»Die erste. Ehrenwort.«

»Hast du noch eine Ehre?«

Trosky hob den Kopf. »Diese Frage vergiß schnell, mein Junge«, sagte er dumpf. »Da bin ich unheimlich empfindlich, vor allem, wenn das ein Deutscher zu einem Tschechen sagt! Geh endlich unter Deck, du germanischer Clown!«

Losskow wandte sich wortlos ab und stieg die Treppe hinunter. Helena erwartete ihn im Salon, in einem dünnen, durchsichtigen Hemdchen, um die Schultern einen Wollschal. Das Licht der Gaslaterne durchdrang das feine Gewebe: Nacktheit hinter streichelnden Schleiern.

»Ich bin aufgewacht«, sagte sie leise. »Gerade, als du an Deck gingst. Ich hörte euch sprechen. Schon wieder Krach?«

»Nein.« Losskow setzte sich Helena gegenüber und lehnte den Kopf müde zurück gegen die gepolsterte Lehne. »Warum haben die Menschen so dünne Nerven? Die Welt wollen sie beherrschen, das Weltall, das Atom. Aber sich selbst können sie nicht beherrschen.«

»Darüber habt ihr euch unterhalten, nachts um halb eins?«

»Auch. Ich bin klüger geworden. Morgen ändere ich den Kurs.«

»Zur Küste?«

»Ja.«

»Also doch wegen Trosky!«

»Nein. Aus Angst.« Er sah Helena mit müden Augen an. »Ganz tief in mir drinnen habe ich plötzlich Angst. Wir werden uns tatsächlich gegenseitig vernichten.«

»Wir beide – uns?«

»Auch wir, Helena. Wir sind schon mittendrin. Ich liebe dich. Ich möchte mit dir schlafen. Ich möchte mit dir so leben, wie es uns beide zu leben drängt. Und was tun wir? Wir bauen gläserne Wände zwischen uns auf – nur um ein Beispiel für die anderen zu geben! Aber damit zerstören wir uns, Schritt um Schritt.«

»Und wenn wir uns lieben, Peer?«

»Dann fällt Trosky über Lucrezia her.«

»Wäre das der Weltuntergang?«

»Es wäre das Chaos! Jan und Luzi – zwei Raubtiere mit Killerinstinkt!«

»Man entschärft eine Bombe nicht, indem man sie zudeckt. Vielleicht wird alles friedlicher, wenn wir unseren Gefühlen folgen?«

»Ich weiß es nicht«, sagte Losskow müde. »Ich weiß nur eins: Ich muß so schnell wie möglich zur Küste!«

Drei Tage später kam schwacher Wind auf. Die Segel blähten sich, das an den Nerven zerrende Herumschaukeln nahm ein Ende, die *Helu* glitt voran. Trosky schrie Hurra und küßte den Wind. Mit sämtlichen Segeln fing die *Helu* das neue Leben auf und tauchte mit schäumendem Bug in die lang anrollenden Wellen.

Vier Tage und Nächte hielt der Wind. »Das müssen wir ausnützen!« sagte Losskow. »Damit können wir die verlorene Zeit etwas aufholen! Wir fahren jetzt rund um die Uhr. Wie gehabt.«

Die Zeit der Nachtwachen kam also wieder. Jeder vier Stunden am Ruder. Wenn Trosky oder Losskow an der Reihe waren, korrigierten sie den Kurs, den die Mädchen ja nicht berechnen konnten. Aber schon in der zweiten Nacht kam es zu einem neuen Zusammenstoß.

Trosky, der die Wache von Peter übernahm, warf einen Blick auf die Seekarte und den dort eingezeichneten Kurs.

»Was soll denn das?« fragte er.

»Ich habe die Richtung geändert.«

»Das sehe ich. Der Kurs ist doch völlig idiotisch!«

»Im Gegenteil. Ich will auf die internationale Schiffahrtslinie.«

»Genau das wollten wir doch nicht.«

»Jetzt muß es sein. Ich will an irgendein Schiff heran, damit es dich übernimmt. Ich will dich von Bord haben!«

»Aha! So ist das«, sagte Trosky.

»Ja, so ist das!«

»Es wird Schwierigkeiten geben.« Trosky sah Losskow aus melancholischen Augen an. Aber das täuschte. Dieser Blick verbarg wilde Entschlossenheit. »Du willst ein Held sein und bist doch nur ein Rindvieh.«

Nach acht Stunden, als Losskow wieder das Ruder übernahm, an dem zuvor Lucrezia gewacht hatte, erkannte er sofort, daß der Kurs anders lief. Der Sextant bestätigte seinen Verdacht: sie segelten den alten Kurs, gerade Richtung Feuerland.

»Ich hab' mich an das gehalten, was Trosky mir gesagt hat«, maulte Lucrezia, als Peter fluchend die *Helu* auf den neuen Kurs brachte. »Ich habe genau aufgepaßt.«

»An dir liegt es auch nicht.« Er setzte sich ins Cockpit und wartete, bis Helena mit dem Frühstück kam und sich neben ihn hockte. Die *Helu* lief voll im Wind und machte eine vorzügliche Fahrt.

»Wir holen auf, nicht wahr?« fragte Helena.

»Trosky hat in der Nacht den Kurs geändert.«

Entsetzt starrte Helena übers Meer und dann auf Losskow.

»Das ist doch nicht wahr ...« stotterte sie.

»Ich wollte auf die internationale Straße. Er hat wieder auf Feuerland gedreht.«

»Mein Gott! Wer von euch wird wen umbringen?!«

»Wir müssen die Nerven behalten, bis wir Land oder ein Schiff sehen. Dann wird sich zeigen, wer der Stärkere ist.«

Kurz darauf kam Trosky an Deck. Er hatte knapp fünf Stunden geschlafen, schien aber bester Laune zu sein. Er begrüßte Mr. Plump, der auf dem Bugdeck sein morgendliches Geschäft verrichtet hatte, mit dem Wurf einer ausgelutschten halben Zitrone und lachte dröhnend, als Mr. Plump mit fletschenden Zähnen über die Treppe nach unten verschwand.

»Ein Tag zum Hemdhochheben!« sagte Trosky fröhlich und lehnte sich gegen das Kajütendach. »Und dazu Spiegeleier mit Speck zum Frühstück. Und eine Lucrezia, die nackt auf dem Bett liegt, bei offener Tür!« Er blickte auf den Kompaß und nickte. »Habe ich mir gedacht. Wieder der neue Kurs. Du bist ein sturer Hund, Peer! Wenn das so weitergeht, kommen wir nie nach Feuerland.«

»Ich werde das Ruder jetzt nicht mehr aus der Hand geben!«

»Für immer?« fragte Trosky voller Spott.

»Ja.«

»Das hältst du achtundvierzig Stunden aus! Dann kippst du um! Superman gibt's nur im Kino!«

»In achtundvierzig Stunden bin ich auf der Schiffahrtslinie.«

»Möglich.« Trosky setzte sich auf eine Taurolle neben dem Kunststoffkasten mit der Rettungsinsel. Er zog seinen Pullover aus und dehnte den muskulösen Oberkörper in der Sonne. Ohne Zweifel, er ist stärker als ich, dachte Losskow. Deshalb muß ich warten, bis andere mir helfen können. Allein bekomme ich ihn nie von Bord. »Wir sollten einen Kompromiß finden, Käpt'n.«

»Bei Kokain gibt es keinen Kompromiß mehr.«

»Ich bin kein Süchtiger!«

»Warum nimmst du es dann?«

»Das ist wieder eine Geschichte, die nach Prag geht. Ich war Student, als 1968 die Russen unser Land überfielen und unter den Augen der übrigen Welt unseren Drang nach Freiheit mit Panzern und Maschinengewehren zusammenschossen. Damals gehörte ich einer Widerstandsgruppe an, die in den böhmischen Wäldern lag und den sowjetischen Nachschub sabotierte. Mehr konnten wir ja nicht machen, die Welt hatte uns ja allein gelassen. Sie waren ja alle wie die Kaninchen, wie gelähmt vor der russischen Riesenschlange. Nur wir Studenten gaben nicht auf, kleine versprengte Gruppen. Wir hausten in Erdhöhlen und Felsspalten und praktizierten das, was die Sowjets immer als große Heldentat hinstellten, wenn sie es selbst taten: Wir waren Partisanen! Kannst du dir das vorstellen, dieses Leben in den Wäldern? Freiwild für jeden. Abschußobjekte. Da flattern die Nerven bei jedem Geräusch. Und da brachte eines Tages jemand aus Prag einen Lederbeutel mit weißem Pulver mit. Kokain. Woher er das hatte? Wir haben nie gefragt. Und keiner wollte es. Bis ich, als erster, eine Prise nahm. Es war ungeheuerlich. Ich wurde mutig wie ein Tiger. Aber ich wußte auch ganz genau: Wenn du an diesem Gift hängenbleibst, gehst du jämmerlich vor die Hunde. Du wirst ein Sklave, keiner rettet dich mehr, dein Gehirn wird paralysiert. Das kurze Hochgefühl bezahlst du teuer: mit schleichendem Zerfall.« Trosky spuckte über Bord, als habe er noch das komische Gefühl von damals im Hals. »Ich hatte die Kraft, davon loszukommen. Als unsere Gruppe sich auflöste und wir als brave Studiker nach Prag zurückkehrten, weil unser Land durch uns nicht mehr zu retten war, habe ich den Schnee in den Lokus gespült. Ich habe ihn nicht vermißt – bis ich zu euch kam. Da wußte ich, ich würde ihn wieder brauchen. In Hamburg war es kein Problem, an das Zeug zu kommen.« Trosky grinste schief. »Ich sehe massiver aus, als ich bin. Und ich verspreche dir, daß ich die Hände davonlasse, wenn wir am Ziel sind. Das ist der Kompromiß.«

»Bis wir Kap Horn umrundet haben und in Ushuaia an Land gehen, hast du hier die Hölle mobil gemacht! Das will ich verhindern.«

»Gebt mir was zu tun!« sagte Trosky. Seine Stimme klang plötzlich brüchig. »Irgend etwas Nützliches. Die klimatologischen Untersuchungen sind doch ein Witz, genau wie Luzis Tiefsee-Mikroben! Ich will etwas Handfestes haben, ich will etwas angreifen können. Hier gibt es doch Haie?«

»Ich glaube, ja. Hier noch. Später kommen wir in Wal-Gebiete.«

»Dann laß uns einen Wal schlachten. Einen Riesenwal! Ich will ihn zerstückeln, zu Gulasch machen. Das wäre eine gute Aufgabe!«

»Fang dir einen!« sagte Losskow heiser. Troskys mit diesem Satz enthüllte Mordlust schnürte ihm die Kehle zu. Ich muß an Land oder ein Schiff finden, dachte er. So schnell wie möglich. Wieviel Meilen machen wir bei diesem guten Wind? Er ist aufgefrischt auf 35 Knoten. Er kann bald auf 40 Knoten kommen. Das können gut 1000 Meilen in sieben Tagen werden.

Du lieber Himmel, was sind 1000 Meilen? Wenn der Wind so anhält, liegen noch vier Wochen vor uns. Aber er wird nicht anhalten. Er wird abflauen oder zum Sturm werden. In beiden Fällen verlieren wir Zeit, werden abgetrieben. Man muß mit sechs Wochen rechnen.

Sechs Wochen noch mit Trosky zusammen? Sechs Wochen nur Wasser um uns. In einer kleinen Kajüte leben müssen mit einem Menschen, der sich nach dem Zerstückeln eines Wals sehnt?

Als könne Trosky Gedanken lesen, sagte er ruhig: »Wir machen gerade 9 Knoten Fahrt. Gut, was? Man muß auch für Kleinigkeiten dankbar sein.«

Losskow antwortete nicht. Er hielt die *Helu* voll in den Wind, mit geblähten Segeln schoß das Boot durch die kräftige Dünung.

»Also keinen Kompromiß?« fragte Trosky laut.

»Nein!«

»Auch gut.« Er stand auf, ging zum Bug, aber als er an Peter vorbeiging, sagte er drohend: »Das macht euch Deutsche so unsympathisch: Ihr wollt immer recht haben!«

An diesem Tag sprach Trosky mit keinem ein Wort, selbst mit Mr. Plump nicht mehr, der ihn anknurrte. Erst als er seine Nachtwache antreten wollte, brach er sein gefährliches Schweigen. Von Helena hatte Losskow wieder das Ruder übernommen.

»Ich werde also ausgesperrt?« Trosky drückte das Kinn an. »Kein Nachtdienst?«

»Nein! Wir schaffen das allein.«

»Ich weiß nicht, warum ich dich nicht umbringe.«

»Es gäbe Schwierigkeiten.« Losskow öffnete die Öljacke. In seinem breiten Gürtel trug er offen und schußbereit eine Pistole.

»Soweit sind wir also schon?« sagte Trosky und schluckte mehrmals, als ersticke er.

»Ja. Soweit sind wir!«

Trosky sah Losskow lange schweigend an, ging dann zum Bug und setzte sich auf die Ankerwinde. Unbeweglich starrte er über das Meer, das in der Abenddämmerung grün und dann schwarz wurde, abstoßend und feindlich, mit seinen Wellen in den Himmel hineinschwappend.

Nicht nur Trosky veränderte sich von Tag zu Tag, auch Lucrezia erlag der zermürbenden Eintönigkeit.

Es fing damit an, daß sie jetzt nur noch nackt auf dem Boot herumlief und plötzlich zu Helena sagte: »Wie lange hält dein Heiliger das aus? Soll ich ihn anfallen?«

»Ich schlage dich grün und blau!« antwortete Helena.

Aber das war nur der Anfang. Lucrezias neue Art war es, aufsässig zu werden und Losskow patzig zu entgegnen, wenn er ihr etwas zurief: »Zieh die kleine Fock gerader!«

»Nein! Ich habe keine Lust! Komm her und tu's selbst!«

Dann stellte sie sich aufreizend, in einer geradezu gemeinen Pose, an den Mast und wartete darauf, daß Peter zu ihr kam. Er tat es nicht. Helena besorgte dann den Segeldienst, von Troskys dröhnendem Lachen begleitet.

»Der Kampf der Grazien!« schrie er. »Welche Wonne, das anzusehen!«

Das Leben an Bord wurde immer mehr zur Qual, der Ton immer gereizter, das Benehmen immer rüder. Es kam zu unerwarteten Explosionen, ausgelöst durch lächerliche Bagatellen, etwa, wenn Trosky nach einem Mittagessen aus Bratkartoffeln, Rührei und Zwiebelgemüse laut rülpste und ebenso kräftig furzte.

»Du Sau!« schrie ihn Losskow an und ballte die Fäuste.

Und Trosky antwortete: »Über meinen Darm verfüge ich!«

Auch Losskow erlag seinen Aggressionen. Mit Schrecken bemerkte er, daß er anfing, Trosky zu verstehen, wenn dieser mit Pfeil und Bogen auf Köpfe oder Brüste schoß. Ein paarmal wollte Losskow sagen: »Gib mir auch mal den Bogen!«, aber dann zwang er sich, etwas anderes zu tun, zum Beispiel aus Holzscheiten bizarre Figuren zu schnitzen. Wenn er angelte, verwendete er die kleinen Fische wieder als Köder und freute sich, wenn er sah, wie größere Fische die kleinen schluckten. Die großen, die er herausholte, erschlug er mit einem Knüppel und empfand dabei tiefe Befriedigung.

Dramatisch wurde es, wenn Helena ihren Plattenspieler anstellte. Dann rannte Trosky über Deck, beide Hände gegen die Ohren gepreßt, und brüllte heiser: »Hilfe! Hilfe! Bumdadabum! Bumdadabum! Bringt denn keiner diesen verdammten Beethoven um?!«

Die *Helu* durchpflügte den Atlantik mit allen Segeln. Der Wind hatte gute 40 Knoten, die See war unruhig, aber nicht gefährlich. Ein paarmal lief das Cockpit voll, wenn hohe Wellenkämme über Bord brachen und die *Helu* gewaltig durchschüttelten. Trosky schlug vor, das Genua-Segel zu reffen und nur mit der Fock zu fahren, aber Losskow lehnte ab.

»Ich muß diesen Wind ausnützen!« schrie er über Deck. »Wir haben das Boot doch fest in der Hand!«

Es waren nun fünf Tage vergangen, seit Trosky eigenmächtig

den Kurs geändert hatte. Drei Nächte hielt Losskow durch, dann fiel er um und schlief neunzehn Stunden. In diesen Stunden brachte Trosky die *Helu* wieder auf Feuerland-Kurs, natürlich gegen Helenas Protest.

»Mädchen, bleib vom Steuer!« sagte er böse, als sie ins Cockpit kam. »Ich schlage zu, das schwör' ich dir, auch wenn du ein noch so schönes Gesicht hast. Du kannst deinen Liebling rufen und um Hilfe bitten, aber der kommt in den nächsten Stunden nicht mehr auf die Beine. Jetzt habe *ich* das Kommando!«

So war es. Vergeblich rüttelte Helena den schlafenden Losskow, schrie ihm ins Ohr. Der schlief wie narkotisiert. Als er endlich wieder an Deck kam, war es ein heller ruhiger Morgen mit einem gelassenen Wind und einem lang rollenden Ozean. Trosky winkte ihm erfreut zu.

»Willkommen, Sir! Das Boot ist okay. An Bord keine besonderen Vorkommnisse. Steht auch im Logbuch.«

»Auch die neue Kursänderung?« Losskow setzte sich neben Trosky.

»Natürlich. Auch die. Später wird man sich wundern, warum wir immer kreuz und quer gewandert sind. Die müssen damals eine Macke gehabt haben, wird man denken. Oder sie waren total besoffen.« Trosky stand auf und gab das Ruder frei. Sie hatten ja absichtlich keine modernen Hilfsmittel an Bord genommen, keinen Kursabweichungsanzeiger, keine Selbststeueranlage; man mußte alles von Hand steuern. »Jetzt kannst du wieder einen Halbmond fahren.«

»Wir sind weit ab vom Kurs, nicht wahr?« fragte Losskow ruhig.

»Nach Feuerland sind wir genau richtig! Direkter geht es kaum noch. Wenn schon Irrsinn, dann richtig!«

Peter schoß die Sonne, errechnete ihre Position und trug sie mit Datum in die Seekarte ein. Es stimmte, was Trosky sagte. Sie segelten genau Südost, zwischen der Küste Brasiliens und dem Bromley-Plateau, hinein in das Argentinische Becken mit über 7000 Meter Tiefe. Behielten sie den Kurs, würden steuerbords die Falkland-Inseln auftauchen und backbords Süd-Georgien mit seinem Schottischen Rücken. Zwischen beiden hindurch stießen sie dann zum Kap Horn vor.

In zwanzig, in dreißig Tagen?

»Na, wie sieht es aus?« fragte Trosky ironisch, als Peter seine Eintragungen beendet hatte.

»Wir bleiben dabei!« Losskow sah Trosky verbissen an. »Nicht, weil ich kapituliere, sondern weil ich schnell zum Ziel will. Aber an Land, das garantiere ich dir, rechnen wir ab.«

Am Nachmittag schrie Trosky, der an der Reling hockte und angelte, plötzlich auf. Seine starke Angel bog sich durch, er wurde fast über Bord gezogen und stemmte die Beine gegen die Relingstangen.

»Ich habe ihn!« brüllte er. »Ich habe ihn! Einen Hai! Ich habe ihn!«

»Hier gibt es keine Haie mehr!« schrie Losskow vom Cockpit zurück.

»Es ist aber einer dran, du Arschloch! Hilf mir doch endlich!«

Peter band das Ruder fest und rannte zu Trosky. Auch Helena und Lucrezia erschienen an Deck, Lucrezia wie immer bei Sonnenschein, nackt. Sie griff sofort an die Angel. Gemeinsam mit Trosky hielt sie den Stock fest. Zum Glück war die Leine stark genug.

Peter blickte über Bord. Es war wirklich ein Hai. Er schlug um sich und tobte, die helle Bauchseite schnellte nach oben aus dem Wasser, dann tauchte er wieder weg, seine Kraft war ungeheuer, auch Helena faßte die Angel an, zu dritt klammerten sie sich fest und stemmten sich gegen den Zug.

»Das ist nun völlig verrückt«, sagte Losskow. »Weit und breit kein Land, aber ein Hai. Was macht der hier?«

»Er wollte mir einen Gruß von Tante Vasca aus Karlsbad bringen!« keuchte Trosky. »Wo hast du die Harpune? Stich ihn ab! Das Aas schafft uns noch!«

Losskow rannte weg, holte die Harpune und beobachtete den Hai, der verzweifelt um seine Befreiung kämpfte. Aber je mehr er tobte, um so tiefer trieb sich der vielzackige Haken in seinen Gaumen.

»Stoß zu!« brüllte Trosky. »Mir zittern die Arme.«

Losskow beugte sich weit vor, die Harpune in der rechten Hand. Er wog sie, legte alle Kraft in die rechte Schulter und wartete, bis der Haileib wieder aus dem Wasser schnellte und dann in die aufspritzende See zurückfiel. In diesem Augenblick, in dem der Riesenfisch fast waagerecht vor ihm lag, warf er das tödliche Eisen.

»Getroffen!« schrie Trosky. »Fantastisch! Die Harpune sitzt. Jetzt Leine geben!«

Mit dem Kapermesser durchtrennte er die starke Angelschnur, der Hai schoß davon, die Harpunenleine spulte sich in rasender Geschwindigkeit ab, aber dann, als der Hai sich schon befreit glaubte, kam der große, seinen Körper fast zerreißende Ruck. Die Leine, mehrfach um einen Kreuzpoller geschlungen, knirschte und wurde straff wie eine Saite.

Der Hai schnellte wieder aus dem Wasser, die Harpune unlösbar in seinem Rücken. Trosky stand weit vorgebeugt an der Reling und starrte auf den kämpfenden Fisch.

»Du kommst zu mir«, sagte er heiser. »Mein Junge, du gehörst mir. Auf dich habe ich gewartet. Die ganze Zeit gewartet ...«

Über zwei Stunden dauerte der Kampf des Hais gegen seinen Tod, dann ließen seine Kräfte nach. Keuchend zog Trosky die Harpunenleine ein, warf, als der Hai nahe an der Bordwand schwamm und ihn aus seinen kleinen, kalten Augen voll Mordlust anstarrte, einen Haken an einem Stahlseil hinein in den Nacken und zog den Fisch mit der kleinen Handwinde an Bord. Der schwere Leib schnellte hoch, die Schwanzflossen schlugen um sich.

»Paß auf!« rief Losskow. »Er kriegt dich auch so. Ich steche ihn ab.«

Aber Trosky wartete nicht. Mit einem langen Messer in der Hand kam er näher, sein Gesicht glänzte vom Schweiß, aber das Lächeln war unnatürlich und starr, eine verzerrte Maske. Mit beiden Beinen stellte er sich auf die Harpune. Der Hai, nun auf der Seite liegend, zuckte wild und wollte sich aufbäumen.

»Nicht bei mir!« sagte Trosky mit seltsam monotoner Stimme. Er bückte sich und stieß mit dem Messer zuerst in die Augen des Hais, dann in den Nacken, dann immer und immer wieder in den Hals, den Körper, die Bauchseite. Blut überspritzte ihn, bis zu den Oberarmen wurde er rot, aber er hörte nicht auf zuzustechen, und als der Hai nur noch in seinen Nerven zuckte und endlich getötet war, setzte er das Messer mit Schwung an, trieb es in den Bauch des Tieres und schlitzte ihn mit einem mächtigen Ruck auf. Helena würgte und schlug die Hände vor den Mund. Lucrezia flüchtete unter Deck. Vor dem Hai kniend, in einer großen Lache von Blut und zerfetztem Fischfleisch, mit röchelndem Atem, blickte Trosky hoch zu Losskow.

»Er gehört mir«, stammelte er heiser.

»Es nimmt ihn dir keiner weg.«

»Ich hab' ihn besiegt. Er ist über drei Meter.«

»Steh auf und wasch dich!« sagte Losskow.

Trosky schüttelte den Kopf. »Mein Hai!«

»Ich passe auf ihn auf, Jan.«

Trosky nickte. Er erhob sich aus dem Blut, stieg über den toten Hai hinweg, ließ das lange Messer fallen und tappte zum Bug. Dort holte er an einer Leine mit einem Eimer Wasser aus dem Meer, fünfmal, goß das Wasser über sich, spülte das Blut ab und stieg dann unter Deck, um sich umzuziehen. Die Nerven des Fisches zuckten noch immer. Aus dem aufgeschlitzten Leib quollen die Därme.

»Ich habe Angst«, stammelte Helena und würgte noch immer. »Peer, ich habe wahnsinnige Angst...«

Am Abend hing der Hai anstelle der Zielscheibe aus Stroh an dem Balken auf dem Vorderdeck, und Trosky warf mit Messern nach dem Kadaver.

Fast jeder Wurf blieb in dem festen Fleisch stecken.

Trosky war sehr zufrieden. Man sah es ihm an.

Und noch mal zweiundzwanzig Tage.

Nur Ozean, nur Himmel, nur Sonne oder Regen, feuchtwarme Tage und klammkalte Nächte, nur hin und her wogende Einsamkeit, ein Meer, das im Sturm weiß schäumte und bei Windstille einem blauen, zähen Brei glich. Haß auf alles, was um einen war, blinde Wut beim Anblick der anderen... Auf ein paar Quadratmetern Kunststoff und Holz, Aluminium und Isolierglas vollzog sich der Zerfall von vier Menschen.

Der Hai war von den Messerwürfen mittlerweile zerfetzt, aber er hing noch immer am Bug. In der Sonne verweste er schnell. Da es eine feuchte Wärme war, trocknete er nicht aus und wurde ledern, sondern er zersetzte sich. Der Gestank, dieser herbsüße Verwesungsgeruch, konnte auch vom Wind nicht weggetragen werden, er lag über dem Boot, kroch in die Kajüte, setzte sich wie klebriges Gas an den Wänden fest.

Ein paarmal versuchten Helena und Lucrezia, den Kadaver abzuschneiden, aber Trosky stieß sie weg, schlug sogar nach Luzi und brüllte: »Das ist *mein* Fisch!«

Losskow gelang es endlich, den Hai fast zu halbieren, indem er ein Beil gegen den faulenden Körper warf. Trosky schrie auf, stürzte sich auf Losskow und drückte ihn gegen den Kabinenaufbau.

»Du Hund!« stammelte er. »Du neidischer Hund! Nur weil du keinen Fisch hast, zerstörst du meinen. Aber das sage ich dir: Finger weg! Ab sofort! Wer meinen Hai anfaßt, der hat das Messer im Leib!«

»Der Gestank bringt uns um!« schrie Losskow.

»Mich nicht! Ihr stinkt mir viel mehr!«

Jeden Tag mehrmals berechnete Peter die Position. Sie mußten in die Nähe der Falkland-Inseln kommen, die Temperatur sank merklich, auch wenn die Sonne voll herunterschien. Das Meer wurde kälter, man merkte die Nähe des Südpols, auch wenn er noch Tausende von Meilen entfernt war. Vor allem die Nächte wurden unangenehm. Unter das Ölzeug, das sie jetzt oft wegen des plötzlich wechselnden Wellengangs trugen, zogen sie dicke Pullover und warme Wollmützen, um alles wieder abzustreifen, wenn ein warmer Tag das Thermometer hochtrieb.

An einem dieser Tage gelang es Lucrezia, während Trosky unter Deck eine dicke Nudelsuppe schlürfte, den Hai-Kadaver abzuschneiden und in den Ozean fallen zu lassen. Er war so verwest, daß er beim Aufprall auf den Wellen zerplatzte. Lucrezia würgte der Ekel, sie stellte sich in den Wind und atmete kräftig durch, bis sie die Übelkeit vertrieben hatte.

An Troskys Brüllen hatte man sich gewöhnt, aber was jetzt geschah, war neu. Trosky kam an Deck, satt und faul, und sein erster Blick galt dem Hai. Aber der Platz, an dem er gehangen hatte, war leer. Nur der Pfahl war noch da und ein paar durchtrennte Seile.

Troskys Aufschrei hatte nichts Menschliches mehr an sich. Sein Gesicht, seit drei Wochen unrasiert und von einem wilden

Bart umwuchert, verzerrte sich schrecklich. Er stürzte an den Bug, starrte in das Meer und begann dann wie ein Wolf zu heulen.

Unter Deck verkroch sich Lucrezia in ihrer Koje und verriegelte von innen die Tür.

Losskow legte seine Pistole auf den Tisch und warf Helena, die voll Entsetzen starr auf der Bank saß, einen Revolver zu.

»Auch das überstehen wir!« sagte er hart. »Bei Gott, ich erschieße ihn!«

»Das wäre Mord!«

»Notwehr, Helena.«

»Wie willst du das später erklären?«

»Später? Wer denkt denn daran?« Er lachte bitter. »Ein Brecher hat ihn über Bord gespült, ganz einfach. Er war unvorsichtig, hatte sich mit seinem Sicherheitsgurt nicht eingehakt, der Wind hatte 45 Knoten, die Wellen schlugen voll über uns hinweg. Wer will uns das Gegenteil beweisen?! Ich würde es sogar ins Logbuch eintragen.«

»Du kannst keinen Menschen töten. Du nicht! Das weißt du ganz genau.«

An Deck heulte noch immer Trosky. Dann polterte er den Niedergang herunter und stürzte in die Kajüte. Sein Blick fiel sofort auf Peters Pistole und Helena, die nach dem Revolver auf dem Tisch griff.

»Wer war es?« brüllte Trosky heiser. »Das geile Luder! Nur sie kann es gewesen sein! Sie war allein oben! Wir haben hier alle Suppe gefressen!« Er blieb an der Treppe stehen, ballte die Fäuste und starrte auf die verschlossene Kojentür: »Komm heraus, du Aas! Die Tür nützt dir gar nichts! Ein Fußtritt, und sie ist Kleinholz!«

»Erst mußt du sie erreichen!« sagte Losskow kalt.

»Und ihr wollt mich mit euren Knallern daran hindern?« Trosky lachte dröhnend. Aber der irre Unterton erzeugte ein Frieren auf Peters Haut. »Ihr wollt wirklich auf mich schießen?«

Trosky machte einen Schritt vorwärts. Losskow hob die Pistole und zielte auf Troskys linke Brustseite. Über Troskys Gesicht lief ein Zucken.

»Ich verfluche euch!« sagte er heiser. »Der Himmel möge es

hören: Ich verfluche euch! Verrecken sollt ihr! Um mich ist es nicht schade, aber ihr – ihr sollt zugrunde gehen, wie noch nie Menschen verreckt sind!«

Plötzlich weinte er. Er ließ sich neben Helena auf die Polsterbank fallen, legte den Kopf weit zurück, sein Mund riß auf, und dann schluchzte er wie ein Kind, sein Körper wurde wie von Krämpfen geschüttelt, Speichel troff aus den Mundwinkeln in den wild wuchernden Bart.

Es war ein fürchterlicher Anblick, der hätte Mitleid erwekken müssen, wenn es eben nicht Trosky gewesen wäre.

»Wir werden wieder einen Fisch fangen«, sagte Losskow. »Bei Feuerland kommen wir in fischreiche Gebiete. Und Robben gibt es da. Tausende von Robben. Sie bevölkern ganze Inseln. Und vielleicht einen kleinen Wal. Wir kommen bald in Wal-Reviere.«

»Es war mein erster Hai«, schluchzte Trosky. »Drei Stunden habe ich mit ihm gekämpft. Er gehörte mir.«

»Er fiel ja schon auseinander!«

»Ist das ein Grund, ihn wegzuschmeißen? Wir fallen ja auch auseinander. Wer wirft uns ins Meer?«

»Darüber werden wir noch zu entscheiden haben«, sagte Losskow gepreßt. »Wenn unser Frischwasser zu Ende ist. Ich muß den Kurs ändern. Wir müssen zu den Falkland-Inseln. Die Flauten haben uns fast drei Wochen gekostet. Es reicht nicht mehr zum Nonstop um Kap Horn.«

»Aber deine dämlichen Wikinger konnten es, was?« schrie Trosky. »Haben die ihre Pisse getrunken?«

»Sie hatten vielleicht mehr Glück und besseren Wind, Jan. Einen Whisky?«

»Leck mich am Arsch!«

»Wenn du dadurch vernünftiger wirst?«

Trosky sah Losskow aus blutunterlaufenen Augen an. Dann stemmte er sich von der Bank hoch, warf noch einen Blick auf die verschlossene Kojentür, hinter der Lucrezia zitternd auf ihrem Bett hockte, und stieg dann wieder an Deck. Mit einem Seufzer ließ sich Helena zurücksinken. Der Revolver polterte aus ihrer Hand auf den Kajütenboden.

»Ich habe gebetet«, sagte sie tonlos. »Hättest du wirklich geschossen?«

»Nein.« Losskow senkte den Kopf. »Ich weiß es nicht.«

»Aber ich weiß es: Ich hätte geschossen!« Helena schloß die Augen und begann am ganzen Körper zu zittern. »Wirklich, ich hätte es getan. Deshalb habe ich gebetet.«

Am nächsten Tag nahm Trosky Rache für seinen Hai.

Es geschah ganz plötzlich, ohne ein warnendes Anzeichen, ohne Worte oder große Aufregung.

Plötzlich stand Trosky neben der sich sonnenden Lucrezia, hielt nun seinerseits eine Pistole in der Hand und schoß wortlos auf Losskow, der vom Cockpit zum Bug rannte. Die Kugel pfiff vorbei, bewußt ungezielt, aber sie machte deutlich, daß die nächste treffen würde. Mit unheimlicher Kraft riß Trosky Lucrezia herum, sie kreischte grell, schlug und trat um sich, aber mit einer Hand gelang es ihm, ihren Körper auf Deck zu drücken und ihren Kopf an den langen Haaren zu packen. Dann fiel er über sie, trieb seine Knie wie einen Keil zwischen ihre Beine, spreizte ihre Schenkel und legte einen Moment die Pistole auf die Planken, um die Hose zu öffnen.

Lucrezias Schreie wurden schrill und unmenschlich. Losskow näherte sich, aber Trosky hatte wieder die Waffe in der Hand, preßte mit seinem Gewicht Lucrezia nieder und schoß sofort. Die Kugel traf nur deshalb nicht, weil Losskow stolperte und seitwärts taumelte. Am Niedergang erschien Helena, auch sie ging sofort in Deckung, als Trosky einen Schuß auf das Kajütdach feuerte.

»Man muß für alles im Leben bezahlen!« schrie Trosky außer sich. »Und jetzt kassiere ich für meinen Hai!«

Die Pistole in der Hand, mit der anderen Lucrezias Kopf niederdrückend, nahm er Besitz von dem nackten Körper mit einer geradezu tierischen Wildheit. Lucrezias Schreien ging in ein helles Wimmern über, dann gab sie den Widerstand auf, streckte sich, warf die Arme zur Seite und ließ Trosky toben.

Als er von ihr abstieg, lag sie wie geschlachtet; eine wunderschöne Puppe, der man die Gliedmaßen aus den Gelenken gerissen hat.

Trosky blickte auf sie herunter, kniete sich plötzlich hin, küßte zärtlich ihre geschlossenen Augen, den Mund, den Hals, die Brüste und den Leib. Dann gab er ihr eine schallende Ohrfeige.

»So, das war es!« sagte er mit erschreckend gleichgültiger Stimme. Er knöpfte seine Hose zu und warf Losskow die Pistole vor die Füße. »Und nun erschieß mich, mein Freund. Ich lauf' nicht weg.«

Losskow bückte sich, hob die Waffe auf, aber er ließ sie in seiner Hand hängen.

»Hau ab!« sagte er tonlos.

»Was ist denn?« Trosky stellte sich breitbeinig vor die regungslose Lucrezia. »Nun schieß doch endlich! Hast du Skrupel, weil ich waffenlos bin? Jedes wilde Tier ist dem Jäger gegenüber waffenlos, und er schießt doch! Ich bin ein wildes Tier, du darfst mit bestem Gewissen abdrücken, Peer!«

»Hau ab!« sagte Losskow noch einmal.

Trosky zögerte einen Moment, dann ging er langsam an Losskow vorbei, als erwarte er einen plötzlichen Angriff, etwa einen kräftigen Stoß, der ihn über Bord schleuderte. Das war Losskows große Chance, sich ohne Aufsehen aus der Affäre zu ziehen. Er brauchte bloß nicht beizudrehen, sondern nur unter vollen Segeln weiterzufahren. Schwimmend war das Boot nie zu erreichen, es machte eine gute Fahrt.

Als Trosky am Niedergang war, blieb er stehen. »Ich weiß nicht, worauf du wartest«, sagte er. »So eine gute Gelegenheit bekommst du nie wieder!«

Kaum war Trosky unter Deck verschwunden, sprang Lucrezia auf, rannte zum Heck, kletterte die Badeleiter hinunter, hing sich an eine Sprosse und ließ ihren Körper durch die Wellen ziehen. Nach zehn Minuten zog sie sich wieder auf Deck, schüttelte sich wie ein Hund und wrang ihre langen Haare aus. »Das muß man abspülen«, sagte sie zu Losskow, der ihr ein Badetuch zuwarf. »Jetzt ist mir wohler. Diese Bestie!«

In der Nacht wachte Helena auf. Jemand stieß an den hochgeklappten Tisch. Sie hob den Kopf und sah in der Dunkelheit undeutlich, wie Lucrezia an ihr vorbeischlich zur Achternkoje. Ein heller Schatten …

Helena wartete ein paar Sekunden, dann rannte sie auf Zehenspitzen an Deck. Peter Losskow saß im Cockpit, hatte das Ruder festgebunden und las im Schein einer Batterielampe.

»Luzi ist zu Jan geschlichen!« sagte sie atemlos. »Vor wenigen Sekunden.«

»Du hast nichts gesehen!« Losskow starrte auf den Kajütenaufbau. »Soll sie ihn umbringen!«

»Das wird sie kaum tun«, sagte Helena sarkastisch. »Sie war nackt...«

Von dieser Nacht an wohnten Lucrezia und Trosky zusammen in der Achternkoje.

»Nun sind die Fronten klar«, sagte Trosky wenig später zu Losskow. »Das Gleichgewicht stimmt. Nun genier dich nicht und spiel weiter den Moralischen. Kriech zu deiner Helena und gönn dir ein paar frohe Stunden, ehe wir alle in diesem verfluchten Ozean krepieren!«

Drei Tage später kam Sturm auf. Nur mit der kleinen Sturmfock tanzte die *Helu* auf den Wellenbergen, stürzte in brüllende Wassertäler und schoß wieder hinauf in den grauen Himmel. Sie schlug von einer Seite auf die andere, der Mast tauchte ins tobende Meer, aber sie kenterte nicht, das Kielgewicht hielt sie aufrecht, die aufgeschäumten Kammern im zweischaligen Rumpf machten sie unsinkbar. Erbarmungslos schlug der Ozean auf sie ein, riesige Brecher fegten über sie hinweg. Im Cockpit standen Trosky und Losskow nebeneinander, festgehakt mit ihren Sicherheitsgurten, mit Laufleinen verbunden, an denen sie im Notfall über das ganze Boot rennen konnten. Sie stemmten sich gegen das Ruder, zogen die Köpfe ein, wenn ein Wellenberg vor ihnen auftauchte und das Boot fast senkrecht hochstieg, hinaufgeschleudert wurde in ein graues, heulendes Nichts, um dann abzustürzen in eine gurgelnde, schäumende, verschlingende Tiefe.

»Dieses Schwein von Ozean kriegt uns nicht!« schrie Trosky triumphierend Losskow ins Ohr. »Wir zeigen es ihm!«

Er sah Losskow an, aus strahlenden Augen, vom Salzwasser triefend: ein vom Bart überwuchertes Gesicht, das Kraft und Mut ausstrahlte. Er war ein Kerl, der mit jeder Riesenwelle stärker wurde. Er konnte lachen, wo andere das Entsetzen packte.

Er ist wirklich ein Irrer, dachte Losskow und duckte sich unter einem neuen Brecherschlag. Aber er war froh, daß es ihn jetzt gab und daß er an seiner Seite stand.

Kann ein Mensch sieben Tage und sieben Nächte einen Orkan aushalten?

Kann sein Herz, kann sein Hirn es verkraften, in einem tobenden, weißschäumenden Meer herumgeschleudert zu werden, willenloser Spielball entfesselter Urgewalten, umtost vom Brüllen der Wogen, dem Heulen des Stürmes – ausgeliefert dem einzigen, kläglichen Trost: Wir überleben! Wir können nicht sinken! Das Meer kann uns die Knochen brechen – aber wir bleiben oben!

Hält ein Mensch das aus? Sieben Tage und sieben Nächte?

Sie hielten es aus. Helena und Lucrezia festgehakt unter Deck, Trosky und Losskow in der Plicht, zwischen den Seilen hängend, sich unter den Wellenschlägen duckend, zusammenkriechend, um möglichst keine große Angriffsfläche zu bieten, und dann wieder aufspringend und todesmutig versuchend, das Boot von Hand auf den Wogen zu halten.

Der Windmesser versagte. Er zeigte nur bis 65 Knoten an, aber es mußten mindestens 80 Knoten sein. Eine Windgeschwindigkeit von über 100 Meilen! An Navigieren oder Positionsbestimmung war nicht zu denken. Es gab keine Sonne mehr, nur noch einen heulenden, grauen Himmel, ab und zu durchrast von wilden Wolkenfetzen, in die der Ozean hineinbrüllte. Sieben Tage und sieben Nächte.

Vom dritten Tage an lösten sich Trosky und Losskow ab, jeder schlief fünf Stunden. So absurd es klingt – aber sie schliefen wirklich. Sie banden sich auf ihrem Bett fest und versanken in Bewußtlosigkeit, sobald sie lagen. Helena oder Lucrezia mußten sie wecken. Dann stiegen sie taumelnd wieder an Deck, empfangen von niederdonnernden Brechern, die einen Wasserschwall in die Kajüte schleuderten.

Am sechsten Tag sagte Losskow: »Wir müssen längst an den Falkland-Inseln vorbei sein. Der Sturm steht genau nach Südost. Wir rasen auf Feuerland zu!«

»Da wollen wir ja auch hin!« brüllte Trosky gegen den Wind. Sein Lachen war nicht mehr zu hören, nur sein Gesicht drückte es aus. »Das ist für Kap Horn der zünftige Empfang. Der Klotz weiß, was er einem Seemann schuldig ist!«

»Wissen das auch die Eisberge?« schrie Peter ihm ins Ohr. Trosky sah ihn erstaunt an.

»Wieso Eis?«

»Bei diesem Wind kann Treibeis bis hierher kommen. Selbst um diese Jahreszeit!«

»Der Wind steht doch dagegen!«

»Aber wir liegen davor und jagen auf das Treibeis zu.«

Sie zogen eine Ölplane über sich und duckten sich in der Plicht. Die See ergoß sich über sie und schlug auf sie ein wie mit Riesenfäusten. Die Lenzpumpen schafften den Wassereinbruch kaum noch. Bis zu den Knien standen Trosky und Losskow im Wasser.

»Was sagt der Wetterbericht?« rief Trosky.

»Weiter Sturm. Und es wird kälter. Das macht mir Sorge.«

»Wann hast du eigentlich zum letztenmal Funkkontakt gehabt?« Trosky starrte Losskow an, als habe er eine entsetzliche Entdeckung gemacht. »Mein Gott, das fällt mir erst jetzt auf. Weiß man denn überhaupt, wo wir sind?«

»Nein. Seit Teneriffa schweigen wir.«

»Seit Teneriffa...?« Trosky schluckte an einem dicken Kloß. »Bist du total verrückt?«

»Der Funkkontakt ist nur für den Notfall, und den hatten wir noch nicht! Die Wikinger hatten auch keinen Funk.«

»O Gott! Du Riesenarschloch!« Trosky duckte sich tief. Ein neuer Brecher hämmerte auf sie ein. »Dann sind wir doch für die gesamte Welt schon längst nicht mehr vorhanden! Peer, du lieber Himmel, begreifst du das: Wir sind seit Wochen verschollen! Tot! Vom Atlantik verschlungen! Es gibt uns nicht mehr!« In Troskys Augen erschien wieder das gefährliche Flackern. »Man hat uns längst gestrichen.«

»In Ushuaia wartet Dieter Randler auf uns.«

»Da kommen wir doch nie an!«

»Wer sagt das?« Losskow zog die Ölplane enger um sich. »Nach diesem Sturm wird die Sonne wieder scheinen, das ist ein Naturgesetz, das auch am Kap Horn nicht gebrochen wird. Und sobald die Sonne scheint, wissen wir, wo wir sind. Und dann haben wir es geschafft. Wir sind nicht mehr weit entfernt, Jan. Wir müßten auf Kap Horn zutreiben.«

»Er hat seit Teneriffa keinen Kontakt mehr«, sagte Trosky dumpf. »Wer soll das begreifen? Die Wikinger hatten auch keinen Funk. O lieber Himmel...«

Er lachte hysterisch, stieß Losskow die Faust in den Magen, kroch unter der Plane heraus und hangelte sich an der Laufleine hinüber zum Niedergang. Dort hakte er sich aus und stürzte die Treppe hinunter in die Kajüte.

»Wißt ihr, daß wir ›Fliegende Holländer‹ geworden sind?« schrie er die entsetzten Mädchen an. »Jawohl! Geister sind wir! Peer hat uns wesenlos gemacht!«

Er warf sein Ölzeug ab, setzte sich in die Funkecke und schaltete die Batterie ein. Die Kontrollzeiger pendelten. Das Gerät war voll funktionsfähig.

»Jetzt werde ich Nachricht aus dem Jenseits geben. Ob's dem Wikinger da oben gefällt oder nicht!«

Er stellte die Frequenz des Seenotrufes ein, aber niemand antwortete ihm. Immer und immer wieder rief er. Es war, als schlucke der Sturm jedes Signal.

»Das habe ich nicht gewußt«, sagte Trosky. Er gab resigniert auf. »Ich habe die böse Ahnung, daß wir uns selbst umgebracht haben.«

In der achten Nacht, genau in dieser Nacht, wo niemand mehr in der Plicht hockte, sondern das Ruder festgezurrt war, die *Helu* einfach auf der See tanzte und die Wellenberge mit ihr spielten, als alle in ihren Kojen lagen und schliefen, weil über Radio die Meldung gekommen war, daß der Orkan sich beruhige und das Zentrum sich ins Schottische Meer verlagere, in dieser Nacht, in der sie alle glauben durften, die größte Prüfung überstanden zu haben, erschütterte ein harter Stoß das Boot.

Trosky, der neben Lucrezia lag und selig schlief, seine breite Hand auf ihrer Brust, schrak hoch und setzte sich. Lucrezia wälzte sich schlaftrunken auf die Seite.

»Was ist?« murmelte sie. »Das kennst du doch...«

»Das war kein Brecher!« Trosky war hellwach. Die *Helu* rollte unruhig, anders als sonst. Trosky hatte dafür ein feines Gefühl. »Das war ein Zusammenstoß!«

»Wieder ein Hai?«

»Du dusseliges Luder!« Er rutschte über Lucrezias nackten Körper auf die Planken und griff nach seiner Hose. Im gleichen Moment hämmerten Fäuste an die Tür.

»Raus!« schrie Losskow. »Wasser im Boot!«

»Ich habe es geahnt«, sagte Trosky. »Mein Gott, ich hatte das im Gefühl.«

Er riß die Tür auf und sah, wie Helena im Ölzeug zum Bugraum rannte. Das wasserdichte Schott war bereits zugeschlagen. Losskow stand auf der Treppe des Niedergangs und streifte einen Pullover über.

»So eine Scheiße!« schrie er, als er Trosky sah.

»Wo?«

»Im Bugraum! Ich weiß noch nicht, was draußen los ist! Auf jeden Fall sind wir leck.«

»Aber unsinkbar!« sagte Trosky mit bitterem Sarkasmus. »Kap Horn ist da anderer Ansicht.«

Sie rannten an Deck und brauchten nicht lange zu rätseln. Das Boot trieb in einem weit auseinandergezogenen Treibeisfeld. Es sah geradezu lustig aus: die vielen, verschiedengestaltigen Eisplatten, tanzende Muster auf einer nachtschwarzen See, ein auseinandergerissenes Puzzle, nicht breiter als dreihundert, nicht länger als vierhundert Meter, ein winziger Fleck nur im riesigen Ozean, über tausend Meilen herangetrieben aus dem Südpolargebiet, gewissermaßen eine verirrte Eiskolonie. Aber genau auf sie war die *Helu* zugetrieben worden und hatte eine der Schollen getroffen.

Wie ein Beil hatte die scharfe Schollenkante den Bug aufgehackt. Das Boot lief dort voll und senkte sich dadurch leicht nach vorn. Es sah aus, als wolle es in das Meer stoßen.

Trosky rannte nach vorn und beugte sich über die Reling. Das Leck war schon unter Wasser, der Bugraum war voll. Langsam kam Trosky zu Losskow zurück, der das Ruder losgebunden hatte und zu Helena und Lucrezia seine Kommandos rief. Er ließ neben der Sturmfock auch noch das Genua II setzen und hatte dadurch Wind genug, um sich durch das Treibeis zu navigieren. Ausweichen ging nicht mehr – sie waren mittendrin, aber zwischen den Schollen lag See genug, um sie in einer Art Slalom zu umfahren.

»Welchen Choral können wir?« fragte Trosky bitter. »Auf der *Titanic* spielten sie damals ›Näher, mein Gott, zu Dir‹. Aber da kenne ich den Text nicht.«

»Das Schott hält!« sagte Losskow hart. Wir saufen nicht ab!«

»Sag das dem Meer!«

»Es ist ja nur der Bugraum!«

»Wir liegen mit der Schnauze im Wasser!«

»In ein paar Minuten haben wir so viel gelenzt, daß ich eine Zusatzpumpe in den Bug bringen kann. Dann müßt ihr von Hand pumpen. Ich brauche die Batterien für andere Dinge.«

»Verstehe!« Trosky grinste schief. »Jetzt endlich erinnerst du dich daran, daß du ein Funkgerät hast.«

»Wir saufen nicht ab!« schrie Losskow nervös. »Auch mit dem Bug im Wasser fahren wir weiter.«

»Um Kap Horn herum. Gibt es eigentlich einen Nobelpreis für Größenwahnsinnige?«

Trosky ging wieder zum Bug. Die Pumpe lenzte gut, das Boot richtete sich langsam auf, aber es war vorauszusehen, daß der Ozean gewinnen würde. Das Boot war als unsinkbar konstruiert. Man hatte es zwar mehrmals abgeschottet, aber nie ernsthaft damit gerechnet, daß etwas passieren konnte. So waren auch die drei im Boot verteilten Lenzpumpen so dimensioniert, daß sie mehr der Optik als dem Nutzen dienten. Trosky kam zurück zum Cockpit. Losskow hatte das Treibeis fast durchfahren, die freie See lag wieder vor ihm. Mit dem Scheinwerfer tastete er die Umgebung ab und schien voller Zuversicht.

»Ich gehe nach außen und versuche, das Leck zu stopfen«, sagte Trosky. »Gegen den Wasserdruck können wir nicht anstinken.« Er zog sich aus und zögerte. Die Luft war kalt, das Wasser hatte nur wenige Grad. »Wenn du nachher eine merkwürdige Eisscholle siehst, dann bin ich das.«

Er sprang über die Reling, hangelte sich an den Fenderleinen nach vorn und zog sich schnell wieder hoch. Lucrezia warf einen dicken Bademantel über ihn und rieb ihn ab. Troskys Zähne klapperten vor Frost.

»Ich habe es nur gefühlt. Zwei Hände nebeneinander haben leicht in dem Loch Platz. Wenn die See sich beruhigt, bleiben wir morgen auf der Stelle und wir flicken das Leck.«

»Womit?« fragte Losskow. Eine einfache, aber schicksalhafte Frage. Trosky schluckte. Helena brachte ein großes Glas Whisky. Er trank es in einem Zug.

»Was haben wir denn zum Flicken?« fragte er.

»Nichts.«

»Das ist doch unmöglich!« stammelte Trosky.

»Das Boot ist unsinkbar.«

»Eine Zeltplane! Teer! Ich spanne eine geteerte Zeltplane vor das Leck. Dann können wir nach dem Leerpumpen von innen abdichten.«

»Ich habe keinen Teer. Ich habe drei Glasfiberplatten und einen Eimer Spezialkleber für Polyester-Laminat. Damit kann man aber nur im Trockenen arbeiten.«

»Gerettet! Wir kleben von innen eine Platte vor das Loch! Und dann schnell zur Küste, ganz gleich, wo! Und wenn's bei den Pinguinen ist!«

»Und wie sollen wir von außen abdichten, damit wir innen leerpumpen können?«

»Ich nagele Bretter davor!« schrie Trosky.

»Nägel in einen Kunststoffrumpf?«

»Die Löcher flicken wir dann auch wieder mit dem Kleber!«

»Versuchen wir's«, sagte Losskow. »Alle Segel reffen! Wenn Gott uns helfen will, schickt er uns morgen Sonne.«

Aber Gott half nicht. Er schickte einen neuen Sturm.

Während aus dem Radio die Meldung klang, daß sich das Wetter beruhige, rollten neue Wellenberge gegen die *Helu* und hieben die Brecher über Deck. Die Gewalt der Wogen riß das Leck noch weiter auf. Der Wasserdruck war so stark, daß Helena ein paarmal nach oben kletterte, sich mit der Laufleine zum Cockpit vortastete und Losskow zuschrie:

»Ich habe Angst, daß das Schott bricht! Es sickert schon Wasser durch. Luzi pumpt aus dem Salon.«

»Das Schott hält!« schrie Losskow durch den heulenden Sturm zurück. »Keine Angst, Helena!«

Nachdem sie zum drittenmal gekommen war, fragte Trosky: »Glaubst du wirklich, daß es hält?«

»Nein! Die See kann die ganze Wand eindrücken.«

»Dann sind wir also am Ende?«

»Noch nicht. Noch hält sie.«

»Wie lange?«

Losskow zeigte nach oben in den grauen Himmel. »Frag den da oben!«

Trosky nickte trotzig. »Geh runter!« brüllte er gegen den Sturm. »Ich halte das Ruder allein! Gib SOS!«

»Wenn uns jemand hört!«

»Wir müssen doch näher an Feuerland heran sein.«

»Nach meinen Berechnungen rasen wir auf die Staten-Insel zu.«

»Das wäre ja wundervoll!«

»Bis auf die Klippen rundherum.« Losskow hakte sich in die Laufleine ein. »Und selbst wenn man uns hört – wer kommt uns in diesem Wetter entgegen? Wer kann uns hier finden? Ich habe ja keine Position, die ich durchgeben kann. Irgendwo im Atlantik, nördlich der Staten-Insel, oder schon weiter, Richtung Kap Horn. Wo soll man uns suchen?«

»Versuch es!« schrie Trosky. Ein neuer Brecher drückte ihn tief in die Plicht. Als das Wasser weiß schäumend ablief, tauchte sein Kopf wieder auf, mit aufgerissenem Mund, nach Luft ringend. »Wenn man uns nur hört! Das ist die einzige Hoffnung, Peer!«

Eine Stunde lang saß Losskow vor dem Funkgerät und rief sein SOS hinaus. Hinter ihm pumpten Lucrezia und Helena das Wasser vom Boden, das durch Ritzen aus dem Bugraum hereinquoll.

›SOS...‹, funkte er. ›Hier ist Segelboot *Helu*. D-J 348. Vier Personen an Bord. Zwei Frauen, zwei Männer. Hier ist Peter Losskow, Hamburg. SOS... SOS... Wir sind leckgeschlagen... haben schwere Vorderlast... Das Schott hält nicht dicht... SOS... SOS... Ich weiß nicht, wie lange ich das Schiff noch halten kann... bald ist alles Pumpen sinnlos... SOS... SOS... Position ungefähr bei Staten-Insel. Laufen vor dem Wind nach Südost.‹

Peter wartete. Im Kopfhörer knackte und rauschte es. Dann ein helles Pfeifen. Und dazwischen, ganz weit weg, undeutlich, zerhackt, eine Stimme!

»Sie hören uns!« schrie Losskow. »Sie hören uns!«

Er wiederholte seinen Notruf auf englisch, immer wieder das SOS einflechtend, das internationale Zeichen für Seenot. Die ganz leise Stimme aus der Ferne antwortete auf spanisch. Dann sprach sie englisch, sehr gebrochen, zerhackt von den atmosphärischen Störungen.

›Hier Pablo Cerroso. Pablo Cerroso. Ich sitze in Rio Gallegos. Amateurfunker. Rio Gallegos. Wo sind Sie? SOS verstanden! Bitte Position!‹

»Ein Amateurfunker!« sagte Losskow schwer atmend. »Nur er. Alle anderen schweigen. In Rio Gallegos. Mein Gott, ich brauche ein Schiff! Ein großes starkes Schiff, das bis zu mir durchkommt und mich aufnimmt! Ein Amateurfunker!« Er lachte heiser und ging auf Sendung.

›Position unklar. Irgendwo bei Staten-Insel oder südlicher. SOS... SOS... Pablo, rufen Sie um Hilfe! Wir saufen sonst ab! Pablo, alarmieren Sie alles, was Sie erreichen können. Hören Sie mich noch, Pablo...?‹

Die andere Seite schwieg. Nur Pfeifen und Heulen war im Hörer. Losskow drehte sich zu den Mädchen um. Das Wasser im Salon stieg, es war schon handbreit hoch, und sie pumpten und pumpten.

Noch dreimal hatte Losskow einen Partner im Äther. Einmal war es das Motorschiff *La Paloma*, das selbst in großer Not war, einmal der Frachtdampfer *Cordoba III*, der seine Position durchgab. Er lag 520 Meilen von der *Helu* entfernt – sofern sie sich dort befand, wo Losskow vermutete. Der dritte, der sich meldete, war das Motorschiff *Prince Polignac*; es kämpfte gegen den Orkan nördlich der Islas Wollaston, es war am nächsten, aber wo sollte es suchen?

›Wir versuchen, Sie zu finden‹, tröstete der Funker der *Prince Polignac*. ›Wir drehen ab auf Staten-Insel. Wir alarmieren auch die Küstenwache. Gott stehe Ihnen bei.‹

Das Schott hielt auch den nächsten Tag. Trosky bewunderte es, denn nun war das Leck so groß geschlagen, daß an ein Flicken, auch bei bestem Wetter, nicht mehr zu denken war. Die *Helu* war verloren, darüber waren sich alle im klaren. Aber noch schwamm sie, den Bug tief in der See, das nun schräg liegende Deck war wie ein Sprungbrett für die Wellen. Es hatte keinen Sinn mehr, mit der Sturmfock zu fahren. Losskow ließ das Segel reffen, er blieb aber am Mast, jederzeit bereit, kritische Situationen auszubalancieren.

Einmal, in seiner freien Stunde, kam Trosky wieder an Deck und seilte sich an.

»Was ist los?« rief Losskow. »Laufen wir voll?«

»Nein. Ich wollte dir nur sagen, welch ein phantastischer Bursche du bist.«

»Deshalb turnst du hier herum?«

»Das ist es doch wert.«

»In Ordnung!« Losskow grinste verzerrt. An vier Haken hing er am Cockpit, von den Brechern durchgeschüttelt. »Nachher komm' ich hoch und sage dir, daß du ein toller Kerl bist. Wir wollen alles vergessen...«

»Ich bin nicht hier, um Schulden zu zahlen!« sagte Trosky grob. »Das bilde dir nicht ein! Ich will nur überleben!«

Die *Prince Polignac* tauchte nicht auf. Sie gab auch keine Antwort mehr. Nur der Amateurfunker in Rio Gallegos meldete sich wieder, als Losskow am dritten Tag wieder sein SOS hinausschrie.

›Hier Pablo! Hier Pablo! Habe alles alarmiert, was möglich war. Rufe für Sie noch immer um Hilfe. Aber wie ist ihre Position?‹

»Ich weiß sie nicht!« Losskows Stimme zitterte. ›Ich habe keine Möglichkeit mehr, mich zu orientieren. Seit heute fällt der Kompaß aus! Das Meer spielt mit uns. Wir werden das Schiff verlassen müssen. Trotz Pumpen laufen wir immer mehr voll. Pablo, Sie sind unsere einzige Hoffnung! Rufen Sie ununterbrochen! Machen Sie alles mobil!‹

›Ich tue, was ich kann. Wenn man nur wüßte, wo Sie sind!‹

Am Abend brach das Ruder. Eine gewaltige Woge hob das Boot in den Himmel und ließ es in eine Wasserschlucht fallen. Selbst Trosky, der immer wieder das Meer beschimpfte und verbissen in den Haken hing, stieß einen wilden Schrei aus. Dann schlug das Grauen über ihm zusammen, und als er wieder auftauchte aus der schäumenden Gruft, war ihm bewußt, daß die *Helu*, auch wenn sie noch schwamm, vernichtet war.

Trosky seilte sich nach unten ab und fiel in die Kajüte. Losskow und die Mädchen hingen mit Haken an den Haltestangen.

»Ich weiß«, sagte Losskow und legte den Arm um Troskys Nacken. »Das Ruder ist weg. Du hast oben den Schlag nicht gehört. Aber der Achterraum läuft nun auch voll.«

»Wie lange noch?« Trosky sah die Mädchen an. Ihre Gesichter waren in diesen Tagen hart und kantig geworden.

»Noch drei Stunden.« Losskow wischte sich über die Augen. »Wir müssen in die Insel. Wie gut, daß wir das geübt haben. Jeder nimmt noch einen Sack mit Proviant und Wasser mit.«

Sie stiegen an Deck, hakten sich ein und machten die Rettungsinsel klar. Die Brecher drückten sie immer wieder an den Kajütenaufbau, aber als sie alles in Plastiksäcken verstaut hatten, hielten sie die Insel von allen Seiten fest. Losskow überdachte noch einmal, was sie mitgenommen hatten: Proviant aus hartgepreßtem Brot, Wasser in Dosen, Vitaminfruchtstangen, Cola-Schokolade ohne Zucker, Zwieback, Fleisch in Dosen, Kekse, eingedickten Fruchtsaft. Dazu Tabletten gegen Schmerzen und Fieber, Creme gegen wunde Haut, Verbände und Pflaster, Decken, Taue, Signalpistolen, Schwimmwesten, Handscheinwerfer mit Batterien, zwei rote Intervall-Notleuchten, Pullover, Schals, Fellstiefel, Steppjakken, ein Transistorradio... Es würde eng werden in der Insel.

Vier Menschen und ein kleiner Hund in Gottes Hand.

Helena und Lucrezia stiegen ein. Mr. Plump stand heulend vor dem Eingang und zögerte.

»Nun los, du Miststück!« sagte Trosky und gab Mr. Plump einen Tritt. Der kleine Hund kugelte vorwärts, schlug gegen den Luftwulst und wäre über Bord gefallen, wenn Losskow ihn nicht aufgefangen hätte. Er warf ihn in die Insel, bevor der nächste Brecher kam.

»Jetzt ist die richtige Stimmung im Puff!« sagte Trosky gemütlich. »Blondie hegt wieder Mordgedanken! Steig ein, Peer!«

»Und du?«

»Ich hechte hinein, wenn die nächste Welle uns von Deck spült.« Er sah über das tobende Meer und erkannte den nächsten Wellenberg in gerader Richtung auf die *Helu*. »Achtung! Leinen los!«

Er ließ die Gummiinsel frei, hechtete wirklich hinein, fiel auf Helena und Lucrezia und sagte noch: »Pardon, Mesdames.« Dann erfaßte eine riesige Welle die Insel, schleuderte sie von Deck, sie klatschten in die See, Losskow riß den Reißverschluß des Eingangs zu, und nun erfaßte sie der Ozean, ließ sie auf den Wellenkämmen tanzen und spielte mit ihnen das grausame Spiel: Wer ist stärker? Mensch oder Naturgewalt?

Es war die Natur.

Mr. Plump biß vor Angst Trosky ins Bein. Aber Trosky spürte es gar nicht. Auch er hatte Angst, und sie machte ihn gefühllos gegen Schmerzen.

»Wir kommen durch!« sagte er plötzlich. »Hier kann uns kein Sturm etwas anhaben. Für das Meer sind wir so leicht wie ein Ball. Wir können ruhig sein.«

Schwer atmend lagen sie zusammengekrümmt auf dem dikken Gummiboden und warteten. Worauf? Auf das Aufreißen der Insel? Auf einen Zusammenprall mit der *Helu*? Auf eine Welle, die so tief in ein Wassertal drücken würde, daß die nächste Woge sie zerschmetterte und der Ozean sie verschlang?

Nach einer Weile kroch Losskow zum Eingang und zog den Reißverschluß einen Spalt weit auf. Er hatte nicht erwartet, die *Helu* noch zu sehen, aber sie trieb backbord, in fast greifbarer Nähe, mit schwerer Schlagseite im Sturm, wurde hochgeschleudert und in Wellentäler geworfen und kam doch immer wieder hoch, weil die aufgeschäumten Kammern noch genug Auftriebsschub hatten. Ein langsames, schreckliches Sterben, das Stunden dauern konnte. Das Boot gab noch nicht auf.

Losskow kroch zu seinem Platz zurück und legte die Decke über sich. Er fror, wie sie alle, völlig durchnäßt. Zwar würde sich die enge Insel durch die Menschenkörper aufheizen, aber es war ja nicht die Kälte allein, die sie zittern machte, die Nerven vibrierten wie unter elektrischen Schlägen.

»Ist sie noch da?« fragte Helena.

Losskow nickte. »Backbord. Sie kämpft.« Er schloß die Augen und drehte den Kopf zur Seite. »Jetzt könnte ich heulen.«

»Sind wir zu früh ausgestiegen?« fragte Trosky.

»Nein. Ob auf dem Boot oder hier in der Insel – wir sind angewiesen auf das Meer. Wir haben keinen Willen mehr. Wir haben nur noch oben auf der Spitze ein Blinklicht, solange die Batterien reichen, und wir haben die Hoffnung, daß uns jemand sieht. Daß dieser Pablo in Rio Gallegos vielleicht etwas mit seinem Alarm erreicht hat. Und daß der Sturm bald nachläßt.«

»Ist das nicht ein bißchen wenig?« Trosky gab Mr. Plump eine Ohrfeige, weil sich der kleine struppige Hund voller Angst auf seinen Oberschenkel legen wollte. Winselnd kroch er zu

Lucrezia, die ihn in den Arm nahm. Helena trat nach Trosky, aber der hielt lachend ihren Fuß fest. »Und wenn uns keiner sucht und findet?«

»Irgendwo kommen wir an.«

»Natürlich. Als verdorrte Mumien. Die Zeitungen werden dann einmal schreiben: ›In Neuseeland wurde eine Gummiinsel mit den Überresten von vier Menschen angetrieben. Ihre Identität ist nicht mehr festzustellen. Es muß ein altes Gummifloß aus dem verflossenen Jahrzehnt sein‹.«

Trosky grunzte, ließ Helenas Bein los und schälte sich aus seiner Öljacke. Er zog auch Stiefel und Hose aus und lag nackt neben Lucrezia. »Wir sollten uns alle ausziehen und ausdampfen. Ich habe etwas gegen Schnupfen, es ist die blödsinnigste Krankheit, vor der der Mensch kapituliert.«

Noch einmal blickte Losskow durch den Spalt am Eingang hinaus. »Jetzt ist sie nicht mehr zu sehen«, sagte er beim drittenmal. »Das heißt noch nicht, daß sie gesunken ist. Auch das wär' ja eine Hoffnung mehr! Die *Helu* treibt weiter und wird aufgefischt. Dann wird man uns in diesem Gebiet suchen!«

»Er bleibt der unverwüstliche Optimist!« sagte Trosky. »Er gehört zu den Typen, die zum Scharfrichter sagen: Ätsch, das Beil ist ja stumpf.«

»Das wichtigste ist: wir leben!« Helena knöpfte einen Plastikbeutel auf und holte eine Flasche heraus. Sie hob sie hoch und schwenkte sie durch die Luft. »Kognak, Kinder! Den haben wir jetzt verdient.«

»Sie ist doch ein goldiges Mädchen!« grölte Trosky und streckte beide Hände nach der Flasche aus. »Für einen tiefen Schluck darfst du mir noch einen Tritt geben.«

Der 15. Tag.

Das Meer war ruhig. Es war ungewöhnlich warm, obgleich sie nach Süden trieben, was sie am Stand der Sonne erkannten. Der mitgenommene Handkompaß versagte kläglich. Er hatte durch einen winzigen Riß Wasser eingesogen und spielte verrückt. Es blieb nur die Orientierung durch die Sonne oder die Sterne, die grobe Richtung also.

In der Enge der Insel, Körper an Körper, war es nicht mehr auszuhalten. Trosky hockte draußen auf dem Inselrand, einen Leinenhut auf dem Kopf, und versuchte, Fische zu fangen. Er hatte aus Sicherheitsnadeln kunstvolle Haken gebogen und lockte die ersten Fische mit Wurstbröckchen aus einer Dose an. Die großen Fische tötete er mit einem Handkantenschlag ins Genick, den kleinen zerdrückte er mit Daumen und Zeigefinger den Kopf und hängte sie als Köder an seine Haken.

»Er ist ein Vieh!« sagte Helena schaudernd zu Losskow. »Man kann doch Fische anders töten.«

»Er wird dir erklären, das sei die schnellste und beste Methode.«

Sie aßen die Fische roh; es schmeckte scheußlich, aber es streckte den Proviantvorrat, den sie sowenig wie möglich angriffen. Am neunten Tag warf Trosky die aufgeschlitzten Fische in die Insel mit der Bemerkung: »Ich habe ein Patent anzumelden: Fische, mild gesalzen!«

Er saß nackt draußen, sein Körper war durch die starke Verdunstung mit weißen Salzkristallen überdeckt. Er nahm einen frisch gefangenen Fisch, zerriß ihn, holte mit den Fingern die Innereien heraus, schabte das Fleisch an seinem salzverkrusteten Leib entlang und warf es Lucrezia zu. Als sie den Fisch mit Schwung wieder hinaus ins Meer schleuderte, lachte er dröhnend. »Wie satt sie ist! Verzichtet auf Delikatessen! Leben wir nicht wie im Schlaraffenland?!

Es konnte geschehen, daß er in die Insel hineinkam, Lucrezia packte, auf den Rücken warf und vor den Augen der anderen schamlos nahm. Beim erstenmal hatte sich Lucrezia verzweifelt gewehrt, aber dann gewöhnten sich alle daran. Alle Scham fiel ab, die anerzogenen Moralbegriffe lösten sich auf. Wenn Trosky sich zu Lucrezia rollte, saßen Helena und Peter daneben und lasen oder hörten Musik aus dem Transistorradio oder schwammen im Meer, mit einer Leine zur Insel gesichert.

Einmal, als Trosky allein in der See schwamm, sagte Lucrezia zu Losskow: »Er kann schwimmen, aber er ist kein guter Schwimmer. Auf gar keinen Fall ein Langschwimmer. Das hat er mir selbst gesagt.«

»Keine Angst«, entgegnete Losskow ahnungslos. »Er hängt ja an der Leine.«

»Wenn man sie durchtrennt...«

»Luzi!« Losskow starrte Lucrezia betroffen an. »Vergiß es! Schnell!«

»Ich hasse ihn! Ich hasse ihn! Wenn er auf mir liegt, möchte ich eine Bombe sein, die mit ihm zerplatzt! Manchmal denke ich, ich könnte es so machen, wie ich es in einem japanischen Film gesehen habe: Da liebten sich zwei, und als er zum Höhepunkt kommt, stößt sie ihm ein langes Messer in den Rücken.«

Sie blickten hinaus aufs Meer, wo Trosky von den Wellen getragen wurde, tauchte, prustend hochkam und übermütig lachte.

»Jetzt...«, sagte Lucrezia gepreßt. »Jetzt könnten wir das Seil kappen. Wir treiben schneller, als er schwimmt. Peer, nur ein Hieb mit dem Messer, und wir sind ihn los! Bitte, bitte! Du bist ein Mann!«

»Aber kein Mörder!« Er legte beruhigend den Arm um Lucrezia. Sie begann zu zittern und weinte leise. »Hast du mit Blondie darüber gesprochen?«

»Ja. Sie wartet darauf, daß Trosky sie anfällt. Was würdest du dann tun?«

Losskow schwieg. Ja, was würde ich tun, fragte er sich. Trosky doch umbringen?

Einen Augenblick dachte er daran, was geschehen würde, wenn man sie nicht auffischte, wenn der Proviant zu Ende war, auch das Frischwasser, und die Kraft nicht mehr ausreichte, zu angeln und Regenwasser aufzufangen – die einzige Rettung vor dem Verdursten.

Der Gedanke war so grauenhaft, daß er ihn sofort verdrängte und sich wieder den ›Hoffnungsspruch‹ vorsagte wie ein langes Gedicht, das er auswendig lernen mußte:

»Sie suchen uns. Sie finden uns. Sie müssen uns finden.«

Trosky schwamm zur Insel, zog sich hinauf und dehnte die Muskeln. Dann griff er nach Lucrezia, zog sie an den langen schwarzen Haaren an sich, wälzte sich über sie und sagte fröhlich: »So ein Bad ist wie ein Jungbrunnen! O verdammt, ich fühle mich munter wie sechs Bullen der Langhornrasse.«

Während er auf ihr lag, starrte Lucrezia mit weiten Augen Peter von Losskow an. Gib mir ein Messer, schrie dieser Blick.

Bitte, bitte, gib mir ein Messer, ein ganz langes Messer, das bis in sein Herz reicht!

Der 27. Tag.

Bei Helena und Lucrezia zeigten sich die ersten Geschwüre am Körper.

Obwohl sie immer duschten und sich abfrottierten, setzte sich das Meersalz fest. Es war stärker und allgegenwärtig. Nicht nur in den Wellen, auch in der Luft, in den feinen Tropfennebeln sich überschlagender Wogen. Es war überall, erst unsichtbar, dann, nach dem Verdunsten des Wassers, als feine weißliche Schicht.

Die Haut brannte, platzte auf, rötete sich, blutete träge. Und überall kam das Salz hin, fraß sich hinein, in die Poren, in die Wunden, in die Schleimhäute – es gab kein Entrinnen. Helena, die Medizinerin, bedeckte die ersten Schwären mit Salbe, aber was half das schon! Das Salzwasser war aggressiver, es zerstörte systematisch die Haut. »Die Variante ist gar nicht so übel«, sagte Trosky, als er nach zwei Tagen mit einem Messerrücken die Salzkruste von sich schabte. »Wir werden nicht verdorren oder als Skelette antreiben, sondern fein gepökelt der Nachwelt erhalten bleiben.«

»Es müßte regnen.« Losskow blickte in den wolkenlosen Himmel. Die Sonne strahlte unentwegt vom Morgen bis zum Abend. Trotzdem war es kühl, kaum 15 Grad, das Meer fühlte sich eisig an. Seit Tagen badeten sie nicht mehr, trugen Hosen und Pullover und zogen sich nur nachts aus, wenn sie eng beisammen, Körper an Körper, unter und auf den Decken lagen und schwitzten. »Himmel, wäre das schön, sich jetzt unter eine Regendusche zu stellen.«

»Und zwei Tage später sind wir wieder gesalzen.« Trosky, dem mittlerweile ein Vollbart wuchs, spreizte die Finger, strich durch die Haare und zeigte Losskow die Hand. An den Fingernägeln klebten weiße Kristalle, als habe er sie in Zucker getaucht. »Ich bin eine lebende Saline! Ich gehe jede Wette ein: Wenn ich Lucrezia jetzt ein Kind mache, kommt ein Salzstreuer heraus!«

»Es muß regnen«, sagte Losskow so laut, als müsse es der

Himmel hören. »Der Regen ist fällig! Seit neun Tagen kein Tropfen, das ist für dieses Gebiet verrückt!«

»Dieses Gebiet! Wo schwimmen wir denn? Ist das richtig: heute ist der 27. Tag des glorreichen Unternehmens? Nach Feuerland mit einer Gummiinsel?«

»Ja.«

»Da werden uns aber die Wikinger beneiden. Auf die Idee wären sie nie gekommen.« Trosky glotzte Losskow plötzlich aus unheimlich flackernden Augen an. »Wie lange halten wir noch durch?«

»Noch lange.«

»Das ist keine Antwort.« Trosky beugte sich zu Losskow hinüber. »Sollen wir von der Zukunft reden?«

»Von mir aus.«

»Wir treiben noch hundert Tage.«

»Blödsinn!«

»Hundert Tage!« sagte Trosky, keinen Widerspruch duldend. »Das Fressen ist aus, das Wasser ist weg, nur noch das aufgefangene Regenwasser ist da, aber das reicht nicht mehr. Wir treiben nicht zur Feuerlandküste, wir treiben quer über den Südatlantik nach Afrika. – Ist das unmöglich?«

»Es ist unwahrscheinlich.«

»Du bist ein Diplomat. Du kennst die Wahrheit, aber du weißt, wie man sie verschleiert. Also Afrika. Dann also auch hundert Tage. Kein Fressen, kein Wasser, aber vier Menschen und ein Hund. Halt. Kein Hund mehr! Den haben wir schon nach zwanzig Tagen geschlachtet und als Tatar gegessen.«

»Falsch! Dann hättest du erst Helena umbringen müssen.«

»Auch die süße Blondie hat Hunger und kann nicht von deinen mageren Umarmungen leben. Nehmen wir also an: hundert Tage sind herum. Und je mehr Tage kommen, um so deutlicher wird es: Vier Menschen – das ist zuviel an Bord! – Weißt du, was ich denke?«

»Ich glaube«, sagte Losskow vorsichtig. Er hütete sich, Trosky zu reizen. Sein Blick warnte ihn. Ein falsches Wort, und es kam wieder zu Brüllen und Toben, zu Beschimpfungen und Drohungen. Die Hölle war gegenwärtig.

»Was meinst du?« fragte Trosky. »Daß du überlebst? Das ist es ja, weshalb ich mit dir über die Zukunft sprechen will. Ich wollte dir nur versichern, daß ich der letzte auf diesem Gummi-Paradies sein werde!«

Losskow atmete tief durch. Er fühlte sein Herz eingeschnürt wie von einem Stahlband. Das Atmen fiel ihm schwer. »Du willst einen nach dem anderen töten?«

»Ja. Dich zuerst.« Trosky grinste. Sein Gesicht mit dem zotteligen, mit Salzkristallen durchsetzten Bart, wurde zu einer furchterregenden Maske, den Fetischen ähnlich, wie sie die Kopfjäger auf Neuguinea an Stangen neben ihren Hütten hängen haben. »Es ist gut, wenn man weiß, Peer: Du kannst nicht weglaufen.« Er machte eine ausladende Handbewegung über den unendlichen Ozean. »Oder doch. Du kannst! Freiwillig. Als Gentleman den Damen gegenüber. Ein Wassertrinker weniger. Man wird dich als großen Kavalier in Erinnerung behalten.«

»Und dann tötest du die Mädchen.«

»Sagen wir, es sind einhundertzwanzig Tage vorbei. Es hat geregnet, wir haben Wasser, aber wir haben nichts für die Zähne. Kein Fisch beißt an, der Hunger zerfrißt uns. Man kann keine Decken fressen, keine Plastiktüten, keine Blechdosen, keine Nylontaue. Und Schuhe essen konnte nur Charlie Chaplin im Film. Man könnte überleben, man hat ja Wasser...«

»Sprich nicht weiter, Jan!« sagte Losskow tonlos. »Ich schlage zu!«

»Warum rennt der Mensch immer vor der Wahrheit davon? Warum will er nie wissen, wie das nackte Überleben aussieht? – Peer, die nächste wird Helena sein! Nach einhundertzwanzig Tagen ist sie knochiger geworden, aber es bleibt genug dran an ihr.«

»Du vergißt, daß ich vor dir handeln könnte?« sagte Losskow hart. »Deine Zukunftsvisionen sind für mich ein Signal.«

Er ließ Trosky am Eingang sitzen und wandte sich ab.

»Worüber diskutiert ihr?« rief Helena aus der Insel.

»Wir haben uns aufgegeilt an Kochrezepten!« rief Trosky fröhlich. »Das ist ein schönes Spielchen, wenn der Magen knurrt.«

In der Nacht zum 28. Tag schlief Losskow mit seiner Pistole. Sie war in einer Decke verborgen, die er als Kopfkissen gefaltet hatte. Trosky, dem das nicht entgangen war, grinste zu ihm hinüber. »Ab hundert Tage!« sagte er, und nur Peter verstand ihn. »Wir haben erst den 27.«

Der 41. Tag.

Das Wasser war nun knapp geworden, der Proviant schrumpfte zusammen auf Schokolade, Fruchtstangen, muffig schmeckenden Keks, pappige Zwiebacke und drei Dosen Schwarzbrot. In einem Sack verwahrte Helena als größte Kostbarkeit noch drei Dosen Nudeln mit Rindfleisch, zwei Büchsen mit Wiener Würstchen und zwei Vakuumpackungen mit geschälten Kartoffeln. Wie eine Raubtiermutter verteidigte sie ihre Schätze und schlief vor dem Vorratssack.

Wer nachts heimlich an die Verpflegung wollte, mußte über sie kriechen. Das hätte sie gemerkt und wild um sich geschlagen.

Jetzt, am 41. Tag, dümpelten sie auf einer ziemlich ruhigen See dahin, salzverkrustet, die Körper mit Geschwüren übersät, von Magenkrämpfen und plötzlichen Halluzinationen geschüttelt. Lucrezia lag apathisch auf ihrer Decke und kroch nur zum Eingang, wenn sie ihre Notdurft verrichtete, Helena hütete, wie Alberich das Rheingold, ihren letzten Proviantsack und die Plastikflaschen, die man durch aufgefangenes Regenwasser immer wieder auffüllte. Es schien genau einzutreffen, was Trosky prophezeit hatte: Man würde nicht verdursten, der Himmel sorgte für Wasser. Aber man würde verhungern.

Wohin die Gummiinsel trieb, hatten sie längst zu berechnen aufgegeben. So wie der Wind sich drehte, so drehten sie sich mit. Mal trug das Meer sie nach Norden, dann wieder nach Osten, dann tagelang nach Süden. »Wir sind die gelbe Hochseequalle, juchhu, juchhu, heissa!« grölte Trosky. »Wir treiben nach Amerika, nach Afrika, nach Hongkong und Hawaii. Nur Feuerland, das sehn wir nicht, da sind wir längst vorbei!« Er starrte irr um sich, bog die Enden seines verfilzten Bartes nach oben und wartete auf Beifall. »Das ist ein Lied, was?! Das sollte man für die Nachfahren an die Wand schreiben. Die Nationalhymne der Verrückten vor Kap Horn. Was glotzt ihr mich alle so an?! Ihr schimmligen Kuhaugen! Ihr schwammigen Frösche! Wir sind die gelbe Hochseequalle, juchhu, juchhu, heissa!«

Die blinkende Signallampe auf der Spitze des Zeltdaches leuchtete längst nicht mehr. Die Kontakte waren oxydiert, die Batterien leer, der Mechanismus vom Salz zerfressen. Einmal, am 33. Tag, glaubte Trosky in der Ferne ein Schiff zu sehen. Über den Wellenkämmen tauchten Aufbauten auf. Losskow sah sie nicht, aber Trosky schrie wie ein Tier und verlangte die Signalpistole.

Er steckte die rote Rakete auf, stieß den Arm in den Himmel und drückte ab. Es machte klick, mehr geschah nicht.

»Du Hurenaas!« brüllte Trosky. »Zisch in den Himmel! Da ist ein Schiff! Ein Schiff!«

Er drückte noch einmal ab, der Bolzen traf den Treibsatz, aber er hinterließ dort nur eine Delle. Die Rakete zündete nicht. Vorsichtig nahm Losskow die Pistole aus Troskys erschlaffender Hand.

»Das Pulver ist feucht geworden«, sagte er. Seine Stimme klang krächzend; das Salz zerstörte auch Gaumen und Rachen. Trosky starrte ihn an.

»Heißt das, wir können uns nicht mehr bemerkbar machen.«

»Ja.«

»Sie fahren an uns vorbei, und wir können nichts tun?«

»Ja.«

»Gar nichts mehr?«

»Winken! Schreien! Und hoffen, daß man unseren gelben Fleck im Meer sieht. Selbst Rauch können wir nicht mehr entwickeln, auch die Rauchpatronen sind naß.«

»Worauf warten wir dann noch!« bellte Trosky und klammerte sich draußen an den Leinen fest.

»Auf ein Wunder«, sagte Losskow ernst.

Der 41. Tag, irgendwo auf dem Atlantik.

Helena hatte sich völlig verwandelt. Sie sprach mit Losskow kaum noch, und wenn er neben ihr lag, zischte sie ihn an: »Faß mich nicht an! Berühr mich nicht!« Und leiser, eindringlicher: »Du Feigling! Alles läßt du dir von dieser Bestie gefallen! Er muß weg. Begreifst du das nicht. Er muß weg. Geh mir aus dem Weg, du Feigling!«

Aus dem Weg gehen. In einer winzigen, runden, schaukelnden Gummiinsel.

In Ushuaia auf Feuerland wartete seit über zwei Monaten Dieter Randler auf ein Lebenszeichen der *Helu*.

Nachdem er ihre Spur verloren hatte, hatte er alles mobilisiert, was nur möglich war, aber bis auf ein paar höfliche Worte der Behörden erreichte er nichts. Sowohl in Dakar wie in Buenos Aires hörte man ihm geduldig zu und fragte dann mit einem milden Lächeln:

»Hat Mr. Losskow Funk an Bord?«

»Ja!« antwortete Randler. Er ahnte, was folgen würde.

»Warum gibt er keine Nachricht?«

»Wie kann er, wenn er abgesoffen ist!«

»Und wie sollen wir etwas unternehmen, falls er verunglückt ist? Wo sollen wir ihn suchen? Vor allem: *Was* sollen wir suchen? Schiffstrümmer? Treibende Leichen in Schwimmwesten? Haben Sie sich mal die Landkarte betrachtet?«

»Das Boot ist unsinkbar!«

»Dann wird man es finden.«

»Es kann hilflos herumtreiben.«

»Dann würde Mr. Losskow sicherlich SOS funken. Und dann wird er auch gefunden und gerettet. Aber hat er Nachricht gegeben?«

Randler sah ein, daß es keine Argumente gab, um eine große Suchaktion, die Hunderttausende von Mark gekostet hätte, zu starten. Vor allem die Grundfrage war nicht zu beantworten: Wo auf dem riesigen Atlantik befand sich die *Helu*? Und warum gab Peter keinen Funkspruch durch?

Die Redaktion in Hamburg war so unhöflich, ihren so cleveren Reporter Randler ein Super-Rindvieh zu nennen. »Ich hatte gleich ein ungutes Gefühl«, schimpfte der Chefredakteur am Telefon. Randler saß in der Hafenverwaltung von Ushuaia auf Feuerland und hatte es nach vier Stunden Warten erreicht, mit Hamburg verbunden zu werden.

»Zwei Männer allein, gut, das haut immer hin. Aber als ich die beiden Weiber sah, juckte mir die Kopfhaut. Hätte ich doch nicht auf Ihr Gerede gehört! Das Geld ist durch die Röhre geblasen. Gut, da kommen wir noch drüber weg. Aber was Sie da angeleiert haben, das bringen Sie jetzt auch zu Ende. Dieter! Sie schreiben einen dramatischen Nachruf auf die vier Verrückten?! So mit allem Pipapo. – ›Die letzten Stunden der Atlantikhelden‹ oder so: Vor allem auf die Mädchen konzentriert, die Tränendrüsen müssen zucken.«

»Und wenn sie noch leben?«

»Das ist mir doch Wurscht!« Der Chefredakteur hieb auf den Tisch. Randler hörte es bis Ushuaia und sah die Situation vor sich: Der dicke Pfeiffer, die Brille über die Stirn geschoben, ein mit Fotos übersäter Schreibtisch, links auf der Platte das Bild von Frau Pfeiffer, die einmal Revuesängerin gewesen war und – so wurde behauptet – Pfeiffer aus Rache geheiratet hatte, weil dieser damals eine böse Kritik über ihren Auftritt geschrieben hatte, daneben das Foto des Verlegers, was man unter Kollegen überhaupt nicht verstand, weil keiner wußte, daß der Verleger ein Verhältnis mit Frau Pfeiffer unterhielt, was Pfeiffer wiederum eine Lebensstellung garantierte. Und nun hieb er auf den Tisch, die Fotos flatterten, und das Bild von Yvonne Pfeiffer schwankte. Randler sah es vor sich wie im Kino.

»Sind Sie noch da, Dieter?« bellte der Chefredakteur.

»Ja.«

»Also was ist nun?«

»Sie sind vermißt!«

»Das ist doch eine tolle Story! Da kann man was draus machen. Spekulationen: Wo treiben sie, warum treiben sie, was treiben sie an Bord? Hahaha! Die Dramatik der Seefahrt... Randler, das ist doch ein Bombenstoff! Das ist besser als ein Nachruf! Da können Sie voll in die Kiste greifen. Schreiben Sie!«

Randler schrieb nicht. Er mietete sich in Ushuaia ein und hoffte, daß das Schreckliche nicht eingetreten war.

»Ich bleibe vorerst auf Feuerland«, telegrafierte er nach Hamburg. Und die Redaktion antwortete: »Okay. Verbrenn dir nicht den Hintern!«

Ein fader Witz für ein Land, dessen Berge ewiger Schnee bedeckt und von denen sich riesige Gletscher vorwärts schieben. Ein Land am Ende der Welt, bizarr, wie es kein Maler in seiner Phantasie darstellen könnte.

Und dann kam auch zum Hafenamt von Ushuaia der Notruf des Pablo Cerroso aus Rio Gallegos: ›Segelschiff *Helu* in Seenot! Wassereinbruch! SOS! Position völlig unklar. Irgendwo bei der Staten-Insel.‹

Dieter Randler lief zu großer Form an. Er beschwor sämtliche erreichbaren amtlichen Stellen, die Suche aufzunehmen, er telegrafierte nach Hamburg und bekam die Antwort: »Fabelhaft! Bringen Titelseite mit rotem Balken: ›Hilflos treibend im Orkan...‹ Jeden Mittag Telefonbericht!«

Dann flog Randler selbst mit einem Küstenwacht-Helikopter hinunter zum Kap Horn und mit einem Flugboot nach der Staten-Insel.

Von Losskow nichts zu sehen. Und er schwieg auch wieder. Nur eines wußte man jetzt: Bis zur Stunde des Notrufes lebten sie alle noch. Das Schiff trieb irgendwo herum. Wassereinbruch – das konnte alles bedeuten. Wenn die *Helu* nicht gänzlich vollief, hielt sie sich in der See. Auch bei Sturm. Sie war wie ein Korken.

Während der Orkan tobte, war es unmöglich, weite Meeresgebiete abzusuchen, aber sobald sich der Sturm etwas legte, waren drei Flugzeuge in der Luft und kontrollierten tagelang Planquadrat nach Planquadrat. Von Ushuaia aus wurden alle Schiffe angerufen, die im Gebiet von Kap Horn, Staten-Insel und Süd-Georgien unterwegs waren. Nach dem Wind- und Strömungsberechnungen mußte die *Helu* sich in diesem Teil des Süd-Atlantiks aufhalten: ein weißer Punkt nur und kaum aufzufinden inmitten der weißschäumenden Wellen.

»Sie wissen, wie die Chancen stehen?« sagte der Chef des Hafenamtes von Ushuaia.

Randler nickte. Seit vier Tagen war er aus den Kleidern nicht herausgekommen, schlief nur im Sitzen ein paar Stunden, wenn die Flugzeuge neu aufgetankt und durchgesehen wurden. Die Funkmeldungen der Schiffe waren trostlos. Geringe Sicht. Noch hoher Wellengang. Wind noch immer 45 Knoten. Gebietsweise nach Orkanstärke und Sicht gleich Null.

Auch Pablo in Rio Gallegos hatte keine neuen Nachrichten. Das letzte war Losskows verzweifelter Ruf: ›Wir müssen aussteigen! Ruder gebrochen. Wassereinbruch auch achtern. Das Boot ist nicht zu halten.‹

»Bedenken Sie doch: sie haben die beste Notausrüstung, die es zur Zeit auf dem Markt gibt«, flehte Randler die argentinischen Behörden an. »Die Rettungsinsel ist grellgelb und hat Blinklicht. Wenn sie ausgestiegen sind, haben sie die beste Chance zu überleben! Sie müssen weitersuchen!«

»Wir können nicht mehr tun, als wir schon getan haben. Wenn wir nur eine Ahnung von ihrer Position hätten ...«

Das alte Rätsel, die Grundfrage: Wo befand sich die *Helu*?

Losskow schwieg. Irgendwo trieb er mit seiner kleinen Gummiinsel im Ozean. Randler schauderte, wenn er daran dachte.

Wieviel Wasser konnten sie mitnehmen? Wie lange reicht der Proviant? Halten die Mädchen nervlich durch? In welcher Verfassung sind sie alle? Wann ist die Erschöpfung so groß, daß sie einfach schweigend dahinsterben?

Nach 44 Tagen wurde jede Suche eingestellt. Dieter Randler beschwor alle maßgeblichen Stellen, auch wenn er die Antwort im voraus wußte.

»Nach 44 Tagen ist keine Hoffnung mehr«, sagte man ihm überall. »Die Schiffe in diesem Seegebiet melden nichts. Das Wetter ist normal, die Wellenhöhe sogar niedrig. Der britische Flugzeugträger *Essex*, der gerade in dem Gebiet kreuzt, hat seit einer Woche das gesamte Gebiet abfliegen lassen. Ohne Ergebnis. Man spricht es ungern aus, aber man muß die Crew der *Helu* als verloren betrachten.«

Dennoch blieb Randler auf Feuerland.

»Ich weigere mich, daran zu glauben, daß sie nicht wiederauftauchen!« schrie er den dicken Pfeiffer in Hamburg per Telefon an. »Ich kenne Peter von Losskow zu gut!«

»Begreifen Sie endlich!« brüllte Pfeiffer zurück. »Der Atlantik ist kein Baggersee! 44 Tage! Die sind schon hart wie Brezeln!«

Zum erstenmal haßte Randler den Ton in seiner Redaktion. Bisher war er nicht anders gewesen, es gehört zu seinem Beruf, kaltschnäuzig zu sein, wenn er auch nie so gefühllos gewesen war wie jener amerikanische Reporter, der dem in seinem Führerhaus eingequetschten Fernfahrer das Mikrofon vor die blutleeren Lippen hielt und fragte: ›Sie wissen, daß Sie gleich sterben werden. Sagen Sie uns: Welch ein Gefühl ist das? An was denken Sie jetzt? Haben Sie noch Angst vor dem Tod?‹

Am 45. Tag flog Randler auf eigene Kosten mit einem Flugboot zum Kap Horn und kreuz und quer über das Seegebiet. Es war ein herrlicher, klarer, ruhiger Tag, eine wahre Seltenheit. Der Atlantik lag unter ihnen wie eine blaue Decke mit Kräuselmuster.

Sie flogen, bis der Treibstofftank signalisierte: zurück!

»Es ist völlig sinnlos«, sagte der Pilot, ein Engländer, der für die argentinische Feuerland-Verwaltung flog. »Nicht wegen der 45 Tage, da könnte man noch hoffen. Aber wer weiß, wo sie treiben?«

Immer und immer wieder diese Frage. Und dann der Satz, der Randler still machte, weil er zwingend logisch war:

»Sie wußten von den Gefahren. Sie haben sich freiwillig hineingewagt. Was jetzt passiert ist, mußten sie in ihre Rechnung aufnehmen. Es gibt nur einen Verantwortlichen: die vier Vermißten.«

Der 69. Tag.

Sie lebten noch immer.

Aber wie lebten sie?

Trosky hockte am Eingang der Insel und grölte. Helena und Lucrezia, mit Geschwüren übersät, lagen auf den Decken, apathisch und stumm nach oben starrend. Losskow wusch sie ab und zu, opferte eine Schüssel Regenwasser, um das Salz aus den Wunden zu waschen, teilte die Verpflegung ein: pro Tag zwei Kekse, ein Stückchen Schokolade, einen halben, matschigen Zwieback, jede Stunde einen Schluck Wasser. Das Salz im Gaumen brannte und steigerte das Durstgefühl bis zum Wahnsinn. Das Schlucken wurde immer mühsamer.

Losskow fütterte die Mädchen wie Säuglinge, legte ihre Köpfe in seinen Schoß und wartete, bis sie die Kekse heruntergewürgt hatten. Dann gab er ihnen vorsichtig das Wasser, jedem verschütteten Tropfen nachblickend, als rollten Diamanten von den Lippen. Lucrezia war zu schwach, noch selbst den Becher zu halten. Ihre Lippen, ihr Gesicht, die Gelenke waren aufgedunsen, die Augenhöhlen entzündet, die Haut von Salz gegerbt und rissig.

Drei Tage lang sah Trosky mit gesenktem Kopf und mahlendem Unterkiefer zu, wie auch Mr. Plump seinen Anteil bekam:

einen Keks, ein Stück Zwieback, einen Schluck Wasser, ein Stückchen Schokolade. Dann trommelte Troskys Finger auf seinen Schenkeln, er wandte sich ab, starrte durch den Eingang hinaus aufs Meer oder ließ sich ins Wasser gleiten, hängte sich an die Halteseile und trieb so lange im Ozean neben der Gummiinsel her, bis er vor Frost klappernd wieder an Bord kam und sich in seine Decke wickelte.

An diesem 69. Tag grölte Trosky in den Tag hinaus. Seit zwei Tagen beobachtete Losskow mit Sorge, wie der Irrsinn sich in Trosky festsetzte, wie der Mann keine Kraft mehr hatte, dagegen anzukämpfen, wie dieses zerstörte Wesen nun der Katastrophe zusteuerte.

»Ich habe Hunger!« krächzte Trosky und klatschte im Takt in die Hände. »Hunger! Hunger!« Mit den Füßen, die er über den Wulstrand hängen ließ, trat er gegen die Wellen und jauchzte in immer kürzeren Abständen. »Es gibt Fleisch, Fleisch, Fleisch, und zwar gleich, gleich, gleich!« Und wieder und wieder. »Immer Fleisch, Fleisch, Fleisch, wir sind reich, reich, reich!«

Mit einem Sprung kehrte er in die Insel zurück, trat Losskow gegen den Bauch, der verlor das Gleichgewicht, stürzte auf Helena und klammerte sich an ihr fest. Die Gummiinsel schwankte stark, aber Trosky übertönte alles mit einem irren Schrei, selbst das Aufkreischen von Lucrezia, als er mit krallenartigen Fingern Mr. Plump vom Boden riß und an sich drückte.

»Wir haben Fleisch!« schrie er. »Fleisch! Fleisch! Fleisch!«

»Jan!« brüllte Losskow. Er wollte aufspringen, aber der Tritt in den Leib lähmte ihn von den Hüften abwärts. Er blieb auf Helena liegen, die sich nicht rührte, warf sich zur Seite, suchte eine Pistole, fand sie neben der Keksbüchse, entsicherte sie und drückte auf Trosky ab. Wie damals bei der Signalpistole gab es ein Knacken, sonst nichts. Die Munition war naß, die Pistole durch Salzwasser zerstört.

Trosky lachte dröhnend, hob Mr. Plump hoch und legte seine rechte Hand auf seinen Kopf. Der kleine Hund ahnte sein Los, er wimmerte und versuchte zu beißen, seine Beinchen strampelten verzweifelt, aus großen, traurigen Augen, diesen einzigen Fenstern zum Leid einer Kreatur, glotzte er

Trosky an. Er versuchte sogar noch zu bellen, heiser, auch er längst vom Salz zerfressen, und schnappte nach Troskys linker Hand, die seinen Bauch tätschelte.

»Wir haben Fleisch!« sagte Trosky plötzlich ganz ruhig. »Wir leben weiter.«

Losskow schloß die Augen. Es gab einen knirschenden Laut, als Trosky dem kleinen Mr. Plump das Genick herumdrehte. Es war nur eine Hebelbewegung seiner rechten Hand, die auf dem Hundekopf lag.

Trosky kroch zum Eingang, hielt den toten Mr. Plump hinaus und schlitzte ihn mit einem Messer auf. Er zog das Fell ab, zerteilte den armseligen Körper und biß in sein Stück hinein, in den mageren Hinterschenkel des Hundes. Das Blut lief ihm aus den Mundwinkeln, den Hals hinunter, über die behaarte Brust, der Bart durchsetzte sich mit roten Streifen. Er schien das alles nicht zu spüren, wandte sich Losskow zu, der vom Ekel gewürgt wurde, und warf ihm den Rest des Hundes auf den Bauch.

»Fleisch!« grölte Trosky. »Fleisch! Eine Woche Leben ...«

Er fraß wie ein ausgehungertes Raubtier, und etwas anderes war er auch nicht mehr. Mit seinen starken Zähnen zerriß er das Hundefleisch und schlang es mit leuchtenden Augen hinunter.

Regungslos lag Helena unter ihrer Decke. Losskow war sich nicht klar, ob sie die Abschlachtung begriffen, ob sie überhaupt noch die Fähigkeit hatte, das Geschehen um sie herum wahrzunehmen. Sie aß und trank fast mechanisch, wenn Peter sie fütterte. Er schleifte sie zum Ausgang, wenn sie sich entleeren mußte, meist lag sie mit geschlossenen Augen und gab auf Fragen keine Antwort.

»Will keiner mehr?« rief Trosky. »Sonst gehört er mir allein!«

»Verrecke an ihm!« sagte Losskow.

»Ihr empfindsamen Heuchler!« Trosky stopfte den Rest von Mr. Plump in eine Plastikhülle.

»Tatar vom Rind und Mett vom Schwein, das freßt ihr! Aber bei einem dämlichen Hund fallen euch vor Mitleid die Zähne aus! Tier ist Tier, und Fleisch ist Fleisch. Es hat köstlich geschmeckt!«

»Eine Prager Spezialität, ich weiß.« Losskow hielt sich den

Leib. Der Tritt brannte in seinen Eingeweiden. Aber das Gefühl kehrte in die Beine zurück, er konnte die Füße wieder bewegen.

Trosky starrte ihn aus weiten Augen an, wischte sich das Blut aus seinem Bart und schlenkerte mit der Hand. »Das hast du nicht umsonst gesagt, du germanischer Rotz!« sagte er mit rasselndem Atem. »Der nächste bist du: Fleisch ist Fleisch.«

Der 72. Tag.

Der Wahnsinn war überall. Im eigenen Hirn, in jedem Griff der Hände, in jeder Bewegung, im Pfeifen des Windes, im Klatschen der Wellen, im Schaukeln der Gummiinsel, im Knistern der Decken, selbst im Atmen. Überall war der Wahnsinn.

Lucrezia und Helena dämmerten ihrer Auflösung entgegen. Die Geschwüre auf ihren Körpern butterten, und Losskow fragte sich, woher denn bloß noch die Feuchtigkeit aus diesen ausgedörrten Leibern komme. So gut es ging, wusch er sie immer noch jeden Tag mit Regenwasser ab, bis Trosky ihn anschrie:

»Das Wasser ist zum Saufen da! Noch einen Tropfen verschenkt, und ich schlage dir den Schädel ein!«

Seit Stunden beobachtete er Losskow, saß am Eingang und ließ sich keine Bewegung entgehen. Sein Blick war kalt und hungrig. Die Augäpfel bewegten sich hin und her, es war die einzige Bewegung in dem erstarrten Gesicht.

Sie trieben jetzt in eine wärmere Gegend, das spürten sie an der Kraft der Sonne, an der ruhigeren See, an dem wärmeren Wasser. Die grobe Orientierung nach Sonne und Sterne nutzte nichts mehr. Was heißt auch schon Süden oder Norden, wenn einen nach allen Seiten tausend Meilen Ozean umgeben!

»Vielleicht landen wir in Fidschi?« sagte Trosky einmal, als es sehr heiß war. »Wir schaukeln vielleicht schon im Pazifik und wissen es nicht.«

Ab und zu zerbrach auch Troskys ungeheure Kraft. Dann hockte er am Eingang, blickte über das schaumgekrönte Meer und weinte laut. Oder er stand hoch aufgerichtet und brüllte den Ozean an, schrie seinen Haß hinaus, seine Angst, seinen Lebenswillen und seine furchtbare Ohnmacht.

Ebenso plötzlich verwandelte er sich wieder, wurde das dumpfe Tier, das herumhockte, Losskow aus kalten Augen beobachtete, die Keksstücke abmaß, die Wassertropfen zählte und Lucrezia die Tropfen vom Hals leckte, wenn sie zu schwach war, um zu schlucken, und das kostbare Wasser aus den Mundwinkeln rinnen ließ.

An diesem 72. Tag war Trosky ruhig. Er saß an der Gummiwand und summte vor sich hin. Losskow kannte den Rhythmus nun schon, es war »Fleisch, Fleisch, Fleisch, wir sind reich, reich, reich...« Das machte ihn vorsichtig. Er achtete auf jede Bewegung Troskys, auf jedes Zucken, auf das Spiel seiner Hände, auf die sich zusammenziehenden Zehen.

Der Vulkan brodelt, dachte Losskow. Der Ausbruch bereitet sich vor. Die Energie des Wahnsinns sammelt sich.

Schützend setzte er sich vor Helena. Sie lag jetzt, wie auch Lucrezia, in einem kaum unterbrochenen Dämmerschlaf. Die totale Erschöpfung saugte sie aus, nur die Herzen schlugen noch. Aber einmal würden auch sie kapitulieren müssen – sie würden einfach stehenbleiben, ein Motor ohne Treibstoff.

Die Mädchen würden es nicht mehr merken, wie sie auch die Schmerzen ihrer geschwürigen Körper nicht mehr spürten. Die Nerven hatten bereits abgeschaltet.

Losskow war nicht darauf vorbereitet gewesen, obwohl er instinktmäßig soviel wie möglich Abstand zu Trosky gehalten hatte. Abstand: ein lächerliches Wort für die paar Zentimeter Freiraum. Lautlos, wie ein Tiger springt, stürzte sich Trosky plötzlich auf Losskow. Seine Augen funkelten, der Mund war verzerrt, sie fielen beide zum Eingang hin, ineinander verkrampft und zu keiner anderen Bewegung fähig, als sich gegeneinanderzupressen.

»Fleisch!« stammelte Trosky heiser. »Fleisch! Immer Fleisch...«

Losskow durchlief es eiskalt. Die letzte Minute war gekommen. Er ließ sich nach hinten aus der Insel fallen, zog Trosky mit und drückte ihn unter Wasser. Trosky hieb um sich, die rechte Faust umklammerte ein Messer, mit dem er Losskow abstechen wollte, aber unter Wasser hatte er nicht mehr die Kraft, Peters Körper zu treffen. Er tauchte auf, brüllte tierisch, suchte Losskow, der neben ihm aus dem Wasser schoß, und warf sich wieder auf ihn. Es war ein Kampf voll wilder Verzweiflung. Losskow tauchte weg, hängte sich an Troskys zappelnde Beine und zog ihn wieder unter die Wellen. Mit letzter Kraft umklammerte er Troskys Hüften, hielt sich daran fest, seine Lungen blähten sich, drohten zu platzen, aus Angst und Luftnot wurde ein einziger Schrei, der von der Brust bis in seinen Kopf drang und ihn zu zersprengen drohte, aber er hielt Troskys Beine fest und ließ sich erst nach oben treiben, als das Wasser ihn ersticken wollte.

Trosky tauchte noch einmal auf, mit weit aufgerissenen Augen. Sein Kopf hob sich über die Wellen, tanzte wie losgerissen auf dem Schaum – und dann war die Hand da, reckte sich hoch, die Hand mit dem Messer, und Losskow warf sich wieder auf ihn, drückte ihn hinunter und trommelte mit beiden Fäusten auf seinen Kopf. Mit einem Tritt schleuderte er ihn weg, schwamm zu der träge treibenden Insel zurück, hing sich an das Außenseil und wartete.

Trosky kam nicht wieder hoch. Die Wellen rollten gleichmäßig und langgezogen und deckten ihn zu. Irgendwo mochte er wieder an die Oberfläche kommen, um wegzutreiben – aber das sah keiner mehr, und keiner würde ihn jemals finden.

Losskow drückte die Stirn gegen den Gummiwulst und schluchzte. Er hing draußen an der Rettungsinsel, bis er spürte, wie seine Muskeln in der Kälte des Wassers erstarrten.

Bin ich ein Mörder, dachte er. Bin ich jetzt ein Mörder? Gott sei mein Zeuge: Er wollte mich schlachten! Er wollte mich auffressen wie Mr. Plump! Es gab keinen Ausweg mehr.

Mühsam zog er sich in die Insel und warf sich auf den Boden. Im Hintergrund hob Helena den Kopf.

»Ist er weg?« fragte sie mühsam. Seit Tagen die ersten Worte. Losskow zitterte am ganzen Körper vor Kälte und Grauen.

»Ja«, stöhnte er. »Ja. Er ist weg.«

»Jetzt können wir ruhiger sterben.«

»Ja.«

»Wir werden doch sterben?«

»Ja.«

»Gib mir deine Hand!« Sie tastete nach ihm, hielt seine Hand fest und legte sie auf ihren rissig aufgesprungenen, von Blut verkrusteten Mund. »Ich – ich bin ganz ruhig. Merkst du das?«

Er nickte und weinte. Die Tränen rollten über sein zuckendes Gesicht, er kroch zu ihr, legte sich neben sie und umschlang ihren von Geschwüren übersäten Leib. Ihr blondes Haar, in den vergangenen Wochen lang geworden, fiel über ihn und verdeckte seine Augen.

»Ich liebe dich«, sagte sie ganz schwach. »Ich bin so glücklich, daß du da bist. Sterben kann schön sein, Peer.«

Es wurde Nacht, und sie lebten immer noch.

Es wurde Tag, und sie erkannten noch das Licht.

Aber sie begriffen nicht mehr, daß es die Sonne war. Es war einfach hell. Hell und grenzenlos weit.

Am 74. Tag fischte sie der französische Frachter *Liberté* aus dem Meer.

Eine Barkasse schleppte die Gummiinsel zum Schiff, mit einer Winde wurde sie hochgeholt. In Decken gewickelt, trug man Peter von Losskow, Helena Sydgriff und Lucrezia Panarotti in die Kapitänskajüte. Ihre Entdeckung war ein Zufall gewesen. Der Küchenjunge, der Abfall über Bord schüttete, sah weit draußen etwas Gelbes treiben und fragte den Koch ahnungslos: »Gibt es eigentlich gelbe Wale?«

»Frag nicht so dämlich!« schimpfte der Koch.

»Es gibt weiße Wale, warum keine gelben? Draußen ist einer. Ich habe seinen Kopf gesehen.«

Nach dieser Feststellung gab der Kapitän Alarm und drehte bei. Mit Volldampf lief die *Liberté* auf den gelben Fleck zu, bis der 1. Offizier nüchtern sagte:

»Steuerbord voraus eine Rettungsinsel.« Er setzte das Fernglas ab und wischte sich über die Augen. »Mein Gott, hier eine Insel! Ich ahne, was wir da vorfinden werden.«

Und eine Stunde später, nach zwei großen Kognaks, die er nötig hatte, als man die drei Körper abwusch und mit Bandagen und Salben umwickelte, fügte er mit belegter Stimme hinzu: »Es ist unfaßlich, was Menschen aushalten können.« Und mit einem langen Blick auf die drei Geretteten, die in tiefem Schlaf lagen: »Sie werden nie wieder die sein, die sie vorher waren. Wenn sie überhaupt noch durchkommen.«

Sie kamen durch.

Sechs Wochen lagen sie in Buenos Aires im Hospital, nachdem ein Flugboot sie von der *Liberté* abgeholt hatte. Sie lagen in einem Zimmer, links Helena, rechts Lucrezia, in der Mitte Losskow. Gemeinsam machten sie die ersten Schritte, gemeinsam gingen sie hinaus in den Klinikpark.

Dieter Randler hatte seine größte Zeit als Reporter. Seine Berichte bewegten die Leser, der dicke Pfeiffer schnaufte vor Begeisterung. Es kam sogar zu einem Ärztestreit über die Möglichkeiten von Spätschäden und zu einer Anfrage in der Zeitung, die Pfeiffer groß herausstellte:

›Soll man mit Menschen, die so mit ihrem Leben spielen, Mitleid haben und sie bewundern, oder soll man sie ihrem Schicksal überlassen? Wieso sind das Helden? Hat in unserer Zeit nur noch das Extreme Wert? Die Helden von Feuerland? Nein: die Gottversucher von Feuerland!‹

»Das ist eine Jahrhundert-Story«, jubelte Pfeiffer. »Daraus bauen wir uns hier in Hamburg was zurecht! Randler, dieser lahme Arsch! Schickt uns Krankenberichte! Die Problematik muß an die Luft: Wie wird Idiotie zum Heldentum? Da kann man eine schöne Schleife ziehn zum Krieg...«

Der Staatsanwalt von Buenos Aires schloß die Akten über den Fall Jan Trosky. Die Aussagen waren nicht zu widerlegen: Trosky war in einem Anfall von Wahnsinn ins Meer gesprungen und abgetrieben. Wer die drei Überlebenden kurz nach der Landung gesehen hatte, verstand sofort, daß ein Mensch unter solchen Umständen die Grenze zum Nichts überspringen konnte.

Es war ein sonniger Herbsttag, als Losskow, Helena, Lucrezia und Randler in Hamburg landeten. Im Flughafen Fuhlsbüttel stauten sich die Journalisten, wartete das Fernsehen auf den großen Auftritt der drei.

Lucrezia blickte mit großen, schwarzen, aber hohlen Augen um sich, setzte sich in einen tiefen Sessel, ließ sich fotografieren, erwiderte alle Fragen nur mit einem Kopfschütteln und schlug dann die Hände vor ihr Gesicht.

Helena winkte müde ab. »Ich habe nichts zu sagen!« rief sie in die Mikrofone. »Ich lebe, das allein ist mir wichtig!«

Losskow sah sich nach allen Seiten um. Die Fernsehkameras waren auf ihn gerichtet, Fotoapparate klickten wie Schnellfeuer, die Mikrofone umringten ihn wie Schlangenköpfe.

»Zunächst die wichtigste Frage: Wie fühlen Sie sich?« Der Fernsehreporter strahlte Losskow an, als sei er eine barbusige Diva.

»Beschissen!« antwortete Losskow laut.

Die Journalisten lachten. »Eine eindeutige Antwort!« Die Fernsehkameras schwenkten groß auf Losskows mageres Gesicht. »Was war Ihr größtes Erlebnis auf dieser Reise?«

Losskow lächelte sarkastisch. Das größte Erlebnis? Das wagen die zu fragen? Er musterte die Leute: glatte, satte Gesichter, wohlgeformte Masken, gierig nach Sensationen, weil das eigene Leben so stinklangweilig war.

»Mein größtes Erlebnis? Der Mensch ohne Maske«, sagte Losskow ruhig. »Der völlig nackte Mensch, von dem alles abfällt, was wir voller Stolz Menschlichkeit zu nennen pflegen. Der Mensch im Zustand Null! Begreifen Sie das?«

»Nein!« sagte der Fernsehreporter.

»Das habe ich mir gedacht!« Losskow hob beide Arme und fegte mit einem Rundumschlag alle Mikrofone von sich. »Wir alle sind Bestien!« Er boxte sich durch die Menge, ging zu Lucrezia, zog sie aus dem Sessel und drückte sie an sich. Helena faßte sie an der anderen Seite.

»Platz!« sagte Losskow hart und laut. »Wir wollen raus! Es gibt keine Antworten mehr.«

Im Hintergrund lief die Livesendung des Fernsehens weiter. Der Reporter blinzelte in die Kamera und bat seine Zuschauer um Verständnis. »Sie haben es gehört. Die schrecklichen Erlebnisse, über die wir noch im einzelnen berichten werden, haben Peter Losskow schwerer angeschlagen, als man zuerst angenommen hatte. Der Schock sitzt noch drin. Man wird ihn sicherlich in den nächsten Wochen in einer psychiatrischen Klinik intensiv beobachten und behandeln müssen. Wir hoffen für Losskow und die Frauen das Beste. Eins ist heute schon sicher: Zum erstenmal ist es Menschen gelungen, aus eigener Kraft 75 Tage und Nächte lang das Meer, den rasenden Atlantik, zu überwinden, in einem kleinen Gummifloß! Das ist ein einsamer Rekord. Sie haben es geschafft, die drei Feuerlandfahrer – und, wie wir sehen, trotz allem in hervorragender Verfassung…«

Zwei Tage später wurde Lucrezia Panarotti in eine geschlossene Nervenheilanstalt gebracht. Sie weigerte sich zu gehen, sie wollte nur liegen oder auf dem Boden herumkriechen. Ihre ergreifende Schönheit kehrte zurück, ihre Haut wurde glatt, ihr Haar glänzte wieder wie schwarze Seide, aber ihre großen, schwarzen Augen blieben stumpf und starrten ins Leere.

Als Losskow und Helena Sydgriff heirateten, fuhr man Lucrezia in einem Rollstuhl zur Kirche. Sie saß in der ersten Reihe, lachte Peter und Helena an, erkannte sie aber nicht mehr. Doch die Lieder sang sie mit, nur mit einem anderen Text.

»Fleisch«, sang sie. »Fleisch, Fleisch, Fleisch...«

Sie bewohnte ein schönes Zimmer im Heim, zusammen mit einer Frau, die sich für Anna Boleyn hielt und sich einbildete, von ihrem Mann, Heinrich VIII., geköpft worden zu sein. »Ich habe Nackenschmerzen!« sagte sie manchmal. »Das Beil war rostig. Bestimmt bekomme ich ein paar Pickel im Nacken. Schau mal nach...«

Ab und zu saßen sie am Fenster, voreinander, und zogen Streichhölzchen.

»Du bist dran!« sagte Lucrezia dann und freute sich händereibend. »Du mußt zuerst sterben! Du bist dran. Trosky wird dich auffressen...«

Heute steht sie oft am Fenster ihres Zimmers, starrt in den Garten, sieht auf die im Wind sich wiegenden Zweige und sagt verzückt:

»Die Sonne! Die rote Sonne! Hört ihr das Meer?«

Dann kann es vorkommen, daß sie sich die Kleider vom Leib reißt, sich nackt in die Sonne legt und mit den Beinen hoch in die Luft strampelt.

»Ich liebe die Sonne, das Meer und den Wind.«

Und dann heult sie plötzlich. Wie der Sturm um Feuerland.

Konsalik

Alarm! –
Das
Weiber
schiff

1

Sie waren dreiundneunzig Tage auf See, davon einundachtzig Tage und Nächte unter Wasser, das heißt in der Unterwelt, das heißt eingepfercht in einen grauen stählernen Sarg, der – voll mit elektronischen Instrumenten bis obenhin – von einem Atomreaktor angetrieben wurde und ausgerüstet war mit Atomwaffen und Torpedos. Es war ein glattwandiges, langgestrecktes Ungeheuer, das über Wasser eher einer Riesenschlange mit einem höckerigen Auswuchs denn einem U-Boot glich. Admiral Lewis Adam behauptete stolz, er habe sich im Leben nur zweimal richtig verliebt: in seine Frau Mabel und in dieses Gebilde aus Stahl.

Dreiundneunzig Tage auf See, einundachtzig Tage unter Wasser. Und nur das Klatschen des Meeres gegen die Bordwand hören – oder das Summen der Maschinen, das Brummen der Entlüftungsventilatoren, dieses ewig rollende Stampfen mit dem ewigen Beben unter den Füßen, und immerzu denken: Wird alles gut gehen, wird irgend so ein Ding streiken, ein Relais versagen? Wird die Computersteuerung verrückt spielen, oder sacken wir eines schönen Tages allesamt ab in die Tiefe des Meeres, in jene Tiefen, wo auch der härteste Stahlpanzer zerdrückt wird wie Luftpostpapier in der Faust? Ist dieser verdammte Kasten tatsächlich das vollkommenste Boot, das je durch die Meere glitt? Oder geht's uns am Ende wie dem erbärmlichen Hund, den die Experten betäuben, vivisezieren, um zu sehen, wie sich das eingeimpfte Karzinom entwickelt hat?

Einundachtzig Tage unter Wasser. Keine Sonne, kein Wind, keine frische Luft, kein Himmel über dir und kein bißchen Sommerwärme auf deiner Haut. Kein Guckloch hinaus ins Weite, Freie... dafür diese unsägliche Enge: die Stahltreppen, die Gänge und Schotte, das ganze Kabelgewirr, die Instrumente mit ihren zitternden Zeigern, und überall Kontrollknöpfe, Lichtsignale: eine künstliche Welt aus künstlichem Licht, aus tausend Hebeln und tausend Rädern; und immerfort dieses eintönig schmatzende Geräusch glitschiger Ventile und Antriebswellen. In den Kammern drei Betten übereinander, eingebaute Spinde, deren Türen innen mit Fotos nackter Pin-up-girls ausgeschmückt sind – als einzige Erinnerung daran, daß es so etwas da droben über Wasser tatsächlich gibt: ein Wesen, das sich Frau nennt und aus lauter Zärtlichkeit besteht; du kannst sie spüren, fühlen, genießen – es ist etwas unbeschreiblich Schönes, diese Zärtlichkeit, diese Lust tief drinnen, die bis zur Grenze des Unerträglichen, Unstillbaren reichen kann.

Eine Frau. Wißt ihr's noch, Jungs, was das ist? Habt ihr denn noch eine Ahnung von einem weiblichen Wesen? Das Haar einer Frau? Ihr Mund. Ihre Arme, die euch liebend empfangen, ihr heißer Körper, ihre Hände, die euch umklammern, fast so, daß es schmerzt, und ihre Liebe, die allen Schmerz betäubt? Und das Beisammensein danach, die Leiber dampfend vor Lust, das Ermatten und jene süße Schwermut... Jungs, ja wißt ihr denn das alles überhaupt noch – nach einundachtzig Tagen?

Damals in Norfolk, in der U-Boot-Basis der US-Navy, standen sie alle in Paradeuniform auf der Plattform des ins Meer hineingebauten Bunkers, dreihundert Mann, und sie schielten auf das Boot, das lang und flach auf dem Wasser lag, mit Blumengirlanden um den Turm, der einzigen Farbe auf all dem dumpfen Grau. Admiral Adam kam aus der Stahltür auf die Plattform, und zum erstenmal sahen sie ihren Commander, den ›Alten‹ – groß, hager, mit graugrünen harten Augen und einem Mund, den ein Messer in dieses kantige Gesicht geschnitten haben mußte.

Oberleutnant Bernie Cornell meldete die Besatzung. Alle liebten Bernie, woher sie auch kommen mochten, diese Leute von der Navy, herausgesucht aus allen U-Booten, die auf den Meeren schwammen, um an den Simulatoren im Ausbildungszentrum zu lernen, was auf sie wartete: Das größte, modernste, beste und teuerste U-Boot, das je auf den Wellen des Ozeans schaukelte.

»Was Sie hier sehen, Commander, ist die Elite der US-Navy«, hatte Admiral Adam gesagt, und er hatte seine Stimme dabei nicht gedämpft. Alle dreihundert Mann konnten es hören, und diese Auszeichnung erfüllte sie mit Stolz. »Das sind Kerle, mit denen Sie alles machen können. Sie kennen Ihr Boot. Ich brauche Ihnen nichts mehr zu sagen. Ihre weiteren Instruktionen erhalten Sie auf Fahrt. Ich wünsche Ihnen viel Glück, Commander!«

Ein Händedruck, ein Blick auf die Mannschaft, dann machte Adam kehrt und verließ den Bunker. Es war typisch für ihn. »Viele Worte sind wie zuviel Wasser im Whisky«, sagte er einmal. »Es wird in der Welt überhaupt zuviel geredet.«

Damals standen die dreihundert unbeweglich auf der Betonplattform und sahen erwartungsvoll ihren ›Alten‹ an. Er heißt Jack Nicholson, das wußten sie bereits. Ein knallharter Kerl. Er soll der härteste Commander sein, den die Navy in den letzten fünfzig Jahren auf die Menschheit losgelassen hat. Wenn der einmal lacht, kann man das als ein Wunder dem Papst melden. Doch die Männer störte das nicht. Sie waren durch die verdammteste Schule gegangen, die bisher ein Seemann durchlaufen hatte, und man hatte sie mit einem System aus Gewalt und Unnachgiebigkeit, ganz gleich, wer dabei vor die Hunde ging, zu dem gemacht, was sie heute waren: Dreihundert Soldaten, die einstimmig sagten, so schlimm wie im Ausbildungslager kann das Leben draußen im Einsatz niemals sein.

»Morgen, Boys!« hatte Commander Nicholson gesagt. Seine Stimme war kräftig und sonor. Und sie hatten zurückgebrüllt: »Morgen, Sir!«

»Ich heiße Nicholson. Wenn wir gleich über die Gangway unser Boot betreten, haben wir zwar einen Namen und einen eigenen Körper, aber in Wahrheit sind wir nur noch eins: Das Boot! Wir werden ein Jahr unterwegs sein. Ein Jahr fast nur unter Wasser! Das kann auch gar nicht anders sein, denn unser Boot heißt POSEIDON, nach dem ollen Meergott der Griechen. Der hat sogar seine Tochter, die Aphrodite, im Wasser gezeugt.«

Sie hatten gelacht, lauthals, völlig unmilitärisch, und Nicholson hatte es zugelassen, ohne selbst eine Miene zu verziehen. Sieh an, so einer ist er, dachten sie. Ein Eisenfresser. Ein Sarkast.

Das wird eine Fahrt werden, Boys. Ein Jahr lang rund um die Welt. Wie sagte doch der Chief Engineer auf der Schule? »Das neue Boot kann mit seinem Atomreaktor fünf Jahre ohne Nachfüllung fahren. Es ist das Geheimste, was die USA zur Zeit besitzen. Wer die Schnauze aufmacht, muß sich nicht wundern, wenn er dann überhaupt nichts mehr sagen kann. Ihr habt ein wichtiges Stück des Weltfriedens unterm Arsch. Merkt euch das.«

»Sie sind alle unterrichtet, was für ein Boot wir jetzt übernehmen«, sagte Nicholson später. »Und gleich vorweg, es gibt bei uns keine Pannen! Wenn irgend etwas mit dem Boot passiert, das wir nicht selbst an Bord beheben können und das uns unmöglich macht, ein Reparaturschiff der Navy zu rufen, befinden wir uns intern im Kriegszustand und ...«

Er hatte gestockt und seine Männer angeblickt. Seine kühlen graugrünen Augen streiften die Front – eine Dreierreihe von Köpfen, das Kinn angezogen, und Mann für Mann wie versteinert. Sie verstanden das Ende des Satzes. Dann sind siebenundsiebzig Millionen Dollar im Eimer, dachten sie. Und es gibt dreihundert Boys weniger auf unserer schönen Welt. Niemand darf das Boot sehen. Es wird wie ein Phantom sein, das bis zu fünfhundert Fuß tief durch die Meere gleitet.

Commander Nicholson beendete die Musterung seiner Männer und blickte hinüber zum Boot. »Unser erster Auftrag ist«, sagte er mit fester Stimme, »die Überquerung des Nordpols unter Wasser. Wir werden das Ewige Eis unterfahren und erst vor Alaska wieder auftauchen. Oberleutnant, lassen Sie die Mannschaft an Bord!«

»Aye, aye, Sir!«

Bernie Cornell hatte zackig gegrüßt, sich dann vor seine Leute gestellt und ein ›Rührt euch‹ befohlen. Die Männer gingen alsbald zu ihrem seitwärts gestapelten Gepäck und hievten es auf ihre Schultern.

Zuerst betrat Chief Engineer Victor McLaren das Boot, ihm folgte Chief Navigator Frank Collins, dann der Maschinenmaat Dustin Hollyday. Mit Leutnant Henry Curtis an der Spitze rückte dann die Mannschaft über die Gangway und betrat das geriffelte Stahldeck der POSEIDON I.

»Das ist ein Kasten!« sagte Obermaat Jimmy Porter. Er

wirkte wie ein Bulle in Uniform, dieser Dickschädel, der Beine besaß wie Säulen und Pranken, die einen Granitstein auspressen konnten. »Schlank, rassig und wohlgeformt wie meine Susi!«

»Du kannst dich ja gleich aufs Deck legen und es versuchen!« rief Bill Slingman. Er konnte sich solche Reden leisten. Gegen einen Bill Slingman kam keiner an. Er war fast zwei Meter groß – ein Paket aus Muskeln. Jeder in der Navy kannte ihn als Schwergewichtsboxmeister der Marine. Daß er ein Neger war, kümmerte hier keinen. Hier war er Kamerad, und wenn er seine Paradeuniform anzog, wie heute, machte überhaupt keiner mehr den Mund auf, denn er hatte mehr Ordensbänder angeklemmt als mancher Offizier. »Vietnam«, sagte Bill Slingman dann versonnen, wenn er die Blicke der anderen sah. »Aber keine Silbe davon, bitte! Ich will auch nie mehr davon reden.«

Commander Nicholson blieb auf der Plattform zurück, während seine Mannschaft das Boot bestieg. Neben ihm stand Dr. Paul Blandy. Er hatte die Hände in die Uniformtasche gesteckt. In seinem Mundwinkel pendelte eine Zigarette. Er kannte jeden der dreihundert Männer, hatte sie gründlich untersucht und sich als Arzt gewundert, daß es überhaupt noch so kerngesunde Kerle wie diese hier auf der Welt gab.

»Was meinen Sie, Doc?« fragte Nicholson plötzlich.

Dr. Blandy klemmte mit den Zähnen seine Zigarette fester.

»Was soll ich meinen, Commander?«

»Nennen Sie mich Jack. Wir werden bald die besten Freunde sein, weil wir die meiste Arbeit an Bord haben werden. Schielen Sie mich nicht so an, Doc... ich bin kein Hypochonder.«

»Ich weiß, Sie können Nägel fressen und behaupten, es sei Spargel.« Oberarzt Dr. Blandy blickte auf die ins Boot hinabsteigenden Matrosen. »Jeder von ihnen ist eine bestens geölte, durchtrainierte, bis zur letzten Schraube kontrollierte Kampfmaschine. Sie haben wirklich die beste Mannschaft der Welt, Jack.«

»Sie wissen, was unsere Aufgabe ist, Doc?«

»Natürlich. Es klingt so schön, so menschlich, so engelhaft, so gottähnlich – suchen Sie sich aus, was Ihnen paßt, Jack – wenn man sagt: wir sind da, um den Frieden der Welt zu garantieren. Mit Atomraketen und Atomtorpedos an Bord, die – einmal abgefeuert – mondähnliche Zustände auf der Erde hinterlassen. Wie fühlen Sie sich dabei, Jack?«

»Ich bin Soldat, Doc.«

»Auch eine Antwort! Mehr kommt ihnen nicht in den Sinn?«

»Wissen Sie was Besseres?« Nicholson betrachtete den jungen Fähnrich z.S. Herbert Duff, der gerade seinen schweren Seesack mühsam über das Deck des U-Bootes schleppte. Ein lieber, netter Bursche mit einem sanften Kindergesicht. Es war ein Rätsel, wie so etwas aus der härtesten Schule der Welt kommen konnte, aus einer Schule, in der selbst Bullen wie Porter fast zerbrochen wären. Ich kenne sie alle, dachte Nicholson versonnen. Ich habe ihre Akten studiert, ihre psychologischen Tests gelesen, ich weiß von ihrer Stärke und ihren verborgenen Schwächen. Fähnrich Duff, ein Bündel verzweifelten Mutes, der nur des Nachts an seine Mutter schreibt: Mama, ich halte es nicht durch! Das hier ist die Hölle! Ich habe jeden Tag Angst vor dem, was am anderen Tag kommt. Mama, ich zerbreche ...

Aber er zerbrach nicht, der kleine Duff ... er stieg jetzt ins Luk und verschwand unter Deck der POSEIDON I.

»Lassen wir einmal das Geschwätz vom ewigen Frieden!« sagte Nicholson hart. »Da haben Sie recht, Doc! Mich bedrückt etwas anderes. Da gehen dreihundert Kerle wie doppelt geeiste Stahlfedern an Bord, jeder von ihnen überzeugt, daß auch dieses Jahr vorbeigeht. Das denken sie heute noch, weil sie gerade von ihren Frauen und Bräuten kommen oder gestern abends den Puff auf den Kopf gestellt haben. Auch der disziplinierteste Mann bleibt ein Mann, Doc.«

»*Das* meinen Sie?« Dr. Blandy lachte ungeniert. »Ist das Ihre einzige Sorge, Jack?«

»Es sollte *Ihre* Sorge sein, Doc! Auch Sie sind nicht jenseits von Gut und Böse. Sie stehen da wie ein Fels. Wie schwer sind Sie?«

»Gestern gewogen. Einhundertdreiundneunzig Pfund.«

»Auch Sie werden nach zwei Monaten Unterwasserfahrt von Weibern träumen. Nach sechs Monaten klemmen Sie ein Kissen zwischen die Beine, nach zwölf Monaten muß man alle

Türen offenlassen, weil Sie sonst mit dem Kopf durch die Wand –«

»Jack!« Dr. Blandy lächelte nachsichtig. »Ich kenne Ihren blutigen Sarkasmus. Ich fahre seit zwölf Jahren zur See, und Sie noch länger.«

»Wir hatten immer Landgang, und überall gab es Weiber. Sie und ich haben noch nie ein Jahr – und das fast ausschließlich unter Wasser – ohne eine Frau hinter uns gebracht.«

»Ich habe Tabletten mit.« Dr. Blandy spuckte den Stummel seiner Zigarette aus. »Eine ganze Kiste voll. Tabletten, die dämpfend wirken auf das Zentrum im Gehirn, das befiehlt: Eine Frau her, und 'ran! Täglich eine Tablette ins Essen... das hilft.«

»Und nach einem Jahr sind wir Eunuchen, was? Wenn wir jemals Alaska nach der Untereisfahrt erreichen sollten, will ich mit meiner Mannschaft von Bord gehen, wie ich an Bord gegangen bin.«

»Für den Frieden in der Welt sollte man Opfer bringen, Jack«, sagte Dr. Blandy ruhig. Nicholson starrte ihn voller Bewunderung an. Auch er kann sarkastisch sein, dachte er. Ich glaube, wir zwei werden uns gut verstehen.

»Wie sieht das Opfer aus?«

»Das Präparat enthält Östrogene.«

»Doc, sprechen Sie zu mir bitte wie zu einem Idioten! Was heißt das?«

»Es heißt, daß wir die männlichen Gelüste ein wenig dämpfen werden mit einem Schuß weiblicher Hormone.«

»Und nach einem Jahr tanzt mein Torpedomaat Spitze, und Fähnrich Duff bekommt seine erste Menstruation.«

»Jack, auch ich kann solche Witze reißen.«

»Ich weiß, Doc.« Commander Nicholson blickte wieder hinüber zu seinem Boot. Die Mannschaft war jetzt unter Deck, nur drei Offiziere standen noch auf der Plattform im Turm und starrten hinüber zu ihrem ›Alten‹.

»Ich werde es den Männern freistellen, ob sie Ihre geschlechtsakrobatischen Pillen nehmen wollen oder nicht. *Ich* nehme sie nicht, Doc! Ich kann das auch nicht befehlen! Es ist ein zu großer Eingriff in die Persönlichkeit.«

»Aber Sie können befehlen, daß unter Umständen gestorben wird! Das trifft die Persönlichkeit nicht, was?«

»Sterben ist eine Abart der Pflicht!«

»Eine Perversion der Pflicht, sollten Sie sagen, Jack!« Dr. Blandy zündete sich eine neue Zigarette an. »Ich war in Vietnam Truppenarzt... bei den Ledernacken.«

»Ich weiß, ich kenne Ihre Personalakte, Doc. Sie sind ein Bursche, aus dem man einen Rammbock machen kann. Sie haben sogar einen General in den Arsch getreten, weil er Verwundete wieder an die Front holen wollte.«

»Hoffentlich brauche ich das nie bei Ihnen, Jack!«

»Und wenn – ich trete zurück!«

Sie tauschten ein Lächeln und wußten, daß ihre Freundschaft besiegelt war. So etwas braucht einer, der unter das ewige Eis des Nordpols hinwegtauchen will und nicht weiß, ob er bei Alaska wieder hochkommt. Ein Mensch allein ist die traurigste Kreatur, die unser Herrgott ins Leben geschickt hat.

»Gehen wir!« sagte Nicholson. »Sie zuerst, Doc. Ich komme als Letzter an Bord und gehe als Letzter. Wie's sich gehört.«

Dr. Blandy nickte, warf seine Zigarette weg, zertrat den Stummel und wuchtete seinen massigen Körper über die Gangway auf das Deck des Bootes. Er kletterte zum Turm hinauf und stellte sich neben Oberleutnant Bernis Cornell, der mit der Trillerpfeife in der Hand auf seinen Kommandanten wartete.

»Was meint er?« fragte er leise. »Was ist er für ein Bursche, Doc?«

»Ihr werdet eure Freude an ihm haben, Boys.«

»Das kann man auslegen, wie man will, Doc.«

»So ist's auch gemeint, Bernie. Jetzt kommt er! Für ihn muß es jetzt ein Gefühl sein, als ob er eine Jungfrau besteigt...«

Commander Nicholson betrat die Gangway. Vom Turm trillerte die Pfeife los. Die Offiziere und die Maate neben den Luken und dem versenkbaren Raketenwerfer grüßten stramm. Der Pfiff durchzog das ganze Boot, vom Maschinenraum bis zum Torpedoleitstand. Er fuhr in die Knochen. Die Männer warfen alles, was sie gerade in der Hand hielten, von sich und standen in Achtungstellung.

Der ›Alte‹ kommt an Bord. Das große Abenteuer beginnt. Amerikas größtes Geheimnis gehört jetzt uns! Das ist es wert, eine Sekunde den Atem anzuhalten und glücklich zu sein.

Commander Nicholson bestieg den Turm und grüßte. Bernie

Cornell setzte die Trillerpfeife ab. Neben ihm stand Leutnant Henry Curtis, mittelgroß und schlaksig, trotz Uniform. Mit seinem Blondschopf sah er wie ein gestutztes Mädchen aus. Er grinste. Nicholson warf ihm einen Blick zu.

»Sie freuen sich, Curtis?«

»Ja, Sir. Ich könnte vor Freude singen.«

»Ich weiß... Sie singen zur Entspannung am liebsten Opernarien. Lyrischer Tenor? Sie werden neue Arien einstudieren können.«

Der fröhliche Curtis wurde rot wie ein Schuljunge und kaute an seiner Unterlippe. Dr. Blandy grinste breit, Bernie Cornell wußte nicht, wie man sich jetzt verhalten sollte. Sein Problem löste das Summen und das Flackern der Lampe an der Sprechanlage im Turm. Aus dem Maschinenraum, neben dem Atomreaktor, meldete sich Chief Engineer McLaren.

»Ist der Alte endlich an Bord?« rief er von unten.

»Der Alte ist da!« antwortete Nicholson ruhig und ohne eine Miene zu verziehen. »Alles klar, Chief?«

»Alles klar, Sir!«

»Wann können wir auslaufen?«

»Genau nach Plan. Die Mannschaft braucht eine halbe Stunde, um sich einzurichten und ihre Posten zu besetzen. Ich habe gerade alle Kontrollinstrumente überprüft. Das Boot ist hundertprozentig klar, Sir. Ein Kahn... zum Verlieben.«

»Bei Ihnen kann ich's verstehen, Chief. Sie haben das Ding praktisch ja gezeugt, und welcher Vater liebt sein Kind nicht?« Nicholson stellte die Sprechanlage ab und schob seine Mütze in den Nacken. Auf der Plattform stand plötzlich der Admiral und sah hinüber zur POSEIDON I. Er wollte das Ablegen miterleben... ein historischer Moment, den man gar nicht historisch aufzäumen wollte. Aber für Adam war es eine Herzenssache. Er fühlte sich als Vater dieser dreihundert Männer, die so geringe Chancen hatten, wieder zurückzukommen. Es war eine Testfahrt mit Hunderten von Unbekannten. Ein neues Atom-U-Boot mit völlig neuen Aggregaten, neuen Luftaufbereitungsanlagen, mit unbekannten Tauchtiefen und unerprobten Stahllegierungen.

Es war ein Himmelfahrtskommando. Commander Nicholson allein wußte die volle Wahrheit.

Admiral Adam stand unbeweglich auf der Betonplattform des Seebunkers und starrte hinüber zum Boot.

Welcher Vater verliert gern dreihundert Kinder...

Das war vor dreiundneunzig Tagen gewesen.

Jetzt schwamm die POSEIDON I in einer Tiefe von einhundertfünfzig Fuß in der Nordsee und glitt zwischen Norwegen und Island dem Ewigen Eis entgegen.

Ein Boot, in dem es gärte wie in einem Hefeteig.

Jeder hat eine besondere Methode, mit seinen Problemen fertig zu werden. Das ist in erster Linie Temperamentssache, und es bedeutet vor allem ein Aktivieren der Selbstdisziplin.

Nach dreiundneunzig Tagen Fahrt, davon einundachtzig unter Wasser, wußte man an Bord, was es bedeutete, die Ehre zu haben, die besten Soldaten der Welt zu sein. Und man wußte jetzt auch, wer Commander Nicholson war. Was er in diesen Tagen an Übungen angesetzt hatte, wie tief er die Grenze des Erreichbaren schraubte, wie oft einem dann die Nackenhaare wie Stachel abstanden und wie nahe man daran war, trotz allen Härtetests in die Hosen zu scheißen, das hatte man auf der POSEIDON I oft genug in atemloser Spannung erlebt.

Das Essen war vorzüglich. Bei Überwasserfahrt gab es in den verschiedenen Messen Farbfernsehabende, man konnte aus der Bordbibliothek Bücher leihen, Transistorradios oder Tonbandgeräte spielten flotte Musik, es gab Schachzirkel und Skatrunden, in der Maatmesse stand sogar ein Lochbillard, das jeder benutzen konnte, auch wenn immer häufiger die Bemerkung fiel, man solle das Ding zusammenschlagen, denn allein das Wort Loch weckte Assoziationen und gab zu Erinnerungen Anlaß, gegen die auch Dr. Blandys Tabletten machtlos waren. Es fehlte überhaupt nichts an Bord, was zum Wohle einer Männergesellschaft nötig war, bis auf das eine, das der Doktor bereits erwähnt hatte. »Und wenn Sie die Boys so fertig machen mit Ihrem Drill, Jack, daß sie umfallen wie gespaltene Holzklötze, sobald sie liegen... träumen sie von Sex!«

»Ich hab's Ihnen ja gesagt, Doc.« Nicholson saß im Kommandantenraum und las die neuesten Meldungen von NAVDAC, der Computernavigation, durch.

»Sie sollten das Mastessen reduzieren, Jack! Ich gebe den Kerlen Pillen, und die Küche serviert ein Menü, an dem sich drei Playboys sattfressen könnten. Das ist doch Schizophrenie!«

»Es ist der befohlene Verpflegungssatz, ich kann ihn nicht ändern, Doc.«

»Am grünen Tisch entworfen! Von den Theoretikern hat noch keiner zehn Fuß unter Wasser getaucht.«

»Darum sind es ja Theoretiker, Doc.« Nicholson lächelte, und das war das höchste der Gefühle, das man bisher bei ihm zu sehen bekam. »Wir werden alle nur von Theoretikern regiert, von Dilletanten oder Ignoranten. Schicksal des kleinen Mannes!«

»Ich will nicht philosophieren, ich will etwas verhindern, Jack.« Dr. Blandy beugte sich über den Tisch. »Funken Sie die Basis an, ob wir vor dem Wegtauchen unter das Ewige Eis nicht einen Hafen anlaufen sollen. Die Boys brauchen ein wenig Luft.«

»Ich habe meine Befehle, Doc, und die sind klar.« Commander Nicholson lehnte sich zurück. Die POSEIDON I glitt fast unhörbar durch das Meer. Neue Abschirmgeräte verhinderten, daß man sowohl auf Island als auch in Norwegen ihren Schatten auf dem Radarschirm erkannte. Höchstens die Sonarpeilung hätte das Boot – mit einigem Glück – verraten können, aber auch dann hätte man nicht gewußt, von welcher Nation das U-Boot war. Im elektronischen Tentakel der Unterwasserortungsgeräte der POSEIDON I tauchten oft solche fremden Boote auf, und Chief Engineer McLaren war ein solcher Experte, daß er anhand der Sonarechozahlen bestimmen konnte, ob es ein sowjetisches, ein britisches oder ein US-U-Boot war, das sie ›an den Ohren‹ hatten.

»In fünf Tagen tauchen wir unter das Eis«, sagte Nicholson gelassen. »Beruhigen Sie sich, Doc. Die Stimmung an Bord ist unter den gegebenen Umständen gut. Auf meine Boys kann ich mich verlassen!«

Die Boys waren darin allerdings anderer Ansicht.

Das fantastische Essen, zunächst sogar beklatscht wie eine

Striptease-Nummer, wurde mit der Zeit zur Qual. Doc Blandys Tabletten mit den weiblichen Hormonen nahmen nur wenige. Der bullige Porter brüllte sofort, wenn er die unscheinbaren weißen Pillen neben seinem Teller liegen sah. »Glaubt ihr denn, ich gehe nach einem Jahr an Land und habe 'ne Brust wie meine Susi?« schrie er. »Dann schon lieber meine Methode!«

Die Methode bestand darin, sich eiskaltes Wasser dreimal täglich oder immer dann, wenn es kritisch wurde, über die Gegend seines Körpers zu schütten, die immer widerspenstiger wurde.

Bill Slingman flüchtete in den Sportraum des U-Bootes und bearbeitete Punchingball und Sandsack mit seinen riesigen Fäusten, bis er alle Sehnsucht nach Frauen aus sich herausgepumpt hatte. Paolo Belucci, der kleine zarte Italiener, saß stundenlang an der elektrischen Orgel in der Mannschaftsmesse und übte seine sizilianischen Schmachtgesänge. Er bekam dabei Rehaugen, starrte wie abwesend ins Nichts und legte sich schließlich schlafen wie in Trance. Tami Tamaroo aus Hawaii, sonst ein überaus höflicher und freundlicher Mensch, der an Land höllisch scharfe Gerichte kochte und im Ausbildungslager seine Kameraden die wunden Knochen vergessen ließ, indem er wie ein Mädchen Hula-Hula tanzte, flocht Girlanden aus verschiedenfarbigem Klosettpapier und drapierte damit seine Kajüte. Ob ihn das von dem Gedanken an Frauen ablenkte, wußte keiner. Es fragte ihn auch niemand, denn jeder hatte sein eigenes Problem, mit dem er fertig werden mußte.

Nur eines war sicher auf der POSEIDON I, Amerikas größtem Geheimnis: In dem schlanken, mattgrau glitzernden stählernen Leib, der da unter Wasser in Richtung Nordpol fuhr, lebten dreihundert Männer, zusammengeschweißt auf Gedeih und Verderb, und jeder von ihnen war geladen bis unter die Hirnschale mit Explosivität.

»Ich meine«, sagte Dr. Blandy zu Commander Nicholson und lehnte seinen riesigen Körper gegen die Tür der Kommandantenkabine, »es braucht nur ein Funke – welcher, das weiß ich nicht – in diese Mannschaft zu fallen, und Sie haben hier die Hölle unter Wasser! Sprechen Sie mit dem Admiral darüber.«

»Warum?« Nicholson betrachtete wieder die Aufzeichnungen

der Computerkursberechnung. »Unsere Vorfahren sind zwei oder drei Jahre um die Erde gesegelt und haben es überstanden. Sind wir nasse Säcke dagegen, gerade wir?« Er hob ein Blatt vom Tisch. Es waren die Wettermeldungen der letzten Stunde. »Die Boys werden bald andere Gedanken haben. Östlich von Island geraten wir in einen gesalzenen Sturm. Ich umfahre ihn nicht, Doc... ich stoße mitten hinein!«

Das war Commander Nicholson. Dr. Blandy zuckte die breiten Schultern. Er kann sie müde machen, dachte er, er kann sie vor Erschöpfung umfallen lassen... vor jener Regung in den Lenden wird auch ein Nicholson kapitulieren. Warten wir es ab.

Und sie stießen mitten in den Sturm. Das Boot, bewußt nicht auf Tiefe getaucht, sondern nur auf Sehrohrtiefe, wurde geschüttelt und gebeutelt, als wäre es keine viertausend Tonnen schwer. Es wurde zu einem Bestandteil des tobenden Meeres, und das Meer spielte mit ihm wie mit einem Ball, warf es hoch und ließ es fallen. Die See krachte mit Riesenfäusten gegen den stählernen Leib und wollte ihn zerschmettern. Sie riß an den verschweißten Platten und brüllte durch die verhältnismäßig dünnen Wände.

»Der Alte ist verrückt!« keuchte Porter. Er hielt sich in seinem Raketenraum mühsam an einem Gestänge fest. Neben ihm hing Herbert Duff, der kleine Fähnrich z.S., mit großen, ängstlichen, wie nach der Mutter suchenden Augen. »Total verrückt! Warum taucht er nicht? In zweihundert Fuß Tiefe ist die See so glatt wie ein Kinderarsch! Aber er bleibt auf Sehrohrtiefe! Der Alte muß pervers sein...«

Dreimal fiel der Lichtgenerator aus, und in völliger Dunkelheit schleuderte die POSEIDON I durch das höllische Meer. Und jedesmal, wenn das Licht wieder aufflammte, weil Chief McLaren, fast mit Genialität, die Fehler beseitigen konnte und ein schnaufendes Aufatmen durch das Boot flog – jedesmal dann sagte Dr. Blandy zu Commander Nicholson, der in seinem Befehlstand im Turm hockte: »Das macht Ihnen Spaß, was? Sie sturer Hund! Morgen haben wir dreihundert Blutergüsse an Bord, aber keine Menschen mehr! Sie bluten ja selbst an der Stirn.«

»Ein Riß.« Nicholson winkte ab. Unter ihm torkelte Oberleutnant Cornell vom Navigationsraum heran, als wäre er besoffen. »Endlich bekommen Sie Arbeit, Doc! Sie waren der einzige Mensch an Bord, der sich langweilte. Sie sollten mir dankbar sein.«

»An Ihrem Zynismus zerbrechen Sie noch, Jack!« schrie Dr. Blandy zurück, tippte sich an die Stirn und gab die Turmtreppe für Cornell frei. Bernie starrte seinen Commander mit großen Augen an.

»Der Chief Navigator sagt, Sie sollten jetzt wirklich wegtauchen, Sir«, stotterte er. Nicholson klammerte sich am Sehrohrgestänge fest.

»Ist Collins der Kommandant des Bootes, oder bin ich es?«

»Sie Sir ... natürlich.«

»Sagen Sie das dem Chief.«

»Aye, aye, Sir ...«

Cornell grüßte und taumelte zurück ins Boot. Er ist noch schlimmer, als wir ahnten, dachte er. Ein Monster, ganz und gar ohne Gefühl. Wie wird das erst unter dem Ewigen Eis werden?

Zwei Tage und zwei Nächte tobte der Sturm. Dann, am dritten Morgen – daß es Morgen war, sahen nur Nicholson, Dr. Blandy und Cornell im Sehrohr – flaute der Wind ab. Die See rollte nur noch in langen hohen Wellen, und die POSEIDON I lag im Wasser wie ein träger Fisch, der sich erholen muß. Halbe Fahrt, hatte Nicholson befohlen. Dieser Befehl ließ erkennen, daß Nicholson seine Leute mit unnötigen Belastungen verschonen wollte.

Eine trübe Sonne in einem milchigen Himmel beschien das Meer, als das Sehrohr der POSEIDON I bis in voller Ausfahrhöhe die Wellen durchstieß und Nicholson einen wahrhaft köstlichen Rundblick bot.

Die ersten Eisschollen trieben auf den Wasserkämmen, Vorboten der weißen Gebirge aus gefrorenem Wasser. Vor dem Bordlazarett standen die Boys Schlange, die meisten mit Hautrissen, Blutergüssen, Quetschungen und Verstauchungen. Dr. Blandy fluchte. Er brüllte die Männer an, mit einem blauen Fleck am Arsch käme man zu keinem Arzt, zugleich jedoch verband und schiente er, oder er schmierte Salben auf blaugelbe Flecke und verteilte Schmerztabletten.

Nach vier Stunden stieg er in den Turm. Commander Nicholson hatte Cornell abgelöst, der wie ein wiedererweckter Leichnam in seine Kajüte getorkelt war.

»Sie haben in der Tat ein kindliches Gemüt!« sagte Dr. Blandy ironisch. »Sie genießen wirklich den Anblick des Horizontes, Jack?«

»Das erste Treibeis ist da, Doc.«

»Und Sie haben neunundsechzig Krankmeldungen, Commander!«

»Das sind neunundsechzig Friedliche, Doc!« Nicholson hockte vor dem Okular und sah sich um. Dann stutzte er plötzlich und stellte die Schärfe ein. Er fuhr das Rohr bis zum Anschlag aus und zog plötzlich die Unterlippe durch die Zähne. Dr. Blandy beobachtete ihn genau und nachdenklich.

»Na? Feind in Sicht?« sagte er, als Nicholson in sein verdammtes Schweigen fiel. »Haben Sie einen Russen im Auge?«

Nicholson räumte seinen Platz und tippte gegen das Okular. »Schauen Sie mal durch, Doc! Wenn ich richtig sehe, stehen wir vor einer Entscheidung.«

Dr. Blandy blickte durch das Sehrohr. Zunächst sah er nur Wellen, aber dann bemerkte auch er einen kleinen, orangefarbenen Punkt, der auf dem Meeresspiegel herumtanzte. Es war kein Sonnenreflex. Der Punkt blieb auch, als sich eine Wolke über die Sonne schob und das Meer graugrün wurde.

Dr. Blandy blickte sich nach Commander Nicholson um. »Wenn es das ist, was ich denke...«, sagte er gedehnt.

»Es *ist* genau das! Eine Rettungsinsel.« Nicholson fuhr das Sehrohr ein und setzte sich breitbeinig auf den Stuhl mit dem Stahlsitz. »Da draußen schwimmen Schiffbrüchige! Irgendwo ist in diesem Sausturm ein Schiff gesunken.«

»Prost. Teufel und Großmutter!« Dr. Blandy lehnte sich gegen das eingefahrene Sehrohr. »Und jetzt haben *Sie* ein Problem am Hals, was?«

»So ist es, Doc.«

»Jack, Sie sind Seemann! Die erste und die heiligste Pflicht eines Seemannes ist es, Schiffbrüchigen –«

»Halten Sie kein Kolleg über Seemänner, Doc!« Nicholson legte beide Hände aneinander, als wolle er beten. »Ich habe drei ganz klare Befehle: Völlige Geheimhaltung, Unsichtbarkeit gegenüber andern – im Notfall sogar Selbstversenkung. Alles andere drum herum sind Übungsmätzchen. Ich darf keinen Schiffbrüchigen sehen. Ich *darf* es einfach nicht!«

»Aber Sie haben sie gesehen, Jack! Und ich auch.«

»Nur wir zwei, Doc!«

»Und wenn die draußen so am Ende sind, daß sie krepieren, wenn wir ihnen jetzt nicht helfen...?«

»Ich kann nicht auftauchen! Ich darf das Boot nicht zeigen! Ich darf nicht helfen! Jemanden an Bord nehmen – nur daran zu denken ist schon absurd!«

»Sie haben doch einen Bruder, Jack?« fragte Dr. Blandy leichthin.

»Hören Sie auf, Doc!« Nicholson preßte die Hände fest zusammen.

»Ihr Bruder macht Dienst auf einem Torpedoboot, das weiß ich. Angenommen, der Kahn säuft ab, und man sieht ihn treiben, und der ihn sieht, taucht weg und läßt ihn ersaufen. Wie finden Sie das?«

»Ich habe nichts gesehen, Doc!« sagte Nicholson unerbittlich.

»Und das beruhigt Ihr Gewissen?«

»Wer fragt nach meinem Gewissen?«

»Ihre zweite Stimme, die bessere in Ihnen!« Dr. Blandy drückte auf einen Knopf, es war zufällig der richtige. Das Sehrohr fuhr aus. Nicholson hinderte ihn nicht daran. Dr. Blandy suchte wieder den orangefarbenen Punkt in den Wellenbergen, dann hatte er ihn im Fadenkreuz und starrte ihn an.

»Einwandfrei eine Rettungsinsel. Geschlossen! Man kann sie deutlich erkennen. Sie treibt auf uns zu.«

»Laienhaft ausgedrückt. Ich lasse gleich auf zweihundert Fuß fluten... auch eine Kurskorrektur um ein paar Grad schadet nicht.«

»Sie laufen sich nicht davon, Jack!« Dr. Blandy gab das Sehrohr frei und zeigte auf das Okular. Nicholson schüttelte den Kopf wie ein unartiger Junge. »Auf der Spitze des Segeldaches brennt die rote Notlampe! SOS, Commander! SOS! Rettet unsere Seelen! Ich weiß, wie knallhart Sie sind... aber das bleibt in Ihrem Blut, Jack! Das zerfrißt Sie eines Tages langsam wie Säure: Ich habe mit klarem Verstand Menschen in Not verrecken lassen... Verdammt, fragen Sie den Admiral.«

»Doc, die Antwort des Admirals kennen Sie doch im voraus! Unter Wasser bleiben!«

»Was seid ihr bloß für Menschen!« Dr. Blandy hieb gegen das Gestänge des Sehrohres und dann gegen die Wand des Turms. »Was ich in Vietnam noch verdrängte, bringen Sie mir jetzt bei: Ich beginne euch Militärs zu hassen!«

»Sie tragen auch die Uniform, Herr Marine-Oberarzt.«

»Wenn Sie's sehen wollen, Jack... ich zieh' sie aus und lasse sie durch den Lokus absaufen.«

Nicholson stand auf, ging zum Sehrohr und blickte nach oben. Die Rettungsinsel war jetzt so deutlich, daß er das Zucken der roten Notruflampe und das geschlossene, sich im Wind immer wieder blähende Dach erkennen konnte. Das unsinkbare, mit Preßluft aufgeblasene Nylonding hüpfte über die Wellenkämme und trieb auf die viel trägeren Eisschollen zu. Dann wurde es kritisch... Eisschollen können messerscharfe Kanten haben, die bei einem Zusammenprall die Luftkammern der Rettungsinsel aufschlitzten.

Commander Nicholson fuhr das Sehrohr ein. Dann rückte er auf einen Knopf im Schaltpult vor sich und betätigte den Hebel der Sprechanlage. Chief Engineer McLaren und Chief Navigator Collins sowie Oberleutnant Cornell und Leutnant Curtis waren in Konferenzschaltung gemeinsam zu hören.

»Alles fertigmachen zum Auftauchen!« sagte Nicholson ruhig. »Irgendwelche Fragen in den Abteilungen?«

»Nein, Sir...« antworteten vier Stimmen im Chor.

Alsbald klingelten im ganzen Boot die Signale. Selbst wer bis jetzt geschlafen hatte, zuckte hoch und rutschte aus seinem Bett. Gibt es denn so etwas? Träumen wir? Ist der Alte verrückt geworden?

Auftauchen? Wirklich auftauchen? Die Sonne sehen, einen Himmel, einen Horizont? Frische Luft einsaugen? Köstliche, reine Meeresluft?

»Dem Alten küß ich die Hämorrhoiden!« brüllte Jimmy Porter, als das Geklingel ihn in die Seele traf wie ein heißer Weiberkuß. »Er läßt auftauchen! Boys, laßt uns dem Eisenkopp alles Bisherige verzeihen. Wir tauchen auf!«

In die Fluttanks der POSEIDON I zischte der Gegendruck und trieb das Wasser hinaus. Die Lenzpumpen arbeiteten, das für einen Laien ewig ein Geheimnis bleibende Zusammenspiel aller elektronischen und computergesteuerten Mechanismen funktionierte reibungslos. McLaren schnalzte mit der Zunge. Kinder, ist das ein Schatz von einem Boot! Es läßt sich über und unter Wasser dirigieren wie ein Spielzeugauto.

Der Turm durchstieß die Meeresoberfläche, dann folgte der schlanke, graue, stählerne Leib. Ein schönes Ungeheuer schwamm auf der rauschenden See.

Commander Nicholson und Dr. Blandy öffneten das Luk. Die Sonne schien in den Turm. Sie schlug Oberleutnant Cornell beinahe wie ein Hammer gegen die Stirn.

»Erlaubnis zum Betreten der Brücke!« rief er zu Nicholson hinauf. Hinter ihm warteten die anderen Offiziere. Ihr Chor klang hohl im Turmschacht.

»Erlaubnis zum Betreten der Brücke.«

»Kommt rauf!« sagte Nicholson fast milde. Er lehnte sich gegen die hohe Bordwand und starrte auf die tanzende Rettungsinsel. Sie war nur noch fünfzig Meter von ihnen entfernt. »Seht euch das an!« Und dann, zu Dr. Blandy gewandt, sagte er leise: »Zufrieden mit mir, Doc?«

»Halb, Jack! Das Problem fängt erst an! Nehmen wir die Überlebenden an Bord?« »Nein!«

Eine klare Antwort. Dr. Blandy schob die Mütze in den Nacken. Wie konnte ich Rindvieh von Arzt ein solches Kommando annehmen, dachte er.

Die Offiziere stürzten auf die Plattform des Turmes. Im Boot alarmierten die Telefone die einzelnen Abteilungschefs. Dürfen wir auch hinaus? Heißt es endlich Luken auf?

»Draußen scheint die Sonne«, stammelte der kleine Paolo Belucci und weinte fast vor Freude. »Die Sonne! O Mama, wie liebe ich die Sonne.«

Die Offiziere starrten stumm auf die Nyloninsel. Plötzlich war die Sonne kalt, der Tag irgendwie trübe, obgleich das Meer glänzte. Einer dachte wie der andere, und keiner beneidete jetzt Commander Nicholson. Allein schon das Auftauchen aus diesen Anlaß war ein Geheimnisverrat. Die Offiziere schielten zu Nicholson und schwiegen.

»Geben Sie die kleine Kurskorrektur durch, Curtis«, sagte Nicholson ruhig. »Wir gehen längsseits mit dem Floß.«

»Aye, aye, Sir!« Leutnant Curtis gab es an die Zentrale weiter. Von unten kam die Stimme von Collins.

»Ich habe im Radar ein rundes Ding. Ganz nah. Was ist das?«

»Mein Gewissen!« antwortete Nicholson. »Collins, kommen Sie auf die Brücke. Ich bin so gemein, einen Haufen Mitwisser und Mitschuldige um mich zu versammeln.«

Ganz langsam und geschmeidig wie eine schöne Frau über ein seidenweiches Bett zu ihrem Liebsten gleitet, glitt die POSEIDON I durch das Meer und erreichte die kleine Rettungsinsel.

»Maschinen stop!« rief Bernie Cornell. »Zehn Mann an Deck zum Einholen!«

Die Sonne glänzte auf der Nylonhaut des Floßes. Das rote Lämpchen auf dem geschlossenen Dach zuckte und rief um Hilfe. Um den oberen Luftkörper lief in schwarzen Buchstaben eine Schrift. Der Name des Schiffes, das gesunken war.

La Belle Marie, las Dr. Blandy und sah Nicholson mit zusammengekniffenen Brauen an. »Das klingt nicht nach einem normalen Kahn.«

Der Commander schwieg. Er kletterte die Treppenleiter vom Turm herab und ging mit staksigen Beinen über Deck zur Seite, wo die Rettungsinsel gegen das Boot klatschte. Aus dem Deckluk quollen zehn Mann, an der Spitze die bullige Gestalt von Jimmy Porter. Ihm folgte Bill Slingman mit bloßem Oberkörper. Auf seiner schwarzen Haut und auf seinen Muskelbergen stand der Schweiß, der in der Sonne wie Tau glitzerte.

»Um das klarzustellen«, sagte Dr. Blandy zu den Offizieren auf dem Turm. »Ich habe dem Commander zugeredet, es zu tun. Ich übernehme auch die Verantwortung. Gehen wir, meine Herren.«

Sie kletterten von der Brücke und liefen Nicholson nach. Verantwortung! Keiner konnte sie Nicholson abnehmen. Er war der Kommandant – nicht Dr. Blandy. Aber man sagt eben manchmal in der Erregung den reinsten Quatsch.

Mit vier Enterhaken zog man die kleine Rettungsinsel heran und hielt sie fest. Der wendige Belucci kletterte hinüber und zog den Reißverschluß des Einstiegs auf.

Er schaute hinein. Er stieß einen Schrei aus, als habe man ihm den Bauch aufgeschlitzt. Dann fiel er rücklings ins Meer.

2

Commander Nicholson stand breitbeinig auf Deck und sah hinunter zu dem im eisigen Wasser herumpaddelnden Belucci. Bill Slingman warf ihm eine Leine zu. Der kleine Italiener ergriff sie und ließ sich wieder aufs Boot ziehen. Hinter Nicholson schnaufte Dr. Blandy durch die Nase wie ein Walroß.

Belucci stand auf Deck, zitternd vor Kälte starrte er auf die sonderbare Insel und wischte sich mit beiden Händen immer wieder über das triefende Gesicht. »Ziehen Sie sich um, Sie Idiot!« brüllte Dr. Blandy. »Wollen Sie sich eine Lungenentzündung holen? Und so etwas gehört zur Elite! Fällt um, wenn er Schiffbrüchige sieht.«

»Ich sehe selbst nach!« Nicholson trat an den Rand des Bootes. »Porter, drehen Sie die Insel so, daß ich dem Einstieg gegenüberstehe.«

Die Matrosen mit den Enterhaken wendeten das Floß, der halb aufgezogene Reißverschluß gab einen Blick ins Innere frei. Auf der Spitze der biegsamen Dachstreben zuckte das kleine rote Licht.

Rettet uns! Hilfe!

Nicholson kniete sich hin, beugte sich vor, hielt sich an der Dachleinwand fest und zog den Reißverschluß bis zum Endanschlag herunter. Über seiner Schulter erschien der dicke Kopf des Doktors.

»Ich glaube, das geht mich in erster Linie an«, sagte er, als ihm der Commander einen wütenden Blick zuwarf. Hinter ihnen entstand eine merkwürdige Unruhe, ein völlig unmilitärisches Stimmengewirr wurde vernehmbar. Belucci hatte inzwischen atemlos berichtet, was er gesehen hatte.

Nicholson schob den Eingang auseinander und blickte in das Innere der Rettungsinsel. Er fiel zwar nicht wie Belucci über Bord, aber sein hageres Gesicht war zu Stein geworden. Dr. Blandy, noch einmal über seine Schulter blickend, begriff plötzlich, daß alles, was man auf der Marinespezialschule gelernt, alle Befehle, die man mitbekommen hatte, und alle Härte, zu der man verpflichtet wurde, im Grunde billige Theorie war.

Auf dem dicken Gummiboden der Insel lag ein Knäuel

Leiber mit fünf Köpfen. Fünf Mädchenköpfe, fünf Mädchenkörper in steifgefrorenen Jeans und Pullover, zu einer Masse zusammengebündelt in der unbeschreiblichen Verzweiflung, nicht ertrinken zu müssen, aber vor der Erschöpfung und der Kälte zu kapitulieren. Die Schwimmwesten häuften sich in einer Ecke, wo auch die Proviantbeutel und die Wasserkanister, der Kasten mit den Werkzeugen und der wasserfeste Köcher für die Signalpistole standen.

»Weiber!« hörte Commander Nicholson jetzt die dunkle röhrende Stimme von Obermaat Porter an Deck. »Belucci sagt, da sind Weiber drin! Boys! Ein Haufen Weiber!«

»Sir, wir ziehen die Insel sofort an Deck!« brüllte der riesige Slingman.

Dr. Blandy hockte sich neben Nicholson und hielt sich an einer der Enterstangen fest. »In ihrer Haut zu stecken, Jack«, sagte er, »wäre ein geradezu pervertierter Wunsch. Ich klettere hinein und sehe mir die Mädchen an.« Er blickte Nicholson in die harten Augen und nickte. »Ja, das wünsche ich mir auch«, sagte er plötzlich heiser, als lese er des Commanders Gedanken. »Sie wären besser tot...«

Er ließ sich von Porter und dem kleinen Fähnrich Duff festhalten, stieg erst mit einem Bein, dann mit dem zweiten hinüber auf die Rettungsinsel und ließ sich in ihr Inneres plumpsen. Dort hockte er vor dem Menschenknäuel, griff hinein, um an Oberkörper und Pulse heranzukommen. So begann er mit seiner Untersuchung. Schon nach einer Minute – wie lang kann eine Minute sein! – kam sein Kopf wieder am Einstiegschlitz zum Vorschein. Er schaute direkt in Nicholsons graugrüne Augen.

»Tut mir leid, Jack«, sagte Dr. Blandy leise. »Aber sie leben noch...«

»Ich habe das befürchtet, Doc.« Der Commander klammerte sich an einen Zipfel der Rettungsinsel, so nahe kauerte er vorm Abrutschen vom Deck. »Lassen Sie sich was einfallen. An Bord kommen sie nicht!«

»Mir braucht nichts einzufallen, Jack! Die Mädchen sind völlig unterkühlt und am Ende ihrer Kraft. Sie machen es keine drei Stunden mehr.«

Nicholson beugte sich geradezu akrobatisch vor und blickte

wieder ins Innere der Rettungsinsel. Jetzt, nachdem Dr. Blandy den Einstieg auseinandergeschoben hatte, konnte man sie deutlicher erkennen. Fünf weibliche Körper, ein jeder – selbst in der Verkrampfung und Erstarrung – von einer Schönheit, die einen Mann, der einundachtzig Tage unter Wasser gelebt hat, unweigerlich ergreifen und irritieren muß.

»Wir nehmen an«, sagte Nicholson hart, »daß wir die Mädchen fünf Stunden später gesichtet haben...«

»Das ist Mord, Sir!« antwortete Dr. Blandy steif. »Erwarten Sie, daß ich da mitmache? Die Mädchen müssen sofort behandelt werden!«

»Nicht an Bord! Tun Sie das in dem Gummiding da!«

»Als Arzt bestimme *ich*, welche Therapie ich wo anwende...«

»Sie vergessen, daß Sie auf meinem Boot sind und ich der Kommandant bin!« Nicholson ließ sich von Slingman und Bernie Cornell an Deck ziehen. Er straffte sich. Als er sich umblickte, sah er in verschlossene, kantige und sehr abweisende, ja feindliche Gesichter. Selbst Chief Navigator Collins mit seinem vom ewigen Pfeifenrauchen etwas verkniffenen Gesicht starrte ihn an, als wolle er ihn wie ein Lama anspucken. »Bis auf fünf Mann das Deck räumen!« sagte Nicholson laut. »Der Funkgast zu mir!«

Die Männer auf Deck zögerten. Dann knurrte Porter etwas, stieß den triefenden Belucci an und trottete mit den anderen Matrosen durch die Deckluke ins Innere des Bootes. Nur die Offiziere blieben stehen. Aus dem Turm kletterten der Funker und ein Obermaat – beide mit hungrigen Blicken. Im Boot war es bereits bekannt geworden: Längsseits liegen schiffbrüchige Weiber! Jetzt weiß der Alte plötzlich nicht mehr, ob er ein Mann ist oder bloß ein beweglicher Teil des U-Bootes.

»Funkgast meldet sich, Sir!« brüllte der Maat, als er auf Deck stand.

»Stellen Sie die Verbindung zur Basis her. Verlangen Sie Admiral Adam! Adam persönlich, keinen anderen!« Nicholson steckte die Hände in die Taschen seiner gefütterten Uniformjacke. Sie waren ihm plötzlich im Wege, außerdem zitterten sie leicht, was niemanden etwas anging. »Wenn er nicht im Dienst ist, lassen Sie ihn suchen! Ich habe Zeit.«

»Ich nicht, Sir!« fuhr Dr. Blandy dazwischen.

»Aye, aye, Sir!« brüllte der Funkgast, rannte zum Turm zurück und verschwand.

»Sie haben auch Zeit, Doc!« Der Commander machte ein Zeichen. »Kommen Sie wieder rüber!«

»Ein Sauhund, wer seine Patienten in dieser verzweifelten Lage verläßt!« schrie Dr. Blandy. Dann schwieg er. Auch Nicholsons Lage ist jetzt verzweifelt, das muß man anerkennen, dachte er. Fünf Mädchen an Bord von Amerikas geheimstem Schiff aufzunehmen, ist unmöglich. Aber ebenso unmöglich ist es, fünf Mädchen wissentlich dem Tode auszuliefern. Und sie werden sterben. Dr. Blandy hatte noch übertrieben, als er von drei Stunden sprach. Die Unterkühlung war nahezu tödlich, die steifgefrorene Kleidung ein solcher Kältepanzer, daß man überhaupt keine Überlebenszeit mehr nennen konnte.

»Genügt es Ihnen«, sagte Nicholson, »wenn wir Ihnen Dekken, Batterieheizgeräte und alle Medikamente, die Sie brauchen, hinüberreichen?«

»Nein!«

»Warum nicht?«

»Ein vereister Mensch ist keine vereiste Schraube, Sir! Man muß ihn anders behandeln.«

»Dann aktivieren Sie Ihre Fantasie, Doc.« Der Commander blickte über das zuckende rote Lämpchen hinweg auf das Meer hinaus. Die Wellen rollten lang. Es waren die Nachwehen jenes Sturms, in dem ein Schiff, das einmal *La Belle Marie* hieß, gesunken war.

Sie sind nicht älter als Mitte Zwanzig, dachte Nicholson. Alle fünf. Vielleicht auch jünger. Wenn ich früh geheiratet hätte, könnte jede von ihnen meine Tochter sein. Aber ich habe nie geheiratet. Meine Braut war immer ein Schiff, meine Heimat die Marine. Ein Scheißleben für achtzehntausend Dollar Jahresgehalt, werden viele sagen. Ich habe mich aber immer wohl dabei gefühlt.

»Wenn Sie länger in sich hineindenken, Jack«, schrie Dr. Blandy aus der Rettungsinsel, »können Sie bald mit jedem professionellen Killer Brüderschaft trinken!«

»Für diesen Satz beantrage ich gegen Sie ein Ehrengerichtsverfahren, wenn wir wieder an Land sind, Doc!« sagte Nicholson ruhig. »Es muß doch möglich sein, die Mädchen außerhalb des Bootes so hochzupäppeln, daß sie wieder seeklar werden. Wir werden alle Schiffe, die in der Umgebung sind, und seien es Fischtrawler, ansprechen und wegtauchen, sobald sich ein Mast zeigt. Das *ist* eine Rettung ohne Risiko für uns!«

»Kommen Sie rüber, Sir.« Dr. Blandys Stimme war wie mit Rost belegt. »Die Mädchen liegen in Eiswasser. Bevor sie den Einstieg schließen konnten, ist die Insel, zehn Zentimeter hoch, voll Wasser geschlagen worden. Dann waren sie zu erschöpft, es wieder auszupumpen. Himmel und Arsch, jede Minute, die wir vergeuden, kann für die Mädchen das Todesurteil sein! Sie *müssen* an Bord. Nur im Bordlazarett kann ich sie retten. Ist das jetzt klar, Sir?«

Im Turm erschien wieder der Funkgast. »Verbindung zur Basis, Sir!« brüllte er. »Admiral Adam ist dran.«

»Ich komme.«

Nicholson wandte sich ab. Doch Dr. Blandys gewaltige Stimme wirkte wie ein Nackenschlag.

»Sagen Sie dem Admiral, daß es die neueste Aufgabe der US-Navy ist, Mädchen zu töten!«

Nicholson zog den Kopf ein. Er sah Oberleutnant Cornell und Leutnant Curtis an, sah zwei ausdruckslose Gesichter, doch in ihrem Blick lag eine versteckte Drohung. Er passierte Chief McLaren und Chief Collins, die ihr Haupt senkten, als er sie fragend anstarrte. Und er sah den kleinen Fähnrich Duff, aus dessen Pupillen ihm das helle Entsetzen entgegenschrie.

Niemand darf uns sehen, dachte Nicholson. Wir sind verurteilt, ein atomgespicktes Gespenst der Meere zu sein. Für diese Aufgabe sind wir dreihundert aus Tausenden herausgesucht und zurechtgeschliffen worden, und jetzt werfen uns fünf Mädchen in einem Gummifloß um! Welche Ironie zwischen Theorie und Tatsachen!

Er kletterte in den Turm, nahm den Hörer vom Kommandopult und hörte den Admiral im fernen Norfolk so klar, als spräche er im Bordtelefon.

»Sir, ich habe ein Problem«, sagte Nicholson. Jetzt konnte er endlich tief aufatmen und sogar seufzen. Adam war wie ein Vater zu seinen Boys.

»Schaden am Reaktor, Jack?« fragte Adam.

»Viel schlimmer, Sir!« Nicholson atmete noch einmal tief durch. »Ich stehe vor der Enscheidung, fünf Mädchen an Bord zu nehmen und...«

»Sind Sie verrückt geworden, Jack?« Die Stimme des Admirals hob sich etwas. »Nach der letzten Meldung liegen Sie zwischen Island und Norwegen... Am allerwenigsten von Ihnen habe ich erwartet, daß Sie einen Koller bekommen.«

»Wir haben eine Rettungsinsel aufgefischt, Sir. Von der *Belle Marie*. Die letzten Überlebenden scheinen diese fünf Mädchen zu sein. Doc Blandy gibt ihnen nur noch eine Stunde, wenn wir sie nicht an Bord nehmen und behandeln.« Ich lüge, dachte Nicholson. Vielleicht zum erstenmal in meinem Leben lüge ich bewußt. Eine Stunde sage ich. Aber vielleicht ist das wirklich die Wahrheit.

»Sie kennen Ihren Befehl«, hörte er den Admiral sagen. Das klang sehr kühl.

»Sir, es handelt sich hier um eine Ausnahmesituation.«

»Über die Sie als Commander zu entscheiden haben unter der Berücksichtigung, daß kein Fremder an Bord kommt.«

»Das bedeutet den Tod der fünf Mädchen.«

»Dramatisieren Sie den Fall nicht, Jack.« Adams Stimme hatte einen fast beleidigten Ton. »In Ihrer Gegend muß es doch mehr Schiffe geben als nur Sie!«

»Bis sie hergerufen sind, sind die Mädchen längst ein Eisklumpen. Doc Blandy sagt –«

»Was Ärzte sagen, weiß ich!« Adam dürfte bei diesen Worten sein Gesicht verzogen haben. »Entweder betrachten sie Patienten als Hysteriker oder als Todkranke! Doc Paul soll einmal zeigen, daß er mehr kann, als nur Tripperspritzen zu geben! Commander –«

»Sir?« Nicholson straffte sich. Das ›Commander‹ knallte förmlich im Hörer.

»Ich erwarte von Ihnen Pflichterfüllung. Nicht mehr. Nicht weniger. Verstehen wir uns? Jack?«

»Ganz klar, Sir.«

Nicholson legte den Hörer auf und preßte dann beide Hände flach gegen sein Gesicht. So saß er eine Weile wie versteinert, und er war der einsamste Mann der Welt. Erst eine Stimme am Luk riß ihn zurück in die Wirklichkeit. Der kleine Duff blickte hinunter auf seinen Kommandanten.

»Sir, Sie sollen an Deck kommen... bitte.«

Nicholson nickte. Bitte... das klang, als bettele ein trauriger Bub. Er setzte seine Mütze wieder auf und kletterte die Eisentreppe hoch. Von der Plattform aus sah er, wie seine Offiziere und der bärenstarke schwarze Slingman die Rettungsinsel auf Deck gehievt hatten. Dr. Blandy ließ gerade die Sanitätsmaate fünf Tragen holen.

Hochaufgerichtet, die Hände um den Rand des Brückengitters geklammert, blickte Nicholson über sein Boot. Meine Offiziere haben gegen meinen Befehl gehandelt, überlegte er völlig nüchtern. Die Mädchen sind an Bord. Nach dem Navy-Strafrecht ist jeder Offizier sofort zu verhaften und einzuschließen. Eine Rückkehr für einen Prozeß und eine Aburteilung ist aber unmöglich. Mir bleibt nur die Möglichkeit, sie dem nächsten Schiff der US-Navy zu übergeben. Und Admiral Adam muß ich Meldung machen: Meine Offiziere, an der Spitze meine beiden Chefoffiziere, haben meinen Befehl ignoriert. Was Adam sagen wird, ist klar... aber was mache ich mit einem Atom-U-Boot ohne die technischen Chiefs und ohne die wichtigsten Offiziere?

Er sah, wie Oberleutnant Cornell und Dr. Blandy das erste Mädchen aus der Rettungsinsel hoben: ein zierliches Geschöpf mit roten Haaren. Sie legten es auf das Deck, bis von unten die Sanitäter mit den Tragen kamen. Dann hoben Leutnant Curtis und Chief McLaren einen zweiten Körper heraus, ein langbeiniges Mädchen mit ebenso langen blonden Haaren. Die Sonne streifte dieses Haar und ließ es funkeln wie Gold.

Fähnrich Duff, der bis jetzt stumm hinter Nicholson gestanden hatte, räusperte sich.

»Was ist, Herbert?« fragte der Commander, ohne sich zu bewegen.

»Wir haben abgestimmt, Sir. Die Entscheidung war einstimmig... Wir sind bereit, die Verantwortung zu –«

»Ihr?« Nicholsons Stimme war plötzlich rauh. »Euch wird man in den Hintern treten! Geradestehen für alles muß *ich*!«

»Wir sind auf Ihrer Seite, Sir.«

»Davon habe ich aber etwas, du Tor!«

Nicholson kletterte auf Deck und kam langsam auf die Gruppe zu. Das vierte Mädchen wurde gerade aus der Rettungsinsel gehoben, ein feingliedriges, schwarzhaariges Püppchen.

»Wo bleiben die Tragen?« brüllte Dr. Blandy. Dann sah er Nicholson und kam ihm entgegen. Sie gingen aufeinander zu wie Männer beim Duell.

»Was sagt der Admiral?« fragte Dr. Blandy, als sie fast mit der Brust zusammenstießen.

»Doc, seit wann stellen Sie so dämliche Fragen?«

»Haben Sie ihm die volle Wahrheit gesagt?«

»Mehr noch! Ich habe von einer Stunde Überlebenszeit gesprochen.«

»Und Adam bleibt hart?«

»Ja.«

»Wenn ich jemals Norfolk wiedersehe, ziehe ich Zivil an, verbrenne öffentlich meine Uniform, gehe zum Admiral und rotz ihm einen ins Gesicht!«

»Sie müssen auch ihn verstehen, Doc.« Nicholson betrachtete die Mädchen. Das letzte trugen McLaren und Cornell an Deck. »Für Adam ist unser Einsatz eine Art latenter Krieg. Wir befinden uns für ihn während der Dauer unserer Tauchfahrt im Kriegszustand. Er hat Pearl Harbour erlebt, er war auf Okinawa, er hing im Chinesischen Meer vor Vietnam. Für ihn sind fünf Mädchen im Vergleich zu diesen Hunderttausenden von Toten keine Zahl. Es ist fürchterlich, das zu sagen.«

»Unmenschlich, Jack!«

»Du sagst es.« Nicholson sah Dr. Blandy mit gesenktem Kopf an. »Aber sind wir Atomgespenster denn noch Menschen?«

»Ich werde immer einer sein, Jack.«

»Behalt den Satz im Ohr.« Plötzlich, ohne Formalität, duzten sie sich. Es war einfach selbstverständlich. »Du wirst ihn einmal gebrauchen, oder verfluchen...«

Aus zwei Deckluken kletterten jetzt die Sanitäter mit den Tragen. Hinter ihnen erschienen die Köpfe von Neugierigen, die einen Blick auf die Mädchen werfen wollten. Jimmy Porter brüllte herum, obwohl ihn keiner gerufen oder mit irgend etwas beauftragt hatte, und der kleine Belucci, wieder in trockener Uniform, wieselte über Deck und schleppte immer noch Decken heran, obwohl längst genug davon auf den Tragen lagen.

»Man muß ihnen sofort die gefrorenen Kleider ausziehen!« schrie Porter. »Ich kenne das! Ich bin Rettungsschwimmer!«

»Was machen Sie auf Deck?« brüllte Bernie Cornell zurück. »Wer hat Ihnen einen Befehl gegeben! Gehen Sie zurück in den Raketenraum.«

Nun kamen auch Slingman und Tami Tamaroo herauf, in der Hand Thermosflaschen mit dampfendem Tee.

»Das ist das letzte«, sagte Dr. Blandy dumpf. »Jack, gleich hast du dreihundert Mann hier stehen wie zur Parade. Wenn irgendeiner gelesen hat, daß das beste Mittel gegen Unterkühlung animalische Wärme ist, stürzen sich dreihundert Wärmflaschen auf die Mädchen.«

Nicholson hob seine knochigen Schultern. Sein kantiges Gesicht bewegte sich kaum beim Sprechen. »Ihr habt den Beschluß einstimmig gefaßt«, sagte er. »Es wird eure Schuld sein, wenn unser Boot eine schwimmende Hölle wird.«

Der Transport in das Bordlazarett gestaltete sich schwieriger, als Dr. Blandy es sich gedacht hatte. Unter Deck waren die schmalen Gänge mit Marinesoldaten vollgestopft, und jeder wollte einen Blick auf die Mädchen werfen. Der Ruf: »Wir haben Weiber an Bord! Boys, richtige Weiber!« wirkte alarmierender als das schrille Klingelzeichen im Ernstfall: Alles auf Gefechtstation! Und so drängten sie sich auf dem ganzen Weg vom Luk bis zum Lazarett, Leib an Leib, Kopf an Kopf, und starrten auf die bleichen Mädchengesichter und die zugedeckten Körper, die nur mit sehr viel Fantasie gewisse Formen ahnen ließen.

Aber dies genügte. Ein Seufzen flog durch das Boot, und Männerschweiß roch plötzlich wie Parfüm. Selbst aus den Maschinenräumen waren die Kerle gekommen, Köche, Elektronikingenieure, Spezialisten aus dem Reaktorraum – alle standen im Gang.

Mädchen. Wunderhübsche Mädchen. Fünf Mädchen in einem U-Boot der US-Navy.

»Kommen sie durch, Doc?« fragte einer, als Dr. Blandy hinter den Tragen sich durch die Menschenmauer drängte. »Schaffen Sie's?«

»Wenn ihr mich weiterhin einklemmt, gewiß nicht. Platz, ihr geilen Hunde! Es geht um Minuten!«

Dann waren sie im Lazarett. Das Schott knirschte zu, der Knebel wurde herumgedreht. Aber die Männer blieben in den Gängen stehen und warteten. Commander Nicholson saß im Turm und sah Oberleutnant Bernie Cornell grimmig an.

»Geben Sie durch, Bernie: Alles auf Tauchstation!«

»Jetzt, Sir?« Cornell starrte seinen Kommandanten ungläubig an.

»Seit wann wird bei der Marine ein Kommando mit einer Frage beantwortet?« schrie Nicholson plötzlich unbeherrscht.

»Sir...«

»Wir tauchen, Oberleutnant!«

Cornell grüßte. Seine Augen aber sagten: Commander, wir verstehen uns plötzlich nicht mehr.

»Aye, aye, Sir!«

Durch das Boot rasselte das Signal. Auf Tauchstation. Prompt kam aus dem Maschinenraum die Anfrage von Chief Engineer McLaren.

»Sir, ist das Ihr Ernst? Wir haben doch noch die Rettungsinsel an Deck.«

Commander Nicholson nickte, aber das konnte McLaren natürlich nicht sehen.

»Chief, sind Sie Atomingenieur oder Gummifloßexperte?« sagte er brüsk.

»Verstehe, Sir!« Es knackte. McLaren hatte beleidigt eingehängt.

Durch das Boot hörte man das Trappeln der Füße. Die Matrosen rannten zu ihren Posten. Die Gänge waren wieder leergefegt; bis zum Kommando ›Normalfahrt‹ herrschte jetzt in dem stählernen Riesen eine kriegsmäßige Ordnung.

An den Fluthebeln standen die Maate und warteten. Im Maschinenraum starrte man auf die elektronischen Befehlssignale. Noch lag die POSEIDON I mit abgestellten Motoren in der See und dümpelte in den Wellen. Chief Frank Collins ließ die Computernavigation spielen und trug die Lage des Bootes ins Buch ein. Diesen Augenblick mußte man festhalten: Fünf Mädchen kommen an Bord, und der Alte frißt wieder Eisen.

Nicholson sah nachdenklich auf das Telefon, das leise summte. Dann hob er ab in der Erwartung den Admiral zu hören. Es war aber Dr. Blandy, der fragte: »Müssen wir tauchen, Jack?«

»Ich kommandiere ein U-Boot und kein Flugzeug«, antwortete Nicholson trocken. »U-Boote haben die Angewohnheit, unter Wasser zu fahren.«

»Das war mir neu, Jack. Man lernt immer dazu!« Dr. Blandy räusperte sich. »Ich habe die Mädchen ausgezogen. Sie liegen hier auf den Betten, und ich sage dir, es ist ein verdammt aufregender Anblick.«

»Du bist Arzt, sonst nichts, denke ich.«

»Sie sind noch ohnmächtig. Meine Sanitäter tragen ihre Augäpfel jetzt auf Stielen. Ich habe zu ihnen gesagt: Wenn ihr eine Sekunde lang vergeßt, daß ihr Sanitäter seid, narkotisiere und kastriere ich euch! Sie sind jetzt dabei, die herrlichen Körper mit Frottiertüchern abzurubbeln. Jedes Mädchen hat schon seine Kreislaufspritze weg. Dieses rauhe Frottieren ist immer noch die beste Therapie. Uralt, aber unerreicht.«

»Warum erzählst du mir das alles?« fragte Nicholson ruhig.

»Ich denke, du kommst mal herunter und siehst dir das an.«

»Fünf nackte, bildschöne Mädchen?«

»Ich decke sie zu, wenn du kommst. Aber ich glaube, sie haben dir allerlei zu erzählen, wenn sie aufwachen. Und das ist Kommandantensache, meine ich.«

»Okay. Ich komme«, sagte Nicholson knapp.

In den einzelnen Zentralen wartete man noch immer auf das Kommando zum Tauchen. Es kam nicht. Maschinenmaat Dustin Hollyday rief seinen Freund Jimmy Porter an, der mißmutig und mit Wut geladen in seinem Raketenraum hockte, die nicht geschärften, schlanken Teufelsdinger betrachtete und mit einem Stück Kaugummi spielte.

»Der Alte spinnt«, sagte Hollyday. »Tauchstation, und nichts tut sich. Noch alle Maschinen auf Stop. Was ist eigentlich los?«

»Die Mädchen werden gerade wieder zum Leben erweckt. Erni hat mich heimlich aus dem Lazarett angerufen. Sie liegen nackt auf den Betten und sollen aussehen wie Engel. Dürfte den stärksten Mann umwerfen. Erni war völlig durcheinander. Er sagt, als Sanitäter in der Ausbildung hätte er viele Weiber gebumst, aber so etwas sei ihm noch nie unter die Hände gekommen. Da muß ein Schiff mit Schönheitsköniginnen gesunken sein.«

»Ob die an Bord bleiben, Jimmy?«

»Ausgeschlossen! Der Alte setzt sie aus, das wette ich.«

»Das kann er nicht, Jimmy!«

»Commander Nicholson kann alles!«

»Und warum tauchen wir nicht?«

»Frag den Sir doch selbst, du Arsch!«

Porter hängte wütend ein. Vor seinen Augen entstand das Bild einer Frau mit hohen Brüsten, schlanken Hüften, langen Beinen und einem braunen Kräuselpelz zwischen den Schenkeln. Und diese ganze verdammte Schönheit ging vor ihm her, mit zuckenden Hinterbacken und sanft schwingenden Brustwarzen.

Porter seufzte laut, schloß die Augen und hieb mit der Faust auf das Trägergestell der Atomraketen.

»O Scheiße!« sagte er laut. »Und das noch ganze neun Monate...«

Im Lazarett hatten die Bemühungen Erfolg. In die erstarrten Mädchenkörper kam neues Leben. Die Haut rötete sich von dem harten Massieren, die Kreislauf- und Herzinjektionen zeigten Wirkung, die Temperatur stieg an und pendelte sich bei 36,5 ein. Noch waren die Mädchen besinnungslos. Nach dem Kälteschock überfiel sie jetzt, wo der Körper wieder seine Funktionen übernahm, die ungeheure Erschöpfung. Dr. Blandy jagte die Sanitäter aus dem Bettenraum eins und setzte sich allein in die Mitte zwischen die fünf zugedeckten Schönheiten. Unter den Laken hoben sich ihre Formen deutlich ab. Die Gesichter waren entspannt und bekamen allmählich Farbe.

An der Stahltür klopfte es dreimal rhythmisch, dann flammte über ihr ein rotes Lämpchen auf. Die Sprechanlage summte.

»Jack?«

»Ja. Bitte eintreten zu dürfen.«

Dr. Blandy schloß die Tür auf und ließ Commander Nicholson herein. Dieser blieb an der Tür stehen und warf einen prüfenden Blick in den weißen, vor Sauberkeit blitzenden und nach Desinfektionsspray duftenden Raum.

»Wie im Himmel, was?« sagte Dr. Blandy. »Zwei blonde, zwei schwarze, ein roter Engel! Ich komme mir wie Petrus vor.« Und als Nicholson keine Antwort gab: »Warum tauchst du nicht?«

»Ich habe Tauchstation befohlen, um die Männer aus den Gängen zu kriegen. Wenn sie an ihrem Posten stehen, ist Ordnung im Boot.«

»Dann sag deinen Plan schnell an Chief McLaren durch. Er wird sonst wahnsinnig vor seinem Atomreaktor. Wie ich ihn kenne, hat er schon alle Hebel in der Hand und starrt auf das Signal FAHRT. Und das kommt nicht.«

»Wann können die Mädchen aufwachen?« fragte Nicholson mit gedämpfter Stimme.

»Jeden Moment. Ihr Kreislauf ist normal. Ich hoffe nicht, daß einigen von ihnen der Sauerstoff im Hirn knapp geworden ist. Dann haben wir ein paar Säuglinge an Bord. Sieh dir das an!«

Er hob ein Laken hoch und nickte. Nicholson blickte auf einen vollendeten Mädchenleib, glatt, sonnengebräunt, im Licht der Deckenlampe glänzend, als habe Dr. Blandy ihn soeben poliert.

Blandy ließ das Laken wieder fallen. »So sind sie alle. Bei der kleinen Rothaarigen bekommt man Jucken unter dem Haaransatz ...«

Nicholson setzte sich auf einen Stuhl an der mit weißer Plastikmasse gestrichenen Wand. »Ich werde sie in der Nacht aussetzen«, sagte er. »Bis dahin wirst du sie wieder fit gemacht haben, Paul.«

»So etwas kannst auch nur du sagen!« Dr. Blandy schüttelte den Kopf. »Ich muß erst feststellen, wie groß ihr Schock ist.«

»Und ich muß dem Admiral einen Bericht durchgeben.«

»Das mache ich, Jack. Als Arzt in eigener Verantwortung.«

»Wir haben ein 77-Millionen-Dollar-Geheimnis unter dem Hintern, Paul! Was ist dagegen die ärztliche Verantwortung? Mach dich nicht lächerlich. Die Mädchen setze ich in Norwegen, nördlich von Narvik, an Land. Es wird Probleme geben mit der Radarüberwachung, denn dann bekommen sie uns auf den

Schirm! Man wird sich in Washington etwas einfallen lassen müssen...«

»Glaubst du?« Dr. Blandy beugte sich über ein Mädchen, das sich zuckend zu bewegen begann. »Das Weiße Haus sollte aktiv werden wegen fünf Mädchen? Die scheißen uns eins, und das als großen Haufen!«

»Man sollte nicht annehmen, daß du ein Akademiker bist.« Nicholson stemmte seine Füße auf den Kunststoffboden. »Ich muß dem Admiral melden, daß wir die Mädchen an Bord haben, ich muß ihm versprechen, sie wieder loszuwerden, und das kann ich nur an Land. Komme ich in Landnähe, erwischen uns die Radarkontrollen... so kommt's zu einer Kettenreaktion, die schließlich bei Washington endet.« Nicholson nickte Dr. Blandy zu, als wolle er eine Bestätigung seiner Rede. »Ich habe das kommen sehen, aber mit euch war ja nicht mehr zu reden!«

Dr. Blandy zeigte mit ausgestrecktem Arm auf die fünf Mädchenkörper. »Wolltest du so etwas krepieren lassen, Jack?«

»Man kommt in Situationen, wo die Stimme des Gewissens zum Selbstmord wird. Ich fürchte, wir haben eine solche Situation.« Er stand abrupt auf, ging zur Sprechanlage und drückte auf den Knopf ›Befehlsstand‹. Aber bevor er ihn losließ und sprach, sah er Dr. Blandy an. »Ich gebe dir drei Tage Zeit, okay? Wir werden mit voller Kraft auf die norwegische Küste zufahren und uns dann im Radarfeld auf Schleichfahrt in einem einsamen Fjord verkrümeln. Viellicht gelingt es uns, ein Phantom zu bleiben.«

»Drei Tage sind knapp, aber immerhin – ein Anflug von Menschlichkeit bei dir. Versuchen wir's.«

Commander Nicholson ließ den Knopf los. Oberleutnant Bernie Cornell meldete sich mit aufgeregter Stimme.

»Sir, wir suchen Sie. Was ist los? Warum tauchen wir nicht?«

»Lassen sie die Rettungsinsel einholen und dann Tauchfahrt auf einhundertfünfzig Fuß!«

»Aye, aye, Sir...«

»Noch Fragen, Bernie?«

»Nein, Sir...«

Nicholson schaltete ab. »Er lügt«, sagte er gedehnt zu Dr. Blandy. »Die Stimmung im Boot ist miserabel. Ich spüre das.

Allein das Wissen, daß fünf Mädchen an Bord sind, macht die Boys verrückt.«

Er schwieg abrupt. Drei Mädchen hoben plötzlich die Köpfe und blickten mit weitaufgerissenen Augen um sich. Sie begriffen nicht, wo sie waren. Sie sahen nur eine Neonlampe an der Decke, weiße Wände und weiße Betten. Sie spürten, daß sie weich und warm lagen und ließen sich wieder zurückfallen. Ein Mädchen mit langen blonden Haaren begann leise zu weinen und drehte sich zur Seite. Die Rothaarige zog die Beine an und stieß sie dann wieder von sich. Das Laken sauste auf den Fußboden. Ihre plötzliche Nacktheit gnadenlos von der Neonlampe angestrahlt, war ein überwältigendes Bild für den Beschauer.

Commander Nicholson rührte sich nicht. Nur sein Blick wanderte über die fünf Betten und blieb an einem Mädchengesicht hängen, das noch vom Schlaf entspannt war. Ein etwas herber Typ mit kurzen blonden Haaren, die schon ins Mittelblond hineinschimmerten. Ihr Körper war der größte von allen, langbeinig und mit guten Rundungen. Dr. Blandy grinste.

»Rot ist nicht dein Typ, Sir?« sagte er leise. »Warten wir's ab. Auch das Sportsmädel wacht gleich auf. Du siehst richtig, sie hat einen schön durchtrainierten Körper.«

»Doc, halt die Schnauze!« sagte Nicholson wütend. »Bring den Damen erst mal bei, wo sie sind ...«

»Die Damen!« Blandy verzog sein Gesicht. »Jack, müssen wir ab sofort im Ausgehanzug erscheinen?« Er stapfte durch den Raum, ging zum ersten Bett und beugte sich über das Mädchen. Es hatte die Augen geöffnet, starrte in das massige Gesicht über sich und stieß einen leisen Schrei aus. Dr. Blandy nickte.

»Ich weiß, ich bin keine Schönheit, Miß, aber man kann sich einen Lebensretter nicht aussuchen.«

»Mein Gott ... wo bin ich? Ich lebe ...«, flüsterte das Mädchen. »Ich lebe wirklich ... oder?«

Dr. Blandy richtete sich auf und sah Nicholson an. »Amerikanischer Zungenschlag, hörst du's, Jack? Wir werden einiges erfahren.«

Die Motoren der POSEIDON I brummten leise, ein Zittern

lief durch das Boot, und gegen die Stahlwände klatschte das Meer. Die Ventilatoren begannen zu rauschen. Amerikas größtes Geheimnis sank wieder in die Tiefe.

Das Mädchen im fünften Bett, eine mittelgroße Schwarzhaarige, setzte sich auf und drückte das Laken gegen ihre volle Brust. Das kalte Neonlicht von der Decke ließ gebräunte Rückenhaut aufglänzen.

»Auf welchem Schiff sind wir hier?« fragte sie. »Ich danke Ihnen! Ich danke Ihnen! Wir hatten keine Hoffnung mehr.« Sie biß sich auf die Unterlippe, unterdrückte einen Weinkrampf, schüttelte dann den Kopf und ließ ihre langen schwarzen Haare fliegen. »Leben wir alle?« Sie starrte auf die anderen Betten.

»Bis jetzt ja«, sagte Dr. Blandy.

Ihr Kopf flog herum, die schwarzen Augen leuchteten groß. Panik und zugleich neue Kraft lagen in diesem Blick. »Was heißt bis jetzt?« Sie rutschte zur Wand und riß ihr Laken hoch bis zum Hals, so daß nun eine Blöße in der Schenkelgegend entstand. »Wer sind Sie?«

Plötzlich entdeckte sie auch Commander Nicholson neben der Tür. Er versuchte ein Lächeln, was einem Gesicht, das kaum lächelt, ganz selten gelingt.

»Und Sie?« sagte das Mädchen über die ans Kinn gepreßten Fäuste hinweg.

»Wir sollten es ihr erklären«, sagte Dr. Blandy. »Wir sind Gespenster.«

»Aber ... aber wir schwimmen doch auf dem Meer ...«

»Nein.« Nicholson hob wie bedauernd die Schulter. »Im Augenblick sind wir – schätze ich – neunundsiebzig Fuß unter Wasser und werden bald einhundertfünfzig Fuß tief sein.« Er machte eine leichte Verbeugung. »Commander Nicholson von der US-Navy. Das da ist Dr. Blandy, Oberarzt der Navy.«

»Es gibt tatsächlich noch einen Gott, der Gebete erhört!«

Die Stimme kam von Bett zwei. Das sportliche Mädchen, das Nicholson so genau betrachtet hatte, war erwacht und sofort bei voller geistiger Frische. Auch sie saß jetzt im Bett, die Knie angezogen, das Laken um ihren schönen Körper gewickelt. In den anderen Betten regten sich die Mädchen, aber sie blieben liegen. Die kleine Rothaarige rollte sich auf den Bauch, als sie wahrnahm, daß sie nackt war. Ihre Rückenlinie und der Schwung zum Gesäß war nicht weniger aufregend als die Landschaft von Brust, Leib und Schenkeln.

Dr. Blandy ging zu ihr hin, bückte sich und warf das weggestrampelte Laken wieder über sie.

»Danke, Doc«, sagte die Rothaarige. Ihre Stimme paßte nicht zu diesem explosiven Körper. Sie war sanft und besaß einen dunklen Unterton.

»Wir haben Sie aufgefischt, und Doc Blandy hat Ihnen das Leben gerettet. Wie ich sehe, erholen sich die Damen sehr schnell.« Commander Nicholsons Blicke wanderten wieder von einem zum anderen Mädchen und verharrte bei der großen Sportlichen. »Ich lasse sofort aus der Messe heißen Tee und ein kräftiges Essen kommen.«

»Was ist das für ein Klatschen draußen?« fragte die feingliedrige Schwarzhaarige in Bett fünf.

»Wir sind auf einem U-Boot, Dorette.« Der sportliche Typ kreuzte den Blick mit Nicholson. Nur einen Hieb lang, aber es war ein Stoß, der den Commander innerlich voll traf und eine Wunde aufriß, von der er ahnte, daß sie sich nie wieder schließen würde ohne ihre Hilfe. »Und der Commander läßt gerade tauchen.«

»Ein U-Boot!« Die Rothaarige warf sich auf den Rücken. »Wir sind in einem U-Boot? Wenn das Daddys Werbeabteilung erfährt...«

Nicholson und Dr. Blandy wechselten einen schnellen Blick. Das hatte man nicht einkalkuliert: Die Geschwätzigkeit einer Frau, die eine große Sache nicht hinunterschlucken kann, ohne daran zu ersticken. Das muß heraus, das muß berichtet werden, das verbrennt sonst die Seele!

Nicholson grinste bitter. An alles haben wir gedacht, daran nicht. Sind wir den Frauen schon so entwöhnt? Und wenn es nur *eine* ist, die alles erzählt – die Welt wird erfahren, daß ein Atom-U-Boot unbekannter Bauart durch die Meere schleicht. Der ganze Operationsplan ist sinnlos geworden... Das Geheimnis der USA hängt jetzt an fünf schönen Mädchen. Gibt es etwas Absurderes?

»Daß Sie an Bord sind, verdanken Sie Dr. Blandy«, sagte Nicholson hart. »Ich wollte es nicht.«

»Sie hätten uns absaufen lassen?« fragte die Sportliche ruhig.

»Einer größeren Aufgabe wegen... ja.«

»Sie sind wirklich ein Schätzchen!« Die Schwarzhaarige in Bett fünf ließ ihr Laken fallen. Die vollen Brüste schoben sich über die vor den Magen gelegten Arme. Ihre großen Augen sagten: empörend!

»Ich möchte Illusionen über Ihre Lage im Keim ersticken«, sagte Nicholson ungerührt. »Es ist nötig, daß Sie das genau kennenlernen. Ich bin weder auf Ihren Busen ansprechbar, Miß, noch auf Ihre Beckenlinie. Es ist Verschwendung Ihrer Reize, sie vor mir auszubreiten. Verstehen wir uns, meine Damen?«

»Genau!« Die große Sportliche sah ihn kühl an. Die Rothaarige tippte ihre Zehen aneinander. Die andern Mädchen schwiegen, abwartend, sichtbar bereit, gegen diesen Mann, der sich als Ekel vorstellte, den Kampf aufzunehmen. »Sie frühstücken Nägel und sonntags Patronen.«

»Lieber sind mir zwei Spiegeleier mit Speck.« Nicholson steckte seine Hände in die Hosentaschen, weil er das überwältigende Bedürfnis hatte mit den Fingern zu schnalzen. »Aber Sie werden keinen Nutzen daraus ziehen, Miß...« Er kam mit drei Schritten weiter in den Raum und stand jetzt neben Dr. Blandy zwischen den Betten. »Ich halte es für zweckmäßig, daß wir jetzt Ihre Erklärungen entgegennehmen, wie Sie in eine solche Lage kommen konnten.«

»Ich habe mich geirrt«, sagte die Sportliche nüchtern. »Sie frühstücken bestimmt auch Schrauben, sonst könnten Sie nicht so geschraubt reden.«

Die Rote kicherte, die anderen grinsten. Dr. Blandy schnaufte durch die Nase. Jack, dachte er, mach dich nicht lächerlich. Verschanze dich nicht hinter einem Panzer aus konstruierter Kälte. Du bist ein Mann wie wir alle, und die große Blonde steckt dir bereits in den Lenden! Das regt dich auf.

»Wie heißt ihr denn?« fragte Blandy laut. »Ich glaube, das ist jetzt fällig.«

»Ich bin Joan Hankow«, sagte die Schwarzhaarige aus Bett fünf. Sie rutschte von der Matratze, ließ die Beine baumeln und setzte sich auf die Bettkante. Ihre vollen Brüste bedeckte sie nicht wieder. »Aus Boston.«

»Wir sind alle aus Boston!« Die Sportliche hob die Hand. »Das da ist Lill Petersen, unser Rotkopf heißt Evelyn Darring, daneben ist Dorette Palandré, und ich heiße Monika Herrmann. Wir haben einen Europatrip gemacht. Auf Island kamen wir auf den Gedanken, uns eine Motorjacht zu chartern und nach Grönland zu fahren. Dorette wollte nicht glauben, daß die Eskimos sich nicht küssen, sondern nur die Nasen aneinanderreiben.«

»Sir, wir haben fünf Verrückte an Bord!« sagte Dr. Blandy laut und erschüttert.

»Wir haben Väter, die ihren Töchtern das bieten können«, unterbrach ihn Joan Hankow. »Haben Sie Champagner an Bord, Commander?«

»Ich weiß nicht.« Die Frage verwirrte Nicholson. »Ich glaube ja.«

»Welche Marke?«

»Ich habe getrunken.« Dr. Blandy kratzte sich den dicken Nasenrücken. »Das Gesöff heißt *Vive la France.*«

»Ihr Daddy!« Joan Hankow zeigte auf die kleine schwarzhaarige Dorette. »Und was Sie an Kunststoff an Bord haben, Sir – zum Beispiel den Unterteil dieser Neonlampe – kommt aus den Fabriken meines Vaters.«

»Mit soviel Goldgewicht sinken wir auf Grund«, sagte Dr. Blandy sarkastisch. »Jack, ich gebe dir jetzt recht: Wir sind der Hölle näher als der eigenen Tasche.«

In der Sprachanlage knackte es. Cornells Stimme erklang.

»Einhundertfünfzig Fuß Tiefe, Sir. Welcher Kurs? Wie programmiert?«

»Nein! Chief Collins soll auf die norwegische Küste zuhalten. Richtung Narvik. Maschine auf halbe Kraft.«

»Aye, aye, Sir…«

Ein neues Knacken, Cornell war aus der Leitung. Lill Petersen hatte den Kopf gehoben und starrte auf die Sprechanlage.

»Wer war denn das?« fragte sie. »Eine nette Stimme…«

»Ich werde dafür sorgen, daß Sie nichts auf meinem Schiff nett finden!« fuhr Nicholson dazwischen. Und plötzlich brüllte er – eine Tatsache, so fremd, daß sie Dr. Blandy mit offenem Mund zur Kenntnis nahm. »Nichts werden Sie nett finden! Gar nichts! Absolut nichts!«

Es war der gleiche Augenblick, in dem der Torpedoobermaat Jimmy Porter zu dem Maschinenmaat Dustin Hollyday sagte:

»Und ich wette mit dir um mein Bindeglied, daß ich an eines der Weiber herankomme.«

3

Im Navigationsraum, in dem auch die Meldungen der Sonaranlagen und der elektronischen Unterwasserortungsgeräte zusammenliefen, starrte Chief Collins entgeistert Oberleutnant Cornell an, der ihm plötzlich den Befehl des Commanders überbracht hatte. Der Kursschreiber zeichnete wie mit Geisterhand die Fahrt auf, der Tiefenmesser pendelte und zitterte. Das Boot lag gut im Wasser, der NAVDAC, das Computernavigationsgerät, lenkte das 77-Millionen-Geheimnis problemlos durch das Meer.

»Nach Narvik?« wiederholte Collins gedehnt. »Ich soll Kurs auf Narvik nehmen?«

»Ich habe den Befehl nachgesprochen. Es stimmt.«

»Der Alte ist verrückt! Wir kommen in das Frühwarnsystem hinein, und dann ist der Teufel los! Wir lösen unsere eigene Alarmkette aus! Bernie, weißt du, was das bedeutet? Ein fremdes, sich nicht meldendes U-Boot im Gefahrenbereich, mit Direktkurs auf die Küste!«

Bernie Cornell hob die Schultern. Er hatte es sich abgewöhnt, gegen des Commanders Entscheidungen zu denken. In den dreiundneunzig Tagen war so viel Neues geschehen, daß keiner an Bord daran zweifelte, Nicholson sei entweder ein Genie, wie noch nie eines die Meere befahren hat, oder ein Idiot, den man eben wegen seiner Idiotie dafür ausersehen hatte, dieses verrückte Kommando durchzuführen. »Frag ihn selbst«, sagte Cornell. »Er ist im Lazarett bei den Mädchen.«

»Aha!« Collins beugte sich über die Seekarte. Plötzlich ahnte er, was der Kurs auf die norwegische Küste bedeutete. Er zögerte einen Augenblick, gab dann an den Maschinenraum den Befehl »Maschine stop!« und stellte den Navigator aus. Das Boot bewegte sich plötzlich fast lautlos. Es schwebte im Wasser, und nur ab und zu knirschte es in den Stahlwänden. Einhundertfünfzig Fuß Tiefe erzeugen einen beachtlichen

Druck. Bei fünfhundert Fuß wird es kritisch, und Nicholson hatte das Boot sogar einmal auf fünfhundertsechzig Fuß gedrückt. Da hatte man herumgesessen, die Wände angestiert und die vor Angst schweißnassen Hände aneinandergedrückt. Es war, als dringe ein Röcheln aus den Stahlplatten.

»Frank, jetzt bist du verrückt!« sagte Cornell heiser. »Du kannst doch nicht einfach die Maschinen stoppen!«

Collins erhob sich und setzte seine Mütze auf. Er knöpfte den Uniformrock zu und schnallte den Gürtel mit dem Strahlungsmesser um. An Bord mußte ihn jeder tragen, um sofort gewarnt zu sein, wenn irgendwo in der Atomkraftanlage ein Fehler entstand und Strahlenverseuchung drohte.

»Ich habe gelernt«, sagte Collins ruhig, und sein verkniffenes Pfeifenrauchergesicht fiel in eine Art Erstarrung, »daß man Befehle auf ihren Sinngehalt untersuchen soll, ehe man sie ausführt. Einen Befehlsnotstand erkennt man später nicht an... mit dieser Begründung haben wir in Nürnberg die Nazigeneräle aufgehängt! Und was hier befohlen wird, ist in höchstem Maße sinnlos und gefährlich! Ich werde es Nicholson sagen.«

»Darauf bin ich gespannt.« Oberleutnant Cornell wartete auf eine Regung des Commanders. Daß das Boot stand, konnte er nicht überhören. Er zuckte trotzdem zusammen, als Nicholsons Stimme aus dem Rundlautsprecher dröhnte.

»Chief Collins, was ist los? Warum stoppen wir?«

»Ich komme zu Ihnen, Sir!« antwortete Collins.

»Das habe ich nicht gefragt. Ich will eine Erklärung.«

»Ich möchte über den Kurs mit Ihnen sprechen.«

»Ich nicht! Sie melden sich in einer halben Stunde bei mir in der Messe.«

Das rote Signallicht der Sprechanlage erlosch. Collins schüttelte den Kopf, schob Cornell aus dem Weg und verließ den Navigationsraum. Im Gang stieß er mit Chief Engineer McLaren zusammen, der vom Maschinenraum herangestürmt kam. »Das ist doch nicht möglich!« rief er. »Du gibst das Kommando Stop? Ich habe gedacht, das kommt vom Alten. Frank, hast du Mattscheibe?«

»Geh mir aus dem Weg, Victor«, sagte Collins dumpf. »Ihr ahnt ja alle nicht, was in den nächsten vierundzwanzig Stunden passieren soll! Darüber muß ich mit Nicholson reden.«

»Reden? Diskutieren? Mit dem Alten!« McLaren tippte sich an die Stirn. »Du bist krank, Frank.«

»Ich war noch nie so gesund wie heute!« Collins schob auch McLaren aus dem Weg und tappte den Gang hinunter zum Lazarett. Er kam an Belucci und Tamaroo vorbei, die ihn wie einen Geist anstarrten.

»Was ist los mit dem Boot, Chief?« fragte Belucci vorsichtig. »Warum stoppen wir?«

»Drei Meilen Backbord fährt ein Dampfer mit Makkaroni, den wollen wir für dich entern. Verstanden?«

Belucci verzog sein schönes sizilianisches Gesicht, stieß Tamaroo in die Rippen und drückte sich gegen die Wand, um Collins vorbeizulassen.

»Hier stinkt etwas, mein Hula-Hula-Boy«, sagte er, als Collins durch das Schott verschwunden war. »Riechst du's nicht?«

Tamaroo schloß die leicht geschlitzten Augen. Er hatte ständig Sehnsucht nach seiner Heimat Hawaii, und wenn er allein in er Koje war, legte er ein Band mit heimatlichen Klängen in den Kassettenrecorder und tanzte mit wiegenden Hüften die Tänze seiner Insel.

»Es sind die Mädchen«, sagte er jetzt.

»Quatsch! Die werden wir wieder los...«

»Das ist es ja, Paolo. Willst du sie loswerden?«

Belucci schwieg. Er kaute an der Unterlippe, dachte an das, was er in der Rettungsinsel gesehen hatte, und spürte gleichzeitig ein Ziehen in den Lenden.

»Blödsinn!« sagte er rauh. »Das ist ja alles Wahnsinn!«

»Genau das ist es!« Tamaroo nickte. »Fünf Mädchen zerstören unser Boot.«

Commander Nicholson hatte sich nach seinem Ausbruch schnell wieder beruhigt. Er lehnte noch immer neben der Tür, vermied es aber, die Mädchen voll anzusehen, also fixierte er einen bestimmten Punkt im Krankenzimmer. Es war ein eingerahmter Spruch, der an der Wand hing: »Wer hier raucht, wird klistiert!« Eine nicht gerade humane Ankündigung.

»Ich nehme an, Sie haben sich Gedanken darüber gemacht, was mit uns geschehen soll«, sagte die sportliche Monika Herrmann. Sie schien die einzige zu sein, die jetzt so nüchtern dachte wie Nicholson. Das gefiel ihm... die anderen Mädchen hockten in ihren Betten, mehr oder minder entblößt, betrachteten ihn und Dr. Blandy mit unverhohlenem weiblichem Interesse und gaben sich keine Mühe, irgendwelche Schamgefühle zu zeigen. Die rothaarige Evelyn Darring sprang sogar aus dem Bett. Sie lief nackt und mit ihrem Busen kokettierend bald hierhin, bald dahin und tat so, als ob sie etwas suche, um endlich vor Dr. Blandy stehenzubleiben.

»Ich könnte einen Schluck Whisky vertragen!« sagte sie herausfordernd.

»Ich auch!« Dr. Blandy grinste breit. »Es ist erstaunlich, wie schnell aus Halbtoten Hyperlebendige werden können...«

»Der Anblick von Männern macht uns immer munter!« sagte Dorette Palandré und schwang die Beine hin und her. Sie saß auf der Bettkante, hatte die Decke weggeschoben, und ihr feingliedriger Körper glänzte im Licht der kalten Neonlampe wie mit Fett eingerieben. Es war warm im Raum... Dr. Blandy hatte die Klimaanlage auf vierundzwanzig Grad gestellt, um die unterkühlten Körper eine Weile in einer sommerlichen Temperatur zu lassen.

»Ich werde Sie an die norwegische Küste bringen und dort aussetzen«, sagte Commander Nicholson ungerührt.

»Das sieht Ihnen ähnlich!« Joan Hankow stieg jetzt auch aus dem Bett, nackt wie sie war. Sie war groß und schlank, das lange schwarze Haar bedeckte bis zu den Oberarmen ihre Schultern. »Mein Vater hat die besten Beziehungen zum Weißen Haus. Sie werden ungeheure Schwierigkeiten bekommen!«

»Die haben wir schon, Honey!« Dr. Blandy lachte geradezu herausfordernd. »Ihr seid auf einem Boot, das es gar nicht gibt... Begreift ihr das?«

»Es ist unnötig, das zu erklären, Paul.« Nicholson winkte ab. Sein Blick streifte Monika Herrmann. Sie hatte sich das Bettuch um den Leib gewickelt und stand nun auch in ganzer Größe da.

»Sie halten uns für dumme Puppen, Commander?« fragte sie.

»Ersparen Sie mir eine Antwort, Miß.«

»Uns aussetzen! Wir lassen uns nicht einfach aussetzen!« rief Lill Petersen. Ihre blonde Nacktheit war aufregend, zumindest empfand Dr. Blandy das so. Es werden verdammte Tage kommen, dachte er. Nicholson hatte von Anfang an recht, aber man kann doch nicht fünf Mädchen einfach umkommen lassen! Wir werden einen Weg finden, dieses Problem zu lösen. Aber ob das Aussetzen das einzige Mittel ist?

Es wurde an die Tür geklopft. Nicholson drehte den Kopf, ohne seine Haltung zu verändern. »Verschwinden Sie! Gehen Sie auf Ihren Posten! Es hat Sie keiner gerufen!«

»Ich muß Sie sprechen, Sir!« Collins Stimme. Nicholson kniff die Augen zusammen.

»In einer halben Stunde in der Messe!«

»Sir!«

»Das ist ein Befehl, Collins!« schrie Nicholson.

»Vielleicht ist es besser, du hörst ihn an, Jack«, sagte Dr. Blandy sanft. »Wir sind hier an Bord eine große Familie, dreihundert erwachsene Kinder, und du bist ihr Vater. Das hast du zu uns gesagt, als wir in Norfolk ablegten und du dich uns vorstelltest. Jetzt haben wir Probleme, wir alle ... und die sollte man nicht einfach wegbefehlen.«

»Wer hat die Probleme an Bord geholt, Paul?«

»Ich! Im Namen der Menschlichkeit!«

»Und im Namen der Menschlichkeit schaffe ich sie auch wieder weg! Oder soll der Weltfrieden an fünf Weibern hängen?«

»Danke, Sir!« sagte Monika Herrmann laut.

Nicholson sah sie mit zusammengekniffenen Brauen an. »Wofür?«

»Daß wir für Sie Weiber sind! Das haben Sie wenigstens schon bemerkt.«

Nicholson verkniff sich eine Antwort, öffnete die Tür und verließ das Lazarett. Im Vorraum stand Chief Collins und grüßte, als meldete er sich zu einer Parade. Die beiden Sanitäter saßen lauernd auf den Hockern und warteten auf eine Sensation.

»Kommen Sie mit, Collins«, sagte Nicholson ruhig.

Er ging voraus, beachtete Cornell und Leutnant Curtis nicht, die auf dem Weg zum Kommandoraum wie zufällig auftauchten, und warf die Tür hinter sich zu, als sie in der Zentrale allein waren.

»Es ist nicht üblich, über Dinge zu diskutieren, die so klar sind wie unsere plötzlichen Probleme. Trotzdem, Collins, bin ich bereit, mit Ihnen darüber zu reden, warum Sie das Boot stoppen ließen!« Nicholson setzte sich an seinen Tisch und bot Collins nicht den zweiten Stuhl an. Das war eine klare Geste. Collins verstand und legte beide Hände auf den Rücken. Sein verkniffenes Gesicht war unbeweglich.

»Sir, Sie haben Kurs auf Narvik befohlen.«

»Ich gebe immer klare Befehle.«

»Wir geraten in das Frühwarnsystem!«

»Ich weiß.«

»Gerade an dieser Küste operieren auch sowjetische U-Boote. Wollen Sie sich der Gefahr aussetzen –«

»Wir werden in Schleichfahrt, in der größtmöglichen Tiefe, die Vesteral-Inseln ansteuern und die Mädchen nachts auf der Insel Andöy aussetzen. Sie bekommen ein Funkgerät mit und die nötige Ausrüstung, um ein paar Tage überstehen zu können. In dieser Zeitspanne wird man sie gefunden und gerettet haben.«

»Und wenn man unser Boot entdeckt? Sir, man wird uns jagen wie einen Wolf, weil wir auf alle Fragen keine Antwort geben dürfen... Und alle werden sich an der Jagd beteiligen, die NATO-Schiffe wie die Russen, in seltener Einmütigkeit. Sir, uns gibt es doch gar nicht...«

»Vielleicht wird Ihnen leichter, Collins, wenn Sie jetzt mithören!« Nicholson drückte einen Knopf der Sprechanlage. Der Funkgast meldete sich aus der Sendezentrale. »Verbindung zum Chef«, sagte Nicholson ruhig. »Dringend. Ich warte.«

»Aye, aye, Sir.«

In der Leitung knackte es, dann summte mit einem gedämpften Ton das Telefon. Der Commander hob ab und schaltete das Gespräch gleichzeitig auf einen Lautsprecher. Admiral Adams Stimme war so klar, als stünde er daneben. Collins zuckte zusammen und starrte den Lautsprecher an. »Hier Norfolk A I.«

»Hier Commander Nicholson. Sir, ich habe Ihnen zu melden –«

»Wenn Sie so anfangen, Commander, ist etwas schief.« Adams Stimme wurde hart. »Was machen ihre Frauen?«

»Sie sind an Bord, Sir.«

Adam schwieg. Ein gefährliches Schweigen.

»Wir haben ihnen das Leben gerettet, Sir. Ich konnte nicht anders handeln.«

»Und was wollen Sie jetzt tun, Commander? Warum rufen Sie mich an? Ich habe Ihnen klar gesagt: Keine Frau an Bord! Ignorieren Sie das Floß! Über die Konsequenzen sind Sie sich sicherlich im klaren, Commander!«

»Vollkommen, Sir. Ich bitte nur, den Vorschlag aussprechen zu dürfen, daß die Küstenüberwachung Norwegen-Nord unterrichtet wird, daß ein U-Boot morgen nacht an der Andöy-Insel auftaucht und etwas absetzt.«

»Abgelehnt, Commander!«

Collins schnaubte durch die Nase, sein verkniffenes Gesicht wurde um eine Nuance blasser. Nicholson winkte ihm zu, sich zusammenzureißen und keinen Laut von sich zu geben. Bei der klaren Verständigung hörte der Admiral natürlich auch die Nebengeräusche.

»Sir, ich kann die Mädchen nicht auf die ganze Tauchfahrt mitnehmen«, sagte Nicholson ruhig. Es hatte keinen Zweck, bei Adam anders als ruhig zu sein.

»Das ist klar. Aber das ist Ihr Problem!«

»Ich kann sie nicht über Bord werfen, Sir! Ich bin Offizier der US-Navy, aber kein Mörder!«

»Für diesen Satz stelle ich Sie vor ein Militärgericht, Commander!« Adams Stimme war eiskalt. Collins hob die Schultern, als fröre er. »Sie sofort abzulösen, wie es nötig wäre, ist jetzt zu spät. Unser Zeitplan kommt durcheinander. Sie gehen sofort auf den Übungskurs und setzen alle Versuche fort. Ohne die Mädchen! Verstehen wir uns?«

»Ja, Sir.«

Nicholson schaute zu Collins hinauf. Der Chief Navigator kaute an seiner Unterlippe mit einem leichten Knirschen.

»Ich erwarte in zehn Stunden Ihre Meldung, daß die Mädchen von Bord sind«, ertönte Adams kalte Stimme aus dem Lautsprecher. »Sie haben immer noch die Möglichkeit, die Mädchen in ihre Rettungsinsel zurückzuverfrachten. Ich werde dann die Anweisung geben, daß ein britisches oder norwegisches Schiff sie übernimmt. Wie ist der Gesundheitszustand der Mädchen?«

»Der Lage entsprechend, Sir.«

»Doc Blandy soll einmal zeigen, was er kann! In zehn Stunden haben die Mädchen fit zu sein! Ende.«

»Verstanden, Sir.«

Nicholson legte den Hörer auf. Dann lehnte er sich zurück und knöpfte die obersten zwei Knöpfe seiner Jacke auf.

»Jetzt haben Sie keine Schnauze mehr, Collins, nicht wahr?« sagte er. »Gehen Sie mal durchs Boot und erzählen Sie, daß wir die Mädchen wieder ins Wasser werfen. Zwar mit der Rettungsinsel, aber wer garantiert uns, daß Adam wirklich eine Suchaktion anlaufen läßt?«

»So unmenschlich kann er nicht sein, Commander.«

»Adam nicht! Ich kenne ihn seit meiner Kadettenzeit. Aber für alle, die unser Boot zum größten Geheimnis der USA erklärt haben, ist das Leben von fünf Mädchen, die jetzt mehr wissen, als sie sollten, kein Problem.«

»Was wissen sie denn? Nichts!«

»Es genügt, daß sie uns überhaupt gesehen haben.« Nicholson legte die Hand auf die Seekarte. Collins verstand ihn und zog das Kinn an. »Wie ist es mit dem Kurs auf die norwegische Küste, Chief?«

»Ich kann nicht garantieren, daß man uns trotz Schleichfahrt nicht aufspürt, Sir.«

»Wer kann das garantieren! Wir müssen es versuchen! Betrachten wir es wie einen Kriegeseinsatz, Collins: Anfahren der Insel Andöy ohne Feindberührung. Sind wir so schlechte Seeleute, Chief, daß wir vor dieser Aufgabe in die Hosen scheißen?«

»Wir haben keinen Krieg, Sir!« Collins blickte über Nicholson hinweg gegen die kahle Wand. Dort hing – für dieses supermoderne Boot ziemlich altmodisch – ein krummer Haken, auf den der Commander seine Notizzettel gespießt hatte. »Das Risiko ist zu groß!«

»Dann sagen Sie mir eine Patentlösung, Collins!« rief Nicholson gereizt.

»Wir führen unseren Auftrag durch, mit den Mädchen an Bord.«

»Das ist das einzige, was *nicht* in Frage kommt.« Nicholson hieb mit der Faust auf den Tisch. »Ich kann nicht mit dreihundert Weibersüchtigen unter das Ewige Eis tauchen.«

Im Boot herrschte so etwas wie eine mit Knallgas geschwängerte Luft. Jeder spürte es, und jeder zitterte vor dem Funken, der dieses Gemisch aus angestauter Aggression zur Explosion bringen konnte.

Belucci, der unter dem Vorwand, er habe Magenschmerzen, sich in der Sanitätsstation meldete, um auszukundschaften, was aus den Mädchen werden sollte, bekam vom Sanitätsmaat einen Tritt in den Hintern und flog hinaus in den Gang. Dort prallte er gegen den schwarzen Riesen Bill Slingman, der sich in den Finger geschnitten hatte und demonstrativ ein blutiges Handtuch zeigte, das er um seine Hand gewickelt hatte.

»Laß die faulen Tricks«, keuchte Belucci und zog sein Hemd straff. »Sie fallen nicht drauf rein! Die haben die Weiber eingeschlossen wie das Gold in Fort Knox! Nur die Offiziere können zu ihnen. Natürlich. Immer die Offiziere!«

Es gibt Worte, die gehen einem Menschen mehr unter die Haut als ein Stich. Und es gibt Worte, aus denen Revolutionen geboren, Regierungen gestürzt und Völker vernichtet werden. Proletarier aller Völker, vereinigt euch. Das ist zum Beispiel so ein Wort. Oder: Heil, mein Führer. Oder: Gott mit uns. Wenn man's auf Granaten und Bomben schreibt. Und eines dieser Worte, die unglücklicherweise Feuer in die Gehirne jagen, ist der Satz: Immer die Offiziere.

Der kleine glutäugige Belucci hatte ihn so dahergesagt... aber er flog sofort durch das ganze Boot und entzündete die Gemüter. Es war wie eine Kettenreaktion.

Die Offiziere! Immer die Offiziere!

Wir machen die Drecksarbeit, aber sie dürfen in ihren Kojen mit den Weibern huren.

»Das ist nicht die richtige Art von Demokratie an Bord«, sagte Jim Porter. Bullig, massig, die Fäuste geballt, saß er im Torpedoraum und hatte seine Freunde um sich versammelt. Maschinenmaat Dustin Hollyday wußte noch mehr... er hatte es von McLaren erfahren, der ziemlich verstört und wütend zum Atomreaktor zurückgekommen war.

»Chief Collins hat sich geweigert, weiterzufahren. Der Alte will die Mädchen einfach aussetzen! Boys, einfach aussetzen...«

»So einfach ist das nicht!« Porter schlug die dicken Fäuste

gegeneinander. »Auf einem Boot braucht jede Hand die andere Hand. Wenn zwanzig oder dreißig Hände ausfallen –«

»Du bist verrückt, Jimmy!« Bill Slingman, den man mit seiner Schnittwunde ebenfalls nicht ins Hospital gelassen hatte, sondern an die Verbandkästen verwies, tippte sich an die Stirn. »Die erschießen dich glatt! Wir haben Kriegsrecht an Bord.«

»Wenn wir uns alle einig sind...«

»Was nützt uns das?« Tamaroo, der stille Hawaiianer, hockte auf einem Torpedo und hatte wieder die Augen geschlossen. Wenn er sprach, hatte man den Eindruck, er spreche im Traum. »Du kannst doch nicht fünf Mädchen zwingen, die Runde durch dreihundert Männer zu machen...«

»Da hat er recht!« sagte Belucci. »Es sind anständige Mädchen, und dies ist kein Puff auf großer Fahrt.«

»Wenn sie aber mit den Offizieren pennen«, schrie Porter.

»Das habe ich nicht gesagt!« Paolo Belucci hob abwehrend beide Arme. »Ich habe nur festgestellt, daß man nicht an sie herankommt!«

»Warten wir es ab, Boys.« Jim Porter streichelte den Torpedo neben sich, als sei er ein glatter Frauenschenkel. Er schien auch an so etwas zu denken, denn sein Arm begann plötzlich zu zittern. »Noch sind wir auf Tauchfahrt. Wenn der Alte die Mädchen loswerden will, müßte ich sie als Torpedo rausschießen! Stellt euch das mal vor...«

Er lachte dröhnend, streichelte wieder den Tropedo neben sich und küßte ihn schmatzend. Die andern fanden das gar nicht lustig. Sie saßen betreten herum und dachten daran, daß noch über zweihundertzwanzig Tage Fahrt vor ihnen lagen. Zweihundertzwanzig Tage in einem stählernen Riesenleib, den niemand sehen, niemand hören, niemand ahnen durfte. Zweihundertzwanzig Tage ein ständiges Hämmern auf die Nerven. Was das bedeutete, hatte man in den vergangenen dreiundneunzig Tagen schon erlebt.

War das überhaupt auszuhalten?

Ein paar Stunden lang schien es, als sei in die POSEIDON I gar nicht diese teuflischste aller Versuchungen eingebrochen, die man für dreihundert Männer ersinnen kann. Das Boot machte normale Unterwasserfahrt, war auf zweihundert Fuß gegangen und schwebte fast lautlos durch die See auf dem alten Kurs nach Norden.

»Sie haben Collins nachgegeben, Sir?« fragte Dr. Blandy. Er saß bei Nicholson im Turm, ein sinnloser Aufenthaltsraum in dieser Lage, vor allem vor dem Sehrohr, auf dessen Sitz der Commander sich begeben hatte. Blandy hatte Nicholson gesucht, und erst der kleine Fähnrich Duff hatte gesagt: »Er sitzt im Turm.«

»Was will er denn da?« hatte Blandy entgeistert gefragt.

»Vielleicht allein sein, Doc...« Duff hatte dabei traurige Augen bekommen. »Er scheißt jeden an, der den Kopf in den Turm steckt.«

Nicholson hatte Dr. Blandy nicht angebrüllt, aber er sah ihn auch nicht an. Jetzt sagte er nur: »Wir sind also wieder per Sie, Paul?«

»Ich hätte dich für stärker gehalten, Jack.«

»Collins hatte mich überzeugt. Erkannte Wahrheiten sind keine Schwächen.«

»Du willst mit den Mädchen unter das Ewige Eis tauchen?«

»Was hast du anderes erwartet, nachdem du sie an Bord gebracht hast! Ich war bereit –«

»Ich weiß, Jack. Ich weiß, was ich dir alles an den Kopf geworfen habe. Aber ich weiß auch, daß du niemals die Mädchen hättest absaufen lassen! Es gab nur die eine Lösung, und mit ihr müssen wir jetzt leben! Und das wird verdammt schwer sein. Höllisch schwer!« Dr. Blandy setzte sich hinter Nicholson auf den herausklappbaren Hocker. »Das kleine rothaarige Biest hat mich bereits attackiert. Ich habe ihnen angedroht, sie zu narkotisieren. Die einzig Vernünftige scheint diese kühle Blonde zu sein.«

Nicholson schwieg, aber er spürte, wie ein angenehmes und zugleich alarmierendes Wärmegefühl in seinen Nacken drang. Sie heißt Monika Herrmann, dachte er. Deutscher Abstammung, sicherlich. Wie kommt sie in diesen Kreis von Mädchen, die ihre Jugend damit verschwenden, in der Welt herumzuziehen und die Männer aller Länder zu testen? Sie paßt nicht dazu, und sie war die einzige, die ihre Nacktheit nicht zur Schau stellte, kaum daß sie wieder richtig atmen konnte.

»Was wirst du antworten, wenn Admiral Adam wieder anruft?« fragte Dr. Blandy, als Nicholsons Schweigen ihm zuviel wurde.

»Befehl ausgeführt. Mädchen mit Rettungsinsel von Bord.«

»Das kostet dich deine Karriere, Jack. Unehrenhafte Entlassung aus der Navy...« Dr. Blandy beugte sich vor und stieß Nicholson in den Rücken. »Heißt das, daß du die Mädchen diese ganze Tour mitmachen läßt?«

»Ja.«

»Und die dreihundert Kerle um sie herum?«

»Du garantierst mir dafür, daß die Mädchen nie das Lazarett verlassen!«

»Über acht Monate hinweg?« Dr. Blandy sprang auf. »Das ist undurchführbar, Jack!«

»Es ist dein Problem, Paul! Betrachte sie als Gefangene.«

»Selbst ein Gefangener hat es besser als sie. Sie werden dem nächsten Versorgungsschiff übergeben!«

»Und genau das können wir nicht.« Nicholson drehte sich herum. Seine Augen waren grau und kalt, aber in den Mundwinkeln zitterte die verborgene Erregung. »Für uns gibt es kein Versorgungsschiff. Du hast es den Mädchen vorhin selbst gesagt: Wir sind Gespenster! Es gibt nirgendwo eine Liste unserer Besatzung. Wir stehen auf keine Gehaltsliste. Es gibt keine Unterlagen über uns. Jetzt sind wir fünf Gespenster mehr. Das ist alles.«

»Wir sollten sie wenigstens als Gäste der Offiziere betrachten, Jack.«

Nicholson schüttelte langsam den Kopf. »Nein! Das Wichtigste an Bord ist unsere Kameradschaft, ist das Vertrauen zueinander, ist die Zusammengehörigkeit aller, vom Matrosen bis zum Commander, für das große Ziel, das man uns gestellt hat.«

»Hipp-hipp-hurra!« sagte Dr. Blandy mit schiefem Gesicht. »Man hört den Admiral Lewis Adam ... Jack, du bist ein Mensch und kein programmierter Roboter!«

»Warten wir es ab.« Nicholson erhob sich und zog die Schultern hoch, als stehe er in einem kalten Windzug. »Kein Bazillus, kein Virus, kein Gift ist gründlicher und tödlicher als eine Frau allein unter Männern! Und wir haben jetzt fünf davon.«

Dr. Blandy grinste. »Das war der Fanfarenstoß des ewigen Junggesellen.«

»Und du denke daran«, Nicholson tippte Dr. Blandy gegen den gewaltigen Brustkasten, »daß du in New Orleans eine Frau und drei Kinder sitzen hast.«

Er wandte sich ab, ging hinüber zur Kommandozentrale, nahm die Meldung von Oberleutnant Cornell entgegen, daß Kurs und Geschwindigkeit in Ordnung seien. Er verglich die letzten automatischen Aufzeichnungen und sprach kurz mit Collins. Dann sah er auf die Uhr.

Oben, über dem Wasser, begann jetzt die Abenddämmerung. In der Messe wurde der Tisch gedeckt, die Ordonanzen servierten im weißen Jackett. Aus der kleinen Borddruckerei war die Speisekarte gekommen wie jeden Tag, so als lebe man in einem Grandhotel neuester Art. Ein Unterwasserhotel, jawohl, genau das hatte noch gefehlt.

Gemüsecremesuppe – gebratener Truthahn mit Rosenkohl und Äpfeln – Kartoffelbrei – Caramelpudding mit Vanillesauce.

»Bernie, übernehmen Sie das Schiff«, sagte Nicholson zu Cornell. »Und entschuldigen Sie mich bei den Offizieren. Ich lege mich hin.«

»Ohne Essen, Sir?«

»Ohne. Gute Nacht.«

»Gute Nacht, Sir.«

Cornell sah dem Kommandanten nach. Er ging gerade wie bisher, auch jetzt während dieser Jahresübung korrekt gekleidet. Die etwas eckigen Schultern drückten sich durch den Uniformstoff, der Haaransatz über dem Kragen begann grau zu schimmern. Als die Tür des Commanderraumes leise zufiel, setzte sich Bernie Cornell auf den Stuhl der Bootszentrale.

»Auf Befehl des Commanders übernehme ich das Boot!« sagte er in die Sprechanlage, wobei er alle Knöpfe drückte, damit jede Abteilung ihn hörte. »Kurs wie bisher.«

»Kein gemeinsames Abendessen?« fragte Collins zurück.

»Nein!« Cornell schaltete alles ab bis zum Navigationsraum. »Frank, der Alte macht ein Gesicht, als habe er zwei Torpedos gefressen! Wir schleichen uns also nicht an die Küste heran?«

»Nein!«

»Wir nehmen die Mädchen also wirklich mit?«

»Ja.«

»O Maria und Joseph!«

»Die können hier am allerwenigsten helfen!« Collins lachte. »Bis nachher zum Essen, Bernie.«

In der Nacht wurde Commander Nicholson geweckt. Dr. Blandy rüttelte ihn an den Schultern, so heftig, daß Nicholson zweimal mit dem Kopf gegen die Kojenwand schlug.

»Bist du wahnsinnig?« schnaufte Nicholson und setzte sich.

»Jack, du hast einen Schlaf wie ein Grizzlybär im Winter! Du mußt sofort raus!«

Nicholson schnellte hoch. Er lauschte... das Boot lag ruhig im Wasser, die Elektromotoren waren kaum zu hören. Kein fremder Laut, kein alarmierendes Geräusch. Er drückte die Knöpfe der Rundsprechanlage. Auf allen Stationen herrschte Nachtruhe. Nicholson sah Dr. Blandy fragend an.

»Schalt aus, Jack«, sagte Blandy leise.

Nicholson stellte die Sprechanlage aus und angelte seine Jacke von der Stuhllehne.

»Es ist nicht das Boot.« Dr. Blandy holte tief Atem. »Es ist... Jack, ich wollte es nicht allein regeln, du hättest es doch bald erfahren. Die Weiber sind weg aus dem Lazarett.«

»Paul!« Nicholson fuhr herum. Er knöpfte sich gerade den Rock zu. Seine harten Augen waren in diesem Moment selbst für Blandy unerträglich... er blickte zur Seite. »Du hast die Verantwortung übernommen.«

»Ich weiß, ich weiß. Aber auch ein Paul Blandy muß mal schlafen. Oder soll ich mich wie ein Hund vor die Tür legen? Das hat Sanitätsmaat White getan... Komm mit und sieh dir das an. Mehr kann ich dir im Augenblick nicht sagen.«

Sie liefen den Hauptgang hinab, bogen um die Ecke und öffneten die Tür des Hospitalvorraums, in dem Sanitätsmaat White als Wachhabender der Station sein Bett stehen hatte.

White lag auf der Decke, fachmännisch mit Mullbinden gefesselt, an Händen und Füßen, im Mund einen Knebel aus Zellstoff. Er starrte aus weiten Augen den Commander an und begann laut zu ächzen und sich im Liegen krampfhaft zu bewegen. Aber die Fesseln saßen fest und verrutschten nicht einen Millimeter.

»Mullbinden sind etwas Herrliches«, sagte Dr. Blandy ironisch. »Die sitzen wie angewachsen.«

Nicholson beugte sich über White und holte ihm den völlig durchspeichelten Zellstoffknebel in Stücken aus dem Mund. White atmete tief durch, sein Atem röchelte ein wenig, dann sagte er laut: »So eine Sauerei, Sir –«

»Wer war das? White?« fragte Nicholson mit einer gefährlichen, eisigen Ruhe.

»Wenn ich das wüßte, Sir.« White setzte sich im Bett auf. Dr. Blandy hatte ihm die Hand- und Fußfesseln durchschnitten. »Ich liege hier und lese eine harmlose Krimigeschichte, da haut mir jemand über den Schädel, und Funkstille ist. Sir, ich habe keinen hereinkommen sehen, ich hatte ja die Tür im Auge. Es muß eines der Mädchen gewesen sein.«

»Die Tür war auch abgeschlossen, White!« röhrte Dr. Blandy. »Ich selbst habe sie... White! Waren Sie im Raum zwei?«

»Ja, Sir.«

»Warum?«

»Miß Hankow rief über das Zimmertelefon, ihr sei schlecht geworden. Da habe ich ihr ein Mittel gebracht.«

»Und vergessen, die Tür wieder abzuschließen.«

»Es muß so sein, Sir.« White saß mit Unglücksmiene im Bett. »Als ich aufwachte, war ich gefesselt.«

»Natürlich! Wenn Weiber sich eine Jacht mieten, um zu den Eskimos zu segeln, können sie auch anständige Knoten machen!« Dr. Blandy gab White einen Stoß vor die Brust, der kippte nach hinten und blieb wie ein geschlagener Junge ängstlich und demütig liegen.

»Komm!« sagte Nicholson und wandte sich ab.

»Wohin, Jack?«

»Auf die Suche. Ich will sehen, wo die Süßen geblieben sind.«

»Und wenn du's weißt? Was willst du tun?«

»Das wird die Situation ergeben!«

Nicholson schlug die Tür des Lazaretts zu und starrte den langen Gang hinunter. Links, in einem Quergang, lagen die

Räume der Offiziere, rechts die Zimmer der technischen Besatzung. Die Tür zur Offiziersmesse stand offen. Das Schott zum Mannschaftsteil war geschlossen. Nicholson ging zum Telefon und drückte den Knopf ZENTRALE.

»Hier spricht der Commander. Wer ist im Kommandoraum?«

»Fähnrich zur See Duff, Sir«, sagte eine jugendliche Stimme.

Nicholson zog die Unterlippe zwischen die Zähne. »Wo ist Oberleutnant Cornell?«

»Ich habe ihn abgelöst, Sir.«

»Warum nicht Leutnant Curtis?«

»Ich habe auf Wunsch von Leutnant Curtis die dritte Wache gegen die zweite getauscht, Sir.«

»Danke.« Nicholson hängte ein und blickte auf die Türen der Offiziersräume. Dr. Blandy legte ihm vorsichtig die Hand auf den Arm. »Jack, leg dich hin«, sagte er fast väterlich. »Im Augenblick kannst du doch nichts ändern.«

»Ich will es sehen, Paul. Ich will sehen, wozu meine Offiziere fähig sind. Männer, die man als die Elite der Navy betrachtet, die man aus Tausenden herausgesucht hat als die Besten und Härtesten. Erst dann glaube ich es, wenn ich es gesehen habe...«

»Jack, bleib hier«, sagte Dr. Blandy noch einmal eindringlich.

Nicholson schüttelte Blandys Hand ab und ging mit steifen Schritten den dämmerigen Gang hinunter. An Bernie Cornells Tür blieb er stehen und legte die Hand auf die Klinke. Dann drückte er sie hinunter und riß die Tür mit einem Ruck auf. Die Kajüte war nur durch eine Nachttischlampe erhellt, aber das Licht reichte aus, um Joan Hankow zu erkennen, die eng an Bernie geschmiegt, zufrieden schlief. Ihr schwarzes Haar war um seine rechte Hand gewickelt, Es schien, als ob beide im Nachspiel ihrer Liebe eingeschlafen wären. Die Decke war verschoben und gab Joans Rückenlinie bis zu den schönen Hügeln der Pogegend frei.

Cornell schien Nicholsons harten Blick im Schlaf wie einen Stich zu fühlen. Er schlug die Augen auf, erstarrte und blieb liegen. Vorsichtig versuchte er, seine rechte Hand aus Joans Haaren zu lösen.

»Oberleutnant Cornell, Sie melden sich morgen früh um

acht bei mir. Das Mädchen bringen Sie sofort zurück ins Lazarett.«

»Aye, aye, Sir...«, stammelte Cornell. Er bekam einen roten Kopf, und es war echte Scham, die ihn lähmte. Nicholson warf die Tür zu und strich sich über die Augen. Sie brannten plötzlich. Dr. Blandy hakte sich bei ihm unter.

»Komm zurück, Jack«, sagte er leise. »Genügt das nicht?«

»Nein! Ich mache keine halben Sachen!« Nicholson ging zur nächsten Tür, hinter der Leutnant Curtis hauste. Auch sie war nicht abgeschlossen, wie es an Bord befohlen war, damit die Leute im Falle eines Alarms sofort hinausstürzen konnten.

Curtis war wach und rauchte eine Zigarette, als die Tür aufflog. Neben ihm saß nackt und mit wilden Haaren Lill Petersen und knabberte an einem Stückchen Schokolade. Sie war keinesfalls verlegen. Sie nickte dem Commander sogar freundlich zu. Curtis sprang aus dem Bett und nahm Haltung an. Ein verrücktes Bild! Ein nackter Offizier, der salutiert.

»Sir, ich...« Curtis setzte zu einer Rede an. Nicholson winkte ab.

»Um acht Uhr früh bei mir!« sagte der Commander knapp. »Das Mädchen zurück zum Lazarett, marsch, marsch!«

»Aye, aye, Sir...« Curtis blieb stramm stehen, während Lill kicherte und die Schokolade von den Fingern leckte. Nicholson sah sie kurz an. Es war ein Blick, den sogar Lill verstand. Das Lachen war ihr plötzlich vergangen.

»Ich bin keine Hure, Commander«, sagte sie.

»Und mein Boot ist kein Puff!«

Er stampfte hinaus und warf die Tür zu. Dr. Blandy hielt ihn fest, aber Nicholson riß sich mit einem Ruck wieder los. »Ich weiß, was du mir erklären willst, Paul«, sagte er heiser. »Und wenn sie zwei oder drei Jahre keine Frau gehabt haben – von einem Offizier verlange ich, daß er immer Vorbild bleibt. Was in dieser Nacht passiert ist, ist für unser Boot tödlicher als eine magnetische Wasserbombe!«

Vorbild, dachte Nicholson. Mein Gott, glaube ich denn selbst daran? Wie glatt die großen Worte von den Lippen kommen! Er ging langsam weiter und dachte an die letzten Stunden, an seine Gedanken, die sich mit Monika Herrmann beschäftigt hatten. Er sah sie ganz deutlich vor sich, wie sie schlank und mit blanken blauen Augen vor ihm stand, und wie sich die Formen ihres Körpers durch das dünne Bettuch drückten. Mit diesem Bild war er eingeschlafen, und jetzt lief er herum und suchte sie, in irgendeinem Bett, an einen Mann geschmiegt und glücklich.

Nicholson atmete einmal tief durch. Sein Herz begann zu schmerzen. Was mache ich, wenn ich sie finde, dache er. Wenn ich eine Tür aufreiße, und sie liegt vor mir?

Vorbild sein.

Es war ein fürchterlicher Gang, den Nicholson jetzt durch sein Boot machte. Er riß jede Tür auf, blickte in die Kojen und knallte sie wieder zu, bevor die Männer aus den Betten springen und strammstehen konnten. Nur McLaren schlief weiter. Er hatte im Maschinenraum bis nach Mitternacht Dienst gemacht. Er war verliebt in sein kleines Atomkraftwerk, und Jimmy Porter, der Bulle, behauptete, wenn es möglich wäre, würde er mit seiner Maschine lauter kleine Atombrennerchen zeugen.

Chief Collins' Tür war verschlossen. Nicholson zog an der Klinke und hieb dann mit der Faust gegen das Holz. Von innen kam ein knurrender Laut.

»Wer ist da?« fragte Collins schließlich, nachdem Nicholson noch dreimal gegen die Tür gedonnert hatte.

»Der Commander.«

»Ich habe jetzt keinen Dienst, Sir!« rief Collins zurück.

»Machen Sie auf, Collins! Sie wissen, daß es verboten ist, an Bord die Türen abzuschließen!«

»Ich habe nichts zu berichten, Sir!«

»Machen Sie auf, verdammt, sonst tret' ich die Tür ein!« brüllte Nicholson. Sie ist drin, durchzuckte es ihn. Monika Herrmann bei Frank Collins! Ich kann jetzt verstehen, daß man aus Eifersucht töten kann. So idiotisch es ist, aber es gibt im Leben Sekunden, da die Vernunft wie weggeblasen ist.

»Machen Sie auf, Collins!« schrie Nicholson. Seine Stimme hatte sich verändert... sie war so hell und laut wie eine Fanfare.

Collins machte die Tür einen Spalt auf. Er trug eine knappe Badehose, sonst nichts; und er roch nach Whisky. Seine Fahne verschlug Nicholson beinahe die Sprache.

Nicholson warf sich gegen die Tür, schleuderte damit Collins zurück und stürzte ins Zimmer. Im Bett lag süß und mit angezogenen Beinen das kleine Luderchen Dorette Palandré. Auf ihren spitzen Knien balancierte sie ein Glas Whishy.

»Sie sind ein grober Mensch, Sir«, sagte sie, als Nicholson sie anstarrte. Daß er gleichzeitig tief aufatmete, sah sie nicht. »Ich habe Ihnen doch gesagt, was ich brauche. Seife, Lippenstift und einen Mann. Franky ist wirklich ein süßer Boy...«

Nicholson drehte sich herum. Collins lehnte an der Wand, sein schiefer Pfeifenmund drohte nun vollends aus den Fugen zu geraten.

»Sie war plötzlich in meinem Bett«, sagte er. »Sir, ich bin kein Stein!«

»Um acht Uhr bei mir, Süßer!« sagte Nicholson kochend vor Wut. »Das Mädchen raus – aber dalli!«

Er warf die Tür zu, ehe Collins antworten konnte. Wo ist sie? dachte er und spürte, wie Schweiß auf seine Stirn trat. Das war die letzte Offizierskammer. Es fehlten noch zwei: Das rote Früchtchen Evelyn Darring und sie... sie!

Er dachte an seine Matrosen, an die Betten übereinander und Reihe neben Reihe, und mitten unter ihnen, von Koje zu Koje wandern, wie man eine Schnapsflasche weiterreicht von Mund zu Mund...

Ihm wurde plötzlich so elend, daß er stehenblieb und sich an irgendeinem Leitungsrohr festhielt. Dr. Blandy kam schnell zu ihm.

»Ist was, Jack?«

»Nein!« Nicholson schüttelte mühsam den Kopf. »Es geht mir nur an die Nieren, begreif das doch. Meine Offiziere...« Er ließ das Rohr los und zog seine Jacke mit einem Ruck gerade. »Zu den Mannschaften, Paul.«

Sie durchliefen die Mannschaftslogis, blickten in die Betten und hasteten weiter, ehe die Schläfer begriffen, was da an ihnen vorbeigestürmt war. Bei den Maaten, die zu viert in einem Raum schliefen, war ebenfalls Ruhe, nur der riesige Neger Bill Slingman war noch wach und starrte vor sich hin. Er sprang auf, als er den Commander erkannte.

»Warum schlafen Sie nicht?« fauchte ihn Nicholson an.

»Ich muß an Alabama denken, Sir.« Der Riese sah Nicholson

mit traurigen Augen an. »So ein enges Boot, und immer unter Wasser. Wie schön sind die unendlichen Baumwollfelder in Alabama, Sir.«

Weiter. Von Raum zu Raum. Bei seinen geliebten Torpedos schlief Jimmy Porter, ein Fleischberg, der stark nach Schnaps duftete.

Endlich, im Turbinenraum, den man selten betrat, weil die Trubinen vom Maschinenstand aus kontrolliert wurden, fanden sie den kleinen Belucci. Er hatte seine Decke dabei und lag nun schlafend mit der rothaarigen Evelyn auf dem Boden – zwei Körper, im Schlaf so miteinander verschlungen wie ein vielarmiger Wurzelstock. Nicholson trat Belucci in den Rücken. Der Sizilianer wachte auf, erkannte seinen Commander, wollte hochspringen, aber Evelyns Arme und Beine umklammerten ihn fest.

»Sir...«, stammelte Belucci und schämte sich schrecklich. »Ich kann nicht hoch...«

»Das konnten Sie vorher um so besser!« Nicholson trat zurück. »Um acht Uhr bei mir! Das Mädchen sofort zurück!«

»Aye, aye, Sir!« Belucci grüßte im Liegen, eingefangen von Evelyns Gliedern. Ein Anblick, der selbst Nicholson nicht unbeteiligt ließ. Rasch verließ er den Turbinenraum, denn er konnte sich das Lachen nicht verbeißen.

Wo ist Monika? dachte er. Was bleibt jetzt noch übrig vom Boot? Bei wem ist sie untergekrochen? Haben wir sie übersehen? Liegt sie versteckt in einem Bett bei den Mannschaften?

»Zurück!« sagte Nicholson rauh. »Noch einmal die Logis!«

»Warum?« Dr. Blandy blieb im breiten Gang stehen. »Wir sind durch.«

»Ich kann noch bis fünf zählen!« schnaubte Nicholson. »Eine fehlt!«

»Der sportliche Typ? Hab' ich dir das nicht gesagt?« Dr. Blandy winkte ab. »Die ist die einzige, die brav in ihrem Bett liegt.«

Nicholson war es, als habe man ihm in den Nacken geschlagen. Ein heißer Strom durchlief ihn. Die Jacke wurde plötzlich zu eng, und er hatte große Lust, sie vom Körper zu reißen.

»Sie ist im Lazarett?« sagte er heiser.

»Ja. Ich dachte, ich hätte dir das gleich am Anfang –«

»Das will ich sehen!«

Sie rannten zum Lazarett zurück, stürmten an dem erschrokkenen White vorbei und rissen die Tür zu Raum zwei auf. Monika Herrmann lag in ihrem Bett und las in einem Buch der Bordbibliothek. Die gesammelten Erzählungen von Hemingway.

»Klopfen Sie nie bei einer Dame an, wenn Sie hereinkommen, Sir?« fragte sie.

Nicholson ballte die Fäuste. Ich könnte sie umarmen, dachte er. Ich könnte sie aus dem Bett reißen und hinübertragen in mein Zimmer. Ich könnte auch nur ihre Hand küssen und ›Danke‹ sagen. Vielleicht versteht sie es...

»Warum sind Sie nicht auf Männerjagd wie die anderen?« fragte Nicholson. Er sagte dies grob, um die Zärtlichkeit, die in seiner Kehle lag, zu verbergen.

»Trauen Sie mir so etwas zu, Commander?« sagte sie und warf das Buch auf den Boden.

»Sie gehören zu dem Klub, Miß Herrmann!.«

»Ich wußte, warum ich das Buch weggeworfen habe... sonst hätten Sie es jetzt am Schädel!« Monika Herrmann streckte sich aus. Nicholson ahnte ihren nackten Körper unter der dünnen Decke, und sein Blick verfolgte die Linie ihres Leibes und die Wölbungen ihrer Brüste. Vorbild, Jack, sagte er streng zu sich. Vorbild! Für dich ist dieses Mädchen ein geschlechtsloses Wesen.

»Wissen Sie, was Ihre Freundinnen heute nacht getan haben? Ahnen Sie überhaupt die Auswirkungen, die folgen werden?«

»Ich konnte sie nicht zurückhalten, Sir. Sie sind wie Katzen, die mit der Dunkelheit immer munterer werden...«

»Sie nicht?«

»Wie Sie sehen, gehe ich mit Hemingway ins Bett! Ist das auch nicht erlaubt?«

Nicholson starrte auf das Buch. In seinem Kopf brodelte das Blut, aber von außen wirkte er so kühl und abweisend wie immer. »Wollen Sie mir helfen, Monika?« fragte er plötzlich.

»Wie, Commander?« Sie blickte ihn interessiert an.

»Wenn auf diesem Boot die Disziplin zerbricht, können wir uns selbst versenken! Machen Sie das Ihren Freundinnen klar.«

»Sie werden lachen! Für sie ist ein richtiger Mann ein

größeres Erlebnis als Ihr dämliches geheimnisvolles Atom-U-Boot. Und an Bord haben Sie dreihundert richtige Männer. Joan, Lill, Evelyn und Dorette schaffen es schon.«

»Das Boot wird die Hölle werden! Ich werde Sie aussetzen müssen!«

»Dazu ist es zu spät, Jack.« Dr. Blandy schüttelte den Kopf. »Du wirst keinen finden, der das macht, und alle werden es verhindern!«

»Sie tun mir leid, Commander.« Monika Herrmann setzte sich. Sie war in ihre Decke gehüllt bis zum Hals. »Das ist keine Floskel... Sie tun mir wirklich leid. Vor allem muß Sie die Erkenntnis umwerfen, wie verwundbar Amerikas größtes Geheimnis ist! Fünf Mädchenkörper... und die gesamte Strategie bricht zusammen! So idiotisch ist das Kriegsspiel!«

»Ich werde mir etwas einfallen lassen.« Nicholson bückte sich, hob das Buch auf und legte es Monika in den Schoß. Dabei trafen sich ihre Blicke in allernächster Nähe. Und es war, als flösse ein großer warmer Strom vom einen zum andern.

»Sie werden wahrscheinlich neun Monate an Bord bleiben müssen«, sagte Nicholson mit vornehmer Haltung.

»Das kann ja heiter werden.« Sie versuchte ein Lächeln, und er spürte, wie ihr Blick ihn liebkoste. »Wie wollen Sie das aushalten?«

»Ich weiß es nicht«, antwortete er ehrlich.

Ich weiß es wirklich nicht, dachte er und wandte sich ab. Ich kann auch nicht neun Monate lang neben ihr leben und kalt wie eine Panzerplatte sein.

Was ist ein Vorbild?

Ein dummer Clown, wenn es Jack Nicholson heißt...

Um acht Uhr morgens standen sie in großer Uniform im Kommandantenraum. Cornell, Curtis und Collins. Nur Belucci fehlte noch. Er konnte kaum noch in Evelyns Armen liegen, denn Dr. Blandy hatte bereits vor Stunden gemeldet, daß alle Weiber wieder im Raum zwei des Lazaretts versammelt waren.

Stumm, verlegen, aber im Inneren kampfbereit gegen ihren Commander, standen die Offiziere da. Nicholson blickte ein paarmal auf die Uhr und wartete auf den Matrosen Belucci.

Auch er trug seine große Uniform mit sämtlichen Orden, und sein kantiges Gesicht war reglos wie ein Stein.

Zwanzig Minuten nach acht befahl er, den Matrosen Belucci im Boot zu suchen und, wie immer man ihn antraf, sofort zum Commander zu bringen. Aber es wurde halb neun, bis der Dritte Offizier, Leutnant Surakki, bleich und verstört im Kommandoraum erschien und mehrmals schluckte, ehe er sprechen konnte.

»Wir haben Belucci gefunden, Sir«, sagte er endlich. Seine Stimme zitterte. »Er kann nicht kommen. Er liegt im Ersatzteillager zwei und hat ein Messer im Rücken.«

4

Wer erwartet hatte, in Commander Nicholsons Gesicht eine Regung von Bestürzung oder gar Entsetzen feststellen zu können, sah sich getäuscht. Während Doc Blandy begann, seine dicke Nase zu massieren und deutlich, einem Nilpferd gleich, durch Mund und Nase schnaufte, wurde Nicholsons Miene nur noch eckiger und einem verwitterten Stein ähnlich. Cornell, Curtis und Collins standen bleich, in strammer Haltung und in Paradeuniform vor dem Kartentisch. Der junge Leutnant Surakki, der Belucci gefunden hatte, wischte sich völlig unmilitärisch mit dem Handrücken den Schweiß vom Gesicht.

»Wir sollten hingehen«, sagte Blandy endlich, als Nicholson wie ein Stein schwieg. »Ist ... der Unfall im Boot schon bekannt?«

»Ich weiß nicht, Sir.« Surakki sah den Commander an. »Auf jeden Fall wissen es die Mörder, oder der Mörder weiß ...«

»Eine sehr logische Gedankenleistung!« Dr. Blandy legte die geballten Fäuste gegeneinander. Dann blickte er die anderen Offiziere an und nickte mehrmals stumm. »Ich rate Ihnen, in Zukunft nur mit einer geladenen Pistole ins Bett zu gehen«, sagte er dann. »Und wenn Sie die Weiber bei sich haben, turnen Sie mit ihnen wie der Einarmige herum ... eine Hand müssen Sie immer frei haben, um Ihr Leben zu verteidigen. Soweit sind wir also schon auf unserem schönen Boot gekommen.«

»Sir«, sagte Cornell mit einer fast kläglichen Stimme. »Ich –«

»Halten Sie den Mund!« Nicholson fuhr mit der flachen Hand durch die Luft. »Ich verzichte auf alle Erklärungen. Es sind doch nur Lügen! Es gibt für Sie, meine Herren, nur *eine* Erklärung: Ich hatte vierundneunzig Tage keine Frau, und plötzlich konnte ich eine haben! *Das* lasse ich gelten! Und darüber unterhalten wir uns noch! Sie sind doch Offiziere, nicht wahr?«

»Sir, mein Unterleib hat keinen Militäreid abgelegt!« sagte Collins frech.

»Der ganze Mensch hat es, Collins!« brüllte Nicholson. »Ihre dämlichen unteren Zentimeter werden vom Gehirn regiert, aber ich habe anscheinend nur noch Verrückte um mich!« Er sah Blandy an. »Wer paßt auf die Weiber auf, Doc?«

»Bill Slingman, Sir!« antwortete Blandy steif.

»Ausgerechnet dieser Bulle!«

»Wissen Sie einen besseren, Sir?«

Nicholson wußte keinen, und deshalb schwieg er.

»Ich habe den Materialraum abgeschlossen, Sir«, sagte Leutnant Surakki und legte den Schlüssel auf den Kartentisch. »Ich habe gedacht ...«

Dr. Blandy beugte sich vor, nahm den Schlüssel an sich und ließ ihn auf der Handfläche hüpfen. Dabei sah er Nicholson nachdenklich an.

»Ich glaube, es ist zunächst besser, wenn ich allein nachsehe«, sagte er. »Dieser Auftrieb von Offizieren im Materiallager würde auffallen.« Er sah Leutnant Surakki scharf an. »Wissen Sie überhaupt, ob Belucci tot ist? Vielleicht ist er nur schwer verletzt und besinnungslos.«

»Mit solch einem Messer im Rücken?«

»Das werde ich gleich wissen.«

Dr. Blandy schloß die Faust um den Schlüssel und rannte aus dem Kommandoraum. Nicholson wartete und schaute auf die Uhr. Er merkte sich die Zeit genau, um später im Bordbuch peinlich genau alles einzutragen. Am soundsovielten um acht Uhr zweiundddreißig wurde der Matrose Belucci ermordet gefunden. Er zuckte zusammen, als die Tür wieder aufgerissen wurde. Dr. Blandy kam zurück, schwitzend, mit hochrotem Gesicht und keuchend wie ein defekter Blasebalg. Er hielt Nicholson den Schlüssel zum Materialraum hin.

»Wirklich tot!« sagte er keuchend. »Ein glatter sauberer Stich genau ins Herz. Der Mörder muß etwas davon verstehen. Jack, es ist schrecklich, so etwas zu sagen!« Er wischte sich mit dem Handrücken den Schweiß vom Gesicht. »Im Boot ist alles still, die Männer auf ihren Posten. Wenn wir ganz unbefangen zum Lager spazieren...«

Nicholson hob die Schultern. Warum Heimlichkeiten? Hier war ein Mord passiert, und er wollte verdammt sein, wenn er in der nächsten halben Stunde nicht das ganze Boot auf den Kopf stellte! Der Mörder sollte wissen, daß es für ihn keine Chance gab!

»Gehen wir!« Commander Nicholson schnallte seinen Strahlungsmesser an den Gürtel. Dann drückte er auf die Sprechanlage zum Maschinenraum. »McLaren, alle Maschinen stop!«

»Alle Maschinen stop, Sir«, wiederholte der Chief Engineer. »Warum, Sir?«

»Ein Messer liegt im Weg.«

»Ein was, Sir?«

»Später, Chief.« Nicholson stellte die Sprechanlage ab. »Gehen wir.«

Während die Maschinen leer drehten und die POSEIDON I bei einhundertfünfzig Fuß Tiefe im Meer schwankte, gingen Nicholson, Dr. Blandy und Leutnant Surakki durch das Boot zum Materialraum zwei, Abteilung Ersatzteillager. Die anderen Offiziere blieben im Kommandantenraum zurück, zwar nicht mehr in strammer Haltung, aber doch stehend, in Paradeuniform, mit allen Orden und mit dem Gefühl im Leib, das nur ein Satan erzeugen kann: Was ist wichtiger – die Disziplin, oder der weiche, glatte, warme, zitternde Körper eines Mädchens?

Im Boot schien man bereits zu wissen, was geschehen war. Die abgelösten Nachtwachen schliefen wie die Bären, selbst die notorischen Kartenspieler lagen in den Kojen, mit dem Rücken zum Gang. Die diensttuenden Maate und Matrosen in den verschiedenen Abteilungen grüßten mit lauernden Blikken. Eine drückende Stille lag über Mensch und Maschinen.

»Sie wissen etwas!« sagte Dr. Blandy, als sie vor der abgeschlossenen Tür des Ersatzteillagers standen und Leutnant

Surakki ein paarmal das Schlüsselloch verfehlte, so sehr zitterte seine Hand. »Das ganze Boot ist eine einzige Verschwörung. Die dreihundert besten Kerle der US-Navy! Zum Teufel! Besteht Amerika nur noch aus Halunken?«

Der Schlüssel war endlich im Schloß, die Tür schwang lautlos auf, in den Angeln bestens geölt. Surakki knipste das Licht an ... die erbarmungslose Helle der Neonlampen drang in jeden Winkel des weiten Raumes. Regale mit Plastikkästen, Metallschränke, Schubladen mit Schrauben und Bolzen, Kabelrollen, zerlegte Antriebswellen, Elektrogeräte ... ein geordneter Wirrwarr von Material, die technische Apotheke der POSEIDON I. Commander Nicholson blickte sich um ... seit der Inspektion seines Bootes in Norfolk betrat er zum erstenmal wieder diesen Teil seines Schiffes. Das Ersatzteillager unterstand dem Obermaat Willcox, das wußte er. Willcox war ein stiller, besonnener Mann, Vietnamkämpfer, Vater von zwei Kindern, Werkzeugmeister und Sammler von Briefmarken. Er schlief noch. Nicholson hatte verboten, ihn zu wecken.

Aber Willcox war wach, saß auf seinem Bett und stierte in die Luft. »So eine Sauerei!« sagte er zum wiederholten Male. Jimmy Porter, der Torpedomaat, saß vor ihm und trank sein fünftes Coca-Cola. »Ausgerechnet bei mir im Ersatzteil. Gab's keinen anderen Ort!«

»Das nächstemal holt sich der Mörder bei dir einen Laufzettel«, sagte Porter giftig. »Abzulegen im Regal sieben.«

»Soll ich dich in die Fresse schlagen?« sagte Willcox dumpf.

»Ich mich auch!« Porter warf die leere Cola-Flasche unters Bett.

»Warum du?«

»Ich habe Belucci noch gesehen ...«

Commander Nicholson schloß hinter sich die Tür und blickte sich um. Zum zweitenmal, mit dem gleichen Ergebnis. Er sah nichts.

»Wo liegt er, Leutnant?« fragte er.

»Dort!« Surakki zeigte auf einen Fleck zwischen Regal sieben und acht. Seine Stimme war tonlos geworden. »Dort lag er, Sir! Ich schwöre es! Auf dem Bauch, das rechte Bein angezogen. Im Rücken, zwischen den Schulterblättern, steckte noch das Messer.«

»Sie haben ihn sich ja genau angesehen.«

»Bei *der* Beleuchtung, Sir!«

Dr. Blandy ging zu dem bezeichneten Fleck, kniete sich nieder und legte die flache Hand auf den mit einer Kunststoffschicht überzogenen Holzboden. »Er lag tatsächlich hier«, sagte er.

»Noch warm, was?« sagte Nicholson sarkastisch.

»Nein. Kalt und feucht!« Dr. Blandy tippte auf den Boden. »Jemand hat das Blut mit einem nassen Lappen weggewischt.« Er blieb in der Hocke und sah zu Nicholson empor. »Das ist das tollste Ding, das jemals passiert ist, Jack: Auf einem getauchten U-Boot verschwindet eine Leiche!«

»Es ist das verrückteste Ding, Paul!« Nicholson stieß die Tür wieder auf. Es hatte keinen Sinn mehr, den Boden anzustarren. »Auf einem U-Boot kann nichts verschwinden, schon gar nicht eine Leiche! Ein U-Boot kann man übersehen, hier kennt man jeden Winkel, jedes Loch, jede Ritze! Auf jedem Quadratzentimeter ruhen mehrere Augen... ein Mensch kann hier nicht einfach verschwinden! Das ist der entscheidende Fehler des Mörders.«

Sie verließen das Ersatzteillager. Auf sie zu kam Chief McLaren. »Diese Weiber!« sagte er sofort. »Man hört sie toben bis zur Pantry! Ihr Lazarett ist ein Irrenhaus, Doc!«

»Ich weiß!« Blandy lächelte grimmig. »Aber Bill Slingman steht davor, und in Bills Muskeln kann man Atome spalten.«

»Stimmt es?« fragte McLaren vorsichtig.

»Was soll stimmen, Chief?« fragte Nicholson zurück und ließ die Tür zuschnappen.

»Das mit Belucci.«

»Wer hat es Ihnen gesagt?«

»Jede Schraube im Boot flüstert davon, Sir.«

»Ach so!« Nicholson schob McLaren zur Seite und ging weiter. »Ich wußte nicht, daß Ihr Verhältnis zu den Reaktoren so eng ist, daß Sie sogar die Sprache von Eisen verstehen.«

McLaren schwieg. Er wartete, bis Nicholson sich entfernt hatte, dann hielt er Dr. Blandy am Ärmel fest.

»Er ist Gift und Galle, was?«

»Wundert Sie das? Ein Mord auf seinem Musterboot!«

»Davon wird's nicht besser. Außerdem – man kann die Verdächtigen leicht übersehen. Er hat die Auswahl unter dreihundert. Jeder Kriminalist würde darüber jubeln.«

»Dann jubeln Sie mal, Chief! Ich befürchte, wir haben dreihundert Stumme an Bord, wenn's an die Verhöre geht.«

»Unmöglich!« McLaren blickte Nicholson nach, der zum Hauptgang abbog. Hinter ihm marschierte Leutnant Surakki wie eine aufgezogene Puppe. »Bei diesem Mord gibt es eine Menge Mitwisser.«

»Eben!« Dr. Blandy grinste. »Und nun rennen Sie mal mit der blanken Stirn diese Mauer ein! Wer ist wohl stärker, na?«

»Scheiße!« sagte McLaren aus voller Brust. »Dann könnte ja jeder der Mörder sein!«

»Genau das wollte ich ausdrücken!« Dr. Blandy nickte, machte kehrt und ging mit mächtigen Schritten dem Commander nach.

»Die Leiche ist weg, der Mörder lebt unter uns, jedermann im Boot weiß Bescheid, meine Offiziere bumsen mit den Weibern, jeder von uns ist geladen mit Explosivität. Das ist die Lage!« Nicholson war mit seiner Litanei fertig.

Er stand wieder im Kommandantenraum. Vor ihm, wie behangene Säulen, warteten unbeweglich Cornell, Collins und Curtis. Surakki war zu Fähnrich Duff in die Leitzentrale gegangen, um den Jungen abzulösen. Er saß brav und tapfer seit zehn Stunden im Nervenzentrum des Bootes und bekämpfte seine Müdigkeit mit schwarzem Kaffee.

»Ich könnte das, was meine Offiziere getan haben, als Meuterei auslegen«, sagte Nicholson völlig ruhig. »Für diesen Fall existieren genaue gesetzliche Vorschriften. Sie kennen sie alle, aber sie sind in unserem Fall nicht anwendbar. Ich kann Sie nicht in Ketten legen, sie nicht im nächsten Hafen oder auf dem nächsten US-Schiff der Militärpolizei übergeben, ich kann die Fahrt nicht abbrechen und nach Norfolk zurückfahren. Alles das ist unmöglich, weil es uns nicht gibt! Ich kann mich also nur darauf verlassen, daß meine Herren Offiziere trotz des schäumenden Hormonspiegels noch genug Offiziere sind, daß sie die Ordnung an Bord aufrechthalten! Stehen Sie bequem …«

»Danke, Sir.«

Curtis, Cornell und Collins gaben ihre statuarische Haltung auf.

»Unsere erste Aufgabe ist es, Belucci zu finden«, fuhr Nicholson fort. »Curtis, Sie stellen dazu einen Suchtrupp zusammen und lassen keinen Winkel des Bootes aus. Cornell, Sie organisieren das Verhör. Ich will jeden meiner Leute hier vor mir haben, einzeln...«

»Aye, aye, Sir.« Cornell grüßte und war froh, so schnell und vorerst schadlos den Kommandantenraum verlassen zu können. Curtis folgte ihm. Er hatte damit gerechnet, daß Nicholson ihm die Leutnantsterne abreißen würde. Chief Navigator Collins verzog sein Pfeifengesicht. Er war nun mit Dr. Blandy und dem Commander allein. »Nun freß ich das also allein aus«, sagte er. »Von mir aus, Sir! Die Nacht mit Dorette war jedenfalls eine Wucht. Die kann mir keiner mehr nehmen.«

»Sie haben allerhand auf dem Buckel, Collins, das stimmt«, sagte Nicholson. Er setzte sich und sah die Seekarte auf dem Tisch an. »Die Verhöre werden ein paar Tage dauern. Vorläufig bleibe ich hier liegen. Aber an die Basis muß ich die täglichen Positionsmeldungen geben. Es wird Ihre Aufgabe sein, Chief, mir stündlich die Positionen anzugeben, auf denen wir sein *könnten*, wenn wir führen. Und wehe, wenn Ihnen ein Fehler unterläuft!«

»Auf keinen Fall, Sir.«

»Und dann rechnen Sie mit McLaren aus, was die Atommaschinen hergeben, um in schnellster Fahrt die Position zu erreichen, in der wir sein müßten, wenn die Verhöre beendet sind. Ich rechne damit, daß wir drei Tage aufholen müssen.«

»Das ist ein Problem, Sir.«

»Das ist ein Teil der Wiedergutmachung, Chief! Klagen Sie ihren Unterleib an, nicht mich! Danke.«

Collins grüßte stramm und verließ den Raum. In Tauchfahrt mit voller Kraft drei Tage nachholen, dachte er draußen. Bei diesen Wetterverhältnissen, bei diesem verworrenen Meeresboden. Auf so etwas kann auch nur ein Kerl wie Nicholson kommen.

Dr. Blandy wartete, bis die Tür zugefallen war. Dann holte er aus einem Wandschrank eine Flasche Kognak und goß Nicholson ein Glas ein. Der Commander lächelte. An Bord war strengstes Alkoholverbot. Die Alkoholvorräte waren unter Verschluß wie Diamanten, und nur an Feiertagen gab Nicholson eine Ration frei.

»Woher weißt du, daß ich da etwas versteckt habe?« fragte er.

»Eine Eingebung, Jack. Wenn er was hat, muß es da sein, dachte ich.«

»Hast du noch mehr Eingebungen, Paul?«

»Ja. Zum Bespiel das Gefühl, daß man uns nach Beendigung der Fahrt den Arsch bis zum Nackenwirbel aufreißt. Uns allen! Und Papa Adam tut's persönlich!«

»Das weiß ich. Das ist keine Eingebung, sondern eine Tatsache.«

»Eingebung Nummer zwei: Du bist in diese Monika Herrmann verliebt wie ein College-Boy! Wenn du könntest, liefest du ohne Hose herum.«

»Du bist ein Ferkel, Paul!«

»Aber ein ehrliches! Wie du aufgeatmet hast, als sie nicht wie die anderen auf Katzentour war! Dieser Luftzug! Man hätte das Boot damit versenken können.«

»Blödsinn!«

»Jack, du bist genauso verrückt nach ihr wie die Boys nach den Puppen. Aber du hast deine Bremse fest angezogen – so fest, daß sie jetzt qualmt. Wenn ihr beide jetzt an Land wäret –«

»Aber wir sind nicht an Land!« schrie Nicholson und sprang auf. »Wir sind auf einem getauchten Atom-U-Boot, dem modernsten und gefährlichsten, das je konstruiert wurde! Eine gewollte oder ungewollte Katastrophe auf diesem Boot kann einen dritten Weltkrieg entfesseln, kann Millionen vernichten, kann Länder und Völker radioaktiv verseuchen! Und nun dieser Wahnsinn! Unser Überleben hängt von fünf mannstollen Mädchen ab... von vier.« Nicholson verbesserte sich sofort und kaute an der Unterlippe. »Paul, wir müssen alles tun, um das Boot sicher an die Basis zurückzubringen. Es muß uns gelingen!«

»Und wenn die Mannschaft durchdreht? Belucci war nur ein Anfang, das ist dir doch klar?«

»Dann versenke ich mich selbst!« Nicholson starrte Dr.

Blandy an. Und Blandy wußte, daß das kein billiger Scherz war oder nur ein emotioneller Panzer. »Aber dann werde ich ersaufen mit Monika im Arm!«

»Bravo!« Dr. Blandy klatschte in die ungeheuer großen Hände. »Wenigstens beim Abkratzen bist du ein Mann, und nicht bloß eine hochdekorierte Uniform!«

Das Boot lag wie gelähmt auf der Stelle. Die Positionsmeldung, die Collins an die Basis nach Norfolk gab, direkt zu Admiral Adam, versetzte es allerdings weiter nach Norden, über Island hinaus, im Anmarsch auf den Packeisriegel des Nordpols.

Der Suchtrupp unter Leutnant Curtis war seit vier Stunden im Boot unterwegs, ohne bisher die Leiche Beluccis gefunden zu haben. Einen ausgewachsenen Menschen in einem geschlossenen Stahlkasten, wie es die POSEIDON I war, verschwinden zu lassen, ist ein Kunststück, und der Mörder schien es fertigbekommen zu haben. Was an Verstecken in der Größenordnung eines Mannes möglich war, hatte man mit starken Handscheinwerfern durchleuchtet mit dem Ergebnis, daß man vierzehn Flaschen Whisky und neun Flaschen Gin hervorholte, die trotz aller Kontrollen auf das Boot geschmuggelt worden waren. Soldaten entwickeln da geniale Einfälle. Die Flaschen wurden beschlagnahmt, natürlich ohne Protest, denn die heimlichen Besitzer meldeten sich aus verständlichen Gründen nicht. Nur die Leiche wurde nicht gefunden.

Leutnant Curtis studierte noch einmal den Grundrißplan des Bootes, den McLaren aus dem Stahlschrank herausgegeben hatte – sonst eines der Geheimnisse, das nur ein paar Leute kannten. Und so erfuhr der erstaunte Curtis, daß es auf der POSEIDON einige Winkel und Nischen gab, zu denen versteckte Türen führten und in denen geheime Meßinstrumente noch geheimnisvollere Striche und Kurven auf ein Millimeterpapier zeichneten, was wiederum nur McLaren entziffern konnte.

Aber auch hier fand man den toten Belucci nicht, denn wäre er hier gewesen, hätte McLaren selbst als Mörder gelten müssen.

»Gehen wir jetzt davon aus, daß der Mörder den Körper

Beluccis zerstückelt hat, um ihn besser verschwinden zu lassen«, sagte Curtis heiser zu seinem Suchtrupp. »Bei Überwasserfahrt hätte er die Teile durchs WC einzeln wegspülen können in die See... aber wir sind unter Wasser, Boys. Hat er Belucci im Lokus verschwinden lassen, muß er sich jetzt in den WC-Tanks befinden, die erst wieder bei Überwasserfahrt ausgepumpt werden. Mit anderen Worten: Wir müssen die Scheißtanks kontrollieren! Wir müssen sie umpumpen und jeden Liter untersuchen. Das aber heißt auftauchen!«

In der Offiziersmesse war unterdessen eine Art Gerichtssaal aufgebaut worden. Hinter einem langen Tisch, bedeckt mit der amerikanischen Fahne, saßen Commander Nicholson, Oberleutnant Cornell, Oberleutnant Hynes, Leutnant Surakki und Leutnant Presslow. Dieser ließ einen Matrosen nach dem anderen zum Verhör vorführen. Eine dicke Bibel lag mitten auf dem Tisch, und jeder, der hereinkam, mußte zuerst die rechte Hand auf die Bibel legen und ein gläubiges Gesicht machen, ehe er reden durfte.

Es stellte sich heraus, daß alle sehr wenig zu sagen wußten. Belucci kannten sie alle, natürlich... wer kannte den netten Jungen aus Sizilien nicht, der so gern von seiner fernen Heimat sang, die er nie gesehen hatte, denn schon sein Großvater war nach den USA ausgewandert. Als er noch lebte, sorgte er für Stimmung im Boot. Jetzt umgab seinen Namen ein tiefes verlegenes Schweigen. Wer gesagt habe, daß er ermordet worden sei? Keiner... das war plötzlich im Boot bekannt, so wie man den Sauerstoff aus den Klimaanlagen einatmete. Niemand hatte es herumgetragen, es flog auf einmal von Mund zu Mund, und es war keiner da, der bestimmen konnte: Er hat's zuerst gesagt. Oder wollte es keiner wissen?

Nicholsons Zorn entlud sich ausgerechnet über den Matrosen Tami Tamaroo, den freundlichen Hawaiianer, dessen ganze Sehnsucht es war, nach Ende dieses geheimen Auftrages ein Vierteljahr Urlaub in seinem Dorf zu machen.

»Sie haben die Hand auf die Bibel gelegt!« donnerte Nicholson. Tamaroo nickte und schwieg. »Sie haben bei Gott geschworen, die Wahrheit zu sagen! Was wissen Sie? Machen Sie das Maul auf!«

»Ich bin kein Christ, Sir«, antwortete Tamaroo höflich.

»Und wenn Sie Feuerfresser sind. Sie wissen – wie die anderen auch –, warum Belucci ermordet wurde!«

»Nein, Sir.«

Nicholson starrte Tamaroo an. Er hatte diese dumme Frage bewußt gestellt, denn jeder im Boot wußte, warum Belucci ein Messer in den Rücken bekommen hatte. Als einzigem der Mannschaft war es ihm gelungen, das rothaarige Biest Evelyn Darring den Offizieren wegzuschnappen und unter sich zu ziehen. Wie ihm das Kunststück von der Hand gegangen war, blieb sein Geheimnis... oder wußte es der Mörder? War der Mörder Zeuge? War der Mörder ein Rivale? War der kleine Italiener schneller am Rock der Rothaarigen als der Mörder, der sich ein Anrecht auf diesen weiblichen Körper ausgerechnet hatte? Wenn es so war, dann stand der Täter nicht vor dem Tisch, sondern er saß *hinter* dem Tisch oder in den einzelnen Befehlsstationen und war – Offizier!

Commander Nicholson legte die geballte Faust auf die Bibel. Tamaroo betrachtete sie wie einen unbekannten Felsstein.

»Sie haben keine Ahnung, Tamaroo?« sagte Nicholson halblaut. »Sie haben nie etwas von einem Streit um die Girls an Bord gehört?«

»Bei uns nicht, Sir.« Tamaroo sah Nicholson offen an. »Warum auch Streit um die Mädchen? Es hieß sofort, als wir sie auffischten: Die sind nur für die Offiziere.«

»Danke, Matrose Tamaroo. Sie können gehen!« sagte der Commander kalt.

Tami Tamaroo grüßte eckig, machte kehrt und verließ die Offiziersmesse. Die Offiziere hinter dem Tisch blickten betreten zur Wand. Die völlige Stille war zentnerschwer, und in diese Stille hinein sagte Nicholson laut:

»Er sagt die Wahrheit! Meine Offiziere sind ein Sauhaufen!«

»Sir!« Oberleutnant Hynes sprang auf. Sein Gesicht, durch eine Narbe verunziert (er war stolz auf sie, denn es war ein ›Souvenir‹ an Nordvietnam), zuckte heftig. »Im Namen aller Offiziere darf ich Ihnen sagen, daß wir...«

»Setzen Sie sich, Hynes!« brüllte Nicholson. »Nur weil Sie Dienst im Raketenleitstand hatten, waren Sie verhindert, eines der Mädchen ins Bett zu nehmen!«

»Wir werden dafür vor Gericht gehen, Commander!« sagte

Hynes brüchig. Er zitterte vor Empörung. »Mein erster Gang an Land wird sein –«

»Wenn wir jemals Land erreichen, Hynes!« unterbrach ihn Nicholson. »Mein Gott, sind Sie dämlich! Das hier ist kein Boot der US-Navy mehr, das hier ist eine schwimmende Hölle! Oberleutnant Cornell –«

»Sir?« Bernie sprang auf.

»Sie haben mit Miß Hankow geschlafen! Stimmen Sie zu, daß ich die Mädchen in einer Stunde mit ihrem Gummifloß aussetze?«

»Nein, Sir!«

»Na also! Was wollen wir dann?« Nicholson erhob sich resignierend. »Fangen wir also an, oder besser, setzen wir es fort – uns gegenseitig umzubringen. Wegen ein paar gespreizter Schenkel! Himmel, ihr kotzt mich alle an!«

Er stieß seinen Stuhl nach hinten – so heftig, daß er umstürzte. Dann nahm er seine Mütze vom Tisch und verließ die Offiziersmesse.

»Ich setze die Vernehmungen fort«, sagte Bernie Cornell leise, als die anderen Offiziere betreten herumstanden. »Die Anwesenheit der Mädchen an Bord steht jetzt nicht zur Debatte. Unter uns lebt ein Mörder, und jeder von uns sollte ein persönliches Interesse daran haben, nicht das nächste Opfer zu sein.«

»Der nächste wird der sein«, sagte Oberleutnant Hynes, »der die freigewordene Evelyn Darring an sich reißt! Aber darauf ließe ich's ankommen!«

Er grinste, und die anderen Offiziere lächelten. Sie setzten sich wieder. Cornell übernahm jetzt den Vorsitz.

»Der nächste!« schrie er gegen die Tür. »Der nächste verdammte Lügner!«

Dr. Blandy führte unterdessen einen aufreibenden Dreifrontenkrieg: Im Raum zwei des Lazarettes tobten die Mädchen und trommelten mit den Fäusten gegen die Tür. Sie hantierten brutal mit allem irgendwie greifbaren Mobiliar und zerstörten nach und nach systematisch die Krankenstation zwei. Vor der eisernen Tür stand beleidigt der schwarze Riese Bill Slingman, einen Revolver offen im Gürtel. Er sagte mit Nachdruck: »Doch, ich weiß, wie hysterische Weiber sind. Als ich noch boxte, saßen sie rund um den Ring. Trotzdem, es geht einem schön langsam auf die Nerven, wenn sie dich ständig einen dreckigen Nigger schimpfen.«

Im Nebenraum standen die sieben Sanitäter der POSEIDON I und weigerten sich, den Raum zwei zu betreten, nachdem Lill Petersen dem Sanitätsmaat Blides, der kam, um zu schlichten, einfach die Hose vom Leib gerissen hatte.

»Sie sollten die Weiber 'rauslassen, Doc!« sagte Blides. »Türen auf und hinein zur Mannschaft. Die kommen zu Ihnen dankbar zurück, auf dem Bauch kriechend. Allein Jimmy Porter...«

»Halt's Maul, du Sau!« sagte Blandy grob. »Schließ die Tür auf!«

»Doc, die wilden Hyänen zerfleischen Sie!«

»Dazu gehört etwas! Tür auf!«

Der Sanitätsmaat schloß die Tür auf. Bill Slingman legte die Hand auf seinen Revolver. Ein schwerer Gegenstand polterte gegen die Tür, begleitet von wildem Gekreisch und grellem Gelächter.

Blandy stieß die Tür auf, stieg über den Nachttisch, der vor der Tür lag, und betrat das Zimmer. Als Slingman einen Blick hineinwerfen wollte, bekam er die Tür gegen die Nase und zog sich brummend zurück.

»Sie sind nackt!« sagte er zu den Sanitätern. »Tatsächlich! So schnell der Doc die Tür zuschlug... ich hab' noch 'ne nackte Brust gesehen! Boys, und was für eine!«

Im Zimmer wurde es plötzlich still. Dr. Blandy sah sich um. Monika Herrmann saß ruhig auf ihrem Bett. Es war das einzige heile Bett, die anderen waren in ihre Einzelteile zerlegt und als Wurfwaffen benutzt worden. Die Matratzen waren aufgeschlitzt, zerfetzt... die Schaumgummiflocken lagen auf dem Boden wie bunter Schnee. Die weißlackierten Nachttische, obgleich aus Metall, waren schiefgetreten und verbogen. Mitten im Chaos standen Joan, Lill, Evelyn und Dorette, schwitzend vom Toben und heiß vor lauter Zerstörungswut. Nur Dorette war nackt, die anderen trugen Jeans und Blusen. Sie starrten Dr. Blandy unter zerwühlten Haaren an und schienen nur den Atem anzuhalten, um sich gleich schreiend auf ihn zu stürzen und ihn womöglich zu entmannen.

Dr. Blandy machte eine allumfassende Handbewegung. Er sah aus wie ein unerschütterlicher Riese, aber unter seiner Hirnschale klopfte es verdächtig. Das ist tatsächlich so etwas wie Angst, dachte er. Die verrückten Weiber lehren mich das Gruseln. Ich sollte Slingmans Revolver holen und sie erschießen. Das wäre die einfachste Lösung. Man kann dreihundert Männer damit retten... nein, nur noch zweihundertneunundneunzig.

»Das ist weibliche Logik«, sagte er mit gewaltigem Stimmaufwand. »Wo wollen Sie denn jetzt schlafen? Glauben Sie nicht, daß Sie neue Betten bekommen! Von jetzt an können Sie meinetwegen auf dem Boden liegen!«

»Ich scheiße auf Ihre Betten!« sagte Lill Petersen ziemlich unfein.

Blandy nickte. »Bitte. Niemand hindert Sie daran. Mich wundert, daß Sie es noch nicht getan haben. Es ist ein beliebtes Spiel der Irren, mit Exkrementen zu schmieren...«

»Sie Mordsferkel!« sagte Dorette Palandré. »Wenn wir wieder zu Haus sind, nehmen euch unsere Väter alle auseinander! Sie und diesen Stock von Commander! Ihr lächerlichen Uniformfurzer!«

»Lernt man das auf dem College, Süße?« sagte Dr. Blandy ruhig. »In der Literaturstunde? Wie vervollständige ich meinen Wortschatz?« Er gab dem Nachttisch zu seinen Füßen einen gewaltigen Tritt. Er flog durch den Raum und knallte wie ein Geschoß gegen die Wand. Die Mädchen zuckten unwillkürlich zusammen. »Um Sie aufzuklären«, fuhr Blandy fort, »sollten Sie wissen, daß die Wände aus Doppelstahl mit einer Isoliereinlage bestehen. Sie können also Tag und Nacht toben... die Wände brechen Sie nicht durch. Auch die Tür nicht... und vor dieser Tür steht unser Bill Slingman.«

»Ein dreckiger Nigger!« schrie Joan Hankow. »Er hat mich angefaßt und ins Zimmer zurückgestoßen. Ein Nigger! Wissen Sie, was dem passiert, wenn ich das meinen Brüdern in Georgia erzähle? Die jagen ihn wie einen tollwütigen Hasen!«

»Dieser Nigger ist einer der höchstdekorierten Soldaten der Navy, siebenmal verwundet und immer dabei, wenn es gilt, der

Welt die Ruhe zu bewahren, jene Ruhe, die es Schmarotzern wie Ihnen erlaubt, durch die Welt zu fahren auf Papas Kosten und die ganze schöne Welt zu einem einzigen riesigen Geschlechtsteil zu degenerieren!«

»Sparen Sie sich diese Mühe, Doc!« Monika Herrmann winkte ab. »Sie verstehen es doch nicht.«

»Aber du, was?« schrie Evelyn Darring. Sie schüttelte ihre zerzauste rote Mähne. »Warum bist du eigentlich mitgefahren? Ob Sie's glauben oder nicht, Doc, sie hat während der ganzen Reise nicht einen einzigen Mann im Bett gehabt! Und es waren Kerle darunter! Männer wie du, Doc, du Traum von einem Mann.«

»Ihr Traummann Paolo Belucci hat's nicht überlebt«, sagte Blandy langsam. »Er ist ermordet worden. Das wollte ich Ihnen bloß sagen, meine Damen. Und nun toben Sie weiter. Das entspannt. Guten Tag.«

Ein einziges Schweigen begleitete ihn hinaus. Als er die Tür zuwarf, hörte er noch, wie Evelyn Darring leise aufschrie. Erst jetzt kam ihr voll zum Bewußtsein, was Blandy verkündet hatte. Hinter ihm schloß Sanitätsmaat Blides schnell die Tür zu.

»Wie sollen wir ihnen das Essen bringen, Doc?« fragte er. »Von uns traut sich keiner mehr rein... Die überrennen uns einfach.«

»Sie werden nichts tun, Blides, gar nichts. Sie werden herumsitzen wie nasse Katzen.« Dr. Blandy klopfte dem Maat auf die Schulter. »Wenn das Bumsen mit dem Tod bezahlt werden muß, hört der Spaß bald auf! Wir werden heute eine ruhige Nacht haben.«

Im Kommandantenraum saß Nicholson allein in seinem Ledersessel, als Dr. Blandy eintrat. Im Lautsprecher konnte er das Verhör verfolgen, das Cornell in der Offiziersmesse weiterführte. Es war, als peitsche sich Nicholson damit selbst aus. Mit einem Fingerhieb stellte Blandy die Übertragung ab.

»Sie lügen alle«, sagte Nicholson leise. »Alle! Die Besten der Navy.«

»Vielleicht wollen sie das unter sich ausmachen?«

»Glaubst du?«

»Möglich.« Dr. Blandy setzte sich. »Haben sie Belucci gefunden?«

»Nicht ein Härchen! Curtis ist verzweifelt. Er knobelt mit McLaren daran herum, wie man die WC-Tanks auspumpen kann. Das ist kein Problem... nur wohin mit der Scheiße unter Wasser?«

»Ihr glaubt, daß Belucci –«

»Zerstückelt und weggespült –«

»Dazu hatte der Mörder keine Zeit mehr, Jack! Von der Entdeckung bis zu unserem Auftauchen im Ersatzteillager waren kaum zwanzig Minuten vergangen. Die nutzte der Mörder aus, die Leiche wegzuschaffen und den Boden aufzuwischen. Da sollten wir ansetzen! Das ist psychologisch aufschlußreich. Jack... da ist ein Mörder, der trotz des Mordes so vollkommen Matrose bleibt, daß ihn Blutspuren stören und er – aus dem Unterbewußtsein heraus – reines Schiff macht!«

»Er wollte nur die Spuren verwischen, Paul.«

»Wozu? Überleg doch mal, Jack! Die Leiche war entdeckt... da ist es doch gleichgültig, ob sie in einer Blutlache liegt oder auf einem geschrubbten Boden! Aber nein... der Mörder ist so über Jahre hindurch gedrillt, daß die Sauberkeit seines Schiffes ihm über alles geht! Also putzt er auf! Das ist, nimm mir's nicht übel, kein Offiziersdenken mehr... so denkt nur einer aus der Mannschaft. Einer, der tagtäglich putzen muß, den man anbrüllt, wenn irgendwo ein Dreckfleck ist... oder der selbst brüllt, wenn er einen Flecken entdeckt! Auch das hat sich im Boot herumgesprochen... ich selbst habe es in die Luft gefeuert, damit es schnell verbreitet wird... und nun versucht man, in den eigenen Reihen den zu finden, dem man einen solchen Sauberkeitsfimmel zutraut. An diesem Fehler wird sich der Mörder selbst aufhängen! Er weiß das jetzt schon, und je länger er seine suchende Umwelt beobachtet, um so unruhiger wird er werden...«

»Darauf verlasse ich mich nicht.« Nicholson lehnte sich weit zurück und blickte an die mit Plastikmasse gestrichene Decke. »Ich will diese Mauer, zu der sie sich zusammenbauen, aufreißen! Ich überlasse nichts dem Zufall!«

»Und wie willst du diese Mauer einreißen?«

»Durch ihren schwächsten Stein.«

»Wer?« fragte Dr. Blandy kurz.

»Fähnrich Herbert Duff.«

»Er war ununterbrochen in der Zentrale.«

»*Nachdem* meine Herren Offiziere sich die Damen in die Betten geholt hatten. Aber vorher? Da hat er angeblich geschlafen, bis Curtis ihn weckte und bat, statt seiner die Wache im Turm zu übernehmen. Glaubst du das, Paul? Ich nicht! Jedes U-Boot ist die Wohnung einer großen Familie. Wenn einer rülpst, hören es die anderen auch. Duff weiß mehr, als er sagen will oder kann, und Duff ist das schwache Glied in dieser Kette von Lügen. Ihn reiße ich auf!«

»Wann?«

»Jetzt gleich. Ich habe ihn wecken lassen. Er zieht sich gerade an.« Nicholson erhob sich, nahm die noch immer auf dem Tisch stehende Kognakflasche und versteckte sie wieder im Wandschrank. »Ich verlasse mich nicht auf psychologisch untermauerte Zufälle, Paul... ich schlage zu! Wir haben fünf Mädchen und einen Mörder an Bord, das genügt, um unsere zivilisatorischen Masken abzureißen. Ich lasse mich nicht kaputtmachen... oder aber, wir alle gehen dabei drauf!«

Fähnrich Herbert Duff, der kleine, zierliche Junge, der Tagebuch führte, Briefe an seine Mutter schrieb und sie dann wieder zerriß, nachdem er sich von all seinem Leid befreit hatte, ahnte nicht, was ihm bevorstand, als er frisch rasiert und halbwegs ausgeschlafen sich bei Nicholson meldete.

Er erlebte noch den Rest einer Unterhaltung, die der Commander mit dem Admiral führte.

»Es ist alles in Ordnung, Sir«, sagte Nicholson gerade. »Die Mädchen sind befehlsgemäß von Bord. Ich habe sie mit ihrer Gummiinsel ausgesetzt und ein in der Nähe befindliches Schiff, die ARSENA, verständigt. Sie werden nicht länger als drei Stunden auf dem Wasser gewesen sein. Nein, Sir, die Mädchen haben keine Ahnung. Für sie sind wir ein normales Unterseeboot der NATO. Danke, Sir.«

Er schaltete die Sprechanlage ab und sah Duff eine Weile schweigend an. Dr. Blandy rieb sich wieder erregt die dicke Nase.

»Sie haben begriffen, was ich gesagt habe, Herbert?« fragte Nicholson plötzlich. »Nein, Sir«, antwortete Duff sofort.

»Das ist sehr höflich von Ihnen, aber gelogen!« Nicholson wies auf einen Stuhl. Duff zögerte erstaunt, aber dann setzte er sich. O je, dachte Blandy voller Mitleid mit Duff. Er will ihn vernichten, nur weil er der Schwächste im Boot ist. Das ist ein verdammt widerwärtiges Spiel, aber was bleibt Nicholson anderes übrig, um uns alle zu retten?

»Duff«, sagte Nicholson sanft, »was wissen Sie von Belucci?«

Duffs Körper straffte sich, als zöge jemand innen an einem Seil. »Nichts, Sir. Nur, was wir alle wissen.«

»Duff... ich frage Sie noch einmal, was ist gestern oder heute morgen im Zusammenhang mit Belucci geschehen?«

»Ich habe geschlafen, das heißt, ich hatte Dienst im Turm, Sir.«

»Sie lügen, Duff!« Nicholson beugte sich von hinten über Duff. Er spürte, wie der Mann innerlich zitterte, und sprach weiter mit einer harten, unbarmherzigen Stimme.

»Ich kenne Ihre Mutter, Herbert. Eine Witwe mit einem kleinen Haus in Pennsylvania. Ihr Vater starb an den Folgen einer Kriegsverletzung, die er in Deutschland, in Bayern, erhalten hatte. Ein Splitter wanderte durch die Lunge...«

»Sir, warum...?« Duff begann nun deutlich zu zittern.

»Ihre Mutter legte Dollar auf Dollar zurück, damit Sie studieren konnten. Sie richtete einen Waschsalon ein, und jede Trommel Wäsche war ein Tag Ihres Studiums! Es gelang ihr – nicht Ihnen, Herbert! –, daß man Sie in West Point aufnahm. Ihre Mutter hat Sie zur Elite der amerikanischen Marine emporgewaschen.«

Duff wollte aufspringen, aber Nicholsons eiserne Hände drückten ihn auf den Stuhl zurück. »Sir, bitte hören Sie auf«, stöhnte Duff.

»Ich höre *nicht* auf, Herbert! Sie sind nicht nur der Stolz Ihrer Mutter, Sie sind ihr einziger Lebensinhalt! Sie lebt nur noch für Sie. Sie sind ein Held in ihren Augen, etwas Unaussprechliches, das nur Mutterliebe erzeugen kann...«

»Sir, ich bitte Sie...«, stammelte Duff. Schweiß rann über sein Jungengesicht. Dr. Blandy drehte sich um und starrte zur Wand. Ihm war dieses grausame Spiel längst zuwider.

»Und was ist dieser in Gold getauchte Boy?« schrie Nicholson. »Ein Waschlappen! Ein Jämmerling! Ein Kerl, der mit jedem Atemzug seine Mutter verhöhnt.«

»Sir!« Duff zuckte zusammen wie unter einem gewaltigen Schlag. Dr. Blandy hob die Schultern.

»Was war mit Belucci?« brüllte Nicholson, den inneren Zusammenbruch Duffs ausnutzend.

»Sie haben heute morgen gewürfelt«, stammelte Duff und schloß die Augen. Kalter Schweiß lief über sein Gesicht. Seine Lippen zuckten wie unter Krämpfen.

»Gewürfelt? Wer?«

»Belucci und zehn andere. Belucci war außer sich vor Stolz, daß er die Rothaarige in der Nacht bei sich gehabt hatte. Sie... sie...«

»Weiter, Fähnrich Duff!« sagte Nicholson hart.

»Sie hatte versprochen, in der nächsten Nacht wiederzukommen... und nun spielten sie um die Rothaarige.«

Nicholson holte tief Atem. »Sie würfelten um das Mädchen?«

»Ja, Sir.« Duffs Kopf sank auf seine bebende Brust. »Aber immer wieder gewann Belucci. Es war wie verhext. Nach der letzten Runde blieb er Sieger. Aber dann entdeckten sie, daß Beluccis Würfel gezinkt war. Alle glaubten nicht an sein unverschämtes Glück. Sie hielten ihn fest, nahmen ihm die Würfel ab und untersuchten sie. Dabei kam es heraus.«

»Und das war sein Todesurteil.«

»Ich befürchte es, Sir...« Duff schwankte auf seinem Stuhl. Nicholson umklammerte seine Schultern und hielt ihn fest.

»Und was hatten Sie dabei zu tun? Haben Sie mitgespielt?«

»Nein, Sir. Ich...«

»Ihre arme Mutter...«

»Ich war ein Unparteiischer, Sir!« stöhnte Duff. »Ich war sozusagen Schiedsrichter.«

»Wann?«

»Heute morgen gegen acht Uhr...«

»Und gegen halb neun wurde Belucci ermordet... Fähnrich Duff, wer hat um die Rothaarige gewürfelt?«

Und Duff nannte die Namen. Zehn Namen... von Jimmy Porter bis Dustin Hollyday. Dann brach er zusammen und sank mit dem Kopf auf die Tischplatte. Dr. Blandy drehte sich auf seinem Stuhl herum.

»Jetzt ist es genug, Jack!« sagte er energisch. »Ich muß dir als Arzt sagen, daß eine weitere Vernehmung für Duff in höchstem Maße gesundheitsschädlich ist. Kommen Sie, Herbert, ich bringe Sie in Ihre Kajüte.«

Dr. Blandy faßte Duff unter, hob ihn hoch und führte den Schwankenden aus dem Kommandoraum. Nicholson starrte die Wand an. Er war nicht stolz auf das Ergebnis seines Verhörs. Er war bis ins tiefste entsetzt. Der Täterkreis war zusammengeschrumpft auf zehn Personen, und es waren die besten Männer an Bord! Porter, Hollyday, Smith, Duncan, Losinski... Kerle, die nichts erschüttern konnte. Aber um ein rothaariges Weibsstück hatten sie gewürfelt und dann gemordet, weil man sie um dieses Stück wohlgeformtes Fleisches betrogen hatte.

Nicholson zuckte zusammen. Die Sprechanlage summte, der kleine rote Knopf blinkte auf. Nicholson drückte ihn hinunter.

»Hier Kommandant!« sagte er heiser.

»Leutnant Curtis, Sir.«

»Was gibt es, Henry?«

»Wir haben Belucci noch immer nicht gefunden.«

»Haben Sie in die Drucktanks der Notausstiege geschaut?«

»Überall, Sir. Es gibt für uns keinen unbekannten Winkel mehr.«

»Brechen Sie die Suche ab, Curtis. Ich werde den Mörder selbst fragen.«

»Sir...«, stotterte Curtis. »Den Mörder?«

»Ende.« Nicholson schaltete ab. Dr. Blandy kam zurück und lehnte sich gegen die Wand.

»Duff ist fix und fertig. Das war höllisch, was du mit ihm gemacht hast. Bei seinem sensiblen Charakter kann er einen Knacks fürs ganze Leben weghaben.«

»Aber ich habe die Mauer eingerannt, Paul!«

»Und weißt du jetzt mehr?«

»Es sind zehn Mann daran beteiligt.«

»Aber nur ein Messer!«

»Ich knacke sie alle zehn. Einen nach dem anderen!« Nicholson hieb die Fäuste gegeneinander. »Ihr unterschätzt mich alle!«

Er drückte die Taste zur Offiziersmesse. Bernie Cornells Stimme ertönte. Er verhörte noch immer die Mannschaft.

»Brechen Sie ab, Bernie!« sagte Nicholson laut. »Oder haben Sie schon eine lauwarme Spur?«

»Nein, Sir.«

»Sie werden auch keine aufspüren. Schicken Sie die Leute auf ihre Posten zurück.«

»Und jetzt?« fragte Dr. Blandy, als Nicholson wieder abgestellt hatte. »Der Aufmarsch der zehn?«

»Nein! Das wären zehn dicke Lügen! Ich habe Zeit, sie mir einzeln vorzunehmen. Weglaufen kann mir unter Wasser keiner...«

»Und mit wem willst du anfangen?«

»Dieses Mal beim härtesten Brocken... bei Bill Porter. Mir ist klar, daß ich nichts erreichen werde, aber es wird sich herumsprechen, daß der Alte auf der Spur ist. Einer von den zehn wird unsicher werden, wird irgendeine Dummheit zum Selbstschutz begehen.«

»Und so lange willst du hier unter Wasser liegen bleiben?«

»Nein! Wir setzen den Auftragskurs fort. Wir tauchen unter den Nordpol durch. Von jetzt an nur noch Tauchfahrt! Der Mörder wird seine liebe Mühe mit Beluccis Leiche bekommen. Verwesungsgeruch in der Klimaanlage entnervt schnell.«

»Und die Mädchen?«

»Das ist deine Sache, Paul! Du garantierst mir dafür, daß sie das Lazarett nicht mehr verlassen!«

Torpedoobermaat Jimmy Porter wunderte sich ehrlich, als Commander Nicholson plötzlich zu ihm in den Torpedoraum kam und an dem eisernen Klapptisch Platz nahm. Porter schnarrte seine Meldung herunter, daß alles in Ordnung sei. Es gab keine besonderen Vorkommnisse. Er wartete nun darauf, daß der Commander einzelne Dinge kontrollierte. Überall gibt es neuralgische Punkte, wo ein Vorgesetzter etwas finden kann, aber Porter hatte keine Angst davor. Bei ihm war alles mustergültig. Man konnte mit einem weißen Handschuh über die Torpedos fahren... der Handschuh blieb sauber.

Nicholson griff in die Tasche, holte die Hand als Faust wieder heraus und öffnete sie dann plötzlich über dem Tisch. Drei Würfel kollerten über die Platte und hüpften mit einem klirrenden Ton über das Metall. Unter Porters Hirnschale begann es zu jucken.

»Ich habe gehört, Sie sind ein großer Würfelspieler, Porter«, sagte Nicholson leichthin. »Nehmen Sie Platz. Wir spielen um einen Dollar pro Einsatz.« Nicholson schob die Würfel über den Tisch. »Kontrollieren Sie die Würfel, Porter. Sie sind in Ordnung. Nicht gezinkt. Nicht etwa bei der Sechs etwas schwerer, wenn man hier reibt. Sogenanntes magnetisches Feld... man muß das allerdings wissen! Unter der Sechserplatte liegt dann womöglich eine hauchdünne Stahlscheibe, in den Würfel eingegossen. Ein übler Falschspielertrick. Los, überzeugen Sie sich Porter.«

»Wie Sie wünschen, Sir.«

Porter setzte sich langsam und legte die breite Hand über die Würfel.

5

Es gibt auf einem Kriegsschiff, vor allem auf einem U-Boot, Augenblicke, da sich einer so nichtig vorkommt, daß er sich fragt: Leben, ja, wozu denn eigentlich? In einem solchen Augenblick erscheint ihm alles schal, es sind aber plötzlich auch alle Sorgen fort, die Ängste, die Hoffnungen, die Träume alle und die Sehnsüchte. Wünsche? Wie nie gewesen ist all dies; man ist nackt wie der erste Mensch.

Ein solcher Augenblick wäre zum Beispiel, wenn von der Zentrale über den Schießoffizier der Befehl käme: Alle Raketenbatterien schußklar. Achtung, los! Oder: Sämtliche Torpedorohre öffnen... Schuß! Und dann rückt man den roten Hebel und weiß: Jetzt hat der Atomschlag begonnen, jetzt gibt es kein Zurück mehr, jetzt wird aus dieser schönen und geliebten Welt ein Chaos, ein Feuerball, eine radioaktive Giftwolke, und wir alle sind nicht nur mitschuldig, wir alle gehen auch mit drauf!

Ein solches Gefühl hatte jetzt Obermaat Jimmy Porter, als Commander Nicholson ihm die Würfel hinwarf und befahl, nachzusehen, ob die verdammten eckigen Dinger gezinkt waren. Er schielte zu Nicholson hinauf, wog die Würfel in der breiten Hand und grinste.

»Reiben!« sagte Nicholson hart. »Jimmy, Sie müssen reiben! So merken Sie gar nichts!«

Porter grunzte etwas Unverständliches und begann, jeden Würfel auf der Fläche, auf die sechs Punkte gestanzt waren, mit dem Daumen zu reiben. Dann ließ er ihn fallen, einen Würfel nach dem anderen, im ganzen drei, und sie zeigten alle eine verschiedene Zahl.

»Bitte, Sir«, sagte Porter steif. »Was nun?«

»Sie haben mir bewiesen, daß Sie ein Rindvieh sind, Porter!« sagte Commander Nicholson ruhig. »Ein gezinkter Würfel muß bei der Eins gerieben werden, damit die Eins unten bleibt und die Sechs nach oben kommt. Umgekehrt wäre das doch saublöd! Das wissen Sie, darum haben Sie mich auch so schief angeguckt. Porter... um einen Dollar.« Nicholson warf das Geldstück auf den Tisch. Der Obermaat griff in seine Hosentasche, holte ebenfalls ein Geldstück heraus und legte es daneben. Dann schüttelte Nicholson die Würfel in dem ledernen Becher und stürzte ihn. »Vierzehn!« sagte er. »Gute Zahl. Nun Sie, Jimmy.«

Porter schüttelte, warf und hatte nur eine Neun. Mit ruhiger Hand karrte er die Würfel in den Lederbecher zurück.

»Danke, Sir.«

Nicholson erhob sich und nahm Porter den Würfelbecher aus der Hand. »Wir könnten jetzt noch zwei Runden spielen. Im ganzen also drei. Möglich, daß Sie dann gewonnen haben. Würfel sind verdammte Dinger, sie lassen sich nicht beeinflussen, es sei denn, sie hätten eine winzige Magnetplatte unter der Eins. Das ist ein alter Spielertrick, bei den Mafia-Leuten sehr beliebt. Es soll da Leute geben, die werfen zweimal die Sechs und dann eine Fünf oder Vier. Sie gewinnen immer. Auch gegen Sie, Porter! Guten Tag, Obermaat!«

Porter sprang auf, nahm stramme Haltung an, antwortete aber nicht. Seine Augen hatten sich verengt, sein dickes bulliges Gesicht war von Schweiß plötzlich überzogen. Er wartete, bis Nicholson den Torpedoraum verlassen hatte, lehnte sich dann gegen einen seiner so geliebten, blankgeputzten tödlichen ›Spargel‹ und angelte mit bebenden Händen nach einer Zigarette.

»Scheiße!« sagte er leise und mit heiserer Stimme. »O du verdammte Scheiße!«

Der nächste auf Nicholsons Liste war der Atommaschinenobermaat Duncan, ein stiller Mann Anfang Dreißig, wie die meisten Vietnamkämpfer dekoriert, und Vater von vier Kindern. Seine blonde, mollige Frau lebte in New England in einem kleinen, rosa gestrichenen Holzhaus und wartete jedesmal auf Duncans Urlaub. Seit er bei den U-Booten war, hatte er fünfmal Urlaub gehabt, und vier Kinder hatte er hinterlassen. Für die kleine Molly Duncan war das schicksalsbedingt.

Duncan, mittelgroß, blondmähnig, eher ein intellektueller Typ, saß vor einer Schalttafel und kontrollierte den Säurezufluß im Atomreaktor. Er war allein. Bernie Cornell hatte auf Befehl dafür gesorgt, daß selbst Chief McLaren in der Offiziersmesse saß und Tee trank.

Duncan zuckte hoch, als der Commander eintrat. Nicholson winkte ab, setzte sich an den eisernen Tisch, den man aus der Wand klappen konnte, zeigte auf die Schalttafel und stellte den ledernen Würfelbecher auf die Tischplatte.

»Ihre Atomgeliebte können Sie mal einen Augenblick unbeaufsichtigt lassen, Duncan«, sagte er ruhig und fast väterlich.

»Aye, aye, Sir!«

Duncan trat von seinem Schaltbrett weg und starrte mißtrauisch auf die Würfel. Auf einen Wink von Nicholson setzte er sich und klemmte die Hände flach zwischen die zusammengepreßten Schenkel.

»Ich möchte mit Ihnen Würfel spielen, Obermaat«, sagte der Commander freundlich. »Um einen Dollar! Gegen Porter habe ich schon gewonnen. Und das mit ungezinkten Würfeln, stellen Sie sich das mal vor! Ich kann mir denken, daß ein Vater von vier Kindern sich sehr aufregen kann, wenn man ihn bewußt um eine Hoffnung bescheißt! Was das mit den Kindern zu tun hat, Duncan? Nun Familienväter haben meistens einen ausgeprägten Gerechtigkeitssinn! Setzen Sie auch einen Dollar?«

»Nein, Sir«, antwortete Duncan hart und blieb vor dem Tisch stehen. Er starrte auf den Lederbecher und wurde puterrot im Gesicht.

»Kein Geld? Ich leihe Ihnen den Dollar bis zur nächsten Löhnung.«

»Ich habe nie um Geld gespielt, Sir.«

»Vielleicht um Mädchen? Um Rothaarige? Und dann verloren, weil zwei Würfel Magnetseiten hatten. Mafia-Würfel! Boy, hatten wir da eine Wut, nicht wahr? Man hätte Belucci am liebsten gleich an die Wand geworfen wie eine junge Katze.«

»Sir. Ich...«

Nicholson erhob sich wieder. »Ich will keine Erklärung von Ihnen, Duncan.« Er steckte den Dollar ein und griff nach dem Lederbecher mit den Würfeln. »Wir bleiben noch zwei Monate unter Wasser! Zwei Monate! Wir untertauchen den Nordpol, das wissen Sie, und wir machen dort einige verflucht gefährliche Übungen. Ich gehe von jetzt ab keine Minute mehr von meinen Befehlen und meinen Plänen ab! Hier an Bord, auf meinem Boot, ja, auf *meinem* Boot, ist ein Kamerad ermordet worden, und zehn Mann wissen, wer es war! Ich erwarte, daß diese zehn Mann unter sich so mutig sind, die Konsequenzen zu ziehen! Zehn der besten Matrosen der Navy! Zehn Ausgezeichnete. Und dann ein kleines rothaariges Biest, das nichts zu bieten hat als ein heißes Dreieck und zwei halbwegs feste Fleischkugeln. Ist das unser Boot wert, Duncan?«

»Sir, ich...«

»Kein Kommentar! Guten Tag, Duncan!«

Auch Duncan schwieg, schwitzte vor Erregung und spürte im Unterkörper einen Drang, als müsse er sich in die Hose scheißen. Erst als der Commander aus dem Maschinenraum war, hieb er mit beiden Fäusten gegen die Wand und brüllte: »Welche Sau hat uns da verraten? Welche Drecksau war das?«

Nicholson ging die zehn der Reihe nach durch mit einer Akribie, die nur ihm zuzutrauen war. Und überall, wo er mit dem Lederbecher und den Würfeln auftauchte und seinen Spruch vom Spielchen um einen Dollar hersagte, begegnete er verstecktem Entsetzen und kaum verhüllter Angst. Beim letzten Mann, dem Maschinenmaat Dustin Hollyday, einem schon ergrauten, zweiunddreißigjährigen Krieger, der wegen seiner breiten Narbe über der Stirn Vietnam nie vergessen konnte und nachts oft furchtbar davon träumte, bekam Nicholson endlich seine Antwort.

»Ich habe schon gehört, was los ist, Sir!« sagte er, als der Commander bei ihm in der Koje erschien. Hollyday hatte Freiwache. »Ihr Hausieren mit den Würfeln!« Hollyday grinste, doch er stand stramm. »Die Nachrichtenübermittlung im Boot funktioniert besser als das beste Sonar. Es stimmt, Sir. Belucci hat uns betrogen. Mit Magnetwürfeln. Ich selbst habe ihm eine geklebt. Verzeihung, ich habe Belucci eine Ohrfeige gegeben, Sir, in berechtigter Erregung. Aber ihn morden, ein Messer in den Rücken... nein, Sir! Keiner von uns, das garantiere ich Ihnen! Die Weiber, vor allem die Rothaarige... ja, sie machen uns verrückt. Aber wir bleiben doch schließlich Kameraden, Sir –«

»Das sagen Sie, Hollyday!« Nicholson lehnte sich an die Kojenwand. »Trotzdem war jetzt ein rotgelockter Unterleib stärker als alle Kameradschaft!«

»Das ist eine Schweinerei, die ich nicht begreife, Sir! Wenn ich den Kerl herausfinde, der –«

»Er sitzt irgendwo neben uns und blickt uns treu und lieb an, Hollyday! Ich danke Ihnen.«

»Wofür, Sir?«

»Daß Sie der einzige waren, der mir gesagt hat, daß ihr um die Rothaarige gespielt habt und daß Belucci euch beschissen hat. Unter euch zehn ist der Mörder!«

»Das weiß ich, Sir. Und ich suche ihn!«

»Ich glaube Ihnen, Dustin. Also bleiben nur noch neun!«

»Und die kaufe ich mir. Ich kann es mit jedem von ihnen aufnehmen!«

»Soll noch ein Mord an Bord passieren, Hollyday? Wir bleiben von nun an permanent unter Wasser. Der Mörder kann nicht weg... wir haben also Zeit. Aber er weiß jetzt, daß wir ihn eingekreist haben. Unsere einzige Aufgabe in diesem Fall muß sein, einen weiteren Mord zu verhindern!« Nicholson atmete tief. »Jenseits des Nordpols, wenn wir wieder aufgetaucht sind, kommt das große Aufräumen. Und das können Sie an alle weitergeben. Ich verspreche euch ein Fegefeuer auf Erden!«

Im Kommandantenraum wartete Doc Blandy und rauchte einen Zigarillo. Dabei unterhielt er sich über das Bordtelefon mit dem Turm, wo Bernie Cornell hockte und sich langweilte. Eine Unterwasserfahrt, und dann noch in dieser Tiefe, war die allergrößte Schweinerei, die es an Bord gab. Man konnte sich nur mit den Meldungen aus dem Navigationsraum und den einzelnen Maschinenkammern beschäftigen, aber da dort alles reibungslos oder von unbestechlichen Computern gesteuert ablief, war auch das eher entnervend denn anregend. Blandy legte den Hörer auf, und da stand auch schon Nicholson vor ihm.

»Hast du den Mörder, Jack?«

»Ja!«

»Wer ist es?«

»Der Name ist jetzt unwichtig.«

»Du scheinst deine eigene Rechtsauffassung zu haben.«

»Hier an Bord... ja! Man wird das unter sich ausmachen.«

»Oder auch nicht. Dafür haben wir einen Psychopathen mehr im eisernen Kasten. Der kleine Herbert Duff dreht durch, seitdem du ihn durch die Mangel gedreht hast. Er liegt im Sanitätsraum vier und weint vor sich hin wie ein wehleidiges Kind. Ich habe ihm eine Injektion gegeben, aber der Bursche ist so aufgeregt, daß sie kaum wirkt.«

»Und die Mädchen?«

»O je!« Dr. Blandy schlug die riesigen Hände zusammen. »Sie attackieren den völlig verwirrten Slingman. Die kleine Dorette hat Slingman einen tollen Bums versprochen, wenn er heute nacht die Tür öffnet, damit sie zu den anderen Boys können.«

»Paul, lös sofort Slingman von der Wache ab!«

»Und wer soll sie übernehmen? Slingman ist nicht zu übertreffen. Jeder andere an Bord läßt doch sofort die Hose fallen!«

»Danke.«

»Mein Gott, von dir Heiligem redet doch keiner! Willst du etwa die Wache übernehmen?«

»Ja.«

»Verrückt! Der Kommandant der geheimsten Geheimwaffe der USA, ja der ganzen Welt, setzt sich nachts vor eine Tür und bewacht fünf geile Weiber! Das ist filmreif!«

»Was hier gespielt wird, Paul, ist mehr als ein Film. Selbst du weißt nicht, was wir an Bord haben!«

»Nicht?« Dr. Blandys Frage klang gedehnt. »Torpedos mit Atomsprengköpfen und automatischen Zielsuchern, Atomraketen, unter Wasser abschießbar und elektronisch gelenkt...«

»Das ist alles kalter Kaffee, Paul.« Commander Nicholson setzte sich. »Es gibt im Boot einen Raum, mit der Bezeichnung X 1, den kennen nur ich und Chief McLaren. Der Raum steht auf keinem Plan, du kannst dir den Plan ansehen.« Er deutete zur Wand, wo ein Querschnitt durch das Atom-U-Boot POSEIDON I hing. Die kleinste Ecke oder Nische war eingezeichnet, nur fehlte der Raum X 1. Es gab drei Decks, also drei Etagen, in dem Boot, und irgendwo mußte eine Lücke sein: dort befand sich Raum X 1.

»In X 1 lagert eine Spezialrakete mit einem Atomaufsatz, der die vierzigfache Wirkung der Atombombe von Hiroshima hat. Begreifst du das – das Vierzigfache! Es ist ein neues spaltbares Material, das alles bisherige übertrifft! Lassen wir das los, Paul, dann beginnt unser Erdball zu kochen!«

»Und das Zeug schaukeln wir unter Wasser herum?« sagte Dr. Blandy heiser. Er war plötzlich bleich geworden. »Darauf sitzen wir herum und zerbrechen uns die dämlichen Köpfe über Alltagprobleme, wer, wie, wo und wann die Rote oder Blonde bumst! Jack, ich habe nie Angst gehabt... aber jetzt sitzt sie mir im Leib. Laß doch an Bord passieren, was will... laß die Weiber reihum wandern und sich durch die Abteilungen vögeln wie die Spatzen... nur: bring das Boot sicher nach Hause! Mein Gott, wenn ich das alles gewußt hätte... vorher.«

»Was dann?«

»Ich wäre nie an Bord gekommen! Ich wäre krank geworden.«

»Du bist gesund wie ein Röntgenapparat!«

»Verdammt, ich hätte mir irgendwo einen gesalzenen Tropentripper geholt, nur um nicht auf dieses Höllenboot zu kommen! Jack, ich flehe dich an: Mach alle Augen zu, laß den Weibern ihren Spaß und denke nur an deine verfluchte Vierzigfachbombe!«

»Nur daran denke ich!« Nicholson blickte auf die Uhr. Auch unter Wasser ging die Zeit plötzlich schnell vorbei. In den verschiedenen Messen wurde das Abendessen serviert, im Boot roch es nach Fleisch und Pommes frites. Die Luftfilter verteilten die angenehmen Düfte, bevor sie abgesaugt und durch die Reinigung und Sauerstofferneuerung gepreßt wurden. »Ich übernehme die Wache.«

»Nein! Wenn schon ein Idiot das macht, dann ich, Jack!«

»Morgen. Heute bin ich dran. Es war meine Idee!« Nicholson lachte, aber sein Lachen erstarb sofort, als der Funkmaat sich meldete. Über die Bordsprechanlage sagte er:

»Die Basis, Sir. Auf Apparat zwei Admiral Adam.«

»Unser Sonnenuntergang«, sagte Dr. Blandy spöttisch. »Jetzt spricht der Admiral das Abendgebet.«

Nicholson griff zum Hörer zwei und hob ab. Norfolk war deutlich zu hören... die neuen Geräte, auch eine Erprobung an Bord der POSEIDON I, mit denen man unter Wasser um den halben Erdball funken konnte wie mit einem Telefon von Kabel zu Kabel, funktionierten vorzüglich und störungsfrei. Kein Rauschen oder Flattern.

»Commander Nicholson hier, Sir!« sagte Nicholson mit geradezu infernalischer Ruhe. »Sind auf befohlener Position.«

»Ich weiß, Jack. Habe mit Ihrem Navigations-Chief bereits gesprochen. An Bord alles klar?«

»Alles klar, Sir.

»Über Ihnen scheinbar nicht, Jack.«

»Wie soll ich das verstehen, Sir?« Nicholson verstand seinen Admiral nur zu gut. Dr. Blandy hob den Blick zur Decke und seufzte.

»Sie haben die fünf Damen doch wieder mit ihrem Gummifloß ausgesetzt und die ARSENA verständigt?«

»So ist es, Sir.«

»Die ARSENA hat keinen Funkspruch von Ihnen aufgenommen.«

»Das ist merkwürdig, Sir. Der Funker hat geantwortet, daß alles verstanden worden sei.«

»Haben sie das im Bordbuch eingetragen?«

»Natürlich. Außerdem liegt bei den Funkakten die elektronische Aufzeichnung des ganzen Gespräches.«

»Die Mädchen sind bis jetzt nicht gefunden worden, Jack!«

»Verdammt!« sagte Nicholson laut, völlig unmilitärisch und bewußt grob. Dabei grinste er Dr. Blandy an, der die Augen verdrehte.

»Das sage ich auch!« antwortete der Admiral. »Wir wissen außerdem jetzt, nach einer Vermißtenmeldung aus Norwegen, wer die fünf jungen Damen sind. Alles Töchter amerikanischer Bürger, die eine verflucht große Rolle in Politik und Wirtschaft spielen. Die Väter werden einen Krach machen, der bis ins Weiße Haus donnert!«

»Warum?«

»Das fragen Sie, Jack!«

»Es war Ihr Befehl, Sir, die Mädchen wieder von Bord zu schaffen. Ich habe nur den Befehl ausgeführt.«

»Das brauchen Sie nicht so zu betonen. Was wir getan haben, war notwendig. Aber das kann man fünf Vätern nicht beibringen, nicht *das*! Es muß also die Version bleiben, daß die fünf Mädchen von Anbeginn beim Schiffbruch verschollen sind. Sie waren nie bei Ihnen an Bord!«

»Natürlich nicht, Sir.« Nicholson lächelte bei dieser Bemerkung. »Aber das läßt sich nur behaupten, solange wir auf See sind. Was passiert, wenn wir wieder an der Basis landen? Man kann dreihundert Männer nicht zu Lügnern erziehen. Einer redet immer, und wenn's bei der eigenen Frau im Bett ist. Das allein genügt schon.«

»Uns darüber den Kopf zu zerbrechen, haben wir noch Zeit, Jack.« Der Admiral hüstelte. Er schien sehr erregt zu sein. »Die Hauptsache ist: Die Mädchen sind von Bord!«

»Das ist die Hauptsache, Sir!« meinte Nicholson auch. Dr. Blandy spuckte seinen naßgekauten Zigarillo aus und schnaufte vernehmbar. Admiral Adam vernahm den Schnaufer ... so deutlich war die Verständigung.

»Wer ist bei Ihnen, Jack?« fragte der Admiral. »Wer hört da mit?«

»Nur Doc Blandy, Sir.«

»Geben Sie mir den Doktor.«

»Hier Blandy!« meldete sich der Arzt, als Nicholson ihm den Hörer gab. »Sir, ich hatte mich dafür eingesetzt, daß die Mädchen an Bord bleiben. Gut, jetzt sind sie wirklich verschollen, aber ich habe wenigstens ein reines Gewissen!«

»Paul!« Adams Stimme bekam einen feierlichen Klang. »Sie haben als Arzt, selbst bei der Navy und bei unserem Sonderauftrag, eine gewisse Narrenfreiheit. Ich nehme alles auf meine

Kappe, später, wenn es herauskommen sollte. Genügt Ihnen das für das Aufpolieren Ihres hippokratischen Eides?«

»Ja, Sir.«

»Dann ist alles gut. Geben Sie mir Jack wieder, Doc.«

»Hier Kommandant!« sagte Nicholson, als er den Hörer wieder hatte.

»Wann sind Sie am Nordpol, Jack?«

»Wenn alles nach Plan läuft, Sir, in drei Tagen. Über uns treiben schon mächtige Schollen und Eisberge. Am Pol muß eine unnatürliche Wärme herrschen, die Gletscher kalben wie verrückt.«

»Stimmt!« Adam schloß mit einem faulen Witz. »Stellen Sie sich vor, Ihr Raum X 1 geht hoch.«

»Dann schmilzt der ganze Pol, und die Welt kippt um!«

»Viel Glück, Jack. Sie können es gebrauchen...« Dann, nach einer kleinen Pause: »Ich wüßte auch keinen anderen, dem ich dieses Glück zutraue. Ende.«

»Ende, Sir!«

Nicholson legte den Hörer auf und starrte Dr. Blandy an. »Paul, du kannst lügen wie eine Hure, die eine Jungfrau spielt!«

Das Abendessen nahm Commander Nicholson nicht in der Offiziersmesse ein, zum zweitenmal nicht, um seinen Offizieren zu zeigen, wie groß seine Abneigung gegen ihre menschlichen Schwächen war. Die Offiziere verstanden das und verzehrten schweigsam das Essen, das die Ordonnanzen servierten. Um so lauter ging es bei den Maaten und der Mannschaft her. Hier sprach jeder vom Mord an Belucci, aber man sprach auch von den Mädchen. Einige wetteten, daß auch in dieser Nacht wieder die Offiziere sich die Weiber ins Bett holen würden. Wie es Belucci geschafft hatte, sich die Rothaarige zu schnappen, blieb allen ein Rätsel und nötigte ihnen Hochachtung für den kleinen Sizilianer ab. Nur stand der gezahlte Preis in keinem Verhältnis zum gehabten Vergnügen. Einmal bumsen und dann tot... das war kein sauberes Geschäft!

Commander Nicholson erschien ganz unerwartet im Lazarett. Doc Blandy blieb im Kommandantenraum, um dort in Nicholsons Bett zu schlafen und ihn gegen Morgen abzulösen.

Im Vorraum lag der Sanitätsmaat Blides auf seinem Bett, in beiden Ohren Watte. Er grinste dumm, als der Commander eintrat und der riesige Neger Slingman mit krachenden Schuhen strammstand. Hinter der Tür, im Raum zwei, wo die Mädchen eingesperrt waren, bereitete sich wieder eine kleine Hölle vor. Dorettes Stimme tönte deutlich durch die eiserne Tür.

»Hör zu, du Niggerschwanz!« brüllte sie. »Du kannst es dreimal haben, wenn du die Tür aufmachst! Hörst du mich? So was kriegst du nie wieder! Schließ auf, du schwarzer Bulle du!«

»Ich halt es nicht mehr aus, Sir!« stöhnte Bill Slingman. Sein Boxergesicht war verzerrt. Die Maschinenpistole vor seiner Brust umklammerte er mit beiden Händen. »Lassen Sie mich ablösen, Sir. Welcher Mann kann so etwas aushalten!«

»Legen Sie die Waffe hin, Bill, und gehen Sie«, sagte Nicholson ruhig. »Ruhen Sie sich aus. Ich übernehme die Wache.«

»Sie, Sir?« Slingman riß die Augen auf. »Vorhin war Leutnant Curtis da und wollte diese Lill Petersen heraushaben. Ich habe ihn bedroht, Sir ... laut Befehl.«

»Brav, Bill! Ich wußte, daß Sie Ihre Pflicht tun! Das wird nicht vergessen.«

»Danke, Sir.«

Slingman lehnte seine MPi an die Wand, grüßte und verließ fluchtartig das Bordlazarett. Commander Nicholson nahm die Waffe auf, stieß mit dem Eisenkolben gegen die Tür und wartete. Dorettes Geschrei verstummte.

»Der schwarze Boy ist weg, Miß!« sagte Nicholson. »Hier spricht jetzt der Kommandant, und er bleibt auch vor der Tür! Es hat keinen Sinn, sich weiter zu echauffieren.«

»Sie impotenter Eisenpflock!« schrie Dorette zurück. »Aber seien Sie sich nicht so sicher! Es sind noch andere Männer an Bord, die wirkliche Männer sind!«

Warten wir es ab, dachte Nicholson und setzte sich auf das zweite Bett, die Maschinenpistole quer über die Knie. Ich bin gespannt, wer zuerst kommt. Curtis war schon da. Kommt jetzt Cornell? Oder taucht Chief Collins auf? Wer wird nach Belucci sich eine Chance bei der roten Evelyn ausrechnen? Zehn haben um sie gewürfelt ... wer von den zehn ist jetzt nicht mehr zu halten? Eigentlich durfte keiner kommen, denn Slingman hat längst im Boot verkündet, wer die Nachtwache hält.

Er sah hinüber zu Sanitätsmaat Blides. Der kleine Blides starrte seinen Commander wie ein Gespenst an. Ahnte er etwas? Wußte er etwas? Wartete er auf etwas?

Das Boot rauschte durch den Ozean. Mit voller Fahrt. Es galt, die Zeit aufzuholen. Die Sonarpeilungen arbeiteten ununterbrochen, die Computernavigation steuerte das große Boot sicher dem Nordpol zu. Man fuhr knapp über dem Meeresgrund, geschickt die verschiedenen Tiefen und Gräben ausnutzend. Hier traf man auf kein fremdes U-Boot ... nur ab und zu machten die Sonare ganz in der Ferne einige Körper unter Wasser aus. NATO-U-Boote oder sowjetische Unterwasserfahrzeuge, aber in dieser Entfernung von der POSEIDON I völlig ungefährlich. Vor allem aber konnte niemand die POSEIDON I anpeilen, und das war am wichtigsten.

Hinter der Tür zum Raum zwei war es still geworden, nachdem man wußte, daß Nicholson selbst im Vorraum wachte. Jeder schien den Atem anzuhalten ... es war wie bei einem Raketenabschuß, bevor das Wort Zero fällt und die Zündung funktioniert.

Plötzlich ein Klopfen an der eisernen Tür! Nicholson reagierte nicht, aber er lauerte mit halbgeschlossenen Augen.

»Unterhalten Sie sich mit mir, Sir?« hörte er eine Stimme jenseits der Tür. Eine Stimme, die er in den vergangenen Stunden vermißt hatte und gegen die er sich gestemmt hatte wie Sisyphus gegen seinen Stein, der ihm immer wieder wegrollte, wenn er ihn auf des Berges Gipfel hatte. Ihre Stimme ...

»Was wollen Sie?« fragte er brüsk.

»Mich mit Ihnen unterhalten, weiter nichts.«

»Ich schließe die Tür nicht auf. Ebensogut könnte man einen Tigerkäfig öffnen.«

»Ich komme allein heraus, Sir.«

»Das können Sie nicht garantieren! Außerdem ... Sie gehören zu dem Klub und bleiben bei dem Klub!«

»Danke, Sie Eisenfresser! Ich wollte Ihnen nur helfen.«

»Mir helfen!«

»Für meine Freundinnen bin ich sowieso eine Verrückte.«

»Das ist sie wirklich!« hörte Nicholson Joan Hankow schreien. »Will uns überreden, wochenlang ohne einen Mann zu sein!«

Plötzlich tat ihm Monika Herrmann leid, so töricht es auch war. Er konnte sich vorstellen, wie sie versucht hatte, die anderen Mädchen zur Vernunft zu bringen, und wie man sie zuerst ausgelacht und dann beschimpft hatte. Warum hatte man denn diesen Europatrip gemacht? Um den Tower zu besichtigen? Den Kölner Dom? Den Eiffelturm? Den Petersdom? Die Akropolis? Die Burgen am Rhein? Das Matterhorn? Die Meerjungfrau von Kopfenhagen? Zum Lachen, Darling! Man wollte Unterschiede sammeln: Warum kann's ein Italiener besser als ein Schwede? Und sind die Franzosen wirklich so fantasievoll und die Deutschen so romantisch? Und sagt ein Engländer hinterher tatsächlich immer: O sorry, madam? Um das festzustellen, lohnte es sich schon, um die Welt zu reisen, wenn der Papa es bezahlt.

»Gehen Sie schlafen!« sagte Nicholson energisch.

»Und das wollen Sie durchhalten?« sagte Lill Petersen.

»Ja.«

»Wie lange, Sir?«

»Drei Monate.«

Ein helles, fast hysterisches Gelächter antwortete ihm... dann trat wieder Stille ein. Es hatte keinen Sinn, mit einem Verrückten zu diskutieren.

Ungefähr eine Stunde hatte Commander Nicholson gewartet, als sich die Tür langsam öffnete. Nicholson schob den Sicherungsflügel der MPi zurück und straffte sich. Draußen im Gang brannte die Nachtnotbeleuchtung, aus Sparsamkeitsgründen wegen der Batterien, und so konnte Nicholson den Mann erst erkennen, als er im Zimmer stand. Es war Chief McLaren... der letzte, von dem Nicholson erwartet hätte, daß er sich an eines der Mädchen heranschleichen würde.

»Victor«, sagte Nicholson sanft und bog den Zeigefinger um den Abzug der Maschinenpistole. »Ihre einzige Geliebte ist doch die Atommaschine?«

»Deshalb komme ich nicht, Sir.«

»Sondern?«

»Ich weiß ja, daß Sie hier herumsitzen. Das ganze Boot weiß es. Ich will Ihnen etwas erklären.«

»Nachts um halb zwölf?«

»Bei Grundsätzlichkeiten gibt es keine Stunden, keine Zeitangaben.«

»Ich höre. Fängt interessant an, Victor.«

»Belucci hat die kleine Rote gehabt.«

»Evelyn Darring. Ihr Vater ist Präsident eines Chemiekonzerns.«

»Das ist ja egal, Sir.« McLaren blieb an der offenen Tür stehen. »Sie sind sich darüber im klaren, Sir, daß alle Offiziere gegen Sie sind?« »Ja!« antwortete Nicholson.

»Ebenso alle Maate und die gesamte Mannschaft.«

»Natürlich! Wenn die Offiziere nur noch aus Penissen bestehen, warum soll dann die Mannschaft anders sein? Aber Sie, Victor...«

»Ich auch, Sir. Seit heute!«

»Ich hätte es mir denken können, Victor. Auch sie haben ja etwas in der Hose! Und jetzt sind Sie gekommen, um im Namen des Bootes dem Commander ein Ultimatum zu stellen.«

»Im Namen der Offiziere, Sir.«

»Also eine Meuterei!«

»Eine Diskussion, Sir.«

»Reden Sie kein Blech, Chief! Das Boot meutert gegen mich, weil ich fünf behaarte Dreiecke nicht für die Allgemeinheit freigebe! Das ist die ungeheuerlichste Meuterei, die je auf einem Schiff der Navy passiert ist! Und hier meine Antwort, McLaren.« Nicholson hob die Maschinenpistole in Brusthöhe. »Ich schieße rücksichtslos auf jeden, der sich dort der Tür von Raum zwei nähert. Ich weiß, man kann zurückschießen, aber zuerst wird es einige Opfer geben, ehe jemand an die Schlüssel kommt. Wollen Sie den Anfang machen, Victor?«

»Ich will verhandeln, Sir.«

»Es gibt nichts zu verhandeln! Sagen Sie Cornell oder Curtis oder Collins, oder wer sonst Sie schickt: Hier sitzt der Commander mit einer MPi im Arm, und das ist *meine* Geliebte. Wir müssen erst überwunden werden.«

»Sie können nicht drei Monate vor der Tür zu Raum zwei sitzen, Sir!«

»Und darauf spekuliert ihr? Und später, wenn wir wieder in der Basis sind?«

»Das Ehrengericht kann uns am Arsch lecken, Sir.«

»So spricht ein Vietnamkämpfer!«

»Ich scheiß auf Vietnam, Sir! Bin alt genug.«

»Und verheiratet und Vater von drei Kindern«, unterbrach Nicholson.

»Um zu wissen, was hier passiert. Auch mit mir. Sie haben gar keine Möglichkeit, die Mädchen einzusperren, Sir.«

»Das ist mir neu, Victor.« Nicholson lehnte sich zurück. Von McLaren kam keine unmittelbare Gefahr. Er kannte ihn zu gut. Er ahnte auch, daß man ihn mißbrauchte, weil die anderen Offiziere sich scheuten, mit dem Commander zu reden. McLaren konnte das ... er kannte Nicholson seit neun Jahren. »Angenommen, ich gebe die Mädchen für die Offiziere frei, was dann? Dann schlägt die Mannschaft gegen die Offiziere los.«

»Wir werden sie beherrschen, Sir.«

»Nie, Victor, nie! Was hier passiert, könnte auf keinem anderen Schiff der Welt passieren, weil jeder Kommandant das nächste Land anlaufen würde, um die Mädchen von Bord zu werfen. Und jeder Meuterer würde nach Seemannsbrauch in Ketten gelegt werden! Verdammt, ich täte es! Aber wir sind ein Gespenst, Victor, wir haben etwas an Bord, das die ganze Welt erschüttern könnte, ich *muß* extrem, nach logischen Maßstäben verrückt handeln. Es gibt für uns keine Norm! Unser Boot braucht jeden Mann, braucht Kameradschaft bis zur Selbstaufgabe, braucht den Mut, der aus dem Knochenmark kommt! Ich brauche dreihundert Männer, nicht aber dreihundert geile Böcke!«

»Aber die Mädchen sind nun mal da, Sir.«

»Verdammt ... ich wäre bereit, sie um der Disziplin wegen auf der Stelle zu eliminieren.«

»Sir, das ist nicht wahr ...«, stammelte McLaren. Sein Gelehrtengesicht verzerrte sich voll Entsetzen. »Das haben Sie nicht im Ernst gesagt.«

»Im vollsten Ernst!«

»Man wird Sie umbringen und Cornell zum Kommandanten wählen, Sir.«

»Sie sehen, ich habe keine Angst.« Nicholson lächelte schwach. »Aber ihr alle solltet Angst haben ... denn ohne mich seht ihr das Tageslicht nicht wieder. Ohne mich kommt ihr nie mehr an Land! Ihr wißt es alle: das ist ein besonderes Boot. Aber ihr wißt *nicht, wie* besonders es ist! Erzählen Sie das den anderen, Victor. Ob sie's glauben oder nicht, das ist mir egal! Die nächsten Tage oder Wochen werden die Wahrheit zeigen!«

McLaren zögerte... dann drehte er sich langsam um, verließ den Lazarettvorraum und schlurfte durch die Dunkelheit des Ganges davon. Es war wie auf dem Theater. Der eine geht ab, das Stichwort ist gefallen, und der nächste Akteur tritt auf.

Es war Jimmy Porter, dieser Bulle von einem Kerl, der dahergestampft kam. Slingman hatte ihn gewarnt: Der Alte sitzt da mit der MPi, und Porter hatte im Torpedoraum gebrüllt: »Und wenn er im Arsch eine ganze Raketenbatterie hat, ich geh' zu ihm!«

»Aha!« sagte Nicholson gemütlich. »Die Rangordnung wird wenigstens noch eingehalten. Zuerst die Offiziere... jetzt die Maate. Wer kommt nach Ihnen, Porter – von der Mannschaft einer?«

»Ich spreche für alle Dienstgrade, Sir, natürlich mit Ausnahme der Offiziere. Es geht ja gegen die Offiziere, Sir.« Und plötzlich brüllte Porter los, und wen immer er anbrüllte, der ging unweigerlich in die Knie. »Die Offiziere holen sich die Weiber ins Bett, wie immer, aber wir sind hier eine einzige Kameradschaft auf Tod und Verderben. Das haben Sie selbst gesagt, Sir!«

»Stimmt, das habe ich gesagt!« Nicholson sah Porter fast interessiert an. »Aber ich meinte nicht eine Kameradschaft im Bett. Keine Kameradschaft am Fließband, auf dem man fünf Mädchen transportiert, von einem zum anderen.«

»Nur die Offiziere dürfen es!« schrie Porter und wurde krebsrot vor Wut.

»Es war ein Fehler in der Überwachung. Ein einmaliger Fehler. Er wird sich nicht wiederholen, Porter!«

»Das heißt, die Weiber bleiben also unter Verschluß?«

»Wie Ihre Atomsprengköpfe, Porter. Ja, sie bleiben.«

»Sprengköpfe kann man aufschrauben, Sir.« Porter keuchte. »Und man kann sie scharfmachen. Sir. Es sind dreihundert scharfe Sprengköpfe im Boot.«

»Gießen Sie Eiswasser drüber.«

»Sir, wir haben leider keinen Humor mehr!«

»Was wollt ihr eigentlich?« Nicholson erhob sich und drückte plötzlich den Lauf seiner MPi gegen Porters Brust. Porter machte sich steif und starrte seinen Commander aus großen, erschrockenen Augen an. In seinem Bett warf sich Sanitätsmaat Blides auf die andere Seite, mit dem Gesicht zur Wand. »Soll ich euch die Mädchen herausgeben wie irgendeine Marketenderware? Der eine will ein Päckchen Tabak, der andere eine Tube Zahnpasta, und Obermaat Porter will Lill Petersen für eine Stunde. Dann ist der nächste dran... man kann ja eine Warteliste aufstellen.« Und plötzlich brüllte auch Nicholson und stieß Porter mit dem Lauf der MPi bis zur Tür zurück. »Sind wir ein schwimmender Puff, Porter? Warum diskutiere ich überhaupt mit Ihnen und erschieße Sie nicht einfach? Ich hätte das Recht dazu. Jedes Militärgericht würde mich freisprechen!«

»Ich habe einen Vorschlag zu machen, Sir«, sagte Porter heiser. »Fragen Sie die Mädchen selbst. Wer zu den Mannschaften will, wer zu den Offizieren.«

»Sie sind ja wahnsinnig, Porter!« sagte Nicholson. »Sie sind wirklich wahnsinnig! Hauen Sie ab in Ihren Torpedoraum!«

»Wie Sie befehlen, Sir.« Porter grüßte gegen die blanke Stirn. Es sah direkt lächerlich aus. »Aber eines, Sir, habe ich noch zu sagen: Erfahren wir, daß doch einer der Offiziere eines der Mädchen in der Koje hat, stürmen wir das Lazarett! Das ist Meuterei, ich weiß, aber das ist uns dann scheißegal! Wir sind auch Menschen und haben ein Ding zwischen den Beinen, nicht nur ihr Offiziere.«

Er ging hinaus in den trüb beleuchteten Gang. Als er sich umdrehte, sah er den Commander im Türrahmen stehen, die MPi schußbereit an der Hüfte. »Noch eins, Sir«, sagte er, diesmal ruhig und besonnen. »Wir haben alles durchgekämmt. Wir haben alle Würfelspieler ausgeknetet und alle, die sonst mit Belucci zu tun hatten. Bei uns ist der Mörder nicht!«

Nicholson ließ die MPi sinken. Eine plötzliche Schwäche überfiel ihn. Es war eine so totale Erschöpfung, als habe ihn jemand gegen die Halsschlagader geschlagen.

»Was soll das heißen, Porter?« sagte er mühsam. Aber er kannte die Antwort schon. Die fürchterliche Antwort.

»Der Mörder ist unter den Offizieren, Sir!«

Im dunklen Gang verloren sich die knallenden Schritte Porters, bis das Zuschlagen eines Schotts alle Geräusche erstickte.

Gegen drei Uhr morgens schloß Nicholson die Tür zu Raum zwei auf. Sanitätsmaat Blides schnarchte auf seinem Bett, Dr. Blandy schlief ebenfalls, Leutnant Curtis hatte Wache, im Maschinenraum saß die zweite volle Besetzung, ebenso im Navigationszentrum. Das Boot fuhr mit Höchstgeschwindigkeit dem Nordpol entgegen. Nicholson hatte über die Bordsprechanlage alle Abteilungen abgefragt. Keine besonderen Vorkommnisse, außer der Tatsache, daß der ›Alte‹ selbst die tollen Weiber bewachte. Das beruhigte erstaunlicherweise das ganze Boot. Kein Offizier kam an die Mädchen heran. Genaugenommen war der ›Alte‹ die tollste Type, die je aus der US-Navy hervorgegangen war.

»Kommen Sie heraus«, sagte Nicholson leise in den dunklen Raum hinein. Auch wenn er nichts sah oder hörte, er wußte, daß Monika wach war. Und tatsächlich kam sie in den Vorraum, nicht im Nachthemd oder nackt, wie es die anderen getan hätten, sondern korrekt gekleidet. Sie hatte das kurze blonde Haar gekämmt und sogar eine kunstvolle Ponyfrisur hingezaubert. Sie sah hinreißend aus. Sie besaß trotz ihrer Kühle eine Ausstrahlung, die Nicholson wie einen Wärmeschirm empfand. Es war ihm, als könne man in ihrer Nähe eiskalte Hände auftauen, und als sie ihn ansah, wortlos, nicht einmal fragend, sondern mit einem Blick, der Selbstverständlichkeit ausdrückte, wußte er für alle Zeiten, daß diese Augen so etwas wie Heimat bedeuten konnten.

»Setzen Sie sich«, sagte er und zeigte auf das freie Bett, auf dem er bisher gehockt hatte. Die MPi lag noch neben dem Kopfteil.

Sie nickte, setzte sich und blickte zu ihm hoch. Er blieb stehen und legte die Hände auf dem Rücken übereinander. Hände sind verdammte Dinger. Sie sind in entscheidenden Momenten meistens im Weg, und man weiß eigentlich nie, wohin damit.

»Sie bleiben stehen?«

»Ich möchte es vermeiden, mit Ihnen auf einem Bett zu sitzen, Miß Herrmann.«

»Und ich spreche nicht gern nach oben, mit dem Kopf im Nacken. Außerdem sitzen wir nebeneinander auf dem Bett. Wir liegen ja nicht...

»Das ist allerdings ein Unterschied.« Er lächelte verlegen, dann setzte er sich neben sie und konnte nicht verhindern, auf ihre festen sportlichen Brüste zu blicken. Sie waren gerade so groß, daß sich eine Männerhand darüberlegen konnte.

Er riß sich von diesem irritierenden Gedanken los und umklammerte seine Knie. Und wieder die unbeholfenen Hände!

»Warum schlafen Sie nicht?« fragte er, als sie nicht mit der Unterhaltung begann, was er gehofft hatte.

»Weil ich wußte, daß Sie die Tür aufschließen werden«, antwortete sie.

Das verwirrte ihn so, daß er keine Worte fand. Sie saßen eine Weile nebeneinander, sahen den schnarchenden Blides an und kamen sich beide sehr dumm vor.

»Sie sagten, Sie könnten mir helfen?« begann Nicholson endlich. »Nur darum schloß ich die Tür auf.«

»Natürlich nur darum. Warum sonst!« Sie sagte es ganz nüchtern. Er bewunderte sie maßlos und dachte: Mein Gott, sie paßt zu mir. Wie gut paßt sie zu mir! Keine andere Frau kann so sein wie sie, kann genauso sein, wie ich sie mir vorstelle, solange ich an Frauen denke! Sie ist es! Da muß man dreiundvierzig Jahre alt werden, um das Gegenstück zu sich selbst zu finden, um die andere Hälfte zu entdecken, die aus einem erst den vollkommenen Menschen, den ganzen Jack Nicholson macht!

»Und wie wollen Sie helfen?«

»Ich habe vier Freundinnen, für die der Sex fast der ganze Lebensinhalt ist. Sie bleiben noch drei Monate unter Wasser, davon einen ganzen Monat unter dem Nordpol, unter der ewigen Eisdecke, um dort Übungen zu machen.«

»Woher wissen Sie das?«

»Ihre Offiziere sind auf weichen Mädchenkörpern so mitteilsam wie Schallplatten!«

»Natürlich. Ich vergaß das.« Nicholson kaute an der Unterlippe. Monikas Nähe begann ihn zu beschäftigen. Er roch, daß sie sich mit Rosenseife gewaschen hatte, daß ihr Blondhaar nach einem herben Parfüm duftete, er bemerkte, daß die Warzen ihrer Brüste genau in der Mitte der festen Hügel saßen und schwach durch den Kleiderstoff stachen. Ihre Beine, die sie beim Sitzen von sich streckte, waren schlank und doch muskulös, die Fesseln alles andere als dürftig, nämlich gut durchgebildet. Beine, auf die man sich im Leben fest verlassen konnte. Beine, die nicht so leicht nachgaben. Beine, die einen Willen ausdrückten, so lustig das auch klingen mag. Ich bin das Leben, die Lust zum Leben... sagten sie.

Er schüttelte die Gedanken wieder ab und konzentrierte sich auf das Problem seines Bootes. Fünf Mädchen sind an Bord, und die Ordnung scheint zerbrochen.

»Ihr Vorschlag?« fragte er kurz.

»Setzen Sie uns wieder aus.«

»Unmöglich!« Er war bei ihren klaren Worten zusammengezuckt wie unter einem Schlag.

»Warum?«

»Meine Offiziere und die Mannschaft werden das verhindern. Sie meutern unter Garantie.«

»Und wenn wir das wollen? Ich könnte meine Freundinnen dazu überreden. Wir haben stundenlang darüber gesprochen. Endlich sehen sie ein, daß dreihundert Männer gegen vier Mädchen ein ungesundes Verhältnis ist! Lassen Sie uns mit unserem Gummifloß und genug Lebensmitteln wieder hinaus. Man wird uns schon auffischen.«

»Das geht nicht.« Nicholson vermied es, sie jetzt anzusehen. »Amtlich sind Sie bereits tot!«

»Was heißt das, Commander?«

»Ich habe der Admiralität gemeldet, daß ich Sie bereits ausgesetzt habe. Aber niemand hat Sie gefunden. Also sind Sie tot!«

»Das ist ja verrückt. Und wenn wir nach drei Monaten wieder auftauchen?«

»An die Zeit nach drei Monaten denke ich noch nicht, Miß Herrmann.«

»Und warum haben Sie das getan?«

»Um mein Boot zu retten!« Jetzt sah er sie doch an, und ihr Blick war wieder eine Heimat für ihn. »Und warum wollten Sie mir helfen und sich aussetzen lassen?«

»Auch, um Ihr Boot zu retten...«

»Ich danke Ihnen? Monika«, sagte er leise. »Sie sind eine wunderbare Frau.«

Plötzlich hatte er sie umarmt, und sie leistete keinen Widerstand, als er sie küßte. Er spürte ihre Brüste, ihre Wärme, ihre verhaltene Zärtlichkeit, ihre beinahe rührende Unsicherheit im Spiel der Liebe.

»Sag nicht, daß du mich liebst«, sagte sie, als sie sich trennten und wieder nebeneinander saßen. »Ich weiß es auch nicht. Aber irgend etwas ist mit uns los. Warten wir, ja?«

»Ja, warten wir.« Er seufzte. Es war ein Seufzen, mit dem sich ein Herz öffnet. »Wir haben so viel Zeit.«

Er hatte sie gerade wieder im Raum zwei eingeschlossen und war zu dem Bett zurückgekehrt, als Nicholson Schritte im Gang hörte. Er sprang auf, entsicherte die MPi und riß die Tür auf. Durch das Halbdunkel hetzte Oberleutnant Cornell zum Bordlazarett.

»Sir!« schrie er, als er Commander Nicholson im Licht des Vorraums stehen sah. »Sir, kommen Sie sofort zu den Offiziersunterkünften! Fähnrich Duff... der kleine Duff...« Er holte tief Luft. »Er ist tot, Sir! Man hat ihn mit seinem eigenen Kissen erstickt.«

6

Der Raum sah nicht danach aus, als habe ein Kampf stattgefunden. Herbert Duff, der liebe Junge, der heimlich Gedichte schrieb und Briefe an seine Mutter, die er nie abschickte, weil er sein Herz ausschüttete: Ich habe Angst, Mutter, Angst vor dem Meer, vor dem Boot, vor dem Dienst, vor dem Offiziersein. Ich hätte Gärtner werden sollen, ich liebe Blumen, aber auf dem Meer wachsen keine Blumen, und die Blumen hier im Boot sind aus Plastik. Doch ich halte durch, Mutter, weil Du es willst und weil Vater wollte, daß ich Offizier werde...

Dieser kleine, von allen wie ein Sohn geliebte Duff lag in seiner Koje auf dem Rücken, die Augen gläsern und starr, mit offenem Mund und in der Mundhöhle ein paar kleine, weiße Daunenfedern.

Jack Nicholson lehnte die MPi an die Tür von Duffs Kajüte und sah sich um. Hinter ihm stand Bernie Cornell mit einem entsetzten Gesicht. Seine Nerven waren wie bloßgelegt... gleich wird er schreien, dachte Nicholson, und keiner kann ihm das übelnehmen. Auch ein Offizier darf Nerven haben – und ein Herz.

Er beugte sich über den kleinen Duff und berührte ihn vorsichtig. Der Körper war noch warm.

»Ein frischer Mord!« sagte Nicholson heiser. »Cornell, der Mörder muß Ihnen fast die Klinke in die Hand gedrückt haben, als Sie hereinkamen.«

»Ich habe keinen gesehen, Sir«, stotterte Cornell. »Keinen.«

»Wie kommen Sie übrigens darauf, daß Duff mit einem Kissen –«

»Es lag auf seinem Gesicht. Ich habe es weggerissen und... dort liegt es, Sir.«

Cornell deutete unter den Klapptisch. Nicholson bückte sich, holte das kleine Kissen hervor und drehte es. An einer Seite war es aufgerissen... hier hatte Duff es mit den Zähnen aufgeschlitzt, als er, aus dem Schlaf gerissen, sich instinktiv gewehrt hatte, bevor er erstickte.

Vorsichtig, als sei er aus dünnstem Glas, legte Nicholson das Kissen auf den Klapptisch. Was hatte Porter gesagt? Der Mörder ist unter den Offizieren! Wir haben alle Würfelspieler durch die Mangel gedreht. Von den Mannschaften war es keiner.

Nicholson betrachtete den toten Duff lange. Hinter ihm stand Cornell, der heftig atmete.

»Was veranlaßte Sie, um diese Zeit Duffs Kabine zu betreten, Bernie?« fragte er, doch er vermied dabei, seiner Stimme einen mißtrauischen Ton zu geben.

»Ich kam aus der Zentrale, Sir. Ich hatte noch bei Curtis gesessen. Wir spielten Schach. Ich hatte ihn abgelöst. Wenn man Schach spielt, dann schaut man nicht auf die Uhr. Als ich zu meiner Kajüte ging, sah ich, daß Duffs Tür offenstand. ›Heh‹, hab' ich gerufen. ›Herbert! Ist dir der Zwiebelbraten nicht bekommen? Behalt deinen Gestank bei dir und verpest uns nicht das Boot!« Cornell wischte sich mit zitternder Hand den Schweiß vom Gesicht. »Das... das habe ich noch gesagt, Sir! Und weil Duff keine Antwort gab, bin ich in die Kajüte. Das Licht brannte ja. Sehe ihn daliegen – mit dem Kissen auf dem Gesicht.«

»Das Licht brannte?«

»So wie jetzt, Sir.«

»Der Mörder hat bei vollem Licht gearbeitet... so sicher ist er sich! Ist Ihnen das klar, Cornell?«

»Es ist entsetzlich, Sir. Ungeheuerlich! Und warum Duff?«

»Das kann ich Ihnen erklären.« Nicholson griff zu dem Telefon, das in jeder Offizierskabine an der Wand hing. Nacheinander rief er die einzelnen Offiziere ab... zuerst Dr. Blandy.

»Komm zu Duff«, sagte Nicholson plötzlich sehr müde. »Und bring dein Stethoskop mit, auch wenn du nichts mehr hören wirst.«

»Was ist denn los, verdammt noch mal?« dröhnte Dr. Blandys Stimme durch das Telefon. »Was heißt hier Stethoskop! Hat einer der Torpedos einen Husten bekommen?«

»Ich bin bei Duff!« sagte Nicholson und hängte ein. Dann rief er die anderen Offiziere. »Hier ist der Kommandant. Kommen Sie bitte sofort zu Fähnrich Duff! Sofort heißt, so wie Sie sind!«

Dann setzte er sich auf die Kante von Duffs Bett und zog plötzlich ein Handtuch vom Haken, breitete es über Duffs Gesicht und zog die Bettdecke bis hinauf zum Kinn des Toten. Bernie Cornell lehnte an der Wand. Ihm war speiübel, er hatte das Gefühl, sein Magen befinde sich in Rotation. Woher nimmt Nicholson bloß die Ruhe? dachte er. Setzt sich auch noch aufs Bett! Ich an seiner Stelle würde brüllen, daß das ganze Boot zittert. Aber das unterscheidet ja den Commander von uns... ich werde wohl nie ein richtiger Commander werden...

Der erste Offizier, der bei Duff eintraf, war Chief McLaren. Natürlich kam er nicht so, wie er war... er knöpfte sich im Laufen noch die Uniformjacke zu. Ihm folgten in schneller Folge Chief Collins, Leutnant Curtis, Leutnant Hamshore, Leutnant Black, Oberfähnrich zur See Williams.

»Mein Gott, was ist mit Duff los?« stammelte McLaren. Er

starrte auf das mit dem Handtuch bedeckte Gesicht. Er begriff, was er sah, und war doch plötzlich in allen seinen Gedanken wie gelähmt. Auch die anderen Offiziere, alle in Uniform trotz des Sofortbefehls, standen stumm und verlegen herum und schwiegen. Erst als Sechster kam Dr. Blandy schnaufend haher. Er war der einzige in Hemd und Hose. Vor seiner breiten Brust baumelten die Kunststoffschläuche eines Membranstethoskops. Kaum sah er die Offiziersansammlung, da brüllte er auch schon los. Sein dröhnender Baß klang in dieser Stille doppelt angriffslustig.

»Hat es sich auf dem Scheißboot noch nicht herumgesprochen, daß ich Arzt bin und an Nachtübungen nicht teilnehme!« schrie er. »Mit einem Stethoskop! Soll ich die Atome abhören, ob sie einen Husten haben?«

Die Offiziere machten ihm Platz. Er stürmte in die Kajüte, sah Nicholson auf dem Bett sitzen, wollte etwas sagen, doch dann sah er den kleinen Duff mit dem Handtuch auf dem Gesicht und zog mit einem röchelnden Laut die Schulter hoch.

»Nein!«

»Doch.« Nicholson zog das Handtuch von Duffs Kopf. Der Anblick des jungen Gesichts mit den starren Augen und dem offenen Mund traf den Doktor wie ein Faustschlag. »Er ist noch warm, Paul.«

»Und ihr steht hier alle herum und faltet die Hände!« brüllte Dr. Blandy. »Euren Psalm könnt ihr später beten. Los! Wozu haben wir Wiederbelebungsapparate an Bord? Ein Lazarett? Kreislaufspritzen? Los, ihr Vollidioten!« Er stürzte zum Telefon, um seine Sanitäter zu alarmieren, aber Nicholson hielt ihn an der Hose fest.

»Er ist tot, Paul! Man hat ihn mit seinem Kissen erstickt. Er hat noch ins Kissen hineingebissen, aber es reichte nicht mehr zur Gegenwehr. Der Mörder war zu schnell ...«

Dr. Blandy machte sich aus Nicholsons Griff los und verzichtete darauf, im Lazarett Alarm zu geben. »Mit seinem Kissen?« sagte er dumpf. »Es war sein Eigentum. Er schleppte es immer mit sich herum ... zu allen Lehrgängen, immer ... auch wenn ihn alle auslachten. Es ... es war von seiner Mutter ... Wenn er auf dem Kissen schlief, war es wie ein Daheim für ihn.«

Seine Stimme brach entzwei. Im Hintergrund begann Leutnant Black zu weinen. »So ein Sauhund!« sagte er dabei, »Wenn ich den Mörder erwische – ich bring' ihn um!«

Nicholson schwieg. Jetzt waren alle Offiziere in Duffs Kabine versammelt, standen Schulter an Schulter und starrten fassungslos auf den toten Jungen. Dr. Blandy riß die Bettdecke weg, setzte das Stethoskop auf die schmale Brust des Toten und schloß dabei die Augen. Es war in dieser Situation sinnlos, was er tat, aber es gehörte zu den notwendigen Handgriffen, um einen Tod festzustellen.

Nicholson sah seine Offiziere der Reihe nach an. Einer von ihnen ist der Mörder, dachte er. Auch wenn ich mich dagegen wehre, was Porter in seiner billigen Wut gesagt hat – die logische Überlegung geht dahin, daß jetzt der Mörder hier im Raum steht und mit dem gleichen Entsetzen in den Augen auf sein Opfer blickte wie alle anderen auf ihren getöteten Kameraden. Er steht da und fühlt sich unheimlich sicher. So sicher, daß er sogar das Licht einschaltet, um besser sehen und damit perfekter morden zu können.

Meine Offiziere! Die Elite der Marine. Und einer von ihnen wird zu einem Untier, weil ihm zwei gespreizte Weiberschenkel plötzlich das Wichtigste auf der Welt werden. Etwas, für das es sich sogar lohnt, zu töten!

Wie kann man das noch begreifen?

Dr. Blandy richtete sich wieder auf und zog die Bettdecke hoch. Dann blickte er in den offenen Mund des Toten und wandte sich an Nicholson. »Ich bin dafür«, sagte er dumpf, »daß wir die Basis benachrichtigen und das Unternehmen sofort abbrechen! Auch der Admiral muß dafür Verständnis haben!«

»Er wird es nicht haben«, sagte Nicholson ruhig. Er nahm das Handtuch und breitete es wieder über das Gesicht des Toten. »Für den Admiral ist das Motiv der beiden Morde – nämlich die Mädchen – nicht mehr an Bord! Theoretisch. Sie kennen unsere Funksprüche, meine Herren. Ich müßte jetzt also der Basis melden, daß wir gelogen haben, daß wir laufend Falschmeldungen durchgegeben haben, daß Offiziere und Mannschaften durch fünf männertolle Weiber paralysiert worden sind!«

Er schwieg und wartete die Reaktion seiner Offiziere ab.

Verzeih mir, Monika, dachte er dabei. Ich muß dich mit in diesen Topf werfen... ich kann nicht sagen, vier Weiber und ein vernünftiges Mädchen.

»Das wird man spätestens erfahren, wenn wir mit zwei Mann weniger jenseits des Nordpols ankommen!« brummte Dr. Blandy. »Das eine möchte ich hier feststellen: Ich werde als Todesursache keine Lungenentzündung eintragen!« Er blickte sich herausfordernd um. »Wenn ihr das etwa denkt oder von mir verlangt... natürlich, das wäre der einfachste Weg, warum sollen auf einer monatelangen Fahrt unter Wasser nicht zwei Männer eines natürlichen Todes sterben? Ich weigere mich als Arzt, falsche Todesscheine zu unterschreiben!«

»Das wäre wirklich die genialste Lösung unseres Problems«, sagte Chief Collins trocken. »Und ich bin sicher, daß auch die Mannschaften und Maate das Maul halten. Sie alle kennen ja die Konsequenzen.«

»Das ist das Letzte!« Dr. Blandy sprang auf. »Sind hier nur Gauner an Bord?«

»Vergessen Sie nicht, Doc, wem wir den Besuch an Bord verdanken!« Leutnant Curtis schob sich nach vorn. Nicholson sah ihn scharf an. War er es? dachte er. Warum macht er sich zum Wortführer der Offiziere? Er hatte Wache in der Kommandozentrale. Von dort bis zu Duff und zurück sind es sechs Minuten vielleicht, einschließlich Mord. Aber Curtis hat mit Cornell Schach gespielt. Oder war es Cornell, und Curtis gibt ihm nur das Alibi?

»Wer hat auf seine Kappe genommen, daß wir die Mädchen auffischten?« sagte Curtis laut.

»Ich habe nicht damit gerechnet, daß wir an Bord dreihundert Dauerständer haben!« brüllte Dr. Blandy zurück.

»Aber ich habe es dir gesagt, Paul!« Nicholson erhob sich von der Bettkante. »Unter uns lebt ein Doppelmörder. Ob wir ihn jetzt, nach Duffs Tod, noch entlarven, ist ungewiß. Duff kannte ihn, oder er ahnte zumindest, wer es sein könnte. Darum mußte er sterben. Dem Mörder war klar, daß Duff mit diesem Wissen nicht lange würde ruhig leben können. Gerade unser kleiner Duff nicht... ihn hätte sein Wissen innerlich zerfressen, und dann wäre er zu mir gekommen. Das hat der Mörder mit Erfolg verhindert. Und jetzt ist seine Sicherheit enorm. Nur sollte er eins nicht vergessen: Er befindet sich auf einem Boot, das ein Jack Nicholson führt. Und wir bleiben noch über zwölf Wochen unter Wasser! Es wird kein Tag, keine Stunde in diesen zwölf Wochen vergehen, in der ich ihn nicht jagen werde! Und ich bin sicher, daß ich ihn habe, bevor wir wieder in Norfolk einlaufen! Ich glaube, meine Herren, Sie alle kennen mich noch nicht gut genug! Sagen sie das auch den Maaten und Mannschaften. Ich danke Ihnen, meine Herren.«

Die Offiziere strafften sich, grüßten und verließen dann schnell und wie geohrfeigt die enge Kabine. Nur Dr. Blandy blieb zurück und setzte sich ächzend auf einen der zwei Stühle in der Kajüte.

»Das war eine offene Kampfansage, Jack«, sagte er.

»Das sollte sie auch sein!« Nicholson zeigte auf den toten Duff. »Ich bin sicher: Er kannte den Mörder von Belucci, und er wäre auch zu mir gekommen! Ich hätte ihn weichgeknetet... die Sache mit dem Würfelspiel um die Weiber war der Anfang. Da mußte der Mörder noch einmal handeln... und zwar fix, das habe ich nicht überlegt. Insofern fühle ich mich mitschuldig an Duffs Tod.«

»Um Gottes willen, laß bloß nicht solche Komplexe aufkommen!« Dr. Blandy lehnte sich zurück und blickte zur Decke. »Du hast einen bestimmten Verdacht, Jack?«

»Wieso?« Nicholson ließ noch einmal alle Gesichter seiner Offiziere im Geist an sich vorbeiziehen. Überall nur Betroffenheit und Entsetzen. War der Mörder unter ihnen, war es ein Bursche mit ungeheuren Nerven.

»Du bist so sicher, daß du den Mörder bis zur Rückkehr gefunden haben wirst?«

»Er wird sich selbst verraten, Paul.«

»Jetzt? Wo Duff tot ist? Er hat keinen Grund mehr zur Panik.«

»Du glaubst also auch, daß der kleine Duff mehr wußte, als er gestern gesagt hat...«

»Es scheint so«, sagte Dr. Blandy vorsichtig. »Sonst gäbe es wirklich keinen Grund, ihn umzubringen.« Er strich sich über das Gesicht und ließ seine breite schwere Hand auf der Stirn liegen. »Wie willst du aus diesem Scheißdreck bloß wieder herauskommen?«

»Überhaupt nicht. Das ist mir klar.«

»Was heißt das?«

»Das ist meine letzte Fahrt. Man wird mich in Norfolk vor ein Militärgericht stellen, und dann bin ich Zivilist. Unehrenhaft entlassen, hinausgeworfen aus der Navy, ein Arbeitsloser auf Stellensuche. Und jeder, der meine Papiere durchsieht, wird sagen: Was? Sie waren Commander und sind geflogen? Und da meinen Sie, bei uns könnten Sie unterkriechen? No, Mister Nicholson! Und dieses NO wird mich mein ganzes Leben begleiten.«

»Wir könnten uns zusammentun, Jack.«

»Wir! Du bist Marinearzt.«

»Ich werde genauso fliegen wie du! Und wenn sie beide Augen zudrücken, mach' ich ihnen beide Augen auf und gehe von allein! Wir könnten in den Mittleren Westen gehen. Ich mach' eine Praxis auf, und du bekommst eine Arzneimittelvertretung. Dafür kann ich sorgen. Und dann können sie uns alle kreuzweise.«

»Das hört sich gut an«, meinte Nicholson skeptisch.

»Sehr gut sogar! Wieviel abgehalfterte Offiziere lagen nach dem Krieg auf der Schnauze und rissen sich um einen Job? Jack, laß uns das alles beschleunigen... kehren wir einfach um!«

»Nein!«

»Für uns alle aber wäre das besser! Auch für die Mädchen!«

»Ich erfülle erst meine Pflicht, Paul! Vielleicht verzichten sie dann auf eine Gefängnisstrafe und schmeißen mich nur hinaus! Das ist meine einzige Chance.«

»Wie du willst. Du bist und bleibst eben ein sturer Sack!« Dr. Blandy erhob sich und schaute auf den zugedeckten Duff. »Wohin mit ihm?«

»Welche Frage.«

»Willst du ihn konservieren und zurück nach Norfolk bringen?«

»So kann auch nur ein Mediziner reden!«

»Ich weiß, daß du uns Ärzte für rohe Burschen hältst. Aber man wird doch noch fragen dürfen, was du mit Duff machen willst! Durch die Taucherschleuse ins Meer befördern?«

»Taucherschleuse!« Nicholson fuhr mit der flachen Hand an die Stirn. »Daß ich das übersehen konnte! Natürlich, das ist es...«

»Was?«

»Durch die Taucherschleuse hat der Mörder auch Beluccis Leiche beseitigt!«

»Unmöglich. Dabei wäre er gesehen worden! Sie ist im untersten Deck.«

»Und durch dreifaches Schotten gesichert. Wenn er einmal durch die erste hindurch ist, kümmert sich keiner mehr um ihn. Wer denkt denn daran, daß jemand heimlich in der Schleuse steht?«

»Man hätte im Boot den Luftdruckausgleich gehört. Auf jeden Fall hätte ihn McLaren auf seinen Kontrolluhren gesehen.« Dr. Blandy winkte ab. »Beluccis Verschwinden bleibt ein Rätsel.«

»Auf einem U-Boot gibt es keine Rätsel, Paul! Wir sind ein rundum geschlossener Stahlkörper, und was in ihm passiert, ist überschaubar.«

»Und trotzdem haben wir zwei Tote. Ermordete!« Dr. Blandy nickte zu dem toten Duff hinüber. »Das Problem bleibt. Was tun wir mit ihm?«

»Er bekommt morgen früh sein Seemannsbegräbnis.«

»Das heißt: auftauchen.«

»Ja.« Nicholson stand auf und reckte sich. Dann lehnte er sich an die Wand und schloß die Augen. Vor Müdigkeit fiel er fast um.

»Leg dich hin«, sagte Dr. Blandy. »Ich paß auf die Weiber auf und stelle eine Wache vor Duffs Kabine. Du mußt ein paar Stunden schlafen.«

»Schlafen! Jetzt schlafen?«

»Ein ärztlicher Befehl, Jack!« Dr. Blandy faßte Nicholson unter und schob ihn aus Duffs Kabine. »Wenn du erst liegst, fallen dir die Augen von allein zu! Nur das Boot ist aus Stahl, nicht du! Und selbst Stahl wird müde und bekommt Risse eines Tages.«

Nicholson schüttelte den Kopf, aber Dr. Blandy behielt recht. Kaum lag er auf seinem Bett, fielen ihm die Augen zu, und er schlief wie betäubt, noch bevor Dr. Blandy wieder den Commanderraum verließ.

Morgens gegen zehn Uhr tauchten sie auf. Nicholson ließ zunächst auf Sehrohrtiefe gehen und sah sich an der Oberfläche des Meeres um. Überall Treibeis und kleinere Eisberge... aber das hatte man schon im Radar gesehen und durch die Sonarpeilungen genau geortet. Sie befanden sich im Grönländischen Becken. Östlich von ihnen lag Spitzbergen und vor ihnen, unter dem Ewigen Eis, das Nordpolarmeer, das eurasische Becken und der plötzlich aus dem Meer aufsteigende Lomonossow-Rücken. Ihr Operationsgebiet für die nächsten Wochen: Die Überquerung des Nordpols unter Wasser und die Rückkehr durch die Wassergräben des Queen-Elizabeth-Lands und des Baffin-Islands zur Basis in den USA. Ein Weg durch eine Hölle aus Eis.

Nicholson zog das Sehrohr ein. Er saß mit Curtis und Cornell im Turm und kam sich nach den wenigen Stunden Schlaf erfrischt und stark vor. »Boot fertig zum Auftauchen?« fragte er in die Sprechanlage hinein.

»Aye, aye, Sir. Boot fertig zum Auftauchen.« Die Stimme von Leutnant Hamshore.

»Anblasen!«

»Anblasen, Sir...«

Durch das Boot lief wieder ein Zittern. Aus den Tauchzellen wurde das Wasser gedrückt. Langsam stieg die POSEIDON I höher, durchbrach mit dem Turm die Wasserfläche und tauchte dann wie ein graues Ungeheuer auf. Curtis kurbelte den Verschluß der Turmluke auf und stieß die Stahlplatte weg. Eisige Luft flutete in den Turm und traf die drei Offiziere wie eine Lanzenspitze. Aber auch Licht und Sonne drang hinein, und nur der, der wochenlang im Neonlicht lebt, kann begreifen, wie herrlich der Anblick eines blauen Himmels und das Strahlen der Sonne ist.

Nicholson zog den Pelzkragen seiner lammfellgefütterten Lederjacke hoch, drückte die Mütze fest auf den Kopf und kletterte als erster auf die Plattform des Turmes. Ihm folgten Cornell und Curtis. Sie lehnten sich sofort an die Brüstung und holten tief Luft.

»Das ist gut, Sir«, sagte Cornell wie ein beschenktes Kind. »Das treibt den ganzen Mief aus den Lungen.«

Nicholson sah sich um. Das Meer war flach, kaum bewegt,

die Eisschollen trieben träge dahin. Es war ein herrlicher Tag, sonnenklar und kalt, fast windstill – eine große Seltenheit in dieser Gegend. Es tat wirklich gut, kräftig durchzuatmen und die Lungen zu reinigen.

Nicholson blickte sich zu seinen Offizieren um. »Selbst das Meer trauert!« sagte er hart. Vergeßt nicht, warum wir aufgetaucht sind, sollte das heißen. Sie verstanden ihn, und ihre in der Sonne und der schönen Luft plötzlich jungenhaft-fröhlichen Gesichter alterten wieder. »Ist alles bereit, Bernie?«

»Alles, Sir.«

»Das Kommando kann 'raufkommen!«

»Aye, aye, Sir.«

Cornell kletterte die Turmleiter hinunter. Unten, im Hauptgang von Deck eins wartete das Begräbniskommando. Zwölf Mann in Paradeuniform unter Führung von Leutnant Black. Duffs beste Freunde waren darunter: Jimmy Porter, Dustin Hollyday, Bill Slingman, Tami Tamaroo, die beiden anderen Fähnriche auf dem Boot. Zwischen ihnen lag ein länglicher Gegenstand, mehrfach in eine Leinwand eingerollt und auf eine schmale Trage geschnallt. Am unteren Ende lagen auch die Gewichte, ebenfalls umwickelt und mit Tauen festgezurrt.

Der kleine Herbert Duff, der immer Angst gehabt hatte.

Vor einer halben Stunde, als man Duff auf die Trage legte, hatte Dr. Blandy gefragt: »Soll er nicht in eine Fahne gewickelt werden?«

»Nein!« hatte Nicholson geantwortet. Er wußte, daß ihn seine Offiziere jetzt fassungslos anstarrten. Und Dr. Blandy sprach es sogar aus.

»Er ist im Dienst gestorben, Commander«, sagte er steif. »Ob im Krieg getötet oder … oder *so* gestorben. Er war an Bord. Im Einsatz …«

»Das ist es nicht!« hatte Nicholson geantwortet. »Aber Duff könnte, wenn die Gewichte nicht halten, auftauchen. Dann fischt ihn einer auf, eingewickelt in die amerikanische Flagge! Was heißt das? Hier hat die amerikanische Navy heimlich operiert! Im Sinne der völligen Geheimhaltung müssen wir Duff als einen Unbekannten begraben.«

»Kommando an Deck!« sagte Cornell heiser, als er den wartenden Trupp sah. Dann warf er sich herum und rannte zum Turm zurück. Porter, Slingman, Hollyday und Tamaroo ergriffen die Holme und hoben die Trage an. Stumm, mit dem feierlichen Schreiten einer Trauerparade trugen sie Herbert Duff den Gang entlang zum Ausstieg. Alle Maschinen schwiegen. Das Boot dümpelte kaum in der Dünung. Überall, in allen Stationen, standen jetzt die Männer der POSEIDON I in Paradeuniformen an ihren Plätzen und warteten. Auf der Turmplattform die Offiziere. Slingman und Porter, die beiden bulligen Riesen, zogen die Trage an die Sonne und blinzelten in das strahlende Licht. Auch sie atmeten tief auf. Dann erschien einer nach dem anderen, zuletzt Leutnant Black. Sie stiegen die Treppe des Turms hinunter an Deck und formierten sich dort wieder. Vier Mann vorneweg, dann die vier, die Duff trugen, am Schluß noch einmal vier. Im Trauerschritt marschierten sie über die Stahlplatten bis zur Mitte des Oberdecks.

Nicholson sah Curtis und Cornell an. Wenn es einer von euch war, dann sagt es jetzt, dachte er. Ich gebe ihm meine Pistole. Soviel Zeit habe ich noch, zwei Tote dem Meer zu übergeben. Aber Curtis und Cornell schwiegen. Es schien sogar, als seien seine Augen plötzlich naß.

Nicholson zog den Kopf tiefer in die Schultern und stieg vom Turm. Langsam, die Hände in die Taschen der Lederjacke, ging er über das Oberdeck und blieb neben dem verschnürten Duff stehen. Slingman, der schwarze Riese mit den Muskelpaketen, Boxmeister der Navy und ›Der schwarze Klotz‹ genannt, weinte. Tamaroos Lippen bewegten sich. Er betete still zu den uralten Göttern seiner Heimat. Sie alle, diese zwölf harten Männer, standen stramm und unbeweglich, und denoch war es ihnen, als blute ihr Herz.

Nicholson grüßte zum Toten hinunter. Dann sagte er: »Herbert, es hat wenig Sinn, jetzt zu sagen: Wir werden dich nie vergessen! *Ich* werde dafür sorgen, daß man dich nicht vergißt, daß dein Mörder vor seinen Richter kommt. Mehr kann ich dir nicht versprechen. Alles, was man sagen müßte von Soldatenehre, von Treue und von Kameradschaft hat hier keinen Sinn. Auf diesem Boot gibt es keine Kameradschaft mehr!«

»Mein Gott, das sitzt!« flüsterte Cornell auf dem Turm. »Der Alte zieht uns die Haut über die Ohren.«

»Du bist auf ein Boot gekommen, welches der Stolz Amerikas sein sollte!« Nicholsons Stimme schallte über das Deck, zum Turm und weit über das Meer. Die Eisschollen trieben träge an ihnen vorüber, ein paarmal bumste es, wenn sie gegen den stählernen Leib der POSEIDON I stießen, aber sie waren gefahrlos. »Geblieben ist ein Stahlzylinder mit dreihundert Verrückten! Das hast du erkannt, und darum mußtest du sterben! Gott sei bei dir, Herbert Duff...« Nicholson hob den Kopf. »Wir wollen beten!«

»Du lieber Himmel!« sagte Dr. Blandy. Er war unbemerkt von den Offizieren auf der Turmplattform erschienen, Curtis und Cornell fuhren bei diesen Worten erschrocken herum, als hätte man sie in den Nacken geschlagen. »Er betet! Und dabei glaubt er gar nicht an Gott!«

Vom Oberdeck klang Nicholsons harte Stimme: »Vater unser, der Du bist im Himmel.« Es war wie in einer riesigen Kirche, und das Firmament selbst war ihr Gewölbe.

Nach dem Amen lag tiefes Schweigen über dem Boot. Die eisige Kälte fraß sich durch die Uniformen, die Sonne glitzerte über die Eisschollen und ließ sie bläulich schimmern.

»Herbert, ich weiß, du hast das Meer gehaßt«, sagte Nicholson heiser. »Und nun wird es deine Ewigkeit. Ich kann's nicht ändern.«

Nicholson winkte. Porter, Slingman, Hollyday und Tamaroo traten an den Rand des Oberdecks und kippten die Trage ein wenig. Dann ließen sie den Toten über die glatte gewölbte Wand ins Meer rutschen. Fast senkrecht tauchte Duff weg, hinuntergezogen von den schweren Gewichten an seinen Füßen. Im gleichen Augenblick drückte Cornell mit der linken Hand – mit der rechten grüßte er – auf einen Knopf in der Turmverkleidung. Unten, bei McLaren, flammte eine rote Lampe auf. Ganz kurz nur ertönte ein helles Klingeln. Auf den Stationen standen die Männer stramm und legten die Hand an die Mützen.

Jetzt versinkt er im Meer, dachten sie. Der gute Duff. Der liebe Junge mit den traurigen Augen. Wir hatten ihn alle gern. Alle.

Und sogar der Mörder dachte so. Auch er stand da und grüßte, bis ein neues kurzes Klingeln das Begräbnis beendete.

»Boot klar zum Tauchen!« sagte Nicholson, als er unten am Turm stand. Von oben starrten ihm die Gesichter seiner Offiziere entgegen, die zwölf Mann des Begräbniskommandos kletterten an ihm vorbei ins Boot zurück.

Er sieht fürchterlich aus, dachte Dr. Blandy. Eine Schönheit war er nie, soweit man das als Mann beurteilen kann, aber jetzt ist sein Gesicht nur noch eine kantige Landschaft. Für uns werden Wochen kommen, die wir nicht vergessen werden.

»Boot klar, Sir!« rief Curtis zurück, der sofort den Befehl an Zentrale, Maschinenraum, Navigationszentrum und Wachoffizier weitergegeben hatte. Von dort kamen jetzt die Rückmeldungen.

»Bitte die Brücke räumen!« rief Nicholson hinauf. »Nur der Doktor bleibt! Die dienstfreien Offiziere versammeln sich bitte in der Messe. Der Hauptgang wird geräumt. Cornell!«

»Sir?« Bernie Cornell beugte sich über den Brückenrand.

»Auch Sie gehen in die Messe. Ich bleibe allein im Turm!«

»Aye, aye, Sir...«

Nicholson wartete eine Weile, bis er selbst auf die Plattform stieg. Dort war jetzt Dr. Blandy allein und schien zu frieren. Er schlug mit den Armen um sich.

»Einen Gefallen tust du mir nicht damit«, sagte er, als der Commander neben ihm stand. »So herrlich die frische Luft ist... sie ist verdammt kalt! Übrigens, du hast gebetet...«

»Ja.«

»Ich wußte nicht, daß du das kannst.«

»Ein Kommandant muß alles können.« Nicholson stieg nach unten, überzeugte sich, daß niemand im Turm und in der Kommandozentrale und daß der Hauptgang leer war. Als er zurückkam, traf er Dr. Blandy im Turm neben dem Sehrohrgestänge.

»Hier ist es direkt warm«, sagte Blandy und grinste.

»Hol die Mädchen, Paul.«

Blandy starrte Nicholson ungläubig an. »Was soll ich?« fragte er.

»Hol die Mädchen und führ sie an Deck. Sie sollen ein paar Züge frische Luft nehmen und sehen, daß noch die Sonne scheint.«

»Du bist wahrhaftig ein verrückter Bursche, Jack!« Dr.

Blandy lächelte breit. »Das werden dir die Weiber nie vergessen.«

»Hoffentlich!«

Blandy, der sich schon abgewandt hatte, um zu seinem Lazarett zu gehen, blieb stehen und blickte zurück. »Da ist doch ein Trick bei, Jack, nicht wahr?«

»Nein! Sie sollen einmal kräftig durchatmen, das ist alles.«

Er sah dem Arzt nach, bis er hinter einer Schottür verschwand. Dann stieg er auf die Plattform des Turmes. Die unendliche Einsamkeit aus Himmel, Meer und Eisschollen, überglänzt von einem Sonnenlicht, das wie leuchtendes Messing war, tat ihm gut. Er lehnte sich an die Brüstung, drehte das Gesicht der Sonne zu, schloß die Augen und fragte sich, was für ihn besser war: Arzneimittelvertreter von Blandys Gnaden, oder eine Kugel in den Kopf. Ich habe versagt, dachte er. Ich werde das befohlene Programm noch herunterspulen. Aber dann? Meine Heimat ist die Navy, und aus ihr wird man mich vertreiben. Wie viele Heimatlose sind an ihrem Heimweh zugrunde gegangen!

Durch den Gang hörte man das Trippeln vieler Füße. Er straffte sich, trat zurück bis zum Radarmast und wartete. Zuerst tauchte Dorette auf, das schwarzhaarige französische Teufelchen. Sie war eingewickelt in eine Decke, denn Dr. Blandy hatte vor der eisigen Luft gewarnt. Hinter Dorette kam Joan zum Vorschein, auch sie in einer Decke. Dann die langbeinige, blonde Lill, nach ihr das rothaarige Biest Evelyn, zuletzt Monika und Dr. Blandy. Sie standen auf der Plattform, zogen die Decken noch enger um ihre Körper und starrten auf das Meer und das Treibeis. Sie waren wie gebannt vom Anblick dieser stillen Größe, daß sie sich nicht umdrehten und deshalb nicht wußten, daß hinter ihrem Rücken der Commander stand.

»Wundervoll, Doc!« sagte Joan enthusiastisch. »Um so etwas zu sehen, lohnt sich ein Europatrip.«

»Der Anblick kostete bisher zwei Menschenleben!« sagte Nicholson grimmig.

Die Mädchen fuhren herum. Evelyn war die erste, die ihre Sprache wiederfand.

»Das hätten wir uns denken können«, sage sie spitz. »Daß

Sie dastehen und uns auch noch den Genuß von Luft und Sonne vermiesen.«

»Ich wollte Ihnen nur zeigen, wo wir Fähnrich Duff begraben haben.« Nicholson trat vor. Er ignorierte Blandys strafende Blicke und blieb ungerührt. Monika war die erste, die er erreichte. Vor ihr blieb er stehen.

»Es stimmt also…« sagte sie leise. »Noch ein Toter…«

»Ja.« Nicholson zeigte auf die Brüstung. »Wenn die Damen mitkommen möchten. Ein Blick nach Backbord bitte: Dort hängt jetzt der kleine Fähnrich Herbert Duff in unbestimmter Tiefe im Meer. Auf Grund kann er nicht kommen… wir haben hier über dreitausendsechshundert Meter Tiefe. So schwer kann man keine Leiche machen…«

»Warum erzählen Sie uns das, Sir?« Joans Stimme war kühl. Sie schaute bewußt nach Steuerbord. »Wir haben ihn nicht umgebracht.«

»Aber Sie wissen genau, *warum* er umgebracht wurde. Und während Sie jetzt ein paar Minuten frische Luft einatmen können, gebe ich Ihnen Gelegenheit, über Ihr weiteres Handeln an Bord meines Schiffes nachzudenken.«

»Sie haben uns eingeschlossen wie wilde Tiere. Was wollen Sie noch?« schrie Lill erregt. »Und wie ich Sie kenne, bleiben wir in diesem Mistzimmer bis zur Rückkehr! Drei Monate, sagt Monika. Sie sind verrückt!«

»Drei Monate ohne Mann, und ich werde verrückt!« sagte Evelyn und stieß den schmalen Kopf mit den feuerroten Haaren vor. »So etwas können Sie nicht befehlen!«

»Sie wissen nicht, was ich alles kann, meine Damen!« Nicholson blickte auf seine Armbanduhr. »Ich gebe Ihnen noch fünf Minuten, sich die Sonne anzusehen. Dann tauchen wir wieder. Und wir kommen erst jenseits des Nordpols wieder hoch.«

»Und wenn wir uns weigern?« fragte Joan plötzlich.

»Weigern?« Nicholson sah sie verblüfft an. »Zum Beispiel?«

»Zum Beispiel, daß wir den Turm verlassen sollen!« Joans Lächeln war herausfordernd und voller Triumph. »Was wollen Sie tun, wenn wir uns weigern, wieder in Ihr Mistboot zu steigen? Wenn wir einfach hier oben bleiben. Dann können Sie gar nicht tauchen, Sie superschlauer Commander.«

»Warum kann ich nicht?« antwortete Nicholson ruhig.

»Wollen Sie uns ersäufen?«

»Wenn Sie mich dazu zwingen.« Nicholson steckte die Hände in die Taschen seiner Lederjacke. Die Kälte drang sogar durch das Lammfellfutter. »Sie haben noch immer nicht begriffen, daß es für mich nur das Boot gibt. Sonst nichts.« Er sah dabei Monika an. Sie erwiderte seinen Blick, und er erkannte, daß sie ihn verstand. »Ich tauche! Ob zwei Tote oder sieben, das spielt jetzt keine Rolle mehr!« Sie weiß genau, daß ich es nie tun werde, aber ich muß es sagen. Die anderen glauben es vielleicht. Er sah auf die Uhr und nickte. »Die fünf Minuten sind um. Verlassen Sie bitte den Turm.«

»Ich denke nicht daran!« sagte Lill Petersen laut. Sie ging weiter, lehnte sich gegen die Brüstung und blitzte Nicholson kampfesmutig an. »Ich bleibe hier! Tauchen Sie doch! Ein Killer als U-Boot-Kommandant. Ein Hey-hey-hey auf die US-Navy!«

»Ich lasse Sie mit Gewalt entfernen!«

»Oh, das wäre schön!« Dorette lächelte. »Ich möchte den Mann sehen, der mich mit Gewalt wieder einsperrt, wenn ich ihm richtig wohin packe...«

»Na los! Los! Schicken Sie ein paar von ihren kräftigen Jungs, Commander! Darauf warten wir ja!« Evelyn lachte laut. Ihr rotes Haar flatterte im Wind. Es war ein schneidender Wind, der vom Ewigen Eis her kam. Auch die anderen Mädchen lachten laut, bis auf Monika, die Nicholson mit einem stummen Achselzucken ansah. »Wo sind sie denn, die harten Burschen? Wir werden ihnen zeigen, wo sie hingreifen müssen.«

»Wie Sie wollen!« Nicholson ging. »Das Boot ist tauchklar. Kommen Sie, Doc.«

Dr. Blandy zögerte. Er stand jetzt zwischen dem Commander und den Mädchen, die, eng zusammengedrängt, ein unförmiges Etwas bildeten, aus dem fünf schöne, verführerische Köpfe wuchsen. Mit einem Fluch wandte er sich ab und stieg Nicholson nach in den Turm. Vor dem Kommandoraum hielt er ihn an der Lederjacke fest.

»Jack!« Sein schwerer Atem pfiff und keuchte. Der große, bullige, immer souveräne Mann, für den es nichts gab, was ihn erschüttern konnte, es sei denn eine sarkastische Bemerkung, war wie umgewandelt. Er krallte seine Finger in das Leder der Jacke und riß den Commander von der Tür zurück.

»Du willst wirklich tauchen?« keuchte er.

»Natürlich. Ich habe es deutlich genug gesagt.«

»Das bringst du nicht fertig, Jack!«

»In drei Minuten wirst du's wissen. Ich mache sogar ein Alarmtauchen! Hast du das Luk zu?«

»Nein! Ich...«

»Paul, laß mich los!« Nicholson zerrte an Dr. Blandys Griff. »Ich mache jetzt das Luk zu und gebe Alarm.«

Blandy verstärkte seinen harten Griff und drückte Nicholson gegen die Tür des Kommandoraums. »Du willst sie ersaufen lassen?« sagte er entsetzt. »Du willst sie wirklich ersaufen lassen? Und Monika!«

»Was ist mit Monika?«

»Deine Monika... Von der du träumst, aber die du dir nicht gönnst, weil du ein Musterknabe von Kommandant bist!«

»Ich habe keine Monika!« Nicholson riß sich los. »Paul, laß mich... oder ich schlag zu!«

»Du bist ein Wahnsinniger, das sehe ich jetzt erst! Der Commander der CAINE war ein Engel gegen dich! Und Blint von der BOUNTY war ein Heiliger! Jack!« Er schüttelte Nicholson wie einen Mixbecher. »Du tust es nicht!«

Kalt, wortlos, mit halbgeschlossenen Augen schlug Nicholson zu. Es war ein einziger trockener Schlag. Er traf Dr. Blandy in die Magengrube, die krallenden Finger lockerten sich etwas, dann kam der zweite Schlag, genau auf den entscheidenden Punkt am Kinn, und Blandy verdrehte die Augen. Er ging nicht k.o., dazu gehörten andere Schläge, vielleicht solche, wie sie Slingman austeilen konnte, aber es reichte, um sich losreißen zu können.

Nicholson stieß Blandy weg, kletterte den Turm hinauf und warf das Luk zu. Auf der Plattform sahen die Mädchen genau, wie sich der Verschluß drehte. Erst da begriffen sie wirklich, was mit ihnen geschehen sollte. Joan schrie auf und klammerte sich an Monika fest.

»Er läßt tatsächlich tauchen!« schrie sie. »Er taucht! Er läßt uns ersaufen! Hilfe! Hilfe!«

»Er wird es nie tun«, sagte Lill merkwürdig ruhig. »Er blufft nur. Verdammt, reißt euch zusammen! Denkt doch mal nach! So etwas kriegt keiner fertig! Das fällt sogar Hollywood nicht ein, bei allen Frankensteins!«

»Und wenn sich das Boot gleich bewegt und untergeht?« schrie Joan. »Dann ist es zu spät.«

»Aber dann geht es schnell«, sagte Monika fest. »Das Eiswasser, der Strudel, der beim Untertauchen entsteht... es wird viel schneller gehen, als ihr denkt.«

»Ich will aber nicht sterben!« schrie jetzt Evelyn. Sie stürzte zum Luk, kniete nieder und trommelte mit beiden Fäusten auf die Stahlplatte. »Aufmachen! Aufmachen! Ich tu alles, was ihr wollt. Alles! Aufmachen!«

Erstarrt, unfähig, etwas zu sagen oder zu tun, lehnte Dorette an der Brüstung und weinte lautlos. Joan stürzte neben Evelyn auf das Luk und half ihr, mit beiden Fäusten zu trommeln. Ihre schrillen Stimmen vermischten sich zu einem einzigen verzweifelten Aufschrei. Es ist furchtbar, wenn man begreift, was Todesangst ist.

»Aufmachen! Aufmachen! Aufmachen!«

»Er wird es nie tun!« sagte Lill immer wieder. »Nie! Schon deinetwegen nicht, Monika.«

»Was soll das heißen, Lill?« Sie sah die Freundin groß an. Der Wind brachte Eiseskälte, und sie klammerten sich aneinander – fester und fester, denn dieser Wind brachte ihren Tod.

»Ich habe gesehen, wie er dich aus dem Zimmer geholt hat. Ihr habt gedacht, daß wir alle schlafen. Aber ich war gerade wach. Du warst lange bei ihm... lange genug jedenfalls.«

»Wir waren im Vorraum und haben miteinander gesprochen. Er hat mir seine Lage erklärt. Seitdem weiß ich, daß er jetzt tauchen wird. Tut mir leid, Lill. Aber diese Hoffnung war falsch.«

Sie sahen sich wieder an, jede forschte in den Augen der anderen, und dann begann auch Lill zu zittern. »Das bringt kein Mensch fertig, Monika«, stammelte sie. »Und auch Nicholson ist doch ein Mensch, nicht wahr?«

»Aufmachen!« schrien Evelyn und Joan und hämmerten noch immer mit den Fäusten auf das geschlossene Luk. »Aufmachen!«

Durch das Boot fuhr ein Zittern. Wie abgeschnitten hörte

das Schreien der Mädchen auf... in der plötzlichen Stille war es ihnen, als hörten sie aus dem Innern des Schiffes ein Klingeln. Das Wasser um sie herum begann zu rauschen, am Heck bildeten sich breite, schaumgekrönte Wellen. Die Atommaschinen begannen zu arbeiten.

»Jetzt tauchen wir!« sagte Lill mit starren Augen. »Jetzt tauchen wir.«

Neben ihr rutschte die kleine Dorette an der Brückenwand herunter auf die Knie und begann zu beten. Das Schreien von Evelyn und Joan, das wieder einsetzte, war unerträglich. Monika drückte die Hände gegen die Ohren.

Er taucht wirklich, dachte sie völlig ruhig. Jack, soviel Härte hätte ich dir nicht zugetraut. Ich liebe dich. Aber ich begreife. Das Boot ist wichtiger. Mach schnell, Jack.

Sie drehte sich um und blickte über das Meer, über die treibenden Eisschollen, die Eisberge in der Ferne und zum Horizont, wo Wasser und Himmel nahtlos miteinander verschmolzen. Der Glanz der Sonne lag herrlich über dieser stillen Welt.

Ich werde nicht warten, bis das Meer über mir zusammenschlägt, dachte sie. Ich werde mich vom Turm auf das stählerne Oberdeck stürzen.

Ich will nicht sehen, wie der Tod langsam zu mir emporsteigt. Ich komme ihm entgegen.

Sie drehte das Gesicht zur Sonne und schloß die Augen. Die letzten Sekunden. Wie herrlich ist das Licht der Erde!

Hinter ihr schrien die Mädchen, und unter sich spürte sie das Zittern, das die Maschinen durch den stählernen Körper des Bootes trieben.

7

Im Kommandoraum hockte Dr. Blandy angeschlagen auf einem Hocker und stierte vor sich hin. Aus seiner Nase tropfte Blut, im Magen hatte er das Gefühl, als wären alle Innereien zerrissen. Nicholson hatte einen guten Schlag, er hatte ihm das gar nicht zugetraut. Was drahtig, ja fast dürr an ihm wirkte, waren nichts als Muskeln, ohne ein Gramm Fett, und wenn Nicholson diese Muskeln spannte, hatte er Dampf drin.

Durch das Boot lief noch immer das leise Zittern der Atommotoren. Die Entlüftungen summten einschläfernd. Das rote Signallämpchen über der Bordsprechanlage flackerte unruhig. Irgendeiner wollte den Commander sprechen, aber Nicholson ignorierte den Ruf. Er lehnte an der Wand und blickte auf die elektronische Uhr. Zehn Minuten kann man sie draußen lassen, dachte er. Dabei erfrieren sie nicht. Und auch die Unterkühlung ist nicht so stark, daß Blandy sie nicht wieder in den Griff bekommen könnte. Aber nur so kann ich die verdammten Weiber überzeugen, daß alles was ich sage, bitterernst ist.

Blandy atmete ein paarmal tief durch. »Das vergesse ich dir nie!« sagte er dunkel. »Nie! Das war die größte Schurkerei, die ich jemals erlebt habe. Noch nicht einmal gelesen habe ich so was! Du bist eine Maschine wie der Atomreaktor unter unserm Arsch.«

Das rote Lämpchen flackerte wie verrückt. Nicholson drückte die Empfangstaste. Die Stimme McLarens knallte aus dem Lautsprecher.

»Was ist los, Sir? Warum tauchen wir nicht? Alles ist bereit! Wir können wegsacken wie ein Stein. Im Alarmtauchen ist das Boot unschlagbar!«

»Ich weiß, Victor. Die Übung läuft. Ich gebe gleich weiteres durch. Ende.«

»Ende, Sir.«

Nicholson schaltete die Sprechanlage aus und wandte sich wieder Doc Blandy zu. Der Arzt hatte noch mit seinen Magenschlägen zu tun und saß ziemlich verkrümmt da, die Hände gegen den Leib gepreßt.

»Du kannst 'rausgehen und die Mädchen holen!« sagte Nicholson und zog seine gefütterte Jacke aus. »Zehn Minuten sind vorbei... diese Minuten werden sie nie im Leben vergessen!«

Dr. Blandy starrte den Commander aus weiten Augen an. Seine Lippen zitterten, als friere er, ja als läge er nackt auf einer Eisscholle. »Du bist ein Sadist!« sagte er leise. »Du bist ein ausgemachter Satan! Du wolltest gar nicht tauchen.«

»Ich habe nie daran gedacht! Bin ich ein Mörder? Es sollte eine Lektion sein, und ich nehme an, sie sitzt.«

Dr. Blandy erhob sich im Zeitlupentempo. Er war einen Kopf größer als Nicholson und mindestens doppelt so schwer. Das war eine Überlegenheit, aber er verzichtete darauf, sie jetzt auszuspielen. Er bemerkte, daß Nicholson wieder die Fäuste geballt hatte, bereit, sich nicht überraschen zu lassen.

»So ein Schock kann einen Menschen wahnsinnig machen«, sagte er und tappte zur Tür. »Bete, mein Junge, daß die Mädchen nicht verrückt geworden sind. Wenn ich gleich fünf Irre vom Turm hole, rettet dich nichts mehr. Das schwöre ich dir.«

Er verließ den Kommandoraum, warf die Tür hinter sich zu und kletterte die Treppe zum Turmluk hinauf. Das Trommeln und Schreien der Mädchen hatte aufgehört. Erschöpft lagen sie auf der Plattform, und der Frost fraß sich durch ihre Körper. Eine eisige Kälte, die merkwürdigerweise auch eine große Gleichgültigkeit gegenüber allen Dingen mit sich brachte. Als sich der Verschluß drehte und die Einstiegluke hochklappte, reagierten sie nicht... mit Eis überkrustet von dem gefrorenen Sprühwasser hockten oder lagen sie herum und starrten Dr. Blandy mit absoluter Ausdruckslosigkeit an.

Blandy fragte nicht lange. Er trug zuerst die rothaarige Evelyn ins Boot und trat, als er an der Tür des Kommandoraums vorbeiging, gegen die Holzfüllung.

»Hilf mit, du Teufel!« brüllte er. »Sie sind wie Eiszapfen! Oder soll ich ihnen die Ohren und Nasen amputieren, weil sie abgefroren sind? Komm raus, du Sadist!«

Nicholson wartete, bis Dr. Blandy mit Evelyn über der Schulter im Lazarettgang verschwunden war, dann lief er die Turmtreppe hinauf und kletterte auf die Plattform. Monika kauerte an der Brüstung, auch sie mit Eis überzogen. Aber ihre Augen lebten und sahen ihn ungläubig an.

»Komm«, sagte er, packte sie um den Leib und schob sie über seine Schulter. Als er gehen wollte, krallte sich Joans Hand um sein Fußgelenk und hielt ihn fest. Sie konnte nicht mehr sprechen, aber ihr Griff war in der stummen Verzeiflung wie eine Eisenklammer. »Ich hole auch Sie!« sagte Nicholson und befreite sich mit einem Ruck von ihrer Hand. »Gleich werden Sie wieder aufgetaut, meine Damen!« Er schob Monika die Treppe hinunter, sie konnte aus eigener Kraft gehen und wankte den Gang entlang. Dr. Blandy kam ihr entgegengerannt und hetzte die Treppe hinauf zum Turm.

»Stellen Sie sich nicht an die Heizung!« schrie er Monika zu.

»Ich weiß.« Sie nickte und die Eisschicht von ihr bröckelte ab. »Ich werde mich in eine Decke wickeln.«

Es dauerte keine sechs Minuten, bis alle Mädchen wieder an Bord waren und in ihrem Krankenzimmer auf den Betten hockten, stumm und starr und am ganzen Leibe zitternd unter ihren Decken. Nebenan kochte der Sanitätsmaat Blides auf einem Elektroherd, der zur Küche des Lazaretts gehörte, einen großen Topf Tee. Er wagte nicht mehr zu fragen, nachdem Blandy ihn angebrüllt hatte: »Halten Sie's Maul, Blides! Was Sie hier sehen, ist nicht passiert, verstanden! Wenn ein Ton nach draußen dringt von dem, was Sie hier sehen, kastriere ich Sie.«

Blides hatte davor keine Angst. Es war die Art, wie Doc Blandy sprach. Man gewöhnte sich daran, aber es zeigte immerhin, daß hier etwas geschehen war, was es nicht geben durfte. Also kochte er auf Kommando einen großen Pott Tee und wickelte die Mädchen in die Decken. Eine Sauerei ist es auf jeden Fall, dachte er. Auch wenn es verrückte geile Weiber sind. Das hier ist eine Viehtherapie!

»Das war am Rande des Todes!« sagte Blandy schwitzend, als alle Mädchen im Lazarett waren. Sie schlürften den dampfenden Tee und hielten die Porzellanbecher mit zitternden Händen fest. Jetzt, beim Auftauen, lösten sich auch die Nerven und hatten Platz für den Schock.

»Ich weiß.« Nicholson ging zurück zum Kommandoraum. Blandy folgte ihm ... die Abrechnung war noch nicht gemacht. »Und jetzt tauche ich!«

»Wenn vor uns nicht der Nordpol läge und die Unterquerung des Eises, würde ich das Offizierskorps aufrufen, dich abzusetzen, und Bernie Cornell das Kommando übertragen! Du bist der rüdeste Hund, den es je in der Navy gab.«

»Vielleicht!« Nicholson setzte sich auf seinen Kommandostuhl. Griffbereit vor ihm lagen alle elektronischen Befehlskontakte. Auf einem kleinen Radarschirm kreiste ununterbrochen der Radarstrahl und markierte als kleine flimmernde Punkte die schwimmenden Eisberge. »Aber jetzt haben wir Ruhe, Paul! Wenn ihr meutern wollt – bitte! Ich werde dem Admiral melden, daß Cornell das Kommando übernommen hat, ich werde mich in meine Koje rollen und abwarten. Das große Fressen kommt bei der Rückkehr in Norfolk! Ich habe nur meine Pflicht getan.«

»Mit Pflicht kann man alles entschuldigen!« sagte Blandy dumpf. »Von Pflicht haben auch die deutschen KZ-Kommandanten gesprochen! Wenn wir in Norfolk sind, werde ich gegen dich Anklage erheben wegen Verbrechen gegen die Menschlichkeit!«

»Das steht dir frei. Ich tue meinen Auftrag im Namen des Weltfriedens. Mein Boot ist kein Puff. Ist dir klar, daß wir zwei *Cruise*-Raketen an Bord haben?«

Dr. Blandy sah Nicholson verständnislos an. »Was haben wir hier?«

»Zwei elektronisch gesteuerte und nach dem Abschuß durch Satelliten gelenkte Atomraketen, die kreuz und quer über das Land fliegen können, nur zweihundert Meter tief und damit unterhalb aller gegnerischen Radarketten. Ihre Reichweite ist beliebig einstellbar, und man kann mit ihnen jedes Ziel, zum Beispiel irgendwo in der Sowjetunion, treffen! Sie ist sechs Meter lang und nur fünfzig Zentimeter dick. Man kann sie um Berge lenken, man kann sie während des Fluges umdirigieren, und sie trifft das Ziel mit genauer Treffsicherheit von wenigen Metern Abweichung. Und das bei einem Flug von dreitausend Kilometern, wenn du willst! Es gibt auf der Welt nichts mehr, was den *Cruise Missiles* entgegenzusetzen ist, und es gibt kein Mittel der Abwehr dagegen!«

»Und das haben wir an Bord?« sagte Blandy heiser.

»Ja. Deshalb die neuen, herausklappbaren Abschußrampen. Wir können sie unter Wasser abfeuern, und sie steigen aus dem Meer und rauschen ohne gegnerische Radarentdeckung ihrem Ziel zu. Wenn man sie sieht, ist es schon zu spät. Der Atomschlag ist perfekt.«

»Entsetzlich!«

»Und dafür, ihr Idioten, habe ich die Verantwortung!« Nicholson legte die Finger auf die Alarmtaste für das Blitztauchen. »So, und nun geh hin, du Pillendreher, und mach den

Offizieren den Vorschlag, zu meutern und mich in die Koje zu schicken!«

Er drückte auf den Knopf. Vom Maschinenraum und aus der Navigationsleitung kamen die Rückmeldungen sofort. Alarmtauchen! Die Kammern wurden geflutet, die POSEIDON I tauchte weg wie ein Stein. Dr. Blandy schüttelte sich wie ein nasser Hund, der sein Fell vom Wasser befreit.

»Hätte ich das alles vorher gewußt, wäre ich nie an Bord dieses Saukastens gekommen!« sagte er. »Wer weiß was von diesen Teufelsraketen?«

»Nur diejenigen, die unmittelbar damit zu tun haben. Es sind zehn Mann! Und die lassen sich lieber zerhacken, als daß sie auch nur einen Piep von sich geben.« Nicholson drückte auf die Rundsprechanlage und winkte Blandy zu, den Mund zu halten. »Alle Offiziere wieder auf ihre Wachen!« befahl er. »Wer hat Dienst in der Zentrale und im Kommando?«

»Ich, Sir!« meldete Bernie Cornell. »Laut Plan haben Sie jetzt Ruhe, Sir.«

»In der Zentrale Leutnant Curtis«, sagte die Stimme im Lautsprecher. Und Chief Navigator Collins fragte: »Bleibt es beim Vorkurs, Sir? Backbord von uns liegt Grönland, Sir.«

»Es bleibt dabei, Collins. Wir fahren in die Sedowtiefe hinein!« Nicholson schaltete die Rundsprechanlage aus. »Wenn man bedenkt«, sagte er ruhig, »daß unter dem Packeis eine Tiefe von fünftausendzweihundert Metern ist... das ist ein Stück der Welt, das nichts mehr hergibt, was einmal dort geblieben ist!«

Blandy verstand die Warnung. Er grunzte und ging zurück zum Lazarett.

Eine Stunde später besichtigte Nicholson die Mädchen. Vor der Tür stand wieder ein Posten mit einer Maschinenpistole. Es war Obermaat Flaggy, Vater von vier Kindern und einer der wenigen Vernünftigen an Bord, wenn es um Weiber ging. Mit Jimmy Porter hatte er deswegen schon Krach gehabt. »Als ob der ganze Inhalt des Lebens zwischen den Beinen läge!« hatte er gesagt, als Porter vorschlug, das Lazarett einfach zu stürmen und die Mädchen herauszuholen. Und Porter, der Bulle, hatte zurückgebrüllt: »Halt's Maul, Flaggy. Du hast dich zu Hause bei deiner Alten ausgeschossen. Jetzt biste leer! Ein Torpedorohr voll Luft! Aber bei uns sitzen die Rohre noch voll!«

»Etwas Neues, Obermaat?« fragte Nicholson, ehe er das Lazarett betrat.

»Nichts, Sir.« Flaggy grinste breit. »Nur der Doc hat alle Hände voll zu tun. Zwei Weiber haben einen Weinkrampf und heulen wie junge Hunde.«

»Sie werden's überleben, Flaggy!« Nicholson trat ein und hörte im Vorraum tatsächlich ein doppelstimmiges, fast hysterisches Weinen. Blides kochte den zweiten Topf Tee und hatte eine Rumflasche vor sich stehen.

»Befehl vom Doc, Sir«, sagte er sofort, als Nicholson die Flasche kritisch betrachtete. »Wir wollen die Mädchen heute einmal unter Alkohol setzen, damit sie alles vergessen. Die haben vielleicht einen Schock! Der Doktor hat schon Beruhigungsmittel gespritzt, aber sie helfen, als wär's Wasser! Dann her mit dem Rum, hat der Doc gesagt. Jawohl, hat er gesagt.«

Nicholson nickte und ging weiter. Und im Raum zwei lagen die Mädchen in ihren Betten, mit Decken umhüllt. Joan und Evelyn schluchzten und heulten und zitterten, daß ihre Betten vibrierten. Dabei waren ihre Augen starr und besaßen den unnatürlichen Glanz von Puppenaugen. Dr. Blandy saß auf Evelyns Bett, hielt ihre rechte Hand fest und sprach wie ein Psychiater mit beschwörender, eintöniger Stimme auf sie ein. Er fuhr herum, als er die Tür hinter sich zuklappen hörte.

»Da siehst du, was passiert ist«, sagte er laut. »Die können einen Knacks fürs Leben haben! Jack, du fängst an, mir fürchterlich zu werden. Du hast die Mädchen auf dem Gewissen.«

»Nach der Alkoholkur, die du angeordnet hast, werden sie wieder in Ordnung sein. Von Alkohol, nehme ich an, verstehen sie auch was!« Er ging hinüber zu Monika und setzte sich auf ihre Bettkante. Sie begrüßte ihn nicht, sie sagte kein Wort. Sie sah ihn nur mit großen Augen an.

»Muß ich wieder eine Erklärung abgeben?« sagte er zögernd.

Sie schwieg. Endlich brachte sie mit erstickter Stimme heraus: »Ich verstehe nicht, warum Sie nicht getaucht sind.«

»Das haben Sie mir zugetraut?«

»Ja.«

»Monika...«

»Ich hatte versucht, Sie zu verstehen, und es gelang mir sogar. Jetzt verstehe ich Sie nicht mehr.«

»Monika, ich liebe Sie«, sagte er so leise, daß es Dr. Blandy unmöglich hören konnte. Außerdem übertönte das Weinen der anderen Mädchen alle übrigen Worte. Lill und Dorette schliefen fest. Bei ihnen hatte sich der Schock in bleierne Erschöpfung verwandelt.

»Das ist nicht wichtig«, sagte sie und kreuzte die Hände in ihrem Nacken. »Dies wird für mich die größte Erfahrung meines Lebens sein!«

»Ich habe deinetwegen gelogen. Falschmeldungen durchgegeben, den Kurs geändert. Nach dem Kriegsrecht bin ich ein Verbrecher. Ist das kein Beweis, Monika?«

»Und wie soll es weitergehen? Jack, es kommt der Augenblick, wo du die Mannschaft nicht mehr halten kannst. Es ist nicht deine Schuld, nicht die Schuld der Jungs. Es sind prächtige Kerle, die mit dir durch die Hölle fahren, ohne mit der Wimper zu zucken. Aber ich kenne auch Evelyn, Joan, Lill und Dorette! Für sie ist es ein Sport, die Männer mit allen Mitteln verrückt zu machen. Sie würden nackt durchs Boot rennen, nur um zu sehen, daß sie wie ein Erdbeben wirken! Für sie ist Liebe ein grandioses Spiel, bei dem sie nie verlieren können. Daran ändert auch deine verdammte Idee nichts, uns in Todesangst zu versetzen, daß wir ersaufen! In ein paar Tagen haben sie das überwunden. Sie lachen dich aus mit deiner Moral. Sie fangen von neuem an, deine Männer verrückt zu machen. Jack, ich kenne sie doch... Joan hat es in Thailand fertiggebracht, daß drei Mönche ihretwegen aus dem Kloster geflüchtet sind! Und was sagt sie dazu? Es war ein ganz neues, ein irres Gefühl, sich an einer Glatze festzuhalten. So etwas sagt Joan. So sind sie, Jack! Ich habe es dir schon einmal gesagt. Sie haben kein Hirn. Sie denken nur mit dem Unterleib!«

»Das habe ich schließlich mitgekriegt.« Nicholson streichelte über Monikas blonde Haare, und dann über Augen, Gesicht und Nacken. Plötzlich lag seine Hand auf ihrer Brust. Monika wies diese Hand von sich.

»Nicht«, sagte sie. »Daß nicht auch du noch verrückt wirst.«

»Wenn wir uns trennen«, sagte er mit rauher Stimme. »Ich

möchte wenigstens einmal spüren, daß du mich liebst. Heute nacht…«

»Das ist doch unmöglich, Jack.« Sie hielt noch immer seine Hand umklammert, weil sie wußte, daß sie sich weitertasten würde. »Ich will es auch nicht! Es wird alles nur noch komplizierter dadurch.«

Plötzlich wurde an die Tür geklopft. Nicholson zog seine Hand zurück. Blides kam herein mit einem dampfenden Topf. Sofort duftete der ganze Raum nach Rum, und Nicholson spürte in sich eine wilde Lust, sich sinnlos zu betrinken. Dr. Blandy drehte sich herum.

»Das ist gut, Blides!« sagte er mit seiner tiefen, dröhnenden Stimme. »Das wird die gerupften Vögelchen wieder die Federn wachsen lassen. Und auch ich hab's nötig. Du auch, Jack?«

»Ja!« antwortete Nicholson kurz.

Blandy stand auf, nahm Blides den Topf aus der Hand und nickte. Blides zögerte. In seinem Blick stand der Vorwurf, daß man ihm auch gar nichts gönne, wo doch ein Sanitäter im Dienst gewissermaßen geschlechtslos sei. Er machte schließlich kehrt und verließ das Zimmer. Draußen tröstete er sich, indem er die Rumflasche seufzend an den Mund setzte, während Dr. Blandy Tee mit Rum auszuschenken begann.

»Ich habe eine Stunde hinter mir!« sagte er dabei. »Ich habe die fünf Mädchen erst unter die Dusche gestellt und jede einzeln aufgetaut. Und als sie dann wieder den Mund bewegen konnten… o je! Übrigens…« Er trug zwei Becher zu Monika und Nicholson und sprach ungeniert weiter. »Das sind fünf Körper, Jack, die du in keinem Magazin findest! Und die mußt du abrubbeln, von oben bis unten und an jeder Stelle, und das allein. Da hat man einen Rum nötig. Prost, du Folterknecht!«

Er stellte die Becher auf einem Nachttisch ab und ging zu Evelyn. Sie hatte mit dem Weinen aufgehört und lag halb entblößt auf dem Bett. Die Spitzen ihrer Brüste leuchteten im kalten Neonlicht. Blandy deckte sie nicht zu, als er sich wieder auf der Bettkante niederließ, sondern faßte unter ihren Nacken, hob ihren Kopf hoch und setzte den Becher an ihre Lippen. Sie trank gehorsam in kleinen schmatzenden Schlukken. Wie ein Kind! Nicholson sah zwar nur Blandys breiten Rücken, aber er hatte den Eindruck, als genieße der Arzt diese Minute in vollen Zügen.

Er auch, dachte er erschrocken. Mein Gott, er auch! Wo soll das hinführen, wenn auch noch Blandy in den Armen eines Mädchens verschwindet! Ist ja vollendeter Wahnsinn! Kann ein Mädchenkörper ein ganzes bisheriges Leben ändern?

Er sah Monika an, die vorsichtig das heiße Gebräu zu sich nahm. Er sagte sich, ja, es ist wider aller Vernunft. Ja, eine Frau kann für einen Mann neue Welten und neue Himmel öffnen und Jahre oder Jahrzehnte aus seinem Leben wegzaubern. Man kann sich nicht dagegen wehren. Und wer wollte dies schon?

Nicholson sprang von Monikas Bett auf und ging zur Sprechanlage im Vorzimmer. Dabei überraschte er Blides beim Trinken. Er hatte nicht erwartet, daß der Commander so schnell aus dem Zimmer kommen würde. Aber Nicholson übersah es, drückte auf alle Knöpfe und wartete, bis er wußte, daß auf allen Stationen die Männer auf ihren Lautsprecher achteten.

»In einer halben Stunde alle Offiziere in die Messe!« sagte er in seiner barschen Art. »Collins!«

»Hier, Commander!« antwortete Collins aus der Navigationszentrale.

»Ändern Sie den Kurs. Halten Sie auf die grönländische Küste zu. Wir fahren so weit zurück, bis wir im offenen Gewässer an die Küste rankönnen.«

»Sir.« Collins Stimme enthielt das Erstaunen der ganzen Welt. »Das bedeutet, daß wir ...«

»Ich weiß, was es bedeutet, Chief!« Nicholsons Stimme klang hart und ließ keinen Zweifel mehr aufkommen, daß Diskussionen überflüssig waren. »Ändern Sie den Kurs.«

»Aye, aye, Sir.«

Nicholson stellte die Sprechanlage aus und drehte sich um. Hinter ihm stand Blandy und keuchte. Sein Gesicht war vom Rum gerötet. Es war anscheinend mehr Alkohol als Tee im Topf gewesen.

»Was soll das, Jack?« fragte er.

»Das wirst du in einer halben Stunde hören!« Nicholsons Stimme war fast beleidigend scharf. »Ich habe keine Lust, das alles zweimal zu erzählen!«

In der Messe standen die Offiziere stramm hinter dem Eßtisch, als Nicholson eine halbe Stunde später hereinkam. Er warf eine zusammengerollte Seekarte auf die Tischplatte und begrüßte seine Offiziere mit einem kühlen Kopfnicken. Dicke Luft. Man sah's ihm an. Der Alte ist wieder so, daß man ihn mit Eisen füttern kann. Er frißt es ohne Knirschen. Warten wir ab, was er uns ans Kinn schlägt.

»Der Kurs ist geändert, Sir!« sagte Collins. Er war auch der einzige, der einen Grund hatte, den Commander anzusprechen.

»Danke, Chief.« Nicholson rollte die Seekarte auf und beschwerte die Enden mit Aschenbechern. Ein Küstengebiet von Grönland, das sahen alle sofort. Aber Grönland hat eine lange Küste, fast doppelt so lang wie Norwegen.

»Meine Herren!« Nicholson setzte sich, die Offiziere blieben steif stehen. Es fehlte der auffordernde Wink des Commanders, sich auch zu setzen. »Ich bin nach reiflicher Überlegung zu der Überzeugung gekommen, daß es für die Damen an Bord und auch für uns eine einzige Chance gibt, zu überleben. Wir alle sind uns darüber einig, daß eine monatelange Tauchfahrt *mit* Damen an Bord für alle tödlich sein wird, weil die Ordnung zerbricht und Amerikas wertvollste Waffe von dreihundert Verrückten geleitet wird. Zwei Morde genügen mir für den Beweis, daß man selbst die dreihundert besten Burschen der Navy paralysieren kann. Das ist erschreckend, aber andererseits menschlich. Cornell ...«

»Sir?« Bernie Cornell straffte sich. Seine Backenknochen stachen zitternd durch die Haut.

»Ich weiß, daß Sie sich mit dem Gedanken tragen, das Kommando zu übernehmen. Sie sind ein guter Soldat, aber hier würden Sie nur ein Chaos aufreißen, dessen Auswirkungen Sie nicht übersehen können! Eigentlich bin ich hier an Bord der einzige, der wirklich weiß, welches Geheimnis wir mit uns herumtragen.« Nicholson hob die Stimme und sah seine Offiziere an. »Und ich bin nicht bereit, wegen fünf behaarter Dreiecke die Weltsicherheit zu gefährden! Verstehen wir uns?«

»Aye, aye, Sir«, antwortete Bernie Cornell im Namen der Offiziere. Er hatte einen roten Kopf bekommen.

»Es gibt hier an der grönländischen Küste eine Radarstation

der NATO«, fuhr Nicholson fort. »Eine Station im Frühwarnsystem. Ich habe mich entschlossen, die Damen dort zu übergeben. Das bedeutet für sie Sicherheit, und für uns im nächsten Jahr in Norfolk ein Gerichtsverfahren. Das ist unausweichlich! Ich nehme an, Sie stimmen alle dieser Lösung zu.«

»Und unsere absolute Geheimhaltungsstufe, auch gegenüber der NATO?« fragte McLauren. »Wenn wir auftauchen, sieht man uns.«

»Und wenn wir unten bleiben, sieht uns niemand mehr! Was ist Ihnen lieber, Victor?«

»Sie müssen es verantworten, nicht ich, Sir.«

»Genau das stimmt!« Nicholson beugte sich über die Seekarte. »Chief, das geht jetzt Sie an.« Collins beugte sich nun auch vor. »Hier ist die Station VENUS XI. Ein dämlicher Name für einen Erdpunkt, auf dem die einsamsten Männer der Welt leben.«

»Werden die sich freuen, wenn die Weiber aufkreuzen!« sagte Leutnant Curtis aus tiefster Brust. »Ich glaube, VENUS XI wird für einige Zeit für die NATO ausfallen.«

Chief Collins hatte die Karte genau betrachtet. Er schüttelte den Kopf und wischte mit der Hand über die Zeichnung. »Das geht nicht, Sir«, sagte er fest. »Die Station liegt im Packeisgürtel. Da haben wir keine freie See. VENUS XI wird aus der Luft versorgt, selbt im sogenannten grönländischen Sommer. Da ist ewig Eis, Sir!«

»Dann suchen wir einen Platz südlicher, Chief!«

»Und dann?«

»Wir werden die Möglichkeit schaffen, daß die Damen VENUS XI erreichen.« Nicholson rollte die Karte wieder zusammen. »Collins, Sie bringen mir schnellstens Ihre Computerberechnung. Bei der ersten Lücke im Eis tauchen wir auf.«

»Es wird schwer sein, eine solche Lücke zu finden, Sir.«

»Aber es ist möglich!« Nicholson erhob sich geräuschvoll. Seine Stimme klang drohend. »Ich habe ja gesehen, was hier an Bord möglich ist!«

Die Nachtwachen hatte Nicholson so eingeteilt, daß er von zwei Uhr bis sieben Uhr morgens im Dienst war, ganz gegen den vorliegenden Plan, der für diese Zeit Leutnant Curtis vorsah. Außerdem hatte er bis auf weiteres Schleichfahrt befohlen, was völlige Stille im Boot bedeutete. Collins hatte dazu geraten. »Wir kommen in ein Gebiet hinein, Sir«, hatte er zwei Stunden nach der Besprechung in der Offiziersmesse gesagt, »in welchem – gerade wegen der NATO-Stationen – auch die Sowjets operieren. Es kann sein, daß ihre Sonars uns orten, dann heißt es aber, mit Volldampf heraus aus der Zone! Ihre Atom-U-Boote sind verdammt schnell.«

»Wir sind unschlagbar, Chief!« hatte Nicholson geantwortet. »Aber Sie haben recht. Schleichen wir uns an die Küste heran.«

Nicholson wartete bis halb drei, dann ging er hinüber zum Lazarett.

Blides schnarchte fürchterlich. Ihn hatte der Rum umgeworfen. Auch Dr. Blandy lag in seinem Zimmer auf dem Rücken und röchelte im Schlaf. Ein Obergefreiter, der die Tür zu Raum zwei bewachen sollte, saß auf einem Stuhl, die MPi auf den Knien und schlief im Sitzen. Er rührte sich auch nicht, als Nicholson die Tür geräuschvoll aufschloß.

Nicholson schlüpfte in die Dunkelheit und tappte auf Zehenspitzen zu Monikas Bett. Er konnte die Richtung nicht verfehlen, irrte sich aber in der Entfernung. Ziemlich laut stieß er gegen das Fußende des Bettes. Monika war plötzlich wach geworden.

»Ich bin es, Jack«, flüsterte er. Er setzte sich auf die Bettkante und rutschte nach vorn, bis er gegen Monika stieß. Als er die Hände ausstreckte, spürte er ihre nackten Schultern unter seinen Fingern. Er hielt sich daran fest und zog sie näher zu sich. Sie sträubte sich lautlos und stemmte die Fäuste gegen seine Brust.

»Du bist verrückt!« flüsterte sie zurück, als er sie gegen ihren Widerstand doch an sich zog und sie küßte. Ihr Körper war herrlich warm, und er legte seine Hände flach auf ihren glatten Rücken. »Ich denke, ein Kommandant ist immer Vorbild!«

»Ab und zu ist auch er ein kleiner gemeiner Mensch. Laß mich doch ein bißchen Mensch sein, Monika.«

»Wir kommen nie mehr voneinander los, Jack, das geht nicht, du wirst sehen.«

»Warum geht das nicht?«

»Du gehörst der Marine, aber nicht einer Frau.«

»Das hier wird meine letzte Fahrt sein, das weißt du! Im nächsten Jahr bin ich der Arbeitslose Jack Nicholson. Es kann sein, daß ich durch Dr. Blandys Vermittlung eine Arzneimittelvertretung übernehme.« Er küßte sie wieder und berührte zärtlich die Haut ihres Nackens. »Könntest du mit einem Arzneimittelvertreter leben?«

»Das wäre wunderbar, Jack! Aber sie werden dich nie gehen lassen. Du weißt zuviel! Bitte, laß mich los! Es... es ist alles noch zu früh.«

»Es bleibt uns keine Zeit mehr, Monika. Wir fahren mit voller Kraft der grönländischen Küste zu. Beim ersten freien Wasser tauchen wir auf und setzen euch an Land. Ihr werdet eine Radarstation der NATO erreichen und in Sicherheit sein. Dann sehen wir uns fast ein Jahr lang nicht mehr. Geh nach Norfolk und warte dort auf mich. Wenn du dann einen Mann siehst, den man mit einem Tritt aus der Navy-Basis herausschmeißt, dann bin ich das! Monika, wir haben keine Zeit mehr.«

Er legte sie zurück ins Bett und merkte erst jetzt, daß nicht nur ihre Schultern entblößt waren, sondern daß sie, wie die anderen Mädchen wohl auch, nackt unter den warmen Decken lag. Seine Hände glitten über ihren Körper, über die Brüste, den flachen Leib, die Wölbung der Hüften. Sie blieben endlich auf den kleinen Locken zwischen ihren Schenkeln liegen. Sie rührte sich nicht, aber er spürte, wie sie ganz langsam ihre Muskeln entspannte und ihre Beine zusammenpreßte.

»Monika«, sagte er ganz sanft. »Um sieben Uhr bin ich wieder der Commander...«

»Ich habe Angst«, antwortete sie kaum hörbar.

»Angst vor der Liebe?«

»Angst, daß ich dich so lieben werde, wie man einen Menschen nur einmal lieben kann. Dann kriegt mich keiner mehr von Bord ohne dich... auch du nicht!«

»Das ist später, viel später. In drei, vier oder fünf Tagen. Sollen wir jetzt schon daran denken? Diese Stunde jetzt ist unsere Stunde, ein Stück Zeit gehört uns ganz allein... laß sie uns nicht verschenken, diese wunderbare Stunde...«

Er streichelte ihren Schoß, und ihre Spannung ließ nach. Sie öffnete die Beine. Nun liebten sie sich – ganz still, wortlos und sanft. Sie wurden eins, und als ihr Atem schneller und lauter wurde, küßten sie sich, und sie verschlossen ihre Leidenschaft mit einem endlosen Kuß.

Eine Stunde später verließ Nicholson wieder das Zimmer auf Zehenspitzen und schlich in den Vorraum. Der Obergefreite schlief noch immer im Sitzen und wachte auch nicht auf, als der Commander die Tür wieder abschloß. Blides schnarchte schauerlich und furzte gerade, wobei er sich herumdrehte und seinen Hintern aus dem Bett streckte. Aber er wachte dabei nicht auf. Nicholson blieb stehen und knöpfte den oberen Knopf seines Hemdes zu.

»War's schön?« fragte eine Baßstimme hinter ihm. Nicholson fuhr herum. Dr. Blandy saß im Bett, die Tür zu seinem Zimmer stand offen. Er rauchte eine Zigarette und hatte gerade wieder Tee mit Rum getrunken – allerdings jetzt kalt.

»Paul, ich muß dir etwas erklären...« Nicholson kam in Blandys Zimmer und schloß die Tür zum Vorraum. Der Arzt winkte ab und grinste breit.

»Erzähl mir nichts, Jack! Jucken ist schlimmer als Heimweh, das kennt man. Warum soll ein Commander andere Hormone haben als ein Maat! Übrigens ist diese Monika ein zähes Luder! Wenn auch normalerweise keine Frau zu dir paßt, weil du eine Maschine bist. Dieses Mädchen ist irgendwo so knallhart wie du! Ich meine jetzt nicht im Bett...«

»Ich liebe sie, Paul! Grins nicht so dämlich! Ich liebe sie wirklich! Und ich nehme dein Angebot an, nach dem Rausschmiß aus der Navy mit Arzneimitteln herumzureisen. Ich werde Monika heiraten.«

»Du und Ehe! Eher kann man den Vesuv verkorken.« Dr. Blandy griff in eine Schublade und holte eine Flasche französischen Kognak heraus. »Wie ist das jetzt mit dem Aussetzen auf Grönland? Soll die zukünftige Frau Nicholson Iglus bauen lernen? Oder bleiben jetzt alle wieder an Bord?«

»Sie kommen an Land!« Nicholson ergriff die Flasche, drehte den Korken auf und setzte sie an die Lippen. Er nahm einen vollen Schluck, hustete ein wenig und hielt dann die Flasche Dr. Blandy hin. »Es ändert sich nichts!«

»Dann war das eben Anfang und Ende?«

»Anfang, Paul. Sie wartet in Norfolk auf mich.«

»Du glaubst wirklich, daß sie Norfolk erreicht? Die Jungs von Radar VENUS XI werden sie zu Tode bumsen! Zumindest wird sie nicht unbehauen aus dem Abenteuer herauskommen.«

»Ich weiß, daß ich ihr vertrauen kann«, sagte Nicholson. Er sah in diesem Augenblick wie ein Primaner aus, der von seiner ersten großen Liebe schwärmte. »Ich habe jetzt ein Ziel.«

»Die Unterquerung des Nordpols!«

»Das ist kein Ziel. Das ist ein Befehl, der ausgeführt wird. Danach beginnt das wirkliche Leben, Paul!« Er nahm wieder die Kognakflasche, aber er trank nicht daraus. »Ich habe nicht gewußt«, sagte er langsam, »was eine Frau für einen Mann bedeuten kann.«

»Und was eine Frau aus einem Mann machen kann!« brummte Dr. Blandy. »Jack, wir Männer sind doch unverbesserliche Narren.«

»Aber ist denn das so schlimm?« Nicholson stand auf und ging zur Tür. Die Kognakflasche klemmte er unter den linken Arm. »Ich möchte es nicht mehr missen, Paul...«

Vier Tage und vier Nächte schlichen sie nach Süden, knapp unter dem Eis, unter sich gefährlich flach der Meeresboden, der bereits den Festlandsockel von Grönland darstellte. Sie waren nur auf die Sonarpeilungen und auf die Computernavigation angewiesen. Auf den Leuchtschirmen in der Zentrale flimmerte es; die Schreiber kratzten automatisch über die Papiere und zeichneten Kurven und Zacken auf. Sie deuteten die Struktur des Landes unter ihnen an. Über ihnen lag die Decke des Eises, noch so dick, daß man es nicht durchstoßen konnte.

Die Mädchen hatten sich beruhigt und benahmen sich gesittet. Der Schock hatte Wirkung hinterlassen, nur, wenn Nicholson im Lazarett erschien, prallte er auf blanken Haß. Vor allem machte Joan es deutlich. Sie spuckte völlig undamenhaft vor dem Commander aus, als dieser sie mit »Guten Tag, meine Damen!« begrüßte und ihnen ein halbes Brett herrlich duftenden Kuchens ins Zimmer brachte. Es war Sonntag, und die Bordbäckerei hatte tief in die Vorräte gegriffen, um einen Kuchen zu backen, wie man ihn an Land nirgends bekam.

Mit Monika wechselte Nicholson nur stumme Blicke, obwohl Dr. Blandy sich angeboten hatte, in den folgenden Nächten sein Zimmer zu räumen, um es den Liebenden zur Verfügung zu stellen.

»Das ist der sicherste Ort an Bord!« sagte er väterlich, und mit der ihm eigenen Art fügte er hinzu: »Außerdem hält das Bett einiges aus! Wenn ich mich 'reinwerfe, und es kracht nicht zusammen, überlebt es auch ein Liebespaar in *full action*! Und wenn du willst, stehe ich auch noch Schmiere.«

»Es ist alles gesagt, was zu sagen war«, antwortete Nicholson.

»In einer Stunde? Ihr seid zwei bescheidene Liebende, Jack, ich bin dein Freund, und wenn du mit Monika –«

»Sprich nicht mehr davon, bitte!« Nicholson winkte energisch ab. »Vom nächsten Jahr an haben wir genug Zeit für uns. Meine einzige Sorge ist jetzt, ein Stück eisfreies Meer an der Küste zu finden.«

»Und was willst du dem Admiral erzählen?«

»Nichts als eine falsche Positionsmeldung.«

»Danke, das genügt.« Dr. Blandy kratzte sich den dicken Kopf. »Es gibt doch eigentlich nichts Schwächeres als einen Mann, in dessen Hirnwindungen sich eine Frau eingenistet hat!«

Am fünften Tag ihrer Fahrt nach Süden ortete die Sonarpeilung die Küste Grönlands und freies Wasser. Der Navigationscomputer spuckte die Daten aus. »Wir sind einhundertdreiundzwanzig Meilen von Radar VENUS XI entfernt«, sagte Chief Collins, als die Berechnungen vorlagen. »Daß hier freies Wasser ist, kann nur eine Laune der Natur sein. Das kann sich in ein paar Stunden ändern, Sir. Ein Loch im Packeis, etwa vier Seemeilen lang und zwei Seemeilen breit.«

»Glück muß der Mensch haben, Frank!« Nicholson machte auf der Seekarte ein Kreuz mit Rotstift.

»Ob das Glück ist, Sir?«

»Auf jeden Fall landen wir hier. Wie ist die Tiefe?«

»Wir können nur auf vierhundert Meter an die Küste heran, Sir.«

»Das genügt. Wir setzen mit dem Schlauchboot über.«

»Und wenn die Mädchen dann an Land sind? Sir?«

»Wir werden sofort Radar VENUS XI anfunken und sie bitten,

die Mädchen abzuholen. Ich nehme doch an, daß sie dort Motorschlitten haben!«

»Bestimmt, Sir.«

»Dann los, Collins! Tasten wir uns an das Wasserloch heran. Weiß die Mannschaft, worum es geht?«

»Bis jetzt nicht, Sir.«

»Halten Sie damit zurück, bis wir aufgetaucht sind. Sagen Sie das auch den anderen Offizieren. Cornell soll ein Kommando zusammenstellen, das die Mädchen an Land bringt und dort fürs erste versorgt, bis wir genaue Nachrichten von Radar VENUS XI haben. Aber auch das Kommando soll erst nach dem Auftauchen von seiner Aufgabe unterrichtet werden.«

»Aye, aye, Sir.«

Collins packte seine Unterlagen zusammen und lief zurück zur Navigationszentrale. »In zwei Stunden kann es soweit sein, Paul«, sagte Nicholson zu Dr. Blandy. »Wir haben ein unverschämtes Glück!«

»Gott ist mit den Liebenden!« Blandy grinste unverschämt. »Wie ist's mit dem Abschiednehmen? Mein Angebot gilt noch.«

»Hör davon auf!« sagte Nicholson grob. »Wenn man weiß, daß man sich wiedersieht, ist das Abschiednehmen nicht so wichtig. Ich habe das Boot durch einige Untiefen zu steuern, das liegt mir mehr im Magen! Aber du hast etws Schönes vor dir! Du mußt die Mädchen unterrichten, daß sie ausgesetzt werden.«

»Sie wissen es bereits und nennen dich einen Saukerl! Aber sie sind bereit, weil es ja auf Radar VENUS XI schließlich auch Männer gibt.«

»Gehst du mit?« fragte Nicholson plötzlich. Dr. Blandy zuckte zusammen, als hätte ihn einer in den Hintern gestochen.

»Wohin?« fragte er naiv.

»An Land.«

»Warum denn? Ich bin Truppenarzt, aber kein Schneefresser.«

»Vielleicht ist es besser, bei den Mädchen zu bleiben, bis Radar VENUS XI die Schlitten gepackt hat, das heißt, bis wir wissen, daß sie unterwegs sind. Denn vorher müssen wir weg.«

»Uns darf niemand sehen!« predigte Dr. Blandy feierlich. Nicholson nickte. Er war nicht einmal beleidigt.

»So ist es, Paul. Und mir wäre es sehr lieb, wenn du so lange an Land den Betreuer spielst. Es kann drei oder vier Tage dauern, bis die Motorschlitten da sind.«

Dr. Blandy hob die Schultern, was soviel heißen sollte: Mir ist es egal, ob ich in diesem Stinkkasten von U-Boot sitze oder drüben in geheizten Zelten im Schnee. »Du kommst nicht mit?« fragte er nur noch.

»Nein! Ein Kommandant bleibt an Bord.«

Blandy kratzte sich wieder am Schädel und sah dem kreisenden Finger des Radar zu. Wer die Lichtpunkte zu lesen verstand, erkannte deutlich, daß man sich dem Land näherte. Die ungeheuer feinen Peilungen machten die Küste bereits sichtbar.

»Mir bleibt ein Rätsel, wie sich eine Frau in dich verlieben kann«, sagte er. »Es ist ein Abschied vielleicht für immer, und was sagt der Kerl? Der Kommandant bleibt an Bord! Das kann auch ein Computer ausspucken!« Er beobachtete wieder die Leuchtpunkte auf dem Schirm. »Wann tauchen wir auf?«

»Wenn Collins sagt: Es ist geschafft. Im Augenblick schleichen wir zwischen Eis und Meeresboden dahin.«

Fünf Stunden später klingelte es bei Nicholson. Fünf lange Stunden hatte sich die POSEIDON I vorgetastet, und zwar in einem so flachen Wasser, daß manchmal nur wenige Fuß unter dem Rumpf des U-Bootes der Boden begann. Über ihm lag geschlossen die Decke des Eises. Dann plötzlich war das Wasser frei, die eisfreie Stelle, das ›Loch‹, wie es Collins nannte, war erreicht. Die Maschinen stoppten. Das Boot lag ruhig im Wasser. Von Oberleutnant Bernie Cornell kam die Meldung, daß fünfzehn Freiwillige als Landkommando bereitstanden.

»Lassen sie alles zusammenstellen, was Sie für vier Tage brauchen, Bernie«, sagte Nicholson ins Telefon. »Denken Sie an Übung L I.«

»Aye, aye, Sir.«

Übung L I bedeutete einen der Notfälle, mit denen die POSEIDON I auf ihrer Polfahrt rechnen mußte: Maschinenschaden, Versenkung des Bootes, um das Geheimnis zu wahren, Rettung der Mannschaft an Land, auf einer Eisscholle oder auf Packeis. Dafür war alles an Bord: gefütterte Zelte, Daunenschlafsäcke, transportable Benzinöfen, Batterielampen, Dosenverpflegung, Werkzeugkisten, montierbare Schlitten, Funkgeräte, Pelzmäntel, Pelzstiefel, Alkohol zum inneren Aufwärmen. Sogar eine Art Feldlazarett war bereitgestellt, berechnet für dreihundert Mann, die im Ewigen Eis auf ihre Rettung warten mußten.

Das große Schlauchboot mit dem starken Außenbordmotor wurde zum Ausstieg getragen. Bei den fünfzehn Freiwilligen waren auch Bill Slingman und Tami Tamaroo – sie standen im Gang, erwartungsvoll, ahnungslos, denn noch hatte keiner ihnen gesagt, was das alles werden sollte. Wieder so eine Übung, wie sie der Commander so gern ansetzte, wenn er Langeweile hatte, nur war sie dieses Mal besonders blöd, denn was hatte es für einen Sinn, Notlandungen zu üben, wenn man unter Wasser ist?

Im Lazarett hatte Dr. Blandy die Mädchen auf den Ausstieg vorbereitet. Sie waren ruhiger, als er es erwartet hatte, ja, Joan sagte sogar: »Verhindern Sie, Doc, daß der Commander sich von uns verabschiedet! Ich glaube, ich laß mich hinreißen und klebe ihm eine.«

Dorette wollte wissen, ob auch alles ungefährlich sein würde. Dr. Blandy konnte sie beruhigen. »Für Sie, meine Damen, die Sie das Abenteuer suchen, ist es eine Abwechslung. Wir werden vier Tage auf dem Eis bleiben – in schönen warmen Zelten. Dann holt man Sie ab und leitet Sie weiter in wärmere Zonen. Commander Nicholson wird für alles sorgen. Im übrigen bleibe ich bei Ihnen, bis Sie in Sicherheit sind.«

Er sah dabei Evelyn von der Seite an, dieses kleine rothaarige Aas – aber das konnte auch Täuschung sein. Vielleicht meinte er sie gar nicht.

Von der Zentrale kam die Bereitschaft zum Auftauchen. Jimmy Porter saß verwundert in seinem Torpedoraum und vernahm die typischen Anzeichen des Ausblasens. Er spielte gerade einen Skat mit Hollyday und dem Raketenmaat Bernd Laroche. Verblüfft legte er die Karten auf den Tisch.

»Wir tauchen tatsächlich auf! Ist denn hier kein Eis?«

»Das wirst du merken, wenn's über deinem Kopf kracht!« Hollyday sammelte die Karten ein. Das Spiel hatte Porter versaut.

»Wir sind doch hier unterm Packeis!« sagte Porter eigensinnig. »Da stimmt doch was nicht!«

»Geh hin und frag den Commander!« grunzte Laroche. »Vielleicht hat der Nordpol Löcher wie'n Schweizer Käse? Wer weiß das?«

»Rindvieh!« Porter lauschte. Das Boot ging nach oben, ohne Zweifel. Das typische Beben, wenn die Fluttanks leergeblasen wurden. Dazu das Rauschen in den Regelzellen, die das Boot in der Waagerechten hielten, wenn sich durch das Abblasen das Gleichgewicht verschob. »Es geht hoch! Verdammt, wo sind wir bloß?«

In der Rundsprechanlage knackte es. Dann war die Stimme des Commanders da, klar und peitschend wie immer: »Alle Mann bleiben auf ihren Posten! Die Freiwachen in ihren Quartieren! Schotten schließen!«

»Der Alte ist verrückt!« knurrte Porter. Er ging zu seinem Schott, warf es zu und verriegelte es. Dann rief er im Raketenraum an. Aber auch dort wußte niemand, was eigentlich los war. Im Maschinenraum blökte ein Fähnrich den fragenden Porter an. »Kümmern Sie sich um ihre Torpedos, Mann! Etwas anderes geht Sie nichts an!«

Porter warf wütend das Telefon auf die Gabel. »Wir tauchen auf!« sagte er laut. »Jungs, wir sind garantiert nicht unter dem Pol, wo wir eigentlich sein sollten.«

Im Turm warteten bereits die Mädchen, Dr. Blandy, Cornell, Hendricks und die freiwilligen fünfzehn Matrosen. Sie wußten jetzt, was das Manöver bedeutete. Bill Slingman, der schwarze Riese, noch riesiger in seinen Pelzsachen, beugte sich zu dem kleinen Tamaroo hinunter.

»Wenn das Jimmy wüßte, gäb's jetzt einen Riesenrummel«, flüsterte er. »Ich sage dir, der dreht durch, wenn die Mädchen von Bord sind!«

»Es ist besser so«, sagte der kleine Hawaiianer. »Es ist das beste, was der Commander tun konnte. Jetzt kommt wieder Ruhe an Bord.«

Das Boot stieg hoch bis auf Sehrohrtiefe. Nicholson ließ das Rohr ausfahren und machte einen gründlichen Rundblick. Vor ihm lag die Küste Grönlands, ein mit Eis überzogenes felsiges Ufer. Und da war auch das ›Loch‹, ein freies, stilles Wasser, auf dem träge einige Eisschollen trieben. Warum es diese freie Stelle gab, war ihm wie allen andern ein Rätsel. Eine warme Strömung gab es hier nicht. Nicholson fuhr das Sehrohr ein.

»Auftauchen!«

»Auftauchen!«

Langsam, als wäre es ein nach allen Seiten sicherndes Tier, tauchte die POSEIDON I auf. Tageslicht flutete durch die dikken Panzerglasscheiben im Turm, aber es war so kalt, daß das Wasser an den Fenstern sofort zu einer Eisschicht erstarrte. Um so rätselhafter das freie Meer. Irgendwie mußte der Festlandsockel Wärme ausstrahlen.

Nicholson war der erste, der das Turmluk öffnete und hinausstieg. Ihm folgte Bernie Cornell. Nicholson öffnete den Stahlkasten mit der Sprechanlage zur Zentrale. »Gut so, Collins!« sagte er. »Fabelhaft! Keine vierhundert Meter zur Küste! Kommen Sie rauf.«

»Sofort, Sir!«

Auf der Turmplattform erschien jetzt Dr. Blandy, ein Riese im Fuchsfell. Sein Haupt krönte eine riesige Pelzmütze. Er sah aus wie ein urweltliches Ungeheuer. »Miami ist schöner!« sagte er pathetisch. »Aber vier Tage halten wir das schon aus! Na, dann wollen wir mal!«

Die Ladeluke auf dem Deck klappte auf. Die fünfzehn Mann schleppten das Schlauchboot ans Licht, montierten mit ein paar geübten Handgriffen den Motor in die Aussparung und ließen es dann zu Wasser. Die Kisten und Säcke mit den Zelten und Materialien kamen aus der Tiefe des Bootes und wurden verladen. Knapp zwanzig Minuten später stand Leutnant Jul Hendricks unten am Turm und grüßte hinauf.

»Alles bereit, Sir!«

»Die Damen bitte.«

Schweigend gingen Joan Hankow, Lill Petersen, Evelyn Darring und Dorette Palandré an Nicholson vorbei und stiegen die Turmtreppe hinunter auf das Deck. Sie blickten hinüber zum Land und stellten dankbar fest, daß Dr. Blandy bei ihnen war. Nur Monika Herrmann blieb kurz stehen und sah Nicholson an. »Ich warte auf dich!« sagte sie leise. »Die Zeit spielt keine Rolle mehr, Jack.«

Nicholson nickte. Aber als sie sich umdrehte und die Treppe

hinunterstieg, hatte er einen Augenblick den unwiderstehlichen Drang, sie zurückzureißen in den Turm. Er drehte sich weg und blickte starr über das Meer. Dr. Blandy legte ihm die Hand auf die Schulter.

»Ich paß auf sie auf«, sagte er. »Und außerdem kannst du uns ja sehen. Die Jungs von VENUS XI werden schnell hier sein.«

Dann saßen sie alle in dem großen Schlauchboot, der Motor tuckerte hell, das Boot legte ab und fuhr schwankend der Küste zu. Nicholson hob grüßend die Hand, aber außer Cornell winkte keiner zurück.

»So, und jetzt rufen wir VENUS XI an«, sagte Nicholson und stieg wieder ins Boot. Er ging zum Funkraum und setzte sich neben den Obermaat, der Dienst hatte. Das geheime Funkbuch mit den Kurzwellenfrequenzen der einzelnen Radarstationen der NATO lag aufgeschlagen auf dem Tisch. »Die werden jetzt staunen!« sagte Nicholson knapp. »Fünf Mädchen im Ewigen Eis, und kein Absender, der seinen Namen nennt. Funken Sie im Klartext, Obermaat!«

Aber dazu kam es nicht. Im Empfänger summte es, und als der Funker auf Empfang stellte, hörte man so klar, als stünde er im Nebenraum, die Stimme des Admirals.

»Ist dort P I? Himmel Arsch und Zwirn! Ist dort P I?«

»P I hier, Sir!« antwortete Nicholson und leckte sich die Lippen.

»Zum Teufel, wo stecken Sie! Seit zehn Tagen habe ich keine Meldung von Ihnen! Jack, ich bin in großer Sorge! Seit zehn Tagen rufe ich mir den Mund wund! Was ist los! Wo sind Sie?«

»Im freien Wasser in Küstennähe, Sir«, sagte Nicholson vorsichtig.

»Ha! Warum ...« Der Admiral holte tief Luft. »Nach Plan sollten Sie jetzt schon –«

»Wir haben Schwierigkeiten, Sir. Ich repariere.«

»Wo?«

»Planquadrat X 19/Y 20 Nord.«

Eine Weile war es still. Der Admiral sah auf der Karte nach, wo Nicholson steckte. Dann sagte er gedehnt: »Sind Sie verrückt geworden, Jack?«

»Noch nicht, Sir.«

»Aber Sie werden es! Sie befinden sich in einem Gebiet, in

dem gestern morgen unser Aufklärer drei sowjetische U-Boote gesichtet hat! Sie kreuzen vor der Küste, Sie Unglückswurm! Hauen Sie ab, sofort! Alarm I! Können Sie weg?«

»Ja, Sir«, sagte Nicholson gedehnt. »Ich kann, aber –«

»Kein Aber! Weg, sag' ich!«

Nicholson nickte. Er zog den Funkhebel herunter, unterbrach das Gespräch mit Norfolk und drückte auf alle Knöpfe. Überall im Boot flammten jetzt die roten Lämpchen auf, lautlos, doch alle fuhren erschrocken zusammen.

Alarmtauchen! Alles auf Gefechtsstation!

Von der Zentrale kam die Antwort. »Alles klar, Sir.«

Vom Turm: »Luke zu!«

Durch das Boot zitterte ein heftiges Beben. Die Tanks wurden geflutet, wie ein Stein sackte das stählerne Ungeheuer ins Meer. Es kippte etwas zum Bug, und die Männer hielten sich irgendwo fest, bis das Boot wieder in der Waage lag. In fünfzig Meter Tiefe blieb es stehen... der Meeresboden war knapp sechs Meter unter ihnen.

Draußen im Schlauchboot schrie ein Mädchen plötzlich auf. Sie hatte sich umgedreht zum Boot und sah jetzt gerade noch, wie der Turm unterging und das Wasser über ihm zusammenschlug.

»Sie sind weg!« schrie Lill Petersen. Dabei warf sie die Arme hoch, als könne sie sich am Himmel festhalten. »Sie lassen uns allein und sie sind weg!«

Alle im Schlauchboot fuhren herum. Der Außenbordmotor erstarb. Die plötzliche Stille war schrecklich.

Das Meer lag leer vor ihnen... wo das Boot gelegen hatte, kräuselte sich das Wasser und schäumte ein wenig.

»Das ist doch unmöglich!« sagte Dr. Blandy und wischte sich übers Gesicht. »Das ist doch unmöglich! So etwas gibt es doch nicht.«

8

Das Boot sank fast lautlos in die Tiefe. Dann hörte das Fluten der Tanks auf. Das monotone Rauschen und das Beben, das den ganzen Schiffskörper durchzog, machten einer tödlichen Stille Platz. Die POSEIDON I lag gleichsam gelähmt auf Grund und wartete. Die Motoren schwiegen. Die Männer auf ihren Gefechtsstationen starrten zu den Telefonen und Lautsprechern der Rundsprechanlage. Sie starrten auf die Signallämpchen. Die rote Alarmlampe zuckte noch immer. Jim Porter hatte im Torpedoraum alles klargemacht, wie im Kriegsfall… im Raketenraum war die Unterwasserabschußanlage besetzt. Hier stand Leutnant Fairbanks am Befehlsgeber. Die Schußbahnen wurden von der Zentrale durchgegeben, die ihre Werte von den elektronischen Zieltastern bekam.

»Da ist was passiert!« flüsterte Porter und lehnte sich gegen einen Torpedo. Es war der Ersatztorpedo. Im Rohr I stak schußbereit der mit einem Atomsprengkopf bestückte Torpedo Nr. 1. »Da ist irgendwo eine ganz große Scheiße hingelegt worden. Jungs, ich sag euch, wenn es gleich heißt, Torpedo 1 fertig zum Abschuß, dann knallt die Welt in eine glatte Katastrophe!«

Commander Nicholson saß in der Zentrale und wartete auf die Ergebnisse der Sonarpeilungen. Von Chief Collins aber kam noch nichts. Seine feinen Horchgeräte tasteten den weiten Umkreis ab, und auf den zuckenden Geisterfingern des Radars erschienen Unebenheiten des Meeresbodens, Schatten großer Fische, aber nicht der gefürchtete massive Block eines anderen U-Bootes.

»Was ist, Collins?« sagte Nicholson nach zehn Minuten ungeduldig. »Warum melden Sie sich nicht?«

»Ich habe nichts im Sonar, Sir! Nichts, was alarmierend wäre.«

»Sehr gut. Dann schleichen wir uns!«

»Und die Landgänger, Sir?«

»Sie müssen zunächst allein weiterkommen.«

»Haben Sie Radar VENUS XI verständigen können?«

»Nein!« Nicholson blickte gegen die mit Kunststoffplatten getäfelte Wand. Sie sind verloren, dachte er, wenn man die

Radarstation nicht erreichen kann. Sie werden drüben an Land ihre gepolsterten Zelte aufschlagen und warten... und warten... und warten, denn sie glauben ja, wir haben Nachricht gegeben! Ob sie mit ihrem kleinen Kurzwellengerät VENUS XI erreichen können, ist fraglich. Und plötzlich fiel ihm ein, daß sie gar nicht mit der Radarstation in Verbindung kommen konnten, weil sie die Wellenlänge des Radarsenders nicht wußten. Sie stand in dem Buch der NATO-Stützpunkte, und das war geheime Verschlußsache.

Ihm wurde es so heiß bei diesem Gedanken, daß er sein Hemd aufriß und tief durchatmete. Keiner wird überleben, dachte er. Wer sucht hier schon nach Menschen?

»Bevor ich mit VENUS XI sprechen konnte, funkte mir der Admiral dazwischen, Collins«, sagte Nicholson. Seine Stimme klang seltsam hohl. »Und dann mußten wir sofort weg! Wir haben drei Russen im Nacken!«

»Dann sind die an Land verloren, Sir.«

»Dramatisieren Sie nicht gleich alles, Chief!« Nicholson stützte den Kopf in beide Hände. Er wußte: Was er jetzt sagen würde, war ein großer Selbstbetrug. »Wir spielen zwei Tage lang tote Fliege und tauchen dann wieder auf, um VENUS XI zu alarmieren. Zwei Tage mehr oder weniger, das halten sie an Land schon aus. Sie sind bestens ausgerüstet.«

»Und wenn bis dahin das Loch auch zugefroren ist, Sir?«

»Wenn! Wenn! Wenn der Hund nicht geschissen hätte, würde er den Hasen bekommen haben! Collins, Sie können kritische Situationen nicht mit dämlichen Wenns meistern!«

»Aber Sie wollen doch auf Schleichfahrt gehen, Sir! Das heißt, wir lassen die Landgänger allein.«

»Das ist ein Befehl des Admirals!«

»Der natürlich nichts von der Ausbootung weiß –«

»Sie sind ein kluger Junge, Collins! Wir alle kommen noch früh genug vor ein Militärgericht.« Nicholson beugte sich über die Seekarte. Dort, wo POSEIDON I jetzt lag, war vielleicht mit Ausnahme eines Sommermonats eine feste, geschlossene Packeisdecke. Erst nach knapp hundert Meilen begann der Treibeisgürtel, und dort lauerten die drei sowjetischen U-Boote. Die Luftüberwachung hatte sie deutlich geortet. Wenn es die Aufgabe der Sowjets war, die Küste Grönlands zu überwachen, war es möglich, daß auch sie von dem großen Loch im Packeis erfuhren und versuchen würden, es zu erreichen und dort aufzutauchen.

Wenn... wieder dieses verdammte Wenn! Es wirkte anstekkend, und man kam nicht darum herum. Adams Befehl lautete: Sofort ablaufen! Aber lief man damit nicht direkt den Sowjets in die Arme? Andererseits: Wenn man hier auf Grund wartete, war es möglich, daß die russischen U-Boote plötzlich neben der POSEIDON I lagen. Die Katastrophe wäre vollkommen!

»Wir bleiben liegen, Collins«, sagte Nicholson ziemlich vorsichtig. Als Collins den Satz pflichtgemäß wiederholte, zuckte er sogar zusammen. »Die Männer bleiben auf Gefechtsstation.« Er drückte einen anderen Sprechknopf... aus dem Atommaschinenraum meldete sich Chief McLaren. »Victor, wir bleiben liegen«, wiederholte Nicholson. »Aber richten Sie alles darauf ein, daß wir so schnell wie möglich und so leise wie möglich weglaufen können.«

»Verstanden, Sir.« McLarens Stimme war ruhig und überlegen wie immer. »Wenn vom Sonar rechtzeitig die Warnung kommt, verschwinden wir wie ein Gespenst.«

Das Katz-und-Maus-Spiel unter Wasser begann. Stunden, da die kostbaren Nerven aufgerieben wurden. Stunden, da man um Jahre altern kann. Stunden, da man wieder an Wunder und Glück zu glauben lernt.

Am Abend – sieben Stunden nach dem Alarmtauchen – summte es in der Zentrale. Nicholson schaltete auf Empfang. Collins' Stimme kam aus dem Sonarraum.

»Ein massiver länglicher Schatten Steuerbord, Sir. Noch unklar. Bewegt sich träge parallel zu uns.«

»Das sind sie!« Nicholson lehnte sich zurück. »Alles fertigmachen nach Plan Y! Und völlige Stille!«

Plan Y... das war die Selbstvernichtung. Der einzige Ausweg, damit Amerikas größtes Geheimnis auch wirklich ein Geheimnis blieb.

Nicholson öffnete die Lade seines Schreibtisches und holte das Bordbuch heraus. Die vielleicht letzte Eintragung in ein ebenfalls gefälschtes Dokument. Wenn man es einmal auffischen würde, konnte niemand ahnen, daß es von der POSEIDON I stammte. Nur die Eingeweihten wußten, wer die versunkene *MS Lucky* gewesen war. Für die Weltöffentlichkeit war es ein Fischfang-Mutterschiff, auch wenn später die Sowjets das hartnäckig bestreiten mochten. Eine Anklage ohne Beweise sind Worte und sonst gar nichts.

»Plan Y«, sagte Collins stockend. »Wir werden beten, Sir...«

»Sie haben uns betrogen!« schrie Joan. Sie saß neben Dr. Blandy auf einer Kiste mit Konserven und trommelte jetzt in wilder Verzweiflung mit den Fäusten gegen Blandys mächtigen Brustkasten. »Der Commander, dieser Dreckskerl! Dieser Lump, dieser Schuft! Er bringt uns alle um, alle, alle!« Dann weinte sie, drückte den Kopf gegen Blandys Schulter und begann heftig zu zittern.

Dr. Blandy starrte hinüber zu Oberleutnant Cornell, der neben dem Außenbordmotor saß. Bill Slingman, der schwarze Riese, bemühte sich mit der Reißleine, den abgestorbenen Motor wieder anzulassen.

»Was halten Sie davon, Bernie?« fragte Blandy stockend.

»Ich weiß es nicht, Doc. Ich habe keine Erklärung dafür.«

»Ich bin der Ansicht, daß Nicholson uns nie auf diese Art verraten würde! Nie! Das wäre mehr als unmenschlich.«

»Er ist ein Unmensch!« schrie Lill ins Meer hinaus. »Er ist der leibhaftige Satan!«

Der kleine Motor tuckerte ein paarmal, aber er sprang nicht an. Anscheinend waren die Zündkerzen abgesoffen. Bill Slingman begann die Verkleidung abzuschrauben, um nachzusehen. Vor ihnen wiegte die Küste Grönlands auf und ab, so wie das Meer das kleine Gummiboot schaukelte. Eine in Jahrmillionen von Stürmen und Wasser zerfressene felsige Gegend, mit Eis überzogen. Trostlos, feindlich, urweltlich. Oben, wo die Felsen aufhörten, begann das Festlandplateau, ein flacher weißer Tisch, über den die Stürme fegten und auf dem nichts blieb, wenn die Eiswinde tobten.

»An die Ruder!«

Sechs Männer hoben die Ruder aus dem Boot und tauchten sie ins Wasser.

»Sechs Ruder klar«, meldete Tami Tamaroo. Er hockte, dick vermummt, auf der linken Seite des Bootes und hatte wieder

Heimweh nach seiner sonnigen und warmen Heimat. Bernie Cornell blickte noch immer auf den Fleck, wo vor wenigen Minuten die POSEIDON I im Meer gelegen hatte… ein graublaues, langgestrecktes und schönes Ungeheuer. Dr. Blandy löste sich vorsichtig von der weinenden Joan und stieg hinüber zu Cornell. Slingman am Motor fluchte gottserbärmlich… die Zündkerzen waren total verrußt. Als Blandy an Monika vorbeikam, blieb er stehen.

»Hätten Sie das von Jack gedacht?« fragte er leise.

Sie sah ihn an, und in ihren Augen war keine Spur von Angst oder gar Panik.

»Er wird seine Gründe haben, Doc«, sagte sie ruhig.

»Sie glauben fest an ihn, was?«

»Ganz fest. Sie nicht?«

Das war eine Frage, die Dr. Blandy im Augenblick nicht beantworten konnte. Als das Boot vor seinen Augen einfach wegsackte, hatte er genauso gedacht wie Lill Petersen und Joan Hankow. Er hat uns alle beschissen! Mit diesem ganz wüsten Trick von der Radarstation VENUS XI hat er uns vom Boot gelockt. Sein geliebtes Boot… für diesen geheimen Scheißkasten würde er alles opfern, das hatte Blandy nun oft genug erlebt. Aber daß er Cornell, fünfzehn der besten Männer und ihn, Blandy, auch mit solch kalter Berechnung opfern konnte, das zu begreifen war verdammt hart.

»An Land werden wir sehen, was wirklich los ist«, sagte Blandy ausweichend. »Jack ist ein Kerl aus Eisen, aber sein Herz pumpt trotzdem nur Blut! Und da er Sie liebt, Monika –«

»Das hat nichts zu bedeuten, Doc!« Sie lächelte ihn an, und plötzlich begriff Blandy, weshalb Nicholsons Knie weichgeworden waren, als er Monika sah. Sie war ihm so ähnlich, daß das Schicksal gar nicht anders konnte, als sie irgendwann und irgendwie zusammenzuführen.

Die Ruder klatschten ins Wasser. Mit kräftigen Schlägen zogen die sechs Männer das Schlauchboot zur Küste. Leutnant Hendricks gab das Tempo an, seine helle Stimme war neben dem Klatschen der Ruder der einzige Laut in dieser weißen eisigen Stille.

»Eins-zwei… eins-zwei… eins-zwei…«

Dr. Blandy ging zu Oberleutnant Cornell. Er half Slingman

beim Putzen der Kerzen. Überall stank es nach heißem Benzin und Schmieröl.

»Haben Sie sich die Küste mal angesehen?« fragte Dr. Blandy und nickte zum Land hin. »Wo wollen Sie da anlegen? Durchs Fernglas sah es manierlicher als jetzt in der Nähe aus. Überall Steilküste. Sollen wir uns hochseilen? Wir sind von der Marine, Bernie, aber keine Gebirgsjäger!«

»An jeder Küste gibt's einen Landeplatz.« Cornell putzte sich die öligen Hände an einem Lappen ab, den Slingman unter die Achsel geklemmt hatte. »Außerdem weiß ich nicht, ob es richtig ist, auf dieses verdammt flache Land zu klettern. Der nächste Sturm kommt bestimmt, und dann müssen wir uns mit Stahlhaken ins Eis krallen.«

»Und wenn wir unten am Wasser bleiben, finden uns die Leute von VENUS XI nicht.«

»Ein Kommando von sechs Mann und mit gepolstertem Zelt wird nach oben klettern und mit dem Funkgerät versuchen, Kontakt aufzunehmen! Auch wenn wir die Frequenz nicht kennen... wir werden alle zwei Stunden über alle möglichen Wellen unser SOS senden! Irgendeiner wird uns schon hören.«

»Und dann totsicher die Falschen!« Slingman hatte die Kerzen wieder eingeschraubt. Er riß zweimal an der Leine, und der Motor sprang wieder an. Über sein dickes schwarzes Gesicht lief ein fast kindliches Leuchten. Zwei verrußte Kerzen – da haben wir in Korea und Vietnam ganz andere Dinger wieder ans Laufen bekommen!

»Ruder einziehen!«

Das Schlauchboot glitt jetzt schnell der Küste Grönlands zu, und je näher sie kamen, um so rauher, feindlicher wuchs die Steilwand vor ihnen hoch. Ein Gletscher schob sich ins Meer, blauweiß in der kalten Sonne funkelnd.

»Man kann überall landen«, wiederholte Dr. Blandy spöttisch Cornells Worte. »Wenn Sie das auf der Marineschule gehört haben, war Ihr Lehrer bestimmt nicht in der Arktis! Sie sollten ihm von hier eine Ansichtskarte schicken, Bernie.«

»Da hinten ist eine Bucht, Doc!«

»Und die Felsen sind glatt wie ein Kinderarsch! Da bin ich aber gespannt, wo Sie sich festhalten werden!« Er drehte sich um und blickte wieder zurück auf die Stelle, wo die POSEI-

DON I gelegen hatte. »Ich begreife es nicht, Bernie! Es will nicht in meinen Verstand! Jack kann uns doch nicht allein lassen.«

»Es war ein Alarmtauchen, Doc.«

»Und wenn! So viel Zeit, um uns zurück an Bord zu holen, hatte er immer noch! So brandheiß kann es hier nicht sein! Einsamer als hier geht's doch nicht! Kein Vogel am Himmel. Keine Robbe auf dem Eis. Was soll hier einen Alarm auslösen?«

»Ich weiß es nicht.« Bernie Cornell lenkte das Schlauchboot in die weit geschwungene Bucht hinein. »Sehen Sie, Doc, wir haben Glück. Die Felsen sind nur zum Teil vereist. Irgendwie ist hier ein Wärmeloch, daher die freie See. Dort legen wir an!«

»Und dann hissen wir das Sternenbanner und blasen ein schönes Signal!« sagte Blandy sarkastisch. »Das sieht Ihnen ähnlich. Nicholsons Schule! Bis zum Einbruch der Dunkelheit müssen wir ein festes Lager haben, ist Ihnen das klar?«

Cornell drosselte den Motor etwas. Die zerklüftete Felswand kam auf sie zu, als wolle sie das kleine Schlauchboot erdrücken. Mit weiten Augen starrten die Mädchen sie an. Dr. Blandy steckte die Hände tief in die Taschen seines Lammfellmantels. Er hatte den Pelzkragen hochgeschlagen, die Fellmütze tief heruntergezogen, nur sein breites Gesicht trat aus dem Kranz der mit kleinen Eiszapfen behangenen Haare hervor. Cornell sah ihn fragend an.

»Sie glauben nicht, daß der Commander bis zur Dunkelheit wieder auftaucht?« fragte er.

»Nein! Ich habe das verdammte Gefühl, daß man uns tatsächlich alleingelassen hat! Bernie, sagen Sie es nicht den anderen, sagen Sie genau das Gegenteil. Wenn jetzt Panik aufkommt, sind wir hundertprozentig verloren. So haben wir noch einige Prozent Chancen!«

Er stand wie ein Turm im Boot und betrachtete die Küste Grönlands. Das eine Prozent Überlebenschancen kam langsam näher: Ein zerklüfteter Felsen mit verschiedenen kleinen, vom Meer und den Winden in Jahrmillionen herausgefressenen Höhlen. In ihnen konnte man wohnen … bis man verhungerte.

Commander Nicholson war zu Collins in die Peil- und Sonarzentrale gestiegen und beobachtete stumm den im Radarstrahl länglichen Fleck. Die Sonarpeilung und die elektrischen Rechner gaben die genaue Position an. Die Russen machten sich keine Mühe, leise zu sein. In ihrem Boot herrschte Jubel, Trubel, Heiterkeit – verglichen mit der Totenstille, die über POSEIDON I lag. Warum sollten sie auch vorsichtig sein? Sie fühlten sich allein in dieser gottverlassenen Gegend, vollkommen sicher und unbeobachtet. Sie schwammen zwar in einem Gewässer, das völkerrechtlich zu Dänemark gehörte, aber Dänemark war fern, das Packeis war über ihnen und außer einigen Messungen über die Struktur des Meeresbodens war dieser Teil der Welt völlig uninteressant. Man wußte zwar, daß es hier NATO-Radarstationen gab, aber das waren alte Hüte, um die man sich nicht zu kümmern brauchte. Wichtig war, ob sich der Meeresboden unter dem Ewigen Eis dazu eignen würde, U-Boot-Versorgungsbasen zu gründen, unterseeische Magazine, wo U-Boote sich verpflegen und ›regenerieren‹ konnten. Ein gewagter Plan, den das sowjetische Marine-Oberkommando ausgearbeitet hatte. Depots unter dem Packeis. Von keiner Seite mehr angreifbar, bis auf das gegnerische U-Boot! Und auch dagegen hatte man vielleicht Mittel: Einen Strahlenschutz, der jeden Herankommenden sofort meldete.

»Es ist nur einer«, sagte Nicholson leise. »Mein Gott, sind die Jungs sorglos! Ich möchte wetten, die haben ihr Sonar gar nicht eingeschaltet und fahren mit vollen Scheinwerfern, damit man die schönen Fische beobachten kann.« Er lehnte sich zurück und nahm die Zigarette an, die ihm Chief Collins reichte. »Wo schwimmt er jetzt?«

»Am Rande des freien Wassers, Sir. Auch die Sowjets haben gemerkt, daß hier die Natur plötzlich verrückt spielt.« Die elektronischen Peilungen tickten die Ergebnisse heraus, genaue Berechnungen, die ein Computer kontrollierte und verfeinerte. Auf den Meter genau konnte man sich darauf verlassen. »Die Lage wird kritisch, wenn sie auftauchen.«

»Und das werden sie.« Nicholson saugte nervös an seiner Zigarette. Nach drei Zügen hatte er die halbe Länge geschafft. »Ich täte es ja auch! Warum sollen die Russen anders auf dieses Naturphänomen reagieren? Wenn bloß Cornell an Land keinen

Blödsinn macht. Oben ist es jetzt dunkel. Stellen Sie sich vor, die Russen tauchen auf und sehen Feuer an Land! Oder anders herum. Die Russen kommen hoch in voller Festbeleuchtung, und Cornell denkt, wir sind's! Er ahnt ja nichts von der Anwesenheit der Sowjets. Dann wird er Signale geben mit der Blinklampe...«

»Ganz sicher, Sir.« Collins starrte auf das Radarbild. Das russische Boot kam näher. »Alles okay, wird er blinken. Mädchen und Mannschaft gesund. Sir –«

»Was haben Sie, Collins?«

Nicholson sah seinen Chief-Navigator erstaunt an. Er hatte sich an dieses verkniffene Gesicht gewöhnt, an diesen etwas schiefen Pfeifenrauchermund, an welchem man erkennen konnte, daß Collins die Pfeife hauptsächlich im linken Mundwinkel hängen hatte. Aber jetzt war dieses Gesicht kantig und wie roh behauen, und die Augen darin waren fast so erschrekkend wie ein Haiblick.

»Sir, in etwa zwanzig Minuten kreuzen die Sowjets genau unsere Torpedorohre. Sie werden genau breitseits stehen.«

»Collins, Sie sind total verrückt!« Nicholson warf die Zigarette in einen mit Wasser gefüllten Aschenbecher. Zischend verglühte sie. »Jagen Sie sofort diesen Gedanken aus Ihrem Hirn!«

»Es ist eine bessere Lösung, als uns selbst zu versenken. Ein sowjetisches U-Boot wird vermißt. Das ist alles. Sie werden keine Zeit haben, einen Notfunkspruch loszulassen. Wenn wir sie treffen, zerplatzen sie wie ein rohes Ei.« Collins beugte sich über den Tisch, und seine Stimme wurde beschwörend. Er hat Angst, dachte Nicholson fast beruhigt. Der sonst so souveräne Collins hat eine hündische Angst vor dem Sterben. Er ist also auch nur ein Mensch und nicht nur ein Teil seiner Elektronik. »Sir, ich will nicht mehr daran denken, aber der Gedanke ist faszinierend, das müssen Sie zugeben.«

»Der Gedanke ist Mord, Frank! Außerdem haben wir es mit drei russischen U-Booten zu tun!«

»Aber nur eins ist im Packeisgürtel.«

»Doch im ständigen Kontakt mit den anderen, das ist doch wohl klar? Plötzlich reißt der Kontakt ab... das jagt uns die andern auf den Hals! Frank, schätzen Sie Ihr Leben höher ein als einen neuen Weltkrieg, einen Krieg, diemal mit Atomen, mit der Verseuchung ganzer Erdteile – ein Krieg, bei dem vielleicht unser ganzer Erdball zugrunde geht?«

»Es war nur ein Gedankenspiel, Sir.« Collins lehnte sich wieder zurück. Die Sonarpeilungen und die Radartastungen zeigten an, daß das sowjetische U-Boot langsam näherkam. Es schlich sich zu dem Loch im Packeis.

Nicholson griff zur Rundsprechanlage. »An alle«, sagte er leise, aber überall im Boot verstand man ihn genau. »Ich befehle völlige Ruhe. Die Freiwachen legen sich ins Bett, die Männer auf Gefechtsstation rühren sich so wenig wie möglich. Die Küche stellt den Betrieb sofort ein! Jedes Klappern, jedes Geräusch kann uns verraten! Die Luftfilter werden gedrosselt. Rauchen ist verboten. Ende.«

Nicholson schaltete ab. Das akustische Sonargerät piepste leise. In der vollkommenen Stille klang es wie Glockengeläut. Nicholson starrte Collins an.

»Kann man das nicht auch hören?« sagte er leise.

Collins schüttelte den Kopf. »Nein, Sir. Es liegt unterhalb der Empfangsgrenze. Der Russe ist jetzt vierhundert Meter von uns steuerbord – Er müßte uns auch im Radar haben, oder die Kerle da drüben schlafen.«

»Da Sie ein gläubiger Mensch sind, Frank, bitten Sie Gott, daß sie tatsächlich schlafen.«

»Ich werde es tun, Sir!« Collins sah seinen Commander an. »Soll ich für Sie mitbeten?«

»Tun Sie das«, sagte Nicholson dumpf. »Mich hört er doch nicht an …«

Das Schlauchboot hatte die Küste erreicht … oder das, was Cornell optimistisch Küste nannte. Vor dem eigentlichen Land, den zerklüfteten Felsen, lag ein Riegel aus aufeinandergetürmten Eisschollen, vielleicht dreißig Meter breit und drei Meter hoch. Erst dann ging das Eis ins Festland über, in eine Steilküste, die Cornell auf zwanzig Meter schätzte.

Der kleine Außenbordmotor tuckerte mit halber Kraft, dann stellte ihn Slingman ganz ab und ließ das Gummiboot gegen die Eisbarriere treiben. Tamaroo und drei andere Matrosen standen an der Seite, Seile mit Enterhaken und Stangen mit Stahlhaken in den Händen. Sie warteten, bis sie das Eis erreichen konnten.

»Daß wir zum Nordpol fahren, war mir bekannt«, sagte Dr. Blandy zu Monika. Die Mädchen hockten beisammen in der Mitte des Bootes und zitterten trotz der dicken Pelze. »Aber daß ich einmal wie Amundsen über das Ewige Eis wandere, das steht in keinem Marinevertrag! Bernie, Ihre schöne Küste ist ein Mist!«

»Ich bin bei Kriegsübungen im nördlichen Alaska schon anders an Land gekommen, Doc!« rief Cornell zurück. »Achtung! Fertigmachen zum Entern. Jetzt!«

Die Eisbarriere stand vor ihnen, Scholle über Scholle gedrückt, wie eine Treppe. Die Seile mit den Haken flogen herüber, die Stangen hakten zu, die stählernen Greifer gruben sich ins Eis. Das Boot schwankte, aber dann lag es sicher und ruhig im Wasser.

»Haken halten, Oberleutnant!« meldete Tamaroo.

Leutnant Hendricks war der erste, der mit einem mächtigen Satz auf das Eis sprang und dort schlitternd gegen die nächste Eisscholle prallte. Unterdessen zogen die Matrosen das Boot an den Seilen näher heran, bis es unmittelbar am Rande der Barriere lag. Bernie Cornell lachte zu Dr. Blandy hinüber und machte eine einladende Handbewegung.

»Bitte treten Sie ruhig näher, Doc!« rief er. »Ich kann Ihnen sogar eine Treppe bieten! Was wollen Sie mehr?« Er stieg hinüber aufs Eis, kletterte die Schollen hinauf und blieb oben auf dem Eispanzer stehen. Leutnant Hendricks folgte ihm. »Ein wunderbarer Platz!« rief Cornell. »In den Felsen gibt es tatsächlich Höhlen. Und auf das Plateau zu kommen, dürfte auch kein Problem sein!«

Dr. Blandy nickte und hob die breiten Schultern. »Soweit sind wir schon, daß wir uns für Erdlöcher begeistern!« sagte er. »Meine Damen, darf ich bitten? Wir haben das beste Hotel am Platz für Sie reserviert.«

Aus dem Boot flogen bereits die ersten Kisten und Seesäcke auf die Eisbarriere. Sieben Mann waren schon drüben und halfen jetzt den Mädchen an Land. Wortlos ließen sie sich aus dem Boot heben, nur Joan blieb sitzen. Leutnant Hendricks und zwei Mann waren bereits auf dem Weg zum eigentlichen Festland. Es war eine mühsame und sehr rutschige Kletterei über die bizarren Eisschollen.

»Und Sie, Miß Hankow?« fragte Dr. Blandy und zupfte an ihrer Pelzkapuze.

»Ich will zurück zum Boot!« sagte Joan verbissen.

»Dann springen Sie mal ins Wasser. Tauchen Sie unter und suchen Sie den Kasten!«

»Ich habe als freie Amerikanerin meine unantastbaren Rechte! Dazu gehört, daß man mich nicht einfach aussetzen darf!«

»Da haben Sie recht«, antwortete Blandy spöttisch. »Bitte richten Sie einen Antrag in dreifacher Ausfertigung an die Beschwerdestelle des Repräsentantenhauses. Bis man über Ihren Antrag entschieden hat, und bis Sie die Nachricht haben, können Sie hier ja Eiszapfen spielen.«

»Haben Sie eine Ahnung, wie es weitergeht?«

»Man wird uns in drei oder vier Tagen abholen und zur Radarstation bringen. Dort haben Sie dann Gelegenheit genug, ausgehungerte Männer ins Bett zu bekommen.«

»Können Sie dafür garantieren?«

»Daß Sie einen Mann im Bett haben? Ich würde darum sogar eine Wette abschließen.«

»Daß man uns abholt, Doc!« schrie Joan fast hysterisch. »Warum ist Nicholson so plötzlich weggetaucht? Mir machen Sie nichts vor! Da ist eine Schweinerei im Gang.«

»Sie vergessen, daß Sie nicht allein an Land gebracht wurden, sondern fünfzehn Matrosen und drei Offiziere ebenfalls. Trauen Sie dem Commander zu, uns einfach im Ewigen Eis sitzenzulassen?«

»Ich traue ihm alles zu! Ich will zurück zum U-Boot!«

»Das ist nur ein Wunsch, den selbst eine Märchenfee nicht erfüllen kann. Joan, seien Sie nicht so stur! Da drüben haben wir Höhlen, wir können halbwegs geschützt und warm abwarten, bis man Sie abholt. Sobald wir wissen, daß die Männer von VENUS XI in der Nähe sind, lassen wir Sie und die anderen Damen allein und gehen zurück an Bord. Sie werden dann drei oder vier Stunden ganz unter sich sein. Und sie können sich auf die neuen Männer vorbereiten.«

»Ihr seid die miesesten Burschen, die ich je kennengelernt habe!« sagte Joan und erhob sich von dem Holzbrett, das ihr als Sitz diente. »Daß ausgerechnet ihr uns auffischen mußtet!«

»Zwei Stunden später wär's aus gewesen, Mädchen!« Dr. Blandy half ihr, den Seesack mit ihrer Verpflegung zum Bootsrand zu tragen. Dort wartete Tamaroo darauf, Joan auf die Eisbarriere weiterzureichen. Monika und Lill waren schon auf dem Weg zum Festland. Evelyn und Dorette sprachen auf Bill Slingman ein. Man konnte nicht verstehen, was sie sagten, aber offensichtlich waren es Fluten von Fragen, die der gute schwarze Bill nicht beantworten konnte. »Wissen Sie überhaupt, wie nahe Sie dem Tode waren, Joan?«

»Mag sein. Und Sie haben uns gerettet, Sie allein, Doc... das ist mir klargeworden. Der Commander hätte uns weiterschwimmen lassen.« Sie lächelte plötzlich und schob sie nahe an Dr. Blandy heran. »Ich weiß nicht, warum gerade Sie immer einer Dankbarkeit ausweichen...«

»Das hat einen simplen Grund, Joan!« Dr. Blandy sah hinüber zu der Eisbarriere. Dorette und Evelyn hatten begonnen, sich durch die Eisschollenlandschaft zu quälen. »Sie sind nicht mein Typ. Ich habe eine große Schwäche für rote Haare.«

»Also Evelyn.«

»Vergessen Sie's, Joan!« Dr. Blandy winkte energisch ab. Es war das erstemal, daß er gestand, auch nur ein Mann zu sein und das kleine rote Biest nicht nur mit den Augen des Mediziners zu sehen. »Wenn Sie das weitererzählen, Joan, setze ich Sie mit dem nackten Hintern aufs Eis, so wahr das da drüben Grönland ist!«

Es dauerte drei Stunden, bis das Schlauchboot entladen, das ganze Material über den Eisriegel geschafft und der endgültige ›Wohnsitz‹ bestimmt war. Bernie Cornell und Leutnant Hendricks hatten die Höhlen inspiziert. Es waren ziemlich flache Auswaschungen, die größte knapp vier Meter tief und zwei Meter hoch, nicht mehr als ein paar Kratzer in den Felsen, aber immerhin gut genug, um vier Tage – höchstens vier Tage, dachte Cornell – darin überleben zu können. Mit den kleinen Propangasöfchen konnte es sogar gemütlich warm werden, wenn man die Höhleneingänge mit Decken verhängte.

Weniger gemütlich hatte es der Trupp, der auf das Plateau

klettern mußte und dort zwei gefütterte Zelte aufschlagen sollte, um dann mit Hilfe des kleinen Kurzwellensenders zu versuchen, VENUS XI irgendwie zu erreichen. Das war möglich, wenn man auf allen Wellenlängen das SOS funkte.

Monika hatte die große Höhle, in der die Mädchen wohnen sollten, schon bezogen, als Dr. Blandy und Joan nach einer mühseligen Rutschpartie endlich eintrafen. Leutnant Hendricks und sieben Mann waren mit Steigeisen, Haken und Seilen bereits in der Steilwand der Küste und kletterten nach oben. Das ›Unternehmen Grönland‹ spulte sich mit militärischer Korrektheit ab. Keine Minute wurde verschenkt. Bis die Nacht kam – eine ziemlich helle Nacht hier im hohen Norden –, mußten die Zelte auf dem Land stehen.

Bill Slingman half, die Höhle einzurichten. Er hatte den Propangasofen angezündet und schlug jetzt Haken in den Fels, wo er die Decken aufspannen wollte. Drei Säcke mit Konserven, Hartwurst, Brot in Dosen, Butter, Schokolade, Kaugummi, gepreßtem Tee, Marmelade und Fruchtstangen lagen im Hintergrund der Höhle. Ein Matrose war gerade dabei, mit einer Tretpumpe die Luftmatratzen aufzublasen. In der Höhle nebenan hatte sich Cornell niedergelassen. Nach guter alter amerikanischer Tradition ließ man auch hier eine kleine Fahne flattern. Die Höhle links neben den Mädchen, etwa drei Meter tief, war für Dr. Blandy reserviert. Der Sanitätskoffer mit dem roten Kreuz auf dem Deckel besaß bereits seinen festen Platz. Die anderen Matrosen verteilten sich in kleinere Auswaschungen, meistens reichten sie gerade für zwei. Aber sie boten Schutz vor der Kälte und den Winden, die man erwartete, denn ein so stiller Tag war ungewöhnlich.

»Hier kann man's aushalten!« sagte Dr. Blandy. »Kinder, was sind vier Tage? In vierzehn Tagen glaubt ihr, das alles nur geträumt zu haben! Das ist ja fast luxuriös hier! Was glaubt ihr, wie wir manchmal in Vietnam –«

»Hören Sie mir bloß auf mit Ihrem Mist-Vietnam!« unterbrach ihn Lill grob. »Ihr kotzt mich alle an! Ihr seid alle gleich! Dreihundert Mann, die ihr U-Boot wie eine Geliebte behandeln. Es ist einfach pervers!«

Sie setzte sich auf die bereits aufgeblasene Luftmatratze, stützte das Kinn in beide Händen und heulte.

Am Abend hatte sich der Landungstrupp eingerichtet. Die beiden Zelte standen oben auf dem Plateau, in den Höhlen blubberten die Gasöfen, Tamaroo, der die ›Küche‹ übernommen hatte, war glücklich, weil sein Abendessen – Gulasch auf hawaiisch – allen geschmeckt hatte, vor allem, weil es Durst machte und man Grund hatte, Whisky zu trinken. Die Mädchen sahen aus, als wären sie nach Grönland gekommen, um dort Mannequin-Fotos zu machen. Sie hatten sich geschminkt, sich gegenseitig die Haare frisiert. Sie wirkten daher trotz ihrer gesteppten langen Hosen in den dicken Fellstiefeln und den dicken Wollpullovern so aufreizend auf die Männer, daß Bernie Cornell befahl, die Decken vor den Höhlen herunterzulassen.

»Nachtruhe!«

Aber es gab keine Ruhe. Neben Cornells Höhle lagen Bill Slingman und Tamai Tamaroo in ihrer Felsspalte und rauchten. Eine kleine Gaslampe erhellte den engen Raum. Es war warm hier drinnen, sie hatten die Pullover ausgezogen und eine leichte Decke über ihre Körper gezogen. Slingman, der schwarze Riese, war wie ein Ofen. Er dampfte förmlich. Es roch nach süßlichem Schweiß. Er zog die Beine an, streckte sie wieder aus und grunzte dabei wie ein Ferkel – immer und immer wieder, bis Tamaroo ihm den Ellbogen in die Seite stieß.

»Lieg endlich still, du schwarzes Nashorn!«

»Mensch, nenn das Wort Horn nicht!« Slingman schnaufte laut. Er zog die Beine wieder an. »Ich komm da einfach nicht drüber weg.«

»Worüber?«

»Vorhin, als wir über das Eis kletterten, da habe ich Dorette eine ganze Zeit getragen, weil sie immer ausrutschte. Und verdammt, ich rutsche auch mal aus, knalle mit dem Rücken gegen das Eis, aber ich kann sie festhalten, packe richtig zu und hab sie fest. Aber wie! Mit der rechten Hand an der Brust, mit der linken zwischen den Beinen! Zufall, purer Zufall. Und als ich wieder sicher auf den Beinen stehe, lächelt sie mich an, so ein verfluchtes Lächeln, das einem unter die Haut geht. Ich sage: Verzeihung, Miß. Sie sagt: Auszurutschen ist auch ganz schön. Ich hab' sie dann aufs Eis gestellt. Aber seitdem brennen meine Hände.« Er schob seine gewaltigen Hände über die Decke und hielt sie mit gespreizten Fingern hoch. »Es geht nicht weg, Tami. Ich spür's noch immer. Rechts die Brust, links zwischen den Beinen. Und wie sie mich angelacht hat.«

»Mach die Schnauze zu und schlaf«, sagte Tamaroo grob.

»Ich muß immer daran denken. Und dann ist über die Toppen geflaggt. Ich kann mir doch das Ding nicht abschlagen.«

»Am besten wär's! Bill, nimm doch mal 'nen Spiegel und guck rein!«

»Ich weiß, ich bin ein Nigger!« Slingman trat mit den nackten Fußsohlen gegen die Felsen. »Aber ich hab' vier Tapferkeitsmedaillen! Ich bin der höchstdekorierte Soldat auf dem Boot! Wenn ich den Kopf hinhalten mußte, war ich kein Nigger mehr! Verdammt noch mal, ich schlage jedem den Schädel ein, der behauptet, ich sei nicht wert, Dorette zu bumsen!«

»Frag sie selber.« Tamaroo wälzte sich zur Seite. »Hier stört dich kein Commander. Aber denk an Belucci und den kleinen Duff.«

»Der Mörder ist auf dem Boot geblieben.«

»Weißt du das so genau, Bill?« Tamaroo zog seine Decke bis zum Kinn. »Gieß dir kaltes Wasser drüber, das ist ungefährlicher…«

Dr. Blandy zuckte hoch und wußte im ersten Augenblick nicht, was ihn geweckt hatte. Ein Geräusch, ein kalter Luftzug? Er richtete sich auf, saß auf seiner Luftmatratze und starrte ins Dunkel. Die Decke hing vor dem Höhleneingang, die Gaslampe hatte er vor dem Einschlafen ausgedreht, links an der Höhlenwand flackerte der Gasofen, aber das winzige Flämmchen gab kein Licht her. Trotzdem hatte Blandy das Gefühl, nicht mehr allein in der Höhle zu sein. Er tastete vorsichtig und lautlos nach seiner Hose und dem Gürtel, an dem die Pistole hing.

Ein leises Rascheln in der Dunkelheit verriet ihm, daß tatsächlich jemand zu ihm geschlichen war. Er spürte, wie sich seine Nackenhaare sträubten. Angst empfand er nicht, aber eine ungeheure Spannung zuckte geradezu schmerzhaft durch jeden Muskel. Ganz langsam streckte er die Hand aus, um mit einem Griff die Flamme des Ofens höher zu drehen, damit er wenigstens etwas sehen konnte.

Das Rascheln wurde lauter, und plötzlich war ein Körper neben ihm, zwei Arme umschlangen ihn, und als er eine instinktmäßige Abwehr versuchte, griff er in ein glattes festes Fleisch und spürte unter seinen Fingern die Rundungen von Schultern und Brüsten.

»Was soll der Quatsch!« knurrte er. »Verdammt, wer sind Sie?«

»Joan hat mir gesagt, daß du scharf auf mich bist...«, sagte eine bekannte Stimme. »Wer hätte das ahnen können. Gerade unser Doc –«

»Evelyn«, sagte Dr. Blandy heiser. Er befühlte sie. Er fand ihre Brüste, ihren Schoß, ihre Schenkel. Sie wurde Wachs in seinen Armen. Er legte sie neben sich auf die Luftmatratze und spürte unter seinen weitertastenden Händen, daß sie fast nackt war und daß das Rascheln, von dem er erwacht war, das Abstreifen ihrer Kleidung gewesen war. Eine wohlige, fast betäubende Wärme durchzog ihn. In seinem Kopf begann es zu rauschen, als stürze sein Blut wild durch die Adern.

»Du bist verrückt«, sagte er und atmete schwer. Das Spiel ihrer flinken Finger jagte elektrische Ströme durch seinen Körper. Er hielt ihre Hände fest, drückte ihre Arme nach oben über ihren Kopf und schob sie unter die Haare. »Du verdammtes kleines Biest«, keuchte er. »Man sollte dich an die Felswand fesseln!«

Er fiel auf sie und erdrückte sie fast mit seinem Gewicht. Sie stöhnte leise, aber nicht vor Schmerz, sondern aus Lust, ihn zu tragen, und als sie die Beine hochriß und über seinen Hüften kreuzte, ergab sich Dr. Blandy spontan dem Begehren, das in ihm loderte.

»Du bist ein herrlicher Mann!« stammelte sie und biß ihn in den Hals. »Ein herrlicher, herrlicher, herrlicher Mann.«

Sie waren gerade auseinandergefallen, schwitzend, nach Luft japsend, in nasser, dampfender Nacktheit, als die Decke am Eingang zur Seite gerissen wurde. Mit der eisigen Kälte kam zugleich ein Mann in Blandys Höhle gestürzt. Noch bevor Blandy etwas sagen konnte, erkannte er an der Stimme Oberleutnant Cornell.

»Doc!« keuchte Cornell. »Kommen Sie raus! Das müssen Sie sehen!«

»Gleich Bernie.« Blandy legte die Hand auf Evelyns Mund. »Ich zieh mich rasch an. Warten Sie draußen.«

»Werfen Sie den Pelz über und stecken Sie den Kopf raus! Ich weiß, daß Evelyn bei Ihnen ist.«

»Bernie«, sagte Dr. Blandy stockend. »Ich muß Ihnen erklären –«

»Blödsinn, Doc. Ich weiß es von Joan, sie ist bei mir! Slingman hat sich Dorette geholt. Er ist einfach in die Höhle gegangen und hat sich die Kleine wie King-Kong über die Schulter geworfen. Lill ist bei Obermaat Yenkins. Nur die brave Monika schläft solo. Doc, kommen Sie mit!«

»Wozu denn, Bernie? Gibt es bei Slingman Komplikationen?«

Cornell riß die Decke zur Seite und ging wieder hinaus. Blandy warf tatsächlich nur den dicken Pelz über seinen nackten Körper und trat an den Ausgang der Höhle.

»Vor zehn Minuten weckt mich das Walkie-talkie«, sagte Cornell. Er lehnte draußen an der Felswand, dicht vermummt. Die Nacht war klar und ziemlich hell. »Ich war gerade eingeschlafen, ziemlich müde.«

»Joan ist ein scharfes Ding, Bernie«, sagte Blandy kumpelhaft.

»Von oben meldet sich Hendricks. Ganz aufgeregt. Sie sind wieder da! ruft er im Walkie. Sie sind aufgetaucht. Soll ich Signale geben? Ich 'raus, sehe das Boot und falle fast um! Ich habe sofort befohlen, alle Lichter zu löschen. Oben sind sie jetzt dabei, eine Schneewand vor die Zelte zu bauen, damit man sie nicht sieht. Doc... sehen Sie sich das mal an!«

Cornell reichte Blandy das Fernglas. Seine Hand zitterte stark. »Wo?« fragte Blandy und starrte über das schimmernde Meer.

»Nordöstlich, Doc. Sehen Sie den Eisberg mit der abgebrochenen Spitze? Davon etwa vierzig Meter nach links.«

Dr. Blandy folgte Cornells Angaben. Er tastete das Meer ab und hatte plötzlich den länglichen Gegenstand im Fernglas. Er hob sich vom Packeis wie ein Schatten ab... ein schlanker runder Leib, in der Mitte ein ziemlich hoher Aufbau. Dr. Blandy setzte das Glas ab.

»Nicholson«, sagte er zufrieden. »Auf den Commander ist Verlaß!«

»Sie fallen genauso drauf herein wie Hendricks!« Cornell riß das Fernglas wieder an sich un blickte hinüber zu dem Boot. »Doc! Das ist nicht unsere POSEIDON!«

»Unmöglich, Bernie!«

»Das ist ein sowjetisches Boot!«

Dr. Blandy schwieg. Seine Kehle war trocken und zu keinem Laut mehr fähig. Schweigend nahm er noch einmal das Fernglas und starrte zu dem länglichen Schatten. Das stimmte. Die Aufbauten, der Turm der POSEIDON, waren anders. Jetzt erkannte es Blandy auch.

»Das Alarmtauchen«, sagte er heiser und ließ das Fernglas in Cornells Hand fallen. »Mein Gott, ich möchte jetzt nicht an Nicholsons Stelle sein.«

9

Die größte Sorge war zunächst, bis zum Heraufdämmern des Morgens alle Spuren der Landung zu verwischen und sich an Land für die sowjetischen Beobachter unsichtbar zu machen. Die Russen, das sah man, waren völlig sorglos. Wer käme auch auf den Gedanken, daß hier, in der menschenleeren Urwelt, ein amerikanisches U-Boot Offiziere, Matrosen und fünf Mädchen ausgesetzt haben könnte. Mit vollem Licht lag das sowjetische Boot auf dem Wasser. Die dicken Panzerglasscheiben, drei Reihen übereinander, leuchteten durch die fahle Nacht. Offensichtlich saßen die Wachen im Boot und spielten Schach, um die Stunden zu vertreiben.

»So sorglos möchte ich auch mal sein!« sagte Cornell. Er zog die Fellkapuze ins Gesicht. Es war saukalt.

»Was würden sie wohl machen, wenn sie wüßten, daß irgendwo ganz in der Nähe die POSEIDON I auf Grund liegt und den Atem anhält!«

»Nicht auszudenken, Doc! Mein Gott, reden Sie nicht weiter! Ich frage mich nur, wie's nun weitergeht?«

»Wir warten ab, bis die netten Russen wieder unter Wasser sind.«

»Und wenn sie an Land kommen?«

»Warum sollten sie?«

»Neugier! Cornell, Neugier ist eine der lebenswichtigsten Eigenschaften des Menschen, fast so wichtig wie der Sex! Ohne Neugier verkümmert unser Hirn...«

»Doc, hören Sie auf, jetzt anthropologische Weisheiten von sich zu geben! Wenn die Russen an Land kommen...«

»Sind wir Schiffbrüchige.«

»Von welchem Kahn denn? Zwei amerikanische Offiziere, ein amerikanischer Marineoberarzt, fünfzehn Matrosen, fünf Mädchen...«

»Das wird den Iwan am meisten verblüffen.« Dr. Blandy lachte. »Sie werden uns beneiden, wenn sie erfahren, daß es bei der US-Navy üblich ist, hübsche Mädchen mitzuführen, gewissermaßen als Bordverpflegung. Sie werden grün werden vor Neid. Vielleicht gibt es sogar einen Aufstand wie damals auf dem Panzerkreuzer *Potemkin*... Statt Revolution schreien sie dann: Auch wir wollen Weiber an Bord!«

»Mit Ihnen ist nicht zu reden!« Oberleutnant Cornell schlug die Arme um seinen Körper. Die mörderische Kälte durchdrang sogar den pelzgefütterten Mantel. Blandy schien nicht zu frieren, obgleich er über seinen nackten massigen Körper nur lose seinen Pelzmantel hängen hatte. Verwundert stellte das Cornell fest. Wie muß das kleine rote Luder Evelyn ihn aufgeheizt haben, dachte er. Joan ist schon ein wildes Tierchen, bei dem selbst ein stämmiger Mann außer Atem kommen kann, als habe er drei Stunden Navy-Spezialausbildung hinter sich... aber diese Evelyn Darring mußte ein Miniaturvulkan sein, sobald man ihrem Krater näher kam.

»Ich schlage vor«, sagte Cornell und riß sich von diesen Gedanken los, die ihn rettungslos wieder zu Joan und seiner Höhle führten und damit außerhalb aller Vernunft kamen, »daß wir sofort hier unten alles abbauen und hinauf aufs Oberland ziehen. Von der See her ist, das haben wir ja selbst festgestellt, das Festlandplateau schlecht zu beobachten. Aber die Steilküste mit unseren Höhlen liegt genau im Blick der Russen. Was halten Sie davon, Doc?«

»Sie sind hier der Kommandant«, antwortete Dr. Blandy achselzuckend. »Ich meine, in den Höhlen lebt sich's wärmer.«

»Vor allem mit unseren erotischen Öfchen.«

»Das auf jeden Fall!« sagte Blandy belustigt. »Was sagen die anderen dazu?«

»Wie Joan feststellte, gibt es keine Komplikationen mehr. Dreihundert waren zuviel... aber da Sie Evelyn haben und nicht wieder hergeben –«

»Auf gar keinen Fall, Bernie. Und Sie Joan aber auch nicht!«

»Genau! Es bleiben also Dorette und Lill übrig. Joan sagt, man habe unter den Männern intern ausgelost. Heute sind es Slingman und Yenkins, morgen Tamaroo und Flashing, übermorgen zwei andere... es geht anscheinend reihum, im besten Einvernehmen.«

»Ein Luxuspuff im Ewigen Eis! Wenn das nicht der Gipfel der Zivilisation ist!« Dr. Blandy lachte laut, brach aber dann sofort ab, als Cornell ihm heftig mit dem Ellbogen in die Rippen stieß. »Pardon«, sagte Blandy leise. »Ich vergaß einen Augenblick die sowjetischen elektronischen Abhörgeräte. Wenn sie die überhaupt eingeschaltet haben.«

»Die bestimmt, und wenn sie noch so arglos sind.«

»Immerhin ist es faszinierend, daß selbst dreißig oder vierzig Grad Frost einen Menschen nicht davon abhalten, zwischen zwei Weiberschenkel zu kriechen. Es gibt doch tatsächlich keinen größeren Reizstoß als den Anblick eines behaarten Dreiecks. Bernie, das habe ich in Vietnam erlebt. Da lagen sie im Feldlazarett herum, blutend, amputiert, mit zerfetzten Leibern, mehr tot als lebendig, von Schmerzen geschüttelt... ging aber Schwester Claudia durch die Reihen, und das kleine Aas trug so kurze Röcke, daß man ihren Arsch sehen konnte, wenn sie sich bückte, dann röhrten die elenden Burschen los wie die Hirsche und wurden mit ihren Decken Zeltbauer.«

»Sie haben wohl nichts anderes mehr im Kopf, Doc, was?« sagte Cornell und ging in Blandys Höhle. Draußen wurde es ihm zu kalt. Ganz hinten auf dem Lager sah er im Funzelschein der heruntergedrehten Gaslampe schemenhaft unter den Dekken den Körper Evelyns. Ihr feuerrotes Haar leuchtete sogar in diesem trüben Licht. »Der rote Teufel hat Sie ganz schön paralysiert.«

»Ich habe es über mich ergehen lassen, Bernie.« Blandy schnaufte. In der Höhle war es warm, und es roch nach animalischer Ausdünstung. Er warf den schweren Pelzmantel ab und stand nackt da, ohne auf Cornell Rücksicht zu nehmen. Ein Berg von einem Mann, wuchtig, aber nicht dick. Nur Muskeln. Ein Kraftpaket wie aus einer Anleitung für *Bodybuilding.* Cornell betrachtete ihn kurz und beneidete ihn um diesen Körper und um diese Kraft. »Bauen wir also ab?«

»Ich meine, ja.«

»Okay. Oben im windigen Land werden wir uns die Weiber um den Leib schnallen müssen, um warm zu bleiben.«

Im Hintergrund der Höhle raschelte es. Evelyn setzte sich. Ihre festen spitzen Brüste schimmerten im Gaslicht, als die Decke von ihrem Körper glitt.

»Was ist los, Bärchen?«

»Wir ziehen um, rote Maus!« Blandy tappte zu ihr und zog seine gefütterte Unterhose an. Von diesem Augenblick an sah er nicht mehr begehrenswert, sondern wie alle Männer in langen Unterhosen ziemlich lächerlich aus.

»O nein«, sagte Evelyn mit ihrer aufreizenden kindlichen Stimme.

»O doch! Zieh dich an, Kaninchen. Es geht nur ein paar Etagen höher.«

»Hier ist es so schön, Bärchen.«

»Auf einmal? Vor vier Stunden hast du gemeckert, das hier sei in Sauloch und eine Beleidigung für eine Lady.«

»Das hat sich geändert, als du so lieb zu mir warst...«

»Wollen wir uns von den Russen erwischen lassen, oder über das die Umwelt verändernde Bumsen diskutieren?« fragte Cornell grob.

»Sie sind ein ungebildeter Klotz, Bernie!« sagte Blandy gar nicht böse und stieg in sein Hemd.

»Was ist mit den Russen?« fragte Evelyn und schob die Decke vollends von ihrem nackten Körper. Cornell, der sich jetzt an das Dämmerlicht gewöhnt hatte, stellte fest, daß Evelyns rote Haare nicht gefärbt waren. Das kann auch einen Mann wie Blandy in die Knie zwingen, dachte er mit ein wenig Neid. Ich habe eine echte Rote noch nie im Bett gehabt. Man sagt von ihnen, daß sie ein ungeheures Durchhaltevermögen mitbringen. Da ist Dr. Blandy gerade richtig am Platz.

»Draußen liegt ein sowjetisches U-Boot, Miß«, sagt er hart. »Darum mußte der Commander auch mit Alarmtauchen weg.

Und wir müssen aufs Oberland, weil man uns hier sehen kann. Ist das klar?«

»Nein!« Evelyn Darring stand auf und lief nackt herum, um ihre Kleidung zusammenzusuchen. Sie tat es mit solcher Koketterie, daß einem Mann die Kopfhaut jucken mußte. »Ich sehe das nicht ein! Jetzt ist doch jemand da, der uns retten kann! Der uns mitnimmt und nicht Gespenst unter Wasser spielen muß...«

»Erklären Sie es ihr, Doc!« sagte Cornell und winkte ab. »Ich habe keine Zeit mehr. Es wird sowieso eine Knochenarbeit werden, alles nach oben zu schaffen!«

Er blickte noch einmal Evelyn an, die von hinten an Dr. Blandy herangetreten war und ihm den Nacken küßte. Blandy honorierte es mit einem zufriedenen Brummen und stieg dann in seine gesteppte Hose. Cornell verließ die Höhle und lief geduckt zu den anderen Höhlen, um seine Leute zu alarmieren. Bei Bill Slingman traf er eine Art Bilderrätsel an. Ineinander verschlungen, eine schwarzweiße verrückte Plastik, schliefen Bill und Dorette den festen Schlaf der Erschöpfung. Slingman grunzte im Schlaf, und Dorette piepste beim Atmen wie eine beleidigte Maus.

»Aufstehen!« rief Cornell ins Zelt. Und als Slingman hochfuhr und Mühe hatte, sich aus Dorettes Verklammerungen zu lösen, fügte er hinzu: »Und die Schnauze halten, Slingman! Draußen vor der Tür steht ein sowjetisches U-Boot.«

»O du große Scheiße!« Slingman setzte sich. »Gibt es Krieg?«

»Nicht, wenn wir alle die Nerven behalten. Packt alles zusammen. Wir müssen nach oben!«

»In zehn Minuten bin ich fertig, Sir!«

Cornell rannte weiter. Was Slingman versprach, hielt er immer. Er war einer der besten und zuverlässigsten Soldaten, die Cornell je gesehen hatte.

Bei Yenkins war die Lage einfacher. Nach einem kurzen Zwischenschlaf befand er sich wieder mitten in Aktion und rammte bei Lill Pfähle ein. »O nicht doch, Sir«, sagte er atemlos und schweißbedeckt, als Cornell in die Höhle trat. Er ließ von Lill ab und warf über sich und das Mädchen die Decke. Ein wenig Schamgefühl hatte er sich noch bewahrt.

»Sagen Sie bloß, Sie machen es dem Commander nach und setzen eine Nachtübung an.«

»So ähnlich, Yenkins. Alles zusammenpacken! Draußen stehen die Russen!«

Und auch Yenkins sagte aus tiefster Seele, was jeder Mann in dieser Lage sagen würde: »Verdammte Scheiße!«

Nach einer halben Stunde hatten alle, die noch in den Felsen lebten, ihre Sachen gepackt und standen in den Eingängen. Sie starrten hinüber auf das hellerleuchtete sowjetische U-Boot mit seinem gewaltigen dreistöckigen Turm und dem Buckel am Bug, unter dem sich die Raketenabschußrampe befand und die man herausfahren konnte. Von oben sprach Leutnant Hendricks über das Walkie-talkie mit Oberleutnant Cornell. Er vermochte vom Plateau aus die Russen besser zu beobachten, vor allem konnte er die Turmplattform gut überblicken.

»Sie haben das Turmluk zu«, sagte er. »Und die dümpeln herum wie ein toter Walfisch. Ob der Commander weg ist?«

»Unmöglich! Er muß meiner Ansicht nach auf Grund liegen und tote Fliege spielen.«

»Und wenn's den Russen zu gut hier gefällt und sie machen einen Extraurlaub?«

»Unken wir nicht, Hendricks.« Cornell hatte, während er sprach, den Arm um Joan gelegt und an sich gedrückt. Sie fror wie alle, die jetzt warteten. Ein leichter Wind war aufgekommen. Er war eisig und schmerzhaft. »Wie ist es bei euch da oben?«

»Ziemlich beschissen. Der neue Wind treibt Schnee über das Plateau. Wir sitzen ja hier wie ein Pickel auf einem blanken Kinderarsch!« Leutnant Hendricks unterbrach, Cornell hörte ihn etwas fragen. Dann war er wieder am Walkie-talkie. »Es ist alles klar, Bernie. Wir lassen jetzt vier Strickleitern herunter, alle vier Meter. Den Rest müßt ihr hochklettern.«

»Das ist Blödsinn, Hendricks. Die Mädchen kämen nie rauf! Knüpft die vier zusammen, dann kommst du mit einer bis unten. Wie lange dauert das?«

»Eine halbe Stunde, Bernie.«

»Leg einen Zahn drauf! Unseretwegen verschiebt der Herrgott nicht den Tag!«

Es dauerte keine Viertelstunde, bis sich Hendricks wieder

meldete: »Okay, Bernie, die Leiter kommt ’runter! Übrigens, der Wind wird stärker. Hier ist jetzt ein schönes Schneetreiben. Wo kommt nur der Schnee her? Ich dachte, hier gibt’s nur Eis...«

»Schreib mal an den Briefkastenonkel der *New York Times*. Vielleicht weiß der mehr. Steht das zweite Zelt?«

»Alles klar zum Empfang der Damen! Wie ist’s mit deinem Stehen?«

»Ende!« sagte Cornell grob und schaltete das Sprechgerät aus. Er ging hinüber zu Bill Slingman, der hier unten der Ranghöchste der Matrosen war. Obermaat Yenkins war dabei, mit vier Mann die Kisten und Seesäcke zu der Stelle zu bringen, wo die Strickleiter herunterkommen sollte. Lill Petersen half ihm dabei, gehüllt in einen dicken Pelzmantel, die Fellmütze tief über den Kopf gezogen. Sie schleppte unentwegt die Kartons mit den Konservendosen zur Felsenplatte.

»Das ist echte Liebe!« sagte Dr. Blandy. Er hatte seinen Seesack über der Schulter und in der anderen Hand hielt er einen zweiten Sack mit Verpflegung und der Marschapotheke. Aus Cornells Höhle schleifte Joan einen schweren Sack, bis Tami Tamaroo ihr zu Hilfe kam. Dorette stand neben Slingman und stapelte die Kartons.

»Und wo ist Ihre rote Maus?« fragte Cornell anzüglich.

»Sie schminkt sich noch«, sagte Blandy. »Stellen Sie sich vor, als sie damals auf die Rettungsinsel stieg, hat sie ihren Schminkkoffer mitgenommen!«

»Ich glaube, Doc, Sie reiten das falsche Pferd. Statt sich anzumalen, könnte auch Ihre Evelyn mit zupacken.«

»Das kann sie auch!« sagte Blandy gekränkt.

»Was ich nicht bezweifle. Nur, was Sie bei Ihnen anpackt, hilft uns jetzt nicht.«

»Sie entwickeln sich zu einem Ferkel, Bernie!« sagte Blandy grob. »Hätte ich nicht in Ihnen gesucht. Die einen schminken sich vor der Arbeit, die anderen rotzen sich in die Hände. Das erste ist mir lieber! Sehen Sie, da kommt meine kleine rote Katze...«

Aus der Höhle trat Evelyn, einen kleinen Karton mit Hartwurst und Milchpulver auf der Schulter. Mit koketten Schritten, sich ganz ihrer Wirkung bewußt, kam sie auf die Gruppe zu.

»Ist die nicht 'ne Wucht!« sagte Blandy, völlig aus dem Tritt geraten. »Und wie Sie sehen, Bernie, arbeitet sie auch!«

»Sie überanstrengt sich nicht, Doc.«

»Nicht beim Milchpulvertragen, Sie Arsch!« Er ließ sein Gepäck fallen, rannte hinüber zu Evelyn und nahm ihr den Karton von der Schulter. Sie bedankte sich bei Blandy mit einem Kuß auf die Backe. Cornell seufzte, blickte nach oben, wo die Strickleiter gerade heruntergelassen wurde und gegen die vereisten Felsen klatschte. Wenn die Sowjets ihre ungeheuer feinen elektronischen Abhörgeräte in Tätigkeit hatten, mußte das bei ihnen klingen wie Paukenschläge. Auf jeden Fall schlugen die Anzeiger weit aus, und es entstanden auf den Kurvenschreibern hohe Zacken.

Aber die Russen schienen nichts zu merken. Ihre Sorglosigkeit war entwaffnend. Dem Himmel sei Dank!

»Sie als erster, Doc!« sagte Cornell und zeigte auf die Leiter. Blandy starrte am Felsen empor. »Warum denn das?«

»Damit Sie oben sind und helfen können, wenn einer sich Schrammen holt. Nach Ihnen kommen die Mädchen, keine Sorge.« Cornell sah hinaus aufs Meer. Das sowjetische U-Boot sah aus wie ein abstraktes, hellerleuchtetes Haus. »Hat der Commander eigentlich eine Ahnung, welch ein geiler Bock Sie in Wahrheit sind, Doc?«

»Mit Nicholson über Weiber zu reden, ist vertane Zeit. Ich hab' ein paarmal angesetzt. Völlig sinnlos! Er kennt jede Schraube in einem U-Boot, aber vor einer Brustwarze rätselt er herum! Übrigens, auch er hat seinen Anteil bekommen.«

»Monika? Die Kühle aus dem Norden?«

»Erraten. Aber es scheint ein Fiasko gewesen zu sein, sonst hätten sie sich anders verabschiedet. Wahrscheinlich hat Nicholson beim Betrachten des Unterleibes an ein Leck im Boot gedacht...« Er lachte wieder dröhnend, verschluckte dann die weiteren Töne und nickte Cornell zu. »Entschuldigung. Die Russen mit ihren feinen Ohren. Also gut, ich klettere als erster hinauf. Aber dann kommt Evelyn.«

»Versprochen! Nur machen Sie nicht auf der Strickleiter halt und versuchen eine neue Tour...«

»Sie sind wirklich ein Saustück, Bernie!« Dr. Blandy griff in die eisigen Seilsprossen und begann, den Felsen hinaufzusteigen. Er nahm dabei seinen Seesack mit, einen Beweis mehr, welche Kraft in diesem Burschen steckte. Mühelos kletterte er nach oben, als sei er ein Seekadett, den man die Wanten hinauf- und hinunterjagt.

Auf halber Höhe merkte er, welch ein Wind auf dem Oberland wehte. Der eisige Hauch traf ihn, er fluchte mordsmäßig und dachte an seine rote Hexe, die gleich hinter ihm herkletterte und die von diesem Windstoß weggeweht werden konnte, wenn sie sich nicht tüchtig festklammerte. Ihr zuzurufen: Paß auf, rote Maus! war unmöglich. Das würde bei den Sowjets im Abhörgerät wie ein Knall wirken.

Er stieg weiter und erreichte den Rand des Felsens. Sechs Hände griffen in seinen Pelz und zogen ihn vollends nach oben. Leutnant Hendricks grinste. Hier oben war der Wind schon fast ein Sturm. Über das flache Eisland trieb pulverisierter Schnee wie Nebelschwaden.

»Was tut man, wenn man bei diesem Frost pinkeln muß, Doc?« fragte Hendricks. »Die Sache gefriert sofort zur Stange.«

»Abbrechen und Ziergitter daraus bauen!« schnaufte Blandy und warf seinen Seesack weg, den ein Matrose, dick vermummt, sofort in das neu aufgestellte Zelt trug. Dann beugte er sich über den Felsrand und wartete, bis Evelyns Kopf auftauchte. Sie keuchte, aber sie hatte es geschafft. Wie eine Puppe hob Blandy sie hoch und drückte sie an seine Brust. Leutnant Hendricks starrte ihn entgeistert an.

»Wir zittern hier oben vor Kälte, und ihr da unten wärmt euch am Haaröfchen! Doc, das ist keine Kameradschaft!«

»Lill und Dorette werden das ausgleichen. Weinen Sie nicht gleich, Hendricks. Wem es gar zu weh tut, soll sich in den Wind stellen und seine Hosen fünf Minuten offenhalten. Er wird nie wieder daran denken.«

»Wer Sie bloß zum Arzt gemacht hat«, sagte Hendricks kopfschüttelnd. Dann hatte er sich um anderes zu kümmern. Nacheinander kamen sie jetzt die lange Strickleiter herauf und stemmten sich gegen den Eiswind. Lill, Dorette, Monika, Joan. Die Matrosen warfen sofort noch zusätzliche Decken über sie und führten sie in das zweite gepolsterte Zelt. Hier brannte ein

Gasofen. Es war warm, aber eng. Vor den Zelten hatte man aus Eisblöcken eine bizarre Mauer als Sichtschutz gegen das sowjetische U-Boot gebaut. Vom Meer her mußte es wie eine Wand aus Eisschollen aussehen – wie etwas ganz Natürliches.

Evelyn setzte sich sofort neben den Gasofen, zog den Pelz aus und blickte um sich. Ihr rotgeschminkter Schmollmund verzog sich.

»Was sollen wir hier?« fragte sie die anderen. »Kaum Platz für uns. Wo soll mein Boy bleiben?«

»Sei froh, daß du lebst!« sagte Monika entrüstet. »Und wenn wir hier gesund herauskommen, kannst du aus Dankbarkeit Nonne werden! Habt ihr nichts anderes im Kopf als Männer?«

»Unser Moralengel!« Evelyn hielt ihre Finger mit den gelackten Nägeln über den leise zischenden Gasofen. »Von VENUS XI sind sie schon unterwegs.«

»Hoffen wir es.«

»Paul sagt es.« Sie sah Lill, Joan und Dorette der Reihe nach an. »Was sagen eure Kavaliere?«

»Nichts!« Joan öffnete ihren Mantel und warf die Decke ab. »Ich weiß nur, daß Bernie ein anständiger Bursche ist. Kann sein, daß ich bei ihm bleibe.«

»Heiraten?« fragte Evelyn entgeistert. »Bist du verrückt!«

»Ich liebe ihn.«

»Einen Offizier vom Atom-U-Boot!« Evelyn tippte gegen ihre Stirn. »Willst du ewig solo herumsitzen und auf ihn warten? Für Monika ist das selbstverständlich. Frau Commander! Sex in Monatsraten, wie im Versandhauskatalog bestellt. Sonst Windstille. Das hält doch keiner von uns aus.«

»Man sollte dir den Mund stopfen«, sagte Monika leise. Und da sie es zwischen den Zähnen sagte, war es verdammt gefährlich. »Bei dir ist Liebe doch nur Kannibalismus.«

»Ach Gott, was seid ihr alle dämlich!« Evelyn zog die Knie an und starrte in die Gasflamme. »Das verfluchte U-Boot hat euch alle verdreht!«

Draußen schleppte man jetzt das ganze Material auf das Oberland. Slingman, Yenkins und vier Matrosen – die stärksten – schufteten wie die Ameisen. Sie kletterten hinauf und hinunter, und sie schleppten die Lasten über die Strickleiter den eisverhangenen Felsen hinauf. Der Wind wurde immer stärker. Der über die glatte Fläche gepeitschte Schnee ließ nur noch wenige Meter Sicht frei. Es war kaum möglich, zu atmen. Die Männer steckten die Gesichter in die Pelze, wenn sie Luft holen wollten und blieben so, mit dem Rücken gegen den Wind, stehen, bis sich die Lungen wieder vollgesaugt hatten. Erst dann konnten sie weiterarbeiten. Sechs Mann bauten in diesem höllischen Sturm das dritte Zelt auf, das von unten heraufgebracht worden war. Es war ein großes Zelt, in dem die restliche Mannschaft leicht Platz hatte. Auch das Schlauchboot und den Motor schleppten Slingman, Yenkins und die anderen über die Strickleiter nach oben. Dann suchten sie alle Höhlen und auch das Landeplateau nach Abfall oder vergessenen Dingen ab. Falls die Russen wirklich landen würden, sollte nichts verraten, daß hier bereits Menschen an Land gegangen waren.

»Alles okay!« meldete Slingman, der bis zuletzt unten geblieben war. »Alle Spuren sind weg, Sir! Ich habe auch den gefrorenen Urin abgeschabt und ins Meer geworfen. Da muß einer wie ein Pferd gepißt haben!«

»Bist ein guter Junge, Bill«, sagte Cornell ins Walkie-talkie. »Komm jetzt 'rauf. Ende.«

Damit war der Umzug beendet. Er hatte über drei Stunden gedauert, und Bernie Cornell atmetete erleichtert auf. Er stand hinter der künstlichen Eismauer und blickte mit dem Nachtglas hinunter auf das hellerleuchtete sowjetische U-Boot. Irgend etwas mußte dort die Ruhe gestört haben. Die Russen wurden munter, das Turmluk klappte hoch, nacheinander kletterten sechs Männer in Pelzmänteln auf die Plattform. Bill Slingman hing noch in der Strickleiter am Felsen. Ihm fehlten vielleicht gerade noch zehn Meter bis zum Rand.

»Ihre Lauscher haben nicht geschlafen!« flüsterte Cornell hinüber zu Hendricks, der neben ihm stand. »Wer von uns hat da Krach gemacht?«

»Der verdammte Außenbordmotor! Die Jungs konnten nichts dafür. Er ist dreimal gegen die Felswand geschlagen. Schließlich transportiert man Motoren nicht Felswände empor.«

»Scheiße! Slingman ist noch in der Wand.«

Auf dem russischen U-Boot flammten plötzlich drei starke Scheinwerfer auf. Sie stachen ihre grellen Lichtbündel aus dem

Turm und begannen zunächst das Meer abzutasten. Stellen, welche von den Lichtstrahlen berührt wurden, waren taghell, so gleißend hell, daß nichts verborgen blieb. Slingman erkannte sofort die Gefahr. Er kletterte weiter mit der Geschwindigkeit eines Affen. Nur noch sieben Meter, sieben lächerliche Meter. Aber sieben Meter auf der Erde sind etwas anderes als sieben Meter auf einer Strickleiter an einem vereisten Felsen.

»Wenn die Russen die Scheinwerfer ein wenig höher stellen, ist alles aus!« sagte Hendricks. »Dann ist Slingman wie eine Zirkusnummer angestrahlt.«

»Sagen Sie ein Vaterunser, aber halten Sie die Schnauze!« brummte Cornell. »Vielleicht haben wir Glück.«

Sie verfolgten die Scheinwerferarme, die noch immer über das Meer glitten. Eisschollen leuchteten blauweiß auf, man sah sogar, daß dicht unter der Wasseroberfläche ein Fischschwarm sichtbar wurde. Wie glitzerten die kleinen schmalen Leiber im Licht!

»Die haben ja ein verteufeltes Licht, die Russen!« sagte Dr. Blandy. Er war zu den beiden Offizieren getreten, nachdem er seinen Seesack ausgepackt und seine Arzttasche griffbereit im Zelt aufgestellt hatte. »Aber sie kommen etliche Minuten zu spät.«

»Slingman hängt noch in der Leiter.«

»O Scheiße!« Blandy starrte auf den Felsrand. »Wie tief?«

»Keine Ahnung.« Cornell betrachtete durch das Nachtglas die sechs russischen Offiziere auf dem Turm. »Die Sowjets haben wahrscheinlich Ihr Lachen gehört, Doc« sagte er giftig.

»Ich befürchte, ich muß Sie eines Tages doch noch k.o. schlagen!« brummte Blandy. »Himmel, warum kommt Slingman nicht! Ein Neger kann doch klettern wie ein Affe. Ich geh' mal 'rüber und guck, wo er bleibt.«

»Sie bleiben hier, Doc!« Cornell hielt Blandy am Ärmel fest. »Es genügt, wenn die Russen einen Mann sehen.«

»Ob einen oder zwei, das ist doch dann scheißegal! Dann wird es hier lustig. Die Russen sind keine Hirnatrophiker! Wo eine Strickleiter hängt, gibt es mehr als einen Mann!«

Sie hielten kurz den Atem an, als die drei Scheinwerfer

plötzlich erloschen, aber ebenso plötzlich wieder aufleuchteten. Sie standen jetzt höher und tasteten die Küste ab.

»Gleich sind wir dran«, sagte Dr. Blandy aufgeregt. »Noch ein bißchen höher, und sie haben unsere Höhlen und die Strickleiter im Visier.«

In diesem Augenblick erschien Slingman auf dem Oberland. Er warf sich sofort auf das Eis und begann, die Strickleiter heraufzuziehen. Leutnant Hendricks lief zu ihm, warf sich neben ihn und half ihm. Meter um Meter tasteten die russischen Scheinwerfer die Felsen ab. Es war ein Wettlauf um Sekunden... als das Ende der Strickleiter über Hendricks und Slingman aufs Eis klatschte, hatten die hellen Strahlen auch die Stelle erfaßt, wo Slingman noch vor ein paar Minuten gebaumelt hatte. Cornell atmete pfeifend aus. Dr. Blandy wischte sich den Schweiß von der Stirn... er war zu Kügelchen gefroren. Auf dem Bauch krochen Hendricks und Slingman in Deckung. Erst hinter dem Eiswall wagten sie, sich aufzurichten.

»Dafür sollten Sie einen Orden bekommen, Bill«, sagte Cornell heiser vor Erregung. »Aber was es an Blechklamotten gibt, haben Sie ja schon! Achtung! Deckung!«

Sie duckten sich hinter die Eismauer. Die Scheinwerfer hatten den oberen Rand des Felsens erreicht, um Blandy, Slingman und Hendricks war es taghell geworden. Es war, als bräche das Licht durch das Eis wie Röntgenstrahlen. Alles wurde transparent. Dr. Blandy hob die Schultern.

»Wenn das eine neue russische Geheimwaffe ist, sind wir im Eimer, Jungs«, knurrte er.

Die Scheinwerfer blieben einen Augenblick auf den Eisbarrieren stehen, aber dann wanderten sie weiter und senkten sich wieder auf die Felswand. Dort oben war die absolute Einsamkeit, dachten wohl auch die Russen. Urzeit. Nur Eisschollen, von Froststürmen angeblasen. Das blendende Licht tastete wieder die Höhlenreihe ab.

»Denen haben wir's gezeigt«, sagte Blandy und richtete sich wieder auf. »Die Russen haben einen unheimlichen Respekt vor mir.«

Jetzt konnten auch die anderen wieder lachen. Sie lehnten sich gegen die Eismauer, zogen die Pelze ins Gesicht und lachten in die Felle hinein. Ein fast hysterisches Lachen, das befreite und den ungeheuren Druck aus dem Körper trieb.

»Das war der erste Streich«, sagte Cornell später, als sie im großen Zelt saßen. »Aber aus dem Mist sind wir erst heraus, wenn die Russen weggetaucht sind. Solange dürfen wir uns nicht rühren. Kein offenes Feuer, keinen Rauch –«

»Sie Witzbold!« sagte Dr. Blandy. »Womit denn? Ohne Holz!«

»Es könnte einer auf die Idee kommen, die Kisten als Brennmaterial zu nehmen.«

»So dämlich ist keiner. Außerdem haben wir genug Propangas bei uns... und in vier Tagen sind die Leute von VENUS XI hier.«

»Eben!« Cornell hielt seine klammen Finger über das Öfchen. »Wenn die mit ihren Motorschlitten herankommen, werden die Russen jubeln. Ein wahres Schauspiel, und der Iwan hat einen Logenplatz.«

»Sie werden so schnell nicht kommen!« Dr. Blandy nickte nach oben. Der Sturm riß an dem gepolsterten Zelt. Sein hohles Heulen wurde immer stärker, und die Leinen, mit denen das Zelt gespannt war, knirschten bedenklich. Als Blandy gegen den Stoff drückte, war es, als versinke seine Faust in dicker Watte.

»Man muß sich vorsehen«, sagte er. »Bei diesem Wind frieren den Eisbären sogar die Arschlöcher zu.«

Commander Jack Nicholson dachte nicht an das traurige Schicksal von Eisbären. Bewegungslos lag die POSEIDON I auf dem Meeresgrund, mit abgestellten Motoren, gedrosselten Entlüftungsfiltern und scharfgemachten Torpedos. Aber auch alle Stationen für eine Selbstversenkung waren besetzt, die Sprengladungen, die das Boot zerstören sollten, waren an die elektrischen Auslösekontakte angeschlossen, an jeden Mann waren die Tauchretter ausgegeben worden. Schwimmwesten mit druckausgleichenden Sauerstoffatmungsgeräten.

Die Männer gingen im Boot nur in Strümpfen herum, und auch das nur, wenn es unbedingt nötig war. Die meisten lagen auf ihren Betten und lasen, dösten vor sich hin, unterhielten sich flüsternd, spielten Karten, indem sie die einzelnen Blätter wie Seidenpapier auf die Tische schweben ließen, oder würfelten auf Wolldecken. Jeder unnötige Lärm wurde vermieden.

Nicholson saß im Kommandantenraum und schrieb ins Bordbuch die volle Wahrheit hinein. Es war ein Bericht, der ihm später den Nacken brechen würde, wenn er die Unterquerung des Nordpols wirklich hinter sich bringen sollte. Er versuchte keine Erklärungen, er schrieb mit militärischer Nüchternheit nur die Meldungen, die seine Schuld dokumentierten.

Schuld? War Menschlichkeit eine Schuld? War Liebe ein Verbrechen? Ist ein Commander ein anderer Mann als Millionen normaler Männer? Bestand die Welt denn nur noch aus einem U-Boot?

Es wurde nicht danach gefragt. Wer Amerikas größtes und empfindlichstes Geheimnis befehligte, hat aufzuhören, normal zu sein. Der Admiral hatte Nicholson darüber nie um unklaren gelassen. »Jack«, hat er gesagt, »fühlen Sie sich stark genug, diese Aufgabe zu übernehmen? Seien Sie sich klar darüber, Sie verlassen eine gewohnte Welt und werden selbst eine neue Welt! Es gibt dann kein Zurück mehr.«

Und Jack Nicholson hat geantwortet: »Sir, ich fühle mich stark genug. Die Navy ist meine Familie. Das wissen Sie.«

»Ich habe nichts anderes erwartet, Jack. « Damals war der Admiral wirklich wie ein Vater gewesen. Er hatte Nicholson umarmt. »Ich hätte auch sonst keinen gewußt, dem ich das Boot ohne tiefe Sorge anvertrauen kann.«

Wie lange war das jetzt her? Fast ein Jahr! Damals wurde an der POSEIDON I noch gearbeitet. Die elektronischen Instrumente wurden eingebaut. Von den U-Boot-Basen und aus dem Marinesonderausbildungslager kamen die Namen und Personalakten nach Rochester, aus denen man dann die dreihundert Besten auswählte. Vor einem Jahr fast... was hatte sich seither alles getan!

Nicholson hatte sich zweimal verliebt: Einmal in sein Boot, das zweitemal in Monika, und diese zweite Liebe, die jetzt alles überstrahlte, die alles Bisherige sinnlos werden ließ, war nie einkalkuliert worden, weil sie es nach Jacks Ermessen nie geben konnte. Er hatte immer und allen Ernstes geglaubt, zu einer großen Liebe nie fähig zu sein, nicht, weil ihm einige Hormone fehlten, sondern weil er zu der Navy ein geradezu erotisches Verhältnis hatte, das alles andere ausschloß. Hier und da einmal eine flüchtige Bettgeschichte. Natürlich, die gab es. Jeder Dampfkessel hat ein Ventil, aus dem es einmal pfeift. Aber daß es möglich war, ein Mädchen wie Monika Herrmann zu sehen und von da an nur noch sie zu sehen, ob er die Augen offenhielt, ob er sie schloß – nur noch ihr blondes Haar zwischen seinen Fingern zu fühlen, ihren Atem auf seiner Haut zu spüren, ihren glatten jungen Körper mit dem seidigen Haarflaum immer gegenwärtig zu haben, auch in Gedanken so greifbar nahe, daß er oft die Hand ausstreckte, um sie zu berühren… und wenn sie nicht da war, so zog dennoch die Wärme ihres Leibes durch seine Handflächen – kurzum, das alles war ein so ungeheures Erlebnis, daß er jetzt in sein Bordbuch schrieb: ›Es war notwendig, gegen den vorliegenden Befehl sowohl Kurs als auch Aufgabenstellung vorübergehend zu ändern und den Realitäten anzupassen.‹

Realität?

Jack Nicholson legte den Kugelschreiber hin und klappte das Bordbuch zu. Die Realität ist, dachte er, daß wir wahrscheinlich alle vor die Hunde gehen. Wir hier unten in dem stählernen Sarg, und die da drüben auf dem vereisten Land erst recht. Sie glauben, daß wir VENUS XI erreicht haben und werden warten, bis sie nichts mehr haben, keine Verpflegung, kein Propangas zum Wärmen und Kochen, kein Holz für ein Feuer und schließlich keinen Willen mehr zum Leben. Sie werden erfrieren oder sich in sinnloser Panik gegenseitig umbringen. Die letzten Überlebenden werden die anderen auffressen, aber auch dieser Kannibalismus wird sie nicht retten. Es wird alles zu Ende sein: Das Boot, die dreihundert fantastischen Jungs, die Mädchen, die große Liebe, die letztlich an allem schuld ist. Das ist die Realität, Jack Nicholson. Denn da oben, über dir, lauert der Russe. Noch weiß er von dir nichts, noch ist alles ein verdammter Zufall… aber was alles auf der Welt ist nicht schon zugrunde gegangen durch einen kleinen Zufall?

Auf Strümpfen ging Nicholson durch sein Boot zum Sonarraum. Hier hockten seine Spezialisten und beobachteten die feinen Meßinstrumente. Leutnant Surakki, der Mann, der aus einem Punkt im Sonarschreiber ein ganzes Buch ableiten konnte, hockte vor den elektronischen Ohren und beobachtete die zitternden Meßnadeln, die Kurvenanzeiger, die flimmernden Punkte auf dem Radar und die Daten, die ihm das lautlose Echolot lieferte. Als er Nicholson sah, nahm er seinen Kopfhörer ab und deutete auf die Anzeigetafeln.

»Die Russen haben Nerven, Sir«, sagte er flüsternd. »Sie machen einen Krach, als wären sie allein auf der Welt.«

»Das glauben sie auch in dieser Gegend zu sein, Pit. Irgendwelche Anzeichen, daß sie unsere Leute an Land gesehen haben?«

»Noch nicht, Sir.« Pit Surakki hob die Schultern. Nicholson nickte.

»Aber Sie erwarten es? Ich auch, Pit! Und wir können ihnen nicht helfen, das ist das Schreckliche!«

»Was soll ihnen passieren, Sir?« Surakki lehnte sich zurück. Der Sonarschreiber als Kontrolle hackte große Zacken auf den Papierstreifen. Im sowjetischen U-Boot mußten Geschirre klirren, Musik dröhnen, laute Rufe hin und her fliegen. Die neuen, bisher nur einmal, und zwar in der POSEIDON I eingebauten elektronischen Geräuschempfänger, die ihre Meßwerte an einen Computer weitergaben, der dann in einem Bruchteil von Sekunden die Entfernungen ausrechnete, arbeitete exakt. Das sowjetische Boot lag genau 372,47 Meter von der POSEIDON I entfernt an der Meeresoberfläche. Ein anderer elektronischer Computerschreiber hatte ebenso peinlich genau das gegnerische U-Boot beschrieben: Länge, Breite, Höhe, Tiefgang. Nicholson hätte es jetzt maßstabgerecht auf Millimeterpapier zeichnen können. Ein Wunderwerk der Elektronik.

»Wenn man unsere Leute sieht, wird man sie auf das russische Boot holen, und sie sind gerettet«, sagte Leutnant Surakki. »Man sollte es ihnen eigentlich wünschen. Was soll ihnen denn geschehen?«

»Pit, da lesen die Russen fünfzehn amerikanische Matrosen, zwei Offiziere und einen Marinearzt auf, und dazu noch fünf Mädchen, ebenfalls Amerikanerinnen. Und das alles auf Grönland, wo es am einsamsten ist! Glauben Sie, die Sowjets sind blöd? Man wird die Leute in die Zange nehmen.«

»Wir haben keinen Krieg, Sir!«

»Keinen offenen, Pit! Aber wer will die Russen hindern, zum Beispiel die Mädchen so durch die Mangel zu drehen, daß sie alles sagen, was sie hier bei uns gesehen haben? Und die Mädchen werden singen. Es gibt da schmerzlose Methoden, die ungeheuer wirksam sind. Jeder Geheimdienst kennt sie, auch der unsere! Und dann wissen die Russen, daß da durch das Meer ein dickes Geheimnis schippert. Was werden sie tun? Sie nehmen sich unsere Männer vor, und die natürlich härter als die Mädchen. Wieder die Frage: Wer will sie daran hindern? Sie drehen die ganze Sache als Spionage auf und haben dann das Recht, auf die Pauke zu hauen.«

»Das gäbe ungeheure Verwicklungen, Sir.«

»Einen Scheißdreck gäbe das! Glauben Sie, das Weiße Haus läßt wegen achtzehn Mann und fünf Mädchen die Atome los? Man wird alles ableugnen, alles als Propaganda hinstellen, sogar die Verurteilung unserer Männer als Spione hinnehmen und sie später austauschen... und uns wird man jagen. Mit allen Mitteln! Die Chancen, dann zu entkommen, sind gleich Null.«

Er unterbrach sich. Die Meßinstrumente zeigten Veränderungen an. Leutnant Surakki war ganz weiß im Gesicht geworden. Auch die anderen Elektronikexperten saßen da wie die armen Sünder.

»Was ist?« fragte Nicholson gepreßt.

»Die Russen haben die Motoren auf Fahrt gebracht, Sir.« Surakki zeigte auf die Sonaraufzeichnung. »Sie fahren mit halber Kraft auf die Küste zu.« Der Entfernungsmeßcomputer tickte die Zahlen heraus. Danach glitt das russische U-Boot langsam davon – in Richtung Land. »Sie haben's nicht eilig.«

»Das kann bedeuten, daß sie unsere Leute entdeckt haben.« Nicholson lehnte gegen die Wand des Sonarraumes. Sie werden Monika fertigmachen, dachte er, und sein Herz zitterte. Sie wird tapfer sein, tapferer als die anderen Mädchen, aber gerade das wird sie reizen, ihren Widerstand zu brechen. Es gibt bei den Russen keinen Menschen, der nicht über kurz oder lang das gesteht, was sie wissen wollen. Ein Mensch, der leben will, spricht...

Einen Augenblick dachte er daran, was Leutnant Fairbanks, der Raketenoffizier, ihm gemeldet hatte. »Alle Werfer schußbereit, Sir!« Und er dachte daran, was Collins ihm gesagt hatte:

»Sir, wir haben jetzt die Sowjets genau vor den Torpedos. Wenn wir den Hebel runterdrücken, gibt es keine Probleme mehr...«

Wahnsinn! Völliger Wahnsinn!

Nicholson schüttelte die Gedanken von sich wie ein Hund das Wasser aus seinem Fell. Leutnant Surakki sah ihn erstaunt an.

»Ist was, Sir?«

»Was macht der Iwan?« fragte Nicholson dumpf.

»Kurs Küste. Ganz langsam. Wenn sie auch vorhin geschlafen haben, jetzt müsssen sie alle Instrumente in Tätigkeit haben.«

»Wehe, wenn jetzt irgendwo ein Schraubenschlüssel hinfällt oder der Koch mit dem Geschirr klappert!« Nicholson setzte sich vorsichtig auf einen Klappstuhl.

Der Meßcomputer tickte kaum hörbar. »Sie sind jetzt auf 238,21 Meter an uns heran, Sir«, flüsterte Surakki. Nicholson griff zum Mikrofon der Rundsprechanlage.

»Absolute Ruhe im Boot!« hauchte er hinein. Aus den Lautsprechern im ganzen Boot kam dieser Hauch wieder. »Stellt euch tot... sonst seid ihr es bald wirklich...«

10

Im Torpedoraum hockte Jimmy Porter zwischen seinen tödlichen ›Spargel‹ und blickte mit hochgezogenen Brauen auf den Lautsprecher an der Decke. Sein rundes Gesicht drückte eine ausgesprochen miese Stimmung aus. Und wenn bei Jimmy eine Laus über die Leber kroch, war es vernünftig, ihn nicht auch noch zu reizen. Nicholsons Flüsterstimme aber reizte ihn ungemein, vor allem die Aussicht, so gut wie tot zu sein.

Er saß hinter einem kleinen Stahltisch, den man zusammenklappen konnte, und er hatte gerade einen Skat mit drei Buben gewonnen. Die Maate Duncan, Losinski und Hammett, zu der Runde gehörend, die mit Belucci um den kleinen roten Teufel Evelyn gewürfelt hatten, tranken gerade zur Auffrischung Orangensaft aus der Blechdose. Hammett mischte die Karten. Die Morde an Belucci und Fähnrich Duff hatten sie alle verdächtig gemacht, aber sie trugen es mit Anstand, in dem reinen Bewußtsein, daß keiner von ihnen ein Mörder sei. Man kann sich eines Mädchens wegen in die Fresse schlagen, das gibt ein blaues Auge, ein geschwollenes Kinn, eine Beule, eine dicke Lippe, aber sich umbringen für das bißchen Fleisch mit den winzigen roten Löckchen – das wäre geradezu absurd. Ihre Kameradschaft war eisern wie die Stahlhaut des U-Bootes. Und so hatten sie Belucci auch nur in den Hintern getreten und ihm den Verlust der Vorderzähne angekündigt, als sie seine gezinkten Würfel entdeckten – aber ihn deswegen umbringen? Der Commander schien das auch eingesehen zu haben. Er ließ sie in Ruhe. Und was den lieben Duff betraf... hatte sein Tod nicht das ganze Boot in Aufruhr gebracht? Porter und Hollyday hatten keine Ruhe gegeben, bis sie alle Mann – mit Ausnahme der Offiziere natürlich – durchgeknetet hatten. Danach stand fest, daß man Duff eher wie einen Säugling in einer Wiege geschaukelt hätte, als ihn mit einem Kissen zu ersticken.

»Mir ist nicht ganz klar, was das alles soll«, sagte Porter leise, als Nicholsons Stimme verstummte. »Gut, über uns liegt der Russe. Wir müssen flach zu Boden gehen. Aber was wird aus den Jungs an Land... und aus den Weibern?«

»Darüber nachzudenken ist nicht Sache eines Torpedoobermaats«, sagte Hammett und teilte die Karten aus. Wie Nicholson flüsterten alle, und die Karten wurden nicht wie bei Skatspielern zünftig auf den Tisch gedroschen, sondern wie hauchdünnes Porzellan behandelt. Für professionierte Spieler ist das eine ungeheure Nervenbelastung – ehrlich!

Jimmy Porter rührte seine neuen Karten nicht an und starrte noch immer an die Decke auf den Lautsprecher. Duncan stieß Losinski stumm in die Seite und deutete auf Porter. Der spinnt wieder, hieß das. Der pflegt jetzt wieder seinen Koller. Verdammt, die Weiber sind von Bord, und die Versuchung friert drüben auf dem Festland. Im Boot ist endlich Ruhe, wir haben mal ein paar Tage davon geträumt, einen nackten Frauenhintern umklammern zu können – nur gut, daß das vorbei ist. Wir sind wieder vernünftig geworden... aber der Jimmy verdaut es halt nicht. Selbst seine kalten Wassergüsse helfen nicht mehr. »Das Wasser verdampft, sobald es an den Knüppel kommt!« hatte Porter unter dem Hallo der anderen gesagt. »Aber das eine sag' ich euch. Ich laß ihn mir vom Doc nicht amputieren! Da hängen Goldmedaillen dran, Jungs!«

»Los, spiel weiter, Jimmy!« sagte Losinski und entfächerte seine Karten. »Ich reize. Kameraden, die Hosen 'runter! Ich komme mit einer Herzflöte...«

»Ich werde mit dem Commander sprechen!« sagte Porter plötzlich, ohne seine Karten aufzunehmen. »Man hat uns gesagt, man soll über Befehle nachdenken. Weil's die Nazis nicht getan haben, hat man sie in Nürnberg aufgehängt!«

»Jimmy, dir ist 'n Hammer auf den Schädel gefallen!« sagte Duncan grob. »Nimm 'n Schluck Orangensaft und spül's 'runter! Porter, der Kriegsverbrecher! Wo ist der Eimer mit dem kalten Wasser?«

»Was sich hier vorbereitet, ist ein Verbrechen gegen die Menschlichkeit«, sagte Porter stur.

»O ihr süßen Huren von Saigon, warum habt ihr Jimmy laufen lassen?« Hammett wedelte mit seinem Kartenfächer. »Daß die Russen plötzlich da sind, kannst du dem Commander nicht ins Loch schieben –«

»Aber ich will wissen, wie er sich das alles denkt!« Porter stand auf. Die andern starrten ihn ungläubig an. Er geht wirklich zum Alten! Nicholson wird ihn zur Sau machen, daß er auf Händen und Füßen zurückgekrochen kommt, das weiß er, und trotzdem geht er hin. Jimmy muß einen Hirnschaden haben! Ist so was möglich, daß angestauter Samen die Hirnwindungen verklebt? Bei Jimmy muß es so sein.

»Setz dich hin und spiel«, sagte Duncan, als müsse er ein Kind beruhigen. »Morgen ist der Russe vielleicht weg, und alles ist okay! Hock dich hin, Jimmy.«

»Ich bin gleich wieder da!« Porter zwängte sich hinter dem Tisch hervor, tappte auf Strümpfen zum Schott und verließ den Torpedoraum. Die drei anderen blickten ihm fast mitleidig nach. Hammett legte seine Karten mit der schönen Herzflöte hin.

»Der Alte wird ihn vor ein Gericht bringen«, sagte Losinski und schüttelte seine Orangendose. »So ein stures Arschloch! Man sollte Jimmy bei der nächsten Übung mit seinen Torpedos aus dem Rohr schießen!«

Jack Nicholson saß im Kommandantenraum und dachte an

Monika. Im Boot war eine geisterhafte Stille, selbst die CO_2-Filter hörte man kaum. Sie waren bis auf das lebensnotwendige Minimum gedrosselt. Überall brannte nur die Notbeleuchtung, um die Batterien zu schonen, die man jetzt nicht aufladen konnte.

Wie viele Jahre werde ich bekommen, dachte Nicholson. Es kommt eine schöne, lange Latte an Straftaten heraus: Befehlsverweigeung, Falschmeldung, Gefährdung von Boot und dreihundert Navy-Soldaten. Ein gerissener Ankläger beim Marinegericht könnte jeden Tag, seit die Mädchen an Bord waren, als eine Verfehlung aufzählen. Dazu zwei ungeklärte Morde, in engem Zusammensein mit den Mädchen. Und verantwortlich dafür ist der Kommandant. Und das bist du, Jack Nicholson!

Wie viele Jahre hängen da drin? Wird Monika so lange auf mich warten? Ist das alles nicht eine verdammte Illusion? Und um dieser Illusion willen opfere ich alles? Jack Nicholson, was ist aus dir geworden! Ein ganzer Mann... oder bloß ein verliebter Trottel?

Nicholson fuhr zusammen, als die Tür aufging. Porter kam herein, stand auf Strümpfen stramm und grüßte.

»Verzeihung, Sir«, flüsterte er, »aber anzuklopfen war unmöglich wegen des Lärms. Bitte um Erlaubnis, Kommandantenraum betreten zu dürfen.«

»Mach die Tür zu, Jimmy«, sagte Nicholson. »Aber sachte!«

»Aye, aye, Sir.« Porter schloß ganz sanft die Stahltür und blieb dann vor Nicholson stehen. Nur zwei Meter trennten ihn von seinem Commander. Nicholson sah ihn wortlos an. Sein kantiges Gesicht – dieses Eisenfressergesicht – war unbeweglich. Auch Porter schwieg. Bullig, das Kinn angezogen, ein Klotz aus purer Kraft: so stand er vor Nicholson. Es war ein stummes Duell, bei dem nur die Blicke aufeinander einschlugen.

»Ehe du den Mund aufmachst, Jimmy«, sagte Nicholson endlich, »überleg dir, wer du bist.« Als er die erstaunten Augen Porters sah, nickte er. »Ihr vergeßt das immer. Euch gibt es nicht mehr. Ihr steht in keiner Gehaltsliste, eure Personalakten sind verschwunden. Wohin, das weiß nur einer.

Wenn wir nicht wiederkommen, wird das nie einer erfahren. Dann werden die Akten in den Papierwolf gesteckt! Aus, Jimmy, aus und vorbei.«

»Soll das eine Drohung sein, Sir?« fragte Porter finster.

»Nur eine Basis fürs Gespräch, Jimmy. Was ist los?«

»Ich mach' mir Sorgen, Sir.«

»Wenn es danach ginge, müßte ich längst ersoffen sein.«

»Haben die Kameraden drüben an Land und ... und die Mädchen eine Überlebenschance, Sir?«

»Jeder hat eine Chance, solange er atmet.«

»Und wie lange können sie atmen?«

»Länger als wir, Jimmy. Sie haben einen ganzen Himmel voll frischer Luft, wir nur gefilterte.«

Porter kaute an der Unterlippe. Daß der Commander sich in eine Diskussion einließ, war völlig neu. Es sieht beschissen aus, dachte er. Sonst wäre ich längst hinausgeflogen. Und plötzlich hatte er den Gedanken, der etwas Rätselhaftes in ihm aufriß, etwas Urtierhaftes, etwas, das man nicht mehr bändigen konnte.

»Sir«, fragte Porter heiser, »war es bei dem Alarm eigentlich noch möglich, die Station VENUS XI anzupeilen?«

Und Nicholson antwortete ganz nüchtern: »Nein.«

Porter atmete auf. Sein breiter Brustkasten wölbte sich ungeheuerlich. »Dann ... dann weiß niemand, daß sie an Land sind?«

»Niemand, Jimmy.«

»Aber die drüben an Land glauben, daß sie abgeholt werden?«

»So ist es.«

»Sie werden also verrecken?«

»Das hoffe ich nicht. Sie müssen sich nur etwas einfallen lassen, wenn sie merken, wie die Lage wirklich ist. Wir können ihnen nicht mehr helfen.«

»Und warum nicht, Sir?«

»Jimmy, frag nicht so dämlich.« Nicholson musterte Porter kritisch. Das bullige Gesicht des Obermaats färbte sich rot. Vom Hals herauf kroch das Blut, die Schläfenadern wurden zu dicken bläulichen Strängen. »Über uns liegt ein Russe, hinter uns lauern zwei andere Russen. Es kann sein, daß wir ein oder zwei Wochen auf Grund liegenbleiben müssen, bis die Luft oben nicht mehr rot ist. Wir dürfen uns nicht rühren.«

»Und die Mädchen krepieren«, sagte Porter empört. »Das lasse ich nicht zu, Sir.«

»Man wird dich nicht danach fragen!«

Porters Gesicht war jetzt feuerrot. Seine dicken Lippen zuckten. Wenn er jetzt platzt, soll er bloß keinen Krach machen, dachte Nicholson besorgt. Aber soviel man weiß, sind Gehirnschläge lautlos. Das beruhigt. Ich muß ihn nur rechtzeitig auffangen, damit er nicht zu Boden poltert. Das würden die Russen sofort in ihrem Sonar haben.

»Ich verlange«, sagte Porter mühsam, »daß Sie sofort, wenn der Russe über uns weg ist, auftauchen, die Kameraden und die Mädchen wieder an Bord nehmen – für VENUS XI ist es sowieso zu spät.«

»Verlangen!« Nicholsons Stimme war voll Bitterkeit. »Du kannst eher verlangen, daß der Papst sich einen Harem zulegt.«

»Wir reden weiter, Sir, wenn der Russe weg ist.« Porter stand wieder auf seinen Strümpfen stramm und grüßte. »Die Mädchen kommen an Bord zurück, sonst ist die Hölle eine Grillparty gegen das, was ich hier machen werde!«

Er verließ den Kommandantenraum und zog ganz leise die Tür hinter sich zu. Nicholson blieb sitzen und legte einen Augenblick die Hände gegeneinander, als wolle er beten. Dann griff er zum Mikrophon der Rundsprechanlage. Um sich Aufmerksamkeit zu verschaffen, hustete er leise hinein.

»An alle«, sagte er dann flüsternd. »Hier spricht der Kommandant. Kraft meiner Befugnisse für Ausnahmesituationen und damit im Namen der US-Navy degradiere ich wegen Aufsässigkeit den Obermaat Jim Porter zum Gefreiten. Leutnant Prescott, schneiden Sie Porter die Litzen ab. Ende.«

Er schaltete ab. Es geht wirklich zu Ende mit uns, sagte er zu sich.

Einen Weltuntergang kann man sich in den verschiedensten Variationen vorstellen: als riesige Feuersäule zerplatzender Atome, als explodierenden Zusammenprall mit einem Kometen, als einen von einer erloschenen Sonne in die Ewigkeit freigegebenen, vereisenden und lichtlosen Erdklumpen.

Es gab noch eine andere Möglichkeit, und an die begannen die Menschen in den drei gepolsterten Zelten auf dem Landplateau von Grönland zu glauben: Der Untergang in einem alles vernichtenden, infernalischen Sturm.

Es gab keine Atempause. Vier Tage und vier Nächte hieb der Wind auf das Land, riß an den Verspannungen der Zelte, schleuderte Berge von Treibschnee über die Kisten und baute über die gepolsterte Leinwand eine zweite Haut aus Eis.

Völlig unmöglich war es, einen Blick nach draußen zu werfen. Oberleutnant Bernie Cornell, von Angst getrieben, wollte nachsehen, ob das kleine Zelt der Mädchen noch stand. Als er den Reißverschluß des Eingangs endlich etwas geöffnet hatte und den Kopf hinausstreckte, traf ihn der Sturm mit einem solchen Hieb, daß er zurücktaumelte und sich an Dr. Blandy festhalten mußte.

»Ich habe das Gefühl, mir ist der Kopf abgerissen!« stammelte er. »Doc, das ist kein Sturm mehr, das ist die Hölle.«

»Noch formulieren Sie einen vollständigen Satz, Bernie, also ist's nicht so schlimm.« Blandy trat an den kleinen Schlitz des Eingangs, durch den jetzt, wie durch eine Düse, der Schnee trieb. Die Zeltleinwand blähte sich. Er riß den Reißverschluß wieder zu und pustete sofort in die Hände. Die wenigen Sekunden hatten genügt, sie fast erstarren zu lassen. Dr. Blandy sah nachdenklich auf den Propangasofen. Er war ihr einziger Lebensretter.

»Wo liegen die Ersatzflaschen?«

»Draußen im Magazin.«

»Sehr klug! Ich gebe dem Ofen noch ein paar Stunden, dann ist die Gasflasche leer! Es müssen also Leute 'raus und neue Flaschen holen!« Er sah sich im Kreise um. Bill Slingman grinste breit. Die anderen lagen auf ihren Luftmatratzen, in Decken gewickelt, und kauten die zur amerikanischen Marschverpflegung obligatorisch gehörenden Fruchtstangen. »Wer umsonst fliegen lernen will, soll sich melden! Da draußen bleibt keiner stehen.«

»Die Mädchen sind allein«, sagte Cornell unsicher. »Wenn

bei ihnen das Gas ausgeht ... Einer *muß* 'raus und nach ihnen sehen. Sie müssen ja vor Angst umkommen!«

»Ich werde gehen!« sagte Bill Slingman und stand von seiner Luftmatratze auf. Er reckte sich, dieser wie aus schwarzem Granit gehauene Klotz. »Einen solchen Wind gibt es gar nicht, der mich umhaut!«

»Und wenn du im Zelt bei den Weibern gelandet bist, mußt du dich aufwärmen. Und wie du dir das denkst, ist mir klar! Nichts gibt's, Blackboy!«

»Doc!« Slingman grinste verlegen. »Es geht wirklich nur um die Sicherheit der Girls.«

»Das ist in erster Linie die Aufgabe eines Arztes!« Dr. Blandy musterte den schwarzen Riesen, als wäre er ein Roß, das zum Verkauf steht. »Ich glaube, wir haben das gleiche Gewicht. Mich bläst auch kein Wind um.«

Er zog seinen dicken Pelz an, stülpte die Pelzkappe bis weit über die Ohren auf seinen dicken Schädel, band sich einen Wollschal um den Mund, daß nur die Augen freiblieben, setzte seine Schneebrille auf und ließ sich die Fellhandschuhe um die Handgelenke binden. Leutnant Hendricks, der das tat, benutzte dazu eine Nylonschnur.

»Viel Glück, Doc«, sagte er dabei. »Ich würde kriechen. Das gibt die geringste Angriffsfläche.«

»Genau das habe ich auch vorgehabt!« Blandy trat an den Eingang. »Verdrückt euch, Jungs«, sagte er laut. »Für ein paar Augenblicke wird der Sturm hineinblasen. Bernie, reißen Sie sofort hinter mir den Verschluß wieder zu! Kümmern Sie sich bloß nicht darum, was mit mir passiert!«

Er öffnete den Reißverschluß, der Sturm heulte sofort ins Zelt und warf Schneestaub hinein. Mit einem Hechtsprung fast stürzte Dr. Blandy ins Freie und ließ sich dort sofort aufs Eis fallen. Der Sturm erfaßte ihn und riß ihn herum. Das ist doch nicht möglich, dachte er erschrocken. Ich wiege über zwei Zentner. Es ist, als wäre ich gegen eine Mauer gesprungen.

Er kroch auf allen vieren weiter. Der Sturm hämmerte auf ihn herunter wie mit Riesenfäusten, aber er kam vorwärts, auch wenn er sofort mit einer zähen Schnee- und Eisschicht bedeckt war.

Mit großer Erleichterung stellte er fest, daß das Mannschaftszelt noch stand und daneben, ebenfalls durch eine Eismauer geschützt, das kleinere Zelt der Mädchen. Es sah nicht mehr wie ein Zelt aus. Es glich eher einem Eskimo-Iglu, denn es war völlig zugeweht.

Dr. Blandy kroch weiter. Der Sturm packte ihn, als er zwischen den beiden schützenden Eismauern ein Stück freies Land überwinden mußte, mit einer solchen Wucht, daß er sich flach hinlegen mußte, um nicht weggerollt zu werden. Und wieder dachte er: So etwas von Wind gibt es gar nicht. Ich habe in der Südsee einen Tornado erlebt und dachte damals, toller geht's nicht. Und ein flaues Gefühl hatte ich im Magen. Aber das hier! Verdammt – Junge, bleib nicht liegen, beweg dich… du bist sonst in Sekundenschnelle ein Eiszapfen.

Er erreichte das kleine Zelt, hieb mit der Faust dagegen und schlug damit große Eisbrocken ab. Innen rührte sich nichts. Natürlich, sie denken, das ist der Wind, sagte sich Blandy. Und schreien nützte auch nichts. Sie können einen kaum hören.

Er trat gegen die vereiste, innen gepolsterte Leinwand, immer und immer wieder, und immer gegen die gleiche Stelle. Das müssen sie merken, dachte er. So dämlich kann keiner sein, zu glauben, daß der Sturm immer die gleiche Stelle einbeult. Nun bewegt euch schon, Mädchen! Ich spüre den Frost bereits auf den Knochen!

Auf der Eingangsseite bröckelte das Eis ab. Der Reißverschluß wurde von innen ein wenig geöffnet. Blandy sah die kühlen Augen Monikas und einen Schimmer von ihren blonden Haaren.

»Macht auf, ihr Süßen, ich bin Väterchen Frost!« brüllte Blandy gegen das Heulen des Sturmes.

Er half, den Reißverschluß so weit aufzuziehen, daß er sich in das Zelt zwängen konnte. Und sogleich riß er ihn wieder zu.

Die Wärme, die ihn empfing, war geradezu höllisch im Vergleich zu diesem Eiswind draußen. Die Polsterung des Zeltes war fabelhaft. Der Gasofen flackerte. Die Mädchen lagen auf ihren Matratzen, mit Decken umwickelt. Blandys zweiter Blick – der erste hatte dem Gasofen gegolten – traf Evelyn Darring. Sie war wie immer geschminkt, ihr rotes Haar war zu frechen Locken gedreht. Jetzt roch er auch das Parfüm, dessen Duft das ganze Zelt erfüllte. Sehr süßlich – vermutlich der

Extrakt irgendeiner tropischen Blume. Dr. Blandy nahm die Pelzmütze ab und öffnete den Mantel.

»Alles okay?« fragte er.

»Bis jetzt noch«, sagte Monika. Sie schien jetzt hier der Chef zu sein. »Wie haben Sie's überhaupt geschafft, bis hier zu uns?«

»Auf einer Duftwolke! Hier riecht es nämlich wie im Puff.«

»Es ist mein Parfüm, Bärchen!« Evelyn räkelte sich unter der Decke. Blandy kannte das. Die Geschmeidigkeit ihrer Glieder hatte ihn immer fasziniert. Sie konnte einen Mann umarmen, daß er völlig wehrlos war, ja, eine Beute ihrer Glieder wurde. Eine Umklammerung, aus der allerdings auch keiner entrinnen wollte.

»Andere Sorgen habt ihr wohl nicht?« knurrte er und setzte sich auf eine Kiste mit Konserven.

»Genug!« sagte Lill Petersen. »Wenn Evelyn nicht ihr Parfüm bei sich hätte, stänke es hier ganz anders. Wir sind nicht anders gebaut als andere Menschen.«

»Wir haben nur einen Plastikeimer hier.« Monikas Blick ging in eine Ecke. Blandy folgte ihm und sah einen Stapel Decken. »Ja, da drunter!« sagte Monika, ehe Blandy eine Bemerkung machen konnte. »Es ist unmöglich, ihn auszuschütten.«

»Und wenn, dann nur *gegen* den Wind!« sagte Blandy und lachte.

»Sind Sie zu uns gekommen, um dämliches Zeug zu quasseln?« fauchte Dorette. »Wie soll das weitergehen!«

»Da müssen Sie den lieben Gott fragen, der diesen Sturm losgelassen hat.« Blandy klopfte gegen die Gasflasche. Sie klang ziemlich hohl. »Ohne diesen Sturm wären wir jetzt schon im warmen Schoß von VENUS XI. So verzögert sich die ganze Sache ein wenig, aber es ist kein Grund vorhanden, sich um die Testamente zu kümmern. Das wollte ich erst einmal gesagt haben.«

Das war gut und glatt gelogen, dachte er. Sie müssen es glauben. Wenn sie alle wüßten, welchen Verdacht ich habe! Ich werde darüber nachher mit Cornell und Hendricks sprechen. Wir können nicht hier oben bleiben, um Eisdenkmäler zu werden.

»Und was ist zweitens?« fragte Joan. Sie war dabei, mit einem Büchsenöffner eine Konserve aufzuschneiden. Sie hatte das Kochen übernommen.

»Wenn das Gas zu Ende geht, nützen euch auch eure heißen Körper nichts!« sagte Blandy und betrachtete sinnend den Gasofen. »Das war unsere stärkste Sorge, und sie ist es noch.«

»Wir haben genug Gasflaschen vom Boot mitgenommen«, sagte Monika.

»Aber wie kommen wir an sie heran? Wo liegen sie? Ich weiß, ich weiß. Wir sind alles Rindviecher, aber wer hat jemals an einen solchen Sturm gedacht! Wir haben sieben Materialstapel. Ich habe sie vorhin gesehen... sie sind nicht mehr zu sehen. Nur Schneehaufen. Man muß also alle sieben Stapel – im ungünstigsten Fall, denn meistens ist es immer der letzte – ausgraben, um an das Gas und andere notwendige Dinge heranzukommen. Und das bei diesem Sturm! Mädchen, und wenn ihr uns für ganz trübe Flaschen haltet: Das ist unmöglich! Da draußen kann sich keiner auf den Beinen halten, geschweige denn arbeiten!«

»Also erfrieren wir in absehbarer Zeit!« sagte Monika nüchtern. »Das ist eine erfreuliche Botschaft.«

»Sie werden uns nicht umkommen lassen.« Dorette verschränkte die Arme hinter ihrem Kopf. »Dafür wird schon Billy sorgen.«

»Auch Ihr schwarzer Riese kann den Wind nicht wegboxen. Aber wir werden alles versuchen, um ans Material heranzukommen. Wir haben ja die gleichen Probleme. Bei uns reicht das Gas nur noch einen Tag.«

»Es wäre schon aus, wenn wir es nicht mehrmals am Tag abdrehten!« sagte Monika. »Dann machen wir hier Freiübungen, um uns warmzuhalten.«

»Fünf starke Boys wären uns lieber!« rief Lill und lachte. »Sie müssen ein toller Knabe sein, Doc. Du Himmel, wie Evelyn von Ihnen schwärmt. Warum kommt mein starkes Bärchen nicht? Ach, wenn doch Pauli da wäre! Ich muß immer an ihn denken! So geht's seit vier Tagen.«

»Du bist gemein!« sagte Evelyn und sah Blandy ganz verliebt an. »Hundsgemein, das zu erzählen!«

»Ich stelle fest, den Damen geht es vorzüglich!« sagte Blandy mit rauher Stimme. Sie scheinen wirklich nicht zu ahnen, dachte er dabei, in welch verzweifelter Lage sie sich tatsächlich befinden. »Mir scheint sogar, es ist Ihnen ab und zu ein wenig zu heiß unter der Haut. Machen Sie den Reißverschluß des Zeltes auf und strecken Sie den Hintern eine Minute ins Freie. Das hilft garantiert.«

»Und das ist nun dein charmanter süßer Pauli« sagte Dorette sarkastisch zu Evelyn. »Den würde ich auf ganz andere Art vernaschen.«

Blandy erhob sich, knöpfte den Fellmantel zu und stülpte die Pelzmütze auf den Schädel. »Wir werden Ihnen neues Gas bringen!« sagte er. »Irgendwie muß uns etwas einfallen, wie wir an das Material herankommen.«

»Du bleibst nicht hier?« rief Evelyn und fuhr hoch. Sie trug über ihre spitzen Brüste nur ein Unterhemd und sah geradezu verworfen hübsch aus. »Wir haben Angst… wir fünf hier allein… Das hat dir Monika nicht gesagt.«

»Kein Wind bläst ewig, Baby.« Dr. Blandy tappte zum Ausgang. Es fiel ihm tatsächlich schwer, wegzugehen. Das rote Biest hat mich geschafft, dachte er. Aber das wußte ich vom ersten Augenblick an, als ich sie sah. Daß sie mit dem windigen Belucci geschlafen hat, traf mich verdammt hart. Aber das ist jetzt vorbei, man sollte nicht mehr daran denken. »Ich war mal in einer Jagdhütte in den Rocky Mountains eingeschneit«, sagte er. »Vierzehn Tage lang. Und ganz allein! Man gewöhnt sich dran. Bis morgen, Mädchen!«

Monika riß den Reißverschluß auf, er sprang ins Freie und ließ sich sofort hinfallen. Der Sturm packte ihn wieder, und es war ihm, als hätte ihn ein Bulle ins Hinterteil getreten.

Auf allen vieren kroch er zurück.

Morgen müssen wir an die Gasflaschen ran, dachte er. Auch wenn's nur eine Verlängerung des Lebens um ein paar Tage ist. Der Mensch klammert sich an die Hoffnung. Wenn es ganz hart kommt, glaubt er sogar an Wunder.

»Es geht ihnen gut!« sagte Blandy. »Sie haben noch Gas für einen Tag!« Sie kamen auf ihn zugestürmt, als er ins Zelt schlüpfte. Sie zogen ihm den Mantel aus, rissen ihm die Pelzmütze vom Kopf, überschütteten ihn mit Fragen. Cornell rieb ihm mit einem harten Frotteehandtuch das Gesicht warm, Hendricks klopfte mit den Fäusten Blandys Körper ab, um die Blutzirkulation anzuregen. Die mörderische Kälte hatte ihm doch sehr zugesetzt.

»Sie machen Turnübungen, um sich fit zu halten, und dabei ahnen sie gar nicht, was auf sie zukommt«, sagte Blandy. »Ich glaube, die einzige, die die Lage ganz nüchtern sieht, ist Monika. Aber sie schluckt's 'runter.«

»Wir werden alles versuchen, die Gasflaschen auszugraben«, sagte Cornell. »Die Hauptsache ist, daß die Zelte halten! Schlimmer kann's nicht mehr kommen.«

Blandy sah ihn nachdenklich an, goß sich einen Whisky ein und kippte ihn mit einem Zug hinunter. Er hustete nicht einmal dabei. Wer so etwas sah, war versucht, ihn statt Blandy sinnigerweise Dr. Brandy zu nennen, aber nachdem das ein paarmal geschehen war und der Witzbold sich ein geschwollenes Auge einhandelte, sprach es sich in der Navy herum, den Doc nicht mit anzüglichen Wortspielen zu reizen.

»Meinen Sie«, sagte er laut. Cornell warf das Handtuch weg. Blandy setzte sich auf eine Kiste und rieb seine dicke Nase. »Fangt mal an, zu denken, Jungs. Der Commander schickt uns los mit dem Versprechen, Radar VENUS XI zu verständigen, daß sie uns abholen sollen. Aber noch bevor wir an Land sind, muß er Alarmtauchen und spielt seitdem tote Fliege. Über ihm liegt ein Russe! Und nun denkt mal schön nach.«

Cornell und Hendricks starrten Dr. Blandy an. Die anderen grinsten verlegen. Sie begriffen die Lage noch nicht.

»Das ist unmöglich«, sagte Cornell endlich. »Doc, der Commander hatte genug Zeit.«

»Er hatte keine, Bernie!« Blandy sah die anderen an, die noch immer nicht begriffen. »Das ist meine feste Überzeugung: VENUS XI konnte gar nicht benachrichtigt werden, daß wir an Land sind. Also kann uns auch keiner abholen!«

»O Scheiße!« sagte Slingman.

»Wir könnten versuchen, mit unserem kleinen Funkgerät die Station zu erreichen.«

»Und der Russe hört alles mit, peilt uns an und holt uns ab!« Blandy schüttelte den Kopf. »So geht's nicht, Bernie.«

»Dann ziehen wir allein, wenn der Sturm vorbei ist, zur Station!« sagte Hendricks.

»Womit denn? Zu Fuß? Die Mädchen im Schlauchboot, vor das sich sechs Mann wie Schlittenhunde gespannt haben?«

»So ähnlich, Doc! Anders geht's doch nicht, wenn das stimmt, was Sie sagen. Wir können doch nicht hier tatenlos herumhocken und warten, bis wir krepiert sind. Vielleicht ist der Russe auch morgen weg, und der Commander kann auftauchen.«

»Damit sollten wir gar nicht rechnen.« Dr. Blandy griff wieder zur Whiskyflasche, goß den Becher voll und ließ den ganzen Inhalt in sich hineinlaufen. »Nicholson wird froh sein, wenn er sich lautlos wegschleichen kann aus dem Sonarbereich der Russen. Auftauchen und durch die Gegend funken, wäre kompletter Irrsinn. Machen wir uns also mit dem Gedanken vertraut, daß wir allein auf uns angewiesen sind. Es gibt keine fremde Hilfe. So, Jungs, und jetzt malt euch die Zukunft aus! Jeder darf ab sofort vor Angst in die Hosen scheißen!«

»Und... und wenn wir uns tatsächlich den Russen übergeben?« sagte Obermaat Yenkins leise. »Nichts einfacher als das. Sie liegen ja vor der Tür. Dann sind wir gerettet. Die Mädchen sind in Sicherheit. Man wird uns zum nächsten Hafen bringen oder dem nächsten Schiff übergeben...«

»Yenkins, Sie sind wirklich ein blöder Hund!« unterbrach ihn Blandy. »Die Sowjets werden uns durch die Mühle drehen. So einen Happen bekommt ihr Geheimdienst selten. Also, Junge, halt's Maul, ich weiß, was du sagen willst. Was ist mehr wert – das Boot oder die Mädchen?«

»Irgendwo hört die Pflicht auf!« sagte Cornell großartig.

»Und wo liegt Irgendwo?« bellte Blandy. »Bernie, mir sind rote Haare auch lieber als Eisbrocken! Sie sind noch jung. Sie haben keinen Krieg mitgemacht. Aber ich habe Vietnam hinter mir.«

»Scheiß-Vietnam!« schrie Slingman.

»Zugegeben. Aber, Bill, wir haben dort gelernt, Tatsachen hinzunehmen. Wir waren bereit, zu krepieren. Für nichts! Jetzt aber haben wir ein Boot, das wirklich einen Einsatz wert ist. Natürlich setzen wir uns jetzt nicht hin und warten, bis wir vereist sind. Aber wir sollten alle wissen, daß unsere Chance beschissen ist! Wir werden gegen Eis, Frost und Sturm kämpfen und versuchen, VENUS XI zu erreichen und sollten immer dabei denken: Das ist so etwas wie ein Kriegseinsatz!«

»Mit fünf Mädchen zwischen uns!«

»In Vietnam sind Hunderte von Krankenschwestern umgekommen!«

»Schieß-Vietnam!« brüllte Slingman noch einmal. »Ich hab's überlebt und soll jetzt auf Grönland krepieren?«

»Man kann sich den Ort nicht aussuchen, Bill. Ende des Themas!« Dr. Blandy stieß Oberleutnant Cornell an. »Jetzt bist du wieder dran, Bernie! Ihr müßt die Materiallager ausgraben.«

Am sechsten Tag ließ der Sturm merklich nach, am siebten war der Himmel blank und blau, als wäre er die Arglosigkeit selbst.

Blandy, Cornell und Hendricks standen hinter der Eismauer und blickten hinunter aufs Meer. Das sowjetische U-Boot war noch immer da. Es tanzte in der noch unruhigen See und schien unendlich viel Zeit zu haben.

»Sie machen tatsächlich Grönland-Urlaub!« sagte Blandy sarkastisch. »Es kommt alles, so wie ich's geahnt habe. Nicholson muß weiter auf Grund liegen, bewegungslos und stumm wie das Grab. Wenn die da unten nicht verrückt werden, schreib' ich dem Papst nach Rom, er soll's als Wunder anerkennen. Und wir werden zu Fuß losziehen!«

Die Stimmung war trotz dieser Aussichten in den vergangenen Tagen gut gewesen. Ein Kommando aus neun Mann, mit Stricken miteinander verbunden, hatte es tatsächlich fertiggebracht, mitten im Sturm die Gasflaschen zu finden. Sie hatten allerdings Glück gehabt. Schon beim zweiten Materialhaufen stießen sie auf die Flaschen sowie auf Kisten mit Wurst, Gebäck und Milchkakaopulver. Blandy brachte drei große Dosen davon hinüber zu den Mädchen. Er brüllte ins Zelt, durch den Schlitz des Reißverschlusses: »Einen guten Kaffeeklatsch mit Kakao! Kakao ist gesund und gibt Kraft.« Dann kämpfte er sich wieder zum Lager durch und schleppte die Kisten zu den übrigen Zelten. Die Eimer mit den Fäkalien wurden ausgeschüttet – der Sturm riß sie gleich mit und zerstäubte sie.

Jetzt, an diesem schönen Tag, der so blau und harmlos aussah, daß man vergaß, wie dreckig eigentlich die Lage war, band sich Dr. Blandy – zunächst versuchsweise – zwei Kistendeckel unter die Fellstiefel und rutschte damit übers Eis.

»Das ist was für Skihasen!« lachte er, nachdem er ein paar Meter gelaufen war. »Übrigens, das werde ich dem Admiral sagen. Hier haben wir einen Fehler in der Ausrüstung der POSEIDON I entdeckt. Wenn man uns schon zum Nordpol schickt, hätte man uns auch Ski mitgeben müssen!«

»Wir sollten *unter* dem Eis durch, Doc!« sagte Cornell. »Von Landgang ist nie die Rede gewesen.« Er beugte sich zu Blandy vor und senkte die Stimme. »Glauben Sie wirklich, daß Sie noch einmal den Admiral sprechen werden?«

»Jetzt ja, Bernie. Bei diesem Wetter! Wenn es so bleibt, habe ich die größte Hoffnung, daß wir es bis VENUS XI schaffen. Ha, dieses Wetter! Ich bekomme Frühlingsgefühle.«

»Es sind genau vierhunddreißig Grad Frost, Doc!«

»Und in mir sind hundert Grad Lebenslust. Da bleiben immer noch sechsundsechzig Plus übrig, genug, um zu platzen!« Er band die Kistendeckel fester um seine Stiefel und stand wieder auf. »Bernie, opfern Sie noch sechs Deckel. Ich möchte mit drei Mann herumlatschen und mir die Gegend ansehen. Vielleicht entdecken wir etwas.«

»Was denn?«

»Einen Wegweiser nach New York.«

»Die Entfernung stimmt nicht, Doc!« lachte Cornell. »Aber sie sollen Ihre sechs Kistendeckel haben.«

Eine halbe Stunde später glitten Dr. Blandy, Slingman, Yenkins und der Maat Puckray auf ihren Kistendeckeln über das Eis. Sie wandten sich nach Norden, in die Richtung, wo die Radarstation VENUS XI liegen sollte. Yenkins hatte das kleine Funkgerät mitgenommen, nicht um selbst zu senden, sondern um zu versuchen, Zeichen von VENUS XI aufzufangen. »Auch das wäre ein Wunder!« sagte Dr. Blandy. »Wenn das so weitergeht, werden wir den Papst mit Arbeit tüchtig eindecken!«

Sie winkten den andern zu und schlurften davon.

Hendricks stand hinter der Eismauer und beobachtete durch das Fernglas das sowjetische U-Boot. Auch dieses genoß den schönen Tag. Auf der Turmplattform standen eine Menge vermummter Männer, einige Deckschotten waren aufgeklappt. Russische Matrosen rannten auf Deck hin und her. Ein Raketenwerfer hinter dem Turm war ausgefahren und versank jetzt wieder, um gleich wieder hochzukommen. »Trockenschießübung, Sie wollen nicht einrosten.«

»Das ist ein sorgloser Verein«, sagte Hendricks zu Cornell. »Wenn die wüßten, was unter ihnen liegt.«

»Mir ist ein Rätsel, daß sie unser Boot nicht auf dem Radar sehen«, sagte Cornell sinnend.

»Vielleicht sehen sie es und bleiben deshalb so ruhig liegen. Sie warten ab, was der Commander macht.« Hendricks setzte das Glas ab. Sein Gesicht war mit Eis überkrustet. Gefrorener Atem. »Sobald er sich bewegt, greifen sie ein. Bleibt er auf Grund, lachen sich die Russen da oben ins Fell und hungern ihn aus. Sie haben Zeit, viel Zeit.«

»Ich möchte jetzt nicht an Nicholsons Stelle sein.« Cornell tappte zurück zum Zelt. Hendricks folgte ihm. Für ihn war es beruhigend, daß die Russen anscheinend nicht daran dachten, an Land zu gehen. Wozu auch?

»Wie will der Commander aus dieser Falle heraus?«

Dr. Blandy und seine drei Begleiter schlurften unterdessen nach Norden über das Eis. Sie trugen Brillen mit gefärbten Gläsern, denn die Blendung war sehr stark, und ohne diese Brillen war es möglich, zu erblinden. Sie tappten auf ihren Kistendeckeln etwa zwei Stunden über das Festlandeis, dann senkte sich das Land zur Küste hin, führte in einem sanften Gefälle zum Meer, das hier teilweise zugefroren war. Breite und dicke Eisschollen schaukelten auf dem Wasser. Dr. Blandy zeigte hinunter. Bizarre Eistürme, wie Stalagmiten in einer Tropfsteinhöhle, bildeten den Rand der Küste, bald blauweiß schimmernd in der Sonne, bald funkelnd wie Bergkristall.

»Wunderschön«, sagte Blandy. Slingman, bis zu den Augen vermummt, schüttelte den Kopf.

»In Alabama fühle ich mich wohler, Doc!« rief er durch seine Vermummung. »Ich mag die Kälte gar nicht.«

Yenkins rumpelte zu Blandy und packte ihn am linken Ärmel.

»Doc, hören Sie das auch?«

»Was!«

»Hundegebell!«

»Sie spinnen, Yenkins!« Blandy lauschte angestrengt. Aber

was er hörte, war nur ein Rauschen in seinem Kopf. Der Blutdruck, dachte er. Das verdammte Saufen und Rauchen! Und man kommt langsam in die Jahre. Verflucht, nein, nicht langsam, sehr schnell geht das mit dem Klapprigwerden! Früher bin ich auf Skiern stundenlang herumgepirscht, und jetzt merke ich zwei läppische Stunden von den Haarspitzen bis zum Zehennagel! »Ich höre nichts! Bill, ihr Schwarzen habt doch ein Ohr, das den Furz einer Ameise hört. Hörst du was?«

Slingman schob seine Fellkappe hoch und legte seine Ohren frei.

»Jetzt fährt er seine Teleskope aus!« rief Yenkins lachend.

Und Puckray sagte: »Es geht um Hundebellen, Bill. Nicht um den Gesang von Marsmenschen.«

»Arschlöcher!« Slingman lauschte, und plötzlich verzog sich sein Gesicht zu einem breiten Grinsen. »Hunde. Tatsächlich Hunde. Viele Hunde. Yenkins hat recht. Da sind Hunde in der Nähe!«

»Und wo Hunde sind, sind auch Menschen!« schrie Puckray. »Doc, wir sind gerettet. Gerettet!«

»Ich höre nichts.« Blandys dröhnende Stimme verhallte in der weißen Einsamkeit. Er atmete ein paarmal tief durch, um das Rauschen seines Blutes im Kopf zu dämpfen. Von jetzt ab wird weniger gesoffen und geraucht, dachte er. Dafür wird häufiger mit roten Haaren gespielt... einen Ausgleich muß der Mensch ja haben... Aber jetzt kam der Laut auch zu ihm... ganz fern und fremd in der Stille. »Haltet die Fresse, Jungs!« sagte Blandy. »Jetzt hör auch ich was.«

»Hunde!« rief Yenkins. »Das sind wirklich Hunde, Doc.« Er machte fast einen Luftsprung und hielt sich dabei an dem riesigen Slingman fest. »Da... sehen Sie doch. An der Küste!«

Blandy starrte hinunter auf das bizarre Eisgebirge. Ganz klein, wie ein Spielzeug, glitten drei Schlitten mit einer langen Kette von Hunden davor über das Eis. Gleichzeitig sahen sie, wie drei Eisbären mit weiten Sätzen flüchteten und versuchten, das Meer zu erreichen. Sechs Hunde sprangen um sie herum. Sie kläfften, wichen den Prankenhieben aus, wenn die Bären stehenblieben und sich zur Verteidigung nach allen Seiten drehten. Sie schnellten vor und versuchten, die

Bären zu beißen, und sie heulten auf, wenn die gehetzten Tiere sich wieder in Bewegung setzten.

Die drei Schlitten mit den Zughunden folgten ihnen. In jedem Schlitten hockten zwei Kugeln aus Pelzen.

»Eskimos!« schrie Yenkins. »Mein Gott, haben wir ein Glück! Jetzt haben wie Schlitten und Hunde und können VENUS XI erreichen!«

»Grönland ist ein Wunderland, Doc!« sagte Slingman. Er weinte fast. »Sehr schön. Ich habe schon immer Hunde gemocht.«

»In der Pfanne, ich weiß!« Blandy zeigte nach unten. »Los, Jungs, jetzt zeigt mal, ob man auf Kistenbrettern einen Abfahrtslauf machen kann. Hinunter! Yippieh!«

Er stieß sich als erster ab, gab sich einen gehörigen Schwung und glitt das sanfte Gefälle hinunter. Es ging besser als erwartet. Es rappelte zwar gewaltig durch den ganzen Körper, die Beine begannen zu zittern, so hart waren die Stöße, die kein Muskel mehr auffangen konnte, aber sie kamen gut voran. Die Eskimos verloren sie jetzt aus dem Blick, und das Knirschen der Kistenbretter übertönte sogar das Hundegebell. Sie erreichten die ersten Eisfelsen, jene wundervoll geformten Säulen, an denen der Wind gearbeitet hatte wie ein einfallsreicher Bildhauer.

Blandy rutschte voraus, ihm folgten Yenkins und Slingman. Den Schluß bildete Puckray. Er mußte vorsichtiger sein, denn er trug das wertvolle Funkgerät auf dem Rücken. Ein richtiger Sturz, und man konnte den Apparat ins Meer werfen.

»Wir kommen genau vor den Eisbären raus!« brüllte Slingman.

»Sie sind weiß!« schrie Yenkins zurück. »Wenn sie einen Schwarzen sehen, fallen sie vor Schreck tot um!«

»Dämlicher Hund!« Slingman rutschte an Blandys Seite. »Wir müssen mehr nach links, Doc!«

Dr. Blandy hatte wieder das Rauschen im Ohr. Sein Atem keuchte. Er hatte den Schal vom Gesicht gerissen. Er schwitzte. Der Schweiß lief ihm über die Augen und gefror in der Höhe der Wangen. Er sah wie ein trauriger Clown aus.

»O Scheiße! Die Bären!« brüllte dicht hinter ihnen Yenkins. Puckray bremste seinen Lauf. Eisbären haben keinen Sinn für wertvolle Funkgeräte.

Es waren nur zwei große, weißzottelige Tiere, die, von den sechs Hunden gehetzt, an Blandy, Slingman, Yenkins und Puckray vorbeiliefen. Sie warfen zwar die Köpfe herum, die kleinen schwarzen Augen starrten die neuen Feinde an, aber dann torkelten sie weiter, mit jenen kurzen Sprüngen, die für Bären typisch sind. In den Freilandzoos lachen die Menschen darüber. Hier war es die Flucht vor dem Tode.

Dr. Blandy hatte ein Stück freies Eisfeld zwischen den bizarren Säulen erreicht. Die Hundeschlitten waren noch weit weg, aber der dritte Bär lag auf dem Boden, unbeweglich, die Glieder von sich gestreckt. Ein eiserner Pfahl ragte aus seiner linken Seite, genau in Brusthöhe. Hier war das weiße Fell voll Blut, und auch das Eis darunter färbte sich rot. Dr. Blandy bremste seinen Lauf. Sein Atem ging röchelnd vor lauter Anstrengung.

»Sie jagen mit Harpunen!« rief er seinen Leuten zu. Er hatte einen Augenblick das Bedürfnis, sich an Slingman festzuklammern, so schwer kam der Atem. Aber dann unterließ er es. Ein Blandy wird doch nicht schwach! Ein Kerl wie er bleibt stehen. Aufrecht, und wenn's schwerfällt.

Er tappte auf seinen Kistenbrettern zu dem erlegten Eisbären und schob die Pelzmütze ein wenig in den Nacken. Slingman hielt Blandy am Mantel fest.

»Vorsicht, Doc!« sagte er. »Bären spielen gern tot.«

»Nicht mit einem Eisenpfahl im Leib! Jungs, ist das ein Kerl! Schade, daß man Eisbärfleisch nicht essen darf. Es ist voller Trichinen!« Dr. Blandy lachte dröhnend... sein Atem war wieder da. Da ist doch noch Kraft in mir, dachte er zufrieden. »Das wär' ein schöner Bettvorleger für Evelyn!«

Er kam noch ein paar Schritte näher und beugte sich über den Bären. In diesem Augenblick zuckte das Tier hoch. Blandy hatte es kommen sehen. Er hatte in die offenen Augen geblickt, aber er war nicht schnell genug. Auch Slingman gelang es nicht, Blandy zurückzureißen. Mit einem dumpfen, ächzenden Brüllen, die eiserne Harpune in der Brust, mit einer Schnelligkeit, die unfaßbar war, erhob sich der Bär, breitete die Vordertatzen aus und schlug dann mit unvorstellbarer Wucht zu. Wie ein zuschnappendes Fangeisen war das. Blandy brüllte. Er umklammerte mit beiden Händen die Harpune und drückte mit ihr den Bären von sich. Die Tatzen lösten sich. Der Bär riß sein Maul auf, und mit einem letzten langgezogenen und dumpfen Laut fiel das Tier krachend aufs Eis.

Auch Blandy sank in die Knie. Slingman und Yenkins fingen ihn auf und sahen sich entsetzt an. Blut!

»Doc!« schrie Slingman. »Doc! Haben Sie was abbekommen? Doc?«

Dr. Blandy schloß die Augen. Seine Brust und sein Rücken waren ein einziges Brennen. Es war ihm, als wäre sein Leib aufgeschlitzt worden. Aus seinem Körper, das spürte er ganz deutlich, lief das Blut... Es mußte gleich auf das Eis tropfen und zu einem großen roten See werden.

»Die Brust«, sagte er mühsam. »Und im Rücken! Er... er hat mich aufgerissen... Zieht mir den Mantel aus... Kein Haar in die Wunden... Infektion...«

Die Stimme versagte ihm. Der Schmerz umkrampfte sein Gehirn. Dann brach er in den Armen Slingmans zusammen und verlor die Besinnung.

Über das Eis, die flache Küste entlang, jagten die drei Hundeschlitten der Eskimos heran. Yenkins und Puckray winkten und schrien.

»Hierher! Hierher!«

Die Schlitten änderten die Richtung und kamen auf sie zu. Das Gebell der Hunde kam Yenkins jetzt wie Glockengeläut vor. Er weinte plötzlich wie ein Kind.

»Ich glaube, er verblutet«, sagte Slingman tonlos und hielt den Doktor in den Armen. »Was kann ich denn tun? Sag mir doch einer, was ich tun soll?«

11

Doc Blandy war ein harter Brocken. Noch bevor die Eskimos mit ihren Hundeschlitten die vier Männer erreichten, die in ihre Bärenjagd hineingeraten waren, kehrte das Bewußtsein bei Blandy zurück und mit ihm auch ein wahnsinniger Schmerz in Brust und Rücken. Er kniete nun auf dem Eis. Slingman hielt ihn umfaßt, und rings um den Verletzten wurde das Eis jetzt rot.

»Zieht mir den Mantel aus, verdammt!« stöhnte er und warf den Kopf nach hinten. »Den Mantel und alles, was ich anhabe.«

»Wollen Sie erfrieren, Doc?« schrie Yenkins. Er winkte noch immer mit beiden Armen und brüllte: »Hierher! Hierher! Hilfe! Hilfe!«

»Ihr Idioten! Anders bekomme ich die schönste Infektion!« Blandy wollte aufstehen, aber es war unmöglich. Als er die Hände auf das Eis stützte, um sich hochzustemmen, war es ihm, als wäre sein Oberkörper in zwei Teile geteilt. »Wenn Haare in die Wunden kommen... Zieht mich doch aus, ihr Rindviecher...«

Das Hundegebell übertönte seine Stimme. Mit knirschenden Kufen hielten die drei Schlitten. Sie bildeten einen Kreis um die vier Männer und den toten Bären mit der Eisenharpune im Leib. Unter den dicken, haarigen Pelzmützen blickten die Eskimos stumm auf die Gruppe. Kleine, flache, braungelbe Gesichter mit geschlitzten Augen. Forschend, mißtrauisch, abwartend. Das hier war ihr Jagdgebiet. Wo kamen die fremden Männer her?

Puckray ging auf einen Schlitten zu und zeigte mit dem ausgestreckten Arm auf Slingman und Blandy.

»Hilfe!« rief Puckray. »Verletzt. Der Bär! Mit den Schlitten zu uns! Los, schnell!«

Die Eskimos rührten sich nicht. Sie sahen Blandy mißtrauisch an.

»Sie verstehen nichts!« heulte Puckray. »Aber sie müssen doch sehen, was los ist...«

Die Eskimos sahen es genau. Ein blutender Mann. Langsam stieg einer von ihnen vom Schlitten. Er stampfte zu Blandy, beugte sich über ihn, dann ging er zu dem Bären, betrachtete auch ihn und entdeckte in den Pranken schließlich die Fetzen von Blandys Mantel. Dann ging er zurück zu den Schlitten, rief mit heller Stimme den andern etwas zu. Ein Schlitten wurde freigemacht, indem sie einfach alles aufs Eis warfen. Nur die Felle ließen sie liegen.

»Endlich!« schrie Yenkins und wischte sich die Tränen aus den Augen. »Endlich haben sie begriffen.«

Die Eskimos verhandelten untereinander. Dann machten sie durch Handzeichen deutlich, daß Slingman Blandy loslassen sollte. Sie faßten mit sicheren Griffen den schweren, stöhnenden Mann, stellten ihn auf die Beine und unterstützten ihn. Blandy nickte. Vor seinen Augen wurde das Meer lila, der Himmel rosa und das Eis blau. Eine Welt aus fantastischen Farben...

»Ich kann gehen!« sagte Blandy. »Die Umarmung eines Eisbären wirft mich doch nicht um.«

Er taumelte einige Schritte. Gestützt auf die kleinen Eskimos, erreichte er den Schlitten und brach dort wieder in die Knie. Aber es genügte. Slingman half. Sie legten Blandy auf die Seite in den Schlitten und warfen dann die Felldecken über ihn.

»Ausziehen!« stammelte Blandy wieder. »Ihr blöden Hunde, zieht mich doch aus! Das gibt sonst Blutvergiftung!«

Die Eskimos starrten die fremden Männer fragend an. Yenkins begriff. Sie wollten wissen, wohin.

»Dorthin!« sagte er und zeigte nach Süden. »Unser Lager!« Er machte mit den Händen ein Zelt und hob dann drei Finger hoch. Die Eskimos nickten und lächelten. Drei Zelte. Sie zeigten auf die anderen Schlitten und liefen dann zu ihrem Gespann.

»Einsteigen!« schrie Puckray und riß sich die Kistendeckel vom Fuß. »Nicht wegwerfen, vielleicht brauchen wir sie noch!«

Sie stellten sich neben die Eskimos an die Haltestangen der Schlitten, ein paar helle Schreie ertönten, die Hundeketten zogen an, und fast schwerelos glitten die lustigen Fahrzeuge über das blanke Eis. Ihr Tempo war erstaunlich.

Bei der Steigung mußten sie alle vom Schlitten und schieben. Aber oben, auf dem Flachland, setzten sie die jagende Fahrt fort. Die Hunde hechelten, jaulten und bellten und legten sich in die Seile, immer wieder angefeuert von den hellen Schreien der Eskimos.

Yenkins und Puckray standen nebeneinander im zweiten Schlitten und klammerten sich an den mit Hundefell überzogenen Haltestangen fest. Ein Eskimo kniete vor ihnen, um ihnen Platz zu machen.

»Das wird die Russen munter machen, wenn wir so mit Trara ankommen!« schrie Puckray hinüber zu Yenkins.

Yenkins winkte ab. »Das ist mir jetzt scheißegal! Der Doc muß versorgt werden. Er hat ja im Lager alles bei sich.«

»Und wer kann damit umgehen? Kannst du Spritzen geben?«

»Wenn's sein muß, kann der Mensch alles!«

Sie zogen die Schals fest ins Gesicht, beugten sich über die Haltestange und verkrochen sich in ihre Pelze. Der eisige Zugwind war wie ein Messer, das in die Haut schnitt.

Nach einer Stunde erreichten sie das Lager. Man hatte sie kommen sehen. Alle standen vor den Zelten, auch die Mädchen. Leutnant Hendricks kam von seinem Beobachtungsstand herüber.

»Die Russen hören und sehen natürlich diesen Krach«, sagte er ruhig. »Aber sie werden annehmen, daß es sich nur um Eskimos handelt. Das ist für uns eine fabelhafte Tarnung. Drei Hundeschlitten. Bernie, haben wir ein Glück! Jetzt erreichen wir auch VENUS XI!«

Cornell hob die Schultern. Er ging hinüber zu den Mädchen, die verrückt spielten, sich umarmten, lachten, sich küßten und herumsprangen wie beim Karneval in Rio. »Gerettet!« schrie ihm Lill entgegen. »Wir sind gerettet! Hundeschlitten! Uns kann gar nichts mehr passieren.«

»Das ist kein Grund, sich gleich mit den Eskimos ins Bett zu legen!« sagte Cornell trocken. Er gab Joan einen Kuß und wollte gerade hinzufügen: »Nun haltet endlich den Mund, Girls!« Doch da kam Hendricks gelaufen.

»Ich sehe im Glas Yenkins, Puckray und Slingman!« rief er. »Aber der Doc fehlt.«

Cornell ließ Joan los. Die Mädchen schwiegen betroffen. Das kleine rote Biest Evelyn riß Hendricks das Fernglas aus der Hand und suchte die Schlitten ab.

»Es sind nur drei«, stammelte sie. »Wo haben sie mein Bärchen gelassen? Wo ist Pauli? Wo ist er geblieben?«

»Nun drehen Sie nur nicht durch, Evelyn!« sagte Cornell energisch. »Wir werden das gleich erfahren! Vielleicht ist er im Lager der Eskimos geblieben, um alles Weitere vorzubereiten.«

Die Hundeschlitten waren jetzt deutlich sichtbar. Sie jagten in einem Höllentempo übers Eis. Das Gekläff der Hunde flog ihnen voraus, es war der einzige Laut in dieser eisigen, klaren Stille. Geduckt liefen die Männer der POSEIDON I den Schlitten entgegen und gaben Zeichen. Im Bogen fahren! Nicht von der Küste herankommen, sondern von der Landseite! Tami Tamaroo, der auf Beobachtungsposten stand, rutschte im Schutz der Eismauer heran und machte Cornell Meldung.

»Die Russen haben es gehört, Sir! Ihr Turm ist besetzt, und sie suchen mit den Ferngläsern das Land ab.«

»Dann sollte man gleich einen Hundeschlitten demonstrativ am Rande des Felsens entlangfahren lassen«, sagte Cornell. »Das wird die Russen beruhigen.«

»Auf dem dritten Schlitten liegt etwas Großes!« schrie Evelyn. Sie schaute noch immer durchs Glas. »Und Slingman steht drauf. Pauli ist etwas passiert! Sie bringen ihn! Mein Bärchen! Dort im Schlitten liegt Pauli.«

Sie rannte den Schlitten entgegen. Ihre Pelzmütze fiel auf das Eis, ihr rotes Haar wehte frei wie eine zerzauste Fahne um ihren Kopf.

»Aufhalten!« brüllte Cornell. »Haltet das Mädchen fest! Daß die Eskimos eine rote Flagge zur Begrüßung schwenken, glauben selbst die Russen nicht! Aufhalten!«

Ein kleiner Sergeant stellte Evelyn ein Bein. Sie stolperte darüber, stürzte hin und schlug wild um sich, als zwei Mann sie festhielten. Dann waren die Schlitten da. Sie hielten. Die Hunde heulten wie toll, wälzten sich auf der Erde und standen dann zitternd in den Seilen. Aus ihren Fellen stiegen dichte Dampfwolken. Cornell, Hendricks und fünf Mann waren die ersten, die die Schlitten erreichten. Ihnen rannte Yenkins entgegen.

»Der Doc ist schwer verletzt!« schrie er. »Ein Eisbär! Er muß sofort behandelt werden! Los! Schnell!«

Sie hoben Blandy vom Schlitten und brachten ihn in das große Zelt. Er wurde vorsichtig auf eine Luftmatratze gelegt, und Cornell begann, ihn auszuwickeln. Blandy schwebte in einem Zustand von Wachsein und Dahindämmern. Was um ihn herum geschah, nahm er nur undeutlich wahr... kehrte das volle Bewußtsein zurück, war auch das wahnsinnige Brennen in Brust und Rücken wieder da, und er knirschte mit den Zähnen.

Während Cornell und Slingman den Verletzten aus dem Mantel schälten, brachten drei Männer draußen die tobende und schreiende Evelyn ins Frauenzelt. Sie war mit Worten nicht zu beruhigen, und es war auch unmöglich, daß zwei oder drei Mann sie ständig festhalten konnten.

»Sorry, Miß!« sagte ein stämmiger Gefreiter höflich. Dann zielte er vorsichtig, aber doch stark genug mit der Faust auf Evelyns Kinn und schläferte sie mit einem klassischen K.o. ein. Lill, die neben ihr hockte, starrte den Gefreiten giftig an.

»Sie Untier!« sagte sie. »Sie Mistkerl!«

»Wissen Sie was Besseres, Miß?« fragte der Gefreite. »Wenn sie aufwacht und nicht friedlich ist, sollten Sie einen kleinen Nachschlag versuchen.«

Im großen Zelt hatten sie Dr. Blandy mittlerweile ausgezogen. Nackt lag er da, ein Berg aus Muskeln und Knochen, aber trotz aller Stärke zur Strecke gebracht durch eine einzige Bärenumarmung. Die Wunden sahen furchtbar aus. Die Brust war aufgerissen, und aus dem Rücken hatte der Eisbär mit einem Hieb ein großes Stück Fleisch herausgehackt. Was Blandy befürchtet hatte, war Tatsache: Mit den Prankenhieben waren eine Menge Fellhaare und Stoffetzen in die Wunden geraten. Aus der Rückenwunde ragte ein ganzes Fellbüschel heraus.

»O Scheiße!« sagte Cornell immer wieder. Er kniete neben Blandy, den man auf die Seite gelegt hatte, um an beide Wunden heranzukommen. »Den Koffer vom Doc her! Schnell! Und heißes Wasser! Zuerst muß der ganze Mist aus den Wunden raus!«

»Kannst du das denn?« fragte Hendricks. »Das sitzt tief drin. Da bleibt immer etwas zurück. Da muß ein Arzt ran –«

»Kannst du einen zaubern?« Zwei Männer rannten aus dem Zelt, um das heiße Wasser zu besorgen. Dafür kamen die Eskimos herein, grinsten freundlich die Offiziere an und beugten sich über Blandy. Sie betrachteten die Wunden genau, sprachen dann miteinander und gingen wieder hinaus. Slingman brachte Blandys Sanitätskoffer und klappte ihn auf. In ihm war alles enthalten, was man brauchte: Medikamente, Instrumente, Verbandszeug und sogar ein Beatmungsgerät. Nur müßte man damit umgehen können... für einen Laien war das ein Labyrinth aus Tuben und Schachteln, verchromten Kästen und Spritzen.

Cornell wühlte in dem großen Instrumentenkasten und holte eine lange Pinzette heraus. »Das zuerst!« sagte er unsicher. »Und Mull, Hendricks! Da, die Schere auch!« Er beugte sich über Blandys dicken Kopf. Das Gesicht war gerötet und fühlte sich heiß an. Begann bereits das Wundfieber? Cornells Gaumen wurde knochentrocken. »Doc«, sagte er, »können Sie mich hören? Doc, reißen Sie sich zusammen. Wir brauchen Ihre Angaben, was wir mit Ihnen machen sollen.«

Blandys Augen bewegten sich. Er hörte und verstand, was Cornell sagte, aber es war ihm unmöglich, zu antworten. Ein paarmal setzte er an, aber der verrückte Schmerz zerriß die Worte, bevor sie von seinen Lippen kamen.

Cornell wartete nicht länger. Mit der Pinzette ergriff er die Haarbüschel und riß sie aus der schrecklichen Rückenwunde. Sie begann wieder zu bluten. Hendricks hielt Zellstoff darunter und fing das Blut damit auf. »Da im Kasten liegt blutstillende Watte«, sagte er heiser. »Es steht drauf. Claudenwatte.«

»Für kleine Wunden! Wie willst du dieses Loch damit zustopfen?«

Cornell zupfte immer noch Fellhaare aus der Wunde. Blandy ächzte und zuckte mit den Beinen. Sein ganzer Körper bäumte sich gegen die Schmerzen auf.

»Wir sollten ihn betäuben, Bernie«, sagte Hendricks tonlos.

»Such im Koffer nach Morphium.« Cornell beugte sich wieder über Blandys Kopf. Der Doc hatte die Augen offen – glänzende fiebrige Augen. »Ist Morphium richtig, Doc?«

»Arschlöcher!« Mehr konnte Blandy nicht herausbringen. Nach dieser Kraftanstrengung fiel er wieder zusammen und rang mit weiteren Worten, die aber von den Schmerzen vertrieben wurden.

Hendricks wühlte im Arztkoffer. Von draußen ertönte das

Gebell der Hunde. Die Eskimos hatten sie ausgeschirrt und ihnen einen Sack mit gefrorenem Fleisch hingeworfen. Jetzt balgten sie sich um das Fressen. Sie rissen Stücke aus den Fleischklumpen, legten sich auf das Eis, tauten mit ihrer Zunge das Fleisch auf und fraßen es.

Cornell blickte hoch, als ihn ein eisiger Lufthauch traf. Monika war ins Zelt gekommen und warf ihren Pelzmantel ab. »Ich möchte Ihnen helfen, Bernie«, sagte sie. Cornell schüttelte den Kopf.

»Das ist nichts für zarte Gemüter, Miß Herrmann! Gehen Sie in ihr Zelt zurück. Kümmern Sie sich um diese hysterische Evelyn.«

»Das macht Joan. Sie hat bereits den dritten Kinnhaken angebracht.«

»Hier ist Morphium, Bernie!« Hendricks hatte die Ampullen gefunden. »Aber nur für Spritzen! Kannst du eine Spritze geben?«

»Lassen sie mich das machen, Bernie.« Monika hockte sich neben Cornell und riß eine Packung mit Einwegspritzen auf. Cornell sah sie fragend an.

»Sie können das?«

»Ich habe einen Krankenpflegekurs mitgemacht.« Sie lächelte, als wolle sie um Verzeihung bitten. »Mit irgend etwas muß sich auch eine Tochter beschäftigen, die einen reichen Vater hat. Und ich habe mich schon immer für Medizin interessiert. Ein paar Grundkenntnisse und Grundgriffe beherrsche ich noch.«

»Dann los!« Cornell rückte ein wenig zur Seite. Der Kessel mit dem heißen Wasser wurde herangeschoben. Monika überlegte nicht lange. Sie warf drei Scheren, vier Skalpelle und einige Klemmen in den dampfenden Topf. Dann brach sie die Morphiumampulle auf und zog die wasserhelle Flüssigkeit in den Spritzenkörper.

»Noch besser wäre ein richtiges Anästhesiemittel«, sagte sie ruhig.

»Das nimmt auch den Schmerz weg, das Morphium.«

»Aber nicht so gründlich, daß der Doktor nachher nichts spürt. Wenn ich in die Wunde gehe...«

»Was wollen Sie?« fragte Cornell entgeistert.

»Ich will versuchen, zu operieren. Die Wunde bis in die Tiefe säubern.«

»Ich werd' verrückt!« sagte Hendricks leise. »Bernie, das Mädchen zeigt uns, was für Waschlappen wir sind. Monika, ich sage nie mehr ein schiefes Wort über Sie!«

Es dauerte über eine Stunde, bis Monika und Cornell die Wunden so gesäubert hatten, daß sie dicke Mullkompressen darüberlegen und mit dem Verbinden beginnen konnten. Das Morphium wirkte. Blandy verhielt sich still, obwohl Monika mit Skalpell und Schere die Wunden anging, Muskelfetzen abtrennte und Splitter einer zertrümmerten Rippe herausholte. Dann stäubte sie alles mit Penicillinpuder ein, injizierte eine hohe Dosis Antibiotika und kontrollierte mit dem Membranstethoskop Blandys Herzschlag und Atmung.

Zweimal kamen auch noch die Eskimos ins Zelt. Sie standen still herum, beobachteten wortlos, was die fremden Männer mit dem Verletzten taten, nickten ein paarmal zustimmend bei Monikas schnellen Handgriffen und gaben Laute von sich, die wie ein Grunzen klangen. Als sie das drittemal ins Zelt kamen, war Blandy gerade verbunden und schlief röchelnd, von dieser Welt genommen, solange das betäubende Morphium wirkte. Monika kontrollierte Blandys Atmung.

Die Eskimos brachten einen Tontopf mit, stellten ihn vor Blandys Füße und sagten etwas mit ihren hellen Stimmen. Dabei zeigten sie auf Blandy und machten die Zeichen des Einschmierens. Cornell tauchte den Zeigefinger in den Tontopf und zog ihn wieder heraus. Eine breiige, zähe Flüssigkeit klebte daran. Er roch an dem Brei und verzog das Gesicht.

»Das stinkt bestialisch!« sagte er. »Wie faule Eier und ranzige Butter zusammen. Damit sollen wir den Doc einschmieren?«

»Wenn's hilft, Bernie.« Monika schnupperte an dem Topf. Es roch wirklich abscheulich. »Die alte Volksmedizin ist oft besser als die modernste Chemie!« Sie deutete auf den Topf und dann auf den röchelnden Blandy, nickte und lächelte. Die Eskimos lächelten auch und verließen das Zelt. Cornell breitete eine Decke über Blandys nackten Körper.

»Jetzt haben wir drei Schlitten«, sagte Cornell und zündete sich mit bebenden Fingern eine Zigarette an. »Wenn das

Wetter so gut bleibt, könnten wir VENUS XI in vier Tagen erreichen. Ob unser Doc transportfähig sein wird?«

»Das wird sich morgen zeigen.« Monika schob einen zusammenklappbaren Hocker heran und setzte sich zu Blandy. »Und wenn nicht, Bernie – was sollte Sie abhalten, aufzubrechen?«

»Ich laß unseren Doc nicht allein zurück! Nie! Wie können sie so etwas denken, Monika?«

»Ich bleibe bei ihm, Bernie.«

»Das ist absoluter Blödsinn!«

»Sie werden versuchen, mit den Schlitten und meinen Freundinnen diese Radarstation zu erreichen. Der Doc, ich und vielleicht vier Männer – sie sollten sich freiwillig melden, Bernie – bleiben bei mir. Gelingt es Ihnen, VENUS XI zu erreichen, können Sie uns von dort mit Motorschlitten sofort abholen. Es sind grob gerechnet, acht Tage. Glauben Sie nicht, daß wir hier noch acht Tage aushalten? Das meiste Material bleibt ja bei uns.«

»Es ist unmöglich!« Cornell schüttelte den Kopf. »Wir machen es genau umgekehrt. Hendricks und ihr Mädchen zieht mit den Hundeschlitten los, und ich bleibe mit ein paar Mann beim Doktor.«

»Damit ist ihm nicht geholfen, daß einer neben ihm sitzt und ihn traurig ansieht«, sagte Monika hartnäckig. »Was machen Sie, wenn er hohes Fieber bekommt? Eisstücke auf die Stirn legen, was? Oder Wadenwickel –«

»Sie werden mir heute und morgen die nötigen Handgriffe erklären, Monika«, entgegnete Cornell. »Und Sie werden mir die Medikamente zurechtlegen, die ich brauche. Und Sie werden mir zeigen, wie man spritzt. Ich übe das an meinem Seesack. Nur acht Tage, haben Sie gesagt? Glauben Sie, ich könnte unsern Doc nicht acht Tage versorgen?«

»Bernie, Sie wissen genau, welchen Unsinn Sie da reden!«

»Okay!« Cornell zog hastig an seiner Zigarette. »Dann bleiben wir alle!«

»Warum muß ein Mann, sobald er eine Uniform trägt, ein sturer Büffel werden? Da sind vier Mädchen, die Sie retten müssen. Denken sie nicht an Joan? Lieben Sie Joan nicht? Und Ihre Männer, was soll aus ihnen werden?»

»Wir sind Kameraden. Wir lassen keinen zurück!«

»Mein Gott, ihr fahrt doch nur voraus! Ihr holt uns doch ab!«

»Ist das so sicher, Monika?«

Sie sahen einander in die Augen. Was ist, wenn ein neuer Sturm alle Möglichkeiten zerstört, zurückzukommen? Wenn auch die Eskimos es nicht mehr schaffen, denn sie kennen dieses Land und seine mörderischen Stürme.

»Wir haben Zeit bis morgen«, sagte Cornell stockend. »Es ist alles viel einfacher, wenn Blandy transportfähig ist.«

Er ging hinaus und traf auf Hendricks, der mittlerweile zum Beobachtungsstand gegangen war. »Sieh dir das an«, sagte er begeistert. »Die Russen werden nie auf den Gedanken kommen, daß hier Amerikaner sind.«

Die Eskimos standen vorn am Felsen und starrten hinunter auf das stählerne Ungeheuer, das bewegungslos im Meer lag. Auf dem russischen U-Boot wimmelte es jetzt von Menschen ... der Turm war dicht besetzt, und eine Menge Ferngläser waren auf die Eskimos gerichtet.

Da niemand den Eingeborenen erklären konnte, daß die Menschen auf dem merkwürdig geformten Schiff andere Menschen waren als die hier oben und keiner etwas von dem anderen wissen durfte, winkten die Eskimos zu den Russen hinab, und die Russen winkten mit Signalflaggen zurück.

»Nett!« sagte Hendricks hinter der Eismauer. »Direkt familiär. Die Eskimos sind Gold wert! Wenn wir morgen aufbrechen, glauben die Russen, ein ganzer Eskimostamm ist auf der Wanderschaft.«

»Wenn wir losziehen können, Hendricks.« Cornell beobachtete die Russen. Aus dem Hinterdeck fuhren zwei Vierlingsraketenwerfer heraus und schwenkten nach allen Richtungen. Die Russen probierten in aller Ruhe ihre Waffensysteme durch, völlig sicher, daß sie allein und unbeobachtet waren. Ein paar Eskimos ... für sie war das alles ohne Bedeutung.

»Der Doc?« fragte Hendricks.

»Morgen wissen wir mehr. Vielleicht teilen wir uns in zwei Gruppen.«

»Alle – oder keiner, Bernie!« sagte Hendricks hart. »Das ist doch klar!«

»Für mich ja!« Cornell trat von der Eismauer zurück. Die Eskimos winkten noch immer zu den Russen hinunter. Sie waren von Natur aus freundlich und gutmütig. In diesem Lande ist jeder des anderen Bruder, sonst kommt er um. Die Natur kennt keine Gnade. »Und die Mädchen?«

»Sie müssen auch durchhalten.«

»Sie müssen es nicht, Hendricks! Mit welchem Befehl sind wir an Land geschickt worden?«

»Die Mädchen sicher zu VENUS XI zu bringen...«, antwortete Hendricks gedehnt. »Aber da konnte keiner ahnen, daß unser Doc –«

»Es geht um die Mädchen!« sagte Cornell unnachgiebig. »Alles andere wollen wir vergessen.«

Er biß sich auf die Unterlippe und wandte sich ab. Langsam ging er zu dem großen Zelt zurück. Ob Blandy hier herumliegt oder dick in Fellen eingewickelt auf einem Schlitten fährt, das bleibt sich doch gleich, dachte er. Wie's morgen bei ihm auch aussehen mag... wir nehmen ihn auf jeden Fall mit!

Die vollkommene Ruhe, das Herumschleichen auf Strümpfen, das Flüstern, das Herumsitzen oder Herumliegen, das verdammte Nichtstun, die Ungewißheit, was werden soll – das alles zerrte an den Nerven und zermürbte auch die stärksten Naturen.

Leutnant Surakki berichtete von den einzelnen Stationen.

»Die Stimmung ist miserabel, Sir«, sagte er. »Nicht bloß, weil über uns der Russe liegt.«

»Sondern?« Commander Nicholson lag auf seinem schmalen Bett und las Hemingway.

»Die Mädchen, Sir.«

»Die sind in Sicherheit. Denen geht es jetzt besser als uns, Surakki.«

»Das sagen Sie, Sir, und ich glaube es. Aber die Mannschaft glaubt es nicht. Porter rennt von Station zu Station und hetzt die Leute auf. Er behauptet, daß VENUS XI gar nicht unterrichtet werden könnte.«

»Das stimmt«, sagte Nicholson trocken, und Surakki atmete einmal tief durch.

»Sir... Porter ignoriert seine Degradierung völlig. Jack

kann mich am Arsch lecken, sagt er zu jedem, der ihn darauf anspricht.«

»Den Gefallen werde ich ihm nicht tun.« Nicholson legte das Buch weg. »Aber wenn er unbedingt will, stecke ich ihn in Arrest. Von mir aus auch nach guter alter Navy-Art in Ketten ... ich werde es verantworten können.« Er schob die Beine aus dem Bett und setzte sich. Er ist alt geworden, dachte Surakki plötzlich. Oder wir haben den Commander nie richtig betrachtet. Er hat ein Gesicht wie aus grauem Stein gehauen. Er weiß auch nicht, wie es weitergehen soll. Er weiß nur eins: Solange der Russe über uns liegt, sind wir tot. Und drüben an Land warten Cornell und die Mädchen auf die Motorschlitten von VENUS XI, die nie ankommen werden. Wenn das einem Mann nicht zusetzt ...

»Wo ist Porter jetzt?«

»Ich weiß es nicht. Zuletzt war er bei Chief McLaren und hat ihn zu überzeugen versucht, daß man Sie, Sir, ebenso kaltstellen sollte wie den Commander der CAINE. Auch Sie seien wahnsinnig, sagt er.«

»Und was sagt McLaren?«

»Er drohte Porter einen Tritt in die Weichteile an«, sagte Surakki, McLarens Drohung weniger ordinär erklärend. »Auch bei Chief Collins flog er raus ... aber bei den Mannschaften kommt Porter an! Und die sind in der Mehrzahl, Sir.«

»Einem großen Maul wird immer applaudiert. So ist das eben, Surakki!« sagte Nicholson resigniert. »Der Mensch ist ein absurdes Wesen. Er muß angebrüllt werden, um zu verstehen. Leise Argumente überhört er, oder er belächelt sie. Aber schreit man sie ihm ins Hirn, dann glaubt er sie. Haben Sie sich noch nie überlegt, warum erfolgreiche Politiker auch meistens eine kräftige Stimme haben? Man muß Argumente nicht hersagen, man muß sie einhämmern können! Zerbrechen Sie sich jetzt nicht den Kopf, warum der Mensch so blöd ist. Er ist es eben, Surakki. Er sieht es oft sogar selbst ein, aber bei der nächsten großen Fresse, die ihn anbläst, begeistert er sich wieder bis zur Perversion.« Nicholson zog dicke Wollsocken über seine Füße und griff nach seiner Mütze. »Was würden Sie in meiner Lage tun, Surakki?«

»Ich weiß nicht, Sir. Ich ... ich bin ja kein Commander.«

»Aber Sie wollen später einmal einer werden! Sie sind vierundzwanzig Jahre alt?«

»Ja, Sir.«

»In diesen Jahren lag ich mit einem Schnellboot bei Korea und stand vor der Entscheidung, zu schießen oder wegzulaufen. Neun feindliche Dschunken hatten mich umringt. Ich hätte sie alle versenken können. Notwehr, das hätte sich leicht konstruieren lassen. Und ich sagte mir, wenn du jetzt die Herausforderung annimmst, denn du bist ein Offizier mit Ehre, wird der Russe nicht stillhalten. Er wartet nur darauf. Und da begannen die Dschunken, auf mein Schnellboot zu schießen...«

»Und was haben Sie getan, Sir?« fragte Surakki verkrampft.

»Ich bin weggelaufen! Ich habe selbst meine Ehre beschissen, weil ich wußte, daß im anderen Fall die Welt in einen ungeheuren Konflikt gestürzt wird.« Nicholson lächelte bitter. »Ich habe für dieses Weglaufen sogar einen Orden bekommen. Und was ist jetzt, Surakki? Über uns liegt ein russisches U-Boot. Drüben an Land sind die Mädchen und sechzehn Kameraden von uns. Darunter mein Freund Blandy. Was ist mehr wert: Unsere POSEIDON I oder die da drüben?«

»Porter erzählt jedem, daß es das beste wäre, die Russen mit einem unserer Spezialtorpedos zu versenken. Ruck, zuck, sagt er, und der Weg ist frei. Wir können alle wieder an Bord nehmen. Wir haben keine Zeugen. Für die Russen wird es ein unerklärlicher Unglücksfall sein! Und wenn sie noch melden können: Man hat uns versenkt – wer will nachweisen, wer das gewesen ist?« Surakki zog die Schultern hoch. »Das sagt Porter, Sir –«

»Und die dämlichen Hunde glauben es! Mein Gott, ich habe geglaubt, dreihundert Elitesoldaten an Bord zu haben... es sind doch nur dreihundert arme Säcke!«

Nicholson stand auf und tappte auf seinen dicken Wollsokken zur Tür. Surakki trat zur Seite, er stand im Weg. »Haben Sie noch Befehle, Sir?«

»Ja. Kommen Sie mit. Wir gehen in den Sonarraum. Und dann kümmern wir uns um Jimmy Porter!«

»Sie wollen ihn verhaften, Sir? Der Kerl schlägt um sich. Sie sollten mit vier Mann an ihn 'rangehen!«

»Sehe ich so schwächlich aus, Surakki?«

»Wenn er losbrüllt, macht bei den Russen das Sonar einen Luftsprung!«

»Genau das will ich verhindern.«

»Und womit, Sir?«

»Das weiß ich noch nicht.« Nicholson lächelte dem betroffenen Surakki ermutigend zu. »Das ist es, was man mitbringen muß: im richtigen Augenblick das richtige Denken und Tun! Aber ich geb's ehrlich zu, bei mir ist der richtige Augenblick noch nicht gekommen.«

Der Sonarraum war voll besetzt. Er war jetzt die wichtigste Station auf dem Boot. Oberleutnant Hynes leitete die Spezialisten, die mit allen Geräten die Russen im Griff hatten. Hynes wollte aufspringen, als der Commander eintrat, aber Nicholson winkte ab.

»Bleiben Sie hocken, Hynes«, sagte er freundlich. »Was machen die Roten Brüder?«

»Sie machen einen Lärm, der unbeschreiblich ist, Sir. Ich möchte schwören, daß sie ihre Sonare gar nicht besetzt haben.«

»Das könnte ein Meineid werden, Hynes. Darauf verlasse ich mich nicht.« Er setzte sich neben den Oberleutnant auf einen festgeschraubten Hocker und betrachtete die lautlos schreibenden Nadeln, die hohe Zacken auf das Papier zeichneten. Daneben tickte der Computer, der nach dem Sonarecho die genaue Position des Russen ausrechnete. Es waren konstante Zahlen... das sowjetische U-Boot lag ruhig auf einer Stelle. »War Porter auch schon hier?«

»Ganz kurz.« Hynes blickte schnell zu Surakki. Der nickte kaum merkbar. »Ich habe zu ihm gesagt, geh 'raus oder ich trete dich vor den Sack! Porter ist nicht mehr normal, Sir. Ich habe mir das schon überlegt, aber ich komme da nicht weiter. Wie kann man ihn überwältigen, ohne daß es einen Riesenkrach gibt? Ein Strumpf, mit nassem Sand gefüllt, und dann – ssst – über seinen Schädel. Aber ich befürchte, daß Porter das übersteht. Der hat einen Kopf wie Eisen. Und totschlagen können wir ihn auch nicht. Chief Collins meint allerdings, das wäre das sicherste Mittel, um –«

»Auch Totschlagen macht Lärm, Hynes!« Nicholson nahm

das Mikrophon und drückte am Schaltpult auf den Knopf TORPEDORAUM. »Porter?« fragte er.

»Wer ist da?« sagte Porter. Da er flüstern mußte, klang seine Stimme heiser und wie gepreßt. Nicholson zog die Augenbrauen hoch. Daß es gleich beim erstenmal klappte, machte ihn nachdenklich.

»Hier spricht der Kommandant.«

»Doch nicht etwa Jack, der Verrückte?«

»Genau der, Jimmy. Hör einmal zu...«

»Ich denke nicht daran!« antwortete Porter. »Wenn jetzt einer zuhört, bist du es, Jack! Als wir auf dein Boot kamen, wußten wir, wer du bist! Dein Ruf in der Navy flog dir voraus. Der frißt Eisen zum Frühstück, Stahl zum Mittag und Raketenplatin zum Abend. Und wenn er scheißt, werden's Granaten! Gut, haben wir uns gesagt, wenn das Ding, das wir herumschaukeln sollen, wirklich ein solches Geheimnis ist, dann muß so ein Kerl das Kommando haben. Und wir waren irgendwie stolz, daß wir dazugehören. Aber das ist jetzt vorbei! Jack! Du haust fünf Mädchen und sechzehn von unseren Freunden in die Pfanne, nur weil dir der Arsch zuckt vor Angst. Da machen wir nicht mehr mit! Die Mehrzahl von uns ist sich einig, daß du abgelöst wirst.«

»Wo ist die Mehrzahl, Porter?« Nicholson schob die Mütze in den Nacken, ihm wurde plötzlich unerträglich heiß. »Wenn ich gleich einen Rundspruch loslasse, hast du keinen einzigen Freund mehr im Boot!«

»Weil das alles Arschlöcher sind!« sagte Porter. Es klang gespenstisch. Er flüsterte, aber was er sagte, sollte eigentlich mit voller Stärke herausgebrüllt werden. »Gut! Ich stehe allein! Aber ich bin nicht allein! Ich habe hier sechs Torpedos mit Atomköpfen bei mir. Du weißt, Jack, welche Wirkung sie haben. Ich bin ganz allein im Raum! Ich habe die anderen hinausgeschmissen und das Schott von innen zugedreht und gesichert. Ich bin allein mit meinen Torpedos! Ich werde jetzt die beiden Rohre laden und die elektronischen Zielsucher einschalten.«

»Das schaffen Sie nie allein, Porter«, sagte Nicholson ruhig.

»Spielend, Jack!« Porter lachte. »Die Spargel liegen ja schon auf den Schlitten. Das hast du schön hingekriegt, Jack, mit deinem kriegsmäßigen Alarmtauchen! Ein Fingerdruck, und die Torpedos gleiten wie schwerelos in die Röhren. Wir sind technisch der Zeit voraus, und das sind genau deine Worte, eiserner Jack!«

Hynes hielt seine Hand über das Mikrophon. Er war bleich, wie ausgeblutet. »Sie müssen ihn herauslocken, Sir«, flüsterte er. »Dann kriegen wir ihn! Auch auf die Gefahr hin, daß es Lärm gibt. Der Kerl lädt wirklich die Rohre.«

»Das tut er!« Nicholson machte sein Mikrophon wieder frei. Im Lautsprecher hörte man deutlich Porters schweren Atem. »Porter?«

»Jack! Ich stelle ein Ultimatum!«

»Wir sollten darüber reden, Porter! Über alles. Kommen Sie zu mir.«

»Das ist ein uralter und fauler Trick! Wer soll noch darauf hereinfallen! Kaum bin ich draußen, bekomme ich eins über den Schädel!«

»Ich garantiere Ihnen freie Bewegung, Porter. Zu mir, und wieder zurück zu Ihnen. Genügt das?«

»Nein! Komm mir jetzt bloß nicht mit dem dämlichen Offiziersehrenwort. Ich weiß genau, daß in einer Notlage Versprechungen leeres Gerede sind. Und Ehrenworte sind soviel wert wie eine Tüte mit Pisse! Ich bin ein alter Hase, Jack! Neunmal dekoriert... nur dreimal weniger als du! Mich legt ihr nicht aufs Kreuz! Willst du mein Ultimatum hören?«

»Bitte«, sagte Nicholson geradezu höflich.

»Wir schießen die Russen ab und holen unsere Leute zurück ins Boot.«

»Noch besser wir schießen die Russen ab und tauchen auf, rufen VENUS XI, und alles läuft wie geplant«, sagte Nicholson ruhig. Hynes und Surakki starrten ihn an, als spreche ein Gespenst. Auch Porter schien es die Stimme verschlagen zu haben.

»Das geht auch, Sir...« stotterte er endlich. »Natürlich geht das!«

»Es geht nicht, Porter!« Nicholsons Stimme wurde scharf. »Ich wollte mich nur überzeugen, wie verrückt Sie sind!«

»Du Miststück!« sagte nun auch Porter lauter. »Du hinterhältiger Hund! Nun hör einmal genau zu: In zwei Stunden gibst du den Befehl, daß ich den roten Hebel 'runterdrücke, oder ich frage dich nicht mehr und tu es allein! Wer will mich daran hindern!«

»Keiner!«

»Hier kommt keiner 'rein! Oder wollt ihr das Schott aufsprengen? Das hört der Russe bestimmt! Dann sind wir alle im Eimer. Ist das klar?«

»Völlig klar, Porter!« sagte Nicholson eisig.

»Ich habe jetzt das Boot in der Hand. Ich bin allein mit meinen Torpedos! Jack, du und deine Offiziere und alle müssen tun, was ich sage! Wer ist nun der Kommandant, he?«

»Eindeutig Sie, Porter!«

»In zwei Stunden, Jack.«

»Okay.«

»Wie fühlst du dich?«

»Beschissen! Aber das geht Sie nichts an, Porter!«

Nicholson schaltete aus. Vorsichtig, als sei es aus dünnem Glas, legte er das Mikrophon auf den Schalttisch zurück. Hynes, Surakki und alle anderen im Sonarraum starrten den Commander entsetzt an. War das möglich? Jack Nicholson kapitulierte vor einem Irren! In zwei Stunden schoß man den Russen ab?

»Das... das ist doch nicht Ihr Ernst, Sir?« stotterte Hynes.

Nicholson lehnte sich zurück und blickte auf die Instrumente. Nach den Aufzeichnungen mußten die Russen da oben ein rauschendes Fest feiern. »Es war ein Fehler der Navy«, sagte er. »Ich kenne Porters Personalakte. Im Vietnamkrieg, beim Landgang in Danang, geriet er in einen Luftangriff und war fünf Stunden in einem Erdbunker verschüttet. Keine Folgen, keine Spätschäden. Man hat ihn durch und durch getestet. Und da er einer der besten Torpedomaate der Navy ist...« Nicholson hob die Schultern. »Er ist zu uns gekommen. Okay. Aber irgendwo in diesem Gehirn müssen diese fünf Stunden Lebendigbegrabensein doch Löcher hinterlassen haben. Keine testbaren Schäden im seelischen Bereich, die plötzlich das ganze Wesen verändern. Und jetzt ist es soweit. Was ist Wahnsinn? Wie entsteht er? Darüber kann uns keiner etwas Konkretes sagen. Wir sehen ihn nur –«

»Und was soll nun geschehen, Sir?« Hynes wischte sich übers Gesicht. »In zwei Stunden drückt dieser Irre ab!«

»Das ist sein Fehler, Hynes«, sagte Nicholson und stand auf. »Diese zwei Stunden Wartezeit sind ein Fehler! Hätte er sofort abgedrückt... wir wären hilflos gewesen. Aber in zwei Stunden kann uns noch manches Gute einfallen.«

Er grüßte und schlich auf seinen Wollsocken aus dem Sonarraum. Erst, als er hinter sich die Tür geschlossen hatte und sah, daß er allein im Gang war, lehnte er sich gegen die Wand und schlug die Hände vors Gesicht.

Zwei Stunden! Zwei lange Stunden auf ein Wunder warten!

Ein hilfloser Mensch ist ein erbärmlicher Anblick.

Der nächste Morgen zwang Oberleutnant Cornell, seine Enscheidung zu treffen.

Dr. Blandy war nicht transportfähig. Er war nicht einmal fähig, richtig zu leben.

In der Nacht hatte sich sein Zustand verschlechtert. Das hohe Fieber kam zurück trotz großer Antibiotikadosierung, sein Körper glühte und zitterte zugleich, als läge er auf Eis. Der Herzschlag begann zu rasen, es war wie ein Trommelwirbel, wenn Monika das Stethoskop ansetzte und ihn abhörte.

Noch schlimmer war es, als sie gegen Morgen die Verbände wechselten. Die Wunden waren verquollen, aufgetrieben, als hätte der Penicillinpuder überhaupt keine Wirkung gehabt. Die Wundränder leuchteten rot und irgendein übelriechendes Sekret floß aus dem zerfetzten Fleisch.

Monika säuberte die Wunden, spritzte noch einmal Morphium, als Blandy zu stöhnen begann. Dann plötzlich sah sie den Tontopf der Eskimos, den Cornell weggetragen hatte, weil die Salbe zu sehr stank. Cornell schüttelte den Kopf.

»Ich täte es nicht, Monika«, sagte er. »Wenn kein Penicillin hilft...«

»Erwarten Sie keine Blitzheilungen, Bernie! Es dauert noch ein paar Tage, und dann sehen die Wunden anders aus.«

»Glauben Sie daran?«

»Ja.« Sie streute wieder Penicillinpuder in die Wunden und legte frische Kompressen auf. Die Blutungen waren zum Stillstand gekommen, aber anscheinend nur deshalb, weil die Entzündung die Blutgefäße abdrückte. »Suchen Sie fünf oder sechs Freiwillige aus, Bernie, und nutzen Sie das gute Wetter. Slingman will auch bleiben. Er war vorhin hier. Ich bin froh. Er ist ein ungeheuer starker Kerl, der uns viel helfen kann.«

»Von was sprechen Sie eigentlich?« fragte Cornell heiser.

»Sie müssen aufbrechen, Bernie!«

»Irrtum! Wir bleiben alle! Ich habe in der Nacht noch eine Umfrage gestartet. Einstimmig. Wir bleiben!«

»Das dürfen Sie nicht, Bernie!« Monika sprang auf. »Mit den Hundeschlitten können Sie endlich die Radarstation erreichen! Was Sie jetzt hier praktizieren, ist kein Heldentum, sondern Dummheit! Sie müssen die Chance wahrnehmen! Und wir müssen das Risiko tragen, ganz gleich, ob Sie uns nachholen, oder ob die Sache mißlingt!«

»Wir haben in der Nacht alles durchgesprochen, Monika. Es bleibt dabei. Wir warten, bis der Doc transportfähig ist! Zelt 1 verzichtet auf die Gasheizung und wird sich nur mit Pelzen wärmen. Sobald das Fieber weg ist, laden wir Blandy auf einen Schlitten, und ab geht's! Wir haben den Eskimos das alles mit Zeichen erklärt, und ich glaube, sie haben es auch begriffen. Es sind intelligente Burschen. Sie begreifen sogar, daß die Menschen unten auf dem komischen Schiff mit uns nichts zu tun haben. Yenkins hat das Kunststück fertiggebracht. Er könnte glatt eine Pantomime spielen.«

»Sie reden, reden und reden, Bernie. Aber alles, was Sie sagen, ist nur, um mich abzulenken! Mein Gott, Sie haben doch die Wunden gesehen! Blandy wird in den nächsten Tagen noch nicht transportfähig sein!«

»Dann warten wir eben.«

»Aber der Himmel wartet nicht!« schrie Monika. »Wenn der nächste Sturm kommt...«

»Wer hat da eben etwas von Risiko gesagt?«

»Aber nicht für alle!«

»Hier geht keiner in den Schlitten, wenn er weiß, daß Sie und der Doc und sechs andere zurückbleiben!« Cornell setzte sich auf einen Klappstuhl und sah den im Morphiumschlaf röchelnden Blandy an. »Keiner!«

»Und wenn wir dann alle krepieren?«

»Dann ist auch das eine gemeinsame Sache«, sagte Cornell entschlossen. »Ich habe da nur einen einzigen Vorschlag zu machen. Sie zeigen mir alles, und ich bleibe bei unserem Doktor. Vielleicht wäre es dann möglich, daß wir uns teilen, und die größte Gruppe bringt Sie und Ihre Freundinnen zur Radarstation. Sie werfen mir immer dieses dämliche Heldentum vor... aber sagen Sie mir bloß, warum wollen eigentlich Sie eine Heldin sein?«

12

Wenn auch an diesem Tag viel geredet wurde und jeder beteuerte, er bleibe bei Doc Blandy – Cornell bereitete trotz allem den Abmarsch mit militärischer Gründlichkeit vor. Es war klar, daß man auf den drei Hundeschlitten nicht das ganze Material mitnehmen konnte, das man an Land gebracht hatte, und wenn man die Mädchen auf die Schlitten verteilte, war es ebenso klar, daß die Männer laufen mußten. Aber man sah jetzt die große Chance, doch noch die Radarstation VENUS XI zu erreichen, ganz gleich, wie das Wetter war und wie weit man über das Festlandeis tappen mußte. Die Gegenwart der Eskimos, die mit den Tücken des Himmels vertraut waren und ihre Heimat kannten, wirkte wie ein Aufputschmittel. Slingman und Yenkins überwachten das Umpacken. Man nahm vor allem Lebensmittel mit, die letzten Gasflaschen, die Decken und das große Zelt. Aus den leeren Kisten zimmerte man Skier, Bretter, die man mit Bindfäden um die Stiefel band und mit denen man, wenigstens auf dem flachen Eis, ziemlich gut vorankam.

»Die Russen staunen«, sagte Leutnant Hendricks, der von der Eismauer aus das sowjetische U-Boot beobachtete. »Sie hören das Hämmern und Sägen, und sie glauben wohl, daß die Eskimos sich hier häuslich niederlassen wollen.« Er übergab sein Fernglas Tami Tamaroo, der die Wache übernahm. »Glaubst du, daß du morgen abrücken kannst, Bernie?«

»Sobald der Doc fieberfrei ist.« Cornell rauchte hastig eine Zigarette. Er stand vor dem zweiten Zelt, in dem Blandy stöhnend auf der Luftmatratze lag. Er erkannte Monika nicht mehr. »Verdammt, das Penicillin muß doch einmal wirken.«

»Wer weiß, wieviel Dreck in die Wunden gekommen ist. Mein Gott, das müssen Hiebe gewesen sein!«

»Wir haben alles, so gut es ging, saubergemacht.«

»So gut es ging. Ob das genug war?«

»Blandy hat die Lebenskraft eines Bullen! Er schafft es, Hendricks... er muß es schaffen!«

Am späten Abend erwachte Blandy aus seinem Koma. Mit geradezu unheimlich klaren Augen starrte er Monika an, die ihm den Schweiß von der Stirn wischte. Sein Körper glühte. Das Fieber war nicht zu bändigen. Penicillinpuder oder Injektionsflüssigkeit, nichts schien zu wirken. Sein Körper nahm es einfach nicht an.

Sie waren allein im Zelt. Cornell saß bei den Mädchen und erklärte ihnen, was ihnen bevorstand. »Wenigstens etwas!« sagte Lill Petersen schnippisch. »Wir werden auch diese acht Tage durchstehen. Aber dann, das sage ich Ihnen, geht ein Funkspruch 'raus nach Washington, der dann gewisse Leute vom Stuhl reißt. Ihr Commander, dieses Schwein Nicholson, wird umgehauen werden wie eine Boxpuppe auf dem Jahrmarkt! Wenn wir unsere Väter alarmieren, hat er keine Chance mehr. Und wir werden sie alarmieren!«

Evelyn Darring hatte man erlaubt, Dr. Blandy kurz zu besuchen. Er lag noch in tiefer Bewußtlosigkeit, und sie hatte sich neben sein Lager gekauert, hatte ihn geküßt und immer wieder »Mein Bärchen! Mein Bärchen!« gerufen, bis Monika und Cornell sie mit sanfter Gewalt aus dem Zelt entfernten.

»Ich liebe ihn!« hatte Evelyn geschrien. »Ich liebe ihn wirklich! Ja doch, ich habe Männer genug gehabt... aber ihn liebe ich!« Man mußte ihr wieder den Mund zudrücken, damit die Hörgeräte der Russen nicht ihre Stimme auffingen. Man trug sie zum Frauenzelt zurück. Slingman übernahm den Transport... in seinen Armen war sie gut aufgehoben.

»Du schwarzes Aas!« heulte sie, als Slingman sie im Frauenzelt einfach fallen ließ. »Oh, ich hasse euch alle, alle, alle! Ihr ekelt mich an! Ich will mit euch nichts mehr zu tun haben. Ich will bei Pauli bleiben...« Dann weinte sie hysterisch. Sie drückte den Kopf in die Decken ihrer Luftmatratze und biß hinein.

Dr. Blandy knirschte mit den Zähnen. Monika warf das

Handtuch weg, mit dem sie den Schweiß abgewischt hatte. Sie versuchte ein aufmunterndes Lächeln; Blandy machte trotz aller Schmerzen mit und lächelte ebenfalls. Es wurde eine schreckliche Fratze.

»Da bin ich wieder, Mädchen«, sagte er mühsam. Seine dröhnende Stimme war bereits gestorben. Sie klang jetzt heiser, ohne die Kraft, in die sie früher eingebettet war. Eine erschreckende Greisenstimme in einem gewaltigen Körper. »Es ist aber nur ein kurzer Urlaub ins Leben.«

»Morgen früh wird es noch besser gehen, Doc«, sagte Monika mit trockener Kehle. Blandy wölbte die dicke Unterlippe vor. Sie war noch dicker als sonst, vom Fieber aufgetrieben.

»Du weißt genau, Mächen, welchen Blödsinn du da sagst! Warum spielen wir uns etwas vor?« Er stöhnte wieder, aber als Monika zu einer Spritze griff, winkte er ab. »Nicht wieder Morphium! Spart euch das für aussichtsreichere Fälle. Sag mal, Blondie, gibt es hier nichts zu saufen? Mein Rachen ist ein einziges Feuerloch.«

»Ich habe Tee gekocht, Doktor.«

»Tee! Mir Tee anbieten!« Dr. Blandy, auf der Seite liegend, um die Wunden im Rücken und in der Brust nicht zu belasten, starrte gegen die Zeltwand. »Mädchen, da drüben steht Whisky.«

»Unmöglich, Doktor!«

»Was hast du gegen Whisky! Hol ihn her, Blondie! Es paßt nicht zu mir, mit Tee im Leib abzukratzen. Aber Whisky, das ist mein Stil! Nun hol ihn schon, Mädchen!«

Sie nahm die Flasche und füllte den Becher zur Hälfte. Dann hielt sie Blandys Kopf fest, und er trank gierig den scharfen Alkohol. Als er husten mußte, quollen ihm die Augen aus den Höhlen.

»Das sind Schmerzen!« röchelte er, als sich der Husten gelegt hatte. »Blondie, ich habe immer Angst vor Schmerzen gehabt. Das ist oft so bei uns Ärzten... wir sind die Helden im weißen Kittel für die anderen, aber wenn's an den eigenen Körper geht, gibt es keine größeren Feiglinge! Dieser Saubär! Lebt weiter mit einem Eisenpfahl in der Brust! Wer konnte das ahnen? Blondie, noch einen!«

»Es ist genug, Doktor«, sagte Monika, aber sie gab ihm trotzdem noch einen Becher. Dr. Blandy sah sie dankbar an.

»Ich muß dir etwas erzählen, Monika«, sagte er plötzlich. »Es muß heraus, denn ich will nicht abkratzen, ohne das von der Seele zu haben. Gib mir mal deine Hand.«

Sie faßte Blandys glühende Hand und hielt sie fest. Seine dicken Finger schlossen sich um ihr Handgelenk. »Evelyn war hier«, sagte sie mit zitternder Stimme. »Sie liebt Sie wirklich, Doc...«

»Evelyn. Das ist genau das Stichwort!« Blandy schloß einen Moment die Augen; offenbar waren die Schmerzen sehr heftig. Dann sprach er weiter. »Monika, Sie wollen Jack Nicholson heiraten?«

»Ja... wenn er durchkommt.«

»Der kommt durch! Er ist ein Marineoffizier, wie ihn die Navy nur einmal in einem Jahrhundert hat. Schade, daß man ihn in den Arsch treten wird, wenn er wieder an Land kommt. Er hat so viel auf sein militärisches Schuldenkonto geladen, daß ihm nur der Abschied bleibt. Und warum? Weil er ein anständiger Kerl ist, weil er dich liebt, Blondie, und weil er trotz Uniform und Orden ein Mensch geblieben ist. Ich mag ihn, ich habe ihn lieb wie einen Sohn... bleib bei ihm, Mädchen, was man auch mit ihm anstellen wird.«

»Ich verspreche Ihnen das. Ich bleibe bei ihm.«

»Und versprich mir, daß Jack nie erfährt, was ich dir jetzt sage. Jack nicht und Evelyn, das schöne rote Teufelchen, nicht. Sie sollen mich so in Erinnerung behalten, wie sie mich gesehen haben. Dr. Paul Blandy, Oberarzt der US-Navy, dekoriert mit vierzehn Orden... das ist ein Bild, was?«

Er stöhnte, holte neue Kraft aus seinem glühenden Körper und trank dann wieder mit einem Zug den Becher Whisky aus. Diesmal hustete er nicht.

»Ich muß Ihnen eine Spritze geben, Doc«, sagte Monika. Ich weine gleich, dachte sie. Ich kann es nicht mehr zurückhalten. Ich heule los wie ein getretener Hund.

»Erst hörst du mir zu!« Blandy legte den Kopf auf seinen rechten Unterarm und atmete pfeifend. »Versprich mir, daß du nichts sagst...«

»Ich verspreche es, Doktor.«

»Dann halte jetzt die Luft an.« Blandy zögerte, aber er spürte genau, daß es jetzt Zeit war und daß dieser Augenblick nie wieder kommen würde. »Ich habe Belucci ermordet«, sagte er langsam. »*Ich* war es!«

»Doc...« Monika starrte Blandy entsetzt an. »Hören Sie auf! Ich gebe Ihnen jetzt die Spritze. Sie wissen nicht mehr, was Sie sagen.«

»Oh, ich weiß es genau, Mädchen.« Blandy atmete schwer. »Ich habe Belucci getötet, mit einem Klappmesser. Er hat mir Evelyn weggenommen, bevor ich sie haben konnte. Schon, als ich sie aus der Rettungsinsel holte und ins Boot trug, wußte ich – die holst du dir ins Bett. Ich war verrückt, Mädchen. Rothaarige haben immer bei mir eine Rolle gespielt. Mein erstes Mädchen war eine rothaarige Krankenschwester. In der Krankenhausapotheke, hinter einem Regal, haben wir's getrieben! Das vergißt man nicht. Ja, und da kommt dieser windige Belucci und nimmt sie mir weg.«

»Ich glaub' es nicht«, stammelte Monika. »Ich glaub' es einfach nicht.«

»Es mußte alles schnell gehen. Ein paar Minuten blieben mir. Ich habe Beluccis Leiche tatsächlich in den Fäkalienbunker geworfen, durch die Schraubtür, durch die man einsteigen kann, um ihn zu reinigen. Jack hat die richtige Nase, aber zum Leerpumpen ist er ja nicht mehr gekommen.« Blandy röchelte. Er wollte noch einen Whisky haben. »Stell sie her, die Flasche. Ich bediene mich selbst. Es geht ja noch weiter!« Er knirschte mit den Zähnen, und sein dickes Gesicht verzerrte sich. »So eine Sepsis ist ein Teufelsding«, sagte er dann heiser, von den Schmerzen gepeinigt. »Man löst sich auf, und jeder Nerv wird zu einem glühenden Draht... Belucci. Ach ja... trotz meiner Schnelligkeit hatte ich einen Zeugen. Er stand mit großen entgeisterten Kinderaugen da, als ich die Leiter vom Fäkalienbunker herunterkletterte. Und ich wußte ganz genau: *Das* ist mein Ende! Wenn Jack ihn in die Zange nimmt – er kann nicht dichthalten! Und Jack nahm ihn in die Zange, zermalmte seine Seele, enthäutete ihn. Der arme Junge tat mir so leid, er sagte noch nichts, aber mir war klar, daß er eine zweite Seelenwäsche durch Jack nicht mehr aushalten würde!«

Monika hatte die Faust an den Mund gepreßt und biß jetzt

hinein. Alle Farbe war aus ihrem Gesicht gewichen. Sie schluckte krampfhaft. Eine würgende Übelkeit stieg in ihr hoch.

»Das ist doch alles nicht wahr«, sagte sie kaum hörbar. »So etwas können Sie nicht tun.«

Blandy ergriff die Flasche, setzte sie an den Mund, trank und hielt sie fest. »Ich konnte es, Mädchen. Ich habe den kleinen Duff mit einem Kissen erstickt. Den lieben harmlosen Jungen. Ich mußte es tun. Danach hatte ich alles, was ich brauchte. Keinen Mitwisser, eine saubere Weste. Evelyn.« Er schwieg eine Weile, dann fuhr er fort: »Rothaarige machen mich verrückt, ich kann es nicht ändern.«

Bevor ihn Monika festhalten konnte, wälzte er sich auf den Rücken, stöhnte laut auf und setzte die Flasche an den Mund. Erst als sie leer war, schleuderte er sie von sich.

»So, und nun laß mich allein, Mädchen!« sagte Blandy mit letzter Kraft. »Laß mich ohne Aufsicht krepieren! Ich hab's verdient. Und vergiß es nicht, Jack soll es nie erfahren... Und jetzt aber 'raus mit dir!«

Wie benommen stand Monika auf. Sie suchte das Freie. Erst in der Kälte wurde ihr bewußt, was sie gehört hatte. Sie rannte ins Zelt zurück.

Blandy kniete auf dem Boden. Er hatte eine große Spritze in der Hand und drückte gerade die helle Flüssigkeit in seinen Oberarm.

»Nicht, Doc!« schrie Monika. Sie schlug ihm die Spritze aus der Hand, aber die Flüssigkeit war schon injiziert. »Sie müssen weiterleben! Verdammt! Sie müssen leben! Sie dürfen Jack nicht mit zwei ungeklärten Morden zurücklassen! Sollen dreihundert Menschen mit dem Verdacht, ein Mörder zu sein, weiterleben? Sie müssen aussagen, Paul!«

»Zu spät, Mädchen.« Blandy fiel auf sein Lager zurück. »Ich bin ein egoistischer Saukerl, was? Recht hast du... gib alles zu Protokoll, wenn du wieder daheim bist! Was hat ein Toter davon, ob man was von ihm hält...«

Er wälzte sich wieder auf die Decken, streckte sich aus, faltete die Hände über dem Leib und schloß die Augen.

»Ich habe keine Schmerzen mehr«, sagte er leise. »Blondie, es geht zu Ende. Verdammt, wie gern habe ich gelebt...«

Es dauerte zwei Stunden, dann gab auch das starke Herz von Dr. Blandy den Kampf auf. Die Überdosis Morphium lähmte schließlich die Atmung. Man sah, wie Blut und Fieber aus seinem Gesicht wichen. Die wächserne Blässe, die zurückblieb, veränderte ihn völlig. Es war nicht mehr Dr. Blandy, der dort lag, es war nur noch ein toter Körper.

Langsam zog Monika eine Decke über den Toten und warf den dicken Pelzmantel um. Als sie aus dem Zelt kam, stand Cornell vor ihr.

»Schläft er?«

»Ja. Für immer.«

Langsam nahm Cornell seine Pelzmütze ab und ging ins Zelt.

Man hatte in der Nacht allerhand zu tun. Evelyn, die einen Schreikrampf bekam, als sie den Tod Blandys erfuhr, mußte behandelt werden. Zelt II wurde abgebrochen, die Schlitten wurden beladen, Slingman, Yenkins und Puckray bauten aus Eisblöcken ein Grabmal für Blandy, weil es unmöglich war, ihn in den meterhohen Eisboden zu versenken und noch unmöglicher, ihm im Anblick der Russen ein Seemannsgrab im Meer zu geben. So baute man also einen Eissarg, wickelte um Blandys Leichnam die amerikanische Flagge und setzte ihn bei. Cornell und Hendricks fügten den letzten Eisblock in die Lücke und schlossen das Grab. Die Männer, in einer Reihe wie zur Parade, salutierten feierlich. Etwas abseits hockten die Eskimos auf ihren Schlitten und sahen ihnen mit breitem Grinsen zu. Sie kauten Speckschwarten und schmatzten laut. Merkwürdige Menschen, diese Weißen, dachten sie. Sterben ist etwas Natürliches. Warum stellen sie sich so an?

»Er hätte den großen Zapfenstreich verdient«, sagte Yenkins leise. »Blasen wir ihn im Geiste, Jungs.«

»Ich habe meine Trompete bei mir!« Puckray rührte sich nicht. Er stand wie ein Denkmal und grüßte. »Aber wenn das der Russe hört... Ich blase dem Doc drei Zapfenstreiche, wenn wir wieder in der Heimat sind!«

»Er hatte Alabama gern«, murmelte Slingmann dumpf. »Er hat es mir ein paarmal gesagt. Ich werde ihm bei mir im Garten ein Kreuz aufstellen.«

»An die Schlitten!« sagte Cornell hart. Er wandte sich an seine Männer. »Die Mädchen in Schlitten eins und zwei, in Schlitten drei die beiden Gasöfen! Wie klappt's mit den Brettern?«

»Gut, Sir!« Yenkins rutschte aus der Reihe vor. »Sie sind eine große Erleichterung.«

Er wollte noch etwas sagen, aber Tami Tamaroo, der zufällig wieder Wache hatte, kam von der Schutzmauer herübergelaufen. Er hatte die Trauerfeierlichkeiten noch mitgemacht und war dann zu seinem Beobachtungsstand zurückgekehrt.

»Sie sind weg!« schrie er und vollführte einen verrückten Tanz. »Sie sind weg! Die Russen sind getaucht! Sie müssen gerade weg sein ... vor einer Viertelstunde waren sie noch da!«

Hendricks, Cornell und alle anderen liefen zur Steilküste. Im diffusen Licht der nördlichen Nacht lag das Meer glatt und leer vor ihnen, und wo das sowjetische U-Boot gewassert hatte, trieben träge die Eisschollen.

»Jetzt blase ich dem Doc das letzte Signal!« sagte Puckray feierlich. »Die Russen beginnen mir sympathisch zu werden.«

Sie kehrten zu dem Grabmal aus Eis zurück. Puckray blies auf seiner Trompete den Abschied von einem Mann, den sie alle geliebt hatten und von dem sie nicht wußten, daß er ein zweifacher Mörder geworden, weil rote Mädchenhaare ihn verrückt machten.

Der letzte helle Ton verklang in der eisigen Nacht. Er hielt sich lange, als sei er gefroren und tanze nun über das Land. Evelyn, die man in den ersten Schlitten getragen hatte, schlief fest. Man hatte ihr Beruhigungsmittel geben müssen. Monika saß neben ihr, dick vermummt in die Felldecken der Eskimos. Im anderen Schlitten saßen Lill, Joan und Dorette zwischen Säcken mit Konserven. Die Hunde hechelten und wimmerten und sprangen in ihrem Seilgeschirr auf und ab. Sie waren ungeduldig. Die Eskimos standen an ihren Haltestangen und grinsten. Yenkins, das Verständigungsgenie, hatte ihnen durch Handzeichen klargemacht, wohin die Reise gehen sollte. Als er einen Radarschirm ins Eis zeichnete, nickten sie eifrig und stießen sich lachend an. Ein fröhlicher Menschenschlag.

»Sie kennen VENUS XI!« hatte Yenkins gebrüllt. »Jungs, wir sind gerettet!«

»Fertig zum Abmarsch!« rief Cornell jetzt.

Die Männer rannten zu ihren Positionen.

»Schlitten eins fertig, Sir!« rief Slingman und klopfte seinem Eskimo auf die Schulter.

»Schlitten zwei fertig, Sir!« meldete Yenkins.

»Schlitten drei fertig!« rief Puckray. Dann merkte er, daß er etwas vergessen hatte und brüllte das »Sir!« schnell hinterher.

Cornell hob die Hand und ließ sie wieder fallen. »Los!« rief er. »In acht Tagen liegen wir in einem warmen Bett!«

Die Schlittenhunde heulten auf. Die große Wanderung über das Inlandeis auf Grönland hatte begonnen.

Jimmy Porter hatte sein Ultimatum verlängert. Nach Ablauf der zwei Stunden rannte er wie ein gefangener Tiger in seinem Torpedoraum hin und her und starrte immer wieder auf den Lautsprecher der Rundsprechanlage. Er schwitzte vor Aufregung, rieb sich die nassen Hände an den Hosenbeinen trocken und trank Unmengen Mineralwasser, ohne die innere Hitze damit abkühlen zu können.

Die beiden Torpedorohre waren geladen, die Atomsprengköpfe auf Zündung gestellt, die magnetischen Suchgeräte geöffnet... man brauchte nur auf den roten Hebelknopf zu drücken und die tödlichen ›Spargel‹ zischten aus den Rohren, suchten sich ihr Ziel und trafen mit höllischer Sicherheit. Es werden zwei riesige Atomwolken aus dem Meer aufsteigen, das Wasser wird kochen, im weiten Umkreis wird das Eis bersten, die grönländische Küste wird versinken, und radioaktive Wolken werden über die Länder treiben, um unübersehbaren Schaden anzurichten. Aber auch die POSEIDON I wird es nicht mehr geben, denn sie lag so nahe am getroffenen Ziel, daß auch sie mitten in der Sprengwolke zerplatzen mußte.

Porter setzte sich auf die leere Torpedoschiene und schlug die Fäuste zusammen. »Sag etwas, Jack!« stöhnte er heiser. »Los, Commander, sag etwas! Die zwei Stunden sind 'rum! Sollen wir denn alle krepieren! Wenn wir den Russen versenken und die Mädchen zurückholen... wer erfährt das denn? Von uns macht später keiner die Schnauze auf. Wir sitzen schließlich alle in der gleichen Scheiße. Jack, sag doch einen verdammten Ton...«

Nicholson saß in seinem Kommandantenraum am Tisch und trank eine Cola, als Leutnant Surakki, Leutnant Hynes, Leutnant Fairbanks und Chief McLaren eintraten. Auch sie gingen lautlos auf dicken Wollsocken und drückten die Tür vorsichtig zu.

Nicholson sah sie eine Weile stumm an. Sie hatten alle seltsam fahle Gesichter. »Ihr wollt wissen, was ich tun werde?« fragte er endlich. »Ich weiß es nicht. An Porter kommen wir nicht heran, mit ihm ist nicht mehr vernünftig zu reden, keiner kann ihn hindern, die Torpedos abzuschießen. Ihr seht, selbst ein so genial durchkonstruiertes Boot wie die POSEIDON hat seine schwachen Stellen! Nichts von Menschenhand ist vollkommen.«

»Ich habe da einen Vorschlag, Sir«, sagte McLaren dumpf. »Wir müßten nur noch eine Stunde Zeit gewinnen. Ist das möglich?«

»Ich will's versuchen.« Nicholson holte das Bordtelefon zu sich heran. »Was wollen Sie mit einer Stunde, Victor? An Porter kommen Sie nicht heran!«

»Seine Idee ist gut«, sagte Leutnant Hynes.

»Es ist ein Vabanque-Spiel, Sir.« McLaren nagte an der Unterlippe. »Aber wir könnten es gewinnen.«

»Da wir jetzt keinen Cent mehr wert sind, können wir nur gewinnen, was immer wir auch tun. Verloren haben wir schon.« Nicholson legte die Hand auf den Telefonhörer. »Was haben Sie vor, Victor?«

McLaren trat an die Wand, wo ein Aufriß des Bootes festgeklebt war. Ein langes Schaubild, das allerdings einige geheime Zellen nicht enthielt, die nur Nicholson und Collins bekannt waren. McLaren zeigte auf ein weitverzweigtes Rohrsystem und auf einen kleinen Raum. Nicholson hob die Augenbrauen.

»Das ist das Lüftungssystem« sagte McLaren. »In alle Räume führen Rohre mit gereinigtem Sauerstoff, von allen Räumen wird über andere Rohre die verbrauchte Luft wieder abgesogen. Sie wird durch diese Filter hier gepreßt, regeneriert, mit reinem Sauerstoff versetzt und wieder zurückgeblasen. Ein ständiger Kreislauf.«

»Das ist ein alter Hut, Victor«, sagte Nicholson müde. »Was hat das mit Porter zu tun?«

»Durch Klappenventile ist jeder Raum, jeder Gang, jede

Fläche zwischen den Schotts einzeln zu regulieren... und abzustellen. Das heißt: Man kann auch dem Torpedoraum, in dem sich Porter allein befindet, die Belüftung entziehen!«

Nicholson starrte McLaren wortlos an. Er verfolgte die stumme Bewegung des Zeigefingers, mit welcher der Chief vom Regeneratorraum das Rohr bis zum Torpedoraum nachzeichnete.

»Sie haben recht, Victor«, sagte Nicholson nachdenklich.

»Um die Sache zu beschleunigen, können wir das System einseitig laufen lassen. Wir stellen die Frischluftzufuhr ab, ziehen aber gleichzeitig in voller Stärke die Altluft ab! Wenn Porter das merkt, kann es schon zu spät sein. Kann – sage ich!«

»Mit anderen Worten, Sie wollen Porter ersticken lassen!«

»Nur betäuben, Sir! Wenn er zusammengebrochen ist, öffnen wir die Schottür. Unser Risiko ist nur, daß Porter den Trick merkt und den Schußhebel erreicht, ehe ihm die Luft wegbleibt. Porter ist ein Bulle von Kerl und hat ungeheure Reserven. Was meinen Sie, Sir?«

Nicholson hob den Hörer ab. Surakki seufzte, und Nicholson sah ihn nur an. Er lächelte.

»Sie dürfen Nerven haben, Surakki. Wenn uns McLarens Plan gelingt, werde ich auch welche haben und mich benehmen wie ein Hysteriker. Victor, es gibt kein Risiko für uns.«

Er drückte auf den Knopf T I und wartete. Porters heisere Stimme tönte aus dem Lautsprecher an der Decke. Eine gehetzte, völlig aus der Kontrolle geratene Stimme.

»Verdammt, die zwei Stunden sind 'rum, Jack! Was ist los? Die Torpedos warten im Rohr. Gibst du den Befehl, oder soll ich von mir aus abdrücken? Oder hast du eine andere Idee?«

»Ich habe sie, Jimmy«, sagte Nicholson ruhig. »Noch eine Stunde.«

»Keine faulen Tricks, Jack!«

»Im Gegenteil. Wir werden auftauchen und mit den Russen verhandeln. Ich habe ebensowenig wie Sie den Ehrgeiz, als Friedensheld in die Geschichte der Navy einzugehen. Ich will leben wie Sie! Was wird der Russe schon groß sehen? Einen neuen U-Boot-Typ! Na und? Was in dem Boot ist, weiß er nicht. Ein Siamkätzchen ist ebenso eine Katze wie ein Tiger.«

»Welche neuen Töne, Jack! Und was dann?«

»Dann holen wir die Mädchen wieder an Bord, tauchen weg und machen unseren Auftrag zu Ende. Was allerdings dann in Norfolk passiert, könnt ihr euch denken.«

»Noch sind wir nicht in Norfolk, Jack.« Porter lachte, es klang irgendwie irr. »Man kann auch historisch denken. Zum Beispiel BOUNTY. Wir könnten in die Südsee fahren, uns eine schöne Insel aussuchen und an die Navy funken: *Jungs, leckt uns alle am Arsch!*«

»Jimmy, wir kämen doch nie hin! Man würde uns abfangen. Nein, das einzige, was wir tun können, ist auftauchen und vernünftig sein!« Nicholson sah McLaren an. Der Chief nickte. Er war leichenblaß geworden. »Also, Jimmy, noch eine Stunde. Einverstanden?«

»Wenn du mir dein Ehrenwort gibst, Jack ... als Offizier ... daß es kein fauler Trick ist!«

»Mein Ehrenwort, Jimmy«, sagte Nicholson unbewegt.

»Dann ist alles okay, Sir.«

Nicholson legte den Hörer auf. Surakki ließ hörbar Luft ab, Hynes und Fairbanks wischten sich den Schweiß vom Gesicht. McLaren knirschte mit den Zähnen.

»Fangen wir an«, sagte Nicholson und erhob sich. »Wer weiß im Boot noch von Ihrem Plan, Victor?«

»Nur wir hier, Sir.«

»Gehen wir.«

Der Filterraum war mit einem Maat besetzt, der die Manometer und die Anzeigen der Luftmischungen beobachtete. Ein leises Summen lag im Raum, als beherberge die Maschine mit den vielen Rohren, Ventilen und Schiebern einen großen Bienenschwarm.

»Sie haben Freiwache, Ken«, sagte McLaren zu dem Maat. »Hauen Sie sich in die Koje.«

Der Maat grüßte und sah den Commander fragend an. Dann verschwand er aus dem Raum. McLaren zog die Stahltür zu und verriegelte sie. Nicholson betrachtete interessiert die vielen Stellräder. Sie waren rot und blau lackiert. Links vom Filter blau, das hieß Frischluft, rechts davon rot, das hieß verbrauchte Luft. McLaren betrachtete den Lageplan am Filterkessel und suchte das blaue Rad für T I.

»Hier ist es!« sagte er und umfaßte es mit beiden Händen.

»Zudrehen!« Nicholsons Gesicht war unbewegt. »Und Rot voll auf.«

»Aye, aye, Sir«, antwortete McLaren heiser.

Er drehte mit ein paar kräftigen Kreisbewegungen das blaue Rad zu, ging dann zur anderen Seite und drehte das rote Rad bis zum Anschlag auf. Im Torpedoraum I wurde jetzt die Luft abgesaugt, aber es kam keine neue Luft mehr hinein.

»Wie lange wird es dauern?« fragte Nicholson ruhig und lehnte sich an die Wand.

»Das muß ich berechnen. Wieviel Kubikmeter hat der Torpedoraum?«

»Als wenn ich das wüßte«, sagte Nicholson aufgebracht. »Ich habe mich nie mit dem Problem des Erstickens beschäftigt.«

Porter saß wieder auf der leeren Torpedoschiene und war sehr glücklich. Er hatte gesiegt. Er hatte dem Commander gezeigt, daß man einen Jimmy Porter, erprobt in Korea und Vietnam, nicht so ohne weiteres verschaukeln konnte. Ja, die Offiziere, dachte Porter belustigt. Kommen sich scheißklug vor, bilden sich ein, die Weisheit mit Löffeln gefressen zu haben, nur weil sie auf der Kriegsschule waren und fabelhafte Phrasen gelernt haben. Auch ein Jack Nicholson ist kein Supermann, das hat er jetzt selbst zugegeben. Wenn's ans Sterben geht, zuckt auch bei ihm die Arschmuffe. Wie bei jedem. Wir wollen leben, Commander! Wir wollen noch viele süße Weiber bumsen, Sir! Warten wir also die Stunde noch ab, meine Herren.

Er trank sein Mineralwasser aus der Flasche, rülpste und betrachtete seine Torpedos wie ein Verliebter sein nacktes Mädchen. Was wird in Norfolk sein, dachte Porter. Der alte Adam wird spucken wie ein Vulkan. Sie lochen uns allesamt ein. Vielleicht werden wir degradiert, vielleicht sitzen wir ein paar Monate ab, aber das ist auch alles! Den Kopf hinhalten muß der Commander. Er hat die Verantwortung. Natürlich werden wir versuchen, ihn herauszuhauen. wir werden alle hinter ihm stehen! Wir sind doch Kameraden, Sir! Wir sind...

Aus Porters Poren quoll der Schweiß wie Wasser aus einem Schwamm. Es kam ihm unerträglich heiß vor, er zog sein Unterhemd aus, warf es weg und saß mit nacktem Oberkörper auf der Torpedoschiene. Sein breiter, wüst behaarter Brustkasten hob und senkte sich wie ein Blasebalg, an den Oberarmen wölbten sich die Muskeln wie dicke Stränge aus Stahlseilen. Das Atmen machte plötzlich ein wenig Mühe.

Das verdammte Mineralwasser, dachte Porter. Je mehr man in sich hineinsäuft, um so mehr schwitzt man aus. Er blickte nach oben zu den Filtergittern. Dort rauschte es leise, beruhigend. Alles in Ordnung. Daß es nur das Absaugrohr war, erkannte er nicht.

Er lehnte sich gegen die Wand, zog die Beine an und blickte hinüber zum Abschußhebel. Rot blinkte er in der trüben Notbeleuchtung... vier Meter von seinem Sitzplatz entfernt.

Porter hustete. In seiner Brust bildete sich ein massiver Druck, es war, als blähe sich die Lunge auf, so stark war da drin der Druck. Das Atmen wurde zu einem Pumpen, die Adern in den Schläfen begannen zu klopfen, der Kopf schien sich zu dehnen und die Schädelknochen auseinanderzudrücken.

Porter rutschte von der leeren Torpedoschiene herunter und hielt sich irgendwo fest. Er schwankte im Stehen, riß den Mund weit auf und atmete mit einem röhrenden Laut. Die Adern in seinen Schläfen wurden zu Stahlklammern, die seinen Kopf zusammenpreßten, während der Schädel wiederum mit aller Kraft auseinanderstrebte. In der Brust drängte die Lunge zur Kehle und der Magen sackte ab in die Därme.

Da endlich begriff Porter, was mit ihm geschah. Er wollte brüllen, aber es blieb von aller Kraft nur ein gurgelnder Laut übrig. Überdeutlich hörte er über sich das Rauschen der Filteranlage, die mit einem einzigen Sog die Luft in sich hineinfraß.

»Ihr Schweine!« stöhnte Porter. »Ihr verdammten Säue! Nicht mit mir! Jetzt geht's ans Krepieren.«

Er ließ die Schiene los, versuchte einen Schritt, aber seine Beine knickten ein. Er fiel auf den Boden, rollte sich auf den Bauch, rutschte auf Händen und Knien vorwärts und begann zu wimmern, weil sein Kopf wie ein Ballon wurde und seine Lungen die Luftröhren abdrückte.

Der rote Abschußhebel... noch drei Meter... nur noch lumpige drei Meter...

Porter sah durch die Nebel, die vor seinen Augen kreisten,

den blinkenden roten Punkt näherkommen. Herausfordernd und lockend. Noch zwei Meter! Jimmy, das schaffst du doch! Zwei Sprünge, und dann mit der Faust drauf! Soviel Kraft hast du doch noch. Zeig es ihnen, Jimmy! Ich gebe dir mein Ehrenwort... o Scheiße, Scheiße! Auch Jack Nicholson ist nur ein Scheißkerl. Alle, alle sind es... alle sind wert, jetzt zu krepieren...

Porter kroch über den Boden, schweißüberströmt, mit schrecklich aufgerissenem Mund, mit hervorquellenden Augen. Ab und zu wälzte er sich auf die Seite und stieß mit dem offenen Mund in den Raum.

Luft! Luft! Luft!

Aber da war nichts mehr... doch über ihm rauschte es monoton weiter, und dieses Etwas zog gnadenlos den Sauerstoff aus dem Raum.

»Schweine«, wimmerte Porter. »Ihr Schweine.«

Der rote Knopf. Der rote Knopf!

Er streckte den Arm aus, spreizte die Finger wie einen Fächer, starrte auf den lockenden roten Punkt. Es fehlte knapp ein halber Meter.

Noch einmal bäumte sich Porter auf, aber er gewann keinen Zentimeter mehr. Er kam nur ein wenig vom Boden hoch, fiel dann aber in sich zusammen und schlug mit der Stirn gegen die Stahlplatten.

Das letzte, was er wahrnahm, war das satanische Rauschen der Filteranlagen. Es klang wie das Dröhnen einer Riesenorgel...

Im Filterraum schaltete Leutnant Surakki den Lautsprecher aus. Chief McLaren sah Nicholson an. Er schluckte krampfhaft.

»Ich glaube, Sir, wir haben ihn soweit! Das war eindeutig ein Fall. Er ist außer Gefecht. Soll ich Frischluft geben?«

»Ganz schwach, Victor. Rot ausschalten! Los, zum Torpedoraum.«

McLaren drehte das Absaugventil zu und die Frischluft um zwei Radumdrehungen auf. Dann rannte er den andern nach zum Bug des Bootes und hinunter zu T I.

Hynes und Fairbanks drehten gerade das Schott auf, als McLaren sie erreichte. Nicholson stand sprungbereit an der

Seite. Wenn das Schott aufschwang, wollte er mit einem Satz in den Raum.

»Sir, bedenken Sie bitte, daß kaum Luft drin ist!« sagte McLaren.

»Um Porter zu holen, reicht sie!«

Nicholson ließ sich nicht abhalten. Er ging in den Torpedoraum. Die Luftleere stemmte sich ihm entgegen, als wäre sie eine Mauer. Er sah Porter einen halben Meter vor dem Abschußhebel liegen, beide Arme nach dem roten Knopf ausgestreckt, mit gespreizten Fingern. Aus Mund und Nase war Blut gekommen. Die Augen waren gläsern und starr.

Nicholson stieg zurück in den Flur und atmete tief durch. Surakki, Hynes, Fairbanks und zuletzt McLaren blickten kurz in den Raum und wischten sich dann übers Gesicht, jeder mit der gleichen Handbewegung, als gehöre das zum Reglement.

»Das war knapp!« sagte Nicholson keuchend. »Keinen halben Meter entfernt. Jungs – haben wir ein Schwein gehabt.« Er schloß die Augen, preßte das Gesicht gegen die Wand und wunderte sich, daß er nicht einfach zusammenklappte.

Auch ein Commander darf Nerven haben.

Für Porter kam die Hilfe zu spät. McLaren, der in den Torpedoraum stieg, drehte ihn auf den Rücken und kam dann zurück. »Irgendwelche Adern im Kopf sind ihm geplatzt«, sagte er. »Ich wollte ihn nicht töten, Sir, nur betäuben.«

»Ich weiß.« Nicholson wandte sich zum Gehen. »Ich weiß, Victor.« Er blieb stehen und sah sich um. »Surakki!«

»Sir?«

»Für alle heute ein dickes Steak. Sagen Sie der Küche Bescheid. Mich lassen Sie in Ruhe... ich möchte heute nichts mehr hören und sehen!«

Die Offiziere grüßten. Nicholson starrte sie an, als sehe er sie zum erstenmal. Hinter ihnen war die Schottür, im trüben Licht lag Porter auf dem Boden. So einfach ist es, eine Weltkatastrophe auszulösen, oder... zu verhindern.

Nicholson schüttelte den Kopf. Er drehte sich um und ging mit schweren Schritten hinaus.

In der Nacht fummelte Leutnant Hynes so lange an Nicholson herum, bis dieser aus bleiernem Schlaf erwachte. Hynes' Gesicht strahlte, als habe er die schönste Frau der Welt ins Bett bekommen.

»Das müssen Sie sich anhören, Sir!« sagte Hynes. Es klang geradezu begeistert. »Das ganze Boot steht kopf, aber auf Strümpfen und lautlos! Es ist kaum zu fassen! Die Russen tauchen und ziehen ab! Wir haben das Fluten ihrer Tanks ganz klar im Gerät. Sie lassen ihre Maschinen donnern. Es ist eine wahre Pracht! Sie haben es geschafft, Sir! Gratuliere!«

»Ich habe Glück gehabt, Hynes, das war alles!« Nicholson schwang sich aus dem Bett, zog die dicken Wollsocken wieder über und setzte seine Mütze auf. Daß er nur ein Unterhemd und eine Hose anhatte, tat der Disziplin keinen Abbruch.

Im Sonarraum empfingen ihn lachende Gesichter. Die Männer preßten die Hände zusammen und schüttelten sie stumm. Gratulation, Commander.

»Laßt den Quatsch, Jungs«, sagte Nicholson gerührt. »Es hätte auch anders kommen können. Was macht der Russe?«

»Er ist getaucht, Sir, und er fährt jetzt ziemlich schnell ab.« Der Obermaat an der Abhörzentrale beobachtete den Computer, der die Töne sofort in Maße umrechnete. Ein technisches Wunderwerk. »Sie haben volle Fahrt voraus, Sir. Scheint so, als habe man sie weggerufen. Sie fahren auf neunzig Fuß Tiefe. Entfernung von uns jetzt schon vierhundert Meter. Sie nehmen keinerlei Rücksicht und machen einen Heidenkrach! Sie scheinen wirklich zu glauben, daß nur sie allein hier sind!«

Nicholson lachte. Ich könnte brüllen vor Freude, dachte er. Es ist ein unglaubliches Gefühl, mit vierzig Jahren das Leben geschenkt zu bekommen.

»Wir warten bis zum Morgen!« sagte er gelassen. »Surakki, lassen Sie das Boot um neun Uhr klar zur Fahrt machen. Wenn der Russe bis dahin weit genug abgelaufen ist, tauchen wir auf.«

»Aye, aye, Sir!« Surakkis Gesicht war wie eine Sonne. »Sir, ich soll Ihnen von der Mannschaft bestellen, daß sie mit Ihnen auch durch die Hölle geht!«

»Das habe ich nicht anders erwartet, Surakki! Sagen Sie der Mannschaft, über Selbstverständlichkeiten spricht man nicht!«

Er nickte und verließ den Sonarraum. Surakki, Hynes und die anderen Männer strahlten.

»Jetzt ist er wieder der Eisenfresser!« sagte Hynes glücklich. »Ich sage euch, der Trip unter den Nordpol wird ein Vergnügen sein!«

Um neun Uhr früh meldete die Abhörzentrale, daß der Russe nicht mehr zu orten sei. Auch das Sonar lief leer... das Meer war frei.

»Klar zum Auftauchen!« befahl Nicholson. Von den Abteilungen kam das Echo zurück, jetzt so laut und klar wie sonst.

»Klar zum Auftauchen, Sir!«

Durch das Boot lief ein Zittern, als die Maschinen wieder liefen. Vom Atommaschinenraum meldete sich Chief Collins. »Das klingt für mich wie eine Oper!« sagte er enthusiastisch. »Commander, so ein stiller Sarg ist schrecklich. Ich kann mich nicht daran gewöhnen! Wenigstens nicht zu Lebzeiten.«

»Dann werden wir das unter dem Nordpol üben, Frank!« Nicholson lachte, alle im Boot hörten es durch die Rundsprechanlage mit. »Und jetzt laßt uns den Himmel sehen!«

Unter einer hohen Schaumkrone tauchte die POSEIDON I auf. Das Meer war still und kaum bewegt, und so stieß der Turm an das Tageslicht, als gebäre das Meer eine neue Insel. Nicholson wartete im Turm, bis er durch die dicken Bullaugen den Tag sah, schraubte den Einstieg auf und kletterte auf die Brücke. Die eiskalte Luft war das Köstlichste, was er je eingeatmet hatte. Er breitete die Arme aus und sog sie ein, dann blickte er hinüber zur Küste und hob das Fernglas an die Augen. Hinter ihm kletterten Surakki und Hynes ans Licht, nachdem sie ihr »Erlaubnis zum Betreten der Brücke« gerufen hatten.

»Kommt 'rauf, Jungs!« sagte Nicholson. »Von heute ab werde ich jeden Krümel Erde lieben!« Er tastete die Küste ab, aber er sah keinerlei Bewegung. Auch Surakki, der sofort zum Land blickte, sah nichts.

»Völlige Ruhe!« sagte Surakki. »Wenn sie noch da wären, würden sie sich jetzt bemerkbar machen. Sie könnten uns sehen.«

»Vielleicht sind sie wegen der Russen weiter hinein ins Land gezogen. Funkraum, bitte Verbindung zum Landkommando herstellen!«

Es dauerte keine zehn Minuten, bis die Meldung kam: »Keine Funkverbindung, Sir. Auf Frequenz meldet sich niemand.«

»Dann sind sie unterwegs«, sagte Nicholson zufrieden. »Ich wußte, daß Cornell nicht abwartet, was wird. Und Doc Blandy schon gar nicht.« Ich bin so glücklich, Monika, dachte er plötzlich. Wir werden uns wiedersehen. das wird zwar eine fatale Stunde sein, denn ich werde vor dir dastehen als ein arbeitsloser Offizier, den man aus der Navy geworfen hat. Ich weiß, du hast einen reichen Vater, aber das kommt nicht in Frage! Ein Nicholson schuftet für seine Frau, aber er läßt sich nicht aushalten. Irgendwo und irgendwie wird sich im großen Amerika schon eine Arbeit für mich finden. Wenn Blandys Arzneimittelvertretung nicht klappt, vielleicht stellt mich ein cleverer Reeder in Florida ein, der mit großen Jachten Reisegruppen zum Haifischfang und zur Barrakudajagd hinausschickt. Touristenrummel mit Nervenkitzel, aber was soll's, Monika? Es wird gute Dollar bringen, für dich, für mich und für unsere Kinder. Ja, Kinder will ich haben, mindestens zwei, so blond wie du. Wir werden uns durchboxen, Monika, das verspreche ich dir!

»An Funkgast!« sagte Nicholson laut. »Verbindung zu VENUS XI, Codebuch II. Gespräch auf die Brücke legen.«

Dieses Mal dauerte es nicht lange. Das Telefon in dem wasserdichten Stahlkasten rappelte, und Nicholson holte den Hörer heraus. Radar VENUS XI meldete sich. Ganz klar. Man vernahm deutlich, wie verblüfft die Stimme im ewigen Grönlandeis war. »Was ist denn das?« fragte der Mann. »Kennwort, mein Junge ...«

»Der Teufel hat zwei Schwänze – hinten einen und vorn einen, denn er ist ein Mann!« sagte Nicholson fröhlich. »Hör mal zu, mein Junge. Wer, wie, wo und was, das ist jetzt scheißegal. Auf dem Festland befinden sich fünfzehn Mann, zwei Offiziere, ein Arzt und fünf hübsche Mädchen. Sie sind auf dem Weg zu euch, von Süden, immer an der Küste entlang. Schwingt euch in eure Motorschlitten und holt sie ab!«

»Wer sind Sie?« fragte die Stimme von VENUS XI.

»Das werden euch die Jungs erzählen, wenn ihr sie eingeladen habt. Und paßt mir auf die Mädchen auf! Finger weg von ihnen. Es sind scharfe Sachen!«

»Das ist doch wohl ein Witz, was?« sagte VENUS XI ärgerlich.

»Machen Sie die Schlitten klar und fahren Sie los!« brüllte Nicholson. »Die Verantwortung tragen jetzt Sie. Klar?«

»Ja, Sir!« Die Stimme kiekste. Verdammt, schien der Mann zu denken, da drüben sitzt ein scharfer Hund. »Wo kann ich Sie erreichen, Sir, wenn wir die Gruppe aufgenommen haben?«

»Nicht mehr! Bestellen Sie einen Gruß ... die werden wissen, von wem er kommt. Und bestellen Sie ihnen: Uns geht es blendend. Verstanden?«

»Verstanden, Sir.«

»Ende.«

»Ende.«

Nicholson legte den Hörer in den Stahlkasten zurück. »Damit wäre das Kapitel erledigt, meine Herren«, sagte er zu seinen Offizieren. »Jetzt liegt der Nordpol noch vor uns und später, in der Heimat, der große Hinausschmiß!«

»Wir stehen voll hinter Ihnen, Sir«, sagte Hynes. Es klang wie ein Schwur. Nicholson hob die Schultern.

»Das wird wenig nutzen, Hynes. Aber das ist Zukunftsmusik. Erst unter dem Ewigen Eis durch! Was ist mit Porter?«

»Er ist fertig zur Bestattung, Sir.«

»Bringen wir es schnell hinter uns!«

»Sofort, Sir!«

Im Boot schrillte eine Trillerpfeife. Ein Luk im Deck öffnete sich. Das Begräbniskommando in Paradeuniform stieg herauf, sechs Mann trugen die in Segelleinen eingerollte Leiche Porters. Auf die Brust hatte man die amerikanische Fahne genäht. Korea, Kuba, Vietnam ... Porter hatte diese Ehre verdient.

Dann war auch das vorbei. Das Luk klappte zu, das Boot war bereit zur Erfüllung seiner Aufgabe. Nicholson blickte noch einmal hinüber zur Küste Grönlands. Dann wandte er sich ab.

»Klarmachen zum Tauchen!« sagte er mit zackiger Stimme. »An Funkzentrale: Verbindung zur Basis.«

»Was wollen Sie dem Admiral sagen, Sir?« fragte Hynes hinter ihm. »Sie haben uns doch dauernd im elektronischen Bild.«

»Ich will ihm sagen, Hynes, daß er sich die Zeremonie der Degradierung sparen kann. Ich werde der erste Commander der US-Navy sein, der sein Schiff in Zivilkleidung verläßt.«

Im Boot klingelte es kurz. »Alles klar zum Tauchen, Sir!« meldete eine Stimme aus der Tiefe. Nicholson stieg die Leiter hinunter in den Kommandoraum. Surakki schloß das Turmluk. Rauschend ergoß sich das Wasser in die Tanks.

»Wir werden dreißig Tage unter Wasser bleiben«, sagte Nicholson, als das Meer über dem Boot zusammenschlug. Er saß auf dem Sitz vor dem Sehrohr und putzte mit einem Lederläppchen die Einblicklinsen. Um ihn her drängten sich in dem verhältnismäßig engen Raum die Offiziere der POSEIDON I. »Ich werde mir jetzt die Ruhe nehmen, den Mörder von Belucci und Duff zu finden. Ich habe es dem kleinen Duff versprochen. Und mein Versprechen halte ich.«

13

Sie blieben nicht dreißig Tage unter Wasser, sondern genau dreiundneunzig Tage! Die Befehle, die vom Admiral bei der POSEIDON I eintrafen, warfen alle bisherigen Pläne um, stellten neue Aufgaben, zermürbten Offiziere und Mannschaften und jagten sie bis an die äußerste Grenze menschlicher Möglichkeiten.

»Ich habe so etwas erwartet«, sagte Nicholson zu seinen Offizieren, als der Befehl eintraf, unter dem Eispanzer des Nordpols zunächst drei Wochen liegen zu bleiben und die ganze Skala durchzuspielen, die bei einer Versenkung des Bootes zur Lebensrettung nötig war. Dazu gehörte das Aussteigen aus dem U-Boot mit den Tauchrettern, eine unter normalen Umständen einfache Sache. Man legt die Schwimmwesten und Atemmasken an, versammelt sich in den Fluträumen und steigt durch die geöffneten Deckluken auf. An der Meeresoberfläche angekommen, werden die automatisch aufblasbaren Schlauchboote und Rettungsinseln freigegeben, und theoretisch bist du damit gerettet, weil dich irgendeiner bei Gelegenheit auffischen wird.

Aber unter dem Nordpol gab es kein Oben. Wo oben war, lag die dicke Eisdecke, ein meterbreiter Panzer, ein undurchdringlicher Sargdeckel.

Gehorsam übten die Männer der POSEIDON I das Überleben. Es bestand darin, in die Eisdecke ein Loch zu sprengen und durch dieses an die Luft zu kommen. Sie versuchten es zwölfmal, bis es ihnen gelang, das Eis aufzureißen. Leutnant Surakki stieß als erster durch das Loch und kletterte ans Licht. Trotz der grausamen Kälte schwitzte er in seinem mittels Batterien geheizten und unförmig aufgeblasenen Tauchanzug.

»Wir sind durch, Sir!« meldete er mit seinem Funkgerät. »Sieht alles aus wie ein grenzenloser Tisch. Glatt, weiß, ein Anblick zum Weinen. Mir ein Rätsel, wieso die Forscher so wild darauf sind, hier herumzukurven.«

»Warum klettern andere auf den Himalaja?« fragte Nicholson zurück.

»Genauso blöd, Sir!«

»Machen Sie ein Foto von dem Loch im Eis und kommen Sie dann zurück, Surakki.«

»Aye, aye, Sir.«

Es kletterten noch sieben Mann aufs Nordpoleis. Sie bauten sich neben dem Sprengloch auf, hakten sich unter und grinsten breit in die Kamera. So ein Foto gibt's nicht alle Tage, Boys! Wer hat schon außer uns ein Loch in den Nordpol gesprengt? Das ist ein Foto, genauso wichtig wie die Mondaufnahmen vom lieben Amstrong, nur kann man hier nicht schwerelos herumhüpfen. Man tanzt höchstens vor Frost.

Commander Nicholson meldete den Erfolg nach Norfolk. Der Admiral war nicht da, aber nach vier Stunden, als alle wieder längst an Bord waren und sich bei heißem Tee aufwärmten, hörte Nicholson wieder die vertraute, bald gütige, bald unerbittliche Stimme von ›Papa Lewis‹.

»Das haben Sie sehr gut gemacht, Commander«, sagte er ziemlich trocken.

»Wir sind jetzt dabei, genaue Meßdaten zu sammeln, Sir.« Nicholson schloß die Augen. Er war allein in seinem Kommandoraum, niemand sah ihn jetzt. Warum sagt er nichts von den Mädchen, dachte er. Warum tut er so, als gäbe es sie nicht? Sie müssen längst wieder in den Staaten sein, von VENUS XI ausgeflogen mit den nächsten Versorgungsmaschinen. Er weiß jetzt alles, man könnte frei darüber reden… aber er schweigt. Nur diese neuen Übungen, die Verlängerung der Tauchfahrt, das ist typisch Adam. Das ist seine Art von Strafexerzieren, und er hat es bei der Marineleitung ohne Schwierigkeiten durchgesetzt mit der Begründung, daß gerade diese neueste Geheimwaffe der USA bis an die Grenze von Material und Menschen erprobt werden müsse.

»Wir werden am neunzehnten wieder in Norfolk sein, Sir«, sagte Nicholson leichthin. Dann wartete er auf einen neuen Befehl, der alles wieder umwarf. Aber Adam schien seine Strafe abgehakt zu haben. Der dicke Brocken kam erst an Land, auch wenn man jetzt mit keinem Wort darüber sprach.

»Sie bleiben auf Tauchfahrt, Nicholson, bis sie vor dem Bunker sind. Erst im inneren Bereich von Becken V tauchen Sie auf. Ich erwarte Sie um genau drei Uhr fünfzehn morgens im Bunker.«

»Verstanden, Sir. Noch weitere Befehle?«

»Nein! Sie machen jetzt weiter nach Plan L.« Nicholson wartete, aber auch der Admiral schien zu warten. Er muß doch etwas sagen, dachte Nicholson. Er muß doch sagen: Cornell und die andern gut angekommen! Mehr nicht. Das hätte genügt. Dann weiß ich, daß auch Monika gerettet ist. Admiral, warum sind Sie so hart? Sie wissen jetzt doch längst, daß ich Monika liebe. Sie hat es Ihnen gesagt... wenn sie mit den anderen durchgekommen ist! Wenn...

»Ist noch etwas, Nicholson?« fragte der Admiral kühl. Es war wieder die Stimme, mit der man nicht diskutieren konnte.

»Nein, Sir«, antwortete Nicholson tief atmend. »Weiter nach Plan L...«

Am Abend erschienen Chief Collins und Chief McLaren bei Nicholson. Das Abendessen war vorüber, in der Offiziersmesse spielten Surakki und Fairbanks Karten, und Hynes schrieb in seinem Tagebuch, das niemals von Bord gehen durfte, sondern kurz vor dem Einlaufen in Norfolk vernichtet werden mußte, wie Nicholson verkündet hatte. Trotzdem trug Hynes gewissenhaft alles ein... ein Verzweiflungsakt gegen die Langeweile. In der Unteroffiziersmesse fand ein Lichtbildervortrag über die Südsee statt; auch das geradezu idiotisch, wenn man unter dem Ewigen Eis hockt. Die Mannschaften lagen in ihren Kojen oder spielten Karten – die Wachen ausgenommen. Langsam fuhr die POSEIDON I unter dem Eis in Richtung zum Kanadischen

Becken, sicher geleitet von den mit den Navigationsdaten gespeicherten Computern.

»Ihr wollt wissen, was der Alte gesagt hat?« fragte Nicholson, als Collins und McLaren sich gesetzt hatten. Trotz Alkoholverbots hatten sie eine Flasche Whisky mitgebracht, guten Bourbon, braungelb und duftend. Nicholson hatte es längst aufgegeben, nachzuforschen, wieviel heimlicher Alkohol an Bord geschmuggelt worden war. Der einzige, der für Alkohol eine Erlaubnis gehabt hatte, war Dr. Blandy gewesen, und auch das nur für medizinische Zwecke. Diesen Vorrat bewachte der Sanitätsmaat Blides wie Goldbarren. Seit Blandys Landgang war er praktisch der Chef des Lazaretts.

»Nichts hat er gesagt!« erwiderte Nicholson nachdenklich.

»Und Sie haben ihn nicht gefragt, Jack?« McLaren entkorkte die Flasche, Nicholson holte drei Pappbecher aus einem Wandschrank.

»Ich war froh, daß wir darüber nicht gesprochen haben. Natürlich mache ich mir Sorgen um den Doktor, um Bernie und alle andern ... und um die Mädchen vor allem.« Nicholson hielt seinen Pappbecher hin, McLaren goß ein, und Nicholson trank das scharfe Zeug, als wäre es Limonade. »Ich glaube, Adam hebt das alles auf, bis wir an Land sind. Dann präsentiert er uns die große Rechnung. Sehen wir doch klar. Wir haben alle unsere Aufgaben erfüllt, und trotzdem haben wir auf der ganzen Linie versagt! Es wird bei gewissen Leuten liegen, wie man uns ansieht – wie sture Soldaten oder wie Menschen, die ab und zu auch ein Herz besitzen, trotz Uniform!«

»Das ist bei Ihnen ein ganz neuer Ton, Jack«, sagte Collins. Außerhalb des Dienstes sprachen sie miteinander wie Freunde, das steife ›Sir‹ kam nur auf, wenn aus Nicholson der Commander wurde. »Sie wissen, was man von Ihnen in der Navy sagt?«

»Ein Kerl aus Schrauben, Hebeln, Transistoren und elektronischen Impulsgebern.«

»So ähnlich, Jack. Auf keinen Fall traut man Ihnen eine Gemütsregung zu. Darum steht das Boot auch geschlossen hinter Ihnen, wenn wir wieder in Norfolk sind. Wenn es zu einer Marinegerichtsverhandlung kommt, werden die ihr blaues Wunder erleben.«

»Man wird euch gar nicht fragen«, sagte Nicholson und hielt

seinen Pappbecher wieder hin. McLaren goß ihn dieses Mal voll.

»Das werden wir ihnen zeigen!« rief er dabei. »Wir sind dreihundert Mann!«

»Victor, seien Sie doch vernünftig.« Nicholson lächelte schwach. »Die Navy hat Plätze genug, um dreihundert Mann so zu verteilen, daß jeder für sich dasteht wie ein Wüstenprediger so einsam. Ich danke euch... aber die Geschichte fresse ich allein aus!«

Nach vierundsiebzig Tagen Tauchfahrt, von Grönland aus gerechnet, passierten sie die Baffin-Bay und liefen in die Labrador-See ein. Der Rückweg nach Norfolk lag fast frei vor ihnen. Der Kontakt mit der Basis war jetzt täglich häufiger und so klar, als säße man sich gegenüber. Die POSEIDON I fuhr nur auf Sehrohrtiefe und konnte so die feinen Antennen ausfahren, mit denen es eine Freude war, sich zu verständigen. Manchmal saß ein Commander Hecker in Norfolk am Gerät, einer der wenigen, die über die POSEIDON orientiert waren. Nicholson kannte Hecker von verschiedenen Lehrgängen her, sie waren so etwas wie Freunde und hatten manchmal sogar die Mädchen unter sich ausgeknobelt.

»Sag mal, Hecker«, fragte Nicholson in Abständen von drei Tagen siebenmal. »Gibt es bei euch nichts, was du mir ins Ohr sagen könntest?«

»Nichts, Jack!« Commander Heckers Stimme klang ehrlich. »Was soll ich dir flüstern? Daß in der Kantine sechs neue Mädchen sind, scharf wie Rasierklingen? Das regt dich in deinem Stahlkasten doch nur unnötig auf.«

»Sonst nichts?« fragte Nicholson und kaute an seiner Unterlippe. »Wenn du nicht reden kannst, dann sag nur ja oder nein. Ist was aus Grönland gekommen?«

»Grönland? Wieso Grönland? Was ist denn mit Grönland?« fragte Hecker verwundert zurück. »Hast du 'n Paket Inlandeis unterwegs zur Erinnerung?«

Also nichts, dachte Nicholson. Gar nichts. Hecker würde es mir sagen, er würde es umschreiben, aber ich würde es verstehen. Was war passiert? Waren sie alle auf Grönland umgekommen? Hatten die Männer von VENUS XI sie nicht gefunden oder waren sie zu spät gekommen? Aber auch dann mußte man etwas wissen, mußte eine Meldung hinausgegangen sein. Es sei denn, die Kerle von VENUS XI hatten den Funkspruch nicht ernst genommen und waren mit ihren Motorschlitten gar nicht losgezogen. Auch das war möglich. Dann habe ich sie alle auf dem Gewissen, dachte Nicholson. Die Mädchen, Bernie Cornell, Dr. Blandy, Hendricks, Slingman, Tamaroo, Puckray, Yenkins und wie sie alle heißen. Kann man mit einem so belasteten Gewissen weiterleben?

Es waren die stillen einsamen Abende, da Nicholson in seinem Commanderraum saß – vor seinen geschlossenen Augen Monikas Bild und Gericht mit sich selbst haltend. Er war ein strenger Richter. Er verurteilte sich zum Tode.

Pünktlich um drei Uhr fünfzehn morgens, am 19. des Monats, lag die POSEIDON I im inneren Becken V der Basis vor der Einfahrt zu dem nach allen Seiten gesperrten U-Bunker. Im Boot war vorher rein Schiff gemacht worden. Es glänzte bis zur letzten Ecke, als sei es gerade aus einer Poliermaschine gerutscht. Die Mannschaft hatte die Paradeuniform angelegt und wartete auf das Auftauchen. Was hinter ihnen lag, die Monate unter Wasser, die bis zur Grenze des Erträglichen gehenden Übungen, die Meuterei wegen der Mädchen, die Morde – noch immer ungeklärt –, der Irrsinn Porters, die Todesnähe neben dem sowjetischen U-Boot... das alles war jetzt plötzlich so weit weg, war viel weniger nervenzermürbend als diese letzten Stunden der langen Fahrt.

Zu Hause! An Land gehen! Essen, saufen, lieben, schlafen! Links eine Flasche im Arm, rechts ein nacktes Weib, und die geradezu himmlische Gewißheit: Du kannst nicht absaufen, du siehst morgen früh wieder die Sonne, siehst Bäume und Blumen, Gras und Büsche, du hörst Vögel und Automotoren, unter dir ist feste Erde und über dir ein herrlicher Himmel, und es ist völlig unwichtig, ob die Sonne scheint oder ob es regnet... Boy, du bist daheim! Jetzt endlich begreifst du, was es heißt: Du hast eine Heimat!

»Alles klar zum Auftauchen!« sagte Nicholson in die Sprechanlage. Im Boot klingelte es. Dann kamen die Rückmeldungen.

»Alles klar zum Auftauchen, Sir!«

Nicholson saß am Okular des Sehrohres und blickte hinüber zum Bunker V. Dort brannte kein Licht. Schwarz hob sich der

Klotz gegen die Uferanlagen ab. Erst viel weiter weg, ins Land hinein, begannen flackernde Lichter. Eine magere Straßenbeleuchtung. Hier war Sperrgebiet im Umkreis von acht Meilen, mit einem dreifachen Sicherheitsgürtel und Zäunen, starkstromgeladen und absolut tödlich.

»Anblasen!« sagte Nicholson ruhig.

»Aye, aye, Sir!«

Die Preßluft rauschte in die Tanks und preßte das Wasser heraus. Das Boot hob sich zitternd und durchbrach mit dem mächtigen Turm die Wasseroberfläche. Es tauchte auf wie ein Urwelttier mit erschreckender Schönheit.

Dann lag die POSEIDON über Wasser. Nicholson schraubte das Turmluk auf und betrat die Brücke. Surakki und Hynes folgten ihm. Fairbanks hatte das Kommando über die Mannschaften übernommen, die gleich wie zur Parade an Deck sich aufstellen sollten. Der Commander nahm das Telefon aus dem wasserdichten Kasten auf der Brücke.

»Langsame Fahrt voraus.«

»Langsame Fahrt, Sir.«

Vorsichtig, lautlos fast, glitt das riesige Boot auf den Bunker zu. Die Einfahrt gähnte ihnen schwarz entgegen. Aber als sie näherkamen, sahen sie, daß die Betonplattform, dort wo sie gleich anlegen würden, von mattem Licht erhellt war.

»Kommando an Deck!« sagte Nicholson laut.

Die Deckluken klappten auf, die Matrosen in ihrer weißen Paradeuniform stellten sich auf. Am Mast, der aus dem Turm herausgefahren wurde, stieg langsam die amerikanische Fahne hoch. Ganz langsam glitt das Boot in den domhohen Bunker. Nicholson atmete tief auf. Er klammerte sich fest an das Haltegestänge und hielt plötzlich die Luft an. Ein unwiderstehlicher Drang, einfach loszuheulen, stieg in ihm hoch.

Ganz vorn an der Betonplattform stand allein Admiral Lewis Adam. Aber hinter ihm, zehn Schritte entfernt, standen sie in einer Reihe nebeneinander, auch sie in der weißen Paradeuniform. Und als der Admiral die Hand grüßend an die Mütze legte, schnellten auch ihre Hände empor.

Bernie Cornell... Hendricks... Slingman... Tamaroo... Yenkins... Puckray... Smith... Williams... alle, alle standen sie da und grüßten mit Tränen in den Augen ihr Boot.

»Sir . . .«, stammelte Surakki hinter Nicholson. »Sir, das ist ein Augenblick, den ich ganz bestimmt nicht vergessen werde.«

Nicholson hob langsam seine Hand an die Mütze. »Halten Sie den Mund, Surakki«, sagte er zwischen den Zähnen. »Oder wollen Sie, daß Ihr Commander losheult?«

Die Maschinen stoppten. Hynes gab die Kommandos. Das Boot kam längsseits der Plattform und stieß leicht gegen die dicken Kunststoffpolster. Vier Matrosen, die aus dem Halbdunkel auftauchten, nahmen die Leinen entgegen, die ihnen zugeworfen wurden. Sie vertäuten die POSEIDON an den Eisenpollern. Dann schoben sie die breite Gangway über das Stahldeck.

Der Admiral setzte sich in Bewegung. Gleichzeitig kletterte Nicholson den Turm hinab. Ein Obermaat der Paradeformation beobachtete aus den Augenwinkeln die Gangway. Beim ersten Schritt des Admirals blies er in seine Trillerpfeife.

Nicholson ging dem Admiral entgegen – hochaufgerichtet die blendende Erscheinung in der Uniform mit den Reihen der Ordensbändchen auf der Brustseite.

Der Admiral blieb auf dem Deck des Bootes stehen und blickte Nicholson mit seinen grauen Augen ausdruckslos an. Nichts deutete an, was alle erwarteten. Die Trillerpfeife schwieg, Nicholson meldete das Boot nach Erfüllung aller Aufträge zurück. Dann ließ er die Hand sinken und wartete.

»Ich danke Ihnen, Commander!« sagte der Admiral mit lauter Stimme, die jeder verstehen konnte – auch die ›Grönländer‹ auf der Plattform. Nicholson blickte zu ihnen hinüber. Wo mag Paul Blandy sein? dachte er. Warum ist er nicht bei ihnen?

Der Admiral streckte ihm die Hand hin, und mit einem leichten Zögern legte Nicholson seine Rechte hinein. Der Druck war fest und freundschaftlich. Jeder sah es. Surakki holte tief Luft. »Ich glaube, es geht gut«, flüsterte er Hynes zu.

»Abwarten!«

Der Admiral ließ Nicholsons Hand los. »Sie und Ihre Männer haben eine große Leistung vollbracht. Die Navy ist stolz auf die POSEIDON! Ich danke euch, Männer.«

Er grüßte die Mannschaft noch einmal. Dann wandte er sich ab, und im Wegdrehen sagte er leise zu Nicholson: »Kommen Sie mit, Jack! Über alles andere unterhalten wir uns in meinem Zimmer.«

»Ich verstehe, Sir.«

Nicholson ging dem Admiral nach und verließ sein Boot. Der letzte, der allerletzte Schritt von Bord gab ihm doch einen Stich ins Herz. Damit ist alles vorbei, dachte er.

Hinter ihm trillerte wieder die Pfeife, als sie von Bord gingen. An der Wand des Bunkers standen die ›Grönländer‹ und blinzelten Nicholson zu. Nur bei Slingman, ausgerechnet bei ihm, diesem schwarzen Kerl, der sonst wie ein Fels stand, zuckte es über das ganze Gesicht. Slingman weinte.

Nicholson warf den Kopf herum, sah zur anderen Seite und verließ drei Schritte hinter dem Admiral durch eine kleine Eisentür die Betonplattform.

Zum Boot schaute er nicht zurück. Soviel Kraft hatte auch ein Jack Nicholson nicht.

Die Unterredung unter vier Augen dauerte über zwei Stunden. Der Admiral sprach in seiner ruhigen väterlichen Art und nicht mit der anderen Stimme, die in der ganzen Navy gefürchtet war. Man muß Nicholson schonen, hatte er sich gedacht. Es hat keinen Sinn, ihn jetzt in Grund und Boden zu stampfen. Was auf ihn niederfällt, ist sowieso ein Orkan, bei dem man kaum auf den Beinen bleiben kann, es sei denn, man ist wie ein Pfeiler in die Erde gerammt.

Nicholson saß wie gelähmt auf dem harten Stuhl vor Adams Schreibtisch. Der Admiral war am Ende seiner Worte und schob Nicholson ein Etui mit Zigaretten hinüber. Nicholson schüttelte nur den Kopf. Alles in ihm war verkrampft.

»Eine Cola täte Ihnen gut, Jack«, sagte Adam väterlich. »Und eine Zigarette auch! Ich weiß, welch ein Schock in Ihnen sitzt.«

»Paul! Paul Blandy ... ich komme nicht darüber hinweg, Sir«, sagte Nicholson mühsam. »Wenn ich es nicht aus Ihrem Mund gehört hätte ...«

»Die letzte Gewißheit haben wir in einigen Stunden, wenn wir die Fäkalientanks leergepumpt haben. Und warum sollte Blandy in seiner letzten Stunde lügen? Wen sollte er decken? Miß Herrmann hat auch keinen Grund, Blandy vorzuschieben. Ihrem Bericht glaube ich blindlings.«

»Wie ... wie geht es den Mädchen, Sir?« fragte Nicholson. Es war die erste zaghafte private Frage. Adam steckte sich eine Zigarette an und sah der ersten Rauchwolke nach.

»Gut! Sie haben den Grönlandmarsch erstaunlich gesund überlebt. Die Männer von VENUS XI haben sie nach zwei Tagen erreicht. Mit den nächsten Maschinen wurden sie dann ausgeflogen.« Adam räusperte sich. »Ich hatte drei Wochen vollauf zu tun, die erregten Väter zu beruhigen und zu verhindern, daß sie ihre weitverzweigten Verbindungen, die bis ins Weiße Haus reichen, ausspielen. Ich habe sie davon überzeugen können, daß Sie als Commander eines so heißen Geheimnisses der Nation gar nicht anders handeln konnten. Wir mußten jetzt auch die Väter und natürlich auch die Töchter unter strengsten Eid nehmen. Sie sind jetzt ein Risikofaktor geworden!« Adam räusperte sich noch einmal, diesmal allerdings ein wenig lauter. Nicholson streckte im Sitzen sein Rückgrat. Jetzt kommt es, dachte er. Endlich kommt es.

»Und das geht auf Ihr Konto«, sagte der Admiral.

»Ich weiß, Sir. Ich stehe dafür ein!«

»Das habe ich nicht anders erwartet, Commander! Was ich bis jetzt weiß, sind die Erzählungen der jungen Damen und die Berichte Ihres Landkommandos. Es sind die Funksprüche von Ihnen selbst. Sie haben mich angelogen. Um mir ein klares Bild zu machen, was da alles passiert ist, müssen erst die Verhöre der Mannschaft, der Offiziere und Ihre Aussagen abgeschlossen werden! Ich glaube, wir werden uns darüber noch unterhalten müssen, Jack.«

»Bestimmt, Sir!« Nicholson stand auf. »Was haben Sie jetzt mit mir vor, Sir?«

»Ich sah mich durch die außergewöhnlichen Ereignisse gezwungen, gewisse Sicherheitsvorkehrungen zu umgehen.« Adams Stimme war vollkommen ruhig, was Nicholson völlig irritierte. »Nebenan, durch diese Tür da, Nicholson, wartet man auf Sie. Es läßt sich nicht vermeiden, Sie verhaften zu lassen.«

»Ich verstehe, Sir.« Nicholson nickte. Seine Mütze klemmte er unter die linke Achsel. »Ich bedanke mich, Sir, für die ehrenvolle Behandlung. Ich war ein Offizier der Navy, und bin es gern gewesen.«

»Das wissen wir, Jack.« Der Admiral deutete zur Tür. »Und

nun gehen Sie hinaus, Jack! Über alles Weitere können wir ein andermal sprechen.«

Nicholson hatte noch nie die Verhaftung eines Offiziers erlebt. Er konnte sich auch nicht vorstellen, wie das vonstatten ging. Warteten zwei ranghöhere Offiziere im Nebenraum und lasen einen Haftbefehl vor, oder hieß es bloß: Commander Jack Nicholson, kommen Sie bitte mit!

Er drückte die Mütze unter der Achsel fest gegen seinen Körper, betrat den Nebenraum und schloß die Tür.

Der Raum – ein kleines Zimmer, fast leer bis auf eine Sesselgruppe und einen runden Rauchtisch – war hell erleuchtet. Und unter der hellen Deckenlampe, genau darunter, leuchteten jene blonden Haare, die Nicholson hier bestimmt nicht wiederzusehen erwartet hatte. Alles verschwamm für einen Augenblick vor Nicholsons Blick, als habe der erste Schock ihm die Sicht verschleiert.

»Monika!« sagte er mühsam. »O Himmel! Monika.«

»Jack.«

Sie lief ihm mit offenen Armen entgegen, fiel ihm um den Hals, küßte ihn, und er preßte sie an sich. Er war aber unfähig, ihre Küsse zu erwidern und dachte immer nur: Wie ist das möglich? Ich bin doch nicht verrückt! Sie ist wirklich da, sie umarmt mich, ich spüre ihre Lippen über meinem ganzen Gesicht, ich fühle den Druck ihrer Brüste gegen meine Brust, ich höre ihre Stimme...

»Monika«, sagte er leise, immer und immer wieder, »Monika.« Und dann küßte auch er sie, und sie blieben unter der grellen Deckenlampe stehen, eng umschlungen, und küßten sich, als wäre dies der letzte Kuß vor dem Gang zum Schafott.

»Hat er's dir gesagt?« fragte sie, nachdem sie sich losließen, um Luft zu schöpfen.

»Wer? Was?« sagte er, völlig im Glück, das ihn beinahe erdrückte.

»Der Admiral.« Sie lachte hell und nahm seinen Kopf zwischen beide Hände. »Du bist verhaftet, Jack! Auf lebenslänglich! Oder glaubst du, ich gebe dich jemals wieder her? Das hast du dir damit eingehandelt, daß du mich aus dem Wasser gefischt hast...«

»Du wirst lange auf mich warten müssen«, sagte er langsam. »Es wird noch viel auf uns zukommen.«

»Der Admiral meint, du könntest mit zwei blauen Augen davonkommen.« Sie lehnte sich an ihn und schlang die Arme um seine Hüften. Er legte sein Gesicht in ihre blonden Haare und atmete ihren Geruch ein wie eine betäubende Droge. »Von den wirklichen Vorgängen wissen nur die Männer im Boot, wir fünf Mädchen und der Admiral selbst. Man wird kein Gericht zusammenrufen, weil alles so schrecklich geheim ist. Es gibt Dinge, sagt der Admiral, die kennt man, und man vergißt sie wieder, ehe sie sich im Kopf festsetzen... Er ist ein fabelhafter Mann, Jack!« Sie küßte ihn wieder, und ihre sonst so kritischen blauen Augen waren wie verwandelt durch Zärtlichkeit und Glück.

»Komm«, sagte sie.

»Wohin?«

»Ins Hamilton-Hotel nach Norfolk... Zimmer 119...«

»Ich kann einfach weggehen?«

»An der Windschutzscheibe meines Wagens klebt der Passierschein durch alle Kontrollen, vom Admiral persönlich unterzeichnet...«

»Du bist ein Wunder«, sagte Nicholson leise. »Du bist das Wunder einer Frau.«

Was auch kommen mag, dachte er, als er an ihrer Hand fast wie ein Blinder das kleine Zimmer verließ und durch den langen Flur, in dem nur die trübe Nachtbeleuchtung brannte, zum Ausgang ging – was alles noch kommen mag: es hat sich gelohnt. Ich will alles tun für diese Frau. Ich bin nicht der erste Mann, und ich werde nicht der letzte Mann sein, der bei der Wahl zwischen Pflicht und Liebe sich für die Liebe entscheidet.

Ein Mensch sein, mit all seinen Schwächen – dafür lebt man doch?

Und was Leben heißt, das begriff er in diesem Augenblick zum erstenmal ganz.

Konsalik

Haie an Bord

Gott hat die Wüste wie eine Frau gemacht –
man muß sie erobern und lieben.

ARABISCHES SPRICHWORT

Da lag das Schiff.

Dicke Stahltrossen hielten es am Pier fest, zwei Gangways verbanden es mit dem Land, das schmutzige, ölige, stinkende Hafenwasser klatschte träge gegen die Bordwand. Ein weißlakkierter Riesenkasten aus Stahl und Glas mit den Namen ›Fidelitas‹ in vergoldeten Buchstaben und langen Girlanden aus bunten Fähnchen, die man kreuz und quer über das Schiff gespannt hatte.

Dr. Bert Wolff sah an der hohen Bordwand empor und schob die weiße Mütze etwas in den Nacken. Der Mann neben ihm, in einer weißen Uniform mit zwei goldenen Ärmelstreifen, räusperte sich und wischte sich mit einem großen Taschentuch über das Gesicht. Es war ein heißer Morgen. Grell hing die Sonne im fahlblauen Himmel. Der leichte Wind, der vom Meer zum Land strich, kühlte nicht, sondern trieb feuchte Hitze vor sich her. Der Lärm des Industriehafens klang nur gedämpft herüber... hier, an Pier III, schlief der Tag noch. Die Stille war geradezu vornehm und vielleicht sogar im Fahrpreis einkalkuliert.

»Reißen Sie sich los, junger Kollege«, sagte Dr. Bender laut. »Wie lange fahren Sie auf See?«

»Seit drei Jahren.« Dr. Wolff steckte die Hände in die Taschen seiner weißen Tropenuniform. »Ein imponierender Kasten, diese ›Fidelitas‹. Meine ›Eleonore‹ war nur die Hälfte. Ich freue mich, hierher versetzt zu sein.«

»Das sagen sie alle, die diesen Saukahn zum erstenmal so ansehen wie jetzt Sie. Wenn sie vor ihm stehen, die Bullaugen zählen und sich blenden lassen. Alles nur Lack, mein Bester. Weißer Lack, roter Lack, schwarzer Lack, Fähnchen und Wimpelchen, und darunter frißt der Rost weiter. Wissen Sie, daß wir auf dem Kahn nicht eine einzige Ratte haben? Das hat mit Hygiene nichts zu tun... die Tierchen, klüger als wir Menschen, sind sofort abgewandert, als sie das Miststück inspiziert hatten.«

»Warum so giftig, Dr. Bender?« fragte Dr. Wolff. Er lachte, hakte sich bei seinem Kollegen unter und schob mit dem Zeigefinger die Mütze vollends in den Nacken. »Sie haben es immerhin über zwanzig Jahre auf dem Kahn ausgehalten.«

»Genau 33 Jahre, mein Lieber.« Dr. Bender nahm seine Mütze ab. Sein weißes Haar, in der Mitte schütter, wurde vom heißen Wind zerzaust. Er war ein kleiner, drahtiger, von Sonne und Salzwasser geradezu gegerbter Mann, trotz seiner schmukken Uniform wie eine erschreckend zum Leben erwachte Mumie wirkend. Ein Mann, den 33 Jahre Seefahrt ausgetrocknet hatten, so absurd es klingt. Nur die strahlenden blauen Augen in diesem Pergamentgesicht waren jung geblieben, kraftvoll, ein Überbleibsel aus der Zeit, als der Schiffsarzt Dr. Theodor Bender in Hamburg zu einem Zweikampf mit Graf Luckner antrat und beide das Hamburger Telefonbuch zwischen ihren Händen zerrissen. Es kam damals nur auf die Zeit an, die man zum Zerteilen brauchte, und da gewann Graf Luckner. »Der hat dabei einen Trick!« schrie damals Dr. Bender. Er war drei Köpfe kleiner als Luckner, aber genauso breit wie der Graf. »Los! Zerreißen wir das Telefonbuch von New York!« Aber dazu war es nie gekommen, weil in Hamburg kein Telefonbuch von New York aufzutreiben war.

»33 Jahre–«, sagte Dr. Bender und wedelte sich mit der Offiziersmütze Luft ins Gesicht, was bei dieser Schwüle wenig nützte. »Ich kenne diese ›Fidelitas‹ bis zur letzten Niete. Fidelitas – die Treue, die Zuverlässigkeit! Welch ein Blödsinn! Der Kahn müßte ›Fimetum‹ heißen. Misthaufen! Und das wäre noch ein Kosename.« Er sah Dr. Wolff an, klemmte die Mütze unter die Achsel und schüttelte den Kopf. »Was haben Sie verbrochen, daß die Reederei Sie auf dieses Schiff versetzt?«

»Ihre Pensionierung.« Wolff lachte wieder. »Der alte Bender... das ist auf See schon eine Sagengestalt. Ob Sie's glauben oder nicht – und wenn Sie's auch für blöd halten –, ich bin glücklich, Ihr Nachfolger zu werden. Wenn Sie es hier ausgehalten haben...«

»Weil ich zu faul bin, junger Freund. Ich war mein ganzes Leben lang faul, bequem und träge. Ich habe mich über alle

Meere schaukeln lassen, habe gesoffen, gefressen und geliebt – genau in der Reihenfolge, andersrum wäre anstrengender –, habe meinen Arztdienst an Bord wie ein Buchhalter vor seinen Zahlenkolonnen verrichtet, bin dabei weiß und klapprig geworden und habe mich mit Gift und Galle geladen wie eine Haubitze mit Pulver. Warum? Wenn Sie nach dieser Fahrt zurückkommen, das heißt, wenn Sie sie überleben und ich dann noch lebe, rufen Sie mich in Hamburg an. Wenn Sie dann zu mir sagen: Lieber alter Döskopp, die ›Fidelitas‹ ist ein herrliches Mädchen, gehören Sie entweder ins Irrenhaus oder in die Galerie der größten Träumer dieser Welt. Kommen Sie, gehen wir an Bord. Ich zeige Ihnen den Pott. Lassen Sie Ihr Gepäck noch beim Zoll – vielleicht verzichten Sie darauf, es abzuholen.«

Noch einmal blickte Dr. Wolff an der hochragenden Bordwand empor. Eines stimmte: Der Lack war neu. Der erste Eindruck des Schiffes war faszinierend. Ein Luxushotel auf dem Wasser. Eine schwimmende Stadt der Eleganz. Ein schimmerndes Kleinod der Meere. »Sie lieben dieses Schiff, Dr. Bender«, sagte er.

»Ich hasse es! Gehen wir. Je schneller der Abschied, um so flotter das Vergessen.«

Die Bordwache an der Gangway, zwei junge Matrosen, grüßten stramm, als sie das Schiff betraten. Neugierig sahen sie den jungen Arzt an, der nun der Nachfolger von ›Vater Theo‹ werden sollte. Auf dem Oberdeck I schrubbte eine Kolonne von sieben Matrosen die Sonnenplattform. In drei Stunden würde hier Liegestuhl neben Liegestuhl stehen, besetzt mit reichen, erlebnishungrigen, erwartungsvollen Passagieren. Noch aber schlief das Schiff – was an Arbeiten zu tun war, geschah fast lautlos.

»Ihre neue Welt –«, sagte Dr. Bender. Bitterkeit und Traurigkeit schwangen in seiner Stimme. Es war einfach gelogen, daß er das Schiff haßte. »Sie wird Sie auffressen, Dr. Wolff. Denken Sie ab und zu an meine Worte …«

Eine Stunde später saßen sie in der Arztkabine neben dem OP, dem Untersuchungszimmer und der Bordapotheke. Ein schöner, heller Raum mit altenglischen Seemöbeln aus Mahagoni und Eibenholz, blanken Messingbeschlägen und blankgesessenen, grünen Lederpolstern.

»Ihre Möbel, Dr. Bender?« fragte Dr. Wolff.

»Ja«, antwortete der alte Arzt einsilbig. Die Stunde des Abschieds war gekommen.

»Warum sind sie noch nicht abgeholt worden?«

»Sie bleiben an Bord. Sie gehören zu dem Mistkahn, und sie werden mit ihm absaufen. Ich will sie nicht mehr sehen in meinem weiteren ruhigen Leben. Das fehlte noch, daß ich einen Teil der ›Fidelitas‹ immer um mich habe! Ich schenke Ihnen den Plunder. Einschließlich der Flaschen dort hinter der Wandklappe.« Er streckte die Beine von sich und sah zu, wie Dr. Wolff ihm einen Kognak eingoß. »Sie finden das Schiff ganz toll, was?«

»Ja. Imponierend.«

»Kapitän Meesters gibt sich alle Mühe, bestimmt. Er ist ein Mann, vor dem man hundert Hüte ziehen müßte. Er fährt diesen Seekrüppel seit zwanzig Jahren. Warum? Jeder Vater wird sein mißgestaltetes Kind besonders umsorgen, das allein ist es. Der Vaterkomplex. Die ›Fidelitas‹ wurde 1933 gebaut und fuhr bis nach dem Krieg als Luxus-Liner durch die karibische Inselwelt. Dann wurde hier der Markt entdeckt, und jetzt schippert sie durch den Indischen Ozean. Sechswöchige Heimat für reiche Witwen, geile Greise, vor aufgepfropfter Vornehmheit stinkender Geldadel, gelangweilte Playboys und männermordende kleine Luxushürchen. Dazwischen ein paar echte Menschen, die für ihr gespartes Geld einen Teil der schönen Welt sehen wollen. Schönheitshungrige Augen... aber die können Sie zählen, und die werden Sie auch sofort erkennen. Eines ist sicher –«, er betrachtete Dr. Wolff von oben bis unten, »– so wie Sie aussehen, wird es Ihre vordringlichste Aufgabe sein, vor bettlägerigen Frauen zu flüchten. Aber das kennen Sie ja von der ›Eleonore‹. Prost!« Er trank seinen Kognak und sprang auf.

Seine Koffer – drei alte Lederkästen – standen neben der Kabinentür. Der Rest von sechzig Jahren Leben und dreiunddreißig Jahren Seefahrt. »Machen wir unsere Besuche.

Antritt und Abgang beim Kapitän? Johann Meesters ist um diese Zeit schon im Kartenraum. Sie wollen also an Bord bleiben?«

»Aber ja!« Wolff prostete Dr. Bender zu. »Ich bin vielleicht genauso faul und träge wie Sie.«

»Nur wird Ihnen der Kahn hier unter dem Arsch auseinanderbrechen, wenn der Lack abblättert. Vielleicht schon in einer Woche an der arabischen Küste.«

»Ich kann gut schwimmen.«

»Laut Statistik ist das Haivorkommen im Roten Meer am höchsten. Aber vielleicht spuckt man Sie aus, wenn Sie schreien: ›Ich bin ein Schiffsarzt!‹ Da haben selbst Haie Mitleid!«

Wirklich, es war ein schönes Schiff! Sauber, blitzend von der untersten Ladeluke bis zur Radarmastspitze. Es besaß zwei Swimming-pools, einen Tennisplatz auf Oberdeck II, drei Bars, zwei Speisesäle, eine Bibliothek, einen Fitnessraum mit Massage und Sauna, einen Tanz- und Kinosaal, eine Ladenstraße und 240 Luxuskabinen.

»Und das Ganze ist ein Puff!« sagte Dr. Bender, als sie die Treppe zur Kommandobrücke hinaufstiegen. »First class natürlich. Aha! Unser aller Vater, der Kapitän! Hier bringe ich dir Dr. Wolff, Johann. Ein Arzt mit allen Idealen der Jugend. Es ist ein Verbrechen, ihn als meinen Nachfolger zu bestimmen.«

»Hören Sie weg, Doktor.« Kapitän Meesters, groß, zwei Zentner schwer, mit Händen wie Kistendeckel, wie ein Stück Mastbaum auf der Brücke stehend, begrüßte Dr. Wolff mit einem vorsichtigen Händedruck. Wenn er fest zudrückte, wäre Dr. Wolff sein eigener erster Patient gewesen. »Willkommen an Bord. Beim Frühstück in der Offiziersmesse mache ich Sie mit den anderen Herren bekannt. Unseren Ersten sehen Sie dort. Lutz Abels – Dr. Wolff.«

Der Erste Offizier kam aus dem Steuerraum. Mittelgroß, hellblonde Haare, graue Augen, ein kantiges Gesicht. Beim Gehen rollte er in den Schultern wie ein Boxer vor dem Punchingball.

»Viel Glück, Doktor!« sagte er. Seine Stimme war frisch und unkompliziert wie sein Wesen. »Endlich im Lazarett kein Monstrum, das bei jeder Krankmeldung sagt: ›Rezept: Schluß mit Saufen und Huren!‹«

Sie lachten alle, aber es war eine dumpfe Fröhlichkeit. In vier Stunden lief die ›Fidelitas‹ aus. Richtung Rotes Meer – arabische Küste – Piratenküste – Persischer Golf – Kuweit-Abadan, an der Mündung von Euphrat und Tigris in die Persische See. Eine Fahrt der Abenteuer, ein Hauch Traum von Tausendundeiner Nacht...

In vier Stunden gab es keinen Schiffsarzt Dr. Bender mehr, nur einen alten Mann, der allein zurückblieb im Hafen Daressalam.

»Ich lasse meine Koffer an Bord bringen, Herr Kapitän«, sagte Dr. Wolff gepreßt.

»Und ich lasse meine endlich wegtragen!« Dr. Benders Stimme war unverändert, aber seine Augen konnten nicht lügen.

»Um acht Uhr in der O-Messe zum Kaffee also.« Johann Meesters drückte wieder vorsichtig die hingereichten Hände. Er blieb neben Lutz Abels auf der Brücke stehen und blickte den beiden Ärzten nach, wie sie von Bord gingen.

»Was halten Sie von Dr. Wolff?« fragte er plötzlich. Der Erste Offizier hob die Schultern.

»Erster Eindruck: Forscher Kerl!«

»Unsere weiblichen Passagiere werden vor dem Lazarett Schlange stehen.«

»Und ihre Betten anwärmen...«

»Kondition genug scheint der Junge zu haben.« Lutz Abels lachte. »Die erste wird unsere ›Bord BB‹ sein...«

Über Berthilde Bolthe wird noch manches zu berichten sein...

Zwei Stewards trugen die Koffer Dr. Benders über die Gangway. Es sah aus, als schafften sie Dr. Bender in Stücken von Bord... .

Die Luxus-Kabinen 101 und 103 lagen nebeneinander. 102 war gegenüber... hier wohnte Lord John McHolland, laut Reisepaß Diplomat Ihrer britischen Majestät, im Außenministerium mit besonderen, nicht weiter bezeichneten Aufgaben betraut. 101 und 103 waren Doppelkabinen, und in ihnen lebten seit zehn Stunden vier sehr vornehme, zurückhaltende, freundliche, höfliche, leise, unauffällig, schwarz gelockte, elegant gekleidete Herren. Ihre Schweinslederkoffer waren beste Handarbeit, ihre Manieren vollendet, sie verbreiteten unwiderstehlichen Charme um sich herum, und es gab bereits jetzt eine kleine, sehr einsatzfreudige Gruppe Damen an Bord, die sich auf die kommenden sechs Wochen auf See im wahrsten Sinne des Wortes von Kopf bis Fuß freute.

An diesem frühen Morgen, wo nur die Mannschaft beschäftigt war, im Speisesaal I das Frühstück eingedeckt wurde, die beiden Schiffsärzte von Bord gingen und nur ein paar Frühaufsteher im Pool planschten, saßen diese vornehmen Herren gemeinsam in Kabine 103 und hatten ein großes Tuch zwischen sich ausgebreitet. Darauf lagen Gewehrläufe und Schlösser, Magazine, langstielige Bürsten und Öllappen, Schalldämpfer und automatische Pistolen. Die immer charmanten Herren hatten nur kurze Unterhosen und Unterhemden an, verdreckte Finger und putzten vier Maschinenpistolen. Dazu tranken sie Cola und Orangensaft, verzichteten aber wegen der explosiven Umgebung auf das Rauchen.

»Amici –«, sagte Norman White gerade und blickte durch den innen blitzenden Lauf seiner MPi. Er war von den vieren der einzige mit einem englischen Namen. Die anderen hießen Filippo, Colezza und Benzoni. Trotzdem war sein Vater in Palermo geboren, aber wie er da geheißen hatte, wußte keiner mehr. »Amici – nach meiner Schätzung sind an Privatvermögen zehn Milliarden Dollar an Bord. Wenn wir nur den tausendsten Teil herausbekommen, sind das zehn Millionen Dollar! Man muß zugeben: ein sehr humanes Geschäft! Die Steuer ist da ein größerer Gangster, und die garantiert noch nicht einmal das Leben dafür…«

Er legte den Gewehrlauf hin und putzte seine ölverschmierten Hände an einem Lappen ab.

»Müssen wir noch einmal alles durchsprechen?«

Tomaso Colezza winkte ab. Er war der jüngste der vier, 23 Jahre alt, ein Römerkopf wie aus dem Bilderbuch. Für ihn waren die ersten Nächte an Bord schon ausgebucht. »Wir sind keine Idioten, principale«, sagte er. »Wir haben genug geübt. Es wird alles klappen wie Spaghettiessen…«

Es war ein böser Vergleich, denn gerade bei Spaghetti Bolognese kann man sich das Hemd bekleckern... Aber die vier ehrenwerten Herren dachten daran nicht, lachten laut und putzten ihre Waffen weiter.

Um halb neun erschienen sie zum Frühstück, einzeln, hintereinander, in weißen Anzügen.

Die Damen im Speisesaal reckten die Hälse, daß die Wirbel knackten.

Pünktlich um elf Uhr legte die ›Fidelitas‹ vom Pier ab. Die Stahltrossen klatschten ins Wasser, die Anker rasselten zurück in den Schiffsleib, die Schrauben wirbelten das brackige Hafenwasser zu Schaum auf. Auf dem Sonnendeck spielte die Bordkapelle einen Blues, die Nebelhörner dröhnten den Abschiedssalut, im heißen Wind flatterten die Fähnchengirlanden. An der Reling standen die Passagiere und winkten fröhlich den wenigen Menschen zu, die drunten am Kai standen. Es war ja kein Abschied von der Heimat – der war schon vor Tagen erfolgt –, sondern nur von einem afrikanischen Hafen, der als Umsteigebahnhof gedient hatte.

Dr. Wollf stand in der Tür an der Reling, wo eben noch die Gangway angeschlossen war, und blickte zurück auf den kleinen, gerbhäutigen alten Mann, der jetzt nicht mehr seine weiße Schiffsarztuniform trug, sondern einen einfachen, sehr unmodernen, zerknitterten hellgrauen Leinenanzug. Er schwenkte beide Arme, und Dr. Bender antwortete, indem er die rechte Hand grüßend an die zerzausten weißen Haare legte... eine letzte Ehrenbezeugung für ein Schiff, das seine ganze Heimat gewesen war. Was jetzt kam, waren Stille, Einsamkeit, Erinnerung.

»Ich schreibe Ihnen!« schrie Dr. Wolff zu ihm hinunter. Die Musik, das Dröhnen der Schiffsschrauben überdeckten seine Worte, aber Dr. Bender schien so etwas zu ahnen, er nickte und ging neben der ›Fidelitas‹ her, als sie langsam ablegte, begleitete seinen ›Mistkahn‹ bis zur Mole, um die sie herum mußte, und legte dann beide Hände wie einen Schirm über die Augen, als das Schiff wegglitt und Daressalam hinter sich ließ. Dr. Wolff blieb an der Reling, bis der alte Mann vom Sonnenglast aufgesogen wurde – ein Verschwinden für immer.

»Alt werden und das bescheinigt zu bekommen, gehört zu den großen Gemeinheiten dieses Lebens«, sagte Lutz Abels, der Erste Offizier, hinter Dr. Wolff. »Einmal stehen wir auch so da und sehen das Leben wegschwimmen.«

»Dr. Bender hat Ruhe verdient.«

»Das hat er – aber er will sie nicht. Altes Eisen sieht anders aus als unser ›Vater Theo‹.« Abels lachte etwas verkrampft. »Das kann man zu Ihnen nicht sagen. Und ›Bruder Bert‹ hat einen so warmwindigen Klang... Einigen wir uns auf Doc!«

Das Schiff hatte jetzt volle Fahrt aufgenommen, durchwühlte den Ozean und schwenkte ein in den Kurs nach Norden. Zum Kap Guardafui von Somalia, um dann in den Golf von Aden einzulaufen.

Die Passagiere hatten sich auf ihre Liegestühle zurückgezogen, der Swimming-pool war besetzt, auf dem Spieldeck hatten sich Gruppen gebildet, drei Deutsche saßen unter dem Sonnensegel, einen Klapptisch zwischen sich, und spielten Skat. Einer von ihnen hatte eine herrliche Kreuz-Flöte und jubelte: »Contra, Reh, Hirsch, Elefant, Saurier, ich halte, was ihr wollt! Jungs, die Hosen 'runter!«

Die vier weißgekleideten vornehmen Herren promenierten herum, ließen sich bewundern, von den Damen abschätzen, erwiderten fragende Blicke und rechneten im stillen aus, wieviel Millionen Dollar in jeder rundgewölbten Bluse stecken mochten.

»Wollen Sie es wie Dr. Bender halten und eine feste Sprechstunde einrichten?« fragte Abels. »Sie haben freie Hand, Doc. ›Vater Theo‹ zog jeden Tag von 10 bis 12 und von 3 bis 4 seine Schau als Seelentröster ab.«

»Ich werde es auch so machen«, sagte Dr. Wolff unsicher. »Auf meinem früheren Schiff hatte ich verdammt wenig zu tun. Nur einmal, nach einem Orkan, da kam ich ins Schwitzen.«

»Das können Sie hier immer haben.« Abels machte eine alles umfassende Armbewegung. »Hier an Bord befinden sich mindestens siebzig unbefriedigte Frauen. Mein Beileid, Doc! Schiffsärzte müssen irgendwie Übermenschen sein –«.

Sie lachten, trennten sich mit einem Schulterklopfen und begaben sich zu ihren Plätzen. Abels auf die Brücke, Bert Wolff in sein Schiffslazarett.

Als er durch das Wartezimmer kam, saß dort bereits ein Patient. Es war eine Frau, deren Alter man schwer bestimmen konnte. Ihr Haar war weißblond gefärbt, die Haut mit Make-up bedeckt, und ihr Körper steckte in einem so jugendlichen Kleid, daß man versucht war, ihr ein Bonbon anzubieten und zu fragen: Hast du heute keine Schule...?

»Wolff–«, sagte Dr. Wolff höflich. »Es freut mich, daß gerade Sie mein erster Patient an Bord sind.«

»Wieso?« Die Dame machte einen Wimpernschlag, der eine ungeheuer fleißige Übung bescheinigte, erhob sich und folgte Dr. Wolff in das Untersuchungszimmer. Sie schwankte dabei ihre vollen Brüste und setzte sich mit Schwung auf die Untersuchungsliege. »Wieso freuen Sie sich, Doktorchen?«

Es klang, als girre eine Lachtaube. Dr. Wolff, in solchen Situationen geübt, verschanzte sich hinter dem Schreibtisch.

»Weil Sie so unwahrscheinlich gesund aussehen, gnädige Frau. Der Anblick eines Gesunden ist für einen Arzt immer etwas Erquickendes.«

»Ich dachte immer, umgekehrt?« Sie lehnte sich zurück, der kurze Rock wurde noch kürzer. Sie trug einen tiefvioletten Schlüpfer. »Ich bin Berthilde Bolthe«, sagte sie. »Mein Mann starb vor vier Jahren. Seitdem reise ich herum. Eine innere Unruhe, wissen Sie, Doktorchen, eine bohrende Ruhelosigkeit. Ich habe bisher eine Armee von Ärzten konsultiert, aber die meisten sind Schwachköpfe. Verzeihung.« Sie lächelte, und Wolff wunderte sich, daß Puder und Schminke nicht abbröckelten. Ein Lob der Kosmetikindustrie! »Was kann man gegen unwiderstehlichen inneren Drang tun, Doktorchen?«

»Einen Kognak trinken, einer nützlichen Arbeit nachgehen oder sich viermal täglich kalt duschen.«

»Das ist Ihre ganze Weisheit?«

»Es gibt noch sedierende Medikamente.«

»Stellen Sie immer Diagnosen ohne Untersuchungen?« Berthilde Bolthe erhob sich. Ihre einst sicherlich schönen braunen Augen in dem runden Gesicht sprühten Ärger. »Ihre Kollegen haben mich wenigstens angesehen, abgetastet... das Herz, den Magen, den Bauch, Milz, Leber, Galle, was weiß ich noch alles. Aber Sie...« Sie blieb jenseits des trennenden Schreibtisches stehen, die Brüste vorgestreckt. »Nichts frei machen...?«

»Nein, gnädige Frau. Schwimmen Sie viel, bewegen Sie sich viel...«

»Bewegen! Also auch tanzen?« BBs Augen glänzten wieder.

»Auch tanzen.«

»Darf ich Sie für heute abend zum Bordball einladen, Doktorchen?«

»Ich habe zu arbeiten.«

»Nachts?«

»Heute bestimmt. Ich muß die hinterlassenen Papiere meines Vorgängers durchsehen.«

»Dann morgen.« Berthilde Bolthe trippelte zur Tür. »Wir werden sechs Wochen Zeit haben, Doktorchen, uns aneinander zu gewöhnen.«

Dr. Wolff wartete, bis sich die Tür geschlossen hatte, und rief dann die Brücke an. Lutz Abels meldete sich.

»Nichts sagen!« rief er sofort. »Ich kann hellsehen: BB war bei Ihnen im Lazarett.«

»Stimmt. Abels, hat diese Frau gar keine Scham?«

»Das hätten Sie feststellen können, Doc.« Abels lachte laut. »Von heute an sind Sie Jagdbeute von Berthilde. Retten Sie sich mit ›Vater Theos‹ Rezept. Er hat zu BB gesagt: ›Alte Gänse sind ein zäher Brocken. Ich kaue nicht mehr so gern –‹«.

»Mein Gott, war dieser Bender ein grober Kerl.« Wolf sah den Alten vor sich. Lederhaut und blaue Jungenaugen. Langsam begann er, ihn kindhaft zu bewundern.

»Aber nur das hilft. Passen Sie auf, Doc. BB wird Sie attackieren mit einer geradezu phänomenalen Schamlosigkeit.« Abels klopfte gegen das Telefon. »Toi, toi, toi, Doc! Ende.«

Wolff legte auf. Das Schiff begann zu schlingern. Es hatte die Festlandsicht verloren und stampfte zwischen Himmel und Meer ins Unendliche. Gleich kommen die ersten Seekranken, dachte Wolff. Er ging zum Medikamentenschrank, holte einen Karton mit Vomex A und Hexobion heraus und machte sich bereit, Tablettenverteiler zu werden.

Unterdessen wanderten die vier weißgekleideten, schwarzgelockten Herren im Schiff herum, besichtigten voll Interesse alle Einrichtungen, merkten sich genau die Alarmanlagen, die Lage des Funkraumes, die Einstiege zum Maschinentrakt, die Mannschafts- und Offizierskabinen und ließen sich von dem freundlichen Ersten Ingenieur sogar das Wunderwerk der donnernden, blitzblanken, riesigen Turbinen zeigen, die hin- und herstoßenden gewaltigen Pleuelstangen, das faszinierende, verwirrende Labyrinth der Kontakte, Meßinstrumente, Kontrolluhren, Kabel, Automatikschaltungen und Warnlämpchen.

»Fantastico!« riefen die vier ehrenwerten Herren aus und klatschten mit südländischer Begeisterung in die Hände. Was niemand sah, war ihr Gehirn, das computerhaft alles speicherte, vor allem die kritischen, die neuralgischen Punkte des Schiffes.

Später, auf dem Sonnendeck, nebeneinander in den Liegestühlen, in knappen Badehosen, bei denen die Damen blanke Augen bekamen, sagte Mario Filippo zufrieden: »Es gibt sechs Stellen, wo wir den ganzen Laden lahmlegen können, principale. Das alles ist ein ganz einfaches Unternehmen. Kinderleicht. Als wenn man Luft aus einem Reifen läßt.« Er räkelte sich wohlig in der afrikanischen Sonne. »Jetzt sollten wir das Leben genießen, amici!«

Carlo Benzoni und Tomaso Colezza nickten Beifall. Nur Norman White, der Chef der vier, schüttelte leicht den Kopf. »Sie haben sieben Großschotten eingebaut«, sagte er nachdenklich. »Damit ist der Kahn fast unsinkbar.«

»Dann legen wir in jeden Schottraum ein Bömbchen«, sagte Benzoni fröhlich. Er war von Natur aus ein lustiger Mensch, der gern sang – Tenor natürlich –, an keinem Rock achtlos vorübergehen konnte und einmal sogar in einem Ballett getanzt hatte. »Wir haben ja Zeit, alle Ladungen und Kabel in Ruhe zu legen.«

»Eine Woche ist kürzer, als man denkt«, sagte White. »Außerdem will ich nicht ersaufen, sondern kassieren. Nachdem wir das Schiff kennen – der Plan im Reisebüro war übrigens Scheiße, das sehen wir jetzt –, müssen wir den Einsatz noch einmal durchüben. Amici, es geht um Millionen Dollar. So wertvoll ist kein Weib, auch wenn ihr an der Hose scheuert! Es darf nichts schiefgehen, sonst ist das hier unser letzter Sonnenstrahl ...«

Sie erhoben sich, zeigten ihre Modellkörper in voller Größe und kaum bedeckter Nacktheit, sprangen in den Pool, schwammen ein paar Runden wie Delphine, von den Frauen bewundert, den anderen Männern scheel angesehen, kletterten dann wieder an Deck und entfernten sich in einem leichten Trab zu den Kabinen. Von der kleinen Seitenbrücke aus beobachtete sie der Erste Offizier. Kapitän Meesters lehnte an der weißen Stahlwand des Radaraufbaues und rauchte eine Pfeife. Das Schiff führte jetzt der Zweite Offizier.

»Diese vier werden für Unruhe sorgen«. Abels lachte. Wie prophetisch, nur im anderen Sinne, seine Worte waren, ahnte er nicht. »Sie sollten nur mal die giftigen Blicke der anderen Männer sehen und die Unruhe unter den Frauen, wenn die vier Adonisse auftauchen. Die Stewards sollten die Betten von 101 und 103 sicherheitshalber abstützen...«

Etwas abseits von dem bunten Bordgetriebe, in einem Baumwollhemd und weißen, knielangen Shorts, die Pfeife zwischen den Zähnen, eine weißblau karierte Sportmütze auf dem weißen Haar, stand Lord McHolland zwischen den Rettungsbooten und blickte über das Meer. Ein Engländer allein mit dem Element seiner Nation: der See. Für ihn war diese Kreuzfahrt entlang der arabischen Küste bis zum Schatt el Arab die letzte Erfüllung seines reichen Lebens. Er wollte sie in Stille genießen. Dann würde er sich zurückziehen auf sein Landgut Baldmoore hoch oben in Schottland und Gott danken, so vollkommen gelebt zu haben. Er blickte zur Seite, als er Schritte hörte. Ein Mann in einer Offiziersuniform und einem Äskulapzeichen auf dem linken Arm kam vorbei.

»Sie sind der neue Schiffsarzt?« fragte McHolland und nahm die Pfeife aus den Zähnen. Dr. Wolff blieb stehen. »Freut mich, Sir, McHolland.«

»Wolff.« Er hatte die Passagierliste überflogen, lauter gute Namen, aber hinter dem Namen von Lord McHolland hatte man mit Rotstift ein Kreuzchen gemalt. Wichtige Person. Ein Teil Ihrer britischen Majestät fährt mit ihm mit.

»Ich weiß. Dr. Bender erzählte mir von seinem Nachfolger. Ich informiere mich immer zuerst über die Ärzte, wenn ich irgendwo hinkomme. Ich habe Durchblutungsstörungen in beiden Beinen und muß ständig diese Mittel nehmen, die das Blut verdünnen. Man hat mich zum künstlichen Bluter gemacht. Ich sage Ihnen, ein verteufeltes Gefühl. Deshalb ist es gut, einen vernünftigen Arzt in der Nähe zu wissen. Dr. Bender nannte Sie sehr vernünftig.«

»Danke, Lord McHolland.« Wolff war es peinlich, immer wieder von Benders Lobreden überschüttet zu werden. Dabei kannten wir uns nur sieben Stunden, dachte er. »Ich bin immer zu erreichen. Tag und Nacht.«

»Logisch.« McHolland zeigte auf das Meer. »Wo wollen Sie auch hin, junger Mann?«

Sie lachten sich an, McHolland drehte sich wieder dem Meer zu, Dr. Wolff ging weiter, und doch war diese Begegnung für beide zu einem Schicksal geworden. Sie wußten es nur noch nicht.

Am Abend, nach dem Essen, während des Bordballs im großen Saal, wo jetzt die ersten, zur Entwicklung bereiten Kontakte geknüpft wurden, bei Tanz und Lachen, Konfetti und Luftballons, Flirt und Küssen, leeren Worten und massiven Lügen, schüttelte ein heftiger Windstoß die ›Fidelitas‹ durch. Die fröhliche Gesellschaft im Saal merkte es kaum, die Stabilisatoren des Schiffes fingen alles auf, man schwankte nur leicht... aber auf Deck polterten die Liegestühle durcheinander und krachten gegen die Wand.

In einem der Stühle lag, in Decken gewickelt, eine Frau, die nicht mehr aufspringen konnte, als der plötzliche, völlig unerwartete Windstoß das Schiff traf. Sie prallte gegen ein Geländer, rollte ein paar Meter über Deck, klammerte sich an einer Stange fest, stand dann auf und merkte, daß sie am Bein, oberhalb des Knies blutete. Ihre Schulter brannte, der linke Arm war gefühllos und ließ sich nicht mehr bewegen.

Jede andere Frau hätte jetzt geschrien, um Hilfe gerufen, nach einem Steward gesucht... diese Frau nicht. Sie blieb stumm, schwankte ein wenig, faßte sich an das linke Schultergelenk und ging dann mit tastenden Schritten zur Treppe des Kabinenganges.

Dr. Wolff, der gerade in dem Lazarettagebuch blätterte, ein Buch, das Dr. Bender mit giftigen Bonmots gespickt hatte, sprang auf, als die Tür aufflog und eine Frau hereinkam, über deren rechtes Bein das Blut lief.

»Bleiben Sie sofort stehen!« rief er. »Ich trage Sie weiter. Ist denn niemand dagewesen, der Ihnen...«

Er rannte um den Tisch herum, aber die Frau ging weiter, setzte sich auf die Untersuchungsliege und streckte das blutige Bein aus. Dann hob sie den Rock hoch und betrachtete die Wunde, einen breiten Riß in Oberschenkelmitte.

»Warum regen Sie sich so auf, Doktor?« sagte sie. »Dieser blöde Windstoß. – Es ist ja nur eine Fleischwunde. Aber ich habe mich festgehalten, verstehen Sie das, ich habe mich mit aller Kraft festgeklammert, um nicht über Bord zu rollen.« Sie hob den Kopf. Graugrüne, fast phosphoreszierende Augen blickten Dr. Wolff an. Eine Strähne der rotblonden Haare durchschnitt ihre Stirn wie eine blutige Narbe. »Dabei bin ich auf dieses Schiff gekommen, um zu sterben...«

Dr. Wolff antwortete nicht darauf. Er hatte Zellstoff, Binden, Pflaster, Merfen orange zur Desinfektion und Siccamerfen-Salbe geholt, zog jetzt zwei Spritzen auf und drückte die Luft aus den Glaskörpern. Die Frau beobachtete ihn dabei mit schräg geneigtem Kopf, als sehe sie einem Maler zu.

»Was tun Sie da?« fragte sie, als Dr. Wolff mit einem Glastablett und den Spritzen zu ihr kam.

»Tetanus und Penicillin. Und legen Sie sich bitte zurück, es wird vielleicht etwas weh tun, aber Sie bekommen auch noch etwas gegen die Schmerzen. Die Blutung wird gleich stehen.« Er beugte sich über das Bein, obgleich die Frau sich nicht zurücklegte, tupfte das Blut weg, strich die Wunde mit Merfen ein und griff dann zur ersten Spritze.

»Tetanus habe ich schon. Mein Impfpaß liegt in der Handtasche in meiner Kabine. Nr. 187.«

»Wann geimpft?«

»Vor Antritt der Reise. Außerdem gegen Pocken, Cholera, Gelbfieber, Typhus und noch so allerlei...«

»Sehr schön. Und das braucht man alles, um zu sterben?« Dr. Wolff legte die Tetanusspritze weg und griff zum Penicillin. Er rieb den Oberschenkel der Frau mit einem Alkoholtupfer ab und injizierte schnell und schmerzlos.

»Sie spritzen sehr gut«, sagte die Frau. »Ich kann das beurteilen. Ich war Morphinistin...«

»Hinlegen!«

Die Frau zögerte, aber dann streckte sie sich aus, kreuzte die Arme unter dem Nacken und starrte an die weißgetünchte Zimmerdecke. Dr. Wolff verband das Bein und richtete sich dann auf.

»So, das wäre zunächst alles. Ich rufe jetzt den Lazarettsteward, der wird Sie in Ihre Kabine bringen. Und wir haben sogar eine ausgebildete Krankenschwester an Bord, die wird sich heute nacht um Sie kümmern.«

»Warum, Doktor?« Die Frau blieb liegen. Die linke Schulter brannte höllisch, aber der Arm ließ sich wenigstens wieder bewegen. »Ich war auf diesen Windstoß nicht vorbereitet. Eine solche Dummheit wird nicht wieder vorkommen. Ich wollte eigentlich anders sterben, als von Deck geweht zu werden.«

»Da gibt es wirklich zahlreiche Variationen.« Dr. Wolff räumte die blutigen Zellstofftücher, die Spritzen und Tupfer zur Seite. »Kommen Sie, versuchen Sie zu gehen.« Er faßte sie an den Schultern, und als sie leise aufschrie, ließ er sie betroffen los und sprang auf. »Warum sagen Sie nicht, daß Sie noch mehr Verletzungen haben?« rief er. »Verdammt, rühren Sie sich nicht. Ich rufe die Schwester, und dann ziehen wir Sie zuerst aus.«

»Muß das sein?«

»Ja!«

»Dazu brauche ich keine Krankenschwester.« Sie zog den Pullover über den Kopf, ehe Dr. Wolff es verhindern konnte, und knöpfte den Rock auf. Sie trug darunter nur einen knappen Büstenhalter aus Spitzen und einen kleinen Slip. Es war ein herrlicher Körper, ein Ebenmaß an Schönheit, ein Zusammenklang von Proportionen, wie Wolff es selten gesehen hatte. Er konnte die Zahl der Frauenkörper nicht nennen, die er als Arzt und als Mann vor sich in ihrer reinsten Form gesehen hatte ... aber dies hier war die Vollendung schlechthin. Nur das blutverschmierte Bein, der neue Verband und eine leichte Schwellung der linken Schulter – eine massive Prellung, dachte er sofort – zerstörten die völlige Harmonie.

»Bitte –«, sagte die Frau. Ihre Phosphoraugen lagen jetzt unter einem Schleier der rotblonden Haare. »Prellung des linken Schultergelenkes. Stimmt's? Es wird ein Hämatom geben, Schulter und Arm müssen ruhiggestellt werden, elastische Binde um Schulter, Arm in Schlinge, vielleicht täglich mehrmals Einreibungen mit Doloresum, Mediment oder einem anderen stinkenden Zeug. Wenn es ganz toll wird, eine Impletolinjektion, Alkoholwickel ... was fehlt noch?«

»Sie kennen sich gut aus.«

»Ich war mit einem Arzt verheiratet.«

Das ›war‹ machte Dr. Wolff merkwürdig zufrieden, ja fast fröhlich. Er spürte es nur unbewußt, als eine plötzliche Erleichterung. Aber er fragte nicht, was dieses ›war‹ bedeutete. Er beugte sich über die Frau, tastete die Schulter ab, bewegte vorsichtig den linken Arm im Gelenk, untersuchte dann den langgestreckten, herrlichen Körper, stellte noch eine Prellung an der Hüfte fest und setzte sich dann neben die Frau auf die Liege.

»Ich werde nachher an Deck gehen und den Wind beschimpfen, daß er Sie so zugerichtet hat«, sagte er. »Von den sechs Wochen Seefahrt werden Sie zunächst mindestens eine Woche im Bett liegen müssen. Und dann sehen wir weiter.«

»Ich hatte ohnehin nicht vor, diese sechs Wochen noch ganz zu erleben.« Sie warf mit einem Ruck die Haare von ihren Augen und atmete tief auf. Ihre Brust dehnte sich, und es war, als wolle sie die Spitzen des Halters sprengen. Dr. Wolff blickte zur Seite. Sie ist eine Patientin, dachte er. Weiter nichts. Ein verletzter Mensch. Im Bordbericht nach Berthilde Bolthe die Nummer 2 der behandelten Passagiere. Sie ist ein Körper wie tausend andere Körper vor ihr. Eine Oberschenkelfleischwunde, eine Schulterprellung, ein Hüfthämatom. Verdammt, Junge, denke ärztlich!

Aber er konnte es nicht mehr. Er mußte ihre Beine ansehen, ihr Hüften, ihren Leib, ihr Brüste, ihr schmales Gesicht, die grünen Augen, den Flammenberg um ihren Kopf, den poesielose Menschen einfach Haare nennen.

Die Summe dieser Schönheit war ein Magnet, der ihm die Seele herauszog. »Wie dachten Sie sich eigentlich Ihren Tod?« fragte er. »Tabletten? Wir haben hier alle Geräte, um Ihnen den Magen auszupumpen.«

»Ich dachte an etwas Sicheres.«

»Am sichersten ist, im Golf von Aden über Bord zu springen. Die Haifische nehmen Ihnen alle Probleme ab. Sie müssen allerdings mit einer kleinen Wartezeit, einigen Schmerzen und einem unästhetischen Sterben rechnen.«

Die Frau hob den Kopf, die Phosphoraugen glühten. »Sie nehmen mich nicht ernst!« sagte sie laut. »Helfen Sie mir hoch, wickeln Sie Ihre elastische Binde um meine Schultern und lassen Sie mich gehen. Alles andere wird sich entwickeln.«

»Ein Selbstmord ist kein Film, den man belichtet und dann auf die Bildchen wartet. Was heißt hier: Entwickeln!«

Wolff stützte sie, bis sie saß, holte dann eine Flasche, goß eine streng riechende Flüssigkeit in seine Hand und massierte sie in die Schulter der Frau ein. »Sie sind weder verzweifelt, noch handeln Sie im Affekt. Im Gegenteil – Sie sprechen über Ihren Selbstmord wie über einen Kuchen, den Sie bald backen werden. Wissen Sie, was das ist? Das ist Mord! Mord an einem Menschen. Kalt geplanter Mord. Daß Sie sich selbst ermorden, spielt dabei keine Rolle.«

Er begann, die Binde um die Schulter zu wickeln. Sie hielt den Arm ruhig, aber ihre Brust atmete heftiger.

»Man hat mich nicht gefragt, ob ich dieses Leben wollte... warum soll ich fragen, ob ich es mir nehmen soll? Oder darf? Ich habe ein Recht auf mein eigenes Leben und meinen eigenen Tod.« Sie verzog das Gesicht, als er die Schulter bewegte, und sagte leise: »Spritzen Sie gleich Impletol?«

»Nein!«

»Ein anderes Analgetikum? Dolantin hat mir immer geholfen.«

»Gar nichts!« sagt Wolff fast grob.

Ihre grünen Augen wurden dunkler.

»Warum nicht? fragte sie.

»Ich verschwende keine Arzneien an Patienten, die sowieso sterben wollen.«

»Dann lassen Sie es bleiben.«

Sie wollte aufspringen, aber er hielt sie am gesunden rechten Arm fest, drückte sie zurück und kam dabei mit der Handfläche gegen ihre Brust. Sie zuckten beide zusammen, aber sie blickten ebenso bewußt aneinander vorbei.

»Warum – zum Teufel – wollen Sie sterben?« frage er laut.

»Weil ich nicht mehr leben will.«

»Ist das eine Erklärung?«

»Ja. So einfach ist das.« Sie schüttelte die flammenden Strähnen von ihrem Gesicht. »Ich will nicht mehr.«

»Wegen des Morphiums?«

»Das ist längst vorbei. Ich bin darüber weg. Jetzt ekele ich mich davor.«

»Wegen Ihres Mannes?«

Die Frage kam ihm schwer von den Lippen. Du bist ein Idiot, dachte er, kaum daß er sie ausgesprochen hatte. Du fragst wie ein Seelenarzt und befriedigst damit doch nur deine Neugier. Wenn sie jetzt aufsteht und geht – ich halte sie nicht auf. Aber sie blieb sitzen und schüttelte den Kopf. Er konnte den Verband weiter anlegen und brauchte ihr deshalb nicht in die Augen zu blicken.

»Mein Mann?« Sie machte eine Pause, als brauche dieses Wort eine tiefe Erinnerung. »Ich weiß gar nicht, wo er ist. Wir sind seit fünf Jahren geschieden. Er soll irgendwo in Südamerika sein ... mit Tanja.«

»Seiner Geliebten?«

»Unsere Tochter. Er hat sie mitgenommen, während ich mit einem Nervenzusammenbruch in der Klinik lag.« Sie sagte es völlig leidenschaftslos, und plötzlich erkannte Wolff, daß sie mit ›entwickeln‹ recht gehabt hatte: Sie spulte den Film ihres Lebens ab, entwickelte Bild nach Bild, betrachtete es mit einem tödlichen Gleichmut, und wenn der Film zu Ende war, mußte logischerweise der Schluß kommen, der Sturz ins Nichts. Das war so unaufhaltsam, daß Wolff nur mit Mühe die beiden Bindenklammern eindrücken konnte.

»Wie heißen Sie?« fragte er.

»Eve Bertram.« Sie faßte an die verbundene Schulter. »Es tut verdammt weh.«

»Ich bringe Sie zu Ihrer Kabine, Eve.« Sie wunderten sich beide nicht, daß er sie Eve nannte, und sie stützte sich gehorsam auf ihn, als er ihr den Rock anzog, die Bluse überstreifte, ihr das Blut vom Bein wusch und ihr sogar die zerzausten Haare kämmte. Sie hielt den Kopf ganz still, ganz gerade, als er den Kamm durch ihren Flammenkranz zog, und sie sah ihn nur an, mit einem so tiefen Verwundern in den Augen, daß es dafür keine Worte gab.

Dann gingen sie langsam durch die leeren Gänge, von weitem, aus dem großen Saal, klang Tanzmusik und lautes Stimmengewirr, aber hier war es jetzt wie auf einem Totenschiff mit lauter Türen, die in Gräber führten.

»Kabine 187«, sagte sie.

Sie blieben vor der Tür stehen, plötzlich erschrocken, daß es zum Abschied, wenn auch nur bis zum Morgen, kommen sollte, dann drückte Wolff die Tür auf und führte Eve Bertram zu dem eingebauten Bett. Sie legte sich auf die Decken, preßte die rechte Hand auf ihr Gesicht und begann zu weinen. Auch das kam so plötzlich, so eruptiv, so wild von innen, daß er keine andere Antwort wußte, als: »Ich werde Ihnen ein Kombimittel geben ... gegen den Schmerz und für den Schlaf.«

Er griff in die Tasche, holte ein Glas mit Wasser, schüttete zwei Tabletten hinein, drehte das Glas, bis die Tabletten zerfallen waren, setzte das Glas an ihre Lippen, hielt ihr den Kopf, während sie unter Schluchzen trank, legte sie dann vorsichtig, als sei sie aus feinstem zerbrechlichem Glas, aufs Bett zurück und zog eine Decke über sie.

»In zehn Minuten schlafen Sie –«, sagte er heiser vor innerer Erregung.

»Bleiben Sie so lange bei mir?« fragte sie wie ein Kind, das Angst vor den Geräuschen der Nacht hat.

»Ich bleibe bei Ihnen, Eve.«

Er setzte sich aufs Bett, hielt ihre Hand und sah zu, wie sie hinüberdämmerte in den Schlaf. Der Druck ihrer Finger ließ nach, und erst jetzt merkte er, daß sie sich an ihn geklammert hatte.

Vorsichtig zog er sie aus, deckte sie wieder zu und verließ dann die Kabine. Er stieg hinauf auf das leere Promenadendeck, stellte sich an die Reling, hielt den heißen Kopf in den Fahrtwind und sagte laut zu dem dunklen, rollenden Meer: »Was soll ich tun? Verdammt, ich liebe sie!«

Er blieb eine Stunde lang oben an Deck und starrte in die treibenden Nachtwolken, auf die langen Wasserwogen, gegen den schwarzen Strich, wo sich Meer und Himmel trafen, und war so glücklich wie noch nie.

In dieser Nacht hatte Lord McHolland ein merkwürdiges Erlebnis. Da er nichts von Bordfesten hielt, war er dem Saal ferngeblieben, hatte im kleinen Restaurant gegessen, war eine abendliche Runde über Deck I gegangen und kam nun zurück zu seiner Kabine. Als er die Tür aufschloß, hörte er gegenüber, aus Kabine 101, ein metallisches Knacken. Er hob den Kopf, sah die Mahagonitür mit der Goldzahl 101 an und wartete. Das war das Einrasten eines Gewehrschlosses, dachte er. Diesen Klang kenne ich! Man hat lange genug mit einem Gewehr im Arm geschlafen... in Indien, in Afrika, in Singapur. Schließlich ist man als Oberst entlassen worden. Das war ein Gewehrschloß, alter John, so wahr wie ich damals am Khyberpaß lag! Aber wie soll ein Gewehr in Kabine 101 kommen? Zu den netten schwarzgelockten Herren? Er ging leise an die gegenüberliegende Tür, legte das Ohr an das Holz, hielt den Atem an, aber er hörte nichts mehr. Er sah nur durch das Schlüsselloch, daß Licht in der Kabine brannte.

Da es eines britischen Lords unwürdig ist, durch Schlüssellöcher zu schielen, richtete sich McHolland schnell auf, ging in seine eigene Kabine und schloß hinter sich ab.

Er verpaßte damit eine große Chance.

Am nächten Morgen – das Frühstück wurde später serviert, da die meisten Passagiere durch das Bordfest noch unfähig waren, aus den Betten zu kommen, und außerdem die Stewards den Befehl erhalten hatten, sich nur im Notfall in den Kabinengängen blicken zu lassen, um die peinlichen Rückwanderungen von Liebhabern oder Geliebten zu den eigenen Kabinen nicht unnötig zu erschweren – informierte sich Dr. Wolff über Eve Bertram. Er erschien im Büro des Oberzahlmeisters, der allein und mit verquollenen Augen hinter einer Riesentasse starken Kaffees saß und den Schiffsarzt gequält anschaute.

»Ich habe Sie bei BB ersetzen müssen«, seufzte er und hielt sich den Kopf fest. »Doktor, das können Sie gar nicht wiedergutmachen. Ich bin gerädert, geteert und gefedert, gevierteilt und zerhackt – alles auf einmal. Dieses Weib hat eine Kondition wie ein Marathonläufer. Was gibt's?«

»Ich möchte in der Passagierliste etwas nachsehen.« Dr.

Wolff setzt sich, holte eine Rolle mit einem Kopfschmerzmittel aus der Tasche und schob sie dem Oberzahlmeister hin. Der nickte, stöhnte wieder auf und zeigte auf den geöffneten Aktenschrank.

»Ordner Nr. 4. Holen Sie ihn sich selbst. Ich bin zu schwach, um aufzustehen.«

Wolff blättert in den Passagierlisten, fand gleich vorn – nach dem Alphabet geordnet – den Namen Bertram und las schnell die Angaben.

Eve Bertram, geborene Schildmann. Wohnhaft Hannover, Eibstraße 9. Beruf: Medizinisch-technische Assistentin. Alter: 29 Jahre.

Er klappte den Ordner zu und stellte ihn in das Regal zurück.

»Was Besonderes?« fragte der Oberzahlmeister. Er hatte die Tablette geschluckt und kaute jetzt lustlos an einem halben Brötchen.

»Während Sie tanzten, hatte ich einen Unfall. Nichts Ernstes, aber –« Er stockte, aber der Zahlmeister war viel zu sehr mit sich selbst beschäftigt, um aufmerksam zu werden.

»Jedem das Seine«, sagte er bloß. »Gibt es eigentlich kein Mittel, Frauen wie diese BB zu bremsen?«

»Nein. Nur betäuben.«

»Das hat sie nicht gebucht.« Er umfaßte die große Kaffeetasse, starrte ins Leere und schien gar nicht zu hören, daß Dr. Wolff wieder ging.

Auf dem Sonnendeck war es noch ruhig. Nur die vier schwarzgelockten Herren sah Dr. Wolff schon am Pool. Sie schwammen zusammen, sie kletterten zusammen aus dem Wasser, sie legten sich zusammen, wie auf Kommando, in die Liegestühle und wickelten sich in ihre weißen Bademäntel. Sie taten immer alles gemeinsam, und Wolff fragte sich amüsiert, ob sie auch in dieser Gemeinsamkeit ihre jeweiligen Freundinnen beschäftigten.

Er blieb stehen, dachte über Eve nach und blickte über die eine Decktiefe unter ihm liegenden Herren hinweg auf das ruhige Meer. Die Morgensonne hatte es zu einer goldenen, schillernden See verwandelt.

»Den haben wir ganz vergessen, amici –«, sagte Carlo Benzoni leise und schob die Kapuze seines Bademantels weiter über seinen Kopf. Norman White schielte nach oben.

»Der Schiffsarzt.« Er lächelte spöttisch. Sein Gebiß, das er dabei zeigte, war ebenmäßig, reklamereif. Jacketkronen der besten Qualität. »Nur in Romanen sind Ärzte Helden.«

»Er sieht nicht so aus, als ob er sich die Schuhe mit der Zahnbürste putzt«, sagte Mario Filippo und räkelte sich. »Groß, breit in den Schultern, in unserem Alter. Er könnte Schwierigkeiten machen.«

Norman White schielte wieder zu Dr. Wolff. Er musterte ihn genau. »Tomaso, du wirst ihm klarmachen, daß Ärzte zu ihren Pillen gehören. Vielleicht brauchen wir ihn sogar.«

»Verstanden, principale.« Der junge, fröhliche Colezaar faltete die Hände über seiner breiten Brust. »Ich unterhalte mich gern mit gebildeten Männern. Der Dottore und ich werden uns verstehen …«

Ruhig, ein wenig schlingernd in den langen Wellen, mit guter Fahrt zog die ›Fidelitas‹ dem Golf von Aden entgegen. Links von ihr, unsichtbar, aber für einen Seemann in naher Entfernung, lag die afrikanische Küste im warmen Morgendunst. Delphine begleiteten das Schiff, schnellten aus dem Meer, tanzten in den Wellen. Ein Schwarm fliegender Fische trieb vor dem Kiel her, als seien sie Lotsen, die dem riesigen weißglänzenden Stahlkasten die Richtung wiesen.

In der Funkkabine war bereits Betrieb. Der Erste Funker Alf Bergson, ein Schwede, schickte die Telegramm hinaus, die telefonisch von einigen Kabinen aufgegeben wurden. Die Geschäfte gingen weiter, auch wenn man eine Vergnügungsfahrt zu der sagenhaften Piratenküste machte. Außerdem waren die Morgenmeldungen fällig, und Bergson funkte lakonisch: »An Bord alles okay. Keine besonderen Vorkommnisse. See ruhig, Windstärke 2, klares Wetter. Lufttemperatur 23 Grad. Position …« Es folgte die genaue Angabe des Standortes und des Kurses. Damit war der Pflichtteil erledigt, Bergson schaltete um auf Empfang. Er sollte in Kürze ganz andere Funksprüche geben, aber noch war die kleine, abgeschlossene, von Wasser eingerahmte Luxuswelt der ›Fidelitas‹ in Ordnung. Die Passagiere sickerten jetzt vereinzelt in den Frühstücksraum, noch angeschlagen von der langen, durchtanzten Nacht.

Dr. Wolff stieg hinunter auf Deck A und blieb vor der Kabine 187 stehen. Das Gefühl herrlicher Schwere im Herzen war wieder da, dieses göttliche Gefühl, nach einem Menschen Sehnsucht zu haben. Er klopfte an die Tür, aber Eve antwortete nicht. Eiskalt durchzog ihn Erschrecken, er dachte an ihre Worte: Ich will nicht mehr leben, so einfach ist das, und die Angst, zu spät zu kommen, zerbrach jetzt alle noch hindernden Schranken. Er riß an der Tür, sie war nicht verschlossen, er stürzte in die Kabine und rannte zu der Bettnische.

Eve lag unter der Decke, so wie er sie zugedeckt hatte, Rock und Bluse hingen über der Stuhllehne neben dem Bett. Durch das gewölbte Fenster flutete die Morgensonne. Ein Stück unendlich blauen Himmels war eingerahmt.

»Ich lebe noch –«, sagte Eve, als habe sie Wolffs Gedanken erraten. Ihr Flammenhaar war verschwitzt, klebte an ihrem Gesicht wie blutige Striemen.

»Was macht die Schulter?« fragte Dr. Wolff und setzte sich auf den Stuhl. »Noch Schmerzen?«

»Nein.«

»Das Bein?«

»Die Wunde brennt ein wenig.«

»Wir werden den Verband wechseln. Können Sie aufstehen und ins Lazarett kommen?«

»Ich weiß nicht. Ich habe mich noch nicht bewegt.« Es klang alles so schrecklich eintönig. Frage und Antwort wie aus einen Computer. Sie schlug die Decke zurück, und wieder erweckte der Anblick ihres Körpers in ihm atemlose Bewunderung.

Der Verband war an einer kleinen Stelle durchgeblutet, der linke Arm lag angewinkelt auf der Brust, der elastische Verband saß gut und hatte sich nicht verschoben. Sie hatte wirklich ganz still gelegen.

»Sie sind ein braves Mädchen«, sagte er. »Aber als MTA haben Sie Erfahrung.«

»Sie haben sich über mich informiert?«

»Natürlich. Für die Krankenkartei.«

»Sie hätten mich auch fragen können. Ich bin 29 Jahre alt, mein Vater war Rechtsanwalt, meine Mutter eine damals bekannte Mozartsängerin. Ich habe erst mit 22 Jahren meine Unschuld verloren … spät, nicht wahr? … aber trotzdem ein

Fehler. Es war mein erster Mann, und den habe ich geheiratet. Es war auch mein einziger.« Sie setzte sich vorsichtig, und Wolff stützte sie, bis sie die Beine auf den Teppichboden setzen konnte. »Zufrieden? Oder noch Fragen?« Sie blickte an sich herunter und schüttelte den Kopf. »Bein verbunden, Schulter ruhiggestellt... es wird ein Problem sein, mich zu waschen.«

»Ich schicke Ihnen die Krankenschwester 'rüber«, sagte Dr. Wolff.

»Sie immer mit Ihrer Krankenschwester!« Ihre grünen Augen wurden wütend. »Helfen Sie mir, dann geht's auch. Oder haben Sie noch nie eine Frau gewaschen?«

»Wenn ich scharf darüber nachdenke – nein.« Er half ihr aufstehen, stützte sie bis zu dem breiten Waschbecken und sah sie durch den großen Spiegel dahinter an. Ihre Blicke prallten aufeinander und schienen ineinander zu versinken.

»Sie müssen mir den BH öffnen«, sagte sie. »Ich komme nicht dran, ohne die Schulter zu drehen, und das schmerzt.«

Er löste die schmale Schnalle, die Spitzenkörbchen fielen von den Brüsten ab, er streifte den Halter von ihren Schultern und legte ihn zur Seite. »Danke –«, sagte sie. »Das andere kann ich mit der rechten Hand.«

Er trat zurück, setzte sich an den eingebauten Tisch und starrte sie an, wie sie sich wusch. Das Intime dieser Situation berührte ihn nicht... er fand es merkwürdig natürlich, daß er hier saß und Eve zuschaute, wie sie ihre Brüste einseifte und den Schaum dann mit warmem Wasser wegspülte.

Als sie das Gesicht gewaschen hatte, stand er wieder auf und nahm ihr den Waschlappen aus der Hand.

»An den Rücken kommen Sie nicht ran, Eve«, sagte er. »Wenn's weh tut, treten Sie ruhig nach hinten aus.«

»Ein Arzt sollte zärtliche Finger haben, Bert...«

»Sie wissen meinen Vornamen?«

»Auch ich habe mich erkundigt. Heute früh, beim Steward. Dr. Bert Wolff, geboren in Braunschweig. Alter 30 Jahre, unverheiratet. Seit drei Jahren Schiffsarzt.«

»Informationen für *Ihre* Kartei? Wozu? Morgen oder übermorgen nehmen Sie sich das Leben.«

»Zwei Tage Leben ist eine ganze Menge, und ich bin neugierig. Auch auf den Tod – das macht die Sache so einfach.«

Dr. Wolff seifte ihren Rücken ein, nahm einen Chiffonschal und band damit ihre Haare hoch, und die Berührung ihrer kühlen, glatten, weißen, selten reinen Haut – eine Haut wie aus Porzellan, dachte er – machte ihn glücklich. Er trocknete Eve ab, hängte ihr den Bademantel um und löste den Schal aus ihren Haaren. Wie Feuerstrahlen fielen sie zurück über Eves Gesicht.

»Ich hole das Verbandszeug«, sagte er heiser. »Leben Sie sich wieder hin, Eve. Soll ich für Sie Frühstück bestellen?«

»Später, Bert…«

Er lief aus der Kabine, als flüchte er. Sie blieb vor dem Waschbecken stehen, mit offenem Bademantel, irgendwie hilflos, aus ihrer Planung, die in den Tod führte, weggedrängt, allein gelassen und doch mit dem Gefühl, nicht mehr allein zu sein.

»Warum küßt du mich nicht?« fragte sie, als die Kabinentür zugefallen war. »Ich bin doch schon einen Schritt vom Abgrund wieder zurückgetreten. Warum küßt du mich nicht…?«

Im Wartezimmer saß ein sehr vornehmer, älterer Herr, als Dr. Wolff durch die Tür wirbelte. Der Herr stand auf, verbeugte sich korrekt nach alter Schule und stellte sich vor. »Von Hoffberg. Dr. Wolff?«

»Ja. Bitte, ein paar Minuten Geduld – ich habe einen Unfall zu versorgen…« Wolff wollte ins Verbandszimmer, aber von Hoffberg blieb stehen.

»Ich bin auch ein Unfall, Doktor. Ein peinlicher Unfall. Ein Überbleibsel der vergangenen Nacht, wenn man so will. Es brennt höllisch.«

»Was?« Dr. Wolff wandte sich um. Der alte Herr zog die Jacke aus, schob sein Hemd hoch und drehte sich um. Über seinen Rücken zogen sich breite, blutige Striemen… zehn nebeneinanderliegende rote Straßen, in die Haut gegraben.

»Allerhand –«, sagte Dr. Wolff.

»Sie hat unanständig lange und spitze Fingernägel«, antwortete von Hoffberg lakonisch. »Und ein höllisches Temperament.«

»Ich streiche Ihnen nachher ein Wundgel darüber.« Dr. Wolff zeigte auf die offene Tür. Der alte Herr ließ sein Hemd fallen und ging an Wolff vorbei in den Behandlungsraum. Stolz, würdevoll, ganz Grandseigneur... unter Männern sind solche Verletzungen kein Anlaß, das Schamgefühl zu strapazieren.

»Wie alt sind Sie, Baron?« fragte Wolff, während er Penicillinpuder, Salbe und Verbände zusammensuchte.

»Zweiundsiebzig.«

»Gratuliere.«

»Danke. Die frische Seeluft macht mich immer wieder mobil. Ein Jungbrunnen, diese Jod-Salz-Mischung. Ich mache zweimal im Jahr meine Seetour. Dauert's lange?«

»Ich bin in einer Viertelstunde wieder da.« Wolff packte alle Sachen für Eve in eine kleine Ledertasche. »Soll ich Ihnen das Radio anstellen?«

»Nein, danke.« Von Hoffberg setzte sich und vermied es, sich anzulehnen. »Ich werde die Wartezeit mit der Erinnerung an diese Nacht ausfüllen. Bis gleich, Doktor –«

Wolff nickte, klemmte die Tasche unter den Arm und ging hinaus. Auf dem Gang zur Treppe zum Hauptdeck traf er Lord McHolland. Der Lord rauchte wieder seine Pfeife und war auf dem Weg zu einem stillen Plätzchen.

»Doktor –«, sagte er und hielt Wolff am Ärmel fst. »Eine Frage: Wissen Sie, wie ein Gewehrschloß einrastet?«

»Nein«, antwortete Wolff völlig verblüfft. Ist das ein Morgen, dachte er.

McHolland winkte traurig ab. »Dann kann ich mit Ihnen nicht darüber reden«, sagte er. »Sie hielten mich sonst wahrscheinlich für schizophren. Aber es war ein Gewehrschloß!«

»Sicherlich, Mylord.« Wolff ging weiter. Ein Schiff voll Sklerotikern und Lustgreisen, dachte er. Das kann noch heiter werden. Aber er vergaß alles, als er wieder in Eves Kabine stand.

Der Tisch war zum Frühstück gedeckt. Zwei Tassen, zwei Teller, zwei Gläser mit Orangensaft.

»Feiern wir schon Abschied?« fragte er und schleuderte die Tasche aufs Bett. Ihr Kopf zuckte herum, die Phosphoraugen sprühten. Ihr Ausbruch war so grandios, daß sie den Schmerz nicht mehr spürte, der durch ihre Schulter blitzte.

»Sie sind das Gemeinste, das es gibt!« schrie sie ihn an. »Das Gemeinste! Jetzt will ich noch vier Wochen leben, um Ihnen das heimzuzahlen!«

Sie warf eine Tasse nach ihm, aber er wich aus, umklammerte ihren Kopf, bevor sie zur zweiten Tasse greifen konnte, und küßte sie so lange, bis er wie ein aufs Trockene geworfener Fisch nach Luft schnappen mußte.

»Das wär's –«, sagte er.

Und sie antwortete: »Wenn du den Verband wechselst, reiß ihn nicht so brutal ab, wie du küßt...«

Um die gleiche Zeit suchte Lord McHolland Kontakt zu den vier ehrenwerten, schwarzgelockten Herren.

Er fand sie oben auf dem Tennisplatz, zwischen dem breiten rotlackierten Schornstein und dem Radarmast. Sie spielten ein Doppel, hüpften sehr elegant auf dem roten Kunststoff-Feld herum, schlugen die Bälle gekonnt hin und her und trainierten sich damit gleichzeitig für den kommenden Einsatz.

»Schnelligkeit und gute Reaktion sind unsere Lebensversicherung«, sagte Norman White immer. »Wenn man dazu auch noch einen Funken Intelligenz besitzt, gibt es theoretisch kaum etwas, was uns aufhalten könnte.«

McHolland stand an dem hohen Drahtzaun, verfolgte die Bälle und lächelte verbindlich, als die unzertrennlichen vier ihn mißtrauisch anstarrten.

»Was will die Mumie hier?« fragte Tomaso bei einem neuen Aufschlag seinen Partner Carlo. Und auf der Gegenseite sagte Mario zu Norman: »Principale, der Alte fällt mir auf die Nerven. Er hat die Kabine gegenüber. Es soll Greise geben, die können besser hören als sehen. Die Türen sind verdammt dünn...«

»Nur Ruhe.« White schlug den heranschwirrenden Ball elegant zurück. »Nur noch zehn Tage.«

»In zehn Tagen kann die Welt auf dem Kopf stehen.«

»Richtig. Und das besorgen wir.«

Sie legten eine Pause ein, nachdem der Satz von Tomaso/Carlo gewonnen war, wickelten Handtücher um ihre Hälse, wischten den Schweiß von den Stirnen und widmeten sich Lord McHolland. White übernahm die Anrede.

»Auch Tennisspieler?« fragte er.

McHolland schüttelte den Kopf. »Golf.«

»Ein großer Unterschied.«

»Auch dabei fliegt ein Ball durch die Luft, nur etwas tiefer.«

»Sehr witzig.« White grinste. »Wollen Sie's mal versuchen?«

»Ich glaube, dazu bin ich zu alt.« McHollands Blick war reserviert – er verriet nichts von dem, was er dachte. Ein Paar graue Augen, in denen man sich wie in einer Wüste verirren konnte. »Das einzige, was ich noch hochheben kann, ist meine Pfeife. Aber Sie spielen alle gut, soweit ich das überhaupt beurteilen kann. Profis, nicht wahr?«

»Sagen wir – halbe Profis.« White winkte. Partie abbrechen, hieß das. Der Alte wird interessant. Bisher hatte die Unterhaltung durch das Maschengitter stattgefunden, jetzt kamen die vier vornehmen Herren durch ein Türchen aufs freie Deck. Sie waren mit McHolland allein... das fröhliche Leben begann erst eine Etage tiefer auf dem Sonnendeck. Wenn der Alte jetzt über Bord fällt, dachte White, wird es kaum wie ein Unfall aussehen. Die Gelegenheit ist nicht günstig.

»Sie sind unser Nachbar, wenn ich nicht irre?« fragte er.

»Ihr Gegenüber. Aber ich betrachte meine Kabine nur als Unterschlupf. Ein alter Mann wie ich braucht wenig Schlaf... meist wandere ich herum, das ersetzt mir komischerweise den Schlaf. Vielleicht ist es erblich... auf meinem Landsitz in Schottland spukt auch seit dreihundert Jahren ein Geist herum. Es soll Lord Edward McHolland sein. Bei irgendeiner Schlacht hat man ihm den Kopf heruntergeholt.« McHolland lächelte verbindlich, sog an seiner Pfeife und ging davon. Die vier eleganten Herren mit den Handtüchern um den Hals und den Tennisschlägern unterm Arm starrten ihm entgeistert nach.

»Verkalkung dritten Grades«, sagte Benzoni endlich. White fuhr herum, als habe man ihn gestochen.

»Idiot!« zischte er. »Das war eine ganz deutliche Warnung. Die Mumie ist durch irgend etwas aufmerksam geworden. Er hat zu verstehen gegeben, daß er immer in unserer Nähe sein wird, Tag und Nacht. Der Bursche schläft ja kaum! Tomaso?«

»Principale?«

»MacHolland: Nummer 1!«

»Sofort?«

»Bei der besten Gelegenheit.« White steckte sich eine Zigarette an. Er war innerlich mehr erregt, als er zeigen wollte. »Wir werden auch die Geisterbekämpfung überstehen. Sofort, wenn wir Aden erreicht haben und der erste Landgang beginnt, werden die Sprengsätze verteilt.«

Die vier Herren nickten, stellten sich auf wie zur Parade und verließen hintereinander, in der nun schon bekannten gemeinsamen Ordnung, den Bordtennisplatz.

Acht Tage lang geschah nichts auf der ›Fidelitas‹, wenn man davon absieht, daß Berthilde Bolthe ihren Eroberungszug bei Dr. Wolff abbrach und dafür dem Zahlmeister, dem Zweiten Offizier, dem Obersteward und zwei Schiffsingenieuren Komplexe über ihre Männlichkeit beibrachte.

Der alte Baron von Hoffberg erschien noch zweimal mit Kratzwunden bei Dr. Wolff in der Praxis, ließ sich neben Salbe auch noch ein stützendes Kreislaufmittel verschreiben und sagte: »Es stimmt nicht, daß die Frau aus einer Rippe Adams gemacht worden ist. Hier irrt die Bibel. Nach meinen Erfahrungen stammen die Frauen von den Raubkatzen ab.«

»Auch Raubkatzen kann man dressieren.« Wolff lachte.

»Aber das kostet Narben.« Von Hoffberg schluckte eine Herzpille. »Lieber Doktor, in meinem Alter ist man für jedes Pfötchengeben dankbar.«

Sonst war der Arztdienst an Bord sehr langweilig. Ein paar Seekranke, zwei verdorbene Mägen, eine Tropengrippe, zwei Verstauchungen bei Bordspielen, ein Gerstenkorn am Augenlid einer amerikanischen Millionärin, eine Nierenkolik beim Zweiten Ingenieur – das war bisher alles. Das ganze Schiff schien eine kerngesunde Gesellschaft zur Piratenküste zu bringen. Zweihundert zähe, auf Reisen trainierte Menschen, die auch die festlichen Nächte an Bord verdauten wie Magerjoghurt. Ab und zu erschien auch McHolland zu einem Gespräch bei Dr. Wolff... man traf den alten Lord überall an, wo Ruhe war. Hier aber lagen auch Eve Bertram und Dr. Wolff nebeneinander in ihren Liegestühlen, von einigen Passagieren bereits als ›das‹ Liebespaar auf dem Schiff betrachtet. Doch das war ein Irrtum. Bis auf den Kuß nach dem Tassenwurf hatte sich zwischen ihnen nichts ereignet. Als Wolff an diesem Morgen Eve den Bademantel von der nackten Schulter streifen wollte, hatte sie seine Hände festgehalten und leise gesagt:

»Bitte nicht, Bert. Und sag jetzt kein Wort, das du später bereuen müßtest.« Dann hatte sie gelächelt, und zum erstenmal waren die Phosphoraugen von einer sanften Zärtlichkeit. »Setz dich. Der Kaffee wird kalt.«

Ein profaner, ernüchternder Satz in dieser Minute, in der Wolff dem Himmel näher war als jedes lebende Wesen.

Sie waren dann immer zusammen, beim Essen, an der Bar, an Deck, im Pool. Die Schenkelwunde heilte gut, die Schulterprellung löste sich auf, und er sagte einmal: »Du bist von Natur aus ein heilfreudiges Wesen. Es wird dir schwerfallen, dich umzubringen.«

»Ich habe da eine gute Idee.«

»Verrate sie.«

»Warum? Dagegen gibt es kein Mittel.«

»Ich bin gespannt.«

Sie hatte ihn angesehen, ihre grünen Augen bekamen einen Hauch Nachdenklichkeit, dann hatte sie sich wieder dem Meer zugewandt und starrte in die Wellen.

Die vier eleganten, schwarzgelockten Herren lebten so, wie man es von ihnen erwartete. Es war, als hätten sie eine Liste von allen Kabinen mit alleinreisenden Damen angefertigt und hakten jeden Morgen dann die getane Arbeit ab. Auch Berthilde Bolthe kam an die Reihe, und hier zeigt sich, daß gutes Training etwas wert ist: BB geriet an den forschen Tomaso Colezza und fiel danach zwei Tage und Nächte völlig aus. Sie blieb im Bett wie eine satte Katze, die zehn Mäuse gefressen hat. Selbst der Kabinensteward hatte keine Angst mehr, sie im Bett zu bedienen.

Ein Nebeneffekt der nächtlichen Übungen war allerdings eine Liste, von der niemand etwas ahnte. Auf dieser Liste standen die taxierten Werte der Schmuckstücke, die sich die vier eleganten Herren vor, zwischen oder nach ihren Liebesdiensten zeigen ließen, sie begeistert bewunderten – was jede Frau entzückt – und betätschelten, als seien sie ein schöner Körper. McHolland, der diese Wanderungen auf seinen nächtlichen Spaziergängen kühl und mit dem Abstand eines Gentleman registrierte, baute seinen Verdacht gegen die vier Herren ab. Nur der Klang des zuschnappenden Gewehrschlosses blieb ihm im Ohr. Es ist blöd, dachte er. Im Alter schienen sich die Geräusche zu verschieben und verbinden sich mit Erinnerungen. Ein Mensch wie ich lebt ja vor allem im Rückblick.

So sah er es auch nur als Zufall an, daß einmal knapp neben ihm eine Eisenstange von einem Aufbau auf Deck knallte und – kurz vor Aden – die Verankerung eines Rettungsbootes riß und der Kiel des Bootes haarscharf neben seiner Schulter auf die Reling schlug. Es war ein Platz, wo McHolland besonders gerne stand, weil er hier wirklich allein war.

»Ein verfluchter Unfall!« sagte Kapitän Johann Meesters später zu seinen Offizieren. »Aber wir wissen ja, daß wir auf einem Haufen lackierten Rostes fahren. Sofort alle Boote nochmals überprüfen! Funkspruch an die Reederei! Ich werde den Lord beruhigen.«

Das war nicht nötig. McHolland, in seinem Leben so oft am Rande von Katastrophen, hatte die Vorfälle schon vergessen.

»Er ist wirklich ein verdammter Geist!« sagte Tomaso an diesem Tag verbittert. »Alles war genau berechnet... aber die Mumie steht immer ein paar Zentimeter daneben.«

Am Nachmittag wußte die Schiffsführung, daß die Halterung durchgesägt worden war. Der Erste Ingenieur wies deutlich die bearbeiteten Bruchstellen vor. Kapitän Meesters wischte sich den Schweiß von der Stirn.

»Um Himmels willen, kein Wort darüber. Völliges Stillschweigen! Sabotage an Bord! Wenn nur eine Silbe davon bekannt wird, haben wir hier einen Hexenkessel. Die Nachtwachen verstärken! Pendelposten auf allen Decks, auch wenn die Liebespaare protestieren! Zum Satan, wer hat ein Interesse daran, Panik auf dieses Schiff zu bringen? Welcher Sinn steckt dahinter? Aber das schwöre ich Ihnen, meine Herren: Wenn ich den Kerl erwische, ziehe ich ihn bei voller Fahrt unterm Kiel her!«

»Das war ein Fehler«, sagte an diesem Nachmittag Norman White. Die vier Herren saßen an der Poolbar und tranken Cinzano on the rocks. »Finger weg von dem Alten. Bis Aden Ruhe! Es geht um mehr. Außerdem ist der Lord jetzt überzeugt, wie harmlos wir sind.« Sie lachten, stießen an und nahmen den Flirt mit den nächsten Damen auf ihrer geheimen Liste auf.

»Morgen sind wir in Aden«, sagte Dr. Wolff zu Eve Bertram. »Gehst du mit an Land?«

»Nein.«

Sie standen auf dem Promenadendeck, lehnten sich über die Reling und blickten in das grünblau schillernde Wasser. Es war wieder einer dieser sehr frühen Morgen, an denen das Schiff noch schlief und nur wenige Menschen die blanke, ganz klare Sonne sich in den unerklärlich und herrlich weitenden Himmel schieben sahen. Ein Schwarm fliegender Fische schnellte neben dem Schiff her. Wesen mit flügelähnlichen Flossen, Geschöpfe wie aus einem Märchen.

»Ich liebe dich –«, sagte Wolff plötzlich. »Ist das ein dummer, unmoderner Satz?«

»Nein.« Ihre flammenden Haare wehten im Fahrtwind. Er griff nach ihnen, hielt sie fest und teilte sie, um Eves Gesicht zu sehen. Sie hatte die Augen geschlossen, und so wußte er nicht, was sie dachte, denn ihre Augen waren ihr zweiter Mund und sagten immer die Wahrheit.

»Willst du dich noch immer umbringen?« fragte er.

»Vielleicht –«

Er atmete auf. »Das ist ein guter Fortschritt«, sagte er. »Das klare Ja ist schon zugeheilt.«

Sie zog den Kopf zurück, entriß ihm damit ihre Haare, drehte sich um und ließ ihn stehen.

Er lief ihr nicht nach. Er wußte, es war besser, sie jetzt allein zu lassen mit ihrem ›vielleicht‹.

Am nächsten Tag tauchte die arabische Küste aus dem Sonnendunst auf. Ein Riesenwürfel weißer Häuser.

Aden. In der Ferne die Meerenge Bab el Mandeb.

1001 Nacht begann mit strahlender Sonne. Die Passagiere standen an der Reling, die Nebelhörner der ›Fidelitas‹ heulten zur Begrüßung.

In den Kabinen 101 und 103 packten die vier ehrenwerten Männer sieben Sprengladungen in elegante, schwarze Krokoleder-Aktentaschen.

Gefühle lassen sich nicht erklären, und Lord McHolland hatte so ein dummes Gefühl, als die ›Fidelitas‹ im Hafen von Aden einfuhr und die Passagiere bereit zum Landgang an den Relingtüren warteten, gegen die man in wenigen Minuten die beiden Gangways schieben würde.

Im Hafen wimmelte es von kleinen und großen Booten, Barkassen umkreisten das weiße Luxusschiff, etwas außerhalb lagen zwei britische Kanonenboote an einer Mole, aber selbst dieser fast heimatliche Anblick beruhigte Lord McHolland kaum. Er stand auf seinem Stammplatz zwischen den Rettungsbooten und beobachtete das Anlegemanöver. Eine heiße Dunstglocke lag über Aden und drückte fast das Gehirn zusammen. Die Luft flimmerte vor Hitze, die weißen Häuser verzerrten sich bizarr, eine Duftwolke aus Öl und einem Gemisch vielfältigen Gestanks hing schwer über dem Hafen. Die Damen der fröhlichen Reisegesellschaft wedelten sich mit Tüchern oder Zeitungen Luft zu, Stewards rannten herum und boten Fruchtsaftgetränke an. Zur Begrüßung Adens heulten wieder die Nebelhörner, ein paar vor Anker liegende Schiffe erwiderten den Salut, am Kai wartete ein Heer von Händlern auf die reichen Leute, die gleich von Bord kommen würden, dumme Ungläubige, die Allah schickt, damit man sie betrügen kann.

McHolland winkte Dr. Wolff zu, der aus dem Schiffslazarett kam und hinüber zu den Kabinen wollte. Er hatte gerade dem erstaunlich konditionsstarken Baron von Hoffberg eine stärkende Kreislaufinjektion gegeben, denn von Hoffberg, in Begleitung seiner rasanten Schiffsliebe, erhoffte sich vom Anblick arabischer Bauchtänzerinnen neue Aktivitäten. »Ich fühle mich zehn Jahre jünger, Doktor!« hatte er gesagt. »Und in meinem Alter sind zehn Jahre ein gewaltiger Sprung in die Jugend...«

»Doktor, ein Wort nur –«, sagte McHolland jetzt. Wolff blieb stehen und kehrte dann um.

»Sie gehen nicht an Land?« fragte er. McHolland zog an seiner Pfeife und klopfte sie dann an einem Gestänge aus.

»Nein. Aden kenne ich. War vor fünfzig Jahren hier, als junger Leutnant. Sah allerdings anders aus, aber garantiert schöner als jetzt. Da war Arabien noch Arabien. Ob Sie jetzt in Aden, Singapur oder Hongkong stehen – irgendwie gleichen sich alle diese neuen Hochhäuser. Eine Frau anzusprechen, war früher ein richtiges Abenteuer, heute kostet's fünf Pfund. Ich warte auf die Piratenküste, da soll noch ein Überbleibsel dieser fernen Tage bestehen. Aber etwas anderes, Doktor: Haben Sie bemerkt, daß die vier dunkelgelockten Herren an Bord bleiben?«

»Es bleiben mehrere an Bord, Mylord. Ich auch.«

»Weil Ihre wunderschöne, traurige Dame auch nicht an Land geht, stimmt's?«

»Ja.«

»Das ist ein Grund. Aber diese vier Herren haben keinen Grund.«

»Vielleicht ist es ihnen zu heiß an Land?«

»Wer seit zehn Tagen in der Sonne liegen kann, dem macht Adens Luft nichts aus. Ich habe die vier beobachtet – ein merkwürdiger Club.« McHolland nickte leicht nach oben. »Da stehen sie. Auf dem Sonnendeck. Ich weiß, daß sie von mindestens zwanzig Damen bestürmt worden sind, den Landausflug mitzumachen – sie haben ›no‹ gesagt. Bei ihrer massiven Bereitschaft, allen Damenwünschen nachzukommen, ist das unverständlich. Doktor, ich habe ein merkwürdiges Gefühl. Seit Tagen beobachte ich die vier, und ich habe es so getan, daß sie es merkten. Zwei wurden nervös – man kennt das ja, dieses Zucken in den Augen- und Mundwinkeln. Warum werden sie nervös?«

»Ich werde mich um sie kümmern.« Dr. Wolff nickte McHolland zu. Es war sinnlos, dem Alten zu erklären, daß jeder Mensch das Recht auf Eigenarten hat, auch McHolland, der anscheinend zuviel englische Kriminalromane gelesen hatte und neben dem berühmten Pater Brown anscheinend mit sich eine neue Figur, den Detektiv-Lord McHolland, aufbauen wollte. »Hier steht die Luft, Mylord. Sie sollten in den Salon gehen und einen guten Whisky trinken.«

Dr. Wolff wandte sich ab, sah, daß die ›Fidelitas‹ angelegt hatte und die erste Gangway heranrollte, und ging weiter zur Treppe, die zu den Kabinen 150–200 führte.

Die vier Herren auf dem Sonnendeck rauchten gemütlich eine Zigarette. Lord McHolland stopfte sich eine neue Pfeife.

Ohne daß es jemand ahnte, wurden damit Fronten aufgebaut, wartete das Entsetzen auf seinen Einsatz.

Die Passagiere waren an Land, das Schiff fast leer bis auf die Wache, einen Offizier, ein paar Stewards, das Maschinenpersonal – halbiert – und die wenigen Reisenden, die sich in den klimatisierten Räumen der ›Fidelitas‹ wohler fühlten als unter der glühenden Lichtdecke von Aden. Auch die Aussicht, ein original-orientalisches Bordell zu besichtigen mit Bauchtänzerinnen, die nur eine glitzernde Glasscherbe im Nabel trugen, lockte sie nicht weg. Sonst war alles von Bord gegangen, auch die Matrosen, in weißen, frisch gebügelten Uniformen. Johann Meesters war darin korrekter als ein preußischer Kapitänleutnant: Die Mannschaft ist die Visitenkarte des Schiffes.

Eve Bertram saß allein am verlassenen Swimming-pool, als Dr. Wolff aus dem Kabinengang wieder auftauchte.

»Ich dachte, du wärst noch unten«, sagte er und setzte sich neben sie in einen der Liegestühle. Sie trug einen goldfarbenen Bikini, und ihr rotgoldenes Haar floß offen über ihre Schultern. Kaskaden aus brennender Seide.

»Ich habe dir etwas verschwiegen –«, sagte sie und starrte in das Wasser des Pools. »Ich hasse dich!«

Obwohl er sich daran gewöhnt hatte, mit den Geheimnissen dieser einmaligen Frau zu leben und sich nicht mehr überraschen zu lassen, zuckte er doch zusammen.

»Warum?« fragte er.

»Weil ich dich liebe. Ich hasse dich und mich, weil es so ist. Ich wollte mich nie mehr verlieben.«

»Das ist logisch, wenn man sich das Leben nehmen will. Aber welche Frau ist logisch?«

»Ich!« Sie lehnte sich zurück. Ihr Haar fiel über ihr Gesicht, als solle es ein Vorhang sein, hinter dem alles für ihn verschlossen bleiben soll. »Laß mich allein, Bert.«

»Ich denke gar nicht daran.«

»Wie du willst. Es kann auch so plötzlich geschehen, daß du hilflos daneben stehst. Das will ich dir ersparen.«

»Es gibt immer eine Möglichkeit, zu retten.«

»Diese Sucht, zu leben und Leben zu erhalten, kotzt mich an.« Sie zog die Knie hoch und umfaßte sie. Dabei spannten sich ihre Muskeln und traten durch die jetzt gebräunte Haut.

Das Ebenmaß der vollkommenen Schönheit verriet etwas von der ihr innewohnenden heimlichen Kraft.

»Ich habe dir nicht alles gesagt«, meinte sie. »Tanja ist tot. Vor sechs Wochen überfahren. Von ihrem eigenen Vater, als er den Wagen rückwärts aus der Garage setzte. Er hat dann nicht lange gewartet, hat Tanja neben sich in den Wagen gelegt, ist wieder in die Garage hineingefahren, hat das Tor geschlossen, die Fenster heruntergekurbelt, den Motor laufen lassen...«

Wolff nickte. Er griff nach Eves Händen, aber sie zog sie sofort weg.

»Sprich nicht weiter«, sagte er heiser.

»Warum nicht? Je mehr ich darüber rede, um so leichter fällt mir alles. Jedes Wort, jedes Stäubchen Erinnerung ist ein Stoß, der mich näher an den Abgrund bringt. Ich brauche das, Bert... ich bin im Grunde ein verdammt feiger Mensch.« Sie stand auf – es war mehr ein Aufschnellen – und trat an das Geländer des Pools. »Und dann ist man so weit, daß alles klar ist, daß man den ungeheuren Mut hat, mit vollem Bewußtsein Schluß zu machen... und da kommt einer, und man verliebt sich in ihn. Das ist gemein von diesem Schicksal! Und deshalb hasse ich dich!«

»Der Gedanke, völlig neu anzufangen, ist dir nie gekommen?«

»Nein. Dazu war ich innerlich schon zu weit weg. Neuer Anfang... welch dumme Rederei. Fängt eine Mumie neu an zu leben, wenn man sie auswickelt und in ein Museum setzt?«

»Daß du noch lieben kannst, ist ein Beweis, daß du noch lebst.«

Sie fuhr herum, er sah ihre grünen Augen nicht unter den roten Haarkaskaden, aber er ahnte, daß sie groß und sogar ängstlich waren.

»Geh weg!« zischte sie. »Himmel noch mal, geh weg, laß mich allein... oder ich springe mit einem Satz über Bord auf die Betonmauer des Kais!«

Er zögerte, drückte sich dann wortlos aus dem Liegestuhl und ging. Es ist besser so, dachte er. Mein Gott, was hat diese Frau an Schicksal zu verkraften, aber es ist kein Einzelschicksal. Was sie erlebt hat, haben Tausende vor ihr durchgestanden. Sich so zu benehmen wie sie, ist ein mörderischer Egoismus. Ich werde es ihr klarmachen, nicht heute, aber bald, sehr bald.

Er ging über das Deck, die Hände in den Rocktaschen seiner weißen Uniform, und zwang sich, sich nicht umzudrehen. Es kostete viel Kraft, aber er stand es durch bis zum Abstieg zu Deck III.

Eve Bertram blickte ihm nach, alle Spannung war von ihr gewichen, die Muskeln erschlafften, sie kam sich elend und wie ungerechtfertigt geschlagen vor.

»Hilf mir –«, sagte sie leise, als Wolff sich entfernte und nicht das geringste Zögern in seinem Schritt war. »Hilf mir doch ... Ich will ja gar nicht mehr sterben. Ich will leben! Leben mit dir. Aber ich habe Angst vor diesem Leben. Kann man das nicht verstehen ... oder bin ich wirklich verrückt?«

Dr. Wolff verschwand im Abstieg zu Deck III. Es war ein dummer Zufall, daß gerade in diesem Augenblick aus einem Seitengang Mario Filippo und Tomaso Colezza kamen, in den Händen die schönen, schwarzen Krokoledertaschen mit dem Sprengstoff.

Sie waren auf dem Weg nach unten, zum Maschinenraum, zu den Schotts, und sie handelten, eingedenk ihrer Spezialausbildung, so blitzschnell, daß Wolff weder etwas sah noch hörte. Er spürte nur einen Schlag auf dem Hinterkopf und verlor das Bewußtsein. Tomaso fing ihn auf, schleifte ihn in eine der verlassenen Kabinen, warf Dr. Wolff aufs Bett und lief Filippo nach.

»Scheiße!« keuchte er. »Aber ich wette, er hat nichts gesehen.«

»Bestimmt nicht!« Sie rannten die vorher eingehend inspizierten Treppen hinunter. Plan A lief ab, wie er so oft geübt worden war. »Er wird sich nachher wundern, wie er in das Bett einer unbekannten Frau kommt. Diabolo, wir haben genau neun Minuten Zeit ...«

Es klappte vorzüglich.

Wo die vier ehrenwerten Männer in der Tiefe des Schiffsbauches auftauchten, fanden sie gähnende Leere. Nur im Schaltraum saßen vier Maschinisten und ein junger Ingenieur ... die notwendige Wache. Sie spielten Skat und Canasta.

Norman White und seine Männer hatten keine Mühe, ihre Sprengladungen an sieben verschiedenen Stellen anzubringen. Es waren elektronisch zu zündende Bomben mit einem Magnetfuß, der sich überall ankleben ließ wie eine Klette. Ein Funksignal, aus einem kleinen tragbaren Kurzwellensender, ließ sie explodieren. Eine kluge, perfekte, in ihrer Präzision fast schon ästhetisch schöne Arbeit aus den Labors einer sehr vornehmen Mafia-Familie.

Die vier Herren brachten die Bomben so an, daß die ›Fidelitas‹ an ihrem Rumpfboden an sieben Stellen aufgerissen werden würde. Da halfen keine Schotten, keine Pumpen, keine Technik ... da half nur noch Beten. Aber mit Beten hat noch niemand sieben riesige Sprenglöcher geschlossen. Es half also gar nichts mehr, wenn Norman White auf einen Knopf seines Kurzwellensenders drücken würde.

Zufrieden stiegen die vier Herren wieder an Deck und legten sich unter ein Sonnensegel neben dem Pool in die Hitze. Da sie sich unten gesammelt hatten mit einem viermaligen »Alles okay!« und wieder, wie immer, gemeinsam auf dem Sonnendeck erschienen, wurde auch Lord McHolland getäuscht, der gar nicht bemerkt hatte, daß sie weggegangen waren. Er sah die ganze Zeit von seinem Standplatz aus einen Teil ihrer Körper in den Liegestühlen ... daß es nur ihre Jacken waren, ahnte er nicht. Sie hatten sie einfach über die Rückenlehne gehängt und waren hemdsärmelig verschwunden. Lord McHolland aber hätte jeden Eid geschworen, daß die vier Herren das Deck nie verlassen hatten.

Es ist wirklich kein Problem, Bomben zu verstecken ...

Zwanzig Minuten später erschien Dr. Wolff wieder aus der Tiefe des Schiffes und ging hinüber zu McHolland. Er sah bleich aus und roch nach Alkohol.

»Nanu?« sagte McHolland verwundert. »Seit wann besaufen Sie sich heimlich, Doktor?«

»Was Sie riechen, ist reiner Alkohol, und er klebt auf meinem Hinterkopf.« Wolff lehnte sich an die Reling. »Man hat mich vor zwanzig Minuten niedergeschlagen ...«

»Hölle und Teufel! Und wo?«

»Im Kabinengang II. Ich habe nichts gehört und gesehen. Es ging bum, dann Dunkelheit.«

»Ich sage ja, hier auf dem Schiff braut sich was zusammen! Aber was haben Sie damit zu tun? Ein Arzt? Bisher hatten Ärzte immer eine Sonderstellung, denn was auch passiert ... einen Arzt braucht man immer.« Er schielte nach oben. »Übrigens, unsere vier Schwarzgelockten haben das Deck nie verlassen. Eine Eifersuchtstat, Doktor?«

»Ich stehe vor einem Rätsel.« Dr. Wolff tastete nach seinem Hinterkopf. Dort wuchs trotz Alkoholkühlung eine Beule. »Ich habe mich nur um Frau Bertram gekümmert.«

»Genau das meine ich.« Lord McHolland grinste zurückhaltend. »Wir sollten die Damen ansehen, die an Bord geblieben sind. Vielleicht ist eine kräftige Person darunter.«

Es zeigte sich, daß McHollands Überlegungen nicht abwegig waren: Berthilde Bolthe war an Bord geblieben.

»Aha!« sagte McHolland zufrieden. »Ein Lichtblick!«

Die Tragik war, daß es ein falsches Licht war und das Schicksal der ›Fidelitas‹ damit seinen ungehinderten Lauf nehmen konnte.

Am späten Abend, nach dem Erlebnis eines orientalischen Bordells, das für die Passagiere der ›Fidelitas‹ allerdings nur ein Schauobjekt wurde, wo man sich Anregungen holte, die dann an Bord verwertet wurden, nahm Kapitän Meesters ein Protokoll über den Niederschlag seines Schiffsarztes auf und funkte den Vorfall an seine Reederei.

»Auch wenn wir uns lächerlich machen«, sagte er vorher, »denn man wird sagen: Soll der Arzt doch seine liebestollen Patientinnen bedienen ... ich halte es für unmöglich, daß irgendeine der Damen so gewalttätig um Ihre Gunst nachsucht. Das widerspricht allen Erfahrungen mit Schiffsärzten. Nein, Doktor, hier an Bord ist etwas anderes los! Sie haben einen Feind.«

Wolff schüttelte den Kopf. Die Beule war zurückgegangen, der Alkohol hatte die Schwellung besiegt. Gegen den bohrenden Schmerz hatte er Tabletten geschluckt. »Ich bin doch ein Neuling an Bord. Die Passagiere und jeden der Mannschaft kenne ich erst seit Daressalam.«

»Überlegen Sie mal.« Lutz Abels, Erster Offizier, hatte eine Liste aller Schiffsangestellten vor sich liegen. »Ist es möglich, daß einer der Männer Sie von früher kennt? Von einem anderen Schiff? Von der ›Eleonore‹? Gab es da einmal Schwierigkeiten mit der Mannschaft?«

»Nie. Ich habe es Ihnen ja schon gesagt: Es war ein geradezu langweiliges Leben.«

»Sie sehen, das kann sich ändern.« Kapitän Meesters las noch einmal den Bericht durch, den der Erste Funker Bergson gleich absenden sollte. »Irgend jemand ist an Bord, der immer Zufall spielt. Zweimal ist Lord McHolland einem Unglück entgangen, jetzt trifft es Sie, Doc. Ich werde den Verdacht nicht los: Hier an Bord befindet sich ein Irrer! Ein völlig normal aussehender und sich normal benehmender Mensch, dessen Hirn immer neue Vorfälle aussinnt mit dem Ziel, Panik auf dem Schiff zu erzeugen. An dieser Panik will er sich dann ergötzen. Ein Sadist! Ein bisher durch Glücksumstände noch ungefährlicher Irrer – aber das kann sich schlagartig ändern. Was halten Sie davon, Doc?«

Wolff dachte nach. Die Theorie von Meesters hatte etwas Logisches an sich, und sie war vor allem die einzige plausible Erklärung. Erst McHolland, dann er, morgen vielleicht jemand anderes, der dann nicht den Mund hielt, sondern Alarm schlug und die Panik auslöste. Wenn das sein Ziel war, würden die nächsten Stunden sehr dramatisch werden.

»Es könnte so sein«, sagte er langsam.

»Wie kann man einen Irren erkennen, Doc?«

»Einen Irren dieser Form, wie wir vermuten, überhaupt nicht. Sie sagten es ja schon: Er lebt völlig normal. Er kann also hier mitten unter uns stehen. Er kann jetzt im Speisesaal sitzen und genußvoll eine Birne Helène essen. Er kann in der Bar einen English-Waltz tanzen. Er kann eine Mondscheinpromenade über Deck machen. Oder er kann unten im Maschinenraum vor den Instrumenten hocken oder als Steward gerade einen Heidsick einschenken. Man erkennt ihn nie.«

»Prost!« Meesters gab den Bericht an Bergson weiter. »Funken Sie ihn weg, Alf. Meine Herren.« Er sah die um ihn versammelten Offiziere an. »Falls von Ihnen keiner der blöde Hund ist: dreifache Wachen! Beobachten Sie alles und jeden.«

Meesters schob die Mütze in den Nacken. »Das ist alles, was wir können. Verhindern können wir gar nichts. Wer in dieser Minute eine Panik will, kann sie auslösen. Diese völlige Ohnmacht von uns ist zum Steinekotzen! Das Schlimmste ist, daß wir die Passagiere nicht warnen können. Wir haben hier 70 Prozent Neurotiker, Traumtänzer, potentielle Snobs und Hypochonder an Bord. Wenn man denen sagt, daß unter ihnen ein Irrer lebt, vergessen sie ihre Millionen und drehen durch. Wollen wir 200 Jammerlappen durch den Indischen Ozean schippern? Meine Herren – ich kann nur sagen: Augen auf und Schnauze halten! Ich danke Ihnen.«

Dr. Wolff blieb noch in der Kapitänskajüte, als die anderen Offiziere schon weggegangen waren. Johann Meesters steckte sich mit nervösen Fingern eine Zigarre an.

»Sie haben noch was auf der Pfanne, Doc?« knurrte er. »Braten Sie es auf, los.«

»Ich möchte jeden Menschen an Bord untersuchen.«

»Himmel, wie stellen Sie sich das vor?«

»Tarnen Sie es als Seuchenübung. So etwas gibt es zwar nicht, aber man könnte ja erklären, daß man in Gebiete kommt, wo medizinische Ausnahmezustände herrschen, und diese rechtfertigen außergewöhnliche Maßnahmen. Schließlich macht man keine Lustfahrt über den Lago Maggiore, sondern zur arabischen Piratenküste. Wenn man das Ganze auch noch in Fröhlichkeit kleidet, kann man es verkaufen. Ich aber lerne so jede Person an Bord genau kennen. Man könnte eine Auswahl der ›unklaren Charaktere‹ treffen. Ein billiger Strohhalm.«

Meesters sah Dr. Wolff mit vorgeschobener Unterlippe an. »Denken Sie an die Zeit, die Sie für diese Massenuntersuchung brauchen, Doc!«

»Wenn ein Kassenarzt pro Tag 80 Patienten durchschleust und das mit seinem medizinischen Gewissen verantworten kann, sollte ich das bloße Begucken von rund 400 Menschen auch in kurzer Zeit schaffen.«

»Ein Argument!« Meesters lachte rauh.

»Wann wollen wir starten?«

»Auf der Fahrt von Aden bis Marbat. Wie lange brauchen wir da?«

»Fünf Tage.«

»Das genügt. Ein normaler Kassenarzt-Andrang. Wann legen wir von Aden ab?«

»Heute nacht noch.«

»Also dann ab morgen nachmittag.« Wolff erhob sich. Kapitän Meesters drehte die erkaltete Zigarre zwischen den Zähnen.

»Wie sollen wir die ganze Sache nennen?«

»Aktion ›Gelbe Flagge‹.« Wolff setzte vorsichtig seine Mütze über die Beule. »Nach der gelben Fahne der Seuchenquarantäne. Das gibt allem den abenteuerlichen Hauch, für den die Passagiere ja bezahlt haben.«

»Ein Arzt mit galliger Fantasie!« Meesters schlug die Fäuste gegeneinander. »Schade, daß Dr. Bender nicht hier ist. Er hätte Spaß an seinem jungen, begabten Nachfolger.«

In der Nacht klopfte es an Wolffs Kabinentür. Er war gerade eingeschlafen, schrak hoch, warf seinen Bademantel über und schob den Riegel zurück.

Eve Bertram stand draußen, und hinter dem schützenden Vorhang ihrer Haare sagte sie kläglich: »Ich kann nicht schlafen, Bert...«

Er trat zur Seite, gab den Weg frei, und sie kam in seine Kajüte, setzte sich auf sein Bett und klemmte die Hände zwischen die Beine. Sie trug einen seidenen, japanischen Morgenrock, und der aufgestickte rote Drache zog sich quer und gewunden über die Brüste bis hinunter zum Ende ihres Leibes. Es war, als habe das Ungeheuer sie umklammert.

Wolff ging nebenan in das kleine Badezimmer, hielt den Kopf unter das kalte Wasser und trocknete sich vorsichtig ab. Die Beule spürte er noch immer.

»Ich gehe gleich wieder«, sagte Eve, als er zurückkam. »Ich wollte dir nur sagen, daß ich nicht schlafen kann. Ich habe wieder begonnen zu denken. Das ist deine Schuld, und deshalb sollst du auch nicht schlafen!« Sie stand auf, aber Wolff drückte sie mit einer Handbewegung zurück aufs Bett. Sie plumpste nach hinten und blieb so liegen, die Arme von sich gespreizt, die Beine geschlossen, wie niedergewalzt von dem roten Drachen, der sie bedeckte. Ihr Kopf glich einer auseinandergeplatzen Feuerkugel, die goldroten Haare waren wie glutende Spritzer.

»Ich habe darauf gewartet, daß du kommst«, sagte er. »Allerdings nicht schon heute.«

»Ich bin keine Hure«, sagte sie hinter dem feurigen Haarberg.

»Huren bezahlt man.«

»Ich tue es ja auch nicht umsonst. Ich bin teuer!«

»Wieviel?«

»Ich verlange von dir mein Leben.« Sie schob mit einer Hand die Haare weg. Ihr Gesicht bestand nur noch aus ihren grünen schimmernden Augen. »Trotzdem bin ich keine Hure, denn du kannst *diesen* Preis nicht bezahlen. Ich wollte dir also nur sagen ...«

»... daß du nicht schlafen kannst. Damit kann man zu einem Arzt kommen, und der hilft.« Wolff setzte sich Eve gegenüber auf einen Hocker. Er wußte, daß sie unter dem seidenen Mantel nichts trug, daß hier ein nackter Körper lag, den nur vier Haken verhüllten. Er sah die Spitzen ihrer Brüste durch den dünnen, weichen Stoff, die Form ihres Leibes, ihrer Schenkel und Beine, aber es kam nichts Aufreizendes in sein Blut bei diesem Anblick, sondern eher Mitleid und eine tiefe, ehrliche, jenseits von allem Begehren stehende Zärtlichkeit.

»Heute war eine kritische Nacht«, sagte sie. »Ich habe lange an der Reling gestanden und ins Meer gestarrt. Ein schönes Meer, der Mond verzaubert es, und es lockt und lockt, und es war schwer, ihm zu widerstehen. Ich wollte hinunter, es zog mich weg wie mit hundert Magneten ... und du warst nicht da.«

»Aber jetzt bist du hier, und das ist wundervoll.« Er sagte es mit einer heiseren, zerbrochenen Stimme. Mein Gott, dachte er. Wenn sie hineingesprungen wäre! Ich hätte diese Ohnmacht, dieses Nichtstunkönnen, diese Niederlage mit mir herumgeschleppt und nie verdaut. Ein Teil dieser Frau wäre für immer in mir geblieben ... dieser entnervende, langsam aushöhlende Teil ihrer Sehnsucht nach absoluter Ruhe, nach Frieden, Vergessen und völliger Auflösung.

»Ich stand an der Reling und habe mich weit hinübergebeugt«, sagte sie. »Das Meer rauschte, und ich habe es verstanden. Es hat wirklich eine Stimme. Aber ich habe ihm geantwortet, ich habe es angeschrien: Nein! Ich will nicht! Ich will nicht! Ich kann nicht mehr! – Das habe ich gestern noch zum Leben gesagt... heute habe ich den Tod angespuckt. Und jetzt bin ich bei dir. Was nun? Was machen wir jetzt? Ich bin nichts mehr, ich gehöre nirgendwo hin.«

Sie schüttelte den Kopf, und ihr Gesicht verschwand wieder unter den feurigen Haaren.

Wolff beugte sich vor, hob ihre Beine aufs Bett, schob Eve zur Wand und legte sich neben sie.

»Zieh mich aus –«, sagte sie. Ihre Stimme war plötzlich kindlich. »Ich friere. In diesem Mantel atmet noch das Meer. Ich will dich spüren...«

Er schälte sie aus dem roten Drachenstoff, hob ihren herrlichen nackten Körper hoch, schlug die Decke zurück, legt Eve nieder, zog sich selbst aus und zerrte dann die Decke wieder über ihre beiden Leiber.

Wärme floß hinüber zu Wärme, er schob mit beiden Händen ihre Haare vom Gesicht, und sie sahen sich an, als entdeckten sie in diesen Augenblicken in dem anderen eine neue Welt, ein neues Wesen, eine unsagbare Herrlichkeit, von der nirgendwo etwas geschrieben steht und die sie nun allein und als erste betraten.

»Es gibt eigentlich nur zwei Möglichkeiten für uns –«, sagte er. »Miteinander sterben oder miteinander leben.«

»Und wofür entscheiden wir uns?« fragte sie.

»Das überlasse ich jetzt dir.«

»Versuchen wir es mit dem Leben, Bert...« Sie schlang die Arme um seinen Nacken und zog ihn zu sich hinunter. Die glatte, zitternde Wärme ihres Leibes betäubte ihn fast, und was seine Hände ertasteten, war erfaßte, Materie gewordene Seligkeit.

»Ich will ewig leben –«, sagte Eve einmal in dieser Nacht. »Ewig leben! Ewig, das heißt: so lange du lebst! Wie ist es möglich, daß zwei Menschen sich so göttlich lieben können...«

Unter ihnen, zehn Meter tief, zwischen den Schotten fünf und sechs, klebte der Tod in einer dunklen Ecke. Er sah aus wie eine kurze, pralle Blutwurst, die ein Witzbold an die Wand genagelt hatte.

Am nächsten Nachmittag hatte die ›Fidelitas‹ ihre laut beklatschte Abwechslung.

Die Bordkapelle spielte flotte Swings und Cowboyweisen, am Mast flatterte die gelbe Fahne, die Offiziere erklärten den Sinn der Übung und verteilten Merkblätter, die in der kleinen Borddruckerei schnell noch in der Nacht auf einer Offsetmaschine gedruckt worden waren.

»Alle Mann in einer Reihe angetreten –«, rief ein deutscher Passagier und hieb sich auf die Schenkel, »das erinnert mich an den Kommiß. Vortreten, Hose 'runter, nach vorn bücken, Backen auseinander, ein Blick ins dritte Auge – k.v. der Mann. Wegtreten! Und dafür bezahle ich jetzt fünftausend Mark! Wenn ich das am Stammtisch erzähle, bringen die mir ein Ständchen vom Sanitätsgefreiten Neumann.«

Zuerst kam die Mannschaft dran. Dr. Wolff war der Ansicht, daß der unbekannte Irre nicht unter dem Personal, sondern unter den Passagieren zu finden sei. Er schleuste die Mannschaft durch, indem er Mann für Mann nur schnell in den Hals blickte, sie »Ah!« sagen ließ, ihnen in die Bauchdecke kniff (was immer und bei allen Patienten große Wirkung zeigt, denn dort im Bauch schlummern für einen Menschen die meisten Geheimnisse) und dann wieder hinausschickte. Dort warteten in den Gängen die Passagiere und fragten die bereits untersuchten Matrosen.

»Muß man sich ganz ausziehen?« rief eine ältere Dame. Ihr Gesicht stand in Flammen. »Völlig aus?«

»Völlig, Madame ...«

»Oh!« Die Dame holte tief Luft. In ihre müden, trägen Augen fiel ein Hauch von Glanz. »Endlich ein junger, gründlicher Arzt!« Dann drängte sie sich durch die Reihen zurück zu ihrer Kabine, um sich dort noch einmal an exponierten Stellen mit Parfüm einzusprühen.

In der Reihe der Wartenden standen auch die vier ehrenwerten, vornehmen Herren. Sie trugen weiße Blazer und auberginefarbene Hosen.

Stewards reichten Fruchtsaftgetränke herum.

Dr. Wolff arbeitete wie eine gutgeölte Maschine. Ein scharfer Blick, Mund auf, in den Rachen geblickt, »Ah!«, Kniff in die Bauchdecke, noch ein scharfer Blick. Der nächste. Kann man so einen Irren erkennen?

Nein, dachte er. Oder vielleicht doch? Im Hintergrund eines jeden Menschenauges hockt ein winziger Teil seiner Seele, drückt sich ein Bote seiner Gedanken herum, lauert das Unbewußte, das Untergründige, das andere Ich. Dort irgendwo in den Augen lebt ein zweiter Mensch, und sein Gastgeber kennt ihn oft gar nicht selbst. Aber er ist da... denn gibt es etwas Gespalteneres als eine Menschenseele?

Dr. Wolff dachte an das komplizierte Wesen, das Eve Bertram hieß, und untersuchte weiter.

Es war ein verzweifeltes Suchen, denn er spürte seit diesem Tag, daß sie nicht nur über ein herrlich in der Sonne glänzendes Meer, sondern über ein noch unerklärbares Grauen fuhren.

Vier Tage lang marschierten Passagiere und Mannschaften durch das Untersuchungszimmer Dr. Wolffs. Die Herren machten Witze, die Damen waren enttäuscht, daß man nicht verlangte, sich vollständig auszuziehen. Als letzter marschierte Lord McHolland ins Schiffslazarett, legte seine Pfeife in den Aschenbecher und zog die weiße Leinenjacke aus. Wolff winkte ab.

»Sie nicht, Lord McHolland.«

»Warum nicht? Vielleicht schwitze ich eine Cholera aus?«

»Sie wissen genau, was dieses Theater soll.«

»Naürlich.« McHolland setzte sich und steckte die Pfeife wieder zwischen die Zähne. »Und das Ergebnis?«

»Mager.«

»Oha! also nicht beschissen? Sie haben etwas entdeckt?« Er beugte sich vor, seine sonst etwas gelangweilten grauen Augen belebten sich. »Wer ist der Terrorknabe?«

»Es gibt drei Gruppen von Menschen, die sich bei einer solchen Untersuchung deutlich unterscheiden: Die einen haben Angst, krank zu sein, die anderen fassen es als Abwechslung auf, die dritte Gruppe aber wehrt sich innerlich, krank zu sein. Sie ahnt Gefahr und stemmt sich dagegen. Mein Gefühl sagt mir: Hier muß der große Unbekannte stecken. Ich habe neun Personen von dieser Gruppe festgestellt... neun von über vierhundert!« Wolff schob eine Liste über den Schreibtisch. »Eine interessante Gesellschaft: Unsere vier dunkelgelockten Herren...«

»Aha!« rief McHolland.

»Der Erste Offizier, Abels...«

»Das ist blöd, Doktor. Verzeihung, aber es ist so.«

»Ein Grieche mit Namen Alexander Mikinades...«

»Ein höflicher Mensch. Hat einen Olivenexport, eine Frau und vier Töchter. So etwas ist harmlos.«

»Wir gehen immer davon aus, daß der Unbekannte geistig krank ist, ein Paranoiker, der nach außen hin völlig normal lebt.« Wolff blickte auf seine Liste. »Dann noch drei Frauen... aber sie scheiden aus.«

»Eine Liste, die nichts bringt«, sagte Lord McHolland nach einigem Nachdenken. »Sie haben es gut gemeint, Doktor, aber so verrückt diese Gesellschaft auf dem Schiff auch ist... was bisher passiert ist, hat andere Gründe als geistige Abnormität. Wir stehen wieder vor dem Anfang, nur eins ist interessant: Die Vierlinge, wie man sie schon an Bord nennt, stehen auf der Liste.«

»In die haben Sie sich festgebissen, nicht wahr?«

»Mein Gefühl.« McHolland lehnte sich zurück und blies eine Rauchwolke gegen die Decke. »Eine kurze Erinnerung an meine Zeit in Indien. Wir waren auf Spähtrupp gegen eine Gruppe Aufständischer und übernachteten an einem ausgetrockneten Flußbett. Der Doppelposten war eingeschlafen... wir hatten einen mörderischen Marsch hinter uns. Plötzlich, ich schlief wie ein Toter, rüttelt mich jemand an der Schulter. Er rüttelt mich so stark, daß ich aufschrecke – aber da ist niemand. Ich liege allein in meinem Zelt... aber an der Schulter spüre ich noch so etwas wie einen Griff. Ich springe auf, stürze aus dem Zelt und sehe einen Trupp Inder das Flußbett hinaufschleichen. Wir haben sie vernichten können... das Unbekannte, Unbegreifliche, das mich wachrüttelte, hatte uns allen das Leben gerettet. Genauso ist es jetzt... wenn ich die vier netten Herren ansehe, klingelt in mir eine Alarmglocke.«

McHolland stand auf und zog seine Leinenjacke wieder an. »Setzen Sie mich auf die Liste, Doktor –«, sagte er und tippte auf das Papier. »McHolland, Diagnose: Spinner. – So long, Doc!«

Wolff blickte ihm nachdenklich nach und zog mit Rotstift einen Kreis um die Namen White, Filippo, Colezza und Benzoni.

Warum bloß, dachte er. Jede Tat, wenn sie nicht von einem geistig Kranken kommt, hat einen Sinn, ein Motiv. Man kann ein Flugzeug entführen und es später in die Luft sprengen, wenn man selbst in Sicherheit ist... aber ein Schiff mit 400 Personen – Mannschaften und Passagieren – kidnappen, ist wohl das dämlichste, was man sich ausdenken kann.

»Fehlanzeige –«, sagte er später zu Kapitän Meesters. »Ich habe versagt.«

»Sie haben alles getan, was möglich war.« Meesters stand an der großen Seekarte und hatte mit Bleistift den Kurs der ›Fidelitas‹ eingezeichnet. Man fand sich jetzt auf der Höhe des Kaps Ras Fartak und würde am nächsten Tag in die Bucht von Salala einlaufen. Als Anlegehafen für fünf Stunden war Marbat im Emirat Oman vorgesehen... eine Stadt, in der die Jahrhunderte stolzen Wüstenlebens sich festgeklammert hatten. Hinter Marbat zog sich wie ein Schild gegen das riesige Sandmeer der Gebirgszug von Sharah die Küste entlang, eine rauhe, ausgebrannte, kahle, rötlich schimmernde Felsbarriere, die bis zu 1678 Meter in den glutenden Himmel ragte. Dahinter begann die sandige Unendlichkeit, schliefen die Jahrtausende, war die Welt wie am ersten Tag der Schöpfung, öd und leer. Die Wüste.

»Vielleicht sind alles wirklich nur Zufälle«, sagte Kapitän Meesters. »Ich meine die Sachen mit dem Lord. Ihre Beule ist dagegen völlig real und fühlbar. Ich neige dazu, McHollands und Ihr Abenteuer zu trennen. Bei Ihnen war's Eifersucht, verlassen Sie sich drauf, Doc!« Meesters lachte und legte den Meilenmesser auf die Seekarte. »Ein Schiffsarzt gehört allen Damen an Bord – das müßten Sie wissen. Vor allem, wenn man so aussieht wie Sie. Bei dem alten Bender war das anders, da ging man nur hin, wenn's wirklich brannte. Aber auch der Alte hat gestanden: Wenn ich alle Frauen in meinem Schiffsarztleben zusammenzählen müßte, brauchte ich eine Rechenmaschine.«

Dr. Wolff betrachtete noch einmal seine Liste, neun Namen, die Ausbeute von über 400 Untersuchungen, zerriß sie dann und warf die Schnipsel in Meesters Papierkorb.

»Sie sollen der erste sein, der's erfährt«, sagte er. »Ich werde Eve Bertram heiraten.«

»An Bord? O nein, lieber Doc! Ich traue Sie nicht. Nach der Reise, an Land, viel Glück. Ich will auch Ihr Trauzeuge sein. Aber eine Bordhochzeit des Schiffsarztes bei diesem Überangebot explosiv geladener, nach Abenteuer zitternder weiblicher Passagiere... Mein Lieber, ich schärfe doch nicht fast hundert Bomben.«

Es waren nur sieben, tief unten im Leib der ›Fidelitas‹, aber das wußte ja niemand.

Ruhig, eine weißlackierte, kleine Stadt mit vierhundert Schicksalen, zog das Schiff dem Arabischen Meer entgegen. Es war jetzt näher zur Küste geschwenkt; ab und zu sah man im Dunst die Silhouette der arabischen Halbinsel, die Ufer von Hadramaut, die Niederungen der Küste.

»Morgen nach dem Mittagessen«, sagte Norman White in Kabine 103. Die vier ehrenwerten Herren putzten wieder ihre Waffen. In der feuchtheißen Luft war eine gute Waffenpflege wie eine Lebensversicherung. »Wer satt ist, kann besser überzeugt werden.«

Sie lachten, wienerten die MPi-Verschlüsse, rauchten süßliche Zigaretten und tranken mit Mineralwasser vermischten Rotwein.

»Wie besprochen, gehen wir später mit der Barkasse in Raysut an Land. Wir haben im Zeitplan eine große Toleranz – also keine Übereilung, keine Nervosität. Vierhundert Menschen sind die beste Garantie.«

Der Abend fiel ein. Das Meer war fast unbewegt, ein Zauberspiegel, in dem sich der Mond betrachtete und zu immer neuen Formen zerfloß. Auf der ›Fidelitas‹ fand eines der vielen Bordfeste statt. Heute hieß es ›Zu Gast bei einem Pascha‹. Baron von Hoffberg hatte man zum Pascha gewählt... unter einem riesigen Turban hockte er auf der Bühne, umgeben von quietschenden, halbnackten Damen, die Bajaderen darstellen sollten. Der Sekt wurde in Gläsern serviert, die die Form eines orientalischen Schnabelschuhs hatten.

»Morgen abend gehen wir an Land«, sagte Eve Bertram. Sie saß mit Wolff am Kapitänstisch, bewundert von den Männern, beneidet von den Frauen, in ihrem seidenen Haremskleid und den langen, losen rotgoldenen Haaren wie ein Paradiesvogel aus einem Märchenland wirkend. »Ich will mit dir durch die Gassen von Marbat wandern.« Sie lehnte den Kopf an seine Schulter, und er wußte, daß ihre grünen Augen jetzt wie hinter einem Schleier lagen.

»Das ist wichtig –«, sagte sie nach einer kleinen Pause. »Ich wollte nie wieder Land betreten...«

Die vier ehrenwerten Herren, in langen weißen Haikhs wie echte Araberfürsten aussehend, tanzten ausdauernd bis in den Morgen hinein. Dann zogen sie sich zurück und bereiteten sich mit neun Stunden Schlaf auf ihren großen Tag vor.

Gegen Mittag passierten sie die Qamr Bay. Als der Nachtisch serviert wurde, dröhnten die Maschinen der ›Fidelitas‹ mit halber Kraft. In der Ferne leuchtete die weiße Stadt Salala, die Gebirgskette von Sharah schwamm schwerelos im hitzeflimmernden, fahlblauen Himmel wie eine Fata Morgana.

McHolland war bei Dr. Wolff im Lazarett erschienen, hatte Eve Bertram, die dort mit Bert gesessen hatte, die Hand geküßt, und sagte nun: »Doktor, schmeißen Sie mich 'raus, wenn Sie den Eindruck haben, ich sei ein vollendeter Idiot... aber wie damals in Indien packt mich jemand an der Schulter und rüttelt mich. Irgend etwas passiert in kurzer Zeit...«

Wolff hob die Schultern. Er legte seine Hand auf Eves Hände, und das war kein Trost für sie, sondern er suchte im Gegenteil von ihr Kraft und Ruhe.

»Was können wir tun?« fragte er.

»Nichts«, sagte McHolland. »Nur warten. In Indien war es einfacher, da sah ich den Feind durchs Flußbett schleichen...«

Pünktlich um 14.30 Uhr – laut Zeitplan – erschien Norman White auf der Kommandobrücke der ›Fidelitas‹, betrat den Navigationsraum und stellte eine Krokoledertasche auf den Tisch. Kapitän Meesters, Lutz Abels, der Dritte Offizier, der

Zweite Ingenieur, der Zweite Zahlmeister und zwei Rudergänger starrten White verständnislos an. Meesters war der erste, der sein Erstaunen überwand.

»Ihr Interesse ist verständlich«, sagte er, »aber den Passagieren ist das Betreten der Brücke nicht gestattet. Ein alter Seemannsbrauch, Sir.«

»Ich weiß, Kapitän.« Mit ruhigen Fingern ließ White die Schlösser aufschnellen und hob einen länglichen schwarzen, stählernen Gegenstand mit einem kleinen Fuß aus der Tasche, stellte ihn auf den Tisch und lächelte verbindlich. »Das hier ist eine durch Funksignal zu zündende, hochbrisante Bombe mit einem Magnetfuß«, sagte er. »Sieben dieser Bomben sind über das ganze Schiff verteilt. Mein Freund Carlo Benzoni sitzt irgendwo mit seinem Funkgerät, und ein Knopfdruck löst sieben Detonationen auf einmal aus. Sie würden das schöne Schiff zerreißen und mit ihm vierhundert Menschen. Außerdem befinden wir uns in einem bekannten Haigebiet, was jegliches Schwimmen ausschaltet. Darf ich bitten, alle Maschinen zu stoppen, Kapitän? Ich erkläre das Schiff als meinen Besitz und enthebe Sie hiermit aller Verantwortung.« Er drehte sich langsam um und lächelte. Abels hatte eine Pistole aus der Tasche gezogen und ließ jetzt den Sicherungsflügel zurückschnellen.

»Seien Sie kein Held, Abels –«, sagte White gemütlich. »Wenn ich in zehn Minuten nicht auf der Brücke erscheine und winke, zündet Carlo die Bomben. Außerdem werden gleich die Telefone klingeln … meine Freunde Mario Filippo und Tomaso Colezza halten soeben eine Versammlung im Speisesaal ab. Bitte …«

Vier Telefone begannen gleichzeitig, Alarm zu schellen. Von weither, irgendwo aus dem Schiff, bellten einige Schüsse. Meesters' Gesicht verzerrte sich. »Legen Sie die Waffe weg, Abels«, sagte er tonlos.

»Ich weiß nicht, was gerade vorgefallen ist, aber es scheint so, als ob einige Passagiere den Ernst der Lage verkannt haben.« White zeigte auf den Maschinentelegrafen. »Bitte alle Maschinen stop!«

»Maschinen stop!« bellte Meesters.

Die Hebel wurden herumgeworfen, die Telefone klingelten

noch immer, jetzt schepperte auch das Telefon aus der Maschinenzentrale. Im Schiff erstarb das ständige, stampfende Geräusch, die Motoren schwiegen.

»Wenn Sie bitte die Anker werfen würden?« sagte White höflich. »Wir haben hier nur 62 Fuß Wassertiefe. Bitte...«

»Anker fallen!« schrie Meesters. Sein Gesicht schwoll an, wurde rot, schien zu platzen. Der Dritte Offizier und der Zweite Zahlmeister hatten die Telefone abgenommen, Abels kümmerte sich um das Ankern. »Was soll das alles?« brüllte Meesters.

»Zwei Passagiere sind verwundet!« rief jemand von einem Telefon. »Die Stewards sind unterwegs, um alles in den Festsaal zu holen. Bei dem geringsten Widerstand schießen sie sofort ohne Warnung.«

»Allerdings.« Norman White tätschelte liebevoll die Bombe auf dem Navigationstisch. »Ich bitte die Herren, sich mit der Realität abzufinden. Das Schiff ist besetzt.«

»Von vier Mann!« brüllte Meesters.

»Und sieben versteckten Bomben! Das ist viel wichtiger.«

»Und warum?«

»Auf diesem Schiff befindet sich ein Kapital von mehreren Milliarden. Die Besitzer dieses Vermögens kennen nichts Wertvolleres als ihr eigenes Leben. Das soll ihnen voll zu Bewußtsein geführt werden. Irdisches Gut wird wertlos, wenn man dafür mit dem eigenen Leben bezahlen soll. Das ist eine verblüffend einfache Philosophie. Streiten wir nicht herum, ob das hier ein Überfall oder praktizierte Philosophie ist. Darf ich die Herren auf die Brücke bitten? Carlo wartet auf mein Zeichen, und ich möchte Ihnen etwas demonstrieren.«

Sie gingen auf die Brücke. Unter ihnen, über die Decks, rannten Matrosen, Stewards, Passagiere, Maschinisten, Köche, Friseusen – ein wildes, ameisenhaftes Gewimmel. Dazwischen gellte jetzt die Alarmglocke auf. »Die ›Fidelitas‹ schaukelte still auf den Wellen.

»Wir halten nichts von Bluffs«, sagte White fast dozierend. Er schraubte an der Bombe herum, warf sie im hohen Bogen über Bord und blickte auf seine Armbanduhr. »In zehn Sekunden, meine Herren. Natürlich mindert das Wasser die Explosionskraft. Achtung!«

Aus dem Meer donnerte eine Wasserfontäne, stieg in den Sonnenglast und fiel dröhnend in sich zusammen. Über Meesters' Gesicht zog ein Zucken.

»Sieben Stück von denen an Bord?« fragte er rauh.

»Verteilt über den ganzen Rumpf. Verstehen Sie, Sir?«

»Ich verstehe.«

»Abels!« Meesters wandte sich nicht um, als er sprach. Er schämte sich, daß in seinen Augen plötzlich Tränen standen. »Geben Sie im ganzen Schiff bekannt: Es ist den Anordnungen dieser Verbrecher Folge zu leisten, ganz gleich, was sie verlangen. Funkspruch: SOS. Überall. MS Fidelitas gekapert. Sieben Bomben an Bord.« Er sah White tief atmend an. »Haben Sie etwas gegen den Funkspruch?«

»Nein, im Gegenteil. Er entspricht unseren Erwartungen«, antwortete White elegant. »Die ganze Welt soll Anteil nehmen.« Er zeigte zur Treppe. »Wenn ich die Herren bitten darf, sich auch im großen Festsaal der Versammlung anzuschließen? Es ist vieles zu besprechen. Ein Schiff mit etlichen Milliarden Inhalt wird nicht jeden Tag entführt.«

Mit verkniffenen Mienen verließen die Offiziere die Kommandobrücke. Das Ruder wurde festgestellt. Es war nicht mehr nötig, für die ›Fidelitas‹ irgendeinen Kurs zu halten.

Während der Funkspruch von einer Vielzahl Schiffen und Radiostationen aufgefangen wurde und in der ganzen Welt Entsetzen und Ratlosigkeit verbreitete, trugen vier Stewards auf Krankenbahren die beiden angeschossenen Passagiere aus dem Speisesaal zum Lazarett.

Dr. Wolff hatte alles zur Operation vorbereitet. Neben der Krankenschwester – sie hieß übrigens Evelyn und stammte aus Kapstadt – stand auch Eve Bertram in weißem Kittel und Operationsschürze. Lord McHolland hockte in einer Ecke des OPs, sah Tomaso Colezza, der die Verwundeten angekündigt hatte, mit Genugtuung an und sagte:

»Ich habe es gewußt, aber einem alten Trottel glaubt man ja nicht.«

Dr. Wolff arbeitete schnell, ohne viele Worte, fast lautlos. Nur das Klappern der Instrumente unterbrach die Stille und das verhaltene Stöhnen der Verwundeten. Die Verletzungen waren nicht lebensgefährlich... ein Oberschenkeldurchschuß, eine Schulterwunde, aus der Wolff das Projektil entfernte. Eve Bertram half ihm, als habe sie zeit ihres Lebens nur in einem Operationssaal verbracht. Ein paarmal sahen sie sich an, die starke OP-Lampe glühte über ihnen und machte die beiden Ventilatoren wertlos, Schweiß rann ihnen über die Gesichter... dann drehten sie die Köpfe weg von den Operierten, und die kleine Krankenschwester wischte ihnen mit Zellwolltüchern den Schweiß ab.

»Ich habe nichts verlernt«, sagte Eve einmal. Und Wolff antwortete:

»Du bist wunderbar, Eve...«

Im Schiff schien sich die erste Aufregung gelegt zu haben. Man hatte eingesehen, daß Widerstand sinnlos war, Geschrei und Ohnmachtsanfälle zu nichts führten, Verhandlungen sinnlos waren. Man hoffte nun nur noch auf Hilfe von außen. Die Zeit konnte jetzt für alle arbeiten. Alles verzögern, hatte Kapitän Meesters als heimliche Parole ausgegeben. Alles tun, was die Halunken wollen, aber langsam, ganz langsam. Jede Stunde, die wir gewinnen, ist wertvoll. Die ganze Welt ist alarmiert. Kriegsschiffe sind unterwegs, in Kürze werden Jagdflugzeuge und Hubschrauber eines in der Nähe liegenden amerikanischen Flugzeugträgers über der ›Fidelitas‹ auftauchen. Wir sind noch nicht verloren, aber wir sind hilflos. Vierhundert Menschen gegen vier... das ist lächerlich – aber das Blut, das bereits geflossen ist, war schon zuviel.

Kapitän Meesters blickte kurz in den OP. Er durfte sich frei auf seinem Schiff bewegen... irgendwo hockte dieser Carlo Benzoni mit seinem Funkgerät und wartete darauf, die sieben Bomben zu zünden. Mit dem lausigen Gefühl im Nacken, in jeder Sekunde zerfetzt zu werden, beißt man die Zähne zusammen und tut nichts.

Dr. Wolff blickte kurz auf. Er hatte gerade die Schulterwunde verbreitert und tastete mit einer langen Pinzette nach dem Projektil.

»'raus, Kapitän!« rief er. »Sie sind nicht steril!«

Meesters blieb an der Tür stehen. »Und dieser Gangster da?« fragte er und zeigte auf Colezza.

»Er hat sich Hände und Gesicht in steriler Lösung waschen müssen.«

»Wirklich? Das hat er getan?«

»Aber ja, Sir.« Colezza lehnte an der Wand. Er war etwas bleich, der Blutgeruch, die breite Wunde, die ganze Atmosphäre eines Operationssaals drückten ihm auf den Magen. Man kann Menschen töten, man kann ein großer Gauner sein, das Aufschneiden eines Menschen aus nächster Nähe anzusehen, ist etwas anderes. Dazu gehören andere Nerven, als nur den Zeigefinger um einen Abzug krummzumachen.

Colezza grinste verlegen. »Wir tun alles, was der Doc sagt. Eine alte Weisheit, Sir: Einen Arzt kann man immer gebrauchen.«

»Und Sie, Lord?«

McHolland saß auf seinem Hocker und ärgerte sich, daß er nicht mehr dreißig, sondern bald siebzig war. »In meinem Alter ist man immer steril«, sagte er giftig. Es sollte ein Witz sein, aber er troff von Galle. »Was nun, Kapitän?«

»Ein Flugzeugträger und eine britische Korvette sind unterwegs. Der französische, britische und amerikanische Botschafter in Aden haben sich gemeldet und wollen mit den vier Herren reden.«

»Zwecklos.« Colezza winkte ab. »White ist nicht auf Verhandlungen eingerichtet... wir wollen kassieren!«

»Das ist doch idiotisch!« Meesters lehnte sich gegen die Tür. »Sie kämen nie von Bord.«

»Ihnen fehlt die Fantasie, Sir.« Colezza winkte lässig. »Gehen Sie. Sie stören nur den Doc.«

Wolff blickte kurz auf. Er hatte die Kugel zwischen den Pinzettenbacken, aber sie glitt immer wieder heraus. Die kleine Krankenschwester tupfte ihm wieder den Schweiß von der Stirn. Eve Bertram kümmerte sich um das Spreizen der Wunde. Alles mußte improvisiert werden... auch ein Luxusdampfer ist schließlich keine chirurgische Klinik.

»Da hat er recht«, sagte Wolff. »Hier läuft alles gut, Kapitän. Sorgen Sie dafür, daß nicht noch mehr Verwundete zu mir herunterkommen.«

»Keine Lebensgefahr?«

»Nein. Keine.«

Meesters verließ den OP. McHolland räusperte sich. »Und wenn sie eine ganze Flotte an die arabische Küste schicken«, sagte er. »Was soll das? Unter uns liegen sieben Bomben. Darauf läßt sich vom Standpunkt der vier Gauner aus herrlich leben. Dieses Schiff hier ist jetzt der sicherste Platz der Welt... Keiner wird wagen, es anzurühren. Und wenn... es wäre die größte Geiseltragödie, die die Welt je erlebt hat. Mindestens zweihundert Namen der Passagiere stehen im Goldenen Buch des Reichtums. Doktor, ich bin gespannt, wie es weitergeht.«

Diese Frage ließ Norman White nicht lange unbeantwortet.

Er hatte eine Stunde lang in der Kapitänskajüte gesessen und gemütlich alle eingehenden Telegramme gelesen, das Entsetzen der Welt genossen und das Angebot der drei Botschafter in Aden mit dem Satz beantwortete: »Sie sollen Golf spielen. Das ist ja die Hauptaufgabe der Botschafter.« Dann hatte er sich vom Oberzahlmeister die Passagierliste geben lassen, sie mit seiner eigenen Liste verglichen und diese ergänzt. Es zeigte sich, daß Norman White bestens informiert war.

»Gehen wir –«, sagte er zu den Offizieren, die zähneknirschend, aber zur Tatenlosigkeit verurteilt herumstanden. »Der angenehme Teil beginnt. Der Schock hat sich gelegt, ich hoffe, man kann jetzt mit den Herrschaften vernünftig reden.«

Er nahm dem Funker Bergson die letzten Funksprüche ab und reichte sie dann an Meesters weiter. »Eine Korvette und ein Flugzeugträger kommen in äußerster Kraft auf uns zu. Sir, sorgen Sie dafür, daß sie mindestens sechs Meilen von uns entfernt Anker werfen und nichts tun, als sich faul in der Sonne zu räkeln. Alles andere betrachte ich als Angriff und –« Er machte die Handbewegung, als drehe er an einem Knopf. Jeder verstand ihn sofort.

»Dann gehen Sie auch mit hoch!« schrie Meesters.

»Das ist einkalkuliert.« White lächelte nach allen Seiten. »Bei der Größe unseres Unternehmens tritt die eigene Person in den Hintergrund.«

»Dann wäre das für Sie ein vollkommener Fehlschlag.«

»Unser Risiko.« White lächelte verbindlich. »Kapitän, wenn Sie Kap Hoorn umschiffen, rechnen nicht selbst Sie mit einem Risiko? Alles Außergewöhnliche hat seinen Preis...«

Wie eine Chefarztvisite... voran White, hinter ihm in ihren weißen Uniformen die Offiziere, kamen sie in den großen Festsaal. Er war dicht gedrängt voll mit Passagieren und Mannschaften. Einsam, ein wenig unsicher, die Maschinenpistole entsichert und schußbereit vor dem Bauch, stand Mario Filippo auf der Bühne und atmete sichtbar auf, als White erschien. Durch eine Gasse schimpfender, aber wie alle zur Ohnmacht verurteilter Männer ging White zur Bühne und stellte sich neben Filippo. Er hob die Hand, und das plötzliche Schweigen verstärkte das Entsetzen, das jeden drückte. Eine Dame in der vordersten Reihe fiel erneut in Ohnmacht... sie wurde nicht mehr weggetragen, sondern festgehalten von ihren Nachbarn. Jemand sprühte Kölnisch Wasser über sie, und sie wachte sehr schnell wieder auf.

»Meine Damen und Herren –«, sagte White. Er sprach das singende Englisch aller nach den USA eingewanderten Südländer; es klang gut, freundlich, charmant, aber die Worte waren genau das Gegenteil. »Es ist irgendwie ungerecht, daß einige hundert über Milliarden Dollar verfügen und einige hundert Millionen zum Frühstück ihre Nägel kauen. Wir haben es uns zur Pflicht gemacht, diesen Zustand etwas aufzulockern.«

»Schurke!« schrie jemand aus der Masse. »In deine Tasche!«

»Irrtum. Wir sind nur ein ausführendes Organ. Hinter uns steht ein Organisation, deren Zweigbetrieb sozial Schwachen helfen will.«

Die lähmende Stille wurde noch tiefer, die Offiziere blickten sich schnell an. Man hatte an einen Handstreich von vier verwegenen Gangstern gedacht... daß eine mächtige Organisation dahinterstand, änderte alles. Die Hoffnung auf Rettung von außen schwand immer mehr. White hatte die Wahrheit gesagt: Das eigene Leben ist mit einkalkuliert. Und auch das Leben von vierhundert anderen Menschen, von dem Schiff gar nicht zu reden.

»Begreifen Sie das?« fragte White laut.

Meesters schnaubte durch die Nase. In der Stille klang es wie ein Ablassen von Dampf. White lächelte.

»Sie sind mir, meine Damen und Herren, alle bekannt. Sie stehen auf meiner Liste mit Ihrem Vermögen, einige von Ihnen haben mir durch einen persönlichen Kontakt einen noch interessanteren Einblick in ihr Leben vermittelt.« Sein Lächeln wurde gemein. Eine andere, mittelalterliche Dame, die man vorgestern noch mit dem jungen Colezza verliebt auf der Sonnenterrasse liegen sah, sank in sich zusmmen. Sie konnte nicht umfallen, sie stand eingeklemmt in der Menge.

»Wir werden hier auf der Bühne einen Tisch aufbauen«, sagte White. »Ich bitte dann die Damen und Herren, einzeln heranzutreten und ihre Wertsachen abzuliefern. Unterdessen werden die Kabinen durchsucht, so daß die Gewähr gegeben ist, daß nichts übersehen wird.« White blickte auf seine Liste. »Die Verwundeten sind Herr Dario Porza und Herr Alexander Mikinades. Bitte, verlängern Sie diese kleine Liste nicht, indem Sie weiterhin an Ihrem Geld hängen. Ein Tisch, ein großer Tisch... hierher!«

Er winkte. Vier Stewards trugen eine lange Speisetafel auf die Bühne, zögerten, starrten auf den Lauf der Maschinenpistole in Filippos Händen und verließen wieder schnell die Bühne.

White machte eine kleine, sehr höfliche Verbeugung, als fordere er eine Dame zum Tanz auf.

»Darf ich bitten, einzeln heraufzukommen und an den ›Sammeltisch‹ zu treten. Bitte nichts vergessen. Ringe, Ohrringe, Halsketten, Broschen, Armbänder, Uhren... die Herren Geldbörsen und Brieftaschen und auch die Manschettenknöpfe. Wenn wir bei einer abschließenden Kontrolle noch Wertsachen finden, müßten wir Dr. Wolff bemühen...« White winkte fröhlich in die erstarrten Menschenköpfe hinein. »Die Schiffsmannschaft, mit Ausnahme der Offiziersgrade, bleibt unten. Freunde, ihr seid selbst arme Hunde! Und noch eins. Ich verlese jetzt eine Reihe Namen. Die Aufgerufenen begeben sich nach Ablieferung ihres Ballastes in die Funkkabine und geben das durch, was ihnen gesagt worden ist. Wir haben uns die genaue Staffelung des Lösegeldes nach dem Vermögen ausgerechnet... Sie werden gleich hören, daß wir wesentlich humaner sind als Ihre Steuerbehörden, die ein Vielfaches von dem abnehmen, was wir für Ihr Leben fordern. Im Vergleich zur Steuer sind unsere Beträge Freundschaftspreise.« White entfaltete seine große Liste. »Beginnen wir: James Bulls, Buffalo. 40000 Dollar ...«

Ein kleiner, dicker Mann drängte sich zur Bühne. Er war glutrot im Gesicht und schwitzte. »Der Teufel hole dich!« brüllte er. White winkte lässig ab.

»Was verlangt Ihr Finanzamt, James? Na also ... Und welche Gegenleistung haben Sie? Aha! Wir bieten Ihnen Ihr Weiterleben! Was sind da 40000 Dollar?«

Bulls klomm die Treppenstufen zur Bühne hoch, lehrte seine Taschen auf dem Tisch aus, Börse, Brieftasche, zwei Ringe, Armbanduhr aus Platin, Kleingeld aus der Hosentasche, ein winziger Haufen auf dem langen Tisch. Filippo grinste. Ein Stöhnen ging durch die dichtgedrängten vierhundert Menschen im Saal.

»Ein guter Anfang, James.« White reichte ihm die Hand. Bulls nahm sie, drückte sie und spuckte dann auf den Boden. Angst, Erstaunen und Wut mischten sich in ihm zu einem brodelnden Brei. »Der nächste. Miß Henriette Randolph. Tochter des großen Bier-Randolph aus Tennessee. Bitte zu mir, Gnädigste. Und telegrafieren Sie dem Herrn Papa: 200000 Dollar. Übrigens für alle: Zahlbar auf das Konto 12896 ... ich wiederhole, schreiben Sie mit: 12896, Banca del Sole, Montevideo.«

White wartete, während Henriette Randolph blaß und händeringend auf die Bühne kam. Sie trug in jedem Ohr einen fünfkaratigen Brillanten. Unten im Saal raschelte Papier, kam Bewegung in die Menge, als wühle ein plötzlicher Wind ein flaches Meer auf. Banca del Sole, Montevideo. Notiert. Irgendwie hat dieser Gangster recht ... man darf weiterleben für einen Betrag, über den die heimatliche Steuer lachen würde.

Und so zogen sie an dem ›Sammeltisch‹ vorbei, in langer Reihe hintereinander, Geld und Schmuck häuften sich zu kleinen Bergen ... eine Landschaft aus Gold und Brillanten, Edelsteinen und Banknoten, Münzen und noch Geheimnisse umhüllenden Geldbörsen und Brieftaschen.

Dazwischen, nüchtern wie ein Auktionator, Whites Stimme, Namen und Zahlen ausrufend:

»100000 Dollar ... 10000 Dollar ... 200000 Dollar ... 60000 Dollar ... 35000 Dollar ...« Und einmal, mit einer kleinen Verbeugung vor einem älteren Ehepaar: »100 Deutsche

Mark, nur eine ideelle Gebühr. Ich weiß, Sie haben für diese Reise vier Jahre von Ihrem Gehalt gespart. Das gleiche gilt für das Ehepaar Müller aus Wattenscheid. 100 Mark, keine Abgabe der Wertsachen!«

Kapitän Meesters kam auf die Bühne, obwohl er noch nicht aufgerufen war. White blickte ihn kritisch an, Filippo schwenkte die Maschinenpistole herum.

»Was ist, Sir?« fragte White.

»Über uns kreisen drei Hubschrauber der US-Marine.«

»Funken Sie, sie sollen verschwinden. Benzoni ist ein nervöser Mensch... wenn er auf den Knopf drückt, wird das hier zum Vulkan, der Menschen ausspuckt.«

»Ich glaube, Sie sind wirklich wahnsinnig«, sagte Meesters. »Sie kommen doch mit diesem Raub niemals an Land! Und die Bank in Montevideo wird doch sofort besetzt.«

»Welch ein Irrtum, Sir.« White hakte einen neuen Namen auf seiner Liste ab. »Es handelt sich um freiwillige Privatüberweisungen... wer will das verhindern? Man kann in einem freien Land doch keine Bank besetzen, wenn viele Gelder eingehen...«

»Die Botschafter der betroffenen Staaten werden...«

»Nichts werden sie, Sir! Diplomatische Verwicklungen, Krisen, Kriegsdrohungen, Repressalien wegen ein paar Reichen, denen wir ein Trinkgeld abnehmen? Aber nein!« White winkte. Der nächste. »125000 Dollar. – Die Welt wird wieder Turnübungen am Reck des Entsetzens und der Entrüstung vollführen, ein paar Riesenwellen drehen und sich dann zufrieden abfrottieren. Die Pflichtübungen sind getan. Noch dreht sich die Erde weiter... und das eigene Nest ist sicher. Der Begriff der Bruderschaft ist doch nur ein laues Kanzelwort konservativer Pfarrer.«

In der Funkkabine drängten sich die Männer und Frauen, um ihre Lösegeldsummen an die heimatlichen Banken zu telegrafieren. Bergson und der Zweite Funker arbeiteten wie früher die Kesselheizer. Über der ›Fidelitas‹ kreisten knatternd drei amerikanische Hubschrauber. Sie schienen Fotos zu machen.

Um 17 Uhr unterbrach White die Sammelaktion. »Fünf-Uhr-Tee!« rief er. »Meine Damen und Herren – wir treffen uns hier um 19 Uhr wieder.«

Die Menschen drängten aus dem Festsaal. Über ein Zentralmikrofon, das mit allen Lautsprechern im Schiff verbunden war, rief Meesters alle Passagiere und Mannschaften auf, sich weiterhin ruhig zu verhalten.

»Es kommt Hilfe«, sagte er. »Wir sind nicht mehr allein. Man hat in Kapstadt einen internationalen Krisenstab gebildet.«

Kapstadt! Wie weit war das! Ein Krisenstab! Was konnte er tun? Reden ... reden ... reden ... Wenn man auf sieben Bomben sitzt, wirkt alles, was man draußen sieht, so ungereimt, so schrecklich, so widerlich lächerlich ...

Von drei Seiten nahten sich der ›Fidelitas‹ Kriegsschiffe und andere Dampfer.

Aber auch an Land, gegenüber in Salala, im Sultanat Dhufar, erwachte eine rege Tätigkeit. Da gab es einen Mann, der hieß Sabah Salim und der rechnete sich aus, wieviel Millionen dort drüben, in Sichtweite, auf dem Meer schwammen – auf einem Meer, das rechtlich zum Sultanat Dhufar gehörte.

Es waren tödliche Überlegungen ...

Gegen Abend ... ein glutendes Abendrot überzog Himmel und Meer, und als die Sonne in die Wellen zu tauchen schien, war es, als schmelze das Meer und würde zu Gold ... kam Bergson mit einem Funkspruch in den Festsaal. Die letzten sechsundvierzig Passagiere warteten auf ihren Namensaufruf, die bereits Abkassierten saßen in den Salons und Speisesälen herum, diskutierten das Erlebnis, entführt, erpreßt und Geisel zu sein, und entwarfen Pläne, wie die Welt da draußen reagieren müsse, ohne für alle eine Gefahr heraufzubeschwören. Es waren Kreisgespräche, denn immer kam man auf den Anfang zurück: auf das große Fragezeichen.

Der lange ›Sammeltisch‹ war hoch bedeckt mit den abgelieferten Wertsachen. Filippo und Colezza kämmten jetzt die Kabinen durch, von Carlo Benzoni mit seinem höllischen Funkgerät war nichts zu sehen. Geduldig wartete er irgendwo in einem Winkel des Schiffes, versteckt und jede Sekunde bereit, mit einem einzigen Knopfdruck vierhundert Menschenleben auszulöschen. Denn Rettung gab es nicht mehr ... wer die Explosion überleben würde, hatte Grauenhafteres vor sich.

Seit fünf Stunden umkreisten Hairudel die ›Fidelitas‹, angelockt vom Geruch der Abfälle, die vor allem aus den Küchen über Bord kamen. Die dreieckigen Rückenflossen durchschnitten das Meer wie bizarre Messer... mit weiten Augen starrten die Menschen über die Reling auf die wendigen, grauen, torpedoähnlichen Leiber. Überall waren sie, rund um das Schiff... ein mitleidloser, gefräßiger, gräßlicher, unentrinnbarer Tod.

»Ein Funkspruch des US-Flugzeugträgers ›Rangers‹«, sagte Bergson und reichte White einen Bogen Papier. »Was soll ich antworten?«

Der Erste Offizier Abels, der neben White stand, beugte sich vor. Der Funkspruch lautete: »Kommission bittet, an Bord kommen zu dürfen zwecks Verhandlungen.«

»Es gibt nichts zu verhandeln«, sagte White. »Aber sie sollen sehen, wie die Lage ist.« Er zerriß den Funkspruch und tippte Bergson gegen die Brust. »Antworten Sie, Bergson: Zwei Mann im Offiziersrang dürfen unbewaffnet an Bord.«

»Was haben Sie vor?« Abels überblickte den Berg der Wertsachen auf dem Tisch. Hier hilflos herumzustehen, war etwas Schreckliches. Genau wie die Passagiere hatten auch die Offiziere die Lage diskutiert und waren auf den Nullpunkt zurückgekommen. Zusehen und abwarten. Die Ohnmacht vor dem Terror, der nichts zu verlieren hat und der alles gewinnt, wenn ein Menschenleben zum Wertlosesten dieser Welt wird. »Wollen Sie die amerikanischen Offiziere auch auch noch als Geiseln festnehmen?«

»Diese Idee kann nur ein Dilettant aussprechen«, sagte White geringschätzig. »Bisher haben wir einen Haufen Individuen zum Gegner, aber keinen Staat. Wir werden uns hüten, politisch zu werden. Nein, ich möchte die amerikanischen Herren an Bord lassen, um letzte Unklarheiten auszuräumen.«

Der Funkspruch ging hinaus... eine halbe Stunde später kreiste ein Hubschrauber der ›Rangers‹ um die ›Fidelitas‹, setzte mit anmontierten Schwimmern neben der hohen Bordwand auf dem durch die untergehende Sonne goldfarbenen Meer auf und schwamm langsam zu einer heruntergelassenen Strickleiter.

White und Filippo warteten oben an der Tür im Fallreep. Tomaso Colezza stand am äußersten Ende der Kommandobrücke. Von hier aus mußte ihn der versteckte Benzoni sehen... eine Überraschung war also ausgeschlossen.

»Jetzt leben wir von Sekunde zu Sekunde –«, sagte Kapitän Meesters zu seinen Offizieren. Seine Stimme klang wie eingefroren. »Hoffentlich verkennen die amerikanischen Kameraden nicht die Situation und machen keine Dummheit. Ich habe ihnen deutlich genug erklärt... und außerdem blickt jetzt die ganze Welt auf dieses kleine, mistige Stückchen Meer vor einer Küste, deren Namen kaum einer kennt...«

Der Hubschrauber glitt mit stehenden Rotorblättern an die Bordwand. In einem Halbkreis, mordgierig und furchtlos, umschwamm ihn das Rudel Haie.

Dr. Wolff hatte niemand aufgehalten, als er nach Beendigung der Operation das Lazarett verließ. Selbst Colezza, froh darüber, nicht mehr Blut zu riechen und gespreizte Wunden sehen zu müssen, fragte nur: »Was machen Sie jetzt, Doc?«

»Ich lege mich hin und ruhe mich aus. Wenn Sie neue Arbeit für mich haben, merke ich das früh genug.«

Er griff in seine Rocktasche und holte die Brieftasche heraus. »Bitte, mein Anteil. 170 Mark, elf englische Pfund und neun Dollar... das ist alles, was ich habe. Mein Gehalt wartet in Bahrein auf mich. Es tut mir leid, nicht mehr beisteuern zu können. Auch Privatvermögen besitze ich nicht.«

»Sie zahlen nichts. Befehl vom Chef.« Colezza hielt Wolff die Brieftasche wieder hin. »Auch die Dame da –« Er nickte hinüber zu Eve Bertram, die ihren weißen, blutbespritzten Kittel auszog und in eine emaillierte Tonne warf, für die Bordwäscherei. »Keinen Cent. Wir sind über alles unterrichtet. Ein geschorenes Schaf kann man nur noch schlachten, und das wollen wir natürlich nicht.«

»Danke.«

Wolff hakte Eve unter und verließ ungehindert das Lazarett. Die beiden Verwundeten wurden auf ihren Tragen hinausgeschafft und nebenan, in dem kleinen Bettenteil des Schiffslazaretts, in die festgeschraubten Betten gelegt. Die kleine Krankenschwester übernahm die erste Wache.

In seiner Kabine fiel Wolff in einen der alten englischen

Ledersessel und legte den Kopf weit zurück. Hier war vollkommene Stille... die Mahagonimöbel, das grüne Leder der Bezüge, der Schreibtisch mit Benders Notizen und Karteikarten, Aufzeichnungen und Akten... das alles atmete Gelassenheit aus, Abgeklärtheit von über dreißig Jahren Arztsein, die Überlegenheit eines vollendeten, besiegten Lebens.

»Was würde Dr. Bender an meiner Stelle tun?« fragte Wolff. Er streckte die Hände aus, Eve setzte sich auf die Lehne des Sessels und schlang die Arme um seinen Nacken. Ihr rotgoldenes Haar überflutete sein Gesicht, und in diesem Gewirr aus gesponnenem Feuer leuchteten ihre Phosphoraugen.

»Nichts!« sagte sie. »Er hätte sich jetzt ein Zigarre angesteckt, nehme ich an. Ich habe ihn nur eine Stunde lang gesehen... dann kamst du an Bord. Aber ich glaube, er hätte das alles hier mit Ruhe angesehen.« Sie legte den Kopf auf seine Schulter, küßte sein Ohr und seine Nackenbeuge, und es tat gut, sie so nahe zu fühlen, ihre Wärme zu spüren, den Duft ihrer Haut zu atmen.

»Willst du mich heiraten?« fragte Wolff.

»Nein –«

Er wollte sich aufrichten, aber sie hielt ihn fest.

»Warum nicht?«

»Als Geliebte bin ich fantastisch – als Ehefrau versage ich. Soll alles wieder von vorn beginnen? Es genügt, daß ich nicht sterben werde, solange es dich gibt. Zufrieden?«

»Nein! Du bist eine wundervolle Frau, Eve. Wir werden immer zusammenbleiben.«

»Immer ist ein Wort, das man den Menschen verbieten sollte. Nichts ist bei einem Menschen immer.« Sie ließ ihn los und sprang vom Sessel, ehe er sie festhalten konnte. »Du bist müde«, sagte sie. »Ich hole dir einen Tee. Die Köche, die Stewards, alle sind im Saal... Bleib sitzen, Bert.«

Wolff nickte und schob die Beine von sich. Eine selige Schwerelosigkeit überkam ihn, und er schlief ein, kaum, daß Eve die Kajüte verlassen hatte.

Er wachte auf, weil sie ihn küßte. Es war dunkel geworden, die Lampen brannten. »Genug geschlafen«, sagte sie. »Zwei Stunden. Mein Lieber, du schnarchst, weißt du das?«

»Alle Männer schnarchen.« Er setzte sich hoch, griff nach

dem Tee – er war noch heiß, sie hatte ihn also gerade erst geholt – und schlürfte ein paar Schlucke. Sie hatte Rum und Zitronensaft dazugemischt, es belebte und erfrischte.

»Den Verwundeten geht es gut«, sagte Eve. »Sie schlafen. Aber an Bord kommen jetzt zwei amerikanische Offiziere, da solltest du oben sein. Irgend etwas geschieht jetzt...«

Wolff trank die Tasse leer, knöpfte die Uniform zu und stieg nach oben an Deck. Überall standen erwartungsvolle Passagiere herum, Colezza stand oben auf der Kommandobrücke und nickte Wolff freundlich zu. Lord McHolland saß in einem Liegestuhl neben der Reling und beobachtete das Anlegen des Hubschraubers mit den breiten Schwimmkufen.

»Das wird jetzt kritisch«, sagte er, als er Wolff und Eve Bertram sah. »Doktor, schicken Sie das hübsche Frauchen unter Deck... wenn's knallt, steht sie da auch keiner verirrten Kugel im Weg. Ich glaube nicht, daß die vier Gauner so gerne ihr Leben riskieren... das sind keine politischen Fanatiker, die für Allah, Lenin, Palästina oder sonst einer heiligen Kuh ihr Leben opfern, diese vier Ehrenmänner wollen Geld verdienen, weiter nichts. Ich verstehe nicht, warum sie alle hier ihre Hosen zubinden, ich würde es darauf ankommen lassen... aber ein alter Mann wie ich ist ja der Idiot vom Dienst. Da, die amerikanischen Offiziere. O Doktor, ich darf jetzt nicht an meine Indienzeit denken!«

Wolff legte den Arm um Eves Schulter und ging nach vorn zur Relingtür. An der Bordwand tauchte jetzt der Kopf des ersten Amerikaners auf, dann der ganze Körper. Ihm folgte dichtauf der zweite Offizier. Als sie an Deck standen, vollzog sich das alte Ritual der Seeleute. Sie grüßten und sagten: »Kapitänleutnant Forbes und Oberleutnant zur See Hawkins bitten um Erlaubnis, an Bord gehen zu dürfen.«

»Erlaubnis erteilt«, sagte White, bevor Kapitän Meesters etwas sagen konnte. Er schien sogar davon etwas zu verstehen. »Ich habe Sie nur an Bord gelassen, Gentlemen, um Ihnen die Lage zu zeigen. Bitte, kommen Sie mit, Kapitänleutnant! Nein, Sie nicht, Oberleutnant.«

White ging voraus, und es war niemand da, der ihn aufgehalten oder den Versuch gemacht hätte, ihn zu überrumpeln. Man brauchte nur nach oben zu sehen zur Brücke, wo Colezza stand... ein Wink, und die ›Fidelitas‹ würde ein feuerspeiender Vulkan.

White stieg mit Kapitänleutnant Forbes hinunter in die Maschinenräume. Auch hier waren sie allein... alle Maschinisten hatten sich im Salon III versammeln müssen. Hinter dem Schott Nr. 6, zwischen einem Heizungsrohr und einem Schaltkasten, kaum sichtbar, klebte mit ihrem Magnetfuß die glatte, längliche Bombe an der Bordwand. White leuchtete sie mit einem Handscheinwerfer an.

»Kennen Sie das?« fragte er nüchtern.

»Ja.« Der Kapitänleutnant bekam einen trockenen Hals. Er erkannte den kleinen blanken Zünder, der auf einen bestimmten Radioimpuls reagieren würde.

»Davon gibt es sieben Stück. Diese niedlichen Käfer werden wir gleich woanders verstecken... ein Schiff hat ja so viele dunkle Winkel.« White zeigte zu der eisernen Treppe nach oben. »Darf ich bitten, Sir...«

An Deck warteten die Offiziere der ›Fidelitas‹ und die Passagiere ungeduldig auf die Rückkehr der beiden. Colezza war nervös geworden. Mit einem Megaphon brüllte er über das Schiff: »Carlo, paß auf! Wenn Norman in fünf Minuten nicht oben ist, drückst du die Taste! Fünf Minuten noch!«

Meesters sah auf seine Armbanduhr, die Passagiere drängten sich zusammen. Jemand schrie aus der Menge: »Ihr Idioten! Wir wollen weiterleben! Männer, auf die Offiziere! Die versuchen einen Trick, und wir gehen in die Luft. Colezza, warten Sie noch. Wir tun alles, was Sie wollen! Los, auf die Offiziere.«

Ein paar Frauen kreischten hysterisch auf. Meesters und seine Offiziere drängten sich zusammen, wie ein Igel sich zusammenzieht. Plötzlich klaffte in der Menschenmenge eine Lücke... dort die Offiziere, hier die Passagiere, zwei Welten, von denen die eine begann zu zerbröckeln. Alles, was einmal Menchenwürde hieß, fiel ab wie Staub. Allein stand in dem nackten Zwischenraum auf Deck nur Dr. Wolff. Er schob Eve hinter sich und blieb stehen, als habe man ihn festgenagelt.

»Auch Sie nützen gar nichts mehr, Doktor!« brüllte ein anderer aus der Menge. »Noch fünf Minuten, und wir brauchen von Ihnen kein Aspirin mehr. Sehen Sie da unten die

Haie, und unter uns liegen sieben Bomben! Verdammt, wo ist White, Sie Vollidiot von Kapitän?!«

Bevor sich die geballte Masse der Passagiere in Bewegung setzte, tauchten White und der amerikanische Kapitänleutnant aus der Ladeluke auf. Die Menschenmenge stöhnte erlöst auf, Colezza brüllte in sein Megaphon: »Carlo, er ist da! Warte noch!«

Mit schnellen Schritten kamen White und der Amerikaner näher. An der Relingtür blieben sie stehen.

»Sagen Sie klar, daß wir nicht bluffen«, befahl White. »Und berichten Sie das auch draußen der Welt. Bitte ...«

»Er blufft nicht«, sagte der amerikanische Offizier. »Es sind sieben Spezialbomben, die das Schiff sofort zerreißen werden. So long.« Er grüßte, sah Kapitän Meesters mit entsetzten Augen an und kletterte über die Strickleiter hinunter zu dem wartenden Hubschrauber. Oberleutnant Hawkins folgte ihm wortlos. Ein paar Minuten später glitt der Hubschrauber wieder von der Bordwand weg, die Rotorflügel drehten sich knatternd, und wie ein Rieseninsekt stieg er auf und entschwand schnell im brennenden Abendrot, als stürze er sich verzweifelt in ein Flammenmeer.

»Setzen wir die Sammelaktion fort, Sir –«, sagte White förmlich zu Meesters. »Es fehlen noch siebenundzwanzig Herrschaften. Nach den Prinzipien der Gleichberechtigung sollte keiner ausgelassen werden, zumal sich vier potente Millionäre darunter befinden. Bitte, die noch nicht zur Kasse Gebetenen wieder in den Saal....«

Niemand regte sich mehr auf. Keine Dame fiel mehr in Ohnmacht. Man begann, sich an das neue, bezahlte Leben zu gewöhnen. Es hatte sogar etwas Romantisches an sich: die Wiedergeburt durch den Dollar. O Darling, wie wird man uns in Denver um dieses Abenteuer beneiden! Wenn man bloß von außen keinen Blödsinn macht und den Helden spielen will! Sollen doch die vier Gangster mit ihrem Raub abziehen ... wir leben doch, das ist genug!

Einer der letzten, der zum Zahlen gebeten wurde, war Lord McHolland.

»Kommen Sie mit, Doktor«, sagte er zu Dr. Wolff. »Jetzt brauche ich Sie. Ich bin Bluter, das wissen Sie, und bisher hat's immer funktioniert, die Haut zu retten. Aber heute... na, kommen Sie mit.«

White war allein und stand allein hinter seinem aufgehäuften Gabentisch. Er lächelte McHolland breit an und winkte ihm zu.

»Ihre Brieftasche, Mylord, und ein Funkspruch, der 50000 Pfund schwer ist.«

»Einen Scheißdreck bekommen Sie von mir!« sagte McHolland ruhig. White schüttelte den Kopf.

»Spricht so ein Diplomat Ihrer Britischen Majestät?«

»In Sonderfällen – ja!« McHolland baute sich vor dem Tisch auf. »Was nun, mein Lieber? Bringen Sie mich um? Bevor Sie anfangen, mich zu ohrfeigen... jeder Schlag ist ein Todesurteil. Ich bin Bluter.«

White sah Dr. Wolff böse an. »Stimmt das, Doc?«

»Es stimmt.«

»Kein Trick?«

»So wenig wie Ihre Bomben.«

»Zu schade.« White beugte sich über den vollen Tisch. »Mylord, Sie müssen sterben. Schon im Interesse der allgemeinen Ordnung an Bord. Ich kann mir keinen Aufsässigen leisten. Das sehen Sie doch ein.«

»Vollkommen.« Lord McHolland straffte sich. »Bitte, bedienen Sie sich. Ich bin ein alter Mann, ich kann mit Würde sterben.«

»White!« Wolff machte einen Schritt vorwärts. »Bis jetzt hatten Sie irgendwie Format... aber wenn Sie McHolland abknallen wie eine streunende Katze, sind Sie der mieseste Dreckskerl, der jemals in Ihrer Zunft gelebt hat.«

»Scheiße!« schrie White. »Ich kann mir das nicht leisten. Das macht Schule. Wollen Sie ein Blutbad, Doc?«

»Wir versprechen Ihnen, den Mund zu halten, bis Sie von Bord sind. Im Interesse der anderen Passagiere. Aber drüben an Land wird man Sie jagen wie einen menschenfressenden Tiger...«

»Sie vergessen, daß unser Funkgerät dreißig Kilometer weit reicht.«

»Was sind dreißig Kilometer, wenn die ganze Welt Sie hetzt?«

»Warten wir es ab.« White winkte mit seiner Pistole. »Gehen Sie 'raus, McHolland! Ich vergreife mich nicht an Mumien...«

»Das soll er bezahlen«, murmelte McHolland, als sie wieder an Deck stiegen. »Doktor, ich schwöre Ihnen... das wird er bezahlen. Ich und eine Mumie! Ein John McHolland auf Baldmoore! Mein Platz in der Ahnengalerie müßte ja leer bleiben...«

Er lehnte sich draußen gegen die Reling, holte seine Pfeife aus der Tasche und stopfte sie. Zum erstenmal zitterten seine Hände.

Die Nacht senkte sich über das Schiff. Es war eine bedrükkende, stille Nacht. Nach dem Essen ging alles in seine Kabinen und schloß sich ein. Irgendwie kam man sich nackt vor... keinen Schmuck, kein Geld mehr, und das vor den Toren von Salala, der Stadt, in der man glaubte, einen Zipfel von 1001 Nacht zu erhaschen.

Die Lichter der Küste blitzten herüber, vom Meer her flimmerten andere Lampen – dort lagen in einem Halbkreis, wie eine Rundmauer, andere Schiffe. Wehrlos, wartend, die ›Fidelitas‹ beobachtend. Auf dem Flugzeugträger ›Rangers‹ traf der Krisenstab aus Kapstadt ein.

In dieser Nacht, einer verhältnismäßig dunklen Nacht, in der das Meer tief grollend herumwogte, legte südlich von Salala, aus einer einsamen kahlen, sonnenverbrannten Felsenbucht, ein großer Kahn ab.

Zehn in dicke, schwarze Dschellabahs gehüllte Gestalten duckten sich auf den Boden, nur der Mann am Außenbordmotor stand aufrecht.

»Dreihundert Meter vor dem Schiff wird gerudert«, sagte Sabah Salim. »Wir müssen lautlos sein wie die Sandflöhe...«

Das Schiff schlief.

Dunkel, nur durch ein paar Positionslichter gekennzeichnet, schaukelte es in der trägen Dünung. Ein Riesenklotz in der Nacht. White hatte verboten, Wachen aufzustellen. »Das übernehmen wir, Sir!« hatte er zu Kapitän Meesters gesagt. Wozu dieser Aufwand? Das Schiff klaut keiner.« Es war ein makaberer Witz, über den niemand lachte.

»Aber Sie können an Ihre herumliegenden lahmen Helfer einen Funkspruch aufgeben«, hatte White dann gesagt. »Es ist sinnlos, im Schutze der Dunkelheit zu versuchen, die ›Fidelitas‹ zu entern. Wir werden nicht schlafen, und jeder Angriff wird in Benzonis Fingern jucken. Er ist allergisch gegen Überrumpelungen.«

Meesters nickte. Zähneknirschend diktierte er den Funkspruch, den Bergson dann herausgab: »Keine Aktionen während der Nacht. Verschärfte Kontrolle an Bord. Abwarten, bis sie eine Dummheit begehen.«

»Den letzten Satz habe ich nicht diktiert«, sagte White sauer.

»Es war mir ein Bedürfnis.« Meesters reckte sich. Seine Riesenfigur täuschte nicht darüber hinweg, daß alle Kraft jetzt nur noch zum Anschauen war. »Und Sie werden eine Dummheit begehen, White.«

»Nie, Sir.«

»Jeder Mensch begeht Dummheiten, die meisten merkt er gar nicht selbst. Es war schon eine Dummheit, diese Geldtelegramme wegzuschicken. Funkgerät zerstören, an Bord kassieren und dann weg... das wäre eine Blitzaktion gewesen, gegen die wir wehrlos dagestanden hätten. Jetzt aber haben Sie genau neunzehn Schiffe im Rücken, eine Korvette, einen Flugzeugträger, die ganze Welt gegen sich... wo Sie auch hinkommen, wird man Sie jagen! Da hilft Ihnen auch Ihre mächtige Organisation nicht. Da ist der Fehler.«

»Irrtum. Wir haben 400 Geiseln!«

»Aber Sie müssen doch einmal dieses Schiff verlassen, Sie Rindvieh!«

White lächelte überlegen. Sein schönes Gesicht war eine so vollkommene Fehlleistung der Natur, daß Meesters sich fragte, wie ein so völlig heruntergekommener Geist in einem so vollendeten Körper wohnen konnte. Der alte Weisheitsspruch: »Ein schöner Geist wohne in einem schönen Körper« war zur Lüge geworden.

»Wir werden Ihr Schiff verlassen, und Sie merken es gar nicht, Sir«, sagte White. »Aber gehen Sie jetzt bitte in Ihre

Kajüte. Ich habe eine Sperrstundenzeit eingeführt. Bis morgen 6 Uhr.«

Meesters schüttelte den schweren Kopf, als könne er das alles noch immer nicht begreifen, zog die Mütze in die Stirn und verließ den Kommandoraum. White blieb allein zurück ... allein auf einem Riesenschiff mit 400 Geiseln, einer kleinen, schwimmenden Luxusstadt, die er ausgeplündert hatte. Jetzt, wo er allein war, brach ihm der kalte Schweiß aus den Poren. Ja, es war das größte Gangsterunternehmen, das bis heute gelungen war. Es gab kein Beispiel mehr dafür. Die Ausraubung der ›Fidelitas‹ würde in die Geschichte der Menschheit eingehen.

Er lehnte sich gegen den Maschinentelegrafen, starrte in die Nacht und gestand sich ein, Angst vor seiner eigenen Verwegenheit zu bekommen. Die Nerven entspannten sich jetzt, die Größe seiner Tat, jetzt in der Stille überschaubar, erdrückte ihn fast. Er griff zum Telefon und rief Filippo oben auf dem Sonnendeck an.

»Alles in Ordnung, Mario?«

»Alles, principale. Ich kann von der Pool-Bar das ganze Hinterschiff überblicken.«

»Und Tomaso?«

»Sitzt mittschiffs backbord in Rettungsboot 10.«

»Carlo?«

»Wie befohlen, steuerbord in Rettungsboot 14. Keine Maus kann an Bord.«

White hängte zufrieden ein. Nur noch diese Nacht, dachte er. Durchhalten, Jungs. Schluckt Pervitin, bleibt bloß wach ... morgen nacht um 2.30 Uhr setzen wir an Land über, wo zwei Landrover auf uns warten werden. Nur noch diese Nacht ...

Das große Schiff schlief. Das Meer klatschte gegen die hohe Bordwand, die Nacht wurde schwarz, undurchdringlich, der Mond blieb hinter einer dicken Wolkendecke.

Dreihundert Meter vor der ›Fidelitas‹ stellte der Araber Ali Ibrahim den kleinen, tuckernden Außenbordmotor ab. Das lange, flache Boot glitt lautlos über die trägen Wellen, zehn Ruder tauchten ins Wasser und drückten den Kahn durch die Dunkelheit.

»Leiser!« zischte Sabah Salim. »Leiser. Bei Allah, ihr macht Lärm wie hundert Kameltreiber!«

Ganz sacht, wie streichelnd, berührten jetzt die Ruder die Wasseroberfläche. Es ging zwar langsamer voran, aber jeder Laut wurde jetzt von dem Eigengeräusch der Wellen geschluckt. Das Schiff tauchte aus der Nacht auf. Gewaltig, unbezwingbar gegen den Himmel, ein Gebirge aus Stahl für die zehn Männer tief unten in dem flachen Boot.

»Zu den Ankerketten –«, flüsterte Salim, als die Ruder waagerecht und still über dem Wasser lagen. »Hassan, mach dich bereit!«

Hassan Mustafa el Rasul nickte. Er warf die schwarze Dschellabah ab und kroch nach vorn. Um seinen schlanken Körper trug er einen engen schwarzen Trikotanzug, das Haar lag unter einer schwarzen Gummikappe.

Er war der Vortrupp. Gab es Widerstand – ihn würde es zuerst treffen. Er wußte es und hatte bereits Abschied von dem Leben genommen. Er hatte zu Allah gebetet, seine Mutter umarmt, den Boden seiner Heimat geküßt, eine Handvoll Sand über sein Haupt gestreut… nun lag alles in Allahs Gnade. Lautlos schaukelte das flache Boot den riesigen Schiffsleib entlang zu den gespannten Ankerketten. Der kritische Moment war bereits vorbei, die letzten dreißig Meter der Annäherung – jetzt lag es bereits im toten Winkel, man konnte es nicht mehr sehen von Bord aus, nur noch hören.

»Ich habe es«, sagte Hassan leise. Er stand vorgebeugt in der Spitze des Bootes und hielt sich mit beiden Händen an der dicken, stählernen Ankertrosse fest.

»Ruder ein!« kommandierte Salim. Vier Männer kamen nach vorn zu Hassan und hakten das Boot mit einem großen Haken am Ankerstahlseil fest. Sabah Salim umarmte Hassan und küßte ihn auf beide Wangen.

»Allah mit dir!« flüsterte er. Und dann, sich umdrehend, zu den anderen: »Allah mit euch allen! Hinauf, mein Bruder!«

Hassans geschmeidiger Körper spannte sich. Dann sprang er die Trosse an, umklammerte sie mit Armen und Beinen und begann, sich an ihr hinaufzudrücken.

Ein kleiner schwarzer Knoten, der immer höher rutschte.

Der Tod hat viele Gesichter…

Der einzige, der sich weder an Sperrstunden noch an Befehle Norman Whites hielt, war Lord McHolland.

Nachdem er als anerkannter Trottel, was ihn bis ins Mark beleidigt hatte, Brieftasche und Vermögen behalten konnte, zog er sich um, als habe man das Schiff gar nicht überfallen, bereitete sich wie jeden Abend für seinen Nachtspaziergang an Bord vor, schlüpfte in seinen Shetlandpullover, setzte die flache Golfmütze auf die weißen Haare und schlang einen Wollschal um seinen Hals. Nur eines war neu: Die geliebte Pfeife vertauschte er gegen einen alten, riesigen Trommelrevolver. Er stammte noch aus einer Indienzeit, McHolland schleppte ihn überallhin mit, und er wußte gar nicht, ob dieses Monstrum von Waffe überhaupt noch schoß. Geladen war sie jedenfalls, aber der letzte Schuß war aus ihr 1929 gedonnert, irgendwo am Khaiberpaß, hinter einen Felsenklotz, und da hatte sie McHolland das Leben gerettet. Seitdem trug er sie immer mit sich herum, ein ziemlich schwerer, aber zu McHolland passender Talisman.

Die Decks waren einsam, die Kabinenfenster dunkel. Die Stille, die über dem Schiff lag, war gespenstisch. Und wie ein Gespenst tappte auch McHolland durch die Gänge, über die Treppen, durch die Salons und über die Decks, blieb vor dem Lazarett stehen und zögerte, denn hier allein brannte noch Licht, dann aber schüttelte er den Kopf und ging weiter.

Der junge Doktor hat Besseres zu tun, als sich mit einem alten Mann zu unterhalten, dachte er. Trotzdem hätte man ihm sagen sollen, was ich denke, nein, was ich wieder spüre... diese unerklärliche Gefahr, die ich wittere wie ein Tier.

Bisher hatte er immer recht behalten. Sein Gefühl für Gefahr war ein Naturereignis.

Er blieb stehen, steckte die Hand in die Tasche und umklammerte den dicken Griff des alten Revolvers.

Das Bootsdeck. Steuerbord. Der bevorzugte Auslauf von Lord McHolland. Darin war er wie ein Hund... man hat so seine eigenen, bestimmten, liebgewonnenen Wege und Stellen, an denen die Welt irgendwie und seltsam in Ordnung ist. Ein winziges Plätzchen des inneren Friedens... ein Mensch, der das nicht hat, ist ein armer Mensch.

Heute signalisierte etwas in McHolland, daß sein Paradieswinkel aus der Ordnung geraten war. Er drückte sich an die Wand der Aufbauten, starrte angestrengt durch die Dunkelheit und musterte den Platz, an dem er am liebsten stand... der zwischen den Rettungsbooten 14 und 15. Hier lehnte auch sein Liegestuhl gegen den Davit, mit einer Kordel an der Eisenstrebe festgebunden. Der Decksteward hatte den aussichtslosen Kampf längst aufgegeben, auch McHollands Stuhl abends einzusammeln und zu stapeln.

Alles war still. Das Meer rumorte dunkel, träge schaukelte das Schiff, die Nacht war so schwarz, daß McHolland kaum die Umrisse der beiden nahe vor ihm in der Luft hängenden Boote sehen konnte.

Rüstige alte Leute haben die rätselhafte Eigenschaft, sich lautlos zu bewegen. Plötzlich stehen sie hinter einem, keiner hat sie kommen hören, aber sie haben meistens gehört, was nicht für sie bestimmt war. Daran sind schon ganze Familien und große Erbschaften zerbrochen.

McHolland schlich näher, und dann sah er die schmale Gestalt genau neben seinem festgebundenen Liegestuhl stehen, ein kleiner roter Punkt leuchtete auf und verglomm wieder.

Er raucht, dachte McHolland zufrieden. Und ich weiß auch, wer das ist! Auch wenn ich eine Mumie sein soll... bis vier zählen kann ich noch. Norman White im Kommandoraum, Mario Filippo auf dem Sonnendeck, Tomaso Colezza backbord bei den Booten... hier steht also der lange gesuchte, der gefährlichste Mann an Bord, der Tod mit dem kleinen Funkkasten: Carlo Benzoni.

Plötzlich war McHolland kein Greis mehr. Die einmalige Chance, 400 Menschen und ein Schiff zu retten, kehrte nie wieder.

Er blieb stehen, atmete ein paarmal tief durch, holte seinen schweren Revolver aus der Tasche, packte ihn am Lauf und fühlte sich vierzig Jahre jünger.

Carlo Benzoni, etwas schläfrig, um den Hals das Funksignalgerät, sehnte den Morgen herbei und den nächsten Tag, der die Entscheidung bringen sollte, als er hinter sich ein Rascheln hörte. Bevor er sich herumwerfen konne, krachte der Revolverkolben auf seinen Hinterkopf, die Nacht vor ihm schien sich aufzulösen, er hatte nicht einmal mehr die Möglichkeit, einen Laut auszustoßen, und sank in sich zusammen.

McHolland fing ihn auf, schleifte ihn von der Reling, zog das Funkgerät über Benzonis Kopf, hängte es sich selbst um, und dann geschah das Wunder, daß ein alter Mann wie ein Sprinter zu laufen begann und der Treppe zu den Kabinen zuhetzte.

»Machen Sie auf, Doktor!« rief McHolland wenig später und schlug mit den Fäusten gegen die Tür von Wolffs Kajüte. »Zum Teufel, machen Sie auf. Wir haben jetzt keine Zeit mehr, uns zu genieren! Aufmachen!«

Die Tür flog auf. Wolff stand im Schein einer trüben Nachttischlampe, er trug nur eine Badehose. Hinter ihm, im Bett, leuchteten einige rotblonde Flecke über den Rand der Bettdecke. McHolland drängte ihn in die Kajüte zurück und warf die Tür zu.

»Sind Sie verrückt geworden?« fragte Dr. Wolff entgeistert.

»Ja!« McHolland sank in einen der blanken grünen Ledersessel. Mit beiden Händen umklammerte er das Funkgerät. »Was ich getan habe, war verrückt... aber es ist gelungen. Doktor, wir sind gerettet! Ich habe den Impulsgeber. Hier...« Er hob den kleinen Kasten vor der Brust hoch. »Sie können keine Bomben mehr zünden! Verstecken Sie das Teufelsding! Schnell! Alle scheißen sich hier in die Hosen – Verzeihung, meine Dame« – er machte eine leichte Verbeugung zu dem goldenen Haarbüschel im Bett –, »und da muß ein alter Mann kommen...«

Er schwieg. Eine grenzenlose Erschöpfung überfiel ihn. Er ließ die Arme sinken und starrte Dr. Wolff an, als drehe man ihm die Luft ab.

Fast um die gleiche Minute erreichte Hassan Mustafa an der Strahltrosse die Ankernische und kletterte an Bord der ›Fidelitas‹.

Ihm folgten, neun Schatten, lautlos und katzengleich, neun weitere Gestalten.

Es war ein schnelles Aufräumen. White war der erste, der von zwei schwarzen Gestalten angesprungen wurde. Er begriff gar nichts von dem, was geschah – er spürte nur etwas Heißes in seinen Rücken eindringen, sein Herz wurde gespalten, und er starb, ohne erkennen zu können, daß alles zu Ende war. Carlo Benzoni wurde gefunden, als er, noch halb betäubt, über das Deck kroch, um sich irgendwo hochzuziehen. Hände griffen nach ihm, hoben ihn hoch und schleuderten ihn über die Reling ins Meer. Die Berührung mit dem Wasser machte ihn völlig wach, er begann mit den ersten zaghaften Schwimmbewegungen, aber da schossen von drei Seiten dunkle, schlanke Körper heran, und messerspitze Zähne gruben sich in seinen Körper. Er schrie auf, schlug um sich, der Schmerz, dieser einzige, unnennbare Schmerz, lebendig zerrissen und aufgefressen zu werden, ließ ihn aufbäumen, noch einmal schrie er auf, gräßlich, als wenn er den Himmel mit diesem Schrei spalten wollte... dann war nur noch ein blutiger Strudel um ihn, in dem er stückweise unterging.

Filippo an Backbord wurde ebenfalls überrascht. Auch er rauchte und gab damit die Richtung für die lautlosen Schatten an. Der erste Schrei Benzonis schreckte ihn auf, er wollte die Maschinenpistole hochreißen, aber wie riesige Fledermäuse fielen sie über ihn her und stürzten ihn über die Reling. Noch im Fall brüllte er seine Todesangst heraus, brüllte, bis er auf das Meer aufschlug, brüllte, als die Haie auch auf ihn zuschossen, brüllte, bis sein Körper von den gierigen Mäulern zerfetzt wurde.

Allein der junge Tomaso Colezza entkam zunächt dem Überfall. Er hetzte von seinem Posten am Pool über Deck und wollte zur Brückentreppe, um dort mit White zusammenzutreffen. Er sah die Schatten über das Deck gleiten, begann aus der Hüfte zu feuern, rannte dann weiter, ging hinter der Treppe in Deckung, schoß um sich, weil er glaubte, überall diese katzengleichen, schwarzen, sich bewegenden Flecke zu sehen.

»Norman!« brüllte er. »Sie greifen an! Norman! Gib Carlo das Zeichen! Norman!«

Überall im Schiff flammten jetzt die Lichter auf. Meesters, Fritz Abels, andere Offiziere, ein Haufen Matrosen und Stewards stürmten an Deck. Sie wurden aus verschiedenen Richtungen unter Feuer genommen, fielen auf die Planken und rührten sich nicht.

»Drei Mann auf die Brücke!« schrie Sabah Salim. »Ali und zwei Mann zur Haupttreppe!«

Es war alles genau durchgesprochen. Noch bevor Hassan Mustafa mit einem wahren Panthersatz auf Colezza sprang, ihn zu Boden riß, den vor Entsetzen Gelähmten hoch über seinen Kopf hob und dann über Bord warf, hinein in das Hairudel, in das von blutgierigen Leibern sprudelnde Meer, fielen sieben dunkle Gestalten über Meesters und die Offiziere her, rissen sie weg, stießen sie die Treppe hinunter und warfen sie an die Wand im Foyer zum Salon I, dem sogenannten ›Roten Salon‹.

Eine halbe Stunde später – es war genau 2.17 Uhr nachts – saß der Funker Bergson an seinem Gerät und gab einen Spruch heraus. Ein Araber stand hinter ihm und drückte eine Pistole in seinen Nacken.

»Fidelitas in den Händen eines arabischen Kommandos. Weitere Informationen folgen. Meesters.«

»Bis jetzt haben wir vor der Hölle gestanden«, sagte McHolland unten im Lazarett. Zwei Araber saßen Wolff, Eve Bertram und dem Lord gegenüber. Ein verwundeter Araber wurde gerade von Dr. Wolff untersucht. Ein Lungensteckschuß. »Aber was jetzt kommt, ist die Hölle selbst. Verflucht, es war eine Idiotie, in meinem Alter noch den Helden zu spielen. Doch wer konnte das ahnen? Wer?«

Als der Tag kam, mit einem Morgenrot, das Meer, Himmel und Küste wie mit erstarrtem poliertem Blut überzog, wußte die Welt, daß vor der Küste des Sultanats Dhufâr sich eine noch nie dagewesene Tragödie abspielen würde.

Der Krisenstab an Bord des amerikanischen Flugzeugträgers ›Ranger‹ tagte nun schon seit Stunden, ohne zu einem Ergebnis zu kommen. Man hatte sich der ›Fidelitas‹ auf Sichtweite genähert, aber alle Verhandlungen fanden bisher nur per Funk statt. Spezialisten des FBI waren unterwegs, sie ›sprangen‹ von Hawaii aus von Flugzeugträger zu Flugzeugträger und mußten in drei Stunden eintreffen … aber was konnten sie schon tun? Sir Randley, der den Krisenstab leitete, sagte es ganz deutlich:

»Mit den vier Gangstern wären wir irgendwie fertig geworden... mit diesen zehn Arabern werden wir es nie, ohne ein schreckliches Blutvergießen auszulösen. Die vier waren Europäer, sie hingen an ihrem Leben, wie wir... aber jetzt haben wir es mit Gegnern zu tun, denen das eigene Leben nichts wert ist. Die Situation ist hoffnungslos! Gut – sie können nicht alle vierhundert Personen erschießen, wenn wir die ›Fidelitas‹ mit Waffengewalt stürmen – aber hundert schaffen sie, oder nur zehn. Oder nur einen! Und das ist schon zuviel. Denken Sie an das gräßliche Schicksal der vier Halunken... wollen Sie dreißig, vierzig Männer und Frauen sehen, wie sie von Haien zerrissen werden? Mein Gott, in welcher Welt leben wir!«

Es hatte wenig Sinn, Gott anzuklagen. Gott half nicht mehr. Er war vor Entsetzen starr über seine Schöpfung. Aber irgend etwas mußte geschehen – man kann vor den Augen der Welt nicht herumsitzen und seine Ohnmacht herausweinen.

Sabah Salim war gründlicher vorgegangen als Norman White. Er hatte Kapitän Meesters, Fritz Abels, den Ersten Offizier, den Ersten Zahlmeister, den Ersten Ingenieur, den Chefsteward und zehn ausgesuchte Passagiere, ausnahmslos Frauen, in den ›Blauen Salon‹ gesperrt und ihnen zwei mit Maschinenpistolen bewaffnete Bewacher beigegeben. Das Angebot, die Frauen gegen Männer auszutauschen, lehnte er ab.

»Für das Herz eines Weißen ist eine weibliche Geisel wie eine glühende Zange«, sagte er blumenreich und lächelte breit. »Es wird sich im Notfall auch nicht vermeiden lassen, daß wir zuerst alle Frauen an Bord erschießen. In Gruppen zu zehn.«

»Sie Teufel!« schrie Meesters. Er saß wehrlos, mit auf den Rücken gebundenen Händen, auf einem Stuhl und konnte nichts anderes als brüllen. Salim antwortete nicht. Er verbeugte sich bloß und ging hinaus.

Im Lazarett saßen Dr. Wolff und Eve Bertram neben dem Operationstisch und warteten, als Salim hereinkam. McHolland, seit seinem Handstreich, der genau das Gegenteil bewirkt hatte, sehr still geworden, lief hin und her und hatte Mühe, sich mit dem Gedanken anzufreunden, daß jetzt das Ende seines Lebens gekommen war. Er hatte sich ein besseres

Sterben vorgestellt... einen Herzschlag auf einem Hochsitz im Wald von Schloß Baldmoore oder ein seliges Hinüberschlafen in seinem geliebten, breiten Bett.

»Verwundete?« fragte Wolff, als Salim in der Tür stehenblieb.

»Noch nicht, Doktor.« Salim sprach ein gutes, reines Englisch. »Aber wenn Ihre Brüder unklug sind, brauchen wir auch keinen Arzt mehr. Sie verstehen...« Er sah Eve Bertram an, ein Blick, der mehr enthielt als das Interesse an einer Geisel. Wolff biß die Zähne zusammen.

»Was wollen Sie eigentlich?« fragte Eve plötzlich. Wolff griff hart nach ihrem Arm.

»Mein Gott, halt den Mund!« sagte er auf deutsch.

»Eine gute Frage.« Salim lächelte breit. Er hatte ein scharfgeschnittenes Gesicht, war glatt rasiert und trug über einem europäischen Anzug eine Art Umhang. Den Kopf bedeckte ein weißes Tuch, von einer dreifachen, rotweiß gestreiften Gummikordel eng an den Schädel gepreßt. »Unsere Vorgänger liebten Gold und Geld... das ist uns gleichgültig, aber wir nehmen es gern als Nebenprodukt mit.« Salim setzte sich auf den OP-Tisch, beugte sich vor und streichelte Eve über die goldroten Haare.

Dr. Wolff ballte die Fäuste hinter seinem Rücken, aber als er sah, wie Eve diese gefährliche Zärtlichkeit mit einem Stolz hinnahm, den selbst Salim zu spüren schien, beruhigte er sich.

»Ich will es Ihnen erklären, Doktor –«, sagte Salim. »Ich erzähle es Ihnen, weil ich Sie zum Unterhändler machen will. Ein Arzt ist immer so etwas wie ein kleiner Gott in den Augen der Menschen, auch bei uns. Seinem Wort hört man zu... also passen Sie auf.« Er beboachtete Lord McHolland, der noch immer stumm hin und her ging, als sei er allein im Raum. Er hatte sich vor einer Stunde oben an Deck Sabah Salim vorgestellt mit den Worten: »Daß Sie an Bord sind, können Sie mir verdanken, Sie Halunke! Ich bin ein Idiot... aber ich hoffe, das irgendwie wiedergutzumachen.«

»Wir kämpfen nicht um die Freiheit Palästinas oder Gefangener, wie unsere Brüder in aller Welt. Wir haben unsere eigenen Probleme, die uns wichtiger sind als Jerusalem und der Jordan. Kennen Sie die Landkarte dieses Gebietes hier? Im Süden der Südjemen und Hadramaut, im Osten Maskat und Oman. Dazwischen wir, das Sultanat Dhufar. Alle beanspruchen uns, jeder will uns schlucken, alle Nachbarn fallen über uns her, um uns sich anzugliedern. Ein Kampf, von dem die Welt nichts weiß, um den sich niemand kümmert, ein blutiger Völkermord hinter dem Vorhang, ein Sterben unter Ausschluß der sonst so wachen und entrüstend schreienden Öffentlichkeit. Millionen kennen nicht einmal den Namen unseres Landes, unserer Städte Salala und Marbat. Millionen haben noch nie etwas von uns gehört. Dhufar – ist das ein neues Parfüm? Salala – ist das ein neuer Pop-Schlager? Und so verbluten unsere Brüder in den Felsen und im Wüstensand, kämpfen wir um unsere Freiheit, werden unsere gefangenen Brüder gefoltert und ermordet, und keiner, nicht eine einzige Stimme erhebt sich. Südarabien... ein Wunder, daß es noch zu dieser Welt gehört.«

Salim sprang von OP-Tisch. Sein scharfes Gesicht, das Gesicht eines Raubvogels, glühte von innen.

»Da schickte Allah dieses Schiff! Ein Schiff voll von Millionären, die man in der Welt kennt. Ein Schiff, das mehr wert ist als dreihundert Jahre Wüstenkrieg. Von heute an kennt uns jeder, und wir können unsere Not hinausschreien. Freiheit für das Sultanat Dhufar! Unabhängigkeit!«

Wolff atmete tief auf. Es war ein schmerzhafter Atemzug. Viele von uns werden keine Chance mehr haben zu überleben, dachte er. Wir sind in den Strudel von Haß, Fanatismus und Heimatliebe geraten, eine Mischung, explosiver als Dynamit.

»Und wir sollen die Köpfe sein, die ihr auf eure Fahnen steckt?« fragte er heiser.

»Sind wir Ungeheuer, Doktor?« Salim schüttelte den Kopf. »Wir verlangen nichts Unmögliches. Nur einen Vertrag von Oman, Saudi-Arabien, Südjemen: ewige Freiheit für Dhufar.«

»Der Mann ist ein Spinner«, sagte McHolland. »Als ob man jemals ein solches Papier ausfertigen würde!« Er blieb stehen und tippte sich an die Stirn. »Wegen vierhundert reichen Weltenbummlern! Man wird Sie auslachen...«

»Dann töten wir!« sagte Salim hart.

»Etwas anderes habe ich auch nicht erwartet.« McHolland legte beide Hände auf Eves Schultern. Sie zitterte, er spürte das Vibrieren unter seinen Fingern, aber er konnte nicht trösten. Er wußte keinen Trost mehr.

»Wann?« fragte er.

»Vielleicht schon morgen.«

»Dann bitte mich zuerst!«

»Das ist doch Irrsinn!« schrie Wolff und umklammerte das verchromte Gestänge des OP-Tisches.

»Es *ist* Irrsinn.« Sarah Salim nickte fast traurig. »Aber das Sterben von Unschuldigen ist das Salz in der Suppe der Revolutionen. Kommen Sie, Doktor... Sie sollen für uns in die Verhandlungen eintreten.«

Nach drei Stunden Funkverkehr erlaubte Salim, daß eine Kommission von der ›Rangers‹ an Bord der ›Fidelitas‹ kommen dürfe. Fünf Mann, nackt bis auf eine Badehose.

»Sie werden auch Männer des FBI bereithalten«, sagte Salim zu Dr. Wolff. Sie standen zusammen oben am Ende der Brücke und starrten hinüber zu dem langen Leib des Flugzeugträgers, der undeutlich im Dunst der brütenden Hitze schaukelte. »Aber ein nackter FBI-Mann ist ein lächerlicher Mann, selbst wenn er eine Bombe im After versteckt haben sollte.«

Auf der ›Fidelitas‹ hatte die neue Lage eine Art Agonie geschaffen. Die Passagiere blieben in ihren Kabinen, die Mannschaften in ihrem Logis in der Tiefe des Schiffsleibes. Nur die Köche und Stewards arbeiteten, als ginge die Luxusfahrt weiter, und die Borddruckerei druckte weiter die Speisekarte.

Truthahn à la Madame Conquort, Spargelspitzen in Sahnesoße, Pommes Dauphin...

Zum Mittagsessen läuteten die Glocken im ganzen Schiff, aber nur drei Passagiere erschienen im großen Speisesaal: Lord McHolland, Baron von Hoffberg und seine fröhliche, junge Bordgeliebte, die sich Nanny nannte.

»Ein heißer Tag«, sagte von Hoffberg und winkte McHolland zu. Und McHolland antwortete mit gleicher Gelassenheit: »Hoffentlich ist der Whisky gut geeist. Ich mag ihn sonst nicht zu kalt, aber heute –«

»Wie lange wollen Sie das Schiff festhalten?« fragte Dr. Wolff. Er aß mit Salim und Eve im Kommandoraum. Die Stewards liefen jetzt von Kabine zu Kabine und servierten das

Essen. Auch die Gefangenen im ›Blauen Salon‹ durften Truthahn essen – man band ihnen dazu die Hände los.

»Unbegrenzt«, antwortete Salim. »Bis man unseren Forderungen nachkommt.«

»Haben Sie sich schon überlegt, wie Sie in zwei Wochen die vierhundert Menschen ernähren wollen? So lange reichen die Vorräte. Wir sollten in Maskat neue Lebensmittel an Bord nehmen.«

»In vierzehn Tagen werden es keine vierhundert mehr sein«, sagte Salim ruhig. Er biß in sein Truthahnstück und nagte dann laut an den Knochen. »Über dieses Problem habe ich auch schon nachgedacht. Ich brauche keine toten, ich brauche lebende Geiseln. Aber Lebende essen. Es ist wirklich ein Problem.«

Wolff legte sein Besteck auf den Tellerrand und sah kurz hinüber zu Eve. Sie erwiderte seinen Blick, und es war, als erkenne sie seine Gedanken. Ihre Augen bettelten. Sag es nicht, bitte, bitte, sag es nicht. Er riß sich von diesem Blick los und wandte sich wieder Salim zu.

»Ein Vorschlag: Tauschen Sie hundert zu eins! Vier auserwählte Geiseln gegen vierhundert für Sie lästige Menschen. Ob vier oder vierhundert... der Effekt ist der gleiche. Sie haben die Aufmerksamkeit der Welt auf sich gezogen... diese vier werden für die Menschheit zu einem Symbol werden. Salim... vierhundert Geiseln, das ist etliche Nummern zu groß. Das müssen Sie doch einsehen.«

Sabah Salim starrte auf seinen Teller, stand dann brüsk auf und warf dabei den Stuhl um.

»Gut!« sagte er rauh. »Gehen wir zum Funkraum. Wir werden darüber mit denen da draußen diskutieren.«

Jetzt also war das Boot von der ›Ranger‹ unterwegs. Eine schnelle Barkasse, die über das Meer schoß und weißen Schaum um sich herum aufwirbelte. Vier Araber hatten wieder die Strickleiter ausgerollt und warteten nun an der Reling auf das Anlegen.

Lord McHolland und Baron von Hoffberg waren die einzigen Passagiere an Deck. Ein paar Stewards und Matrosen drückten sich an unübersichtlichen Stellen herum, um die kommenden Minuten, die eine Entscheidung bringen sollten, zu erleben.

»Die Brüder im Boot sind ja nackt!« sagte von Hoffberg. »Himmel, Arsch und Zwirn... wollen fünf nackte Männer Weltgeschichte spielen? Nicht übel. Wir leben im Zeitalter der Nudisten. Ich werd' verrückt!«

»Salim hat es so befohlen«, sagte McHolland

»Salim?« Von Hoffberg hieb auf die Reling. »Himmel, ist der Knabe schwul? Fünf nackte Männer...«

McHolland verzog sein Gesicht. Es war ein innerliches Lachen... aber es kam nicht nach oben. Auch ihm saß das Grauen im Nacken.

Die Barkasse legte an, amerikanische Matrosen hielten die Strickleiter fest, und dann kletterten fünf nur mit knappen Badehosen bekleidete Männer die steile Bordwand hinauf.

Die Araber halfen ihnen an Bord, nahmen sie dann in ihre Mitte und führten sie zur Brücke.

Sprachlos, ungläubig starrte Dr. Wolff auf die kleine Gruppe, die jetzt die Brückentreppe hinaufstieg. Der dritte Mann war mittelgroß, breitschultrig, muskulös und hatte ein Gesicht, als sei es aus Pergament zusammengekniffen worden. Auf der Brücke klatschte er in die Hände, zog die Schultern hoch und lachte Dr. Wolff an.

»Ja, ich bin's!« sagte der Mann. »Ich habe es ja gleich gesagt: Man kann euch nicht allein lassen. Verdammt, was ich mit diesem Mistkasten alles schon erlebt habe!«

»Dr. Bender...«, stotterte Wolff. »Bender, wo kommen Sie denn her?«

»Mit dem Flugzeug aus Daressalam. Als die erste Meldung über den Rundfunk kam... ja, glauben Sie denn, ich bleibe da zu Hause in meinem Schaukelstuhl?«

Er reckte sich. In der Badehose sah er etwas lächerlich aus, trotz seiner noch stämmigen Figur. Er hatte krumme Beine, man sah es jetzt.

»Sie sind ein Dickkopf, Bender.«

Wolff umarmte ihn. Salim, der hinter ihm stand, beobachtete die Szene nachdenklich. »Und was nun? Was wollen Sie an Bord Ihres verhaßten Kahns?«

»Was wohl?« Dr. Bender machte eine alles umfassende Armbewegung. »Das hier war dreiunddreißig Jahre lang meine Heimat. Junge, ich bin fast eingetrocknet in den paar Wochen an Land!« Er schob Dr. Wolff zur Seite und betrachtete Sabah Salim wie ein Pferd mit zwei Köpfen. »Ich bin hier, um mich als Geisel zu melden, du Halunke...«

Es war eine äußerst kritische Situation, die Dr. Bender mit diesem ehrlichen Satz heraufbeschworen hatte. Die vier nackten Männer hinter ihm verzogen die Gesichter, als hätten sie Essig getrunken. Auch Wolff hielt den Atem an. Er gab in diesen Sekunden nichts mehr für das Leben Dr. Benders.

Aber Sabah Salim schien nicht bereit, sich beleidigen oder provozieren zu lassen. Er lächelte etwas verzerrt, tippte mit dem Zeigefinger gegen Benders Brust und anwortete:

»Es wird sich möglich machen lassen. Warten Sie. Tun Sie nicht so, als habe die Wüste bisher nur auf Sie gewartet.«

Er zeigte auf den Kartenraum, ging voraus, und die vier nackten Unterhändler folgten ihm. Ein lächerlich-tragisches Bild: Vierhundert Menschen und ein großes schönes Schiff waren zusammengeschrumpft auf einige Quadratzentimeter weißer Haut.

Dr. Bender blieb zurück und lehnte sich draußen gegen das Brückengeländer. Er betrachtete Eve Bertram, als sehe er sie erst jetzt, und schüttelte den Kopf.

»Es lohnt sich nicht, junger Kollege, dieses Geschwafel da drinnen mit anzuhören. Die Forderungen der Araber sind unannehmbar – wir wissen es seit einer Stunde ganz genau. Keiner der arabischen Brüder rund um das Sultanat Dhufar ist bereit, für ein Schiff voller Weißer und Ungläubiger im Sinne des Propheten seinen Stolz aufzugeben. Denen ist es Wurscht, ob hier alles in die Luft fliegt oder zwischen die Haie fällt. Im Gegenteil, sie waren sich noch nie so einig. Sie haben Macht, mein Lieber. Sie sitzen mit ihren dicken Ärschen auf den Ölquellen, und wenn sie den Hahn zudrehen, bedeutet das Milliardenverluste für die Weltwirtschaft. Natürlich wollen sie ihr Öl nicht saufen, sondern verkaufen, aber zwei oder drei Monate halten sie es aus und drücken den Daumen drauf. Dann haben sie endlich einmal Zeit, ihr Geld zu zählen. Was das aber für uns alle bedeutet...« Bender kraulte sich die eisgrauen Haare. »Ich wette um jeden Preis: Ein Schiff und vierhundert Menschen sind den Fortbestand der Weltwirtschaft wert. Ein Scheißleben, mein Junge. Moral wird heute wie Dollar geschrieben. Sie haben sogar vier gemeinsame Buchstaben ...«

Er senkte den Kopf etwas und blickte Eve lange und stumm an.

»Sind Sie nicht die Frau, die an Bord gekommen ist, um zu sterben?«

»Ja«, sagte Eve.

»Und Sie leben immer noch? Erstaunlich. Ich habe Ihnen doch den Rat gegeben, einfach die Luft anzuhalten.«

»Das war zu beschwerlich, Doktor. Bert kannte eine bessere Methode.«

»Der Liebestod im Bett! Dazu bin ich zu alt, zu häßlich, zu bequem. Sie wollen also weiterleben?«

»Eine gewisse Zeit.«

»Das ist typisch weiblich. Was heißt das im Klartext?«

»Solange Bert lebt und mich liebt. Deutlich genug?«

»Bravo!« Bender klatschte in die Hände und wandte sich zu Wolff. »Wenn Sie einen Trauzeugen brauchen ...«

»Wir werden nie heiraten!« sagte Eve Bertram ruhig. Dr. Bender verzog sein Gesicht zu einem Lächeln. Tausend Fältchen runzelten die Haut, ein Gesicht wie mit winzigen Schnitten übersät.

»Was wollen Sie dann? Jede Frau will heiraten. Der Mensch hat zwei Beine, und sie haben ihren Namen. Beim Mann heißen sie Bett und Beruf, bei der Frau Liebe und Ehe. Eve, Sie sehen nicht aus wie ein Krüppel mit einem Bein. Sie nicht!« Bender blickte hinüber zu dem Fenster des Kartenraumes. Die vier nackten Unterhändler des Krisenstabes redeten gestenreich auf den unbeweglich am Tisch stehenden Sabah Salim ein.

»Sie haben recht, kleine Frau –«, sagte Bender und wandte sich ab. »Das sind alles nur noch theoretische Überlegungen. Wenn dieser Salim nicht zu überreden ist, wäre ein Hochzeitsessen jetzt herausgeschmissenes Geld.«

»Ich habe das Funkzündgerät für die sieben Bomben in meiner Kabine«, sagte Wolff leise. »Vielleicht überzeugt das?«

»Sie wollen einem Araber mit dem Tod drohen? Wolff, Sie Spinner! Den Helden erwartet nach Mohammeds Erzählungen der siebte Himmel, wo wunderschöne Huris die Ankommenden empfangen und betreuen. Das war ein raffinierter Knabe, dieser Mohammed. Bei ihm ist das Sterben eine Wonne... uns Christen droht man dagegen eine genaue Seelenprüfung an mit Strafgericht und dem Schlimmsten, was es überhaupt geben kann: die Wiederauferstehung!« Bender winkte ab. »Werfen Sie den Funkkasten über Bord. Dann sind die Bomben unwirksam, und die Reederei hat wenigstens etwas Hoffnung, diesen Saukahn zu behalten. Man wird Ihnen posthum eine Lobrede widmen, die am nächsten Tag schon wieder vergessen ist. Aha, unsere Diplomaten. Sie sehen aus wie ertappte Bettnässer –«

Aus dem Kartenraum kamen Salim und die vier nackten Unterhändler. In ihren Gesichtern war zu lesen, daß die Verhandlungen gescheitert waren.

»Was nun?« fragte Bender laut, ehe jemand etwas erklären konnte.

»Geiseln! Vier Stück.« Einer der Nackten, ein sehr vornehmer Mann – ein Graf Latour, wie man später aus den Zeitungen erfuhr – wischte sich mit zitternden Händen über das Gesicht. »Wir haben uns angeboten, aber man will uns nicht.«

»Erstaunlich.« Dr. Bender grinste. »Ich hätte nicht gedacht, daß Guerillas auch Ästheten sind.« Er ging einige Schritte auf Salim zu und baute sich vor ihm auf. »Hier ist Geisel Nummer eins!«

»Angenommen«, antwortete Salim knapp. Er sah hinüber zu Dr. Wolff. Der verstand den Blick und löste sich vom Brükkengeländer.

»Nummer zwei!« sagte er. Seine Stimme war ganz ruhig. Aber er zuckte zusammen, als hinter ihm Eves Stimme laut sagte:

»Nummer drei!«

»Das ist verrückt! Salim, nehmen Sie diese Meldung nicht an!«

Bevor er sie zurückhalten konnte, hatte sich Eve Bertram an ihm vorbeigedrängt und stand nun zwischen Salim und Wolff. Wer sie jetzt ansah, gab es auf, sie mit Worten zu überzeugen. In ihren grünen Augen loderte eine Kraft, die selbst Salim wie einen Hitzestrahl empfand, vor dem er kapitulierte. Ein dünner, warmer Wind von Land, von der Wüste her, was aufgekommen und zerzauste die goldroten Haare, trieb sie Eve über das Gesicht, preßte das dünne Kleid an ihren Körper.

»Angenommen«, sagte Salim mit belegter Stimme.

»Eve!« schrie Wolff. Er packte sie an den Schultern und riß sie zurück. »Das kannst du nicht tun! Du hast jetzt die Chance, weiterzuleben!«

»Ohne dich?« Sie wandte kurz den Kopf. Ihr Lächeln war nichts als verzerrte, gefrorene Traurigkeit. »Ohne dich...?«

»Ich komme doch wieder.«

»Warum lügst du? Du weißt genau, daß du lügst. Es gibt keine Wiederkehr. Ich bleibe bei dir bis zuletzt.«

»Bender, helfen Sie mir!« schrie Wolff außer sich. »Vielleicht haben Sie die richtigen Worte auf Lager. Ich kann nicht mehr...«

»Was fragen Sie mich?« Dr. Bender zeigte auf Eve. »Salim, wenn ich Ihnen für diese Frau zwei Männer biete...«

»Lehnen Sie ab!« rief Eve dazwischen. »Ich trete nicht zurück.«

»Nein!« sagt Salim laut.

»Fünf Männer!«

»Ich bin fünfhundert, fünftausend wert...« Sie riß plötzlich ihre Bluse auf, ihre herrlichen Brüste lagen bloß. Salim preßt die Lippen zusammen. »Lassen Sie mich bei ihm bleiben«, sagte Eve tonlos. »Ich flehe Sie an...«

»Es hat keinen Zweck.« Bender trat zurück und hob die Schultern. »Mein Junge, lassen Sie sie. Sie wollte ja sowieso sterben. Die Sache hat sich nur etwas verschoben: An ihrer Seite macht es jetzt sogar Freude. Isoldes Liebestod auf arabisch.«

»Das ist ja Wahnsinn«, stammelte Wolff. »Kompletter Wahnsinn.«

»Wenn eine Frau wie Eve liebt, gelten keine normalen Begriff mehr, das sollten Sie längst gemerkt haben. Finden Sie sich damit ab, Wolff. Wir sind also drei. Fehlt Nummer vier. Ich schlage vor: den Kapitän dieses Schiffes, Johann Meesters.«

»Abgelehnt.« Sabah Salim beugte sich über das Brückengeländer. An dem Türdurchbruch der Reling, an der die Strickleiter hing, standen noch immer Lord McHolland und Baron von Hoffberg, umringt von vier Arabern, die ihre Maschinenpistolen auf die kleine Barkasse unten an der Bordwand gerichtet hatten. »Ich verlange diesen streitbaren alten Mann da unten...«

»McHolland? Unmöglich.« Wolff trat neben Salim. »Der Mann hat Durchblutungsstörungen in beiden Beinen und nimmt Medikamente, die sein Blut verdünnen. Er ist ein künstlicher Bluter. Er würde an einem kleinen Stoß innerlich verbluten.«

»Das ist mir gleichgültig.« Salim zeigte auf den Lord. »Den da! Er hat mich einen Verbrecher genannt. Keine Diskussion!«

»Irgendwie ist Methode drin«, sagte Bender sarkastisch. »Zwei Ärzte, ein Lord aus einer längst schon vergessenen Generation, eine junge, schöne Frau... man will der Welt mit unserem Tod ein besonderes Bonbon in den Mund schieben. Hallo!« Bender beugte sich über das Geländer. McHolland blickte nach oben. »Euer Lordschaft werden gebraucht. Man hat Sie zur Geisel Nummer vier ernannt! Machen Sie mit?«

»Welche Frage!« McHollands Stimme war klar und erstaunlich kräftig. »Ich komme sofort. Ist Gepäck nötig?«

»Kein Gepäck.« Bender winkte mit beiden Händen ab. »Wo wir hinkommen, brauchen wir selbst kein Hemd mehr.«

McHolland gab Baron von Hoffberg die Hand, sagte noch etwas zu ihm und kam dann zur Brückentreppe. Hunderte von Augen folgten ihm... er ging mit schnellen, weitausgreifenden Schritten über das Deck und kletterte die Treppe hinauf.

»Ich freue mich«, sagte er, als er neben Salim stand. Während alle in der Sonnenglut schwitzten, war seine Haut trocken wie altes Leder. »Sie wissen, meine Herren, ich habe eine Dummheit auszubügeln.« Er blickte sich um.

»Sind wir jetzt komplett?«

»Ich verlange noch einen Offizier der Schiffsführung.« Der Araber reckte sich.

»Vier waren ausgemacht, Salim«, sagte Dr. Wolff.

»Jetzt sind es fünf! Bestimmen Sie oder wir?«

Es war nicht schwer, den fünften Mann zu finden. Ohne Zögern stellte sich der Erste Offizier, Fritz Abels, zur Verfügung. Kapitän Meesters begann zu schimpfen und zu toben, belegte Salim mit Namen, die noch keiner gehört hatte und die aus einer besonderen Kiste der Seemannssprache stammen mußten, aber Salim kümmerte sich nicht darum. Er ließ sich nicht beleidigen, er durchschaute Meesters, der gegen Abels getauscht werden wollte, und lachte nur, als der Kapitän brüllte: »Du Sauaas, verdammtes! Du geschwüriger Kastrat! Du Hurenesel!«

»Geben Sie sich keine Mühe«, sagte Salaim ruhig. »Das einzige, was ich mit Ihnen tun kann, ist, Sie anzuspucken.«

Er tat es sofort, spuckte Meesters mitten in das verzerrte Gesicht und verließ den ›Blauen Salon‹. Die gefesselten Gefangenen ließ er frei.

»Auch als Geisel ist es unüblich, nackt herumzumarschieren«, sagte Dr. Bender, als Salim wieder auf der Brücke erschien. »Ich habe in meiner alten Kajüte noch einen Anzug im Schrank hängen. Darf ich den holen?«

Salim nickte.

Nach zehn Minuten war Dr. Bender wieder da. Er trug einen Art Drillichanzug, den er damals zurückgelassen hatte. Ein zerknittertes Ding, schmutzig und fleckig. »Den habe ich immer angezogen, wenn ich dem Ersten Ingenieur im Maschinenraum half. Da war ja immer was los. Sie müssen wissen, ich bin ein begeisterter Bastler.« Er legte den Arm um Wolffs Schulter, als wolle er ihm vor dem Kommenden, dem Grauenhaften, Mut zusprechen, aber in Wirklichkeit suchte er nur die Höhe des Ohres. »Ich habe Gift mitgebracht«, flüsterte er. »Mit einem Plastiksäckchen in den After geschoben. Da suchen sie bestimmt nicht. Kein Araber blickt einem Weißen in den Arsch. Verhüte Gott, daß ich einen Durchfall bekomme …«

Die fünf Geiseln standen nebeneinander auf der Kommandobrücke. Mit gesenkten Köpfen kletterten die Unterhändler die Strickleiter hinunter zur Barkasse. Das Schiff und vierhundert Menschen waren gerettet … aber diese fünf blieben zurück, und um diese fünf Geiseln würde nun die Welt kämpfen müssen.

Tat sie es wirklich? Sind fünf Menschen heute noch so viel wert, daß man ihretwegen den Atem anhält? Ist es nicht einfacher, bequemer, für alle sicherer, fünf Menschen einfach zu vergessen?

Fast alle Passagiere, Offiziere und Mannschaften waren auf den Decks, als die Barkasse ablegte und zurück zu dem Flugzeugträger knatterte. Aber niemand blickte ihr nach – alle Augen waren auf die fünf Menschen gerichtet, die oben neben Sabah Salim und Hassan Mustafa auf der Kommandobrücke standen.

Salim holte das Megaphon aus dem Ruderhaus und beugte sich über das Geländer. »Alles wieder unter Deck!« brüllte er. »Um Mitternacht können Sie das Kommando über Ihr Schiff wieder übernehmen, Kapitän.«

»Zu gütig, Sie Miststück!« brüllte Meesters mit seiner gewaltigen Stimme zurück.

In wenigen Minuten waren die Decks wieder leer. Zwei Araber schleppten Bergson, den Funker, aus seinem Funkraum. Er wehrte sich, schlug um sich, aber ein paar Hiebe auf den Kopf ließen ihn schließlich zusammensinken. Blut floß ihm aus der Nase. Man warf ihn wie ein Stück Abfall in eine Ecke der Aufbauten.

Unterdessen zerstörten Ali Ibrahim und ein anderer Araber die gesamte Funkeinrichtung und schnitten damit die Verbindung mit der Umwelt ab. Die Anfragen von der ›Rangers‹ blieben unbeantwortet... sie fuhr deshalb näher an die ›Fidelitas‹ heran und schwenkte die Geschütze zu ihr.

Gelassen beobachtete Salim das Manöver. Sie werden nie schießen, dachte er und lächelte über diese armselige Drohung. Sie alle denken nur an das Leben und flüchten vor dem Tod. Sie werden gegen uns immer verlieren...

Genau um Mitternacht stieß der lange, flache Kahn wieder von der hohen Bordwand ab, der Außenbordmotor begann zu knattern, die Bootsspitze drehte sich der Küste zu.

Mitten zwischen den Arabern in ihren schwarzen Dschellabahs hockten Bender, Wolff, McHolland, Abels und Eve Bertram, eng zusammengerückt, zwei Decken über sich. Es war eine kalte Nacht, von der Wüste wehte der Sandwind über das Meer.

Hinter ihnen leuchtete mit tausend Lichtern die ›Fidelitas‹. Meesters hatte Festbeleuchtung befohlen, bis hinauf zu den Mastspitzen der Antennen und Radarkreisel glitzerten die Lichterketten. Die Nebelhörner dröhnten zum Abschied.

Am äußersten Ende der Brücke stand Meesters, umklammerte das Geländer und schämte sich nicht, daß er weinte.

»Die sehen wir nie wieder«, sagte er zu dem Ersten Ingenieur. »Kein Staat wird sich wegen fünf Menschen auf den Rücken legen lassen. Jackson, wenn ich dran glauben würde... ich könnte jetzt beten –«

Das Boot verschwand in der Dunkelheit, ein Schatten, den das Meer auffraß. Meesters ging zurück zum Ruderhaus, schaltete die Sprechanlage ein und legte die Hand auf den Maschinentelegrafen.

»Anker auf!« schrie er mit völlig fremder Stimme. »Ruder hart steuerbord! Volle Kraft voraus!«

Durch das Riesenschiff lief ein Zittern, die Maschinen stampften wieder. Das Rasseln der einlaufenden Ankerkette durchschnitt die Stille der Nacht.

Es war gespenstisch: Während die ›Fidelitas‹ sich drehte und von der nahen arabischen Küste wegfuhr, standen alle Passagiere mit gefalteten Händen im großen Festsaal, und die Bordkapelle saß auf der leeren Bühne und spielte einen Choral.

In dem langen, flachen Boot, das langsam über das dunkle, ruhige Meer tuckerte, blickte Eve Bertram noch einmal zurück zu dem wegschwimmenden Schiff.

Dr. Bender stieß sie sacht an.

»Na?« fragte er. »Wie ist nun dieses Gefühl, mit Sicherheit in den Tod zu fahren?«

»Gräßlich«, antwortete Eve. Ihre Stimme hatte keinen Halt mehr. »Ich wollte nie lieber leben als jetzt –«

Sie landeten in völliger Dunkelheit in einer felsigen Bucht. Der Kiel des Bootes knirschte über Sand, es gab einen Ruck, McHolland fiel hin und sagte: »Sorry, Gentlemen. Es kann sein, daß meine Reise schon beendet ist. Wenn ich mir einen Bluterguß geholt habe, kann's gleich lossprudeln wie eine Quelle.«

»Licht!« schrie Dr. Wolff. »Salim, sorgen Sie für Licht! McHolland hat sich verletzt.«

»Es gibt kein Licht«, antwortete Salim. »Das könnte Ihnen so passen, uns die amerikanische Marine auf den Hals zu hetzen. Auf diesen Trick des Lords falle ich nicht 'rein.«

»Geben Sie's auf!« McHollands Stimme war so kühl und

unbeteiligt wie immer. »Es kann ja sein, daß dieser Bums ohne Folgen bleibt.«

Wolff kroch zu McHolland hin. Undeutlich sah er, daß schon Dr. Bender bei ihm war und ihn abtastete. Unterdessen wurde das Boot von vier Arabern halb auf den sandigen Strand gedrückt, während drei an einem dicken Tau zogen. Ibrahim schwenkte den Außenbordmotor hoch.

»Sie können aussteigen!« sagte Salim. Er stand irgendwo in der Dunkelheit, die durch die nahen, fast senkrechten Felswände noch verstärkt wurde, und schien alles zu sehen. »Kommen Sie nach vorn, dann sind Sie an Land, wenn Sie über die Bordwand steigen.«

Als erster sprang Dr. Wolff in den weichen Sand, umfaßte Eves Taille und hob sie herüber. Dr. Bender führte McHolland an der Hand wie ein blindes Pferd.

»In Indien konnte ich nachts sehen wie eine Eule«, sagte der Lord. »Aber seit vier Jahren bin ich nachtblind. Halt! Jetzt sehe ich Umrisse. Das sind Sie, Salim!«

»Ja.«

»Sehen Sie, Ihr Halunkentum leuchtet sogar in der Nacht.« Er kletterte an Land und zog seine Tweedjacke herunter. »Darf man rauchen?«

»Nein!«

»Eine Pfeife –«

»Nein!« brüllte Salim. Die Ruhe McHollands machte ihn nervös. »Erst hinter den Felsen können Sie Ihre verfluchte Pfeife anstecken.«

»Danke. Es ist eine Dunhill Shag, keine ordinäre verfluchte Pfeife.«

Langsam gewöhnten sich die Augen an die tiefe Finsternis. Einzelheiten brachen aus dem Schwarz hervor... im Hintergrund das etwas hellere, gekräuselte Meer, dann das flache Boot, ein paar Menschengestalten, bizarre, zerklüftete, vom Wind und der gnadenlosen Sonne zersprengte Felsen, ein Stückchen Sandküste, als habe ein Riese eine Handvoll Staub fallen lassen, darüber ein Himmel, wie ein verrußtes Dach.

»Alle an Land«, sagte Dr. Bender, der als einziger noch am Boot stand. »Ich schlage vor, wir kürzen das Verfahren ab. Wir stellen uns alle in eine Reihe, und Sie drücken ein paar Sekunden lang auf den Abzug Ihrer Maschinenpistole, Salim. Was halten Sie davon?«

»Gar nichts.«

»Sie sparen sich Ärger, unsere Ernährung, einen schwierigen Transport und bei bei jedem Mann, auch bei Ihnen, vorhandenen Skrupel, bei vollem Sonnenlicht eine Frau wie Eve Bertram umzubringen. Jetzt, in der Nacht, ist das für Ihre Seele kein Problem.«

»Gehen Sie weiter!« schrie Salim. »O Allah, hätte ich auf Sie doch verzichtet!«

»Jetzt ist es zu spät.« Dr. Bender lachte rauh. »Ich hänge Ihnen wie ein Amulett am Hals. Sie müssen mich schon abreißen und wegwerfen, sonst gehen Sie zu Boden.«

»Ich werde Ihnen das Maul mit einem Pflaster zukleben!« knirschte Salim. »Wann Sie sterben, bestimme ich.«

»Wenn das kein Irrtum ist...« Dr. Bender tappte durch die Dunkelheit.

Wolff zog die Schultern hoch. Er dachte an das Plastiksäckchen mit Gifttabletten, das Bender sich in den Mastdarm geschoben hatte. Eine ohnmächtige Wut überkam ihn. Er legte den Arm um Eve und ging den schmalen Sandstreifen hinauf, den Felsen zu.

»Angst?« fragte er leise.

»Nur um dich –«, sagte sie. Ihre Zärtlichkeit war erschütternd. Fritz Abels folgte ihnen, er keuchte vor Erregung.

»Noch etwas, Sie Erzgauner.« Die kräftige Stimme McHollands füllte die Nacht aus. »Ich verabscheue Kamelstutenmilch. So etwas trinken Sie doch?«

»Ich habe in Kairo und München studiert, Lord!« rief Salim.

»Was hat das mit Kamelstuten zu tun? Wie transportiert man uns denn weiter?«

»Mit Kamelen –«

»Na also!«

Die kleine Kolonne stampfte landeinwärts. Es zeigte sich, daß die Felsen eine Art Pfad freigaben, es ging ein Stück bergauf, dann um einige Biegungen herum, und plötzlich lag eine Ebene vor ihnen, glatt wie ein Tisch. Sand, Kiesel, von der Sonne verbranntes, totes Land. Die Nacht war mildtätig und deckte es mit Kälte und Schwärze zu. Aber mit dem

Aufgang der Sonne würde es eine hitzeflimmernde Hölle werden...

»Ein Paradies«, sagte McHolland voll Sarkasmus. »Salim, das ist den Preis unserer Leben nicht wert.«

»Es ist meine Heimat!«

Die Wanderung ging weiter, nach links, parallel mit dem Meer, das hinter den Felsen liegen mußte. Sie kamen in eine neue rauhe Felslandschaft, die zehn Araber umringten ihre fünf Geiseln und rückten näher heran.

»Merken Sie was?« sagte Bender ungeniert zu Wolff. »Wir kommen in eine entscheidende Phase. Ich war lange genug im Orient. Ich rieche Kamele...«

»Ich rieche nichts.«

Bender behielt recht. Hinter einer Biegung, in einem kleinen Talkessel, hockte eine kleine Kamelherde. Ein paar glimmende Haufen getrockneten Kamelmistes bildeten die Lagerfeuer. Sie gaben kein Licht, waren nur rötliche Punkte in der Nacht. Aber für McHolland war das ein Signal.

»Kann ich jetzt meine Pfeife anstecken?« fragte er. Salim drehte sich um.

»Wenn wir unten sind.«

»Ist Ihnen eigentlich klar, daß Ihre ganze Aktion ein Schlag in den Wind ist? Gut, Sie haben ihr Publikum gehabt, die ganze Welt hat Ihnen zugesehen, millionenfache Empörung gab einen herrlichen Theaterdonner ab, aber damit ist es auch schon aus! Ein billiges Rührstück in einem Akt. Was nun? Was nützt Ihnen unser Tod? Gar nichts! Die Welt wäre enttäuscht, wenn Sie es nicht täten. Es widerspräche allen Gepflogenheiten, und nichts nimmt der Mensch mehr übel als nicht eingehaltene Versprechen. Das ist das Verrückte, Salim: Wenn Sie uns leben lassen, regen Sie die Menschheit viel mehr auf. Sie ist dann nämlich ratlos. Zu Terror gehört Blut; streuen Sie dagegen Rosen, können Sie damit alle aus den Schuhen kippen.«

»Wir haben immerhin sämtlichen Schmuck und das Geld aller Passagiere!« brüllte Salim heiser.

»Aha!« McHollands Stimme erhob sich auch. »Freunde, wir haben uns geirrt. Es sind doch nur miese Gauner. Das ändert alles. Jetzt sollte jeder auf seine Weise an den Himmel denken!«

Bis zum Morgengrauen blieben sie neben den Kamelen. Sie saßen auf kleinen, ausgerollten Teppichen, rauchten und waren sehr schweigsam. Selbst Dr. Bender verzichtete auf böse Kommentare, wenn sich die Wachen vor ihnen ablösten. Eve Bertram schlief, den Kopf an Wolffs Schulter. Er hatte den Arm um sie gelegt und schützte sie vor der Nachtkälte mit seinem schmalen Sitzteppich. Er selbst saß im Sand, der Rücken schmerzte ihn, er spürte jeden Muskel, als würde er zu einer Schraube gedreht. Aber er rührte sich nicht aus Angst, Eve könne aufwachen. Es ist vielleicht ihre letzte Nacht, dachte er. Ihr letzter Schlaf, aus dem sie wieder erwacht.

Brennende Angst durchzog ihn wieder. Plötzlich verstand er, warum ein Mensch in höchster Not schreien kann... da ist etwas in der Brust, das hinaus will, das immer höher steigt, das einen ganz überflutet und das explodieren muß, sonst platzt der Körper auseinander.

Dr. Bender kroch zu ihm und zog seinen Teppich hinter sich her. Er setzte sich hinter Wolff und beugte sich vor.

»Lehnen Sie sich an mich an«, sagte er leise. »Sie müssen ja schon lahm sein. Wie ein Pflock sitzen Sie da.«

»Eve schläft so glücklich...«

»Ich rücke an sie heran, dann entspannen Sie sich.« Bender schob sich nahe an Wolff. Sie saßen jetzt Rücken an Rücken, und Wolff lehnte sich an Bender. Es war das köstlichste Gefühl, das er je empfunden hatte.

»Wollen Sie für sich und Eve eine Kapsel?« fragte Bender leise. »Jetzt kann ich sie aus dem Hintern nehmen. Es sieht keiner.«

»Was ist es denn?«

»Zyanid in einer Hartgelatinekapsel. Mensch, fragen Sie nicht, woher ich sie habe und warum ich sie 'rumschleppe. Ich hab' noch einen zweiten Plastikbeutel bei mir, den können Sie sich in den Mastdarm schieben.«

»Und McHolland? Abels?«

»Haben ihr Himmelströpfchen schon. Abels trägt das Sauding an der Spitze vom linken Schuh, und der Lord hat's in der Pfeife.«

»Aber wenn er raucht...«

»Er hat seine letzte Pfeife vor zwei Stunden geraucht. Jetzt lutscht er unter dem Tabak seinen Tod.« Bender lachte leise. »So macht man im Handumdrehen Nichtraucher, Kollege.« Wolff hörte Bender mit irgend etwas rascheln, ein paarmal stießen ihre Rücken zusammen.

»Es ist gar nicht so leicht, sitzend an seinen Hintern zu kommen«, flüsterte Bender.

»Lassen Sie es.« Wolff schüttelte den Kopf. »Ich nehme das Zyanid nicht.«

»Wollen Sie zusehen, wie man Eve in Hadramaut auf einem der heimischen Sklavenmärkte verkauft? Wie man sie nackt ausstellt und vor dem Kauf eine Liebesprobe von ihr verlangt? Junge, ich kenne Sie besser, als Sie sich selbst. Sie würden verrückt.«

»Bestimmt, Dr. Bender.«

»Und darauf läuft es hinaus, Wolff. Haben sie den Bericht der Untersuchungskommission der UNO über den heimlichen Sklavenhandel gelesen? Was keiner für möglich hielt: Es gibt gerade hier in Südarabien noch Sklavenmärkte. Man kennt sogar die Sklavenhandelsstraßen. Aus dem Sudan zur Küste von Nubien, dann übers Rote Meer nach Arabien, südlich von Abha. Von hier aus ziehen die Sklavenkarawanen an die geheimen Verkaufsplätze. Jeder weiß das hier, aber sie schweigen wie das Grab.« Bender schien seinen kleinen Plastiksack aus dem Darm geholt zu haben, er atmete ein paarmal tief durch. »Uns werden sie irgendwo in der Wüste umlegen, aber eine Frau wie Eve ist Tausende von Piastern wert. Ein Kapital auf zwei Beinen, und was für Beine! Man wird jede Brust von ihr mit Gold aufwiegen …«

»Hören Sie auf, Bender«, stöhnte Wolff. »Das ist unerträglich.«

»Wollen Sie zwei Kapseln, Sie Idiot?«

»Geben Sie her …«

Wieder rumorte Bender hinter Wolffs Rücken herum, dann tauchte seine rechte Hand an Wollfs Oberschenkel auf.

»Wenn Sie die Knie anziehen und mit der Hand zwischen den Schenkeln entlangfahren und das Gesäß etwas heben, geht's«, flüsterte Dr. Bender. Die Wachen wurden wieder abgelöst, es war jetzt die günstigste Gelegenheit. »Los, machen Sie schon! Das Gefühl ist nicht das beste. Ich nehme nicht an, daß Fremdkörper im Hintern bei Ihnen erotische Reflexe auslösen...«

Wolff versuchte es, wie Bender es ihm vorgeschlagen hatte. Es klappte wirklich... er schob den winzigen Plastiksack mit den Zyanidkapseln in seinen Mastdarm und nickte. »Alles in Ordnung. Danke, Dr. Bender.«

»Und jetzt schlafen Sie auch, Wolff. Ich passe auf Ihre Eve auf... der Tag wird furchtbar werden.«

Die Sonne ging auf wie ein Messingteller, den jemand über den Horizont schob. Sie war blaß, man konnte in sie hineinsehen, der Himmel wurde milchig, dann flockig, als gerinne er. Plötzlich aber brach alle Kraft aus dieser blanken Scheibe heraus, die Glut explodierte förmlich am Himmel, die Scheibe floß auseinander, wurde ein einziges Strahlen.

Es war Tag.

Die verbrannte Einsamkeit von Felsen und Wüste begann im Licht zu leben, schrecklich und doch schön. Aus dem zerklüfteten Gestein stiegen mit klatschenden Flügelschlägen die Geier empor, zogen über das kleine Lager im Bergkessel, ließen sich rund um die Menschen und Kamele auf den Felsen nieder.

Sie warteten. Aas ist überall, wo auch Leben ist. Geduld... sie ist die Zwillingsschwester der Wüste.

Salim klatschte in die Hände. Die fünf Schlafenden schraken hoch. Ein Teil der Kamele war schon beladen, auf die anderen wurden jetzt die Sättel gehoben. Wolff streichelte Eves Gesicht, ihr Kopf lag in seinem Schoß, sie hatte geschlafen wie ein Kind. Dr. Bender blieb auf dem Rücken liegen und breitete ein Taschentuch über sein Gesicht. Fritz Abels war aufgesprungen, machte ein paar Kniebeugen, um die Steifheit aus seinen Muskeln zu treiben, und lief auf der Stelle. Nur Lord McHolland stand aufrecht und mit allem Stolz, wie ihn nur ein Brite zeigen kann, und rief zu Sabah Salim hinüber:

»Eine Frage, Erzhalunke: Waschen Sie Schwein sich eigentlich nie?«

»In Hissi Maksa habe ich ein Schwimmbad!« brüllte Salim zurück.

»Und wo liegt dieses Drecksnest?«

»Am Wadi al Atinah. 120 Meilen von hier.«

»Bis dahin soll ich mir den Dreck abkratzen?«

»Rauchen Sie ihn in der Pfeife!«

McHolland betrachtete seine Pfeife und steckte sie zwischen die Zähne. Wolff hielt unwillkürlich den Atem an. Gab McHolland auf? Wolff drückte Eve an sich und hielt beide Hände vor ihre Augen. Aber McHolland dachte gar nicht daran, als erster auf der Strecke zu bleiben.

»Ich rauche seit vierzig Jahren meine Marke. Sir Handleys Goldenblend. Haben Sie die in Ihrem verfluchten Hissi Maksa?«

»Nein –«, antwortete Salim verwirrt. Dier Mann ist eine wahre Strafe Allahs, dachte er.

»Auch das nicht!« McHolland lutschte an seinem Pfeifenbiß. »Schurke! Ich werde meinen Vorrat rationieren müssen. Ab heute täglich nur eine Pfeife!«

Dr. Bender lüftete das Taschentuch von seinem Gesicht und stieß Wolff mit dem Fuß an.

»Von diesem alten Knaben kann man Haltung lernen«, sagte er. »Wenn ich Sklavenhändler wäre, ich würde McHolland für teures Geld als menschliche Antiquität verkaufen. Verdammt, ich hätte nicht gedacht, daß mir noch jemand Mut beibringen könnte...«

Eine halbe Stunde später zog die kleine Karawane hinaus in die flimmernde, weißgelbe Unendlichkeit der Wüste. Der Himmel war aus glühendem Stahl. Es gab keinen Weg, keine Markierung, nur die Richtung nach dem Stand der Sonne.

Und die Geier zogen mit. Sie kreisten um die Karawane, starrten mit langgestreckten, kahlen Hälsen herunter und warteten.

Auch in der Wüste deckt Allah jeden Tag den Tisch... Gegen Mittag wurde es unerträglich heiß. Eve Bertram hing in ihrem hölzernen Kamelsattel, klammerte sich an den hohen Holmen fest und hatte kein Gefühl mehr für Zeit und Raum. Als Wolff sie anrief, reagierte sie nicht... ihr Kopf war nach vorn gefallen, und es war ein Wunder, daß sie nicht schon längst in den staubfeinen Wüstensand gefallen war.

Wolff hatte noch nie auf einem Kamel gesessen, er wußte nicht, wie man es dirigierte, denn in der Schlange der Karawane brauchte er nichts zu tun, das Tier trottete einfach dem

Vordertier nach, aber jetzt wagte er es einfach, zog an dem Strick, der anscheinend der Zügel sein sollte, und hieb mit den Absätzen dem Kamel in die Seiten.

Das Tier brummte tief auf, brach nach links aus, begann einen leichten, schaukelnden Trab und rannte an den anderen Kamelen entlang zur Spitze der Karawane. McHolland, den Wolff damit überholte, winkte ihm mit der Pfeife zu, die er auch jetzt zwischen die Zähne geklemmt hatte.

»Nach London immer geradeaus, dann links um die Ecke 'rum!« rief er. »Aber warum die Eile? Unsere Särge sind schon gemacht.«

Sabah Salim, der als erster ritt, hielt sein weißes Hedschaskamel an und scherte aus der Reihe aus. Da Dr. Wolff keine Ahnung hatte, wie man ein in Trab geratenes Kamel wieder anhält, griff Salim zu und riß brutal an der Kopfleine.

»Wo wollen Sie denn hin?« rief er wütend.

»Zu Ihnen! Verdammt, legen Sie eine Rast ein! Was Sie tun, ist Mord. Frau Bertram fällt gleich aus dem Sattel.« Wolff drückte ein Taschentuch vor seinen Mund. Der feine Sandstaub, den er aufgewirbelt hatte, drang in jede Ritze, setzte sich auf der schwitzenden Haut als schmierige Schicht fest, füllte seinen Gaumen wie mit klebrigem Brei. »Sie können mit uns nicht stundenlang durch die Sonne reiten.«

»Ich kann.« Salim hob die Hand. Die Karawane hielt, von hinten kam Dr. Bender angeritten. Er schien einfach alles zu können; auch ein Kamel beherrschte er.

»Ich weiß, was Sie wollen, Wolff«, sagte er, als er aus der Staubwolke wieder auftauchte. »Aber hier zu rasten, ist das Blödeste, was man tun kann. Das einzige, was hilft, ist Bewegung, in der Sonne zu hocken, ist so, als wollten Sie sich zu einem Ziegelstein backen lassen. Glauben Sie mir, ich habe einige Jahre Orienterfahrung hinter mir.«

»Eve wird ohnmächtig!« stöhnte Wolff. »Die Hitze laugt sie aus. Das ist doch Mord!«

»Mord wäre es, jetzt auszuruhen. Blicken Sie mal nach oben!« Über ihnen kreisten wieder die Geier, niedriger als bisher, enger, die gebogenen Schnäbel geöffnet. »Die Mülleimer der Wüste warten«, sagte Dr. Bender. »Für sie sind wir ihr gedeckter Tisch, wir brauchen nur noch zu rufen: Es ist serviert! Nein! Wir müssen weiter! Im Notfall binden wir Eve auf ihrem Kamel fest...«

»Warum diese ganze Qual, wenn man uns doch töten will?« schrie Dr. Wolff.

»Das ist eine gute Frage.« Bender wandte sich zu Salim, der stumm, wie festgewachsen, in seinem mit einem Teppich belegten Holzsattel saß. »Wie lange reiten wir bis zu diesem Hissi Maksa?«

»Wenn wir nicht dauernd durch verweichlichte Europäer gestört werden, vier Tage.« Salim verzog sein braunes, gegerbtes Gesicht. McHolland ritt heran. Abels kümmerte sich um Eve, beugte sich zu ihr hinüber und stützte sie mit beiden Händen. Auch McHolland schien schon auf einem Kamel gesessen zu haben, wie er herankam, von Staub umwirbelt, die Pfeife im Mund, die Golfmütze auf den weißen Haaren, repräsentierte er das Urbild britischer Gelassenheit.

»Wer verhandelt während unserer Wüstentour eigentlich wegen unserer Auslösung?« rief er.

»Der Emir Hasna Mahmud al Rahman.«

»Du meine Güte! Da hängt auch noch ein Emir drin? Ein völlig neues Geiselgefühl. Wo kann man den hohen Herrn besichtigen?«

»In Hissi Maksa.« Salim hob den Arm. »Warum so viele Worte?«

»Da hat er recht.« Bender wendete sein Kamel, griff nach der Leine von Wolffs Tier und führte es mit. »Wir können uns in der nächsten Nacht noch warmreden...«

Die Karawane zog weiter. Der Himmel über ihnen wurde zu flüssigem Blei, die Sonne hatte jede Form verloren und war nur noch gelbes, auseinandergeflossenes Feuer. Die Wüste begann wieder steinig zu werden. Zuerst Geröll, dann Felsbrocken, die im Sand staken wie Stacheln. Dann rückten neue kahle, weißgraue, leblose Berge näher, der Boden wurde fest, die Hufe der Kamele klapperten wie Trommelwirbel.

Wolff nahm das alles kaum noch wahr. Er schaukelte an Eves Seite und wunderte sich, daß sie noch vorhanden war. Sie lag fast im Sattel, weit nach vorn gebeugt, dicke Stricke waren um Leib und Brust geschlungen... ein lebendes Paket, das weggetragen wurde. Es war die einzige Möglichkeit gewesen...

Bender und Abels hatten Eve nach Angaben Salims so verschnürt und damit verhindert, daß sie aus dem Sattel rutschte.

In einem Felsental, in dem die heiße Luft wie in einem Backofen stand, hielt die Karawane an. Salim kam von der Spitze, betrachtete Eve und ritt wieder zurück. Laute, heisere Rufe ertönten, die Kamele knieten nieder, die Araber sprangen aus den Sätteln, als seien sie gerade erst aufgestiegen, große verschnürte Ballen rollten von den Lastkamelen über den Boden.

Niedrige schwarze Zelte, Teppiche, Filzmatten, verbeulte Kupferkessel, Holzplatten, Wassersäcke, Lederbeutel mit getrocknetem Fleisch und gemahlener Hirse.

Der erste Tag war zu Ende. Bender und Abels schnürten Eve auf und hoben sie aus dem Sattel, trugen sie wie eine zerbrochene Puppe etwas abseits und legten sie auf den ersten ausgerollten Teppich. Bender deckte ein schmutziges Tuch über ihren gekrümmten Körper.

Mit weichen Knien, völlig gefühllos am ganzen Leib, schwankte Wolff heran und lehnte sich dann an ein kniendes Kamel. McHolland stand herum wie ein abgebrochener, knorriger Ast, den man in den Boden gerammt hatte.

»Salim!« brüllte er. »Halunke! Wasser für die Lady!« Dann hustete er, krümmte sich zusammen und spuckte. Sein Hals war voll von Wüstensand. Es dauerte keine Stunde, dann stand das Lager. Fünf schwarze Zelte und ein an zwölf dicken Stangen aufgespanntes Dach aus farbloser, ausgebleichter Leinwand. Darunter lagen jetzt die Kupferkessel, zwei aus zusammengetragenen Steinen gebildete Feuerstellen und die Holzkisten mit der Verpflegung. Das Küchenzelt. Salim kam zu der Gruppe der Geiseln und machte eine einladende Handbewegung.

»Zwei Zelte gehören Ihnen. Die Schlafordnung machen Sie unter sich aus. Zu Ihrer Information: Wachen werden nicht aufgestellt. Nur ein Idiot würde von hier flüchten.«

»Das haben wir längst eingesehen«, sagte McHolland böse. »Keine falschen Hoffnungen, Schurke ... wir nehmen Ihnen die Arbeit des Tötens nicht ab. Was gibt es zum Abendessen?«

»Hammelfleisch mit Hirsebrei.«

»Ein Trost.« McHolland schielte hinüber zu zwei Arabern, die gerade ein Feuer aus getrockneten Kamelmistblöcken anzündeten. »Wenn bloß der Gestank Ihres Herdes nicht ins Fleisch zöge! Schauerlich.«

Wolff und Bender kümmerten sich um Eve Bertram. Sie wuschen ihr das Gesicht und den Nacken, flößten ihr Wasser zwischen die aufgesprungenen Lippen ein, und sie war so schwach, daß sie kaum schlucken konnte und ihr das Wasser aus den Mundwinkeln wieder herausfloß. Bender tat das einzig Richtige... er massierte ihren Hals und drückte ihn zu, bis Eve verzweifelt nach Luft schnappte und die Not, zu ersticken, auch ihre Schluckbewegung wieder anregte.

»Das ist eine verdammt brutale Therapie, Bender«, sagte Wolff heiser.

»Stimmt. Und so was lernt man in keiner medizinischen Vorlesung. Ein fundamentaler Fehler des Medizinstudiums. Man muß helfen lernen mit nur zehn Fingern. Mit einem Haufen bester Instrumente ist das keine Kunst. Wenn das Ganze nicht einfach undurchführbar wäre, sollte jeder Arzt zwei Jahre unter primitivsten Zuständen arbeiten, ehe man ihn auf die Menschen losläßt. Sehen Sie, Ihr Liebling schluckt.« Er hielt ihr wieder den spitzen Ausguß des Wassersackes aus Ziegenfell an den Mund. »Schön langsam trinken, Eve. Das ist Leben, was Sie da bekommen. Reines Leben! Schlucken und dann tief atmen! Wasser ist *das* Geschenk Gottes, um dessentwillen man ihn kritiklos anbeten muß.«

Vom Küchenzelt zog der Geruch von Feuer und gebratenem Fleisch durch das kleine Lager. Ein ätzender Duft mischte sich dazwischen... der brennende Kamelmist.

Später aßen sie, im Kreise hockend wie eine große Familie bei einem Picknick. Das Fleisch schmeckte köstlich, der Hirsebrei war mit nichts zu vergleichen, das Wasser eine Himmelsgabe. »Dafür werfe ich das Essen im Carlton weg«, sagte McHolland. »Und zu diesem Fest rauche ich wieder eine Pfeife.«

Er steckte sie in den Mund, drückte mit dem Daumen den Tabak tiefer in den Pfeifenkopf, beugte sich vor und zündete sie an dem brennenden Kamelmist an. Die Giftkapsel hatte er irgendwann herausgenommen. Er trug sie jetzt im Schweißrand seiner Golfmütze.

Die Nacht brach herein, ohne lange Dämmerung, mit einem

streifigen Abendrot, das schnell erlosch, als die Sonne versank. Sofort wurde es kühl, das leblose Land speicherte keine Wärme mehr, aus dem weiten, sternenübersäten Himmel, der plötzlich in ergreifender Schönheit aufglitzerte, fiel die Kälte herunter wie ein unsichtbarer Eisregen. Ein Temperatursturz von über 50 Grad...

»Gehen wir ins Bett –«, sagte Bender sarkastisch. »Über die Verteilung dürfte kein Zweifel herrschen. McHolland, Abels und ich das eine Zelt, Wolff und Eve das andere... Ist's so richtig?«

Wolff sah kurz hinüber zu Eve. Sie lehnte an ihrem hohen Holzsattel, eine Decke um ihre Schultern, die goldblonden Haare waren in ein fleckiges Tuch gewickelt, das Bender von Salim besorgt hatte.

»Ja«, sagte sie. »So ist es richtig...«

Sie krochen in ihre Zelte, klappten das Türtuch herunter und legten sich auf die Teppiche, die man über den harten Boden gebreitet hatte. Für die müden, vom stundenlangen Ritt zerstoßenen Knochen waren sie jetzt weicher als das herrlichste Luxusbett. Eve schob sich dicht an Wolff heran und legte ihre Hand auf seine Brust. Ihre zerbrochene Zärtlichkeit, dieses Tasten nach seiner Nähe waren so erschütternd, daß Wolff mit seiner letzten Kraft seinen Arm unter ihren Nacken schob und sie auf sich zog. Sie lag über ihm, ihre Haare fielen wie ein Goldregen über sein Gesicht, er spürte den Druck ihrer runden Brüste, das Anschmiegen ihrer Schenkel, die Wärme ihres Körpers, ihre über seine Augen tastenden Lippen, aber er war von der mörderischen Sonne zu ausgelaugt, um mehr zu empfinden als ein Glück, das ihn merkwürdig leicht werden ließ.

»Ich muß dir etwas beichten«, sagte sie.

Er schüttelte müde den Kopf. »Wo wir sind, sind alle Sünden vergeben, Eve.«

»Ich will weiterleben! Ich will nicht sterben! Das ist es, Bert.« Sie lagen Gesicht auf Gesicht, atmeten kaum und kämpften verzweifelt gegen die Schwäche, die sie beide überzog.

»Sterben ist schrecklich«, sagte sie. »Ich habe es heute gespürt. Aber jetzt ist es zu spät.«

»Ja, Eve, ja. Es ist zu spät. Du hättest nie auf dieses Schiff kommen dürfen.«

»Dann hätten wir uns nie getroffen. Ich lebe doch nur durch dich...«

»Es wird ein verdammt kurzes Leben werden.«

»Aber das schönste dieser Welt.« Sie umfaßte sein Gesicht und küßte ihn von der Stirn bis zum Kinn. Dann sagte sie mit einer erschreckend nüchternen Stimme: »Stimmt es, was Dr. Bender sagt? Sie können mich auf einem Sklavenmarkt verkaufen?«

»Es ist möglich.« Sein Herz verkrampfte sich. »Wir sollten nicht daran denken, Eve«, sagte er heiser.

»Wir müssen darüber sprechen. Versprich mir, daß du mir die Giftkapsel gibst, wenn sie uns trennen...«

»Eve...«

»Versprich es mir, Bert.«

Er nickte. Er war nicht mehr fähig, ja zu sagen, und wenn er es gekonnt hätte, wäre es wie ein Aufschrei gewesen.

»Ich liebe dich«, sagte sie. »O Gott, wie liebe ich dich, Bert. Wie kann ein Mensch nur so lieben, es ist unbegreiflich.«

Sie legte ihren Kopf in seine Halsbeuge, küßte seine Schulter und schlief ein.

Mitten in der Nacht rüttelte jemand an Wolffs Beinen. Er schrak hoch und setzte sich. Eve lag neben ihm, zusammengerollt wie ein Igel. Das Eingangstuch war hochgeschlagen, Kälte strich über Wolffs Körpter, eine in der Dunkelheit unkenntliche Gestalt hockte draußen und griff wieder ins Zelt, um an Wolffs Füßen zu zerren.

»Wachen Sie auf! Haben Sie einen Schlaf! Ich wette, Sie können sogar die Posaunen des Jüngsten Gerichtes verschlafen!«

Die Stimme Dr. Benders. Wolff zog die Knie an und kroch leise zum Eingang.

»Kommen Sie bloß nicht auf die Idee, doch zu flüchten«, flüsterte er. »Ich gehe nicht ohne Eve, und sie hält so einen Wahnsinn nicht mehr durch. Reiten Sie allein, Bender.«

»Verdammt, ich brauche Sie.« Bender zog Wolff ins Freie. In der Mitte des Lagers brannten zwei Feuer hell und breit. Eine Gruppe Männer kniete auf dem Boden, zwei Handlampen beleuchteten etwas, was auf der Erde zwischen ihnen lag. »Ich habe andere Sorgen als Flucht. Statt den Kerlen unsere Kapseln unter das Hammelfleisch zu mischen, müssen wir jetzt ärztlich tätig werden. Kommen Sie mit. Sehen Sie sich die Sauerei an.«

»Was ist denn passiert?« Wolff hatte Mühe, hinter Bender herzulaufen. »McHolland?«

»Nein. Ein Mistkerl mit Namen Fuad Abdallah. Bitte –« Sie hatten den Kreis der Männer erreicht. Vor einem der großen Feuer lag langgestreckt einer der Araber. Sein rechtes Bein war entblößt und oberhalb des Knies mit einem Knebelverband abgebunden. Salim kniete am Feuer und überwachte drei lange Messer, deren Schneide langsam zu glühen begann.

Die Araber machten Platz, und Bender und Wolff hockten sich neben den Liegenden.

»Wie es passiert ist, weiß keiner. Fuad Abdallah wachte auf, als er einen Stich in der rechten Wade spürte. Er ist sofort aufgesprungen, aber die Kerle schlafen ja ohne Licht. Erst am Feuer hat er gesehen, daß ihn irgend etwas gebissen oder gestochen hat. Sehen Sie sich das an, Wolff. Wir rätseln jetzt herum: War's eine Sandviper, dann soll der Halunke schnell zu Allah flehen... war's ein Skorpion, kann Beten ebenfalls nicht schaden, war's irgendein kleines, ungiftiges Biest – hier in den Felsen kriecht allerlei herum, Gott weiß allein, warum er auch so ein Viehzeug schuf, dann wäre ein großer Eingriff Blödsinn. Was also tun? Warten wir ab, bis das Bein anschwillt, ist's zu spät. Sie haben mir doch erzählt, daß Sie auch ein paar Vorlesungen Tropenmedizin mitgehört haben...«

Wolff beugte sich über das Bein, hob es hoch, betastete die kaum sichtbare Wunde und kontrollierte die Abbindung. Sie war fest. Über dem Knebel staute sich das Blut.

»Das wenigstens ist in Ordnung«, sagte er.

»Danke.« Bender schnaufte durch die Nase. »Noch bin ich nicht völlig vertrottelt. Operieren?«

»Ja, aber womit?«

»Salim glüht drei schöne, gebogene Arabermesser aus...« Bender zeigte auf den flammenden Kamelmisthaufen.

»Und Verbände? Klammern? Nahtmaterial?«

»Wolff, denken Sie an meine Worte von gestern abend: Wir haben zehn Finger... das genügt für einen Arzt. Außerdem führt Salim eine Art Bordapotheke bei sich. Binden und drei scheußlich stinkende Salben gegen Kamelverletzungen. Hier denkt man erst an die Kamele und dann an den Menschen. Alte Weisheit: Was einem Kamel guttut, ist auch für einen Menschen nützlich.«

»Und Narkose?«

»Hier liegen Steine genug herum.«

Salim kam vom Feuer. Er war wie ein wandelnder Ofen, sein Körper strahlte Hitze aus.

»Schneiden?« fragte er knapp.

»Ja.« Wolff legte das Bein vorsichtig auf den Teppich zurück. »Es ist ein Schlangenbiß.« Er stand auf und wischte sich die Hände an der Hose ab. »Gute Nacht.«

»Halt!« Salim vertrat ihm den Weg. »Wohin?«

»In mein Zelt. Ich bin müde. In ein paar Stunden hetzen Sie uns ja wieder durch die Sandhölle.«

»Sie operieren nicht?«

»Nein!« sagte Wolff laut. Er sah, wie Dr. Bender beide Hände auf den Kopf legte, als regnete es plötzlich. Es war eine Geste des Entsetzens.

»Sie lassen meinen Freund sterben?«

»Ja –«

»Ich zwinge Sie dazu, zu operieren!« brüllte Salim.

»Wie denn?« Wolff schüttelte den Kopf. »Mit der Waffe? Wir haben uns alle mit dem Sterben abgefunden... das ist keine Drohung mehr.«

»Sie sind Arzt!« sagte Salim gefährlich leise.

»Und ein Mensch, der nichts mehr zu verlieren hat. Das wiegt mehr. Gute Nacht.« Er wollte weitergehen, aber Salim hielt ihn mit beiden Händen fest. Er krallte sich in Wolffs Hemd und stemmte sich in die Erde.

»Fuad Abdallah ist mein Bruder!« keuchte er. »Mein einziger Bruder.«

»Und Eve ist meine Frau und der einzige Mensch, den ich liebe.«

»Bei Allah!« Salim riß an Wolffs Hemd. Seine Augen funkelten vor Angst. »Doktor, lassen Sie uns tauschen... meinen Bruder gegen Eve –«

Dr. Wolff zögerte.

Salims Angebot war ungeheuerlich, es bedeutete die Rettung Eves, und Wolff zweifelte keinen Augenblick daran, daß Salim sein Wort halten würde. Aber der Einsatz war nicht nur hoch, er war auch ebenso riskant.

»Ich kann Ihnen nicht versprechen, Fuad zu retten«, sagte er mit trockener Kehle. »Keiner kann das. Wenn Ihr Bruder stirbt, werden Sie mir vorwerfen, ich hätte ihn getötet.«

»Nein. Aber Sie töten ihn, wenn Sie nichts tun«, stöhnte Salim.

»Gut.« Wolff löste Salims verkrallte Finger aus seinem Hemd. »Ich operiere. Wie es auch ausläuft: Sie rühren Eve nicht an, Sie schicken sie zurück.«

»Ich schwöre es bei Allah und meiner Mutter. Wollen Sie noch mehr?«

Wolff kehrte zu dem Verletzten zurück. Bender saß neben ihm auf dem Teppich und wickelte um einen runden Stein ein dreckiges Turbantuch. Die Narkose.

»Das Bein schwillt an. Scheiße!« sagte er. »Ihr Tauschgeschäft aber verstößt gegen jedes ärztliche Ethos.«

»Ich habe Eve gerettet, Bender. Das ist mir wichtiger als jeder medizinische Schwur.« Er kniete sich auf die andere Seite und winkte den beiden Arabern, die die Taschenlampen hielten. »Näher! Tiefer! Warum operieren Sie nicht allein, Bender? Sie sind doch auch Chirurg.«

»Ich habe keine ruhige Hand mehr.« Er hielt seine beiden Hände ausgestreckt nebeneinander. Sie zitterten leicht. Bender lächelte schief. »Keine Sklerose, mein Junge... Whisky, Schnaps und Weiber. Aber Sie werden sich wundern, wie gut ich noch assistieren kann. Fangen wir an?«

»Ja. Tief im Gesunden.« Wolff richtete sich auf. Salim brachte vom Feuer die Messer. Die Schneiden glühten rot.

»Das spart uns alle Blutstillung«, sagte Bender ruhig. »Wir verschmoren alles. Da kapitulieren auch alle Bakterien. Narkose, Kollege?«

»Gleich.« Wolff hob das Bein Fuad Abdallahs über seinen Oberschenkel, legte ein Tuch dazwischen und tastete noch einmal das Bein ab. »Es wird eine Metzgerarbeit werden«, sagte er. »Ich schneide es lang auf. Wo sind die Verbände, Salim?«

»Hier.« Ein Holzkasten wurde zu ihm hingeschoben. Darin

lagen auch die Blechbüchsen mit der stinkenden, wie Motorfett aussehenden Wundsalbe für die Kamele. »Ein Messer zurück ins Feuer!« Wolff hob die rechte Hand. Der heiße Griff eines kleinen, leicht gebogenen Dolches wurde ihm in die Finger gedrückt.

»Narkose!«

Fuad Abdallah starrte Wolff aus weiten Augen an. Er war noch ein junger Mann, nach europäischen Begriffen fast noch ein Kind, aber für seinen Stamm war er alt genug, ein Krieger zu sein.

Dr. Bender hob den umwickelten Stein und legte den linken Zeigefinger auf eine Stelle von Fuads Hinterkopf. »Sie haben dicke Schädel«, sagte er. »Keine Gefahr für eine commotio.«

Dann schlug er kurz und trocken zu. Fuad Abdallah verdrehte die Augen, die Muskeln erschlafften, er spürte nichts mehr.

Das glühende Messer zog einen tiefen Schnitt in das Bein. Es zischte, der Geruch von verbranntem Fleisch und heißem, verdunstetem Blut umhüllte sofort alle, die Bender und Wolf umstanden. Salim starrte auf die breite Wunde, die Wolf schuf, ein Schnitt der weit hinauf führte und das Bein mit Blut überströmte, als habe man eine sprudelnde Quelle bloßgelegt.

»Das Licht tiefer!« sagte Wolff. »Nahe ans Bein!«

Es war eine kurze, brutale, vom chirurgischen Standpunkt aus geradezu undelikate Operation. Aber sie war die einzige Möglichkeit, das Schlangengift mit dem breiten Blutstrom auszuschwemmen. Oberhalb des Knies lag noch der Knebel, von dort konnte nichts mehr kommen und konnte auch nichts mehr hinauf in den Körper dringen. Aber alles Blut unterhalb des Knies mußte weggenommen werden.

»Lösen Sie langsam den Knebel –« sagte Wolff, als der Blutstrom merklich nachließ und das Bein weißlich wurde.

»Das wollte ich gerade vorschlagen, sonst können Sie das Bein direkt abschneiden.« Bender löste etwas den Stauring. Sofort schoß frisches Blut aus der langen, tiefen Wunde.

»Zu!« rief Wolff »Salim, das andere Messer.«

»Aha, jetzt koagulieren Sie. Gut, mein Junge! Meinen Sie, es war genug?«

»Wir können ihn nicht ausbluten lassen.« Wolff sah an sich

hinunter. Er saß in einer Blutlache, seine Hosenbeine waren völlig durchtränkt.

»Wenn das jetzt ein Drache wäre und Sie Jung-Siegfried, wären Sie unverwundbar. So aber ist das nur eine Sauerei«, sagte Bender in seiner sarkastischen Art. »Natürlich haben Sie keine Hose zum Wechseln mit.«

»Ich gebe Ihnen eine Dschellabah«, sagte Salim hinter ihnen. Er hielt das glühende Messer hin. »Wird Fuad weiterleben?«

»Wenn Sie fleißig zu Allah beten«, fauchte Bender.

Salim antwortete nicht. Er wartete, bis Wolff das Messer genommen hatte und trat dann Bender von hinten in den Rücken. Der Arzt kippte kurz nach vorn, aber er hielt den Knebel fest umklammert.

»Die Honorierung ärztlicher Leistung war von jeher schlecht«, knirschte er. »Aber daß sie so mies sein kann, hätte ich nicht gedacht...«

Der Geruch verbrannten Fleisches und das Zischen des verdunstenden Blutes überdeckte jetzt alles, ein süßlich-bestialischer Geruch, der würgende Übelkeit in die Kehle trieb. Selbst Bender wurde etwas blaß.

»Jetzt einen dreifachen Kognak«, sagte er tief atmend. »Mein Junge, Sie haben Nerven. Daran sehe ich, daß mein Leben als Arzt schon längst beendet ist. Ich habe nur noch eine große Fresse...«

Die Blutung stand. Die Wundränder waren schwarz, verbrannt, die Hunderte von Kapillaren waren verschmort. Fuad regte sich. Der Schmerz, den sein Körper zu ertragen hatte, war größer als die Betäubung. Der Schmerz rief die Erinnerung zurück, zerriß den Vorhang des Vergessens.

»Narkose!« sagte Wolff. Er starrte auf die schreckliche lange Wunde und dachte mit Schaudern daran, daß Fuad Abdallah ja nicht immer betäubt sein konnte und dann den Schmerz aus sich herausschreien würde, bis er heiser oder wahnsinnig war.

Dr. Bender schlug mit dem umwickelten Stein wieder zu. Fuad streckte sich, bevor sein Hirn und seine Nerven die Schrecken an seinem Körper signalisieren konnten.

»Haben Sie gar nichts, was Schmerzen lindern kann?« fragte Wolff. Er reichte Salim das Messer zurück. Der drückte es an sein Herz, wandte sich nach Osten, verbeugte sich, küßte die blutverkrustete Schneide des Messers und steckte es dann in seinen breiten Gürtel.

»Nur die Salbe. Sie kühlt und heilt«, sagte er mit leiser Stimme.

»Versuchen wir es.« Bender schraubte den Deckel einer der Büchsen auf. »Auch ein Kamel ist ein Säugetier wie der Mensch. So betrachtet dürfte wohl nichts passieren.«

Sie schmierten die Salbe dick über die gräßliche Wunde, wickelten dann die Verbände darum und nickten den anderen Arabern zu. Sie hoben Fuad Abdallah vom Boden und trugen ihn weg in eines der schwarzen niedrigen Zelte. Auch Bender erhob sich und streckte sich.

»Wenn ich jetzt Blitzlicht und Kamera hätte«, sagte er. »Wie Sie da in der Blutlache sitzen... das gäbe ein zünftiges Foto, als Wandbild in jeder Praxis aufzuhängen: Der Chirurg nach getaner Arbeit, das große Halali singend.«

»Wird Fuad leben?« fragte Salim. Er half Dr. Wolff beim Aufstehen, packte ihn unter die Achseln und hob ihn vom Boden hoch.

»Ich hoffe... ja...«

»Danke, Doktor.« Salim zögerte, dann umarmte er Wolff und küßte ihn auf beide Wangen. »Wir werden Eve nicht hinrichten...«

»Welch eine Nacht!« Bender rieb seine Hände an der Hose ab. Auch sie war vom Blut durchtränkt. »Bert, Sie sind der erste und einzige Mensch, der von seinem Tod geküßt wurde.«

Sand. Felsen. Eine zerplatzte Sonne. Ein flammender Himmel. Weite, flimmernde Einsamkeit. Stille, die in den Ohren dröhnt, weil der Herzschlag und das Rauschen des Blutes wie Paukenschläge klingen. Eine Welt ohne Anfang und Ende. Salzfelder, zerrissen wie zersplittertes Glas.

Und die Kamele trotten dahin, ihre Hufe gehen lautlos im Sand unter, die Menschen hängen in ihren Sätteln, vom pulverfeinen Staub überzogen, gepuderte Clowns für Stumme und Blinde. Die Wüste. Die ewig Schweigende. Das tote Land von Mahra.

Vier Tage wie im Mittelpunkt der Sonne. Vier Tage durch ein

Meer von fliegendem Sand. Vier Tage, länger als vier Ewigkeiten.

Und vier Nächte in der Kälte von Millionen Sternen.

»Morgen sind wir am Wadi al Atinah«, sagte Salim in der Dämmerung zur fünften Nacht. Die Kamele knieten im Kreis, die Zelte wurden aufgebaut, Fuad Abdallah – er lebte noch immer – wurde von den Zeltstangen geschnallt, auf denen man ihn auf einem Lastkamel transportierte. Er hatte bis jetzt nicht geschrien, aber sein junges Gesicht war grau geworden und seine Augen wie blind.

»Wer kann diese Menschen verstehen?« hatte Bender am dritten Tag zu Wolff gesagt. »Ich hasse das Wort Helden abgrundtief, aber mir fällt bei dem Jungen kein anderes ein. Ich würde brüllen, bis in der Wüste ein Wirbelwind entsteht.«

Sabah Salim hatte sich nach der Operation geweigert, eine Pause einzulegen. »Sie haben operiert, das war Ihre Sache«, hatte er zu Wolff gesagt. »Jetzt reiten wir weiter, und Fuad wird ein tapferer Krieger sein, das ist unsere Sache.«

Gleich nach dem Absitzen schwankte Wolff jetzt hinüber zu dem Küchenzelt, das als erstes aufgerichtet worden war und unter desssen Dach Fuad Abdallah lag. Von der anderen Seite, fast unkenntlich, wie in Mehl gewälzt, humpelte Dr. Bender heran.

»Verbandwechsel, was?« rief er.

»Ja.« Wolff setzte sich auf einen heruntergenommenen Sattel. »Wenn wir morgen in Hissi Maksa sind, hat diese Qual ein Ende.

»Hoffen Sie?« Bender begann, den völlig mit Sand verklebten Verband aufzuwickeln. Die Salbe war durchgedrungen, das Bein wirkte wie ein großer Fliegenfänger. »Machen Sie sich keine Illusionen, mein Junge. Dieses Hissi Maksa wird ein armseliger, grüner Fleck um einen Brunnen sein, und wir werden rätseln, warum, wofür und wovon dort Menschen leben.« Er hatte die letzte Lage Verband entfernt, die Salbe war getrocknet und fiel weg wie Pulver. »So eine Scheiße!«

Das Bein war rot, geschwollen, die Wunde schwärzlich aufgetrieben. Wie das ein Mensch stumm, mit unbewegtem Gesicht aushalten konnte, war einfach rätselhaft.

Salim kam mit einem Topf Wasser. Ihm folgte Eve mit nassen

Tüchern. McHolland und Fritz Abels bauten ihr Zelt auf, nachdem man es ihnen gezeigt hatte, mußten sie es selbst tun.

»Wir müssen amputieren«, sagte Bender leise, bevor es Salim hören konnte. »Aber nicht hier. Warten wir bis Hissi Maksa. Diese paar Stunden spielen nun auch keine Rolle mehr. Am besten wäre es, dem Jungen meine Zyanidkapsel über die Zunge zu schieben ...«

Salim kniete sich neben seinem Bruder in den Sand. Er legte die feuchten Tücher über die schreckliche Wunde, und Fuad lächelte verzerrt.

»Himmel, Arsch und Wolkenbruch!« schrie Bender. »Warum lächelt er und brüllt nicht die Sonne vom Himmel?«

»Fuad hat keine Schmerzen«, sagte Salim stolz.

»Bei *dem* Bein?«

Salim beugte sich über seinen Bruder. »Hast du Schmerzen, Fuad?«

»Nein, Sabah –«

»Brennt dein Bein?«

»Es ist kalt wie die Nacht.«

Bender stieß Wolff in den Rücken. »Kommen Sie«, sagte er heiser. »Ich bekomme Komplexe. Wenn ich nur ein Hundertstel von der Kraft hätte, so zu sterben ...«

In der Nacht lagen Eve und Wolff wieder eng umschlungen in ihrem Zelt und waren glücklich in ihrer gemeinsamen Müdigkeit. Mehr ließ der mörderische Tag der Wüste nicht mehr zu ... nur sich fühlen, dem anderen nahe sein, wissen, daß man lebt ... das war jetzt der Gipfelpunkt ihrer Liebe.

»Morgen sind wir in Hissi Maksa«, sagte Wolff. »Salim hat mir versprochen, dich mit einem motorisierten Händler unauffällig über die einzige Straße zurück zur Küste zu bringen. Irgendwie wird das möglich sein. Die Straße wird von Regierungstruppen kontrolliert.«

»Es ist dumm, darüber zu sprechen, Bert«, antwortete sie. »Ich bleibe dort, wo du bist.« Sie legte ihm beide Hände auf den Mund, und unter ihren pressenden Fingern sagte er mühsam:

»Es wird sich alles finden, Eve. Du wirst leben ...«

»Du und ich, oder keiner! Warum machen wir soviel Worte über das Selbstverständlichste.«

Sie küßte ihn und ließ ihre Lippen auf seinen Lippen liegen, bis er kapitulierte und nickte. Ich werde mit Salim darüber reden, dachte er. Wir werden sie zwingen müssen, weiterzuleben... ich habe es ja schon einmal getan...

In der Nacht zerbarst die bisherige Stille. Weit, weit weg heulten Hyänen. Die Wüste belebte sich. Dort in der Ferne gab es Wasser, gab es Schatten, hatte man Häuser zwischen Palmen und Tamarisken gebaut, blühten Blumen, dufteten Gärten.

In dieser Nacht träumte Wolff von einem silbernen See, und er lag in dem eiskalten Wasser auf dem Rücken und spuckte in die machtlose Sonne.

Sie ritten noch sechs Stunden, dann tauchte am Horizont die Spitze einer Palme auf. McHolland trieb sein Kamel zu Wolff und Bender und wedelte mit seiner Golfmütze durch die flimmernde, stehende Luft.

»Ist so etwas möglich?« rief er mit versandeter Stimme. »Wir kommen tatsächlich an, wo wir hinwollten. Wie merken sich diese Halunken hier bloß einen Weg? Sehen Sie auch Häuser?« Er schrak zusammen. An der Spitze der Karawane bellten jetzt Schüsse auf. Die Signale der Rückkehr.

»Aha!« sagte Bender und zeigte nach vorn. Eine Staubwolke quoll dort auf, wurde größer, zerstörte das milchige Blau des Himmels. »Die feierliche Einholung des Schlachtviehs. Das erinnert mich an Spanien, dort werden auch die Stiere bekränzt, ehe man sie totsticht.«

Eine kleine Reitertruppe kam auf sie zugaloppiert. Ein bärtiger Mann ritt an ihrer Spitze, seine weiße, innen mit kobaltfarbener Seide gefütterte Dschellabah flatterte offen um ihn herum wie ein Mantel. Darunter trug er einen weißen Tropenanzug.

Die Karawane hielt, zog sich auseinander, bildete eine lange Reihe, wie angetreten zur Parade. In ihrer Mitte hockten, wie ein Knoten, eng beieinander, die fünf Geiseln.

Die Kavalkade hielt vor ihnen. Der Mann in dem herrlichen Mantel – er war, das sah man jetzt, an den Rändern mit Goldfäden bestickt – hob grüßend die Hand an die Stirn.

»Der Emir Hasna Mahmud al Rahman!« brüllte Sabah Salim am Anfang der Reihe. »Allah segne ihn!«

Hasna Mahmud senkte die Hand, ritt langsam näher und musterte die fünf Europäer.

»Das erinnert mich an Indien–«, sagte Lord McHolland plötzlich laut. »Der Rebell Pandit Sahib sah genauso aus. Er bekam lebenslänglich, saß zwei Jahre in Lahore, und studierte dann in Oxford Jura.«

Niemand lachte. Auch McHolland hatte das Gefühl, als vereise plötzlich die Wüste.

»Ich begrüße meine Toten«, sagte Hasna Mahmud mit tiefer, wohlklingender Stimme. »Sie sind wirklich tot. Ich habe mich gezwungen gesehen, gestern Ihren Tod der Öffentlichkeit bekanntzugeben.«

Es ist ein unangenehmes Gefühl, tot zu sein und doch zu leben. Man sieht sich plötzlich überflüssig auf der Erde, neben alle Dinge und Menschen gestellt, man sieht, hört und empfindet und ist doch ein Nichts geworden. Irgendwo da draußen ist der eigene Name durchgestrichen worden ... in den Akten, Karteien und Listen der Behörden, ein paar Nachrufe werden noch gebracht, ein paar Worte der Pietät, weil es sich so gehört und weil die Welt etwas sagen muß, um Empörung und Entsetzen zu manifestieren ... aber dann, nur ein paar Tage später, ist man wirklich tot, und es gibt größere Probleme als fünf Menschen, die ein paar Guerillas in einem Land, in einer Wüste liquidiert haben, die kaum jemand kennt, die man nicht aussprechen kann, die es geradezu leichtmachen zu vergessen.

Dhufar, Salala, die Wüste von Mahra, der Wadi al Atinah, der Emir Hasna Mahmud al Rahman ... Himmel noch mal, wer soll das behalten? Auf der Autobahn Köln – Frankfurt gab es gestern beim Frühnebel sieben Tote und 23 Verletzte. 26 Wagen waren ineinander verkeilt, mit Schneidbrennern mußte man die Schreienden herausschweißen. Das kann man sich merken, bis übermorgen ... aber Wadi al Atinah –

McHolland war der erste, der die Sprache wiederfand. Er grüßte mit seiner Pfeife, indem er sie an die Stirn tippte, und ritt dem Emir zwei Schritte entgegen.

»Wir sind also tot«, sagte er ruhig. »Das ist ein Zustand, der auch uns neue Privilegien verschafft. Zunächst haben wir einen

Mordshunger und Durst wie eine Herde Elefanten. Emir, ich erwarte, daß Sie für Ihre Toten besonders sorgfältig sorgen…«

Hasna Mahmud starrte den Lord entgeistert an, ritt nahe an ihn heran und tastete mit der rechten Hand über McHollands Brust. »Er ist tatsächlich ein Mensch!« rief er zu seinen Begleitern. »Allah! Welcher Mensch hat es gewagt, so mit mir zu sprechen?!«

Er wandte sich zu Eve Bertram um, verneigte sich mit einer geradezu graziösen Galanterie und zeigte nach rückwärts zu dem Palmenwald, den niedrigen, weißleuchtenden Häusern, der kleinen Moscheekuppel und dem dünnen, armseligen Minarett.

»Eine ganze Stadt voller Toter«, sagte er. Traurigkeit schwang in seiner Stimme. »Seien Sie mein Gast.«

Er riß sein herrliches weißes Pferd herum, hob die rechte Hand und galoppierte zur Oase zurück. Sein Mantel wehte im Wind wie eine Fahne. Stolz, kerzengerade in ihren Sätteln klebend, folgten ihm die Reiter mit ihren langen, mit Troddeln geschmückten Lanzen. Sabah Salim scherte aus der Reihe der Karawane aus.

»Es tut mir leid, Doktor –«, sagte er bedrückt zu Dr. Wolff. »Das wußte ich nicht. Heute ändert sich die Welt von Tag zu Tag, und wir waren vier Tage unterwegs. Ich kann mein Versprechen Eve Bertram gegenüber nicht mehr halten… Sie haben es gehört: Sie alle sind tot! Man kann Tote nicht freilassen, das sehen Sie doch ein, Doktor?«

»Dann wird Ihr Bruder sterben, Salim«, sagte Wolff hart. Es war eine Gemeinheit, er wußte es, aber Tote haben Sonderrechte.

»Ja.« Sabah Salim senkte den Kopf. »Es ist Allahs Wille… es muß so sein. Ich danke Ihnen, Doktor.«

Er ritt weg, die Karawane schloß sich wieder zu Dreiergruppen zusammen und folgte dem Emir, der weit vorausritt, von einer Sandwolke umweht.

Hissi Maksa war wirklich eine Stadt, die auf keiner Landkarte stand, die es offiziell gar nicht gab, die wie ein grüner, verlorener Knopf im Sand und zwischen Felsgestein lag. Drei Brunnen gaben ihr Leben, ein ausgetrocknetes Flußbett, der Wadi al Atinah, diente als einzige breite Straße, sonst waren die niedrigen flachdächrigen Häuser unter den Sonnenschutz der sandgepuderten Palmen gebaut, Gärten mit Steinmauern umzogen jedes Grundstück, fensterlos, abweisend, jedes Haus eine kleine Festung. Um die Brunnen liefen drei geblendete Ochsen im Kreise und drehten unentwegt das hohe Schaufelrad, mit dem das Wasser in Ledereimern heraufgeholt wurde. Junge Burschen, Kinder noch, hockten auf den Ochsenrücken, trieben sie mit Schreien und Stockschlägen an und hielten damit das Pumpwerk in Gang. In kleinen Kanälen floß das Wasser dann von den Brunnen in die Gärten, in Zisternen, zwischen die kärglichen Felder.

Wasser. Das bedeutete Leben. Das war Fruchtbarkeit, Wachstum, Schatten, Heimat. Wasser... wichtiger als Blut.

Die Karawane hielt vor dem größten Haus von Hissi Maksa. Ein langgestreckter Bau, dessen Gartenmauern steil in das Wadi abfielen. Hasna Mahmud stand vor der Tür und half Eve aus dem Sattel, als ihr Kamel nierdergekniet war. Verwundert sah Wolff, der gerade mit McHolland gesprochen hatte, wie Fritz Abels von seinem Reittier sprang und sich an Eves Seite stellte. Dr. Bender schaukelte noch zwischen den Palmen heran, begafft von den paar Frauen und Kindern, die an der Straße standen und die wegliefen, als habe Bender den bösen Blick, wenn er sich zu ihnen hinabbeugte. Neben ihm ging das Lastkamel mit dem darauf festgebundenen Fuad Abdallah. Er war auf den letzten hundert Metern ohnmächtig geworden. Die Zeit des Heldentums war vorbei. Er war zu Hause, er konnte sterben.

»Ich bin gespannt, wie man uns umbringt«, sagte McHolland und hielt sich an den Sattelknäufen fest, als sein Kamel in die Knie ging. »Er hat uns als seine Gäste begrüßt. Im allgemeinen ist es im ganzen Orient üblich, daß man seinem Gast kein Haar krümmt. Aber wer weiß, ob die moderne Zeit, die gar keine Moral mehr kennt, nicht auch hier alles verwandelt hat. So einsam ist kein Fleck auf der Welt, daß nicht der Bazillus der Entwertung ihn erreichen könnte.«

Emir Hasna Mahmud wartete, bis alle Geiseln auf dem Boden standen. Die hohen Palmen dämpften die glühende Sonne, sie warfen bizarre Schatten, aber auch hier stand die Hitze wie eine Wand, gegen die man mit jedem Atemzug anrannte.

»Der Tisch ist gedeckt«, sagte Hasna. »Ein mageres Essen – aber wir leben von dem, was dieser Boden uns hier schenkt. Tretet ein…«

Zwei finster blickende, mit Dolchen und Pistolen bewaffnete Krieger zeigten den Geiseln ihre Zimmer. Kleine vergitterte Kammern, seltsam kühl, aber mit soliden Gittern an den Fenstern und dicken Bohlentüren, die man nie mit dem Körper allein einrennen konnte. Aber es lagen nicht nur Teppiche auf dem festgestampfen Boden, sondern für jeden Gast eine erhöhte Lagerstatt aus Brettern und einer Matratze aus Kuhfell, mit getrockneten und zerrupften Palmenblättern gefüllt.

McHolland war natürlich nicht zufrieden und beschwerte sich. »Ich schlafe nie ohne Kopfteil«, sagte er zu Hasna Mahmud, der seinem hohen Gefangenen selbst die Kammer zeigte. »Argumentieren Sie bloß nicht: Tote brauchen kein Keilkissen. Sie haben eins. In jedem vernünftigen Sarg liegt der Kopf erhöht. Emir, wenn ich flach liege, strömt mir das Blut in den Kopf, und das macht mich cholerisch. Ich bitte darum, daß…«

»Sie bekommen einen Keil aus Holz«, sagte Hasna Mahmud ruhig. »Mit einem Ziegenfell darüber.«

»Ich danke Ihnen.« McHolland sah den Emir verblüfft an. »Sie sind ein Gentleman, Sir –« Von da an verzichtete er darauf, Hasna Mahmud zu provozieren.

Das Essen war einfach, aber reichlich. Braten von Lämmern, Kuskus, dazu Datteln, Cossa (ein gurkenähnliches Gemüse), Kalauwi (gekochte Innereien mit Petersilie) und als größte Köstlichkeit Mahallabija, ein dicker Milchreis mit Zucker, Nüssen und Rosenöl. Dazu reichten zwei stumme, ebenfalls schwerbewaffnete Diener Schalen mit Karawanentee und Keramikbecher mit Tienschoke, einem süßlichen Getränk aus der Frucht einer Kaktee. Es schmeckte alles köstlich, aber bis auf den Tee und den Kakteensaft blieben die Schüsseln fast unberührt.

Hasna Mahmud war nicht beleidigt, er verstand seine Gäste. Tote haben das Recht, keinen Appetit zu haben.

»Ich bin Ihnen eine Erklärung schuldig«, sagte er, als man selbstgedrehte Zigaretten herumreichte. »Hissi Maksa ist die Stadt, in der Menschen wohnen, die von der Regierung verfolgt, gefoltert und getötet werden, wenn man ihrer habhaft wird. Wir alle hier« – er machte eine umfassende Handbewegung –, »sind so tot wie Sie. Wir haben kein Recht, keine Freunde, keine Unterstützung, keine Heimat. Wir sind frei wie die Geier. Keine UNO kümmert sich um uns, keine Diplomatie, keine Menschenrechts-Charta, keine Schutzmacht. Da erfuhren wir von ihrem schönen Schiff. Von den Menschen, die auf ihm herumfahren, von den berühmten Namen, um die sich die ganze Welt ganz sicher kümmern würde, wenn sie in Gefahr geraten. Sie staunen?« Hasna Mahmud lächelte traurig. »Ja, wir haben hier eine Funkstation. Von Regierungstruppen, die wir überfallen haben. Wir wissen, was draußen in der Welt geschieht. Eine makabre Situation ... viertausendneunundfünfzig Tote nehmen Anteil am Weltgeschehen. Jeden Tag lasse ich an neun Plätzen von Hissi Maksa durch Erzähler das Neueste berichten. Sie glauben gar nicht, wie intensiv diese Menschen hier auf diese Nachrichten lauschen. Sie wissen genau, was in Vietnam los ist, daß es durch Berlin eine Mauer gibt, daß China Europa und Europa China entdeckt hat, daß Rußland und Amerika um den Einfluß auf alle Völker kämpfen. Wir sind durstig nach diesen Nachrichten, denn jeden Tag wird uns bestätigt: Um uns kümmert sich niemand. Uns gibt es gar nicht. Wir sind tot.«

Hasna Mahmud trank langsam einen Schluck Tee und sog dann an seiner Zigarette. McHolland wollte etwas sagen, aber dann sah man, wie er sich zwang, darauf zu verzichten.

»Dann machten wir vor fünf Tagen die ganze Welt auf uns aufmerksam ... aber es war ein Fehlschlag. Ich kam in die Mühle der Politik. Wenn die El Fatah Flugzeuge entführt und sprengt oder Geiseln erschießt, schreit diese Welt da draußen auf ... aber sie tut nichts! Sie beruhigt ihr Gewissen mit einem billigen Trick: Es ist ja nur eine kleine Gruppe Fanatiker, es sind ja nicht alle Araber. Schlaf, mein Gewissen, schlaf ... Bei mir war es anders: Kaum wußte man, wer die ›Fidelitas‹ gekapert hatte, gab man Feuer frei auf uns! Um zu überleben – es war die einzige Möglichkeit –, gab ich bekannt, daß man Sie, meine Gäste, auf dem Weg nach Hissi Maksa überfallen habe, daß räuberische Banden Sie verschleppt hätten und meine Kamelreiter ihnen auf der Spur seien. Dann ließ ich Sie finden ... ermordet, tot im Wüstensand, und begrub Sie alle. Ich war die

Verantwortung los, die Welt beruhigte sich sofort. Aber« – Hasna blickte zu Eve hinüber –, »Sie müssen nun tot bleiben. Ihre Gräber sind fotografiert, stehen in allen Zeitungen, flimmern über alle TV-Stationen… ich kann Ihnen keine Wiederauferstehung bieten.«

»Das heißt«, sagte Dr. Bender trocken, »daß wir hier in diesem lausigen Nest für immer bleiben werden.«

»Ja.« Hasna erhob sich. »Die Stadt der Toten ist um fünf Menschen reicher geworden. Morgen werden es sieben neue sein… es stehen Geburten bevor. Sie werden sehen: Auch Tote können lieben und Kinder zeugen. Wir leben hier in dem größten und schönsten Grab.«

»Und warum bringen Sie uns nicht wirklich um?« fragte McHolland.

»Weil ich Sie brauche.« Emir Hasna zeigte auf jeden von ihnen. »Sie, Lord, weil ich Ihre Erfahrung bewundere, Sie, Oberleutnant Abels, weil Sie meine Krieger nach europäischem Militärmuster ausbilden werden, Sie, Dr. Bender und Dr. Wolff, weil ein Arzt in der Wüste gleich hinter dem Wasser kommt. Und Sie, schöne Frau, weil ich in Ihnen den herrlichsten Teil des Lebens wiedersehe, den man mir gestohlen hat: ein Weib, wie aus den Strahlen der Sonne gemacht.«

Dr. Wolff und Fritz Abels sahen sich schnell an. Es war bezeichnend, daß sich gerade in diesem Moment ihre Blicke trafen und sie das gleiche dachten: Hier liegt die größte Gefahr für uns alle.

In die Stadt der Toten ist eine schöne Frau gekommen… Der Friede der Einsamkeit wird sich zu einer Hölle wandeln. Und man wird es nicht aufhalten können, denn eine Frau wie Eve verändert alles, wo sie auch auftritt. In ihr ist Schöpfung und Zerstörung – sie ist Urkraft.

In der Tür erschien lautlos, barfuß, armselig wie der drekkigste Bettler, Sabah Salim. Er verbeugte sich tief, daß seine Stirn fast den Boden berührte.

»Herr, mein Bruder Fuad…«, sagte er demütig.

»Ach ja.« Hasna Mahmud wandte sich zu Dr. Wolff und Dr. Bender. »Sie müssen operieren. Ich bringe Sie zu unserem Krankenhaus. Sie werden erstaunt sein.«

»Wir gehen alle mit!« rief Fritz Abels und stellte sich neben Eve. Wolff spürte in sich ein unangenehmes, heißes Gefühl. Er drängt sich an Eve heran, dachte er. Er spielt den Helden. Was verspricht er sich davon? Eve gehört mir, und das sollte er wissen. Es ist sinnlos, sich in den Vordergrund zu spielen mit großen Gesten und tönenden Worten. Er wird mir Eve nie wegnehmen können, nie! Man sollte es ihm sagen... und ich werde es ihm sagen. Nachher, morgen, wenn es eine Gelegenheit gibt, allein über solche Probleme zu sprechen.

Hasna Mahmud führte sie durch das lange Haus, durch lange kühle Bogengänge, an vielen Zimmertüren vorbei, hinter denen noch Geheimnisse verborgen waren. Dann gingen sie über einen geschlossenen, mit Blütenbüschen bepflanzten Hof und sahen gegenüber einen anderen, flachen Bau mit vielen Fenstern zu einem schattigen, überdachten Gang. Drei Araberinnen in weißen, sauberen Gewändern erschienen in der breiten Doppeltür zum Innenhof.

»Du legst dich nieder!« sagte Dr. Bender. »Schwestern auf Hissi Maksanisch! Emir, wenn Sie mir sagen, Sie haben hier sogar ein Röntgengerät, fresse ich Kamelmist.«

»Ich werde Ihnen nachher einen ganzen Topf voll bringen lassen.« Hasna Mahmud blieb stehen und machte eine einladende Handbewegung. »Mein Krankenhaus. Vierzig Betten, ein Labor, ein Operationsraum, eine Apotheke, eine Röntgenstation... nur kein Arzt! Die Arbeit hier macht Gamal Mustafa. Er war in Aden, als noch die Engländer dort saßen, Sanitäter bei der Zweiten Schwadron...«

Der Eindruck war überwältigend. Hier, in einer kleinen Oasenstadt, umgeben von Hunderten Kilometern toten Landes, unter einer Sonne, die so wenig Gnade kannte wie die Menschen, die diese Ausgestoßenen jagten, in einer Einsamkeit, die zu ertragen für einen Europäer unfaßbar war, gab es ein Krankenhaus mit steriler Sauberkeit, wohltuender Kühle und dem Nötigsten, um überleben zu können.

Im OP lag Fuad Abdallah auf einem Seitentisch, wurde gerade gewaschen und für die Operation vorbereitet. Ein großer, breitschultriger Araber mit weißen Haaren und weißem Bart arbeitete an dem Körper fast lautlos und mit geübten Griffen. Eine der Schwestern half ihm dabei.

»Gamal Mustafa –«, sagte Hasna Mahmud. »Er ist glücklich, wieder Ärzte um sich zu haben... obgleich er das Bein auch selbst abgenommen hätte.«

Dr. Bender setzte sich auf einen Hocker und schüttelte den Kopf. McHolland sprach aus, was alle dachten: »Unglaublich.«

»Wir haben ein eigenes Aggregat, das den Strom erzeugt«, sagte der Emir. »Nur für das Krankenhaus. Sonst gibt es in Hissi Maksa nur Öllampen. Ein Benzinaggregat. Alles, was Sie hier sehen, ist gestohlen... die Betten, die Instrumente, die Strommaschine, die Ventilatoren, der Röntgenapparat, der OP-Tisch, die Apotheke... alles, das ganze Krankenhaus. Vor zwei Jahren gelang es uns, einen volleingerichteten Lazarettzug der Regierung zu überfallen. Ein Zug mit Ersatzteilen und Einrichtungen für das Krankenhaus von Marbat. Es war ein großer Tag für uns.« Hasna Mahmud blickte hinüber zu Eve Bertram. Seine schwarzen, schönen Augen glühten. »Ich weiß, ich bin ein Räuber und Mörder. Wir alle hier sind Räuber und Mörder. Darum ist Hissi Maksa auch eine Stadt der Toten, weil wir nichts mehr zu verlieren haben.«

Gamal Mustafa und zwei Schwestern trugen jetzt den jungen Fuad auf den OP-Tisch. Er war nackt, gewaschen und das Bein mit Jod eingepinselt.

»Alles bereit, Doc«, sagte Gamal, stand neben dem OP-Tisch stramm und legte die Hand an die Stirn.

Dr. Bender erhob sich. »Das ist alles so unwirklich, Wolff! Kommen Sie her, hauen Sie mir eine 'runter, damit ich aufwache.« Er ging zu den beiden fahrbaren Waschbecken. Eine rosa Desinfektionslösung war schon eingefüllt.

Wolff war neben Gamal getreten und untersuchte das dick geschwollene Bein. Es war zwar schrecklich aufgedunsen, aber weder glühend heiß, wie man annehmen mußte, noch brandig oder voll Eiter. Es war wie mit Luft gefüllt, und die gespannte Haut fühlte sich an wie ein mit Wasser gefüllter Gummisack.

»Nicht eine Spur von Fieber«, sagte Wolff verblüfft, während Bender schon mit hochgekrempelten Ärmeln am Becken stand und sich wusch. »Ich amputiere nicht.«

»Nicht?« Bender fuhr herum. »Wenn Sie dieses Bein in einer Uni-Klinik zeigten, schlügen die Chirurgen sofort Alarm. Und Sie wollen nicht?«

»Nein.« Wolff deckte ein Tuch über das schauerliche Bein. »Haben wir Penicillin?«

»Alles«, antwortete Hasna Mahmud stolz.

»Her damit! Und diese Kamelsalbe auch.«

»Sie sind verrückt, Wolff!« rief Bender. Er tauchte die Hände bis zu den Ellbogen in die rosa Lösung. »Denken Sie daran, daß Sie nicht Allah sind, und selbst der verkriecht sich jetzt.«

»Ich weiß nicht, was mit diesem Bein geschehen ist«, sagte Wolff. »Und ich weiß nicht, was in dieser verdammten Salbe ist, aber ich weiß ganz sicher, daß der Junge sein Bein behalten wird.«

»Wie Sie wollen.« Bender setzte sich mit tropfenden Händen neben die Waschbecken. »Wenn es schiefgeht –« Er schwieg und blickte auf Eve. Wolff verstand ihn und biß die Zähne zusammen.

»Die Stinksalbe!« schrie er. »Eine Million Penicillin!«

Gamal Mustafa rannte hinaus wie abgeschossen.

»Sie haben Mut«, sagte Hasna Mahmud ruhig und nickte Wolff zu. »Doktor, ich werde Ihnen meine ganze Truppe vorführen. Sie werden ganz Hissi Maksa untersuchen. Sie werden aus meinen Leuten die gesündeste Guerillatruppe der Welt machen.« Ein Abenteuer ohne Beispiel begann.

Es blieb dabei... Fuads Bein wurde nicht amputiert. Wolff zeigte Bender das Fieberthermometer, es stand bei 37,8. Bender schüttelte hilflos den Kopf.

»Erhöhte Temperatur. Bei diesem Bein müßte er glühen wie ein Backofen. Verstehen Sie das?«

»Nein.« Dr. Wolff wickelte wieder einen Verband um die Wunde, nachdem er sie mit Penicillinpuder und der grauschwarzen Kamelsalbe bestrichen hatte. »Aber wir haben gelernt, in der Medizin noch an Wunder zu glauben, auch wenn sie selten sind.«

»Auf jeden Fall nehmen wir einen Zentner von der Salbe mit«, sagte Dr. Bender und injizierte Fuad ein Kreislaufmittel. »Bei so vielen Kamelen, die es in der Welt gibt...«

»Glauben Sie wirklich, daß wir je in die Lage kommen, etwas mitzunehmen?«

»Nein. Es war nur eine rhetorische Feststellung...« Bender winkte Gamal Mustafa. Der alte Sanitäter nahm die leere Spritze ab, knallte die Hacken zusammen und gab sie an die stille Schwester hinter sich weiter. Dann hoben drei Araber, sauber und in weiße Dschellabahs gekleidet, Fuad vom OP-Tisch und trugen ihn weg in den Bettenflügel.

»Kommen Sie, Oberleutnant!« sagte Emir Hasna Mahmud und klopfte Fritz Abels auf die Schulter. »Ich stelle Sie meiner Truppe vor. Fast alle können Englisch, es wird also nicht schwer sein, sie auszubilden. Ich zahle Ihnen sogar ein Gehalt: 200 arabische Pfund im Monat. Das ist nicht viel, aber wir sind ein armes Volk. Tote, wie ich schon sagte.«

»Und ich?« Lord McHolland steckte die trockene Pfeife wieder zwischen die Zähne. Als er Wolffs Blick auffing, steckte er sie schnell weg. Ich weiß, ich weiß, antworteten seine Augen, ein OP ist steril, da raucht man nicht. Aber gestehen Sie auch mir zu, einmal innerlich nervös zu sein.

»Soll ich über Hissi Maksa die Sterne zählen? Da bin ich bald durch, Emir.«

»Sie werden mir als Lehrer dienen, Lord«, Hasna Mahmud legte den mit blauer Seide gefütterten weißen Mantel ab. Ein Diener trug ihn weg wie einen Krönungspurpur. »Ich hatte wenig Zeit, mich um die Künste zu kümmern... ich mußte und muß Revolutionen machen. Aber ich liebe Literatur, Musik, Theater, Malerei. Und ich liebe ein geistreiches Gespräch. Dazu sind Sie da, Lord.«

»Auch für 200 arabische Pfund?«

»Nein. Umsonst.« Hasna lächelte breit. »Soweit bin ich schon zivilisiert, um zu wissen: Kunst und Geist werden am schlechtesten bezahlt.« Er wandte sich um zu Eve Bertram. Wolff und Abels traten einen Schritt auf sie zu, als wollten sie sich vor sie stellen.

Wolff atmete tief durch. Bleib da, Junge, dachte er. Das kann ich allein. Lehre du deine Guerillakrieger das Grüßen und Marschieren, Sprung auf und Hinlegen... Eve ist allein meine Sache.

»Sie, schöne Frau –« sagte Hasna Mahmud galant, »werden Dr. Wolff helfen wollen, nicht wahr? Bitte, tun Sie es.

Aber wenn ich traurig bin und mich nur der Anblick einer schönen Frau erheitern kann, darf ich Sie rufen...«

»Ich werde kommen«, sagte Eve ruhig. »Gibt es hier keine hübschen Mädchen?«

»Ich habe neunzehn von ihnen.« Hasna Mahmud zeigte stolz irgendwohin. »Ein ganzes Liebeshaus habe ich für sie bauen lassen. Es ist der einzige Garten, in dem in Hissi Maksa ein Brunnen sprudelt.« Er machte ein paar schnelle Schritte auf Eve zu, griff mit beiden Händen in ihre Haare und schleuderte sie hoch. Wie ein Regen aus Seidenfäden fielen sie über seine Hände zurück. Wolff und Abels standen wie erstarrt. »Aber keine hat Haare, die aus Sonnenstrahlen geflochten sind...«

Er sah Eve mit seinen stechenden schwarzen Augen leidenschaftlich an, drehte sich dann um und verließ den OP.

»Man wird ihm eine Beruhigungsinjektion geben müssen«, sagte Dr. Bender trocken. »Der gute Junge kommt in einen argen Zwiespalt: Revolution oder schöne Frauen. Und überall wird er ausrutschen...«

»Es muß etwas geschehen!« sagte Wolff. Die Geiseln waren jetzt unter sich. Gamal Mustafa war noch im Bettentrakt bei Fuad, die kleine, fast schwarze Krankenschwester räumte die Instrumente weg in einen Sterilisationsapparat. Sie verstand sicherlich kein Deutsch. »Wir scheinen im Augenblick als ›lebende Tote mit besonderen Aufgaben‹ relativ sicher zu sein... nur Eve bleibt in ständiger Gefahr. Wir dürfen sie nie allein lassen. Dr. Bender, Lord McHolland... wenn ich irgendwie verhindert sein sollte...«

»Sie vergessen mich, Doktor«, sagte Abels mit harter Stimme.

»Truppenausbilden läßt wenig Freizeit, Abels.« Wolff und Abels sahen sich an. Und von diesem Augenblick an wußten sie, daß auch in einer Totenstadt keine Ruhe sein würde, wenn eine Frau wie Eve ständig bei ihnen war.

»Ich werde mir Zeit nehmen«, sagte Abels gepreßt.

»Es wird genau die Zeit sein, in der auch ich abkömmlich bin...«

»Ihr seid beide Idioten«, sagte Eve und lachte etwas gequält. »Um es ganz klar zu sagen: Ich liebe Bert!«

Fritz Abels wandte sich brüsk ab und verließ den OP.

»Ihm auch eine Spritze«, sagte Dr. Bender gemütlich. »Kriegt hier jeder einen Koller? Wie ist's mit Ihnen, Lord?«

»Ich sehne mich nach Whisky, einer guten Pfeife und der Times.«

»Damit sind Sie von uns allen am schlechtesten dran.« Bender lachte. »McHolland, machen Sie den Hintern frei: Sie bekommen eine Wunschlosmachen-Injektion...«

Sie lachten, aber es war ein Ton in dieser Fröhlichkeit, der fremd und faul war.

Wer lacht schon in einem Grab?

Nach dem Abendessen mit am Spieß gebratenem Hammelfleisch, das hier Kufta hieß, und einer Schüssel voll Tamia – das sind in Öl gebratene Buletten aus Bohnenmehl – saßen sie alle um den kleinen Rundfunkempfänger und hörten die Nachrichten über Kurzwelle aus London an.

Nach vielen Dingen, die hier in der Wüste plötzlich so unwichtig wurden, aber da draußen in der Welt so wichtig genommen wurden, wurde auch, ganz am Schluß, von den fünf getöteten Geiseln gesprochen. Irgendein Ausschuß in der UNO wollte sich mit einer Untersuchung des Vorfalles befassen, eine Reihe arabischer Staaten distanzierte sich von dem Verbrechen. Oman und der Südjemen gaben bekannt, daß man die Rebellen bis in die Wüste verfolgt, aber dann die Spur verloren hätte.

Die ›Fidelitas‹, so wurde berichtet, habe ihre Fahrt fortgesetzt, und an Bord sei alles wohlauf und in bester Stimmung.

Hasna Mahmud drehte das Radio ab. »Ihre Welt!« sagte er spöttisch. »Auf Ihrem Schiff säuft, tanzt und liebt man wieder, als sei nichts geschehen. Ich nehme an, wenn irgendeiner Ihre Namen nennen würde, zischte man ihn nieder. Und die Verfolgung meiner Truppe hat nie stattgefunden. Überall Lüge, nur hier, in Hissi Maksa, ist Wahrheit. Hier weiß man alles sehr genau.«

»Wir werden nie mehr von hier wegkommen, nicht wahr?« sagte Dr. Bender.

»Nie mehr! Das haben Sie schon einmal gefragt. Sie sind tot... ich kann mein Gesicht nicht verlieren, indem ich Sie wieder auftauchen lasse.« Emir Hasna Mahmud beugte sich vor. »Ist es so schrecklich, hier zu leben? Genügen Ihnen diese kurzen Nachrichten nicht, um glücklich zu sein?«

»Es ist zum Kotzen, Sie haben recht.« McHolland, die Giftkapsel jetzt vorne in der Schuhkappe, genehmigte sich seine Abendpfeife. Er hatte keinerlei Gepäck bei sich, nur vier Blechdosen Tabak hatte er mitgenommen. Er war sich im klaren darüber, daß er solange leben würde, wie dieser Tabak reichte. Er war nie abergläubisch gewesen, aber plötzlich verknüpfte er sein Leben mit dem Rauch, der aus seiner Pfeife quoll.

»Gehen wir schlafen.«

»Um Ihr Schlafhaus laufen nachts drei Bluthunde«, sagte Hasna Mahmud, als erzähle er eine interessante Neuigkeit. »Sie fallen auch Ärzte und schöne Frauen an ... es sind eben dumme Tiere ...«

Vier Diener, stumm, finster blickend, brachten die Geiseln in ihre Schlafkammern. Es war seit Tagen das erstemal, daß man Eve und Wolff trennte.

»Schrei, wenn dich jemand angreift«, sagte Wolff und küßte Eve auf die Augen. »Schrei, daß die Wände einfallen!«

Einer der stummen Diener packte Wolff an den Schultern, riß ihn von Eve fort und stieß ihn zu seiner offenen Zimmertür. Die kleine Hoffnung, die man bisher gehabt hatte, vielleicht doch ein Teil von Hissi Maksa zu werden, wurde damit zerstört. Man war und blieb eine Geisel, ein Gefangener, ein Mensch, der nur von der Gnade Hasna Mahmuds lebte.

»Schrei!« rief Wolff noch einmal, bevor man ihn in das Zimmer stieß.

»Es wird niemand kommen! Bert, ich liebe dich ...«

Mit gesenktem Kopf ging Eve zu ihrem am Ende des Flures liegenden Zimmer. Sie kam dabei an McHolland vorbei, der an seinem Pfeifenmundstück lutschte.

»Keine Angst, kleine Frau«, sagte er. Zum erstenmal hatte seine Stimme etwas Zärtlichkeit und keinen Spott. »Auch diese Nacht überleben wir. Morgen früh beginnt die Arbeit ... wenn wir ein halbes Jahr hier aushalten, hört ganz Hissi Maksa auf unser Kommando.«

»Ein halbes Jahr?« Eve blieb stehen und schüttelte den Kopf. »Nein, das halte ich nicht aus ...«

»Vielleicht gelingt es früher.«

»Was?«

»Warten Sie es ab.«

McHolland ging in sein Zimmer und warf krachend die Tür zu. Als letzter blieb Fritz Abels auf dem Gang. Er blickte Eve nach, bis sie in ihrem Zimmer verschwunden war, und tippte dann seinem Wächter, einem martialisch blickenden Wüstensoldaten mit einem dicken Schnurrbart, auf die Schulter.

»Wer bist du?«

»Ghazi Ahmed von der 2. Kompanie, 1. Zug.«

»Du hast hier Wache?«

»Von zwölf bis vier.«

»Hör zu, Ghazi.« Abels sah ihn streng an. »Ab morgen bin ich dein Ausbilder. Du mußt mir gehorchen.«

»Nur bis zum Abend, sagt der Emir. Nur in der Truppe.«

»Ich kann dich acht Stunden auf dem Bauch kriechen lassen, bis du vor Verzweiflung Sand frißt, oder ich sehe weg, wenn du unter einer Palme sitzt und schläfst. Was ist dir lieber?«

Ghazi Ahmed schob die wulstige Unterlippe vor und sah über Abels hinweg. Er kannte die Methoden der Ausbilder aus der Jemen-Armee. Dort gab es immer noch ein paar britische Offiziere, die im Wüstensand marschieren ließen, als sei er ein Stück schottischer Heide. Das hielt man drei, vier Stunden aus – dann fiel man um. Ausbildung zur Härte nannte man das.

»Ich höre«, sagte er abweisend.

»Um zwei Uhr weckst du mich.« Abels trat nahe an Ghazi Ahmed heran. »Verstanden?« zischte er.

»Verstanden.«

»Dann schließt du das Zimmer der Frau auf.«

Ghazi Ahmeds Gesicht verkrampfte sich. »Verstanden!«

»Ich ernenne dich morgen zum Gruppenführer.«

»Danke, Sir.« Ghazis Schnurrbart begann zu zucken. »Und wenn die Frau morgen alles dem Emir meldet?«

»Es war nicht wahr. Du hast um diese Zeit mit mir in der Zelle Karten gespielt. Habt ihr Karten?«

»Nein.«

»Kartons?«

»Ja.«

»Bring einen her. Ich schneide und zeichne bis dahin Karten aus. Es gibt für dich gar keine Gefahr.«

»Verstanden, Sir.« Ghazi zeigte auf die Tür. »Gehen Sie hinein, ich muß abschließen...«

»Um zwei Uhr in der Nacht...«

»Ja, Sir.«

Abels ließ sich zufrieden einschließen. Er wußte selbst nicht, was in ihm vorgegangen war, er war in diesen heißen, hoffnungslosen Tagen ein anderer Mensch geworden. Wenn er Eve Bertram ansah, rauschte ihm das Blut bis unter die Hirnschale. Und Dr. Wolff haßte er, er war sein Feind geworden, und er würde ihn auch vernichten. Irgendwie und irgendwann. Eve Bertrams wegen, die um und in ihm war, ihn nicht mehr losließ, die zum Symbol seines Weiterlebens geworden war.

Ghazi Ahmed brachte einen Pappkarton und eine Schere. Bis ein Uhr nachts schnitt Abels ein Kartenspiel daraus und malte mit Bleistift die Zeichen und Figuren. Dann schlief er sitzend ein.

Pünktlich um zwei Uhr schüttelte Ghazi ihn an den Schultern. Abels schrak hoch.

»Wie Sie befohlen haben, Sir«, sagte Ghazi leise.

»Danke, Gruppenführer.« Abels strich sich über die blonden, struppigen Haare. »Von jetzt an bis zum Morgen bist du blind und taub.«

»Verstanden Sir.«

Leise verließ Abels sein Zimmer. Ghazi folgte ihm mit den Schlüsseln. Nur eine trübe Öllampe brannte in dem Gang... dort, wo Eves Zimmer lag, war tiefe Finsternis. Der Schein reichte nicht bis dorthin. Es war, als gingen sie in ein riesiges, schwarzes Loch, das in einen Abgrund führt.

Es war ein Abgrund!

»Schließ auf, Ghazi –«, flüsterte Abels. Die Erregung, in wenigen Augenblicken Eve allein und mit seiner ganzen Leidenschaft gegenüberzustehen, übermannte ihn. Er fühlte, wie seine Kehle austrocknete, und er dachte einen Moment auch an Dr. Wolff, der von dieser Stunde an – ganz gleich, wie dieses nächtliche Abenteuer ausging – sein Feind geworden war. Die

Zukunft würde zeigen, wer in Hissi Maksa wichtiger war, wer überleben würde, wen der Emir nötiger brauchte: den Militärberater und Ausbilder oder den Arzt. Bei dieser Frage schnitt Wolff schlecht ab, denn da war noch Dr. Bender, und ein Arzt ist genug in der Stadt der lebenden Toten. Es würde darauf ankommen, sich unentbehrlich zu machen ... und Eve Bertram gleichzeitig zu erobern.

Ghazi zögerte. Bis hierher hatte er in einer Art militärischen Gehorsams gehorcht ... was jetzt kam, war ein Verrat am Emir. Die Frau mit den goldenen Haaren sollte das Eigentum Hasna Mahmuds werden ... das ahnte man in Hissi Maksa, und der Harem der neunzehn schönen Mädchen in dem ›Liebeshaus‹ hatte sich schon darauf eingerichtet, die Fremde, die Europäerin, die schöne Ungläubige, zu empfangen und ihr mit aller Freundlichkeit die Hölle zu bereiten. Konkurrierende Frauen entwickeln da eine unglaubliche Fantasie, und seit Stunden gab es im Frauenhaus kein anderes Gespräch. Man hatte die Fremde mit den Sonnenhaaren im Garten beobachtet und verwünschte sie jetzt mit aller orientalischen Grausamkeit.

»Schließ auf!« zischte Abels noch einmal.

Ghazi Ahmed schüttelte stumm den Kopf. Er griff in den breiten Gürtel, in dem der gebogene Dolch und zwei Pistolen staken, und holte den Schlüssel hervor. Zögernd reichte er ihn an Abels weiter.

In diesem Augenblick spürten sie aus der Finsternis einen Luftzug. Bevor sie reagieren konnten, sich herumwarfen, die Arme schützend hoben, traf sie der Hieb in den Rücken. Etwas Kaltes und dann Aufglühendes bohrte sich in sie hinein ... der Mann hinter ihnen mußte beidhändig zugestochen haben, in der Dunkelheit so sicher zielend wie am hellen Tag.

Es war keine Zeit mehr für einen Schrei, nicht einmal ein Stöhnen ließ die plötzliche Hitze in der Brust zu. Alles, was Leben hieß, wurde mit diesem gewaltigen Stich durchtrennt, nur das Hirn dachte noch weiter, grausam langsam verebbend:

Das ist das Ende. So stirbt man also.

Und: O Allah, vergib mir. Ich bin ein sündiger Mensch ...

Ghazi und Abels sanken nach vorn gegen die Flurwand, wollten sich an ihr festhalten, rutschten an ihr herunter und fielen auf den Boden. Das alles geschah gespenstisch lautlos, nur das dumpfe Aufschlagen der Körper unterbrach die völlige nächtliche Stille.

Der Schatten in der Dunkelheit rührte sich nicht, wartete auf eine Reaktion der Erstochenen, stand sprungbereit, um bei dem geringsten Zeichen der Bewegung erneut zuzustechen.

Dann, als Ghazi und Abels sich nicht mehr rührten, stieg die Gestalt über die verkrümmten Körper hinweg und ging langsam den Gang entlang zum Ausgang. Als er in den trüben Lichtschein der armseligen Öllampe kam, sah man, daß es eine große, schlanke, fast elegante Gestalt war, in einem schwarzen Haikh, der an den Rändern mit goldenen Ornamenten bestickt war.

Die Wachablösung um vier Uhr fand die beiden Erstochenen und gab sofort Alarm. Ein großes Geschrei hob an, die Geiseln erwachten, rund um das Haus klapperten Stiefel ... die Leibgarde des Emirs riegelte den Palast ab. Mit wilden Rufen trug man Ghazi und Abels zunächst in Abels Zimmer, legte Ghazi auf das Bett und Abels auf die Erde und wartete auf weitere Befehle.

Schnell, sehr schnell kam Emir Hasna Mahmud aus seinen Privaträumen hinüber in den Gastflügel. Er trug einen roten Mantel, den er mit einem silberbeschlagenen Gürtel über dem Leib zusammenhielt. Darunter schien er nackt zu sein, seine braune bloße Brust, mit einem Goldamulett darauf, glänzte aus dem Spalt des Mantels.

McHolland trommelte mit den Fäusten gegen seine Tür und brüllte: »Aufmachen! Ihr Halunken! Aufmachen! Wo ist der Emir?«

Auch Dr. Bender trat gegen die Tür, aber er verzichtete auf das Schreien. Er ahnte, daß man ihn in dieser frühen Morgenstunde noch dringend brauchen würde.

Hasna winkte. Die Wachen schlossen die Türen auf. McHolland stürzte auf den Flur, aus den anderen Zimmern stürmten Dr. Wolff und Dr. Bender. Nur Eve erschien nicht ... aber als Wolff zu ihr hinüber wollte, hielten ihn drei Wächter fest.

»Eve!« brüllte er. Angst explodierte in ihm und gab ihm ungeahnte Kräfte. Er riß sich mit einem wilden Ruck los und stürmte den Gang entlang. »Eve! Mein Gott, Eve!

Er stieß mit beiden Fäusten einen Araber um, der sich ihm in den Weg stellte, erreichte Eves Zimmer und lehnte sich schwer atmend gegen die offene Tür.

Eve hockte auf ihrem Bett, die Beine angezogen. Schrekken stand in ihren weiten, phosphoreszierenden Augen. »Ich habe es gehört…«, stammelte sie tonlos. »Vor meiner Tür… zweimal… ein Fall… Ich habe nicht geschlafen, ich hatte Angst… O Bert, Bert… es klang so schrecklich… als wenn man über das Holz kratzt und dann dagegen fällt…«

Dr. Wolff wirbelte herum. Der Gang war vollgestopft mit kriegerischen Gestalten. Sie hielten McHolland und Dr. Bender fest und drängten sie in ihre Zimmer zurück. McHolland protestierte im Namen Ihrer Britischen Majestät… es war das erstemal, daß er sie nannte. Ein Beweis, wie aufgeregt er war.

Hasna Mahmud kam durch eine Gasse seiner Krieger auf Dr. Wolff zu. Groß, schlank, sehr ernst, mit einem steinernen Gesicht.

»Kommen Sie mit, Doktor –«, sagte er dunkel. »Ein Mann, der Ghazi hieß, ist tot… Ihr Kamerad Abels ist schwer verletzt. Man hat sie erstochen.«

»Erstochen? Hier?« stotterte Wolff fassungslos.

»Vor der Tür von Eve…«

»Vor…« Wolff ballte die Fäuste. »Das ist doch unmöglich.«

»Man hat sie dort gefunden. Mehr weiß ich noch nicht. Kümmern Sie sich um den Verletzten, Doktor… wenn das noch einen Sinn hat –«

Dr. Wolff blickte zurück zu Eve. Sie kauerte noch immer auf ihrem Bett, aber jetzt stand das Grauen deutlich in ihren Augen.

»Komm mit«, sagte er.

Sie schüttelte stumm den Kopf.

»Ich lasse dich nicht mehr allein.«

»Ich kann nicht, Bert…« stammelte sie.

»Emir!« Wolff warf sich herum. Hasna Mahmud stand so nahe hinter ihm, daß er ihn beinahe umgestoßen hätte. Über Wolffs Schulter blickte er mit glühenden Augen auf Eve. »Ich mache keinen Schritt mehr ohne Eve!«

»Nicht meine Leute sterben, sondern Ihr Kamerad Abels.«

Hasna Mahmud sagte es mit einer drohenden Ruhe. »Ghazi ist tot – er zählt nicht mehr. Machen Sie alles andere mit Ihrem ärztlichen Gewissen ab.«

»Ich verlange, daß Eve in meinem Zimmer wohnt, daß sie keine Minute von meiner Seite weicht.«

»Sie verlangen?« fragte Hasna spöttisch.

»Ja! Und wenn Sie mich aufspießen lassen –«

»Sagen Sie so etwas nicht so leichtfertig daher.« Hasna hob stolz den Kopf. Wie ein edles Pferd sah er jetzt aus, das sich auf die Hinterbeine stellt. »Die Freude des Aufspießens will ich Ihnen bieten, Doktor.« Über Wolffs Rücken rann es eiskalt, aber er biß die Zähne aufeinander. Es ist schwer, mutig zu sein, er hätte es nie geglaubt. Mut ist ein verteufeltes Ding, man kann es nicht herbeibefehlen. »Nehmen Sie Eve mit – ein Tag in der Wüste ist lang ... und der Tag hat erst begonnen ...«

»Komm«, sagte Wolff und streckte beide Hände nach Eve aus. »Komm, Eve –«

Sie erhob sich von ihrem Bett und taumelte auf ihn zu, als sei sie in beiden Beinen gelähmt. Er fing sie auf, stützte sie und ging mit ihr langsam zu Abels' Zimmer. Dort ließ er sie los.

»Warte hier«, sagt er gepreßt. »Das ist kein Anblick für dich.« Er sah Hasna Mahmud wieder dicht hinter Eve und erkannte die Gefahr in seinen Augen, seine Starrheit, seinen unnachahmbaren Stolz. Eine Eingebung blitzte plötzlich in ihm auf.

»Wer hat sie erstochen?« fragte er.

»Das wird noch untersucht.«

»Ghazi hatte allein Wache?«

»Sie fragen zuviel, Doktor.« Hasna zeigte auf die Tür. »Jedes Wort ist für Ihren Kameraden ein Schritt näher zum Tod.« Mit geballten Fäusten ging Wolff in das Zimmer.

Ghazi war tot ... daran gab es keinen Zweifel. Die Augen, noch im Tode erstaunt, waren starr und rund. Die Plötzlichkeit des Sterbens hatte sie wie zu Glas werden lassen.

Abels atmete noch. Unter seinem Rücken hervor sickerte Blut. Wolff kniete neben ihm nieder.

»Warum liegt er hier wie ein abgestochenes Schwein auf dem Boden?« schrie er.

»Er *ist* ein Schwein«, antwortete Hasna ruhig von der Tür her.

»Jetzt ist er ein Mensch, der Hilfe braucht. Eine Trage! Zum OP! Wo ist Dr. Bender?«

»Hier«, brüllte Bender nebenan aus seinem Zimmer. »Die Idioten halten mich hier fest.«

»Halunke!« schrie eine Tür weiter McHolland. »Und ich soll dein Lehrer werden? Lieber bringe ich einem Kamel Oxfordenglisch bei!«

Emir Hasna Mahmud trat von der Tür zurück. Seine Stimme dröhnte durch den Gang. »Es ist den Befehlen der Ärzte Folge zu leisten! Was sie sagen, ist soviel, als hätte ich es gesagt.« Er wandte sich an Eve und machte eine leichte Verbeugung. Seine Raubvogelaugen glitzerten. »Zufrieden, Miß Eve?«

»Es wäre besser, Sie würden uns alle töten«, sagte sie völlig ruhig. »Schnell töten ... das löst alle Probleme.«

Sie dachte an die Giftkapseln und hatte plötzlich keine Angst mehr zu sterben. Merkwürdig, dachte sie: Vor vier Wochen war der Tod meine einzige große Sehnsucht, dann war es das neue Leben, in das ich hineinkroch wie in ein Schneckenhaus, und jetzt ist es wieder das Sterben, das der einzige Ausweg ist. Aber es ist ein anderes Sterben, ein glückliches Sterben ... ein Ersatz für das glückliche Leben mit Bert.

Hasna Mahmud schüttelte den Kopf. »Ich bin mit Problemen aufgewachsen«, sagte er. »Ich habe Probleme mit der Muttermilch gesaugt. Ich liebe Probleme ...«

»Sie wollten Bert aufspießen!«

Hasnas Gesicht versteinerte wieder. »Ich habe ihm versprochen zu zeigen, was Aufspießen bedeutetet –« Er wandte sich ab und ging.

Über den Gang liefen jetzt Gamal Mustafa, der alte Sanitäter, und drei martialisch aussehende Krieger. Sie schleppten zwei Tragen zwischen sich, luden Ghazi und Abels auf und rannten wieder davon. Dr. Bender warf einen schnellen Blick auf Abels, als er an ihm vorbeigetragen wurde. Dr. Wolff folgte der Trage.

»Können Sie sich das erklären?« rief Bender.

»Ich glaube, ja.«

»Ich nicht. Anscheinend bin ich zu dämlich oder zu alt. Brauchen Sie mich, mein Junge?«

»Ja –«

Bender schloß sich der Kolonne an. McHolland nahm Eve an der Hand und zog den Kopf ein, als wolle er gleich gegen die Mauer rennen. Die Krieger von Hissi Maksa traten zurück.

»So ist's gut!« knurrte McHolland. »Kommen Sie, Eve. Wenn die Burschen wüßten, daß ein Stoß genügt, um bei mir innere Blutungen auszulösen, sie würden kurz mal hinlangen, und McHolland ist nicht mehr. Kind, Sie zittern ja. Warum? Es ist doch alles vorbei.«

»Es fängt erst an, Lord«, sagte Eve entsetzt. »Und ich werde der Grund sein. Immer und überall bin ich der Grund ... bringe ich Unglück.«

»Dafür bedanken Sie sich bei Gott.« McHolland zog sie mit sich fort. »Er hat Sie schöner gemacht, als es selbst ein Gott verantworten kann ...«

Im OP kam Fritz Abels nach zwei Injektionen wieder zu sich. Er lag auf dem Bauch. Bender reinigte die schmale, aber lange Stichwunde, während Wolff aus der Apotheke des Krankenhauses zurückkam und zwei Flaschen mit physiologischer Kochsalzlösung brachte. »Zwei Jahre alt«, sagte er. »Ob wir das verantworten können?«

»Was soll's?« Bender begann, die Wunde zu desinfizieren. »Ob er ohne oder durch die Infusionen stirbt – die Chancen sind gleich Null. Ohne ist ganz sicher, mit wäre ein Wunder – also greifen wir zum Wunder. Ob die Dinger zwei Jahre alt sind, spielt keine Rolle mehr ... es ist Flüssigkeit, das genügt. Haben die hier Infusionsnadeln und Schläuche?«

»Zu Befehl, Sir!« schnarrte der alte Gamal Mustafa. Er stand wieder stramm.

»Keine militärischen Mätzchen!« brüllte Bender. »Her damit! Wolff, der Stich ging haarscharf am Herzen vorbei. Wenn wir den Blutverlust auffangen können und eine Wundinfektion verhindern und keine Blutung nach innen eintritt ...«

Wolff legte die Infusionsflaschen auf den Tisch und beugte sich zu Abels hinunter. Er hatte die Augen offen und schielte zu Wolff hinauf.

»Ich habe alles mit angehört«, sagte er mühsam.

»Schnauze halten!« schrie Bender. »Über alles sprechen wir später.«

»Nein. Jetzt.« Abels drehte den Kopf auf die Seite, so konnte er Wolff besser sehen. »Was ist mit Ghazi?«

»Tot. Stich genau ins Herz.«

»Ich bin ein Schwein –«, sagte Abels deutlich. »Bert, ich bin ein Schwein.«

»Ich weiß es«, sagte Wolff hart.

»Jetzt seien Sie still!«

»Lassen Sie mich sterben ...«

»Einen Hammer!« rief Dr. Bender.

»Für eine Schnellnarkose.«

»Ich war verrückt nach Eve ...«

»Sie werden weiterleben, Abels«, sagte Wolff. »Wir brauchen Sie noch.«

»Vom ersten Tag an, als sie aufs Schiff kam, war ich verrückt nach ihr. Dann tauchten Sie auf, Doktor, und ich wußte sofort: Jetzt gibt es Schwierigkeiten.« Er streckte sich. Dr. Bender schlug ihm mit der flachen Hand auf den nackten Hintern.

»Ruhig liegen!«

»Was Sie machen, ist Blödsinn«, röchelte Abels. »Sie bringen mich auf die Beine, damit mich der Emir umbringen kann. Lassen Sie mich jetzt sterben ... das ist der bessere Tod.«

»Eigentlich hat er recht.« Bender nahm dem heraneilenden Gamal die Infusionsschläuche und Hohlnadeln ab. »Aber du hast das Pech, an Ärzte geraten zu sein, die immer und überall helfen wollen. Lieg still, du Rindvieh! Dr. Wolff, die Infusion anschließen ...«

Abels schwieg. Er schloß die Augen, dachte an Eve, an den toten Ghazi und an den Emir. Dann wurde ihm wieder schwarz vor Augen, und er vergaß alles.

Das Morgengrauen war kurz, violett mit goldenen Streifen, und dann war die Sonne da, dieser Glutball, gegen den man jeden Tag kämpfen mußte. Hasna Mahmud kam in den OP und blieb an der Tür stehen. Aus zwei Flaschen lief die Kochsalzlösung in die Venen von Abels.

»Lebt er?« fragte der Emir.

»Leider.« Dr. Bender kontrollierte Blutdruck und Puls. »Wir tun alles, mein Lieber.«

»Es ist die Aufgabe der Ärzte, Leben zu erhalten, auch unwichtiges Leben. Ich hätte mich deshalb nie zum Arzt geeignet.« Er stand hochaufgerichtet, stolz, mit aller Machtfülle im Raum. »Wenn Sie fertig sind, ein Leben zu retten, kommen Sie heraus. Wir reiten zum Festplatz. Ich werde Ihnen zeigen, wie man ein Leben auslöscht –«

Eine halbe Stunde später standen Dr. Wolff, Dr. Bender und McHolland unter einem im Wind flatternden Zeltdach auf einer schnell erbauten Tribüne. Vor ihnen lag ein Stück steiniger Wüste, zu einem Viereck abgesteckt mit Lanzen, die man in den harten Boden gerammt hatte. Grüne Wimpel flatterten an den langen Schäften ... die Fahne des Propheten. Alles, was in Hissi Maksa laufen konnte, wartete außerhalb des Vierecks ... Krieger, Greise, Frauen und Kinder, ein Gewimmel von Köpfen und wehenden Gewändern.

»Was sich so alles unter ein paar Palmen verstecken kann«, sagte McHolland. »Ich habe zwar nicht viel von diesem Mistnest gesehen, aber als wir ankamen, sah's so aus, als lungerten hier nur ein paar armselige Gestalten herum, die keiner mehr haben will. Das mit einer ganzen Stadt voller Vogelfreien habe ich dem Mistkerl von Emir nie abgenommen. Aber es stimmt ... Es ist verwirrend.«

Dr. Wolff war nervös. Er hatte Eve im Krankenhaus zurücklassen müssen. Sie saß bei Abels am Bett und wartete darauf, ob er weiterlebte oder starb. Hasna Mahmud hatte gesagt:

»Nehmen Sie sie dieses Mal nicht mit, Doktor. Sie werden es mir danken. Außerdem« – er entblößte beim Lächeln seine weißen, raubtierhaften Zänne –, »stehe ich neben Ihnen. Das ist es doch, nicht wahr?«

»Ja«, hatte Wolff geantwortet. »Ich überlege schon die ganze Zeit, was geschehen wäre, wenn Abels nicht auch den Gedanken gehabt hätte, zu Eve zu schleichen ...«

»Man soll über Zurückliegendes nicht viel Worte verlieren.« Hasna Mahmud hatte sich auf sein Pferd geschwungen. »Die Gegenwart ist wichtig und der erste Schritt in die Zukunft ... weiter können wir nicht blicken.«

Nun standen sie unter dem Zeltdach, der Platz vor ihnen war

leer bis auf eine Art Galgen und ein großes Brett, das mit spitzen Holzpfählen gespickt war wie ein indisches Fakirbett. Dr. Bender schien zu ahnen, welches Fest ihnen bevorstand, und faßte Hasna Mahmud an seinem weißen goldbestickten, innen mit blauer Seide gefütterten Mantel.

»Sie glauben doch nicht, daß wir das mit ansehen?« sagte er heiser.

»Sie werden müssen.«

Dr. Bender wandte sich an Wolff und McHolland. »Sie stehen hier herum wie I-Männchen am ersten Schultag!« schrie er. »Wissen Sie denn nicht, was man uns vorsetzen will? Sehen Sie den Galgen da, das Stachelbrett? Lord, wenigstens Sie müßten es wissen... Auch die indischen Rebellen waren Künstler darin...«

McHolland war fahl im Gesicht geworden. Sein Gesicht bestand nur noch aus Runzeln, als schrumpfe es in der sengenden Sonne zusammen.

»Sie können ihn nicht hindern«, sagte er tonlos.

»Nein, wer kann das?« Der Emir machte eine weite Handbewegung. »Das ist mein Volk! Das sind meine Krieger. Ein winziger Haufen, aber mit brennenden Herzen. Man nennt uns Rebellen, Guerillas, Fanatiker... und wir sind Menschen, die niemand haben will. Wir kämpfen für ein freies Dhufar, frei von der Regierung von Oman, anerkannt von Saudi-Arabien, Südjemen und Hadramaut. Aber niemand unterstützt uns, nicht einmal der Sultan von Dhufar, dem wir ein eigenes Land schenken wollen, weil es unsere Heimat ist. Er sitzt in Salala und wartet ab... mit einem Auge bei uns, mit dem anderen Auge bei der Regierung von Oman. Wer gewinnt: die vogelfreien Rebellen oder die Regierungstruppen von Oman? Er verrät uns nicht an die Regierung, denn keiner kann ihm nachweisen, daß er weiß, wo wir leben... aber er unterstützt uns auch nicht. Er wartet nur. Wenn Benzin, Öl, Waffen und Munition bis nach Hissi Maksa kommen... es geschieht auf einsamen Wüstenwegen. Wir sind ganz allein auf uns gestellt. Eine illegale Kampftruppe für ein freies Dhufar... für eine Utopie, wie alle sagen. Auch der Sultan, nach außen hin.«

»Und warum erzählen Sie uns das alles?« fragte Dr. Bender.

»Weil wir einen Fehler gemacht haben. Wir haben das Schiff

gekapert, wir haben Sie als Geiseln mitgenommen, die Welt sollte wissen, daß irgendwo in der Wüste Menschen leben, die eine Idee haben, eine politische Idee. Aber dadurch – durch zwei Funksprüche – sind wir, die lebenden Toten, die überall Gesuchten, aufgetaucht. Man konnte unseren Sender nicht anpeilen, dazu war die Zeit zu kurz, aber man hat jetzt konkrete Vorstellungen. Seit drei Tagen sind Regierungstruppen aus Oman unterwegs, um die Berge von Jabal Qara und Bait Kathir durchzukämmen. Sie glauben, wir säßen dort, in der Nähe der Küste... hier, mitten in der Wüste, vermutet uns niemand. Aber wir hatten einen Verräter unter uns. Für tausend arabische Pfund war er bereit, seine Brüder zu verkaufen. Genügt das, Dr. Bender?«

»Ein Mann, so völlig außerhalb des Rechts, hat kein Recht, zu verurteilen!« sagte Dr. Bender.

»In der Wüste denkt man anders. Man wird uns nie verstehen.«

»Das stimmt genau!« sagte McHolland heiser. »Warum stellen Sie diesen Irrsinn, Rebell gegen alle zu sein, nicht ein? Sehen Sie sich diese Frauen und Kinder an. Was wird aus ihnen, wenn die Truppen aus Oman dieses Hissi Maksa entdecken? Wenn Ihr Sultan von Dhufar – auch aus diplomatischen Gründen – Sie nicht mehr deckt und preisgibt?«

»Dann werden wir alle sterben.«

»Sie Narr!« sagte McHolland laut. »Sie Übernarr!«

»Aber wir werden nicht vernichtet werden.« Hasna Mahmud hob den rechten Arm. In die Reitergruppe an der linken Seite des großen Platzes kam Bewegung. »Darum habe ich Sie gestohlen und vor der Welt von Räubern, von unbekannten Einzelgängern, ermorden lassen. Ich brauchte einen Arzt – ich habe jetzt zwei –, einen Offizier für meine Truppen, einen Lehrer.« Er grinste Wolff an, und es war ein gefährliches Lächeln. »Daß auch die schönste Frau mitkam, war ein Geschenk Allahs. Ich habe ihm schon in der Moschee gedankt. Aha, passen Sie auf!«

Aus der Menge der Reiter kamen jetzt vier Krieger. Ein nackter Mann, zwischen zwei Pferde gebunden, lief in einer Staubwolke mit ihnen zu dem Galgen. Dort hielt die kleine Gruppe an, zwei Krieger sprangen aus den Sätteln und banden

den Mann los. Mit hocherhobenem Haupt stand er vor dem Stachelbrett und blickte hinüber zu der kleinen Tribüne. Plötzlich hob er beide Arme und schrie: »Es lebe die Vernunft!«

Der Emir nickte. »Ist er nicht wert, getötet zu werden?«

»Sie Irrer!« sagte Dr. Bender laut. »Himmel noch mal, warum finden sich immer wieder Völker, die sich von Irren regieren lassen? Der Mann hat doch recht.«

»Das Recht bin ich!« sagte Hasna Mahmud stolz.

»Solche Sprüche kennen wir Deutschen sehr genau.« Dr. Bender begann plötzlich zu gehen, stieg die drei Stufen der Tribüne herab und wollte über den Platz laufen. Vier Krieger stürzten hinter ihm her und hielten ihn fest. Hasna Mahmud lachte laut. Ein Lachen, das das Blut vereiste.

Er hob wieder den Arm, die Krieger schlangen einen gedrehten Strick aus Baumwollstoff unter die Achseln des Mannes und hängten ihn so an dem Galgen auf. Er pendelte genau über dem Stachelbrett, hing dann still in der Luft, sah hinauf in den farblosen, glühenden Himmel und schien zu Allah zu beten.

Hasna Mahmud ließ den Arm fallen. Aus dem Viereck lösten sich einzeln die Reiter, begannen schrill zu schreien, hoben die Lanzen über ihre Häupter und galoppierten über den Platz auf den zum Sterben Verurteilten zu.

»Aufhören!« brüllte Dr. Bender und rang mit seinen Bewachern. »Stoppt denn keiner diesen Mord?«

Dr. Wolff sprang vor Hasna Mahmud. Die Augen des Emirs waren weit und glänzend. Mein Gott, er ist wirklich irr, durchfuhr es Wolff. Jedes Wort ist umsonst. Wir hätten es längst merken sollen ... er redet und redet, und alles, was er sagt, sind nur tönende Worte eines kranken Hirns. Fanfarenstöße des Wahnsinns ... und dieses arme Volk glaubt ihm, vertraut ihm, vergöttert ihn ... stirbt für ihn ...

»Wenn Sie den Mann töten, werde ich nichts, gar nichts für Sie tun!« schrie Wolff. Er wußte, es war sinnlos, aber er wäre geplatzt, wenn er es verschluckt hätte.

»Ich habe Eve!« sagte Hasna ruhig. »Für Eve werden Sie alles tun, Doktor. Alles!«

»Bis zu einer Grenze ...«

»Und die bestimme ich!«

»Sie Teufel!« schrie Wolff.

Hasna nickte. »Wo Gott ist, muß auch der Satan sein. Sehen Sie nur, was meine tapferen Krieger machen.«

Die ersten Reiter hatten den Hängenden erreicht. Im Vorbeigaloppieren warfen sie ihre Lanzen, aber sie zielten nicht auf den Körper, sondern höher, auf den Baumwollstrick. Nur einer traf ihn, aber er schlitzte ihn nicht auf. Lediglich der Verurteilte pendelte hin und her. Stumm, mit geschlossenen Augen, ganz versunken in die geheimnisvolle Kraft, die ihm ein Sterben ohne Angst verlieh. »Wenn das Seil reißt, wird er auf das Brett stürzen«, sagte Hasna ruhig. »Ich versprach Ihnen ja, Doktor, zu zeigen, wie man aufgespießt wird. Sie haben dieses Wort so leichtsinnig ausgesprochen.«

Die Menschen rund um das Viereck johlten und klatschten Beifall. Eine neue Gruppe schreiender Reiter preschte heran, die Lanzen schwingend. Die Frauen und Kinder begannen auf der Stelle zu tanzen. Es war ein Festtag.

»Es ist unheimlich«, sagte McHolland und wandte sich mit einer hilflosen Gebärde ab. »Das Volk johlt und freut sich darüber. Diese verdammte Masse Mensch! Sie hat beim Morden ›Heil!‹ gebrüllt, oder vaterländische Lieder gesungen, oder ›Urrääähl!‹ geschrien, oder Choräle angestimmt... es ist überall das gleiche. Hier tanzen sie beim Töten... Doktor, was ist das bloß – der Mensch?«

Die neuen Reiter warfen ihre Lanzen. Der Mann an den Baumwollstricken pendelte wieder, ein paar Lanzen trafen die Leinen, schlitzten einen Strang auf, der Körper sackte nach links weg, hing schräg nur noch an einem Strick.

»Sie zielen gut«, sagte Hasna Mahmud zufrieden. »Oberleutnant Abels wird, wenn er überlebt, eine tapfere Truppe ausbilden können.«

Die Reiter jagten um das Viereck und hielten an der gegenüberliegenden Seite. Die nächste Gruppe mußte es schaffen – dann stürzte der Körper auf das Brett und wurde aufgespießt. Das bedeutete nicht den sofortigen Tod, sondern ein langes, qualvolles Sterben.

»Warum tötet Sie niemand?« sagte Wolff zitternd. »Warum findet sich keiner, der Sie Irren umbringt?«

»Weil mich mein Volk liebt.« Hasna sah kurz zu Wolff. »Beleidigen Sie mich nicht, Doktor.«

Eine wirbelnde, schreiende neue Staubwolke ... die dritte Reitergruppe. Das Volk um den Festplatz brach in Jubel aus, die Körper zuckten wie in Krämpfen.

Wieder Lanzen, ein Regen von Lanzen, auf das eine dünne, gedrehte Baumwollseil, das sich so leicht aufschlitzen ließ, wenn man es richtig traf.

»Jetzt!« rief Hasna. Seine Augen loderten. In diesem Augenblick war er kein Mensch mehr, nur noch ein Bündel Wahnsinn.

McHolland und Wolff drehten sich schnell um. Nur Dr. Bender mußte es mit ansehen, er hing hilflos zwischen seinen Bewachern.

Der Körper fiel, das Seil war durchtrennt ... als der arme Mensch in die Holzstacheln fiel, brüllte das Volk begeistert auf.

»So behandelt man bei uns Verräter«, sagte der Emir laut und stieß McHolland und Dr. Wolff die Fäuste in den Rücken. »Und Verrat ist es, mir nicht zu dienen.«

Die Warnung war deutlich. Daß man sie verstand, dafür sorgte der zuckende, aufgespießte Körper.

Fritz Abels überlebte. Die Infusionen hatten ihn gerettet. Obwohl die Kochsalzlösung zwei Jahre alt war, hatte sie ihm geholfen und schien keinerlei Nachwirkungen zu hinterlassen.

Aber auch Fuad Abdallah, der von der Viper gebissene Bruder Salims, lebte weiter. Nach fünf Tagen hatte sich die fürchterliche Wunde geschlosssen, die Schwellung des Beines ging zurück ... er saß im Bett, lachte und spielte mit seinem Bruder ein arabisches Anlegespiel, eine Art Domino.

Es zeigte sich, daß diese Heilung das wichtigste Ereignis im Leben Dr. Wolffs sein sollte.

»Sie haben meinen Bruder gerettet, Doc«, sagte eines Tages in einer Ecke des Krankenhauses Salim zu Dr. Wolff. »Er durfte sein Bein behalten, er bleibt ein Krieger, das verdankt er nur Ihnen.« Dann senkte er noch mehr die Stimme und sagte: »Sie haben ihn gerettet ... ich will Sie retten. Sie werden flüchten können.«

Wolff spürte sein Herz bis zum Mund schlagen. »Alle –«, sagte er, schwer atmend. »Salim, alle. Wir gehören zusammen. Keiner geht ohne den anderen ...«

»Alle.« Sabah Salim nickte demütig. »Warten Sie nur noch ein paar Tage. Sie werden frei sein, aber Sie müssen den Mut haben, quer durch die Hölle zu gehen –«

Fünf Tage warten, immer am Rande des eigenen Grabes stehend, nur lebend durch die Laune eines Irren, sind fünf Ewigkeiten. Unmeßbar, unerklärlich die Kraft, die einen solches durchhalten läßt.

Für die fünf Geiseln flossen Tag und Nacht so träge hin, als sei das Licht überhaupt nicht mehr vom Himmel zu entfernen, und die Dunkelheit der Nacht war so endlos, als sei die Welt untergegangen und es gäbe keine Sonne mehr.

Fritz Abels erholte sich schneller, als Wolff und Bender es geglaubt hatten. Er hatte gutes Heilfleisch, die Wunde schloß sich, es gab keine inneren Komplikationen. Schon am vierten Tag konnte er aufstehen, nach sieben Tagen lief er bandagiert herum und schämte sich jedesmal deutlich, wenn er Dr. Wolff gegenüberstand.

»Wenn ich wieder in Ordnung bin«, sagte er einmal, »dürfen Sie mich zusammenschlagen, Doktor. Ich halte still.«

»Wir haben andere Sorgen, Abels. Wir müssen Sie in kürzester Zeit so aufpäppeln, daß Sie mithalten können. Ich weiß zwar nicht, was Salim vorhat, aber gelingt uns die Flucht, ist ein Schuß zum Mond ein Kinderspiel dagegen.« Wolff hatte in der Apotheke noch eine Flasche mit einem Vitaminkonzentrat gefunden … er infusierte es als Tropfinfusion am achten Tag in die Armvene von Abels und betete im geheimen, daß es so gutgehen möge wie die Sache mit der alten Kochsalzlösung.

Fuad Abdallah humpelte an zwei Stöcken auch wieder herum, und Sabah Salim sagte immer wieder zu Dr. Wolff: »Bald, Doc, bald! Es ist schwer, alles heimlich vorzubereiten. In Hissi Maksa kontrollieren sich Tausende Augen gegenseitig …«

Lord McHolland hatte seinen ›Unterricht‹ bei Emir Hasna Mahmud aufgenommen. Wenn er von den Schulstunden zurückkam, war er immer sehr müde, setzte sich auf einen gestickten Lederwürfel und legte die Hände vor die Augen.

»Er ist aufnahmefähig wie ein Schwamm«, sagte er. »Sein Wahnsinn frißt alles in sich hinein. Mein Gott, ist der Mann gefährlich! Man kann nur beten, daß alle seine Pläne durch einen Handstreich der Regierungstruppen vernichtet werden.«

»Und die Frauen und Kinder gehen auch dabei zugrunde, das ist die größte Schweinerei«, sagte Dr. Bender. »Es wiederholt sich alles auf der Welt mehrfach: Ein einziger Mann kann ein ganzes Volk vernichten. Zum Kotzen!«

Eve Bertram schlief jetzt bei Wolff im Zimmer. Man hatte ihr Bett hinübergeschafft, aber sie lagen eng aneinandergeschmiegt nur in Wolffs Bett, jede Minute des Alleinseins genießend, vielleicht in der dumpfen Ahnung, daß nur die Gegenwart zu übersehen war, aber nicht die Zukunft... nicht der nächste Tag, nicht einmal die nächste Stunde.

Eines Nachts wachte Wolff auf, von einem unerklärbaren Gefühl aufgeschreckt. Eve lag in seiner Armbeuge, sie schlief fest, tief atmend wie ein glückliches Kind... aber vor ihm, in der Dunkelheit, am Fuß des Bettes, ahnte er die Gegenwart eines Menschen. Es war ihm, als sei dort die Finsternis noch schwärzer.

Er hielt den Atem an, von einer wahnsinnigen Angst abgewürgt. Dann hob er langsam den Kopf, um Eve nicht zu wecken, und stützte sich mit dem linken Arm auf.

»Was wollen Sie, Hasna?« fragte er leise.

Aus der Schwärze antwortete ihm ein tiefer Atemzug.

»Ich fresse mich voll an ihrem Glück, Doktor.« Der Emir rührte sich nicht. »Fast jede Nacht stehe ich hier und überlege, ob ich Sie nicht töten soll. Sie halten einen Engel in den Armen.«

»Ich weiß es. Aber mein Tod nützte Ihnen gar nichts. Sie würden dann zwar Eve besitzen... aber nur als Leiche. Das wissen Sie ganz genau.«

»Es ist der einzige Grund, warum Sie weiterleben. So kann ich Eve jeden Tag sehen und auf ihr Kommen warten, wie alles Leben auf die Sonne. Ich brauche diesen Anblick, ich habe mich daran gewöhnt, ich trinke ihn wie Wasser.« Hasna Mahmud kam näher. Er beugte sich über das Bett, starrte die schlafende Eve an und richtete sich wieder auf. Wolff hatte seinen Arm fester um sie gedrückt... sie murmelte im Schlaf und rollte sich mehr zusammen.

»Doktor, um einer solchen Frau willen gäbe ich es auf, Revolutionär zu sein.«

»Trotzdem bekommen Sie sie nicht.«

»Viel Blut könnte gespart werden.«

»Reden Sie nicht weiter!«

»Doch! Ich will Sie in einen humanitären Konflikt stürzen. Sie können Hunderte, vielleicht Tausende von Menschenleben retten, wenn Sie Eve dagegen eintauschen.«

»Das ist doch Wahnsinn! Hasna, sehen Sie denn das nicht selbst?«

»Ich sehe nur die schönste Frau, die Gott geschaffen hat. Sie gehört mir und gehört mir doch nicht. *Das* ist Wahnsinn, Doktor! Jetzt überlegen *Sie* einmal...«

Hasna Mahmud wurde wieder von der Dunkelheit verschluckt. Die Tür klappte leise – Dr. Wolff war mit Eve allein. Er legte sich zurück, küßte Eve auf die geschlossenen Augen und sagte mit bebender Stimme: »Nie, Eve. Nie! Mein Gott, das hier ist wirklich die Hölle –«

In der sechsten Nacht nach Salims Angebot, ihnen zur Flucht zu verhelfen, hörte Wolff, aus dem Schlaf aufschreckend, ein kurzes, gedämpftes Getöse im Flur und dann einen dumpfen Fall. Kurz darauf wurde die Tür aufgerissen, und trübes Öllampenlicht fiel ins Zimmer. Salim stand auf der Schwelle und winkte hastig.

»Schnell, Doc, schnell. Alles steht bereit! Kommen Sie!«

Im Flur humpelte Fuad Abdallah von Zimmer zu Zimmer und schloß sie auf. McHolland und Dr. Bender stürzten auf den Gang und stolperten über die langgestreckte Gestalt des Wächters, der auf dem Boden lag. Bender bückte sich, aber der Dolchgriff, der dem Mann zwischen den Rippen stak, machte alle ärztliche Hilfe sinnlos.

»Mußte das sein?« fragte Bender halblaut.

»Ja, Doktor.« Fuad, das Bein noch in einem dicken Verband, humpelte vor ihm her. »Nichts ist sicherer als ein Toter.«

»Verdammt, ein Leben ist bei euch nichts wert, nicht wahr?«

»Es geht um Ihr Leben, Doktor! Was ist das wert?«

»Das ist eine gemeine Frage, mein Sohn.« Dr. Bender nahm

Eve in Empfang, die Wolff aus dem Zimmer schob, McHolland rannte noch einmal in sein Zimmer zurück… er hatte seine Golfmütze und seine Pfeife vergessen. Ohne sie war er kein Mensch.

»Was ist mit Abels?« fragte Wolff.

»Salim, alle oder…«

»Der Oberleutnant ist schon bei den Kamelen, Doc.« Salim blies die Öllampe aus. Die plötzliche Dunkelheit war undurchdringlich. McHolland stieß irgendwo an und fluchte. »Es war schwer, Gamal Mustafa zu überzeugen…«

»Mein Gott, hast du den auch umgebracht?« rief Dr. Bender.

»Nein, aber er sitzt in seinem Zimmer und weint. Ich habe ihm eine Beule schlagen müssen, damit es so aussieht, als sei er überfallen worden.«

Türen klappern, ein Windzug, ein Stückchen Sternenhimmel. Fahlhell. Kälte aus dem Weltall.

»Schnell!« rief Salim. »Schnell! Die Nacht ist gut zum Reiten.«

Sie rannten über den Hof, verließen den Hauskomplex durch eine kleine, gebogene Pforte in der hohen, weißen Mauer, schlichen an ihr entlang bis zu einem Palmenhain, in dessen Mitte der zweite Brunnen von Hissi Maksa lag. Die geblendeten Ochsen, die tagsüber im Kreise liefen und damit die Schaufelräder drehten, die für die Stadt der Vogelfreien Leben bedeuteten, waren ausgespannt und lagen erschöpft und schlafend auf dem Boden. Man hatte ihnen die Füße zusammengebunden, als könnten sie trotz ihrer Blindheit noch aus dieser Hölle flüchten.

Hier warteten auch die Kamele. Fünf Reittiere, drei Packtiere mit Säcken voll Trockenfleisch, Hirsemehl, Bohnen, Kochtöpfen, Wassersäcken, einem Zelt, Decken und zerschlissenen Teppichen. An jedem Sattel der Reitkamele hing ein Gewehr. Hinter den hinteren Holm war ein Beutel mit Munition gebunden.

Fritz Abels saß schon auf seinem Tier und winkte den Heranschleichenden ungeduldig zu.

»Salim, du hast ein Vermögen geopfert«, sagte Bender erschüttert.

»Alles gestohlen von anderen.« Sabah grinste. »Man wird nie

herausbekommen, wie das möglich war. Es war auch schwer genug.«

Man hob Eve in den Sattel, McHolland und Dr. Bender saßen auf, nur Wolff blieb noch neben seinem Kamel stehen. Salim gab ihm eine Karte von Südarabien, ein armseliges Blatt Papier, nicht genauer als eine Abbildung in einem Schulatlas.

»Hier sind wir«, sagte er und legte seinen Finger auf ein paar gestrichelte Linien. »Das Wadi al Atinah. Hissi Maksa muß hier liegen... Sie reiten jetzt nach Norden, hinein in die Wüste. Versuchen Sie, die Oase Abu Shafra in Saudi-Arabien zu erreichen. Es ist der einzige Weg, der möglich ist. Sehen Sie hier. Die Brunnenstraße von Alhibak entlang.«

»Eine richtige Straße?« fragte Dr. Wolff. Salim lächelte schief.

»Wir nennen es so. Es ist Wüste, nichts als Wüste. Aber wie Perlen an einer Kette sind kleine Brunnen oder versandete Bohrlöcher hintereinander aufgereiht. Der schlimmste Weg ist bis zum Brunnen Haraym. 130 Meilen ohne Wasser. Aber wenn Sie immer genau in nördlicher Richtung reiten, kommen Sie hin. Von da an wittern die Kamele die nächsten Brunnen. Ein Kamel ist ein Geschenk Allahs. Immer nach Norden, Doc...«

Er drückte Wolff die Hand, umarmte ihn dann und küßte ihn auf beide Backen.

»Ich danke Ihnen für meinen Bruder«, sagte er leise. »Verfolgen wird man Sie nicht. Niemand wird annehmen, daß Sie in die Wüste hineinreiten... man wird Sie auf dem Weg zur Küste suchen. Wenn man merkt, daß man in der falschen Richtung sucht, wird es für den Ritt nach Norden zu spät sein. Trotzdem – reiten Sie, so schnell Sie können, auch wenn Sie niemand verfolgt... die Wüste wird ein grausamerer Feind sein als der Emir. Sie haben die Wüste besiegt, wenn Sie den Brunnen von Haraym erreicht haben.« Er hob beide Hände, legte sie Wolff auf den Kopf und blickte in den herrlichen Sternenhimmel.

»Allah segne euch alle!« sagte er feierlich. »Vergeßt uns nicht... uns lebende Tote der Revolution.«

Dr. Wolff stieg in seinen Sattel, das Kamel erhob sich ruckweise. Dr. Bender, der als einziger etwas vom Lenken eines Kamels verstand, ritt schon an die Spitze der kleinen Karawane. McHolland, vor fünfzig Jahren im Sudan zum letztenmal selbständig auf einem Kamel, versuchte sich zu erinnern und kämpfte mit seinem Tier einen stummen Kampf um Respekt und Gehorsam.

Salim sprang ebenfalls in den Sattel seines Kameles, das etwas abseits gestanden hatte.

»Es gibt zwei Wachtposten nach Norden«, sagte er. »Ich führe Sie an ihnen vorbei.«

»Und sie schlagen keinen Alarm?« fragte McHolland.

»Nein. Sie sind tot.«

Eine nüchterne Feststellung. Nicht nur Wolff zog den Kopf zwischen die Schultern, auch McHolland wurde sehr still. Unser Leben wird mit Toten erkauft, dachten sie beide. Ein schreckliches Gefühl. Wie soll man sich darüber hinwegretten? Mit Notwehr? Mit dem Begriff: Das hier ist wie ein Kriegszustand?

Fast lautlos, leise schleifend, versanken die Hufe der Kamele in dem feinen Sand. Sie hatten sich bis zum Platzen vollgesoffen, strotzten voll aufgespeicherten Wassers, waren gerüstet für den langen Durstmarsch in die heiße, grauenhafte, gelbsandige Stille.

Nach wenigen Minuten hatten sie den Stadtrand von Hissi Maksa erreicht. Wie abgeschnitten ging hier der Palmengürtel in die Wüste über. Die Sanddünen lagen wie lange, runde Höcker unter dem kalten Sternenhimmel.

Sabah Salim hielt sein Kamel an und ließ die kleine Karawane an sich vorbeiziehen.

Und zu jedem, der an ihm vorbeischaukelte, sagte er laut:

»Allah segne dich ... Allah segne dich ...«

Er blieb unter den Palmen stehen, bis das letzte Kamel oben auf der Kuppe der nächsten Sanddüne verschwunden war. Dann ritt er schnell zurück und legte sich in seinem Haus auf den Teppich. Seine Frau Belkisa hob den Kopf.

»Sind sie weg, Sabah?«

»Ja.«

»Sie werden nie ankommen.«

»Das liegt allein in Allahs Hand.« Er rollte sich zusammen, schloß die Augen und zwang sich, zu schlafen und nicht an die mörderische Wüste zu denken.

Die Wüste, die seine Heimat war.

Schon am frühen Morgen gab es in Hissi Maksa Alarm, als griffen die Regierungstruppen von Oman die endlich entdeckte Stadt der Rebellen an. Von allen Seiten stürmten die Krieger zum Platz von Hasna Mahmuds Haus. Nach einem bestimmten Plan besetzten andere Truppen die Verteidigungsstellungen. Es zeigte sich, daß Hissi Maksa über ein fast modernes Stützpunktsystem verfügte... in die Erde gegrabene Unterstände, mit dicken Palmholzstämmen abgestützt.

In einem der Unterstände lagen zwei Tote. Erstochen.

»Fünftausend Pfund für jeden, der mir die Geiseln wiederbringt!« brüllte Hasna Mahmud. Er rannte in dem großen Empfangszimmer herum, schlug mit den Fäusten gegen die Wand, und der Irrsinn, der bisher in ihm geschlafen hatte und nur zeitweise ausgebrochen war, sprudelte ungehemmt aus ihm hervor. Es war ein fürchterlicher Anblick.

»Sechs Trupps fächerförmig zur Küste!« schrie er. »Sie können nicht entkommen! Sie dürfen nicht entkommen! Sie sind doch tot! Tot! Tot!« Er raufte seine Haare, heulte wie eine Hyäne und starrte dann Sabah Salim an, den einzigen, dem er in Hissi Maksa voll vertraute.

»Wie war das möglich, Sabah?« stammelte er. »Kamele, Waffen, Verpflegung. Sie konnten unsere Brüder töten! Wie war das möglich? Wer hat ihnen geholfen?«

»Ich werde nachforschen, Emir«, sagte Salim und verneigte sich tief. »Es wird die Aufgabe meines Lebens sein, diesen Verräter zu finden.«

Dreihundert Krieger ritten an diesem frühen Tag zur Küste. Ein Trupp von zehn Männern ritt auch ein paar Meilen nach Norden, um auch keine Richtung zu vergessen.

Sie fanden nichts. Der ewig wehende Wind hatte alle Spuren im weichen Sand verwischt. Außerdem... wer reitet als Fremder nach Norden, in den sicheren Tod? Wo will er dort hin, wo die rettende Küste so viel näher liegt?

Die Männer kehrten um.

Um diese Zeit schaukelte die kleine Karawane geradewegs nach Norden. Dr. Wolff hatte die armselige Karte an seinen Holzsattel geheftet. Dr. Bender, der neben ihm ritt, beugte sich zur Seite.

»Was halten Sie davon, mein Junge?«

»Wir sind frei.«

»Und wo kommen wir an?«

»Irgendwo...«

»Eine verdammt unbekannte Stadt«, Dr. Bender wischte sich mit dem Handrücken über die Augen. »Ich gestehe, Wolff: Ich fühle mich lausig –«

Sie waren jetzt drei Tage und Nächte unterwegs.

Zuerst hatte man geglaubt, es sei am besten, in der kalten Nacht zu reiten und an den heißen Tagen auszuruhen, aber das war ein falsches Denken. Wohl kam man in der Nacht zügiger voran, aber wer kann bei 60 Grad Hitze schlafen, wer sich erholen, wenn der Wind den Sand sofort über einen treibt, als solle man lebendig begraben werden? Schon in der dritten Nacht nach zwei Tagen Rast waren alle so müde, daß Dr. Bender sagte:

»Schalten wir um. Gehen wir in den alten Rhythmus zurück... am Tag reiten, in der kühlen Nacht sich erholen. Es ist immer idiotisch, Gott ins Handwerk zu pfuschen. Wir sind eben keine Sandflöhe, sondern Menschen.«

Jetzt zeigte sich auch, wie wichtig Fritz Abels war. Als Seemann war er allein in der Lage, am Stand der Sonne und an den Sternen exakt die Richtung Norden zu bestimmen. Er hatte auch als einziger eine Armbanduhr und benutzte sie als Ersatzkompaß.

»Wenn sie vor- oder nachgeht, ist das natürlich Scheiße!« sagte McHolland unter Verzicht auf alle Lordwürde. »Im Sudan bin ich einmal nach meiner Zwiebel losmarschiert und kam genau dort an, wo ich nicht hinwollte. Die Uhr ging nach. Ich habe sie später im Weißen Nil versenkt, ein Flußpferd hat sie gefressen, und seitdem klappt das Wecken und Zubettgehen der Flußpferde nicht mehr.«

»Sie werden an ihren Kalauern noch mal ersticken, Lord«, sagte Dr. Bender. »Stellen Sie sich vor, wir wandern statt nach Norden nur etwas weiter nach Westen...«

»Dann kommen wir in das Gebiet von Raschid und« – Wolff betrachtete die ungenaue Karte –, »später in die Große Arabische Wüste. Auf 400 Meilen im Umkreis kein Wasser!«

»Und das nennt man dann Freiheit!«

Dr. Bender, der für die Einteilung von Verpflegung und Wasser bestimmt worden war, begann das Abendessen zusammenzustellen. Ein kleiner Topf voll gekochten Trockenfleischs, Bohnen und Datteln. Dazu pro Kopf zwei Becher Wasser. Die Kamele knieten im Sand und kauten an einem armseligen Büschel Heu. Salim hatte ein Lastkamel nur mit Heu beladen lassen, das in alte Säcke gestopft war. Es mußte reichen bis zur nächsten Oase.

»Das sind Wunderbiester«, sagte Dr. Bender einmal. »Ich habe sie immer bewundert. Schlagen sich den Wanst voll und können dann fasten wie ein Bettelmönch. Dabei trotten sie durch die Wüste, als seien sie wie mit einem Uhrwerk aufgezogen.«

Zu Beginn der Ruhezeiten wurde Fritz Abels verbunden, mit Heilsalbe eingeschmiert und erhielt eine stärkende Herzspritze. Auch daran hatte Salim gedacht ... ein sorgfältig sortierter Sanitätskasten war an Wolffs Sattel geschnallt ... das Abschiedsgeschenk von Gamal Mustafa. Wolff hatte ihn bei der ersten Rast inspiziert und dann McHolland kritisch angesehen.

»Gamal ist ein braver Sanitäter«, sagte er. »Aber natürlich hat er keine Ahnung, daß Sie ein künstlicher Bluter sind, Lord. Die Reiseapotheke ist für alle Unfälle gerüstet, aber es fehlen irgendwelche Fibrinogene. Sie verstehen?«

»Natürlich.« McHolland kaute an einem Stück Fleisch herum. »Ich kann mir keine Schramme leisten.«

»Ein Rat. Setzen Sie Ihr Medikament zur Blutverdünnung ab.«

»Dann habe ich bald Tapetenkleister in den Adern.«

»Bis wir wieder in der Zivilisation sind, wird es reichen.« Wolff klappte den Sanitätskasten zu. »Wir können jetzt Sirupblut eher gebrauchen als eine dünne Brühe.«

»Ganz klar.« McHolland rückte näher an Wolff heran. Eve saß an dem kleinen Feuer aus getrocknetem Kamelmist und rührte in dem Suppenkessel. Dr. Bender puderte Abels die Wunde mit Penicillinpuder ein. »Wenn mir etwas zustoßen sollte, Doktor, denken Sie daran, daß ich ein alter, wertloser Mann bin und das Leben einer so schönen Frau wie Eve gehört. Halten Sie sich dann nicht mit unnötigen Experimenten auf, mich zu retten.«

»Sie reden verdammt dummes Zeug, Lord. Verzeihung.« Wolff schüttelte den Kopf. »Es wird nichts passieren. Wir erreichen alle Abu Shafra.«

»Danke.« McHolland kaute weiter. »Als ich so jung war wie Sie, hatte die Welt auch keine dunklen Flecken.«

In der Nacht lagen Eve und Wolff noch lange wach. Man sparte sich das Aufstellen des Zeltes, man ging mit seinen Kräften sehr vorsichtig um... nur ein paar Stangen rammte man so tief in den Sand, bis sie fest standen, und spannte dann ein paar Planen darüber. Dafür mußte man wegen der Kälte der Nacht sich in die Decken rollen, die Köpfe umwickeln und zusammenkriechen.

Es gab drei Blöcke bei diesen Lagern... die Kamele, McHolland, Abels und Dr. Bender, Eve und Dr. Wolff. Als erster schlief immer der Lord... er schnarchte und blies dabei Dr. Bender in den Nacken.

»Ich bekomme noch einen steifen Hals«, sagte Bender dann am Morgen. »Lord, waren Sie bei der Marine und haben Wind in die Segel gepustet?«

In dieser Nacht waren die Kamele unruhig. Sie knieten im Sand, die Köpfe wie lauschend hochgehoben, stießen dumpfe Grunzlaute aus und kauten mit knarrenden, mahlenden Geräuschen. Die unendliche Stille um sie herum war irgendwie mit etwas Geheimnisvollem, Ungreifbarem, Unnennbarem geladen.

»Wenn wir die Wüste hinter uns haben und in Er-Riad sind, werden wir heiraten«, sagte Wolff. »Ich werde den Schiffsdienst quittieren und eine Arztpraxis aufmachen. Wir werden ein kleines Haus haben, einen Garten mit Obstbäumen, ein paar Liegestühle, wir werden jedes Jahr vier Wochen in die Ferien fahren, mal im Sommer an die See, mal im Winter in die Berge, am Ufer entlangwandern, im Pulverschnee die Hänge hinabschwingen... wir werden so richtig grundsolide bürgerlich sein. Himmel, wie freue ich mich darauf. Wenn ich mir vorstelle: Schnee.« Er machte eine weite Handbewegung über die schweigende Wüste. »Das alles hier Schnee...«

»Wir werden hier nie herauskommen, Bert«, sagte Eve.

»Aber ja. Immer nach Norden.«

»Ich fühle es, Bert. Wir werden reiten und reiten, bis wir von den Tieren fallen. Einer nach dem anderen. Und jeder wird mit letzter Kraft seine Giftkapsel zerbeißen, um das eigene Verdorren nicht zu erleben.«

»Wenn das so sein würde, wäre ich in Hissi Maksa geblieben. Ich hätte mir gesagt: eher einen Irren wie den Emir ertragen lernen, als in der Wüste qualvoll umkommen. Aber ich habe an diesen Weg in die Freiheit geglaubt, und ich glaube immer noch daran. Keine Wüste ist so leer, als daß nicht doch irgendwo Menschen wohnen oder man Menschen trifft.«

»Und wenn wir wirklich unmerklich nach Westen abkommen?«

»Daran wollen wir nicht denken, Eve.« Er zog sie an sich und küßte sie. McHolland schnarchte wie ein riesiger Hund. Die Kamele kauten leise und rieben die Köpfe aneinander. »Auch dann werde ich sagen: Wir kommen durch! Psst... kein Wort mehr.« Er streichelte ihr Gesicht und ihre goldenen Haare, und sie schwieg und schlief bald ein.

Sie hat recht, dachte er. Liebe ersetzt kein Wasser. Man kann die Wüste nicht mit Küssen bezwingen, sondern nur mit einem guten Kamel und einem Wassersack.

Gott, zeig uns den Weg nach Norden! Zieh dort, wo Westen ist, eine unsichtbare Mauer. Laß uns nicht im Sand versinken. Gott kann nicht überall sein... dieses Mal war er nicht in der Wüste.

Gegen Morgen, am Horizont wurde der tiefblaue Nachthimmel bleicher, wurde Wolff geweckt. Abels kniete neben ihm und schüttelte ihn vorsichtig, damit nicht auch Eve aufschreckte.

»Was haben Sie?« flüsterte Wolff. »Schmerzen? Fieber?«

»Mit mir ist nichts«, flüsterte Abels zurück. »Aber sehen Sie sich mal die Kamele an. Und ich bin aufgewacht, weil mir das Atmen schwerfällt. Merken Sie denn nichts?«

Wolff hob vorsichtig den Kopf. Die Kamele waren zusammengekrochen. Sie bildeten eine geschlossene, dichte wollige Masse. Sie hatten die häßlichen Köpfe gesenkt, fast platt auf den Sand gelegt und schienen sich wie Igel zusammenrollen zu wollen. Ihr ewiges Gegrunze und Gekaue war jetzt wie ein gemeinsamer Gesang.

»Die Kamele? Vielleicht schlafen sie so. Weiß ich es?« sagte Wolff. »Aber sonst?«

»Ich bin da empfindlich, Doktor.« Abels versuchte tief zu atmen. »Ich spüre jeden Druckunterschied in der Luft. Bei Föhn kann ich die Wände hochgehen oder über den Boden kriechen, ich werde fast anormal... Und hier ist es wieder so ähnlich. Die Luft hat sich verändert... ist dünner... weniger... als entstände ein Vakuum... Ich kann nicht mehr durchatmen... Und Sie merken das nicht?«

»Nein.« Wolff schob sich aus Eves Armen, kroch aus der Deckenrolle und sprang auf.

Die Kamele benahmen sich wirklich merkwürdig... sie lagen da wie halb betäubt.

»Wecken wir McHolland und Dr. Bender«, sagte Wolff. »Die haben Orienterfahrung.«

Sie weckten den Lord und Bender, beide setzten sich auf, gähnten und zogen dann die Beine an.

»Wo brennt's?« fragte Bender. »Ihre Wunde, Abels?«

»O du Scheiße!« sagte in diesem Moment McHolland. Er sprang auf die Beine, hob den Kopf und schnupperte in die Nacht wie ein Hund.

»Die Apotheke, Wolff!« sagte Bender trocken. »Der Lord braucht ein Mittel zur Dämpfung der Psyche.«

»Ihre Witze werden gleich zu Staub, Doktor!« McHolland zeigte auf die Kamele. »Die Tiere sind klüger als Sie.«

»Dafür sind es auch Kamele.«

»Also doch!« rief Abels. »Also doch! Mein Föhngefühl...«

Bender starrte Abels ungläubig an. »Föhn?« knurrte er. »Abels, bekommen Sie einen Koller?«

»Zum Teufel, wecken Sie Eve, Wolff!« rief McHolland erregt. »Alles, was beweglich ist, an die Kamele! Die Wassersäcke bereithalten. Tücher naß machen! Alles, was an Decken und Planen verfügbar ist, mit zu den Kamelen! Und dann an die Tiere kriechen, Kopf 'runter, nasse Tücher um Mund und Kopf. Decken drüber...«

»Der ist verrückt«, sagte Bender entsetzt. »Männer, der Lord dreht durch!« Er sprang auf und hielt McHolland fest, der zu den Verpflegungssäcken rennen wollte. »Mensch, werden Sie wach! Oder soll ich Ihnen eine kleben, das wirkt manchmal Wunder!«

»An Wunder können Sie bald glauben, Doktor.« McHolland riß sich los. »In spätestens einer halben Stunde liegen wir in einem Samum...«

Bender ließ kraftlos den Arm los. »Aber wieso denn?« stammelte er entgeistert.

»Wieso nicht? Blicken Sie mal zum Horizont... dort, wo das zärtliche Windchen herkommt! Ha?«

Bis jetzt hatte kaum einer gemerkt, daß es fast windstill war. Jetzt spürten es alle, und plötzlich wurde auch das Atmen schwer. Am Horizont stieg der Tag auf... aber ein graugelber, milchiger, unklarer, fahler, von der Sonne nur mühsam durchdrungener Tag.

»Samum«, sagte Dr. Bender erstarrt. »O mein Gott!« Dann wurde er so schnell wie nie in seinem Leben und rannte zu den Wassersäcken. McHolland schleppte einen Sack mit Trockenfleisch zu dem Kamelknäuel, Abels schleifte die Zeltplanen durch den Sand. Samum... der tödliche Sandsturm der Wüste.

Der Wind, der Millionen Zentner staubfeinen Sandes vor sich hertreibt. Der Wind, der in der Wüste die Landschaft verändert, Berge wandern läßt, neue Täler aufreißt, Oasen und Dörfer verschluckt, alles, was sich ihm in den Weg stellt, unter Sand vergräbt.

Samum, die Geißel Allahs...

Wolff weckte Eve, erklärte ihr mit einem Satz, was da mit dem neuen Morgen auf sie zubrauste, und half dann, alles zu den Kamelen zu schleppen. Von ganz fern hörte man jetzt ein hohles Pfeifen, einen widerlichen, anhaltenden Ton.

Der Tod pfiff vor Vergnügen.

Und dann war der Sandsturm da... Eng an die Kamele gedrückt, die nassen Tücher über die Gesichter, Decken und Planen über sich gezogen, zusammengekrochen, so eng es ging, erlebten sie, wie tausend und abertausend sandige Fäuste auf sie niedertrommelten. Ein Heulen umschrie sie, der staubfeine Sand drang in jede Ritze, klebte wie Brei an den nassen Tüchern, saugte die Luft einfach weg... es wurde qualvoll, zu atmen.

Wolff hatte Eve umarmt... sie lagen, wie in Liebe vereint, nebeneinander, ineinander verklammert, und sie wußten, daß es jetzt die letzte, verzweifelte Zärtlichkeit sein würde, aus der sie der Tod wegholen sollte.

Die Welt löste sich auf. Der Himmel zerbarst. Die Sonne erlosch. Es gab nur noch Sand... Sand... wirbelnden, heulenden, rasenden Sand. Wandernde Gebirge aus Sand.

Und acht Kamele und fünf Menschen, über die die Berge aus Sand herunterstürzten.

Dr. Bender war der erste, der versuchte, die Sandlast, die auf ihm ruhte, zu durchbrechen. Unter einer Decke und einer Zeltplane, den Kopf mit einem nassen Tuch umwickelt, lag er zusammengerollt wie ein Igel, preßte ein anderes nasses Tuch vor Mund und Nase und konnte doch nicht verhindern, daß sein Gaumen und die Naseninnenwände sich mit Staub überzogen und jedes Schlucken wie das Herunterwürgen eines ekligen Breis war.

Als das Heulen erstarb und nur noch der Sand in langen dünnen Fäden über den Boden wehte, mitgerissen von dem Sog des weiterziehenden Samums, drückte Bender mit den Schultern gegen den Berg, der auf ihm lag.

Er wunderte sich, daß er noch lebte. Es war ihm ein Rätsel, daß er sich bewegen konnte. Die Last auf ihm sickerte weg, er schob vorsichtig den Arm nach oben, griff in Sand, nahm alle Kraft zusammen und schnellte auf. Es gelang. Er durchstieß den Sandhügel, ein geradezu köstlicher Wind umwehte ihn, er konnte atmen, auch wenn er dabei wieder Sand einsog, aber was bedeutete das schon? Über ihm glutete wieder die Sonne, wölbte sich ein wolkenloser blauer Himmel, gab es Luft, herrliche Luft, himmlische Luft, zwar heiß, aber – o Gott, ich danke dir – Luft, die mit jedem Atemzug in die kleinsten Poren seines Körpers zu strömen schien und das Leben in ihm wieder anfachte.

Er reckte sich, breitete die Arme aus, und während er pfeifend atmete, starrte er auf die bleichgelbe Wand, die weiter nach Süden wanderte und dort Himmel und Erde zusammenschmolz zu einer schrecklichen Einheit.

Die acht Kamele hatten sich auch befreit, sobald der Sturm nachgelassen hatte. Ihre häßlichen Köpfe ragten aus den Sandhaufen, als habe man sie lebendig begraben und nur den Kopf übriggelassen als Ersatz für einen Grabstein.

Die Hügel neben ihnen mußten McHolland, Abels, Wolff und Eve Bertram sein, die Sättel, die Verpflegungssäcke, die Wasserschläuche aus Ziegenfell.

In Bender stieg eine heiße Angst empor. Die Stille um ihn herum schrie ihn an. War er mit den Kamelen der einzige Überlebende? Hatte der Sandsturm die anderen erstickt? Sollte er allein durch diese Einsamkeit reiten, einfach immer geradeaus, bis er auf eine Oase und Menschen traf oder früher oder später aus dem Sattel fiel und im Sand verreckte? Ein Pokerspiel mit dem Schicksal um sein Leben: immer geradeaus... ein einzelner Mensch mit acht Kamelen in einem Meer von Sand?

»Verdammt, liegt nicht so herum!« brüllte er. »Es ist vorbei! Die Sonne scheint! Es gibt Luft! Luft! Rührt euch doch!«

Die Stille saugte seine Stimme auf – er konnte nicht feststellen, ob sie aus ihm herauskam oder schon gleich vor den Lippen im Gluthauch der Sonne vertrocknete.

Bender tat ein paar tappende Schritte, fiel vor dem am nächsten liegenden Sandhaufen in die Knie und begann, in ihm mit den Händen zu wühlen. Er faßte nach einer Plane, riß daran, schaufelte den Sand weg und hieb mit der Faust auf den unförmigen Klumpen unter sich.

»Herein!« antwortete eine dumpfe Stimme. Dann ging sie in einem Hustenanfall unter. Dr. Bender wühlte sich weiter durch den Sand.

»McHolland!« schrie er. »Lord! Luft! Bewegen Sie sich doch! Zum Teufel, sind Sie verletzt? Worauf warten Sie noch?«

Das Husten hörte auf. »Sie müssen dreimal klingeln...«, sagte McHolland und kroch aus dem Sand heraus, das Gesicht durch ein Tuch schützend, das er mit beiden Händen andrückte. Dr. Bender starrte ihn entgeistert an. »Euer Lordschaft, lecken Sie mich am Arsch!« sagte er dann aufatmend. »Was haut Sie eigentlich um?«

»Ich habe meine Pfeife verloren.« McHolland blickte sich

suchend um. Irgendwie hatte sich die Wüste verändert. Neue Sanddünen, neue Täler, glatte Kuppen... eine von Riesenhänden abgeschliffene Landschaft. »Als ich weglief, um den Sack mit dem Fleisch zu retten, fiel sie mir aus dem Mund. Eine Tragödie!«

»Vielleicht landet sie jetzt in Hadramaut vor den Füßen eines Eselstreibers.«

»Ein armer Mensch, der Allah anflehen soll. In der Pfeife war die Giftkapsel. Wenn er sie raucht...«

Dr. Bender schwankte zu den anderen Sandhügeln. Dort regte sich etwas, zaghaft, tastend, wie vor wenigen Minuten er selbst, nicht glaubend, daß man ohne Schaden durch die Hölle geblasen worden war.

»Helfen Sie mit, McHolland!« lallte Bender. Eine tiefe Schwäche überfiel ihn. Wie lange halte ich das aus, dachte er. Diese Hitze, diesen Sand, diesen ewigen Wind, der einen vollstaubt, diese verdammte Sonne, die alles aus einem herausaugt, bis man nur noch eine trockene Pelle ist. Aber er tappte weiter, kniete vor dem nächsten Sandhaufen und wühlte sich mit beiden Händen hinein. Neben ihm erschien McHolland, seine Golfmütze auf dem Schädel, ein Stück Holz aus irgendeinem Sack zwischen den Lippen. Er zog an ihm wie an einer Pfeife.

»Ich habe eine kleine Schaufel gefunden«, sagte er. »Im Werkzeugsack. Er lag vor mir. Ich Rindvieh habe das von außen für Konserven gehalten.«

»Und die Konserven?« Bender keuchte.

»Müssen hier sein. Die können nicht nach Hadramaut fliegen.«

Mit der kleinen Schaufel an dem kurzen Stiel ging es schneller. Sie gruben Fritz Abels aus, der aus seiner Decke und hinter seinem um den Kopf gewickelten Tuch auftauchte wie ein Gespenst. Auch er atmete mit Atemzügen, die in der Stille so laut waren, als jammere ein defekter Blasebalg.

»Sie leben wirklich!« sagte Bender, als Abels um sich stierte. Seine Lippen waren aufgesprungen, er wollte etwas sagen, aber er kam sich vor wie mit Sand ausgestopft.

McHolland grub schon dort, wo Wolff und Eve liegen mußten. Dort rührte sich nichts. Bender schwankte zu ihm, nahm ihm die Schaufel aus der Hand und schleuderte wie ein Irrer den Sand nach allen Seiten weg. Als er die Plane freigelegt hatte, hielt er ein und lehnte sich gegen McHolland.

»Keine Bewegung–«, sagte der Lord. Bender nickte. Ein unbekanntes Gefühl überflutete ihn, ein solcher innerer Schmerz, daß es ihn drängte, laut zu heulen. Er biß die Zähne zusammen, um diesen schrecklichen Laut zurückzudrängen, und wußte, daß dieses Gefühl ein Vater haben mußte, wenn er seinen Sohn mit seinen eigenen Händen ausgraben würde. Einen Sohn, der nicht mehr war...

»Sehen Sie nach Lord«, stammelte Bender. »Ich kann es nicht. Zum erstenmal im Leben kann ich etwas Notwendiges nicht. Ich habe Leichenberge gesehen... im Krieg, auf den Straßen der verbrannten Städte, in Kellern, die wir freilegten, im Phosphorfeuer zusammengeschrumpfte Leichen von Kindergröße oder Tote wie aus Zement geformt, graue, zerbrochene Puppen... aber hier... ich kann es nicht mehr, Lord–«

Fritz Abels kam heran. Er zerrte an der Plane, aber die beiden Körper, die sich in sie eingerollt hatten, hatten sie unter sich verklemmt. Auch jetzt rührte sich noch nichts. Abels gab es auf. »Ich kann es nicht allein«, stöhnte er. »Sie liegen drin wie Mumien.«

»Halt die Schnauze!« brüllte Bender plötzlich. »Sie leben! Sie müssen leben! Wir alle leben doch... warum sie nicht?«

Er fiel vor dem halb freigelegten Sandhügel auf den Boden und zerrte an der Plane. Er fühlte die Körper darunter, tastete sie durch den Stoff ab... und dann rannen ihm plötzlich die Tränen aus den Augen, er schluckte und starrte McHolland an, der mit seiner Schaufel weitergrub.

Sie halten sich eng umschlungen, dachte Bender. Sie sind gestorben mit dem Gefühl des Glückes, das größer war als das Entsetzen. Meine Kinder... bei Gott, es waren meine Kinder... Ich habe nie eigene gehabt, aber sie hier hätte ich mir als Vater gewünscht.

»Hören Sie auf mit Heulen!« keuchte McHolland. Er gab erschöpft die Schaufel an Abels weiter. Aber der kniete ebenso kraftlos im Sand und stützte sich nur auf den Schaufelstiel. »Sparen Sie Ihre letzte Feuchtigkeit, Doktor.«

»O Himmel, ich schlage Ihnen den Schädel ein! Ihre verfluchte Überlegenheit.« Bender kroch zu dem Stoffsack, in dem zwei Menschen staken. Neuer, feiner Sand wehte darüber... man vergaß völlig, daß noch immer der Wind in der Wüste wühlte, man spürte es gar nicht mehr nach dem Überleben dieser Sandhölle.

Gemeinsam drückten sie das Bündel herum, rissen Zeltplane und Decken auseinander, Wolff und Eve fielen ihnen entgegen, ineinander verkrampft, ohnmächtig, die Köpfe gemeinsam umwickelt mit den jetzt trockenen Tüchern. Ganz schwach zitterte der Atem in Eves Brust, ein kleines Zucken in Wolffs Fingern war wie eine Wiedergeburt.

»Sie leben!« brüllte Bender. »Sie leben! Wasser! Wo ist der Sanitätskasten? Ich weiß, wir haben Kreislaufmittel drin! Wasser!«

Er riß die Tücher weg, küßte Wolff und Eve auf die geschlossenen Augen, und es war so viel Zärtlichkeit dabei, daß McHolland sich abwandte, alle Kraft in sich sammelte und mit Abels loszog, um bei den Kamelen die Säcke und Kisten aus dem Sand zu wühlen, in denen Wasser, Medikamente und Lebensmittel waren.

Bender hielt sich nicht länger mit seiner plötzlich aufwallenden väterlichen Zärtlichkeit auf... er schlug Eve und dann Wolff mit der flachen Hand rechts und links auf die Backen, löste ihre verschlungenen Arme, wollte eine Mund-zu-Mund-Beatmung beginnen, aber schon nach dem dritten Atemzug sank er in sich zusammen und hatte Mühe, die Schwäche zu überwinden. Die Wüste färbte sich dunkel, als bräche die Nacht herein, er kniff die Lider zu und pumpte die Luft trotz des feinen, fliegenden Sandes mit offenem Mund in sich hinein, bis diese widerliche Schwäche vorübergegangen war. Das alles kam ihm wie eine Stunde vor und waren doch nur Minuten; er schrak auf, als er von ganz weit, kaum hörbar, McHollands Stimme hörte: »Ich habe Wasser!« und beugte sich dann wieder über Eve und Wolff, ohrfeigte sie und rief dabei:

»Aufwachen! Wacht doch auf! Wo bleibt das Wasser? Wasser!!«

McHolland keuchte heran, einen der Ziegenfellsäcke über der Schulter. Die Golfmütze war ihm verrutscht, aber zwischen den Zähnen klemmte als Pfeifenersatz das schmale Holzstückchen.

»Hier!« stöhnte er. Der Wassersack fiel neben Bender in den Sand. »Das ist das Letzte, was ich geschleppt habe. Sie müssen von jetzt ab auf mich verzichten, Doktor.«

Bender zog den gequollenen Holzstöpsel aus dem Ausguß und träufelte das Wasser vorsichtig über die mehligen Gesichter. Er leistete sich den Luxus, so viel Wasser zu verbrauchen, daß die beiden Gesichter naß waren. Dann rieb er sie mit dem Wasser ein... es gab einen gelblichen Brei, als schminke er die Gesichter zu traurigen Clowns.

»Diese Portion Wasser ziehen Sie mir ab, Lord!« röchelte Bender. Er kämpfte wieder gegen das Schwächegefühl an. »Darf ich einen Schluck?«

»Den von mir mit, Doktor.«

Bender trank... es war das herrlichste Gefühl, das ihn je durchronnen hatte. Dann korkte er den Wassersack wieder zu.

»Wo ist Abels?«

»Er gräbt nach der Sanitätskiste.«

McHolland kaute an seinem Holzstückchen. Bender blickte auf. Jetzt erst kamen McHollands Worte bei ihm an: »Sie müssen auf mich verzichten, Doktor.«

»Was heißt das?« knurrte er. »Führen Sie hier bloß keine britische Spezialität ein und streiken Sie, Lord! Natürlich helfen Sie!«

»Es wird bald nicht mehr möglich sein«, sagte McHolland ruhig. »Ich habe mich eben verletzt.«

»Na und? Noch gehen Sie und reden Sie.«

»Doktor, Sie wissen es nicht, aber Ihr junger Kollege: Ich muß blutverdünnende Mittel nehmen... ich bin ein künstlicher Bluter...«

»O du Scheiße!« Bender faßte sich an den Kopf. »Wo haben Sie die Wunde?«

»Das ist es ja, Doktor. Wenn man sie sehen könnte, könnte ich mich hinsetzen und meinen Tod beobachten, mit ihm sprechen und hätte bis zum letzten Schnaufer zu tun. Aber so elegant soll ich nicht sterben. Es ist drinnen...«

»Innen? Wo?«

»Im linken Hüftgelenk, weiß ich es? Als ich den Wassersack aus dem Sandhügel zerrte, gab es plötzlich einen verrückten

Stich. Es war, als risse etwas. Dann ließ der Schmerz nach und ich brachte Ihnen den Wassersack. Ist innen etwas kaputt...«

»Ich untersuche Sie gleich, Lord. Erst Eve und Wolff.«

Die beiden rührten sich. Ihr Atem wurde stärker, es konnte nur noch Sekunden dauern, bis sie aus der Ohnmacht erwachten. Bei den Kamelen suchte Abels noch immer nach der Sanitätskiste.

»Ich habe mein Todesurteil gehört«, sagte McHolland ungerührt. »Ein Knacks in der Hüfte. Verrückt, was? Ich kann trotzdem laufen, ich habe kaum Schmerzen, nur so ein taubes Gefühl, als gäbe es dort keine Nerven mehr.« Er nahm das Holzstück aus dem Mund, sah es an und steckte es wieder zwischen die Zähne. »Wie lange lebe ich noch, Doktor?«

»Verdammt, bis 1990!«

»Das wäre fürchterlich. Ein Fossil wie das Biest vom Loch Ness!« Er stützte sich deutlich auf das rechte Bein, anscheinend hatte er links doch mehr Schmerzen, als er zugab. In seinem kantigen Gesicht mit den buschigen Brauen zeigte sich keinerlei Regung. »Die Taubheit wächst, Doktor.«

Wolff erwachte zuerst. Er richtete sich nicht auf, er blieb liegen und sah Bender stumm an. Von den Augen des alten Arztes zogen sich Rillen durch die Staubschicht, hinunter zum Kinn. Straßen der Tränen.

»Du lebst, mein Junge«, sagte Bender und umfaßte Wolffs Kopf. »Und Eve wird auch weiterleben. Sie atmet schon kräftiger. Wenn wir bloß die Sanitätskiste finden könnten. Abels wühlt sich an den Kamelen entlang, bisher ohne Erfolg. Junge, du lebst!«

»Ist das so viel wert?«

»Ich haue dir gleich eine 'runter!« knurrte Bender. Er hatte Eves Bluse aufgeknöpft und massierte nun ihre Brust. »Leben ist etwas Herrliches – begreifst du das jetzt nicht?«

»Leben, um morgen oder übermorgen doch von dieser Wüste gefressen zu werden. Wozu noch, Bender?«

»Jeder Tag Leben ist herrlich. Man soll nicht eine Stunde davon verschenken.«

»Und morgen krepieren wir elend.«

»Morgen! Jetzt scheint die Sonne, wir haben noch Wasser, wir kommen alle wieder auf die Beine« – er blickte kurz auf

McHolland, der an seinem Holzstück kaute –, »und wir erreichen diesen Brunnen Haraym! Ist es so, Mylord?«

»Wir alle kommen dorthin, wo wir hinmüssen«, sagte McHolland trocken.

Von den Kamelen, auf der anderen Seite des großen wollenen Knäuels, winkte Abels mit der Schaufel. »Ich habe sie. Die Sanitätskiste!«

Wolff wälzte sich auf die Seite und beugte sich über Eve. Sie schlug die Augen auf und lächelte verzerrt.

»Hörst du mich?« fragte sie mühsam.

»Natürlich hört er sie.« Bender zog Wolff weg. »Das ist keine Erscheinung vor der Himmelstür, sondern Sie leben. Sie leben wirklich.«

»Warum?«

Bender richtete sich auf. »So ist das, Lord –«, sagte er sarkastisch. »Da rettet man zwei junge, liebenswerte Menschen, und was tun sie? Sie fragen dämlich: warum! Täten Sie das auch?«

»Ich würde es tun, wenn Sie jetzt anfingen, sich um mich und meine inneren Blutungen zu kümmern.«

»Los! Sagen Sie: warum. Ich fange an, mich um Sie zu kümmern. Hinlegen, Mylord! Bein gerade! Sie stehen trotz aller britischen Haltung schief da.« Fritz Abels kam mit der Sanitätskiste angekeucht. Er hatte sich alles bis auf die kurze Unterhose ausgezogen. Der Wind trieb den Sand über seinen Schulterverband. McHolland sah ostentativ in die Luft. »Hinlegen!« brüllte Bender.

Wolff hob den Kopf. Eve trank aus dem Wassersack drei lange Schlucke und korkte ihn dann wieder zu.

»Was ist los?« fragte Wolff.

»Seine Lordschaft will ein Engelchen werden«, knurrte Bender. Er untersuchte McHollands Hüftgelenk, bewegte das Bein auf und nieder und sah, wie der Lord die Zähne in das Holzstückchen biß. Plötzlich stand Schweiß auf der ledernen Stirnhaut. Ein Wunder, denn diese Haut schien bis jetzt keine Poren mehr zu haben. »Ein Bluterguß, ohne Zweifel.«

Wolff richtete sich auf und kroch hinüber zu Bender und McHolland. Abels wuchtete den Sanitätskasten vor sie hin und fiel dann der Länge nach vor totaler Erschöpfung in den Sand.

»Er muß stilliegen«, sagte Wolff. »Keine Bewegung, kühle

Kompressen um das Gelenk ... wir können es schaffen. Er ist ja kein richtiger Bluter, er produziert Fibrin, wenn man ihn ruhigstellt und das verdünnende Mittel absetzt.«

»Himmel, das weiß ich doch alles!« schrie Bender und wandte sich von McHolland ab. »Aber wir können hier nicht tagelang liegenbleiben, im Sand, schutzlos unter der Sonne ... und wir brauchen das Wasser, um zu überleben, nicht um damit kühle Kompressen zu machen.«

»Dann hauen Sie ab!« sagte McHolland ruhig. »Bender, geben Sie mir Ihre Giftkapsel! Und sparen Sie sich das Vergraben ... der Wind schaufelt mich schon mit Sand zu.«

Es war eine Situation entstanden, mit der man sich nicht einfach abfinden konnte, sondern der jeder im Augenblick auszuweichen versuchte.

Da man zwischen zwei Sanddünen in einem glühenden heißen Tal lag, spannten Wolff und Abels zunächst eine Plane als Sonnenschutz über McHolland, den man geradezu zwingen mußte, liegenzubleiben.

»So ein Blödsinn!« rief er und setzte sich auf, als Dr. Bender und Dr. Wolff die Untersuchung beendet hatten. »Wegen eines alten Mannes, der zu nichts mehr nütze ist, ein Unternehmen auf Leben oder Tod zu unterbrechen, ist in höchstem Maße idiotisch. Ich stehe jetzt auf, gehe abseits, und nach fünf Minuten sieht man mich nicht mehr.«

Dr. Bender drückte McHolland in den Sand zurück und wandte sich zu Wolff um. »Das ist das Verrückte: Ich kann ihm keinen vor den dicken Schädel geben, das gibt sofort eine neue Blutung. Aber irgendwie zwinge ich Sie schon dazu, Lord, ruhig zu bleiben.«

»Da bin ich gespannt.« Er sah zu, wie Wolff und Abels das Zeltdach aufbauten und hielt Eves Hand fest, als diese ihm den Wassersack an den Mund hielt.

»Eve, machen *Sie* ihnen doch klar, daß es das Selbstverständlichste von der Welt ist, einen Hemmschuh, der im Wege steht, wegzuräumen. Sie müssen weiter, Sie müssen den Brunnen erreichen –«

»Wir bleiben so lange hier, wie Bert es als Arzt für nötig hält.« Eve ließ McHolland drei Schlucke trinken, schüttete dann etwas in ihre hohle Hand und wusch damit dem Lord das

Gesicht. McHolland hielt still wie ein Kind, den Kopf weit in den Nacken gelegt. Die Augen hielt er geschlossen.

»Eve, Sie sind ein Engel –«, sagte er hinterher leise. »Eine Schande ohne Beispiel, daß Sie meinetwegen verrecken sollen.«

»Denken Sie an Ihre Königin, Lord!« rief Dr. Bender. McHolland riß die Augen auf.

»Jetzt? Hier? Das wäre geradezu pervers!«

»Sie sind Diplomat Ihrer Majestät. Noch immer! Das verpflichtet. Haben Sie den Sudan und Indien überlebt, um in der Arabischen Wüste zu kapitulieren?«

McHolland legte sich wieder hin. Das kleine Zeltdach spendete Schatten für Kopf und Brust... Leib und Beine ragten in die Sonnenglut. Er faltete die Hände über der Brust und starrte gegen das ausgebleichte Segeltuch.

»Ich bin Diplomat zur besonderen Verfügung«, sagte er langsam.

»Na also –«

»Sie haben einen falschen Begriff von diesem z.b.V. Es ist in meinem Fall eine Strafe. Bender, ich bin ein saumäßiger Diplomat. Ich tue immer etwas, was gegen die Grundregeln der Diplomatie verstößt: Ich lüge nicht. Ich sage immer die Wahrheit. Stellen Sie sich das vor: ein ehrlicher Diplomat! Im Foreign Office haben sie sich die Haare ausgerauft. Viermal habe ich bei einer Konferenz der Commonwealth-Länder einigen exotischen Fürsten offen gesagt, was ich von ihnen halte... es war ein Skandal! Da schob man mich ab, weg in die Ecke hinterm Ofen. Seitdem habe ich Narrenfreiheit.« Er faßte sich an die linke Hüfte, anscheinend hatte er wieder Schmerzen. »In England wird keiner einen Schnaufer mehr tun, ob ich hier in der Wüste verrecke oder durchkomme. Vielleicht wäre das Verrecken sogar ein Dienst am Vaterland. Bender, hindern Sie mich nicht, patriotisch zu sterben!«

»Wenn ich bloß wüßte, wie man ihn still bekommt!« rief Dr. Bender. »Man sollte Ihnen ein Heftpflaster über den Mund kleben.«

»Machen Sie sich keine Hoffnungen, Doktor.« McHolland grinste. »Vielleicht bin ich auch noch Bauchredner.«

Die erste Übersicht ergab, daß man den Sandsturm gut

überstanden hatte. Die Kamele schienen keinen Schaden genommen zu haben, die Säcke mit Verpflegung und Wasser fand man wieder und grub sie aus. Nur die Heubündel für die Kamele waren mit dem Sturm weggerissen worden, und keiner wußte, ob das eine große Sache war, ob die Kamele ohne Heu bis zum Brunnen Haraym durchhalten würden oder von Stunde zu Stunde langsamer wurden, entkräfteten und schließlich mit der Geduld, die nur ein Kamel haben kann, sich in den Sand legten, um mit großen, fragenden Augen zu sterben.

»Warten wir es ab«, sagte Wolff. »Ändern können wir es doch nicht.«

»Es kommt also auf jede Stunde an!« rief McHolland unter seinem Zeltdach. »Und Sie hocken hier herum, um einen unnützen alten Mann innerlich verbluten zu sehen. Auf die Tiere! Weiter! Ihr müßt gegen die Zeit anrennen!«

»Heftpflaster!« schrie Bender und winkte Wolff mit beiden Händen. »Das ist ja nicht zum Aushalten! Ich klebe Ihnen alles zu, Mylord, wo Sie einen Ton hergeben können, auch den Hintern! Noch einmal – glauben Sie mir –, Sie kommen durch.«

McHolland schloß die Augen. Sein Gesicht wurde spitzer, verfiel erschreckend deutlich, wurde unter der Staubschicht gräulich.

»Sie lügen wie ein Politiker«, sagte er ruhig. »Dr. Bender, ich wette mit Ihnen…«

»Ich weiß, jeder Engländer wettet. Aber ich nicht. Ich verdicke Ihr Blut.«

»Ach! Wie denn? Wollen Sie Mehl 'reinrühren?«

»Sie werden ab sofort – und wenn Sie sich schütteln – die vier Büchsen mit ranziger Kamelbutter leeressen.«

»Sie sind schlimmer als Dr. Eisenbart, Bender. Das einzige, was ich bekomme, ist ein Durchfall wie hundert Ziegen im nassen Klee – und das schwächt noch mehr.«

»Aber ich wage es… entgegen aller medizinischen Lehre und aller Vernunft. Verdammt, ich will etwas tun. Nicht tatenlos zusehen, verstehen Sie das? Sie fressen Kamelbutter bis zum Erbrechen.«

»Dann bekomme ich einen Herzinfarkt oder einen Hirnschlag. Ich muß ein Adernsystem haben, das wie Gänge in einer Tropfsteinhöhle aussieht. Überall Kalk, hängend, stehend, tropfend. Ein Labyrinth, durch das sich das Blut ächzend seinen Weg sucht...«

»Bleiben Sie bei ihm, Eve.« Dr. Bender legte den Arm um Eves Schulter. »Vielleicht ist er in Ihrer Gegenwart vernünftig.«

Sie sahen sich kurz an, aber dieser Blick umfaßte alles, was noch von ihnen übrig war – und das war verdammt wenig. »Keine Hoffnung?« fragte Eve leise.

Bender schüttelte kaum merklich den Kopf.

»Keine.«

»Und wir?«

»Auch keine, Eve. Ich gestehe es Ihnen, weil Sie eine so tapfere Frau sind. Und weil Sie sowieso sterben wollten.«

»Das war vor hundert Jahren. Jetzt lebe ich wieder neu.«

»Es sterben auch genug Säuglinge«, sagte Dr. Bender und ging davon. Eve Bertram kniete sich neben McHolland unter das kleine Zeltdach. Sie hatte Angst, tastete nach McHollands merkwürdig kalter Hand und hielt sie fest. Der Lord blinzelte ihr zu.

»Im Schweißrand meiner Mütze finden Sie einen Zettel«, sagte er langsam. »Ich habe ihn schon in Hissi Maksa geschrieben, als mir klar wurde, daß ich diese Höllentour nicht überleben werde. Ob bei diesem Emir oder jetzt hier in der Wüste... für mich war das Betreten Arabiens der Abschluß. Im Schweißrand meiner Mütze, Eve.«

»Dr. Bender hat recht«, sagte sie streng. Sie zwang sich, ihre eigene Angst nicht in der Stimme zu zeigen. »Sie reden zuviel.«

»Der Zettel ist gleichzusetzen mit einem Testament, Eve.« McHolland drückte ihre Hand. »Er enthält Ort, Datum, den Vermerk: ›Im Vollbesitz meiner geistigen Kräfte‹ und meine Unterschrift. Ein Testament in einer Notsituation – man wird es in England anerkennen. Eve, hören Sie zu –« Er sah sie lange an, bevor er weitersprach. Dann blickte er hinüber zu Dr. Wolff, der mit Bender ein Zelt aufbaute. Abels grub noch immer nach verschütteten Säcken.

»Ich vererbe Ihnen und Dr. Wolff mein Gut Baldmoore Castle, meine Konten, meine Aktien. Darum müssen Sie und Wolff weiterleben... ich habe sonst keine Erben. Zwingen Sie den Dickschädel Bender, daß Sie weiterreiten. Zwei so herrliche Menschen wie Sie und Dr. Wolff dürfen nicht zugrunde gehen, nur weil sie auf das Verrecken eines alten Mannes warten. Eve, ich flehe Sie an, reiten Sie!«

Eve schüttelte stumm den Kopf. Ihre Kehle war wie mit Sand gestopft. Sie beugte sich über McHolland und küßte ihn auf die lederhäutige Stirn.

»Wir kommen Sie bestimmt auf Baldmoore Castle besuchen, Lord.«

»Es gehört Ihnen und Bert!« McHolland streckte sich. Um seine faltigen Lippen lief ein Zucken. Der Schmerz in der Hüfte mußte ihn völlig überfluten, aber er gestand es mit keinem Laut. »Und jetzt lügen Sie nicht wie dieser Klotz von Dr. Bender.« Er hob den Kopf und brüllte plötzlich: »Zelt abbrechen! Weiterreiten, ihr Idioten!«

Dr. Bender kam von den Kamelen herüber, in der Hand eine Blechbüchse mit Kamelbutter.

»Wissen Sie«, sagte er grinsend, »daß in Tibet ranzige Butter als Delikatesse gilt? Ich bringe Ihnen ein fürstliches Mahl, Lord. Die Butter stinkt gegen den Wind wie eine Kompanie voller Schweißfüße...«

Die Nacht wurde wieder kalt, feindlich, sternenklar, ein Himmel von überwältigender Herrlichkeit, aber es war eine Schönheit, die in die erschlafften Körper neue Wunden schlug. Der radikale Temperatursturz war nicht mehr zu verkraften... wenn man daran dache, daß am nächsten Morgen beim Auftauchen der Sonne wieder 60 Grad Glut die Wüstenluft brodeln ließ, wurden die völlig stillen Stunden der Nacht durchdröhnt vom ängstlichen Herzschlag der wartenden Menschen.

Trotzdem schliefen sie ein. McHolland hatte eine Schmerzinjektion erhalten, die ihn auch schlafen ließ. Er lag unter den meisten Decken... die anderen krochen in dem Zelt zusammen und wärmten sich gegenseitig.

Ein Tag war verlorengegangen, ein ganzer Tag.

Holte man ihn auf? War er so wichtig? Entschied dieser verschenkte Tag über ihrer aller Leben? Oder war mit diesem durchgewarteten Tag bereits das Urteil gefällt?

Niemand wagte daran zu denken, zumindest sprach keiner darüber. Sie lagen in der kühlen Nacht, zitterten vor Kälte, die ihnen wie Eis vorkam, und nur Wolff sagte einmal, mitten in die Stille hinein, und obgleich sie alle taten, als schliefen sie, hörten sie ihn alle:

»Morgen hängen wir McHolland in eine Zeltbahn an ein Lastkamel. Verdammt, es muß gehen!«

Dann war wieder Stille, und neben der Kälte war die geheime Angst ums Überleben neben ihnen unter der Decke. Irgendwann in der Nacht – Wolff wußte die Zeit nicht, die einzige Uhr besaß ja Fritz Abels – wachte Wolff auf, weil Bender beim Herumwälzen im Schlaf ihn mit dem Ellenbogen in die Seite gestoßen hatte. Er hob den Kopf und sah, daß Abels fehlte. Er mußte aus den Decken gekrochen sein wie eine Schlange, lautlos und schnell... im Sand vor dem zurückgeschlagenen Zelteingang sah man im Sternenlicht die breite Kriechspur.

Wolff weckte vorsichtig Dr. Bender. »Kommen Sie vorsichtig heraus«, flüsterte er ihm ins Ohr. »Ganz leise, lassen Sie Eve um Himmels willen schlafen! Abels ist weg...«

Sie taten es wie der Verschwundene, krochen aus den Dekken und aus dem Zelt, klappten den Eingangslappen herunter und richteten sich erst dann auf. Zwei Meter weiter schnarchte laut Lord McHolland unter seinem Deckenberg.

Bender und Wolff sahen sich um. Die Nacht war so klar, daß man die Sterne greifen konnte.

»Nur noch sechs Kamele...« sagte Bender tief atmend. »Wolff, Abels ist abgehauen...«

Sie rannten zu den aufgestapelten Vorräten und zählten sie durch. Die Säcke und Kisten und Ballen, die Abels gestern so fleißig und unermüdlich ausgegraben hatte. Man wußte jetzt, was ihn zu dieser Energieleistung getrieben hatte.

»Drei Säcke Lebensmittel fehlen«, sagte Bender mit rauher Stimme.

»Zwei Gewehre mit Munition...«

»Und fast alle Wassersäcke. Er hat uns vier Ziegenbälge gelassen. Vier Stück!« Wolff nickte Bender zu, als wolle er dessen Gedanken bestätigen. »Ja. Das ist Mord, Bender.«

Er wandte sich ab, rannte zu den nebeneinanderliegenden Kamelsätteln und schleppte einen zu einem der Reitkamele. Bender lief ihm nach.

»Du bist verrückt!« rief er. »Junge, du kannst doch gar kein Kamel reiten!«

»Es wird dem anderen nachlaufen... das genügt.« Wolff wuchtete den Sattel auf den Höcker, das Kamel brummte, setzte sich auf, und Wolff konnte den Sattel festbinden.

»Diesem Schwein nachzureiten, ist kompletter Wahnsinn!« schrie Bender und riß Wolff zurück. Er tat es mehrmals, aber immer wieder machte sich Wolff aus dem klammernden Griff los.

»Vielleicht gelingt es uns auch so, bis zu dem Brunnen zu kommen...«

»Mit vier Wassersäcken? Bender, Sie wissen genau, daß das unmöglich ist.

»Sie holen Abels nicht mehr ein!«

»Ich versuche es.«

Dr. Bender hielt Wolff wieder fest. »Junge, denk an Eve«, sagte er flehend. »Bleib hier! Wir rationieren das Wasser... und wenn wir es tropfenweise trinken. Aber wir kommen auch so durch. Denk an Eve!«

»Warum reite ich sonst hinterher?« Wolff schwang sich in den Sattel. Kaum saß er, stieg das Kamel hoch, glücklich, sich bewegen zu können. »Erklären Sie Eve alles, Bender... und McHolland braucht Sie auch. Ich komme zurück... glauben Sie daran.«

»Ich war nie ein gläubiger Mensch, Bert.« Bender hängte sich an den Sattel. »Junge, laß es uns anders versuchen...«

»Mit vier Wassersäcken noch über achtzig Meilen? Das ist ein Todesurteil... aber ich will leben! Und Sie wollen leben, Bender. Und Eve! Und McHolland.«

Wolff legte das Gewehr vor sich, schnalzte mit der Zunge und hieb die Hacken kräftig in die Seiten des Kamels. Das Tier grunzte laut auf und fiel sofort in einen flotten Trab.

»Bert!« schrie Bender hilflos.

Er fuhr herum, als vom Zelt ein heller Aufschrei folgte. Eve stürzte durch den Sand und warf die Arme hoch. Ihr Haar wehte wie Feuer um ihren Kopf.

»Nimm mich mit, Bert!« schrie sie. »Bert! Nimm mich doch mit...«

Wolff drehte sich um. Das Kamel rannte die Sanddüne

hinauf, genau in der Spur von Abels Kamelen, die noch deutlich im Sand zu sehen waren.

»Erklären Sie es ihr, Bender!« schrie Wolff zurück. »Sie wird es begreifen...«

Dann sah er nach vorn, klammerte sich an den hohen Sattelhörnern fest und trat dem Kamel in die Weichen. Es fiel in einen Galopp, streckte den Hals weit vor und durchpflügte den Sand, als gäbe es ihn gar nicht.

Beim Morgengrauen, unter einem Himmel, der noch dunkel war, aber in sich violett wurde, sah er Abels und die beiden Kamele vor sich. Nach anfänglich schnellem Tempo zottelten sie jetzt dahin, Kräfte sparend. Abels' Überlegungen waren klar: Wenn sie jetzt beim Erwachen merken, was geschehen ist, wird mir keiner nachkommen... es ist einfach aussichtslos. Der Abstand ist nicht mehr einzuholen.

Wolff gab seinem Reittier wieder Hiebe in die Seiten. Es knurrte, warf die Beine nach vorn und galoppierte weiter. Weit ausgreifend, schaukelnd, den häßlichen Kopf gestreckt... für Wolff jetzt der schönste Kopf, ein Kopf, den er hätte küssen können.

Als die Sonne als roter Ball majestätisch über den Horizont stieg, die Wüste für kurze Augenblicke zu einem Meer von Blut wurde, um dann gleich wieder in das verhaßte Braungelb sich zu verwandeln, war Wolff so nahe an Abels herangekommen, daß die Kamele sich gegenseitig von weitem begrüßten.

Das dumpfe Freudengebrüll von Wolffs Reittier warf Abels im Sattel herum. Er riß sein Gewehr hoch, hieb die Absätze in die Weichen seines Kamels und feuerte es mit Schreien an, wie er es von den Arabern gehört hatte. Wolffs Reittier verstärkte noch den Galopp.

»Bleib stehen!« brülle Wolff. Er wußte nicht, ob seine Stimme Abels wirklich erreichte. »Bleib stehen, Abels! Ich bin schneller! Du kannst nicht davonrennen!«

Abels schien das einzusehen. Er hielt plötzlich an, die Kamele knieten nieder, und ehe Wolff heran war, hatte sich Abels hinter seinen Tieren verschanzt. Nur der Gewehrlauf ragte über den Sattel heraus und zielte genau auf Dr. Wolff.

»Zurück!« schrie Abels. »Zurück! Du Idiot! Du willst mich aufhalten?«

Er feuerte. Der Schuß war gut... er traf Wolffs Kamel mitten in die Brust. Es sank in sich zusammen, rollte in den Sand, und Wolff konnte gerade noch aus dem Sattel springen, rollte sich ab, das Gewehr an sich gedrückt und kam hinter dem sterbenden Kamel zu liegen.

Wie Abels benutzte er das Tier als Deckung und schob sein Gewehr über den zuckenden, sich im Todeskampf windenden Leib.

Dann lagen sie sich gegenüber – zwei unerbittliche, zum Töten bereite Gegner, die jetzt alles einzusetzen und alles zu verlieren hatten. Zwei Feinde, verschanzt hinter Festungen aus Kamelleibern.

»Es hat keinen Zweck, Abels«, rief Dr. Wolff, nachdem Abels noch zweimal in den jetzt ruhig liegenden, toten Kamelleib geschossen hatte. »Daß du der größte Saukerl bist, der mir bisher untergekommen ist, brauche ich nicht zu sagen! Komm heraus! Gib es auf. Du hast keine Chance mehr.«

»Die gleiche wie du, du Humanitätsscheißer!« brüllte Abels. Die Sonne, die Todesnähe, die Verzweiflung schienen ihn halb verrückt gemacht zu haben. »Soll ich mit ansehen, wie wir alle verrecken? Liegenbleiben, bis dieses alte Vehikel von Lord entweder stirbt oder wieder aufs Kamel kann. Liegenbleiben zwischen Sanddünen, die beim nächsten Sturm über uns hinwegrollen! Uns braten lassen und dann auf Gott vertrauen, nur weil die Herren Ärzte ihre eigene Ethik haben! Nein, ich suche mir meinen eigenen Weg.«

»Mit unserem Wasser, du Lump!« schrie Wolff zurück.

»Es genügt, wenn ein Vernünftiger unter lauter Idioten überlebt!«

»Du wirst nicht überleben, Abels«, sagte Wolff hart. »Entweder du kommst zurück... oder du überlebst nicht. Dazu bin ich hier.«

Abels schoß wieder. Wolff duckte sich hinter sein totes Kamel und hörte das Geschoß dicht über seinem Kopf einschlagen. Abels schoß gut, er konnte mit einem Gewehr umgehen. Früher war er einmal Marineoffizier gewesen, aber er wechselte über zur Zivilschiffahrt, weil er dort als Erster

Offizier mehr verdiente. Jetzt ging es bei ihm ganz militärisch zu: schießen, Schloß zurück, Patrone auswerfen, Schloß zu, Patrone vom Magazin in den Lauf, auflegen, zielen. Kimme – Korn – Ziel – der Kopf von Dr. Wolff, der ab und zu hinter dem totel Kamel auftauchte. Mal links, mal rechts. Abels' Gewehrlauf wanderte mit, bereit, im richtigen Augenblick den Tod auszuspucken. Denn nur darauf kam es noch an: töten und dann weiterreiten in das Leben.

»Du hast kein Kamel mehr«, rief Abels. »Ich habe die besseren Chancen. Ich habe zwei Kamele. Ich brauche dich nur hier liegenzulassen.«

»Du kämest auf keinen Sattel mehr, schwöre ich dir!«

»Hol dir das Wasser!« Abels lachte rauh. Irrsinn schwang in diesem schaurigen Ton. »Nur ein Zentimeter von deiner Hirnschale genügt, Wolff! Ich war der beste Schütze in der Flottille...«

Wolff betrachtete sein Gewehr, ehe er es wieder langsam über den braunwolligen Kamelleib schob. Das tote Tier hatte im Todeskampf seinen Kopf in den Sand gewühlt, als wolle es in den letzten Minuten diese grausame Welt nicht mehr sehen.

»Ich habe noch nie auf einen Menschen geschossen«, sagte er. »Ich habe noch nie einen Menschen getötet. Du wirst der erste sein, Abels –«

»Ich bin gespannt, wie du dieses Kunststück fertigbringst!« Abels schoß wieder, weil Wolffs Kopf hinter seinem Gewehr kurz auftauchte. Surrend flog die Kugel nahe an Wolffs linkem Ohr vorbei. Aber gleichzeitig schoß auch Wolff. Er drückte einfach ab. Drüben schrie Abels dumpf auf. Durch Wolff lief ein Zittern.

»Habe ich dich getroffen?« schrie er. »Wirf das Gewehr weg, ich komme 'rüber!«

»Der Teufel hole dich!« brüllte Abels. »Komm nur, komm... der rechte Zeigefinger und zwei Augen sind noch da... und so lange schieße ich!«

Zur Bestätigung schoß er zweimal hintereinander in Wolffs Kamel.

Die Sonne war jetzt hoch am Himmel, ein Feuerball, der auf die beiden Männer herunterbrannte und ihre Körper austrocknete.

»Ich habe zwei Gewehre und hundert Schuß Munition bei mir!« schrie Abels. »Wer überlebt hier wohl, du Spinner?«

Er hat recht, dachte Wolff. Von uns beiden hat er den längeren Atem. Mehr Munition, mehr Wasser, mehr Verpflegung, zwei gesunde Kamele ... ich habe nichts.

Er tastete in seine Tasche. Noch etwa zehn Schuß ... er hatte es beim Aufbruch so eilig gehabt, um an nichts anderes zu denken als: Man muß Abels einholen. Alles andere regelt sich dann. Und jetzt regelte es sich ... »Du bist verwundet!« rief Wolff. »Das ist ein Handikap.«

»Nur ein Streifschuß. Keine Hoffnung für dich, du Ethikakrobat!« schrie Abels zurück.

»Gut! Dann warten wir! Solange ich lebe, solange ich hier atmen kann, wirst du auf kein Kamel kommen! Das kann einige Tage dauern. Aber dann ist es für dich zu spät! Was haben wir in Hissi Maksa gesagt: Alle – oder keiner. Gut. Bleiben wir dabei: Verrecken wir alle! Du dort, ich hier, und sieben Stunden östlich von uns McHolland, Bender – und Eve!« Der Gedanke an Eve, die elend verdursten würde, durchzog seinen Körper wie ein Feuer »Auch Eve!« brüllte er. »Allein schon ihretwegen machst du keinen Schritt mehr von hier weg!«

Abels fluchte unartikuliert, schoß wieder – er hatte ja genug Patronen und übergoß sein Gesicht mit Wasser. Ein Wassersack lag neben ihm im Sand ... er riß einen Fetzen aus seinem Hemd, tauchte ihn in Wasser und drückte ihn auf die Schulter, wo Wolffs Kugel eine breite, blutige Schramme hinterlassen hatte. Es war eine unbedeutende Verwundung ... aber hier in der Wüste gab es nichts Unbedeutendes. Alles, was Mensch und Tier betraf, bis in die kleinste Unwichtigkeit, war in diesem Sandmeer ein Teil des Lebens. Brach nur etwas aus ihm heraus, wurde diese Lücke von der gnadenlosen Wüste erobert.

»Ich halte es aus!« schrie Abels wieder. »Eine Woche spielend!«

»Eine Woche schutzlos in der Sonne? Du bist verrückt!« rief Wolff. »In spätestens drei Tagen eitert die Wunde ...«

»Wir werden es schneller beenden, du hast recht.« Abels schien etwas vorzubereiten. Seine Todesangst, sein irrer Wille, als einziger zu überleben, regten in ihm eine höllische Fantasie an.

Verblüfft, dann aber mit knirschenden Zähnen sah Wolff, wie das Lastkamel durch schrille Schreie aufgescheucht wurde, sich erhob und zu dem toten Reittier hinüberglotzte.

»Es ist aus, Wolff!« brüllte Abels. »Ich habe dich gewarnt, Ich habe dir deutlich gesagt: Laß mich in Ruhe! Was ihr da mit diesem McHolland anstellt, widerspricht aller Vernunft. Es mag vielleicht ärztlich zu vertreten sein, aber nicht mehr in unserer Lage. Wer das nicht einsehen will, muß verrecken! Nicht ich opfere Eve, sondern du! Dein Humanitätsfimmel wird zum Mörder. Hier diktiert die Wüste, Wolff, aber nicht die Menschlichkeit.«

Auch das Reitkamel erhob sich jetzt. Vergeblich suchte Wolff Abels am Boden... er mußte sich seitlich an dem Kamel festgeschnallt haben und hing nun in sicherer Deckung. Eine geradezu artistische Leistung, wie man sie sonst nur im Zirkus sieht, wenn die Kosaken, neben ihrem Pferd hängend, durch die Manege galoppieren.

»Was nun?« hörte Wolff die irre Stimme von Abels. »Schießt du auf die Kamele? Dann bleiben wir zwei übrig mit dem Wasser und können uns anspucken, bis zum Ende. Aber zu Eve kommt kein Tropfen... du brauchst das Wasser und die Kamele! Schieß doch, schieß!«

»Du Mistkerl!« sagte Wolff erschüttert.

»Es ist gleich vorbei.« Abels lachte laut. »Ich reite dich um. Wie willst du mich aufhalten? Auf die Kamele schießen kannst du nicht... also stirb, du Idiot!«

Durch Wolff rann es eiskalt. Die letzte Phase des Zweikampfes war gekommen, die letzte Entscheidung – nicht nur für sich und Abels, sondern auch für die, die dort hinten weit in der Ferne, zwischen zwei großen Sanddünen, auf ihn warteten.

Eve, dachte er. Mein Gott, Eve... du wirst verdursten. Es ist einer der fürchterlichsten Tode, der langwierigsten, der Tod, der mit grausamer Klarheit das eigene Sterben miterleben läßt.

Eve, nimm, wenn du merkst, daß du wahnsinnig wirst vor Durst, die Giftkapsel. Nimm sie. Bender, drück sie ihr zwischen die Zähne, wenn sie nicht will. Erspare ihr die letzte Stunde dieses grausamsten allen Sterbens.

Eve... es war eine kurze, aber herrliche Zeit mit uns...

Abels wilde Schreie trieben die Kamele an. Zuerst widerwillig, dann aber durch Hiebe und das anfeuernde Gebrüll aufgescheucht, fielen sie in einen langsamen Galopp. Wolff wußte, daß sie alles niedertreten würden, was sich ihnen in den Weg stellte. Eine blödsinnige Erinnerung tauchte in ihm auf, gerade jetzt… die Schulzeit, Geschichte bei Dr. Hombruch, die Perserreiche, die berühmte Kamelschlacht des Königs Cyrus… diese Wand aus dumpf brüllenden Woll-Leibern. Hier waren es nur zwei, aber sie genügten für einen einzigen, einsamen, müden, ausgelaugten Mann, der nicht schießen durfte, weil er diese Kamele noch brauchte… wenn er überleben wollte.

Abels schoß unter dem Bauch seines Reittiers hervor auf Wolffs Burg aus Sand und totem, in der Sonne aufquellendem Kamel. Verwesungsgeruch strömte schon durch das Fell. Die Wüste räumte schnell auf. Wann erschienen die ersten Geier mit ihrem über weite Fernen rätselhaften Instinkt für Aas?

»Haja!« brüllte Abels. »Hui! Hui! Heij…«

Er schoß wieder, die Kamele verfielen in Kampfstimmung und rasten auf Wolff zu.

In diesem Augenblick sah Wolff das Stück eines Beines unter der Bauchwölbung. Das Knie, dann der Unterschenkel… Abels hing an der Seite in verschiedenen Schlingen, er war bei dem Galopp mit einem Bein herausgerutscht.

Wolff riß das Gewehr hoch und zielte kurz. Es war ein schwankendes Ziel, von Sand umwirbelt, und er hatte kaum eine Chance, es zu treffen, höchstens das Kamel.

Er zog den Drücker durch, der Schuß peitschte, drüben fiel etwas in den Sand, die Kamele rasten weiter, Wolff drückte sich eng an sein totes Tier und schloß die Augen.

Die brüllenden Leiber galoppierten nahe an ihm vorbei, überschütteten ihn mit Sandwellen und dröhnten dann weiter.

Der Zweikampf war entschieden. Und es war kein Sieg, der Wolff freute.

Abels lag im Sand, auf dem Rücken, die Hände um sein Bein gekrallt. Mit letzter Kraft schwankte Wolff zu ihm und kniete bei ihm nieder. Abels' Kniescheibe war zertrümmert… hier in der Wüste war es das Todesurteil. Sie wußten es beide.

»Du schießt gut«, sagte Abels.

»Es war ein Zufallstreffer.« Wolff betrachtete hilflos das

zersplitterte Knie. Er hatte nichts bei sich ... keine Verbände, kein Puder zur Wunddesinfektion, keine Schmerzmittel, nichts.

»Du hast immer Glück, was?« sagte Abels und knirschte mit den Zähnen. »Sag jetzt nichts. Himmel, halt bloß die Schnauze! Gib mir den Fangschuß, los ...«

Die Kamele hatten sich beruhigt. Nach hundert Metern waren sie stehengeblieben und kamen jetzt langsam zurück. Abels hob den Kopf und stieß mühsam einen Pfiff aus. Es war, als verständen ihn die Kamele ... sie reckten die Köpfe hoch und trabten heran.

»Wo hast du das gelernt?« fragte Wolff.

»Abgeguckt in Hissi Maksa.« Abels fiel zurück in den Sand. Das Blut sickerte aus seinem Knie und verschwand fast spurlos im gelben Staub. »Da hast du deine Kamele, das Wasser, die Fleischsäcke. Nun sitz nicht rum und schieß endlich.«

»Ich nehme dich mit«, sagte Wolff und stand auf. »In etwa sieben Stunden haben wir das Lager wieder erreicht.«

»Der Arzt. Ein Mensch ist ein Mensch, bis ihm die Augen für immer zufallen –«

»Stimmt genau!«

»Ich bin am Ende, Wolff. Ich bin genauso nutzlos wie McHolland. Wir gehören jetzt der Wüste ... das ist die Wahrheit. Warum wollt ihr diese Tatsache nicht anerkennen? Ihr könnt McHolland noch zwei Tage herumschleppen, mich vielleicht drei Tage, aber dann ist Schluß.«

»Es sind drei Tage Leben, Abels.«

»Was für ein Leben! Warum könnt ihr Ärzte nicht Schluß machen, wenn es notwendig ist? Zum Teufel, Wolff, gib mir den letzten Schuß.«

»Nie, Abels!«

»Wenn ich an mein Gewehr heran könnte ...«

»Du kommst nicht heran.« Wolff blickte zu den Kamelen. Sie standen vor dem toten, stinkenden Tier und beschnupperten es.

Unser Schicksal, dachte er. Aas in der Wüste. Gebleichte Knochen in völliger, glutender Einsamkeit. Er hob die Schultern und zog sie nach vorn, als krümme er sich vor Schmerzen.

»Wenn du einmal oben auf dem Lastkamel bist, mußt du dich festklammern«, sagte Wolff rauh. »Irgendwie festklammern. Du mußt nur oben bleiben…«

Abels antwortete nicht mehr. Er hatte ein Stück Hemd und seine rechte Faust zwischen die Zähne geklemmt und biß darauf. Der Schmerz mußte unerträglich sein.

»Schrei!« sagte Wolff gepreßt. »Schrei, so laut du kannst. Das befreit. Man kann sich mit dem eigenen Schreien betäuben. Los, schrei!«

Abels schüttelte den Kopf.

Wolff fing die Kamele ein, lud seinen kleinen Wasserschlauch um, gab wie er es in Hissi Maksa gelernt hatte, die Kommandos zum Niederknien und kam dann zu Abels zurück.

»Mensch, ich flehe dich an: Erschieß mich endlich!« stöhnte Abels. Er war fast grün im Gesicht.

»Das kann ich immer noch. Zuerst versuchen wir das andere.«

Er packte Abels unter den Achseln, hob ihn aus dem Sand und stützte ihn, als Abels auf einem Bein zu hüpfen begann. Das zerschossene Bein pendelte wie ein dicker Strick herum. Bei jedem Schritt stöhnte Abels auf… nach vier Schritten lehnte er den Kopf gegen Wolffs Schulter und weinte vor Schmerzen.

»Mach doch Schluß –«, heulte er. »Mach doch Schluß –«

Sie erreichten das Lastkamel. Abels kroch hinauf, schrie und biß in den Verpflegungssack vor sich. Aber er klammerte sich fest, und schreiend vor unerträglicher Qual ließ er sich ruckartig emporstemmen. Das Lastkamel stand wieder. Wolff saß im Sattel des Reittiers und beugte sich zu Abels hinüber.

»Klemm das gesunde Bein in die Lastverschnürungen«, sagte er. »Verdammt, du mußt es aushalten, Abels. Ich kann das Bein nicht schienen oder irgendwie in einen Teppich rollen und notdürftig ruhigstellen. Wir haben keinen Strick übrig.«

»Hau ab!« röchelte Abels. Seine Zähne schlugen aufeinander. »Hau ab, du Edelmensch.«

Wolff griff nach dem Führzügel des Lastkamels und trat seinem Reittier die Hacken in die Weichen. Träge setzte sich das Kamel in Bewegung, umging den verwesenden Tierkadaver und folgte dann mit feinem Instinkt der Spur, die zurückführte zum Lager.

Es war tief in der Nacht, als die Kamele von selbst antrabten. Sie rochen die Nähe der anderen, stießen ein heiseres Gebrüll aus und benahmen sich, als witterten sie einen See mit köstlichem, klarem Wasser.

Bender und Eve kamen ihnen am Fuße der großen Sanddüne entgegengelaufen. Sie winkten mit beiden Armen, als sei Wolff der Retter, der vom Himmel fiel.

»Er kommt zurück!« rief Eve und lehnte sich an Dr. Bender. »Mein Gott, er kommt zurück! Ich danke dir!«

»Ich weiß, daß Sie heimlich gebetet haben«, knurrte Bender. »Verflucht, fangen Sie nicht an, mich auf diese stille Art zu bekehren...«

Die Kamele knieten nieder, Wolff sprang aus dem Sattel in Eves Arme. Sie küßten sich lange, und es war ein Kuß, der dem glich, mit dem die Christen früher Abschied nahmen, ehe man sie den Löwen vorwarf. Bender kümmerte sich um Abels, der vornübergebeugt in seinem Sattel hing, zwischen den Packstricken festgeklemmt.

»Was bringen Sie denn da mit?« fragte Bender heiser. Wolff fuhr herum.

Abels lag jetzt nach hinten gefallen an Benders Brust, mit starren offenen Augen und offenem Mund. Als Wolff zu ihm stürzte, roch er den starken Mandelduft.

»Zyanid«, sagte Bender tonlos.

Wolff senkte den Kopf. »Er hat es nicht ausgehalten«, antwortete er leise. »Es ist meine Schuld... ich dachte nicht an die Giftkapsel.«

Sie lösten Abels aus den Verschnürungen, hoben ihn aus dem Sattel und legten ihn in den Sand. Er war schon seit Stunden tot... die Totenstarre beließ ihn in der sitzenden Krümmung – es war ein schrecklicher Anblick. Eve wandte sich schaudernd ab und schlug die Hände vor die Augen.

»Wie geht es McHolland?« fragte Wolff. Er nestelte an einem Wassersack. Der Gedanke an ein paar Schlucke Wasser war mit nichts mehr zu vergleichen.

»Er liegt im Sterben...«, antwortete Bender. Wolff trank, das Wasser lief ihm an den Mundwinkeln entlang über Hals und Brust. »Wir können gar nichts tun, mein Junge.«

»Wie lange noch?«

»Vielleicht bis zum Morgen. Du erkennst ihn kaum wieder.«

»Er ist bei Bewußtsein?«

»Völlig. Das haut mich als alten Arzt selbst um. Er meditiert über sich und den Tod und ist bis zuletzt voll Gift und Galle. So ein verzweifeltes und mit Würde überdecktes Sterben... ich habe so etwas noch nicht erlebt.«

»Dann wären wir also nur noch drei«, sagte Wolff leise.

»Davon ist einer auch zuviel.«

»Das will ich nicht gehört haben, Dr. Bender!«

»Aber es ist so, mein Junge. Wir haben viel Zeit verloren... zuviel Zeit.«

»Aber wir haben noch genug Wasser, Verpflegung, Kamele... wir haben für zwei Mann mehr...«

»Aber nicht für zwei Mann mehr Kraft. Das ist es.« Dr. Bender faßte Wolff unter, wie ein Vater seinen Sohn umfaßt. »Wir werden es morgen spüren. Ich schätze, wir werden die doppelte Zeit bis zum Brunnen Haraym brauchen, und so lange reicht auch der vermehrte Vorrat nicht. Rund neunzig Meilen, das sind fast 150 Kilometer, Wüste liegen noch vor uns... und dann die Brunnenstraße bis Abu Shafra... noch einmal 120 Meilen! Ihr Jungen könnt das schaffen – ich altes versoffenes Loch nicht mehr.« Er hob die Hand und legte sie auf Wolffs Mund. »Seien Sie still, Wolff! Natürlich reite ich mit, solange ich kann. Aber der Zeitpunkt, an dem ich aus dem Sattel kippe, ist abzusehen.« Er blieb stehen. Eve war vorausgelaufen zu McHolland, der nach ihr gerufen hatte. »Ich garantiere Ihnen: Ich mache es dann nicht anders als Abels.«

»Gut, daß Sie mich daran erinnern, Bender«, sagte Wolff unter Benders Hand auf seinem Mund. »Vorher klaue ich Ihnen die Giftkapsel.«

»Ich glaube kaum, mein Junge, daß Sie unbemerkt in meinen Mastdarm langen können.« Bender grinste schief. »Ich habe das nicht so gerne.«

»Ich werde Sie irgendwann einmal niederschlagen und mir die Giftkapsel holen.«

»Dann geht es retour.« Bender nahm die Hand von Wolffs Mund. »Wollen wir uns Tag und Nacht umschleichen und uns gegenseitig die Kapsel klauen? Seien Sie doch vernünftig.«

»Nur wenn Sie es auch sind.« Wolff zeigte hinüber zu

McHolland. Eve saß bei ihm und hielt seine Hand. »Hat er noch nicht daran gedacht?«

»Er kann doch nicht. Seine Pfeife mit Kapsel ist doch mit dem Samum unterwegs nach Südjemen...«

Sie gingen zu dem kleinen Zelt und dem aufgespannten Zeltdach, unter dem McHolland lag. Wolff erschrak. Benders Warnung war berechtigt gewesen – er erkannte McHolland kaum wieder.

Das Gesicht war eingefallen, zusammengeschrumpft auf Kindergröße, fahlbleich, ausgeblutet. Sein Leben verrann nach innen, floß in alle verfügbaren Hohlräume des Körpers, und keiner konnte ihm helfen. Das war das Furchtbarste. Man saß da, sah den Tod, sprach mit dem Tod und hatte keine Möglichkeit, ihn wegzujagen. Selbst das alte Mittel der Wahl – eine Bluttransfusion – war nicht möglich. Bender und Wolff kannten McHollands Blutgruppe nicht, und wenn man sie gewußt hätte, so fehlte alles, um gesundes Blut in ihn hineinzupumpen.

McHolland lächelte Wolff an. Ein Lächeln, das zum Weinen reizte.

»Sie haben das Wasser zurückgebracht?« fragte er.

»Ja, Lord.« Wolff kniete neben Eve. Es sah aus, als knieten sie beide vor einem Altar.

»Und Abels.«

»Er hat die Giftkapsel geschluckt.«

»Ein glücklicher Mensch.« McHolland tastete nach dem Holzstück, das ihm als Pfeifenersatz diente. Eve schob es ihm zwischen die Zähne. Man sah ihr an, wie mühsam sie die Tränen zurückhielt. Sie wollte nicht weinen... McHolland hatte es ihr verboten, als feststand, daß es für ihn keine Rettung mehr gab.

»Seit ich denken kann, hatte ich eine Pfeife«, sagte er schwach. »Erinnern Sie sich an meine Worte, Wolff: Wenn ich keine Pfeife mehr habe, ist's zu Ende. Zum erstenmal hat mich meine Pfeife jetzt verlassen... und schon ist's aus.«

Wolff tastete nach McHollands Puls. Er ging schwach, stokkend, ein Puls, der keine Kraft mehr hatte, weil jeder Herzschlag das Blut irgendwohin pumpte, nur nicht mehr in die Adern. Der ganze Körper fühlte sich kalt, wie tot an... nur an der Hüfte war es fiebrig warm. Um das Becken herum hatte sich ein riesiges, blauschimmerndes Hämatom gebildet.

Das Gesicht des Todes.

»Er hat bis jetzt zwei Pfund Kamelbutter gegessen...« sagte Bender.

»Scheußlich!« rief McHolland. »Ranzig wie Fußlappen nach einem 100-Meilen-Marsch. Als wenn das etwas hilft –«

»Es war das Mittel der Verzweiflung, Lord.« Bender kniete nun auch neben ihm. McHolland sah sie alle an. Über sein vergehendes Gesicht zuckte es.

»Was singen wir jetzt?« fragte er mit seinem letzten, zusammengekratzten Spott. »Gibt es einen Choral über einen alten Sünder?«

»Ich kenne nur den Bonifatius Kiesewetter«, sagte Bender dumpf. »Aber der ist meines Wissens kein richtiger Abgesang, Lord. Doch ich weiß etwas anderes...«

»Da bin ich gespannt...«

»Wir ziehen heute früh los, noch vor dem Morgengrauen. Und Sie mit. Wir bauen Ihnen eine schöne Trage, die wir auf einem Kamel festbinden. In drei Tagen haben wir Haraym erreicht.«

»Da stehe ich schon in regen Verhandlungen mit Petrus. Bender, warum lügen Sie so infam, ohne sich zu schämen?« McHolland drückte Eves Hand. »Sie ist ehrlicher. Nicht wahr, Eve? In Ihren Augen lese ich alles, was diese Burschen mir da wegreden wollen.«

Eve wandte den Kopf zur Seite und begann nun doch zu weinen. Dr. Bender kaute an der Unterlippe. Er dachte an sein eigenes nahes Ende, und es war kein schöner Gedanke.

»Ich friere«, sagte McHolland plötzlich. Er lag unter allen verfügbaren Decken und hätte dampfen müssen. »Ist der Tod immer kalt, Doktor?«

»Ich weiß es nicht.« Bender legte die alte Golfmütze über McHollands weiße Haare. »Es ist noch keiner zurückgekommen, um das zu berichten.«

»Dann wissen Sie es jetzt von mir. In meinen Beinen und Armen bin ich schon tot. Nur das verfluchte Gehirn ist munter wie immer.« Er wandte den Kopf zu Eve. »Denk an den Zettel in der Mütze, Mädchen...«

»Sie leben weiter!« schrie Eve voller Qual. Dieses bewußte Sterben war nicht mehr auszuhalten. »Sie leben weiter!«

»Wolff, das wird eine gute Arztfrau.«

McHolland nickte Wolff zu. Es sah schaurig aus, eine nikkende Kindermumie.

»Aus dem Himmel mache ich Ihnen Schwierigkeiten, wenn Sie Eve jemals enttäuschen! Sie müssen sie immer lieben – «

»Solange ich lebe, Lord.« Wolff betrachtete McHollands Augen. Sie trübten sich ... das Koma stand nahe bevor. Bis zum Morgengrauen wird es nicht mehr dauern, dachte er. Das ist die einzige Gnade des Sterbens ... in den letzten Minuten schaltet der Geist ab. Aber dann ist man allein, so grenzenlos allein wie die Weite, in die man hineingleitet.

Nach einer Stunde starb McHolland. Es war ein Sterben voller Frieden. Als ein neuer Schmerzanfall sich ankündigte, spritzte Bender noch ein Schmerzmittel. In dieser Seligkeit der Befreiung blieb McHolland ... er hörte mit Atmen auf, ein Lächeln auf den von der Sonne und dem Flugsand zerrissenen Lippen.

»Amen!« sagte Bender leise. Es war ihm ehrlich damit. Er konnte sich nicht erinnern, wann er dieses Wort zuletzt gesagt hatte.

Er drückte McHolland die Augen zu und zog eine Decke über die langgestreckte Gestalt. Wolff hatte Eve an sich gedrückt ... sie weinte wie ein kleines Kind, laut, mit allem Kummer dieser Welt.

Bender erhob sich von den Knien. »Jetzt müssen wir zwei Gräber schaufeln«, sagte er rauh. »Das gibt noch eine Knochenarbeit. Laß das Heulen, Junge, der Tag wartet nicht!«

Er stapfte davon, die Hände auf dem Rücken, und hielt das Gesicht in den kalten Nachtwind, damit seine Tränen trockneten.

Beim Auftauchen der Sonne waren die Gräber fertig. Statt Kreuzen legten Bender und Wolff die beiden Kamelsättel auf die Hügel, man hatte nicht ein Stück Holz übrig. Eve packte die ›Küche‹ zusammen ... zwei Töpfe, den Wassersack Nr. I und einen kleinen Beutel mit der täglichen Essensration. Das Zelt war abgebaut, es mußte nur noch eingerollt werden.

Bender und Wolff standen an den Gräbern und atmeten

schwer. Die Arbeit hatte sie ausgelaugt. Wenn sie an den kommenden stundenlangen Ritt dachten, überkam sie eine fatale Sehnsucht, sich hier neben die Gräber niederzuwerfen und zu kapitulieren.

»Der Wind wird sie wieder freifegen«, sagte Bender keuchend.

»Aber wir haben sie anständig begraben...« Wolff wischte sich mit beiden Händen über das Gesicht. »Ich hätte sie nicht einfach hier herumliegen lassen können. Es ist klar, daß wir gegen die Wüste nicht ankommen.«

»Was stand eigentlich auf dem Zettel, den McHolland in der Mütze trug?«

»Es war sein Testament.« Wolff starrte auf den Sattel, der über dem Lord lag. »Eve und ich erben alles... Baldmoore Castle, Aktien, Banknoten...«

»Ein Grund mehr, durchzukommem!« Bender schulterte die kurzstielige Schaufel. »Es ist unfaßbar: Ein solcher Mann war nun allein auf der Welt. Völlig allein. Er hatte nur sich und seine Erinnerungen.«

»Haben Sie mehr, Dr. Bender?«

Bender nickte schwer. »Ja. Seit kurzem. Ich erkläre es Ihnen, mein Junge, wenn es mit mir soweit ist. Ich habe auf meine alten Tage noch viel geschenkt bekommen... Sie in Ihrer herrlichen Jugend werden das vielleicht noch nicht begreifen.«

Er sah Eve an und dann Dr. Wolff, lächelte müde und zeigte auf die Kamele.

»Satteln! Und dann los! Hinein in diese verdammte Wüste. Noch drei Tage bis Haraym. Das müssen wir schaffen! Und wenn ich wieder anfange, darum zu Gott zu beten – «

Als die Sonne am stahlblauen Himmel stand und die Luft wieder zu flimmern begann, saßen sie auf den Kamelen bereit, diese Hölle zu durchqueren.

An der Spitze Dr. Bender, dann die Lastkamele, zwischen ihnen Eve, am Schluß Dr. Wolff. Eine armselige Karawane der Hoffnung mit der Chance eines lahmen Vogels, auf einen Baum zu fliegen.

»Also dann nach Norden!« rief Bender und zeigte in die Weite.

»Mehr nach links!« rief Wolff zurück. Er hatte Abels' Armbanduhr umgeschnallt und versucht, sich zu orientieren, wie es Abels ihm mehrmals erklärt hatte. Die Uhrzeiger als Kompaßnadel...

»Los!«

Die Kamele ruckten an. Sie brüllten und grunzten, dann trotteten sie hintereinander her mit träge nickenden Köpfen.

Zurück blieben zwei Gräber und zwei Sättel... der Wind kämpfte schon mit ihnen und trieb den Flugsand über sie wie gelbe Nadelstreifen.

Die Wüste blies zum Angriff.

Wie sie den Brunnen Haraym erreichten, wußten sie nicht – aber sie erreichten ihn.

Irgendwie hatte die Richtung gestimmt, die Wolff nach den Uhrzeigern ablas, oder die Kamele kannten von selbst den Weg und kümmerten sich wenig um die Menschen in ihren Sätteln, die lenken wollten und doch keine Ahnung hatten.

Es war wie eine Fata Morgana, als plötzlich in der gelben verfluchten Weite, zwischen Himmel und Sand, ein paar Dornbüsche und Tamarisken, gleichsam in der heißen, flimmernden Luft schwebend, auftauchten und dann ein paar krüppelige, windzerfetzte, sandgepuderte, armselige Palmen um ein Wasserloch standen. Gespreizte Finger, die sich in den Himmel krallten.

Schon Meilen vorher, als noch nichts zu sehen war, als nur die sanft gerundeten Sandtäler und Dünen um sie herumlagen und die Einsamkeit sich wie Säure in sie hineinfraß, streckten die Kamele die Hälse vor, brüllten und fielen von selbst in einen zügigen Trab. Wolff, Bender und Eve hatten Mühe, in den Sätteln zu bleiben... Sie klammerten sich an den hohen Sattelknäufen fest und ließen sich willenlos wegtragen.

Vier Tage Glut, vier Nächte Kälte, ein paar Schlucke warmen Wassers, ein paar Löffel Suppe mit Trockenfleisch, und im Herzen die völlige Hoffnungslosigkeit... die Angst, in dieser grausamen Einöde zu bleiben, im Kreise zu rennen oder irgendwohin, bis die Kamele zusammenbrachen... wer kann das aushalten?

Sie hatten alle längst keine Kraft mehr, abends das Zelt

aufzubauen. Sie legten sich einfach auf die Plane und zogen die andere Plane mit den Decken über sich. Es war eine totale Bereitschaft zu sterben. Kam ein neuer Sandsturm über sie, so lagen sie gerade richtig, um sich zuschütten zu lassen. Was sie nie geglaubt hatten: Sterben ist so leicht, wenn man keinen anderen Wunsch mehr hat als schlafen, nichts mehr zu sehen von den flimmernden Sanddünen, nicht mehr diese widerliche, zerfließende Sonne zu erleben, nicht in den Himmel blicken zu müssen, der wie geschmolzenes Blei aussah.

»Der Brunnen!« schrie Bender von der Spitze der kleinen Karawane, als die Kamele lostrabten. »Sie wittern ihn! Der Brunnen!«

Es waren höllische Meilen, bis endlich die ersten verstaubten Sträucher auftauchten. Die Tiere rannten wie besessen, Eve lag weit vornüber im Sattel und hielt sich irgendwo an Verschnürungen fest, Wolff spürte jeden Tritt im ganzen Körper, als läge er unter einem Preßlufthammer, und Dr. Bender hockte auf seinem Kamel wie ein kleiner Klumpen, wie ein bizarrer Auswuchs des Sattels.

Dann waren sie in Haraym, die Kamele hielten und knieten nieder. Bender rollte aus dem Sattel und kugelte in den Sand. Er blieb auf dem Rücken liegen und rührte sich nicht mehr. Wolff ging schwankend zu Eve, half ihr von ihrem Reittier und taumelte dann weiter zu Bender.

Bender hatte die Augen offen und sah Wolff wie einen Fremden an.

»Gerettet!« sagte Wolff. Er wußte nicht, ob seine Stimme wirklich nach außen kam, sein Mund war voller Sand und seine Kehle so trocken, daß eigentlich jeder Laut schon im Gaumen verdorren mußte. »Von hier ab haben wir die Brunnenstraße vor uns. Etappenziele von Tageslänge.«

»Sie Optimist!« Bender blieb auf dem Rücken liegen. »Sehen Sie sich doch den Brunnen an! Aus der sandigen Wasserlache können die Kamele saufen ... aber wir? Sie Doktor mit Tropenmedizinausbildung! Rasseln Sie mal alle Krankheiten herunter, die man durch faules Waser bekommen kann. Hier haben Sie jede Auswahl. Ja, wenn wir einen Kamelmagen hätten ...«

Wolff schwankte zu dem tiefer liegenden, mit Felssteinen ummauerten Wasserloch. Eine brackige, versandete, bitter riechende Brühe füllte das Becken und versickerte durch einen dünnen Überlauf im Nichts. Schwer atmend starrte Wolff das an, was man hier in der Wüste einen Brunnen nannte, und kam dann zu Bender, der sich aufgesetzt hatte, zurück. Die Kamele drängten jetzt zur Wasserstelle, alle auf einmal, denn niemand hielt sie fest.

»Sagen Sie Eve nichts davon, Bender«, sagte Wolff heiser.

»Wenn sie nicht blind geworden ist, sieht sie es selbst.«

»Wieviel Wasser haben wir noch?«

»Noch zwei Ziegenbälge. Wie heißt der nächste Brunnen?«

Wolff kramte aus der Brusttasche seines durchschwitzten, dreckigen Hemdes die kleine Karte, die ihm Sabah Salim für die Flucht gegeben hatte.

»Bana Qardam«, sagte Wolff.

»Ein Name wie aus einem Märchenbuch. Und auch so ein Sauloch wie dieses hier.« Bender erhob sich, Wolff zog ihn an den Händen hoch. Neben ihrem Kamel, das als letztes zur Wasserstelle rannte, taumelte Eve heran.

»Das Leben der Tiere ist gerettet. Sie können sich von Brunnen zu Brunnen durchsaufen. Und wir können auf ihnen bleiben, bis wir keine Kraft mehr haben und herunterfallen. Dann werden die Kamele weiterrennen – und alle Probleme sind gelöst. Genauso kommt's, mein Junge.«

Wolff sah sich um. Eve, die ihrem Kamel gefolgt war, kam mit weiten Augen zu den Männern zurück. Auch sie begriff sofort, was der Brunnen Haraym war.

»Ist das alles?« fragte sie leise.

»Für ein Kamel ein Paradies«, sagte Bender gallig. »Aber wir sind keine Kamele. Gott hat da einen unverzeihlichen Schöpfungsfehler gemacht – auch der Mensch hätte Allesfresser und Allessäufer sein müssen.«

Wolff ging langsam um das Wasserloch herum, beobachtete die Kamele und kam dann zu Bender und Eve zurück. »Das kann nicht alles sein!« sagte er. »Ich kann das nicht glauben, Bender.«

»Schade, daß Sie keine eingebaute Wünschelrute haben«, antwortete Bender bitter.

»Was trinken die Araber, wenn sie Haraym erreichen?«

»Vielleicht das da. Allah ist mit ihnen... verdammt, es

scheint etwas Wahres an dem Spruch zu sein. Wo kann man hier schnell Mohammedaner werden?«

»Es gibt hier noch einen anderen Brunnen, Bender. Einen für die Menschen. Ich habe gelesen, daß solche Brunnen abgedeckt und oft vom Sand verschüttet sind. Man muß sie ausgraben. Die Araber hier kennen genau die Stellen. Wir müssen eben suchen!«

Bender blickte sich um. Dornbüsche, die Krüppelpalmen, halb verdorrtes Gesträuch, Sand... sonst nichts.

»Wollen Sie diese ganze herrliche Oase umgraben, mein Junge?« fragte Bender spöttisch. »Ohne Baugenehmigung? Wo wollen Sie anfangen? Dort bei der windschiefen Tamariske? Oder dort, bei der abgestorbenen Sykomore? Und dann mit unserem Schaufelchen? Sie Kindskopf!«

»Die Araber brauchen manchmal nur ihre Hände...«

»Schreibt Karl May. Aber bitte, ich helfe Ihnen. Ich drücke mich nicht. Eve, Sie bekommen einen Mann, der wie ein Träumer aussieht, aber mit seinem Eisenschädel Mauern spaltet.« Er machte eine weite Handbewegung. »Wo also?«

»Das werden wir gleich haben.«

»Jetzt zaubert er eine Wünschelrute!« brüllte Bender. Die Erregung zerstörte in ihm alle Fassung.

»Das werde ich!« Wolff schwankte zu den schmatzend saufenden Kamelen. Das Reittier von Eve, das zuletzt an das Wasserloch gekommen war, mußte warten... die anderen ließen es noch nicht an das Wasser heran, sondern drängten es weg. Das Tier biß um sich, stieß immer wieder in die schlürfende Mauer seiner Kameraden, aber es war nicht stark genug, sie zu durchbrechen.

Wolff packte es am Halfter, riß den Kopf herum, brauchte seine letzte Kraft, um mit den Fäusten auf das Tier einzuschlagen, und es gelang ihm wirklich, das Kamel wegzuführen.

»Mein Wassersucher!« keuchte er. »Wenn es einer kann, dann nur das Kamel!«

Bender starrte Wolff entgeistert an. »Der Junge ist wirklich nicht dämlich«, sagte er schwer atmend zu Eve. »Er ist sogar genial!« Er rannte taumelnd Wolff hinterher, der das Kamel langsam zwischen den Büschen und Palmen herumführte.

Etwas abseits, dort, wo es niemand vermutet hatte, etwa vier

Meter hinter der Sykomore, blieb das Tier plötzlich stehen. Wolff schrie und drosch auf das Kamel ein... es rührte sich nicht, war wie festgerammt in den Sandboden, hob nur den Kopf steil in den Himmel, zeigte seine häßlichen gelben Zähne und brüllte dumpf.

»Wasser!« stammelte Bender. »Wasser. Junge, da ist Wasser!«

Er fiel Wolff um den Hals, küßte ihn ab wie ein leidenschaftlicher Liebhaber, küßte dem Kamel den wolligen, stinkenden Kopf und zeigte dann auf einen kleinen Sandhügel.

Es war ein Hügel, wie sie hier überall zwischen den rätselhaft lebenden Sträuchern lagen, aber unter diesem hier mußte der Brunnen sein. Eine gemauerte Röhre mit einem Deckel darauf, und unten in der Röhre trinkbares, klares, köstliches Wasser.

Leben!

Bender, der die kleine Schaufel hatte, begann zu graben. »Erst haben wir mit ihr Tote eingegraben, jetzt graben wir mit ihr unser Leben aus. Wolff, wenn wir durchkommen, lasse ich die Schaufel vergolden und hänge sie über mein Bett! Das schwöre ich Ihnen.«

Er schaffte es nicht. Nach fünf Minuten entglitt ihm der Stiel, und Bender sank in die Knie. Wolff, der auf der anderen Seite des kleinen Hügels mit den Händen im Sand gewühlt hatte, nahm die Schaufel an sich.

Es dauerte eine Stunde, immer wieder unterbrochen von Pausen und Schwächeanfällen, bis sie den Deckel freigelegt hatten. Einen schönen, festen Deckel aus vier langen Öltonnenblechen geschnitten.

»Ich könnte heulen«, stammelte Bender. Er war völlig am Ende. »Ich könnte heulen, mein Junge...« Sie hoben den Deckel ab und blickten in die gemauerte Röhre. Unten war das Wasser, nicht ganz klar, aber sauberer als im Wasserloch, Spiegel eines rätselhaften Grundwassers, der sich, aus unbekannten Zuläufen gespeist, ein paarmal im Jahr hob oder senkte. Jetzt war er tief, sehr tief... etwa drei Meter unter dem Brunnenrand.

»Wasser auf dem Mond–«, sagte Bender erschöpft. »Wie kommen wir da jemals dran? Drei Meter...«

»Wir haben Stricke von den Lastkamelen! Unser Kochtopf dran...«

»Wollen Sie wie in der Bibel hundert Tage schöpfen?« Bender setzte sich auf den Brunnenrand. Der Anblick des klaren Wassers zauberte die Energie in ihn zurück. »Etwas Besseres, mein Junge –« Er blickte Eve an, die ihre Arme von hinten um Wolff geschlungen hatte und über seine Schulter hinwegsah. »Wir lassen Eve mit den Säcken hinunter, sie füllt sie auf, und wir ziehen die Ziegenbälge voll herauf. Ich weiß, ich weiß« – Bender winkte ab, als Wolff etwas erwidern wollte –, »ich steige hinab, wollen Sie sagen. Nicht Eve! Als ob ich nicht auch daran gedacht hätte. Aber Eve ist von uns am leichtesten... sie können wir beide festhalten... Sie nicht! Das sehen Sie doch ein?«

Wolff nickte, wandte sich um und ging mit Eve zu den Kamelen. Sie hatten sich vollgesoffen, hockten nun zufrieden im Sand und sahen mit ihren runden Glotzaugen satt in die Wüste. Für sie war das Leben wieder vollkommen, nur das Heu fehlte. Während Eve und Wolff die Tiere absattelten und die Lasten abrollten, lief Bender mit einigen Stricken hin und her, knotete sie zusammen, konstruierte aus einem festen kleinen Teppich so etwas wie einen Sitz, indem er an die vier Ecken Stricke knotete und sie dann an einem langen Seil zusammenführte.

»Kommen Sie her, Wolff!« rief er dann. «Probieren wir es aus. Ich steige auf die Schaukel, und Sie lassen mich etwas herunter. Wenn die Knoten reißen oder der Sitz wegrutscht, ersaufe ich eben.«

Er warf den Sitz über den Brunnenrand, setzte sich auf den kleinen Teppich, während Wolff sich mit den Beinen in den Sand stemmte und Bender einen Meter in den Brunnen hinabließ.

»Er hält!« brüllte Bender. »Können Sie mich hochziehen? Nur zwanzig Zentimeter, dann kann ich den Rand fassen.«

Wolff zog, Benders Finger krallten sich an die Ummauerung, dann tauchte er aus der Röhre auf und lachte wie ein Irrer.

»Ein Mensch in der Not wird zum Genie!« schrie er. »In diesem Fahrstuhl wird Eve sicher sein wie im Grand-Hotel!«

Sie arbeiteten bis zur Abenddämmerung, die so plötzlich

kam, daß sie förmlich von ihr überrascht wurden. Die Sonne sank weg... und schon war es Nacht. Eve hing noch unten im Brunnen und hatte den letzten Ziegenbeutel mit Wasser gefüllt. Die Geschmacksprobe, die Wolff und Bender aus dem ersten hinaufgezogenen Sack entnahmen, war zufriedenstellend.

»Etwas bitter«, sagte Bender. »Aber das findet man in der Wüste oft.«

»Wir ziehen Sie jetzt 'rauf, Eve!« rief Bender in die Tiefe. »Sitzen Sie ganz still, klammern Sie sich an den Stricken fest... es kann dann gar nichts passieren...«

Langsam, Zentimeter um Zentimeter, ruckte Eve nach oben. Für Bender und Wolff war es, als zögen sie einen ganzen Felsen weg... wenn ein Körper ausgelaugt ist, wiegt ein Grashalm soviel wie ein Baum.

Dann war Eve wieder auf der Erde, lehnte sich gegen Wolff und klammerte sich an ihm fest.

»Ich kann nicht mehr«, stammelte sie. »Ich breche mitten durch...«

Wolff nickte. Er trug sie halb zu dem Platz, wo die Zeltbahnen lagen, und sie setzte sich, schlug die Hände vor die Augen und weinte.

Währenddessen stand Bender noch immer am Brunnen, hatte einen der Ziegenbeutel in der Hand, soff wie ein Kamel und schüttete sich dann einen Schwall Wasser über den Kopf. Er jauchzte dabei und benahm sich völlig irr. Dann rannte er zu Eve und Wolff und schwenkte den Wassersack.

»Gönnt euch den Luxus und überschüttet euch!« rief er. »Einen Beutel können wir opfern! Kinder, Wasser über den Kopf... dann merkt ihr erst, daß er in Flammen gestanden hat!«

Er schüttete den Sack über Eve und Wolff aus, und sie lachten alle drei, als bestände die ganze Welt aus einem einzigen Witz.

Nachher bauten sie sogar wieder das Zelt auf, fühlten sich erstaunlich stark und gesund, aber das war nichts als die wiedererwachte Hoffnung, doch noch zu überleben.

Als sie nebeneinander unter den Decken lagen und die Nachtkühle in sie drang, tastete Wolff nach Benders Hand.

»Ich danke Ihnen – « sagte er leise.

Bender schluckte. »Sie dämlicher Kerl!« knurrte er. »Wärmen Sie Eve – das ist Ihre Aufgabe …«

Nach wenigen Minuten schliefen sie wie Tote.

Sie merkten nicht, daß sie nicht allein blieben. Von Westen zog eine Karawane heran und lagerte um den Brunnen.

Eine große Karawane mit zwei indischen Händlern, dreißig schwerbewaffneten Arabern und zahllosen dunkelhäutigen Sklaven …

Dr. Bender, von jeher Frühaufsteher, schrak hoch, als in sein Bewußtsein vielstimmiges Kamelgeschrei, Menschenstimmen und lautes Getümmel drangen. Er kroch bis zum Zelteingang, hob den Türlappen, lugte hinaus und ließ ihn sofort wieder fallen. Dann kroch er zu Wolff, löste vorsichtig Eves Hand von seiner Schulter und schüttelte ihn mehrmals.

»Mensch, wachen Sie auf«, flüsterte er Wolff ins Ohr. »Junge … aufwachen. Wolff …«

Dr. Wolff öffnete die Augen. Auch er hörte sofort das Lärmen und wollte aufspringen, Bender drückte ihn zurück.

»Wecken Sie um Gottes willen jetzt noch nicht Eve«, flüsterte er. »Sehen Sie sich das erst an, was da draußen herumwimmelt.«

Sie krochen zum Zelteingang und schoben das Tuch weg.

Genau vor ihnen, in einem Block, eng beieinander, ein schwarzer Klotz im gelben Sand, die wolligen Köpfe gesenkt, saßen die Sklaven. Man hatte sie mit dicken Stricken zusammengebunden, einige trugen um den Hals ein Holzbrett, aus dem man das Loch für den durchgesteckten Kopf herausgesägt hatte. Ihre Arme waren an den Brettenden festgebunden … die Aufsässigen unter den Sklaven.

Mit stumpfem Blick, ergeben in ihr grausames Schicksal, nur noch voll Hoffnung, an einen guten Herrn verkauft zu werden, saßen sie da … ein Haufen lebender Ware, Menschen, zusammengetrieben wie Tiere, aber rechtloser als Tiere, mißhandelter als Tiere, verachteter als Tiere.

»Das gibt es doch nicht«, stammelte Wolff.

»Sie haben es nie geglaubt.« Bender äugte durch den Schlitz des Türlappens. »Daß gerade wir einer Sklavenkarawane in die

Quere kommen, ist eine neue Variante unseres fantasievollen Schicksals. Sehen Sie mal dorthin, links vom Brunnen…«

»Frauen…«

»Und schöne Frauen darunter. Eve wird unter ihnen die Königin sein.«

Wolff fuhr herum. Seine Augen hatten einen wahnsinnigen Glanz bekommen. »Wir werden die Giftkapseln schlucken! Gleich…«

Bender hielt ihn fest. »Nur keine Eile. Überlegen Sie mal, Wolff: Die Karawane kommt in der Nacht an, findet den Brunnen besetzt mit einem Zelt und sechs Kamelen, und das bedeutet, daß jemand den Sklavenzug sieht, der ihn nie sehen sollte. Dazu noch Weiße – denn daß sie im Zelt waren und uns angesehen haben, ist doch wohl klar. Wir haben ja geschlafen wie die Biber. Meine Frage: Warum leben wir überhaupt noch?«

»Wegen Eve…« sagte Wolff tonlos.

»Auch! Aber dann müßten wir längst einen Dolch im Herzen haben. Einfacher ging's doch nicht. Doch nein… wir wachen, erquickt vom langen Schlaf, auf und sitzen mitten unter Sklaven.«

»Als Sklaven!«

»Genau!« Bender grinste. »Eine Flucht ist so ausgeschlossen, daß man uns in aller Ruhe ausschlafen ließ. Man hat uns eingesammelt wie Fallobst.«

»Also doch die Kapseln!«

»Später! Ich bin gespannt, was die Herren sagen, wenn sie erfahren, daß wir Ärzte sind. Da –« Bender nickte zu einem hochgewachsenen Mann, der mit vier sehr finster aussehenden Kriegern sprach. »Ein Inder! Jetzt fehlt uns McHolland! Seit Jahrhunderten war der Sklavenhandel zu siebzig Prozent in den Händen indischer Kaufleute. Das scheint sich nicht geändert zu haben. Vor dem Ersten Weltkrieg war sogar ein Deutscher Sklavenhändler und wurde Millionär. Ein Kölner.«

»Wo nehmen Sie bloß die Nerven her, jetzt über Sklavenhandel zu dozieren«, stöhnte Wolff.

»Woher? Aus der Zeit. Junge, jetzt haben wir viel, viel Zeit… und wir werden jetzt auch alles überleben, diese ganze Mistwüste, solange wir mit dieser Karawane ziehen. Nicht ein Haar wird uns gekrümmt werden, wir werden sogar gemästet werden... das verspreche ich dir.«

Plötzlich sagte Bender zu Wolff wieder ›du‹... und Wolff begriff, wie aussichtslos ihre Lage geworden war.

»Was machen wir jetzt?« flüsterte er. Jedes Wort war wie ein Bleiklumpen.

»Etwas ganz Normales: Wir kommen aus dem Zelt und sagen dem feudalen Handelsmann guten Tag.« Bender legte Wolff die Hand auf die Schulter. »Vor der Wüste hatte ich Angst, Junge, ich gebe es jetzt zu. Vor dem Durst, der Sonne, dem Sandwind, der schweigenden Einsamkeit um uns... Vor denen da habe ich keine Angst. Gegen diese höllisch grandiose Natur war ich machtlos, aber mit Menschen umzugehen, das habe ich gelernt. Komm!«

Sie sahen sich an, nickten sich zu und wußten, daß es auf der ganzen Welt nicht noch zwei Männer gab, die so wie sie zusammengehörten.

Der große schlanke Inder blickte zur Seite, als Bender und Wolff aus ihrem Zelt kamen und einer der Krieger auf sie zeigte. Eine Handbewegung verscheuchte die anderen Araber, der Inder war allein und schlang den weiten weißen Reitmantel enger um sich.

Bender und Wolff gingen an dem Block aus Köpfen, Augen, Gliedern, Rümpfen und Haaren vorbei. Niemand rührte sich, stumpf starrten sie vor sich. Ein beißender Geruch schwebte über den Sklaven in der schon heißen Morgenluft... die meisten saßen in ihren Exkrementen, festgebunden an den Nebenmann und Vordermann.

Ein Kalb in der engen, dunklen Mastbox lebt dagegen wie ein König.

»Ich begrüße Sie –«, sagte der hochgewachsene Inder auf englisch. Er machte eine kleine höfliche Kopfneigung und lächelte leicht. »Haben Sie gut geschlafen? Als wir hier eintrafen, standen wir vor der Frage: Lassen wir Sie ruhen, oder räumen wir den Platz, wie man Müll wegschafft. Mein Kompagnon regte an, Sie zu liquidieren, aber ich war dagegen. Ich bin neugierig, woher Sie kommen, wohin Sie wollen, wer Sie sind, wer die herrliche Frau mit den goldenen Haaren ist. Nur einmal – solange die Welt besteht – findet man in der Arabischen Wüste einen solchen Diamanten, denn hier gibt es keine Diamanten.«

»Das ist ein Halunke, was?« sagte Bender auf deutsch. Der Inder lächelte breiter.

»Unterhalten wir uns selbstverständlich auch so«, sagte er in Deutsch. »Ich habe in Deutschland gute Freunde. Vielleicht kennen Sie sogar ihren Namen... Sie sind Deutsche?«

»Dr. Bender«, sagte Bender knapp und machte eine korrekte kurze Verbeugung.

»Dr. Wolff.« Wolff verzichtete auf die gesellschaftliche Form. Er fand sie hier, mitten in der Wüste, umgeben von Sklaven, als zu blöd. Der Inder hob die Augenbrauen. »Geologen?«

»Nein. Ärzte.«

»Ärzte –« Er machte eine weite Handbewegung in die Wüste. »Was suchen Sie hier? Hier gibt es keine Krankheit... die Sonne brennt alles weg. Was wollen Sie hier?«

»Das fragen wir uns auch.« Bender blickte sich um. Bei den Sklavinnen begann eine rege Tätigkeit... sie bekamen Wasser in großen Bottichen, zogen sich aus und wuschen sich. Ihre blanken, nackten, ebenholzfarbenen Körper glänzten in der Sonne... Schwarzes Gold. Nubierinnen. Für den Sklavenmarkt die schönsten und wertvollsten Menschen...

»Wir werden viel Zeit haben, Ihnen unsere Geschichte zu erzählen«, sagte Wolff.

»Glauben Sie?« fragte der Inder. »In zwei Stunden ziehen wir weiter.«

»Wenn Sie erlauben, schließen wir uns Ihnen an«, sagte Bender mit einer Harmlosigkeit, die selbst dem Inder unbegreiflich zu sein schien. »Unsere Kamele sind vollgesoffen und kräftig genug...«

»Ich weiß. Sie sind bereits in unsere Karawane eingegliedert.«

»Das nennt man schlicht klauen, mein Herr!«

Der Inder lächelte auf den für ihn kleinen Bender hinab. »Es war ein Gedanke Amil Surughs, meines Partners. Ich bin Shava Putra, wenn Ihnen das noch etwas nützt.«

»Warum haben Sie uns nicht gleich umgebracht?« schrie Wolff auf.

»Ich sagte es schon: Ich war neugierig. Ein Leben in der

Wüste, immer mit dieser zweibeinigen, stinkenden Ware unterwegs, das bietet wenig Abwechslung. Auch die Frauen sind immer die gleichen. Mädchen aus Nubien, Schlangenglieder, die man bald über hat. Man träumt von einem weißen Streitroß, mit dem man kämpfen und das man bändigen kann. Wie die Frau bei Ihnen...«

»Ich bringe Sie um!« schrie Wolff. »Ich bringe Sie um!«

Bender hielt ihn mit beiden Händen fest... Shava Putras Lächeln wurde breiter, fast mitleidig.

»Dazu fehlt Ihnen jede Voraussetzung«, sagte er so höflich, daß jedes Wort zu einer Folterung wurde. »Ich habe lange in Europa gelebt, auch in Deutschland, und ich habe immer wieder mit Erstaunen festgestellt, daß keiner von Ihnen sich mit einem unabwendbaren Schicksal abfinden kann. Ihre Begegnung mit mir *war* Schicksal... was wollen Sie da noch ändern? Soll das Ihr weiterer Weg sein?«

Bender und Wolff wirbelten herum. Hinter ihnen ertönten klatschende Schläge. Sechs muskelbepackte Araber hieben mit langen, dicken Peitschen in die schwarze Masse der Sklaven hinein, die Männer sprangen auf, rissen sich gegenseitig hoch, taumelten hin und her. Aber sie gaben keinen Laut von sich... stumm, mit gesenkten Köpfen, ließen sie die Peitschenhiebe auf sich herunterklatschen... sie hatten keine Seele mehr, sie war ihnen schon hinausgedroschen worden, sie waren nur noch Fleisch, das sich bewegen konnte.

»Die Peitschenschnüre sind aus Nilpferdhaut«, sagte Shava Putra. »Sie haben die zehnfache Durchschlagskraft normaler Lederpeitschen... und sie reißen nie! Für einen Europäerkörper ist das wie ein Auseinanderschneiden...«

Er nickte Wolff zu und ging langsam an ihm vorbei auf das kleine Zelt zu. Wolff riß sich von Bender los, stürzte Putra nach und warf sich ihm in den Weg.

»Erst bringen Sie mich um, ehe Sie das Zelt betreten!« schrie er. Er stieß mit beiden Fäusten Putra vor die Brust, und der Stoß war so stark, daß der große Inder zurücktaumelte. Verblüfft starrte er Dr. Wolff an. Von den Sklaven kamen zwei Mann herüber, die Nilpferdpeitschen in den Fäusten.

»Bert!« brüllte Bender und preßte vor Entsetzen beide

Hände gegen die Schläfen. »Bert! Du Idiot. Sie peitschen dich in Stücke!«

»Nur über mich hinweg–«, sagte Wolff. Seine Stimme zitterte. Er tastete nach der Giftkapsel in seiner Hosentasche. Sie lag in einem kleinen Blechkästchen, das er aus dem Sanitätskasten genommen hatte.

Eve, dachte er. Eve, es ist soweit. Ein paar Peitschenhiebe halte ich aus... aber dann werde ich aufgeben. Eve... nimm die Kapsel auch... das Leben hat keinen Sinn mehr!

Shava Putra hob die Hand. Die Männer mit den Nilpferdpeitschen blieben stehen. Er blickte über Wolff hinweg zum Zelt und lächelte wieder. Dann verbeugte er sich.

Wolff wußte, was das bedeutete... er wirbelte herum und sah Eve, wie sie gerade aus dem Zelt kam. Ihr entsetzter Blick über die Sklavenmasse und dann auf Putra verwandelte sich in eine völlige Lähmung.

»Zurück!« schrie Wolff außer sich. »Eve, denk an das Bewußte. Es ist zu Ende! Eve, ich liebe dich... Tu es jetzt... tu es...«

»Nein!« brüllte von hinten Bender. »Eve, warten Sie noch! Bert hat die Nerven verloren. Warten Sie, um Himmels willen!«

»Sehr eindrucksvoll« sagte Putra ruhig. »Jeder liebt hier jeden... warum soll ich da fehlen?«

In diesem Augenblick ging in Eve eine rätselhafte Wandlung vor. Sie warf den Kopf in den Nacken, schüttelte die goldenen Haare über ihre Schulter und ging Putra entgegen. Der Inder hielt den Atem an, seine Augen glühten.

»Eve–«, stammelte Wolff. »Eve... du rettest nichts mehr! Eve...«

Er wollte zu ihr laufen, aber in diesem Moment zischte eine lange Peitschenschnur durch die Luft, schlang sich um seine Beine und riß ihn in den Sand. Er überschlug sich und kam dann auf den Knien wieder auf.

Der Inder verbeugte sich wieder.

»Welch ein Wiedersehen«, sagte er mit ehrlicher Verwunderung. »Nach sechs Jahren in der Arabischen Wüste.«

»Sie haben sich kaum verändert, Shava Putra.« Eve blieb stehen und streckte ihm die Hand hin. »Nur als wir uns damals in Hamburg kennenlernten, handelten Sie noch nicht mit Menschen –«

Einen Augenblick war es, als schweige die Wüste. Dann breitete sich ein unergründliches Lächeln über Putras Gesicht. Dr. Bender war zu Wolff gelaufen und hob ihn aus dem Sand. Die lange Peitschenschnur umwickelte noch immer seinen Unterschenkel. Wolff stützte sich auf Bender und schien nicht zu begreifen, was er sah.

»Du kennst ihn?« stotterte er. »Du kennst dieses Scheusal ...«

»Halten Sie den Mund, um Gottes willen«, flüsterte ihm Bender zu. »Etwas Besseres kann uns gar nicht passieren. Die Welt ist wirklich klein wie eine Pfütze ...«

Shava Putra verbeugte sich und küßte Eve galant die Hand. Es war unglaublich, daß das derselbe Mensch war, der mit über hundert weiblichen und männlichen Sklaven durch die Arabische Wüste zog, um sie auf einem der geheimen Menschenmärkte zu verkaufen. In diesem Moment war er der Kavalier, der damals in der Hamburger Gesellschaft eine große Rolle bei allen Frauen und in den Handelskontoren gespielt hatte.

»Das Leben ist hart«, sagte er. »Oft kann man sich nicht aussuchen, wovon man leben muß. Der eine verkauft tote Tiere und nennt sich Metzger, und keiner nimmt Anstoß daran. Ich verkaufe lebende Menschen ... ein ungleich risikoreicheres Geschäft. Aber es ist ein Geschäft – nur darauf kommt es an.«

Er blickte hinüber zu den beiden Ärzten und schob die volle Unterlippe vor.

»Ich habe Sie im Zelt nicht gleich erkannt, Eve ... ich sah nur zwei Männer und eine Frau. Ihre Haarfarbe ... sie hätte mich aufmerksam machen müssen. Solche Sonne im Haar hatte nur eine Frau, die mir im Leben begegnet war ... Sie! Aber wer denkt daran, daß die Arabische Wüste plötzlich von zwei Sonnen erleuchtet wird?«

Neben ihnen wurden die schwarzen, stummen Sklaven mit Peitschenschlägen vorbeigetrieben. Ihre schweißglänzenden Körper wogten auf und ab ... eine Masse stumpfer, willenloser Geschöpfe, denen man die Seele hinausgeprügelt hatte.

»Das ist furchtbar«, sagte Eve und entriß Putra ihre Hand. »Warum schlagen Sie sie auch noch?«

»Es ist eine Sprache, die ein Europäer nie verstehen wird.« Putra faßte Eve an den Schultern und drehte sie so herum, daß sie die Sklaven nicht mehr sah. Aber sie hörte das dumpfe Klatschen der Peitschenschnüre auf den entblößten Körpern. »In meinem Zelt ist ein Imbiß hergerichtet«, sagte Putra, als befänden sie sich auf einer Gartenparty. »Sie wissen, ich war immer ein guter Gastgeber.«

»Ihre Gesellschaften waren berühmt.« Sie blieb stehen, als er sich zum Gehen wandte, und schüttelte den Kopf, als er sich verwundert umdrehte. »Aber Sie haben viel verlernt, Shava. Ich bin nicht allein.«

»Für mich sind Sie allein!«

»Dann vergessen Sie auch mich.« Eve wandte sich zu Wolff um. Noch immer hielt ihn die Peitschenschnur fest. »Ich komme«, sagte sie laut. »Man soll Wiedersehen nach solch langen Zeiten nicht strapazieren.«

Sie wollte zu Wolff und Bender gehen, aber ein großer breiter Araber stellte sich ihr in den Weg. Putra hatte einen Wink gegeben. Wie ein Fels stand der stumme Riese jetzt zwischen ihr und den Ärzten.

Eve blickte zurück. »Was soll das?« fragte sie. »Wollen Sie eine Provokation, Putra? Ich schlage Ihrem Roboter ins Gesicht, oder noch besser – ich spucke ihn an! Von einem Ungläubigen bespuckt zu werden... das ist nicht wieder reinzuwaschen. Glauben Sie, ich scheue mich, das zu tun?«

»Ich weiß, was Ihnen zuzutrauen ist, Eve.« Putra kam zurück. »Ich garantiere Ihnen die Freiheit.«

»Allein ist sie sinnlos.«

»Sie lieben den jungen Arzt?«

»Wir werden heiraten.«

»Wo?«

»In einem Konsulat in Er-Riad.«

»Woher nehmen Sie den Glauben, jemals dorthin zu kommen?«

»Das ist vielleicht etwas, was ein Orientale nicht versteht, Shava. Es gibt für uns nur zwei Wege... entweder ins Leben oder in den Tod. Aber immer gemeinsam.«

»Ich verstehe Sie sehr gut, Eve.« Putra nickte. Der riesenhafte Araber trat wieder zur Seite. »In Indien war es früher

Sitte, daß sich die Witwe mit dem Leichnam ihres Mannes verbrannte. Aber Sie sind zu schade dazu – zu schön.«

»Das ist ein Problem, ich gebe es zu.« Sie lächelte, wie man über ein Kind lächelt, das mit seinem Spielzeug noch ungelenk umgeht, stapfte hinüber zu Dr. Wolff, küßte ihn, bückte sich und begann, die um das Bein gewickelte Peitschenschnur abzuziehen. Da sie gestrafft war, riß sie mit einem Ruck dem verblüfften Araber die Peitsche aus der Hand und warf sie dann, als Wolff befreit war, weit von sich in den zerstampften Sand.

Stumm, unbeweglich, mit versteinertem Gesicht sah Putra zu.

»Das hätte ich Ihnen nicht zugetraut«, sagte Bender leise zu ihr, als sich Eve zwischen sie stellte. »Aber es wird nicht viel helfen ...«

Wolff legte seinen Arm um Eves Schultern. Er atmete schwer. »Was wir hier sehen«, sagte er, »kann nur der Tod auslöschen. Das weiß Putra so gut wie wir«, sagte er.

»*Wir* nehmen Ihre Einladung zum Imbiß gerne an!« rief sie. »Wir haben aber auch Wasser und Fladen, uns selbst zu ernähren.«

Die Gruppe der Sklavinnen hatte sich gewaschen und wieder angekleidet. So schön ihre Körper mit den straffen Brüsten gewesen waren, so erbärmlich sahen sie jetzt aus in den Fetzen, die sie sich überstreiften. Sie sammelten sich zwischen vier Arabern und machten sich bereit, den Männern zu folgen, die in langer Reihe durch den Sand trotteten. Irgendwo in der schwarzen Schlange begann plötzlich jemand zu singen ... ein monotones, klagendes, heiseres Lied, einsam wie die glühende Einsamkeit um sie herum ... und die anderen Sklaven fielen ein, strafften sich, sangen mit und stampften durch den heißen Sand. Kopf neben Kopf, Schulter hinter Schulter ... eine zusammengedrängte Herde, über der der Klagegesang hing, als sei es das Geräusch aus Hunderten von Herzen.

Putra hob die rechte Hand. »Kommen Sie!« rief er hart. Er drehte sich um und ging.

»Eines ist klar«, sagte Bender und hielt Eve und Wolff an den Händen fest. »Solange wir bei diesem Burschen sind, werden wir weder verhungern noch verdursten. Es fragt sich nur, wie lange wir den letzten Rest seiner Zivilisationsbremse anziehen können. Er wird sich nicht ewig an Hamburg erinnern lassen ...«

In Putras Zelt war auf einem Teppich der Tisch gedeckt. Dicker, schwarzer, duftender Kaffee, süßes Honiggebäck, Kügelchen aus mit kandierten Früchten vermengtem Reis und eine Schüssel voll Datteln.

Auf dem Teppich hockte bereits ein Mensch, der sich nicht erhob, als Putra mit seinen Gästen eintrat. Aus engen, stechenden Augen in einem asketisch schmalen Gesicht blickte der Mann die Eintretenden an, griff dann zum Kaffee und schlürfte ihn langsam.

»Das ist Amil Surugh, mein Partner«, sagte Putra. »Er spricht kein Deutsch. Er lehnt es auch ab, englisch zu sprechen. Ein stolzer Mensch. Wenn er also schweigt, ist es keine Unhöflichkeit.«

Surugh betrachtete Eve mit heißen Augen, erhob sich dann und ging hinaus, als könne er die Gegenwart von Weißen nicht ertragen. Jeder Weiße stinkt, sagt der Neger ... für Surugh, den stolzen Inder, schien alles Europäische eine Kloake zu sein. Beim Hinausgehen streifte seine herunterhängende Hand Eves goldene Haare ... unabsichtlich oder gewollt – es bemerkte niemand außer Putra, selbst Eve nicht.

»In zehn Tagen haben wir den Markt erreicht«, sagte Putra und setzte sich. Der Blick Surughs versprach viele kommende Probleme.

»Zu Fuß?« fragte Bender tonlos.

»Wir werden reiten.«

»Aber die Sklaven ...«

»Wenn ein Rind laufen kann, kann es auch ein Schwarzer.« Putra nahm eine der Reiskugeln und rollte sie in der Handfläche. Dann öffnete er den Mund und warf sie geschickt hinein.

»Wir werden ihnen ärztlich sicherlich helfen können«, sagte Wolff.

»Wir brauchen keinen Arzt.« Er sah an Eve vorbei gegen die Zeltwand. »Wer liegenbleibt, behält sein Bett im Sand. Die Kranken legen wir ebenfalls ab. Sagte ich nicht: Es ist ein risikoreiches Geschäft. Wir rechnen mit einem Ausfall von fünfzig Prozent. Aber das ist im späteren Verkaufspreis einkalkuliert. Wer den Zug durch die Wüste ausgehalten hat, wird ein guter, starker Sklave sein.« Putra rollte wieder ein Reiskügelchen und warf es in den Mund. »Eine absolute Auslese, das müssen Sie zugeben.«

»Für Sie sind das keine Menschen, nicht wahr?« sagte Bender bitter.

»Nein. Es ist Ware. Leicht verderbliche Ware.«

»Und wir?« fragte Wolff.

»Sie sind eine Kategorie von Mensch, unter der ich lange genug gelebt habe, um sie absurd zu finden. Sie spucken Moral aus wie Schleim und infizieren damit Ihre Umwelt. Sie warfen in Vietnam Napalm über Frauen und Kinder ab und hielten das für nötig – aber wenn ein Mann nach einem Hund tritt, klagen Sie ihn an wegen Quälerei. Ihre Welt kennt zweierlei Grausamkeit – die erlaubte und die verbotene, was an sich schon ein Widersinn ist. Wir kennen nur eine Grausamkeit: uns selbst. Ist das nicht ehrlicher als Ihre Welt?«

»Sie werden uns nicht dazu bringen, Beifall zu klatschen!« sagte Bender hart. »Was da draußen mit den Menschen geschieht, hat keine Entschuldigung. So, und jetzt bitten wir darum, möglichst schnell umgebracht zu werden. Noch ein Täßchen Kaffee ... dann stehen wir zur Verfügung.«

Er trank genußvoll, setzte den Becher ab und sah Putra in die schwarzen Augen.

»Ich überlege die ganze Zeit, was ich mit Ihnen tun soll.« Putra griff nach den Datteln. »Zurück in Ihre Welt können Sie nie mehr. Wer unsere Karawanen und Märkte gesehen hat, ist ein Gefangener seines Wissens. Sie auf dem Markt zu verkaufen, wäre absurd ... obgleich ich Riesensummen für Sie erhielte. Auch unter unseren Kunden gibt es Snobs, die sich einen eigenen Hakim halten würden ... der Gipfelpunkt überhaupt. Man stelle sich das vor: Man kann sich ein Haus voll Sklaven, einen Harem und jetzt auch einen europäischen Arzt kaufen! Wenn sich das herumspricht, werden wir Kolonnen anstellen, die nichts anderes zu tun haben, als in aller Welt Ärzte zu stehlen!« Putra lachte über seine eigenen Fantasien und putzte sich die Handflächen an einem weißen Tuch ab, nachdem er die Hände in eine Schüssel mit Wasser getaucht hatte. Draußen brüllten die Kamele... die Karawane setzte sich in Bewegung... jetzt folgten dem Elendszug der Sklaven die Lasttiere und einige Krieger.

»Warum mußte ich Sie wiedersehen –«, sagte er plötzlich fast traurig zu Eve. »Sie zwingen mich zu Entscheidungen, von denen ich glaubte, sie längst überwunden zu haben.« Er beugte sich vor, griff schnell nach Eves Hand und küßte sie wieder. Dann blickte er um sich. »Können wir reiten?«

»Wir können!« sagte Bender heiser.

Vor dem Zelt befand sich alles im Aufbruch. Ein großer Teil der Karawane war schon auf dem Zug, nur ein paar Reitkamele, zehn Lastkamele und eine Horde Krieger warteten noch. Amil Surugh, der Schweigsame, war mit dem ersten Trupp geritten.

Sie hatten kaum das Zelt verlassen, stürzten sich vier Sklaven darauf, rissen die Wände ein, rollten die Teppiche zusammen, banden die Stangen aneinander, knoteten Ballen und beluden die Lasttiere. Bender blickte sich um.

»Unser Zelt?« fragte er. Der Platz, wo es gestanden hatte, war kahl, zertrampelt. Auch ihre Kamele waren nicht mehr da... der ewige Wind fegte bereits die Lagerstelle glatt.

»Irgendwo.« Putra machte eine weite Armbewegung. »Sie haben jetzt bessere Tiere.«

Sie gingen hinüber zu den wartenden, knienden Reitkamelen, schönen, fast weißen, gut genährten Tieren mit dick gepolsterten Sätteln. Putra hob Eve in ihren Sitz, Bender und Wolff stiegen auf.

Sie ritten hinter der Hauptkarawane her, die lang auseinandergezogen durch den Sand stampfte. Der rhythmische, monotone Gesang der Sklaven flog mit dem Wind bis zu ihnen her... ein grausiger Wegweiser durch die Einöde. Aber noch andere Markierungen gab es auf diesem höllischen Ritt: Menschen.

Arme, zusammengebrochene, der Qual entronnene, zusammengepeitschte, blutende, sterbende, erlöste Menschen. Der erste, an dem sie vorbeiritten, war schon tot... Bender, der sein Kamel anhielt, sah es, ohne abzusteigen. Ein Körper, von Peitschenhieben wie zerschnitten.

Der zweite Mensch, nach einigen Meilen, lag auf dem Rükken und starrte aus weiten, dem Tod geöffneten Augen zu Dr.

Wolff hinauf, als dieser anhielt und sein Kamel niederknien ließ. Shava Putra kam zurückgeritten und tippte mit seiner Kamelpeitsche Wolff auf die Schulter.

»Wollen Sie bei allem Abfall niederknien und beten?« rief er. »Oder können Sie durch Handauflegen heilen? Dieser schwarze Klumpen ist Aas, weiter nichts! Kommen Sie weiter.«

»Nein! Er lebt! Er ist ein Mensch!« Wolff stützte den Kopf des Negers. Es war ein kräftiger Nubier, pechschwarz, mit gütigen Augen, aber er wollte nicht mehr leben, er hatte aufgegeben, er sehnte sich nach dem Tod. Man hatte auch ihn zusammengepeitscht... über sein Gesicht lief eine breite blutige Strieme, sein Rücken war übersät mit aufgequollenen Wunden. Jetzt saugte sich der Sand hinein, dieser heiße, staubfeine Sand, und es mußte eine Hölle sein, die der Nubier erlebte. Aber er klagte nicht... er lag nur da, in rätselhafter Weise glücklich, sterben zu können.

»Solange er lebt, bleibe ich bei ihm!« sagte Wolff. Er sah, daß auch Eve zurückkam, während Dr. Bender mit dem Kriegertrupp weiterritt.

»Warum ist Humanität so idiotisch?« fragte Putra. »Aber es ist vielleicht eine gute Lösung... bleiben Sie bei ihm, und ich bin Sie los.«

»Und Eve auch!« Wolff nickte zu dem Kamel, das schnell näher kam. Putra blickte sich um und schlug mit der Peitsche gegen seinen Sattel. »Gut!« sagte er kalt vor Wut. »Ich schenke Ihnen das, was Sie Mensch nennen! Es gehört Ihnen. Aber Sie müssen für ihn sorgen, Sie müssen ihn ernähren von dem, was wir Ihnen zuteilen. Er wird von Ihrem Essen essen, von Ihrem Wasser trinken, unter Ihrer Decke schlafen... Sie werden schnell merken, wie lästig Menschlichkeit in der Wüste sein kann. Und wenn Sie diesen schwarzen Klumpen dann wegwerfen, weil er Sie erdrücken würde, schenke ich Ihnen einen ganzen Beutel Wasser extra.«

»Das werden Sie nie erleben!« sagte Wolff. »Nie! Das schwöre ich Ihnen!«

Er schleifte den Nubier bis zu seinem Kamel; mit letzter Kraft kroch der Neger hinter dem Sattel auf das Tier und klammerte sich fest. Unbeweglich sah Putra zu, wie Wolffs

Kamel sich wieder aufrichtete. Eve ritt an Wolffs Seite und stützte den schwankenden Nubier.

»Weiter!« sagte Putra laut. »Ich bin gespannt, wie sie damit fertig werden, Doktor. Ich garantiere Ihnen, Sie werden daran zerbrechen. Zuerst bekommt er zu essen und zu saufen... und Sie behalten das, was er übrigläßt. Haben Sie gesehen, was für ein Klotz er ist? Sie werden noch einmal Sand fressen...«

Putra ritt davon.

Wolff und Eve folgten ihm langsam... ein armseliger Punkt in der Unendlichkeit der Wüste... zwei Kamele, ein Mann und eine Frau und zwischen ihnen, sich an den Sattel klammernd mit aller Kraft der letzten Hoffnung, ein schwarzer Mensch, den man verschenkt hatte und der von dieser Minute an seinen neuen Herrn mehr liebte als alles zusammen, was man lieben konnte.

Am Abend erst fiel er hinter Wolff aus dem Sattel in den Sand, aber da hatten sie die Hauptkarawane auch endlich erreicht, und ein Tag Leben war zurückerobert...

Dr. Bender kam ihnen entgegen und schwenkte den Sanitätskasten. Die Zelte waren größtenteils schon aufgebaut, die Sklaven hockten wieder in Blöcken zusammen und kauten an harten Fladen. Überall begannen die Feuer aus getrocknetem Kamelmist aufzuflammen.

»Ich habe unser Lastkamel Nummer zwei gefunden!« rief Dr. Bender. »Und den Sanitätskasten. Was sagen Sie nun? Der düstere Knabe Surugh wollte ihn mir abnehmen lassen, und da habe ich's versucht: ›Mein lieber Schurke‹, habe ich gesagt, ›in diesem Kasten kann unter Umständen auch dein mistiges Leben liegen. Und wenn ich nicht will, kann mich keiner zwingen, dich zu behandeln. Überleg dir das!‹ Und siehe da – obgleich der Halunke kein Wort spricht und angeblich auch nicht versteht, machte er eine Kehrtwendung und ging weg.« Dr. Bender beugte sich über den Nubier und drehte ihn ächzend auf den Bauch. »Den wollen Sie durchbringen, Wolff? Sind sie verrückt?«

»Er muß durch, Bender! Es ist eine Prestigesache geworden.«

»Die verlieren Sie. Der Rücken ist ja Hackfleisch.«

»Dann lassen Sie uns daraus ein gutes Steak machen.«

»Ich wußte gar nicht, daß Sie zu galligem Humor fähig sind.« Bender blickte hoch. Putra stand neben ihm, groß, dunkel, gegen den Nachthimmel eine bizarre Silhouette.

»Wir brauchen Wasser.«

»Sie sind drei Personen, teilen Sie es sich ein. Für jeden einen halben Liter.«

»Wir müssen die Wunden säubern.«

»Ich sehe keine Wunden –«

»Geben Sie's auf, Wolff«, sagte Bender väterlich. »Ich möchte direkt darum beten, daß man diese Blindheit eines Tages auch bei ihm anwenden kann. Selbst Sie sind nicht aus Eisen, Putra... und auch Eisen rostet! Ich verspreche Ihnen: Ihren Rost kratzen Sie selbst ab.«

»Ich hole Wasser«, sagte Eve plötzlich. Putra fuhr herum.

»Mein Verbot ist wie ein Wort Gottes!«

»Ich werde mit Surugh darüber sprechen«, sagte Eve sachlich. »Es gibt Dinge, die Blinde und Taube verstehen...«

Mit einem tiefen Knurren wandte sich Putra ab und ging davon.

»Sie sind unklug, Mädchen«, sagte Bender und öffnete den Sanitätskasten. »Rechnen Sie nicht damit, daß Putra immer in Ihrer Gegenwart der Hamburger Salonlöwe bleibt. Diese Zeit ist bei ihm längst vorbei, und aufgewärmte Erinnerungen sind wie aufgewärmte Suppen – sie werden schnell wieder kalt. Mich wundert es überhaupt, daß er noch den großen Platoniker spielt und nicht einfach über Sie herfällt. Wer hindert ihn?«

»Surugh...«

»Ach!« Bender richtete sich auf. Auch Wolff unterbrach seine Arbeit an dem Rücken des Nubiers. »Wieso denn? Gibt es schon Futterneid?«

»Nein.« Eve riß ein Verbandspäckchen auf. »Putra will mich zur Geliebten, Surugh will mich auf dem Sklavenmarkt verkaufen... über diese gegenteilige Auffassung meiner Verwendung können sie sich noch nicht einig werden.« Sie sah Wolff mit einem schiefen Lächeln an. »Das allein schützt uns noch, weiter nichts... er hat es mir selbst gesagt.«

Aus der Dunkelheit tauchten zwei Sklaven auf. Sie brachten

einen Ziegensack voll Wasser und warfen ihn wortlos in den Sand. Dann trotteten sie zurück ... wie aufgezogene Puppen.

»Bis jetzt steht es eins zu null für uns«, sagte Wolff bitter. »Wir haben Wasser, wir können die Wunden auswaschen ...«

»Und nachher erfahren wir, daß es unser ganzer Wochenvorrat war ... dann steht's zehn zu null für Putra.« Bender rieb vorsichtig die größten Verklebungen weg. Der Nubier lag still, lang ausgestreckt, ohne einen Ton von sich zu geben. Wie ein Mensch mit wachem Geist solche Schmerzen ertragen konnte, war rätselhaft. Bender beugte sich zu dem Kopf des Negers hinunter. »Wie ist dein Name?« fragte er auf englisch.

Und eine dunkle, hohle Stimme antwortete:

»Noboro ...«

Die Wunden waren sauber, was man in solcher Lage sauber nennen kann, aber nach aller medizinischen Erfahrung mußten sie spätestens morgen brandig sein, entzündet, verjaucht ... ein stinkender Tod, der sich langsam durch den Rücken in den Körper hineinfraß.

Bender legte die Hand über die letzte Dose Penicillinpuder. Wolff verstand diese stumme Geste.

»Die Kamelsalbe –«, sagte er. »Auch Fuad Abdallah haben wir keine Chance gegeben ... aber sein heilendes Bein stellte die ganze Schulmedizin auf den Kopf. Warum soll Noboro nicht Wunder Nummer zwei werden?«

Sie strichen die stinkende Kamelsalbe dick auf den Rücken und verbanden ihn dann. Sie gaben ihm ein paar Schlucke zu trinken und ließen ihn dann allein, um Putra zu suchen. Wolff hatte den Ziegenbeutel mit Wasser über die Schulter geworfen – er war noch halb voll.

Die Karawane hatte sich zur Ruhe formiert. Die Feuer brannten jetzt, in großen Kesseln brodelten Suppen. Der Geruch von gebratenem Fleisch zog über das Lager hinweg. Abseits der Feuer, eng aneinandergerückt, von vier Arabern bewacht, saßen oder lagen die männlichen Sklaven im Sand. Sie starrten die drei Europäer an, aber es war, als sähen sie durch Glas. Es war ein Haufen toter Seelen ...

Putras Zelt war an seiner Größe und an den beiden Wachen zu erkennen, die vor dem Eingang standen. Daneben stand Surughs Zelt, ebenso groß, aber ohne Wächter. Er brauchte keine Leibwache wie Putra, den er verachtete, weil er am Leben hing. Surugh war nie in Europa gewesen, er kannte nichts anderes als Afrika und Arabien, den Überfall auf die Negerdörfer, das Verschleppen der Sklaven, die Karawanen durch die Wüste ... als Kind schon war er dabeigewesen, als Jüngling führte er seinen ersten Treck nach Saudi-Arabien. Er war die fünfte Generation der Sklavenhändler ... die Surughs hatten nie etwas anderes getan, als Menschen verkauft.

»Er lebt«, sagte Wolff, als sie ins Zelt traten. Putra ließ sich gerade von zwei jungen, hübschen Sklavinnen waschen ... groß, hager, aber voller Muskeln stand er in einem Trog, und das Wasser rann an seinem nackten Körper herunter. Ohne Hast hüllte er sich in ein Tuch, als er auch Eve ins Zelt kommen sah.

»Wer lebt?«

»Noboro ...«

»Dieses Stück Aas hat auch einen Namen?« Er stieg aus dem Trog, streichelte den jungen Sklavinnen die spitzen Brüste und trat sie dann in den Hintern. Quietschend flüchteten sie aus dem Zelt. Putra lachte und setzte sich auf den Teppich. »Sie bringen noch Wasser zurück?« fragte er Wolff und zeigte auf den Ziegensack.

»Wir nehmen nur das, was wir brauchen.«

»Welch ein Stolz an den Pforten der Hölle!« Er faßte nach dem Ziegensack, wog ihn in der Hand und nickte. »Für vier Tage Wasser sind verbraucht. Ist das ein Stück Dreck, das Noboro heißt, wert?«

»Ja.« Wolff warf den Wassersack wieder über seine Schulter und faßte Eve unter. »Es war also wirklich unser Wochenkontingent?«

»Natürlich.«

»Wie ich gesagt habe!« rief Bender.

»Gehen wir ...«

»Aber warum denn?« Putra zeigte an seine Seite auf den Teppich. »Ich habe nicht Ihnen, Dr. Bender, und nicht Ihnen, Eve, einen Menschen geschenkt, sondern unserem jungen Idealisten. Sie bleiben meine Gäste.«

»Putra, Sie begreifen es noch immer nicht«, sagte Eve laut. »Für uns gibt es nur *ein* Leben, und das hat drei Köpfe! Schlägt man einen davon ab, verwelken die beiden anderen auch. Verstehen Sie es jetzt?«

»Und Dr. Wolff klebt jetzt noch einen vierten Kopf dran, einen Nubier! Ihr Idioten! Begreift *ihr* denn nicht, wo ihr lebt? Eve, Sie kannten einmal einen Shava Putra vor sechs Jahren in Hamburg... aber den gibt es nicht mehr.« Er sprang auf und zog das Tuch um seinen nackten Leib fester. »Er starb in einer Nacht, in der der Mond silbern durch die Fenster wanderte. Sie hieß Lore... ein typisch deutscher Name, nicht wahr? Lore... ich habe sie geliebt, und wenn ein Mann wie ich liebt, fallen Himmel herunter. Ich holte sieben Himmel herab in dieser Nacht, und ich wußte, daß ich für immer in Deutschland bleiben würde. Ihre Welt, Eve, ist zusammengeschrumpft auf einen Namen, der Bert Wolff ist – meine Welt hieß nur noch Lore. Aber dann kam der Morgen, und meine Welt Lore sagte zu mir, mit einem Lachen, das mich durchschnitt: ›Steh auf, du dunkles Biest, und mach, daß du 'rauskommst...‹«

Putra senkte den Kopf. Zum erstenmal zuckte es über sein Gesicht, das Steinerne bröckelte ab wie morscher Fels.

»An diesem Morgen habe ich meine Welt Lore zerstört... ich habe sie zerfetzt, wie man einen Brief zerreißt, den man nicht lesen kann.«

»Mein Gott!« Eve drückte beide Hände gegen ihre Schläfen. »Der Mord an Lieselore Benneis. Vor sechs Jahren. Eine nackte Frauenleiche, zerstückelt bis zur Unkenntlichkeit...«

»Das war ich!« Putra atmete tief auf. »Seit diesem Tage liebe ich keine Menschen mehr... ich verkaufe sie. Und plötzlich stehen Sie, Eve, mir in der Wüste gegenüber... ein Stück jener Zeit, eine grausame Erinnerung, ein Aufbrechen aller verschütteten Sehnsucht, denn ich habe mich damals in meine Welt Lore geflüchtet, weil Sie, Eve, schon verheiratet waren. Lore hat Sie ersetzt, Eve... und Lore mußte ich töten. Ich konnte es nicht anders. Verstehen Sie mich jetzt?«

»Komm, gehen wir –« sagte Dr. Bender heiser vor Erregung. »Putra, geben Sie uns vier gute Kamele, genug Verpflegung und Wasser und machen Sie vierundzwanzig Stunden die Augen zu. Dann haben Sie keine Probleme mehr...«

»Nein! Es wäre wieder ein Fehler. Wenn Sie wirklich die

Wüste besiegen – Sie würden draußen berichten, was Sie hier gesehen haben.«

»Ich verspreche Ihnen, es nicht zu tun.«

»Ich vertraue keinem mehr! Und Sie lügen, Dr. Bender! Sie könnten es gar nicht verschweigen ... als Arzt, als Humanist.«

»Da haben Sie recht, Putra.« Bender hob die Schultern. »Überlegen Sie sich, wie Sie unser Problem lösen. Ich kann Ihnen nicht dabei helfen. Nur vergessen Sie nie, was wir sind und was Eve so schön sagte: *ein* Leben mit drei Köpfen. Was Sie auch tun ... sie werden immer Eve treffen!«

»Hinaus!« sagte Putra leise. »Bei Ihrem Gott ... gehen Sie hinaus. Alle! Ich komme in die Stimmung wie bei Lore ... ich könnte Sie alle auf der Stelle zerreißen. Befreien Sie mich davon ...«

Schnell verließen Eve, Wolff und Bender das Zelt.

Sie ritten sechs Tage und ruhten sechs Nächte, und noch immer umgab sie die Einsamkeit der Wüste. An zwei Brunnen, die sie ausgraben mußten, füllten sie die Wasservorräte auf, ließen sie die Kamele sich rund trinken, kochten und backten sie auf Vorrat Suppen und Fladen aus Mehl.

Bender, Wolff und Eve konnten sich in dem Lager frei bewegen. Niemand hinderte sie, aber keiner kümmerte sich auch um sie. Sie holten Wasser, bekamen von einem finster blickenden Araber ihre Zuteilung an Mehl, Datteln, Trockenfleisch und Dörrgemüse, kochten in einem verbeulten Kupferkessel ihre Mahlzeiten und sahen Putra nur noch von fern.

In diesen sechs Tagen verloren sie neunzehn Sklaven. Sie blieben einfach im Sand liegen und verdorrten später ... skelettierte Wegweiser einer Karawane, die aus dem Nichts kam und im Nichts verschwand und aus Grausamkeit und Leid bestand.

Noboro wurde gesund ... das war etwas, was vor allem Dr. Bender völlig aus der Fassung brachte. »Ich lasse diese Salbe analysieren«, sagte er immer wieder. »Wolff, ich verspreche Ihnen: Ich stelle das Stinkzeug in Europa her. Ich gründe eine pharmazeutische Fabrik und heile die Welt mit Kamelsalbe. Alle Antibiotika sind ja Lutschbonbons dagegen! Diese Salbe ist den Nobelpreis wert! Die Wunden schließen sich. Es gibt keine

Entzündungen. Keine Infektionen. Keine Eiterungen. Rein gar nichts... Wunden schließen sich wie mit einem Reißverschluß. Das ist unglaublich!«

In der siebten Nacht schrak das Lager hoch. Alarmgeschrei erfüllte die stille Wüstennacht. Handlampen und Fackeln aus Holz leuchteten auf. Ein Araber stürzte in das Zelt, trat Bender in den Magen und Wolff in die Seite.

»Zum Sahib kommen!« brüllte der Araber. »Zum Sahib!«

Noboro blieb liegen. Er zog nur die Decke über sich. Seit er weiterlebte, war er zu Dr. Wolff wie ein Hund... immer an seiner Seite, immer bereit, ihm zu dienen, immer da, sich an ihn zu drücken. Es war genau umgekehrt, wie Putra vorausgesagt hatte: Noboro aß nur, was Wolff übrigließ, und von dem sparte er noch und trug es in einem Säckchen mit sich herum wie einen Schatz.

Jetzt aber verkroch er sich und rollte sich zusammen.

Vor dem Zelt Surugh ballten sich die Krieger. Putra schrie herum, und als Bender, Eve und Wolff erschienen, bildete sich eine Gasse.

»Jetzt brauche ich Sie!« schrie Putra ihnen entgegen. »Verdammt, laufen Sie schneller! Jemand hat Surugh überfallen und ihm ein Messer in die Kehle gestoßen –«

Amil Surugh lag auf seinem Teppich in einer seltsam verkrampften Haltung. Bender und Wolff brauchten keine Untersuchung mehr, um zu sehen, daß er tot war. Sein Kopf schwamm in einer Blutlache, und wenn Putra geschrien hatte, man habe Surugh ein Messer in die Kehle gestoßen, so war das eine sehr abgemilderte Schilderung dessen, was der Mörder mit dem Inder getan hatte.

Wohl war die Kehle verletzt, und das schien Putra zuerst gesehen zu haben und hatte deshalb nach den Ärzten gerufen... aber als Wolff jetzt den seidenen Haikh zurückschlug, den Surugh um sich geschlagen hatte, gehörten starke Nerven dazu, die gräßliche Wunde anzusehen.

Der Schnitt lief, nachdem das Messer in die Kehle gedrungen war, über das ganze Brustbein hinweg bis zum Magen. Mit ungeheurer Wucht mußte der Mörder zugestoßen haben, und hatte dann Surugh fast bis zur Hälfte aufgeschlitzt. Wolff deckte Surugh wieder zu und zog den Haikh über das starre, im Tode geradezu verblüffte Gesicht. Bender stand hinter ihm und wandte sich zu Putra um. Der Inder hatte den Kopf gesenkt, aber hinter den Schlitzen seiner Lider blitzten die kalten, schwarzen Augen.

»Dazu brauchen Sie keinen Arzt, Putra«, sagte Bender trokken. »Aber es kann sein, daß man mit Ihnen das gleiche versucht... und dann sollten Sie sich daran erinnern, daß alles seinen Preis wert ist... am meisten Ihr Leben!«

»Ein Mörder lebt unter uns«, sagte Putra dumpf. »Ein viehischer Mörder...«

»Das sagen ausgerechnet *Sie*?« Wolff stand auf. Seine blutverschmierten Finger rieb er mit Sand notdürftig sauber.

»Das mit Lore war etwas anderes –«

»Wissen Sie, warum das hier geschah? Um Sie herum gibt es tausend Gründe, zu töten... und jeder Grund wäre verständlicher als der Mord an Lore.«

»Sie meinen die Sklaven? Ausgeschlossen. Sie sitzen gefesselt am Feuer, sie haben kein Messer, sie würden nie in das Zelt gedrungen sein. Das hier war ein Mann, dem Surugh vertraute...«

»Wenn Sie vielleicht mal in einen Spiegel blickten, Putra...«, sagte Bender trocken. Putra wirbelte herum.

»Dafür sollte ich Sie in Stücke peitschen lassen!« schrie er.

»Das wäre eine potentielle Verschlechterung Ihrer eigenen Überlebenschancen.« Bender ging aus dem Zelt, die anderen folgten ihm. Draußen bildeten die Araber eine Kette und ließen die anderen Karawanenmitglieder, vor allem die Kameltreiber, nicht näher als zehn Meter heran. Auch Eve stand außerhalb der Kette und schrie, als sie Wolff und Bender erkannte:

»Sie lassen mich nicht durch, Bert! Was ist denn geschehen?...«

»Lassen Sie Eve das nicht ansehen –«, sagte Putra leise. Wolff nickte und winkte ihr zu.

»Später, Eve!« rief er zurück. »Mit uns ist alles in Ordnung...«

»Aber mit Ihnen nicht, Putra«, sagte Bender und machte eine weite Armbewegung über das große Karawanenlager. »Das gehört Ihnen jetzt allein. Ein verfluchtes Erbe! Haben Sie keine Angst?«

»Nein!« Putras Augen verengten sich wieder. Bender sah ihm an, daß er log, daß er voller Angst war und vergeblich nach einem Verdacht suchte. »Ich werde den Mörder finden...«

»Dann viel Glück.«

»Jemand muß ihn gesehen haben.«

»Sie wissen so gut wie ich, daß keiner ihn gesehen hat. Auch Sie haben sofort den Weg erkannt, den der Mörder genommen hat. Von hinten unter dem Zelt her... die Verspannung war an einem Pflock gelockert. Er muß wie eine Schlange gekrochen sein... die Kriechspur ist deutlich im Sand abgedrückt.« Bender trat zur Seite. Vier Araber trugen den in eine Decke gewickelten Leichnam von Amil Surugh aus dem Zelt. »Sie können sich jetzt mit Wächtern umgeben, Putra... die Angst wird bleiben. Kann nicht gerade einer der Männer, der Sie bewachen soll, Ihr Mörder sein? Können Sie in die Hirne dieser Menschen blicken? Bis zum Sklavenmarkt werden Sie keine Stunde Ruhe haben...«

»Irrtum, Doktor.« Putra lächelte, aber es war mehr ein Blecken seiner kräftigen Zähne. Ein Raubtiergebiß, das sein bisher unbewegliches Gesicht völlig veränderte. »Ich werde nie mehr allein schlafen! Sie, Dr. Wolff, Eve und auch dieser Noboro werden ab sofort immer um mich sein. Ihr werdet meine Rüstung sein!«

»In Gemeinheiten sind Sie ein Genie«, sagte Bender rauh. »Aber Sie denken falsch. Man will nicht unseren Kopf. Für den, der Ihnen nach dem Leben trachtet, sind wir bereits kopflos. Denken Sie mal in Ruhe darüber nach...«

»Sie ziehen sofort um! Sofort!« Putra schrie etwas in einer kehligen Sprache über die Araber... vier von ihnen rannten weg zu dem kleinen Zelt, in dem noch immer Noboro in seiner Decke lag und heimlich zitterte.

»Solange ich lebe, verspreche ich ihnen Sicherheit«, sagte Putra tief atmend. »Was nach mir kommt, können Sie nur ahnen. Verstehen wir uns, Doktor?«

»Wie zwei, die sich mit Trichtern ins Ohr brüllen...« Putra ging zurück zu seinem Zelt, noch immer stolz und hocherhobenen Hauptes, aber im Inneren suchte er ein Versteck, wo er seine Angst begraben konnte. Bender blickte ihm nach und hakte sich bei Wolff unter.

»Ich habe ihm ein giftiges Saatkorn in die Seele gedrückt«, sagte er fast fröhlich. »Und das wird wachsen und wachsen wie ein Wunderbaum.«

»Haben Sie eine Ahnung, wer der Mörder sein könnte?« Wolff nickte zu ihrem Zelt. Die Araber kamen zurück mit dem wenigen Gepäck. Hinter ihnen lief Noboro wie ein Riesenaffe, mit pendelnden Armen und eingezogenem Kopf.

»Nicht ein Fünkchen. Aber die Angst sitzt jetzt in Putra wie eine Milbe im Hundefell. Wenn er sogar bereit ist, ein für ihn so stinkendes Nichts wie Noboro in sein Zelt zu lassen, ist hinter der Fassade seines Stolzes alles in ihm zusammengebrochen.«

Noch in der Nacht wurde Amil Surugh begraben. Man machte nicht viel Umstände mit ihm... ein Loch im Wüstensand, eine Decke über den Körper, zugeschaufelt und eingeebnet... es war ein vollständiges Verschwinden.

Dr. Bender stand neben Putra am Grab... mißtrauisch beobachtete der Inder seine kleine arabische Streitmacht, die ihm gegenüber jenseits des Grabes aufgereiht stand. Unter ihnen ist der Mörder, dachte Putra. Er sieht mich an, und er weiß schon, wann er zuschlagen wird.

Es war ein Gefühl, für das Angst ein geradezu lächerlicher Ausdruck ist.

In Putras Zelt waren unterdessen Wolff, Eve und Noboro zurückgeblieben. Man hatte ihre Decken und Schlafteppiche an den Zeltwänden ausgebreitet, und Noboro hockte mit ausdruckslosem Gesicht auf der Erde, beide Hände gegen die Fetzen Stoff gedrückt, die seinen Leib umkleideten. Plötzlich beugte er sich vor, griff unter den Stoff und warf ein Messer vor Wolff auf den Teppich. Die Klinge war leicht gebogen, vielfach abgeschliffen und jetzt so scharf, daß man Papier wie Luft schneiden konnte. An dem sonst blanken Stahl klebten dicke Blutflecken.

Eve schrie leise auf, aber Wolff drückte sofort seine Hand auf ihren Mund. Aber auch durch ihn lief ein Zittern. »Du, Noboro?« stammelte er.

»Ja, Herr.« Noboro sagte es in einem zerhackten Englisch, aber seine tiefe Stimme klang wie Musik. »Surugh wollte Putra töten und die Herrin in In Radifah verkaufen. Ich habe sie darüber sprechen hören. Morgen wollten sie Putra töten. Ich mußte schneller sein...«

Wolff schluckte krampfhaft, die Worte blieben ihm wie mit Haken in der Kehle stecken. »Wo hast du das Messer her?« fragte er endlich.

»Von dem Küchenkamel. Ich habe es vier Nächte lang an Steinen geschliffen. Keiner hat es gehört.« Er sah Wolff stolz an und erwartete ein Lob. Als Wolff schwieg, senkte er den Kopf und breitete die Hände aus. Die Geste der völligen Unterwerfung.

»Jetzt darfst du mich töten, Herr...«

Bevor Wolff antworten konnte, hörten sie Putra und Bender zurückkommen. Eve bückte sich und steckte das blutige Messer ein. Sie erschauderte dabei am ganzen Körper und drehte sich weg, damit Putra nicht ihre entsetzten Augen sehen konnte.

»Jetzt sind wir eine Gemeinschaft«, sagte Putra und setzte sich auf seinen Teppich. »Ich habe diese Meute beobachtet... jeder von ihnen wäre fähig, auch mich aufzuschlitzen.« Er sah Noboro an, und sein Gesicht verzog sich vor lauter Ekel. »Nein! Dieser schwarze Stinkhaufen muß hinaus! Ich kann nicht atmen in seiner Gegenwart. Er soll vor dem Eingang schlafen!«

Noboro schielte mit einem hündischen Blick zu Wolff. Der nickte, und der Nubier kroch auf allen vieren lautlos hinaus in die Nacht. Nur eine kleine Schleifspur blieb zurück. Bender starrte sie an, holte dann tief Atem und sah Wolff mit weit offenen Augen entsetzt an. Wolff nickte unmerklich. Putra, viel zu sehr mit dem Problem seiner Angst beschäftigt, bemerkte nichts. Dr. Bender lief wie unruhig im Zelt hin und her und verwischte damit die Kriechspur. Aber das Grauen blieb in seinen Augen zurück.

Später, gegen Morgen – Putra schlief in der Mitte des Zeltes – beugte sich Bender zu Wolff hinüber.

»Er kann uns doch nicht den Weg in die Freiheit freistechen«, flüsterte er. »Das ist Wahnsinn!«

»Surugh wollte Putra töten und Eve verkaufen...«

»Das nennt man Partnerschaft.« Bender zog die Luft durch die Nase. »So ist das also! Man sollte Noboro umarmen, auch wenn es mir zuwider ist, Mörder an meine Brust zu drücken. Auf jeden Fall haben wir jetzt einen Freifahrschein – jeden Tag gelocht durch Putras Angst.«

»Bis In Radifah. Da ist der Sklavenmarkt.«

»Und wann sind wir da?«

»In neun Tagen...«

»Da kann noch viel passieren. Gott brauchte nur fünf Tage zur Erschaffung der Welt.« Bender legte sich zurück. »Neun Tage Aufschub... wie bescheiden man wird. Beten Sie, mein Junge, daß bis dahin etwas geschieht. Ich habe beten verlernt...«

Und es geschah vieles.

Noch in derselben Nacht wurden zwei Araber ermordet, die bei den Reitkamelen Wache hielten. Der eine wurde mit einem Strick erwürgt, der andere mit dem Dolch des ersten Toten erstochen.

Lautlos, spurenlos.

Ein Schatten ging im Lager herum, der mordete.

Ein einsamer, lautloser Tod, so einsam und lautlos wie die Wüste um sie herum.

Putra tobte und schrie... es sollte wie himmelstürmende Wut klingen, aber es war nur die nackte Angst. Die Araber schienen zu fahlen, vermummten, geisterhaften Wesen zu werden. Sie begruben ihre Ermordeten, beteten stundenlang zu Allah und klagten ihm ihr fürchterliches Leid.

Der Karawanenzug stockte. Putra rannte herum und befahl, das Lager abzubrechen... niemand hörte mehr auf ihn. Auch als er einem der Sklaventreiber die lange Nilpferdpeitsche aus der Faust riß und wahllos in die Gruppe seiner arabischen Krieger hineindrosch, erreichte er nur, daß man aufsaß und die Karawane träge weiterzog.

»Es ist fürchterlich«, sagte Bender an diesem Tag zu Eve und Wolff. »Er will uns tatsächlich den Weg freimorden. Er baut uns aus Leichen eine Straße in die Freiheit. Vielleicht ist das die einzige Möglichkeit, weiterzuleben, aber es ist fürchterlich.«

Er blickte sich um. Hinter ihnen ritt Noboro auf einem alten Lastkamel. Ein riesiger, schwarzer, in der Sonne glänzender Klumpen...

Putra ritt die Karawane hinauf und hinunter, trieb jetzt selbst die schwankenden Sklaven an und schrie seinen Leuten zu, nicht zu Allah zu beten, sondern möglichst schnell In Radifah zu erreichen.

Es half nichts. Viermal am Tag hielt die Karawane, die Araber fielen auf ihren Gebetsteppichen auf die Stirn und riefen Allah um Gnade und gutes Gelingen an.

»Noch acht Tage bis In Radifah«, sagte Bender kurz vor dem Abend zu Putra. Er ritt mit ihm an der Spitze. »Sie halten das nicht aus, Putra. Sie kommen auf Ihrem Sklavenmarkt als Wahnsinniger an!«

»Ihr alle werdet wahnsinnig sein!« schrie Putra zurück. Er hielt sein Kamel an und beugte sich zu Dr. Bender hinüber. Seine Augen leuchteten vor Wut. »Ich habe zwei Schnellfeuergewehre –«, sagte er mit bebender Stimme. »Zuerst werde ich die schwarzen Wanzen vernichten, dann die anderen, dann euch... bezweifeln Sie, daß ich allein übrigbleiben werde?«

»Ja, das bezweifle ich«, antwortete Bender voller Zufriedenheit, so etwas sagen zu können. »Sie können gar nicht überleben, Putra... denn Sie sind allein unter diesen Bestien. Uns eingeschlossen! Das schaffen Sie nie!«

Die kommende Nacht gab Bender recht. Trotz doppelter Wachen wurden drei Araber getötet. Es waren die drei Wächter am Wasserloch von Bu Jamal, dem armseligsten Brunnen auf ihrem Karawanenzug.

Als sie am Morgen gefunden wurden, jubelten die Sklaven auf. Die dumpfe schwarze Masse wurde lebendig. Sie begann zu singen, während die schweren Peitschen auf sie herunterklatschten, und der Block der singenden, aus aufgerissenen Mäulern stöhnenden und doch rhythmisch klagenden Köpfe begann, sich wie im Tanz zu bewegen, wogte hin und her, unbeeindruckt von den Schlägen, dem Blut, das aus den aufspringenden Striemen spritzte, dem Gebrüll der Araber, die auf sie einschlugen, bis sie völlig erschlafften. Es war ein höllischer, triumphaler, den Himmel herabreißender Gesang aus hundert gestorbenen und durch Blut wieder auferstandenen Seelen.

Still, in sich versunken, unbeachtet, hockte Noboro hinter Wolff. Er war immer hinter ihm, ein massiger Schatten seines geliebten Herrn.

Eve war es nicht mehr möglich, ihn anzusehen. Welch ein Mensch, dachte sie bloß. Er mordet aus Dankbarkeit. Er tötet ohne Reue für unser Leben. Er schlachtet die anderen ab, um uns zu retten. O Gott im Himmel, welch ein Mensch!

Putra war in diesen Stunden zusammengefallen. Hohläugig, mit zitternden Händen, ritt er neben Dr. Bender und entwickelte Pläne, wie sie nur ein Mensch ersinnen kann, dem die Angst das Gehirn vertrocknet.

»Sie werden weiterleben, Doktor«, sagte Putra vor der dritten Nachtrast. »Ich habe es mir überlegt: Allein bin ich nichts. Aber mit Ihnen und Dr. Wolff und meinen Waffen können wir sie alle niederhalten und ausschalten. Ich gebe Ihnen mein Ehrenwort, daß Sie, Dr. Wolff und Eve überleben werden, wenn Sie mir helfen, diese Karawane aufzulösen. Zuerst die Araber und Kameltreiber... dann die schwarzen Teufel... wenn wir alle heute nacht zu gleicher Zeit schießen, bleiben uns nur noch die Sklaven übrig. Sie sind gefesselt... sie sind kein Liquidationsproblem.«

»Putra, Sie sind irr!« Dr. Bender ritt weiter, aber Putra folgte ihm und faßte ihm in die Zügel.

»Ihre Freiheit, Bender!« brüllte er. »Eves Überleben!«

»Morden Sie allein«, sagte Bender kühl. »Sie haben Übung darin... Im übrigen brauchen wir Ihre Garantie nicht mehr. Der Geistermörder arbeitet zu präzise gegen Sie...«

In dieser dritten Nacht brannten überall helle Feuer. Kaum einer schlief... zwei Drittel wachten, ein Drittel döste dahin, immer sprungbereit, alle Waffen neben sich. Putra saß vor seinem Zelt, Dr. Bender und Dr. Wolff neben sich, das Schnellfeuergewehr auf den Knien. Nur Eve durfte im Zelt schlafen... und Noboro lag in seiner Decke seitlich von ihnen draußen neben der Zeltwand.

Und wieder wurden zwei Araber erstochen... im Morgengrauen, als sie einen Rundgang um die Lastkamele machten.

Ein riesiger, schwarzer Schatten fiel über sie, und ehe sie schreien konnten, zerplatzten ihre Herzen.

Am Morgen stand Putra allein vor seinen Sklaven. Die arabischen Begleiter hatten die beiden neuen Toten Putra vor die Füße gelegt, waren auf ihre Kamele gestiegen und weggeritten. Tobend rannte Putra ihnen nach, schoß in die Luft, schoß schließlich auf die Wegreitenden, aber damit schüchterte er niemanden mehr ein, und er traf auch keinen, weil sein ganzer Körper nur noch aus Zittern bestand. Bleich, auf sein Gewehr gestützt, kam er zu seinem Zelt zurück. Der schwarze Block der gefesselten Sklaven sang und tanzte wieder, die weiblichen Sklaven klatschten dazu den Rhythmus und stießen gellende Rufe aus. Es war, als sei die Hölle über die Wüste geflutet.

»Was nun?« fragte Dr. Bender. Er hatte mit Dr. Wolff Eve in die Mitte genommen und starrte nachdenklich auf das Schnellfeuergewehr in Putras Händen. »Jetzt sind Sie allein! Allein mit hundertdreißig Sklaven! Geben Sie mir ihr Gewehr, Putra. Es ist aus!«

»Noch nicht!« Putra lächelte grausam. Sein Raubtiergebiß glänzte. Er blickte mit brennenden Augen über die wogenden, singenden Köpfe der Sklaven. »Jetzt werden Sie erleben, wie man hundertdreißigmal ohne Reue den Finger am Abzug bewegen kann. Erst dann sprechen wir weiter.« Er sah Eve an, verbeugte sich und holte tief Atem. »Machen Sie die Augen zu, drücken Sie die Hände gegen die Ohren... Das Überleben ist immer der gnadenloseste Abschnitt eines Lebens...«

Er drehte sich weg und hob das Gewehr. Die Sklaven sangen noch immer, ihre Beine stampften in den Sand. Die Weiber klatschten in die Hände.

Einhundertdreißig Menschen – einhundertdreißig Schuß.

»Sie schaffen zwei Schüsse –«, sagte Bender kalt. »Putra, Sie schießen sich selbst aus dem Leben weg...«

Mit einem dunklen Laut aus Verzweiflung, Angst und Wut riß Putra die Waffe hoch.

Im selben Augenblick, nur ein Blitzen in der Sonne, lautlos und mit einer Kraft, die Putra nach rückwärts in den Sand schleuderte, kam der Tod geflogen. Es gelang Putra nicht mehr, abzudrücken... das scharfe, beidseitig in mühsamer heimlicher Arbeit an Steinen geschliffene Messer drang genau zwischen die Rippen in den Brustkorb und durchbohrte das Herz. Putra zuckte nur noch einmal, streckte sich dann, aber seine Hände umklammerten noch immer das Gewehr, das letzte, was ihm geblieben war.

Noboro trat aus dem Hintergrund hervor. Groß, breit, mit unbeweglichem Gesicht, ein schwarzer Felsen, blank poliert, als hätten Jahrhunderte an ihm gerieben. Eve drückte das Gesicht an Wolffs Brust, Bender stand steif, mit mahlenden Backenknochen vor dem Toten. Er war genau vor seine Füße gefallen, und die gebrochenen Augen starrten ihn an, als wollten sie jetzt noch einmal rufen: »Doktor, ich brauche Sie! Ich garantiere Ihnen das Leben –«

»Wir sind frei, Herr«, sagte Noboro mit seiner tiefen, melodischen Stimme. »Führe uns an die Küste ...«

Die Sklaven waren plötzlich still geworden. Der Gesang, das Klatschen, das rhythmische Stampfen war mit dem Schlag gestorben, mit dem Noboros Messer in Putras Herz drang. Der schwarze Block aus Angst, Hoffnung, Mißtrauen und Duldung hatte sich wieder geschlossen. Die Araber waren weg, Noboro hatte sie besiegt – aber was taten jetzt die Weißen.

Dr. Bender bückte sich und zog das Schnellfeuergewehr aus Putras verkrampften Fingern. Es war entsichert und schußbereit. Noboro zog seinen Kopf zwischen die Schultern und setzte sich neben dem Toten in den Sand.

»Das ist eine verteufelte Lage«, sagte Bender heiser. Er streichelte Eve über die goldenen Haare und spürte dabei, daß sie an Wolffs Brust weinte. »Daran muß man sich gewöhnen. Es ist garantiert das erste Mal, daß ich eine Sklavenkarawane besitze. Was macht man mit ihr?«

»Zuerst die armen Kerle losbinden. Die Bestraften aus den schrecklichen Holzjochen befreien.« Wolff legte beide Arme um Eve. »Und dann schwenken wir zurück zur Küste, wie Noboro sagt.«

»Haben Sie die Karte im Kopf, Wolff? Raten Sie mal die Meilen, die wir zu wandern haben.«

»Ob nach Norden, Süden, Westen oder Osten – es bleibt sich gleich. Wir sind mitten in der Hölle ... wohin wir auch ziehen, wir können nur gewinnen, nichts mehr verlieren. Und die Küste ist am sichersten. Im Inneren des Landes wartet man auf die Sklaven, welche Chance haben wir, gegen ganze arabische Stämme zu kämpfen?«

»Keine, Wolff.«

»Aber an der Küste wagt es niemand mehr, uns aufzuhalten. Wir müssen versuchen, uns bis zum Meer durchzuschlagen.«

»Das heißt: Disziplin! Eiserne Disziplin unter diesen Menschen, die nur gelernt haben, zu gehorchen.« Bender blickte über die dichte Masse der Sklaven. Über hundert brennende Augenpaare starrten ihn an. Eine Mauer aus Köpfen, in denen nur noch ein Gedanke herrschte: Freiheit! »Sie ahnen, was das heißt, mein Junge?«

Wolff nickte zögernd. Das ist verrückt, dachte er. Mit systematischem Mord werden wir in das Leben zurückgeholt, und wie sieht dieses Leben aus? Man hat nur die neuen Sklaventreiber befreit. Welch eine Perfidie des Schicksals.

»Es bleibt also alles beim alten?« sagte er bitter.

»Sie sind noch so jung, Wolff.« Bender bückte sich und riß das Messer aus Putras Brust. »So jung, daß Sie entsetzt sind, wenn Sie das Leben plötzlich so sehen, wie es ist: Voll gräßlichen Hohns! Was Sie jetzt hier im kleinen erleben, geschieht im großen täglich, und man nennt es Politik, Staatskunst, bekommt Orden dafür, hat seinen Platz in den Geschichtsbüchern: den Menschen zu zwingen, Mensch zu sein! Glauben Sie, mir macht es Spaß, jetzt Chef einer Sklavenkarawane zu sein? Man hat uns in dieses Amt hineingestoßen, und nun stecken wir bis zum Hals in Blut und Tränen und müssen durch... Was glauben Sie, was geschieht, wenn wir diese Menschen jetzt losbinden? Soll ich es Ihnen sagen? Sie werden sich auf die Lastkamele stürzen, alles plündern, was greifbar ist, sie werden die Wassersäcke leersaufen, die Vorräte auffressen, sie werden eine Orgie des Lebens veranstalten...«

»Kann man es ihnen verübeln, Bender?«

»Natürlich nicht. Aber was bleibt? Was kommt hinterher? Der große Katzenjammer, die noch größere Angst des Überlebens, der Hunger, der Durst, der Kampf Mann gegen Mann... sie werden sich gegenseitig zerfleischen, um selbst die Chance zu haben, an das Meer zu kommen. Nichts auf der Welt ist rücksichtsloser und gemeiner als ein Mensch in seiner Angst.«

Wolff drückte Eve fester an sich und blickte hinunter auf

Noboro. Der riesige Nubier hockte im Sand, als sei er ein verglühter Felsen.

»Machen Sie ihm das mal klar, Bender…«, sagte er. Der Neger hob den Kopf, seine schwarzen Augen bettelten um Mitleid. Das war eine so plötzliche Erkenntnis, daß Bender jedes Wort im Hals steckenblieb. »Noboro –«, sagte er endlich auf englisch. »Wir sind frei. Aber wenn ich deine Brüder losbinde, werden sie alles zerstören, was sie für den Marsch ans Meer brauchen.«

»Ich weiß es, Herr.« Noboro nickte. »Sie haben Hunger und Durst. Mit Hunger und Durst wird eine Maus zum Löwen.«

»Sie werden sich gegenseitig fressen.«

»Ich weiß es, Herr.«

»Erkläre ihnen, daß sie mehr Wasser und mehr Essen bekommen, daß sie aus dem Joch kommen, aber daß sie Sklaven bleiben, bis wir an der Küste sind. Erkläre ihnen: Bis jetzt waren sie gefesselt, um wie Tiere verkauft zu werden… jetzt bleiben sie gefesselt, um wieder Menschen zu werden.«

»Das ist so absurd«, sagte Wolff, »daß man heulen möchte.«

»Dann heulen Sie los, mein Junge.« Bender drückte das Gewehr unter seine Achsel. »Glauben Sie mir – ich habe selbst die meiste Angst vor dem Ausgang dieses Abenteuers, aber man hat uns die Verantwortung aufgezwungen, und nun heißt es, logisch zu denken. Noboro –«, er stieß den Nubier mit dem Fuß an. Der hingekauerte Riese stand auf – es war, als spiegele sich die Sonne auf seiner schwarzen, glänzenden Haut. »Geh zu ihnen und sage ihnen, daß wir in einer Stunde weiterziehen.«

Noboro nickte und ging langsam zu dem wartenden Block seiner Freunde. Man sah ihm an, wie schwer ihm dieser kurze Weg war… es war, als überwinde er Gebirge, auf dessen Höhen ihn immer wieder die Faust eines Sturmes zurückwarf.

»Kommen Sie«, sagte Bender mit belegter Stimme. »Wir müssen Putra begraben. Eve, lassen Sie Wolff los. In der Wüste sind Denkmäler, auch wenn sie Liebende darstellen, fehl am Platze. Ich garantiere Ihnen: Was wir bisher durchgestanden haben, ist Limonade gegen den höllischen Schnaps, den wir noch saufen müssen!«

Sie packten Putra an der Dschellabah und zogen ihn durch den Sand zu einer Stelle, wo sie ihn ohne Mühe in den Hang einer Düne eingraben konnten. Es war nur ein symbolisches Begräbnis... der nächste stärkere Wind würde Putra wieder ausgraben, wieder zudecken, wieder freilegen... immer und immer wieder, ein Aufdecken und Begraben, eine ruhelose Ruhe inmitten der großen Schweigsamkeit über Jahrhunderte hinweg. Der Wind würde mit dem Skelett spielen, die Sonne die Knochen bleichen, und vielleicht, in tausend Jahren, zerfielen sie selbst zu Sand... denn dieses Stück Welt hier war Gottes vollkommenste Schöpfung, war fertig, unveränderbar.

Die Wüste, sagen die Araber, ist Gottes Stolz...

Während Eve und Wolff das Loch, in das man Putra geschoben hatte, zuschaufelten, ging Bender zu Noboro zurück.

Er hatte mit seinen Freunden gesprochen, und sie sahen ihn mit der gleichen Stumpfheit an, wie sie vorher Putra und Surugh angestarrt hatten. Sie verstanden nicht, daß man sie vor sich selbst schützte... sie verstanden nur, daß sie weiter Sklaven blieben, bis sie das Meer erreicht hatten.

Wann war das?

Wo lag das Meer?

Wer würde überleben?

Mehr Wasser und mehr Essen hatten die neuen weißen Herren versprochen... war das wieder eine Lüge?

»Wir können weiter, Herr«, sagte Noboro. Er griff schnell nach Benders Hand und küßte sie, ehe Bender sie wegreißen konnte. Ein Schauer durchrann ihn. Ich werde von einem Massenmörder geküßt, dachte er. Aber ihm allein verdanken wir, daß wir alle noch leben. Wird Mord hier zur Notwendigkeit? Bender stieß Noboro zur Seite und stapfte zu seinem Kamel. Er sann über diese Frage nach und gab sich keine Antwort, weil sie zu schrecklich war.

Von der Düne kamen Eve und Wolff zurück. Der Schweiß rann ihnen über Gesicht und Brust, und es war ein Rätsel, woher der Körper noch soviel Feuchtigkeit nahm.

Noboros laute, dunkle Stimme überschrie jetzt das Getümmel, das in den Sklavenhaufen gekommen war. Zehn Männer hatte Noboro losgebunden... sie standen herum, begriffen nicht, daß sie ohne Fesseln waren, und grinsten breit, als Bender in den Sattel stieg und sein Kamel aufstand.

»Sie werden treiben, Herr«, sagte Noboro. »Sie kennen

Kamele. Sie haben versprochen zu gehorchen, und sie haben keine Waffen.«

»Ein Brett genügt, ein Strick... du hast's bewiesen, Noboro.« Bender blickte auf die Karawane herab. Einhundertdreißig Menschen, zweiundzwanzig Lastkamele, vier Reitkamele... und irgendwo dort unten das Meer. Dazwischen Hunderte von Meilen heißen Sandes, glutende Sonne, peitschender Wind, nächtliche Kühle, die Angst zu verdursten, die innere Panik, nicht zu den Letzten zu gehören... »Wir kommen nie an, Noboro«, sagte Bender leise.

»Unsere Füße laufen von allein, Herr.« Der riesige Nubier winkte. Die zehn Männer rannten zu den Lastkamelen, trieben sie hoch, führten sie heran. Noboro ging durch die Reihen der Sklaven und nahm den Bestraften die schrecklichen hölzernen Joche ab. Die Befreiten umarmten ihn, küßten ihn, und die Frauen begannen wieder mit ihrem Gesang und klatschten in die Hände.

»Ich schlage vor«, rief Wolff zu Bender hinauf, »daß wir die Frauen auf die Lastkamele verteilen. Die schwächeren Männer können sich links und rechts an die Kamele hängen und sich mitschleifen lassen. Was halten Sie davon?«

»Eine gute Idee, Wolff.« Bender ritt zu dem Sklavenhaufen, der sich zu der bisherigen Marschkolonne formierte. Vier immer nebeneinander, außen die Starken, innen die Schwachen... in den letzten Stunden des Tages schleppte man sie dann mit, untergehakt, in einem Netz von Armen.

Eve stand an ihrem Kamel und lehnte an dem hohen Sattelknauf. Ihr langes, goldenes Haar wehte im Wind. Dick wie Puder lag der weißgelbe Staub auf ihrem Gesicht.

Auf der anderen Seite des Kamels stand Wolff und hatte die kleine Karte von Sabah Salim auf den Sattel gelegt. Er rechnete aus, wie lange ein Mensch braucht, bis er vor Wind, Sonne und Wüste kapitulierte.

»Wie weit ist es bis zur Küste?« fragte Eve.

»Zweihundert Meilen, dreihundert Meilen... wer weiß denn, wo wir hier sind?« Er legte den Finger auf einen Punkt in der Weite. »Hier ist In Radifah, wo man uns verkaufen wollte. Rechnen wir bis dahin noch sechs Tagesmärsche, dann stehen wir jetzt ungefähr dort, wo die Karte weiß ist. Marschieren wir in direkter Richtung nach Süden, müssen wir nach achtzig Meilen den Wadi Ramah erreichen. Dieses ausgetrocknete Flußbett bildet eine natürliche Straße direkt bis zum Wadi al Masilah, dem ersten wasserführenden Fluß, den wir erreichen können.« Er faltete die Karte langsam zusammen. »Schaffen wir das, leben wir weiter. Es ist ein Fluß, der ins Meer mündet.«

»Und schaffen wir es, Bert?« fragte Eve. Ihre Hände tasteten über den Sattel zu ihm. Sie schlangen ihre Finger ineinander und blickten sich tief in die Augen. »Sei ganz ehrlich, Liebling...«

»Nein«, sagte Wolff und küßte ihre bebenden, sandüberkrusteten Finger. »Wir schaffen es nicht. Nicht mit hundertdreißig Sklaven. Allein – vielleicht.«

Sie starrte ihn aus weiten Augen an. »Was sagt Bender dazu?«

»Er hat überhaupt keine Illusionen.« Wolff sah an Eve vorbei auf Dr. Bender, der zusammen mit Noboro die Sklaven in Gruppen aufteilte und die Schwachen zu den Lastkamelen führen ließ. »Ich weiß, was du jetzt denkst, Eve. Ich habe auch daran gedacht. Ein kannibalischer Gedanke. Wir drei könnten in der Nacht wegreiten und Noboro mit seinen Leidensgenossen allein lassen. Aber das wäre der sichere Tod für alle –«

»Ob sie in unserer Lage die gleichen Skrupel hätten?«

»Bestimmt nicht. Aber eine Grausamkeit wird nicht weniger bedeutend, wenn sie auch von anderen begangen werden könnte.«

»Ich liebe dich«, sagte Eve. »Und ich will an nichts anderes mehr denken. Nur eins habe ich gelernt: Sterben ist furchtbar. Ich möchte ewig leben, Bert.«

Sie zog ihre Hände aus seinen Fingern, setzte sich in den Sattel und umklammerte den hohen Sattelknauf. Das Kamel wartete auf das Zeichen zum Aufstehen.

»Bert«, sagte sie leise. Es war, als wenn ein Blinder, plötzlich Licht sieht und daran zerbricht, daß die Wahl nicht dunkel ist. »Bert... wir sollten doch allein reiten. Bert, ich flehe dich an... ich will leben...«

Er nickte und blickte zur Seite. »Ich werde Bender danach fragen. Er wird es verstehen.«

Sie trat dem Kamel in die Seiten, es ächzte auf und erhob sich. Dann ritt sie langsam zu den Sklaven hinüber. Sie wußte, daß er log.

Zweiundzwanzig Tage zog die Karawane durch Sand und Sonnenglut.

Zweiundzwanzig Ewigkeiten, die überwunden wurden.

Die Frauen saßen auf den Lastkamelen, die Schwachen hingen an Schnüren neben den Tieren, liefen mit, solange sie konnten, ließen sich dann schleifen. Sandwolken umnebelten sie, wie bleiche Säcke pendelten sie an den Kamelleinen herunter, aber wenn die Nacht kam und sie erschöpft im Sand lagen, waren es die Suppen und Mehlfladen und Datteln, die ihnen für den nächsten Tag neue rätselhafte Kraft gaben.

Die stärkeren Männer, an der Spitze der riesige Noboro, folgten zu Fuß den Kamelen, in Abständen singend, sich mit dem eigenen Rhythmus vorwärtsreißend, Meile um Meile überwindend, nur an der eigenen Stimme erkennend, daß man noch lebte, denn die Füße gingen von allein, Schritt um Schritt, Spuren im heißen Sand eindrückend, die wenig später der Wind wieder verwehte, wie man Krümel von einer Tischdecke fegt.

Zum Meer! Zum Meer!

O Gott, wo ist das Meer!

Zweiundzwanzigmal durch die Hölle, und man lebte immer noch!

»Es ist unsagbar, was ein Mensch aushalten kann«, sagte Bender einmal in einer Nacht, nachdem er von einem Rundgang durch das Lager zurückgekehrt war. »Neunundzwanzig müßten nach medizinischen Erfahrungen schon tot sein... aber sie laufen weiter mit. Das erinnert mich an Stalingrad. Damals zogen zweiundneunzigtausend lebende Tote durch Eis und Schnee, bei klirrendem Frost und ohne Nahrung wochenlang durch die Steppe, kratzten das Gras unter dem Schnee hervor und fraßen es, kauten auf Holzstückchen oder kochten die Hufe der toten Pferde aus... und lebten trotzdem. Ist Ihnen Stalingrad ein Begriff, Wolff?«

»Vom Hören. Damals wurde ich gerade geboren. Heute nennt man so etwas Wahnsinn...«

»Wolff, einen solchen Wahnsinn durchlaufen wir gerade! Nur ist's bei uns Sand und Sonne... damals erstarrten sie zu Eisblöcken, wir schrumpfen in der Glut zusammen. Der Endeffekt ist der gleiche.« Er beugte sich vor. Wolff studierte wieder seine Karte, Eve kniete am Feuer und kochte aus Putras Vorräten Tee. Sie hatten bei seinem Lastkamel viele kleine Würfel gepreßten Tee gefunden. »Finden Sie noch unsere Richtung?«

»Nach der Karte müßten wir längst am Wadi Kamah sein.«

»Vielleicht marschieren wir im Kreis?« Bender lachte rauh. »Immer rundherum im Kreis. Einhundertdreißig verblödete Tiere in einer riesigen Manege... rundherum... Stecken Sie das Ding weg, Wolff. Sie machen mich nervös mit Ihrer Karte. Nach meiner Ansicht sind wir immer nach Süden gezogen.«

»Aber zweiundzwanzig Tage? Die Sandwüste müßte längst in eine Stein- und Geröllwüste übergangen sein. Salzseen liegen da...«

»Legen Sie das Mistblatt weg!« schrie Bender plötzlich. »Verdammt, und wenn wir im Kreise ziehen... ich will meine Zeit heruntermarschieren, ohne meinen Irrsinn im Bild zu sehen...«

Gegen Mitternacht war plötzlich ein Ton in der Luft, der völlig fremd in der kalten Stille der Wüste war. Bender, Wolff und Eve krochen aus ihrem Zelt und starrten in den sternenklaren Himmel.

»Es kann alles sein, nur eins nicht: ein Gewitter! Bei diesem Himmel. In der Wüste.« Wolff hielt den Atem an.

»Es klingt wie Motorengedröhn«, sagte Eve. Und plötzlich warf sie die Arme hoch. »Es ist ein Motor! In der Luft! In der Luft! Ein Flugzeug! Hört ihr es denn nicht? Ein Flugzeug!«

Sie fiel Wolff um den Hals, hing sich an seinen Nacken und lachte und weinte in einem Atem.

»Ein Flugzeug! Ein Flugzeug!«

»Verdammt, sie hat recht!« brüllte Bender. Der summende Ton kam näher, wurde zum tiefen Brummen, zerriß den Nachthimmel wie mit Hammerschlägen. »Noboro! Alarm! Alle Feuer an! Macht Fackeln! Steckt, was brennt, in die Flammen und schwenkt es herum. Sie müssen uns sehen! Soviel Feuer in der Wüste!«

Überall flackerten die Flammen auf. Zwei Decken brannten

und wurden von sechs Männern als riesige Fackeln hin und her geschwenkt.

»Merken Sie sich, aus welcher Richtung genau die Maschine kommt!« schrie Bender und rannte zu den Lagerfeuern. »Wolff! Opfern Sie unser Zelt. Stecken Sie es an! O mein Gott… ich rieche das Leben…«

Als das Flugzeug genau über ihnen war, ein surrender Käfer mit grünen und roten Blinklichtern an den Flügelenden, standen unten in der Wüste einhundertdreißig Menschen, in Feuer gehüllt.

Lebende Fackeln, schreiend, lachend, taumelnd vor Glück, die Arme in den Himmel gestreckt und in jeder Hand etwas Brennbares.

»Ist das ein Fackelzug?« schrie Bender. Er schwankte heran, über seinen Kopf zwei brennende Tücher aus Putras Ausrüstung schwenkend. »So hat noch keiner das Leben begrüßt…«

Die Freude, weiterleben zu können, dauerte genau sieben Minuten.

Solange brauchte das kleine Flugzeug, um am Horizont aufzutauchen und am Horizont wieder zu verschwinden… nur der Ton des Motors blieb zurück, aber jetzt war er nicht mehr wie Fanfarenklang für die Hoffenden, sondern wie das Zuschlagen von Türen für die in alle Ewigkeit Verurteilten.

»Das ist nicht möglich!« sagte Bender und stützte sich auf Putras zweites, langes Gewehr. Mit ihm hatte er in die kalte Luft geschossen, nicht weil man die Schüsse etwa oben hören konnte – das war unmöglich –, sondern aus überquellender Freude. Er war in diesen Augenblicken nichts anderes als die schwarzen Sklaven, die heulend umeinandertanzten. »So einen Feuerzauber kann man doch nicht übersehen! Es hat überhaupt nicht reagiert, hat keine Kreise gezogen, ist nicht tiefer gegangen, um nachzusehen, was da mitten in der Wüste los ist, denn daß Flammen über den Sand tanzen, ist ja nicht normal… Es fliegt einfach weiter. Verstehen Sie das, Wolff?«

»Ich verstehe nur eins! Wir kommen anderen Menschen näher. Wir leben nicht mehr dort, wo Nichts ist. Das ist viel wert, Bender.«

»Sie haben recht, mein Junge.« Bender starrte auf das brennende Zelt. Eve war dabei, den Flammen neue Nahrung zu geben. Sie warf Stoffetzen, Holzstücke, getrocknete Kamelmistklumpen in die aufsprühende Glut. »Sagen Sie ihr, sie soll aufhören.«

Wolff ging zu Eve ud nahm ihr wortlos den Holzteil eines zerschlagenen Kamelsattels aus der Hand. Es war wie das Anstechen einer mit Luft gefüllten Hülle... sie sank gegen ihn, warf die Arme um seinen Nacken und weinte. Alle Kraft fiel von ihr ab... er legte sie vorsichtig in den Sand und kniete sich neben sie.

»Es gibt eben keine Wunder mehr«, schluchzte sie. »Einen Augenblick lang habe ich daran geglaubt. Ein Wunder mit grünen und roten Blinklichtern...« Sie schloß die Augen, und einen Moment glaubte Wolff, sie sei jetzt, in ihrer größten Resignation, gestorben, habe einfach zu atmen aufgehört, weil es das Klügste war, sich aufzugeben.

»Eve!« schrie er und schüttelte sie an den Schultern. »Eve! Es ist nichts vorbei. Wir wissen jetzt, daß wir auf dem richtigen Weg sind. Irgendwann treffen wir auf andere Menschen.«

»Irgendwann.« Sie begann wieder zu atmen. Wolff war es, als erlebe er eine Wiedergeburt. »Jetzt haben wir kein Zelt mehr.«

»Wir werden im Windschatten der Kamele schlafen. Wir dürfen bloß jetzt nicht schlappmachen, Eve... nicht jetzt beim Endspurt.«

»Morgen ist wieder die Sonne da«, sagte sie leise. »Der fliegende Sand... dieser widerliche blaue Himmel, die kochende Luft, die gelbe, gewölbte, weiche, vom Wind zu einem Wellenmuster gepreßte Erde aus Sand... Sand... Sand... die Stille... die singenden Sklaven in ihren Staubwolken... an den Kamelen hängen sie wie dicke, schwarze Trauben... Bert, ich kann nicht mehr. Ich kann nicht mehr! Das hier war jetzt meine letzte Kraft...«

Sie wandte den Kopf weg und streckte sich. Wolff wußte, daß es sinnlos war, weiter auf sie einzusprechen. Er deckte sie mit einer zerschlissenen Kameldecke zu und stapfte zu Bender. Dr. Bender hatte alle Feuer löschen lassen bis auf die wenigen, um die sich die Sklaven lagerten. Noboro ging herum und schimpfte. Einige hatten sich in der Begeisterung die Hände verbrannt und streckten sie jetzt Bender entgegen.

»Wie nimmt es Eve auf?« fragte er, bevor Wolff etwas sagen konnte.

»Sie hat die Nerven verloren. Sie kann einfach nicht mehr.«

»Sie wird können. Und wenn sie auf allen vieren weiterkriecht. Lassen Sie sie jetzt in Ruhe, Wolff. Ich kenne Eve besser als Sie. Das hat ein alter Mann der Jugend voraus: Wir tragen keine rosarote Brille mehr, und wenn, dann machen wir uns lächerlich. Ich habe Eve in den ganzen Tagen beobachtet ... sie hat mehr Energie als wir zwei zusammen. Ein zähes Luder, sage ich ihnen. Zugegeben, im Augenblick hat es sie umgehauen, aber morgen früh sitzt sie wieder im Sattel und kümmert sich um die Frauen.«

Er untersuchte die Hand eines der Verbrannten und hob die Schultern.

»Ich kann dir nicht helfen, mein Sohn«, sagte er und tätschelte dem erwartungsvollen Sklaven die Wangen. »Keine Brandsalbe, kein Puder, nur noch vier Verbandspäckchen. Und die behalte ich für den Notfall. Du bist keiner. Wenn dir die verbrannten Pfoten weh tun, stecke sie dir in den Hintern oder pinkele drauf. Das brennt, aber heilt, sagte meine Großmutter.«

Der Nubier nickte, als verstände er ihn, zog die Hände weg und versank in ein dumpfes Brüten.

Bei den Lastkamelen trafen sie auf Noboro, der mit drei seiner Leute die Vorräte zählte. Bender wußte es schon seit drei Tagen ... Wasser war genug vorhanden, man hatte auf der Wanderung vier Brunnen gefunden, die Kamele hatten sie hingeführt, von einem unerklärbaren Instinkt getrieben ... aber die Säcke mit Trockenfleisch und Mehl waren fast leer, die Datteln reichten nur noch für fünf Tage, aber einhundertdreißig Menschen mußten leben ...

»Noboro zählt genau«, sagte Bender und blieb stehen. »Soll ich Ihnen sagen, was kommt, wenn wir noch einmal zweiundzwanzig Tage unterwegs sein müssen? Die Starken werden die Schwachen fressen ...«

»Kannibalismus?« Wolff spürte es eiskalt an sich herunterlaufen. »Das werden wir verhindern.«

»Nichts werden wir, Wolff. Wollen Sie in die Menge hineinschießen? Bitte ... Sie erreichen damit nur, daß Sie zum Frischfleischlieferanten werden.« Bender lehnte sich an eines der knienden Kamele und atmete schnaufend durch die Nase. »Wäs gäbe ich darum, jetzt eine Zigarette zu haben. Merkwürdig, was? Die ganze Zeit habe ich kein Verlangen danach gehabt, aber jetzt plötzlich.« Er sah Noboro nach, der langsam, mit wiegendem Schritt wegging. Er hatte den Kopf gesenkt, auf seinem breiten Stiernacken lag das kalte Sternenlicht.

»Jetzt weiß er, wie viele leben bleiben«, sagte Bender ruhig. »Ich bin gespannt, wann die Schlachterei losgeht. Wolff, verdrehen Sie nicht die Augen. Was Sie hier erleben, ist der Mensch ohne Schminke von Moral und Humanismus. Dieser abgeschminkte Mensch ist grausam, abscheulich, das größte Untier aller Zeiten. Es gibt nur wenige Wesen, die sich gegenseitig auffressen: die Schwarze Witwe, die ihr Spinnenmännchen nach der Begattung aussaugt, ein halb verhungerter Wolf, ein Hai, die Piranhas und – warten Sie es ab – der Mensch.«

»Wir haben noch die Kamele, Bender«, sagte Wolff heiser vor Entsetzen.

»Halten Sie Noboro für einen Idioten? Ein Kamel ist zehnmal wichtiger als ein Mensch. Ein Kamel trägt, sucht Wasser, befördert... ein Mensch will nur fressen, weil er lebt. Wer ist hier also wichtiger?«

Sie sahen, wie Noboro außerhalb der Lagerfeuer stehenblieb und seinen zehn auserwählten Gehilfen winkte. Sie versammelten sich in einem Kreis um ihn... eine dunkle, kleine, geschlossene Festung.

»Wolff, laufen sie zu Eve und verhindern Sie, daß sie den Kopf zu den Sklaven dreht. Von mir aus pressen Sie ihr die Augen gewaltsam zu... aber schnell, laufen Sie!« Bender gab Wolff einen Stoß in den Rücken. »Legen Sie sich auf Eve, halten Sie ihr die Ohren zu, am besten ist, Sie betäuben sie mit einem Schlag... nur weg zu ihr! Verdammt! Glotzen Sie nicht so dumm! Da braut sich etwas zusammen.«

»Ich werde schießen«, stammelte Wolff. »Ich werde so lange schießen, bis Ordnung herrscht!«

Er warf sich herum und hetzte zu Eve zurück. Dr. Bender preßte Putras Gewehr gegen seine Brust. Unbeweglich stand er an dem Kamel und begann laut, fast stöhnend zu atmen, als Noboro und seine zehn Männer eine Kette bildeten und auf die anderen Sklaven zugingen.

Was in dieser Nacht geschah, war der Abschluß von Benders Leben. Was danach kam, war nur ein Weiteratmen, war die Fortsetzung eines Blutkreislaufes, weiter nichts.

Wie die Robbentöter in Kanada, die mit Knüppeln übers Eis gehen und die Seehundbabys mit wuchtigen Hieben erschlagen, so gingen in aller Ruhe Noboro und seine Männer durch die Reihen der Sklaven und erschlugen mit den kurzen Stielen der Nilpferdpeitschen die kranken, schwachen, gebrechlichen, ausgemergelten Kameraden.

Sie suchten und wählten peinlich genau, lichteten mit schnellen, krachenden Schlägen die Reihen, zertrümmmerten die Hirnschalen... und die anderen Sklaven, die überleben durften, saßen dabei, rührten sich nicht, stierten vor sich hin, stumm, stumpf, wie aus schwarzem Ton geformt.

Eine halbe Stunde dauerte das gespenstische Töten, hallten die krachenden Hiebe durch die Nachtstille, sanken die Opfer mit eingehauenen Schädeln nach vorn in den Sand.

Dann war es vorbei, und Noboro kam mit leeren Händen zu Bender. Er lächelte. Bender hob das Gewehr.

»Bleib stehen!« sagte er mühsam. »Verdammt, bleib stehen. Keinen Schritt näher! Du hast uns das Leben gerettet... aber alles hat seine Grenzen. Bleib stehen!«

Noboro verhielt den Schritt. Breit, mit polierter Ebenholzhaut, verneigte er sich demütig.

»Die Vorräte, Herr, stimmen wieder«, sagte er mit seiner schönen tiefen Stimme. »Viele von uns werden das Meer erreichen.«

»Geh weg, oder ich drücke ab!« brüllte Bender. »Du Vieh! Du schreckliches Vieh...«

»Ich gehöre dir, Herr«, antwortete Noboro und kniete vor Bender in den Sand. »Du darfst mich töten.«

Bender zögerte. Sein Finger lag am Druckpunkt. Nur ein leichtes Krümmen und Noboros Kopf würde zerplatzen. Putra hatte seine Gewehre mit abgeknipsten Patronen geladen, Dumdumgeschossen, die Wunden rissen, daß man in die Ausschüsse Fäuste hineinlegen konnte.

Aber Bender schoß nicht. Er warf das Gewehr über die Schulter und rannte weg zu Dr. Wolff.

Eve lag auf der Erde, ein Tuch über dem Kopf, und rührte

sich nicht. An ihren Händen sah Bender, daß sie ohne Besinnung war.

»Ohnmächtig geworden?« keuchte er und ließ sich neben Eve in den Sand fallen. »Sie hat alles gesehen? Sie Idiot! Sie wird nie wieder lachen können –«

»Ich habe ihr gegen die Schläfe geschlagen ... sie hat nichts gesehen.« Wolff preßte beide Hände vor sein Gesicht. Er war an der Grenze angelangt, wo Denken in Irrsinn überschlägt. »Sind das noch Menschen?«

Bender drehte den Rücken zu den Sklaven. Noboro und seine Männer begannen, die Toten wegzuschaffen, nicht um sie als Fleischportionen aufzuteilen, sondern um sie zu begraben. Man hatte nicht getötet, um zu essen, sondern um die vorhandenen Vorräte zu strecken.

»Es müssen wohl Menschen sein«, sagte Bender hohl. »Wir leben doch auf keinem anderen Stern.« Er sah sein Gewehr an und warf es dann weg. »Wissen Sie, daß ich eben Noboro hätte töten können? Er kniete vor mir und bat mich, ihn zu erschießen.«

»Und Sie haben es nicht getan?« stöhnte Wolff hinter seinen Händen.

»Nein.«

»Warum nicht?«

»Aus Feigheit, Wolff. Aus nackter Feigheit.« Bender warf sich nach hinten in den Sand und starrte in den herrlichen Sternenhimmel. »Wir brauchen Noboro noch. Wie viele Tage liegen noch vor uns? Keiner weiß das. Vielleicht muß Noboro in zehn Tagen noch einmal ›unsere Vorräte strecken‹. O ich weiß, was ich da sage!« Bender rollte sich zusammen, als durchrasten ihn unerträgliche Schmerzen. »Aber wissen Sie eine bessere Feigheit als meine, um zu überleben? Nur eins verspreche ich Ihnen feierlich, das habe ich mir vorhin geschworen, als ich das Abschlachten mit ansah: Wenn wir das Meer erreicht haben, bringe ich Noboro um. Das bin ich meinem Menschsein schuldig.«

»Ich helfe Ihnen dabei, Bender.« Wolff blickte mit Schaudern auf die stummen Männer, die die Toten wegtrugen. »Es wird der erste Mensch sein, den ich töte ...«

»Bei mir auch, mein Junge.« Dr. Bender krümmte sich wie

im Krampf. Seine Nerven verließen ihn, und er hatte den Drang, sich den Mund mit Sand vollzustopfen, um nicht zu schreien.

»Ein Monstrum wie Noboro darf nicht mehr weiterleben...« Und leise fügte er hinzu: »Dabei tut er alles nur für uns... der dankbare Diener seines Herrn. In seinen Augen lebt er gar nicht mehr... er wurde ja verschenkt... an uns. Was er tut, tun wir! Wolff, aus diesem Teufelskreis kommen wir nie heraus.«

Jenseits der Lagerfeuer baute Noboro mit seinen Männern an der Reihe der Toten weiter. Es waren neunundvierzig Leichen, die sie zusammentrugen und nebeneinander legten wie ein Jäger seine Strecke.

»Nach meiner Karte müßten wir morgen in der Ferne die ersten felsigen Hochebenen sehen«, sagte Wolff tonlos. »Spätestens übermorgen.«

»Und von dort zum Meer?«

»Hundert Meilen...«

»Das schaffen wir.«

Wolff nickte, warf sich plötzlich herum, drückte sich gegen die ohnmächtige Eve und vergrub sein Gesicht zwischen ihren Brüsten.

An den Feuern quollen zaghaft, dann stärker, schließlich wie ein Orgelbrausen die Stimmen der Sklaven auf. Sie hockten um die Flammen und besangen nach ihren uralten Riten ihre Toten. Am lautesten und schönsten dröhnte Noboros Stimme... er war der Vorsänger der Totenklage.

Nach zwei Tagen – Wolff hatte die zaghafte Hoffnung, doch in der richtigen Richtung zu marschieren, schon heimlich aufgegeben – lösten sich aus dem flimmernden Dunst der heißen Luft, blau in blau, wie eine verschwommene Fata Morgana, schwebend wie auseinandergezogene Wolken, die Konturen der Gebirgsketten.

Der Felsenriegel zwischen Wüste und Meer. Die Mauer zwischen Hölle und Paradies.

Bender verhielt sein Kamel und streckte Wolff die Hand hinüber. »Gratuliere –«, sagte er mit Ergriffenheit in der Stimme. »Sie haben es geschafft, mein Junge.«

»Sie, Dr. Bender, nur Sie! Ihre Energie ...« Wolff wischte sich über die Augen. Die Erscheinung blieb am Horizont, es war kein Trugbild, das sich wegwischen ließ. »Ich hatte heimlich aufgegeben ...«

»Aber nach Ihrer Karte und Ihren Berechnungen sind wir marschiert. Es war eine Meisterleistung.«

»Es war Glück, pures, unbegreifliches Glück, weiter nichts.« Wolff reichte Bender die kleine Karte hinüber. »Jetzt kann ich es Ihnen gestehen – ich habe immer nur geraten, wo wir sein könnten.«

»Auch gut.« Bender lachte rauh. »Dann sind sie wie ein Kamel, das dem Gefühl nachrennt.«

»So ähnlich.« Wolff lächelte müde. Er blickte zurück. Eve ritt bei den Frauen inmitten der Lastkamele. Ihnen folgte der verkleinerte Block der Sklaven, an der Spitze, sandüberstaubt, der riesige Noboro. Er grinste breit und winkte mit beiden Armen. Er hatte die Berge längst gesehen und wußte, daß sie Sonne, Wind und Wüste besiegt hatten.

Von den Opfern dieses Höllenzuges sprach jetzt niemand mehr ... das Leben stand vor der Tür, und es ging jetzt allein nur noch darum, diese Tür aufzustoßen.

Noch einmal rasteten sie in der Sandwüste zwischen zwei Dünen. Es war eine helle Nacht, der Mond versilberte die Wüste, und greifbar nahe fast, als verbände es sich mit den Sternen, lag das Gebirge vor ihnen. Bender, Wolff und Eve standen lange oben auf dem Sandhügel bis zu den Knien im weichen Sand, hatten sich an den Händen gefaßt und waren stumm vor Glück. Hinter ihnen loderten die Feuer, sangen die Sklaven, verteilte Noboro mit seinen zehn Männern eine Extraportion Fladen und Datteln, brodelte in den Kesseln Hirsesuppe mit großen Fleischstücken.

Auch die Kamele hatte eine Welle der Freude erfaßt ... man merkte es daran, daß ihr computerhafter Wüstentrott – Bein nach Bein, links, rechts, ein ewiges Schaukeln – in eine schnellere Gangart überwechselte, ohne daß man sie antreiben mußte.

Dr. Bender steckte die Hände in die Hosentaschen. Sein ausgewaschener Drillichanzug, den er bisher getragen hatte, war eine Zusammenfügung von Stoffetzen geworden, deren

Zusammenhalt ein Rätsel für sich war. Aber auch Wolff sah nicht besser aus... sein ehemals weißer Anzug schlotterte ihm um den mager gewordenen, ausgetrockneten Körper. Beiden Männern wucherte ein dichter Bart über das Gesicht... bei Bender weiß, bei Wolff hellblond.

»Ein Bad, rasieren und eine Woche in einem eisgekühlten Bett schlafen... das werde ich machen, Wolff«, sagte Bender. »Und Sie? Werden Sie weiter als Schiffsarzt über die Meere gondeln?«

»Nein. McHollands Erbe verpflichtet mich, seßhaft zu werden.«

»Und ich...« sagte Eve.

»Und du.« Er zog Eve an sich. »Ich habe mir gedacht, daß ich irgendwo eine Praxis aufmache. Eine Landpraxis, Dr. Bender. Mitten in der Natur... Wiesen, Felder, Wälder... ich habe ja nie gewußt, wie herrlich ein Baum sein kann, wie wundervoll eine grüne Wiese, wie göttlich eine Blume, wie unbegreiflich ein wogendes Kornfeld. Hier habe ich es gelernt. Ich werde mir ein Haus mitten im Grünen bauen, mit einem Zaubergarten voller Blumen drumherum, und jeden Tag werde ich darin herumwandern und Gott danken, dieser Wüste entronnen zu sein. Ja, noch eins!« Wolff reichte Bender seine Hand hin. »Schlagen Sie ein, Dr. Bender.«

»Gern. Aber wozu?«

»Eve und ich haben beschlossen, ein Doppelhaus zu bauen. Links Praxis Dr. Wolff... rechts Praxis Dr. Bender.«

»Sie sind verrückt, mein Junge.« Bender wandte sich ab. Rührung überkam ihn, sein gegerbtes Gesicht zuckte, und das sollte niemand sehen. Er holte tief Atem, damit seine Stimme wieder fest wurde.

»Ich bin ein alter Mann, ihr Spinner! Alte Männer sind gräßlich. Sie nörgeln herum, sind mit allem unzufrieden, wissen alles besser, fallen einem zur Last, sind eine Strafe Gottes für einen jungen Menschen. Das kennen Sie noch nicht, Wolff.«

»Wo wollen Sie denn hin, Dr. Bender? Sie haben keinen mehr auf dieser Welt.«

»Es gibt überall eine Ecke, wo ein alter Mann seine Stunde abwarten kann.«

»Und das soll Ihr Lebensende sein? Nach einem solchen

Leben? Nein! Schlagen Sie ein, Dr. Bender... wir bauen zusammen an der Zukunft.«

Bender schüttelte langsam den Kopf. Er suchte sichtlich nach Worten, und als er sie gefunden hatte, war seine Stimme völlig verändert.

»Das ist es nicht, Wolff. Sie sind der sympathischste junge Mann, den ich bisher kennengelernt habe, und Eve ist ein Wunder an Frau. Sie könnten beide meine Kinder sein, und ich wäre stolz auf sie. Aber ich habe Sie belogen, das ist es.«

»Was es auch ist, vergessen Sie es, Dr. Bender«, sagte Wolff herzlich. Er hielt noch immer seine Hand hin. Bender seufzte.

»Als ich damals von Bord der ›Fidelitas‹ ging, habe ich Sie belogen. Ich bin nicht ausgestiegen, weil mich der alte, auf Luxus bemalte Kasten anwiderte oder ich es einfach satt hatte, nach dreiunddreißig Jahren Seefahrt noch einmal übers Meer zu schaukeln – nein, ich mußte weg! Ich spürte es seit zwei Jahren, und wie Ärzte sind: Vor sich selbst machen sie alle Augen zu... die zwei äußeren und die zwei inneren auch. Dabei war mir die Diagnose klar, ich bin ja kein Idiot. Und den Fortlauf der Dinge kann man auch fast exakt bestimmen. Mir blieb keine andere Wahl, als aufzugeben. Es war das erste- und letztemal, daß ich kapitulierte – aber es ist eine ehrenhafte Kapitulation nach einem Kampf bis zum letzten.«

»Ich weiß«, sagte Dr. Wolff ruhig. »Sie haben Krebs. Leberkrebs.«

Bender fuhr herum. »Sie wissen es? Wer hat Ihnen das verraten?«

»Auch ich bin kein Idiot, Dr. Bender.« Wolff lächelte verzerrt. »Die Gelbfärbung Ihrer Augen, Ihre Haut... als Sie einmal wie ein Toter schliefen, habe ich Ihre Leber sogar abgetastet, und Sie haben es nicht gemerkt.«

»Haben Sie den Tumor gespürt?«

»Er ist deutlich zu lokalisieren. Aber was ändert das an meinem Angebot?«

»Junge, ich werde Ihnen in absehbarer Zeit zur Last fallen. Ich bin unheilbar. Sie reden von Zukunft... Sie haben sie, ich nicht mehr. Wollen Sie wertvolle Jahre – vielleicht sind's auch nur Monate – dadurch verschenken, daß Sie mich pflegen?«

»Ja, Dr. Bender«, sagte Eve laut. »Genau das wollen wir.«

»Oder haben Sie gedacht, wir lassen Sie in irgendeiner Ecke sterben wie einen heimatlosen Hund?«

Bender wandte sich wieder ab und starrte zu dem Gebirge. »Hört auf damit«, sagte er leise. »Verdammt, hört auf damit. Bringt einen alten Mann nicht dazu zu heulen...«

»Also angenommen? Sie kommen zu uns, Dr. Bender?«

»Ja.« Er drehte sich nicht dabei um, sondern sprach zu dem Gebirge hin, zu der greifbaren Freiheit. »Aber nur unter einer Bedingung: Ich bezahle das Haus.«

»Nein!«

»Doch!« Bender drehte sich um. »Es geht schon los. Wolff, Sie Querkopf! Ich habe keinen Menschen auf der Welt, genau wie McHolland. Und ich habe – weiß der Teufel wofür – gespart. Jetzt hat es einen Sinn gehabt. Ich will nichts geschenkt haben, ich bin kein Typ Fürsorgebettler. Ich kaufe mich bei Ihnen ein, mit einem Haus – und später gehört es Ihnen. Nur unter dieser Bedingung komme ich mit in Ihren schönen Garten. Na?«

»Schlagen Sie ein, Dr. Bender.«

Sie gaben sich die Hand und sahen sich lange stumm an. Hinter ihnen tanzten die Sklaven um die Feuer und kreischten die Weiber.

»Jetzt haben mein Leben und Sterben noch einen Sinn«, sagte Bender rauh. »Bis heute habe ich mich immer gefragt, warum ich in diese Welt gesetzt worden bin...«

Bis zum Morgen sangen und tanzten die Sklaven. Als die Sonne aufstieg, vergoldete sie zuerst die Gipfel der Felsen, und alle jubelten ihnen zu, denn gibt es etwas Größeres, als Sand und Sonne zu besiegen.

Es dauerte noch fünf Tage, bis sie die kahle Felsenbarriere durchbrochen hatten. Da sie keine Wege kannten und es auch vermieden, sie zu suchen, aus Angst, hier noch könnten Araber sie wieder einfangen und ins Innere zurücktransportieren, zog die Karawane wie bisher auf gerader Linie durch Geröll und Felsenschluchten und bizarre Täler von erdrückender Kahlheit und siedender, gestauter Hitze.

Die Kamele wurden von Tag zu Tag unruhiger, bis sie in der

fünften Nacht kaum mehr zu bewegen waren, sich zur Rast niederzusetzen.

»Sie riechen das Meer –«, sagte Bender. »Wenn ich nicht zu zerschlagen wäre, würde ich auf eine dieser Felszacken klettern und Umschau halten. Aber ich käme keine zehn Meter hoch ...«

Am sechsten Tag schwankten sie durch die Felsen einen natürlichen, ansteigenden Weg hinauf. Es war, als zögen sie geradewegs in den Himmel, in diesen brennenden, fahlblauen Himmel, den sie am Tag hassen und in der Nacht lieben gelernt hatten.

Wolff, der wieder vorausritt, weil er das kräftigste Kamel unter sich hatte, hielt plötzlich auf der Höhe an und legte beide Hände über die Augen. Bender und Eve, die es sahen, trieben ihre Kamele an und trabten die letzten Meter den steilen Weg hinauf.

»Was haben Sie?« brüllte Bender. »Wolff, wir kommen!«

Sie erreichten die Kuppe, und auch sie warfen die Hände vor die Augen und wurden stumm.

Vor ihnen, in der Sonne spiegelnd, die Strahlen in Bündeln zurückwerfend, das Auge blendend, eine unendliche Fläche geschmolzenen Goldes, lag das Meer.

Die Begegnung war so plötzlich, so urgewaltig, daß man in dem Anblick unterging ...

»Das Meer –«, stammelte Eve. »Das Meer ... O mein Gott, das Meer ...« Sie lehnte sich gegen Wolff, umklammerte ihn, weil das Kamel unter ihr unruhig wurde, und weinte.

»Ich habe es immer gehaßt«, sagte Bender tonlos. »Jetzt könnte ich mich auf es werfen wie auf eine Geliebte.«

»Wir schlagen das letzte Lager auf.« Wolff ließ sein Kamel niederknien. »Morgen früh beginnt der Abstieg.« Er sprang aus dem Sattel und winkte den Weg hinunter.

Die Lastkamele wurden schneller getrieben, Noboro lief an ihnen vorbei und den Weg hinauf. Wie eine schwarze Maschine stampfte er durch das Geröll. Oben auf der Höhe fiel er auf die Knie, breitete die Arme weit aus und begrüßte stumm das Meer.

An diesem Abend, nach dem Essen und Trinken, ging Noboro herum und schnitt die Fesseln der Sklaven durch. Von

Mann zu Mann ging er, Reihe nach Reihe, und jeden, den er befreite, umarmte er, küßte er, und die nun Überlebenden drückten ihn an sich und legten demütig den Kopf auf seine breite Schulter.

Dann wurden die Feuer geschürt, bis sie hell aufflammten, mit Holzstückchen wurde auf die Kamelsättel geschlagen, ein dumpfer, aber rhythmischer Ton, der die Trommeln ersetzte, die Weiber klatschten wieder in die Hände, und um das große Feuer in der Mitte begann der Tanz der Männer.

Bender, Eve und Dr. Wolff saßen abseits und wunderten sich über Noboro, der allein von allen abgesondert, außerhalb des Feuerkreises saß, in sich zusammengesunken, ein fast kugeliger, schwarzer Block. Er schien zu beten, völlig in sich hineingekrochen zu sein, und er war völlig nackt und von allem Staub und Sand gewaschen.

Plötzlich kreischten die Weiber auf, die tanzenden Männer um das große Feuer verfielen in Zuckungen, warfen die Arme hoch... ein Wald von fuchtelnden Händen, die nach den Sternen zu greifen schienen.

Die zehn Männer, die mit Noboro bisher die Sklavenkarawane geordnet hatten, liefen aus dem Kreis heraus und stürzten sich auf den riesigen Nubier. Sie rissen ihn vom Boden, trugen ihn in den Feuerkreis und warfen ihn dort auf den Boden. Noboro wehrte sich nicht, er schien überhaupt nichts zu spüren... er war ein riesiger Klumpen Fleisch, weiter nichts.

Wolff sprang auf, aber Bender riß ihn an den Hosenbeinen zurück.

»Greifen Sie um Gottes willen nicht ein!« sagte er rauh.

»Noboro –«, schrie Wolff. »Sehen Sie denn nicht, was sie mit ihm anstellen?«

»Es ist alles abgesprochen.« Bender zog Wolff mit Gewalt in den Sitz zurück. »Junge, löschen Sie jetzt alles Denken aus... was da geschieht, muß einfach sein.«

Die zehn Männer hatten den liegenden Noboro umringt, knieten jetzt nieder und hoben die Arme. Gleichzeitig, wie auf ein Kommando, fielen dann die Arme herab. Im gleichen Augenblick drückte Bender seine Hand auf Eves Augen. Die Weiber heulten auf, die tanzenden Männer brüllten, es war ein Inferno, das über allen zusammenschlug.

»Noboro ...«, stammelte Wolff entsetzt.

»Sie erwürgen ihn. Er hat sie gerettet, aber er hat auch die Hälfte von ihnen getötet. Jetzt rechnet man auf. Wolff, denken Sie an die Nacht, als er seine Brüder mit Knüppeln erschlug, um die Vorräte zu strecken ...«

»Warum tun wir denn nichts?« brüllte Wolff. Er riß sich los und rannte zu den Feuern. Mit Fausthieben durchbrach er den Kreis der knienden Männer und wälzte Noboro auf den Rücken.

Er war tot... sein Hals war von den vielen würgenden Fingern bereits aufgetrieben ... aber sein Mund lächelte, und in den starren schwarzen Augen lag aller Frieden eines unbekannten Paradieses ...

Langsam ließ Wolff Noboros Kopf zurücksinken. Die zehn Männer um ihn herum begannen mit der Totenklage. Dumpf, weltentrückt, am Ohr der Götter. Sie bauten einen unsichtbaren Dom über Noboros mißhandeltem Kopf.

Langsam ging Wolff zurück zu Bender und Eve.

»Wir werden das nie begreifen«, sagte Bender, bevor Wolff sprechen konnte. »Nie, mein Junge ...«

Im Glanz der Morgensonne stiegen sie von den Felsen hinab zum Meer. Möwen umkreischten sie, und Geier folgten ihnen wieder mit weiten Flügelschlägen. Auf dem Meer leuchteten die Segel von vier gedrungenen Booten.

Sie kehrten zu den Menschen zurück ...